Lexikon
angloamerikanischer und deutscher
Management-Begriffe

Dipl.-Kfm. Dr. Peter Linnert
Dipl.-Volksw. Ute Müller-Seydlitz
Dipl.-Volksw. Fritz Neske

Lexikon Angloamerikanischer und Deutscher Management-Begriffe

Unter Mitwirkung von
Dipl.-Kfm. Dr. Casimir Katz, Dipl.-Kfm. Jürgen Koinecke,
Dipl.-Kfm. Hans-Jürgen Schmidt, Dipl.-Kfm. Hubertus Wolf,
Dipl.-Kfm. Ekkard Zahn und Dipl.-Kfm. Dr. Carl Zimmerer.

DBV
Deutscher Betriebswirte-Verlag GmbH
Gernsbach

7562 Gernsbach, Bleichstraße 20
Umschlag-Entwurf: Elisabeth Grauel, 7 Stuttgart
Satz und Druck: Druckhaus Rombach+Co, 78 Freiburg i. Br.
Bindearbeit: Hollmann KG, 61 Darmstadt
ISBN 3-921099-00-5

Vorwort

In der betriebswirtschaftlichen Diskussion sind in der letzten Zeit verstärkt die Probleme des Managements behandelt worden; mit neuen Lösungsansätzen wurden neue Begriffe eingeführt oder aber geläufige Begriffe unter einem neuen Aspekt gesehen.
Das vorliegende Lexikon will die hinter den Begriffen liegenden Probleme und die Techniken zu ihrer Lösung erklären. Es ist gedacht als eine Art Wegweiser oder Ratgeber für denjenigen, der sich rasch informieren muß: für den Praktiker, der die Zeit zu intensivem Literaturstudium nicht findet, und den, der sich in die Materie einarbeiten muß. Jedes Lexikon muß notwendigerweise unvollständig bleiben; die Autoren danken deshalb im voraus für eine konstruktive Kritik.

Die Herausgeber danken an dieser Stelle den Herren:
Dipl.-Kfm. Dr. Casimir Katz, Dipl.-Kfm. Jürgen Koinecke, Dipl.-Kfm. Hans-Jürgen Schmidt, Dipl.-Kfm. Hubertus Wolf, Dipl.-Kfm. Ekkard Zahn und Dipl.-Kfm. Dr. Carl Zimmerer als Verfasser mehrerer Beiträge für ihre Mitarbeit.

Hamburg/München, im Herbst 1972

Die Herausgeber

A

ABC-Analyse

Der Begriff ABC-Analyse kennzeichnet eine Methode zur Kategorisierung von Abnehmergruppen, bei der der Umsatz und/oder der Gewinn als Grundlage dient.

Ziel der Unterteilung in A, B und C-Abnehmergruppen ist die Kennzeichnung der Abnehmer eines Unternehmens, die für den Erfolg dieses Unternehmens von großer Bedeutung – A-Kategorie –, von Bedeutung – B-Kategorie – und von untergeordneter Bedeutung – C-Kategorie – sind. Bei einem Jahresumsatz von DM 14,5 Mio. wäre beispielsweise folgende Einteilung denkbar:

Kategorie	Umsatz/Jahr	Zahl d. Abnehmer	in % vom Gesamtumsatz
A	ab 400 TDM	4	50
B	von 100–400 TDM	21	35
C	unter 100 TDM	64	15

Der ABC-Analyse liegt die Überlegung zugrunde, daß mit höheren Umsätzen die variablen Bearbeitungskosten nur unterproportional steigen. Umgekehrt steigen diese Kosten bei abnehmenden Umsätzen überproportional. Mit dieser Kategorisierung werden somit einmal die kostenintensiven von den weniger kostenintensiven Abnehmern getrennt.

Zum andern – und dieses Kriterium spricht ebenfalls für den Einsatz der ABC-Analyse – werden die Gefahren deutlich, die bei Abwanderung eines A-Kunden zur Konkurrenz für das Unternehmen auftreten können. Wird für das oben gewählte Beispiel unterstellt, daß jeder der vier A-Kunden 12,5 % am Gesamtumsatz hält, so würde in einem solchen Fall ein Umsatzverlust von 12,5 % entstehen. Legt man den Deckungsbeitrag (→ Deckungsbeitragsrechnung) dieser Kategorie zugrunde, so wird die Einbuße aufgrund des relativ niedrigeren A-Kostenanteils noch größer sein.

Der Unternehmensführung dient diese Analyse als Grundlage, um die zielgerechte Bearbeitung der einzelnen Kategorien – Abnehmersegmente (→ Marktsegmentierung) – vorzunehmen. Grundsätzlich werden diese Maßnahmen die intensive Bearbeitung der A-Kategorie und die gute, wenn auch weniger intensive Bearbeitung der B-Kategorie beinhalten. Die C-Kategorie hingegen wird nach „Verlustabnehmern" durchforstet, um nicht nur die Umsatzstruktur der Abnehmer, sondern auch das Deckungsbeitragsprofil des Unternehmens – bezogen auf die einzelnen Abnehmer – zu verbessern. Die Wirkung dieser Maßnahmen wird insbesondere im Zusammenhang mit einer auf diese Ziele ausgerichteten leistungsbezogenen Entlohnung verstärkt.

→ Absatz-Management

Ablaufplanung

Bezeichnung für das Entwerfen einer Ordnung, die auf das optimale, zeitliche und örtliche Fortschreiten der Fertigungsaufträge bei freier oder zwangsgeregelter Reihenfolge der Bearbeitungsgänge abzielt.

Die Ziele der Ablaufplanung sind:

1. Die Durchlaufzeit von Aufträgen, d. h. die Zeitspanne zwischen Produktionsbeginn der ersten Stufe eines Fertigungsprozesses und dem Fertigstellungszeitpunkt, soll minimiert werden.

Kriterien für diesen Minimierungsprozeß sind die Produktionszeit (die reine Produktionszeit und die Umrüstzeiten), die Transportzeit und die Zwischenlagerungszeit.
Die Minimierung der Durchlaufzeit hat die Vermeidung von Zwischenlagerzeiten und die möglichst geringe Kapitalbindung im Lagerbestand zum Ziel.

2. Die Minimierung toter Zeiten, d. h. die maximal mögliche Kapazitätsauslastung.
3. Die Termineinhaltung, um so durch Wahrnehmung günstiger Marktpreise und unter Vermeidung von Konventionalstrafen positiv auf die Erlöse einzuwirken.
4. Kostenoptimaler Einsatz von Aggregaten, insbesondere dann, wenn mehrere funktionsgleiche, aber kostenverschiedene Anlagen zur Verfügung stehen.

ABLE

Abkürzung für Activity Balance Line Evaluation. Von General Electric entwickelte Netzplantechnik, für die ein Computer-Programm vorliegt.
Schwerpunkt: Soll-Ist-Vergleich über eine „Tageslinie".
→ Netzplantechnik

Absatzanalyse

Untersuchung und Auswertung der Absatzleistung eines Unternehmens für eine bestimmte Periode nach bestimmten Kriterien.
Aufgabe der Absatzanalyse ist es, den Einfluß bestimmter erfolgverursachender und nicht-erfolgverursachender Faktoren festzustellen und vor allem Absatz, Gewinn oder Deckungsbeitrag einer bestimmten Periode zu einer Reihe von Kriterien in Verbindung zu setzen, insbesondere

1. Abnehmer und Abnehmergruppen
2. Verkaufsbezirke
3. Leistung von Reisenden und Vertretern
4. Produkt und Produktgruppen

In der Absatzanalyse wird außerdem der Einfluß auf bestimmte Zyklen, z. B. Monate, Quartale oder Tage untersucht. Bei einzelnen Produkten wird auch noch analysiert nach Tagesverkäufen, Produktionsläufen und Lagergrößen. In einer Absatzanalyse werden in der Regel auch Ist- und Soll-Werte der vorgenannten Kriterien verglichen. Sie ist damit auch ein wichtiges Instrument der Erfolgskontrolle. Außerdem können die erfaßten Daten im Rahmen eines → Betriebsvergleiches mit denen der Konkurrenz verglichen werden.
→ Budgetierung

Absatzelastizität

Die Abhängigkeit des Absatzes von der Änderung des Warenpreises. Ist die Absatzelastizität dem Wert nach größer als 1, d. h. ist die relative Mengenänderung größer als die relative Preisänderung, dann ist der Absatz elastisch; ist die Absatzelastizität kleiner als 1, d. h. die relative Mengenänderung ist kleiner als die relative Preisänderung, dann ist der Absatz unelastisch.
→ Nachfrageelastizität

Absatz-Management

Absatz-Management umfaßt alle jene Maßnahmen, die die für den Verkauf der Güter und Dienstleistungen eines Unternehmens notwendigen Voraussetzungen schaffen. Gleichzeitig beinhaltet „Absatz-Management" die Forderung, die Maßnahmen des Absatzbereiches mit den übrigen Teilbereichen des Unternehmens und deren spezifischen Eigenarten genauestens abzustimmen, weil erst dadurch der gewünschte (Absatz-)Erfolg sichergestellt wird.

Absatz-Management ist gekennzeichnet durch das Element der Unsicherheit. Keine Entscheidung im Rahmen des Absatzmanagements kann mit absoluter Sicherheit getroffen werden, da beispielsweise die Reaktionen der Abnehmer und die Maßnahmen der Konkurrenten auf eine Preissenkung niemals mit absoluter Genauigkeit vorhersehbar sind. Entsprechend ist das Element der Unsicherheit in allen Entscheidungen und Maßnahmen zu berücksichtigen.

I. ZIELSETZUNGEN IM RAHMEN DES ABSATZ-MANAGEMENTS

Der Einfluß der Unternehmenspolitik auf das Absatz-Management

Das Absatz-Management stellt nur einen Teilbereich der Unternehmenspolitik dar, da diese auch durch das Beschaffungs-, Produktions-, Finanz- und Personalmanagement mit gestaltet wird. Aus diesem Grunde muß das Gesamtziel der Unternehmenspolitik als Datum für das Absatzmanagement angesehen werden.

Unter der Gesamtzielsetzung eines Unternehmens sind grundsätzlich folgende Globalziele zu verstehen:

1. Streben nach einer Gewinn- oder Rentabilitätsmaximierung
2. Erhaltung des Unternehmens
3. Wachstum des Unternehmens
4. Sicherung des Fortbestands des Unternehmens

Schon die Gesamtzielsetzung kann Faktoren wie beispielsweise den Verzicht auf den Einsatz bestimmter radikaler Vertriebsmethoden oder die Anwendung besonders vorteilhafter preispolitischer Methoden beinhalten und damit die Handlungsfreiheit des für die absatzpolitischen Maßnahmen verantwortlichen Managements einengen.

Denkbare Teilziele des Absatz-Managements

Die Gesamtzielsetzung des Unternehmens ist die Grundlage für die Ableitung von Teilzielen für das Absatz-Management. Diese Teilziele konstituieren sich aus Einzelzielen, die auf dem Prinzip der Selektion basieren. Die Einzelziele wiederum lassen sich in quantitative und qualitative Ziele unterteilen.

Das selektive Absatz-Management als Voraussetzung für die Festlegung von Einzelzielen

(→ selektive Absatzpolitik)

Ein Unternehmen verfolgt immer dann eine selektive Absatzpolitik, wenn es die wahrscheinlich oder nachweislich gewinnbringenden Abnehmer, Absatzgebiete, Absatzwege, Auftragsgrößen oder Produktgruppen für den zukünftigen Geschäftsbetrieb auswählt.

So werden beispielsweise gewinnbringende Kundengruppen von den „verlustbringenden“ getrennt. Im Zwischenhandel ist die Selektionsmöglichkeit durch die Trennung von Groß- und Einzelhandel gegeben. Andererseits ist aber zu prüfen, welche Funktionen vom ausscheidenden Händler oder Absatzweg wahrgenommen wurden und wer für die Übernahme in Frage kommt. Darüber hinaus ist zu analysieren, ob der Vorteil der Ausschaltung größer oder kleiner ist als der Aufwand, um so ein Äquivalent für den ausgeschalteten Absatzweg zu definieren und aufrechtzuerhalten.

Neben den gekennzeichneten Selektionsentscheidungen, die relativ kurzfristiger Natur sind, müssen auch die folgenden, im Hinblick auf ihre Auswirkungen relativ längerfristig bindenden Entscheidungen getroffen werden:

1. Wahl der Branche
2. Wahl der Absatzorganisation
3. Wahl der Niederlassungsstandorte

Eine absolute Trennung in eine langfristige und kurzfristige Selektion ist kaum möglich, da oftmals eine wechselseitige Beziehung vorliegt. Entscheidet sich beispielsweise ein Unternehmen einerseits für eine bestimmte Kundengruppe mit einem gewissen Mindestjahresumsatz, so ist andererseits die Wahl der Niederlassungsstandorte von der Umsatzhöhe sowie der Zahl und Konzentration der Abnehmer in den einzelnen Niederlassungsgebieten abhängig.

Auch setzt die Selektion eine Flexibilität des Managements voraus, da die interdependenten Marktbeziehungen und ihre Folgen erkannt werden müssen. So kann ein noch „Kleinstabnehmer", der zwar den „Verlustbringern" zuzurechnen ist, seinerseits aber eine expansive Unternehmenspolitik betreibt, alle Anzeichen eines zukünftigen „Gewinnkunden" aufweisen. Die selektive Absatzpolitik verlangt deshalb vom verantwortlichen Management eine genaue Analyse, wie sich die Ausscheidung von Kundengruppen oder von Erzeugnissen auf den Gewinn, den Umsatz oder die Liquidität auswirken, und zwar sowohl kurz- als auch langfristig betrachtet. Die folgende Kategorisierung kann dem verantwortlichen Management als Entscheidungsgrundlage dienen:

Kundenkategorie	Zahl der Kunden	Anteil am Gesamtumsatz [1] in %	Anteil am Branchenumsatz [2] in %
1. Schlüsselkunden	24	76	64,0
2. Wachstumskunden	4	2,4	13,8
3. reguläre Kunden	44	18,5	19,8
4. Kleinstkunden (ständige Verlustbringer)	32	3,1	2,4

[1] Gesamtumsatz des eigenen Unternehmens

[2] Anteil der einzelnen Kundenkategorien am Branchenumsatz

Schwierigkeiten wird es insbesondere bei der Einordnung der Wachstumskunden geben, insbesondere wenn der Branchenumsatz nicht bekannt ist. Um eine Gewichtung vornehmen zu können, läßt sich folgende Formel anwenden:

$$\frac{100 \cdot EU}{GU} = < X \text{ und } GU > Y$$
$= \text{Wachstumskunde}$

GU = Geschätzter Gesamtumsatz der Abnehmer; EU = Umsatzanteil des eigenen Unternehmens an diesem Gesamtumsatz; X = prozentualer Umsatzanteil des eigenen Unternehmens am Gesamtumsatz des Abnehmers; Y = prozentualer Anteil des Gesamtumsatzes des Abnehmers am eigenen Gesamtumsatz.

Beispiel: GU = 1000, EU 220, X = 40 %, Y = 5 % bei einem eigenen Gesamtumsatz von 30 000.

$$\frac{100 \cdot 220}{1000} = 22 < x \text{ und } 1000 < 5\,\%$$
Wachstumskunde

In diesem Beispiel wird davon ausgegangen, daß das betreffende Unternehmen einen Anteil von 40 % am Gesamtumsatz der einzelnen Abnehmer erreichen kann. Der zur Erreichung dieses Zieles erforderliche Aufwand ist aber nur dann gerechtfertigt, wenn diese 40 % gleichzeitig einen Anteil von mindestens 2 % am eigenen Umsatz erreichen. Diese 2 % werden aber nur dann erreicht, wenn der Gesamtumsatz des Abnehmers in Relation zum eigenen Gesamtumsatz mindestens 5 %

beträgt. In diesem Beispiel ist der Abnehmer nicht als Wachstumskunde zu betrachten.

Diversifikation

Auch die Diversifikation ist Bestandteil des selektiven Absatz-Managements. Eine Diversifikation liegt immer dann vor, wenn eine gezielte Ausweitung des eigenen Leistungsprogramms auf Bereiche erfolgt, die zwar für das Unternehmen grundsätzlich neu sind, die trotzdem aber irgendeinen Zusammenhang zur bisherigen Leistung aufweisen. Grundsätzliches Ziel der Diversifizierung ist neben möglicher Wachstumsbestrebungen insbesondere die Risikostreuung. Vor allem Unternehmen, die auf stark umkämpften Märkten engagiert sind und stagnierende Marktanteile bei abnehmenden Spannen aufweisen, neigen besonders stark zur Diversifizierung des Leistungsangebots. Als Beispiel hierfür kann ein großes Unternehmen auf dem Zigarettenmarkt dienen, das eine Diversifizierung durch eine substantielle Beteiligung im Brauereisektor vorgenommen hat.

Bei der Diversifizierungsentscheidung wird allerdings in den meisten Fällen eine Orientierung an den bisherigen Produktions- oder Angebotsprogrammen erfolgen. Eine derartige Verhaltensweise führt aber andererseits oftmals dazu, daß gerade in diesen Leistungsbereichen der aufeinandertreffende Wettbewerb so stark wird, daß eine Ausweitung in dieser Richtung nicht gerechtfertigt erscheint.

Voraussetzung für eine erfolgreiche Diversifizierung ist die genaue Kennzeichnung der besonderen Vorteile des eigenen Unternehmens. Hierbei kann es sich um Verfahrensvorsprünge, anfallende Nebenprodukte, die besonderen Erfahrungen und Kenntnisse auf einzelnen Gebieten oder um enge Beziehungen zu bestimmten Abnehmergruppen handeln. Darüber hinaus sollten die Diversifizierungsbestrebungen auch den notwendig werdenden finanziellen Aufwand berücksichtigen. Dieser Aufwand wird um so größer sein, je weiter sich das neue Produkt vom bisherigen Leistungsprogramm entfernt.

Die Säulen der Diversifikation

Diversifikation

Kundenstamm — Produktions-Know How

Neben dem oben erwähnten Beispiel lassen sich als Diversifizierungsbeispiele Versandhäuser anführen, die auch stationäre Ladengeschäfte errichtet haben, Hersteller von elektrischen Haushaltsgeräten, die auch Elektrorasierer oder Massagegeräte in ihr Programm aufgenommen haben, oder Kaufhäuser, die Gesellschaftsreisen anbieten.

Quantitative und qualitative Einzelziele

Besteht Klarheit über die vorhandenen Selektionsmöglichkeiten, so hat als nächstes die Festlegung der Einzelziele zu erfolgen, die sich in quantitative und qualitative Teilziele untergliedern lassen. Zu den quantitativen Teilzielen zählen beispielsweise

1. der zu erreichende Marktanteil
   - im Gesamtmarkt
   - in den einzelnen Teilmärkten
   - nach Produktgruppen
   - nach Preisklassen
   - nach Abnehmergruppen
2. die Vorgabe von Gewinn- und Rentabilitätszuwachsraten
3. die Festlegung von Umsatzvorgaben
   - nach Produktarten
   - nach Konsumentengruppen
   - nach Verkaufsgebieten
   - nach Handelsgruppen
4. die Ausweitung von Umsatz oder Marktanteil bei gleichzeitiger proportionaler Zunahme der Erträge

Im Gegensatz zu den quantitativen Teilzielen sind qualitative Einzelziele oftmals noch nicht präzisierte Vorstellungen des

Managements. Häufig werden diese Ziele deshalb auch mit „wünschenswert, angemessen und ausreichend" umschrieben. Bei intensiver gedanklicher Durchdringung der Aufgabenstellung wird erfahrungsgemäß aus der Mehrzahl qualitativer Einzelziele eine quantifizierbare Größe. Beispiele qualitativer Einzelziele sind:

1. die Erweiterung und Ergänzung des Sortiments durch neue und erfolgversprechende Produkte
2. der Erwerb von Kontrollbeteiligungen an Firmen in Branchen mit überdurchschnittlichen Wachstumsraten
3. die Rationalisierung, Spezialisierung und Realisierung von Vorteilen aus der Massenproduktion

II. DAS INSTRUMENTARIUM DES ABSATZ-MANAGEMENTS

Zur Schaffung der für den Verkauf der Güter und Dienstleistungen eines Unternehmens notwendigen Voraussetzungen und zur Reduzierung der Unsicherheitselemente steht dem einzelnen Unternehmen eine Reihe von Instrumenten zur Verfügung. Zu diesen Instrumenten zählen die Produkt- und Sortimentsgestaltung, die distributiven Maßnahmen sowie der Einsatz der Werbung und von Serviceleistungen.

Produkt- und Sortimentsgestaltung

Unter Produkt- und Sortimentsgestaltung sind jene Maßnahmen zu subsumieren, die auf eine Erhöhung der akquisitorischen Wirkungen der eigenen Produkte durch beispielsweise eine Qualitätsverbesserung abzielen. In diesem Zusammenhang wird die Produkt- und Sortimentsgestaltung als marktbezogenes und nicht fertigungstechnisches Problem herausgestellt, weil die Impulse für die Gestaltung der Erzeugnisse vom Markt in das Unternehmen getragen werden.
Im Rahmen des Absatz-Managements kann ein Unternehmen sich mit seinen Produkten an die Forderungen und Gegebenheiten des Marktes anpassen. Andererseits kann es versuchen, eine Marktbeeinflussung vorzunehmen, um einen Konkurrenzvorsprung zu erzielen, indem es durch Produktverbesserungen die am Markt latent vorhandenen Wünsche aktiviert. (→ Produktpolitik)

Preisgestaltung

Die Preisgestaltung als Instrument des Absatz-Managements umfaßt alle Maßnahmen, die durch die Veränderung der Preisforderung eine Marktanpassung oder Marktbeeinflussung zu erreichen versuchen. In dieser Aussage ist eine Reihe von Möglichkeiten enthalten, die einerseits in der Preisdifferenzierung und andererseits in der Preis- und Konditionenvariation liegen.
Die Preisgestaltung ist dasjenige Instrument des Absatz-Managements, das neben dem möglichen Erfolg oder Mißerfolg auch die Erreichung des Unternehmensziels entscheidend beeinflußt. So kann beispielsweise durch den gezielten Einsatz von Werbemitteln und Verkaufsförderungsmaßnahmen sowie gut organisierter distributiver Maßnahmen die Durchsetzung eines Produktes am Markt erreicht werden. Aber erst die Festlegung der richtigen Preishöhe wird entscheidend für die Tatsache sein, ob der Markterfolg auch in einen Unternehmens-(Gewinn-)Erfolg umzuwandeln ist. (→ Preispolitik)

Distributive Maßnahmen

Zu den distributiven Maßnahmen im Rahmen des Absatz-Managements lassen sich alle jene Tätigkeiten zählen, die durch Gestaltung und Änderungen der Absatzmethode, der Absatzwege sowie der Absatzorganisation eine Marktanpassung oder Marktbeeinflussung zu erreichen versuchen. Die distributiven Maßnahmen zielen im wesentlichen darauf ab, die Struktur der eigenen Absatzorganisation den veränderten Marktbedingungen anzupassen und durch eine Selektion der Absatzmittler – z. B. Groß- und Einzelhandel – sowie durch Einschaltung neuer Handelsgruppen eine umsatzerhöhende Marktbeeinflussung zu erwirken. Dieses Ziel kann auch durch eine Verbesserung der Distributionsdichte der bereits belieferten Handelsgruppen erreicht werden oder durch eine regionale Verstärkung der Absatzorganisation.

Werbung

Die Werbung kann als die planmäßige Beeinflussung einer effektiven oder potentiellen Konsumentengruppe verstanden werden, die durch Kenntnisse einer Werbebotschaft zu einem bestimmten Verhalten angeregt werden soll. Ihr Aufgabenbereich ist sehr umfangreich. So kann die Werbung eingesetzt werden, um neuen Bedarf zu schaffen und neue Konsum- und Investitionsgüter einzuführen oder um eine Meinungsbildung mit dem Ziel vorzunehmen, auf dem Absatzmarkt Anregungen zur Inanspruchnahme bestimmter Leistungen zu vermitteln. Allerdings muß hier die Werbung von Public Relations getrennt werden, worunter jene Maßnahmen fallen, die durch eine planmäßige Bearbeitung die öffentliche Meinung beeinflussen sollen. (→ Werbung)

Service-Leistungen

Der Begriff „Service-Leistungen" soll im Rahmen des Absatz-Managements als ein Sammelbegriff für jene Tätigkeiten im Absatzbereich dienen, die einerseits dazu beitragen, daß die Distributions- oder Vertriebskanäle geöffnet bzw. offengehalten werden, und die andererseits dafür Sorge tragen, daß die notwendigen Marktbeobachtungen und Marktanalysen, die Grundlage für den Einsatz aller Instrumente im Absatzbereich sind, zur Durchführung gelangen. Spricht man im ersten Fall von Verkaufsförderung und Kundendienst, so sind im zweiten Fall die Marktbeobachtung und Marktanalyse der Marktforschung unterzuordnen. Die Verkaufsförderung im engeren Sinne weist eine enge Beziehung zum angelsächsischen Ausdruck → „Sales Promotion" auf, worunter speziell jene Bemühungen zu verstehen sind, die die distributiven Maßnahmen und die Werbung unterstützen, um deren Wirkungsgrad zu erhöhen. Grundsätzlich betrachtet handelt es sich bei der Verkaufsförderung mehr um eine erweiterte Maßnahme aus dem Bereich der Werbung, als um eine verkaufsorganisatorische Leistung. In diesem Sinne interpretiert könnte unter dem Begriff Verkaufsförderung beispielsweise auch das Leasingverfahren (→ Leasing) subsumiert werden, da es dem Käufer das Kaufen erleichtert und den Verkäufer bei seinen Verkaufsbemühungen unterstützt. Eine eindeutige Abgrenzung vom Kundendienst ist in diesem Fall allerdings nicht möglich.

Verkaufsförderungsmaßnahmen werden vor allem dann ergriffen, wenn kurzfristige Verkaufsziele möglichst schnell realisiert werden sollen oder eine sofortige Anpassung an Konkurrenzaktivitäten notwendig erscheint.

Ansatzpunkte für verkaufsfördernde Maßnahmen sind in der personellen und organisatorischen Unterstützung der Wiederverkäufer zu sehen. Im einzelnen kann es sich dabei um die Schulung des Verkaufspersonals, um die Hilfestellung bei der Gestaltung der Schaufenster oder der Ausstellungsräume und um die Beratung bei der Sortimentspolitik handeln. Denkbar ist ferner die gemeinsame Durchführung von Werbe- oder Sonderverkäufen direkt beim Händler sowie die Betreuung von dessen Kunden, was im allgemeinen die technische Beratung oder eine laufende Information über technische Neuentwicklungen beinhaltet. Auch in diesem Fall ist es schwierig, eine genaue Abgrenzung zum Kundendienst zu treffen, der im eigentlichen Sinne die freiwilligen Dienste eines Herstellers oder Händlers beinhaltet, die vor, während und nach erfolgtem Kauf geleistet werden. Somit beinhaltet der

Kundendienst auch die personelle und organisatorische Unterstützung der Wiederverkäufer. So kann der Hersteller von komplexen und wartungsbedürftigen Maschinen nach dem Verkauf die regelmäßige technische Inspektion durchführen. Auf dem Gebiet der elektrischen Haushaltsgroßgeräte ist zu beobachten, daß die notwendig werdenden Reparaturen von den Herstellern durch eigens für diesen Zweck eingerichtete Kundendienstorganisationen vorgenommen werden. Andererseits ist auf dem Gebiet der elektronischen Datenverarbeitung der Trend zum gesonderten Verkauf der → Soft-Ware zu erkennen, die auf die Lösung organisatorischer Probleme abzielt und in der Vergangenheit oftmals als Kundendienst des Herstellers betrachtet wurde, der zwar im Preis enthalten, nicht aber gesondert abgerechnet wurde.

Handelt es sich bei der Verkaufsförderung und dem Kundendienst um nach außen gerichtete Serviceleistungen, so stellt die → Marktforschung eine Serviceleistung dar, die das Unternehmen in Anspruch nimmt. Mit Hilfe dieser Serviceleistung sollen die auf das Unternehmen einwirkenden gegenwärtigen und zukünftigen Umwelteinflüsse – insbesondere die vom Markt ausgehenden Einflüsse – planmäßig und systematisch festgestellt, laufend überwacht und ausgewertet werden. Die Durchführung der Marktforschung kann deshalb auch als eine Maßnahme betrachtet werden, die der Erhöhung des Wirkungsgrades der übrigen absatzpolitischen Instrumente dient.

Die Berechtigung, die Verkaufsförderung, den Kundendienst und die Marktforschung dem Begriff der „Service-Leistungen" unterzuordnen, läßt sich aus der Tatsache ableiten, daß es insbesondere diese Aufgabenbereiche sind, die von den Unternehmen häufig auf eigene für diese Tätigkeiten spezialisierte Institute und Werkstätten übertragen werden. Darüber hinaus üben diese Bereiche eine große erfolgverursachende Wirkung auf den Einsatz des restlichen Instrumentariums aus.

III. DIE KOMBINATIONS- UND SUBSTITUTIONSMÖGLICHKEITEN DES INSTRUMENTARIUMS

In den einzelnen Unternehmen wird das Absatz-Management immer aus einer Kombination der gekennzeichneten Instrumente bestehen. Darüber hinaus ist es nicht ungewöhnlich, daß zwei Unternehmen, die von gleich- oder ähnlich gelagerten Voraussetzungen ausgehen können, eine völlig andere Kombination dieser Instrumente wählen. Dieser Unterschied in der Wahl der jeweiligen Instrumente bei sonst gleichgelagerten Voraussetzungen ist auf die Substitutionsmöglichkeiten zurückzuführen, die zwischen den einzelnen Instrumenten, wie z. B. der Produkt- und Preisgestaltung, bestehen und die anhand der Lebensphasen eines Produktes exemplarisch dargestellt werden sollen.

Mit der Einführung eines neuen Produktes wird das verantwortliche Management Überlegungen zur möglichen Einsatzkombination der absatzpolitischen Instrumente anstellen und schließlich eine Entscheidung treffen müssen. Diese Entscheidung wird um so fundierter und damit sicherer sein, je intensiver eine entsprechende Marktbeobachtung und Marktanalyse stattfinden konnte. Handelt es sich um ein vollständig neues Produkt, das am Markt eingeführt werden soll, so wird der Preis oftmals nur eine sekundäre Rolle spielen. Von großer Bedeutung ist jedoch der richtige Einsatz der Werbung, weil den potentiellen Abnehmern der jeweilige Ge- oder Verbrauchszweck, aber auch der daraus zu erzielende Nutzen bekanntgegeben werden muß. Der zur Überwindung von Kaufhindernissen notwendige Werbeaufwand wird um so größer sein, je weniger genau die Bedürfnisse erforscht wurden, auf die die Gestaltung und Argumentation der Werbung abzielt.

Auch die Produktqualität wird in dieser Phase oftmals weniger stark Im Mittelpunkt der Überlegungen stehen, da beim Konsumenten mit dem Besitz neuer Produkte häufig ein Prestigedenken verbunden ist, das gewisse qualitative Mängel in Kauf nimmt. Dieses Prestigemoment kann noch dadurch verstärkt werden, daß eine exklusive Distribution vorgenommen wird, d. h. das Produkt ist nur in wenigen, hochangesehenen Fachgeschäften zu erhalten. Allerdings sollte die Aussage hinsichtlich der Qualität nicht als absolut betrachtet werden. So können auf den einzelnen Märkten im Hinblick auf die Qualitätsanforderungen durchaus Unterschiede bestehen, wie sie von japanischen Herstellern von Rundfunk-, Fernseh- und Phonogeräten zwischen Deutschland und den USA angetroffen wurden.

In der zweiten Phase, die sich als Wachstumsphase kennzeichnen läßt, besteht, falls das Produkt die Einführung überlebt hat, neben der qualitativen Weiterentwicklung des Produktes die erste Abwehr von Konkurrenzprodukten im Mittelpunkt der Überlegungen. Wenn überhaupt, so wird in dieser Phase die Nachfrage das Angebot übersteigen. Aus diesem Grunde wird der Preis meistens auch weiterhin im Hintergrund der Absatzbemühungen verbleiben, während die Werbung die qualitative Verbesserung der eigenen Produkte – und damit die Überlegenheit gegenüber der Konkurrenz – herauszustellen versuchen sollte, um die möglicherweise höhere Preisforderung zu rechtfertigen.

In dieser Phase ist die Überlegung anzustellen, ob nicht der Kreis der zu beliefernden Händler erweitert werden sollte, was wiederum nicht ohne Einfluß auf die Zahl und Organisation der Außendienstmitarbeiter bleibt. Andererseits wird eine größere Distributionsdichte dafür sorgen, daß die am Markt auftretende Konkurrenz schwerer Fuß fassen und der eigene Werbeaufwand eine Reduzierung erfahren kann.

In der Stabilisierungsphase wird der Konkurrenzkampf langsam aber sicher seinen Höhepunkt erreichen, da inzwischen alle Produkte voll ausgereift und die qualita-

Interdependenzen der Absatz-Instrumente

	I	II	III eigener Preis Preis-differenz ⌀ Marktpreis
Produkt-politik	Produkt ohne Zusatznutzen	Produkt mit Zusatznutzen	Problemlösung
Preis-politik	Verkauf nur über den Preis, differenzierte Preise sind nicht möglich	Geringer Preisspielraum	Großer Preisspielraum. Eigene Preispolitik möglich
Distributions-politik	breit gestreut, Produkt sollte an allen in Frage kommenden Verkaufstsellen zu erhalten sein.	breit gestreut, wobei das Schwergewicht z. B. beim Einzelhandel liegen kann.	selektiv oder exklusiv
Werbung	Hinweis auf den Preis, u. U. an Konkurrenzwerbung anhängen	Nutzen herausstellen	1. Problem dramatisieren 2. Verwirrung stiften 3. Problem lösen

tiven Unterschiede fast vollständig verschwunden sind. In dieser Phase werden meistens nur noch Produktvariationen vorgenommen, die aber nur selten zu einem Wettbewerbsvorsprung beitragen können. Allerdings ermöglichen sie in gewisser Weise eine differenzierte Preisforderung, weil trotz Gleichartigkeit der Produkte eine gewisse Individualität gewährleistet wird. Beispiele dafür sind die unterschiedlich starken Motoren oder Kunstledersitze in Automobilen gleichen Modells. Oftmals läßt im Rahmen dieser Variationen ein nur geringer Kostenanstieg einen überproportionalen Gewinnanstieg zu. So rechtfertigte ein Automobilhersteller in den USA einen Preisaufschlag von 50 Dollar mit dem Anbringen einer zusätzlichen Chromleiste, die Kosten in Höhe von 5 Dollar verursachte.

In dieser Phase spielen – neben einer kreativen Werbung und dem richtigen Gespür für die Preisgestaltung – das qualitative Niveau des Außendienstes und die Distributionsdichte eine dominierende Rolle im Absatz-Management. Versucht das Unternehmen, die bisherigen Preisforderungen aufrechtzuerhalten, so sind insbesondere zielgerichtete Leistungsanreize in Form von Prämien und Provisionen für den Außendienst erforderlich, die die Bemühungen des Managements in dieser Richtung unterstützen können.

Die letzte Phase im Leben eines Produktes wird meistens durch einen mehr oder weniger starken Preiskampf gekennzeichnet. Ein Erfolg am Absatzmarkt läßt sich in dieser Phase nur noch durch die richtige Kombination von Werbung und Verkaufsförderung erzielen. Preissenkungen, Sonderverkäufe, der Hinweis auf den extrem niedrigen Preis in der Werbung, aber auch die Bemühungen um Kostensenkungen zählen in dieser Phase zu den wesentlichsten Werkzeugen des Absatz-Managements.

Zusammenfassend läßt sich feststellen, daß die wesentlichen Bestimmungsfaktoren für die Kombinations- und Substitutionsmöglichkeiten neben der Zielsetzung des Unternehmens, die Branche, die zur Verfügung stehenden finanziellen Mittel, die Situation am Absatzmarkt, aber auch die wechselseitige Abhängigkeit der einzelnen Instrumente im Absatzbereich umfassen. Schließlich sollen auch noch vertragliche und gesetzliche Regelungen erwähnt werden, die die Substitutionsmöglichkeit durch beispielsweise das Ladenschlußgesetz, das Warenkennzeichengesetz oder durch eine branchenübliche vertikale Preisbindung einengen.

IV. DIE OPTIMALE GESTALTUNG DER ABSATZPOLITIK

Das im Rahmen der Kombinations- und Substitutionsmöglichkeiten zu erreichende Ziel im Absatz-Management lautet: Die zur Verfügung stehenden Mittel sind so auf die einzelnen Instumente aufzuteilen, daß die optimale Wirkung erzielt wird, d. h. daß eine Umverlagerung der zur Verfügung stehenden Mittel kein besseres Ergebnis nach sich zieht.

Anders interpretiert, beinhaltet diese Zielvorstellung folgende Überlegung: Es wird angenommen, daß die letzte Mark, die für die Werbung eingesetzt wird, einen Grenzertrag von 0,50 DM erzielt, während die letzte Mark, die in den distributiven Maßnahmen Verwendung findet, nur einen Grenzertrag von 0,20 DM erbringt. In dieser Situation kann der Gesamtgrenzertrag vergrößert werden, indem die für die distributiven Maßnahmen eingesetzten finanziellen Mittel umverlagert, d. h. reduziert und bei der Werbung eingesetzt werden, weil dort der zu erzielende Erlös größer ist. Mit höherem finanziellem Einsatz im Werbesektor werden dort die Grenzerträge abnehmen, weil wahrscheinlich die höhere Grenzerträge abwerfenden Gebiete bereits ausgeschöpft wurden und die zusätzlichen Mittel auf größeren Widerstand stoßen. Größerer Widerstand bedeutet aber auch abnehmende Grenzerträge. Umgekehrt werden bei den distributiven Maßnahmen mit einem reduzierten finanziellen Einsatz die Grenzerträge steigen, weil anzunehmen ist, daß die Umverlagerung von den weniger lukrativen hohen Widerstand aufweisenden Gebieten erfolgte, was für die restlichen, in den distributiven Maßnahmen eingesetzten Mittel höhere Grenzerträge bedeutet.

Prinzipiell sollte diese Umverlagerung der eingesetzten Mittel von den niedrige Erträge aufweisenden Instrumenten auf solche mit höheren Erträgen so lange erfolgen, wie noch Unterschiede in der Höhe der jeweiligen Grenzerträge bestehen. Allerdings lassen sich in der Praxis diese finanziellen Mittel, die für die Produkt- und Preisgestaltung, für distributive Maßnahmen, für die Werbung und den Service aufgewendet werden, nicht in Grenzzuwächsen bemessen, sondern die Verwendung von Pauschalsummen ist erforderlich, weil beispielsweise der Einsatz einer zusätzlichen Mark in der Werbung oder einer Preissenkung von einem Prozent keine Wirkung nach sich ziehen wird. So machen sich vielleicht bei der Werbung erst Einsätze ab DM 400,–, bei der Preisgestaltung Preissenkungen ab 10 % wesentlich bemerkbar, um Auswirkungen im Rahmen der gesamten Absatzbemühungen feststellen zu können.

Diese letzte Aussage weist auch auf die Tatsache hin, daß der Zustand einer völligen Abstimmung der Grenzerträge, die aus den für die einzelnen Instrumente eingesetzten Mittel erzielt werden, niemals vollständig erreicht wird, sondern bestenfalls nur eine Annäherung möglich ist. Inwieweit dem einzelnen Unternehmen diese Annäherung gelingt, ist von mehreren Faktoren abhängig.

Da ist zunächst einmal das Problem der Quantifizierbarkeit der erzielten Wirkung zu lösen. Als Beispiel sei hier nur auf die Schwierigkeit im Rahmen der Werbeerfolgskontrolle hingewiesen, um die absolute Werbeerfolgsgröße isolieren zu können – und diese Schwierigkeit besteht bereits in der → ex post-Analyse, in der alle Ergebnisse vorliegen. Ungleich schwieriger ist die Ermittlung der optimalen Einsatzkombination in der ex ante-Betrachtung (→ ex ante-Analyse). Zwar läßt aufgrund einer genauen Marktbeobachtung und Marktanalyse – durch den Einsatz der Marktforschung – sich der ungefähre Wirkungsgrad prognostizieren, doch sind zu viele externe Umwelteinflüsse im Spiel, als daß sich der Erfolg genau vorhersagen ließe.

Eine weitere Möglichkeit, die zuvor beschriebene Annäherung soweit wie möglich zu erzielen, wird durch die Anwendung der im Rahmen des Operations Research entwickelten Methoden geboten. Allerdings ist auch mit diesen Methoden eine absolut genaue Vorhersage gerade im Absatzbereich nicht zu erreichen, da zu viele Annahmen getroffen werden müssen, d. h. zukünftige ungewisse Ereignisse werden als mit Sicherheit eintreffend angenommen.

Trotz der vorhandenen Unsicherheiten und Risiken sollte das verantwortliche Management die zur Verfügung stehenden Hilfsmittel so weit verwenden, wie sie aus Kostengründen zu vertreten sind. So ließe sich beispielsweise mit Hilfe der ex post-Analyse, den Methoden des → Operations Research und den auf Erfahrung beruhenden Prämissen ermitteln, die allerdings von mehreren Alternativen abgesichert sein müßte, um eine kurzfristige Anpassung der Absatzpolitik an veränderte Bedingungen zu ermöglichen. Daß diese komplexe Vorgehensweise nur mit Hilfe einer EDV zu realisieren ist, sollte keiner weiteren Begründung bedürfen.

Da die Bildung von Prämissen nicht zu umgehen ist – insbesondere durch die bestehenden Quantifizierungsprobleme –, spielt gerade im Absatzbereich die Erfahrung des Managements und oftmals auch das auf Intuition beruhende Vorgehen eine immer noch wesentliche Rolle. Deshalb ist die Auswahl kompetenter Führungskräfte für das Absatz-Management ebenfalls eine Erfolgsvoraussetzung für die Absatzbemühungen.

Literatur:

Allison, Harry: Die Marketingstrategie, in: Britt, Boyd (Hersg.) Marketing-Management und Organi-

sation, deutsche Bearbeitung P. Linnert, München 1971
Banse, Karl: Vertriebs-(Absatz-)Politik, in: Handwörterbuch der Betriebswirtschaft, Bd. III, 3. Aufl., Stuttgart 1960
Geist, Manfred: Selektive Absatzpolitik, Stuttgart 1963
Gutenberg, Erich: Grundlagen der Betriebswirtschaftslehre, Band II, Der Absatz, II. Auflage, Berlin, usw. 1968
Schnutenhaus, Otto R.: Absatzpolitik und Unternehmensführung, Freiburg i. Br. 1961

Absatzpolitik, selektive

Die selektive Absatzpolitik bedeutet die Einschaltung von mehr als einem, aber weniger als sämtlichen für den Verkauf von Produkten denkbaren Zwischenhändlern, die gewillt sind, ein bestimmtes Produkt zu verkaufen, also eine Auswahl von Zwischenhändlern.
Die selektive Absatzpolitik, auch selektive Distributionspolitik genannt, wird sowohl von auf dem Markt eingeführten Unternehmen mit dem Ziel eines gesicherten Absatzes verfolgt, wie auch von neuen Unternehmen, um die Einführung ihrer Produkte durch die Zusicherung bestimmter Rechte zu erleichtern.
Den Zwischenhändlern wird beim Verkauf ihrer Produkte in der Regel Gebietsschutz zugesichert. Für den Produzenten oder Importeur liegt der Vorteil dieses Systems darin, daß die Grenzbetriebe, für deren Bearbeitung die erforderlichen Kosten die möglichen Deckungsbeiträge aufzehren würden, von vornherein ausgeschieden werden, so daß die Arbeit konzentriert vonstatten geht. Zudem kann man mit den selektierten Zwischenhändlern eine bessere Zusammenarbeit erreichen, und es kann vom Zwischenhandel ein intensiveres Verkaufsbemühen verlangt werden.
→ Marktsegmentierung

Abschreibungen

Wertverzehr der Anlagegegenstände im Laufe ihrer voraussichtlichen Nutzungsdauer, die wertmäßig in die Bilanz, in die Gewinn- und Verlustrechnung und in die Kostenrechnung eingehen. Man unterscheidet

1. Lineare Abschreibungsmethode, bei der die Abschreibungen gleichmäßig auf die gesamte angenommene Lebensdauer verteilt werden, z. B. bei einer Lebensdauer von 10 Jahren betragen die Abschreibungen jährlich 10 %.
2. Degressive Abschreibungsmethode, bei der sich die Abschreibungen auf den gleichen Zeitraum, nämlich die angenommene Nutzungsdauer erstrekken, nur werden hier in den ersten Jahren relativ hohe Werte abgeschrieben, weil man z. B. bei 10 Jahren von einem Satz von 33⅓ % ausgeht, der dann jeweils vom Restbuchwert abgeschrieben wird.

Kalkulatorische Abschreibungen weichen von den Abschreibungen der Bilanz ab, wenn diese nicht dem wirklichen Wertverzehr entsprechen.
Außer Abschreibungen auf Anlagen gibt es auch Abschreibungen auf Forderungen und Lagervorräte, wenn die ursprünglich in der Buchhaltung festgelegten Werte nicht mehr den tatsächlichen Werten entsprechen.

Absentee Ownership

Bezeichnung für die Trennung zwischen Kapitaleigentum und Management.

Absorption-Costing

Ausdruck für Voll- oder Durchschnittskostenrechnung.

Abteilung, Abteilungsgliederung

Arbeitsgruppe mit einem abgegrenzten Aufgabengebiet; der Leiter dieser Arbeitsgruppe besitzt Entscheidungskompetenzen und Verantwortlichkeit.

Andere Bezeichnungen für Abteilung: Instanz, Stelle.
Im allgemeinen werden fünf Abteilungsstufen unterschieden: Leitung, Hauptabteilung, Abteilung, Gruppe, Untergruppe (Arbeitskreis Krähe); die Zahl der Stufen richtet sich nach Art und Größe des Unternehmens.

Faktoren für die Abteilungsgliederung sind (nach Arbeitskreis Krähe) –

1. Die Aufgabengliederung
2. die Größe des Unternehmens
3. die Art der Produktion
4. zentrale oder dezentrale Organisation
5. → Span of Management
6. die geographische Lage
7. die historische Entwicklung des Unternehmens
8. die Personalsituation des Unternehmens
9. außerbetriebliche Konjunktur- und Strukturwandlungen

Nordsiek stellt folgende Prinzipien für die Abteilungsgliederung auf:

1. Zusammengehörige Aufgabengebiete (d. h. Prozesse) sollen auch einheitlich an bestimmte Abteilungen verteilt werden. Alle Abteilungen und Dienststellen sollen klare Zielsetzungen bekommen und ihr Aufgabengebiet soll eindeutig abgegrenzt sein.
2. Die Verwaltungsaufgaben → Organisation, Rechnungswesen, Personal-, Anlage- und Finanzverwaltung, sollen auf der oberen Ebene als besondere Aufgabenbereiche aus den Wirtschaftsaufgaben ausgesondert werden. Sie sind in der Spitze zu koordinieren.
3. Keine Dienststelle oder Abteilung sollte mehr als einem Vorgesetzten unterstellt werden, weil sonst die Einheit und Eindeutigkeit der Zuständigkeit für die Aufgabengebiete in Gefahr gerät.
4. Wesensmerkmale einer guten, weil reibungslosen Leitungsorganisation sind die Freiwilligkeit der Ein- oder Unterordnung und die Zwanglosigkeit der Leitung. Zu beiden ist erforderlich, daß die Interessen der Mitarbeiter in der richtigen Weise an das Betriebsinteresse gebunden werden.
5. Das Spiegelbild einer Leitung, wie sie eben gefordert wurde, ist die verantwortliche Ausführung, zu der auch die Initiative beim Wandel und bei Veränderungen im Aufgabengebiet sowie alle Entscheidungen des Normalfalles gehören. Schließlich ist dazu auch eine verantwortliche Selbstkontrolle zu rechnen.
6. Die Rangordnung der Betriebsgliederung wird nach dem Umfang der Verantwortung bestimmt.
7. Die Zahl und der Umfang der einem Vorgesetzten zu unterstellenden Einheiten sind durch sein Leitungsvermögen begrenzt (Grundsatz der optimalen Leitungsspanne).
8. Zur Lösung von Grundsatz- und Planungsaufgaben, ferner für schwierige Koordinationsfragen sind organisierte Gruppen einzusetzen.

Literatur:
Arbeitskreis Krähe: Unternehmungsorganisation. Aufgaben und Abteilungsgliederung in der industriellen Unternehmung, Köln und Opladen 1963
Nordsiek, Fritz: Betriebsorganisation. Betriebsaufbau und Betriebsablauf, Stuttgart 1961

Accelerator

→ Traffic Manager

Accountancy

→ Management Accounting

Accountant

Bezeichnung für Rechnungs- oder Wirtschaftsprüfer in Großbritannien, USA, Irland und in den Niederlanden.

Account Executive

In der Werbeagentur Bezeichnung für den Vermittler zwischen Agentur und Auftraggeber, auch Kontakter genannt; außerdem Bezeichnung für einen mit der Bearbeitung eines Werbeetats betrauten Sachbearbeiter.

Accounts Payable

Zahlbare Rechnungen

Accounts Receivable

Einbringbare Forderungen

Accounts Receivable Supplier

An Lieferanten gegebene Kredite (Anzahlung)

Account Supervisor

In der Werbeagentur Vermittler (Kontaktmann, Kontakter) zwischen Agentur und Auftraggeber mit leitenden Funktionen.
→ Group Head

Accrued Expenses

Kurzfristige Abgrenzungsposten, die in amerikanischen Bilanzen gewöhnlich unter den → current assets oder → liabilities aufgeführt werden.

Accuracy

1. In der Markt- und Meinungsforschung Bezeichnung für die statistische Genauigkeit des Ergebnisses oder für die Größe der statistischen Fehlerspanne.

2. In der Datenverarbeitung Bezeichnung für die Genauigkeit der Ergebnisse von Rechenoperationen in Datenverarbeitungsanlagen.

Acid-Test

Bei der Kreditwürdigkeitsprüfung durch US-Banken zugrunde gelegte Finanzierungsregel: Das Verhältnis von liquiden Mitteln und kurzfristigen Forderungen zu den kurzfristigen Verbindlichkeiten soll mindestens 1:1 sein. Das bedeutet, daß das restliche Umlaufvermögen langfristig finanziert werden muß.

Acquisition

Aufkauf eines Unternehmens durch ein anderes, wobei die aufgenommene Firma im allgemeinen untergeht.
→ Akquisition

Action

Im englischen Recht Bezeichnung für Klage, Rechtsstreit

Action Flexibility

Aktivität und Durchsetzungsvermögen. Diese Eigenschaften werden von einem modernen Manager neben einer → social sensitivity hauptsächlich gefordert.

Action Planning

Maßnahmenplanung. Der Maßnahmenplan ist eine Ergänzung des Zielplanes der Unternehmung. Im Maßnahmenplan des Unternehmens sollten absatzfördernde Aktionen in den Bereichen Preispolitik, Absatzräume, Vertriebswege, Werbung, Kundendienst festgehalten werden.

Activation Research

In der Werbeforschung Bezeichnung für Kaufentschlußanalyse, eine Erinnerungsmethode zur Prüfung der Werbewirkung. Sie soll erlebte Werbewirkungsvorgänge reproduzieren. Zu diesem Zweck wird der Käufer unmittelbar nach dem Kauf befragt. Auf diese Weise kann das kaufauslösende Moment herausgefunden werden.

Activity

Tätigkeit oder Aktivität. Damit wird in der → Netzplantechnik ein Vorgang bezeichnet, der Zeit erfordert.
Graphisch: Pfeil zwischen zwei Knoten.

Actual Costs

Ist-Kosten, d. h. effektiv entstandene, tatsächliche Kosten.
→ Istkostenrechnung

Administration

Verwaltung, Führung, Leitung; synonym mit → Management verwendet.
→ Business Administration

Administrative Expense

Bezeichnung für Verwaltungsaufwand

Administrative Vicepresident

Bezeichnung für Oberster Stabsleiter, dem die Stabsbereiche unterstehen, die nicht direkt dem President unterstellt sind. Andere Bezeichnungen sind: → Executive Vicepresident → Staff oder Corporate Staff Officer.

Admission of Stocks to Quotation

Bezeichnung für Zulassung von Aktien zur Börsennotierung

Advertising

Bezeichnung für Anzeigenwerbung. Im weiteren Sinne: allgemeine → Werbung

Advertising Agency

Bezeichnung für Werbeagentur

Advertising Consultant

Bezeichnung für Werbeberater

Advertising Department

Bezeichnung für Werbeabteilung

Advertising Message

In der Werbung Bezeichnung für Werbebotschaft, also die werbend publizierte Information über eine Sache, eine Institution oder eine Person.

Advertising Operator

Berufsbezeichnung für den Anzeigenmittler bzw. Anzeigenpächter

Advertising Rates

Bezeichnung für Anzeigentarif

Advertising Research

Bezeichnung für Werbeforschung, ein Teilgebiet der Marktforschung. Sie soll Grundlagen und Wirkung der Werbung erforschen.
→ Werbung

Advertising Schedule

Terminplanung eines Werbefeldzuges (Erscheinungsplan)

Advertising to Sales Principle

Bezeichnung für eine Methode zur Festlegung des Werbebudgets für einzelne Produkte.
Im Rahmen dieser Budgetierungsmethode wird von der Vorstellung ausgegangen, Produkte, die einen hohen Gewinn oder Gewinnzuwachs aufweisen, mit dem größten prozentualen Anteil am Gesamtwerbebudget auszustatten. Dabei wird eine Flexibilität von bis zu 50 % berücksichtigt, um bei außergewöhnlich hohen Verkaufsquoten eines Produktes eine noch stärkere Forcierung des Produktes durch intensivere Werbung zu ermöglichen. Bei verkaufsschwachen Produkten wird der Werbeaufwand dem entsprechend niedrigeren Gewinnbeitrag angepaßt.
Das „Advertising to Sales Principle" stellt somit die Koppelung von Werbeaufwand und Gewinnbeitrag dar.
→ Werbung

Äquivalenzkalkulation

Die Äquivalenzkalkulation basiert auf dem Prinzip der → Divisionskalkulation und kann bei Parallelfertigung verschiedener Sorten eines Produktes Anwendung finden. Voraussetzung ist, daß diese Sorten – auch wenn die Produkte nicht einheitlich sind – eine Ähnlichkeit aufweisen, die sich mathematisch in Form des Kostenverhältnisses ausdrücken läßt. Ein solches Kostenverhältnis ergibt sich bei einem gleichen Fertigungsprozeß, wenn ein unterschiedlicher Rohmaterialeinsatz vorliegt, oder bei unterschiedlicher Dauer des Herstellungsprozesses bei gleichem Ausgangsmaterial. Die Kostenrelation der Produkte zueinander wird mit Hilfe einer Äquivalenzziffer zum Ausdruck gebracht, die als Gewichtungsfaktor für zuvor ermittelte Kostendurchschnittswerte dient.
Die Grenzen dieser Methode sind in der fehlenden Aussagefähigkeit und den oftmals fehlenden Kostenvergleichsmöglichkeiten im Unternehmen, sowie in der Verrechnung von Fixkosten der nicht genutzten Kapazitäten zu suchen.

Agency Agreement

Bezeichnung für den Vertrag zwischen dem Auftraggeber und der Werbeagentur.

AIDA-Formel

Abkürzung für Attention, Interest, Desire, Action. Amerikanische Faustregel für den Verkauf, nach dem das Verkaufsgespräch in 4 Stufen ablaufen soll:

1. Aufmerksamkeit erzielen
2. den Kunden persönlich am Angebot interessieren
3. Verlangen nach der Ware wecken
4. den Kaufentschluß herbeiführen

Die AIDA-Formel faßt auch den Aufbau einer Werbebotschaft zusammen und stellt ein allgemeines rhetorisches Rezept dar.

Aided Recall

Methode der Gedächtnishilfe bei Befragungen – etwa im Rahmen von Werbewirkungstests. Diese Gedächtnishilfen in Form von Originalzeitschriften, Originalpackungen oder Packungsabbildungen, Schriftzügen, Listen oder Kartenspielen sollen dazu dienen, schwache und vage Erinnerungen der Befragten zu aktivieren und zu aktualisieren.
(Gegensatz → Unaided Recall)

Akkreditiv

Instrument des Zahlungsausgleichs im Außenhandel, das das Risiko interna-

tionaler Handelsbeziehungen vermindert.
Die Bank des Importeurs verpflichtet sich, befristet (oder auch unbefristet) unwiderruflich einem begünstigten Exporteur gegen Aushändigung bestimmter Dokumente eine dem Rechnungsbetrag der Ware entsprechende Summe auszuzahlen.
Damit hat der Verkäufer die Sicherheit, daß die ihm oder seiner Bank bekannte ausländische Bank die Zahlung leistet und der Käufer weiß, daß die Bank für ihn einspringt.
Das Dokumentenakkreditiv hatte vor allem nach dem 2. Weltkrieg eine große Bedeutung im Außenhandel der BRD, da man sich über die Kreditwürdigkeit der Partner im internationalen Handel noch unklar war.

Akquisition

Bezeichnung für die Bemühungen eines Unternehmens, Kunden für die eigenen Produkte, für die eigene Leistung zu werben.
→ Preispolitik, Acquisition

Akzeptkredit

Wechselkredit, bei dem die Bank bei einem erstklassigen Schuldner als Akzeptant auftritt, um dem Kunden bei einer anderen Bank Kredit zu verschaffen.
Die Bank erhält eine Provision vom Kunden, der auch noch die Diskontspesen zahlt.

Algol

Abkürzung von algorythmic language.
In der Datenverarbeitung maschinenunabhängige, problemorientierte Programmier- oder Pseudosprache (→ Programmiersprachen), besonders für technisch-wissenschaftliche Berechnungen geeignet.
Da der Computer die Pseudosprache nicht unmittelbar lesen kann, muß sie vom → Compiler in die Maschinensprache des jeweiligen Computerfabrikates übertragen werden.

Allokationsmodelle

Allokation beinhaltet die planmäßige Aufteilung vorhandener knapper Mittel in einer Weise, daß diese Mittel den höchstmöglichen Nutzen stiften; sie dienen somit der Lösung von → Zuordnungsproblemen.
Im Bereich der Wirtschaft soll mit Hilfe von Allokations-(Zuordnungs-, Verteilungs-)Modellen versucht werden, die knappen Mittel eines Unternehmens den vorhandenen Einsatzmöglichkeiten so zuzuordnen, daß eine gegebene Zielgröße, z. B. Wachstum, Gewinn, Rentabilität im Rahmen der gegebenen Relationen maximiert wird.
Im Marketing-Bereich können diese knappen Mittel beispielsweise eine Außendienst-Mannschaft sein, deren zahlenmäßiger Umfang zu klein ist, als daß sich sämtliche, im Sinne der Zielsetzung lohnenswert erscheinenden Besuche durchführen ließen. Es kann sich auch um ein zu kleines Werbebudget handeln, so daß eine Beschränkung auf wenige Werbeträger erforderlich ist, um eine akzeptable Wirkung zu erzielen.
Das Problem besteht also darin, den „besten" Weg oder das „beste" Programm zu ermitteln, um die Mittel unter Berücksichtigung der Zielsetzung und der vorhandenen Beschränkungen aufzuteilen.
Zur Lösung derartiger Probleme werden die verschiedenen Formen der Programmierungsrechnung eingesetzt. Dies setzt wiederum voraus, daß der einzelne Manager in der Lage ist, die Zielsetzung in eine mathematische Funktion umzusetzen, deren Wert optimiert werden soll. Des weiteren müssen die Beschränkungen (finanzielle Mittel, Personal, Fertigungskapazitäten) in Form von Neben-

bedingungen berücksichtigt werden, die sowohl als Gleichungen als auch als Ungleichungen auftreten können.
Durch die Einführung von Nebenbedingungen wird die Zahl der zulässigen Alternativen reduziert. Ein mathematisches Verfahren – der Simplexalgorithmus – versucht unter den einzelnen Alternativen diejenige herauszufinden, die den Wert der Zielfunktion optimiert.
Begriffe wie → Transportproblem, oder → „travelling Salesman"-Problem sind dem Gebiet der Allokationsmodelle unterzuordnen und finden im Rahmen des → Operations Research verstärkt Anwendung.
→ Lineares Programmieren

Literatur:
Kotler, Ph.:
The Use of Mathematical Models in Marketing
in: Journal of Marketing, Okt. 1963, S. 31 ff.

Analog-Prinzip

Bezeichnung für einen Datenverarbeitungsprozeß mit Hilfe eines elektronischen Schaltkreises.
Beim Analog-Prinzip erfolgt die Wiedergabe von Daten mit Hilfe physikalischer Größen. Dazu eignen sich im Bereich der Elektrotechnik z. B. die Stromstärke oder die Spannung. Unterschiedliche Zahlenwerte lassen sich durch eine unterschiedlich hohe Spannung darstellen. Analogrechner sind demnach Datenverarbeitungsgeräte, die mit Hilfe analogverschlüsselter Informationen arbeiten.
→ Datenverarbeitung

Annual General Meeting of Shareholders

Bezeichnung für Hauptversammlung

Annual Report

Geschäftsbericht der anglo-amerikanischen Aktiengesellschaften, der der Hauptversammlung vorgelegt werden muß. Er besteht aus dem Bericht des → Chairman of the Board an die Aktionäre (→ shareholders), → Balance sheet (Bilanz), bei Konzernen → Consolidated balance sheet (konsolidierte Bilanz), → Profit and loss account (Gewinn- u. Verlustrechnung) sowie dem → Auditors' report, außerdem enthält er die Namen der Mitglieder des → Board of Directors und der → Officers. Bei größeren Gesellschaften ist oft noch ein Finanzierungsnachweis, Statistiken über Produktion, Beschäftigte, Investitionen und Abschreibungen beigefügt. Die Jahresberichte sind vielfach reich bebildert, sehr oft mehrfarbig und mit grafischen Darstellungen versehen. Sie werden nicht nur zur Unterrichtung der Aktionäre, sondern auch weitgehend zur Selbstdarstellung der Gesellschaft benutzt. Die Aktionäre erhalten den Geschäftsbericht durch ihre Banken zugestellt.

Antipollution Engineering

Planung und Durchführung aller umweltpflegerischen Maßnahmen im Industriebetrieb. Das beginnt bereits vor Errichtung neuer Betriebe mit der Feststellung, welche Auflagen und Kosten für umweltpflegerische Maßnahmen zu erwarten sind.

Antipollution Investments

Bezeichnung für Investitionen zum Schutze der Umwelt. Als solche neuerdings auch in der Bilanz gesondert ausgewiesen.

Antitrust Legislation

US-amerikanische Kartellgesetzgebung

Application Engineer

Technischer Angestellter, der die Kunden auf dem Gebiet der Anwendungstechnik, des Designs, der Entwicklung neuer Produkte berät.

Appraisal

Bezeichnung für Bewertung

Apprenticeship

Bezeichnung für das Lehrlingswesen, die Lehre

Appropriation Type Budget

Budget mit Zuteilungs- und Limitcharakter – in etwa mit einem Etat vergleichbar.

Arbeitsbewertung, analytische

Die analytische Arbeitsbewertung ist ein methodisches Hilfsmittel zur Bestimmung der Höhe der Anforderungen, die eine bestimmte, festumrissene Arbeit an den Menschen stellt. Diese Methode soll damit der Ermittlung eines leistungsgerechten Lohnes dienen.

Als Maßstab der Entlohnung wird neben der Höhe der individuellen Leistung die Höhe der Anforderungen zugrunde gelegt. Die analytische Arbeitsbewertung bezieht sich jeweils auf den Vergleich einer Arbeit mit anderen Arbeiten und ist damit eine relative Bewertung der Arbeit. Sie erfordert menschliches Urteils- und Bewertungsvermögen, das jedoch durch einheitliche methodische Gestaltung weitgehend objektiviert und neutralisiert, d. h. dem Zufall subjektiver Bewertung entzogen werden kann.

Die analytische Arbeitsbewertung im Dienste der Entlohnung muß nicht unbedingt absolut gültige Werte liefern, sondern sie soll bei sorgfältiger Handhabung durch verschiedene bewertende, eigens für diesen Zweck geschulte Fachleute bei der gleichen Arbeit annähernd zu dem gleichen Ergebnis führen. Ein konstanter Fehler im System der Arbeitsbewertung – eine Anforderungsart wird im Vergleich zu einer anderen ständig zu hoch oder ständig zu gering bewertet – wäre für eine sinnvolle Entlohnung eher zu akzeptieren als eine systemlose, von der bewertenden Person abhängige Einschätzung der Arbeiten. Eine solche Bewertung würde Ergebnisse hervorbringen, die nach oben und nach unten schwanken und so den Eindruck von Willkür hervorrufen.

Die analytische Arbeitsbewertung ist unabhängig von der die Arbeit ausführenden Person. Sie berücksichtigt nicht, wie der Arbeitende die gestellten Anforderungen qualitativ und/oder quantitativ erfüllt. Sie drückt lediglich aus, daß die Arbeit im Vergleich zu anderen Arbeiten höhere oder geringere Anforderungen stellt, wenn die Arbeiten mit gleicher Leistung ausgeführt werden. Die Erfüllung dieser Anforderungen durch den Arbeitenden zeigt sich erst in seiner Leistung, in dem Ergebnis seiner Arbeit. Anerkennung der Leistung in der Entlohnung ist aber nicht die Angelegenheit der Arbeitsbewertung, sondern Aufgabe der leistungsgerechten Entlohnung mit Hilfe der Leistungszulage, des Akkordlohnes oder des Prämienlohnes.

Für die Anwendung der analytischen Arbeitsbewertung sind viele, meist den Namen ihrer Urheber tragende Verfahren entwickelt worden. Zwar weichen diese Verfahren in den technischen und methodischen Einzelheiten voneinander ab, doch basieren sie alle auf den folgenden fünf Grundlagen:

1. Wie ist die zu bewertende Arbeit inhaltlich zu umreißen?
2. Welche Anforderungen sollen unterschieden werden?
3. Wie ist die Arbeit innerhalb jeder einzelnen Anforderungsart zu bewerten?
4. Wie ist der Gesamtwert der Arbeit aus den Werten der einzelnen Anforderungsarten zu bestimmen?
5. Wie gelangt man vom Gesamtwert der Arbeit zum Lohn?

Die Beantwortung dieser Frage ist Voraussetzung für die Anwendung des jeweils richtigen Verfahrens der Arbeitsbewertung. Andererseits ist zu berücksichtigen, daß für kein Unternehmen ein Verfahren als das einzig richtige oder vollkommene angesehen werden kann. Die Anwendung der Verfahren setzt voraus, daß die Prämissen bekannt sind und die Anwendung des Verfahrens gründlich und sorgfältig erfolgt.

Literatur:
Böhrs, H.: Leistungslohn — Arbeitsleistung und Arbeitsentlohnung, Wiesbaden 1959

Arbeitsgestaltung

REFA-Bezeichnung für die Arbeitsbestgestaltung, wobei Arbeitskraft, Betriebsmittel und Werkstoffe optimal aufeinander abgestimmt werden sollen. Arbeitsgestaltung ist ein Teilgebiet des Arbeitsstudiums (→ Arbeitswissenschaft). Den Zusammenhang zwischen Methodenstudium (= Arbeitsgestaltung) und Zeitstudium als Bestandteile des Arbeitsstudiums zeigt die Darstellung 1 (zitiert nach Rühl).

I. AUFGABEN UND ARBEITSGESTALTUNG

Es lassen sich nach Rühl drei Tätigkeitsebenen für die Arbeitsgestaltung unterscheiden, und zwar nach dem Schwierigkeitsgrad der gestellten Aufgaben.

1. Auf der untersten Ebene wird eine Methodenverbesserung hinsichtlich des Arbeitsflusses, des Arbeitsplatzes und der Betriebsmittel angestrebt.
2. Auf der zweiten Ebene werden zusätzlich Fertigungsverfahren verbessert, Betriebsmittel, Vorrichtungen und Werkzeuge um- und neugestaltet, Prozeßabläufe und Funktionsketten verbessert und neue betriebliche Funktionssysteme und Anlagen geplant und entworfen.
3. Auf der obersten Ebene kommen zu den genannten Aufgaben die Analyse und Neugestaltung der Betriebsorganisation und die Optimierung betrieblicher Systeme und Prozeßabläufe, z. B. unter Zuhilfenahme der Methoden des Operations Research. In vielen Fällen wird dabei der Einsatz der elektronischen Datenverarbeitung von Nutzen sein. Außerdem werden Arbeits- und Bewegungsstudien und Studien über die psychische und physische Belastung durchgeführt, Systeme vorbestimmter Zeiten entwickelt, Einarbeitungsperioden und Fragen der Eignung, des Arbeitseinsatzes und der Ausbildungsmethoden unter arbeitswissenschaftlichen Aspekten untersucht.

II. METHODEN DER ARBEITSGESTALTUNG

Ansatzpunkt ist das sogenannte Mensch-Maschine-System, also die Beziehungen zwischen dem arbeitenden Menschen, dem Umfeld und dem Arbeitsfeld, in dem er Informationen aufnehmen, Entscheidungen treffen, von der automatisch ablaufenden Reaktion bis zur unprogrammierbaren Entscheidung, und bestimmte Handlungen ausführen muß.
Die Arbeitswissenschaft unterscheidet bei der Feldanalyse fünf Teilfelder des Arbeitsfeldes: das Wahrnehmungsfeld, das intellektuelle Feld, das motorische Feld, das charakterliche Feld und das psychophysische Gesamtfeld.

1. Das Wahrnehmungsfeld. Ziel der Arbeitsgestaltung ist es, nur die Informationen, die für den Arbeitsablauf notwendig sind, in das Sehfeld des Arbeitenden gelangen zu lassen. Da vom Mensch außerdem Bildgestalten und nicht Einzeleindrücke aufgenommen werden, müssen z. B. Skalen und Ablesegeräte entsprechend gestaltet sein. Das optimale Sehfeld bei sitzender Tätigkeit liegt in einem Bereich von $\pm$ 62 ° bezüglich der Orthogonalebene; von Bedeutung sind die Wahrnehmungsmöglichkeiten innerhalb einer Augenfixation, da jede Augenverstellung Zeit kostet.

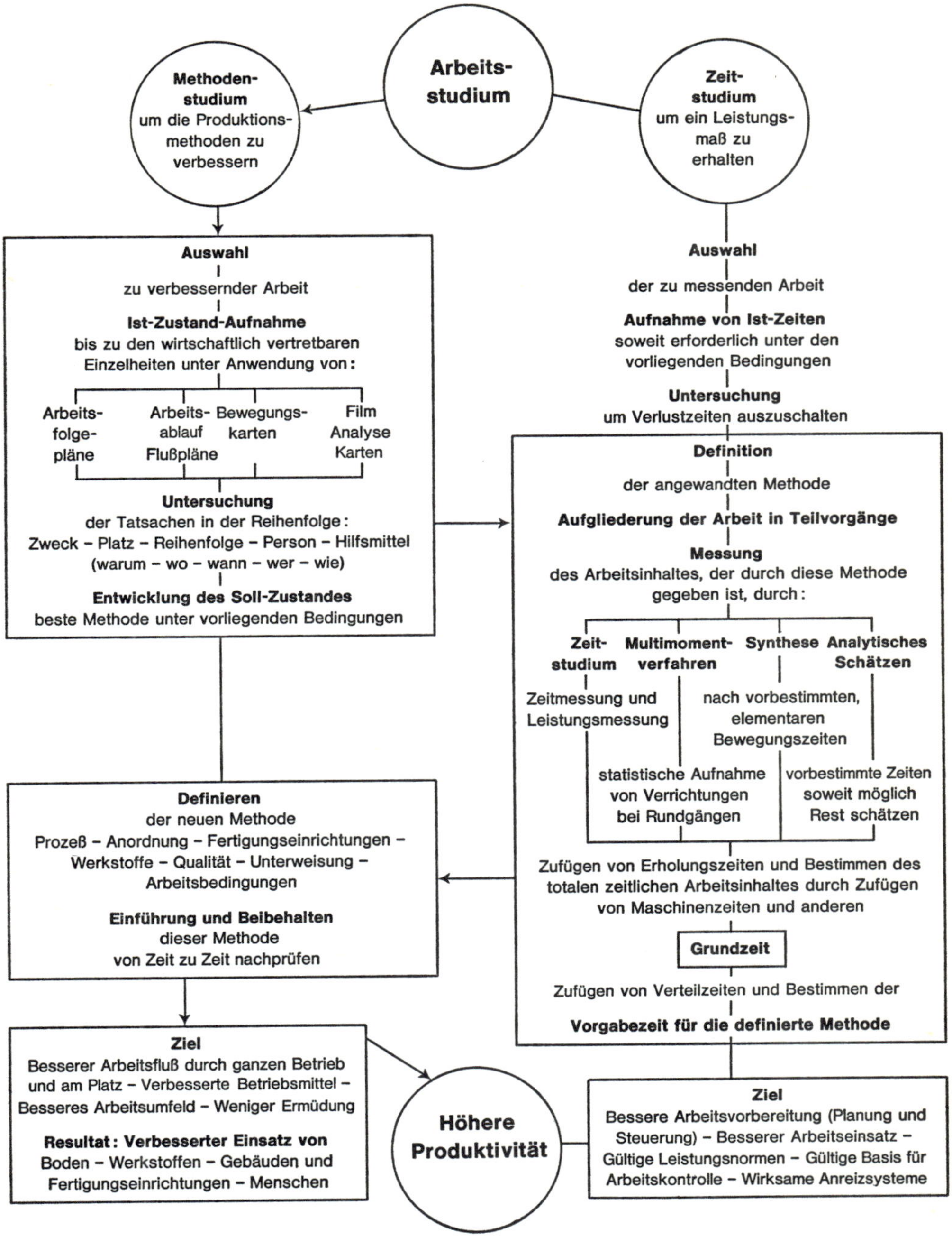

Nach „Introduction to Work Study". 12. Aufl., Genf 1962, S. 42.

Darstellung 1: Methodenstudium und Zeitstudium als Bestandteile des Arbeitsstudiums

2. Das intellektuelle Feld. Je nach Schwierigkeiten der Arbeitsaufgabe werden die intellektuellen Fähigkeiten des Arbeitenden beansprucht. Programmierbare Entscheidungen werden so intensiv wie möglich geübt, für die nichtprogrammierbaren Entscheidungen werden z. B. Alternativlösungen durchgespielt.

3. Das motorische Feld. Die optimale Gestaltung von Maschinen und Arbeitsmitteln richtet sich zunächst einmal nach den anthropometrischen Gegebenheiten, also den Körpermaßen, Reichweiten, Arbeitshöhen und -bereichen, wobei Verstellmöglichkeiten vorgesehen sein sollten; entscheidende Größen sind hierbei der Greifraum und die Sitzhöhe. Die ideale Haltung und Stellung bei der Arbeit ist die sogenannte physiologische Nullage, die die geringste Muskelanspannung aufweist. Durch Bewegungsstudien (Work-Factor[WF]-System, Methods-Time Measurement [MTM], Basic Motion Timestudy [BMT], → Systeme vorbestimmter Zeiten) versucht man gemäß dem Aufbau des Bewegungsapparats, den muskelphysiologischen Gesetzmäßigkeiten und den Regelungsfunktionen des Nervensystems Bewegungsabläufe ökonomisch zu gestalten, z. B. die richtige Anordnung des Greifortes. Zu diesem Zweck wird die Arbeit in Arbeitsvorgänge, Arbeitsstufen, Arbeitselemente und Arbeitsmethoden aufgegliedert. Hilfsmittel dazu sind u. a.: Photographie und Film, Stoppuhr, Formulare, Zeitmeßgeräte. Bewegungsstudien werden durch Zeitstudien ergänzt.

4. Das charakterliche Feld. Wichtige charakterliche Eigenschaften des Arbeitenden, die festgestellt werden, sind u. a.: Verläßlichkeit, Korrektheit, Präzision, Störungsunempfindlichkeit, Monotonieunempfindlichkeit, konzentrierte Aufmerksamkeitsverteilung. Auch der Arbeitstypus kann ermittelt werden.

5. Das psychophysische Gesamtfeld. Für den körperlichen Bereich gibt es insbesondere für die Schwerarbeit Grenzwerte; eine Belastungskontrolle über die gesamte Arbeitszeit soll verhindern, daß diese überschritten werden. Für den psychischen Bereich muß hauptsächlich auf das individuelle Empfinden zurückgegriffen werden, da hier die Arbeitswissenschaft erst Ansätze zu bieten hat.

Literatur:
Barnes, R. M.: Motion and Time Study, New York 1963
Carson, G. B.: Production Handbook, New York 1959
Kaminsky, G., Schmittke, H.: Arbeitsablauf- und Bewegungsstudien, München 1960
Kellermann, F., Werly, P. van, Willems, P.: Mensch und Arbeit in der Industrie – Ergonomischer Leitfaden für Konstrukteure und Arbeitsvorbereiter, Eindhoven 1964
Lehmann, G.: Praktische Arbeitsphysiologie, Stuttgart 1962
Maynard, H. B.: Industrial Engineering Handbook, New York 1956
Pentzlin, K.: Arbeitsrationalisierung, München 1954
Poppelreuter, W.: Arbeitspsychologische Grundsätze, Stuttgart 1957
REFA-Buch, Bd. 1: Arbeitsgestaltung. München 1961
Rühl, G.: Arbeitsgestaltung, in: Industrielle Produktion, Baden-Baden – Bad Homburg 1967
Rühl, G. u. a.: Arbeitsvorbereitung, Berlin 1963
Schmittke, H. und Hoffmann, H.: Untersuchungen über die Dauerbeanspruchung der Aufmerksamkeit bei Überwachungstätigkeiten, Köln und Opladen 1964
Woodson, W. E. und Conover, D. W.: Human Engineering Guide for Equipment Designers, Los Angeles 1964

Arbeitsvorbereitung

Bezeichnung für die planmäßige Vorbereitung der industriellen Erzeugung zur Sicherung eines reibungslosen, ökonomischen und termingerechten Arbeitsablaufes. Zu diesem Zweck müssen alle Arbeitsvorgänge im Betrieb genau analysiert und erfaßt werden. Das gilt sowohl für die Leistung der Arbeitskräfte als auch der Maschinen.

Die Arbeitsvorbereitung ist vor allem in Betrieben eingeführt, in denen das Produkt im Laufe seiner Bearbeitung verschiedene Betriebsabteilungen oder Kostenstellen durchläuft oder bei der Bearbeitung bestimmter Produkte eine unterschiedliche Einstellung der Maschinenaggregate – z. B. nach Modellen, Größen oder Farben – erforderlich ist. Die Arbeitsvorbereitung ist deswegen vor allem im Maschinenbau, aber auch in der Textil- und Möbelindustrie oder bei Druckereibetrieben eingeführt.
Die Arbeitsvorbereitung ist im allgemeinen organisatorisch der Fertigungsleitung unterstellt, in manchen Betrieben aber auch dem Vertrieb, da sie die Unterlagen für die Kalkulation liefert. Sie muß eng mit dem Arbeits- und Lohnbüro, der Lagerverwaltung und dem Einkauf sowie dem Versand zusammenarbeiten. Leiter der Arbeitsvorbereitung ist in der Regel ein Ingenieur oder Betriebswirt mit umfangreichen technischen Kenntnissen und einer zusätzlichen Ausbildung auf dem Gebiet der Arbeitswissenschaft.
Aufgabe und Ziel der Arbeitsvorbereitung ist festzustellen, wann und zu welchen Terminen gefertigt werden kann und dafür zu sorgen, daß dies reibungslos vor sich geht. An Einzelzielen sind folgende zu nennen:

1. Feststellung der benötigten Mengen an Rohstoffen, Hilfs- und Betriebsmaterial, die rechtzeitig und in genügendem Umfang bereitgestellt sein müssen.
2. Feststellung des Bedarfes an Zulieferteilen, die vom Lager abgerufen werden oder bei Zulieferanten nachbestellt werden müssen. Dabei sind sowohl der Lagerbestand als auch die Lieferzeiten der Zulieferer zu berücksichtigen, vor allem, wenn es sich um Spezialanfertigungen handelt.
3. Die Belegung der Maschinen und Betriebsabteilungen, die durch Maschinenbelegungspläne aufeinander abgestellt werden, wobei ein wichtiges Hilfsmittel die Netzplantechnik ist. Dabei müssen Umrüstungs-, Reinigungs- und Reparaturzeiten berücksichtigt werden.
4. Überprüfung der innerbetrieblichen Transportwege, wobei auch Puffer- und Stoßzeiten eingeplant werden müssen.
5. Um Klarheit über den Arbeitsablauf zu schaffen, sind Arbeitszeitstudien für die einzelnen Arbeitsgänge zu erstellen. Durch Arbeitspläne sollen die Arbeitskräfte optimal beschäftigt werden.
6. Die Reihenfolge der einzelnen Aufträge oder Losgrößen, die die einzelnen Kostenstellen in einer bestimmten Periode durchlaufen, muß mit den Terminwünschen des Kunden und den Ablieferungsplänen des Betriebes in Übereinstimmung gebracht werden.

Die Arbeitsvorbereitung muß darüber hinaus dem Vertrieb Informationen über folgende Fragen geben:

1. In welcher Zeit kann ein Auftrag gefertigt werden, ohne daß der Betrieb durch eine zu starke Forcierung gestört wird?
2. Wie kann der Versand möglichst günstig gestaltet werden?
3. Welche Kosten fallen für den einzelnen Arbeitsgang an?

Für den Einkauf und die Materialwirtschaft sind folgende Informationen zu geben:

1. Zu welchem Zeitpunkt sind die Rohstoffe für die Fertigung zur Verfügung zu stellen?
2. Wie hoch soll der Lagerbestand sein, damit keine Störung im Betrieb entsteht, auf der anderen Seite aber Lager- und Kapitalkosten so niedrig wie möglich sind?

Eine gute Arbeitsvorbereitung ist – vor allem wenn sie mit einer → Plankostenrechnung verbunden ist – auch eine gute

Kontrolle der Rentabilität der einzelnen Kostenstellen.

Organisation

Ausgearbeitet werden von der Arbeitsvorbereitung ein allgemeiner Plan für die Auftragsabwicklung und daneben für die einzelnen Aufträge noch

1. Arbeitspläne,
2. Materialpläne,
3. Maschinenbelegungspläne,
4. Auslieferungspläne,

sowie die Laufkarte, unterteilt nach

1. Auftragskarte,
2. Arbeitszettel (Arbeitsanweisung),
3. Materialkarte,
4. Rechnungskarte,
5. Terminkarte.

Die Laufkarten gehen mit dem Produkt durch den ganzen Arbeitsgang hindurch. Die Arbeitskraft kann hieraus alle Einzelheiten des Auftrages, die für sie von Bedeutung sind, erkennen. Zur Kontrolle wird Beginn und Ende der einzelnen Arbeitsvorgänge von einer Kontrolluhr abgestempelt. Die Laufkarte gilt auch gleichzeitig als Beleg für Akkord- und Prämienlohn sowie für die Kostenträger- und Kostenstellenrechnung. Der Materialentnahmeschein oder die Materialkarte ist ebenfalls Unterlage für die Kostenrechnung und für die Lagerbuchhaltung.
In Unternehmen mit elektronischer Datenverarbeitung sind die Laufkarten meist Lochkarten. Mit Hilfe der EDV kann hierbei Maschinenbelegung und Materialanforderung berechnet werden. Ob der Einsatz sich hierfür lohnt, hängt jedoch vom Fertigungsprogramm ab. Dagegen ist es durchaus üblich, daß mit Hilfe der EDV aufgrund der Laufkarte Löhne errechnet und Lieferscheine erstellt werden.
→ Industrial Engineering

Literatur:
Adamowsky, S.: Die Aufbauorganisation der Arbeitsvorbereitung und ihre Eingliederung in die Gesamtorganisation, Berlin 1959
Adamowsky, S.: Die Organisation der Fertigung, in: Organisation, Hrsg. Schnaufer/Agthe, Berlin und Baden-Baden 1961
Aghte, H., Blohm, H., Schnaufer, E. (Hrsg.): Industrielle Produktion, Baden-Baden – Bad Homburg 1967
Hoxie, R. F.: Scientific Management and Labor, D. Appleton, 1921
Pristl, F.: Arbeitsvorbereitung, Teil 1 und 2, Berlin 1967 und 1969
Rühl, G. u. a.: Arbeitsvorbereitung (Funktionen, Anforderungen, Ausbildungswege). Berlin 1963.
Sonnenberg, H.: Arbeitsvorbereitung und Kalkulation, 2. Aufl., Braunschweig 1970

Arbeitswissenschaft

Wissenschaftliche Disziplin, die sich mit der Erforschung des menschlichen Arbeitseinsatzes befaßt. Ziel der Arbeitswissenschaft ist einmal die Bestgestaltung der Arbeitsbedingungen (z. B. optimale Gestaltung des Systems Maschine, optimale Gestaltung der Arbeitsumgebung etc.), aber auch die Anpassung des Menschen an das System Maschine und an die anderen Menschen. Bei der Realisierung der arbeitswissenschaftlichen Erkenntnisse im Betrieb werden die Methoden des Arbeitsstudiums mit → Arbeitsgestaltung, Arbeitsunterweisung, Zeitermittlung, Arbeitsbewertung angewendet.
Zur Arbeitswissenschaft gehören selbständige Teildisziplinen. Die Arbeitsmedizin beschäftigt sich mit den Wechselwirkungen zwischen Arbeit und Gesundheit des Menschen. Zur Arbeitsmedizin gehören die Arbeitsphysiologie (sie ist mit physiologischen Problemen wie Arbeitshaltung, Arbeit und Ernährung, Arbeitsbelastung, Wirkungen der Arbeitszeit etc.), die Arbeitspathologie (sie ist mit Arbeitsunfällen und Berufskrankheiten befaßt), die Arbeitshygiene (vorbeugende Maßnahmen wie Belüftung und Beleuchtung des Arbeitsraumes, Unfallschutzmaßnahmen, zweckmäßige Arbeitskleidung, Gestaltung von Waschräumen und Toiletten etc.). Die Arbeitspsychologie beschäftigt sich zusammen mit ihrer Teildisziplin Betriebspsychologie mit den

Wechselwirkungen zwischen Arbeit und Psyche des Menschen. Aufgaben der Arbeitspsychologie sind u. a.: Untersuchung von Einstellung und → Motivation zur Arbeit, Arbeitsanalyse, Arbeitsmotorik, Arbeitssicherheit, Arbeits- und Pausengestaltung etc. Die Arbeitssoziologie erforscht die sozialen Prozesse und Strukturen, die in der speziellen Arbeitswelt des Menschen entstehen.
Im Mittelpunkt des Arbeitsrechtes stehen die zivilrechtlichen Fragen des Arbeitsvertrages und die Vorschriften zum Schutz des Arbeitnehmers, wie Jugend- und Frauenarbeitsschutz, Betriebsschutz, Lohnschutz, Arbeitszeitrecht, Kündigungsschutz, die unter dem zum öffentlichen Recht gehörenden Arbeitsschutzrecht zusammengefaßt werden.

Literatur:
Büttner, W.: Was ist Arbeitswissenschaft? In: der Betrieb 17/41, 1964

Arbiter

Schiedsrichter, Sachverständiger. Bei Streitigkeiten im Außenhandel braucht er die Zulassung der Handelskammern, auf dem Binnenmarkt kann er sowohl von den Handelskammern als von den Fachverbänden bestimmt worden sein. Der Arbiter stellt seine Rechnung den streitenden Parteien.

Arbitration, Arbitrage

1. Bezeichnung für die Schiedsgerichtsbarkeit
2. Möglichkeit der Gewinnerzielung durch Ausnutzung von gleichzeitigen Preisunterschieden auf verschiedenen Märkten. Beispiel: Wertpapierkurs am gleichen Tag in Düsseldorf 150, in München 153
3. Arbitration of Exchange: Wechselarbitrage

Area Sampling

Bezeichnung für Flächenstichprobe. → Statistik

Area Thinking

Technik des kreativen Denkens; entwickelt von John Arnold zur Ideenfindung auf dem Sektor Produktverbesserungen (bessere Funktion, bessere Leistung, niedrigere Kosten, bessere Verkäuflichkeit).

Art Buyer

In der Werbeagentur der Verbindungsmann zu freien Grafikern, Fotografen, Fotomodellen und Requisiten-Lieferanten. Er kauft deren Arbeiten (Entwürfe, Reinzeichnungen, Aufnahmen etc.) an, wählt Fotomodelle aus oder besorgt Kostüme, Requisiten u. ä.

Art Director

In der Werbeagentur der künstlerische Leiter, Atelierleiter oder Leiter einer Layout-Gruppe. Der Art Director gehört zu den sogenannten „kreativen" Berufen in der Werbung.

Articulation Statement

Umsatzdarstellung in Matrixform. Von ein bis zwei Dutzend Kontengruppen werden die gegenseitigen Umsätze so aufgezeigt, daß in den Zeilen die Soll-, in den Spalten die Habenposten stehen. Die Tabelle stellt eine vollständige Kapitalflußrechnung dar.

Assembler

Ein der Umwandlung symbolischer Instruktionen dienendes Programm, das eine maschinenorientierte Sprache in

eine für den Computer verständliche Sprache übersetzt.
→ Programmiersprachen

Assembling

Zusammenschluß von Industrieunternehmen zum Zwecke eines gemeinsamen Vertriebs und der Produktionssteigerung.

Assembly Languages

Maschinenorientierte → Programmiersprachen

Assembly Line Balancing Problem

Fließbandabgleich. Optimierungsproblem, das sich mit Hilfe des → Entscheidungsbaumverfahrens lösen läßt.

Assets Stripping

Eine Gesellschaft, deren Anteile an der Börse notiert sind, wird gekauft, die Aktivitäten verkauft und nur Mantel und Liegenschaften behalten. Darauf spezialisiert sind z. B. Slater Walker, in der BRD Ulf Cloppenburg (Pongs&Zahn).

Assignment-Problem

Bezeichnung für Zuordnungs- bzw. Erkennungsproblem, einem speziellen → Transportproblem, das mit Hilfe der → Graphentheorie gelöst werden kann.
Es handelt sich um das Problem, je einem Element einer Menge je ein Element einer anderen Menge zuzuordnen. Der Eignungsgrad jeder Zuordnung wird in Kosten oder einer anderen Größe angegeben.

Assistant Controller

Bezeichnung für einen leitenden Angestellten, der zum Top Management (→ Hierarchie) gehört. Er ist Stellvertreter des → Controllers oder zweiten Controllers, er kann zu den Executives gehören, braucht es aber nicht. Seine Aufgaben entsprechen denen des Controllers.

Assistant Secretary

Stellvertreter des → Secretary oder leitender Mitarbeiter

Assistant Treasurer

Stellvertretender → Treasurer oder leitender Mitarbeiter des → Officers

ASTRA/DISC

Automatic Scheduling with Time-integrated Resource Allocation
Von Bull-General Electric entwickelte → Netzplantechnik, zur Termin- und Kapazitätsplanung für das Berichtswesen und die Dateiwartung; geeignet für Auftrags- und Kleinserienfertigung.

Audilog

In der Verbraucherbefragung Bezeichnung für vorgedrucktes Tagebuch über gehörte Sendungen, das im Rahmen einer vom Rundfunk veranstalteten Panel-Befragung (→ Panel) von ausgesuchten Testhörern geführt werden muß.

Audit

Bezeichnung für Rechnungsprüfung, Revision
→ Internal Auditing, → Management Audit

Audit Committee

Revisions- oder Prüfungskomitee

Auditor

In anglo-amerikanischen Gesellschaften gewählter Prüfer für Bilanz und Rechnungswesen → Auditors' report

Auditors' report

Prüfungsbericht für anglo-amerikanische Aktiengesellschaften → Annual Report

Aufgabe, Aufgabengliederung

Neben der grundsätzlichen Aufgabe des Unternehmens, nach dem wirtschaftlichen Prinzip Leistungen für Dritte zu erstellen, unterscheidet man zunächst zwei Arten von Aufgaben: unmittelbare, zu denen Produktion, Absatz und Beschaffung gehören, und mittelbare oder Verwaltungsaufgaben mit Personal-, Finanz-, Anlagen- und Materialverwaltung. Unter einem anderen Gesichtspunkt lassen sich Aufgaben nach Teilaufgaben oder nach Objekten einteilen. Teilaufgaben des Absatzes sind z. B. Marktforschung, Werbung, Verkaufsförderung, Public Relation, Vertrieb etc.; im Produktionsbereich sind z. B. Gießen, Pressen, Schmieden etc. Teilaufgaben. Werden die Funktionen nach Objekten gegliedert, so wird z. B. der Absatz nach den verschiedenen Produkten oder Produktgruppen der Unternehmen aufgeteilt, ebenso die Produktion. In der Praxis werden beide Gliederungsprinzipien, nach Teilaufgaben oder Objekten, nebeneinander verwendet.

Literatur:
Arbeitskreis Krähe: Unternehmungsorganisation. Aufgaben- und Abteilungsgliederung in der industriellen Unternehmung, Köln und Opladen 1963

Authority

→ Headship

Authority to Purchase

Angloamerikanische Sonderform des → Akkreditivs, ähnlich dem → Commercial Letter of Credit.
Der Exporteur zieht einen Wechsel auf den Importeur und legt diesen im Auftrag der Bank des Importeurs bei deren Korrespondenzbank an seinem Platze vor.

Autogenes Training

Von dem Berliner Arzt J. H. Schultz entwickelte Methode der Psychotherapie. Durch „konzentrative Selbstentspannung“ soll der Patient unter Anleitung eines Arztes Verkrampfungen aller Art, Erregbarkeit, Schmerzen, Schlafstörungen etc. beseitigen. Durch stufenweise Übungen werden die Muskeln entspannt, Puls, Atmung und Hautdurchblutung werden unter Kontrolle gebracht und es werden psychische Spannungen gelöst. Der Selbsterziehung dient die Selbstanalyse.

Automation

Automatisation, Automatisierung. Vollkommene Technisierung des Arbeitsprozesses, wobei menschliche Arbeit durch Maschinenarbeit ersetzt wird.

I. ENTWICKLUNG

„Automation“ wurde erstmals im Jahre 1947 von Delmar S. Harder, dem damaligen Vizepräsidenten der Ford-Motor-Company, gebraucht. Er benutzte es als Abkürzung für das schlecht aussprechbare „automatisation“ und verstand darunter die Umgestaltung von Produktionsprozessen mit dem Ziel, Verzögerungen durch Handgriffe zu vermeiden. John Diebold (Harvard University) griff das Schlagwort in seinem 1952 erschienenen Buch „Automation. The advance of the automatic factory" auf, definierte Automation allerdings als neue Art, den gesamten Produktionsablauf zu gestalten. Im Laufe der Entwicklung wurde der Begriff „Automation" immer komplexer. Heute existieren eine Vielfalt von Definitionen.

II. ANWENDUNGSBEREICHE

Die Automation findet in vielen Wirtschaftszweigen Anwendung, allerdings vorwiegend in der Industrie. Die Automation dürfte in der chemischen Industrie am weitesten fortgeschritten sein. Aber auch in anderen Industriezweigen, wie beispielsweise der erdölverarbeitenden Industrie, der Textilindustrie, der Automobilindustrie, Stahl- und Maschinenindustrie, der elektrotechnischen Industrie und der Nahrungsmittelindustrie gibt es bereits vollautomatische Fertigungsbetriebe.
Energiewirtschaft (Atomenergie), Verkehrs- und Nachrichtenwesen und Rüstungswirtschaft (Warnung und Sicherung) sind stark automatisiert.
Auch in der Verwaltung bedient man sich der Automation. Computer haben Aufgaben des Rechnungswesens, der Lohn- und Gehaltsabrechnung und der Materialwirtschaft übernommen. Die Automation hat – wenn auch bis jetzt noch in bescheidenem Ausmaß – Eingang gefunden in die Medizin.
Land- und Forstwirtschaft, Bauwirtschaft, Handel und Gaststättengewerbe zeigen Ansätze der Automatisierung.

III. GRUNDBEGRIFFE

Nach F. Pollock lassen sich die bei Auf- und Ausbau der Automation aufgetretenen Vorgänge in einer dreistufigen Abfolge darstellen:

1. Konstruktion von Fertigungsstraßen durch den Einbau von Transfervorrichtungen zwischen den Maschinen; neue Einrichtungen der Materialzuführung; selbständige Montage.
2. Entwicklung der automatischen Regelung, Steuerung und Kontrolle für ganze Produktionsverläufe.
3. Einsatz von Computern für die Verarbeitung technischer und wirtschaftlicher Informationen; Ausdehnung der automatischen Kontrolle auf ganze Komplexe der Produktion und Verwaltung.

Die Automation gehört dem Bereich der Technik an. Mitte der fünfziger Jahre setzten die Erörterungen über die Problematik der Automation ein. In der technologischen Entwicklung der Produktionsmethoden ist die Mechanisierung die Vorstufe der Automatisierung. Während man unter Mechanisierung den Einsatz von Werkzeugen, Geräten und Maschinen zum teilweisen Ersatz körperlicher und geistiger Tätigkeiten des Menschen und zur Erhöhung des Wirkungsgrades menschlicher Arbeit versteht, wird die Automatisierung gekennzeichnet durch fortlaufenden Fertigungsfluß, den Einsatz mechanischer, elektronischer, hydraulischer und pneumatischer Maschinen zum Stellen, Messen, Regeln, Prüfen und Registrieren. Zu den grundlegenden Voraussetzungen der höheren Formen der Automatisierung gehört die → Kybernetik. Die Auswirkungen der Automatisierung zeigen sich nicht nur auf technischem, sondern auch auf wirtschaftlichem und gesellschaftlichem Gebiet. Vor allem soziale Probleme verleihen der Diskussion um die Automation Brisanz.

IV. VORTEILE

Es ist das Wesen der Automation in der Wirtschaft, daß sie eine Produktivitätssteigerung und Qualitätsverbesserung bei gleichzeitig sinkendem Arbeitskräfteeinsatz bringt. Das bedeutet für das einzelne Unternehmen zwar tendenziell eine gewisse Autonomie auf dem Arbeitsmarkt, gleichzeitig aber ein Ansteigen der Kapitalintensität. Der für die Automation erforderliche Kapitalaufwand kann oft nur von großen Unternehmen aufgebracht werden. Dies führt zu einer Veränderung der Unternehmensgröße. Es ist eine Tatsache, daß seit Beginn der Industrialisierung eine erhebliche Konzentration stattgefunden hat. Dieser Prozeß wird durch die Automation noch gefördert. Für automatisierte Betriebe gelten neue Kriterien der Standortwahl. Die Arbeitsbedingungen werden durch die Automation zum Teil erheblich verbessert. Schwere körperliche Arbeit, zum Teil auch monotone Arbeit, entfällt. Die Arbeitssicherheit wird vergrößert. Die Automatisierung ermöglicht eine Verkürzung der Arbeitszeit bei gleichzeitiger Steigerung der Realeinkunft. Diese Arbeitszeitverkürzung kann der Freisetzung von Arbeitskräften entgegenwirken. Durch die Automation wird eine bessere Ausnützung der Betriebsanlagen, eine verminderte Lagerhaltung, ein optimaler Rohstoffeinsatz und eine Verminderung von Abfall und Ausschuß ermöglicht. Das Betriebsgeschehen wird übersichtlicher. Die schnellen Informationsmöglichkeiten, die bessere Aufbereitung der betrieblichen Daten erleichtern der Unternehmensleitung das Treffen von Entscheidungen.

V. PROBLEME

Die verschiedensten Verbände und Vereinigungen befaßten sich auf Tagungen und Konferenzen mit dem Thema „Automation". Die Probleme der Automation sah und sieht man noch jetzt vor allem in der Freisetzung von Arbeitskraft mit der Folge der Arbeitslosigkeit. Mit der Änderung der Arbeitsbedingungen muß sich die Berufsstruktur ändern, d. h. es entstehen neue Anforderungen an das Schul- und Ausbildungswesen. (Umschulung!)

Im Brennpunkt der Untersuchungen über die sozialen Auswirkungen der Automation steht das Problem der technologischen Arbeitslosigkeit. Da Maschinen menschliche Tätigkeiten übernehmen, werden menschliche Arbeitskräfte freigesetzt. Dies ist zweifellos auch in der BRD der Fall. Die zunehmende Automatisierung führte bei gleichbleibender bzw. tendenziell sinkender Beschäftigtenzahl und gleichzeitiger Arbeitszeitverkürzung zu einer rasch ansteigenden Industrieproduktion.

Zwei Theorien befassen sich mit der Auswirkung der Automation auf die Beschäftigung: Die Anhänger der sogenannten Kompensationstheorie „glauben, daß der Mechanismus der Selbstregulierung der freien Marktwirtschaft dafür sorgt, daß die durch die Automation zunächst freigesetzten Arbeitskräfte infolge des durch die Senkung der Produktionskosten eingeleiteten wirtschaftlichen Prozesses rasch wieder einen neuen Arbeitsplatz finden". Die Freisetzungstheoretiker „befürchten demgegenüber nicht nur eine vorübergehende, friktionsbedingte, sondern eine langfristige, strukturelle Arbeitslosigkeit, die zu interventionistischen Maßnahmen führen müsse, um die verhängnisvollen Auswirkungen der Automation zu verhindern". Beide Theorien zeigen Aspekte des Problems. Die praktischen Erfahrungen mit der Automation sind noch zu gering, um eine der beiden Theorien zu verifizieren oder zu falsifizieren.

Durch die Veränderungen der Arbeitsbedingungen ändert sich auch der Bedarf an bestimmten Tätigkeiten und es ändert sich der Bedarf an Arbeitskräften mit bestimmter Ausbildung: manche Berufe sind kaum mehr gefragt, andererseits entstehen völlig neue Berufe. Es wird allgemein als die Aufgabe des Staates angesehen, für entsprechende Umschulung und Ausbildungseinrichtungen zu sorgen. Tendenziell läßt sich sagen, daß die Zahl der ungelernten Tätigkeiten und auch die der traditionell handwerklichen abnimmt, während die der angelernten zunimmt. Über die Entwicklung

der Facharbeitertätigkeiten läßt sich keine sichere Aussage machen.
Die Automation führt zu grundlegenden Veränderungen in den betrieblichen Sozialbeziehungen. Die hierarchische Unternehmensstruktur ist ungeeignet zur Führung eines automatisierten Betriebs.

Literatur:
Döberer, H.: Sinn und Zukunft der Automation, Frankfurt/Main 1958
Hiller, E.: Automation und Menschen, Stuttgart 1958
Fuchs, W. R.: Knaurs Buch der Denkmaschinen – Informationstheorie und Kybernetik, München, Zürich 1968
Gerteis, M.: Automation – ihr Wesen und ihre Bewältigung – Chancen und Folgen für Mensch und Wirtschaft, Zürich, Stuttgart 1964
Holtgrewe, K. G.: Automation und Entscheidung. Möglichkeiten und Probleme eines ganzheitlichen Informations- und Entscheidungssystems, Wiesbaden 1968
Röper, H.: Die Automatisierung – neue Aspekte in Deutschland, Amerika und Sowjetrußland, Stuttgart-Degerloch 1958
Schachtschabel, H. G.: Automation in Wirtschaft und Gesellschaft, Reinbek b. Hamburg 1961
Zischka, A.: Die Welt der Stahldämonen. Die Automatisierung wirtschaftlich, sozial und weltpolitisch, Gütersloh 1963
Das Elektronengehirn – Theorie und Praxis der Automation. 12 Beiträge führender amerikanischer Wissenschaftler, Wiesbaden 1957

Automatisierung

Erste Stufe des technischen Vorgangs der Automation, nämlich die Errichtung automatischer Anlagen; während mit Automation das Erreichte, also der Arbeitsprozeß in automatischen Anlagen, bezeichnet wird (2. Stufe).
→ Automation

Autorität

Die Geltung oder das Ansehen, welches eine Person oder eine Gruppe besitzt. Je nachdem, auf welcher Grundlage diese beruht, unterscheidet man verschiedene Arten von Autorität. Die Herrschaftsautorität gründet sich auf Tradition, Privilegien, Glaubensvorstellungen; demgegenüber bekommen die Inhaber von Auftragsautorität diese widerrufbar übertragen. Gesamtautorität kann auf Alter, Charisma, Geschlecht usw. beruhen. Leistungsautorität (Sachautorität, Spezialistenautorität) basiert auf bestimmten Fähigkeiten oder Kenntnissen, die zur Erfüllung einer bestimmten Aufgabe erforderlich sind. „Geachtete Sachverständigkeit als Legitimitätsgrund, objektive und direkte Demonstration der Sachkunde als Legitimitätsbeweis, Weisung oder Auftrag als Änderung der Autorität und kritische Prüfung als Form der Folgeleistung“ sind Kriterien für die funktionale Autorität (Hartmann). Deligierte Autorität (Amtsautorität) hängt von der Stellung des Betreffenden ab, originäre Autorität gründet sich auf Wissen, Können und Leistung. Autorität als Ordnungsprinzip regelt die sozialen Interaktionen in Organisationen. Autoritäre Einstellung jedoch (z. B. Untertanengeist; Adorno: autoritäres Syndrom) provoziert willkürliche Befehlsherrschaft und totalitäre Ideologien. Demokratische Organisationsformen sind nur existenzfähig bei kritischer Einstellung zur Autorität.

Literatur:
Adorno, T. W.: The Authoritarian Personality, New York 1950
Eschenburg, Th.: Über Autorität, Frankfurt/M. 1965
Hartmann, H.: Funktionale Autorität, Stuttgart 1964
Mayntz, R.: Soziologie der Organisation, Hamburg 1963

Avalkredit

Kreditleihe und kein eigentlicher Kreditvorgang. Die Bank bestätigt dem Gläubiger ihres Kunden, u. U. an dessen Stelle zu zahlen.
Der Avalkredit kommt hauptsächlich als Bürgschaft für geschuldete indirekte Steuern und Zölle und als Bürgschaft für gestundete Kaufgelder vor.
Die Bank erhält für den Avalkredit eine Provision. In der Bankbilanz erscheint der Avalkredit nicht, sondern nur als Eventualverbindlichkeit in der Anlage zur Bilanz.

B

Baby Bonds

Bezeichnung in den USA für kleingestückelte Schuldverschreibungen, durch die weite Kreise der Bevölkerung am Kapitalmarkt interessiert werden sollen.

BAL

Abkürzung für Basic-Assembly-Language.
→ Programmiersprachen

Balance Sheet

Bezeichnung für Bilanz

Bankers Ratio

Finanzierungsgrundsatz, den US-Banken bei der Kreditwürdigkeitsprüfung anwenden.
Das Verhältnis Umlaufvermögen zu kurzfristigen Verbindlichkeiten soll mindestens 2:1 betragen.

Bartergeschäft

... Außenhandel Bezeichnung für ein ...sationsgeschäft, bei dem die ge- ...ter oder Dienstleistungen ... aufgerechnet werden, ...lungsmittel transferiert

Basic Motion Time Study (BMT)

System der Bewegungs- und Zeitstudien.
→ Arbeitsgestaltung

Basic Objectives

Grundziele. Im Unternehmen sind basic objectives die von einem Mitarbeiter zu erreichenden Leistungsziele (zumeist hinsichtlich Qualität der Leistung, Mengenleistung, Termin und Kosten).

Batch-Processing

Stapelverarbeitung bei der elektronischen Datenverarbeitung.
Die Stapelverarbeitung ist für administrative Tätigkeit eingesetzte Datenverarbeitungsanlagen typisch. Im Rahmen der Stapelverarbeitung reiht sich jeder Benutzer mit seiner Datenverarbeitungsaufgabe in eine Warteschlange ein und muß unterschiedlich lange auf seine Ergebnisse warten, was von der Größe dieser Schlange und der Ausführungsdauer der vor ihm liegenden Programme abhängig ist. In der Stapelverarbeitung wird das nachfolgende Programm erst dann gestartet, wenn das vorangehende Programm völlig bearbeitet ist. Allerdings läßt sich der Zeitaufwand im Rahmen der Stapelverarbeitung durch das → multi-programming verringern.

BCD-Code

Abkürzung für Binary Coded Decimal, auch Binärcode für Dezimalziffern, Binär-Dezimal-Code oder Dezimal-Binär-Code genannt.
Da in Datenverarbeitungsanlagen nur Binärzahlen (→ Bit) verarbeitet werden können, müssen Dezimalzahlen in Binärzahlen umgeformt werden. Beim BCD-Code wird nicht die Zahl als ganze codiert, sondern die einzelnen Ziffern (Stellen) der Zahl.

BCD ist außerdem die Bezeichnung für den Acht-vier-zwei-eins-Code, bei dem die einzelnen Ziffern einer Zahl in Viererblocks (Tetraden) dargestellt werden.

Bear

Eigentlich Bär. Bezeichnung für einen Baissier, Baisse-Spekulant oder Fixer
→ Bull

Beggar My Neighbour

Bezeichnung für eine wirtschaftspolitische Maßnahme, die durch Importzölle, Exportsubventionen, Devisenbewirtschaftung, Abwertung etc. im Außenhandel einen Leistungsbilanzüberschuß herbeiführen oder ein bereits bestehendes Defizit verringern soll, wodurch Einkommen und Beschäftigung im Inland gesteigert werden.

Behavioral Models

Verhaltensmodelle, die eine Nachbildung von Strukturen oder Abläufen des menschlichen Verhaltens sind.
Mit Hilfe eines Verhaltensmodells wird versucht, die Verhaltensfaktoren und Folgen – und damit die → black-box – zu erklären, die zwischen der Aufnahme eines Impulses (z. B. Werbebotschaft, persönliche Ansprache durch einen Repräsentanten oder ein Gespräch im Familienkreis) und seiner Umsetzung in eine Reaktion, Handlung oder Maßnahme wirksam werden bzw. stattfinden.
Im Bereich der Wirtschaft ist es von Interesse, diejenigen Vorgänge und Abläufe explizit darzustellen, die sich ergeben, wenn beispielsweise die Konsumenten einem bestimmten Werbeanreiz ausgesetzt oder die Konkurrenten mit einer bestimmten Maßnahme konfrontiert werden.

Zu den bekanntesten Verhaltensmodellen im Bereich der Wirtschaftswissenschaften, die die Umwandlung von den kaufbeeinflussenden Faktoren in Kaufreaktionen zu interpretieren versuchen, gehören u. a.

1. das Marschall'sche Modell, das seine Verfeinerung in der modernen Nutzentheorie gefunden hat,
2. das Pavlov'sche Lernmodell, dessen Ergebnisse in ein Antriebs-Reaktionsmodell – das das menschliche Verhalten darstellen soll – integriert worden sind und das auf vier Verhaltensfaktoren – Antrieb, Impuls, Reaktion und Verstärkung – basiert,
3. das Veblen'sche sozial-psychologische Modell, dessen wesentlichste Aussage darin besteht, daß die verschiedenartigen Einstellungen und das unterschiedliche Verhalten der Menschen durch die einzelnen Gesellschaftsebenen – Kultur – Subkultur, soziale Klassen, Referenzgruppen und Gruppenzugehörigkeit – beeinflußt wird,
4. das Freud'sche psycho-analytische Modell, mit dem nachgewiesen werden soll, daß die Konsumenten sowohl durch symbolische als auch ökonomisch-funktionale Produktmerkmale motiviert werden können,
5. das Hobbes'sche Modell organisatorischer Einflußfaktoren, das in stärkerem Maße auf den Einkäufer eines Unternehmens abgestellt ist und zu erklären versucht, wie dieser an eine Organisation gebundene Käufer (Einkäufer) sowohl durch persönliche als auch organisatorische (unternehmensbezogene) Faktoren angesprochen und beeinflußt werden kann.

Die vorgenannten Verhalten[illegible]
sind nur als Teillösungen i[illegible]
such zu betrachten, die [illegible]
solche zu analysieren un[illegible]
→ Black-Box-Modelle, [illegible]

B

Baby Bonds

Bezeichnung in den USA für kleingestückelte Schuldverschreibungen, durch die weite Kreise der Bevölkerung am Kapitalmarkt interessiert werden sollen.

BAL

Abkürzung für Basic-Assembly-Language.
→ Programmiersprachen

Balance Sheet

Bezeichnung für Bilanz

Bankers Ratio

Finanzierungsgrundsatz, den US-Banken bei der Kreditwürdigkeitsprüfung anwenden.
Das Verhältnis Umlaufvermögen zu kurzfristigen Verbindlichkeiten soll mindestens 2:1 betragen.

Bartergeschäft

Im Außenhandel Bezeichnung für ein Kompensationsgeschäft, bei dem die gelieferten Güter oder Dienstleistungen gegeneinander aufgerechnet werden, ohne daß Zahlungsmittel transferiert werden.

Basic Motion Time Study (BMT)

System der Bewegungs- und Zeitstudien.
→ Arbeitsgestaltung

Basic Objectives

Grundziele. Im Unternehmen sind basic objectives die von einem Mitarbeiter zu erreichenden Leistungsziele (zumeist hinsichtlich Qualität der Leistung, Mengenleistung, Termin und Kosten).

Batch-Processing

Stapelverarbeitung bei der elektronischen Datenverarbeitung.
Die Stapelverarbeitung ist für administrative Tätigkeit eingesetzte Datenverarbeitungsanlagen typisch. Im Rahmen der Stapelverarbeitung reiht sich jeder Benutzer mit seiner Datenverarbeitungsaufgabe in eine Warteschlange ein und muß unterschiedlich lange auf seine Ergebnisse warten, was von der Größe dieser Schlange und der Ausführungsdauer der vor ihm liegenden Programme abhängig ist. In der Stapelverarbeitung wird das nachfolgende Programm erst dann gestartet, wenn das vorangehende Programm völlig bearbeitet ist. Allerdings läßt sich der Zeitaufwand im Rahmen der Stapelverarbeitung durch das → multi-programming verringern.

BCD-Code

Abkürzung für Binary Coded Decimal, auch Binärcode für Dezimalziffern, Binär-Dezimal-Code oder Dezimal-Binär-Code genannt.
Da in Datenverarbeitungsanlagen nur Binärzahlen (→ Bit) verarbeitet werden können, müssen Dezimalzahlen in Binärzahlen umgeformt werden. Beim BCD-Code wird nicht die Zahl als ganze codiert, sondern die einzelnen Ziffern (Stellen) der Zahl.

BCD ist außerdem die Bezeichnung für den Acht-vier-zwei-eins-Code, bei dem die einzelnen Ziffern einer Zahl in Viererblocks (Tetraden) dargestellt werden.

Bear

Eigentlich Bär. Bezeichnung für einen Baissier, Baisse-Spekulant oder Fixer
→ Bull

Beggar My Neighbour

Bezeichnung für eine wirtschaftspolitische Maßnahme, die durch Importzölle, Exportsubventionen, Devisenbewirtschaftung, Abwertung etc. im Außenhandel einen Leistungsbilanzüberschuß herbeiführen oder ein bereits bestehendes Defizit verringern soll, wodurch Einkommen und Beschäftigung im Inland gesteigert werden.

Behavioral Models

Verhaltensmodelle, die eine Nachbildung von Strukturen oder Abläufen des menschlichen Verhaltens sind.
Mit Hilfe eines Verhaltensmodells wird versucht, die Verhaltensfaktoren und Folgen – und damit die → black-box – zu erklären, die zwischen der Aufnahme eines Impulses (z. B. Werbebotschaft, persönliche Ansprache durch einen Repräsentanten oder ein Gespräch im Familienkreis) und seiner Umsetzung in eine Reaktion, Handlung oder Maßnahme wirksam werden bzw. stattfinden.
Im Bereich der Wirtschaft ist es von Interesse, diejenigen Vorgänge und Abläufe explizit darzustellen, die sich ergeben, wenn beispielsweise die Konsumenten einem bestimmten Werbeanreiz ausgesetzt oder die Konkurrenten mit einer bestimmten Maßnahme konfrontiert werden.

Zu den bekanntesten Verhaltensmodellen im Bereich der Wirtschaftswissenschaften, die die Umwandlung von den kaufbeeinflussenden Faktoren in Kaufreaktionen zu interpretieren versuchen, gehören u. a.

1. das Marschall'sche Modell, das seine Verfeinerung in der modernen Nutzentheorie gefunden hat,
2. das Pavlov'sche Lernmodell, dessen Ergebnisse in ein Antriebs-Reaktionsmodell – das das menschliche Verhalten darstellen soll – integriert worden sind und das auf vier Verhaltensfaktoren – Antrieb, Impuls, Reaktion und Verstärkung – basiert,
3. das Veblen'sche sozial-psychologische Modell, dessen wesentlichste Aussage darin besteht, daß die verschiedenartigen Einstellungen und das unterschiedliche Verhalten der Menschen durch die einzelnen Gesellschaftsebenen – Kultur – Subkultur, soziale Klassen, Referenzgruppen und Gruppenzugehörigkeit – beeinflußt wird,
4. das Freud'sche psycho-analytische Modell, mit dem nachgewiesen werden soll, daß die Konsumenten sowohl durch symbolische als auch ökonomisch-funktionale Produktmerkmale motiviert werden können,
5. das Hobbes'sche Modell organisatorischer Einflußfaktoren, das in stärkerem Maße auf den Einkäufer eines Unternehmens abgestellt ist und zu erklären versucht, wie dieser an eine Organisation gebundene Käufer (Einkäufer) sowohl durch persönliche als auch organisatorische (unternehmensbezogene) Faktoren angesprochen und beeinflußt werden kann.

Die vorgenannten Verhaltensmodelle sind nur als Teillösungen in dem Versuch zu betrachten, die black-box als solche zu analysieren und zu erklären.
→ Black-Box-Modelle, Kaufverhalten

Literatur:
Kotler, Ph.: Verhaltensmodelle für die Käuferanalyse, in: Britt, Boyd jr. (Hrsg.): Marketing-Management und Organisation, dtsch. Bearbeitung P. Linnert, München 1971

Behavioral Sciences

Bezeichnung für die wissenschaftlichen Disziplinen, die sich mit dem menschlichen (und tierischen) Verhalten beschäftigen. Dazu gehören Psychologie, Soziologie und die Social Anthropology, die einer soziologisch orientierten Anthropologie und Ethnology entspricht. Die Behavioral Sciences sind stark auf die behavioristische Methode, d. h. auf Beobachtung und Experiment in Anlehnung an naturwissenschaftliche Methoden, ausgerichtet (→ Behaviorismus). Die Behavioral Sciences werden zunehmend für die Erforschung menschlichen Verhaltens in der Arbeitswelt angewendet.

Behaviorismus

Von dem Amerikaner J. B. Watson zu Beginn dieses Jahrhunderts begründete Forschungsrichtung der Psychologie. Der Behaviorismus lehnt die Selbstbeobachtung, die Beschreibung von Bewußtseinsinhalten und die Übertragung eigener Erfahrungen auf andere ab, da diese Methoden zu viele Fehlerquellen enthalten. In Anlehnung an die Naturwissenschaften versuchte man die Psychologie auf eine objektive Grundlage zu stellen. So versuchte man unter den Aspekten der beiden Grundkategorien Reiz und Reaktion das Verhalten von Mensch und Tier unter wechselnden Bedingungen zu beobachten. Da Verhalten nach Ansicht der Behavioristen erlernt ist, wurde auch große Betonung auf die Erforschung der Lernpsychologie gelegt.

Literatur:
Hull, C. L.: Essentials of Behavior, New Haven 1951
Skinnes, B. F.: Science and Human Behavior, New York 1953
Watson, J. B.: Psychology from the Standpoint of a Behaviorist, Philadelphia 1919

Betriebliches Vorschlagwesen (BVW)

Betriebliche Einrichtung zur Förderung der Zusammenarbeit und Steigerung der Produktivität.

Das Ziel des BVW besteht darin, möglichst alle Mitarbeiter zu einem verantwortlichen Denken und Handeln zu motivieren und sie zu freiwilligen, über ihren Arbeitsbereich hinausgehenden Leistungen zu veranlassen.

Durch Prämien oder sonstige Vergünstigungen wird den Mitarbeitern ein Anreiz geboten, Verbesserungsvorschläge einzureichen, durch die z. B. die Produktivität und Produktqualität gesteigert werden, Ausschuß vermindert wird, Kosten gesenkt, Unfälle verhütet, Arbeitsmethoden vereinfacht werden.

Die schriftlich einzureichenden Verbesserungsvorschläge werden von einem Gutachtergremium – Bewertungsausschuß genannt – innerhalb kurzer Zeit geprüft. Der Bewertungsausschuß sollte sich aus mehreren Sachverständigen aus verschiedenen Unternehmensbereichen und dem BVW-Beauftragten zusammensetzen.

Annahme bzw. Ablehnung des Verbesserungsvorschlages sollten schriftlich begründet werden.

Wichtig ist, daß keinem Mitarbeiter durch das Einreichen eines Verbesserungsvorschlages – wodurch naturgemäß häufig bisher gemachte Fehler aufgezeigt werden – Nachteile entstehen.

Der Erfolg des betrieblichen Vorschlagswesens ist weitgehend von der Einstellung der Führungskräfte abhängig.

Das BVW ist vor allem in den USA stark verbreitet. Dort sind rund 25 % aller Verbesserungsvorschläge brauchbar und führen zu einem Reingewinn von 100–700 %. In deutschen Unternehmen sind etwa 50 % aller Verbesserungsvorschläge brauchbar.

Geldprämien für Verbesserungsvorschläge sind durch VO vom 18. 2. 57 (BGBl I, Nr. 3, S. 33) bis zu 200,– DM steuerfrei, bis 500,– DM steuerbegünstigt.

Das BVW ist eng verwandt mit → Zero Defects, der → Wertanalyse und dem → Work Simplification Program.

Literatur:
Höckel, G.: Das BVW hat Zukunft – Neue Aufgaben und Chancen des betrieblichen Vorschlagswesens, Gauting bei München 1972

Betriebsergebnis

Das Betriebsergebnis wird mit Hilfe der Betriebsergebnisrechnung durch die Gegenüberstellung von Betriebsaufwendungen (Kosten des Zeitabschnitts) und Betriebserträgen (Leistungen des Zeitabschnitts) festgestellt. Neutrale Aufwendungen und Erträge werden gesondert zur Feststellung des neutralen Ergebnisses ausgewiesen, um den Ausweis der tatsächlich erbrachten Betriebsleistung zu gewährleisten.

Betriebsführung, wissenschaftliche

Bezeichnung für die systematische Analyse und Gestaltung des betrieblichen Geschehens.
→ Management-Lehre

Betriebspsychologie

→ Industriepsychologie

Betriebssoziologie

Aufgabe der Betriebssoziologie ist die Untersuchung der Sozialstruktur des Betriebes und seiner sozialen Prozesse. Nach Fürstenberg lassen sich vier Problemkreise abgrenzen:

1. die Auswirkungen des Arbeitsprozesses auf soziales Verhalten und soziale Rollen. Arbeitsteilung, Fließbandarbeit, Anpassung des Menschen an seine Arbeitsumwelt etc.
2. formale und informale Aspekte sozialer Beziehungen im Betrieb: „oben und unten", informelle Gruppenstruktur, Motivation, Leistungsverhalten etc.
3. das hierarchische System der Über- und Unterordnung: Autoritätsverteilung, Führungsverhalten etc.
4. der industriesoziologische Ansatz (→ Industriesoziologie), der die Wechselwirkung zwischen Betrieb und Umwelt untersucht

→ Management-Lehre

Literatur:
Dahrendorf, R.: Industrie- und Betriebssoziologie
Fürstenberg, F.: Die betriebliche Sozialstruktur. In: A. Mayer und B. Herwig, Betriebspsychologie, Göttingen 1961.
Mayntz, R.: Die soziale Organisation des Industriebetriebes, Stuttgart 1958

Betriebsvergleich

Systematisch vergleichende Betrachtung betrieblicher Daten eines Unternehmens mit denen eines oder mehrerer verwandter Unternehmen mit dem Ziel, die Markttransparenz zu erhöhen.

Vergleichszweck kann eine rein deskriptive Gegenüberstellung betrieblicher Daten sein, aber auch eine Erforschung der Ursachen, also ein kausaler Vergleich der Daten aus verschiedenen Unternehmen.

Vergleichsobjekte können u. a. Betriebe gleicher Branchen, verschiedener Branchen, gleicher oder unterschiedlicher Größenordnung sein, die bestimmte Voraussetzungen erfüllen müssen. Zu diesen Voraussetzungen gehört eine Einheitlichkeit der Begriffe, eine Einheitlichkeit des Rechnungswesens, der erfaßten Daten, eine einheitliche Bewertung und eine exakte Periodenabgrenzung.

Vergleichsarten: Man kann hier zwischen Vergleichen von Zeitpunktgrößen, wie Belegschaft, Liquidität, Stabilität, und Zeitraumgrößen, wie Aufwand, Kosten, Umsatz, Ertrag, Produktivität, Rentabilität, unterscheiden.

Es können – und dies ist die häufigste Form des Vergleichs – mehrere konkrete Betriebe und das hier gewonnene betriebliche Zahlenmaterial verglichen werden. Dabei besteht die Möglichkeit, den Daten aus dem eigenen Betrieb Durchschnittswerte der anderen Betriebe gegenüberzustellen (Richtzahlenvergleich). Werden Richtzahlen verschiedener Branchen verglichen, so spricht man von Branchenvergleich.

Um die günstigste Organisationsform, Unternehmens- oder Finanzierungsform zu ermitteln, kann man die Daten eines konkreten Betriebes denen eines Modellbetriebes, also eines nicht existierenden Gedankenmodells, gegenüberstellen.

Betriebsvergleiche können als interne oder externe Vergleiche durchgeführt werden. Ein interner Vergleich ist dann gegeben, wenn die vergleichende Stelle die Art der Erfassung und Zusammenstellung des Zahlenmaterials beeinflussen und kontrollieren kann. Der externe Vergleich kann im Gegensatz zum internen nur von Außenstehenden vorgenommen werden, die die Vergleichszahlen nicht auf ihre Richtigkeit überprüfen können.

Vergleichssubjekte, d. h. die den Vergleich durchführenden Stellen, sind meist zur Geheimhaltung verpflichtete Treuhandgesellschaften, Wirtschaftsprüfer oder wissenschaftliche Institute, die die Zahlenunterlagen nur neutral an die am Vergleich teilnehmenden Betriebe weitergeben.

Als Erhebungsmethoden kommen die Betriebsbegehung und die Fragebogen-Enquête in Betracht. Die Daten werden aufbereitet nach quantitativen Merkmalen (Betriebsgröße nach Umsatz oder Beschäftigten), qualitativen Merkmalen (Erzeugnisprogramm, Fertigung) und räumlichen Merkmalen (Standort) und durch Tabellen und Schaubilder anschaulich dargestellt. Eine Beurteilung der Ergebnisse wird zumeist den Teilnehmern am Betriebsvergleich überlassen.

Die Aussagefähigkeit von Betriebsvergleichen ist um so besser, je genauer die Daten erfaßt, aufbereitet und ausgewertet werden. Mit wachsendem Vergleichsumfang nimmt der Aussagewert ab; ein Betriebsvergleich sollte weniger extensiv als intensiv sein.

Betriebsvergleiche können eine Unterlage für die Betriebspolitik sein, sie können Unwirtschaftlichkeit aufzeigen. Es sollten aber nicht unbedingt Branchendurchschnittszahlen als Maßstab für den einzelnen Betrieb angesehen werden.

Literatur:
Scheuing, E. E.: Der Betriebsvergleich als Führungsinstrument. Kritische Analyse der Vergleichsarbeiten in der Bekleidungsindustrie, Meisenheim am Glan 1966
Schnettler, P.: Betriebsvergleich, 3. Aufl., Stuttgart 1961
Schott, G.: Die Praxis des Betriebsvergleichs, Düsseldorf 1956

Bias

In der Markt- und Meinungsforschung unbeabsichtigte Verzerrung einer auf Stichproben beruhenden Repräsentativerhebung durch den Interviewer (z. B. suggestive Fragestellung, falsche Formulierung der Antwort des Befragten) oder durch eine falsche Auswahlmethode.

Big Business

Bezeichnung für die Konzentration von Kapital und wirtschaftlicher Macht, insbesondere für Großunternehmen und Konzerne. Manchmal wird auch eine nichtwirtschaftliche Institution von großer Bedeutung oder Bekanntheit darunter verstanden. Der Begriff hat manchmal eine negative Bedeutung, insbesondere bei der Beurteilung des Einflusses des Big Business auf die Politik.

Big Five

Bezeichnung für die ehemaligen fünf großen englischen Depositenbanken, die rund 80 % des kurzfristigen Bankgeschäfts von Großbritannien abwickelten. Zu den Big Five gehörten: Barclays Bank Ltd., Lloyds Bank Ltd., Midlands Bank, National Provincial Bank Ltd. und Westminster Bank Ltd. Sie alle hatten ihren Sitz in London. Rechnete man die beiden Provinzbanken District Bank Ltd., Manchester, und Martins Bank Ltd., Liverpool, hinzu, so sprach man von den Big Seven. Analog dazu werden die drei Schweizer Großbanken (Schweizerische Bankgesellschaft, Schweizerischer Bankverein und Schweizerische Kreditanstalt) Big Three genannt.

Bill of Lading

Bezeichnung für Ladeschein oder Konnossement im Seefrachtgeschäft, d. h. eine Urkunde, in der der Ablader dem Verfrachter den Empfang der Ware bestätigt und die Weitergabe an den Berechtigten verspricht.

Binär-Kodierung

Bezeichnung für die Datenverschlüsselung im Rahmen der elektronischen Datenverarbeitung.
Das Alphabet der Binär-Kodierung besteht aus zwei Symbolen, den Binär-Zeichen 0 und 1. Das Binärzeichen heißt im englischen binary digit, daraus wurde die auch im deutschen gebräuchliche Bezeichnung → Bit als Akronym für Binärzeichen abgeleitet.

Bit

1. Abkürzung für binary digit. Kleinste Einheit zur Darstellung von Binärdaten (Null und Eins). In Bit wird die Menge von Zeichenelementen eines Datenbestandes und die Übertragungsleistung eines Übertragungskanals gemessen.

2. bit (kleingeschrieben): Abkürzung für basic indissoluble information unit. Maßeinheit für den Informationsgehalt einer Nachricht.

Black-Box-Modelle

Unter black-box wird in den Wirtschaftswissenschaften ein in Wesen und Form unbekannter Prozeßablauf verstanden.
Mit Hilfe eines black-box-Modells werden zwei oder mehr Variable verbunden, ohne die für diese Verbindung erforderlichen Mechanismen zu erklären, bzw. erklären zu können. Die Eingangs- und Ausgangsgrößen sind bekannt, während der Ablauf (Prozeß) innerhalb der black-box, der für die Verbindung, für den kausalen Zusammenhang verantwortlich zeichnet, nicht mehr spezifiziert werden kann.
In der Wirtschaftswissenschaft ist es insbesondere der Konsument, der — da sein Verhalten in der Vergangenheit nur teilweise rational begründet werden konnte — als black-box betrachtet wird, wie die folgende Abbildung zeigt:

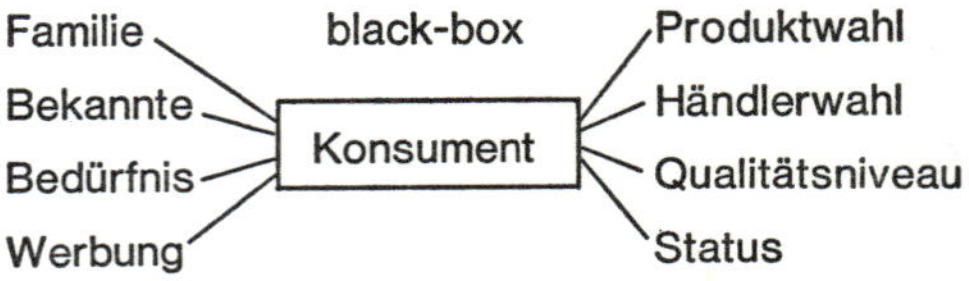

Testmärkte sind die relativ bekanntesten Werkzeuge, um das Problem der black-box zu lösen, d. h. um das → Kaufverhalten der Konsumenten zumindest teilweise zu analysieren. So läßt sich beispielsweise feststellen, wie eine bestimmte Werbeintensität den Umsatz beeinflußt — ohne allerdings andere Einflußfaktoren und ihre Auswirkungen (z. B. die persönliche Bezugskulisse) erfassen zu können. Lösungsansätze zur Erklärung der black-box stellen die Verhaltensmodelle dar, die den Wirkungs-

zusammenhang innerhalb der black-box beschreiben sollen.
→ Kaufverhalten, Behavioral Models, Kybernetik

Literatur:
Buzzell, R. D.: Mathematical Models and Marketing Management, Boston 1964

Block Diagramm

dtsch.: Ablaufdiagramm
→ Ablaufplanung

Blue Chips

In der internationalen Börsensprache Bezeichnung für die sogenannten Standardwerte, also Aktien großer Unternehmen mit guten Wachstumschancen, z. B. Chemie-, Elektronikwerte.

BMT

Basic-Motion-Times-System. Ein von der Beratungsfirma J. D. Woods and Gordon Ltd., Toronto, entwickeltes System vorbestimmter Zeiten.

Board

Bezeichnung für eine Gruppe von Personen, die gewählt oder bestimmt wurden, als Rat in der Leitung einer Organisation zu wirken.

Board of Directors

In der amerikanischen und britischen Aktiengesellschaft Bezeichnung für das von den Aktionären bestimmte Organ, welches oberste Kontroll- und Leitungsfunktionen besitzt. Dem Board of Directors gehören mindestens drei Mitglieder an. Seine Funktionen sind:

1. Interessenvertretung der Aktionäre (Trusteeship)
2. Bestimmung der Unternehmensziele
3. Ernennung der Führungskräfte des Unternehmens
4. Kontrolle der Pläne und Ergebnisse
5. Budgetkontrolle
6. Gewinnverteilungsvorschlag.

Der Vorsitzende im Board of Directors ist der → Chairman.

Bond, Bond Loans

Bezeichnung für Schuldverschreibungen, Obligationen

Bookkeeping

Bezeichnung für Buchhaltung

Boom

Bezeichnung für Höhepunkt des Konjunkturaufschwunges oder auch für übergroße Nachfrage. Seine Anzeichen sind steigende Preise, längere Lieferzeiten und Reibungen bei der Beschaffung.

Borrowed Capital

Bezeichnung für Fremdkapital

Boss

Bezeichnung für Vorgesetzter, Chef, Leiter eines Unternehmens

Bottle Neck

Flaschenhals.

1. Bezeichnung für die Produktions- oder Verwaltungsstellen, deren Leistungsschwäche die Kapazitäten vor- oder nachgeordneter Stellen begrenzt.
2. In der Volkswirtschaft Bezeichnung für den Industriezweig, durch dessen Leistungsfähigkeit das Produktionsvolu-

men der von ihm abhängigen Industriezweige bestimmt wird, z. B. Zubehörindustrie und Automobilproduktion

Brainstorming

Methode, um Ideen zur Lösung von Problemen zu finden.
Brainstorming wurde vom Mitbegründer der Werbeagentur BBDO (Batton, Barton, Durstine and Osborn), Alex J. Osborn, Ende der dreißiger Jahre in den USA erstmals angewandt, kam aber erst in den fünfziger Jahren nach Deutschland.
Einer Gruppe von 3–12 Personen mit verschiedener Ausbildung wird ein Problem vorgelegt. Es darf sich nur um ein relativ einfaches Problem handeln, zu dessen Lösung keine Spezialkenntnisse erforderlich sind. Die Teilnehmer an der Brainstorming-Sitzung werden aufgefordert, so viel Ideen wie möglich zu produzieren, und zwar nach folgenden Regeln:

1. Der Phantasie darf freier Lauf gelassen werden. Die „unsinnigsten", „simpelsten", „längst bekannten", „kompliziertesten", „kostspieligsten" Lösungen dürfen vorgebracht werden.
2. Es kommt zunächst nicht auf die Qualität, sondern auf die Quantität der Vorschläge an.
3. Kritik an den Ideen der anderen Gruppenmitglieder ist während der Sitzung nicht erlaubt.
4. Die Ideen anderer Teilnehmer dürfen aufgegriffen und weiter ausgebaut werden.

Brainstorming-Sitzungen sollten nicht länger als eine Stunde dauern. Die Teilnehmer sollten vorher über das Problem informiert werden. Es empfiehlt sich, ein Tonbandgerät aufzustellen oder ein Stenogramm der Sitzung anfertigen zu lassen, um auch tatsächlich alle Ideen zu erfassen. Nach der Sitzung wird ein Protokoll angefertigt.

Die zuständigen Sachbearbeiter, die selbst oft gar nicht an der Brainstorming-Sitzung teilgenommen haben, erhalten das Protokoll zur weiteren Bearbeitung. Sie sichten die Vorschläge nach ihrer Brauchbarkeit und Durchführbarkeit und geben die endgültigen Vorschläge zur Entscheidung an das Management weiter.
Brainstorming ist eine anerkannte Methode, die bei vielen Unternehmen, vor allem in USA, angewandt wird.

Literatur:
Clark, Ch. H.: Brainstorming, 2. Aufl., München 1967

Braintrust

Team aus qualifizierten Persönlichkeiten, die wegen ihrer speziellen Fachkenntnisse zur Lösung eines Problems oder als Berater in Industrie, Verwaltung, Politik herangezogen werden.

Branching- and Boundingverfahren

Verfahren, das neben der dynamischen Planungsrechnung und der begrenzten Enumeration zu den → Entscheidungsbaumverfahren gehört.

Break-even-Analyse

Analyse zur Ermittlung von Nutzenschwellen einzelner Produkte oder Investitionen.
Der Punkt, an dem die Nutzenschwelle (auch Freisetzungspunkt, kritischer Punkt, Gewinnschwelle) erreicht wird, wird als Break-even-point bezeichnet. Mit Erreichen der Nutzenschwelle decken die Erlöse einzelner Produkte gerade die zur Erreichung dieser Erlöse notwendigen Kosten, d. h. an diesem Punkt erfolgt der Übergang zum Gewinn.
Voraussetzung für die Errechnung des Break-even-point ist die Aufteilung der Gesamtkosten eines Unternehmens in fixe und proportionale Kosten, wobei eine erreichbare Umsatzgröße unterstellt wird.

Die Errechnung des Break-even-points kann sowohl auf mathematischem Wege wie auch graphisch in Form eines Break-even-Diagramms erfolgen. In der Praxis wird die Darstellung im Diagramm bevorzugt, da sie die Auswirkungen möglicher Alternativen auf den Gewinn aufzeigt und darüber hinaus die Festlegung von Teildeckungszielen – wie die Deckung der direkten Kosten – relativ leicht und einfach ermöglicht.

Die Errechnung des Break-even-point erfolgt für einen Abrechnungszeitraum. Dieser Abrechnungszeitraum kann sowohl einen Monat, ein Quartal als auch ein Jahr umfassen. Zu berücksichtigen sind jedoch saisonale Schwankungen, insbesondere bei längerfristiger Betrachtung, wodurch der kritische Punkt oft erst am Ende des Jahres erreicht werden kann.

Im Rahmen der mathematischen Ermittlung des Break-even-point ist von folgender Überlegung auszugehen:

Mit Erreichen des Break-even-Volumens weisen die Erträge und die Gesamtkosten die gleiche Höhe auf. Der Gesamtertrag seinerseits ist das Produkt aus Verkaufspreis und Break-even-Volumen, während die Gesamtkosten die Summe von Fixkosten und variablen Stückkosten multipliziert mit dem Break-even-Volumen darstellen. Formal ausgedrückt:

$$E = K$$
$$P \times BEV = F + kv \times BEV$$

Bei der entsprechenden Umstellung der Formel ergibt sich:

$$P \times BEV - kv \times BEV = F$$
$$(P - kv) \times BEV = F$$
$$BEV = \frac{F}{P - kv}$$

E = Erlöse
K = Gesamtkosten
BEV = Break-even-Volumen
F = Fixkosten
kv = variable Kosten
P = Preis

P-kv ist die Differenz zwischen Preis und variablen Stückkosten und wird als → Deckungsbeitrag bezeichnet.

Die hier dargestellte Methode zur Ermittlung des Break-even-Volumens gilt für ein Einproduktunternehmen. Für Mehrproduktunternehmen lassen sich nur schwer kritische Absatzmengen ermitteln, weil es sehr viele Mengenkombinationen gibt, die alle gerade zur Kostendeckung führen. Dies ist für alle jene Mengenkombinationen der Fall, bei denen die Summe der Deckungsbeiträge mit der Summe der fixen Kosten übereinstimmt.

Ist jedoch die mengenmäßige Zusammensetzung der verschiedenen Produkte und damit der Umsatz relativ konstant, so läßt sich der Gesamtumsatz ermitteln, bei dem der Übergang von der Verlust- in die Gewinnzone vollzogen wird.

Beispiel: Für ein Produkt entstehen variable Kosten in Höhe von DM 10,– pro Stück. Die Fixkosten setzen sich zusammen aus DM 12 000,– an jährlichen Abschreibungskosten und Gemeinkosten in Höhe von DM 20 000,–, so daß sich Fixkosten von insgesamt DM 32 000,– ergeben. Unterstellt man einen Verkaufspreis in Höhe von DM 20,–, so ergibt sich nach Einsetzen in die obige Formel ein Break-even-Volumen von 3200 Stück.

Bei diesem Beispiel handelt es sich um eine simplifizierte Errechnung des Break-even-points. In einer erweiterten Form lassen sich dem Fixkostensockel die einem Produkt direkt zurechenbaren Kosten, wie sie beispielsweise im Marketing-Bereich für Werbung, Vertriebskosten, etc. entstehen könnten, zuschlagen. Variiert man darüber hinaus den Verkaufspreis, so läßt sich ermitteln, welches Break-even-Volumen bei unterschiedlichem Einsatz an finanziellen Mitteln erreicht werden muß, um in die Gewinnzone zu gelangen.

Würde man in dem oben gewählten Beispiel noch zusätzlich für Werbung DM 24 000,– und DM 32 000,– für Vertriebs-

kosten ansetzen, so ergäbe sich ein Fixkostensockel in Höhe von DM 88 000,–, wählt man darüber hinaus einen Verkaufspreis einmal in Höhe von DM 15,– und einmal in Höhe von DM 25,–, so ergeben sich folgende Break-even-Volumina:
für P = 15,– müssen 17 600 Produkte, für P = 25,– insges. 5866 Produkte zur Erreichung der Gewinnschwelle verkauft werden.
Das Ergebnis der Break-even-Analyse muß im nächsten Schritt den Ergebnissen der → Nachfrageanalyse gegenübergestellt werden, damit eine eindeutige Aussage über die Realisierung zumindest des Break-even-Volumens möglich wird.
Die graphische Darstellung der Break-even-Analyse erfolgt in Form eines Diagramms. Als Grundlage dienen die gleichen Daten wie bei der mathematischen Errechnung und zwar:

1. die Höhe der fixen Kosten,
2. die Höhe der variablen Kosten je Mengeneinheit und
3. die Höhe des Verkaufspreises

Sind diese Daten bekannt, so läßt sich das folgende Diagramm erstellen:

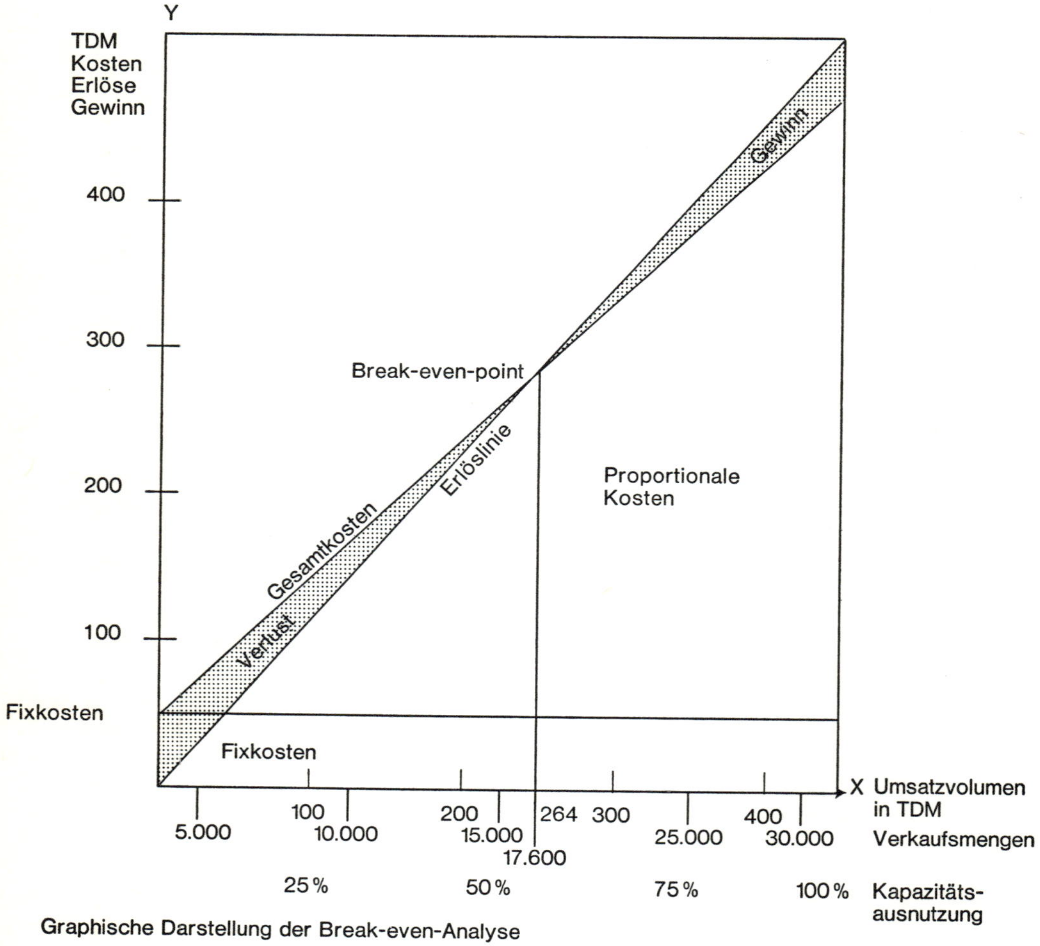

Graphische Darstellung der Break-even-Analyse

Aus Gründen der Übersichtlichkeit wählt man für die horizontale und vertikale Achse den gleichen Maßstab, weil dadurch die Erlöslinie genau im Winkel von 45° durch die Mitte des Diagramms verläuft.
Auf der X-Achse, Abszisse, werden das Umsatzvolumen und die Verkaufsmengen abgetragen, auf der Y-Achse, Ordinate, werden Kosten und Erlöse (möglichst im gleichen Maßstab zur X-Achse) abgetragen. Die Fixkosten werden durch die parallel zur X-Achse verlaufende Gerade dargestellt. Parallel deshalb, weil die Höhe der Fixkosten von der Verkaufsmenge pro Periode unabhängig ist.
Die Erlöslinie beginnt im Nullpunkt und durchläuft bei dem gewählten Maßstab das Diagramm im Winkel von 45°, während das Ende der Erlösgeraden durch die Kapazitätsauslastung — in dem gewählten Beispiel 100 % — bestimmt wird. Die Gesamtkostenlinie beginnt auf der Y-Achse beim Fixkostenpunkt und läuft ebenfalls zur Kapazitätsgrenze des Unternehmens. Dort, wo die Erlöslinie von der Gesamtkostenlinie geschnitten wird, ist der Break-even-point, der in dem gewählten Beispiel bei 17 600 Produkten liegt. Das von der Y-Achse, der Gesamtkostenlinie und Erlöslinie gebildete Dreieck stellt die Verlustzone, das Dreieck oberhalb des Break-even-points die Gewinnzone dar.
Bei genauer Analyse sowohl der mathematischen als auch der graphischen Darstellung lassen sich die Auswirkungen von möglichen Veränderungen sowohl der dem Produkt zurechenbaren als auch der Fixkosten wie folgt zusammenfassen:

Der durch die Differenz aus Preis und variablen Kosten definierte Deckungsbeitrag wird nur durch die proportionalen Kosten und die Verkaufspreise beeinflußt. Je größer die Differenz zwischen Preis pro Stück und proportionalen Kosten pro Stück ist, desto größer ist der Deckungsbeitrag. Lassen sich die variablen Kosten beispielsweise durch Rationalisierung verringern, so wird dadurch der Deckungsbeitrag verbessert und der Break-even-point früher erreicht. Eine Erhöhung der Verkaufspreise beeinflußt ebenfalls den Deckungsbeitrag und verschiebt den Break-even-point nach unten. Auch eine Verringerung der Fixkosten wird zu einer Verlagerung des Break-even-point nach unten führen, ohne jedoch den Deckungsbeitrag zu beeinflussen.
Die Break-even-Analyse ist ein wichtiges Hilfsmittel zur Lenkung und Kontrolle eines Unternehmens. Sie zeigt Gewinnmöglichkeiten auf, gibt Auskunft über die Auswirkungen von Alternativen und liefert damit die notwendigen Informationen für die Festlegung der Unternehmensstrategie und -politik. Sie schafft die Voraussetzung für eine erfolgreiche Unternehmensführung, da sie die Beziehungen zwischen Umsatz und Gewinn sowie die Auswirkungen von Kosten- und Erlösänderungen aufzeigt. Sie kann somit als Instrument der Gewinnplanung eingesetzt werden, wobei der Aussagewert der Analyse durch die der Rechnung zugrundegelegten Daten bestimmt wird. Ihre Gültigkeit wird von der Erfüllung bestimmter Voraussetzungen abhängig sein, so daß die Ergebnisse der Analyse immer nur im Zusammenhang mit diesen Daten zu sehen sind.

Literatur:
Böhm, H.-H., Wille, F.: Deckungsbeitragsrechnung und Programmoptimierung, 2. Auflage, München 1965
Heinen, E.: Betriebswirtschaftliche Kostenlehre, 2. Auflage, Wiesbaden 1965
Anthony, N.: Management-Accounting, Text and Cases, Homewood, Ill. 1960

Break-even-Chart

Gewinnschwellen-Diagramm
→ Break-even-Analyse

Break-even-Point

Auch im Deutschen übliche Bezeichnung für Gewinnschwelle, Toter Punkt, Nutzenschwelle. Es handelt sich um den Punkt auf der Beschäftigungsskala, bei dem der Erlös gerade alle Kosten deckt. Bei höherer Beschäftigung entsteht ein Gewinn, bei geringerer ein Verlust.
→ Break-even-Analyse

Briefing

1. Anweisung, Einsatzbesprechung
2. In der Werbung kurze Zusammenfassung aller Tatsachen und Unterlagen für eine neue Werbeidee. In der Briefing Conference werden in der Werbeagentur die neuen Aufträge besprochen und die Mitarbeiter instruiert.

Budget

1. Geldmittel, die im Rahmen einer Gesamtplanung im Unternehmen für einzelne Maßnahmen oder bestimmte Funktionen zur Verfügung stehen.
2. Gesamte Unternehmensplanung.

Budgetierung

Zukunftsrechnung, die auf der Unternehmensplanung basiert.
Das Budget ist ein in Geld bewerteter operativer Plan für einen bestimmten Zeitraum. Es ist ein echtes Führungsinstrument, da es die drei wichtigsten Managementfunktionen zur Erreichung eines Unternehmenszieles: Planung, Organisation und Kontrolle enthält.
Im Absatzplan bzw. im Absatzbudget als dem bewerteten Absatzplan ist die Zielsetzung des Unternehmens für die nächste Periode niedergelegt. Der Absatzplan ist daher der Ausgangspunkt für die weitere Planung. Die betrieblichen Pläne, die wechselseitig voneinander abhängen, bestimmen die Budgets wie das Absatzbudget, das Produktionsbudget, das Beschaffungsbudget, das Investitionsbudget, das Verwaltungsbudget. Die Budgets werden einer Erfolgs- und einer Finanzkontrolle unterzogen, um klarzustellen, daß die Pläne durchführungswürdig sind und die dem Unternehmen zur Verfügung stehenden Mittel für eine Finanzierung der Pläne ausreichen.

Budgetaufstellung

Bei der Budgetaufstellung werden starre und variable Budgets unterschieden. In bestimmten Abteilungen variieren die Kosten direkt mit dem Umsatz bzw. der Produktion, allerdings nicht unbedingt im gleichen Ausmaß. Verkaufsabteilungen von Einzelhandelsgeschäften sind ein Beispiel dafür. Für diese Abteilungen werden variable Budgets aufgestellt, d. h. es werden drei Budgetvoranschläge gemacht, nämlich je einer für das gegenwärtige Umsatz- bzw. Produktionsvolumen, für ein niedrigeres und ein höheres. Die Rechtsabteilung eines Unternehmens wird von den Umsatz- bzw. Produktionsschwankungen z. B. kaum berührt. Sie gehört zu den Abteilungen, für die starre Budgets aufgestellt werden.

Budgetkontrolle

Sie hat die Aufgabe, die praktische Durchführung der Pläne im Hinblick auf ihre Wirtschaftlichkeit zu überprüfen. Dabei genügt nicht ein Vergleich der Budgetarten und der angefallenen Kosten, sondern es müssen alle durchgeführten Maßnahmen anhand der Unterlagen aus Budget und Rechnungswesen auf sachliche und zeitliche Übereinstimmung kontrolliert werden. Kontenplan im Rechnungswesen und Kostenartenpläne des Budgets müssen daher gleichen Inhalt haben.
Wenn das Budget ein wirkungsvolles Instrument der Unternehmensführung

sein soll, muß die Budgetkontrolle zeitnah sein, d. h. daß als äußerster Termin für ihre Durchführung die zweite Hälfte des Folgemonats anzunehmen ist.

Organisation

Die organisatorische Einordnung der Budgetabteilung im Unternehmen kann an verschiedenen Stellen erfolgen. Die Abteilung kann dem Leiter des Unternehmens unterstellt werden, aber auch dem Finanzchef oder dem Controller. Sie kann Teil der allgemeinen Verwaltung sein oder auch einem Komitee unterstellt werden.

Die Budgetierung bringt eine Reihe von Vorteilen für das Unternehmen:

Durch die Beteiligung aller Ebenen im Unternehmen an der Aufstellung eines realistischen Budgets ist der psychologische Anreiz groß, die Budgetziele zu erreichen.

Durch das Budget können Veränderungen (in den Preisen, den Kosten, der Beschäftigung) rasch festgestellt und eine entsprechende Anpassung vorgenommen werden.

Da bei der Aufstellung des Budgets bereits alle Abteilungen zur Zusammenarbeit gezwungen werden, führt die Budgetierung zu einer besseren vertikalen und horizontalen Kommunikation im Unternehmen. Das Team-Work wird begünstigt. Das Budget gibt Handlungsfreiheit innerhalb gewisser Grenzen und ist gleichzeitig ein Instrument zur Überwachung dezentraler Maßnahmen.

Die Budgetierung und die dabei zu durchlaufenden Stufen wie Überprüfen der gegenwärtigen Leistung, Planung, Koordination, Kontrolle, Abweichkorrektur etc. stellen ein ausgezeichnetes Managementtraining dar. Die Führungskräfte der oberen Ebene, die das Budget genehmigen müssen, bleiben nicht länger nur Spezialisten. Sie erweitern ihren Gesichtskreis und entwickeln Verständnis für die Probleme der Mitarbeiter. Das Budget kann zum Maßstab für die Leistungsfähigkeit der Führungskräfte werden.

Die Budgetierung ist Teil des → Management Accounting.

Literatur:
Bunge, W. R.: Budgetierung — ein Managementinstrument zur Gewinnerzielung, München 1968
Thieben, E.: Budgetierung und Budgetkontrolle, München 1965

Budgeting

Englische Bezeichnung für → Budgetierung, einer auf der Unternehmensplanung basierenden Zukunftsrechnung.

Budget-System

Verknüpfung einzelner Planungen im Unternehmen zur Unternehmensgesamtplanung.

Built-in Maid Service

Bezeichnung für die Übernahme von Haushalttätigkeiten durch den Handel oder die Industrie bei der Bereitstellung von Waren, z. B. Fertiggerichten, Tiefkühlkost, geputztem Gemüse etc.

Bulkladung

Bezeichnung für eine Ladung von losem Massengut wie Kohle, Erz, Getreide etc.

Bull

Wörtlich: Bulle. Bezeichnung für einen Haussier, Hausse-Spekulant → Bear

Business Administration

In den USA Bezeichnung für Betriebswirtschaftslehre. Ähnlich der deutschen

Disziplin werden die Funktionen des Betriebes (Produktion, Beschaffung, Absatz, Forschung und Entwicklung, Rechnungswesen, Personal, Finanzierung) nach Theorie und Politik hin untersucht, wobei das Schwergewicht auf der praktischen Gestaltung des betrieblichen Geschehens liegt. Teilgebiet der Disziplin Business Administration sind die sogenannten Managerial Economics, die sich mit den den Funktionen des Betriebes übergeordneten Fragen der Unternehmensführung beschäftigen: → Planung und Entscheidung, → Organisation, → Staffing, → Führung, → Kontrolle. Betriebswirtschaftlehre und Volkswirtschaftslehre sind getrennt, jedoch wird das Gemeinsame beider Wissenschaften betont.
Wirtschaft und Hochschule haben engen Kontakt miteinander: Hochschullehrer kommen häufig aus der wirtschaftlichen Praxis, und die Ergebnisse der Wissenschaft werden in der Praxis lebhaft diskutiert und auf ihre Anwendbarkeit geprüft.

Business Consultants

In den Vereinigten Staaten Bezeichnung für → Unternehmensberatung.

Business Cycle

Bezeichnung für Konjunkturzyklus.
→ Prognose

Business Engineer

Berufsbezeichnung für den selbständigen Betriebsberater.

Business Enterprise

→ Enterprise

Business Environment

Umgebung eines Unternehmens, Wirtschaftszweiges oder der Wirtschaft. Zum Business Environment gehören etwa: die außen- und innerpolitische Situation, das gesellschaftspolitische Klima, ethische Normen, die Wirtschafts- und Sozialordnung, die Bevölkerungsentwicklung, der Stand der Technologie, die Infrastruktur.

Business-Games

Englischer Ausdruck für → Planspiele

Business Risks

Bezeichnung für Investitionsrisiken. Investitionserträge können später und in geringerer Höhe als geplant anfallen, Investitionskosten früher und mit größeren Beträgen.

Buyers' Market

Bezeichnung für Käufermarkt, d. h. das Angebot an Gütern überwiegt die Nachfrage, so daß der Käufer eine bessere Marktposition durch Auswahlmöglichkeiten, Zusatzleistungen (Service) etc. hat.
→ Sellers' Market

Buying Motive

Bezeichnung für Kaufmotiv

Buying Power

Bezeichnung für Kaufkraft

Buzz Session

Von G. Donald Phillips entwickelte Diskussionsmethode, die auch unter dem

Namen „Diskussion 66" bekannt wurde. Mehrere Gruppen von jeweils sechs Personen diskutieren und sammeln rund sechs Minuten lang Ideen, die notiert werden und vom Diskussionsleiter jeder Gruppe anschließend allen Diskussionsteilnehmern vorgetragen werden.
Diese Methode soll dazu beitragen, die an Vorträge anschließenden Diskussionen fruchtbarer zu machen.

BVW

häufig benutzte Abkürzung für → Betriebliches Vorschlagswesen

Byte

Bezeichnung für eine Speicherstelle, die 8 Speicherelemente – Daten-Bit – und ein oder zwei Speicherelemente – Prüf-Bit oder Kontroll-Bit – zur maschineninternen Kontrolle besitzt.
Ein Byte läßt sich in zwei Halb-Bytes, Tetraden genannt, gliedern. Ein Byte kann auf drei Arten belegt werden:

1. Ziffernspeicherung ungepackt.
   Eine Tetrade enthält die Ziffern, die andere das dazugehörige Vorzeichen (Plus oder Minus).
2. Ziffernspeicherung gepackt (rein numerische Darstellung).
   Auf diese Art lassen sich in ein Byte zwei Dezimalstellen verschlüsseln. Für das „Packen" sind besondere Verarbeitungszyklen in der Zentraleinheit nötig.
3. Buchstabenspeicherung (Alpha-numerische Darstellung).
   Die eine Tetrade (rechte Byte-Hälfte) wird als Ziffernteil benutzt, die andere Tetrade als Zonenteil. Im Zonenteil lassen sich auch Sonderzeichen darstellen.

C

Ca. (zirka)

Handelsklausel, die besagt, daß die Quantität um 5 % nach oben oder unten von der vereinbarten Menge abweichen darf, bei manchen Waren auch bis 10 %, je nach den Handelsgebräuchen.

CAD

Abkürzung für → Cash Against Documents

Calculator

Bezeichnung für Rechner. In konventionellen Lochkartenanlagen führt der Rechner die vier Grundrechenarten durch und stanzt das Ergebnis in die gelesene Lochkarte ein.

C & F

Abkürzung für → Cost and Freight
→ Incoterms

C & I

Abkürzung für → Cost and Insurance

Capacity-costs

Bezeichnung für Kapazitätskosten, gleichbedeutend mit Fixkosten.

Capital Deepening

Verbesserungsinvestition. Sie führt zu einer Erhöhung der durchschnittlichen Lebensdauer der Anlagen, ohne einen Kapazitätseffekt zu haben.
→ Capital Widening

Capital Flow

Bezeichnung für Kapitalwanderung von einem Industriezweig oder einem Wirtschaftsgebiet zum anderen.

Capital Gains

Bezeichnung für Kapitalgewinn

Capital-Output-Ratio

Kapitalkoeffizient. Er wird gegeben durch den Quotienten

$$\frac{K}{P} = \frac{1}{\sigma}$$

wobei mit K der Kapitalstock, mit P die dem Kapitalstock bei einem bestimmten Ausnutzungsgrad entsprechende Produktion und mit σ die Produktivität des Realkapitals bezeichnet wird.

Capital Stocks

Bezeichnung für Aktien-Kapital → Stockholders' Equity

Capital Surplus

Bilanzausdruck für Kapitalüberschuß, Rücklagen

Capital Widening

Erweiterungsinvestition mit dem Ziel der Steigerung der Produktionskapazität im Rahmen einer gegebenen Technik.

Die durchschnittliche Leistungsdauer der Anlagen ändert sich dadurch nicht.
Gewöhnlich gehen Capital Widening und → Capital Deepening Hand in Hand.

Carry-over-Effekt

Bezeichnung für die Größe, mit der ein Impuls seine Wirkung im Zeitablauf verliert bzw. nach einer bestimmten Zeitspanne noch erzielt.
Carry-over-Effekte sind insbesondere im Bereich der Marketing-Programmgestaltung zu berücksichtigen, weil es für den wirksamsten Einsatz der einzelnen Instrumente im Rahmen des → Marketing-Mix entscheidend ist, den Zeitpunkt und/oder den Zeitraum zu kennen, zu dem bzw. in dem die einzelnen Instrumente wirksam werden, wann die Wirkung am intensivsten ist und wie lange die erzielte Wirkung andauert.
Der Carry-over-Effekt wird besonders deutlich am Beispiel der Werbung. Ist beispielsweise die Gesamtwirkung der innerhalb einer bestimmten Periode durchgeführten Werbekampagne „100“, so läßt sich eine Verteilung dieser Gesamtwirkung über mehrere Perioden feststellen. So wird möglicherweise in der Periode, in der die Werbekampagne durchgeführt wird, beispielsweise eine Wirkung von „60“, in der folgenden Periode von „30“ und in der nächsten von „10“ erzielt werden.
Aus diesen Zahlen lassen sich insofern Konsequenzen ziehen, als ein Unternehmen, das eine gleichmäßige Werbewirksamkeit anstrebt, seine Werbemaßnahmen und damit vor allem das Werbebudget nach dem Prinzip der Wirtschaftlichkeit planen bzw. aufstellen kann, wobei die Problematik der Messung der Werbewirksamkeit an dieser Stelle unberücksichtigt bleiben soll.

Literatur:
Willet, R. P.: Ein Modell für ein Marketing-Programm in: Britt, Boyd jr., Hrsg. Marketing-Management und Organisation, dtsch. Bearbeitung: P. Linnert, München 1971

Case Study

Fallstudie. Die Case-Study-Methode untersucht Fälle, um daraus generelle Prinzipien abzuleiten.
→ Planspiele

Cash

Bilanzausdruck für flüssige Mittel.

Cash Against Documents (CAD)

Kasse gegen Dokumente. Handelsklausel der → Incoterms. Der Käufer im internationalen Handel muß bei Vorlage der Dokumente (Rechnung, Versicherungsschein, Ausfuhrbewilligung etc.) Zahlung leisten.

Cash and Bank Deposits
Ausdruck in der Bilanz für flüssige Mittel und Bankguthaben

Cash Before Delivery

Kasse vor Lieferung. Handelsklausel, nach der der Käufer den Preis der Ware vor Erhalt bezahlen muß.

Cash Dividends Paid

Bezeichnung für ausgeschüttete Dividende.

Cash-Flow-Rechnung

Die Rentabilität des Kapitals wird durch den Prozentsatz des Gewinns bestimmt. Liegt das Kapital bei 100, der Gewinn bei 10, so spricht man von einer 10 %igen Rendite. Verfeinert man die Rechnung, so muß man die Gewinnsteuer in Betracht ziehen. Liegt diese bei 3, so beträgt die Rendite vor Steuer 10 und

nach Steuer 7. Der Cash-Flow eines Unternehmens ist der Gewinn einschließlich Steuer und zuzüglich der Anlagen-Abschreibungen. Betragen diese 5, so errechnet sich ein Cash-Flow von 15 (Gewinn + Steuer + Abschreibungen). Ein hoher Cash-Flow beweist, daß das Unternehmen beweglich ist; aus den angesammelten Abschreibungen kann man ja wieder neue Anlagegüter kaufen. Da die Abschreibungen in den Steuerbilanzen manipuliert werden können (es gibt einerseits Sonderabschreibungen, andererseits aber Anlagegüter, die höher bilanziert werden müssen, als es ihrem Marktwert entspricht), ist die Zusammenrechnung von Gewinn, gewinnabhängigen Steuern und Abschreibungen durchaus vertretbar in der Bilanzanalyse. Gelegentlich, namentlich bankseitig, addiert man zu dieser Summe noch die gezahlten Zinsen. Das hat mit Cash-Flow allerdings nichts zu tun.
Es ist nicht immer einfach, aus den vorgelegten Bilanzen den Cash-Flow herauszudestillieren. Bei Aktiengesellschaften und Gesellschaften mit beschränkter Haftung ist ja nicht nur der Jahresüberschuß als Gewinn zu rechnen (Pos. 28 des aktienrechtlichen Schemas), sondern auch der aufgrund einer Gewinngemeinschaft u. dgl. abgeführte Gewinn. In den „Steuern vom Einkommen, vom Ertrag und vom Vermögen" stecken auch Steuern, die nicht gewinnabhängig sind (z. B. Vermögensteuer, Lohnsummensteuer, Gewerbekapitalsteuer), ebenso Steuerzahlungen für vergangene Perioden; auch werden rückerstattete Steuern von diesem Posten abgezogen. Da die Hebesätze der Gewerbesteuer von Stadt zu Stadt unterschiedlich sind, ergibt sich ein weiteres Unsicherheitsmoment. Daher geht man, wenn man einigermaßen zuverlässig schätzen will, von folgender Rechnung aus:

1. Ausgewiesener Gewinn
   + gesetzlicher Körperschaftsteuersatz und Ergänzungsabgabe
2. Rücklagenbildung aus dem Jahresergebnis
   + gesetzlicher Körperschaftsteuersatz und Ergänzungsabgabe
3. Abschreibungen auf das Anlagevermögen (einschl. Beteiligungen)
4. Zuführung zu steuerbefreiten Rücklagen
5. ca. 12,5 % Gewerbeertragsteuer aus 1–3
6. A. o. Ergebnis einschl. Rücklagenauflösung (saldiert)

= Cash-Flow

Cash on Delivery

Kasse bei Lieferung. Handelsklausel, nach der der Käufer bei Übergabe der Ware (und nicht der Dokumente) Zahlung leisten muß.

Catering

Übernahme von Großverpflegung und allen damit zusammenhängenden Problemen durch einen darauf spezialisierten Unternehmer. Diese Art der Gemeinschaftsverpflegung, häufig durch Tiefkühlmenüs, ist inzwischen auch in der BRD im Vordringen.

CBA

Abkürzung von → Cost-Benefit Analysis

Centralized Purchasing

Bezeichnung für zentralen Einkauf

Certified Public Accountant (CPA)

In den USA staatlich geprüfter Wirtschafts- oder Rechnungsprüfer, mit einer bestimmten, festgelegten Ausbildung.

Chairman

Vorsitzender im → Board of Directors → Committee

Channels of Distribution

Ausdruck für Absatzwege.
→ Marketing-Management

Checklist

Kontrollmittel bei der Fertigung und Materialwirtschaft, durch das die Vollständigkeit von Vorräten oder Maßnahmen durch Abhaken oder Checken überprüft wird. Check-Listen sind vor allem in der Materialwirtschaft, bei der Lagerkontrolle, Inventur, im Einkauf sowie bei der Arbeitsvorbereitung und der Qualitätskontrolle gebräuchlich.

Checkpoint

In der Datenverarbeitung Bezeichnung für Fixpunkt im Programm. Die Fixpunkte haben den Zweck, bei einer Störung oder einem Ausfall im Programmablauf Wiederanlaufpunkte zu geben, so daß nicht das gesamte Programm vom Anfang bis zum Ausfall hin wiederholt werden muß, sondern nur der Teil vom letzten Checkpoint an.

Chefentlastung

Bezeichnung für die Anwendung der Mittel, die den Chef im Unternehmen von unproduktiven Aufgaben und Tätigkeiten entlasten und ihm die Erfüllung seiner kreativen Aufgaben und Tätigkeiten der Planung und Entscheidung, Koordinierung und Kontrolle sowie der eigentlichen Führung erleichtern. Diese Mittel beziehen sich einmal auf die persönliche Arbeitstechnik des Chefs selbst (Zeitplanung, Besprechungstechnik, Konferenztechnik), zum anderen auf die Weitergabe von Aufgaben, Kompetenz und Verantwortung (Delegation) an andere.

I. DIE ENTSCHEIDUNGSTECHNIK

Wichtigste Funktion einer Führungskraft ist das Fällen von strategischen und taktischen Entscheidungen und das Aufstellen von Plänen. Um die vorhandene Arbeitskraft und Arbeitszeit voll für die Entscheidungen einsetzen zu können, die für das Unternehmen von Bedeutung sind (Investitionsentscheidungen, Produktionsentscheidungen, Personalentscheidungen u. a.), sollte der Chef sich zunächst einmal von allen programmierbaren Entscheidungen (→ Entscheidungstheorie – Entscheidungstechnik) befreien und sie Mitarbeitern übertragen (→ Delegation). Wichtig für diesen Vorgang ist die bewußte (schriftliche) Katalogisierung aller der Tätigkeiten, die der Chef an nachgeordnete Mitarbeiter delegieren will. Das Treffen von nicht programmierbaren Entscheidungen beginnt mit der Entscheidungsvorbereitung: nach der Bestimmung der Problemsituation werden Informationen gesammelt und zu Alternativlösungen verarbeitet. Diese Entscheidungsvorbereitung kann auch weitgehend von Mitarbeitern durchgeführt werden. Der eigentliche kreative Akt der Entscheidung zwischen Alternativen bleibt den führenden Personen im Unternehmen vorbehalten. Sowohl rationale als auch intuitive Entscheidungen bedürfen der ganzen Kraft des Entscheiders, der durch eine sorgfältige Entscheidungsvorbereitung sich voll seiner eigentlichen Aufgabe widmen kann. Voraussetzung ist, daß die Mitarbeiter von sich aus in der Lage sind, wichtige Informationen zu sammeln und daraus praktikable Lösungsalternativen anbieten können.

II. DIE ZEITPLANUNG

Wie die verfügbare Arbeitszeit auf die einzelnen Tätigkeiten und Aufgaben des Chefs verteilt werden sollen, hängt vom persönlichen Arbeitsstil ab. Grundsätzlich gilt, so viele Aufgaben wie möglich zu delegieren. Darauf zu achten ist, daß den Mitarbeitern auch die entsprechende Kompetenz und Verantwortung übertragen wird, da sonst die Aufgaben durch intensive Kontrollen (die häufig auf ein „Selbermachen" hinauslaufen) wieder auf den Chef zurückfallen. Ein Assistent, ein Sekretariat, die im Rahmen eines festgelegten Aufgaben- und Kompetenz-Katalogs frei entscheiden und walten können, werden dem Chef größere Entlastung bringen, als Mitarbeiter, die wegen jeder geringfügigen Entscheidung „fragen" müssen. Mitarbeiter sollten die Bedeutung der Zeit ihres Chefs begriffen haben und seine Aufgaben kennen. Auf diese Weise können sie von sich aus ihn belastende Aufgaben übernehmen, wie Terminplanung durch das Sekretariat, Koordinierungstätigkeiten durch Assistenten. Die dem Chef verbleibenden Aufgaben sollten bewußt (schriftlich) mit dem Zeitetat in Übereinstimmung gebracht werden. Dadurch wird garantiert, daß für wichtige Aufgaben auch genügend Zeit zur Verfügung steht.

III. KONFERENZ- UND BESPRECHUNGSTECHNIK

Ein Großteil der Zeit des Chefs wird für Konferenzen und Besprechungen aufgewendet. Durch ihre effiziente Gestaltung kann ein erheblicher Zeit- und Substanzgewinn erzielt werden. Nach Groß sollte der Konferenzleiter vor der Konferenz

1. das Konferenzziel festlegen (was soll erreicht werden?);
2. eine detaillierte Tagesordnung ausarbeiten;
3. die Teilnehmer bestimmen;
4. Termin und Dauer der Konferenz festlegen;
5. alle Teilnehmer intensiv unterrichten und Vorbereitungsaufträge erteilen;
6. für einen ungestörten Konferenzablauf sorgen.

Während der Konferenz sollten

1. die Teilnehmer mit dem Konferenzziel vertraut gemacht werden;
2. geäußerte Voraussetzungen geprüft und Vermutungen von Tatsachen unterschieden werden;
3. der zielorientierte Verlauf der Konferenz gesichert werden;
4. Gesagtes zusammengefaßt und die erreichte Stufe erläutert werden;
5. die Teilnehmer über das Nahziel und das Fernziel unterrichtet werden;
6. ein gutes Klima der Zusammenarbeit erhalten werden;
7. Aufträge zur Beschaffung von weiteren Unterlagen erteilt werden;
8. das Ergebnisprotokoll festgelegt werden.

Besprechungen mit einzelnen Personen werden weitgehend nach dem persönlichen Stil des Chefs gestaltet. Grundsätzlich gilt, daß

1. bewußt entschieden wird, wer und wann Anspruch auf ein Gespräch mit dem Chef hat;
2. Gespräche nach ihrem Ziel und Verlauf geplant werden.

IV. VORAUSSETZUNGEN FÜR EINE SYSTEMATISCHE CHEFENTLASTUNG

Wenn im Unternehmen das Problem der Chefentlastung, ihre Notwendigkeit und ihre Nützlichkeit erkannt worden ist, sollten

1. die Chefaufgaben bestimmt werden,
2. im nächsten Arbeitsgang die den Chef belastenden Momente, die ihm abgenommen werden können, bestimmt werden,
3. die „Chefbelastungen" analysiert werden,

4. die Mitarbeiter bestimmt und eventuell eingestellt werden, die belastende Aufgaben übernehmen können,
5. diese Mitarbeiter möglichst umfassend instruiert und je nach Aufgaben mit Terminen versorgt werden,
6. Kontrollen stichprobenartig durchgeführt werden.

Literatur:
Gross, G. F.: Chefentlastung, München 1969

Chief Executive Officer

Bezeichnung für den Unternehmensleiter (→ President), der meistens Mitglied des → Board of Directors ist.
→ Executive Officer, → Professional

Chiseler

Umgangssprachlicher amerikanischer Ausdruck für unredlicher Geschäftsmann, Schwindler.

CIF

Abkürzung für → Cost, Insurance, Freight → Incoterms

CIFCI

Abkürzung für → Cost, Insurance, Freight, Commission, Interest

CIOS (Comité International de l'Organisation Scientifique)

Internationale Managementorganisation mit dem Sitz in Genf und Mitgliederorganisationen in allen Teilen der Welt.

Circular Check

Bezeichnung für Reisescheck → Travellerscheck.

Circular Flow

Bezeichnung für den Kreislauf des von einem Investor in einem Unternehmen investierten Kapitals, und zwar vom Zeitpunkt der Investition bis zum Zeitpunkt des Rückflusses zum Investor.

Claim

1. Reklamation, Beanstandung einer Ware
2. Anspruch auf Bodenschätze

CLC

Abkürzung für → Commercial Letter of Credit

Clean Surplus Theory

Theorie der amerikanischen Betriebswirtschaft, die besagt, daß die neutralen Aufwendungen (z. B. betriebsfremde Aufwendungen, außerordentliche Aufwendungen etc.) dem Periodengewinn (→ Statement of Income) zuzuordnen sind. Auf diese Weise wird ein Statement of Income, der verfügbare Unternehmergewinn nach Abzug aller betrieblichen und neutralen Aufwände, ausgewiesen.
→ Current Operating Concept of Net Income

Clearing

1. Vertragliche Vereinbarung, gegenseitige Forderungen so zu kompensieren, daß nur die Verrechnungssalden gezahlt werden. Im internationalen Warenverkehr werden die entstandenen Forderungen von Zeit zu Zeit aufgerechnet und die Salden in Geld oder Devisen bezahlt oder kreditiert (→ Swing). Dies hat den Vorteil, daß auch bei geringen Devisenreserven ein reger Außenhandel möglich ist.

2. Im Zahlungsverkehr zwischen den Banken werden die Forderungen der Banken untereinander aufgerechnet und nur die Salden (Spitzen) beglichen.
3. Bezeichnung für das Prüfen von Daten auf Ordnungsmäßigkeit und Vollständigkeit.

Clientele

Bezeichnung für Kundschaft

Closed Shop

1. In der Datenverarbeitung Bezeichnung für ein Rechenzentrum, zu dem der Auftraggeber oder Programmierer selbst keinen Zutritt hat. Der Closed Shop-Betrieb übernimmt häufig auch das Programmieren.
2. In den USA Bezeichnung für ein Unternehmen, das aufgrund eines Abkommens mit der Gewerkschaft nur deren Mitglieder einstellt. Ausnahmen sind möglich, wenn nicht genügend Gewerkschaftsmitglieder zur Verfügung stehen und die Neueingetretenen sich der Gewerkschaft anschließen oder von ihr eine Arbeitserlaubnis bekommen. Auch Closed Union Shop genannt.

→ Open Shop

Closing Down The Plant

Bezeichnung für Betriebsstillegung

Closing inventory

Bezeichnung für Schlußinventur

COBOL

Abkürzung von Common Business Oriented Language. In der elektronischen Datenverarbeitung (EDV) Bezeichnung für eine problemorientierte → Programmiersprache, die vor allem für die Programmierung von Aufgaben aus dem Verwaltungsbereich geschaffen wurde.

Collective Bargaining

Bezeichnung für die Tarifverhandlungen zwischen Arbeitgeber- und Arbeitnehmervertretungen.

COMET (Computer Operated Management Evaluation Technique)

Von der US-Army entwickelte → Netzplantechnik, die der wirtschaftlichen Beschaffung von elektronischen Einheiten und Systemen dienen soll.

Commercial Letter of Credit (CLC)

Anglo-amerikanische Sonderform des → Akkreditivs.
Eine vom Importeur selbst oder über seine Hausbank beauftragte Bank ermächtigt den Exporteur, einen Wechsel auf sie zu ziehen und einer beliebigen anderen Bank zur Einziehung vorzulegen. Der Commercial Letter of Credit hat große Ähnlichkeit mit dem → Rembourskredit.

Committee

Bezeichnung für eine Gruppe von Personen, denen eine besondere Aufgabe übertragen worden ist. Es kann beratende (Stabs-)Funktion besitzen oder entscheidungsbefugte (Linien-)Funktion. Leiter dieser Gruppe ist der Chairman. Ähnlich verwendete Begriffe wie Committee sind → Board, → Board of Directors, Commission, → Task Force, → Team.

Commodity

Bezeichnung für Waren

Common Shares

Bezeichnung für die allgemeine Form der Aktie (Stammaktie). Im Gegensatz zur Vorzugsaktie gewährt sie den Aktionären keine Sonderrechte.

Communication

Bezeichnung für Kommunikation. Im Unternehmen das gesamte Informations- und Berichtswesen und der Austausch von Informationen und Nachrichten. Der Plural Communications bezeichnet die Art der interpersonalen Kommunikation – insbesondere auch von Stelleninhabern auf gleicher Ebene.
→ Information → Kommunikation

Community Relations

Bezeichnung für die Beziehungen von Unternehmen, Organisationen, Verwaltungen oder einzelnen zur Öffentlichkeit ihrer engeren Umgebung (z. B. Stadt) als Teilgebiet der → Public Relations.

Competition

Bezeichnung für Wettbewerb

Compiler

In der Datenverarbeitung ein Programm, mit dessen Hilfe die Programmier- und Pseudosprachen in die Maschinensprache des jeweiligen Computerfabrikates übersetzt werden, da der Computer die → Programmiersprachen nicht unmittelbar lesen kann.

Completed Staff Work

Vollendete Stabsarbeit.
→ Motivation der Mitarbeiter in Stabsstellen, die dazu führen soll, daß aus Informationen bestimmte Konsequenzen gezogen und durchgesetzt werden.

Comptroller

Seltenere Schreibweise von → Controller.

Computer

Datenverarbeitungsanlage, Rechner.
Elektronische Anlage, die unter Verwendung gespeicherter Programme eingegebene Daten verarbeitet und das Ergebnis des Verarbeitungsprozesses wieder ausgibt.
Eine Datenverarbeitungsanlage besteht aus Eingabeeinheit (z. B. Lochkartenleser, Lochstreifenleser, Belegleser), wo die Eingabedaten automatisch gelesen werden, Zentraleinheit, die sich aus Speicherwerk, Steuerwerk und Rechenwerk zusammensetzt und die die maschineninternen Übertragungs-, Zwischenspeicherungs- und Verarbeitungsoperationen durchführt, und Ausgabeeinheit (z. B. Lochstreifenstanzer, Lochkartenstanzer, Drucker, Bildschirm, Sprachausgabeeinheiten).

Computer Science

Wissenschaft von den Computern und ihrer Anwendung
→ Informatik
→ Datenverarbeitung

Computing

Installation und Betrieb einer elektronischen Datenverarbeitungsanlage → Computer.

Concept of Present Value

Gegenwartswertmethode, die wieder eine → Cash-flow-Methode ist.
Einnahmen und Ausgaben, die zu verschiedenen Zeiten anfallen, werden durch Umrechnung auf den Gegenwartswert vergleichbar gemacht.

Conciliation

→ Mediation

Consistency

In der Markt- und Meinungsforschung Bezeichnung für die Widerspruchsfreiheit (Festigkeit, Stimmigkeit) der Angaben von Befragten.

Consolidated Balance Sheet

Bilanzausdruck für Konzernbilanz
→ Group Balance Sheet

Consolidated Earnings Statements

Ausdruck aus der amerikanischen Bilanz. Konsolidierter Status über Einnahmen, Nachweis über Reingewinn. Vom Umsatz werden die Kosten abgezogen und der Reingewinn ermittelt, danach werden Abschreibungen, Zinsen und Steuern abgezogen.

Consols

Bezeichnung für Wertpapiere einer Staatsanleihe, welche zur Konsolidierung älterer, verschiedener Anleihen oder kurzfristiger Schulden dient.

Constant-Cycle-System

Bestellsystem für die Organisation der Bestandskontrolle und der Nachbestellung in der Lagerhaltung, das auf → Operations Research basiert.
Es wird in konstanten Abständen bestellt. Die Bestellmenge richtet sich nach dem erwarteten Bedarf, dem vorhandenen Bestand und Sicherheitszuschlägen für Bedarfsabweichungen. Geringe Verwaltungskosten; hohe Sicherheitsbestände.

Consulting Engineers

Beratendes Ingenieurbüro, dessen Aufgabe vor allem auf dem Gebiet der Planung und Errichtung ganzer schlüsselfertiger Fabriken und Einführung von Produktionsverfahren liegt. Consulting Engineers werden auch zur Erarbeitung von → Feasibility Studies, zur Entwicklung neuer Produkte oder aber auch zur Lösung von technischen Einzelproblemen herangezogen.

Consumer-Market

Bezeichnung für Konsumgütermarkt, Verbrauchsgütermarkt.

Consumer-Panel

Bezeichnung für eine Testgruppe von Verbrauchern, die einen repräsentativen Querschnitt der Bevölkerung darstellen und deren Konsumgewohnheiten regelmäßig zu Marktforschungszwecken aufgezeichnet werden.
→ Panel

Consumer Protection

Bezeichnung für Verbraucherschutz gegen Betrug bei Gewichten, Maßen etc.

Consumer Research

Bezeichnung für Verbraucherforschung.

Content Analyse

In der Werbeforschung Methode zur Bestimmung des Inhalts von Anzeigen etc., um die Merkmale zu finden, die für die Wirksamkeit des Werbemittels (z. B. der Anzeige) mitentscheidend sind. Die Inhalte werden in Kategorien aufgeteilt. Eine Stichprobe aus dem Material wird nach der Häufigkeit, in der Aussagen und Darstellungen in den einzelnen Kategorien auftreten, ausgezählt.

Contingent Liabilities

Bilanzausdruck für ungewisse Schulden, Eventualverbindlichkeiten, die unter dem Strich ausgewiesen werden, z. B. für Wechselverpflichtungen oder Garantien.

Contract Research

→ Outside Research

Contribution-Margin

Contribution-Margin und → Profit-Contribution sind Bezeichnungen für Deckungsbeitrag und Erfolgsbeitrag. Sie sollen den Überschuß der Erlöse über die Grenz- (direkten, leistungsabhängigen) -Kosten zum Ausdruck bringen.
→ Deckungsbeitragsrechnung

Control Engineering

Maßnahmen zur laufenden Kontrolle der Fertigung. Siehe auch: Fertigungskontrolle, Qualitätskontrolle.

Controlled Sample

Bezeichnung für statistisch gelenktes → Stichprobenverfahren.

Controller (Comptroller)

Bezeichnung für den Leiter des Management Accounting in Unternehmen, die nach amerikanischem Muster organisiert sind. Seine Aufgabe besteht darin, Informationen zu beschaffen, aufgrund deren das Management seine Ziele, Pläne und Entscheidungen gewinnorientiert ausrichten kann.

In Europa wird die Funktion des Controllers zusammen mit der des → Treasurers zumeist vom Leiter des Finanz- und Rechnungswesens ausgeübt.

Da die Bezeichnung „Controller" im Deutschen zu stark an kontrollieren erinnert, vermeidet man sie, obwohl ein „Controller" in jedem Unternehmen zu finden ist.

Die Aufgaben des Controllers sind u. a. folgende:

- Planung und → Budgetierung.
  Der Controller überwacht die Planungsarbeiten und sorgt für eine Koordinierung der Teilpläne.
- Aufbau eines → Management-Informationssystems.
  Der Controller liefert dem Management auf jeder Ebene Entscheidungsgrundlagen in Form von Berichten, die zumeist zahlenmäßige Informationen enthalten.
- Beratung aller Instanzen.
  Die Stabsabteilung des Controllers muß die Linienabteilungen beraten, wenn es um die Festlegung geschäftspolitischer Grundsätze und das Erreichen der Unternehmensziele geht.
- Investitionsrechnung.
  Als Grundlage für → Investitionsentscheidungen der Unternehmensführung muß der Controller eine Wirtschaftlichkeitsberechnung für die geplanten Objekte vorlegen.
- Budgetkontrolle.
  Der Controller führt eine laufende Überwachung der Kosten durch.
- Sicherung des Vermögens.
  Das Geschäftsvermögen und damit das investierte Kapital muß durch ent-

sprechende Maßnahmen in finanzieller Hinsicht ausreichend abgesichert werden.
- Verkaufspreisfestlegung.
  Der Controller beteiligt sich an der Festsetzung der Verkaufspreise.
- Industrial environment.
  Die wirtschaftlichen, sozialen und politischen Einflüsse und ihre Auswirkungen auf das Unternehmen werden vom Controller beobachtet.

Die Stellenbesetzung des Controller ist, wie aus der Vielfalt der Aufgaben hervorgeht, sehr schwierig. Der Controller muß neben Fachkenntnissen auf betriebswirtschaftlichem Gebiet spezielle Kenntnisse des Rechnungswesens und seiner technischen Hilfsmittel haben, er muß die Gebiete Statistik, Operations Research beherrschen, braucht Erfahrung in der Menschenführung, Einfühlungsvermögen für Probleme aller Art, technisches Verständnis, und er muß überzeugend reden und schreiben können.

Controlling Company

Kontrollierende Gesellschaft → Holding Company.

Control-Type-Budget

Bezeichnung für ein Budget, bei dem die Vorgaben den Veränderungen im Beschäftigungsgrad angepaßt werden.

Convenience Goods

1. In der Marktforschung Bezeichnung für Güter des täglichen Bedarfs, die der Verbraucher in der Nähe seiner Wohnung einkaufen möchte, auch wenn es anderswo eine preisgünstigere und leistungsfähigere Einkaufsquelle gibt. Gegensatz: Shopping Goods.
2. Bezeichnung für Güter, die der Bequemlichkeit des Verbrauchers dienen, z. B. Fertiggerichte, einfach zu handhabende Geräte etc.

→ Produktklassifizierung

Convertible Bond

Wandelschuldverschreibung.
→ Finanzierung

Co-Operative

Bezeichnung für Genossenschaft

Copy Chief

In der Werbeagentur Bezeichnung für Cheftexter. Der Copy Chief ist verantwortlich für die Gestaltung der Texte für Anzeigen, Plakate, Werbespots etc.

Copy Test

In der Werbung Testverfahren, bei dem unter Vorlage der gelesenen Zeitung oder Zeitschrift ermittelt wird, was der Befragte an Aufsätzen, Bildern, Anzeigen etc. gelesen oder beachtet hat. Im weiteren Sinn Bezeichnung für die Wirkungsprüfung einer noch nicht veröffentlichten Anzeige.

Corporate Planning

Bezeichnung für Unternehmensplanung.
→ Budgetierung, → Planung

Corporate Secretary

Vom amerikanischen Aktienrecht vorgeschriebene Stelle im Unternehmen, deren Inhaber verantwortlich ist für Urkunden, Statuten, Satzungen und Resolutionen der Aktionäre und leitenden Angestellten. Der Corporate Secretary berichtet der oberen Führungsebene und/oder dem Board of Directors. Er ist das Bindeglied sowohl zwischen Aktionären und Board als auch zwischen Management und Board.

Corporate Staff Officer

→ Administrative Vicepresident

Cost-Allocation

Bezeichnung für Kostenumlage, Kostenaufschlüsselung und Kostenzuteilung.

Cost and Freight (C & F)

Kosten und Fracht benannter Bestimmungshafen. Handelsklausel (Zweipunkt Klausel) der → Incoterms.
Der Käufer der Ware übernimmt das Risiko nach Überschreiten der Reling des Schiffes im Verschiffungshafen, während der Verkäufer noch die Kosten bis zum Bestimmungshafen trägt.

Cost and Insurance (C & I)

Kosten und Versicherung. Wenig gebräuchliche Handelsklausel der → Incoterms.
Der Verkäufer übernimmt die Verpflichtungen einer → fob-Lieferung und die Kosten für Versicherung der Ware bis zum Bestimmungshafen, während der Käufer die Frachtkosten ab Verschiffungshafen trägt.

Cost-Benefit Analysis (CBA)

Bezeichnung für den systematischen Vergleich zwischen den Kosten für eine Ware oder Leistung und ihrem Nutzen, wobei unter Kosten und Nutzen sowohl die direkten und indirekten als auch die finanziellen und sozialen Kriterien verstanden werden, die soweit wie möglich quantifiziert werden sollten.

Cost Center

Entspricht in etwa der deutschen → Kostenstelle.

Cost, Insurance, Freight (CIF)

Kosten, Versicherung, Fracht. Neben der → fob-Klausel bedeutendste Handelsklausel (Zwei-Punkt-Klausel) der → Incoterms.
Der Verkäufer übernimmt die Kosten für Transport und Versicherung der Ware bis zum Bestimmungshafen, während der Käufer die Gefahren ab Reling des Seeschiffs im Ankunftshafen trägt.

Cost, Insurance, Freight, Commission, Interest (CIFCI)

Kosten, Versicherung, Fracht, Provision, Zinsen. Handelsklausel der → Incoterms.
Der Verkäufer übernimmt Verlade-, Versicherungs- und Frachtkosten sowie Vertreterprovision und anfallende Zinsen für die Ware.

Cost-Plus Pricing

Kalkulationsmethode, bei der durch einen Gewinnzuschlag auf die Herstellungskosten der Verkaufspreis ermittelt wird.
Diese Kalkulationsmethode wird angewandt in Fällen, in denen die vom Unternehmen zu erbringende Leistung (Konstruktion von nicht-gängigen Maschinen oder Entwicklung von militärischen Geräten und Waffen) die normale Tätigkeit nur bedingt tangiert und die auftretenden Kosten aufgrund fehlender Erfahrungswerte noch nicht vorhersehbar sind.

Costs of Goods Sold

→ Herstellkosten der verkauften Ware.

Cost-Volume-Profit-Analysis

Umsatz- und Gewinnplanung mit proportionalen und fixen Kosten.
Zur Darstellung der Zusammenhänge zwischen Umsatz, Kosten und Gewinn benutzt man häufig Break-Even-Diagramme oder → Break-Even-Charts.

Cottage Industry

Bezeichnung für Heimindustrie. Auch Family Industry, Home Industry, Domestic System of Industry.

Coupon-Test

Verfahren, um die Wirkung von Werbemitteln zu testen. Die Interessenten sollen einen im Werbemittel enthaltenen Coupon (Kupon) ausfüllen und einsenden. Wer dies tut, zeigt ein gewisses Interesse für die Werbebotschaft. Der Coupon läßt sich mit einer Kennziffer versehen, so daß sich genau bestimmen läßt, welches Werbemittel oder welcher Werbeträger dieses Interesse ausgelöst hat.

Covenant

Bezeichnung für Vertrag.

CPC (Construction Project and Control)

Von Honeywell entwickelte → Netzplantechnik, für die ein Computerprogramm vorliegt. Anwendungsgebiet: Bauwesen.

CPM

Abkürzung für Critical Path Method, einer Methode der → Netzplantechnik.

CPPS (Critical Path Planning and Scheduling)

Unter dieser Bezeichnung veröffentlichten im Jahre 1958 Kelley und Walker ihren Bericht über die von ihnen gefundene neue Planungsmethode, die später als → CPM bekannt wurde.
→ Netzplantechnik

Creative Director

In der Werbeagentur Leiter einer kreativen Gruppe, die z. B. aus Textern, Grafikern, Fotografen etc. besteht. Der Creative Director muß zusammen mit seiner Gruppe die Werbekonzeption gestalterisch in die Werbepraxis umsetzen.
→ Werbung

Creative Transformation

In der Managerschulung Bezeichnung für den schöpferischen Vorgang, eine Idee von der Problemstellung bis zur praktischen Durchführung in die Wirklichkeit umzusetzen. Die Idee bekommt durch die notwendigen Ad-hoc-Entscheidungen eine neue Gestalt.

Credit Approval

Kreditzusage im Export. (→ Factoring.) Der Exporteur legt dem Factor im Ausland eine Proforma-Rechnung über einen inländischen Factor vor, der bei seinem Korrespondenzfactor im Ausland ein Credit approval anfordert. Ist diese Kreditzusage nach Prüfung der Kreditwürdigkeit des Käufers erfolgt, schickt der Exporteur unter Einschaltung des Factors bei den Ein- und Ausfuhrformalitäten die Ware mit den Dokumenten an den Käufer. Er erhält dann den mit dem Factor vereinbarten Barvorschuß auf die abgetretene Forderung.

Crisis Management

Bezeichnung für die Unternehmensführung unter Krisenbedingungen. Je nach Art der Krise (allgemeine Wirtschaftskrise, Branchenkrise, Krise eines einzelnen Unternehmens, Krise eines Bereiches der Unternehmung) werden unterschiedliche Maßnahmen zu ihrer Überwindung notwendig sein. Gleichgültig, ob die Ursachen für die Krise im Unternehmen selbst liegen oder ob sie von außen (z. B. Absatzkrise) an das Unternehmen herangetragen werden, in jedem Fall wird durch eine systematische Analyse des Ist-Zustandes (nach Möglichkeit von Nichtbetroffenen oder Außenstehenden) der Krisenfaktor (die Krisenfaktoren) zu isolieren sein; auf dieser Basis kann dann die Überwindungsstrategie geplant werden, die finanzieller Art, personeller Art oder Know-How-Strategien sein können. Kann das Unternehmen (z. B. in einer allgemeinen Wirtschaftskrise) nicht auf Resourcen von außen zurückgreifen, werden seine sämtlichen Bereiche einschließlich der Unternehmensführung systematisch auf ihre Wirtschaftlichkeit und auf mögliche Kostensenkung (→ Wertanalyse) zu untersuchen sein.

Critical Path Method (CPM)

Verfahren zur Planung und Überwachung von Projekten.
→ Netzplantechnik

Current Assets

Umlaufvermögen; Gesamtheit von Geld, Geldäquivalenten und Aktiva, die sich kurzfristig in flüssige Mittel verwandeln lassen.

Current Liabilities

Ausdruck in der Bilanz für kurzfristiges Fremdkapital.

Current Operating Concept of Net Income

Theorie der amerikanischen Betriebswirtschaft, die besagt, daß die neutralen Aufwendungen dem Periodengewinn oder der Veränderung des Gewinnvortrags (→ Statement of Earned Surplus) zuzuordnen sind.
→ Statement of Income

Current Ratio

Finanzierungsgrundsatz, den US-Banken bei der Kreditwürdigkeitsprüfung anwenden. Es wird ein Verhältnis von Umlaufvermögen zu kurzfristigen Verbindlichkeiten von mindestens 2:1 gefordert.

Current Work Standards

Bezeichnung für laufende Leistungs- und Kosten-Standards.

Customer Relations

Bezeichnung für die Beziehungen eines Unternehmens zu seinen Kunden als Teilgebiet der → Public Relations.

Cut-off-Verfahren

In der Statistik Bezeichnung für ein Verfahren zur Auswahl von Elementen einer Teilgesamtheit, die der statistischen Analyse zugrunde liegen soll. Beim Cut-off-Verfahren werden nur die Elemente in die Erhebung einbezogen, deren Merkmale am häufigsten in Erscheinung treten. Auf diese Weise wird mit dem gegebenen Aufwand ein maximaler Anteil des Gesamtbetrages der Merkmale erfaßt.

Cutting-Plane-Verfahren

Methode zur Lösung von Optimierungsproblemen mit Ganzzahligkeitsbedingungen, wie z. B. Investitionsproblemen, bei denen nur ganze Anlagen und Maschinen aufgestellt werden können, Personal- und Maschineneinsatzplanung etc. Größere Modelle der ganzzahligen Planungsrechnung lassen sich heute noch nicht mit einem wirtschaftlich vertretbaren Rechenaufwand lösen. Sie haben daher für die Praxis bisher kaum Bedeutung.

Cyclical Budgeting

Mittel antizyklischer Wirtschaftspolitik, die konjunkturelle Schwankungen einer Volkswirtschaft dämpfen oder beseitigen will. Zu diesem Zweck wird die Periode des öffentlichen Haushalts über einen Konjunkturzyklus ausgedehnt und es wird auf einen jährlichen Ausgleich des Haushaltes verzichtet, da im Aufschwung ein Haushaltsüberschuß und im Abschwung ein Haushaltsdefizit entsteht.

Cyclic Redundancy Check Character (CRC)

In der Datenverarbeitung wird das CRC-Zeichen beim Beschreiben eines Magnetbandes mit Wechselschrift (Non-Return-to-Zero [NRZ]-Schrift) am Ende einer physikalischen Einheit von Daten angehängt. Es bildet eine diagonale Quersumme über alle Zeichen und kann zur Fehlerkorrektur herangezogen werden.
→ Redundanz

D

D/A

Abkürzung für „documents against acceptance", Dokumente gegen Akzept. Kaufbedingung im Außenhandel, die den Verkäufer verpflichtet, dem Käufer die Versanddokumente gegen das Akzept einer Tratte des Verkäufers auszuhändigen, ohne daß Zeit und Ort dafür eindeutig festgelegt sind.

Data-Files

Bezeichnung für Datenspeicher.
→ Elektronische Datenverarbeitung

Data Link System

Bei der Fernübertragung von Daten dient das Data Link System der elektrischen Verbindung zwischen einer Dateneingabe- und -auswertungsanlage und einer elektronischen Großrechenanlage über ein Fernschreibkabel.

Data-Processing

Bezeichnung für → Elektronische Datenverarbeitung.

Datenausgabegerät

→ Elektronische Datenverarbeitung

Datenbank

Eine Datenbank stellt die Zusammenfassung aller Daten eines Unternehmens oder auch mehrerer Unternehmen und Behörden dar, und zwar so geordnet und koordiniert, daß alle relevanten Informationsbedürfnisse eines Unternehmens befriedigt werden. Die Daten sind so gespeichert, daß

1. der Großteil der Daten einmal gespeichert ist,
2. eine eindeutige Kennzeichnung und wirksame Überprüfung der Informationen und
3. ein selektiver Zugriff zu allen Daten und Datengruppen besteht.

Eine Datenbank ist keine physische Einheit, sondern besteht aus einer ganzen Hierarchie von Speichern (Großraumspeicher, Magnetbänderplatten evtl. sogar Fernspeicherung).
Heute wird auch lebhaft über die Errichtung von Datenbanken für mehrere Unternehmen gemeinsam oder die Errichtung einer Datenbank als Dienstleistungsgewerbe gesprochen, von der die Benutzer allgemeine Informationen, z. B. für die Marktforschung abrufen können.
→ Real-Time-Processing

Die besonderen Merkmale der Datenbank sind

1. eine flexible Datenorganisation, um eine jederzeitige Anpassung an die sich ändernden Problemstellungen in der Unternehmung und Anforderungen der Auftraggeber zu ermöglichen.
2. Mensch-Maschine-Kommunikation.
3. Es muß die Möglichkeit und organisatorische Voraussetzung geschaffen werden, daß die potentiellen Benutzer schnell und sicher die Daten abfragen können.
3. Sicherung der Daten gegen unbefugten Zutritt.
   Es muß insbesondere bei Direktabfragemöglichkeiten gewährleistet sein, daß keine unbefugten oder un-

zulässigen Veränderungen in den Informationsbeständen vorgenommen werden können. Da in der Regel nicht alle Informationen für jedermann zugänglich sein sollen, müssen die Daten auch gegen unbefugten Zugriff abgesichert werden.

4. Sicherung gegen Systemfehler aus dem EDV-System.
   Durch den Einbau von programmierten Kontrollen soll verhindert werden, daß bei technischen Störungen Datenverluste auftreten.

Die Datenbank ist zentraler Bestandteil und Voraussetzung, um ein → Management-Informations-System aufbauen zu können.

Literatur:
Vieweg, R.: Datenverarbeitung und Management, Frankfurt 1968
Chapin, N.: Einführung in die elektronische Datenverarbeitung, München 1967
Kalscheuer, H.: Integrierte Datenverarbeitungssysteme für die Unternehmensführung, 2. Aufl., Berlin 1969

Datenflußpläne

Zur Lösung der Aufgaben, die in der Informationsverarbeitung gestellt werden, ist es häufig nützlich und angebracht, den Fluß der Daten und den Ablauf der Operationen anschaulich darzustellen. Hierzu dienen die Datenflußpläne und die Programmablaufpläne. Sie bestehen aus miteinander verbundenen geometrischen Figuren, die durch eine festgelegte Bedeutung zu Sinnbildern geworden sind. Zur näheren Erläuterung werden in oder an die Sinnbilder dem jeweiligen Anwendungsfall entsprechende Texte geschrieben.

Wegen ihrer Übersichtlichkeit sind die Fluß- und Ablaufpläne heute in der Informationsverarbeitung ein allgemein anerkanntes Darstellungsmittel. Die Übersichtlichkeit beruht einmal auf der zweidimensionalen Form der Pläne und zum anderen auf der Ersparnis solcher Texte, die dadurch überflüssig geworden sind, daß das Prinzipielle durch die Sinnbilder zum Ausdruck gebracht wird. Eine allgemeine Verständigung mit Hilfe dieser Pläne und ihr Austausch zwischen verschiedenen Stellen ist jedoch nur dann ohne Schwierigkeiten möglich, wenn überall einheitliche Sinnbilder benutzt werden. Um dieser Forderung willen wurde die vorliegende Norm ausgearbeitet.

Sinnbilder. Synonym: Symbole. DIN 66 001.
1. Sinnbilder für Datenflußpläne

Nr.	Sinnbild	Benennung und Bemerkung
3.1.		**Bearbeiten, allgemein** (process) insbesondere für jede Art des Bearbeitens, die unter Nr. 3.1.1. bis 3.1.7. nicht erfaßt ist, z. B. Rechnen
3.1.1.		**Ausführen einer Hilfsfunktion** (auxiliary operation) unter Verwendung maschineller Hilfsmittel, die nicht vom Leitwerk der Datenverarbeitungsanlage gesteuert werden, z. B. das manuelle Erstellen von Lochkarten und Lochstreifen
3.1.2.	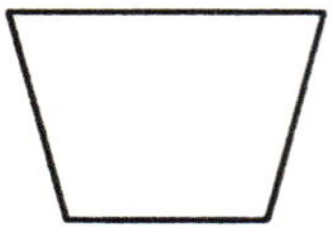	**Eingreifen von Hand** (manual operation) ohne Verwendung maschineller Hilfsmittel, z. B. Eintragungen in eine Liste, Bandwechsel

Nr.	Sinnbild	Benennung und Bemerkung
3.1.3.	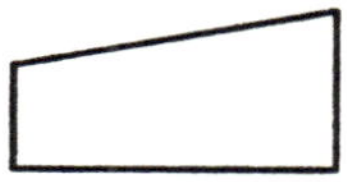	**Eingeben von Hand** (manual input) in die Datenverarbeitungsanlage, z. B. das Eintasten des Tagesdatums
3.1.4.	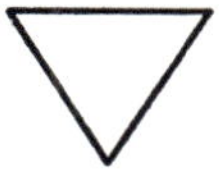	**Mischen** (merge)
3.1.5.	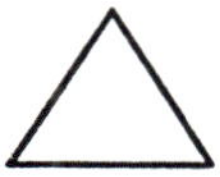	**Trennen** (extract)
3.1.6.		**Mischen mit gleichzeitigem Trennen** (collate)
3.1.7.	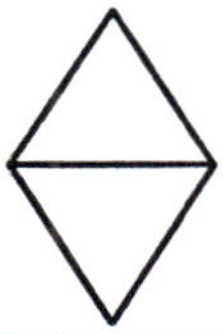	**Sortieren** (sort)
3.2.		**Datenträger, allgemein** (input/output) für Darstellungen, in denen der Datenträger nicht näher bestimmt werden soll, oder für alle Arten von Datenträgern, die nicht unter Nr. 3.2.3. bis 3.2.10. erfaßt sind
3.2.1.	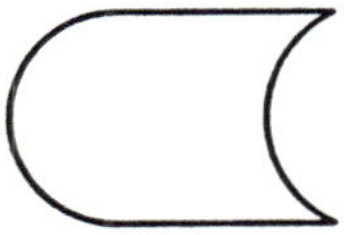	**Datenträger, gesteuert vom Leitwerk der Datenverarbeitungsanlage** (online storage)
3.2.2.	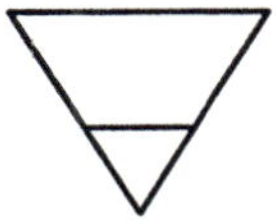	**Datenträger, nicht gesteuert vom Leitwerk der Datenverarbeitungsanlage** (offline storage) z. B. Ziehkartei
3.2.3.	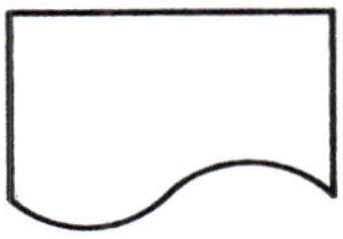	**Schriftstück** (document)

Nr.	Sinnbild	Benennung und Bemerkung
3.2.4.		**Lochkarte** (punched card)
3.2.5.	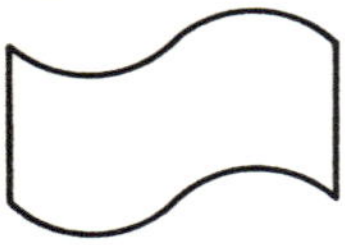	**Lochstreifen** (punched tape)
3.2.6.	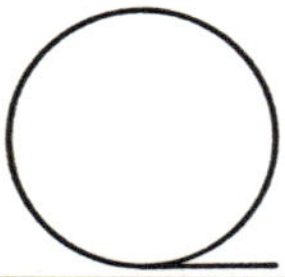	**Magnetband** (magnetic tape)
3.2.7.	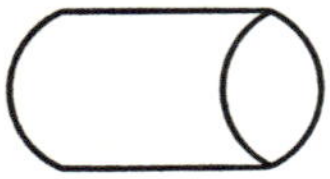	**Trommelspeicher** (magnetic drum)
3.2.8.		**Plattenspeicher** (magnetic disk)
3.2.9.	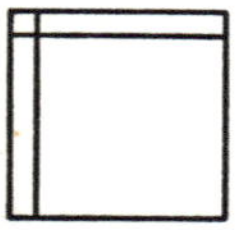	**Matrixspeicher** (core storage) Dieses Sinnbild kann für Kernspeicher und andere Speicher mit gleichartigem Zugriffsverhalten benutzt werden.
3.2.10.	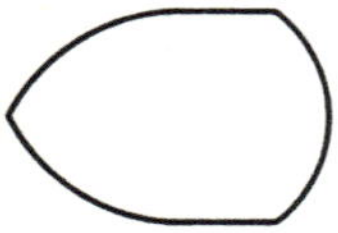	**Anzeige** (display) in optischer oder akustischer Form, z. B. Ziffernanzeige, Kurvenschreiber, Summer
3.3.		**Flußlinie** (flow line) Die Linie kann beliebig geführt sein. Die Pfeilspitze darf nicht weggelassen werden.
3.3.1.		**Transport der Datenträger** Die Linie kann beliebig geführt sein. Dieses Sinnbild ist anzuwenden, wenn der Transport der Datenträger besonders kenntlich gemacht werden soll.
3.3.2.		**Datenübertragung** (communication link)

Nr.	Sinnbild	Benennung und Bemerkung
3.3.3.		**Übergangsstelle** (connector) Der Übergang kann von mehreren Stellen aus, aber nur zu einer Stelle hin erfolgen. Zusammengehörige Übergangsstellen müssen die gleiche Bezeichnung tragen.
3.4.	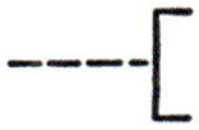	**Bemerkung** (comment, annotation) Dieses Sinnbild kann an jedes Sinnbild dieser Norm angefügt werden.

2. Sinnbilder für Programmablaufpläne

Nr.	Sinnbild	Benennung und Bemerkung
4.1.		**Operation, allgemein** (process) insbesondere für Operationen, die nicht unter Nr. 4.1.1. bis 4.1.4. besonders aufgeführt sind
4.1.1.	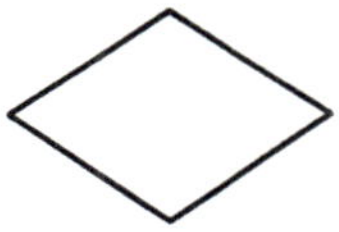	**Verzweigung** (decision) Ein Sonderfall der Verzweigung ist der programmierte Schalter
4.1.2.		**Unterprogramm** (predefined process) Es können mehrere Eingänge und Ausgänge vorhanden sein
4.1.3.	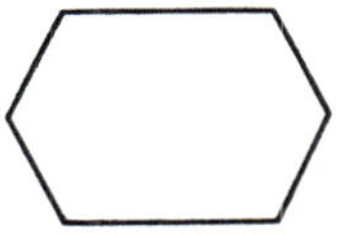	**Programmodifikation** (preparation) z. B. das Stellen von programmierten Schaltern oder das Ändern von Indexregistern
4.1.4.	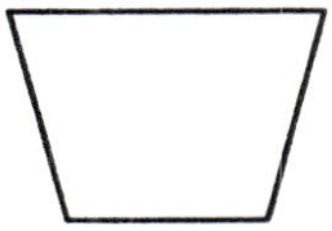	**Operation von Hand** (manual operation) z. B. Formularwechsel, Bandwechsel, Eingriff des Bedieners bei einer Prozeßsteuerung
4.2.	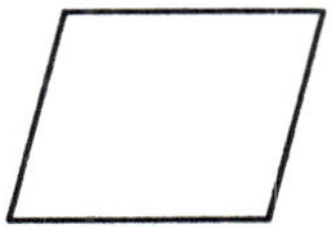	**Eingabe, Ausgabe** (input/output) Ob es sich um maschinelle oder manuelle Eingabe oder Ausgabe handelt, soll aus der Beschriftung des Sinnbildes hervorgehen.

Nr.	Sinnbild	Benennung und Bemerkung
4.3.		**Ablauflinie** (flow line) Vorzugsrichtungen sind: a) von oben nach unten, b) von links nach rechts. Zur Verdeutlichung des Ablaufs kann auf das jeweils nächstfolgende Sinnbild eine Pfeilspitze gerichtet sein, insbesondere bei Abweichungen von den Vorzugsrichtungen.
4.3.1.	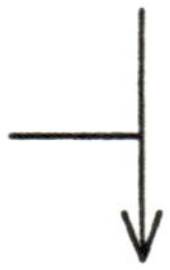	**Zusammenführung** (junction) Es ist hier zweckmäßig, den Ausgang durch eine Pfeilspitze zu kennzeichnen. Zwei sich kreuzende Ablauflinien bedeuten keine Zusammenführung.
4.3.2.		**Übergangsstelle** (connector) Der Übergang kann von mehreren Stellen aus, aber nur zu einer Stelle hin erfolgen. Zusammengehörige Übergangsstellen müssen die gleiche Bezeichnung tragen.
4.3.3.	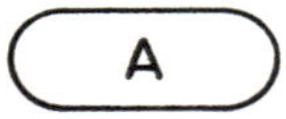	**Grenzstelle** (terminal, interrupt) Für A kann z. B. Beginn, Ende, Zwischenhalt eingeschrieben werden.
4.4.		**Synchronisation bei Parallelbetrieb** (parallel mode)
4.4.1.	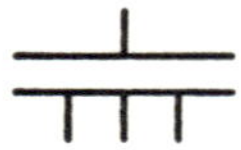	**Aufspaltung** Ein ankommender Zweig, mehrere abgehende Zweige
4.4.2.		**Sammlung** Mehrerere ankommende Zweige, ein abgehender Zweig
4.4.3.	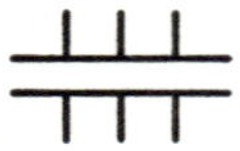	**Synchronisationsschnitt** Ebenso viele ankommende wie abgehende unabhängige Wege
4.5.	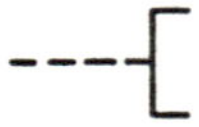	**Bemerkung** (comment, annotation) Dieses Sinnbild kann an jedes Sinnbild dieser Norm angefügt weden.

Vorstehende Sinnbilder sowie das Beispiel eines Datenflußplanes auf den Textspalten 133–134 wiedergegeben mit Genehmigung des Deutschen Normenausschusses. Maßgebend ist die jeweils neueste Ausgabe des Normblattes im Normformat A 4, das bei der Beuth-Vertrieb GmbH., 1 Berlin 30 und 5 Köln, erhältlich ist.

Beispiel für einen Datenflußplan

Auftragsbearbeitung und Rechnungsschreibung im Handel

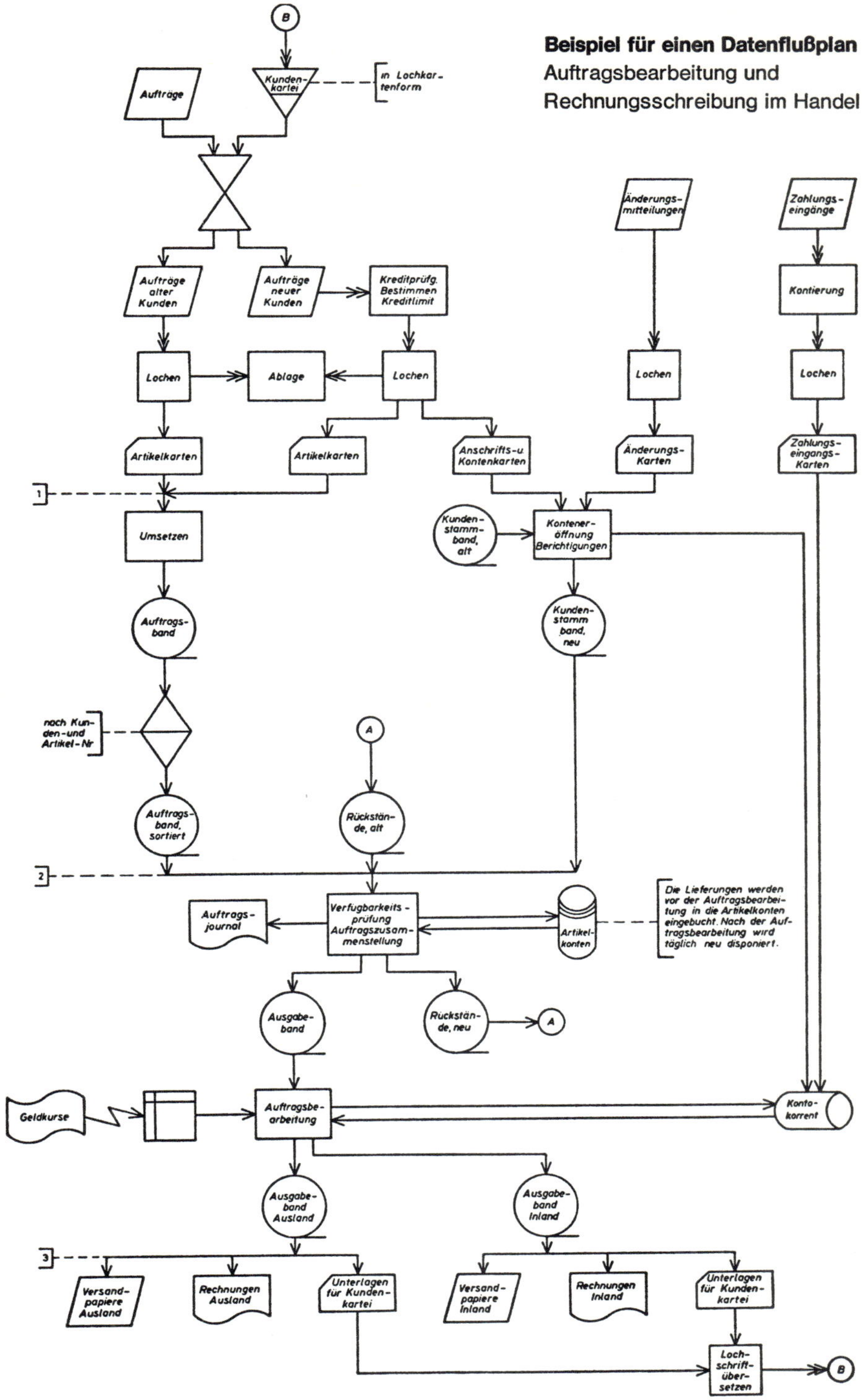

Datensicherung

Problem der elektronischen Datenverarbeitung. Es sollen Datenbestände (Dateien), die mit großem Aufwand erfaßt und gespeichert wurden, so abgesichert werden, daß sie im Falle der Zerstörung durch fehlerhafte Programmläufe mit einfachen Mitteln wieder rekonstruiert werden können.
Ursachen für den Verlust von Dateien können sein:

1. Die Information des Datenträgers ist aus technischen Gründen nicht mehr lesbar.
2. Die Dateien wurden in einem fehlerhaften Datenverarbeitungsprozeß mit unzulässigen Informationen überschrieben.
3. Zur Ergänzung einer Datei wurden inhaltlich falsche Daten verwendet.

Eine der wirksamsten Methoden der Datensicherung besteht darin, im Archiv von jeder verarbeiteten Datei den Originaldatenträger aufzubewahren und den Datenverarbeitungsprozeß mit einem Duplikat des Datenträgers durchzuführen. Bei einem Fehler läßt sich durch Duplikation des Originals ein neuer Datenträger herstellen.
Damit eine herkömmliche Überschreibung und damit die Vernichtung von Daten verhindert wird, die auf Magnetbändern gespeichert sind, kann jedes Magnetband mit einem Bandvorsatz oder einem Bandtitel vor den eigentlichen Verarbeitungsdaten versehen werden. Dieser Vorsatz enthält allgemeine Angaben über das Arbeitsgebiet, den Zeitpunkt der Erstellung des Magnetbandes, das Verfalldatum und weitere Identifizierungsmerkmale. Diese Angaben sollten für alle benutzten Bänder standardisiert sein. Es sollte darauf geachtet werden, daß jedes Programm, das aus Magnetbändern verarbeitet wird, Routinen enthält, die sicherstellen, daß keine falschen Bänder verarbeitet werden.

Literatur:
Vieweg, R.: Datenverarbeitung und Management, Frankfurt 1968

Dead-End Job

→ Terminal Job

Deadweight

Die Tragfähigkeit eines Seeschiffes und seine Lademöglichkeit, wobei Bunkermaterial, Proviant etc. schon berücksichtigt sind.

Dealer

Bezeichnung für Händler, Makler.

Dealer Aid Advertising

Bezeichnung für die Produzentenwerbung, die den Händler unterstützen soll.

Dealer Interview

Bei der Händlerbefragung Bezeichnung für Händlerinterview.
→ Marktforschung

Dealer Research

Bezeichnung in der Marktforschung für Erhebungen auf Handelsebene.
→ Marktforschung

Dealings for the Account

Bezeichnung für Termingeschäft.

Debenture Bonds

Auf Inhaber lautende Schuldverschreibungen ohne besondere Sicherheit. Die einzelnen Stücke lauten auf gleiche Beträge, im Gegensatz zu → Debenture Stocks.

Debenture Stocks

Auf Inhaber lautende Schuldverschreibungen ohne besondere Sicherheit. Die einzelnen Stücke lauten auf verschieden hohe Beträge. → Debenture Bonds

Debts

Bilanzausdruck für Schulden und Verpflichtungen.

Debugging

Begriff aus der Datenverarbeitung. Wörtlich: Entwanzung. Die Fehlersuche und Fehlerbehebung in Programmen und Datenverarbeitungsanlagen.

Decision Accounting

U. a. eine Aufgabe des → Management-Accounting. Es müssen Anleitungen zum Treffen von Management-Entscheidungen gegeben werden.

Decision Making

Bezeichnung für Entscheidungsbildung, entscheiden. → Entscheidungstechnik

Decision Models

Entscheidungsmodelle
→ Entscheidungstechnik

Deckungsbeitragsrechnung

Methode zur Ermittlung des Beitrages, den die Erlöse eines Produktes oder einer Produktgruppe zur Deckung der fixen Kosten und damit zum Erfolg eines Unternehmens beitragen.

I. DAS PRINZIP DER DECKUNGSBEITRAGSRECHNUNG

Bei der Deckungsbeitragsrechnung werden für die einzelnen Produkte oder Produktgruppen nur die proportionalen Kosten verrechnet. Diese proportionalen Kosten des Produktes oder der Produktgruppe werden vom erzielten Erlös subtrahiert. Die Differenz bezeichnet man als Deckungsbeitrag. Werden von den Deckungsbeiträgen aller Erzeugnisarten wiederum die fixen Kosten des Betriebes abgezogen, so erhält man den Gewinn.

Grundsätzlich werden im Rahmen der Deckungsbeitragsrechnung sämtliche Kosten als Einzelkosten erfaßt, und zwar als Einzelkosten eines Zurechnungskonzepts, das aus Bezugsgrößen wie Produkten oder Produktgruppen besteht. Sollen Gemeinkosten berücksichtigt werden, so sind diese als Solldeckungsraten bzw. Solldeckungsbeitrag auszuweisen. Wesentlich ist, daß die Solldeckungsbeiträge getrennt von den Einzelkosten ausgewiesen werden.

So betrachtet ist die Deckungsbeitragsrechnung eine Teilkostenrechnung, da sie wie diese mit Deckungsbeiträgen arbeitet. Darüber hinaus ist sie dadurch gekennzeichnet, daß es sich um eine differenzierte retrograde Erfolgsrechnung handelt, die Entscheidungshilfen liefern soll.

Im Unterschied zur → Direct-costing-Methode erfolgt die Trennung in Kostenträgereinzelkosten und Kostenträgergemeinkosten.

Die Deckungsbeitragsrechnung ermöglicht den Einsatz vieler Bezugsgrößen, ist immer anwendbar und berücksichtigt das Problem der Periodengemeinkosten.

II. DIE DECKUNGSBEITRAGSRECHNUNG ALS ENTSCHEIDUNGSGRUNDLAGE

Die Deckungsbeitragsrechnung ermöglicht einem Unternehmen kurzfristig eine dynamische Preispolitik und ein aktives Eingreifen in den Absatzmarkt. Es verzichtet kurzfristig auf die Vergütung der im Preis enthaltenen fixen Kosten oder strebt nur eine teilweise Deckung dieser Kosten an. In der Kalkulation werden nur die bei wachsender Beschäftigung steigenden variablen Kosten berücksichtigt. Die Deckungsbeitragsrechnung basiert auf den bisherigen traditionellen Verfahren, aber einer anderen Zielsetzung. Die Höhe des Marktpreises und die Höhe der variablen Kosten entscheiden darüber, ob neben der Deckung der variablen Kosten ein bestimmter Anteil der fixen Kosten (Solldeckungsbeitrag) vergütet wird.

So betrachtet liefert die Deckungsbeitragsrechnung eine Entscheidungsgrundlage. So lange bei nicht ausgelasteten Kapazitäten der Deckungsbeitrag, d. h. die Differenz zwischen Preis und Kostenträgereinzelkosten, größer als Null ist, ist die Produktion und der Absatz des Produktes unter Gewinnaspekten positiv zu berurteilen. Entscheidend ist der Kapazitätsaspekt. Bei freien Kapazitäten erfolgt die Produktion und der Absatz der Produkte zu Preisen, die mindestens den Deckungsbeitrag erreichen.

Bei knappen Kapazitäten ist zu differenzieren zwischen absolutem und relativem Deckungsbeitrag. Absoluter Deckungsbeitrag stellt die tatsächliche Differenz zwischen Preis und Kostenträgereinzelkosten dar. Als relativer Deckungsbeitrag wird in der Regel die Größe bezeichnet, die sich aus der Division des Deckungsbeitrages durch die benötigte Produktionszeit ergibt.

Zieht man im Rahmen der Programmplanung den absoluten Deckungsbeitrag als Entscheidungskriterium heran, würde Produkt B der Vorzug gegeben. Berücksichtigt man den relativen Deckungsbeitrag, so wird die Entscheidung für Produkt A ausfallen.

Die Entscheidung dafür, welches Produkt zusätzlich in das Programm aufgenommen wird, ist abhängig von den im Produktionsengpaß zur Verfügung stehenden Zeiteinheiten. Darüber hinaus müßte aber auch die „Absatzgrenze" der beiden Produkte bekannt sein, wie sie sich beispielsweise durch den Marktanteil des Produktes A oder B ermitteln ließe.

Darüber hinaus liefert die Deckungsbeitragsrechnung eine Entscheidungsgrundlage im Rahmen der Preispolitik. Grundsätzlich ermöglicht die Deckungsbeitragsrechnung eine Aussage darüber, welche Preisuntergrenze für ein Produkt besteht. Als Preisuntergrenze wird dabei der Preis betrachtet, der unter Gewinnaspekten auf keinen Fall unterschritten werden sollte. Diese Untergrenze wird durch die variablen Stückkosten gebildet.

Darüber hinaus ist es das Ziel der Deckungsbeitragsrechnung, Teilbereiche des Unternehmens zu analysieren. Zu diesen Teilbereichen können gehören Kundengruppen, Absatzgebiete, Absatzwege, Auftragsgrößen oder die Mitarbeiter im Außendienst. Je nach Anwendungsgebiet sind andere Kriterien für die Ermittlung der direkt zurechenbaren

Produkt A:	Absoluter Deckungsbeitrag DM 50,–, benötigte Produktionszeit:	 4 Zeiteinheiten
Produkt B:	Deckungsbeitrag DM 60,–, benötigte Produktionszeit:	 6 Einheiten

Relativer Deckungsbeitrag:

Produkt A 12,50 DM

relativer Deckungsbeitrag:

Produkt B 10,– DM

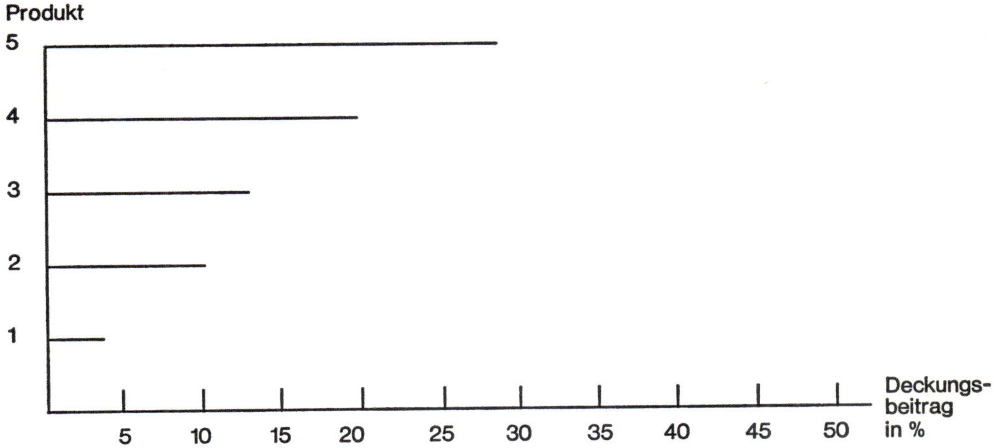

Deckungsbeitragsprofil

Kosten ausschlaggebend. Nach Ermittlung der Deckungsbeiträge läßt sich ein entsprechendes Deckungsbeitragsprofil, wie es in der obenstehenden Abbildung für die Produkte eines Unternehmens dargestellt wird, erstellen. Es gibt Auskunft darüber, welche Produkte den für ein Unternehmen größten Erfolgsbeitrag liefern und somit höchster Aufmerksamkeit bedürfen.
Die problemgerechte Anwendung der Deckungsbeitragsrechnung macht den Erfolgsbeitrag der Untersuchungsgruppen transparenter, läßt Schwachstellen erkennen und bietet somit Ansatzpunkte für die Einleitung zielgerechter Maßnahmen.

III. DIE ANWENDUNG DER DECKUNGSBEITRAGSRECHNUNG

Ausgehend vom Verkaufspreis eines Artikels läßt sich die Höhe des Deckungsbeitrages folgendermaßen ermitteln:

Bruttoverkaufspreis
./. Sondereinzelkosten des Vertriebs (Rabatte, Provision, Prämien)

Nettoverkaufspreis
./. Materialkosten (MEK)
./. Lohnkosten (FL)
./. sonstige proportionalen Kosten

= Deckungsbeitrag

Um im Rahmen der Deckungsbeitragsrechnung den Gewinn eines Unternehmens zu ermitteln, ist folgendermaßen vorzugehen:
Der Deckungsbeitrag eines Produktes beträgt DM 320,–. Die Absatzmenge sei mit 4500 Stück unterstellt, während der Fixkostenblock DM 720 000,– beträgt.
Ermittlung des Deckungsbeitrages:

4500 Stück multipliziert mit DM 320,– =	DM	1 440 000,–
./. Fixkosten	DM	720 000,–
Der Unternehmensgewinn beträgt somit	DM	720 000,–

Letzlich ließe sich mit Hilfe der Deckungsbeitragsrechnung eine Rentabilitätsrechnung durchführen. Gegeben seien drei Produkte A, B und C, die mit folgenden Werten abgesetzt bzw. eingekauft werden:

	abgesetzte Menge (Einheit)	erzielter Verkaufspreis (DM)	Handelsspanne
Produkt A	8 000	3,–	25 %
Produkt B	20 000	5,–	15 %
Produkt C	40 000	7,50	10 %

	Produkt A		Produkt B		Produkt C		insgesamt	
	DM	%	DM	%	DM	%	DM	%
Umsatz	24 000		100 000		300 000		424 000	
Wareneinsatz	18 000		85 000		270 000		353 000	
Rohgewinn	6 000		15 000		30 000		71 000	
direkt zurechenbare Kosten	1 440		5 000		9 000		15 440	
Deckungsbeitrag	4 560	18 %	10 000	10 %	21 000	7 %	55 560	13,1 %
nicht direkt zurechenbare Kosten							24 000	
Ergebnis (Gewinn)							31 560	7 %

Die Kostensituation des Unternehmens gestaltet sich wie folgt:

1. direkt zurechenbare Kosten
   Produkt A DM 1440,–
   Produkt B DM 5000,–
   Produkt C DM 9000,–
2. nicht zurechenbare (fixe) Kosten):
   DM 24 000,–

Bei Steigerung des Umsatzes um DM 1,– würde sich ein zusätzlicher Deckungsbeitrag für

Produkt A von DM 0,18
Produkt B von DM 0,10
Produkt C von DM 0,07

ergeben, der zur Deckung der Fixkosten bzw. zur Erhöhung des Gewinns beiträgt. Eine Aufgabe des den schlechtesten Deckungsbeitrag aufweisenden Produktes würde nur dann zu erwägen sein, wenn die frei werdenden Produktionskapazitäten durch die erfolgsstärkeren Produkte belegt werden könnten.

Literatur:

Bobsin, R.: Elektronische Deckungsbeitragsrechnung, München 1969
Böhm, H. H.; Wille, F.: Deckungsbeitragsrechnung und Optimierung, 4. Aufl., München 1970
Handwörterbuch des Rechnungswesens, Hrsg. Kosiol, E., Stuttgart 1970

Deferred Bond

1. Amerikanische Bezeichnung für eine Obligation mit Zinsauszahlung nach bestimmten Bedingungen.

2. Englische Bezeichnung für eine Obligation mit allmählich ansteigender Verzinsung.

→ Finanzierung

Deferred Charges

In der Bilanz aktive Rückstellungen, transitorische Rückstellungen.

Deferred Dividend

Dividende, die erst nach Erfüllung bestimmter Bedingungen ausgezahlt wird.

Deferred Income Taxes

Rückstellungen für Einkommensteuer.

Deferred Liabilities

Langfristige Abgrenzungsposten, die in amerikanischen Bilanzen separat oder als non current aufgeführt werden.

Deferred Stock

Nachzugsaktien

→ Finanzierung

Deficit Spending

Mittel der Wirtschaftspolitik, in Zeiten wirtschaftlicher Depression zur Erzielung der Vollbeschäftigung Vorgriffe auf künftige Haushaltmittel zu machen, um damit öffentliche Investitionen zu finanzieren und den Konsum zu subventionieren.

Delegation

Führungsmethode im Unternehmen, bei der Aufgaben, Kompetenzen und Verantwortlichkeiten an nachgeordnete Funktionsträger übertragen werden. Das Ziel der Delegation ist einmal, die jeweilige Führungsebene frei zu halten von disziplinarischen Entscheidungen, und zum anderen den Mitarbeitern die Möglichkeit zur Identifizierung mit der Aufgabe zu geben, indem ihnen nicht nur eine Aufgabe übertragen wird, sondern auch Entscheidungsbefugnis bei der Erfüllung der Aufgaben (Kompetenz) und die Verantwortung für das Ergebnis. Voraussetzung für das Funktionieren dieser Führungsmethode ist eine klare Definition und Abgrenzung von Aufgaben, Kompetenzen und Verantwortlichkeiten und die Qualifikation der nachgeordneten Funktionsträger. Die Delegation ist Voraussetzung für eine dezentralisierte Organisationsform des Unternehmens.
→ Management by Exception

Delivery Clause (D/C)

→ Delivery Order (D/O)

Delivery Order (D/O)

Auslieferungsanweisung. In internationalen Kaufverträgen die Aufforderung des Wareneigentümers an den Frachtführer oder Gewahrsamsinhaber, die Ware an eine genau bezeichnete Person oder Firma auszuhändigen.

Delphi-Methode

Von der amerikanischen Rand-Corporation entwickelte Methode zur Prognose bei besonders unsicheren Verhältnissen, z. B. Prognosen für Auslandsmärkte, Branchenentwicklungen, politische Entwicklungen usw.
Bei diesem Verfahren werden Experten, → opinion leaders, Entscheidungsträger nach ihrer Meinung zu dem Problem vielfach befragt. Dies geschieht mündlich oder schriftlich. Die Befragten stellen ihre Prognose, geben die Bedingungen an, unter denen sie gemacht wird oder nennen die Informationen, die sie für eine Prognose oder für ihre Verbesserung noch benötigen.
Die Stelle, die die Gesamtprognose erstellen will, sammelt und sichtet die Gutachten, versucht – eventuell durch empirische Studien – die fehlenden Informationen zu beschaffen und stellt die bisherigen Ergebnisse zusammen. Diese Ergebnisse werden den Befragten übermittelt, die jetzt die Gelegenheit haben, ihre Ansichten zu revidieren und eine neue Prognose zu stellen. Wichtig für die Gesamtprognose ist die systematische Analyse des Einzelgutachtens und der Begründungen für die vorgebrachten Ansichten. Durch die Möglichkeit, viele Experten verschiedener Fachrichtungen zu befragen, läßt sich die Gesamtprognose optimal absichern.
Die Delphi-Prognosemethode läßt Voraussagen zu bei Verhältnissen, unter denen kaum Daten vorliegen oder schwierig zu beschaffen sind. Außerdem läßt sie sich verhältnismäßig rasch und billig durchführen.
→ Prognose

Demand

Bezeichnung für Nachfrage.

Demoskopie

Wörtlich: Volksbeschau. Bezeichnung für Meinungsforschung, Umfrageforschung. Mit der Hilfe statistisch-psychologischer Untersuchungsmethoden werden gesellschaftliche Massenerscheinungen beobachtet und analysiert. Der in Amerika 1946 geprägte Begriff Demoskopie hat sich nur in Deutschland durch den Namen des Instituts für Demoskopie, Allensbach, durchgesetzt.

Demoskopisches Befragungsexperiment

Gruppenstatistische Methode zur Bestimmung des Aktions- und Werbeerfolgs. Es werden dazu vor einer Werbeaktion die Verbrauchsgewohnheiten der Versuchspersonen des Testmarktes festgestellt. Nach der Werbeaktion werden erneut die Konsumgewohnheiten sowie die Zahl der Personen ermittelt, die sich an eine bestimmte Werbung erinnern können (Werbeerinnerer). Die Werbeerinnerer bilden die Versuchsgruppe, die Nichterinnerer die Kontrollgruppe. Es lassen sich auf diese Weise aus der Gesamtzahl der Käufer die sog. Werbeerfüller isolieren, und es kann festgestellt werden, aufgrund welcher Werbemittel sie zu Werbeerfüllern wurden.

Demurrage

An den Schiffseigentümer zu bezahlende Gebühr für die Überschreitung der Lade- oder Löschzeiten.

Departmentation

Bezeichnung für die Gliederung des Unternehmens in Abteilungen, Funktionsträger und Dienststellen. Betriebsgliederung.
→ Abteilung
→ Organisation

Depreciation

Abschreibungen.

Depreciation According to Plan

Ausdruck aus der Bilanz für ordentliche Abschreibungen.

Depreciation and Depletion

Wertminderung und Auflösung.
Ausdruck aus der Bilanz für Abschreibung und Ausbuchung.

Design Automation

In der Datenverarbeitung Bezeichnung für die Mitwirkung von Datenverarbeitungsanlagen an der Entwicklung neuer Datenverarbeitungsanlagen oder Teilen davon, z. B. durch das Erstellen von Verdrahtungsunterlagen.

Design Engineering

Alle Aufgaben, die mit der Entwicklung neuer Produkte und deren Gestaltung zusammenhängen.
→ Produktpolitik

Designer

Entwerfer, Formgestalter, Formgeber, Musterzeichner z. B. von neuen Möbeln, Maschinen, Gebrauchsgegenständen etc.

Desk Research

Indirekte Erhebungsmethode (→ Sekundärerhebung) in der Markt- und Meinungsforschung.

Deutsche MTM-Standard-Daten (DMSD)

Standard-Zeitwertsystem für die Fertigung (Makroverfahren).

Development Planning

Entwicklungsplanung. Es wird darunter die eigene Forschung und Entwicklung eines Unternehmens, einschließlich der Weiterentwicklung durch → Joint Venture, → Fusion, → Kooperation verstanden.

Deviation Clause (D/C)

In internationalen Kaufverträgen die dem Lieferer zugestandenen Abweichungen bei den vereinbarten Waren.

Diamond Principle

Verfahren im Rahmen des → Internal Control. Handlungsweisen (präventive Kontrollen) sollen durch eine unabhängige Gruppe bei ihrer Durchführung überprüft werden, was einen Rückkoppelungseffekt gibt.

Digit

Abgeleitet vom lateinischen Digitus = Finger.

1. Kleinste Einheit in einem Digitalsystem. Ein Digit kann im Dezimalsystem die Werte der 10 Dezimalziffern, im binären System die Ziffern 0 und 1 annehmen. Diese Binärzeichen werden im Englischen auch mit „Binary Digit" bezeichnet.
2. Bei Darstellung von Zahlen und anderen Begriffen in digitaler Form eine Stelle innerhalb einer Zahl.

→ Elektronische Datenverarbeitung

Digital Computer

Bezeichnung für eine elektronische Datenverarbeitsanlage, die nach dem Digital-Prinzip arbeitet. Der Digitalrechner kann im Unternehmen im betrieblichen Rechnungswesen, für technisch-wissenschaftliche Berechnungen, im Bereich der unternehmerischen Planung und Kontrolle sowie für die technische Abteilung des Betriebes und in der Prozeßsteuerung eingesetzt werden.
→ Digital-Prinzip

Digital-Prinzip

Bezeichnung für einen Datenverarbeitungsprozeß, bei dem die Daten als Zeichen oder Zeichenfolgen dargestellt werden. Diese Zeichen oder Ziffern (Ziffer = digitus) können im Bereich der Elektrotechnik durch physikalische Größen wiedergegeben werden, die sich nur in diskreten Quanten verändern. Für die Datenverschlüsselung mit Hilfe von Binärzeichen spielen elektronische Signale mit nur zwei diskreten (genau festgelegten) Zustandswerten eine besondere Rolle. In den digitalen Datenverarbeitungsanlagen kommen entsprechend digital dargestellte Daten zum Einsatz und werden nach dem Digital-Prinzip verarbeitet.

Dimensional Motion Time (DMT)

System vorbestimmter Bewegungszeiten, das von der General Electric entwickelt wurde.

Direct Advertising

Gezielte Streuung von Werbemitteln durch Post, Boten oder Vertreter/Reisende.
Man unterscheidet: Direct Mail Advertising (Werbung mittels durch die Post versandter Werbemittel), Mail Order Advertising (Werbung, bei der Werbemittel nicht durch Anzeigen-, Plakat-, FFF-Werbung und Vertreter gestreut werden, und durch die Bestellungen per Post erreicht werden sollen), Unmailed Direct Advertising (Werbemittel wie Display-Material, das nicht durch die Post direkt zum Händler geschickt wird).

Direct Costing

Amerikanischer Begriff für die Methode, alle direkten leistungsabhängigen Kosten einem Produkt oder einer Dienstleistung zuzurechnen. Dieser Begriff ist deckungsgleich mit der → Grenzplankostenrechnung, wobei für direct costing in den USA auch die Begriffe variable costing oder proportional costing Verwendung finden. In Großbritannien spricht man in diesem Zusammenhang von marginal costing.

Direct Costs

Ausdruck für direkte leistungsabhängige oder Leistungskosten, d. h. für die einem Produkt, einer Maßnahme oder einer Tätigkeit eindeutig zurechenbaren Kosten. Im Marketing-Bereich können beispielsweise in einer Kostenanalyse Provisionen sowohl einem Verkaufsbezirk, einem Außendienstmitarbeiter als auch einem Kunden als direkte Kosten zugeordnet werden, was jeweils vom Ziel der Analyse abhängig ist. Andererseits stellen die Ausgaben für Werbung nur dann einem Produkt direkt zurechenbare Kosten dar, wenn dieser Aufwand allein für dieses Produkt erfolgt ist.

Direct Mail Advertising

Werbung, bei der die Werbemittel gezielt und durch die Post gestreut werden.
→ Direct Advertising

Direct Marketing

Bezeichnung für alle direkt auf den Verbraucher bzw. Verwender eines Produktes ausgerichteten Marketing-Anstrengungen, wobei der Zwischenhandel (Groß- und Einzelhandel) nicht berücksichtigt wird. Zum Direct Marketing gehören Direktwerbung, Direktversand.
→ Marketing-Management, → Absatz-Management

Direktwerbung

Werbemaßnahmen, die auf den einzelnen Bedarfsträger direkt abzielen. Wichtigstes Werbemittel der Direktwerbung ist der Werbebrief, mit dem der „Werbegemeinte“ (Umworbene) persönlich angesprochen werden kann. Weitere Werbemittel: Prospekte, Werbegeschenke, Mustersendungen, Kataloge etc., Aufgrund von eigenen, gemieteten, gekauften oder getauschten Adressenkarteien läßt sich die Zielgruppe für die Werbebotschaft genau bestimmen. Bei der Erfolgskontrolle stehen durch die Zahl der Aussendungen und durch die Zahl der Rücksendungen die Werbegemeinten und die Interessenten fest.
Siehe auch: Werbepolitik, Direct Advertising, Direct Mail, Mail Order.

Discounted Cash Flow Method

Barwertrechnung. Methode zur Ermittlung der Investitionsrendite; die von der Investition erwarteten Einnahmeüberschüsse, also Gewinn und Abschreibung einer Periode, werden auf die Gegenwart diskontiert und der Zinssatz ermittelt, bei dem der Barwert der periodischen Überschüsse dem Barwert der Investitionsausgaben gleich ist. Dieser Zinssatz gibt die Rendite der Investition an, die sie während ihrer Lebensdauer über die Wiedergewinnung des eingesetzten Kapitals hinaus abwirft.

Diskussion 66

Diskussionsmethode, die auch unter der Bezeichnung → Buzz Session bekannt wurde.
Sie soll dazu beitragen, Diskussionen im Anschluß an Vorträge fruchtbarer zu gestalten.

Dispatcher

Beruf: Leitender Angestellter in der Industrie, der den Produktionsablauf eines (automatisierten) Betriebes plant, optimal gestaltet, überwacht und kontrolliert. In der DDR sorgt der Dispatcher für die Planerfüllung des Betriebes und der einzelnen Brigaden.

Display

1. Kennzeichnung für die Ausstellung von Waren im Laden und Schaufenster zum Zwecke des Blickfangs. Im Rahmen der → Verkaufsförderung wird sogenanntes Displaymaterial (Plakate, Aufsteller, Schilder, Regalaufstecker u. ä.) verwendet, um die Wirkung zu unterstützen.
2. Bezeichnung für die Informationsausgabe von datenverarbeitenden Anlagen. Diese Informationsausgabe kann in Form von Ausdrucken oder als visuelle Anzeige auf Bildschirmwiedergabegeräten erfolgen.

Disposable Capital

Eigenkapital, über das die Hauptversammlung verfügen kann. Bestehend aus Gewinn (→ Profit, → Earnings), Gewinnvortrag und freien Rücklagen, → General Reserves.

Distribution, exklusive

Eine Vorgehensweise im Rahmen der → Distributionspolitik, bei der der Vertrieb der Produkte auf eine relativ begrenzte Zahl von Zwischenhändlern beschränkt bleibt. Die exklusive Distributionspolitik ist gekennzeichnet durch die Übertragung des alleinigen Vertriebsrechtes für ein Produkt für ein bestimmtes Gebiet auf einen Zwischenhändler, wobei dieser Zwischenhändler in der Regel verpflichtet wird, keine Konkurrenzprodukte zu führen.

Die Gründe für die Betreibung einer exklusiven Distributionspolitik sind in der Annahme des Herstellers zu suchen, daß der Zwischenhandel durch das alleinige Verkaufsrecht zu intensiveren Verkaufsbemühungen angehalten wird. Darüber hinaus strebt der Hersteller größere Kontrollmöglichkeiten der Preis- und Werbepolitik des Handels, der Finanzierung und des Kundendienstes an. Der Handel sieht seine Vorteile in einer verläßlichen Bezugsquelle und in der Unterstützung beim Vertrieb der Produkte durch den Hersteller.

Die exklusive Distribution wird häufig dann angewandt, wenn ein hochwertiges Produkt verkauft werden soll, dessen Image vom Niveau des anbietenden Geschäfts beeinflußt wird. Eine derartige Distributionspolitik wird beispielsweise oftmals für höherwertige Kosmetikartikel und andere Güter des gehobeneren Bedarfs verfolgt. Im Rahmen einer solchen Vorgehensweise am Markt lassen sich gleichzeitig höhere Preise bzw. höhere Spannen rechtfertigen.

Distribution Problem

Verteilungsproblem, worunter zumeist der gleiche Sachverhalt wie beim → Transportproblem subsumiert wird, nämlich die räumliche Verteilung von Gütern und eine zeitliche und sachliche Verteilung.

Distributionskanal

Bezeichnung für den Weg eines Produktes vom Produzenten zum Konsumenten.

I. MÖGLICHE VERTRIEBSWEGE

Anhand des nachfolgenden Schemas lassen sich die grundsätzlichen Vertriebswege für Konsumgüter darstellen.

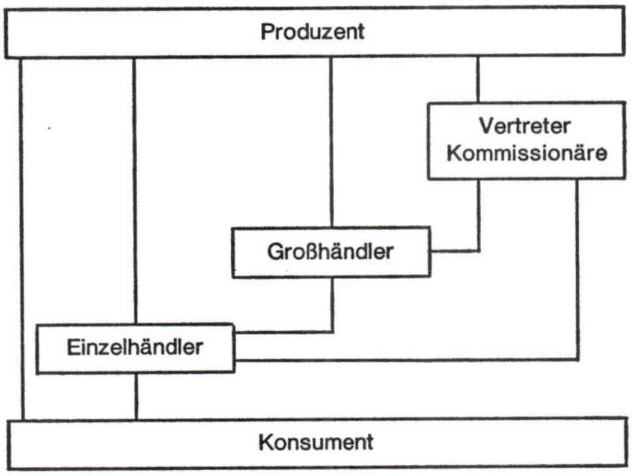

Das vorstehende Schema deckt gleichzeitig die Unterscheidung in direkte und indirekte Vertriebswege ab.

II. BESTIMMUNGSFAKTOREN FÜR DIE WAHL DES VERTRIEBSWEGES

Die Gewinnerzielung über einen Vertriebsweg setzt voraus, daß der Vertriebsweg als eine Einheit handeln muß. Aus dieser Forderung ergeben sich eine Anzahl von Bestimmungsfaktoren, die für die Wahl des Vertriebsweges entscheidend sind. Grundsätzlich trennt man in exogene und endogene Bestimmungsfaktoren. Zu den exogenen Bestimmungsfaktoren sind die Konsumenten, der Zwischenhandel und die Konkurrenz zu zählen. Zusätzlich lassen sich noch gesetzliche Vorschriften und Regelungen unter diese Bestimmungsfaktoren subsumieren.

Konsumenten

Für die Wahl des geeigneten Vertriebsweges ist zunächst einmal die Zahl der Konsumenten entscheidend. Dadurch wird möglicherweise festgelegt, ob ein Unternehmen eine breit gestreute, selektive oder exklusive Distribution verfolgen wird.
Des weiteren ist die Art der Nachfrage zu berücksichtigen, worunter vor allem die Kauffrequenz und das Kaufvolumen zu zählen sind. Kauffrequenz und Kaufvolumen sind ihrerseits mitbestimmend für den Kaufort. Des weiteren ist die Kaufperson Bestimmungsfaktor, da nicht unbedingt die den Kaufentscheid treffende Person auch der tatsächliche Käufer ist.
Die den Konsumenten zuzuordnenden Kriterien zielen darauf ab, die Produkte dort unterzubringen, wo die Bedürfnisse der Konsumenten bestehen bzw. wo sie normalerweise von den Konsumenten befriedigt werden.

Zwischenhandel

Bei der Wahl des geeigneten Vertriebsweges sollte nach Möglichkeit die Zielgruppe des Herstellers und des Zwischenhandels übereinstimmen. Ist dem Hersteller die eigene Zielgruppe bekannt, so ist zunächst einmal derjenige Distributionskanal zu suchen, in dem die Zwischenhändler am besten geeignet erscheinen, die Bedürfnisse der Zielgruppe zu befriedigen. Zahl, Niveau und Marktposition der Zwischenhändler werden im Hinblick auf die Zielgruppe das Entscheidungskriterium für die Wahl des Distributionskanals sein.

Zahl der Zwischenhändler

Hier ist zu prüfen, ob ein Distributionskanal den quantitativen Anforderungen entspricht, damit eine ausreichende Bearbeitung der Zielgruppe gewährleistet ist.

Niveau des Zwischenhandels

Das Niveau des Zwischenhandels bezieht sich auf den qualitativen Aspekt. Es ist zu prüfen, ob das Niveau der Zwischenhändler in einem Distributionskanal mit den Vorstellungen der Konsumenten über den Kaufort übereinstimmen, den diese mit einer Produktgattung in Verbindung bringen. Übereinstimmung von Niveau des Zwischenhandels und Vorstellungen der Konsumenten beantwortet die Frage nach dem richtigen Sortiment und der richtigen Warendarbietung für die Zielgruppe.

Marktposition des Zwischenhandels

Grundsätzlich sollte sich der Zwischenhandel als Einkäufer seiner Kunden betrachten. Aus dieser Betrachtungsweise heraus ist häufig eine Machtstellung bestimmter Zwischenhändler in einzelnen Vertriebswegen zu beobachten. Eine solche Machtposition kann verhindern, daß der Zwischenhandel bereit ist, die Produkte eines Herstellers in das eigene Sortiment aufzunehmen. Das wiederum kann zur Beschreitung eines völlig neuen Vertriebsweges führen.

Konkurrenten

Hier sind vor allem die möglichen Reaktionen der Konkurrenten auf das

Eindringen in ihren Vertriebsweg zu berücksichtigen. Darüber hinaus sind die Zahl der Konkurrenten in einem bestimmten Distributionskanal sowie ihre Position bei den einzelnen Zwischenhändlern von Interesse.
Diese Analyse führt einmal zu der Erkenntnis, über welchen Weg die Konkurrenten gleiche oder ähnliche Zielgruppen bearbeiten und wie umkämpft die Konsumenten in den einzelnen Vertriebswegen sind. Auch hieraus kann sich eine für eine bestimmte Branche völlig neue Vertriebsform entwickeln. Das Beispiel hierfür ist die Firma Avon, die durch die Wahl eines für ihre Branche atypischen Distributionskanals eine erfolgreiche Differenzierung von der Konkurrenz erzielen konnte.

Endogene Bestimmungsfaktoren

Zu den endogenen Bestimmungsfaktoren zählen Größe, Finanzkraft und Ruf eines Unternehmens, Vertriebserfahrung, Produkt oder Sortiment, sowie die Produkt- und Unternehmenspolitik.

Größe, Finanzkraft und Ruf des Unternehmens

Größe und Ruf eines Unternehmens geben Ausschlag darüber, ob das Unternehmen vom Zwischenhandel als gleichwertiger Partner akzeptiert wird. Daneben ist die Wahrnehmung der für den Absatz der Produkte notwendigen Funktionen wie z. B. Transport, Lagerhaltung, Werbung oder der Besuch regionaler Messen und Ausstellungen von der Finanzkraft eines Unternehmens abhängig. Ein finanzschwaches Unternehmen wird versuchen, die Wahrnehmung dieser Funktionen dem Zwischenhandel des Distributionskanals zu übertragen. Ein finanzschwaches Unternehmen wird nur einen solchen Distributionskanal wählen, der die erwähnten Funktionen ohne großen Vorbehalt wahrnehmen wird.
Andererseits kann das Image eines Unternehmens, das es in der Vergangenheit aufgrund besonderer Leistungen aufbauen konnte, die möglicherweise vorhandene geringe Finanzkraft kompensieren. Die Anziehungskraft der Produkte oder der Marke sorgen dafür, daß viele Händler in verschiedenen Distributionskanälen bereit sind, die genannten Funktionen ohne besondere Vergünstigungen wie Sonderrabatte oder Zuschüsse für eine lokale Werbung wahrzunehmen.

Vertriebserfahrung

Wesentlicher Bestimmungsfaktor ist die bisherige Erfahrung in den Distributionskanälen, über die das Produkt eines Unternehmens verkauft werden soll. Ein kleines Unternehmen in einer neuen Branche wird beispielsweise solche Distributionskanäle auswählen, die keine oder nur geringe Schulungsmaßnahmen im Handel erforderlich machen. Andererseits beinhaltet Vertriebserfahrung auch die Beobachtung der Distributionskanäle im Hinblick auf Veränderungserscheinungen.

Produkt oder Sortiment

Das Produkt oder das Sortiment sind Bestimmungsfaktoren für die im Distributionskanal erforderlichen Verkaufstechniken und den möglicherweise notwendig werdenden Kundendienst. Es ist im Einzelfall zu prüfen, welcher Distributionskanal und/oder Händler die Anforderungen aus der Sicht des Herstellers erfüllen kann.
Des weiteren spielt die Breite und Tiefe des Sortiments eine Rolle. Je breiter das jeweilige Sortiment ist, d. h. je mehr Warengattungen ein Unternehmen anbietet, um so größer kann die akquisitorische Wirkung beim Zwischenhandel sein, weil um so eher die Chance gegeben ist, Übereinstimmung mit den Vorstellungen der Zwischenhändler im Hinblick auf deren Gesamtsortiment zu erzielen.
Je tiefer – allgemein betrachtet – das Sortiment ist, um so eher besteht für ein Unternehmen die Möglichkeit, eine selek-

tive oder exklusive Distribution zu betreiben, da es den jeweiligen Zwischenhändlern ein vollständiges Angebot einer bestimmten Warengattung unterbreiten kann. Der Vorteil für die Zwischenhändler ist in einem solchen Fall in der Zusammenarbeit mit nur wenigen Herstellern zu sehen, während der Hersteller große Mengen bei einer relativ geringen Zahl von Zwischenhändlern unterbringen kann – was für beide Seiten zumindest Kostenersparnisse bedeuten wird.
Schließlich ist auch die Konsistenz des jeweiligen Sortiments zu berücksichtigen. Unter Konsistenz ist zu verstehen, wie eng die Produkte innerhalb des Sortiments im Hinblick auf ihre Letztverwendung verwandt sind. Je größer die Konsistenz ist, um so eher ist die Möglichkeit gegeben, für sämtliche Produkte den gleichen Distributionskanal zu wählen, was neben geringeren Kosten und einer höheren akquisitorischen Wirkung auch ein Ausgleich im Hinblick auf die Machtposition des Handels bedeuten kann.

Produkt- und Unternehmenspolitik

Die Eigenart der Produkte zieht unterschiedliche Distributionskanäle nach sich. Das wiederum erfordert eine unterschiedliche Marktbearbeitungspolitik, die ihrerseits kennzeichnendes Merkmal der Unternehmenspolitik sein kann. Eine Unternehmenspolitik, die auf die schnelle Belieferung der Letztabnehmer abzielt, wird oftmals die Wahl eines anderen Vertriebsweges nach sich ziehen als eine Unternehmenspolitik, die ein besonderes Schwergewicht auf Werbung legt. Im zweiten Fall wäre seitens des Zwischenhandels eine Kooperation erforderlich, zumindest aber der Einsatz von z. B. → Displaymaterial, um eine koordinierte Vorgehensweise von Media- und → point of sales-Werbung sicherzustellen. Außerdem muß in diesem Zusammenhang auch auf die Bedeutung der Produktgestaltung und des Preisniveaus für die Wahl des Distributionskanals hingewiesen werden.

III. AUSWAHL DES GEEIGNETEN VERTRIEBSWEGES

Die Heterogenität der zuvor gekennzeichneten Bestimmungsfaktoren für die Wahl des geeigneten Distributionskanales läßt erkennen, daß die zu treffende Entscheidung für jedes Unternehmen anders ausfallen wird. Zieht man die Marginalanalyse zur Wahl des Distributionskanals heran, so lassen sich folgende Aussagen für die Wahl des optimalen Distributionskanales treffen:

1. bei der Wahl eines kostengünstigen Distributionskanales und durch Einsatz der frei werdenden Mittel für eines der übrigen Marketinginstrumente läßt sich kein höherer Gewinn erzielen,
2. ein kostenaufwendigerer Distributionskanal führt bei Abzug der benötigten Mittel von den übrigen distributionspolitischen Instrumenten zu keinem besseren Ergebnis,
3. ein kostengünstigerer Distributionskanal führt zu Erlösrückgängen, die höher als die Kosteneinsparungen sind,
4. ein kostenaufwendigerer Distributionsweg führt zu einem Erlöszuwachs, der geringer als die zusätzlichen Kosten ist.

Über die Marginaltheorie hinausgehend werden für die Wahl des optimalen Distributionskanales neben Kosten und Erlösgesichtspunkten Risiko- und Flexibilitätsüberlegungen Einfluß ausüben, um die schwer zu quantifizierenden exogenen Bestimmungsfaktoren ausreichend zu würdigen.
Siehe auch Absatz-Management, Marketing-Management.

Literatur:
Linnert, P.: Die Neuen Techniken des Marketing, 3. Auflage, München 1971
Schnutenhaus, O. R.: Absatzpolitik und Unternehmensführung, Freiburg i. Br. 1961

Distributions-Mix

Unter Distributions-Mix sind die verschiedenen Absatzwege und Absatzstufen sowie das Logistik-System zu verstehen, die ein Unternehmen einschaltet, bzw. über das es verfügt, um seine Produkte der jeweiligen Zielgruppe präsentieren zu können.
Ein Unternehmen verfügt immer dann über ein Distributions-Mix, wenn es mehr als einen Absatzweg beschreitet. Denkbar wäre beispielsweise der Direktvertrieb, die Einschaltung des Großhandels und der Verkauf an Großabnehmer.

Distributions-Politik

Marketing-Instrument. Man versteht hierunter alle Maßnahmen für Gestaltung und Änderung der Absatzwege und Absatzmethoden, wobei jedoch auf eine Gesamt-Marketing-Konzeption Rücksicht genommen werden muß. Die moderne Distributions-Politik nimmt in besonderem Umfang Rücksicht auch auf die Struktur und die Wünsche der Abnehmer; vor allem bei problemvoller Ware gehört zu ihr ein entsprechender Ausbau der Service-Leistung.
Durch die Distributions-Politik soll ein möglichst hoher Deckungsbeitrag erzielt werden, daneben als Einzelziele ein wirksamerer Vertrieb durch Forcierung erfolgreicher Artikel, Sortimentsbereinigung, intensivere Ausschöpfung des Marktes und Verbesserung der Kundenstruktur erreicht werden.
Mittel der Distributions-Politik sind vor allem die Organisation des Vertriebes, z. B. durch neue Formen des Absatzes, wie Verbrauchermarkt, Supermarkt, Ladengeschäft, Verbundverkauf etc. oder Übergang zu anderen Verkaufsmethoden, z. B. vom Händlerverkauf zum Direktverkauf.
Zur Distributions-Politik gehört vor allem auch der Aufbau des Vertriebsnetzes, wobei vorher folgende Fragen zu prüfen sind:

– Welche Arten von Leistung werden durch den einzelnen Vertriebsweg bedingt?
– Müssen Beratungsspezialisten eingesetzt werden?
– Welche Reparatur- und Kundendienstleistungen müssen erfüllt werden?
– Ist ein bestimmter Vertriebsweg durch besondere Organisationsformen, z. B. Einkaufsringe, gekennzeichnet?
– In wieweit beeinflußt die Wahl neuer Vertriebswege den Umsatz bestehender Vertriebswege?
– Welche Auswirkungen hat ein neuer Vertriebsweg auf die Quantität der Außendienstorganisation?
– Müssen Zwischenläger eingeschaltet und das Logistik-System verbessert werden?
– Werden die angestrebten Marktsegmente erreicht?
– Entspricht der Vertriebsweg dem in der Marketing-Konzeption angestrebten Image?

Zu den Problemen der Distributions-Politik gehört vor allem auch die Frage der Größe und Festlegung des Vertreterbezirkes, die Wahl zwischen Vertretern und Reisenden, die Festlegung, welcher Kundenkreis bearbeitet werden soll.
Siehe auch: Absatz-Management, Marketing-Logistik, Marktsegmentierung, Preispolitik.

Literatur:
Britt, St. H., Boyd, H. W.: Marketing – Management und Organisation, dt. Bearbeitung P. Linnert, München 1971
Katz, C.: Verkaufsbezirke richtig einteilen, München 1968

Distributionspolitik, selektive

→ Absatzpolitik, selektive

Diversifikation

Erweiterung des Warenangebotes eines Unternehmens im Sinne einer Programmerweiterung.

Wird das bisherige Verkaufs- oder Produktionsprogramm durch die Aufnahme neuer Produkte, die keine größere Auswahl im Rahmen der bisherigen Produktgruppen darstellen, vergrößert, so spricht man von Diversifikation.
Bei einer echten Diversifikation sind für ein Unternehmen sowohl das Produkt als auch der mit dem Produkt zu bearbeitende Markt neu. Damit werden für die echte Diversifikation in der Regel nicht nur neue Produktionsanlagen erforderlich, sondern darüber hinaus hat auch eine Überprüfung der bestehenden Verkaufsorganisation zu erfolgen, um feststellen zu können, inwieweit diese zum Vertrieb der neuen Produkte geeignet ist.

Zu den Zielen der Diversifikation zählen:

1. Wachstum des Unternehmens,
2. Gewinnerhöhung,
3. Verbesserung der Marktposition,
4. Umsatzsteigerung,
5. Breitere Risikostreuung.

Neben den vier erstgenannten Zielen, die auch Inhalt anderer → Produktstrategien sind, ist es insbesondere die breitere Risikostreuung, die Ziel der Diversifikation ist — mit dem ein Unternehmen versucht, sich „ein zweites Bein" zu schaffen oder in einen „zweiten" Markt einzudringen.
Im Rahmen der Diversifizierung unterscheidet man zwischen horizontaler, vertikaler und lateraler Diversifikation.
Unter horizontaler Diversifikation ist das Eindringen in einen völlig neuen Markt zu verstehen. Ausschlaggebend für die horizontale Diversifikation sind entweder in der Regel bereits vorhandene Kunden oder Abnehmer, die auf derselben Wirtschaftsstufe wie das eindringende Unternehmen stehen. Die alten und neuen Produkte des Unternehmens sind darüber hinaus weder produktionstechnisch noch absatzmäßig unmittelbar verbunden.
Im Rahmen der vertikalen Diversifikation werden solche Produkte aufgenommen, die dem bisherigen Produkt entweder vor- oder nachgelagert waren. Die vertikale Diversifikation liegt vor, wenn beispielsweise ein Lastwagen produzierendes Unternehmen künftig auch diese Lastwagen über → Leasing absetzt.
Bei der lateralen Diversifikation ist am wenigsten ein sachlicher Zusammenhang mit dem bisherigen Produktangebot des Unternehmens zu erkennen. Die Motive der Diversifikation sind in diesem Fall die Beteiligung an Wachstumsbranchen, die Risikostreuung, indem man Produkte aufnimmt, die hinsichtlich ihrer saisonalen Merkmale den bisherigen Produkten entgegengesetzt korreliert sind, oder auch die Ausnutzung von Managementerfahrungen.

Literatur:
Linnert, P.: Die neuen Techniken des Marketing, 3. Auflage, München 1971

Divisionalisierung

Die Divisionalisierung oder Spartenorganisation ist eine aus den USA kommende, moderne Form der dezentralen Lenkung.
Eine Division oder Sparte umfaßt jeweils einen bestimmten Teil des Produktionsprogrammes eines Unternehmens, also eine Produktgruppe oder ein Projekt. Ein chemisches Unternehmen kann z. B. folgende Spartenorganisationen haben:
Sparte 1: Fasern; Sparte 2: Kunststoffe; Sparte 3: Farben; Sparte 4: Pflanzenschutzmittel; Sparte 5: Pharmazeutika.
Die Sparten sind befugt

- in Abstimmung mit der Zentrale eigene Pläne zu entwickeln,
- selbständig kurzfristige Erfolgsrechnungen zur Ermittlung des Periodengewinns zu erstellen,
- über Forschung und Entwicklung, Produktion und Vertrieb von Erzeugnissen und Erzeugnisgruppen zu entscheiden.

Werden auch die Investitionsentscheidungen vom Spartenleiter getroffen, so spricht man von → Profit-Center-Organisation, andernfalls von → Investment-

Center-Organisation. Bei der Spartenorganisation handelt es sich um ein echtes → Produktmanagement. Der Zentrale unterstehen die Bereiche Finanzen, Personalverwaltung, Lohnabrechnung, Mitarbeiteraus- und -weiterbildung, zentrale Forschung, zentrale Technik, zentraler Vertrieb und Materialbeschaffung (da sonst die Einkaufsmacht des Unternehmens verlorengeht). Die eigentliche Personal- und Materialdisposition sowie die produktbezogene Forschung und Entwicklung einer Division müssen aber dem Spartenleiter unterstellt bleiben.

Der Vertrieb ist z. B. so organisiert, daß der Leiter einer Verkaufsniederlassung dem Vorstandsmitglied „Vertrieb" untersteht, während die einzelnen Verkäufer in der Niederlassung jeweils einen Produktbereich betreuen und dem jeweiligen Spartenleiter berichten (→ Matrix-Organisation).

Die Spartenorganisation ist vor allem für multinationale Unternehmen und Konzerne geeignet. Der Spartenleiter wird zum Gewinn-Manager für seine Division. Sein Ziel und damit sein Leistungsmaßstab ist der Gewinn seiner Division.

Die Divisionalisierung hat die Vor- und Nachteile der dezentralen Organisation. Von Vorteil sind vor allem die klaren Verantwortungsbereiche, die einfach zu ermittelnde Rentabilität der einzelnen Produktbereiche, die intensive Beschäftigung mit den einzelnen Produkten, die schnelle Reaktionsmöglichkeit auf Veränderungen auf dem Markt, die ständige Überprüfung kostenverursachender Aktivitäten, bessere Delegationsmöglichkeit für Detailentscheidungen als bei funktionaler Organisation. Die Stelle eines Spartenleiters gilt als hervorragende Ausbildungsstätte für potentielle Spitzenmanager, wobei es allerdings häufig schwierig ist, geeignete Führungskräfte mit den Fähigkeiten, die von einem Spartenleiter verlangt werden, zu finden.

Die Divisionalisierung kann auch eine Reihe von Nachteilen haben. Durch die Vorgabe eines zu erreichenden Gewinnzieles verlieren die Spartenleiter die übrigen Unternehmensziele, wie z. B. Wahrung des guten Rufs, aus den Augen. Die Leiter der Divisions haben ihren eigenen Gewinn im Auge und denken weniger an das Unternehmen als Ganzes. Häufig wird der Einsatz kostensparender technischer Verwaltungsmittel durch Divisionalisierung behindert.

Division Sales Manager

Verkaufsleiter eines nach Divisions gegliederten Unternehmens, der für den gesamten Bereich einer Division zuständig ist.

Divisionskalkulation

Die Divisionskalkulation dient der Ermittlung der Selbstkosten je Einzelleistung (Produkte), wobei die Gesamtheit der Kosten einer Periode durch die Ausbringungsmenge dividiert wird. Die Divisionskalkulation kann nur angewandt werden, wenn

1. ein Unternehmen oder ein Teilbereich, für den die Selbstkosten pro Produkteinheit kalkuliert werden sollen, nur eine Produktart herstellt,
2. die Produktion entweder einstufig ist oder im Falle einer mehrstufigen Produktion zwischen den Produktionsstufen keine Lagerbestandsveränderungen entstehen und
3. die Produktionsmenge mit der verkauften Menge pro Abrechnungsperiode übereinstimmt.

Die Vorteile dieses Verfahrens liegen im geringen Erfassungs- und Rechenaufwand. Es ist zur Ermittlung der Selbstkosten geeignet und erfüllt die Forderung nach einer Grundlage für den Angebotspreis, allerdings aufgrund vergangenheitsbezogener Werte. Nachteilig wirken sich die fehlende Aussagefähigkeit und fehlende Kostenvergleichsmöglichkeiten

im Unternehmen sowie die Verrechnung von Fixkosten der nicht genutzten Kapazitäten aus.
Die Aussagefähigkeit der Divisionskalkulation läßt sich dadurch verbessern, daß bestimmte Kosten, die nicht gleichmäßig für alle Produkte anfallen, von den Gesamtkosten eliminiert und nur durch die jeweils zutreffende Menge der Produkte dividiert werden. Das Ergebnis sind zwei verschiedene Kostenwerte für das gleiche Produkt (z. B. ergibt die Trennung der Transportkosten im Inland von denen des Auslands die Selbstkosten für die inländischen und ausländischen Erzeugnisse).
Schließlich läßt sich diese Kalkulation dadurch verbessern, daß Fertigungs- und Vertriebskosten getrennt erfaßt werden. Man erhält dadurch die Fertigungskosten für die gefertigten Mengen und die Vertriebskosten für die Verkaufsmengen. Mit zunehmender Verfeinerung werden zwar auch die Aussagefähigkeit und die Vergleichsmöglichkeit verbessert, andererseits aber erhöht sich auch der Aufwand für die Kosten- und Mengenerfassung.

DMSD

Abkürzung für Deutsche MTM-Standard-Daten. Standardzeitwertsystem für die Fertigung (Makroverfahren).

DMT

Abkürzung für Dimensional Motion Time. System vorbestimmter Bewegungszeiten, das von der General Electric entwickelt wurde.

Documents Against Acceptance

→ D/A

Documents Against Payment (D/P)

Klausel im internationalen Zahlungsverkehr, die festlegt, daß der Käufer bei Vorlage der Dokumente (Rechnung, Konnossement, Frachtbrief etc.) Zahlung leisten muß. Nur dann erhält er die Ware ausgeliefert.

Dokumentation

Bezeichnung für das systematische Sammeln, Erfassen, Ordnen, Speichern und Erschließen von wichtigen Dokumenten bzw. Informationen sowie deren Aufbereitung. Nicht zur Dokumentation gehören die in der vom Handelsrecht geforderten Registratur aufbewahrten Dokumente.
Die Auswahlkriterien für die aufzubewahrende Information richten sich nach dem Informationsbedürfnis der einzelnen Bereiche des Unternehmens, das mündlich oder schriftlich festgestellt wird. Informationsquellen sind u. a. Bücher, Zeitschriften, Veröffentlichungen von Behörden, Verbänden, Forschungsinstituten, Einzelpersonen etc.; zu den Quellen gehören auch Personen und Unternehmen, von denen nicht veröffentlichte Informationen stammen. Die Informationsquellen werden nach Informationsarten verzeichnet. Deskriptoren, wie Verfassernamen oder Stich- bzw. Schlagworte beschreiben die Dokumente und verweisen auf das in ihnen enthaltene Wissen, das auf diese Weise erschlossen werden kann. Die Deskriptoren können in einem Thesaurus definiert und ihre wechselseitigen Beziehungen aufgezeigt werden; auf diese Weise löst sich das Problem der Synonyme (bedeutungsgleiche Wörter) und Homonyme (gleichlautende Wörter mit unterschiedlicher Bedeutung).
Deskriptoren-Ordnungen sind z. B. der alphabetische Verfasserkatalog und der Stichwortkatalog als Gleichordnung, die hierarchische Dezimalklassifikation.
Für die Aufstellung von Deskriptoren können vorhandene Systeme (z. B. von Bibliotheken oder Zeitschriften) verwendet werden. Eine große Rolle für die Dokumentation spielen die sogenannten Referate in Form von Besprechungen, Inhaltsangaben, Abstracts, die die in einem Dokument

enthaltenen Informationen zusammenfassen. Selektionsmittel sind Dokumentensubstitute wie Karteikarten, Kartothek oder Listen. Die Dokumente selbst werden beschriftet und nach den Prinzipien der Lagerordnung magaziniert. Die Dokumentation eines Unternehmens kann zentralisiert oder dezentralisiert organisiert werden.

Literatur:

Mertens, P.: Betriebliche Dokumentation und Information, Meisenheim am Glan 1965
Pietzsch, J.: Die Information in der industriellen Unternehmung, Köln und Opladen 1964
Scheuchzer, R.: Unternehmensdokumentation. Über den Aufbau von Bibliothek und Registratur in der Unternehmung, Bern 1964
Thommen, A.: Aufbau und Organisation eines Informationsdienstes, Zürich 1965

Domestic System of Industry

→ Cottage Industry

Domination

→ Headship

Dotted Line Responsibility

Gestrichelte Linie im Organisationsplan eines Unternehmens. Einer solchen dotted line bedient man sich dann, wenn keine eindeutige Unterstellung vorliegt, sondern beispielsweise der Sparten-Forschungsleiter in einem nach Divisions organisierten Unternehmen (→ Divisionalisierung) disziplinär dem Spartenleiter untersteht, sich aber fachlich nach den Direktiven des Leiters der zentralen Forschung richten muß.

D/P

→ Documents Against Payment

Drawing Authorization

Ermächtigung zum Einziehen eines Wechsels. Im Auslandsgeschäft ermächtigt der Importeur den Exporteur, für seine Rechnung einen Wechsel auf eine Bank oder auf ihn selbst zu ziehen.
→ Letter of Authority

Drop In

Bezeichnung in der Datenverarbeitung für Störsignale; durch einen Schaden in der Schicht eines Magnetbandes kann ein zusätzliches Signal entstehen und die gespeicherte Information verfälschen.
→ Drop Out

Drop Out

In der Datenverarbeitung Bezeichnung für Signalausfall. Ein auf einem Magnetband gespeichertes Zeichen ist verstümmelt.
→ Drop In

Drummer

Umgangssprachlicher amerikanischer Ausdruck für Reisenden oder Vertreter.

Dualwerte

→ Sensitivitäts-Analyse

Dummy

Bezeichnung für Strohmann; im Verlagswesen Bezeichnung für Blindband.

Dummy Activity

Scheinaktivität oder Blindaktivität.
Scheinaktivitäten sind in der → Netzplantechnik Vorgänge mit der Zeitdauer Null, die graphisch als gestrichelte Linie dargestellt werden.

Dummy Job

Scheinaktivität
→ Dummy Activity
→ Netzplantechnik

Dumping

Verkauf einer Ware ins Ausland zu einem Preis, der unter dem Verkaufspreis derselben Ware zur selben Zeit und unter gleichen Umständen (z. B. Verpackung, Transportkosten, Zahlungskonditionen) im Inland liegt.
Voraussetzungen für ein erfolgreiches Dumping sind ein Nichteingreifen des Staates (keine Einfuhrbeschränkungen, keine Einfuhrzölle in Höhe der Dumpingspanne), ein Markt, auf dem die Anbieter den Preis bestimmen können (keine atomistische Konkurrenz) und die Unmöglichkeit des Rückflusses gedumpter Waren aus dem Ausland. Dies ist dann u. a. der Fall, wenn die Waren verderblich sind, vertragliche Abmachungen ein Rückfließen ausschließen, die Dumpingspanne nicht höher ist als die doppelten Transportkosten zuzüglich der Einfuhrzölle vom ursprünglichen Importland und reimportierenden Land.
Gründe für ein Unternehmen, zu Dumpingpreisen anzubieten, sind unter anderem

- der Wunsch, im Ausland einen neuen Markt zu gewinnen;
- den Marktanteil zu erhöhen oder einen Rückgang zu verhindern (Offensivdumping);
- einem totalen Verlust des ausländischen Marktes zu begegnen (Defensivdumping);
- überdurchschnittlich große Läger zu räumen (kurzfristiges Dumping);
- ständige volle Beschäftigung der Produktionsanlagen ohne Preissenkung im Inland zu erreichen;
- die Gewinnmaximierung des Monopolisten durch Preisdifferenzierung auf räumlich abgrenzbaren Märkten.

Dumping hat für das importierende Land positive und negative Auswirkungen. Die Konsumenten haben einen Vorteil durch die gesunkenen Preise, ebenso wie die Produzenten, die gedumpte Güter weiterverarbeiten. Die inländischen Produzenten, die Konkurrenzprodukte zu den zu Dumpingpreisen eingeführten Gütern herstellen, können im Grenzfall vom Markt verdrängt werden, so daß vorübergehend Arbeitskräfte frei werden, die je nach der konjunkturellen Situation im Einfuhrland anderweitig unterkommen oder die Zahl der Arbeitslosen erhöhen.
Eindeutige Vorhersagen über die Auswirkungen des Dumping auf das exportierende Land sind nicht möglich. Es kann in Depressionszeiten zu Preissenkungen und steigender Beschäftigung kommen. Die den dumpenden Industriezweigen nachgelagerten sind im Vergleich zur ausländischen Konkurrenz auf jeden Fall benachteiligt.
Dumping wird wegen seiner wettbewerbsverzerrenden Wirkungen in völkerrechtlichen Verträgen allgemein verurteilt. Die Kriterien zur Beurteilung des Dumping sind in den Bestimmungen des GATT niedergelegt und von OECD, EWG und EFTA übernommen. Völkerrechtliche Antidumpingmaßnahmen sind in den Bestimmungen vorgesehen.

Dun

Bezeichnung für drängenden Gläubiger oder Zahlungsaufforderung.

Duty

Bezeichnung für Zoll.

DV

Abkürzung für Datenverarbeitung → Elektronische Datenverarbeitung.

Dynamic Programming

Dynamische Optimierung.
Methode des → Operations Research

Dynamische Optimierung

Methode des → Operations Research

Dynamische Programmierung

Die dynamische Programmierung – von R. Bellmann und Mitarbeitern (1957) bei der Rand Corporation entwickelt – ist ein Verfahren zur Optimierung mehrstufiger Entscheidungsprozesse.
Mit den übrigen Verfahren des Operations Research konnten bei aufeinanderfolgenden Entscheidungen nur die Auswirkungen der einzelnen Entscheidungen getrennt betrachtet werden.
Die optimale Politik bei der dynamischen Programmierung hat – nach Bellmann – die Eigenschaft, daß ungeachtet vorangegangener Entscheidungen die restlichen Entscheidungen eine optimale Politik hinsichtlich des erreichten Zustandes darstellen müssen.

Die Methode der dynamischen Programmierung beruht auf dem mathematischen Konzept der Rekursion.
Im Gegensatz zur linearen Programmierung ist die dynamische Programmierung noch keineswegs vollständig erforscht. Wissenschaftliche Arbeiten auf dem Gebiet der dynamischen Programmierung befassen sich vorwiegend mit der → Informationstheorie, der → Entscheidungstheorie, der Regelungstheorie und der → Spieltheorie.
Siehe auch Operations Research, lineare Programmierung.

Literatur:

Bellmann, R.: Dynamic Programming, Princeton, N. Y., 1962
Bellmann, R., Dreyfus, S. T.: Applied Dynamic Programming, Princeton, N. Y., 1962
Howard, R. A.: Dynamische Programmierung und Markov-Prozesse, Zürich 1965
Kaufmann, A.: Graphs, Dynamic Programming and Finite Games, New York, London 1962
Kaufmann A,., Cruon, R.: Dynamic Programming, Sequential Scientific Management, New York, London 1967
Jacobs, O. L. R.: An Introduction to Dynamic Programming. The Theory of Multistage Decision Processes, London 1967
Neuhauser, G. L.: Introduction to Dynamic Programming, New York, London, Sydney 1966

E

Earnings

Ausdruck aus der Gewinn- und Verlustrechnung für Gewinne.

Earnings-Lag

Bezeichnung für die Verzögerung zwischen der Entstehung und der Auszahlung des Einkommens.

Ebit

Abkürzung für Earnings before interests and taxes (Gewinn vor Abzug von Zinsen und Steuern).

ECGD

Abkürzung für Export Credits Guarantee Department. 1926 vom Board of Trade in Großbritannien gegründeter Garantiefond für Schäden aus wirtschaftlichen und politischen Risiken im Außenhandel.

Echoprinzip

→ Prognose

Echtzeitverarbeitung

→ Real-Time-Processing

Economic Status

In der Marktforschung Bezeichnung für den objektiven, zivilisatorischen Standard, der die Bedürfnisse des Verbrauchers prägt. Gegensatz → Living Standard.

EDP

Abkürzung für Electronic Data Procession → Elektronische Datenverarbeitung

EDV

→ Elektronische Datenverarbeitung

Efficiency Engineer

Bezeichnung für Rationalisierungsfachmann.

Efficiency Variance

Ausdruck zur Kennzeichnung von Verbrauchsabweichungen.

Elastizität

Verhältnis der relativen Änderungen zweier Größen, wobei die eine Größe von der anderen abhängig ist.
Beispiel: Absatzelastizität. Sie wird ausgedrückt durch den Elastizitätskoeffizienten

$$\frac{\text{prozentuale Mengenänderung}}{\text{prozentuale Preisänderung}}$$

Die Nachfrage wird als elastisch bezeichnet bei einem Elastizitätskoeffizienten größer 1, unelastisch bei einem Elastizitätskoeffizienten kleiner 1. Die Elastizität unendlich ist dann gegeben, wenn zu einem bestimmten Preis jede beliebige Menge abgesetzt werden kann. Eine Elastizität Null besagt, daß bei Preisänderungen die absetzbare Menge immer gleich bleibt.
→ Nachfrageelastizität, → Preispolitik.

Electronic Data Procession

→ Elektronische Datenverarbeitung

Elektronische Datenverarbeitung

Datenverarbeitung, abgeleitet aus dem angelsächsischen „data processing", bezieht sich auf die Fähigkeit einer Anlage, sämtliche numerischen und alphabetischen Unterlagen nach bestimmten vorgegebenen Regeln ohne wesentliche menschliche Eingriffe zu bearbeiten.
Der Zusatz „elektronisch" bezieht sich auf die elektronischen Kreise als Hauptbestandteil der im Rahmen der elektronischen Datenverarbeitung eingesetzten → Computer (Rechner), da die oben genannte Bearbeitung beispielsweise auch mit Hilfe mechanischer Anlagen erfolgen kann. Das signifikante Merkmal der elektronischen Datenverarbeitung ist die extrem hohe Verarbeitungsgeschwindigkeit.
Somit bezeichnet „Elektronische Datenverarbeitung" einen Datenverarbeitungsprozeß, der entsprechend vorgegebener Regeln ohne wesentliche menschliche Eingriffe mit hoher Geschwindigkeit abläuft. Anstelle der relativ langen Bezeichnung „Elektronische Datenverarbeitung" hat sich die Abkürzung „EDV" herausgebildet.

I. ENTWICKLUNGSSTUFEN DER DATENVERARBEITUNG

Die Entwicklung zum System der elektronischen Datenverarbeitung läßt sich mit Vieweg in sechs Stufen abgrenzen:

1. die manuelle Stufe, in der beispielsweise sämtliche Buchungsvorgänge per Hand erfolgen,
2. die mechanisierte Stufe, in der Hilfsmittel wie Addiermaschinen oder schreibende Buchungsmaschinen zum Einsatz kommen,
3. die teilautomatische Stufe, in der ein bestimmter Ablauf von einer Maschine teilweise selbsttätig durchgeführt wird, während die Bedienung an die Maschine gebunden ist und sich ihrem Arbeitsrhythmus anpassen muß. Hierzu zählen beispielsweise Duplex-Buchungsautomaten – rechnende Buchungsmaschinen –, deren Einsatzmöglichkeiten durch zusätzliche Rechenwerke und verschiedene Zusatzgeräte eine größere Flexibilität erlangen.
4. Die halbautomatisierte Stufe. In dieser Phase der Datenverarbeitung wird die Steuerung der Maschinen weitgehend von Datenträgern wie Lochkarten und Lochstreifen vorgenommen, so daß sich bestimmte Arbeitsgangfolgen ohne Bedienungseingriffe erledigen lassen. Im Unterschied zu automatisierten Verfahren besteht hier immer noch die relativ zeitraubende Vorbereitung, worunter die fortlaufende Dateneingabe und der Datentransport sowie die ständige Überwachung verstanden werden. Darüber hinaus besteht zwischen Dateneingabe und Informationsauswertung ein relativ langer Zeitraum.
5. Die automatisierte Stufe. In dieser Phase erfolgt der Einsatz der elektronischen Datenverarbeitung, die einen ununterbrochenen Datendurchlauf im Unternehmen für fast sämtliche Routinearbeiten gewährleistet. Der Einsatz von Baukastensystemen stellt sicher, daß hinsichtlich Speicherkapazität und Rechenfunktionen eine ständige Anpassung an unternehmensindividuelle Entwicklungen möglich ist, so daß jederzeit die automatische Auswertung gewährleistet wird.
6. Die vollautomatische Stufe. Diese Phase wird gekennzeichnet durch die Direktverarbeitung (Real-Time-Prinzip), worunter die Datenverarbeitung im unmittelbaren Zusammenhang mit der Informationsaufnahme zu verstehen ist. Eine solche Direktverarbeitung liegt vor, wenn Maschinen und Geräte befähigt sind, Daten zu sammeln, Belege jeder Art aufzunehmen und ohne besondere Vorbereitung in den automatischen Ablauf einzubeziehen.

II. DIGITALE DARSTELLUNG UND DATENVERARBEITUNG

Datendarstellungsproblem

Als Daten werden wirkliche oder gedachte Tatbestände bezeichnet, wenn sie darstellbar sind. Das Problem der Datendarstellung läßt sich folgendermaßen umreißen:

1. Die Verschlüsselung von Informationen setzt formale Regeln voraus.
2. Es sind technische Prinzipien erforderlich, die eine Datenverschlüsselung physisch realisierbar machen.

In diesem Sinne ist eine Datendarstellung erforderlich, um Daten speichern oder mit ihnen Verknüpfungen vornehmen zu können.

Verschlüsselung

Die formale Darstellung von Daten erfolgt durch Symbole oder Zeichen. Sie sind die kleinsten Elemente innerhalb der Informationsverschlüsselung. Über eine Kombination mehrerer Zeichen zu Symbolketten oder Symbolfolgen ist eine unbegrenzte Erweiterung der Datendarstellungsmöglichkeiten gegeben. Die Übertragung der Informationen in derartige Symbole oder Symbolfolgen wird als Kodierung im Sinne von Verschlüsselung bezeichnet.

Syntax

Die jeweils benutzten Symbole bilden das Alphabet, das seinerseits der Kodierung als Grundlage dient. Als Syntax werden die Regeln und Gesetzmäßigkeiten für die Konstruktion von Symbolfolgen bezeichnet. Die Verschlüsselungsvorschrift der Kode wird durch das Alphabet und die Syntax definiert.
Die Kode-Wörter (Symbolfolgen) ermöglichen eine Zusammenfassung zu Wortfolgen (Sätzen). In diesem Sinne läßt sich die Syntax einer Sprache als die Vorschrift zur Bildung von Symbol- und Wortfolgen – in der Datenverarbeitung zur Ordnung der einzelnen Datenelemente – bezeichnen.

Semantik

Demgegenüber ist Gegenstand der → Semantik die Interpretation der Wort- und Satzinhalte hinsichtlich ihrer Bedeutung und ihres Aussagegehaltes.

Pragmatik

Wird der Aussagegehalt einer Anordnung von Datensymbolen daran gemessen, ob er für die Erreichung eines Zieles – für das Unternehmensziel – relevant ist, einen Anlaß zum Handeln gibt, so spricht man von Pragmatik.
Die artikulierte Darstellung und Übermittlung von Daten ist somit an Kodierungsregeln, Syntax, Semantik und Pragmatik gebunden. In diesem Sinne ist jede Sprache festgelegt und läßt sich dadurch definieren. Dieses Begriffssystem hat insbesondere Bedeutung für die Datenverschlüsselung der künstlich geschaffenen Sprachen der EDV, weil nur dadurch das Programmieren von Verarbeitungsabläufen ermöglicht wird.

Das Prinzip der digitalen Darstellung und Verarbeitung

„Digit", abgeleitet vom lateinischen „digitus" (Finger), läßt zwei verschiedene Bedeutungen zu:

1. Es ist die Kleinsteinheit in einem Digitalsystem. Ein „digit" kann so interpretiert beispielsweise im Dezimalsystem die Werte der zehn Dezimalziffern annehmen, in einem binären System die der binären Ziffern 0 und 1. Diese Binärzeichen werden im Englischen auch mit „Binary Digit" bezeichnet.
2. Im englischen Sprachgebrauch bedeutet „digit" eine Stelle innerhalb einer Zahl. Zahlen und andere Begriffe lassen sich in digitaler Form darstellen. Dazu werden ganze Einheiten (diskrete physikalische Größen) verwandt wie beispielsweise die Finger der Hand, von denen das Wort abstammt. Die digitale Darstellung verwendet in der Regel Einheiten in Form von Ziffern des Zahlensystems,

die vorwiegend auch in der Datenverarbeitung Anwendung finden.

Die elektronische Datenverarbeitung basiert auf dem Prinzip, daß alle Instruktionen in zwei Stufen aufgelöst werden (Plus oder Minus, 0 oder 1, ja oder nein). Eine solche Verarbeitung basiert auf dem Einsatz entsprechend zweiwertiger Bauelemente. So fließt in einem Element entweder Strom oder er fließt nicht, oder der Ferritring eines Kernspeichers ist entweder links- oder rechtsherum magnetisiert. Da sich das Dezimalsystem überhaupt nicht oder nur im beschränkten Umfang für die elektronische Datenverarbeitung verwenden läßt, ist ein System erforderlich, das nur zwei Zustände kennt.

Generell werden die Dual-Zahlen 0 und 1 für den Aufbau des neuen Zahlensystems verwendet, so daß der elektronischen Datenverarbeitungsanlage zu verarbeitende Zahlen zunächst einmal vom Dezimal- in das Dualsystem – bei der Dateneingabe – und vom Dualsystem in das Dezimalsystem – bei der Datenausgabe – umgewandelt werden müssen.

Einerseits ist das duale System technisch leicht darzustellen, erfordert andererseits aber aufgrund der Länge seiner Zahlen einen beträchtlichen Umsetzungsaufwand. Für die kommerziellen elektronischen Rechner findet daher eine halbduale Zahlendarstellung Verwendung. Ausgangspunkt ist die dekadische Stellenwertigkeit, innerhalb derer eine duale Darstellung der einzelnen Ziffern erfolgt.

Zusätzlich erfolgt der Einsatz eines Kontrollkanals. Die im Kontrollkanal eingesetzten → Bits haben für die Darstellung der Ziffern bzw. Buchstaben unmittelbar keine Bedeutung. Sinn und Zweck dieses Kontrollkanals ist die Gültigkeitsprüfung und ein Beispiel für die möglichen Selbstprüfungen zur Erhöhung der Sicherheit bei der Datenverarbeitung durch die Anlage selbst.

Immer wenn sich im Rahmen einer Stelle eine ungerade Zahl von Bits ergibt, wird im Kontrollkanal zusätzlich ein Bit eingesetzt. Somit ergibt sich für jede Darstellung eine gerade Zahl von Bits. Ergibt sich im Laufe der Verarbeitung durch eine Kontrolle einmal eine ungerade Zahl, so wird dieser Fehler angezeigt. Die Anlagen arbeiten nicht weiter.

Eine Weiterentwicklung des beschriebenen Maschinenkodes ist die Entwicklung eines sogenannten „Byte-Kodes“, der statt sechs + eins (für Kontroll)-Kanäle acht + eins (für Kontroll)-Kanäle verwendet. Die Zeichen werden durch → Bytes, bestehend aus je acht Bits + eins für Kontrolle, dargestellt. Auf diese Weise können in einer Stelle ein Buchstabe bzw. ein sonstiges Zeichen oder zwei Ziffern ausgedrückt werden.

III. AUFBAU VON DATENVERARBEITUNGSANLAGEN

Datenverarbeitungsanlagen, die in der Regel keine geschlossene Einheit darstellen, bestehen aus einer Zentraleinheit und je nach Aufgabe aus verschiedenen Anschlußgeräten. Ist es von der Verarbeitungsanforderung her notwendig, so können von einem Anschlußgerätetyp auch mehrere Einheiten – mehrere Drucker oder Speicher – mit der Zentraleinheit verbunden sein.

Zentraleinheit

Aufgabe der Zentraleinheit ist die zentrale Steuerung aller Vorgänge in der Datenverarbeitungsanlage. Diese Steuerung erfolgt teils nach festen Regeln, die von der Technik der Anlage bestimmt sind, und teils nach Programmen. Die Zentraleinheit besteht aus drei Teilen, dem Leitwerk, Rechenwerk und Speicherwerk.

Leitwerk

Das Leitwerk steuert und überwacht sämtliche Datentransformationsvorgänge innerhalb der Gesamtanlage. Im Rechenwerk werden alle Datenverknüpfungen

durchgeführt, und das Speicherwerk dient der Speicherung von Daten, soweit sie für die Abwicklung des aktuellen Datentransformationsprozesses erforderlich sind. Mit Hilfe des Speicherwerkes wird insbesondere das Programm, die Verarbeitungsvorschrift für den Datentransformationsprozeß gespeichert. Deshalb zählen elektronische Datenverarbeitungsanlagen zu den speicher-programmierbaren Rechenautomaten.
Das Leitwerk übernimmt meistens nur wenige und übergeordnete Steuerungsfunktionen. Dadurch kann seine Kapazität verstärkt den Koordinationsaufgaben innerhalb der Zentraleinheit dienen. Hier hat das Leitwerk vor allem die Aufgabe, die Programmabwicklung zu steuern und den dabei notwendigen Datenaustausch zwischen Speicherwerk und Rechenwerk sowie zu den peripheren Eingabe- bzw. Ausgabegeräten auszuführen.
Das Leitwerk besitzt zur Entschlüsselung und Verarbeitung der einzelnen Programmbefehle ein oder mehrere Register. Register sind Speichereinrichtungen, die nur wenige Binärzeichen aufnehmen können und einen extrem schnellen Zugriff zu diesen Daten ermöglichen. Register sind unmittelbar mit den Schaltkreisen für Verknüpfungsoperationen verbunden. Deshalb müssen die Daten in der Regel zunächst zu den Registern gebracht werden, wenn sie verknüpft werden sollen. Im Befehlsregister werden z. B. die aktuell erforderlichen Programmbefehle zwischengespeichert und im Anschluß daran nach ihrer Bedeutung entschlüsselt, um dementsprechend ausgeführt zu werden.

Speicherwerk

Das Speicherwerk hingegen hat die Aufgabe, Daten des laufenden Verarbeitungsprozesses zu speichern, die schnell zugreifbar zur Verfügung stehen müssen. Zu diesen Informationen zählen vor allem das Programm mit den Durchführungsvorschriften des Datentransforma-

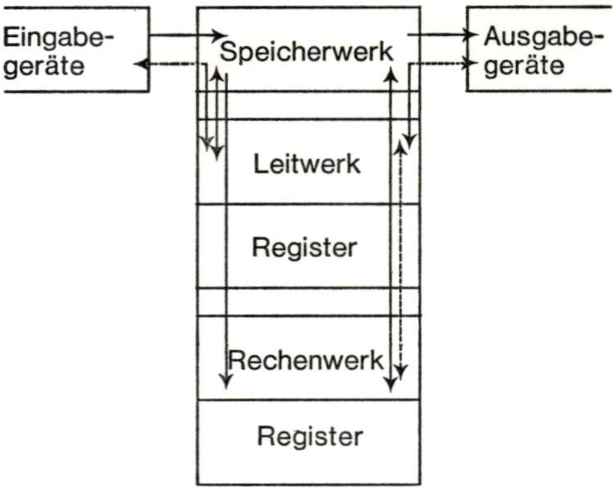

tionsprozesses, die sofort benötigten Eingabedaten, Daten aus Zwischenergebnissen sowie Ausgabedaten, die noch nicht an die Peripherie weitergegeben werden.
Eine andere Bezeichnung für das Speicherwerk ist auch „interner Arbeitsspeicher“ oder „Kernspeicher“ – aufgrund der vielen magnetisierbaren Ferritkerne, aus denen Speicherwerke aufgebaut sind. Das Speicherwerk wird in der Regel in eine Anzahl gleich großer Datenfelder unterteilt. Jeder dieser konstruktiv festgelegten Speicherungsplätze (Speicherzellen) ist mit einer unverwechselbaren Nummer versehen, die Speicherungsadresse bzw. Adresse genannt wird. Unter dieser Adresse kann eine Information in einen Speicherplatz geschrieben oder von ihm gelesen werden.
Mit Hilfe der Anzahl der verfügbaren Speicherungsplätze wird die Speicherungskapazität gemessen.

Speicherarten

Man unterteilt die Speicher noch im Hinblick auf die Zugriffszeit in direkt adressierbare Speicher, Direktzugriffsspeicher und sequentielle Speicher.
Direkt adressierbare Speicher ermöglichen einen Direktzugriff zu den gesuchten Daten, wodurch die Zugriffszeit sehr kurz ist. Deshalb werden direkt adressierbare Speicher auch fast immer als Arbeitsspeicher in den Zentraleinheiten

von Datenverarbeitungsanlagen verwendet. Bei der sequentiellen Speicherung werden auf einem Magnetband Daten in Laufrichtung fortlaufend aufgezeichnet und auch in dieser Richtung gelesen. Der Nachteil dieser Speicherung ist darin zu sehen, daß im gerade in der Datenverarbeitungsanlage laufenden Programm nur die Daten zur Verfügung stehen, die das gerade im Magnetbandspeicher befindliche Magnetband enthält.
Um einen langen Suchvorgang zu vermeiden, erfordert die Magnetbandspeicherung – die sequentielle Speicherung – vor Verarbeitung der Daten eine Ordnung dieser Daten.
Direktzugriffsspeicher ermöglichen einen wahlfreien und ungeordneten Zugriff zu den Daten. Im Gegensatz zum Arbeitsspeicher können bei dem als Direktzugriffsspeicher bezeichneten Speicher mit einem Zugriff immer nur größere Datengruppen erreicht werden. Diese Gruppen werden aus dem Direktzugriffsspeicher in den Arbeitsspeicher (den direkt adressierbaren Speicher) transportiert, wo es auf dem Wege der Direktadressierung möglich wird, aus dem übertragenen Datenbereich die einzelnen gesuchten Daten herauszugreifen.

Rechenwerk

Im Rechenwerk werden, wie oben bereits gekennzeichnet wurde, im wesentlichen alle Verknüpfungen des Datentransformationsprozesses ausgeführt. Das Rechenwerk verfügt über mehrere Rechner, um die aus dem Arbeitsspeicher übermittelten Daten zwischenzuspeichern. Die Register sind wiederum mit dem Addierwerk verbunden, das insbesondere für Dual-Zahlen die arithmetischen Operationen vornimmt, da Subtraktion, Multiplikation und Division durch entsprechende Zerlegung in Einzeloperationen auf die Addition zurückgeführt werden können.
Für die Multiplikation und Division sind bei manchen Computertypen für die binärkodierten Dezimalzahlen zusätzlich zum Addierwerk besondere Schaltkreissysteme vorgesehen.
Ein besonderes Merkmal der digitalarbeitenden Rechner ist, daß mit rechnerischen Ergebnissen – arithmetischen und logischen Operationen, Vergleichen, Abfragen – eine unmittelbare Steuerung des Programmablaufs möglich ist. Der weitere Verlauf des Programms kann durch diverse Abfragen bestimmt werden, wodurch aufgrund dieser bedingten Sprünge das Maschinenprogramm beliebig weit verzweigt werden kann. Die logischen Operationen stellen die Programmweichen dar.
Schließlich verfügt das Rechenwerk über eine eigene Operationssteuerung. Diese Steuerung dient der Entlastung des Leitwerks. Diese Steuerung erfolgt dann, wenn vom Leitwerk ein Startimpuls ausgeht. Daraufhin löst es nach einem fest vorgegebenen eigenen Programm alle jenen elementaren Operationen aus, die beispielsweise für eine Multiplikation oder eine andere Verknüpfung erforderlich sind, und überwacht deren Ausführung.

Zentraleinheit neuer Großrechenanlagen

Zentraleinheiten neuer Großrechenanlagen zeichnen sich durch die Differenzierung der Baugruppen im Sinne einer weitgehenden Arbeitsteilung aus. Wichtigstes Merkmal sind die Ein- und Ausgabewerke, die im wesentlichen völlig selbständig über die Speicherwerke den gesamten Datenverkehr mit der Peripherie einer Datenverarbeitungsanlage abwickeln und so die Leitwerke der Zentraleinheit entscheidend entlasten.
Darüber hinaus läßt sich die Verarbeitungsleistung durch den Aufbau mehrerer Rechenkerne zu einer Multiprocessor-Anlage erzielen. Ein solcher Aufbau ermöglicht den unabhängigen Parallelbetrieb einzelner Datenverarbeitungsprozesse.
Im Speicherwerk erfolgt eine Arbeitsteilung durch die hierarchische Anordnung primärer, sekundärer usw. Speicher

innerhalb der Zentraleinheit. Aktuelle Daten, die häufig und sehr schnell zugegriffen werden müssen, werden in den privilegierten Speichern gehalten. Daten von geringerer Aktualität stehen in den langsamer zugreifbaren sekundären bzw. tertiären Speichern zur Verfügung.

Ein- und Ausgabegeräte

Daten, die gespeichert oder verarbeitet werden sollen, müssen über Eingabegeräte der Datenverarbeitungsanlage zugeführt werden. Die hierzu erforderlichen Geräte sind in der elektronischen Datenverarbeitung unter der Bezeichnung „Peripheriegeräte" definiert. Mit ihrer Hilfe erfolgt eine Kommunikation mit dem Benutzer oder der Datenaustausch mit anderen Datenverarbeitungsanlagen. Außerdem erfolgt der Einsatz der Peripheriegeräte autonom durch die zentrale Einheit, um Datenbestände zeitweilig aus dem Speicherwerk auszulagern.

Dateneingabegeräte

Aufgrund der unterschiedlichen Verarbeitungs- und Eingabegeschwindigkeit, wobei die Eingabegeschwindigkeit den Engpaß bildet, müssen die Eingabedaten zunächst auf standardisierte Datenträger übertragen werden, um von den Dateneingabegeräten erfaßt zu werden. Nach der Kodierung werden diese Daten in Form von Binärsignalen an die Zentraleinheit übermittelt. Als wichtigste Eingabegeräte sind Lochkartenleser und Lochstreifenleser zu nennen, bei denen die Übertragung durch mechanisches oder optisches Abtasten von Löcherkombinationen erfolgt, und Markierungsleser bzw. Klarschriftleser, bei denen ein optisches Abtasten von Markierungszeichen bzw. Schriftzeichen und damit die Übertragung zur Zentraleinheit erfolgt.

Datenausgabegeräte

Datenausgabe ist die Umwandlung der internen Maschinensprache in lesbare Schriftzeichen. Zu den wichtigsten Geräten gehören die Lochkartenstanzer und Lochstreifenstanzer, bei denen die Übertragung durch mechanisches Stanzen von Löcherkombinationen erfolgt. Des weiteren kann die Übertragung durch Schnelldrucker erfolgen, bei denen die Verarbeitung über das mechanische Schreiben von Zeichensymbolen aller Art vorweggenommen wird, und schließlich der Kurvenschreiber (Plotter), mit Hilfe dessen Diagramme und Symbole mechanisch gezeichnet werden.
Bei Geräten, die sowohl der Dateneingabe wie der Datenausgabe dienen, spricht man von Dialoggeräten und Speichergeräten.
Dialoggeräte ermöglichen die optische Vermittlung der vom Benutzer verlangten Daten. Sie bieten gleichzeitig die Möglichkeit, Antwortdaten der EDV-Anlage durch die Betätigung einer Tastatur unmittelbar zu entnehmen.
Die für die Dateneingabe und -ausgabe in Frage kommenden Speichergeräte verwenden bei der Dateneingabe als auch bei der Datenausgabe denselben Datenträger. Als Datenträger werden vorzugsweise Kunststoff-Folien mit magnetisierbarer Oberfläche verwendet. Zu diesen Geräten zählen das Magnetbandgerät, das Magnetplattengerät, das Magnetkartengerät und der Magnetkernspeicher.

Datenaustausch

Der Datenaustausch zwischen einzelnen Geräten in der EDV-Anlage erfolgt über sogenannte Kanalwerke, die sich innerhalb der Zentraleinheit befinden. Kanalwerke ermöglichen ohne Steuerung die selbständige Ausführung der Datenvermittlung mit Hilfe eigener Kanalprogramme. Sie treten jedoch erst in Tätigkeit, nachdem sie vom Leitwerk durch einen Startimpuls angestoßen wurden.
Zu diesem Datenaustausch steht einmal der Schnellkanal zur Verfügung, mit Hilfe dessen jeweils nur ein Peripheriegerät mit der Zentraleinheit verbunden wird. Die Reihenfolge der Benutzung des

Schnellkanals bestimmter Peripheriegeräte kann z. B. durch Prioritätsregeln festgelegt sein. Der Multiplexkanal auf der anderen Seite ermöglicht gleichzeitig die Verbindung zu mehreren Peripheriegeräten. Ein solcher Multiplexkanal ist durch mehrere Unterkanäle gekennzeichnet, die mit den einzelnen Peripheriegeräten in Verbindung stehen. Für die Übertragung benutzt jeder dieser Unterkanäle dieselben technischen Übertragungseinrichtungen, um Daten zu übermitteln. Da der Datenübertragungsvorgang ständig unterbrochen und neu begonnen wird, ist die Übertragungsgeschwindigkeit gegenüber den Schnellkanälen relativ geringer.

IV. PROGRAMMIERUNG

Mit Hilfe der Programmierung werden einer Datenverarbeitungsanlage jene Informationen in Gestalt von Verarbeitungsregeln eingegeben, die für den maschinellen selbständigen Ablauf eines Datenverarbeitungsprozesses erforderlich sind. Gleichzeitig wird aber auch sichergestellt, daß manuelle Eingriffe für eine Mensch-Maschine-Kommunikation vorgesehen sind.

Programm

Ein Programm ist eine Folge von Verarbeitungsvorschriften. Im Bereich der elektronischen Datenverarbeitung werden die einzelnen Verarbeitungsvorschriften auch als „Befehl“ oder „Instruktion“ bezeichnet, so daß jede Befehlsfolge ein Programm oder Programmteil darstellt.
Jeder Computer wird bei seiner Konstruktion mit einem spezifischen Befehlsvorrat ausgerüstet, wobei zwischen 40 und 120 verschiedene Befehle verwendet werden. Im Rahmen der Programmierung werden die vorliegenden Verarbeitungsvorschriften eines Datenverarbeitungsprozesses mit Hilfe der Maschineninstruktion formuliert und gemäß der Kodierungsregeln für Maschinenbefehle der Zentraleinheit mitgeteilt.

Befehlsarten

Die Maschinenbefehle lassen sich in vier Klassen einteilen, nämlich

1. Steuerbefehle
2. Rechenbefehle
3. Übertragungsbefehle
4. Befehle für Peripheriegeräte

Steuerbefehle

Steuerbefehle ergehen an das Leitwerk (Steuerwerk) der Zentraleinheit und steuern den Programmablauf, d. h. die Reihenfolge der Befehlsverarbeitung. Erscheint ein Startbefehl, so beginnt das Programm. Mit dem Stop-Befehl schließt das Programm ab.
Daneben lassen sich mit Hilfe von Sprungbefehlen bestimmte Teile des Programms vorwärts und rückwärts überspringen. Sie werden in der Regel in Abhängigkeit vom Eintritt einer besonderen Bedingung im Programmablauf ausgeführt. Beispiel: die Vorschrift zur Rabattberechnung wird übersprungen, wenn die Bedingung einer Mindestabnahmemenge nicht erfüllt ist.

Rechenbefehle

Rechenbefehle sind alle jene Instruktionen, die im Rechenwerk der Zentraleinheit ausgeführt werden. Dazu zählen die vier Grundrechenarten, logische Verknüpfungen und Vergleichsoperationen.

Übertragungsbefehl

Übertragungsbefehle lösen den Transport und die Speicherung von Daten innerhalb der Zentraleinheit aus.

Befehle für die Peripheriegeräte

Unter Befehlen für Peripheriegeräte versteht man Instruktionen, beispielsweise zur Auslösung von Eingabe- bzw. Ausgabevorgängen.

Programmiersprachen

→ Programmiersprachen sind erforderlich, um die unternehmensindividuellen Probleme auf einer elektronischen Daten-

verarbeitungsanlage zu lösen. Programmiersprachen beziehen sich grundsätzlich auf die Verarbeitungsvorschriften der Anlage. Generell unterscheidet man anlage-orientierte und problem-orientierte Programmiersprachen.
Anlagen-orientierte Programmiersprachen (Assembler-Sprachen) sind speziell auf eine bestimmte Datenverarbeitungsanlage zugeschnitten und nutzen damit die Möglichkeiten dieser Anlage besser aus als problem-orientierte Programmiersprachen. Demgegenüber besteht der Nachteil, daß die Programme nur für den Anlagentyp, für den sie geschaffen wurden, verwendet werden können. Problemorientierte Sprachen wie → COBOL, → ALGOL, → FORTRAN und → PL 1 sind häufig von einem bestimmten Datenverarbeitungsanlagetyp unabhängig. Zur Umwandlung von Programmen, die in einer problem-orientierten Programmiersprache geschrieben sind, werden bestimmte Übersetzungsprogramme eingesetzt, um sie für einen bestimmten Anlagetyp einsatzfähig zu machen. Somit lassen sich problem-orientierte Programmiersprachen in mehrere Maschinensprachen — für jeweils einen anderen Anlagetyp — übersetzen.

V. SYSTEMGESTALTUNG

System

Allgemein läßt sich ein System definieren als eine beliebig geordnete Menge von Elementen, die Eigenschaften besitzen und durch Beziehungen verknüpft sind.

Komponenten eines elektronischen Datenverarbeitungssystems

Ein Datenverarbeitungssystem besteht aus zwei Systemkomponenten

1. Hardware
2. Software

Die Hardware besteht aus allen technischen Geräten und Einrichtungen der elektronischen Datenverarbeitungsanlage, soweit sie zur Informationsverarbeitung benötigt werden. Zur Software im engeren Sinne werden die vom Hersteller der Hardware angebotenen Programme des Datenverarbeitungsbetriebssystems gezählt. Im weiteren Sinne können alle Programme als Software bezeichnet werden, die es einem EDV-System ermöglichen, bestimmte Aufgaben zu erfüllen.

Die Stellung der elektronischen Datenverarbeitung im Unternehmen

Ausgehend vom Begriff „System" muß die elektronische Datenverarbeitung als interdependentes Bestandteil des gesamten unternehmensinternen und externen Informationsverarbeitungsprozesses betrachtet werden. Die Abstimmung der Teilsysteme und deren Untersysteme bestimmen die Leistungsfähigkeit des Gesamtsystems.

Verfahren zur physischen Datenerfassung

Ein wirksames Gesamtsystem setzt voraus, daß die am Ort der Datenentstehung (Datenquelle) beobachteten Daten in einen maschinenlesbaren Kode transformiert werden.

Konventionelles Lochkartenverfahren

Beim konventionellen Lochkartenverfahren werden die Daten an ihrem Entstehungsort zunächst auf einen maschinell bearbeitungsfähigen Urbeleg aufgezeichnet. Danach erfolgt die Umsetzung der Information in maschinenlesbare Datenträger (Lochkarten, Lochstreifen).

Magnetbanderfassung

Im Unterschied zum Lochkartenverfahren werden bei der Magnetbanderfassung Magnetbänder verwendet, die in der Regel von den peripheren Magnetbandgeräten der elektronischen Datenverarbeitungsanlage verarbeitet werden können. Der Vorteil des Magnetbandes als Datenträger ist die Speicherung großer Datenmengen auf kleinem Raum. Darüber hinaus ist die Eignung der

Magnetbandaufzeichnungsgeräte für Systeme zur Datenfernübertragung hervorzuheben.

Klarschriftbelegverfahren

Bei diesen Verfahren ist der Urbeleg bereits so vorbereitet, daß handschriftliche Aufzeichnungen der Daten von einem Klarschriftlesegerät verarbeitet werden. Bei diesen Geräten sind allerdings die Probleme der Betriebssicherheit noch nicht umfassend gelöst, da für den Einsatz dieser Verfahren die strikte Einhaltung normierter Buchstaben und Sonderzeichen erforderlich ist.

On-line Datenerfassung

Bei diesem Verfahren ist die Tastatur durch Dateneingabegeräte on-line mit der elektronischen Datenverarbeitungsanlage verbunden. Um die Kontrollmöglichkeiten beizubehalten und eine Datenprüfung zu ermöglichen, ist die Tastatur mit einem Blattschreiber oder einem Bildschirmgerät gekoppelt. Bei diesem Verfahren können Daten entweder von einem Urbeleg direkt übernommen oder direkt bei ihrer Entstehung durch Tastatureingaben der elektronischen Datenverarbeitungsanlage mitgeteilt werden.

Automatische Datenerfassung

Bei diesem Verfahren werden Daten am Entstehungsort durch selbsttätige Meß- und Übertragungseinrichtungen vollautomatisch erfaßt und übermittelt. Daneben existiert auch das off-line-Verfahren, bei dem Meßdaten zunächst auf Lochstreifen oder Magnetband für die Weiterverarbeitung aufgezeichnet werden.

Die EDV-Anlage als Bestandteil des Unternehmensgesamtsystems

Die Einführung einer EDV-Anlage hat grundsätzlich von der Leistungsanforderung eines Unternehmens an die Informationsverarbeitung auszugehen. In Abhängigkeit von der Leistungsanforderung ist die Verarbeitung und Speicherleistung zu bestimmen.

Außerdem ist die gemeinsame Leistungsfähigkeit der Hardware und Software zu berücksichtigen. Ziel des Einsatzes der EDV-Anlage muß es sein, mit Hilfe des Software-Systems das gesamte technische Leistungsvermögen der Anlage ohne zeitraubende Programmierarbeiten auszuschöpfen.

Die Anlagen sind daraufhin zu überprüfen, ob Steuerungs- und Organisationsprogramme des Betriebssystems den Bedingungen des geforderten Anlagebetriebs (Echtzeitverarbeitung, Fernverarbeitung, Multiprogramming usw.) genügen. Es ist zu überprüfen, ob die Compiler für problem-orientierte Programmiersprachen mit den gegebenenfalls vorhandenen Programmen hinsichtlich der Sprachsyntax, des Sprachumfangs und der Verbindung von Programmteilen verschiedener Sprachen die erforderliche Kompatibilität aufweisen.

Zur reibungslosen Abwicklung administrativer Datenverarbeitungsprozesse sollte die Software des Betriebssystems über eine leistungsfähige Programmbibliothek verfügen, um Arbeiten mit umfangreichen Datenbeständen zu ermöglichen. Um technisch-wissenschaftliche Anwendungen zu ermöglichen, sind Programme für mathematische Standardverfahren und spezielle Methoden, wie beispielsweise der Statistik und Wahrscheinlichkeitsrechnung, erforderlich.

Im Hinblick auf die Leistungsanforderungen ist die Hardware auf ihren Leistungsquerschnitt aufeinander abzustimmen. Eine solche Abstimmung verlangt, daß die Verarbeitungsleistung der Zentraleinheit mit den Transportleistungen der Datenkanäle und der Ein- und Ausgabeleistungen der Peripheriegeräte übereinstimmt. Gleichzeitig sollte die Speicherkapazität sowie die Zugriffsgeschwindigkeit der Verarbeitungs- und Speicherleistung auf die Zentraleinheit abgestimmt werden.

Die Zentraleinheit läßt sich grundsätzlich nach vier Kriterien beurteilen:

1. Kapazität des Speicherwerkes
   Die Speicherkapazität legt fest, wie umfangreich Programme gestaltet,

ohne teilweise Auslagerung auf periphere Speichergeräte im internen Zugriff gehalten werden können.

2. Zeit für einen Speicherzyklus
   Die Speicherzykluszeit legt die Geschwindigkeit fest, mit der die einzelnen Programmbefehle vom Speicherwerk in das Leitwerk transportiert werden. An der Speicherzykluszeit läßt sich die theoretische Maximalleistung der Zentraleinheit messen.
3. Befehlsvorrat
   Der Befehlsvorrat hat Einfluß auf die Arbeit des Programmierens in maschinenorientierte Sprachen, da ein höherer Befehlsvorrat eine flexiblere Programmierung ermöglicht.
4. Datenformate mit Eingabe über Länge des Maschinen- bzw. Speicherwortes
   Die Datenformate geben Auskunft über Nutzungsmöglichkeiten der Speicher- und Transportkapazität der Hardware. Außerdem bestimmt die Länge des Maschinenwortes die Stellengenauigkeit numerischer Rechnungen.

Letztlich ist die Erweiterungsfähigkeit des EDV-Systems und seine Anpassungsfähigkeit an eine Änderung der Leistungsanforderung zu prüfen. In diesem Zusammenhang ist auch zu berücksichtigen, inwieweit bei einem zukünftigen Wechsel der Datenverarbeitungsanlage die bereits entwickelten Programme weiter verwendet werden können. Neben Wirtschaftlichkeitsüberlegungen spielen noch die Qualität von Wartungs- und Pflegediensten des Anlageherstellers sowie die Betriebssicherheit seiner Geräte eine ausschlaggebende Rolle.

VI. WIRTSCHAFTLICHKEIT DER DATENVERARBEITUNGSANLAGE

Unter Wirtschaftlichkeitsgesichtspunkten ist generell zu prüfen, ob der für den Einsatz der Datenverarbeitungsanlage zusätzlich erforderliche Aufwand die damit verbundenen Vorteile rechtfertigt.

Leistungsmessung

Die Leistungsmessung bei Datenverarbeitungsanlagen ist grundsätzlich schwierig. Im Rahmen der Wirtschaftlichkeitsprüfung ist zu trennen zwischen annähernd erfaßbaren Faktoren, einmaligen Kosten und nicht wertmäßig quantifizierbaren Kriterien.
Einigermaßen exakt erfassen lassen sich die Kosten für Personal, Raum, Maschinenmiete, Formulare, Lochkarten und den Energieverbrauch. Zu den einmaligen Kosten zählen beispielsweise der Kauf von Buchungsmaschinen, die Anschaffung von Karteischränken, Elektroinstallation, Maschinenzubehör usw.
Zu den wertmäßig nicht quantifizierbaren Kriterien zählen beispielsweise die Vorteile der elektronischen Datenverarbeitung gegenüber den bisherigen Verfahren hinsichtlich des schnelleren Zugriffs zu Auswertungen, Aktualität der Ergebnisse usw.
Die Anschaffung der Datenverarbeitungsanlage kann einen permanent erhöhten Kostenanfall für Verwaltungsarbeiten mit sich bringen. In einem solchen Fall ist zu prüfen, ob häufig anfallende Stoßarbeiten, die bei den bisherigen Arbeitsverfahren zu erheblichen Personal- und Ablaufschwierigkeiten führten, mit einer elektronischen Datenverarbeitung verhältnismäßig leicht aufgefangen werden könnten, oder ob die Ausdehnung des administrativen Arbeitsaufwandes ohne Erweiterung des Personalbestandes oder eine bessere Bonitätsüberwachung der Kunden oder vor allem bessere Dispositionsunterlagen so hoch eingeschätzt werden, daß der erhöhte Aufwand für die Datenverarbeitung als gerechtfertigt betrachtet wird.

Verfahrensvergleich

Grundsätzlich haben die Untersuchungen hinsichtlich der Wirtschaftlichkeit bei einem Verfahrensvergleich anzusetzen. Dabei ist es wesentlich, daß die Kosten und Einsparungen für den richtigen Zeitpunkt ermittelt werden. Letztlich

muß auf den beim Verfahrensvergleich häufig zu beobachtenden Fehler hingewiesen werden, den Wirtschaftlichkeitsvergleich allein aufgrund der Personalkosten vorzunehmen. Ein solcher Vergleich wird häufig nicht zum gewünschten bzw. für die Entscheidung wesentlichen Ergebnis führen. Grundsätzlich hat deshalb die Wirtschaftlichkeitsprüfung vom Gesamtsystem auszugehen.
Darüber hinaus ist zu prüfen, ob der für die elektronische Datenverarbeitung in Frage kommende Arbeitsanfall möglicherweise durch ein Service-Center erfolgen kann. Des weiteren ist zu prüfen, ob sich das Unternehmen langfristig durch den Kauf einer elektronischen Datenverarbeitungsanlage an einen bestimmten Maschinentyp binden oder ob es die oben erwähnte Anpassungsfähigkeit durch die Mietung einer entsprechenden Anlage wahren sollte.
Die Entscheidung über die Wirtschaftlichkeit der Datenverarbeitungsanlage ist grundsätzlich von der Unternehmensleitung zu prüfen, da nur sie allein entscheiden kann, ob aufgrund der organisatorischen Vorteile, die eine neue Datenverarbeitungsanlage mit sich bringt, der erhöhte Anfangsaufwand gerechtfertigt ist.

VII. PRAKTISCHER EINSATZ DER DATENVERARBEITUNGSANLAGE

Mit Hilfe der fortgeschrittenen Datenverarbeitung wird für die wissenschaftliche Unternehmensführung eine breitere Basis geschaffen. Im Rahmen der wissenschaftlichen Unternehmensführung dient die elektronische Datenverarbeitungsanlage insbesondere der Unternehmensforschung. Die EDV-Anlage ermöglicht die Lösung von Modellen höherer Ordnung im Bereich des Operations Research. Modelle für den Bereich der Investitionsrechnung, insbesondere aber für Lager- und Transportprobleme sind mit Erfolg in der Praxis angewandt worden. Mit Hilfe der Datenverarbeitung lassen sich über ein im Rahmen des Operations Research gewonnenes Modell für die wichtigsten Werbeträger jeweils die funktionellen Zusammenhänge zwischen Werbeaufwand und Verkaufserfolg aufzeigen.
Betrachtet man den Bereich Vertrieb, so ist es durch die Datenverarbeitungsanlagen möglich geworden, das günstigste Vertriebssystem beim Vorliegen alternativer Vertriebsmethoden zu ermitteln. Im Rahmen eines solchen Modells lassen sich alle wesentlichen Einflußgrößen auf die Kostenstruktur im Vertrieb, wie Frachttarife, Einkommenszusammensetzungen, Bestellgewohnheiten, Wettbewerbszusammensetzungen usw. berücksichtigen.
Daneben ermöglicht die elektronische Datenverarbeitung durch den Einsatz von Simulationsmodellen eine direkte Mensch-Maschinen-Kommunikation. Dies gilt insbesondere für die Führungsebene eines Unternehmens, wo die Konsequenzen von Entscheidungen sehr wesentlich sein können. Im Rahmen der Simulation ist die Unternehmensführung in der Lage, willkürlich als wahrscheinlich erachtete Marktkonstellationen in einen vorprogrammierten Computer einzugeben, um dann die unter den verschiedensten Bedingungen aufgetretenen Ergebnisse zu ermitteln.
Ein weiteres Anwendungsgebiet ist die Überwachung der Umsatz- und Gewinnsituation eines Unternehmens. Durch eine entsprechende Programmierung ist es möglich, daß die Unternehmensleitung beispielsweise die Händlerumsätze eines bestimmten Quartals, Monats oder einer Woche abruft. Diese Form des Einsatzes kann dahingehend erweitert werden, daß der Computer auf Wunsch der Unternehmensführung so programmiert wird, daß er den Inhalt aller zugriffsfähigen Speicher überwacht. In einem solchen Fall wird die elektronische Datenverarbeitung nach dem Prinzip des → „Management by Exception" programmiert, nachdem der Computer alle relevanten Daten überprüft und dem Mana-

gement nur noch solche Aufgaben hinterläßt, die über die ihm gestellten Grenzen hinausgehen. In einem solchen Fall wird der Computer grundsätzlich negative Abweichungen – beispielsweise im Hinblick auf das Umsatzsoll eines Händlers im Vergleich zum Durchschnittsumsatz eines bestimmten Absatzkanals – ausdrücken.
Der praktische Einsatz der Datenverarbeitungsanlage gipfelt im Einsatz des Computers als Basis für den Aufbau eines auf Gesamtunternehmensbasis arbeitenden → Management-Informationssystems.
Siehe auch: Computer, Management-Informationssystem, Programmiersprachen.

Literatur:
Amstuz, A. E.: Marketing und Management Informationssysteme, in: Britt, Boyd (Hrsg.): Management und Organisation, deutsche Bearbeitung: P. Linnert, München 1971
Chapin, N.: Einführung in die elektronische Datenverarbeitung, München 1967
Dworatscheck, S.: Einführung in die Datenverarbeitung, 3. Auflage, Berlin 1970
Futh, H.: EDV-Organisation, München 1970
Grochla, E. (Hrsg.): Die Wirtschaftlichkeit automatisierter Datenverarbeitungssysteme, Wiesbaden 1970
Vieweg, R.: Lochkartentechnik und elektronische Datenverarbeitung, 2. Auflage, Frankfurt 1968
Vieweg, R.: Datenverarbeitung und Management, Frankfurt 1968

Employee

Bezeichnung für Arbeitnehmer, Angestellter.

Employee Attitudes

Einstellung, Haltung eines Beschäftigten. Bezeichnung für Betriebsklima. Auch Job Satisfaction genannt.

Employer

Bezeichnung für Arbeitgeber.

Employment Act

Im Jahr 1946 fixierte Ziele der US-amerikanischen Wirtschaftspolitik: hohe Beschäftigung, hohe Produktion, hohe Kaufkraft.

Enquête

Induktives Forschungsverfahren in den Sozialwissenschaften und in der Sozial- und Wirtschaftspolitik, bei dem nicht nur statistisches Material verwendet wird, sondern auch persönliche Aussprachen mit Sachverständigen und beteiligten Personen (sog. „Hearings“) stattfinden bzw. ihre Ansicht durch eine schriftliche Rundfrage eingeholt wird. Enquêten sollen einen möglichst umfassenden Überblick über die Lage und Probleme des Untersuchungsobjektes geben.
(Beispiel: Bankenenquête)

Enterprise

Bezeichnung für Unternehmen, Geschäft, Betrieb. Auch Business Enterprise.

Entrepreneur

Bezeichnung für Unternehmer.

Entropie

Der Begriff entstammt der Physik.
Er wurde 1850 von dem deutschen Physiker Josef Clausius geprägt. Ludwig Boltzmann und Willard Gibbs beschäftigten sich ebenfalls mit der Entropie.
Nach dem zweiten Hauptsatz der Thermodynamik können alle Energieformen in Wärme umgewandelt werden, nicht aber umgekehrt; dabei bleibt ein Teil der Wärmeenergie übrig. Diesen Energieverlust bezeichnet man mit Entropie. Die Entropie eines abgeschlossenen Systems von Körpern kann nur zu-, nie abnehmen (Clausius 1850, Kelvin 1851).

Die thermodynamische Wahrscheinlichkeit besagt, daß ein System mit maximaler Wahrscheinlichkeit einem ungeordneteren Zustand zustrebt. Wenn alle Elemente gleich verteilt sind, also der Zustand der größten „Unordnung" erreicht ist, hat ein System die höchste Entropie erreicht.
In der Kybernetik wird die Entropie als Maß für die Desorganisation von Systemen benutzt (im Gegensatz zur Information als Maß für die Ordnung).
Siehe auch: Kybernetik, Information.

Entscheidungsbaumverfahren

Optimierungsverfahren, das auf dem Prinzip der Enumeration beruht, das heißt Berechnung aller möglichen Lösungen und Auswahl der besten Lösung.
Zu den Entscheidungsbaumverfahren zählen die dynamische Planungsrechnung, das Branching and Bounding-Verfahren und die begrenzte Enumeration.

Literatur:
Müller-Merbach, H.: Operations Research, Methoden und Modelle der Optimalplanung. 2., neubearbeitete und erweiterte Auflage, München 1971

Entscheidungstechnik – Entscheidungstheorie

Die zentrale Funktion des Managements ist die Entscheidung. Sie ist zugleich auch am schwierigsten zu erfassen, da der Entscheidungsprozeß nicht nur von rationalen und logischen Elementen bestimmt ist, sondern auch in starkem Maße von intuitiven und kreativen. Wirtschaftliche Entscheidungen werden angesichts von Unsicherheit getroffen, da niemals vollkommene Information vorliegt: die Reaktion der Konkurrenz und des Verbrauchers oder Verwenders, die Veränderungen der sozialen, rechtlichen oder politischen Umwelt sowie der technische Fortschritt sind nur mit einem begrenzten Maß an Sicherheit voraussehbar. Die Hauptfunktion des Unternehmers – des selbständigen und des angestellten Managers ist daher, die Entscheidungsverantwortung zu tragen.

I. ARTEN VON ENTSCHEIDUNGEN

Betriebswirtschaftslehre und Managementlehre haben sich bemüht, den Entscheidungsprozeß im Unternehmen zu analysieren, mit dem Ziel, ihn sicherer und effizienter zu gestalten.
Man kann zunächst einmal strategische und taktische Entscheidungen unterscheiden. Strategische Entscheidungen sind auf die großen Linien im Unternehmen gerichtet. Ein Beispiel aus dem Marketing-Bereich: eine strategische Entscheidung wäre, neue Märkte zu gewinnen mit Hilfe der Diversifikation. Die taktische Entscheidung richtet sich auf die Ausführung der Strategie. Eine weitere wichtige Unterscheidung ist die in programmierbare und nicht programmierbare. Programmierbare Entscheidungen fallen meistens auf jeder mittleren oder unteren Managementebene an. Sie sind – da sie häufig in gleicher Form und unter gleichen Voraussetzungen auftreten – reproduzierbar und lehrbar. Das Treffen derartiger Entscheidungen verlangt Routine und Beherrschung der überschaubaren Informationen. Das Risiko ist nur begrenzt. Typische Führungsentscheidungen sind die nicht programmierbaren: die Entscheidungen über ein neues Produkt, → Investitionsentscheidungen, personalpolitische Entscheidungen. Hier ist das Informationsangebot relativ gering, das Risiko häufig sehr groß. Zwar können die vorhandenen Informationen so verarbeitet werden, daß sie als Entscheidungshilfe dienen, die Entscheidung absichern können sie nur zum Teil: Ursache dafür ist die Komplexität der Situation und damit verbunden der Kostenaufwand, zum Beispiel für ein mathematisches Optimierungsverfahren mit Hilfe der EDV.

II. DER ENTSCHEIDUNGSPROZESS

Der logischen Entscheidung liegen folgende Fragen zugrunde (nach Dewy):

Welches ist das Problem?
Welches sind die Alternativen?
Welche Alternative ist die beste?

Für die Entscheidungstechnik in Organisationen soll der Prozeß der Entscheidungsbildung in folgende Phasen aufgeteilt werden:

1. Die Formulierung des Problems: Die Problemlösung wird erleichtert, wenn die Fragestellung präzise und sinnvoll ist und eine eindeutige Antwort möglich macht. Das Problem wird sich im allgemeinen aus der Differenz zwischen Absichten und Möglichkeiten, also zwischen den Unternehmensabsichten und Möglichkeiten, also zwischen den Unternehmenszielen und den tatsächlichen Gegebenheiten der Finanzierung, Produktion oder des Absatzes darstellen.
2. Die Bereitstellung von Daten, die für die Problemlösung wichtig sind.
3. Das Aufstellen und Gewichten von alternativen Strategien, mit denen das vorgegebene Ziel erreicht werden kann.
4. Die eigentliche Entscheidung als Koordination der drei Variablen

a) objektiv bewertete Strategien
b) subjektive Faktoren und
c) Beurteilung der Situation durch Fürungswissen.

Die endgültige Strategie wird ausgewählt.

III. DIE ENTSCHEIDUNGSTECHNIKEN

Simon faßte die Entscheidungstechniken, die für programmierte und nicht programmierte Entscheidungen angewendet werden, in der folgenden Tabelle zusammen: Die traditionellen Entscheidungstechniken spielen auch heute noch die größte Rolle beim Fällen von Entscheidungen. Insbesondere im Bereich der nichtprogrammierten Entscheidungen sind Urteilsvermögen und Intuition bzw. Kreativität des Menschen nicht zu ersetzen. Überdies sind die Möglichkeiten der Schulung von Führungskräften zur Verbesserung der Entscheidungstechnik noch nicht ausgeschöpft.

Der Einbruch in den Bereich der programmierten Entscheidungen ist den sogenannten quantitativen Techniken gelungen. Das Ziel ist es, möglichst viele mechanische und Routinevorgänge mit Hilfe von Programmen und elektronischer Datenverarbeitung abzuwickeln, wodurch die menschliche produktive Entscheidungsfähigkeit für qualifizierte Aufgaben frei wird. Durch die Methoden des Operations Research kann im übrigen eine wirksame Entscheidungsvorbereitung geleistet werden durch exakte Analyse, Modellbildung und Simulation. In diesem Fall stehen die hohen Kosten der Programmierung, Datenaufbereitung und -verarbeitung einer breiteren Verwendung dieser Techniken noch im Wege.

Die jüngste Entwicklung in Erforschung und Gestaltung des Entscheidungsprozesses stellen die heuristischen Problemlö-

Arten von Entscheidungen	traditionelle	moderne
Programmierte: Routineentscheidungen, die sich wiederholen. Die Organisation entwickelt spezifische Verfahrensabläufe, um sie abzuwickeln	1. Gewohnheit 2. Büroroutine: standardisierte Verfahrensweisen 3. Organisationsstruktur: Allgemeine Erwartungen Ein System von Unterzielen Klar definierte Informationskanäle	1. Operations Research: Mathematische Analyse, Modelle, Computer Simulation 2. Elektronische Datenverarbeitung
nichtprogrammierte: Einmalige, schwach strukturierte, neue Entscheidungen Entscheidungen über Unternehmenspolitik Behandelt durch allgemeine Problemlösungs-Prozesse	1. Urteilsvermögen, Intuition und Kreativität 2. Über den Daumen peilen 3. Auswahl und Training von Führungskräften	Heuristische Problemlösungstechniken werden angewandt auf: 1. das Training der Entscheider 2. die Gestaltung von heuristischen Computerprogrammen

sungsansätze dar. Das Ziel der Heuristik ist, Wege und Methoden herauszufinden, mit denen man zu Erkenntnissen kommt. Durch die psychologische Analyse des Entscheidungsprozesses ist es möglich, diesen durch ein Computerprogramm zu simulieren; ein Beispiel dafür ist GPS (= General Problem Solves), ein Programm, das seinen Namen daher trägt, weil es nicht im Hinblick auf bestimmte Probleme aufgebaut ist. Je genauer außerdem der Entscheidungsprozeß bekannt ist, desto intensiver können die für die betrieblichen Entscheidungen Verantwortlichen geschult werden.

Literatur:
Simon, H. A.: The New Science of Management Decision, New York 1960

Equipment Analysis

Aufnahme der Produktionsanlagen und ihrer Leistungsfähigkeit im Hinblick auf eine optimale Maschinenbelegung im Rahmen der Fertigungsplanung.
Siehe auch: Industrial Engineering, Manufacturing Planning, Production Management.

Equipment-Leasing

Mietung von Büromaschinen, Baumaschinen, Werkzeugmaschinen oder Ladeneinrichtungen.
→ Leasing

Ergonomie

In England entstandene Bezeichnung für → Arbeitswissenschaft. Meistens werden mit dem Begriff Ergonomie die medizinischen und psychologischen Aspekte der Arbeit erfaßt.

Ernennungsproblem

Anderer Ausdruck für → Zuordnungsproblem oder → Assignment Problem.

Erneuerungstheorie

Ersatztheorie, Theorie der Bestimmung von Ersatzinvestitionen, replacement theory.
Die Erneuerungstheorie beschäftigt sich im Rahmen des → Operations Research mit dem Ersatz von Maschinen und Anlagen, die im Laufe der Zeit ihre Leistungsfähigkeit durch Gebrauch einbüßen oder durch technischen Fortschritt an Wert verlieren (z. B. Autos) oder plötzlich ganz versagen (Glühlampen).
Beim allmählichen Leistungsabfall muß der Ersatzzeitpunkt so gewählt werden, daß die Summe der Kosten der neuen Maschinen und Anlagen, der Kosten für die Erhaltung der Leistungsfähigkeit der alten Anlagen und die durch Ausfall verursachten Kosten ein Minimum werden.
Bei Maschinen und Anlagen, die plötzlich vollständig versagen, muß der optimale Zeitpunkt für den Ersatz festgestellt werden. Er läßt sich unter Berücksichtigung verschiedener Faktoren wie Altwert, Kapitalverzinsung, Abschreibungen, Betriebskosten etc. mit Hilfe von Methoden der dynamischen Optimierung berechnen.
Auch Probleme der Anstellung und Beförderung von Personal (Stellenbesetzungsprobleme) können in gewissen Fällen behandelt werden wie industrielle Ersatzprobleme. Instandhaltungsprobleme gelten als Sonderfall der Ersatzprobleme.

Literatur:
Cox, D. R.: Renewal Theory, London 1962

Ersatztheorie

beschäftigt sich im Rahmen von → Operations Research mit dem Ersatz von Maschinen und Anlagen.
→ Erneuerungstheorie

Executive Committee

Bezeichnung für den Geschäftsführungsausschuß, dem Mitglieder der obersten Führungsebene des Unternehmens angehören, einschließlich des President.

Executive Development

Bezeichnung für die Weiterbildung von Führungskräften.

Executive Incentive Plans

Materielle Anreizpläne für Führungskräfte; dazu gehören u. a. Pensionspläne, Gewinnbeteiligungspläne etc.

Executive Officers

In amerikanischen Unternehmen Bezeichnung für die Angestellten des Unternehmens in der obersten Führungsebene. Executive Officers können auch dem → Board of Directors angehören.
→ Chief Executive Officer, → Professional

Executives

Bezeichnung für leitende Angestellte, Führungskräfte.
→ Top Management

Executive Search Consultant

Personalberater für die Suche nach Führungskräften.
→ Headhunter

Expenditure

In der anglo-amerikanischen Gewinn- und Verlustrechnung: Aufwand.
→ Costs and Expenses

Experimental Gaming

Englischer Ausdruck für → Planspiele

Exponential Smoothing

Methode der Bedarfsvorhersage. Der Vorhersagewert „Neu" ist gleich dem Vorhersagewert „Alt" plus einem Glättungsfaktor α, der mit der Abweichung der jüngsten Nachfrage vom Vorhersagewert „Alt" übereinstimmt. Bei diesem Verfahren braucht keine große Anzahl von Vergangenheitswerten gespeichert zu werden, sondern nur der Vorhersagewert „Alt".

F

Factoring

Forderungsverkauf. Hat ein Unternehmen Außenstände, so kann es diese als Grundlage für einen Bankkredit geben (Abtretung). Die Bank wird aber in der Regel den Forderungsbestand nur mit einem Bruchteil seines Wertes beleihen; das heißt, man erhält für die Abtretung von DM 100 000,– Forderungen u. U. nur einen Bankkredit von DM 75 000,–. Zahlt ein Kunde nicht, so bleibt das Risiko bei dem Kreditgeber; auch hat er für die Eintreibung der Forderungen zu sorgen. Der Factor, der u. U. auch eine Bank sein kann, beleiht die Forderungen nicht, sondern kauft sie dem Kunden zu 100 % ab. Der Abschlag, den er für das Delkredere-Risiko, für die Eintreibung, für die Buchhaltung usw. macht, ist im allgemeinen kleiner als die Sicherungs-Marge der Bank. Andererseits muß der Diskontsatz des Factors höher sein als der Kreditzinssatz, weil der Factor ja die Kosten des Delkredere, der Buchhaltung und der Eintreibung übernimmt. Seinen Gewinn zieht der Factor im allgemeinen aus der weit rationelleren Abwicklung der Kredite; er setzt Datenverarbeitungsmaschinen ein, er schablonisiert alle Vorgänge, und er sorgt für eine weit höhere Schuldnermoral als der durch Lieferbeziehungen mit dem Schuldner verbundene Unternehmer.

Eine besondere Form des Factoring stellt das schon aus der Vorkriegszeit bekannte à-fortfait-Geschäft dar. Hier verkauft der Gläubiger i. a. eine in Wechselform verbriefte Auslandsforderung an die Bank. Die Bank ihrerseits kann sich u. U. refinanzieren bei einer staatlichen Stelle.

Das Factoring ist somit keine Finanzierungsform, sondern ein Finanzierungsersatz. Ebenso wie das Licencing, das Franchising und das Leasing geht das Geschäft nicht in die Bilanz des Unternehmens ein. Die Forderungen verschwinden aus der Bilanz; beim echten Factoring, bei dem also der Käufer keine Rückgriffsmöglichkeit auf den Gläubiger hat (es sei denn, die Forderung besteht gar nicht), wird auch keine entsprechende Notiz unter dem Strich der Bilanz als Eventualverbindlichkeit vorhanden sein. Der Bilanzanalytiker wird über den echten Umfang der Kreditgewährung durch das betreffende Unternehmen getäuscht.
Siehe auch: Franchising, Leasing, Licencing.

Literatur:
Fischoeder, P.: Factoring in Deutschland, Diss., Köln 1963
Knopik, G.: Factoring – Ein neuer Weg der Absatzfinanzierung und der Kreditsicherung, Frankfurt a. M., 1960.

Factory

Fabrik, auch plant oder mill.

Factory hand

Fabrikarbeiter.

Fair Average Quality

Im internationalen Handel gebräuchliche Bezeichnung für „Handelsgut mittlerer Art und Güte", „Merkantilware", „gut Mittel" oder „Handelsgut".

Faktoren-Analyse

Die Faktoren-Analyse ist eine Technik der Statistik, um eine kleine Anzahl gegenseitig unabhängiger Basisfaktoren zu ermitteln, die für einen überwiegenden

Teil von → Korrelationen verantwortlich zeichnen, welche zwischen einer großen Anzahl von Variablen bestehen.
Die Faktoren-Analyse ermöglicht beispielsweise im Marketing-Bereich die Ermittlung der zwischen den Instrumenten des → Marketing-Mix bestehenden Interdependenzen. Insbesondere soll ermittelt werden, welche der betrachteten Faktoren positive und welche negative Beziehungen aufweisen.
Werden beispielsweise vier Preise, gekennzeichnet P_1 bis P_4, vier Werbemedien, gekennzeichnet mit M_1 bis M_4, eingesetzt, um die bestmögliche Kombination dieser beiden Faktoren zu ermitteln, so wäre es denkbar, daß bei getrennter Betrachtung der Preis P_2 und bei den Werbemedien M_3 den jeweils höchsten Gewinn erzielen. Allerdings müssen P_2 und M_3 nicht unbedingt die den höchstmöglichen Gewinn erzielende Kombination darstellen. So können beispielsweise in der Kombination P_1 und M_2 Faktoren zur Wirkung kommen, die nur, und nur bei dieser Kombination wirksam werden und durch diesen Wirkungszusammenhang den höchsten Gewinn von allen möglichen Kombinationen erzielen.
Es ist das Ziel der Faktoren-Analyse, die jeweils beste Kombination der zum Einsatz kommenden Faktoren zu ermitteln.

Die Faktoren-Analyse ist eine relativ einfache und leicht anwendbare statistische Methode, die außerdem den Einsatz sowohl von linearen als auch nicht-linearen Daten ermöglicht. Auch kann die Signifikanz vieler unterschiedlicher Variablen gleichzeitig getestet werden, und zwar zu den annähernd gleichen Kosten, die auch bei einem Test von nur einer oder zwei Variablen entstehen.
Im Hinblick auf die Ergebnisse weist die Faktoren-Analyse mehrere Vorteile auf:

1. Die gegenseitige Beziehung einzelner Variablen kann getestet werden.
2. Die Ergebnisse sind praxisnah, wenn eine große Anzahl von Variablen zum Einsatz kommt (große Bezugsbasis).

3. Die Wahrscheinlichkeit, daß die gewonnenen Ergebnisse zu falschen Entscheidungen führen, kann bereits im voraus festgelegt werden.

Die Grenzen dieser Methode sind in den erforderlichen Kosten und dem Zeitaufwand zu suchen, um das erforderliche Experiment durchführen zu können. Soll beispielsweise die Wirkung von drei unterschiedlichen Rabatthöhen, drei unterschiedlichen Preisen und drei verschiedenen Ausstattungsarten auf den Absatz eines Produktes getestet werden, so sind 27 verschiedene Kombinationsmöglichkeiten gegeben. Es müßte, um zu aussagefähigen Ergebnissen zu gelangen, jede Kombinationsmöglichkeit eingesetzt und ausgewertet werden. Somit ist diese Methode generell nur auf mehr oder weniger eng begrenzte Gebiete anwendbar.
→ Statistik

Literatur:
Uhl, Kenneth, P., Factorial Design — Aid to Management, in: Journal of Marketing, Januar 1962

Fallout

Bezeichnung für Nebenprodukt, das mit dem Hauptprodukt anfällt.
Als technischer Fallout werden auch die wissenschaftlichen und technischen Kenntnisse bezeichnet, die bei den Weltraumprojekten ungewollt mit anfallen und deren Bedeutung heute sehr hoch eingeschätzt wird.

Family Industry

→ Cottage Industry

FAS

Abkürzung für → Free Alongside Ship
→ Incoterms.

FCIA

Abkürzung für Foreign Credit Insurance Association. 1964 in New York gegründete Vereinigung privater Versicherer mit dem Zweck, wirtschaftliche und politische Risiken im Außenhandel abzusichern.

FCS

Abkürzung für → Free of Capture and Seizure.

Feasibility-Studie

Untersuchung über die Möglichkeit zur Durchführung eines Projektes, insbesondere bei großen Investitionen. Die Feasibility-Studien werden meist von Unternehmensberatungsgesellschaften oder unabhängigen Ingenieurbüros erstellt.

Feather-Bedding

Amerikanische Bezeichnung für das Anstellen unnötiger Arbeitskräfte z. B. durch Gewerkschaftszwang oder den Zwang einer Sicherheitsvorschrift. Auf diese Weise werden für unproduktive Tätigkeiten volle Löhne gezahlt.

Feedback (Rückkoppelung)

Die Rückkoppelung ist ein Mittel zur Steuerung eines Regelsystems.
Nach O. Lange kann man zwischen kompensierender (negativer oder stabilitätserhaltender) und kumulativer (positiver, stabilitätsaufhebender) Rückkoppelung unterscheiden. Eine negative Rückkoppelung liegt dann vor, wenn die Störungen, die von außen auf ein System einwirken, kompensiert werden. Bei der positiven Rückkoppelung tritt eine Verstärkung der Störung ein, d. h. die Stabilität des Systems wird aufgehoben, wodurch letztlich das ganze System zerstört werden kann.
→ Kybernetik, Prognose

Fertigungskontrolle

Kontrolle der Fertigung und des Materialflusses im Unternehmen. Im engeren Sinne körperliche Kontrolle von Produktion, Baugruppen und Teilen. Sie soll organisatorisch unabhängig von der Organisation der Fertigung sein. Die Leitung liegt bei Kontrollingenieuren, Laboranten oder auch bei mit Spezialaufgaben betrauten Meistern. Sie umfaßt nicht die Arbeits- und Personalkontrolle, die immer zum Bereich der Fertigung gehört.
Aufgaben der Fertigungskontrolle sind:

1. Überwachung der Fertigung auf Störungen, Aufspüren der Ursachen von Arbeitsausfällen.
2. Sorge für eine gleichbleibende Qualität der Erzeugnisse.
3. Ausmerzung von Ausschuß.
4. Kontrolle des Materialverbrauchs.

Die Durchführung der Fertigungskontrolle erfolgt durch

1. Automatische Kontrolle, wie schreibende Meßgeräte, die Zeiten, Temperatur, Druck, Vakuum, Stärke, Gewicht etc. festhalten. Die Diagramme werden mit den Sollwerten verglichen. Bei Aggregaten mit Prozeßsteuerung werden aufgrund der einlaufenden gemessenen Kontrollergebnisse mit Hilfe des Computers die geforderten Werte ermittelt.
2. Zentrale Kontrolle im Prüfungslabor oder Prüffeld. Die Kontrolle erfolgt hier durch Stichproben aus der laufenden Produktion mit Hilfe ortsfester Labor- und Prüfgeräte.
3. Dezentrale bewegliche Kontrolle. Hier wird die Kontrolle durch Prüfingenieure, Meister oder Laboranten an

Ort und Stelle mit beweglichen Meßgeräten vorgenommen.

Siehe auch: Qualitätskontrolle, Stichproben.

Literatur:
Adamowsky, S.: Organisation der Fertigung, TFB-Handbuch Organisation, Berlin – Baden-Baden 1961

Fertigungsplanung

Manufacturing Planning, Industrial Planning, Industrial Engineering. Sie ist mehr als der früher vielfach gebrauchte und auch heute noch übliche Begriff der → Arbeitsvorbereitung, denn sie umfaßt alle Stufen der Fertigung, nachdem ein Produkt von der Entwicklungsabteilung zur Serienreife entwickelt worden ist. Zu ihr gehören

1. Materialplanung aufgrund einer Wertanalyse
2. Analytische Arbeitsstudien
3. Maschinenbelegungspläne
4. Terminplanung
5. Ausarbeitung von Materialstandards und Materialstücklisten
6. Ausarbeitung von Arbeitsanweisungen
7. Innerbetriebliche Transportpläne
8. Anweisung für die Qualitätskontrolle
9. Versandplanung

Siehe auch Arbeitsvorbereitung, Industrial Engineering, Manufacturing Planning, Production Management, Terminplanung, Value Analysis.

Literatur:
Gutenberg, E.: Grundlagen der Betriebswirtschaft, Band 1, 10. Aufl., Berlin – Göttingen – Heidelberg 1965
Latusek, W.: Planung der Fertigungsorganisation. Unternehmensplanung, Baden-Baden 1963

Fertigungsverfahren

Bei den Fertigungsverfahren unterscheidet man grundsätzlich zwischen Einzelfertigung und Massenfertigung. In der Praxis haben sich jedoch wesentlich differenziertere Merkmale herausgebildet:

1. Einzelfertigung: Herstellung industrieller Güter in handwerklichem Verfahren oder auch Herstellung von Großanlagen.
2. Serienfertigung: Herstellung einzelner Produkte in großen Losgrößen, z. B. im Maschinen- oder Fahrzeugbau, Möbelfabrikation.
3. Sortenfertigung: Einheitliche Grundherstellung mehrerer Produkte in der gleichen Anlage, z. B. Konservenindustrie.
4. Partie- oder Chargenfertigung: Sonderfertigung in größeren Zeiträumen mit einheitlichen Anlagen, z. B. Papierindustrie.
5. Koppelproduktion: Mehrere Erzeugnisse werden gleichzeitig hergestellt, z. B. in der chemischen Industrie, Erdölindustrie, in Kokereien.

Nach Organisationsformen unterscheidet man auch

1. Werkstattfertigung. Hier wird unterschieden zwischen Einzelfertigung und Bündelfertigung.
2. Fließfertigung, eingeteilt in Straßenfertigung und Linienfertigung.

Vorteile der Einzelfertigung:

1. Größere Elastizität, besseres Eingehen auf Kundenwünsche
2. Geringere Umstellzeiten
3. Niedriger Kapitalbedarf für Anlagen
4. Relativ hohe Materialausnutzung

Nachteile der Einzelfertigung:

1. Längere Produktionszeiten
2. Unterhaltung eines größeren Materiallagers und damit entsprechende Kapitalbindung
3. Schwierigere Abrechnung, Kalkulation und Terminplanung.

Vorteile der Fließfertigung:

1. Leistungssteigerung der Produktion durch Schnelligkeit und Übung
2. Es können geringer qualifizierte Arbeiter beschäftigt werden
3. Weniger Kapitalbedarf für Betriebsmittel
4. Möglichkeit einer gleichbleibenden Qualität
5. Weniger Verwaltungsaufwand
6. Erleichterung im Einkauf

Nachteile der Fließfertigung:

1. Hoher Kapitalbedarf für Anlageinvestitionen
2. Weniger Flexibilität im Angebot
3. Größere Störanfälligkeit

Siehe auch: Industrial Engineering, Produktionsmanagement.

Literatur:
Agthe, K., Blohm, H., Schnaufer, E.: Handbuch Industrielle Produktion, Baden-Baden — Bad Homburg 1967
Broom, H. N.: Production Management, Homewood/Ill. 1967
Gutenberg, E.: Grundlagen der Betriebswirtschaftslehre, 10. Aufl., Berlin — Göttingen — Heidelberg 1965
Maynard, H.: Industrial Engineering Handbook, New York 1971

Fertigungsvorbereitung

→ Arbeitsvorbereitung

Field Research

In der Markt- und Meinungsforschung die Erhebung primärstatistischen Materials durch persönliche Befragung (Interview) oder Fragebogen.
→ Desk Research

Field Work

Feldarbeit. Bezeichnung für Primärerhebung in der → Marktforschung.

Fieldworker

Bezeichnung für diejenigen Personen, die in der empirischen Markt- und Meinungsforschung eingesetzt werden, z. B. als Interviewer.

Finance-Company

Kapitalgesellschaft eines Konzerns, die der Finanzierung der dem Konzern angeschlossenen Unternehmen dient.

Finance-Lease

Teilgebiet des → Leasing.

Financial Activities

Amerikanischer Ausdruck für Finanzbuchhaltung. Unter diesem Begriff werden alle Buchhaltungsvorgänge subsumiert.

Financial Relations

Bezeichnung für die Beziehungen eines Unternehmens zu den kreditgebenden Institutionen als Teilgebiet der → Public Relations.

Financial Resources

Sämtliche, einem Unternehmen zur Verfügung stehenden Mittel.

Financial Review

Finanzbericht. Ein Teil des Jahresberichtes (→ Annual Report), in dem der President über die Entwicklung des finanziellen Status sowie über den Ertrag der Gesellschaft berichtet. Im einzelnen gehört dazu eine Darstellung der Entwicklung des Umsatzes im Geschäftsjahr und in den Vorjahren, des Rohertrages vor

Steuern und Abschlußdispositionen, des Reinertrages, des Cash Flow, des Rohertrags und des Reinertrages pro Aktie.
Es wird Rechenschaft abgelegt über die ausgeschütteten Quartalsdividenden sowie über die Schlußdividende und die Gesamtdividende. Zum Teil werden Erträge und Aufwand einzeln erläutert.
Im zweiten Teil der Financial Review wird über die Herkunft der Mittel, z. B. durch Ausgabe neuer Aktien, Aufnahme von Krediten, Abschreibungen etc. sowie über deren Verwendung, Investitionen, Erhöhung des Lagers, Außenstände etc. berichtet.

Financial Risks

Finanzierungsrisiken. Die Kapitalaufbringung gelingt im Verlauf des Finanzierungsprozesses nur zu erhöhten Finanzierungskostensätzen, bzw. der Kapitalersatz durch Prolongation oder Substitution ist zu den Rückzahlungsterminen nicht möglich.

Finanz-Break-Even-Point

→ Out-of-Pocket-Point

Finanz-Hedging

Beseitigung oder Verminderung des Währungsrisikos durch Aufnahme von Devisenkrediten.

Finanzierung

Maßnahmen, die der Versorgung des Unternehmens mit Eigen- und Fremdkapital, d. h. der Kapitalbeschaffung dienen.
Die Kapitalbeschaffung schlägt sich einerseits auf der Passivseite der Bilanz in den Positionen Eigen- und Fremdkapital nieder, andererseits im Vermögensbereich auf der Aktivseite als Anlage- und Umlaufvermögen.

Häufig werden in der betriebswirtschaftlichen Literatur die Begriffe Finanzwirtschaft, Kapitalwirtschaft und neuerdings auch Finanzmanagement synonym zu Finanzierung gebraucht, wobei der Finanzierungsbegriff verschieden weit gefaßt wird.

I. FINANZPLANUNG

Grundlage jeglicher langfristiger Finanzplanung ist die Investitionsplanung des Unternehmens, die wieder auf dem Absatzplan und dem darauf aufbauenden Produktionsplan basiert. Die kurzfristige Finanzplanung erfaßt Zeiträume bis zu einem Jahr und hat die Aufgabe, reine Geldbewegungen (Ein- und Auszahlungen) mittels eines Zahlungsbereitschaftsbudgets zu planen. Außerdem fällt auch die Planung der Veränderungen der Aktiva und Passiva unter die kurzfristige Finanzplanung. Dazu bedient man sich budgetierter Struktur- und Bewegungsbilanzen.
Während durch die kurzfristige Finanzplanung Liquidität und Rentabilität des Unternehmens gesichert werden sollen, wird in der langfristigen Finanzplanung die zukünftige Finanzstruktur, also das Verhältnis von Eigen-, Selbst- und Fremdfinanzierung festgelegt. Die Aufgabe der langfristigen Finanzplanung besteht darin, den zukünftigen Kapitalbedarf zu ermitteln und das erforderliche Kapital zu beschaffen.

Ermittlung des Kapitalbedarfs

Grundlage der Kapitalbedarfsrechnung sind die Finanzpläne des Unternehmens. Man unterscheidet langfristige und kurzfristige Kapitalbedarfsrechnungen. Eine langfristige Kapitalbedarfsrechnung muß bei der Gründung des Unternehmens und bei Kapazitätserweiterung aufgestellt werden, kurzfristige Pläne legen vorhandene Kapazitäten zugrunde.
Der Kapitalbedarf zur Finanzierung des Anlagevermögens wird aus den Anschaffungskosten der Anlagegüter bei

der Gründung zuzüglich der Organisations- und Errichtungskosten ermittelt.
Eine exakte Feststellung des Kapitalbedarfs für das Umlaufvermögen ist nur sehr schwer möglich. Man macht daher folgende Rechnung auf: Aufwand eines Produktionstages, multipliziert mit der durchschnittlichen Kapitalgebundenheit ergibt den Kapitalbedarf im Umlaufvermögen. Der Kapitalbedarf vermindert sich im Anlagevermögen durch die Verwendung von Abschreibungen zur Finanzierung, im Umlaufvermögen durch Lieferantenkredite und Anzahlungen von Kunden.
Der Kapitalbedarfsplan sollte nach der Spitze hin ausgerichtet werden. Oft erwirtschaftet ein Unternehmen in den ersten Jahren nur wenig Ertrag, Beispiel: Großanlagenbau. Der Kapitalbedarf ist sehr groß, der Kapitalumschlagskoeffizient (Umsatz/Kapital) sehr niedrig.

Kriterien der Finanzierung

Es ist Aufgabe des Finanzmanagements, die Kapital- und Vermögensbewegung im Unternehmen so zu lenken, daß eine nach den Zielen der Unternehmung zweckmäßige Kapital- und Vermögensstruktur hinsichtlich Art, Höhe und Frist jederzeit gewährleistet ist.
Das erste Hauptziel ist dabei die Sicherung der Liquidität.
Ein Unternehmen ist liquide, wenn es allen Zahlungsverpflichtungen fristgerecht nachkommen kann. Die Unternehmensleitung muß dafür Sorge tragen, daß die zu erwartenden Ausgaben durch Einnahmen und Kredite gedeckt werden und daß für unvorhergesehene Ausgaben und eventuelle Einnahmeverzögerungen eine ausreichende Liquiditätsreserve aus Überschüssen an flüssigen Mitteln und nicht in Anspruch genommenen Krediten zur Verfügung steht.
Die Liquiditätshaltung verursacht Kosten, und zwar einmal Kosten, die aus der Kassenhaltung in Form von Barreserven entstehen und zum anderen

Kosten, die aus den vereinbarten, aber nicht in Anspruch genommenen Kreditlinien entstehen. Die Kosten für die Barreserven lassen sich auf drei Arten ermitteln:
a) nach dem Durchschnittsprinzip (als gewogener Durchschnitt aller liquiditätsbedingter Kapitalkosten),
b) nach dem Grenzprinzip (danach wird die Barreserve aus den teuersten Kapitalteilen gehalten) und
c) nach dem Opportunitätsprinzip (wonach die Kosten der Barreserve in Höhe des sonst erzielbaren Ertrages angesetzt werden.).
Die Kosten für die Kreditlinie werden aus den Kreditzusageprovisionen bzw. den anfallenden Zinsen und Provisionen berechnet.
Könnte ein Unternehmen seinen gesamten Kapitalbedarf aus Eigenkapital decken, gäbe es kein Liquiditätsproblem. Da aber jedes Unternehmen auf Fremdkapital angewiesen ist, wird die Frage der Prolongation des befristet überlassenen Fremdkapitals bedeutungsvoll. Dieses Prolongationsrisiko ist abhängig von der Kapitalstruktur und der Ertragskraft des Unternehmens. Mit steigendem Kreditvolumen wächst das Prolongationsrisiko überproportional, da die vom Unternehmen zu bietenden Sicherheiten abnehmen.
Für die Liquidität spielt es außerdem eine Rolle, inwieweit Aktiv- und Passivseite der Bilanz einander hinsichtlich der Bindungsdauer von Vermögensteilen und der Laufzeit des Kapitals entsprechen.

Das zweite Hauptziel der Unternehmung ist es, eine angemessene oder möglichst hohe Rentabilität zu erzielen. Die Rentabilität eines Unternehmens ergibt sich aus dem Verhältnis von Reingewinn plus Fremdkapitalzinsen zu Unternehmungskapital. Unter Eigenkapitalrentabilität wird das Verhältnis von Gewinn zu Eigenkapital verstanden. Liegt die Rentabilität des Gesamtkapitals über dem Zinssatz für Fremdkapital, so kann die

Eigenkapitalrentabilität durch Einsatz von Fremdkapital vergrößert werden.
Ein weiteres Ziel der Unternehmung muß die Sicherung des Unternehmensbestandes durch Sicherung des betriebsnotwendigen Vermögensbestandes und der Forderung der Fremdkapitalgeber sein.
Während Liquidität und Sicherheit durch einen hohen Eigenkapitalanteil gewährleistet werden, ist zur Maximierung der Rentabilität in Zeiten guter Gewinne ein hoher Anteil von Fremdkapital erwünscht.
Es ist daher die Frage, wie das optimale Verhältnis von Eigen- und Fremdkapital aussieht.

Finanz-Kennzahlen

Zur Beurteilung der finanziellen Situation der Unternehmen bedient man sich verschiedener Kennziffern. Mit ihrer Hilfe lassen sich konkretere Aussagen über Liquidität, Rentabilität und Sicherheit im Unternehmen machen.

Liquiditätskennzahlen

1) Liquidität 1. Grades; → Acid Test; → Net Quick Ratio

$$\frac{\text{Liquide Mittel u. kurzfr. Forderungen}}{\text{kurzfristige Verbindlichkeiten}} = \frac{1}{1}$$

2) Liquidität 2. Grades; → Current Ratio

$$\frac{\text{Umlaufvermögen}}{\text{Kurzfristige Verbindlichkeiten}} = \frac{2}{1}$$

Rentabilitätskennzahlen

1) Gesamtkapitalrentabilität =

$$\frac{\text{Gewinn- und Fremdkapitalzinsen} \times 100}{\text{Gesamtkapital}}$$

2) Eigenkapitalrentabilität =

$$\frac{\text{Nettogewinn}}{\text{Eigenkapital}} \times 100$$

3) → Return on Investment =

$$\underbrace{\frac{\text{Gewinn}}{\text{Umsatz}}}_{\text{Umsatzerfolg}} \times \underbrace{\frac{\text{Umsatz}}{\text{Kapital}}}_{\text{Kapitalumschlag}}$$

Sicherheitskennzahlen

1) Verschuldungskoeffizient =

$$\frac{\text{Fremdkapital}}{\text{Gesamtkapital}} \times 100$$

2) Eigenfinanzierungsgrad =

$$\frac{\text{Eigenkapital}}{\text{Gesamtkapital}}$$

3) Kapitalanspannungskoeffizient =

$$\frac{\text{Eigenkapital}}{\text{Gesamtkapital}} \times 100$$

4) Anlagendeckung =

$$\frac{\text{Eigenkapital}}{\text{Anlagevermögen}} \times 100$$

5) Kapitalintensität =

$$\frac{\text{Anlagevermögen}}{\text{Gesamtkapital}} \times 100$$

Die Kennzahlen werden meist von außerhalb des Unternehmens Stehenden wie Banken und Kapitalanlegern zur Analyse der Finanzsituation und als Vergleichszahlen mit anderen Unternehmen herangezogen.

Finanzierungsregeln

Aus praktischen Erfahrungen wurde eine Reihe von Finanzierungsregeln entwikkelt.
Die vertikale Finanzierungsregel befaßt sich mit dem Verhältnis von Eigenkapital und Fremdkapital und verlangt, daß sich Eigen- und Fremdkapital die Waage halten. Diese Forderung kann den unterschiedlichen Verhältnissen in den einzelnen Wirtschaftszweigen nicht Rechnung tragen. So ergab eine Untersuchung der Bilanzen von Aktiengesellschaften im Jahre 1960 folgenden Eigenkapitalanteil an der Bilanzsumme (Wirtschaft und Statistik, Jg. 1962, S. 206 f.):

Landwirtschaft	15 %
Schiffahrt	20 %
Gaststättenwesen	30 %
Industrie	42 %
Bahnen	50 %
Warenhäuser	54 %

Im Bankwesen ist ein Eigenkapitalanteil von 10 % üblich.
Die horizontale Finanzierungsregel, auch als horizontale Bilanzstrukturregel und Goldene Bankregel bezeichnet, befaßt sich mit dem Verhältnis von Vermögen und Kapital unter Liquidi-

tätsgesichtspunkten. Diese Finanzierungsregel besagt, daß die Fristigkeit des zur Verfügung stehenden Kapitals den „Selbstliquidationsfristen“ der Vermögensteile entsprechen soll. Das bedeutet, daß Grundstücke mit Dauerkapital, Häuser mit langfristigem, Maschinen mit mittelfristigem und Warenvorräte mit kurzfristigem Kapital zu finanzieren sind. Durch Gliederung der Bilanz in Posten mit gleicher Liquidität und Gegenüberstellung dieser Posten auf der Aktiv- und Passivseite kann man feststellen, ob eine Überdeckung – d. h. eine höhere Liquidität als erforderlich – oder eine Unterdeckung vorliegt.

Eine dritte Finanzierungsregel ist die Rentabilitätsregel, die sich mit dem Verhältnis zwischen Vermögensertrag und Finanzierungskosten befaßt. Danach müssen die vom Unternehmen aufzuwendenden Zinsen niedriger sein als die entsprechenden Vermögenserträge. In der Realität finden diese Finanzierungsregeln in weniger als 50 % der Unternehmen Anwendung. Es gehört in den Bereich der Finanzpolitik der Unternehmen, festzulegen, in welchem Maß die Finanzierungskriterien und Finanzierungsregeln eingehalten werden und welche Rangordnung ihnen zukommt.

II. KAPITALBESCHAFFUNG

Wenn die Höhe des Kapitalbedarfs feststeht, muß die Beschaffung der benötigten Mittel geplant werden. Bei der Beschaffung von Eigenkapital unterscheidet man zwischen Eigenfinanzierung (Beteiligungsfinanzierung und Selbstfinanzierung) und der Finanzierung aus freigesetztem Kapital. Fremdkapital erhält das Unternehmen durch Kreditfinanzierung (Fremdfinanzierung) und aus Rückstellungen, die erst in späteren Jahren zu Ausgaben werden. Kreditfinanzierung und Beteiligungsfinanzierung werden unter dem Begriff Außenfinanzierung, Selbstfinanzierung und die Finanzierung aus freigesetztem Kapital unter dem Begriff Innenfinanzierung zusammengefaßt.

Eigenfinanzierung

Man spricht von Beteiligungsfinanzierung, wenn das Kapital von den Eigentümern in die Unternehmung eingebracht wurde, von Selbstfinanzierung, wenn die Eigentümer Gewinne im Unternehmen belassen.

Beteiligungsfinanzierung

Die Beteiligungsfinanzierung erfolgt entweder durch Einschüsse bisher am Unternehmen beteiligter Personen oder durch Aufnahme neuer Gesellschafter. Stille Gesellschafter können prinzipiell formlos in jede Gesellschaft aufgenommen werden, während die Aufnahme neuer Gesellschafter in Offene Handelsgesellschaften, Kommanditgesellschaften und Gesellschaften mit beschränkter Haftung in das Handelsregister eingetragen bzw. bei der GmbH sogar notariell beurkundet werden muß. Genossenschaften können durch Werbung neuer Mitglieder oder Heraufsetzung der Geschäftsanteile eine Eigenfinanzierung vornehmen. Die Eigenfinanzierung von Unternehmen der öffentlichen Hand geschieht durch Kapitalzuführung von seiten ihrer Träger.

Finanzierung durch Aktien

Am einfachsten ist es für die an der Börse notierten Aktiengesellschaften, neue Eigenkapitalgeber durch den Verkauf von Anteilscheinen – meist in Form von Aktien – an das Publikum zu finden. Die Aktie ist eine Urkunde, die ein Eigentumsrecht an der betreffenden Gesellschaft verbrieft. Sie besteht aus zwei Teilen, dem Mantel (auf dem ausgebende Firma, Nummer der Aktie, Nennbetrag, Aktiengattung, Emissionsort und Unterschriften von Aufsichtsratsvorsitzendem und Vorstandsmitgliedern stehen) und dem Bogen, der aus nummerierten Coupons (die bei Dividendenzahlungen bzw. Bezugsrechtzuteilungen vorgelegt werden müssen) und dem Erneuerungsschein (Talon) besteht.

Die Aktienausgabe ist nach dem Aktiengesetz an eine Reihe von Formvorschriften gebunden. In Deutschland müssen Aktien auf einen bestimmten Nennbetrag – mindestens 50,– DM – lauten, während in den USA, Kanada, Belgien, Liechtenstein und Mexiko auch Aktien ausgegeben werden dürfen, die auf einen bestimmten Anteil am Grundkapital der Gesellschaft lauten – sogenannte Quotenaktien.

Hinsichtlich ihrer rechtlichen Übertragbarkeit wird zwischen Inhaberaktien und Namensaktien unterschieden, wobei in der Bundesrepublik Deutschland Inhaberaktien eine sehr viel größere Verbreitung haben. Während bei der Namensaktie auf der Aktie selbst und im Aktienbuch der Gesellschaft der Inhaber mit Name, Stand und Wohnort verzeichnet ist, lautet die Inhaberaktie nicht auf einen bestimmten Namen; derjenige, der die Aktie besitzt, kann die Rechte aus dem Papier geltend machen. Die Inhaberaktie ist jederzeit übertragbar. Bei einfachen Namensaktien erfolgt die Übertragung durch Indossament. Bei vinkulierten Namensaktien ist die Übertragung zusätzlich noch von der Zustimmung der Gesellschaft abhängig. Namensaktien finden sich vorwiegend bei Versicherungsaktiengesellschaften, wo das Kapital häufig nicht voll eingezahlt ist; das Aktienkapital dieser Gesellschaften ist weniger Betriebs- als vielmehr Garantiekapital.

Den Namensaktien ähnlich sind die sogenannten Zwischenscheine, Interimsscheine oder Aktienzertifikate. Sie lauten auf den Namen und werden dem Zeichner von Aktien übergeben, wenn die Aktien selbst noch nicht gedruckt sind oder aber sie werden als Ersatz für nicht voll eingezahlte Inhaberaktien ausgegeben.

Eine besondere Form der Namenspapiere sind die Kuxe. Kuxe sind Anteile an einer bergrechtlichen Gewerkschaft. Der Inhaber des Kuxes, der Gewerke, ist zubußepflichtig. Die Gewerkschaften

haben nicht wie die Aktiengesellschaften ein festes Grundkapital, sondern es wird die Anzahl der im Umlauf befindlichen Stücke notiert.

Unter sozialpolitischen Gesichtspunkten erfolgte die Ausgabe von sogenannten Volksaktien (Preussag, Veba, Volkswagenwerk). Große Gesellschaften bieten ihren Mitarbeitern die Möglichkeit, sogenannte Belegschaftsaktien zu Vorzugsbedingungen zu erwerben.

Nach ihren Gesellschaftsrechten werden folgende Aktiengattungen unterschieden:

a) Stammaktien – als gewöhnliche Aktiengattung (der Begriff findet sich nicht im Aktienrecht!).

b) Vorzugsaktien sind Aktien, die mit besonderen Rechten ausgestattet sind, in der Regel ein Vorrecht auf Dividende, eventuell auch besonderen Rechten für den Bezug neuer Aktien und dem Recht bei der Liquidation der Gesellschaft vor den Stammaktien einen bestimmten Anteil zu erhalten.

Bei den Dividendenvorrechten unterscheidet man die Vorzugsdividende, die besagt, daß bei der Gewinnausschüttung zunächst die Vorzugsaktien eine bestimmte Dividende erhalten, erst dann die Stammaktien eine niedrigere oder gleich hohe Dividende bekommen und ein eventueller Rest auf beide Aktiengattungen gleichmäßig verteilt wird; die beschränkte Vorzugsdividende, bei der die Vorzugsaktien zuerst eine bestimmte feste Dividende erhalten und der Rest, gleichgültig ob sich daraus eine höhere oder niedrigere Dividende ergibt, auf die Stammaktien verteilt wird; die kumulative Vorzugsaktie, die meist stimmrechtlos ist und mit einem bestimmten festen Dividendensatz gekoppelt ist, der, kann er aus dem Gewinn eines Jahres nicht gezahlt werden, in den nächsten Jahren nachgezahlt werden muß; die Überdividende besagt, daß die Vorzugsaktie immer einen bestimmten Prozentsatz mehr an Dividende bekommt als die Stammaktie.

Vorzugsaktien sind in der Bundesrepublik Deutschland kaum mehr anzutreffen. Ein bekanntes Beispiel ist das Rheinisch-Westfälische Elektrizitätswerk (RWE), wo die öffentlich-rechtlichen Anteilseigner Namensaktien mit 20-fachem Stimmrecht haben, außerdem sind Stammaktien und stimmrechtlose Vorzugsaktien im Umlauf.

c) Nachzugsaktien sind äußerst selten und haben bestimmte Nachteile gegenüber den Stammaktien.

In der Schweiz kennt man eine Art stimmrechtloser Vorzugsaktie, den Partizipationsschein, der auf einen bestimmten Nennwert lautet. Partizipationsscheininhaber haben zumeist gleiche oder ähnliche Vermögensrechte wie Aktionäre, aber kein Stimmrecht in der Generalversammlung.

Selbstfinanzierung

Von Selbstfinanzierung der Unternehmung spricht man dann, wenn Eigenkapital aus nicht ausgeschütteten Gewinnen gebildet wird. Es gibt dafür u. a. folgende Gründe:

a) Bestimmte Unternehmensformen (Aktiengesellschaft, Genossenschaft, Gemeindebetrieb, Eigenbetriebe oder Gebietskörperschaften) sind rechtlich gezwungen, einen Teil der Gewinne als Rücklage zum Ausgleich von Verlusten im Unternehmen zu belassen.

b) Aus betrieblichen Gründen ist eine Reservebildung erwünscht (Banken, Versicherungen).

c) Es bestehen Schwierigkeiten bei der Kapitalbeschaffung von außen.

d) Der Unternehmer entnimmt nur so viel Gewinn, wie er persönlich benötigt und beläßt den Rest zinsbringend im Unternehmen.

Die Selbstfinanzierung kann offen, durch Erhöhung der Einlagen bzw. des Grundkapitals, durch Rücklagenbildung oder durch Gewinnvortrag erfolgen.

Es können aber auch stille Reserven gebildet werden, die aus der Bilanz nicht

als Eigenkapital ersichtlich sind (z. B. durch Unterbewertung von Vermögensteilen oder durch Überbewertung von Fremdkapitalteilen, durch Überbewertung von Wertberichtigungsposten auf der Passivseite oder durch Unterbewertung von Wertberichtigungsposten auf der Aktivseite der Bilanz). Die stille Form der Selbstfinanzierung hat den Vorteil, daß zunächst keine Steuern anfallen, wie bei der Bildung offener Rücklagen, die aus dem versteuerten Gewinn erfolgt.

Allgemein bestehen die Vorteile der Selbstfinanzierung darin, daß keine Kapitalbeschaffungskosten entstehen und die Unternehmung im Fall von Verlusten die Möglichkeit hat, auf Reserven zurückzugreifen, ohne daß dies nach außen stark in Erscheinung tritt. Bei Kapitalgesellschaften kommt hinzu, daß die Gesellschafter ihr haftendes Kapital nicht erhöhen müssen bzw. keine neuen Gesellschafter aufgenommen werden müssen. Bei mittleren und kleineren Unternehmen liegen die Vorteile darin, daß durch die Selbstfinanzierung ein Einfluß der Banken auf die Unternehmensführung vermieden oder klein gehalten werden kann.

Die Selbstfinanzierung hat den Nachteil, daß das Kapital häufig nicht so wirtschaftlich eingesetzt wird wie im Falle einer Fremdfinanzierung.

Finanzierung aus freigesetztem Kapital

Neben der Beteiligungs- und der Selbstfinanzierung hat das Unternehmen die Möglichkeit der Eigenkapitalbeschaffung durch Finanzierung aus Abschreibungen und Vermögensumschichtungen.

Finanzierung aus Abschreibungen

Abschreibungen verteilen die Anschaffungs- und Herstellkosten von Vermögensteilen mit mehrjähriger Nutzungsdauer auf die Jahre der Nutzung. Durch die Abschreibung werden liquide Mittel, die in Form von Wirtschaftsgütern gebunden waren, wieder freigestellt. Die

Abschreibung ermöglicht also die Reinvestition.
Wird nun mehr abgeschrieben als der tatsächlichen Wertminderung entspricht, ein Aktivum also unterbewertet — so bedeutet dies, daß die Abschreibung zum Mittel der Kapitalbeschaffung wird. Abschreibungen haben außerdem den von Lohmann und Ruchti beschriebenen Kapitalfreisetzungseffekt. In den Preisen der produzierten Güter wird der Abschreibungswert für die Anlagennutzung zumeist früher in das Unternehmen zurückfließen als er für die durch Verschleiß bedingte Erneuerung der betreffenden Anlage benötigt wird. Wenn in Höhe dieser Abschreibungsbeträge immer wieder investiert wird, erhöht sich die Kapazität des Unternehmens, ohne daß zusätzliche Mittel zugeführt werden müssen. Das Ausmaß der Kapazitätserweiterung hängt von einer Reihe von Faktoren ab, wie der Anzahl der Anlagegüter, ihrer Nutzungsdauer, dem angewandten Abschreibungsverfahren — bei degressiver Abschreibung werden in den ersten Jahren höhere Beträge frei als bei linearer Abschreibung. Das Unternehmen kann die freigesetzten Kapitalbeträge statt zur Kapazitätserweiterung auch zur Ablösung von Fremdkapital verwenden.

Kapitalfreisetzung durch Rationalisierung

Neben den aufgezeigten Möglichkeiten besteht für die Unternehmen die Möglichkeit der Eigenkapitalbeschaffung durch Rationalisierungsmaßnahmen. Kann das Unternehmen sein bisheriges Produktions- und Umsatzvolumen bei geringerem Kapitaleinsatz durchführen, so wird dadurch Kapital für andere Zwecke frei.

Kreditfinanzierung

Abhängig von der Unternehmensform, der Höhe und der Fristigkeit der benötigten Fremdmittel stehen dem Finanz-Management verschiedene Möglichkeiten der Beschaffung von Fremdkapital offen.

Langfristige Fremdfinanzierung

Die klassische Form der langfristigen Fremdfinanzierung von Großunternehmen ist die Ausgabe von Teilschuldverschreibungen oder Obligationen. Es sind dies Anleihen, deren Gesamtbetrag nach dem Bedarf der Abnehmer gestückelt wird (überwiegend Nennwert 1000,— DM) und die mit einem bestimmten Zins ausgestattet sind und zumeist auf den Inhaber lauten. Im Gegensatz zur Aktie verbriefen diese Wertpapiere kein Mitgliedschaftsrecht, sondern ein Forderungsrecht. Es handelt sich um reine Gläubigerpapiere.
Die Emission (Ausgabe) von Obligationen muß staatlich genehmigt werden. Die Laufzeit beträgt in der Regel 10—30 Jahre. Die Plazierung (Verkauf) einer Obligation erfolgt in drei Etappen:

1. Ein Prospekt mit allen wesentlichen Daten der Anleihe und des ausgebenden Unternehmens wird veröffentlicht. Bei den im Emissionskonsortium tätigen Banken sind Zeichnungsscheine erhältlich.

2. Ist die Summe der Kaufanträge höher als die Anleihesumme, erfolgt eine Repartierung (Kontingentierung) der Anleihe; meist in der Weise, daß kleinen Zeichnern auf Kosten der Großen voll zugeteilt wird. Wird die Anleihe nicht voll gezeichnet, müssen die Konsortialbanken die restlichen Stücke übernehmen und versuchen, sie zu einem günstigen Zeitpunkt auf dem Markt zu plazieren.

3. Die Obligationen werden gedruckt und nach Eingang der Valuta den Zeichnern übergeben.

Die Tilgung der Anleihe erfolgt durch Auslosung bzw. durch Rückkauf der zu tilgenden Stücke an der Börse.

Obligationen dürfen im Gegensatz zur Aktie unter ihrem Nennwert ausgegeben werden. Die Spanne zwischen Nennwert und Verkaufskurs heißt Disagio, Damnum oder Abgeld. Die Obligation darf über ihrem Nennwert mit einem Aufgeld oder Agio getilgt werden. Aus Disagio,

Agio und Verzinsung errechnet sich die Rendite (Effektverzinsung) der Anleihe. Obligationen erfahren zumeist noch spezielle Sicherstellungen, z. B. durch Eintragung von Grundschulden auf Immobilien des jeweiligen Unternehmens. Erstklassige Gesellschaften ersparen sich die Eintragungskosten durch Aufnahme einer Negativklausel (Erklärung des Unternehmens, die Grundstücke nicht anderweitig zu verpfänden) in den Prospekt. Auslandsanleihen werden manchmal mit sog. Valuta- oder Transferklauseln versehen. Dies sind Wertsicherungsklauseln, die z. B. besagen, daß die Anleihe in einer Leitwährung zum exakt gültigen Kurs zwischen der Leitwährung und der Währung des Landes, in dem die emittierende Unternehmung ihren Sitz hat, getilgt wird.

Spezielle Anleihetypen sind die Wandelschuldverschreibungen, die Gewinnobligation und die Optionsanleihe.

Bei der Wandelschuldverschreibung wird dem Käufer zugesichert, seine Obligation nach Ablauf einer bestimmten Frist, u. U. gegen Zuzahlung eines bestimmten Betrages, in eine Aktie des Unternehmens umtauschen zu können. Diese Art von Obligation hat für das begebende Unternehmen den Vorteil, daß der Zinssatz infolge des Wandelrechts nicht so hoch zu sein braucht wie bei einer gewöhnlichen Anleihe und zunächst alle steuerlichen Möglichkeiten einer gewöhnlichen Anleihe (Absetzen der Zinsen vom steuerpflichtigen Gewinn) offen bleiben.

Wandelschuldverschreibungen werden häufig als Gewinnobligationen ausgegeben, indem zusätzlich zum vereinbarten festen Zinssatz eine Dividende gezahlt wird, wenn die Dividende auf die Aktien der Gesellschaft einen bestimmten Prozentsatz übersteigt.

Die Optionsanleihe gewährt dem Käufer ein Bezugsrecht auf Aktien zu einem bestimmten Kurs. Die Obligation bleibt – im Gegensatz zur Wandelschuldverschreibung – bestehen, auch wenn der Obligationär von seinem Bezugsrecht Gebrauch gemacht hat und eine Aktie erworben hat. Das Aktienbezugsrecht der Käufer von Wandelschuldverschreibungen wird durch eine bedingte Kapitalerhöhung gesichert. Die Aktionäre erhalten auf Wandelschuldverschreibungen ebenso wie auf neue Aktien ein Bezugsrecht.

Neben der Industrieanleihe gibt es die Bankanleihe, zumeist eine Sammelanleihe. Die emittierende Bank faßt eine Reihe von Finanzierungsaufträgen nicht emissionsfähiger Unternehmen zusammen und begibt in ihrem eigenen Namen eine Anleihe.

Als mündelsichere Anleihen gelten die öffentlichen Anleihen, Kommunalobligationen und Pfandbriefe.

Obligationen kommen insofern nur für Großunternehmen als Mittel der langfristigen Fremdfinanzierung in Betracht, als sie beträchtliche Kosten verursachen. Die Emissionskosten setzen sich zusammen aus Wertpapiersteuer (2,5 % vom Nennwert), Bankenprovision (2–3 % vom Nennwert), Börseneinführungsprovision und Provision für die Prospekthaftung der Banken (ca. ½ %), Kotierungsgebühr (150 DM pro angefangene Million DM pro Börse), Eintragungskosten der Sicherungsgrundschuld, Druckkosten für Prospekte, Insertions- und andere Werbungskosten.

Die laufenden Kosten der Bedienung der Obligation bestehen aus der Couponeinlösungsprovision (¼ % vom Zinsbruttobetrag), der Treuhändergebühr (1 ‰ vom Anleihebetrag p. a.) und den Kosten der Bogenerneuerung. Insgesamt kann bei einer Anleihe in Höhe von 20–50 Millionen DM und einer durchschnittlichen Laufzeit von 10 Jahren mit einer durchschnittlichen Belastung zwischen 1 % und 2 % p. a. gerechnet werden. Für kleinere und kurzfristigere Anleihen ist mit einer höheren Belastung zu rechnen.

Die langfristige Fremdfinanzierung von Gebäuden und Anlagen kann auch mittels langfristiger Bankkredite, vor allem durch Spezialinstitute wie u. a. die Indu-

striekreditbank AG, die Kreditanstalt für Wiederaufbau und die Girozentralen, neuerdings auch durch die Großbanken erfolgen. Schuldscheindarlehen sind ebenfalls eine Art des langfristigen Kredits. Sie dienten früher vorwiegend der Investitionsfinanzierung der Gemeinden durch Sparkassen und Landesbanken, heute auch der Finanzierung von Investitionen der Industrie. Die Darlehensgeber sind die Kapitalsammelbecken (wie u. a. Lebensversicherungsgesellschaften, Pensionskassen, Sozialversicherungsträger). Werden die Schuldscheine bei Versicherungsunternehmen untergebracht, so müssen sie vom Bundesaufsichtsamt für das Versicherungs- und Bausparwesen auf ihre Deckungsstockfähigkeit geprüft werden (d. h. Bonität des Schuldners und Wert der Sicherheiten müssen in Ordnung sein).
Weiterhin besteht die Möglichkeit der langfristigen Fremdfinanzierung durch öffentliche Kredite, öffentliche Investitionszuschüsse, Bürgschaften und Garantien. Welche Unternehmen anspruchsberechtigt sind und welche Möglichkeiten es gibt, darüber unterrichten jährlich die Sonderhefte der Zeitschrift für das gesamte Kreditwesen. (Dittes [Hrsg.]: Die Finanzierungshilfen des Bundes und der Länder für die gewerbliche Wirtschaft, für den Wohnungsbau, an die Landwirtschaft, Frankfurt am Main.)

Kurzfristige Fremdfinanzierung

Eine kurzfristige Finanzierung kann grundsätzlich auf zwei Arten erfolgen, nämlich durch einen kurzfristigen Bankkredit oder durch einen Handelskredit.
Der kurzfristige Bankkredit dient der Finanzierung der Lieferantenkredite, der Warenvorräte und sonstigen Posten des Umlaufvermögens. Der Bankkredit wird als Kontokorrentkredit oder als Wechselkredit mit verschiedenen Sonderformen (Rembourskredit, Lombardkredit, Avalkredit etc.) gewährt.

Die häufigste Form des Bankkredits ist der Kontokorrentkredit. Jedes Unternehmen unterhält ein Bankkonto, um Zahlungsaufträge aufzugeben und Zahlungen von Kunden zu empfangen. Die Bank räumt dem Kunden ein, sein Konto bis zu einem bestimmten Betrag zu überziehen, also einen Kredit in bestimmter Höhe in Anspruch zu nehmen (§§ 355–357 HGB).
Die Kosten des Kontokorrentkredits sind relativ hoch. Sie setzen sich zusammen aus Kreditzinsen, Kreditprovision, Umsatzprovision (jeweils von der größeren Seite des Kontos) und Überziehungsprovision, im Falle eines Überschreitens der vereinbarten Kredithöhe.
Beim Wechselkredit kauft die Bank Wechsel ihres Kunden unter Abzug eines Diskonts (Zinssatz für die Restlaufzeit). Der Wechsel ist ein Wertpapier (geborenes Orderpapier). Sein Aussteller verpflichtet sich, entweder die Wechselsumme selbst zu zahlen (Solawechsel) oder er gibt im Wechsel dem Bezogenen (Wechselschuldner) die Anweisung, an einen Dritten (Remittenten) zu zahlen (gezogener Wechsel oder Tratte).
Jeder Wechsel muß aus bestimmten, vom Gesetz festgelegten Bestandteilen bestehen.
Da die Banken sich selbst bei der Bundesbank im Rahmen ihrer Rediskontkontingente refinanzieren wollen, müssen sie darauf achten, daß die Wechsel, die sie hereinnehmen, den Anforderungen der Bundesbank entsprechen. Die Banken kaufen zumeist keine Finanzwechsel, sondern nur Handels- und Warenwechsel.
Die Kosten des Wechselkredits bestehen aus dem Diskont, den Diskontspesen, die beim Wechselinkasso anfallen, und der Wechselsteuer. Der Handelskredit ist entweder ein Kredit des Lieferanten an den Abnehmer – Lieferantenkredit – oder ein Kredit des Abnehmers an den Lieferanten – Kundenanzahlung –.
Der Lieferantenkredit spielt in den Bilanzen von Industrieunternehmen und

Großhandlungen eine große Rolle. Es ist üblich, daß der Lieferant dem Käufer der Ware ein Zahlungsziel einräumt. Dieses Zahlungsziel wird um so länger, je mehr der Lieferant vom Abnehmer abhängig ist. Die Lieferantenkredite werden zumeist durch einen Eigentumsvorbehalt an der gelieferten Ware gesichert.

Ein häufig anzutreffendes Zahlungsziel ist die Kreditfrist von drei Monaten. Zahlt der Abnehmer früher, so wird ein Zahlungsabzug (Skonto) gewährt, z. B. 3 % bei Barzahlung innerhalb von 30 Tagen. Das entspricht einer jährlichen Verzinsung von 36 %. Der Lieferantenkredit ist also sehr viel teurer als ein Bankkredit.

Eine Kundenanzahlung wird häufig bei Individualaufträgen verlangt, wie z. B beim Bau von Industrieanlagen, Schiffen, Wohnungen etc. Hier muß der Auftragnehmer große Vorleistungen erbringen, denn die Ware ist nicht marktgängig. Es ist deshalb üblich, daß der Auftraggeber bei Auftragserteilung, bei Fertigungsbeginn, während der Fertigungszeit, bei Ablieferung und Inbetriebnahme jeweils bestimmte Raten vorauszahlt.

Auch im Geschäft mit schlecht beleumundeten Unternehmen oder privatem Publikum verlangt der Auftragnehmer zuweilen Vorkasse. Es wird erst dann geliefert, wenn der Abnehmer bezahlt hat.

Unter bestimmten Bedingungen kann ein Unternehmen auch die Rückstellungen für Pensionen als Finanzierungsquelle heranziehen. Pensionsrückstellungen liegen Verträge zwischen Arbeitnehmern und Unternehmern zugrunde. Ihre Höhe wird nach versicherungsmathematischen Gesichtspunkten errechnet. Pensionsrückstellungen stellen Fremdkapital dar. Der Gewinn des Unternehmens wird um die Höhe der Zuführung in die Pensionsrückstellungen vermindert.

Wird die betriebliche Altersversorgung in einem Unternehmen neu eingeführt,

dann dauert es in der Regel eine ganze Reihe von Jahren, bis aus den gebildeten Pensionsrückstellungen Pensionen gezahlt werden müssen. In dieser Zeit sind die Pensionsrückstellungen ein Finanzierungsinstrument. Sind die Pensionszahlungen einmal genauso hoch wie die Zuführungen zu den Pensionsrückstellungen, dann ist der Finanzierungseffekt gleich Null. Allerdings bleibt das früher angesammelte Kapital im Unternehmen, das damit arbeiten kann. Erst in dem Augenblick, wo die Pensionszahlungen höher sind als die Zuführungen zu den Pensionsrückstellungen — durch Reduzierung der Mitarbeiterrate oder unerwartet lange Lebensdauer der Pensionisten — werden die finanziellen Mittel vermindert, das heißt es tritt ein Substanzverzehr ein.

III. BESONDERE FINANZIERUNGSANLÄSSE

Sonderprobleme der Finanzierung ergeben sich u. a. bei der Gründung eines Unternehmens, bei der Kapitalerhöhung, Kapitalherabsetzung, Sanierung, Fusion, Umwandlung und Liquidation.

Gründung

Die Gründung umfaßt alle Maßnahmen rechtlicher und wirtschaftlicher Natur zur Errichtung eines funktionsfähigen Unternehmens.

Bei der Gründung wird die Schlüsselstellung des Kapitals besonders deutlich. Neben der Wahl der Rechts- und Unternehmensform, die auch ein finanzwirtschaftliches Problem darstellt, ist die Aufstellung eines langfristigen Finanzplanes eine der Hauptaufgaben.

Die für die Gründung finanzwirtschaftlich wichtigen Rechtsvorschriften befassen sich vor allem mit drei Themen:

— der Erstfinanzierung durch die Kapitaleigner und deren Haftung für die entstehenden Verbindlichkeiten;

— dem Erwerb der Kaufmannseigenschaft als Merkmal der Risikobereitschaft;

— dem Gründungsvorgang.

Der rechtliche Vorgang der Gründung ist für Einzelunternehmen, Personen- und Kapitalgesellschaften (§§ 23–53 Akt. Ges.) verschieden stark formbelastet.
Die Gründung von Personengesellschaften ist auch in finanzieller Hinsicht weniger mit Vorschriften belastet. Es ist kein Mindestkapital vorgeschrieben, während bei der AG das Grundkapital mindestens 100 000 DM, bei der GmbH mindestens 20 000 DM betragen muß.

Kapitalerhöhung

Jede Erweiterung der finanziellen Basis eines Unternehmens durch eigene oder fremde Mittel stellt eine Kapitalerhöhung dar. Der Begriff wird aber zumeist (aktienrechtlich bedingt) enger gefaßt und es wird darunter nur die Erhöhung des nominellen Eigenkapitals von innen oder von außen verstanden.
Eine Kapitalerhöhung wird immer dann durchgeführt, wenn ein Kapitalbedarf zur planmäßigen Finanzierung von Investitionen zur Kapazitätserweiterung oder Rationalisierung vorliegt. Durch die Kapitalerhöhung wird die Liquidität verbessert und durch die Erhöhung des haftenden Eigenkapitals in der Regel auch die Kreditwürdigkeit des Unternehmens.

Beim Einzelunternehmen erfolgt eine Kapitalerhöhung zumeist im Wege der Selbstfinanzierung, es sei denn, der Unternehmer bringt weiteres Kapital aus seinem Privatvermögen in den Betrieb ein. Bei der stillen Gesellschaft wird häufig das Gesellschaftskapital zur Ablösung des stillen Gesellschafters erhöht. Es kann aber auch der stille Gesellschafter seine Einlage vergrößern.

Die Kapitalerhöhung der Personengesellschaften ist in den §§ 106, 120, 162, 167 und 175 HGB geregelt. Sie bringt insofern besondere Probleme mit sich, als durch ein unterschiedliches Anwachsen der Kapitalkonten der Gesellschafter sich die Eigentums- und Einflußverhältnisse verschieben.

Die Kapitalerhöhung der Aktiengesellschaft ist in den §§ 182 ff. Akt. Ges. geregelt. Man unterscheidet die effektive Kapitalerhöhung durch Ausgabe neuer Aktien und die nominelle Kapitalerhöhung oder Kapitalerhöhung aus Gesellschaftsmitteln durch Auflösung von Rücklagen und die bedingte Kapitalerhöhung. Die Kapitalerhöhung muß durch die Hauptversammlung mit mindestens Dreiviertelmehrheit des anwesenden Aktienkapitals beschlossen werden. Den Aktionären steht ein Bezugsrecht auf neue Aktien entsprechend ihrem Anteil am bisherigen Grundkapital zu. Das Bezugsrecht hat die Aufgabe, bestehende Stimmrechtsverhältnisse zu sichern und einen Verlust der alten Aktionäre auszuschließen, wenn die neuen Aktien zu einem niedrigeren Kurs ausgegeben werden als die alten Aktien an der Börse notieren. Bei der nominellen Kapitalerhöhung erhalten die Aktionäre Zusatz- oder Gratisaktien im Verhältnis ihres bisherigen Anteils am Grundkapital.
Die bedingte Kapitalerhöhung ist eine von der Hauptversammlung genehmigte Kapitalerhöhung, deren Durchführung aber aufgeschoben ist. Sie wird gewählt bei der Ausgabe von Wandelschuldverschreibungen, Bezugsrechtsobligationen und bei der Vorbereitung von Fusionen.
Die Kapitalerhöhung der GmbH ist in den §§ 55–57 GmbHG geregelt, die der Genossenschaft in den §§ 16 Abs. 2, 119 ff. und 131 ff. GenG.

Kapitalherabsetzung

Im Gegensatz zur Kapitalerhöhung handelt es sich bei der Kapitalherabsetzung um eine Verminderung der Eigenkapitalbasis von Unternehmen.
Die Kapitalherabsetzung kann folgende Gründe haben:

a) Die finanzielle Gesundung sanierungsreifer Unternehmen durch Anpassung des bilanzierten Eigenkapitals an das durch Verluste verminderte Vermögen;

b) die Reservebildung durch Umwandlung von Eigenkapital in disponible Mittel und damit eine höhere Rendite des bilanzierten Eigenkapitals;

Die Beseitigung einer Überkapitalisierung

Die Kapitalherabsetzung bei Einzelunternehmen und Personengesellschaften ist vom Gesetzgeber nachgiebiger geregelt als bei Kapitalgesellschaften, wo es keine persönliche Haftung der Gesellschafter (Gläubigerschutz!) gibt. Die rechtlichen Vorschriften finden sich in § 122 HGB, § 58 GmbHG, §§ 222 ff. Akt. Ges. für die ordentliche Kapitalherabsetzung, §§ 229 ff. Akt.Ges. für die vereinfachte Kapitalherabsetzung, §§ 237 ff. für die Kapitalherabsetzung durch Einziehung von Aktien.

Sanierung

Die Sanierung soll die Leistungsfähigkeit eines Unternehmens wieder herstellen, dessen Liquiditäts- und Rentabilitätslage seinen Fortbestand in Frage stellen. Eine systematische Analyse der Ursachen für die Schwierigkeiten, die inner- und außerbetrieblicher Natur sein können, muß allen Maßnahmen vorausgehen.
Die finanzielle Sanierung muß mit einer personellen und einer organisatorischen Sanierung verknüpft werden. Die Schwierigkeiten des Unternehmens sind zumeist nicht allein auf ein Versagen des Finanzmanagements zurückzuführen.
Zur Beseitigung der Illiquidät können folgende Maßnahmen ergriffen werden:

a) Abschluß eines Moratoriums (Stillhalteabkommen mit den Gläubigern). Die Fälligkeit der Forderungen wird hinausgeschoben. Gleichzeitig verzichten die Gläubiger zumeist auf ihre Zinsen während der Laufzeit des Moratoriums.

b) Nachschuß von Einlagen durch die Gesellschafter.

c) Überbrückungskredite, die kurzfristig von großen Gläubigern zur Konkursabwendung gewährt werden.

d) Umwandlung von kurzfristigen Krediten in Beteiligungskapital und damit Erhöhung der Eigenkapitalbasis.

Zur Beseitigung der Überschuldung können folgende Maßnahmen ergriffen werden:

Formelle, buchtechnische oder reine Sanierung

Diese Sanierung entspricht der vereinfachten Kapitalherabsetzung. Es werden keine Mittel von außen zugeführt, sondern das Eigenkapital um den Verlust berichtigt. Dies geschieht dadurch, daß der Verlust auf alle Aktionäre gleichmäßig verteilt wird, durch Zusammenlegung von Aktien in einem bestimmten Verhältnis oder durch Herabsetzung des Nennwertes der Aktien.

Sanierung durch Zuführung von Mitteln

Da das Unternehmen in schlechten wirtschaftlichen Situationen zumeist Kapital benötigt, wird häufiger die Sanierung mit Zuführung von Mitteln gewählt. Nach einer Kapitalherabsetzung wird eine Kapitalerhöhung vorgenommen oder die Gesellschafter werden zur Zuzahlung aufgefordert.

Sanierung durch Einziehung von Aktien

Unter Ausnutzung des schlechten Börsenkurses kann die AG bis zu 10 % der eigenen Aktien zurückkaufen und anschließend das Kapital um 10 % herabsetzen. Dabei kann ein „Gewinn" entstehen, der zur Abdeckung der Verluste verwendet wird.

Alternativsanierung

Die Gesellschafter können wählen zwischen freiwilliger Zuzahlung und Abwertung ihrer Anteile durch Zusammenlegung oder Herabstempelung.

→ *Fusion*

Von Fusion oder Verschmelzung spricht man dann, wenn zwei oder mehrere rechtlich selbständige Unternehmen sich zu einer wirtschaftlichen und rechtlichen

Einheit zusammenschließen. Dies geschieht durch Kauf und Eingliederung eines Unternehmens durch ein anderes Unternehmen oder dadurch, daß mehrere Unternehmen in eine neu geschaffene, gemeinsame Gesellschaft eingebracht werden und selbst zu bestehen aufhören.

Man unterscheidet horizontale Fusion – Zusammengehen von Unternehmen des gleichen Wirtschaftszweiges – und vertikale Fusion – Zusammengehen von Unternehmen vor- und nachgelagerter Produktions- und Handelsstufen.

Ziele der Fusion sind die Gewinnsteigerung, Erringen einer Machtposition auf Absatz- und Beschaffungsmarkt, Verbreiterung der Kapitalbasis, größere Forschungsmöglichkeiten, Rationalisierungsmaßnahmen aller Art etc.

Bei Kapitalgesellschaften wirft das Umtauschverhältnis der Aktien besondere Probleme auf. Die übernehmende Gesellschaft muß eine bedingte Kapitalerhöhung durchführen und durch Überlassen eigener Aktien die Aktionäre der übertragenden Gesellschaft entschädigen.

Zu den Fusionsaufwendungen zählen u. a. die Grundsteuer, die u. U. durch Aufdeckung der stillen Rücklagen anfallende Körperschaftsteuer bzw. Einkommensteuer, die Kapitalverkehrsteuer, Maklergebühren, Honorare für Berater und Prüfer.

Umwandlung

Der Wechsel eines Unternehmens von einer Rechtsform in eine andere wird als Umwandlung bezeichnet. Man unterscheidet die Umwandlung ohne Liquidation bei Wahrung der rechtlichen Identität durch bloße Satzungsänderung ohne Vermögensübergang oder durch Gesamtrechtsnachfolge mit Vermögensübertragung und eine Umwandlung mit Liquidation, d. h. durch Einzelübertragung der Vermögensteile.

Die Umwandlung ist rechtlich geregelt im HGB, im Aktiengesetz und im Gesetz über die Umwandlung von Kapitalgesellschaften und bergrechtlichen Gewerkschaften vom 12. 11. 1956.

Die Liquidation der bisherigen Rechtsform und die Einzelübertragung der Vermögensteile und Schulden muß erfolgen bei der Umwandlung einer Einzelunternehmung in eine Personen- oder Kapitalgesellschaft, bei der Umwandlung einer Personengesellschaft in ein Einzelunternehmen und bei der Umwandlung einer Personen- in eine Kapitalgesellschaft.

Die Gesamtrechtsnachfolge oder übertragende Umwandlung ohne Liquidation ist vom Gesetzgeber bei der Umwandlung einer Kapital- in eine Personengesellschaft und einer Personengesellschaft in eine Einzelunternehmung gestattet. Dabei wird unterschieden zwischen der verschmelzenden Umwandlung (Übertragung einer Kapitalgesellschaft auf eine bestehende Personengesellschaft), die praktisch der Fusion gleichkommt, und der errichtenden Umwandlung (Übertragung des umwandelnden Unternehmens auf ein neu errichtetes Unternehmen).

Eine weitere Variante der Umwandlung ohne Liquidation ist die formwechselnde Umwandlung, bei der keine Übertragung der Vermögensteile erfolgt und die für die Umwandlung einer Kapitalgesellschaft in eine andere Kapitalgesellschaft und die Umwandlung einer Personengesellschaft in eine andere Personengesellschaft in Frage kommt.

Die Gründe für eine Umwandlung können persönlicher oder sachlicher Natur sein. Bei den sachlichen Gründen spielen vorwiegend der wechselnde Finanzbedarf und steuerliche Überlegungen eine Rolle.

Die Umwandlung, speziell wenn Liquidation und Einzelübertragung notwendig werden, bringt erhebliche Kosten – vor allem steuerlicher Art – mit sich. Aus diesem Grund werden oft wirtschaftlich sinnvolle Umwandlungen nicht durchgeführt oder aber die Wahl der Rechtsform erfolgt von vornherein aus steuerlichen Erwägungen. Beispiel: Flucht in die

Kapitalgesellschaft nach dem 2. Weltkrieg wegen zu hoher Einkommensteuerbelastung der Personengesellschaft. Erst das Umwandlungssteuergesetz vom 11. 10. 1957 machte es bis 31. 12. 1959 möglich, ohne Auflösung stiller Rücklagen und deren Besteuerung eine Kapitalgesellschaft in eine Personengesellschaft umzuwandeln. Außerdem entfielen die Umsatzsteuer für die Vermögensübertragung, die Börsenumsatzsteuer für Wertpapierübertragungen und es galt eine ermäßigte Gewerbesteuer.

Liquidation

Ein Unternehmen kann aus mannigfachen Gründen aufgelöst werden. Die Auflösung und die daran anschließende Abwicklung (Liquidation) sind rechtliche Vorgänge, deren Regelung sich in den §§ 145 ff. HGB, §§ 262 ff. Akt.Ges., §§ 66 ff. GmbHG, §§ 83 ff. GenG und §§ 730 ff. BGB findet.
Abwickler sind die bisherigen gesetzlichen Vertreter soweit nicht durch Satzung oder Beschluß andere Personen mit der Abwicklung betraut werden. Die Abwickler erstellen zu Beginn der Liquidation eine Eröffnungsbilanz und bis zur Beendigung ihrer Tätigkeit jährlich einen Jahresabschluß und einen Geschäftsbericht.
Nach Befriedigung der Gläubiger aus dem Liquidationserlös — die gesetzlichen Vorschriften stellen den Gläubigerschutz in den Vordergrund — wird das restliche Vermögen auf die Gesellschafter gemäß ihrer Kapitalanteile verteilt. Der Schluß der Abwicklung wird dem Registergericht gemeldet, die Gesellschaft wird gelöscht.

IV. FINANZIERUNGSVERMEIDUNG

Unter dem Begriff Finanzierungsvermeidung werden eine Reihe von Methoden zusammengefaßt, die vorwiegend aus den USA gekommen sind und es den Unternehmen u. a. gestatten, dort zu mieten

und zu pachten, wo sie nach herkömmlicher Betrachtung zu eigenen Investitionen gezwungen gewesen wären.

→ *Leasing*

Beim Leasing handelt es sich um die mietweise Überlassung von Industrieanlagen und Industrieausrüstungen durch Investitionsgüterproduzenten oder durch Leasing-Gesellschaften. Die Mietverträge schließen zumeist die Wartung der Anlagen ein und sind relativ kurzfristig (meist vier bis sieben Jahre). Das hat für den Mieter den Vorteil, daß er immer wieder das neueste Gerät mieten kann.
Leasing hat für den Mieter einen Liquiditätsvorteil. Die Mietzahlungen sind außerdem steuerlich absetzbar. Kalkulatorisch ist das Mieten in der Regel teurer als das Kaufen, da ja das Leasing-Unternehmen auch verdienen muß.

→ *Factoring*

Das Factoring ist eine besondere Form des Lieferantenkredits. Um sich den Ärger mit der Beitreibung von Außenständen und ihrer Finanzierung zu ersparen, können Unternehmen ihre Forderungen ohne Haftung — à forfait — auf andere Unternehmen — Factors oder Factoring-Institute — übertragen. Der Factor zahlt dem Unternehmen unter Abzug eines Diskontsatzes für die Übernahme des Delkredere und seine Dienstleistungen innerhalb kurzer Zeit den Gegenwert seiner Forderungen. Beim unechten Factoring ist der Factor berechtigt, uneinlösbare Forderungen an das verkaufende Unternehmen zurückzugeben.

→ *Franchising*

Beim Franchising handelt es sich eigentlich um ein neues Vertriebssystem. Der Hersteller als Franchise-Geber stellt Franchise-Nehmern Produkt, Werbung, Schulung, Firmenimage etc. zur Verfügung. Der Franchisenehmer investiert

das nötige Kapital und betreibt das Unternehmen auf eigene Rechnung, aber nach dem vom Franchise-Geber vorgegebenem Modell.
Der Franchise-Nehmer spart eigene Forschungs- und Entwicklungskosten, partizipiert an der Werbung, genießt Gebietsschutz, hat die Vorteile des Großeinkaufs, vertreibt eine Standard-Ware mit Standard-Qualität, hat ein erprobtes System in Rechnungswesen und Geschäftsführung etc. Die Nachteile des Franchise-Nehmers sind die absolute Abhängigkeit vom Fanchisegeber, keine eigene Preispolitik, keine eigenen Entwicklungsmöglichkeiten.

Literatur:
Axmann, N.: Flexible Investitions- und Finanzierungspolitik, 2. Auflage, Wiesbaden 1966
Deutsch, P.: Grundfragen der Finanzierung im Rahmen der betrieblichen Finanzwirtschaft, 2., neu bearbeitete u. erweiterte Aufl., Wiesbaden 1967
Everling, W.: Die Finanzierung der Unternehmung. Kapitalbeschaffung, Liquiditätsvorsorge, Finanzplanung. Ein Grundriß für Praxis und Fortbildung, Berlin 1965
Giersch, H.-H.: Investitionsfinanzierung und Besteuerung, Wiesbaden 1961
Gutenberg, E.: Die Finanzen. Grundlagen der Betriebswirtschaftslehre, 3. Bd., Berlin, Heidelberg, New York 1969
Hill, W.: Brevier der Unternehmensfinanzierung, Bd. 5, Praktische Betriebswirtschaft, Bern, Köln und Opladen 1967
Janberg, H. (Hrsg.): Finanzierungs-Handbuch, Wiesbaden 1962
Lipfert, H.: Optimale Unternehmensfinanzierung, 2., durchgesehene Aufl., Frankfurt a. M. 1967
Orth, L.: Die kurzfristige Finanzplanung industrieller Unternehmungen, Köln und Opladen 1961
Sellien, H.: Finanzierung und Finanzplanung, 2. Aufl., Wiesbaden 1964
Weihrauch, H.: Pensionsrückstellungen als Mittel der Finanzierung, Stuttgart 1962

Finanz-Management

Aus dem Amerikanischen übernommener Ausdruck, der einerseits synonym zur Finanzwirtschaft bzw. → Finanzierung gebraucht wird, andererseits die sich mit der Finanzierung beschäftigenden Finanz-Experten meint.

First-in-First-out (Fifo)

Um das Vorratsvermögen eines Betriebes für die Bilanz zu bewerten, wird angenommen, daß die zuerst gekauften Waren auch zuerst verbraucht oder verkauft worden sind. Es werden deshalb bei der Bewertung die Preise der letzten Einkäufe zugrunde gelegt. Da auf diese Weise die Vorräte bei steigenden Preisen überbewertet werden, verstößt das Fifo-Verfahren gegen das Niederstwertprinzip, die rechtliche Bestimmung, von zwei Werten bei der Bewertung den niedrigeren zu wählen.
Siehe auch Highest-in-First-out (Hifo) und Last-in-First-out (Lifo).

Fixed Selling and Advertising Expense

Fixe, einzelnen Produkten nicht zurechenbare Verkaufs- und Werbungskosten.

Fixed Trust

Investment-Trust, in dem das Kapital nach festen Grundsätzen angelegt werden muß, denen die Aktionäre vorher zugestimmt haben, im Gegensatz zum → Management-Trust.
→ Investmentgesellschaften

Fixkosten

Bezeichnung für Kosten, die nicht durch Beschäftigungsschwankungen beeinflußt werden.
Die Höhe der Fixkosten wird allein durch quantitative Anpassungsprozesse verändert, und zwar in Form von Kostensprüngen. Diese Kosten werden auch als Intervall- oder sprungfixe Kosten bezeichnet.

Float

Im bargeldlosen Zahlungsverkehr ist Float Bezeichnung für die Summe der abgebuchten, noch nicht gutgeschriebenen, der schwebenden Zahlungen. Ein Teil des Float wird von den Geldinstituten kurzfristig auf dem Geldmarkt angelegt und dient ihnen zur Ertragsverbesserung, da hierfür keine Zinsen bezahlt werden müssen.

Floating

Auch floaten. Schwankungen einer Währung im Verhältnis zum Goldpreis oder einer anderen Währung, z. B. dem Dollar. Im Gegensatz dazu stehen die im Abkommen von Bretton Woods festgelegten fixen Wechselkurse, die nur durch eine offizielle Auf- oder Abwertung der Regierung verändert werden können.

Flop

Häufig gebrauchte Bezeichnung für Mißerfolg, Versager, Fiasko, Niete.

Flow Chart

Flußdiagramm. Ein Flow Chart ist ein Schaubild, das dazu dient, die Aufeinanderfolge von Tätigkeiten oder Ereignissen darzustellen.
→ Ablaufplanung

Flow Process Charts

Flußdiagramme. → Ablaufpläne komplexerer Natur, die Angaben über Arbeitsfolgen, Transport, Warte- und Lagerzeiten enthalten.

FOA

Abkürzung für → Free on Aircraft.
→ Incoterms

FOB

Abkürzung für → Free on Board.
→ Incoterms

FOC

Abkürzung für → Free of Charge.
→ Incoterms

FOP

Abkürzung für → Free on Plane.
→ Incoterms

FOQ

Abkürzung für → Free on Quay.
→ Incoterms

FOR

Abkürzung für → Free on Rail.
→ Incoterms

Forecasting

Vorhersage, → Prognose.

Forecasting-Program

In der Datenverarbeitung Bezeichnung für den Plan, der den Einsatz der elektronischen Datenverarbeitung in der Planung und Organisation eines Betriebes regelt.
→ Flow Chart

Forecast-Type-Budget

Budget, bei dem die Vorausschätzungen nur für einen ganz bestimmten Beschäftigungsgrad erfolgen.

Foreman

Bezeichnung für Meister.

Forfeitierung

Eine Art des → Factoring. Es werden längerfristige Forderungen mit Bundesbürgschaft an die Hausbank verkauft; für den regreßlosen Ankauf sollen auch ausländische Finanzierungsinstitute gewonnen werden.

Form Process Chart

Diagramm zur Darstellung von Arbeitsabläufen im Büro.

Fortran

Abkürzung für Formula Translation. Bezeichnung in der Datenverarbeitung für eine problemorientierte Programmier- oder Pseudosprache, die auf der mathematischen Formelschreibweise aufgebaut ist. Fortran wurde für technisch-wissenschaftliche Probleme entworfen.
→ Programmiersprachen

FOT

Abkürzung für → Free on Truck.
→ Incoterms

FOW

1. Abkürzung → Free on Waggon. (→ Incoterms)
2. First open Water (Verschiffung muß erfolgen mit Beginn der Verschiffungssaison nach der Eisschmelze). Wichtig vor allem in der Schiffahrt in der Ostsee, im Eismeer und in Kanada.

Franchise Circulation

Aus den USA übernommene Methode zur Streuung einer Zeitschrift über den Großhandel oder über Firmen an deren privilegierte Kunden. Der Vorzug (Franchise):

1. Die Namen der Empfänger der Zeitschrift werden geschützt, es kann also keine Doppelbelieferung durch eine andere Firma erfolgen.
2. Der Firma, die von dem Franchise-Abonnement Gebrauch macht, wird an wirksamer Stelle, wie z. B. der Titelseite der Zeitschrift, Raum für einen Werbeeindruck eingeräumt, und zwar nur in der von der Firma übernommenen Anzahl von Exemplaren.

In der Bundesrepublik wurde die Franchise Circulation unter der Bezeichnung Privileg-Methode bekannt.

Franchising

Übertragung von Verkaufsrechten. Der Franchise-Geber (Franchisor) gewährt dem Franchise-Nehmer (Franchisee) das Recht, nach einem vom Franchisor ausgearbeiteten System bestimmte Waren zu verkaufen, Dienstleistungen anzubieten oder Güter herzustellen. Die Entwicklungskosten trägt der Franchisor; er berät den Franchisee auch über die Anwendung und organisiert bestimmte Aufgaben, die er für eine Vielzahl von Franchise-Nehmern durchführt. Es handelt sich beim Franchise-Nehmer also um einen Unternehmer, der zwar rechtlich selbständig ist, auf bestimmten Gebieten aber vertraglich in ein Korsett gezwängt ist. Denken wir an die Coca-Cola-Lizenznehmer. Sie sind gezwungen, den Coca-Cola-Extrakt vom Franchisor zu beziehen; dieser schreibt ihnen vor, wie sie ihn zu Coca-Cola verarbeiten müssen; der Franchisee kauft seine Flaschen und Werbemittel von der Coca-Cola-Zentrale. Diese teilt ihm auch das Gebiet zu, in dem er Coca-Cola verkaufen darf und schreibt ihm die Preise vor. Auch beschafft sie die Fahrzeuge und die Produktionsmittel. Trotzdem wirtschaftet der Coca-Cola-Franchisee auf eigene Rechnung. Fällt es aber seiner Zentrale ein, Coca-Cola zu ergänzen durch neue Produkte, z. B. durch Sprite, so ist der Coca-Cola-Fran-

chisee gezwungen, seinerseits die entsprechenden Investitionen auf eigene Rechnung vorzunehmen, um die Angebotspalette auf Wunsch seiner Direktion zu verbreitern. Der Franchisee ist noch nicht einmal befugt, an jedermann sein Unternehmen zu verkaufen, vielmehr muß der Erwerber einer Coca-Cola-Abfüll- und -Verteilungsstation der Coca-Cola-Zentrale genehm sein. Ähnlich geht es mit den Automobilhändlern, mit den Creditreform-Auskunfteien, mit den Tankstellen der Markenbenzinhersteller u. a. m.
In der Industrie selbst ist das Franchising verhältnismäßig wenig verbreitet; wir kennen es aber in fast allen Dienstleistungsgewerben, z. B. im Hotelfach (Holiday-Inn-Kette), im Gaststättengewerbe (Wimpy), im Groß- und Einzelhandel. In den USA ist es sehr verbreitet, weil man von der Erkenntnis ausgeht, daß bestimmte Funktionen von einem selbständigen Unternehmer besser wahrgenommen werden als von einem angestellten Filialleiter. Auch die Kontrollfunktion liegt besser beim Eigentümer selbst. In der Bundesrepublik gibt es zwar schon erste Vorbilder aus der Zeit des Jahrhundertbeginns; das System selbst aber ist unter dem Anstoß amerikanischer Vorbilder in den letzten Jahren stark gewachsen und greift auf neue Gebiete über. Ähnlichkeiten finden sich z. B. im Vertrieb nach dem Depotsystem. So verlangt z. B. der Hersteller von Markenkosmetika von dem Schönheitssalon, daß er eine Mindesteinrichtung hat, wenn er diese Produkte führen will, einen Mindestvorrat und eine bestimmte Art der Warendarbietung und Werbung.

Free Alongside Ship (FAS)

Frei Längsseite Schiff. Handelsklausel der → Incoterms.
Der Verkäufer trägt Kosten und Gefahren für die Ware bis zur Längsseite des Seeschiffes im Verschiffungshafen.

Free Discharge

Freies Löschen. Handelsklausel der → Incoterms.
Je nach vertraglicher Vereinbarung trägt der Befrachter bzw. der Empfänger der Ware die Löschkosten.

Free Loading

Freie Beladung. Handelsklausel der → Incoterms.

Free of Capture and Seizure (FCS)

Frei von Besitzergreifung und Beschlagnahmung. Handelsklausel der → Incoterms, wonach das Beschlagnahmerisiko ausgeschlossen wird.

Free of Charge (FOC)

Kostenfrei. Handelsklausel der → Incoterms. Der Verkäufer hat alle beim Verkauf anfallenden Kosten zu tragen.

Free of Damage

Unbeschädigt. Handelsklausel der → Incoterms, wonach der Verkäufer alle eventuell an der Ware auftretenden Schäden zu tragen hat.

Free of Particular Average

Frei gegenüber Teilschäden. Handelsklausel der → Incoterms.
In der Seeversicherung sind danach alle Schadensersatzansprüche ausgeschlossen, wenn es sich nicht um einen Totalverlust oder einen erheblichen Schaden handelt.

Free on Aircraft (FOA)

auch: Free on plane (FOP), frei an Bord des Flugzeugs. Handelsklausel der → Incoterms, die der → FOB-Klausel entspricht.

Free on Board (FOB)

Frei an Bord benannter Verschiffungshafen. Neben der CIF-Klausel bedeutendste Handelsklausel der → Incoterms. Der Verkäufer trägt Kosten und Gefahren für die Ware bis zur Reling des Seeschiffes im Verschiffungshafen, während dem Käufer die Charterung des Seeschiffes obliegt.

Free on Plane (FOP)

auch: Free on Aircraft (FOA), frei an Bord des Flugzeugs. Handelsklausel der → Incoterms, die der FOB-Klausel entspricht.

Free on Quay (FOQ)

Frei Hafen. Handelsklausel, nach der der Verkäufer Kosten und Gefahren für die Ware bis zum Kai des Verschiffungshafens trägt.
Diese Klausel ist fast gänzlich durch die → Free Alongside Ship-Klausel abgelöst.

Free on Rail (FOR)

auch: Free on Waggon (FOW), frei Schiene. Handelsklausel der → Incoterms. Der Verkäufer trägt Kosten und Gefahren für die Ware bis zur Übergabe des von ihm beschafften und beladenen Waggons oder der Stückgüter an die Eisenbahn.

Free on Truck (FOT)

Frei Lastkraftwagen ab Lager des Lieferanten. Handelsklausel der → Incoterms. Der Verkäufer trägt Kosten und Gefahren für die Ware bis zur Verladung in den Lastkraftwagen.

Free on Waggon (FOW)

Frei Waggon. Handelsklausel der → Incoterms.
Der Verkäufer trägt Kosten und Gefahren für die Ware bis zur Übergabe des beladenen Waggons an die Eisenbahn.

Freight and Carriage Paid

Frachtfrei benannter Bestimmungsort. Zwei-Punkt-Klausel der → Incoterms.

Freudsches Modell

→ Behavioral Models

FT

Abkürzung für → Functional Team Work.

Führung

Die bewußte und planmäßige Einflußnahme auf andere Personen im Hinblick auf die Erreichung bestimmter Ziele sei hier als Führung verstanden. In diesem Sinne ist Führung eine Funktion des Managements. Führung und Leitung lassen sich begrifflich schwer trennen; manchmal wird unter Führung die Durchsetzung von strategischen, unter Leitung die Durchsetzung von taktischen Plänen verstanden.

I. ELEMENTE DER FÜHRUNG

Führung ist eine soziale Erscheinung. Dementsprechend sind verschiedene Elemente an der Entstehung und an der speziellen Ausprägung von Führung beteiligt:

1. der Führer (Leiter) selbst mit seinen charakteristischen Fähigkeiten und Eigenschaften sowie seiner objektiven Machtgrundlage. (Zu den Führungseigenschaften siehe weiter unten.) Die objektive Herrschaftsgrundlage im Unternehmen stellt der Rang in der Hierarchie dar, den eine Instanz oder Stelle dem Inhaber dieser Stelle verleiht. Sie versetzt ihn in die Lage, „für spezifische Befehle bei einer angebbaren Gruppe von Menschen Gehorsam zu finden" (Weber).

2. die Gruppe derer, die geführt werden, mit ihren ebenfalls charakteristischen Eigenschaften, Fähigkeiten und Mitteln sowie ihren Bedürfnissen, Einstellungen und Problemen. Führung ist nur dann erfolgreich, wenn einmal das intendierte Ziel erreicht wird und zum anderen die Gruppe eine optimale Produktivität erreicht durch Zusammenhalt, Kontinuität und Stabilität der Gruppe. Hat z. B. der Leitende wesentlich andere Vorstellungen von den Zielen der Organisation (Unternehmen) als sein ihm nachgeordneter Mitarbeiter, so wird die Durchsetzung von Plänen – trotz autoritärer Führungsstruktur – auf Widerstand stoßen; manchmal werden Anordnungen umgangen, häufig nur mit halbem Einsatz ausgeführt. Eine Aufgabe des Führenden wird es also sein, seine Untergebenen von der Richtigkeit der organisatorischen Zielsetzung zu überzeugen und zu versuchen, Organisationsziele und die Ziele des einzelnen anzunähern oder gar zur Übereinstimmung zu bringen. In Unternehmen bilden sich überdies informale Gruppen, d. h. solche, die nicht in der gestalteten Organisationsstruktur vorgesehen sind, in denen Führerrollen entstehen. Dieser informale Führer kann eine Gruppe innerhalb des Unternehmens zu einem Verhalten bewegen, welches die Durchsetzung der Pläne erheblich erschwert. In extremen Situationen können Führer und Geführte ihre Rolle tauschen.

3. die spezielle Situation, die jeweils gekennzeichnet ist
   - durch die interpersonalen Beziehungen der Beteiligten (Bekanntschaften, Freundschaften, Feindschaften, Sympathien, Antipathien etc.);
   - durch die Eigenschaften der Gruppe als solcher (z. B. Lehrlinge, mittlere Angestellte, Techniker, EDV-Leute etc.);
   - durch die äußeren Bedingungen, unter denen Führer und geführte Gruppen arbeiten müssen (z. B. Krisensituation, Produktionsverhältnisse, Organisationsstruktur etc);
   - durch die Art der Kultur, aus der die Beteiligten stammen und in der die Gruppe arbeitet (soziale Verhältnisse, Bildungsniveau, Wirtschafts- und Rechtsordnung, Sitte, Moral etc.);
   - durch die Art und Weise, wie die aufgezählten Elemente von der Gruppe und ihren Mitgliedern aufgenommen werden und welche Haltungen und Wertungen sie bei ihnen hervorrufen.

4. die Aufgabe, die nicht nur ein bestimmtes Führungsverhalten erfordert, je nach dem, wie sie strukturiert ist, sondern die auch Führung produzieren oder reduzieren kann.
   → Management According to Task

Folgenden Katalog von 17 Führungsmitteln und den Motiven, die die Geführten veranlassen zu folgen, hat Bornemann zusammengestellt:

Führungsmittel		Motive des Folgens
Gewalt	→	Zwang
drohen mit Gewalt	→	Angst, Sorge
in seelischen Notstand versetzen	→	Hörigkeit
Suggestion	→	im Bann stehen
imponieren	→	Einschüchterung oder Bewunderung
Berufung auf Amtsstellung	→	Gehorsam und Ergebung
Berufung auf Amtsaufgabe	→	Dienstauffassung, Pflicht
Versprechen von Belohnung	→	Erwerbsstreben
persönliche Fürsorge	→	Dankbarkeit, Treue
persönliche Bitte, ins Vertrauen ziehen	→	Hilfsbereitschaft, Verantwortung
menschliches Vorbild	→	Ehrfurcht
Idealisierung der Aufgabe	→	Begeisterung
Offenlegung der Motive	→	Vertrauen
Vertrauen in den anderen setzen	→	sich des Vertrauens würdig erweisen
sachliche Orientierung und Begründung	→	Einsicht, Mitverantwortung
gemeinsame Beratung	→	eigener Entschluß, eigene Mitverantwortung

II. FÜHRUNGSFUNKTIONEN

Führung hat prinzipiell zwei Aufgaben. Sie soll einmal als aktivierendes Moment die Mitglieder der Gruppe oder Organisation dazu bringen, Einzel- und Gesamtaufgaben zu bewältigen („Lokomotivfunktion"), zum anderen soll sie die Ordnung innerhalb der Gruppe oder Organisation aufrechterhalten („Kohäsionsfunktion"). Krech und Crutchfield haben im einzelnen folgende 14 Funktionen herausgearbeitet, die dem Führenden zufallen:

1. die Exekutive: der Führende ist Initiator, er bringt Dinge in Bewegung und verwaltet;
2. die Planung: die Vorausschau, welche Tätigkeiten, Handlungen, Problemlösungen notwendig sind, um das Ziel der Organisation (Unternehmung) zu erreichen, kommt dem Führenden zu;
3. die Zielsetzung, Entscheidung: je nachdem, auf welcher Stufe der Betriebshierarchie der Führende steht, hat er langfristige oder kurzfristige Ziele zu setzen, strategische oder taktische, und gemäß dieser Zielsetzung zu entscheiden;
4. die Sachkenntnis, Information: Grundlage jeder Entscheidung sollte Wissen, Information sein, um die Unsicherheit, unter der die Entscheidung stattfindet, zu verringern;
5. Repräsentation nach außen: da jede Organisation durch ihr Verhältnis zur Umwelt definiert ist, muß der Führende die Aufgabe übernehmen, für die Organisation nach außen zu handeln, zu repräsentieren; demgemäß wird die Organisation an ihrer Führung von außen gemessen und bewertet;
6. Regelung interner, interpersonaler Beziehungen;
7. Belohnung und Bestrafung, Lob und Tadel;
8. Schlichtung und Vermittlung von Konflikten: die Gruppe oder Organisation zusammenzuhalten, ist das Ziel der drei zuletzt genannten Funktionen des Führenden;
9. Beispiel und Vorbild: Die Orientierungsfunktion, die der Führende für die Geführten hat, soll diesen eine Art Anreiz darstellen, die Aufgaben

nicht nur zu erledigen, sondern so zu erledigen, daß die Qualifikation gezeigt wird, auch größere Aufgaben übernehmen zu können;

10. Symbol für die Gruppe;
11. Entlastung durch Übernahme der Verantwortung;
12. Ideologie, „geistiger Führer", moralisches Gewissen;
13. Objekt der Identifikation oder Vaterfigur;
14. Objekt für die Projektion von Aggression, Sündenbock: ohne Anordnungen oder Ratschläge zu geben, ohne direkt auf die Geführten einzuwirken, zeigt sich die Wirksamkeit der Führung in den zuletzt genannten Funktionen.

III. FÜHRUNGSSTRATEGIEN

Der direkte körperliche Zwang als Mittel zur Durchsetzung von Plänen scheidet aus, wenngleich das folgende Mittel – Strafe oder Belohnung – den Charakter Zwang oder Terror annehmen kann.
Eine Möglichkeit der Willensdurchsetzung bietet ein System von Belohnungen oder Strafen, je nachdem, ob eine oder mehrere Aufgaben erfüllt worden sind oder nicht. Voraussetzung für die Wirksamkeit dieses Systems ist ein ausreichend großes Repertoire von Belohnungen oder Strafen, die von den Geführten auch als solche empfunden werden. Der Führende kann das Schwergewicht mehr auf Belohnungen oder mehr auf Strafen legen.
Eine weitere Möglichkeit liegt in der Kontrolle der Informationen, die der Führende dem oder den Geführten zukommen läßt. Durch die Vorauswahl der Information lernt der Geführte Handlungsalternativen nicht kennen und handelt im Sinne des Führenden.
Weder ein System von Belohnungen und Strafen noch Informationskontrolle ist notwendig, wenn der Führende unabhängig von seinem Amt genügend Autorität (Sachkenntnis, Persönlichkeit, Ausstrahlung) besitzt, so daß er der Bezugsperson zum Vorbild wird. Bei stark emotionalem Charakter der Beziehungen zwischen Führendem und Geführtem wird dieser seine Ziele mit den Aufgaben, die er bekommt, identifizieren.
Die Steuerung des Verhaltens durch eine besondere Gestaltung der Umwelt wird als ökologische Kontrolle bezeichnet: Verkehrswege, Formularwesen, Arbeitsplatzgestaltung etc. zwingen zu einem besonderen, von der Führung beabsichtigten Verhalten.

IV. FÜHRUNGSEIGENSCHAFTTEN

Eine Vielzahl von psychologischen Studien hat sich mit der Frage befaßt, welche dominanten Eigenschaften die Inhaber von Führungspositionen oder -rollen besitzen. Da das Phänomen Führung selbst von so vielen Faktoren abhängig ist, läßt sich nicht eindeutig bestimmen, welche Eigenschaften notwendige Voraussetzungen sind. Im folgenden sollen einige in der Literatur mit am häufigsten aufgezählten Eigenschaften angeführt werden:
Intelligenz, Anpassungsfähigkeit, Extrovertiertheit eher als Introvertiertheit, Dominanztendenz, Konservatismus, interpersonale → Sensitivität, Lebensalter, äußere Erscheinung, Redegewandtheit, Verantwortungsbereitschaft, Persistenz des Verhaltens auch bei Hindernissen, emotionale Reife, Charakterstärke, Selbstbewußtsein, sozioökonomischer Status, Popularität, Geltungsbewußtsein, Machtorientierung, Festigkeit.

Literatur:
Abel, M.: Dynamische Wirtschaftsführung. Führungslehre für die Praxis, Wiesbaden 1961
Dahms, K.: Über die Führung, München/Basel 1963
Dirks, H.: Erfolgreiche Menschenführung, Gütersloh 1962
Höhn, R.: Führen mit Stäben in der Wirtschaft, Bad Harzburg 1961
Irle, M.: Führungsprobleme. In: Handbuch der Psychologie, Bd. IX, Göttingen 1961
Sloan, A. P.: Meine Jahre mit General Motors, München 1965

Ulrich H.: Führungsfunktionen in der Unternehmung. In: Neue Betriebswirtschaft, Jg. 17/1964
Whitehead, T. N.: Führung in der freien Gesellschaft, Köln/Opladen 1955

Führung im Mitarbeiterverhältnis

Von der Akademie für Führungskräfte der Wirtschaft, Bad Harzburg, entwickeltes Konzept, das auf der Delegation von Aufgaben, Kompetenzen und Verantwortung aufbaut. Instrumente der Führung sind allgemeine Führungsanweisungen und genaue Stellenbeschreibungen, die den Umfang und die Art von Aufgaben, Kompetenzen und Verantwortung festlegen.

Führungskräfte

Begriff, der sich für leitende Personen in Wirtschaft und Verwaltung eingebürgert hat. Entsprechend der komplexen und exekutiven Aufgaben des Top Managements (→ Management) werden besondere Anforderungen an die Führungskraft gestellt; zu diesen Aufgaben gehören: → Führung und → Motivation von Menschen, Lösung komplexer nicht strukturierter Probleme. Eine klinische Untersuchung in den USA über die Persönlichkeit von Führungskräften brachte als Ergebnis folgende Persönlichkeitsstruktur:

1. Starke Motivation und Leistungsstreben.
2. Bedürfnis vorwärtszukommen, seine Leistungssteigerung belohnt zu sehen.
3. Kein destruktives, hemmendes Verhalten, sondern kontrollierend, helfend.
4. Die Fähigkeit, unstrukturierte Situationen zu organisieren und Querverbindungen der Organisation zu sehen. Zukunftsorientiert.
5. Entscheidungsfreude, Entscheidungsfähigkeit, Entschlossenheit.
6. Starke Persönlichkeit, die aufgrund ihres Selbstbewußtseins stark streßbelastbar ist.
7. Aggressivität, Aktivität.
8. Selbstkritisches Verhalten, Furcht vor Versagen.
9. Starke Realitätsorientierung.
10. Identifikation mit den Vorgesetzten und Distanz zu den Untergebenen.
11. Loyalität dem Unternehmen als ganzes gegenüber.

Führungsspanne

→ Span of Management

Führungsstile

Die bewußte und planmäßige Einflußnahme auf andere Personen (Führung) hat zwei Aspekte: einmal die Herrschaftsgrundlage, die es dem Führenden möglich macht, Einfluß zu nehmen; zum anderen die Form, wie die Führung ausgeübt wird, oder der Führungsstil. Grundsätzlich lassen sich drei Formen des Führungsstils unterscheiden:

1. Autoritäre Führungsstile; dazu gehören der patriarchalische, der autokratische und der bürokratische Führungsstil. Ihr Kennzeichen ist die Unterordnung der Mitarbeiter mit geringer Kompetenz- und Verantwortungsdelegation. Befehl und Anordnung von seiten des Vorgesetzten überwiegen, der Ermessungs- und Entscheidungsspielraum der Mitarbeiter ist gering. Die Produktivität der Mitarbeiter wird nur durch Überwachung und Kontrolle garantiert, die deswegen besonders betont werden müssen.
2. Laisser-faire-Führungsstil. Ein extremes Führungsverhalten, bei dem der Führende darauf verzichtet, seinen bekundeten Willen auch durchzusetzen. Die Produktivität der Mitarbeiter hängt einzig und allein von deren Einstellung ab.
3. Kooperativer Führungsstil (Participative Management), auch demokrati-

	Autoritäre Führungsstile				Kooperative Führungsstile		
Führer-verhalten	Befehl	Anordnung	Spezieller Allgemeiner Auftrag		Empfehlung	Anregung	Information
Art der Autoritätsausübung	Absolute Überwachung der Mitarbeiter		Weitgehende Kontrolle der Mitarbeiter		Steuerung der Mitarbeiter		Rückmeldung der Ergebnisse durch die Mitarbeiter
Mit-arbeiter-verhalten	Exakte Ausführung des Befehls. Keine Entscheidungsalternativen	Ausführung der Anordnung mit geringem Ermessensspielraum	Entscheidungsfreiheit in unwesentlichen Detailfragen	Entscheidungsfreiheit bei der Wahl der Mittel zur Durchführung des Auftrages	Bedingte Entscheidungsfreiheit. Lenkung der Entscheidungen durch die Empfehlung	Bedingte Entscheidungsfreiheit. Beeinflussung der Entscheidungen durch die Anregung	Entscheidungsfreiheit wird durch Informationen nicht beeinträchtigt
Verant-wortung	Verantwortung beim Vorgesetzten				Verantwortung delegiert an die Mitarbeiter		

Führungsstile

scher Führungsstil genannt. Die Persönlichkeit des Mitarbeiters und seine eigene Initiative werden bei diesem Führungsstil stark mit einbezogen. Der Vorgesetzte gibt Empfehlungen, Anregungen, Informationen und berät seine Mitarbeiter, an die — je nach Ebene in der Hierarchie — eine größere Kompetenz- und Verantwortungsfülle delegiert ist; die Mitarbeiter haben deshalb auch einen größeren Ermessungs- und Entscheidungsspielraum.

Autoritäre und kooperative Führungsstile sind von Häusler in der obigen Darstellung zusammengefaßt worden.

Die Frage nach dem besten Führungsstil läßt sich nicht eindeutig beantworten. Kooperative oder demokratische Führungsformen haben eine größere Zufriedenheit der Mitarbeiter zur Folge und demgemäß ein gleichmäßigeres Produktivitätsniveau auch bei wechselnden Kontrollsituationen, wie empirische Untersuchungen ergeben haben. Die größte Zunahme der Produktivität wurde allerdings unter autoritären Bedingungen erzielt.

Der Führungsstil der Vorgesetzten wird sich demgemäß an die Aufgabe anpassen, die die Mitarbeiter zu bewältigen haben (→ Management according to task), und zwar sowohl nach dem Grad der Formalisiertheit und Schematisiertheit der Aufgabe als auch nach der Ebene in der Hierarchie.

Siehe auch: Führung, Verhaltensgitter.

Literatur:
siehe Führung; außerdem
Häusler, J.: Grundfragen der Betriebsführung. Eine Analyse der Führungsproblematik in Wissenschaft und Praxis, Wiesbaden 1966

Full Cost Principle

→ Vollkostenrechnung

Full-Service-Werbeagentur

Bezeichnung für Voll-Service im Agenturgeschäft. Die Werbeagentur muß über alle Spezialisten und Spezialeinrichtungen verfügen, die erforderlich sind, um die werblichen Aufgaben ihres Auftraggebers ganzheitlich zu betreuen.

→ Werbepolitik

Full Showing

Bezeichnung für die maximale Intensität einer → Werbung. In der amerikanischen Werbung in öffentlichen Verkehrsmitteln gilt z. B. ein Werbeplakat pro Wagen einer Linie als Full Showing, in der New Yorker Untergrundbahn zwei Plakate pro

Wagen; Half Showing wird durch zwei Plakate in jedem zweiten Wagen erreicht. In der Außenwerbung wird die Anzahl der Plakate, die ein Full Showing bewirken, für jeden Teilmarkt speziell berechnet.

Full-Time Job

Ganzzeitarbeit. Bezeichnung für eine Stellung, die sich über die vollständige in dem Betrieb, dem Industriezweig oder der Branche übliche Arbeitszeit erstreckt, im Gegensatz zur Teilzeitarbeit.

Functional Authority

→ Organisation

Functional Management

Bezeichnung für ein Mehrliniensystem der Organisation, das von F. W. Taylor entworfen wurde.
→ Management-Lehre, → Organisation

Functional Team Work (FT)

Funktionale Teamarbeit; Bezeichnung für eine planungsorientierte Organisationsform, die die betrieblichen Funktionen neu verteilt und den wichtigen Funktionen des Unternehmens individuell besonderes Gewicht zu geben vermag. Die neue Anordnung von Kompetenz und Verantwortlichkeit soll zusätzlich die Zusammenarbeit zwischen den Funktionen fördern. Das Functional Team Konzept hat sich nach Fisch insbesondere auf dem nordamerikanischen Kontinent in den letzten Jahren im Gegensatz zum Stab-Linien-System (SL) herausgebildet.
Im Functional Team System werden drei Grundfunktionen unterschieden:

1. Die Prozeßfunktionen; sie wiederholen sich zyklisch und sind zeitlich orientiert. Primäre Prozeßfunktionen sind: Produktentwicklung, Produktion, Verkauf, Distribution. Sekundäre Prozeßfunktionen sind: Einkauf, Werbung, Rechnungswesen. Die sekundären Prozeßfunktionen richten sich in ihren

Funktionen / Phasen	Prozeßfunktionen	Faktoren und Beziehungen
Planung (Zeit)	Produktplan Produktionsplan Vertriebsplan Güterverteilungsplan	Finanzplan Personalplan Einkaufsplan Anlagenplan Plan für Beziehungen
Durchführung (Zeit)	Marketing ⇄ Herstellung Güterverteilung Rechnungswesen	Beschaffung von Hilfsmitteln Koordinierung der Beziehungen
Kontrolle		Ergebnisse Mitteleinsatz Zusammenwirken der Beziehungen

Darstellung 1: Der Entscheidungsprozeß

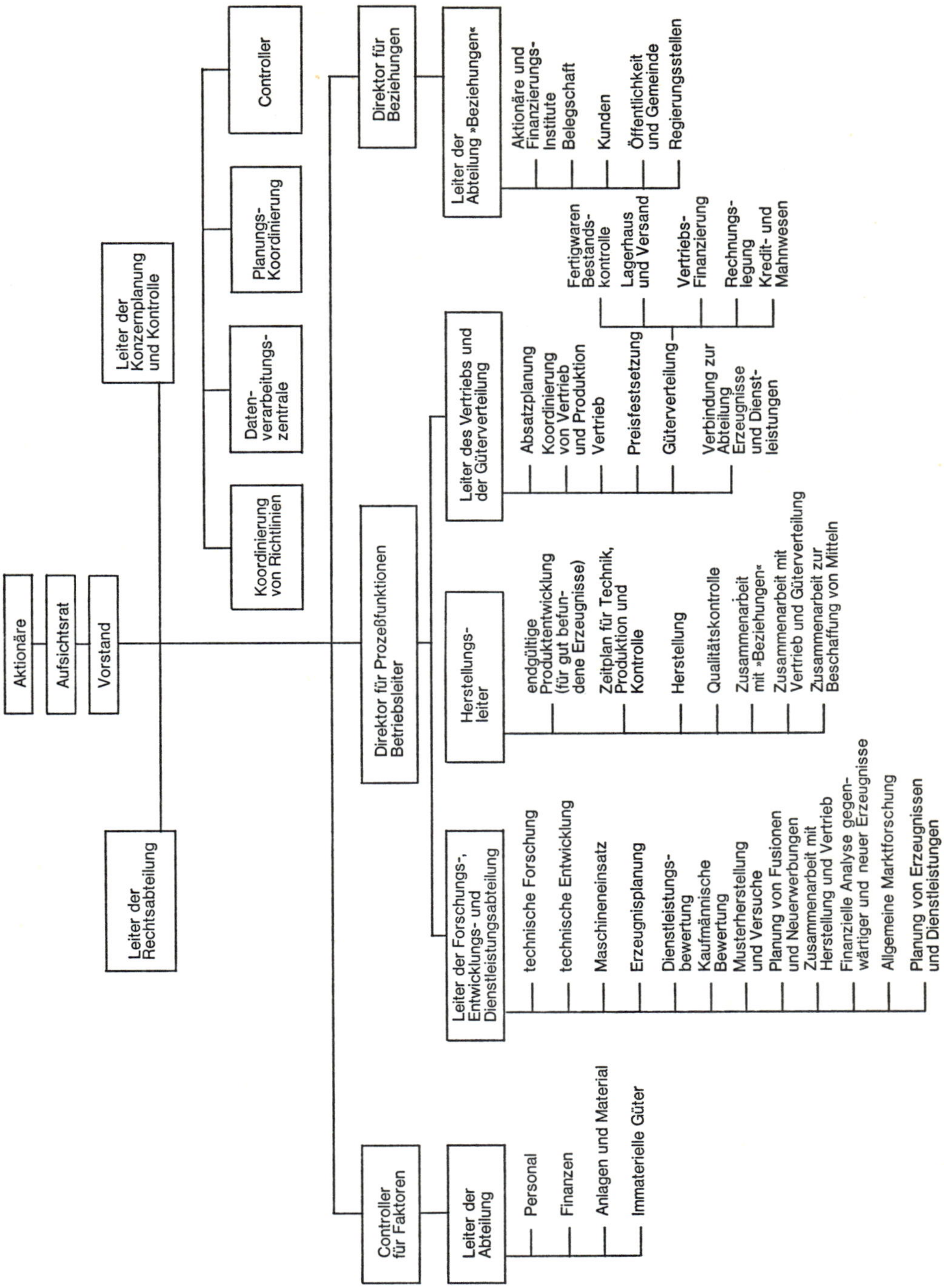

Darstellung 2: Darstellung einer FT-Organisation

Zyklen nach denen der primären Prozeßfunktionen; so ist der Einkauf von der Herstellung und vom Absatz abhängig. Wieviel Kompetenz den einzelnen Funktionen gegeben werden soll, hängt von der individuellen Situation des Unternehmens ab.

2. Die Mittelfunktionen oder Bereitstellung der Faktoren; sie haben die Kontrolle darüber, daß die für die Erfüllung des Unternehmensziels notwendigen Mittel verwaltet und verteilt werden. Zu diesen Faktoren gehören: das Finanzwesen, das Personalwesen, die Anlagen, das Material, die Patente und Erfindungen. Diese Funktionen sind sorgfältig auf die Prozeßfunktionen abzustimmen und langfristig im Sinne der Unternehmenszielsetzung zu planen.

3. Die Human-Relations-Funktion; sie hat die Verantwortung für die Pflege der menschlichen Beziehungen innerhalb des Unternehmens und nach außen. Dazu gehören u. a. die Festlegung der Politik gegenüber der Belegschaft, Untersuchungen über das Betriebsklima, öffentliche Bekanntmachungen, Kontakte zu Stellen der Öffentlichkeit etc. Je mehr sich ein Unternehmen seiner gesellschaftlichen Bedeutung bewußt wird, desto wichtiger wird diese Funktion. Zu diesen drei Grundfunktionen kommt noch die der Geschäftsleitung. Sie delegiert Aufgaben, Kompetenzen und Verantwortlichkeiten an die Funktionen „Prozesse", „Mittel" und „Beziehungen". Ihre Aufgaben sind dann: Zielsetzung und Planung, die Organisation abzustimmen und die Kooperation zwischen den Funktionen zu gewährleisten, Staffing, Kontrolle.

Die Kernprinzipien des Functional-Team-Konzepts sind:

1. Das Prinzip der integrierten Lenkung, das im Vordergrund steht
2. Die einzelnen Funktionen haben auf ihren Gebieten Kompetenz und Verantwortung
3. Der Entscheidungsprozeß läuft logisch ab (vergleiche Darstellung 1)
4. Intregrierter Bestandteil der Auffassung von der Organisationsstruktur ist die Teamarbeit. Da die einzelnen Funktionen voneinander abhängig sind, ist auch eine enge Zusammenarbeit für einen reibungslosen Ablauf des Betriebsgeschehens notwendig.

Die Darstellung 2 zeigt ein Organisationsschema nach Functional-Team-Konzept.

Literatur:
Fisch, G. G.: Gewinnbringende Organisation, München 1966

Funds Statement

Bewegungsbilanzen, Finanzflußrechnungen.
Soll neben der Bilanz und der Gewinn- und Verlustrechnung die zu einem umfassenden Ausweis der Unternehmenstransaktionen notwendige Darstellung der erfolgswirksamen Bewegungen liefern, also z. B. die Ursachen der Zu- und Abnahmen der flüssigen Mittel, Finanzierungs- und Investitionsvorgänge aufzeigen.

Fusion

Verschmelzung, Merger. Rechtlicher Zusammenschluß bisher rechtlich selbständiger Unternehmen.
Die Fusion kommt in zwei Formen vor, zum einen in der Aufnahme eines oder mehrerer Unternehmen in eine bestehende Firma (das geschieht im allgemeinen durch Aufkauf), zum anderen im Zusammenschluß mehrerer Unternehmen zu einer neuen Firma. Rechtliche Regelungen für Aktiengesellschaften finden sich im Aktiengesetz §§ 339 ff. und für Genossenschaften in § 93 a–i des Genossenschafts-

gesetzes. Die rechtlichen Etappen bilden der Verschmelzungsvertrag zwischen den Organen der zur Verschmelzung anstehenden Unternehmen und der Zustimmung der Hauptversammlungen. Besonderheiten sind Verträge zwischen Hauptaktionären und Abfindungen bisheriger Minderheitsgesellschaften. Die Verträge zwischen den Hauptaktionären beinhalten die künftige Unternehmungspolitik, die Vertretung im Vorstand und Aufsichtsrat und das gemeinsame Vorgehen beim Verkauf der Aktienpakete. Die Abfindung von Minderheitsaktionären, die man entweder vor dem Verschmelzungsbeschluß ausbooten muß, um die nötige Stimmenmehrheit zu bekommen, oder die man in die neue Gesellschaft gar nicht mehr erst übernehmen will (weil sonst die Großaktionäre unter die steuerlich oder stimmrechtlich nötigen Anteile des fusionierten Unternehmens kommen), bedarf in einigen Fällen der gerichtlichen Nachprüfung. Oft schlagen die Kleinaktionäre bei Fusionen enorme Gewinne aus dem Verkauf ihrer Aktien; sog. Abfindungsaktien pflegen an der Börse stark im Wert zu steigen.

Es gibt auch einige Übergangsregelungen. Zu ihnen zählen der Beherrschungsvertrag, die Gewinngemeinschaft und die Betriebspacht. Im Beherrschungsvertrag wird die Leitung des später aufzunehmenden Unternehmens der Geschäftsleitung der aufnehmenden Firma unterstellt; den Aktionären der aufzunehmenden Firma wird als Gegenleistung eine Gewinngarantie geboten. Die Gewinngemeinschaft geht der Fusion durch Neubildung voraus; sie sieht eine Poolung der Gewinne vor. Im allgemeinen wird gleichzeitig ein Konzerngleichordnungsvertrag abgeschlossen, der vorsieht, daß die zur Verschmelzung anstehenden Firmen in der Übergangszeit nach gleichen Grundsätzen zu führen sind. „Ein Betriebspacht- oder Betriebsüberlassungsvertrag ist eine Vereinbarung, durch die eine Aktiengesellschaft oder eine Kommanditgesellschaft auf Aktien den Betrieb ihres Unternehmens einem anderen verpachtet oder sonst überläßt.“ (§ 292 Akt.-Ges.).

In einer Reihe von westlichen Ländern unterliegt die Fusion der Zustimmungspflicht durch die Regierung oder durch eine von ihr hierzu ermächtigte Aufsichtsbehörde. In der Bundesrepublik existiert lediglich eine Anzeigepflicht, wenn der Marktanteil der fusionierten Firmen 20 % erreicht oder überschreitet, oder wenn es sich um Großunternehmen handelt (mehr als 10 000 Beschäftigte oder mehr als 500 Mio. DM Umsatz oder eine höhere Bilanzsumme als 1 Mrd. DM). Zuständige Behörde ist das Bundeskartellamt in West-Berlin. Im Montanvertrag ist vereinbart, daß der Zusammenschluß von Unternehmen, die auf dem Gebiete der Kohleerzeugung und der Stahlherstellung tätig sind, der vorherigen Zustimmung der Hohen Behörde der Europäischen Gemeinschaft bedarf.

Ziel der Fusion ist die Steigerung des Gewinns. Dieses Ziel kann einmal erreicht werden dadurch, daß bestimmte Kostenarten gesenkt werden, zum anderen dadurch, daß man höhere Erträge erzielt. Die Senkung der Kosten wird erreicht durch die Zusammenlegung von Verwaltung und Vertrieb, die Konzentration von Forschung und Entwicklung, Werbung und Investition auf bestimmte Projekte, die Straffung des Produktionsprogrammes u. dgl. mehr. Höhere Erträge können durch den Ersatz von kleinkapazitativen Maschinen durch großkapazitative Maschinen, durch konzentrierte Ausnutzung der Marktvorteile und durch den Verzicht auf Konkurrenzanstrengungen erzielt werden.

Die Fusionen sind mit bestimmten steuerlichen Kosten (Grunderwerbsteuer, Kapitalverkehrsteuer, u. U. auch Körperschaft- bzw. Einkommensteuer auf offengelegte stille Reserven), Gebühren für Notare, Anwälte, Wirtschaftsprüfer und Schätzer, Maklerprovisionen, Honorare für Unternehmensberater, Abfindungen von Personal und Vertretern, Vermieter und sonstige Vertragskontrahenten belastet.

Von Fusion i. w. S. spricht man auch, wenn

ein Unternehmen ein anderes kauft. Im Amerikanischen unterscheidet man in dieser Beziehung strenger; Merger ist die Fusion, Acquisition der Aufkauf. Man kauft entweder eine Kapitalgesellschaft, oder man erwirbt Vermögen und Geschäftsbetrieb einer Personengesellschaft oder eines Einzelkaufmanns. In allen diesen Fällen geht die aufgenommene Firma im allgemeinen unter, wenn sie sich nicht anderen Unternehmenszwecken, z. B. der Vermögensverwaltung, widmen will. Im Falle des Kaufes einer juristischen Person gehen automatisch deren Verbindlichkeiten auf den Käufer über. Im Falle des Erwerbs des Vermögens einer Personengesellschaft oder eines Einzelkaufmanns übernimmt man die Verbindlichkeiten höchstens sicherheitshalber oder um den Barkaufpreis zu mindern. Trotzdem haftet der Erwerber in bestimmten Fällen für die Schulden des verkaufenden Unternehmers. § 419 BGB führt aus: „Übernimmt jemand durch Vertrag das Vermögen eines anderen, so können dessen Gläubiger, unbeschadet der Fortdauer der Haftung des bisherigen Schuldners, von dem Abschluß des Vertrages an ihre zu dieser Zeit bestehenden Ansprüche auch gegen den Übernehmer geltend machen.“ Um Ansprüche dieser Art überhaupt zu erfassen, wird im allgemeinen zum Tage des Übergangs eine steuerliche Buch- und Betriebsprüfung veranlaßt. Auch sind die vertraglich zugestandenen Garantieverpflichtungen, Bürgschaften und Pensionszusagen genau zu überprüfen. Häufig wird auch ein Teil des Kaufpreises einbehalten, bis die Inventur ergeben hat, daß das Vermögen entsprechend vorhanden ist, und bis die Forderungen eingegangen sind.

In den letzten Jahren mehren sich die Fälle, in denen die Ziele der Fusion nicht erreicht worden sind. In der Regel sind hierfür meist weniger sachliche als vielmehr persönliche Gründe maßgebend. Namentlich führen Fusionen durch Neubildung meist dazu, daß die Vorstände des neuen Unternehmens zu sehr vergrößert werden, daß der bisher einheitliche Führungsstil durch demokratische Kompromisse ersetzt wird, die letzthin zur Unsicherheit bei Mitarbeitern und Lieferanten führen. Auch sind eine Reihe von bisherigen Führungskräften den qualitativen Anforderungen des größeren Unternehmens nicht gewachsen; der Buchhaltungsleiter hat Schwierigkeiten mit der EDV, der Verkaufsleiter Probleme mit der Markenartikelpolitik, der technische Leiter wird mit der Automation nicht ganz fertig. Hiergegen hilft nur eine von Anfang an klare Konzeption, die man zusammen mit einem Fusionsberater, der die Probleme des Zusammenführens von Unternehmen aus Erfahrung kennt, entwickelt.

Futurologie

Von dem Politologen O. K. Flechtheim geprägter Begriff für die systematische Analyse zukünftigen Geschehens. Zur Futurologie gehören Prognosen, Projektionen etc. als analytische Vorhersage zukünftigen Geschehens; Planungen und Programmierungen als Gestaltung zukünftigen Geschehens; und die philosophische Bewertung zukünftigen Geschehens (Ethik, Religion, Methodologie). Für das Unternehmen ist insbesondere die zukünftige Entwicklung der außen- und innenpolitischen Situation, der gesellschaftspolitischen Situation, der ethischen Normen, der Wirtschafts- und Sozialordnung, der Bevölkerungsstruktur, der Technologie und der Infrastruktur interessant (→ Business Environment).
→ Delphimethode, → Prognose

Literatur:
Flechtheim, O. K.: Eine Welt oder keine, 1964

G

Game Theory

Ausdruck für → Spieltheorie

Gaming

Ausdruck für → Planspiele

Gantt Chart

Graphische Methode im Rahmen von → Operations Research zur Lösung von Reihenfolgeproblemen; die Methode ist nach ihrem Entwickler Gantt benannt.
Beispiel: Es sollen zwei Produkte, A und B, hergestellt werden. Beide Produkte müssen zwei Maschinen (1 und 2) durchlaufen, und zwar erfolgt bei beiden Produkten die Bearbeitung zunächst an Maschine 1, dann an Maschine 2. Die Bearbeitung von A erfordert drei Stunden an Maschine 1, neun Stunden an Maschine 2, die von B sieben Stunden an Maschine 1 und fünf Stunden an Maschine 2.
Produkt A sollte demnach vor Produkt B an den Maschinen bearbeitet werden, da bei dieser Reihenfolge die Zeitersparnis 4 Stunden beträgt.

Gantt-Milestone-Plan

Methode der Terminplanung, die auf dem → Gantt Chart aufbaut und → PERT (→ Netzplantechnik) ähnelt.

Gap

1. In der Datenverarbeitung Bezeichnung für Blockzwischenraum auf magnetischen Bändern.
   → EDV Elektronische Datenverarbeitung
2. In der Volkswirtschaft Bezeichnung für die Differenz zwischen beabsichtigter Investition und beabsichtigtem Sparen.

Gap Projection

Lückenprojektion. Bezeichnung für eine Kontrolltechnik, bei der die Abweichung zwischen dem angestrebten Sollergebnis

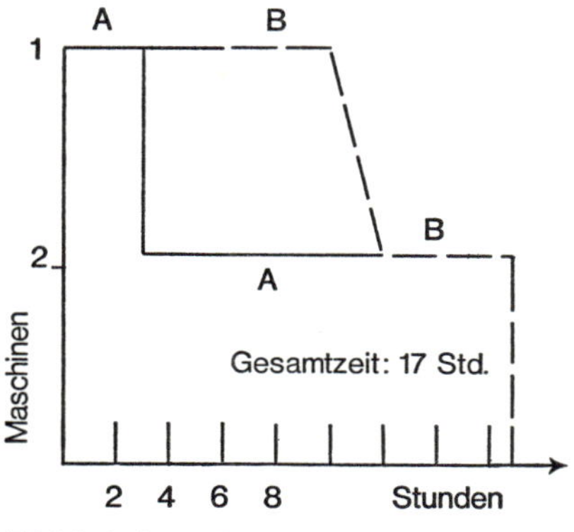

Tätigkeit A vor B

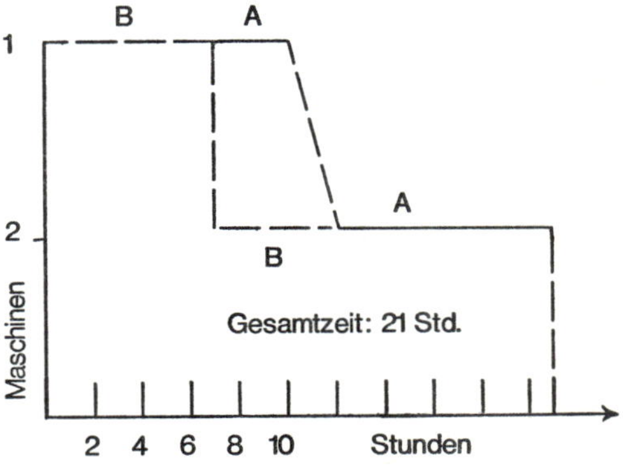

Tätigkeit B vor A

und dem prognostizierten Istergebnis auf einem Diagramm aufgetragen wird.

Literatur:
Engel, P. und Riedmann, W.: Die neuen Managementtechniken in Fällen, München 1971

General Auditor

Bezeichnung für einen Revisor in den oberen Führungsebenen.

General Manager

Bezeichnung für einen leitenden Angestellten. Bei der General Motors Corporation (→ Organisation) steht der General Manager in der vierten Rangstufe von oben.

General Reserve

Bilanzausdruck für allgemeine, frei verfügbare Rücklage.

General Systems Theory

→ Systemtheorie

GERT

(Graphical Evaluation and Review Technique)
→ Netzplantechnik, die von der Rand Corporation entwickelt wurde und für die ein in Fortran IV ausgearbeitetes Computer-Programm vorliegt. Beruht auf Entscheidungsnetzplänen und ist besonders für Forschungs- und Entwicklungsvorhaben geeignet.

Gilt-Edged Securities

Bezeichnung für mündelsichere Wertpapiere, erstklassige Effekten.

Glut

Bezeichnung für Überangebot.

Goals

Im Gegensatz zu → Objectives Bezeichnung für die Teilziele eines Unternehmens.
→ Management by Objectives

Good Will

Bezeichnung für den guten Ruf, das öffentliche Vertrauen, das ein Unternehmen genießt. Zugleich auch imaginärer Firmenwert (Wert der Unternehmensführung, Sicherung von Absatz- und Beschaffungsmärkten, Facharbeiterstamm etc.). Als abgeleiteter Firmenwert (Differenz zwischen Betriebsvermögen und Kaufpreis) ist der Good Will in die Handels- und Steuerbilanz aufzunehmen.
Im weiteren Sinn wird auch der gute Ruf und das öffentliche Vertrauen eines Unternehmens oder einer Person damit bezeichnet.

Gordon-Technik:

Diskussionsmethode zur Ideenfindung, benannt nach ihrem Erfinder William J. J. Gordon.
→ Little-Technik

Go Slow

Bummelstreik. → Slow Go Verhaltensweise

Gozinto-Graph

Teilbedarfsrechnung in Montagebetrieben, bei der die → Graphentheorie Anwendung findet.
Die Bezeichnung Gozinto-Graph geht auf Vazsonyi zurück.

Literatur:
Vazsonyi, A.: Die Planungsrechnung in Wirtschaft und Industrie, Wien, München, 1962

Graphentheorie

Hilfsmittel betrieblicher Planung. Sie wurde Mitte der dreißiger Jahre von dem ungarischen Mathematiker Dénes König entwickelt.
Ein Graph besteht aus einem Netzwerk von Knoten und verbindenden Strecken, die Kanten genannt werden. Haben die Kanten eine Richtung, so werden sie als Pfeile bezeichnet und der Graph heißt gerichteter Graph.

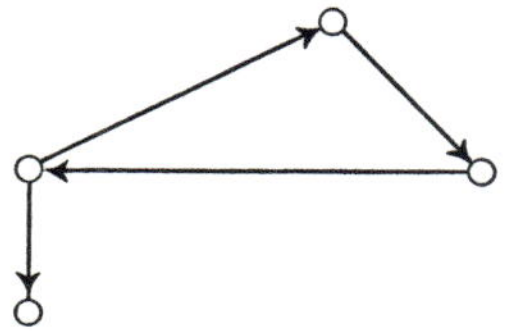

gerichteter Graph

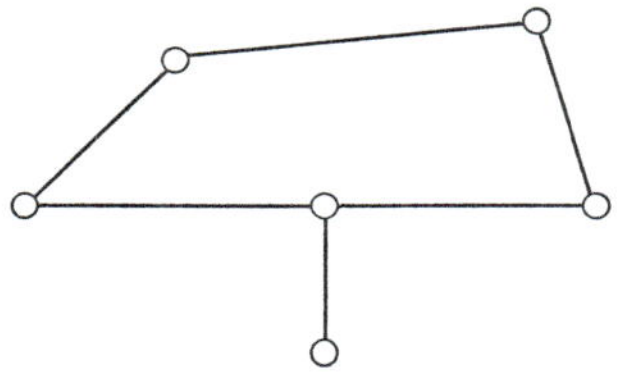

ungerichteter Graph

Sind alle Knoten durch Kanten miteinander verbunden, so handelt es sich um einen zusammenhängenden Graphen.

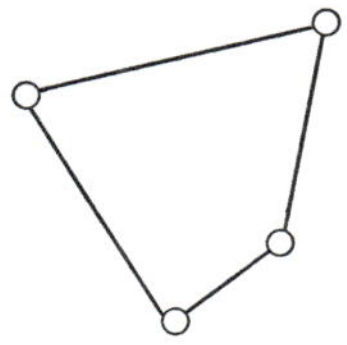

zusammenhängender Graph

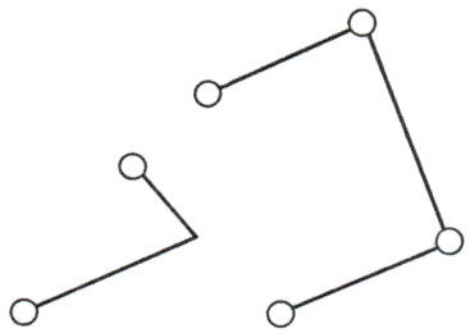

nicht zusammenhängender Graph

Als vollständigen Graphen bezeichnet man ein Netzwerk, in dem jeder Knoten mit jedem anderen Knoten durch Kanten direkt verbunden ist.

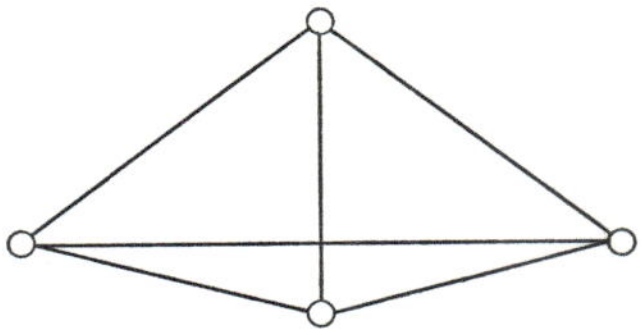

vollständiger Graph

Kanten und Knoten bilden einen Baum, wenn jeder Knoten mit jedem anderen nur durch eine Kante bzw. Kantenfolge verbunden ist.

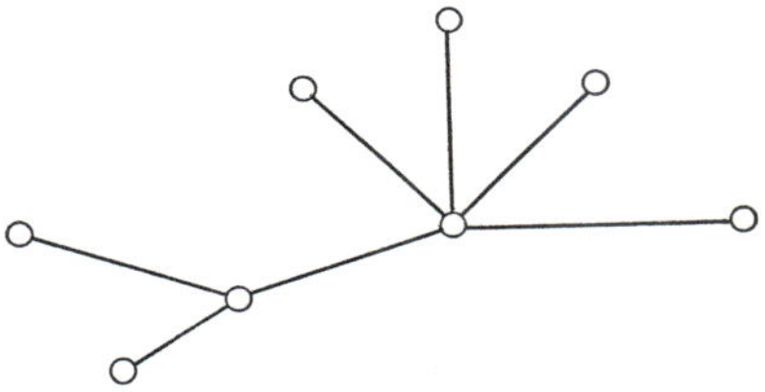

Man unterscheidet offene und geschlossene Kantenzüge:

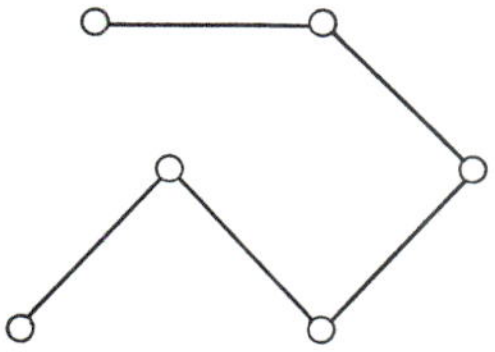

offener Kantenzug

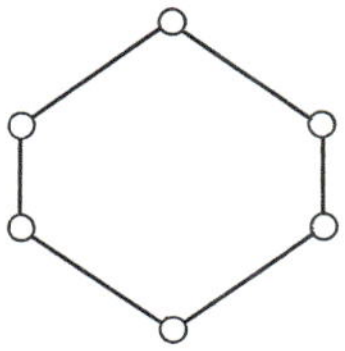

geschlossener Kantenzug

Ein geschlossener Kantenzug in einem gerichteten Graphen, in dem kein Element doppelt vorkommt, heißt „Schleife". Eine „Masche" entsteht, wenn zwei „Pfade" parallel von einem gemeinsamen Ausgangsknoten zu einem gemeinsamen Ziel-

knoten laufen. Unter „Pfad" oder „Weg" versteht man dabei einen Kantenzug im gerichteten Graphen, bei dem keine Kanten oder Knoten doppelt vorkommen. Im ungerichteten Graphen spricht man im gleichen Fall von „Kette" oder „Weg".
Anwendung: Die Graphentheorie wird in der Praxis zur graphischen Darstellung von Zusammenhängen benutzt. Oft bedient man sich der Graphentheorie ohne es zu realisieren, so z. B. wenn „Straßennetze", „Flugnetze", „Eisenbahnnetze" etc. als Graphen dargestellt werden. Das gleiche gilt für die Darstellung der Kommunikationswege in Organisationsschemata. Mit Hilfe der Graphentheorie ist es möglich, kürzeste und längste Wege durch das Netz zu berechnen. Ein Hauptanwendungsgebiet der Graphentheorie ist heute die → Netzplantechnik.

Literatur:
Berge, C.: The Theory of Graphs, London, New York 1966
Busacker, R. G.; Saaty, Th. L.: Endliche Graphen und Netzwerke, München, Wien 1968
König, D.: Theorie der endlichen und unendlichen Graphen, New York, o. Jg.
Ore, O.: Graphs and their Uses, New York 1963

Graphologie

Der Begriff stammt von dem französischen Abbé J. H. Michon, der im 19. Jahrhundert als erster ein graphologisches System entwickelte. 1917 veröffentlichte der deutsche Philosoph L. Klages sein Werk „Handschrift und Charakter", das auch heute noch Grundlage graphologischer Diagnose-Techniken ist. Mit ihrer Hilfe wird versucht, aus der individuell gestalteten Handschrift Rückschlüsse auf den Charakter des Schreibers zu ziehen. Bewertet werden die Form der Schrift, ihre Bewegung und ihre Raumausnutzung, dabei werden nicht nur Einzelmerkmale bestimmt (z. B. Vielfalt, Abstand der Wörter, Stärke der Schrift), sondern auch Merkmale wie „rhythmisch", „schwingend", „zerrissen", „locker" etc. Einer Kombination von hervorstechenden Merkmalen werden dann jeweils bestimmte Charaktereigenschaften zugeordnet; so deuten etwa Winkel in der Schrift auf Willensstärke und Verstandsbetonung, eine kurvige Handschrift auf gefühlsbetontes, verbindliches Wesen, eine bogige Schrift auf einen Menschen hin, der zurückhaltend, verschlossen und förmlich ist. Eine Handschrift mit weiten Oberlängen zeigt einen heftigen, lebhaften Menschen an, während weite Unterlängen auf einen unbeweglichen, materialistischen Menschen deuten. Die unverbundene Schrift wird einem unsicheren, asozialen Charakter zugeschrieben, die verschnörkelte Schrift einem schwärmerischen, unsachlichen Menschen. Auf diese Weise werden Eigenschaften wie Belastbarkeit, Neigung zu Neurosen, Intelligenz, Aggressivität, Selbstbeherrschung, Feigheit, Ehrgeiz, Aufrichtigkeit, Kreativität etc. bestimmt. Der wissenschaftliche Wert der Graphologie ist nicht unbestritten. Dennoch läßt ein Großteil deutscher Unternehmen sich graphologische Gutachten über Stellenbewerber anfertigen.

Literatur:
Heiß, R.: Die Deutung der Schrift, 1966
Klages, L.: Handschrift und Charakter, 1968 (25. Aufl.)

GRASP

(General Resources Allocation and Scheduling)
Von IBM entwickelte Netzplantechnik, für die ein Computer-Programm vorliegt.
Schwerpunkt:
Termin- und Kapazitätsplanung, Berichtswesen.

Grenzplankostenrechnung

Die Grenzplankostenrechnung ist eine Weiterentwicklung der Plankostenrechnung (→ Plankostenrechnung).

Charakteristisch für die Grenzplankostenrechnung ist, daß grundsätzlich schon in der Kostenplanung die fixen und proportionalen Kostenarten differenziert und die degressiven Kostenarten in fixe und proportionale Bestandteile aufgeteilt werden.

Die fixen Kosten, die die Eigenschaft haben, bei jedem Beschäftigungsgrad in gleicher Höhe anzufallen, werden als Leerkosten bezeichnet, die proportionalen Kosten als Arbeitskosten. Leerkosten sind diejenigen Kosten, die auch bei Leerlauf oder Leerstehen des Betriebes anfallen, während als Arbeitskosten die mit der Arbeit der Abteilung oder der Kostenstelle entstehenden Kosten bezeichnet werden.

Somit erfolgt die Trennung in fixe und proportionale Kosten bereits in der Kostenstellenrechnung und reicht über die Bildung von Verrechnungssätzen für innerbetriebliche Leistungen und Kalkulationssätzen bis zu Plankalkulationen der kurzfristigen Erfolgsrechnung.

Folgende Gründe sprechen für die Anwendung dieser Methode:

1. Verbesserung der Erfolgsanalyse und der Gewinnplanung einschließlich der hiermit verbundenen absatzpolitischen Entscheidungen.
2. Verbesserung der Kostengrundlage für alle übrigen Entscheidungsprobleme bei unveränderten betrieblichen Kapazitäten.
3. Verbesserung des Aufbaus der Kostenkontrolle.

Schließlich ist zu berücksichtigen, daß die Begriffe Grenzplankostenrechnung und Deckungsbeitragsrechnung synonym verwendet werden können, da die Grenzplankostenrechnung bei der Planung und Kontrolle des Periodenerfolgs zwangsläufig zum Ausweis von Deckungsbeiträgen führt, als deren wichtigster Faktor stets die Differenz aus den Umsätzen und den proportionalen Selbstkosten der verkauften Erzeugnisse ausgewiesen wird.
→ Deckungsbeitragsrechnung

Literatur:
Plaut, H. G.: Die Grenzplankostenrechnung in ZFB 1953
Plaut, H. G., Medicke, W., Müller, H.: Grenzplankostenrechnung und Datenverarbeitung, München 1969

Grid

Gitter. Managerial Grid ist eine Methode zur Darstellung der verschiedenen Führungsstile im Unternehmen. Im deutschen → Verhaltensgitter genannt.

Group

Bezeichnung für Konzern, ein großes Unternehmen, bestehend aus Mutter- und Tochtergesellschaft(en); dabei kann die Muttergesellschaft sowohl aktiv tätig als auch eine Verwaltungsgesellschaft (→ holding company) sein.

Group Balance Sheet

Ausdruck für Konzernbilanz
→ Consolidated Balance Sheet

Group Deliveries

Konzern-, Gruppenlieferungen, -umsatz. Kann sowohl wertmäßig als auch mengenmäßig beziffert werden.

Group Dynamics

→ Gruppendynamik

Group Head

In der Werbeagentur der Leiter einer Kontaktgruppe.
Account Executive, Account Supervisor.

Group-Marketing-Management

→ Group-Product-Management

Group-Product-Management

Auch Group-Marketing-Management genannt. Organisatorische Bezeichnung für das → Produktmanagement auf der obersten Management-Ebene von Großunternehmen.

Gruppendynamik

Von dem amerikanischen Psychologen K. Lewin geprägter Begriff der Sozialpsychologie für die wechselseitigen Einflüsse zwischen den Mitgliedern einer Gruppe.

I. FAKTOREN DES GRUPPENVERHALTENS

Das Gruppenverhalten ist nach Lippitt/Seashore durch folgende Faktoren gekennzeichnet:

1. Der Gruppenhintergrund; da jedes Individuum in der Gruppe eigene Erfahrungen und Eigenschaften mitbringt (Ziel- und Normenvorstellungen, Verhaltensweisen etc.), hat jede Gruppe ihren speziellen Charakter. Der Führende in einer Gruppe sollte die Rollenerwartungen der Mitglieder und die informalen Kommunikationsstrukturen genau kennen und die Gruppe für ihre gemeinsame Arbeit gut vorbereiten.
2. Die Kommunikation und die Beteiligung an den Gruppenaktivitäten; dazu gehört: wer spricht mit wem und wie oft? (Wobei auch die nichtverbale Kommunikation eine Rolle spielt.) Ist die notwendige Kommunikation innerhalb der Gruppe gewährleistet?
3. Die Gruppenkohäsion; sie gibt Antwort auf die Frage, wie stark sich die Mitglieder zu ihrer Gruppe hingezogen fühlen. Große Gruppenkohäsion macht die Arbeit einer Gruppe effizienter. Dies kann erreicht werden durch eine interdependente Zusammenarbeit, wobei jeder seinen Freiheitsspielraum und seine Individualität wahren kann, durch die Begeisterung für eine gemeinsame Aufgabe oder durch Furcht vor einem gemeinsamen Feind.
4. Die Gruppenatmosphäre; sie ist dafür verantwortlich, wie sich die einzelnen Gruppenmitglieder verhalten. In einer vertrauensvollen Atmosphäre wird eine größere Kreativität entwickelt werden. In einer angespannten Atmosphäre der Furcht wird das Verhalten unselbständig, nach-dem-Munde-redend, ohne Initiative sein.
5. Die Gruppenstandards; jede Gruppe setzt sich bestimmte Normen des Verhaltens, die sowohl ihre Moral als auch ihre Produktivität beeinflussen.
6. Die Verfahrensweisen der Gruppe; sie sind dafür verantwortlich, wie eine Gruppe ihre Aufgabe erfüllt. Die Verfahrensweisen (z. B. Planung, Wahl, Entscheidungstechnik) sollten flexibel sein, um sich veränderten Bedingungen anpassen zu können.
7. Die Gruppenziele; es sind zu unterscheiden: die formalen Ziele, die der Gruppe von außen gesetzt sind (→ Management by Objectives), und die Ziele, die die Gruppe sich selbst setzt. Wichtig ist, daß die Gruppenmitglieder die gesetzten Ziele anerkennen.
8. Das Verhalten des Führenden, der formal bestellt oder informal von der Gruppe bestimmt worden sein kann. Je nach seinem Führungsstil wird sich die Gruppe unterschiedlich verhalten (→ Führungsstile).
9. Das Verhalten der Gruppenmitglieder, das entweder aufgabenorientiert, gruppenorientiert oder ich-orientiert sein kann. Allen drei Verhaltensweisen liegen Notwendigkeiten zugrunde, denen bei der Gestaltung der Arbeitsaufgabe und bei der Führung einer Gruppe Rechnung getragen werden muß.

II. MANAGEMENT UND GRUPPE

Die Arbeit in der Gruppe bringt auf drei Gebieten Vorteile: bei der Lösung von Problemen, bei der Festsetzung von Normen und bei der Entfaltung von psychischen und physischen Kräften. Das Management sollte diese Leistungsvorteile nutzen dadurch, daß

1. die Zwecke und Ziele einer Aufgabe von den Gruppenmitgliedern verstanden und akzeptiert werden;
2. die Kommunikation gewährleistet wird;
3. die Verfahrensweisen flexibel gestaltet werden;
4. die Führungsmethode sorgfältig auf die jeweiligen Gruppenstruktur abgestimmt wird.

Literatur:
Cartwright, D. u. Zander, A.: Group Dynamics, White Plains, N. Y. 1953
Hofstätter, P. R.: Gruppendynamik. Kritik der Massenpsychologie. Reinbeck 1957
Knowles, M. und H.: Introduction to Group Dynamics, New York 1956
Lippitt, G. L. und Seashore, E.: Leader Looks at Group Effectiveness, Washington, D. C. 1961
Thelen, H. A.: Dynamics of Groups at Work, Chicago 1954

H

Handelsmarken

Bezeichnung für zum Verkauf angebotene Produkte, die von großen Handelsunternehmungen und Handelsketten und unter deren Namen vertrieben, unter Umständen auch hergestellt werden.
Ziel der Schaffung von Handelsmarken ist es,

1. das Sortiment des Handels zu vervollständigen,
2. weniger bekannte Herstellermarken zu zu ersetzen und
3. Kunden an das Handelsunternehmen zu binden.

In den meisten Fällen ist der Name und die Kennzeichnung der Handelsmarke mit dem Namen der Unternehmungen und Gruppen identisch, die diese Handelsmarke vertreiben. Die Werbung für diese Produkte wird darüber hinaus durch die Werbung für diese Handelsunternehmungen und Handelsketten unterstützt und umgekehrt.

Literatur:
Nieschlag, Dichtel, Hoerschgen: Marketing, 4. Auflage, Berlin 1971

Hard Selling

Bezeichnung für die Anwendung von aggressiven Verkaufsmethoden (Hochdruck-Verkauf).

Hardware

Bezeichnung für die maschinentechnische Ausstattung einer Datenverarbeitungsanlage. Entsprechend ihren Funktionen werden die Geräte einer Anlage in zwei Gruppen geteilt: die Periphergeräte, die der Dateneingabe und Datenausgabe dienen, und die Zentraleinheit, in der vor allem Datenverknüpfungen ausgeführt, d. h. die Datenströme koordiniert und die Einsätze aller Hardware-Einrichtungen gesteuert und überwacht werden. Zu der Zentraleinheit gehören in der Regel auch Datenübermittlungskanäle, die den Informationsaustausch zwischen der Zentraleinheit und den peripheren Geräten überwacht.
→ Software

Literatur:
Jordan, C.: Einführung in den Aufbau der Hardware eines Datenverarbeitungssystems, in: Schriften zur Unternehmensführung, Bd. 12, Wiesbaden 1970

Harmonogramm

Gleichzeitige Darstellung von zwei und mehr Arbeitsabläufen zur zeitlichen Gegenüberstellung und gegenseitigen Abstimmung.

Literatur:
Nordsieck, F.: Harmonogramme in: Handwörterbuch der Organisation, Stuttgart 1963

Headhunter

Eigentlich Kopfjäger. Bezeichnung für freie Personalberater, die die Suche und Vermittlung von Führungskräften für die Wirtschaft übernehmen. Häufige Bezeichnung ist für sie auch „Executive Search Consultant."

Headship

In der amerikanischen Soziologie Bezeichnung für → Autorität in der Großgruppe; auch Domination oder Authority genannt.
→ Leadership

HEPP

(Hoffman Evaluation Program and Procedure)
→ Netzplantechnik mit dem Schwerpunkt: Termin-, Kosten- und Kapazitätsplanung.

Herstellkosten

Herstellkosten sind die Fertigungskosten für ein Produkt, die sich zusammensetzen aus:

1. Fertigungsmaterial
2. Fertigungslohn
3. Fertigungsgemeinkosten

Heuristik

Bezeichnung für die Methode, neue Erkenntnisse zu gewinnen, z. B. mit Hilfe des Modell- oder Systemdenkens. Auch Erfindungskunst genannt (griechisch heurisko = ich finde).

Heuristische Verfahren

Näherungsverfahren zur Lösung von Problemen, für die sich mit vertretbarem Rechenaufwand keine exakte Lösung mehr finden läßt. Heuristische Verfahren werden bei Optimierungsproblemen eingesetzt, um zunächst eine obere und untere Grenze für die wahrscheinliche Lösung zu ermitteln und damit den Rechenaufwand erheblich einzuschränken.
Zu den Problemen, die sich nur bis zu einer bestimmten Größe exakt lösen lassen, gehört z. B. das → Travelling Salesman Problem.

Hierarchie

Bezeichnung für ein System der Über- bzw. Unterordnung von Rängen, wodurch sich (mindestens zwei) Rangstufen ergeben. Rangstufen unterscheiden sich durch

unterschiedliche Autorität, Macht oder Prestige, die im Verhältnis der jeweils anderen Rangstufe gemessen werden. Als Folge der unterschiedlich verteilten Leitungsgewalt ergibt sich eine Rangfolge von Instanzen. Instanzen mit gleicher Leitungsmacht und gleicher Entscheidungskompetenz stehen in einer Nebenordnung zueinander. Im Deutschen werden im allgemeinen folgende fünf Stufen der Betriebshierarchie unterschieden (Arbeitskreis Krähe):

1. Leitung
2. Hauptabteilung
3. Abteilung
4. Gruppe
5. Untergruppe.

Im angelsächsischen Sprachbereich unterscheidet man gewöhnlich folgende drei Rangstufen: top management als oberste Leitungsebene, middle management als mittlere Leitungsebene und lower oder junior management als unterste Leitungsebene. Neben den formalen, eingerichteten Instanzen bilden sich informale Instanzen heraus, welche die formale Rang- und damit Leitungsordnung stören können.
Befehlshierarchie ist der Ausdruck für die disziplinarische Durchsetzung von Anordnungen nach Entscheidungen von oben nach unten. Leitungshierarchie ist der Ausdruck für die bürokratische Organisationsform, die durch zunehmende → Delegation gekennzeichnet ist; die Leitungsbefugnis hängt hier von der Ranghöhe und von der Funktion ab. Die Berichtshierarchie ist dadurch gekennzeichnet, daß Befehle durch Anregungen, Hinweise etc. ersetzt werden und im Mittelpunkt das Berichten von unten nach oben steht; die disziplinarischen Aufgaben der Hierarchie treten im Zuge einer engeren Bindung der Stelleninhaber an die Arbeitsablaufprozesse zurück.

Mayntz, R.: Soziologie der Organisation, Hamburg 1963
Dahrendorf, R.: Industrie- und Betriebssoziologie, Berlin 1962

Higgling-Haggling

Feilschen, Preisdrückerei

Highest-in-First-out (Hifo)

Bei der Bewertung des Vorratsvermögens wird angenommen, daß die am teuersten eingekauften Waren zuerst verbraucht werden. Auf diese Weise werden die Vorräte mit den niedrigsten Preisen, die in der Rechnungsperiode bezahlt wurden, in die Bilanz aufgenommen.
Siehe auch First-in-First-out und Last-in-First-out.

High Gearing

Erhöhung der Fremdkapitalanteile; empfehlenswert bei günstigen Absatzaussichten.

Hire-and-Fire-Prinzip

Bezeichnung für die Methode, Mitarbeiter einzustellen mit dem Ziel, sie nach kurzer Zeit wieder zu entlassen. Auf diese Weise kann das Unternehmen z. B. die Verbindungen, den Ruf etc. des neu Eingestellten für sich ausnützen.

Hobbes'sches Modell

→ Behavioral Models

Holding Company

Holdinggesellschaft. Verwaltungsgesellschaft, die selber nicht tätig ist, sondern die nur Aktien oder Stammkapital ihrer Tochtergesellschaften verwaltet.

Home Industry

→ Cottage Industry

Hot Issues

Neu ausgegebene Aktien von Gesellschaften, die noch nicht lange existieren. Bei diesen Papieren besteht das Risiko, daß sich das Unternehmen nicht durchsetzen kann und die Anteilinhaber ihr Geld verlieren. Es besteht aber auch die Chance eines raschen Kursgewinns.

Hotpoint Company Methode

Methode des → Brainstorming, die von dem amerikanischen Unternehmen Hotpoint entwickelt wurde.

Human Engineering

In der Arbeits- und Industriepsychologie Bezeichnung für die Untersuchung der psychologischen Voraussetzungen bei der Gestaltung von Arbeitsplätzen, Arbeitsabläufen und Maschinen.

Human Relations

Bezeichnung für systematische Analyse und Förderung der zwischenmenschlichen Beziehungen im Unternehmen. Der „Human Relations Approach" als Management Aspekt zur Steigerung der Produktivität im Unternehmen nahm seinen Ausgang von den Hawthorne Experimenten, durchgeführt 1927 bis 1932 von u. a. E. Mayo und F. J. Roethlisberger. Diese Untersuchungen ergaben, daß die Produktivität eines Menschen nicht nur von seiner Bezahlung, sondern von seiner Einstellung, seinen Kollegen, dem Führungsstil seiner Vorgesetzten etc. abhängt. Während nun der Human Relations Approach versucht, das Betriebsklima so zu gestalten, daß alle diese Bedingungen erfüllt sind, geht der Human Resources Approach von den Identifikationsmöglichkeiten des betrieblichen Mitarbeiters mit seiner Arbeitsaufgabe aus (→ Motivation).

Human System Simulation

Englischer Ausdruck für → Planspiele.

I

ICL PERT

(ICL Program Evaluation and Review Technique)
Von International Computers entwickelte → Netzplantechnik.
Schwerpunkt: Termin-, Kosten- und Kapazitätsplanung.

ICON

(Integrated Control)
Von Sylvania Electric Products entwickelte → Netzplantechnik
Anwendungsgebiet: Angebotsbewertung und Berichterstattung.

Image

Das Image einer Person (oder Sache) ist die Gesamtheit der Vorstellungen und emotionellen Einstellungen, die eine Person oder ein bestimmter Personenkreis mit der in Frage stehenden Person (Personenkreis) oder Sache verbindet. Das Image kann bewußt aufgebaut werden, z. B. das Image eines Politikers, eines Filmstars, eines Unternehmers oder eines Produkts etc.

Image Rater System

Bezeichnung für ein Verfahren zur systematischen Untersuchung des Bildes, das man sich auf den Beschaffungs- und Absatzmärkten über ein Unternehmen und seine Produkte macht.

IMPACT

(Integrated Managerial Programming Analysis Control Technique)

Von der US-Air Force entwickelte → Netzplantechnik, mit deren Hilfe Einkaufsunterlagen überwacht und Wirtschaftlichkeitsprognosen und Vorhersagen über Kapazitätsauslastung, Obligos und Verbindlichkeiten gemacht werden sollen.

Impact Test

Von dem amerikanischen Markt- und Meinungsforscher George Gallup eingeführter Begriff. Mit dem Impact Test soll geprüft werden, welche Aufmerksamkeit eine Anzeige erregt und wie sie sich dem Gedächtnis einprägt. Dazu muß der Befragte angeben, ob er sich an einen redaktionellen Beitrag der Ausgabe, in der die Anzeige stand, erinnern kann und somit an die Zeitschrift überhaupt. Mit der weiteren Befragung tastet man sich immer mehr an die Grenze des Erinnerungsvermögens der befragten Person heran.

Incentive-System

Bezeichnung für ein leistungsbezogenes Entlohnungssystem, das aus einem fixen und einem leistungsabhängigen, variablen Einkommensbestandteil besteht.

Income

In der Gewinn- und Verlustrechnung Ausdruck für Erträge.

Incorporation

Bezeichnung für Körperschaftsgründung, Eintragung, Registrierung.

Incoterms

Abkürzung für „International Commercial Terms". Internationale Regeln für die Auslegung der handelsüblichen Vertragsformen. Es sind dies von der Internationalen Handelskammer erstmals 1936 und erneut 1953 entwickelte Standardregeln für die Auslegung von neun Lieferklauseln im internationalen Handel.

Die Handelskammern von 27 Ländern, darunter die Bundesrepublik Deutschland, haben ihre Lieferbedingungen nach den Incoterms vereinheitlicht. Eine Ausnahme sind die USA, die sich nach ihren 1941 erschienen Revised American Foreign Trade Definitions richten, die von den Incoterms erheblich abweichen.

Jede Klausel beinhaltet eine Aussage über

1. die Lieferpflicht des Verkäufers und die Abnahme- und Zahlungspflicht des Käufers sowie Nebenpflichten wie Versicherungsvertrag, Frachtvertrag etc.
2. die Kostenverrechnung für Fracht, Versicherung, Dokumentenbeschaffung, Zölle, Verpackung etc. und
3. den Gefahrenübergang.

Dabei unterscheidet man

a) Einpunktklauseln und

b) Zweipunktklauseln.

Bei den Einpunktklauseln gehen Gefahren und Kosten in einem Punkt vom Verkäufer auf den Käufer über, Zweipunktklauseln liegen dann vor, wenn der Punkt der Kostenübernahme nicht identisch mit dem Punkt der Gefahrenübernahme ist.

Die Klauseln der Incoterms haben eine detaillierte Auslegung gefunden, die oft mehrere Seiten füllt.

Literatur:
Deutsch, P.: Die „Incoterms" als Mittel der Risikopolitik im Außenhandel, in: management international, Jg. 1965, Heft 1.
Dort finden sich zahlreiche weitere Literaturangaben.

Übersicht über die neun Grundklauseln der Incoterms

		Übergangspunkt für Kosten	Übergangspunkt für Gefahren
I. Ab Werk, Pflanzung, Lager etc. (ex works, ex factory, ex plantation, ex warehouse etc.)	Einpunktklauseln	Werk, Pflanzung, Lager etc.	
II. Frei Verladestelle	Einpunktklauseln		
FOR (free on rail = Frei Waggon) FOT (free on truck = frei Lkw)	Einpunktklauseln	Beladener Waggon oder Lkw, Bahnübergabe	
FAS (free alongside ship = frei Längsseite Schiff)	Einpunktklauseln	Längsseite Seeschiff im Verschiffungshafen	
FOB (free on board = frei an Bord)	Einpunktklauseln	Reling Seeschiff im Verschiffungshafen	
III. Frei Entladestelle	Einpunktklauseln		
Ab Schiff benannter Bestimmungshafen (ex ship)	Einpunktklauseln	Bord Seeschiff im Löschhafen	
Ab Kai benannter Bestimmungsort verzollt bzw. unverzollt (ex quay, duty paid bzw. on buyer's account)	Einpunktklauseln		
C & F (cost and freight = Kosten u. Fracht benannter Bestimmungshafen)	Zweipunktklauseln	Bestimmungshafen (FOB verschifft, zuzüglich Seefracht)	Reling, Seeschiff im Verschiffungshafen
CIF (cost, insurance, freight = Kosten, Versicherung, Fracht benannter Bestimmungshafen)	Zweipunktklauseln	Bestimmungshafen (FOB verschifft, zuzüglich Seefracht und Versicherung)	Reling, Seeschiff im Verschiffungshafen
Frachtfrei benannter Bestimmungsort (freight and carriage paid)	Zweipunktklauseln	Bestimmungsort	Übernahme durch ersten Frachtführer

Incremental Tape Station

Bezeichnung in der Datenverarbeitung für Schritt-Magnetbandgerät, welches im → Start-Stop-Betrieb arbeitet. Auf diese Weise kann Zeichen für Zeichen aufgenommen werden, wobei das Band schrittweise vorrückt.

Indentgeschäft

Im Außenhandel zwischen Europäern bzw. Amerikanern und Asiaten entstandenes Geschäft: Der Indentgeber, d. h. der asiatische Einkäufer, bindet sich fest an seinen Einkaufsantrag. Der europäische oder amerikanische Indentnehmer, d. h. Exporteur, tritt erst dann in den Vertrag ein, wenn er die vom Indentgeber gewünschten Bedingungen erfüllen und für sich einen gewinnbringenden Preis erzielen kann.

Indentvertreter

Bezeichnung für den Vertreter eines Importeurs (Indentgeber) im Ausland, der die ihm zugewiesenen Importaufträge erledigt und die Verträge zu den angegebenen Preisen und Bedingungen abschließt.

Indices

Indices sind Verhältniszahlen und methodisch das gleiche wie Meßzahlen; allerdings wird nicht die zeitliche Entwicklung nur eines Tatbestandes verfolgt, sondern die durchschnittliche Veränderung einer ganzen Reihe einzelner Tatbestände im Zeitablauf. Da der Index lediglich dem zeitlichen bzw. örtlichen Vergleich dient, ist das absolute Niveau des Tatbestandes nicht aus dem Index zu erkennen. Indices zeigen zeitliche oder örtliche Preis-, Mengen- oder Wertentwicklungen und den Einfluß von Preis und Mengenentwicklungen auf Wertbewegungen an und ermöglichen einen Vergleich von Entwicklungen mehrerer Reihen. Man unterscheidet:

Preisindices,
Mengenindices,
Wertindices.

Zur Berechnung des Index muß zunächst geklärt werden, welche und wie viele Merkmalsgrößen in die Berechnung einbezogen werden sollen.

Beispiel: Zur Berechnung des Index der Einzelhandelspreise bedarf es einer repräsentativen Auswahl der abgesetzten Waren. Da sich die Warenstruktur im Laufe der Zeit ändert, muß auch die Auswahl häufig geändert werden.

Ein weiteres Problem ist die Wahl des Wägungsschemas.
Die einzelnen Merkmalsgrößen müssen hinsichtlich ihrer Bedeutung gewichtet werden.

Beispiel: Bei der Berechnung eines Aktienindex muß der unterschied-

	Preisindex		Mengenindex		Wertindex
	Gewicht	Formel	Gewicht	Formel	
Paasche	Konstante Mengen der Berichtsperiode	$\frac{\Sigma p_i q_i}{\Sigma p_o q_i} \cdot 100$	Konstante Preise der Berichtsperiode	$\frac{\Sigma q_i \cdot p_i}{\Sigma q_o \cdot p_i} \cdot 100$	$\frac{\Sigma p_i \cdot q_i}{\Sigma p_o \cdot q_o} \cdot 100$
Laspeyres	Konstante Mengen der Basiszeit	$\frac{\Sigma p_i q_o}{\Sigma p_o q_o} \cdot 100$	Konstante Preise der Basiszeit	$\frac{\Sigma q_i \cdot p_o}{\Sigma q_o \cdot p_o} \cdot 100$	

Darstellung 1: Indexformeln nach Paasche und Laspeyres

lichen Bedeutung der verschiedenen Aktiengesellschaften Rechnung getragen werden. Es wird daher mit dem Grundkapital gewichtet.

Auch die Wahl des Basisjahres wirkt sich auf die Höhe des Index aus. Waren die Preise im Basisjahr besonders niedrig, so fällt die Indexzahl im Berichtsjahr höher aus als bei hohen Preisen im Basisjahr.
Ein weiteres Problem ist die Wahl der Indexformel. In der Praxis sind vor allem die Indexformeln nach Paasche und Laspeyres gebräuchlich (Darstellung 1).
Indices können aus den Ursprungszahlen berechnet werden, indem aus den einzelnen Merkmalswerten ein gewogenes arithmetisches Mittel gebildet und dann die Meßzahl errechnet wird. Liegen bereits Meßzahlen vor, so erhält man den Index, wenn man den gewogenen Mittelwert daraus errechnet.

Industrial Design

Bezeichnung für die Formgestaltung von dreidimensionalen Industrieprodukten, wobei Konstrukteur und künstlerischer Gestalter zusammenarbeiten, um sowohl eine zweckmäßige als auch schöne Form zu finden.

Industrial Dynamics

Bezeichnung für eine Methode zur Analyse von industriellen Systemen. Die funktionalen Unternehmensbereiche Marketing, Investition, Forschung, Personal, Produktion, Rechnungswesen werden auf die zugrunde liegenden Ströme von Geld, Informationen, Materialien, Personen und Kapitalien reduziert. Nun wird untersucht, welche (gegenseitige) Wirkungen die Unternehmenspolitik, die Unternehmensentscheidungen, die Unternehmensstruktur, der Zeitfaktor auf Wachstum und Stabilität haben. Grundlagen für diese Methode sind: das → Informations → Feedback-System, die → Entscheidungstheorie, die → Simulationstheorie und die → elektronische Datenverarbeitung.

Literatur:
Forrester, J. W.: Industrial Dynamics, Cambridge, Mass. 1961

Industrial Engineer

Spezialist, der auf dem Aufgabengebiet → Industrial Engineering tätig ist und zu dessen Ausbildung neben technischem Grundwissen auch noch Kenntnisse in wirtschaftswissenschaftlichen Fächern und der Arbeitswissenschaft gehören.

Industrial Engineering

Begriff für die Anwendung von technischen und wirtschaftswissenschaftlichen Prinzipien zur Rationalisierung industrieller Arbeitsprozesse, der gleichermaßen die betriebswirtschaftlichen wie die Plansteuerungs- und Kontrollfunktionen einer Fabrikorganisation umreißt. Dazu gehören Arbeitsanalyse, optimale Arbeitsgestaltung, Zeitstudien, Bewertung und Entlohnung von Arbeitsergebnissen, Arbeitsvorbereitung, Fertigungsplanung, Fertigungssteuerung.
Der in Deutschland existierende Arbeitskreis für industrial engineering definiert den Begriff wie folgt: „Das industrial engineering besteht aus Erfahrungen und Methoden zur Untersuchung (Analyse) und Gestaltung (Synthese) komplexer betrieblicher Systeme. Deren Ziel ist es, den Einsatz von Personal, Betriebsmitteln und Stoffen so zu kombinieren, daß ein gewünschtes Produktionsprogramm nach Qualität, Menge und Termin bei minimalen Kosten realisiert wird. Dabei wer-

den die technologischen und organisationstechnischen Entwicklungen sowie die Forderungen der Absatzmärkte und die Möglichkeiten der Beschaffungsmärkte weitgehend berücksichtigt."
In Amerika haben zahlreiche Betriebe im Rahmen ihrer Fertigungsorganisation eine Abteilung für industrial engineering gebildet.
Das industrial engineering baut auf dem Arbeitsstudium auf und setzt sich in Richtung umfassender Rationalisierung und betrieblicher Planung fort.
Die Lösung dieser Aufgaben verlangt neben rein arbeitswissenschaftlichen Kenntnissen gleichermaßen die Beherrschung betriebswirtschaftlicher und organisatorischer Faktoren. Der Industrial Engineer hat demnach neben seiner technischen Grundausbildung ein zusätzliches Studium in wirtschaftlichen und sozialwissenschaftlichen Fächern zu absolvieren. Am ehesten wäre er z. B. mit dem Diplom-Wirtschafts-Ingenieur vergleichbar. Im allgemeinen ist der Industrial Engineer direkt dem Fertigungsleiter unterstellt. Er dürfte in Zukunft immer mehr eine Vorstufe zum Aufrücken in die technische Leitung eines Betriebes werden.

Aufgaben des Industrial Engineering

Grundsätzlich folgt die Aufteilung der Fertigungsorganisation dem Prinzip der Arbeitsteilung. Die Stelleninhaber entwickeln sich dabei häufig zu Spezialisten auf ihrem Gebiet und sind danach z. B. besondere befähigte Ingenieure in bezug auf die Arbeitsvorbereitung, die Durchführung oder die Qualitätskontrolle der Erzeugnisse.
Der Industrial Engineer hat im Gegensatz dazu die Aufgabe, zwischen diesen einzelnen Funktionen eine Brücke zu schlagen, zu koordinieren, zu integrieren und vor allen Dingen als permanenter Motor für die Förderung der Teamarbeit innerhalb des Fertigungsbereiches zu sorgen. Unter dem Funktionsspezialisten ist er gleichermaßen ein Funktionsgeneralist, wobei seine Aufgaben regelmäßig in den Zuständigkeitsbereich verschiedener Abteilungen fallen.
Entsprechend dieser Aufgabenstellung ist das industrial engineering keineswegs auf einen ganz bestimmten industriellen Bereich beschränkt, sondern es ist mehr die Denkweise sowie das Wissen um moderne Verfahrenstechniken wie Systemtechnik, Netzplantechnik, Wertanalyse, Deckungsbeitragsrechnung oder der Einsatz der Datenverarbeitung u. a., was das industrial engineering ausmacht.
Beispiel für Einzelaufgaben des industrial engineering:

1. Rationalisierung des Materialflusses,
2. Rationalisierung der Materialwirtschaft,
3. Investitionsplanung bei Großprojekten einschließlich der Sicherung der Wirtschaftlichkeit,
4. Einsatz der EDV bei der Fertigungsprozeßsteuerung,
5. Ablauforganisation von Fertigungsprozessen,
6. Fertigungsplanung,
7. Aufbau von Wertanalyse-Teams,
8. Organisation und Sicherstellung der Qualitätskontrolle,
9. Planung zuverlässiger Kostenkontrolle im Fertigungsbereich unter Berücksichtigung moderner Kostenrechnungstheorien.

Literatur:
Aghte, K., Blohm, H., Schnaufer, E. (Hrsg.): Industrielle Produktion, Baden-Baden — Bad Homburg 1967
Engel, K. H.: Handbuch der neuen Techniken des Industrial Engineering, München 1972
Hicks, T. G.: Der Ingenieur als erfolgreicher Manager, München 1969
Maynard, H. B.: Industrial Engineering Handbook, 3. Aufl., New York 1971
Webenhöfer, R.: Industrial Engineering in der Praxis, Baden-Baden — Bad Homburg 1967

Industrial-Market

Bezeichnung für den Investitionsgütermarkt.

Industrial Psychology

Auch Personnel Psychology genannt. Sammelbezeichnung für Sozialpsychologie, Arbeitspsychologie und Betriebspsychologie.
→ Arbeitswissenschaft

Industrial Relations

Bezeichnung für die Beziehungen zwischen den Sozialpartnern. Es ist ein Teilgebiet der → Human Relations.

Industrial Sociology

Bezeichnung für → Industriesoziologie. Auch Sociology of Work genannt.

Industriepsychologie

Bezeichnung für den Teil der angewandten Psychologie, der sich mit den psychologischen Bedingungen der Produktion (und Konsumtion) befaßt. Auch Betriebspsychologie genannt. Zu den Zielen der Industriepsychologie gehört die Untersuchung von Organisationsstrukturen, die formal und informal sein können, und das menschliche Verhalten in Organisationen. Aus den Ergebnissen können Methoden zur Auswahl, Ausbildung und Einsatz von Mitarbeitern, zur Führung und Motivation von Mitarbeitern und zur praktischen Gestaltung von Organisationsstrukturen entwickelt werden. Ein weiteres wichtiges Problemfeld der Industriepsychologie sind die psychologischen Folgen, die sich aus der Beziehung Mensch – Maschine ergeben: die Arbeitsbedingungen (Ruhepausen, Länge der Arbeitszeit, Zeit- und Bewegungsstudien, Arbeitsleistung), die Gestaltung von Maschinen, die Unfallverhütung. Mit den Mensch-Maschine-Problemen befaßt sich auch die Arbeitswissenschaft.

Literatur:
Mayer, A. und Herwig, B.: Handbuch der Psychologie, Bd. 9, Betriebspsychologie, Göttingen 1961

Industriesoziologie

Auch Betriebssoziologie. Wissenschaftliche Disziplin, die sich mit den soziologischen Problemen in Industrie und Betrieb auseinandersetzt, wie sie sich durch den sozialen Wandel und die intensiv arbeitsteilige Produktionsweise ergeben.
Grundsätzlich lassen sich die formale und die informelle Struktur eines Betriebes unterscheiden. Untersucht werden die Rollen- und Statussysteme, die Kommunikation im Betrieb, die Informationsfilterung, Bürokratisierungstendenzen etc. Durch Ausbildungsunterschiede, Aufstiegsmöglichkeiten und -grenzen, Schichtunterschiede ergeben sich Substrukturen neben der formalen Organisation, etwa die obere Führungsschicht, die Angestellten und die Arbeiter, woraus Konfliktmöglichkeiten entstehen.
Neben der formalen Organisation bildet sich ein spontanes informelles Gruppengefüge im Betrieb heraus, dessen Gruppen durch Sympathie, gemeinsame Interessen etc. gekennzeichnet sind. Untersucht wird das Verhalten der Gruppen nach außen (out-group) und das Verhalten der Gruppen nach innen (in-group). Das Verhalten der Gruppen ist mitentscheidend für das Betriebsklima.
Großen Einfluß auf die Struktur des Betriebes hat die soziale und politische Struktur und Aktivität von Gemeinde, Region und nationaler Gesellschaft.

Literatur:
Dahrendorf, R.: Industrie- und Betriebssoziologie, Berlin 1956
König, R.: Soziologie, Frankfurt/M. 1958
Miller, D. C. und Form, W. H.: Unternehmung, Betrieb und Umwelt, Köln-Opladen 1957
Roethlisberger, F. J.: Betriebsführung und Arbeitsmoral, Köln-Opladen 1957

Informatik

Begriff der Informationswissenschaft. Informatik ist die Lehre von der Informationsverarbeitung, insbesondere mit Hilfe der elektronischen Datenverarbeitung.

Sollen die in einer Datenbank gespeicherten großen Datenmengen z. B. im Unternehmen für die Entscheidungsbildung nutzbar gemacht werden, so müssen sich nach bestimmten Kriterien und selektiv die wesentlichen Informationen wieder gewinnen lassen (Informations-Reduktion), und zwar so, daß trotz der Datenreduzierung der Informationsverlust so gering wie möglich bleibt. Dabei dienen Fragekriterien (Deskriptoren) zur Einschränkung des Antwortumfangs. Derartige Informationswiedergewinnungssysteme (Information-Retrieval-Systems) bestehen aus Programmen zum automatischen Aufsuchen und Ausgeben von gesuchten Informationen: z. B. Prognoseprogramme, Media-Optimierungsprogramme, Segmentationsprogramme, Aufsuchen von Dokumenten, die eine bestimmte Fragestellung behandeln (automatische Dokumentation).
Der amerikanische Ausdruck für Informatik ist Computer Science.
Die Wortschöpfung „Informatik" ließ sich die SEL Standard Electronic Lorenz AG Stuttgart in den fünfziger Jahren schützen.

Information

Nachricht, Mitteilung, Wissen. Der Informationsbegriff der mathematischen Informationstheorie (Analyse technischer Nachrichten = Übertragungssysteme) besagt: Information ist das Maß für den Neuigkeitsgehalt oder für die Unwahrscheinlichkeit einer Nachricht, eines Zeichens oder eines Erzeugnisses.

I. ENTWICKLUNG

Der Begriff der Information wurde bereits im Jahre 1921 von dem Mathematiker R. A. Fisher – allerdings in noch unbestimmter Form – in die Wahrscheinlichkeitstheorie aufgenommen. Im Jahre 1928 wurde „Information" von R. V. L. Hartley exakter definiert; eine Entscheidung zwischen Ja und Nein – die primitivste Form der Information – wählte er als Informationseinheit. Die heutige Definition der Information stammt von Shannon aus dem Jahre 1948.

II. ASPEKTE DER INFORMATION

Informationen werden mit Hilfe von Zeichen, Sprache, Bildern, Gesten etc. übermittelt. Die Lehre von den Zeichen allgemein ist die Semiotik; in der Sprachanalyse ist Semiotik die Lehre von den sprachlichen Zeichen. Entsprechend den vier Teilgebieten der Semiotik ergeben sich für die generelle Theorie der Information ebenfalls vier Aspekte (Darstellung 1, nach G. Klaus).

1. Der syntaktische Aspekt: Syntaktik ist die Lehre von den Beziehungen der Zeichen untereinander, von ihrer Struktur. Sie untersucht Information als die Häufigkeit oder Wahrscheinlichkeit von Zeichen oder Signalen in einer Gesamtheit. Syntaktische Probleme ergeben sich z. B. bei der Codierung, Speicherung und Wiedergewinnung von Informationen mit Hilfe von elektronischen Datenverarbeitungsanlagen.
2. Der sigmatische Aspekt: Die Sigmatik beschäftigt sich mit den Beziehungen der Zeichen zum dargestellten Gegenstand, mit der Form, in der der Informationsinhalt dargestellt wird. Sigmatische Probleme sind dementsprechend: Wie werden Informationen präsentiert?
3. Der semantische Aspekt: Semantik ist die Lehre von den Bedeutungen der Zeichen; sie untersucht den Inhalt von Informationen: welchen Aussagegehalt hat eine Nachricht oder Information?
4. Der pragmatische Aspekt: die Pragmatik untersucht den Zweck und die Wirkungen von Informationen bei Rezipienten. So hat beispielsweise Werbung den Zweck, den Umworbe-

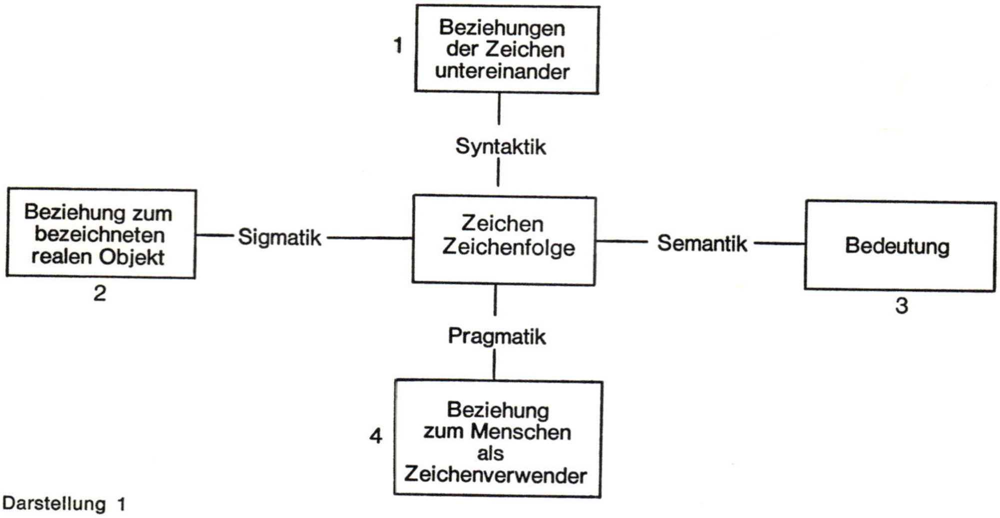

Darstellung 1

nen zu einem bestimmten Verhalten zu veranlassen; die Werbung selbst wird bei ihm bestimmte Assoziationen, Empfindungen, Gefühle auslösen, die entweder zu dem erwünschten Verhalten führen oder vielleicht sogar das Gegenteil erreichen. Dabei hängt die Wirkung der Information ab von den Eigenschaften, vom Wissen etc. des jeweiligen Verwenders, von der speziellen äußeren Situation, in der die Information gegeben wird und von den semantischen Eigenschaften der Information.

III. FUNKTIONEN DER INFORMATION

Im Unternehmen als hierarchisch geordnetem System werden Informationen gewonnen, gespeichert, transformiert und übermittelt, da diese Prozesse das System auf die Zielsetzungen hin koordinieren und regeln. Informationen sind einmal Grundlage für Entscheidungen, da sie die Unsicherheit tendenziell verringern und somit die Wahrscheinlichkeit für „richtige" Entscheidungen vergrößern; derartige Informationen sind für die Führungsebene des Unternehmens von Bedeutung. Informationen, die instruieren, mit der Verwendung von Verfahren vertraut machen, werden insbesondere auf der Stufe der ausführenden Tätigkeiten anfallen, können jedoch auch für höhere Stufen wichtig sein. Neben diesen direkt auf die Arbeitsaufgabe gerichteten Informationen stehen die motivierenden und normierenden Informationen. Die Motivation der Mitarbeiter ist in letzter Zeit als wichtige Führungsaufgabe im Unternehmen erkannt worden (→ Motivation). Die Identifizierung des Mitarbeiters im Unternehmen mit seiner Aufgabe ist nicht nur eine Sache der Entlohnung und der Gestaltung der Arbeitsumwelt, sondern eine Frage der Gestaltung der Aufgabe selbst. Das Informiertsein über Zweck, Problematik, Funktion der Arbeitsaufgabe im Betriebsganzen ist dazu ein wichtiger Beitrag.

IV. GESTALTUNG DES INFORMATIONSWESENS IM UNTERNEHMEN

(→ Management Informationssystem)
Vier Informationsprozesse sind es, die im Hinblick auf die semiotischen Aspekte und auf die Funktionen der Information im Unternehmen systematisch geplant und organisiert werden müssen:

1. die Informationsgewinnung: welche personalen, methodischen und technischen Möglichkeiten gibt es, Informationen rationell zu erzeugen und aufzunehmen?
2. die Informationsspeicherung: welche methodischen und technischen Möglichkeiten gibt es, Informationen unter ökonomischen Gesichtspunkten zu speichern, und zwar so, daß sie je nach Bedarf rasch und vollständig wiedergewonnen werden können?
3. die Informationstransformation: welche personalen, methodischen und technischen Möglichkeiten gibt es, Informationen so zu erarbeiten und umzuwandeln, daß sie für die Erreichung der Unternehmensziele genutzt werden können?
4. die Kommunikation: welche personalen, methodischen und technischen Möglichkeiten gibt es, den Informationsfluß vertikal in beiden Richtungen und auch horizontal so zu gestalten, daß die notwendigen Informationen die entsprechende Stelle erreichen?

V. MATHEMATISCHE DEFINITION DER INFORMATION

Die Information ist ein Maß für die Ordnung in Systemen. Sie ist ein Kennzeichen für die Organisation und die Zielstrebigkeit der Systeme. „Wie Entropie ein Maß für die Desorganisation, so erweist sich die durch Signalfolge übertragene Information als Maß für die Organisation" (Norbert Wiener).

Das kann man sich so vorstellen: Gehen von einem Sender alle gesendeten Zeichen mit gleicher Wahrscheinlichkeit aus, so ist eine Vorhersage unmöglich; er ist „ungeordnet". Sind die Wahrscheinlichkeiten, mit denen die verschiedenen Zeichen ausgesendet werden, verschieden, so ist der Ordnungsgrad höher und damit auch der Grad an Information.

In einem Dualsystem mit zwei Zeichen, nämlich O und I, sind zur Kodierung einer Nachricht, die z. B. aus vier Zeichen besteht, für jedes Zeichen zwei Dualschritte oder bit nötig. Bezeichnet man den Informationsgehalt mit I, so sind in Systemen mit einem Zeichenvorrat von $n = 2^I$ verschiedenen Elementen für jedes Element $I = \log ld\ n$ bit erforderlich ($ld = \log 2$) unter der Voraussetzung, daß das Auftreten aller Zeichen gleich wahrscheinlich ist. Die Information wird somit durch die Formel $I = ld\ n$ bit gegeben.

Der Begriff Information in seiner mathematischen Definition findet u. a. auf folgenden Gebieten Anwendung: Biologie, Didaktik, Technik, Physiologie, Soziometrie, Psychologie, Ästhetik, Philosophie.

Literatur: siehe Textspalte 348

Information Economics

Bezeichnung für die wirtschaftliche Analyse und Gestaltung von Informationssystemen und Informationsinteressen.

Information-Retrieval

Informationswiedergewinnung im Rahmen der elektronischen Datenverarbeitung.

Informationsbeschaffung und Informationsauswertung

I. INFORMATIONSBESCHAFFUNG

Im Rahmen der Marktforschung erfordert die Sammlung der entscheidungsrelevanten Daten fast immer den zeitlich und finanziell größten Aufwand. Andererseits sind Resultat, Güte und Wirkung der Marktforschung von Art und Umfang der erfaßten Daten abhängig. Aus diesem Grunde sollte die Unternehmensführung mit den Möglichkeiten und Grenzen der Informationsbeschaffung und Informationsanalyse vertraut sein.

Sekundärmaterial

Sekundärmaterial ist die Bezeichnung für die Sammlung, Aufbereitung und Analyse von Material, das nicht für den Zweck der Untersuchung erstellt wurde. Sekundärmaterial ist fast immer die erste Quelle, auf die im Rahmen der Informationssammlung zurückgegriffen wird. Einer der wesentlichsten Vorteile des Sekundärmaterials ist der für die Informationssammlung erforderliche geringere zeitliche und finanzielle Aufwand. Andererseits ist zu berücksichtigen, daß diese Daten für andere Zwecke gesammelt wurden und oftmals nicht vollständig und problemgerecht sind. Vor Anwendung auf die aktuellen Probleme sollten sowohl die Sekundärdaten als auch die Datenquellen einer kritischen Analyse unterzogen werden. Zu den wichtigen unternehmensinternen Datenquellen sind die Finanzbuchhaltung und Kostenrechnung, Absatzstatistiken wie auch Kosten- und Gewinnanalysen zu zählen. Wichtige und verwendbare Informationen finden sich oftmals in Veröffentlichungen von Branchenzusammenschlüssen und Handelskammern, in Veröffentlichungen des Wirtschaftsministeriums und in der Fachpresse. Darüber hinaus läßt sich Sekundärmaterial auch über Marktforschungsinstitute und andere Dienstleistungsunternehmen beschaffen.

Die kritische Analyse der Daten und Datenquellen beinhaltet die Prüfung der Neutralität der Datenquelle, der Gültigkeit der Informationen, der Zuverlässigkeit der Ergebnisse und schließlich der Homogenität der Informationen.

Die Prüfung der Neutralität der Datenquelle umfaßt die Prüfung der in Veröffentlichungen enthaltenen Informationen im Hinblick darauf, ob diese auf die Belange einer spezifischen Branche abgestimmt sind und dadurch möglicherweise die Ist-Situation eines Unternehmens nur verzerrt reflektieren. Es kann beispielsweise angenommen werden, daß

aus statistischen Jahrbüchern der Bundesregierung oder Veröffentlichungen der Fachpresse entnommene Informationen weniger verzerrt sind als Veröffentlichungen, die beispielsweise von Interessenverbänden und Arbeitnehmer- oder Arbeitgeberverbänden einzelner Industriezweige herausgegeben werden.

Das Kriterium der Gültigkeit der Information verlangt die genaue Analyse der gewonnenen Ergebnisse auf ihre Aussagekraft. So müssen beispielsweise Umsatzstatistiken, die steigende Umsätze erkennen lassen, nicht unbedingt Gewinnzunahmen bedeuten. Das Preisniveau der Branche muß mit dem Preisniveau für die eigenen Produkte nicht unbedingt übereinstimmen, weil die Händler die Produkte des eigenen Unternehmens möglicherweise als Kampfartikel führen. Kurzfristig werden die daraus resultierenden Verluste vielleicht noch vom Handel selber getragen — langfristig muß aber mit einem Preisdruck gerechnet werden.

Das Kriterium der Zuverlässigkeit bezieht sich auf die verwendete Stichprobengröße. So wird ein Ergebnis, das auf 6000 Befragungen basiert, genauer sein als ein Ergebnis, dem nur 500 Befragungen zugrunde lagen.

Schließlich bezieht sich das Kriterium der Homogenität der Informationen auf die interne Konsistenz der Informationen. So müssen sich beispielsweise die erfaßten Umsätze einer Branche auf den gleichen Zeitraum beziehen oder die aufzuwendenden Distributionskosten auf den gleichen Kostendefinitionen basieren.

Nicht immer werden die vorhandenen Sekundärinformationen einer Überprüfung anhand der vier genannten Kriterien standhalten. Sollten deshalb Zweifel an der Gültigkeit der vorhandenen Sekundärdaten bestehen und lassen sich die Zweifel nicht durch zusätzliche Sekundärinformationen beseitigen, so müssen entweder die fehlenden oder sogar sämtliche Informationen durch eine auf die Probleme des Unternehmens abzielende Informationssammlung am Entstehungsort erfaßt werden.

Primärmaterial

Primärmaterial wird mit Hilfe einer originären Informationssammlung gewonnen, das heißt es handelt sich um Material, das speziell für eine bestimmte Marktuntersuchung durch eigene Erhebungen bei den Stellen, über die Aussagen gemacht werden sollen, erfaßt wird.
Zur Erfassung dieser Primärinformationen stehen dem Unternehmen beispielsweise folgende Quellen zur Verfügung: die direkte Kontaktaufnahme mit effektiven als auch potentiellen Abnehmern, mit Händlern, mit Außendienstmitarbeitern oder Konkurrenten. Die benötigten Informationen können entweder durch Beobachtung, durch Experimente oder durch eine Erhebung erfaßt werden.

Beobachtung

Die Beobachtung als Mittel zur Sammlung von Primärdaten wird dann eingesetzt, wenn beispielsweise die Verkaufstechniken des Verkaufspersonals, das Verhalten und die Reaktionen der Konsumenten (→ Kaufverhalten) im Laden oder während des Verkaufsvorganges untersucht werden sollen. Durch die Beobachtung lassen sich objektivere, weniger stark verzerrte Informationen über das zu analysierende Verhalten gewinnen als durch eine Befragung der Konsumenten.
Zur Durchführung der Beobachtung stehen sowohl mechanische als auch nichtmechanische Techniken zur Verfügung. Zu den mechanischen Techniken zählt beispielsweise das Audiometer, das am Fernsehgerät angebracht wird, um die Einschaltzeit zu messen und die Wahl des jeweiligen Kanals zu registrieren. Kameras können angebracht werden, um die Bewegung der Augen zu messen, wenn beispielsweise ein Konsument eine Verpackung betrachtet oder eine Werbeschrift aufnimmt; Tonbandgeräte finden Verwendung, wenn die Verkaufsargumentation von Verkäufern überprüft werden soll.
Bei der Verwendung mechanischer Beobachtungs- und Aufzeichnungsgeräte ist bei der Informationsaufnahme absolute Objektivität gewährleistet. Die mit Hilfe der Beobachtung gewonnenen Informationen liefern jedoch oftmals nicht die benötigte eindeutige Entscheidungsgrundlage.
Läßt beispielsweise das Ergebnis einer Beobachtung erkennen, daß in einem Verhältnis von 6:4 eine grünbeschriftete Verpackung einer rotbeschrifteten vorgezogen wird, so ist letztlich immer noch die Entscheidung der Unternehmensführung für oder gegen eine der getesteten Verpackungen erforderlich. Trotz der Objektivität der mechanischen Beobachtungs- und Aufzeichnungsgeräte kann durch die menschlichen Unzulänglichkeiten während der Auswertung eine Verzerrung hervorgerufen werden.
Soll beispielsweise ein Audiometer in einem Fernsehgerät angebracht werden, ist die Kooperation der Fernsehzuschauer erforderlich. Die Ergebnisse können verzerrt werden, wenn der kooperierende Haushalt nur Sendungen unter dem Gesichtspunkt auswählt, daß seine Persönlichkeit positiv reflektiert wird. Grundsätzlich muß darauf hingewiesen werden, daß die mechanische Beobachtung ein noch relativ junges Instrument der Marktforschung ist, dessen zukünftige Bedeutung noch nicht abzusehen ist.
Eine wesentlich größere Bedeutung für die Marktforschung und die Unternehmensführung besitzt gegenwärtig noch die nichtmechanische Beobachtung. So werden in Ladengeschäften geschulte Mitarbeiter eingesetzt, die die Käufe der Konsumenten im Hinblick auf unterschiedliche Kriterien wie Marken, Größen, Geschmack usw. innerhalb einer Periode untersuchen, indem sie ständig

einen Vergleich der Lagerbestände in den einzelnen Ladengeschäften durchführen. Diese Methode ermöglicht eine sehr viel genauere Informationsgewinnung als über Konsumentenpanel.
Die Ermittlung dieser Informationen zielt darauf ab, vorhandene Distributionslücken sichtbar zu machen. Eine Distributionslücke ist immer dann vorhanden, wenn ein Geschäft, das normalerweise von einem Produkt eine bestimmte Marke, Größe oder Ausstattung führt, zum Beobachtungszeitpunkt ausverkauft war. Andererseits ist zu bedenken, daß viele Geschäfte Überprüfungen an besonders frequentierten Tagen ablehnen. Aber gerade an stark frequentierten Tagen sind die fraglichen Produkte entweder ausverkauft, oder eine Nachfüllung der Regale ist nicht möglich. Werden auf diese Weise erfaßte Informationen vorgelegt, so sind diese auf die herausgearbeiteten Vorbehalte zu untersuchen.
Als weiterer Nachteil der Beobachtung ist zu berücksichtigen, daß nur bedingte Aussagen über das tatsächliche Verhalten der Konsumenten, das heißt das Kaufverhalten (→ Kaufverhalten), die Kaufmotive oder deren Vorstellungskraft, getroffen werden können. Auch läßt sich beispielsweise das frei verfügbare Einkommen oder das Bildungsniveau der Abnehmer nicht ermitteln. Da die Beobachtung als nur eine Methode zur Erfassung von Primärmaterial fast immer mit hohen Kosten und Zeitaufwand verbunden ist, weil nicht beeinflußbare Ereignisse abgewartet werden müssen, sollten vor Anwendung dieser Methode Alternativen zur Gewinnung von Primärdaten analysiert werden.

Experimente

In einem Experiment wird der Versuch unternommen, Faktoren zu kennzeichnen, die eine gegebene unabhängige Variable beeinflussen können. Während des Experiments werden die Einflußfaktoren entweder vorsätzlich manipuliert oder konstant gehalten, um ihre Auswirkung auf die unabhängige Variable zu ermitteln.
Allerdings muß berücksichtigt werden, daß sich in einem Experiment nicht jede Situation planen und unter Kontrolle bringen läßt. Deshalb sind nur die jeweils wichtigsten bzw. die als besonders wichtig anzusehenden Faktoren zu erfassen und in das Experiment umzusetzen. Nicht kontrollierbare Faktoren, die eine Auswirkung auf die zu untersuchende Variable haben können – Klima, Streiks, politische Entwicklung –, lassen zumindest eine Messung ihrer Auswirkungen zu. Dadurch können die aus den Experimenten gewonnenen Daten möglicherweise so korrigiert werden, daß die Auswirkungen der nicht kontrollierbaren Faktoren eliminiert oder entsprechend berücksichtigt werden können (→ Faktorenanalyse).
Diese Kennzeichnung macht deutlich, daß sich das Experiment mit der Analyse vergangenheitsbezogener Informationen vergleichen läßt. Die gleichen analytischen Methoden kommen zur Anwendung, um die aus dem Experiment gewonnenen Informationen zu analysieren, wie es mit den nichtexperimentellen Daten der Fall ist. Da aber beim Experiment die Informationen aus einer geplanten und kontrollierten Situation gewonnen werden, besitzen diese Informationen eine größere Aussagekraft, als es bei Verwendung vergangenheitsbezogener Daten der Fall wäre.
Zeigt in der Praxis beispielsweise eine Regressionsanalyse, daß für eine bestimmte Produktmarke eine Preiselastizität von – 2 besteht, so impliziert diese Aussage, daß eine 1%ige Preisveränderung zu einer reziproken Veränderung von 2 % im Umsatzvolumen führen wird, wenn für die Werbung und die Preise der Konkurrenz Durchschnittswerte unterstellt werden. Um diesen Überlegungen eine rationalere Grundlage zu verschaffen, kann in einzelnen Ladengeschäften eine Serie von Experimenten

durchgeführt werden, wobei der Preis bis zu 25 % oberhalb und 25 % unterhalb der ursprünglichen Preisforderung variiert wird. Voraussetzung für ein solches Experiment ist, daß der Standort, die Aufteilung, die Größe und die Dekoration der einzelnen Regale, in denen sich die vom Experiment betroffenen Produkte befinden, während des Experiments konstant gehalten werden. Bei einer vergangenheitsbezogenen Analyse würden sich Veränderungen in der Größe und im Standort der Regale sowie ihre Auswirkungen auf die einzelnen Produkte nicht ermitteln lassen und deshalb nicht in die Bewertung eingehen. In der vergangenheitsbezogenen Analyse ist immer die Möglichkeit gegeben, daß die einem der untersuchten Faktoren zugeschriebenen Auswirkungen in Wirklichkeit auf Veränderungen eines anderen Faktors zurückzuführen sind.

In der Regel werden die durch Experimente erzielten Ergebnisse nur sehr unwesentlich von den aus vergangenheitsbezogenen Informationen abgeleiteten Erkenntnissen abweichen. Allerdings besitzt das Experiment gegenüber einer auf Vergangenheitsdaten basierenden Analyse den Vorteil, daß hier die Bedingungen festgelegt werden können, unter denen die Informationsgewinnung erfolgen soll. Dadurch läßt sich der Wirkungsgrad der einzelnen Einflußfaktoren messen — und diese Größe wird für eine rationale Entscheidung benötigt.

Die Durchführung von Experimenten ist in der Regel sehr kostspielig, insbesondere dann, wenn langfristige Wirkungen untersucht werden sollen, wie beispielsweise die verzögerte Reaktion der Konsumenten auf eine Werbekampagne. Auch darf die Schwierigkeit nicht unterschätzt werden, eine genaue Abgrenzung für ein Experiment sicherzustellen. So kann das für eine Gruppe durchgeführte Experiment eine andere Gruppe beeinflussen, was bei der Werbung beispielsweise durch Zeitungen oder Zeitschriften oder durch eine überregionale Rundfunkwerbung möglich ist. Auch ist zu berücksichtigen, daß das Experiment das Verhalten der betroffenen Personen beeinflussen kann. So führen z. B. die Außendienstmitarbeiter, weil ihnen das Experiment bewußt ist, eine genauere Tourenplanung durch, Einzelhändler bemühen sich um eine besonders sorgfältige Aufstellung des Displaymaterials oder um einen besonders hohen Lagervorrat, was im Rahmen des Experiments irreführende Ergebnisse liefert.

Befragung (Erhebung)

Die herkömmlichste und bekannteste Methode zur Gewinnung von Primärinformationen ist die Befragung. Im Gegensatz zur Beobachtung oder dem Experiment ermöglicht die Befragung die Gewinnung einer größeren Informationspalette und ist auf eine weitaus größere Zahl von Marktforschungsproblemen anwendbar. So können durch Befragungen Informationen über sozioökonomische Merkmalsausprägungen über Einstellungen, Meinungen, Motive und andere Verhaltensweisen gewonnen werden. Befragungen liefern Entscheidungsgrundlagen für die zu wählenden Produkteigenschaften, das zu wählende Werbe-Copy, über die Auswahl der richtigen Werbemedien als auch über die Wahl der Distributionskanäle.

Die Grundlage für die Durchführung einer Befragung ist wiederum die Zielformulierung. Der Marktforscher muß wissen, welche Informationen benötigt werden, weil er erst dann eine Entscheidung über die geeignete Technik der Datensammlung treffen kann. Im Rahmen der Befragung kann der Marktforscher auf drei grundsätzliche Varianten der Befragung zurückgreifen, nämlich auf die Briefbefragung, die Telefonbefragung und die persönliche Befragung.

Jede dieser Befragungsmethoden weist ihre spezifischen Vorteile und Nachteile auf. Die folgende Gegenüberstellung gibt einen Überblick über die Stärken und Schwächen der einzelnen Befragungsvariationen.

Vorteile der Briefbefragung:

1. Wirtschaftlichste Methode pro ausgefüllten Fragebogen
2. Ermöglicht eine intensive geographische Streuung
3. Mögliche Verzerrungen durch den Interviewer werden vermieden
4. Der befragte Personenkreis kann trotz unterschiedlicher Arbeitszeit erreicht werden
5. Genaue Antworten sind möglich
6. Die anonymen Antworten reduzieren eine durch sogenannte sozialakzeptable Antworten hervorgerufene Verzerrung
7. Einfache Stichprobenauswahl

Nachteile der Briefbefragung:

1. Nur selten lassen sich alle Gruppen vollständig erfassen
2. Die eingehenden Antworten repräsentieren gewöhnlich nur einen Bruchteil der ausgesandten Fragebögen
3. Es besteht keine Möglichkeit der Fragenvariation
4. Die Fragebögen müssen kurz und einfach sein
5. Wichtige Punkte können nicht weiter verfolgt werden
6. Es ist meistens nicht bekannt, wer die Fragen beantwortet hat

Vorteile der Telefonbefragung:

1. Wirtschaftlicher im Vergleich zum persönlichen Interview
2. Schnelle Beantwortung der Fragen
3. Flexibilität in der Fragestellung ist gegeben
4. Die Anwendung einer exakt gleichen Interviewmethode kann durch eine genaue Überwachung sichergestellt werden
5. Schwer erreichbarer Personenkreis kann befragt werden
6. Eliminiert externe Einflüsse auf den befragten Personenkreis
7. Hinreichende Komplexität in der Fragestellung ist möglich
8. Fragebogentest ist möglich
9. Fehlender persönlicher Kontakt ermöglicht eine unvoreingenommenere Beantwortung
10. Auswahl des zu befragenden Personenkreises ist in Bevölkerungsgruppen mit einem großen Anteil von Telefonbesitzern einfach

Nachteile der Telefonerhebung:

1. Eine echte Zufallsauswahl ist nicht möglich
2. Der befragte Personenkreis kann das Interview schnell und einfach durch Auflegen des Hörers beenden
3. Um ein frühes „Einhängen“ zu vermeiden, müssen kurze Fragebögen verwendet werden
4. Qualitative Informationen lassen sich nicht erfassen

Vorteile der persönlichen Befragung:

1. Ermöglicht eine echte Zufallsauswahl
2. Lange und komplexe Interviews sind möglich
3. Einzelfragen lassen sich weiterverfolgen
4. Möglichkeit der qualitativen Datenerfassung
5. Einsatz visueller Hilfsmittel ist möglich
6. Eine Variation in der Reihenfolge der Fragen ist möglich
7. Der befragte Personenkreis läßt sich genau kennzeichnen

Nachteile der persönlichen Befragung:

1. Hohe Kosten
2. Interviewer müssen gut geschult werden
3. Größerer Zeitaufwand
4. Es besteht das Problem der Interviewerkontrolle
5. Ein Teil des zu befragenden Personenkreises ist möglicherweise nicht anzutreffen
6. Bestimmte Befragungsgruppen lassen sich nur sehr schwer erreichen
7. Flexibilität ist gering, weil große Kosten bei Veränderung der Fragebögen auftreten würden

Die Befragung als Methode der Informationsgewinnung ist am bekanntesten. Als Folge davon ist die Tendenz zu erkennen, daß die Planung, die Durchführung und die Interpretation als relativ leicht betrachtet werden. Trotzdem ist die Befragung ebenso schwierig wie die Beobachtung oder das Experiment. Eine zielgerechte Gewinnung der entscheidungsrelevanten Informationen auch mit Hilfe der Befragungsmethode ist erst unter Berücksichtigung der dargestellten Kriterien möglich.

II. INFORMATIONSAUSWERTUNG

Die Unternehmensführung wird eine Entscheidung treffen müssen, und zwar völlig unabhängig davon, ob die im Rahmen der Informationssammlung gewonnenen Daten eine eindeutige Aussage über die zu ergreifenden Maßnahmen zulassen. Eine solche Entscheidung kann sowohl die Durchführung oder die Ablehnung des vorgesehenen Projektes als auch die Sammlung weiterer Informationen beinhalten. Im Rahmen der wissenschaftlichen Unternehmensführung bieten sich grundsätzlich zwei verschiedene Vorgehensweisen an, um die Entscheidung treffen zu können, ob die Informationsgewinnung abgeschlossen ist

oder weitergeführt werden sollte. Hierbei handelt es sich zum einen um die Hypothesenmethode der statistischen Entscheidungsanalyse und zum anderen um die Bayes'sche Methode.

Hypothesenmethode

Grundlagen der Hypothesenmethode ist die Informationssammlung. Der Einstellung oder auch Voreingenommenheit der Unternehmensführung – im Gegensatz zur Bayes'schen Methode – kommt keine Bedeutung zu. Der Entscheidungsprozeß im Rahmen der Hypothesenmethode wird in Darstellung 1 gezeigt. Das Management legt die Risikogröße fest, die es gewillt ist einzugehen, daß die getroffene Entscheidung falsch ist (Fehler erster Art: Annahme der Entscheidung, wenn sie abgelehnt werden sollte; Fehler zweiter Art: Ablehnung der Entscheidung, wenn sie angenommen werden sollte). Durch die Festlegung der Risikogröße lassen sich kritische Werte errechnen, so daß – unabhängig von den Stichprobenergebnissen – Werte festgelegt werden können, die für die Entscheidung bestimmend sind. Nach Ziehung einer Stichprobengröße und deren Tabellierung läßt sich der kritische Wert ablesen. Die Entscheidung wird aufgrund des so erhaltenen Wertes durchgeführt – wobei

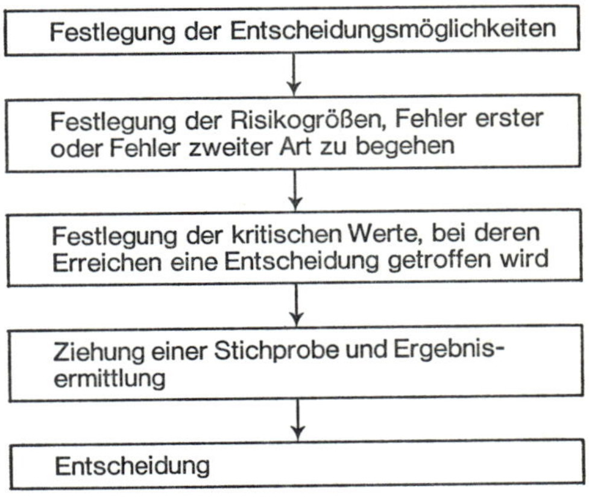

Darstellung 1

die Entscheidung der bekannten Risikogröße unterworfen ist. Eine zusätzliche Stichprobe wird nur dann erhoben, wenn die erste Stichprobe zu einem zweifelhaften Ergebnis oder zu einem Grenzwert geführt hat.

Die Bayes'sche Methode

Die Bayes'sche Methode soll anhand des folgenden Beispiels dargestellt werden: Die Unternehmensführung des zu Anfang gekennzeichneten Unternehmens für elektrische Haushaltsgeräte hat zu entscheiden, ob der Einbau automatischer Ein- und Ausschaltvorrichtungen in die dafür in Frage kommenden Geräte vorgenommen werden soll, um den Umsatz des Produktes zu erhöhen. Da der Einbau zusätzliche Kosten verursacht, stellt sich die Frage, ob der zu erwartende Zusatzumsatz groß genug ist, um die Kosten ausgleichen zu können. Die Unternehmensführung schätzt, daß eine Umsatzerhöhung von 7 % erforderlich ist, um die zusätzlich entstehenden Kosten für den Einbau der Automatik und für die Zusatzwerbung ausgleichen zu können.
Das Management verfügt über drei Entscheidungsmöglichkeiten: Sie kann die Verbesserung durchführen, unterlassen oder die Entscheidung aufschieben, um zwischenzeitlich zusätzliche Informationen zu sammeln. Damit wird erneut deutlich, daß der erste Schritt in der Strukturierung von Entscheidungsproblemen die Definition der wichtigsten Alternativen ist.
Im nächsten Schritt ist der Erwartungswert für die einzelnen Alternativen zu schätzen. Befürwortet die Unternehmensführung den Einbau der Automatik, dann wird entweder – abhängig von der Höhe des Zusatzumsatzes – ein zusätzlicher Gewinn oder eine Gewinneinbuße eintreten. Eine ablehnende Entscheidung wird weder einen Gewinn noch einen Verlust nach sich ziehen, während durch das Hinauszögern der Entscheidung und

durch die zusätzliche Informationssammlung die Unternehmensführung gewissermaßen eine Investition durchführt. Diese Investition zielt auf die Erhöhung der Sicherheit im Hinblick auf die zutreffende Entscheidung ab.
Die aus diesen Alternativen resultierenden möglichen Gewinnsteigerungen oder Einbußen hängen von den zu erwartenden, aber unbekannten Zusatzumsätzen ab. Es stellt sich jetzt die Frage, wie das Management die beste Entscheidung treffen kann. Im Rahmen der Bayes'schen Methode werden die einzelnen möglichen höheren Umsatzwerte von der Unternehmensführung mit einem intuitiven Wahrscheinlichkeitswert versehen. Es werden dafür die in Darstellung 2 gewählten Werte unterstellt. Es ist zu erkennen, daß die Unternehmensführung eine Umsatzerhöhung irgendwo zwischen 2 % und 12 % für wahrscheinlich hält. Die höchste intuitive Eintrittswahrscheinlichkeit weist der Umsatzzuwachs von 6 % auf, während der durchschnittlich erwartete Umsatzzuwachs 5,6 % beträgt.

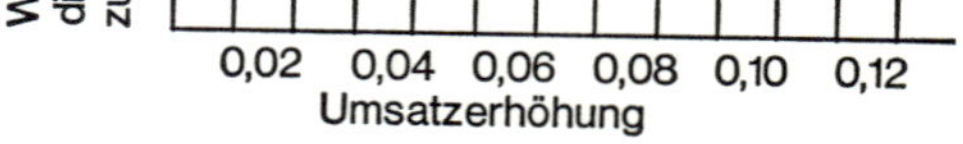

Darstellung 2

Bei einer ausschließlichen Berücksichtigung der intuitiven oder durchschnittlichen Erwartungswerte würde sich die Unternehmensführung nicht für den Einbau der Automatik entscheiden, weil die Werte eine eher pessimistische Einstellung reflektieren. Allerdings ist die Unternehmensführung – wie aus den dargestellten Werten abgelesen werden

kann – der Auffassung, daß eine Möglichkeit von fast 1:3 gegeben ist, daß durch die Automatik die Verkäufe um 8 % und mehr gesteigert werden können. Damit fließt ein weiterer Gesichtspunkt in die Entscheidung ein, weil die Aussicht auf den höheren Gewinn das einzugehende Risiko unter Umständen gerechtfertigt erscheinen lassen kann.
Soll diese Überlegung genauer analysiert werden, so werden im Rahmen der Bayes'schen Methode die auf intuitiver Basis ermittelten Wahrscheinlichkeitswerte einer Reihe von Berechnungen unterworfen, um den Wert der drei Alternativen zu ermitteln. Ein Ergebnis könnte lauten, daß die Unternehmensführung die Geräte sowohl mit als auch ohne Automatik auf vergleichbaren Testmärkten erproben sollte.
Ergeben die ermittelten Werte einen Umsatzzuwachs von 9 % für die mit Automatik ausgestatteten Geräte, so wird die Bayes'sche Methode neue Berechnungen erforderlich machen. Die „Stichprobenergebnisse" werden zusammen mit den von der Unternehmensführung festgelegten Werten eine neue Häufigkeitsverteilung bilden, wobei das Bayes'sche Theorem Anwendung findet. Die so ermittelte Häufigkeitsverteilung dient dem Management als Entscheidungsgrundlage. Auch hier verfügt die Unternehmensführung wiederum über drei Entscheidungsalternativen. Die Bayes'sche Methode kann nämlich die Entscheidung befürworten oder ablehnen, aber auch die Durchführung eines weiteren Testmarktes für erforderlich halten.
In dem hier gewählten Beispiel wird die letzte Alternative die wahrscheinlichere Entscheidung sein, da auf die pessimistische Einstellung ein optimistisches Stichprobenergebnis folgte. Die Bayes'sche Methode wird in einem solchen Fall die Sammlung zusätzlicher Informationen empfehlen.
Werden auf dem zusätzlich durchgeführten Testmarkt positive Ergebnisse erzielt, so sollte diesen mehr Gewicht zukommen als der intuitiven Bewertung durch die Unternehmensführung. Die Entscheidung wäre also für den Einbau der Automatik zu fällen. Im umgekehrten Fall wäre es wohl unwahrscheinlich, daß diese Entscheidung getroffen wird, weil der Pessimismus der Unternehmensführung bestätigt würde. Ein Fallenlassen des Projektes wird dann wohl am wahrscheinlichsten sein. Der Ablauf der Bayes'schen Methode wird in Darstellung 3 aufgezeigt.

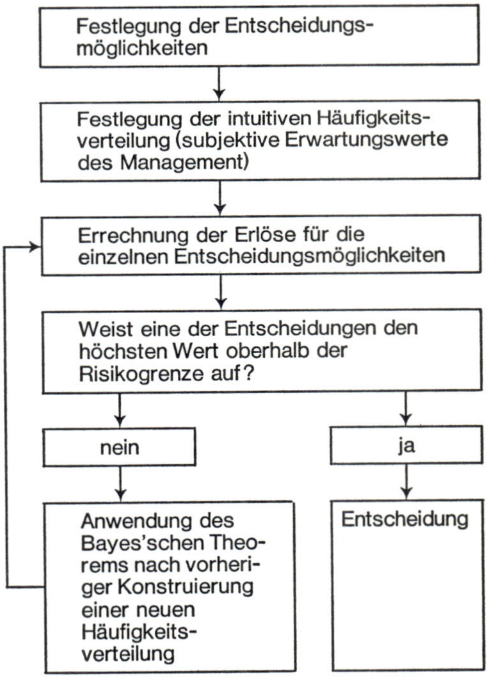

Darstellung 3

Literatur:

Banks, Seymour: Experimentation in Marketing, New York 1965
Gerth, Ernst: Betriebswirtschaftliche Absatz- und Marktforschung, Wiesbaden 1970
Hüttner, Manfred: Grundzüge der Marktforschung, Wiesbaden 1965
Kotler, Philip: Marketing-Management, Englewood Cliff 1967
Uhl, Kenneth P.: Factorial Design-Aid to Management, in: Journal of Marketing, Jan. 1962, S. 62 ff.

Informationstheorie

Nachrichtentheorie. Mathematische Theorie der Informationsübermittlung und -verarbeitung.

I. ENTWICKLUNG

Der erste Artikel über eine Theorie der Information erschien 1928. Autor: R. V. L. Hartley. Titel: Transmission of Information. R. A. Fisher, C. E. Shannon und N. Wiener griffen die Hartleyschen Gedanken wieder auf und entwickelten die moderne Informationstheorie. Das grundlegende Werk von Shannon: „A mathematical theory of communication" wurde 1948 veröffentlicht.

II. GRUNDBEGRIFFE

Die Informationstheorie befaßt sich vorwiegend mit der technischen Dimension der Information, nämlich der Signalübermittlung. Sie fußt auf folgenden Grundeinsichten:

1. Außer Stoff und Energie ist eine weitere physikalische Gegebenheit vorhanden, nämlich die Information.
2. Die Anwendung mathematischer Methoden der Wahrscheinlichkeitsrechnung auf Informationen ist möglich und notwendig.

Der Informationstheorie ist es gelungen, ein exaktes Maß für den Informationsgehalt zu finden. Die Einheit dafür ist ein „bit".

III. ANWENDUNGSGEBIETE

Die Informationstheorie findet — als Teilbereich der → Kybernetik — auf all den Gebieten Anwendung, wo die Kybernetik eingesetzt wird, also in der Nachrichtenübertragung, der Biologie, der Medizin, der Psychologie, den Wirtschaftswissenschaften etc.

Literatur:
Zemanek, W.: Elementare Informationstheorie, München 1959

Informative Labelling

Bezeichnung für die sachliche Informierung des Käufers über Qualität, Zusammensetzung, Gewicht, Herstellungsdatum, Dauer der Lagerfähigkeit etc. der Ware. Der Käufer soll im Augenblick des Kaufes diese Angaben auf der Verpackung oder dem Etikett finden können.

Innovation Profit

Bezeichnung für den Gewinn, der aufgrund von technisch-wissenschaftlichen Neuerungen gemacht wird.

Innovations

Sammelbezeichnung für wissenschaftliche Entdeckungen und technische Erfindungen als treibende Kraft des Fortschritts.

Input-Output-Analyse

In den dreißiger Jahren von Wassily A. Leontief entwickelte Methode zur Untersuchung der Liefer- und Empfangsbeziehungen von Wirtschaftsgruppen, also der interindustriellen Verflechtungen.

I. INPUT-OUTPUT-THEORIE

Wie die Theorie von Keynes basiert die Input-Output-Theorie auf der Kreislaufvorstellung. Die Keynessche Theorie weist im Gegensatz zu der Input-Output-Methode einen hohen Aggregationsgrad auf und kann nur Aussagen über globale Variable machen.
Bei der Input-Output-Analyse wird eine Volkswirtschaft oder ein zu untersuchendes — auch multinationales — Wirtschaftsgebiet in Sektoren eingeteilt. Unter welchen Gesichtspunkten diese Einteilung vorgenommen wird, hängt vom Ziel der Untersuchung ab. Häufig erfolgt die Einteilung unter produktionstechnischen Aspekten. Man unterscheidet dann Haus-

haltssektor, Auslandssektor und je nach Aggregationsgrad eine Anzahl von Wirtschaftszweigen. Die Variablen des Modells sind die in den Wirtschaftszweigen eingesetzten und produzierten Mengen: Inputs und Outputs.

II. INPUT-OUTPUT-MODELLE

Bei den zahlreichen, inzwischen entwickelten Input-Output-Modellen unterscheidet man zwischen statischen und dynamischen Modellen. Die dynamische Theorie berücksichtigt im Gegensatz zur statischen die Entwicklung der Variablen im Zeitablauf. Die meisten dynamischen Modelle gehen davon aus, daß die in einem Wirtschaftszweig als Kapital benötigten Güterbestände in einem festen Verhältnis zum Output stehen. Es wird weiterhin ein konstantes Verhältnis von Arbeitseinsatz und Output – also Limitationalität der Produktionsfaktoren – unterstellt.

Man unterscheidet außerdem zwischen offenen und geschlossenen Modellen. Während im offenen Modell bestimmte Größen wie z. B. die Endnachfrage der Haushalte als von außen gegeben angenommen werden, werden im geschlossenen Modell alle Größen durch das System bestimmt. Damit entfernt man sich noch weiter von der Realität. Diese Modelle sind deshalb weniger von praktischem als von theoretischem Interesse.

III. INPUT-OUTPUT-TABELLE

Die empirische Grundlage aller Input-Output-Modelle ist die sog. Input-Output-Tabelle oder -Matrix. Als Beispiel soll der Aufbau einer Input-Output-Tabelle für ein statisches, offenes Input-Output-Modell erklärt werden.

Eine Volkswirtschaft wird in n Wirtschaftsgruppen oder Produktionssektoren aufgeteilt. Jeder Sektor tätigt Käufe (Inputs) und Verkäufe (Outputs) an Gütern und Dienstleistungen während einer Periode. In der Kopfzeile der Tabelle werden zunächst die 1 bis n Empfängerindustrien, in der Kopfspalte die 1 bis n liefernden Wirtschaftszweige aufgeführt, deren Inputs und Outputs endogene Variable darstellen.

Die ersten n Felder der Zeile 1 enthalten also die Verkäufe an Gütern und Dienstleistungen des Wirtschaftszweiges 1 an den eigenen und alle anderen Sektoren. Die n Felder der Spalte 1 enthalten die Käufe des Industriezweiges 1 beim eigenen Sektor und allen anderen Sektoren. Die Felder enthalten nur die laufenden Inputs, nämlich nur die Käufe bzw. Verkäufe, die bei dem empfangenden Industriezweig nicht zu Nettoinvestitionen führen.

Den Feldern, die die endogenen Variablen enthalten, schließen sich Zeilen und Spalten mit den exogenen Variablen an. Exogene Sektoren sind die privaten Haushalte, deren Endnachfrage in Nachfrage für Konsumzwecke und Nachfrage zur Kapitalbildung (Investitionen) unterteilt werden kann, während der Input der Haushalte aus Arbeit und Kapital besteht. Ein weiterer exogener Sektor ist der Staat, dessen primärer Input durch die indirekten Steuern abzüglich der Subventionen gemessen wird, die der Wirtschaftszweig 1 z. B. an den Staat zahlt. Der dritte exogene Sektor ist das Ausland. Die Exporte des Sektors 1 sind Leistungen des Inlands an das Ausland und zählen somit zur Endnachfrage.

Die Summe aller Variablen einer Zeile ergibt den Wert, der vom Industriesektor 1 erstellten Produkte (= Erlös).

Die Summe aller Variablen einer Spalte ergibt den Wert aller empfangenen Güter und Dienstleistungen (= Kosten) des Industriesektors 1. Die Gewinne als Differenz zwischen Erlös und Kosten werden in einer weiteren Zeile vermerkt.

Das exakte Erfassen der in dieser Input-Output-Tabelle verzeichneten Ströme stellt die Statistiker vor große Schwierigkeiten.

Die Input-Output-Rechnung hängt eng mit der volkswirtschaftlichen Gesamtrechnung zusammen. Erst beide zusammen

Güter empfangende Wirtschaftsgruppen / Güter liefernde Wirtschaftsgruppen	Wirtschaftszweige (Kostenstruktur)					Endnachfrage				Gesamt
						private Haushalte		Staat	Ausland: Exporte	
						Konsum	Investition			
Wirtschaftszweige	Wi.-Gr.	1	2	.....	n					
(Lieferstruktur)	1	A_{11}	A_{12}	.....	A_{1n}	$C_{pr\,1}$	$I_{pr\,1}$	G_1	X_1	S_1
	2	A_{21}	A_{22}	.....	A_{2n}	$C_{pr\,2}$	$I_{pr\,2}$	G_2	X_2	S_2
	⋮	⋮	⋮	.....	⋮	⋮	⋮	⋮	⋮	⋮
	n	A_{n1}	A_{n2}	.....	A_{nn}	$C_{pr\,n}$	$I_{pr\,n}$	G_n	X_n	S_n
primäre Inputs: private Haushalte Arbeit		L_1	L_2	.....	L_n					
Kapital		R_1	R_2	.....	R_n					
Staat		T_1	T_2	.....	T_n					
Ausland: Importe		M_1	M_2	.....	M_n					
Gewinne		Q_1	Q_2	.....	Q_n					

Beispiel für eine Input-Output-Tabelle

ergeben ein „abgerundetes Bild der modernen arbeitsteiligen Wirtschaft" (Krelle).

IV. AUFGABEN DER INPUT-OUTPUT-ANALYSE

Mit Hilfe der Input-Output-Analyse sollen vergangene wirtschaftliche Vorgänge erklärt werden und – hier ist ihr Aussagewert umstritten – → Prognosen für zukünftige Entwicklungen gemacht werden. Außerdem lassen sich mit ihrer Hilfe Probleme der quantitativen Wirtschaftspolitik lösen.

Die Input-Output-Analyse findet auch in der Betriebswirtschaft Anwendung. Hier müssen die Sektoren neu interpretiert werden. Ausgangspunkte der Untersuchungen sind die Teilbereiche Beschaffung, Produktion und Absatz. Der Fluß der Produktionsfaktoren von den Beschaffungslagern durch die Produktionsstätten zum Absatzsektor zeigt einen Zusammenhang zwischen Faktoreinsatzmenge (Input) und Ertrag (Output) der Unternehmung.

Input-Output-Modelle werden vorwiegend für Unternehmungen mit kontinuierlicher Fertigung, wie z. B. in der Großchemie, aufgestellt.

Literatur:

Klook, J.: Betriebswirtschaftliche Input-Output-Modelle. Ein Beitrag zur Produktionstheorie, Bd. 12 der Schriftenreihe Betriebswirtschaftliche Beiträge, Wiesbaden 1969

Krelle, W.: Volkswirtschaftliche Gesamtrechnung einschließlich Input-Output-Analyse mit Zahlen für die Bundesrepublik Deutschland, Berlin 1959

Leontief, W.: Input-Output-Economics, New York 1966

Leontief, W.: Die multiregionale Input-Output-Analyse; Wagenführ, R.: Die multiregionale Input-Ouput-Analyse im Rahmen der EWG: Statistisch-methodologische Probleme. In: Arbeitsgemeinschaft für Forschung des Landes Nordrhein-Westfalen, Natur-, Ingenieur- und Gesellschaftswissenschaften, Heft 123, Köln und Opladen 1963

Platt, H.: Input-Output-Analyse, Meisenheim am Glan 1957

Schumann, J.: Input-Output-Analyse, Ökonometrie und Unternehmensforschung X, Berlin, Heidelberg, New York 1968

Inside Director

Bezeichnung für ein Mitglied des → Board of Directors, das Angestellter des Unternehmens ist.

→ Outside Director

Insider

Bezeichnung für Personen, die Kenntnisse über ein bestimmtes Unternehmen oder auch eine bestimmte Branche durch Zugehörigkeit zu diesem oder dieser haben oder diese Kenntnisse durch enge persönliche Beziehungen erhalten. Die sogenannten Insider-Informationen spielen eine besondere Rolle am Wertpapiermarkt, wo z. B. Insider Kenntnisse von bevorstehenden Kapitalerhöhungen oder von Verlusten eines Unternehmens früher als die → Outsider erhalten und diese Informationen an der Börse nutzen können. In manchen Gesellschaften wurde dem Vorstand deswegen verboten, Aktien des eigenen Unternehmens zu erwerben.
Insider-Informationen spielen aber auch eine Rolle, wenn Kenntnisse der Verkaufspolitik, Marktstrategie, Einkaufs- oder Personalpolitik eines bestimmten Unternehmens vorzeitig bekannt werden.

Instandhaltungsbudget

Es dient der Kontrolle und der Planung der Instandhaltungskosten. Bei zunehmender Anlagenintensität und den immer einschneidenderen Auswirkungen von Produktionsausfällen auf die gesamte Ertragslage spielt die Instandhaltung eine immer größere Rolle für den Betrieb. Aus diesem Grund werden in größeren Betrieben sehr oft eigene Instandhaltungsabteilungen gebildet, die als Stabsabteilungen der technischen Leitung oder der Betriebsleitung einzelner Werke unterstellt sind. Ihre Leitung obliegt einem Instandhaltungsingenieur, dem wiederum die Reparaturwerkstätten unterstehen. Zu seinem Aufgabengebiet gehört die ständige Kontrolle des Verschleißes sowie die Vergabe von Fremdreparaturen und die Aufstellung des Instandhaltungsbudgets.
Bei der Aufstellung des Budgets unterscheidet man folgende Pflegemaßnahmen:

1. Routinepflegemaßnahmen
2. Laufende kleine Reparaturen, die ohne größeren Zeitaufwand während der Betriebsstunden ausgeführt werden.
3. Größere Reparaturen und Instandhaltungsmaßnahmen, die nach Feierabend oder am Wochenende stattfinden.
4. Großreparaturen, deren Durchführung die Stillegung einzelner Betriebe notwendig macht.

In dem Budget werden auch Prioritäten der Instandhaltung festgelegt, wobei grundsätzlich folgende Rangfolge gilt:

1. Instandhaltungsarbeiten, die notwendig sind, um die Sicherheit für das Leben und die Gesundheit der Mitarbeiter sicherzustellen.
2. Instandhaltungsmaßnahmen, die notwendig sind, damit es keinen größeren Produktionsausfall durch Stillegung von Schlüsselaggregaten gibt, deren Ausfall Stillstand des ganzen Betriebes oder größerer Betriebsteile zur Folge hätte.
3. Instandhaltungsmaßnahmen, die Ausschußmengen reduzieren.
4. Instandhaltung von Anlagen, bei denen der Ausfall nicht die gesamte Produktion wesentlich beeinträchtigt.
5. Laufende Pflegemaßnahmen ohne besondere Dringlichkeit.

→ Budgetierung

Instant-Prinzip

Prinzip bei der Gestaltung von Produkten, die dem Verbraucher einen unkomplizierten, möglichst vorbereitungsfreien Konsum ermöglichen; Beispiel: pulverisierter Kaffee oder Milch, Tiefkühlkost. Auch bei gewerblichen Gütern gebräuchlich; Beispiel: einbaufertige

Türen, die mit Bekleidung und Schlössern versehen sind, einbaufertige Möbelteile.

Integrated Company

Integrierter Betrieb. Unternehmen, in dem in mehreren Arbeitsstufen produziert wird, z. B. in der Zellstoffindustrie, wenn an Ort und Stelle der Zellstoff gleich zu Papier verarbeitet wird; es kann in einer weiteren Integrationsstufe weiterverarbeitet werden, z. B. zu Papiersäcken oder Wellpappe.

Integrated Standard Data (ISD)

Standard-Zeitwertverfahren für die Fertigung (Makroverfahren).

Inter-Company Accounts

Bilanzausdruck für Forderungen an konzernabhängige Unternehmen.

Interest

Bezeichnung für Zins.

Interfirm Comparisons

→ Betriebsvergleich

Interindustry Economics

Teilbereich der Wirtschaftstheorie, der sich mit den zwischenindustriellen Beziehungen befaßt → Input-Output-Analyse.

Intermediary

Bezeichnung für Vermittler, Mittelsmann.

Internal Audit

→ Kontrolle, → Management Audit

Internal Check

Bezeichnung für Betriebskontrolle.

Internal Control

Steuerung und Überwachung von Organisationsplan und allen Methoden und Maßnahmen, die der Sicherung des Unternehmensvermögens dienen und die Einhaltung der Geschäftspolitik gewährleisten, durch das Management.

International Relations

Bezeichnung für die Beziehungen eines Unternehmens zur Weltöffentlichkeit als Teilgebiet der → Public Relations.

Interviewer Bias

In der Markt- und Meinungsforschung bei Repräsentativbefragungen Bezeichnung für die Verzerrung der Schätzwerte durch die von der Person des Interviewers ausgehenden Einflüsse auf die Befragungssituation, auf den Befragten selbst, sowie durch die tendenziöse schriftliche Formulierung der Antworten des Befragten durch den Interviewer.

Inventories

In der anglo-amerikanischen Bilanz Bezeichnung für Warenlager, Vorräte.

Inventory Loan

Lagerfinanzierung durch mittel- und langfristige Kredite.

Inventory Reserve

Ausdruck aus der Bilanz für Rückstellungen für Lagerabwertungen.

Investitionsbudget

Aufgabe des Investitionsbudgets ist es, die Prioritäten für die notwendigen und möglichen Investitionen aufzustellen, wobei Maßnahmen für die Erhaltung der Leistungsfähigkeit des bestehenden Betriebes, Steigerung der Produktion, Rationalisierung durch neue, moderne und rentable Anlagen und die Errichtung neuer Anlagen zur Erweiterung der Produktion oder zur Aufnahme neuer Produkte gegeneinander abgewogen werden müssen. Dabei ist nicht immer nur die Rentabilität und der Kapitalrückfluß entscheidend, sondern auch die Frage des richtigen Marktverhaltens des Unternehmens, z. B. Gewinnung neuer Absatzmärkte oder Streuung des Produktionsrisikos. Eine besondere Form für die Berechnung des Investitionsbudgets ist die MAPI-Methode (→ MAPI).
→ Budgetierung

Literatur:
Lüder, K.: Investitionskontrolle, Wiesbaden

Investitionsentscheidungen

Entscheidung der Unternehmensleitung, in welchem Umfang und in welcher Rangfolge Investitionen vorgenommen werden sollen, wobei die augenblicklichen Finanzierungsmöglichkeiten mit dem zukünftigen Ertrag verglichen werden.
Investitionsentscheidungen zählen zu den wichtigsten Entscheidungen der Unternehmensleitung, denn sie bestimmen die zukünftige Ertragskraft und binden längerfristig die begrenzten finanziellen Mittel des Unternehmens.
Sie haben neben dem betriebswirtschaftlichen auch einen volkswirtschaftlichen Aspekt. Volkswirtschaftlich gesehen, sind Investitionen eine Waffe gegen Unterbeschäftigung; sie tragen zur Steigerung des Lebensstandards und des nationalen Wohlstandes bei; sie sind ein entscheidender Faktor für das wirtschaftliche Wachstum und bedeuten eine Verbesserung der Wettbewerbssituation im internationalen Handel.
Für die einzelne Unternehmung sind Investitionen Voraussetzung für größere Marktanteile, eine schnellere Entwicklung, höhere Gewinne. Investitionsentwicklungen müssen deshalb auf folgende Fragen geprüft werden:

1. Notwendigkeit des Investitionsobjektes,
2. Alternative Investitionen,
3. Einsatzmöglichkeiten im Unternehmen,
4. Technischer Wirkungsgrad der Investition,
5. Einfluß auf die Ertragsfähigkeit des Unternehmens,
6. Finanzieller Rahmen,
7. Rendite.

Diese Fragen beinhalten Unsicherheitsfaktoren in Bezug auf die Erwartungen über zukünftige wirtschaftliche und technische Entwicklungen. Die Unternehmensleitung kann auf zwei Arten versuchen, das Problem der Unsicherheit einzuschränken:

1. Indem sie alle verfügbaren Informationen zusammentragen läßt und aufgrund dieser Unterlagen mit dem Wissen um ihre Lückenhaftigkeit eine Entscheidung trifft.
   Die Fülle der Informationen als Entscheidungsgrundlage hat den Nachteil, daß durch den Zeitmangel der Unternehmensleitung bedingt, das Material nicht genau durchforstet wird.
2. Indem sie aus der Fülle der Informationen nach bestimmten Gesichtspunkten Informationen auswählen und diese rechnerisch auswerten läßt. Bei dieser Methode wird der Grad der Unsicherheit der zugrunde liegenden Primärinformationen vertuscht.

Für welches Vorgehen sich die Unternehmensleitung entscheidet, hängt nicht zuletzt von der Art der Investition (Rationalisierungsinvestition, Ersatzinvestition, Erweiterungsinvestition oder Finanzinvestition) und von der Größenordnung des Projektes ab.
Die organisatorischen Probleme der Investitionsentscheidungen werden heute häufig durch eine Aufteilung des Entscheidungsprozesses in drei Phasen zu lösen versucht:

1. Informationssammlung,
2. Informationsverarbeitung (Investitionsrechnung),
3. Investitionsentscheidung.

Es wurden verschiedene Systeme und Methoden der Investitionsrechnung entwickelt, die die Investitionsentscheidungen erleichtern sollen.
Dazu gehört das → MAPI-System von Terborgh, das vor allem für Investitionsentscheidungen über kleinere Projekte geeignet ist, die → Cash-flow-Methode, die → Pay-back-Methode etc.

Literatur:
Jonas, H. H.: Investitionsrechnung, Berlin 1964
Kosiol, E.: Die Organisation des Entscheidungsprozesses, Berlin 1959
Massé, P.: Investitionskriterien — Probleme der Investitionsplanung, München 1968
Schwarz, H.: Optimale Investitionsentscheidungen, München 1967
Terborgh, G.: Leitfaden der betrieblichen Investitionspolitik, Wiesbaden 1962

Investitionsrechnung

Mit Hilfe der Investitionsrechnung wird die Wirtschaftlichkeit von Kapitalanlagen überprüft, wobei als Kriterium der Wirtschaftlichkeit des Kapitaleinsatzes die Kapitalverzinsung gilt. Die Investitionsrechnung ist eine wesentliche Grundlage für die → Investitionsentscheidung.
Bei der Investitionsrechnung unterscheidet man die statische Investitionsrechnung, die von durchschnittlichen Jahreswerten ausgeht, und die dynamische Investitionsrechnung, die die Veränderungen im Laufe der Zeit berücksichtigt.

Es gibt folgende Arten der Investitionsrechnung:

Kostenvergleichsrechnung

Diese wird vor allem angewandt bei Ersatz- und Rationalisierungsinvestitionen, wenn die Kosteneinsparungen gegenüber der alten Anlage verglichen werden sollen. Hierzu werden sämtliche Betriebs- und Kapitalkosten aus der Kostenartenrechnung des Betriebsabrechnungsbogens gegenübergestellt. Zu berücksichtigen sind besonders die zu erwartenden Veränderungen, die z. B. aus der Einsparung von Rohstoffen oder aus der Zunahme des Aufwandes für Hilfs- und Betriebsstoffe und für Energie, aus der Einsparung an Löhnen oder der Zunahme der Kapitalkosten herrühren. Bei der Anschaffung jeder Anlage gibt es fast bei jeder Kostenart Veränderungen. Da bei neuen Anlagen oft keine Erfahrung über deren Arbeitsweise vorliegt, muß man hierfür die notwendigen Daten von den Maschinenlieferanten beziehen. Diese sollen aber nach Möglichkeit durch Rückfragen bei anderen Beziehern überprüft werden. Wenn dies nicht möglich ist, müssen gewisse Sicherheitsabschläge eingerechnet werden.

Gewinnvergleichsrechnung

Mit der Gewinnvergleichsrechnung, die vor allem bei der Errichtung neuer Anlagen vorgenommen wird, werden die Kosten und Erträge mit der alten und mit der neuen Anlage gegenübergestellt. Auch hier sind die Angaben für jede einzelne Kostenart aus der Betriebsabrechnung oder der erweiterten Gewinn- und Verlustrechnung zu entnehmen. Um vergleichbare Werte zu schaffen, müssen bei den Gewinnerwartungen saisonale oder Konjunkturschwankungen eliminiert werden, nicht jedoch die Preisschwankungen, die dadurch entstehen können, daß die größere Anlage mit größerem Ausstoß Preissenkungen notwendig machen wird.

Rentabilitätsrechnung

In der Rentabilitätsrechnung wird die Verzinsung des Kapitaleinsatzes für neue Investitionen ermittelt. Voraussetzung für die Rentabilitätsrechnung ist eine vorher angestellte Kosten- oder Gewinnvergleichsrechnung. Die Rentabilität wird dann nach folgender Formel ermittelt:

$$\text{Rentabilität} = \frac{\text{Kostenersparnis} \times 100}{\text{Kapitaleinsatz}}$$

Amortisationsrechnung

In ihr wird die Länge des Zeitraumes errechnet, der für den Rückfluß des Kapitaleinsatzes benötigt wird.

$$\frac{\text{Kapital}}{\text{Jahresgewinn}} = \text{Rücklaufzeit des Kapitals in Jahren}$$

Dynamische Investitionsrechnung

Hierzu gehört die Kapitalwertrechnung, wobei der Kapitalwert der voraussichtliche Überschuß der Erträge über die Betriebskosten im Laufe seiner Lebenserwartung abzüglich einer entsprechenden Verzinsung ist. Die Rechnung sieht wie folgt aus:

Erträge in der Nutzungsperiode
./. Betriebskosten in der Nutzungsperiode

Cash Flow in der Nutzungsperiode
./. Abzinsungsfaktor

Kapitalwert

Wenn der Kapitalwert über dem Investitionswert liegt, ist die Investition rentabel.

Zinsfußrechnung

Diese Rechnung setzt eine Kapitalwertrechnung voraus:

$$\frac{\text{Kapitaleinsatz}}{\text{Kapitalwert}} = \text{Zinsfuß}$$

Wenn dieser Zinsfuß höher ist als die übliche Verzinsung, ist die Investition rentabel.

Literatur:
Albach, H.: Die Berechnung der Wirtschaftlichkeit betrieblicher Investitionen, in: Zeitschrift für Betriebswirtschaft 1959
Brandt, H.: Investitionspolitik des Industriebetriebes, Wiesbaden 1959
Gutenberg, E.: Grundlagen der Betriebswirtschaftslehre, Berlin — Göttingen — Heidelberg 1965
Jacob, H.: Optimale Investitionspolitik, Wiesbaden
Kosiol, E.: Anlagenrechnung, Wiesbaden 1955
Reul, R.: Profitability Index for Investments, in: Harvard Business Review 1957
Terborgh, G.: Studies in the Analysis of Investments Projects, Washington 1960/61
Terborgh, G.: Leitfaden betrieblicher Investitionspolitik, Wiesbaden
Massé, P.: Investitionskriterien, Probleme der Investitionsplanung, München 1968
Munz, L.: Investitionsrechnung, Wiesbaden
Pack, L.: Betriebliche Investitionen, Wiesbaden

Investment

Bezeichnung für Investition.

Investment-Center-Organisation

Eine Art der Spartenorganisation (→ Divisionalisierung), bei der die Investitionsentscheidungen zentral getroffen werden und nicht wie bei der → Profit-Center-Organisation vom Leiter der Division bzw. Sparte.

Investmentgesellschaften

Kapitalanlagegesellschaften, auch Investment-Trust genannt. Diese Unternehmen legen sogenannte Investmentfonds (Investmentfunds) auf, die aus Aktien und/oder festverzinslichen Wertpapieren bestehen. Für diese Fonds werden Anteilscheine (Investmentzertifikate) ausgegeben, die Miteigentum an diesen Fonds verbriefen. Diese Anteilscheine lauten nicht über einen Nennbetrag (wie Aktien oder Rentenwerte), sondern über eine quotenmäßige Beteiligung am Fonds errechnet und börsentäglich bekanntgegeben; sie richten sich nach der Höhe vermögen. Ihre Ausgabekurse werden des Fondsvermögens, das wiederum vom Stand der Aktienkurse und von der Geschicklichkeit der Fondsverwaltung beim Kauf und Verkauf von Papieren abhängt. Man unterscheidet:

1. Open-End-Fonds (auch Mutual Funds oder offene Investmentfonds), bei denen die Ausgabe von Zertifikaten nicht beschränkt ist und deren in den Fonds aufzunehmende Papiere keinen satzungsmäßigen Einschränkungen unterliegen.
2. die selteneren Closed-End-Fonds (geschlossene Investmentfonds), bei denen die Anzahl der auszugebenden Zertifikate festgelegt ist und bei denen nur Aussteller bestimmter Aktien oder Rentenpapiere in den Fonds aufgenommen werden dürfen. Closed-End-Fonds haben eine Börsennotierung, die vom rechnerischen Wert des Anteils abweichen kann.

Grundgedanke des Investmentsparens ist es, sich auch mit geringeren Beträgen an den Gewinnchancen des Aktienmarktes beteiligen zu können und dabei das Risiko durch eine breite Risikostreuung zu vermindern.

Investment-Trust

→ Investmentgesellschaft

Invisibles

Bezeichnung für die unsichtbaren Einfuhren und Ausfuhren eines Landes, z. B. Reiseverkehr ins Ausland, Schiffsfrachten, Hafen- und Kanalabgaben im Ausland.

ISD (Integrated Standard Data)

Standard-Zeitwertverfahren für die Fertigung (Makroverfahren).

Ist-Kosten-Rechnung

Bei der Ist-Kosten-Rechnung handelt es sich um eine Vergangenheitsrechnung, mit deren Hilfe die tatsächlich angefallenen Zahlenwerte (Ist-Kosten) ohne Eliminierung von Zufälligkeiten (wie Preisschwankungen am Beschaffungsmarkt, Störungen im Produktionsablauf etc.) erfaßt werden.
Der Vorteil dieser Abrechnungsmethode liegt in der getreuen Kostenwiedergabe aller Ereignisse im Produktionsablauf. Nachteilig wirkt sich insbesondere für die Unternehmenssteuerung oder Kostenplanung aus, daß zunächst umfangreiche Analysen erforderlich sind, um nicht entscheidungsrelevante Störeinflüsse aus dem täglichen Produktionsablauf kostenmäßig zu eliminieren. Darüber hinaus müssen zur Abrechnung große Mengen von Belegen (mit Ist-Daten) bewertet und verrechnet werden. Siehe auch Soll-Kosten-Rechnung.

Ist-Kosten- und Leistungsrechnung

In der Ist-Kosten- und Leistungsrechnung werden die Kosten und Leistungen eines Zeitabschnitts mengen- und wertmäßig in der Höhe verrechnet, in der sie entstanden sind.

Literatur zu Stichwort Information:
Mertens, P.: Betriebliche Dokumentation und Information, Meisenheim 1965
Steinbuch, K.: Automat und Mensch, Berlin/Heidelberg/New York 1965

J

Job

1. Bezeichnung für im weitesten Sinne jede Art der Erwerbstätigkeit.
2. Bezeichnung für eine kurzfristige Beschäftigung zwecks Gelderwerbs.
3. Tätigkeit, die keine Berufsausbildung erfordert, sondern in kurzer Zeit erlernt werden kann.
4. In der → Netzplantechnik Bezeichnung für einen Vorgang.
   Graphisch: Pfeil zwischen zwei Knoten.
   → Activity

Jobber

1. Börsenhändler, Dealer. → Specialist.
2. Börsenspekulant.
3. Händler und Spekulant im weiteren Sinne.
4. Gelegenheitsarbeiter.

Job Description

Bezeichnung für Stellenbeschreibung.

Job Discrimination

Bezeichnung für die Benachteiligung (Diskriminierung) bestimmter Personen im Arbeitsleben durch die Zugehörigkeit zu Organisationen (Gewerkschaften, Verbänden), Religionen, Landsmannschaften, politischen Parteien, Rassen etc. Job Discrimination kann Unterbezahlung, Arbeitslosigkeit, Verhinderung des beruflichen Aufstiegs etc. zur Folge haben.

Job Enlargement

Bezeichnung für die Erweiterung der Arbeitsaufgabe durch zusätzliche Arbeitsgänge, die bisher von anderen verrichtet wurden. Dadurch soll Monotonie bei der Arbeitsverrichtung vermieden werden und durch bessere Identifikationsmöglichkeiten des Arbeitenden mit der Erfüllung seiner Aufgabe eine größere Arbeitszufriedenheit erreicht werden.

Job Evaluation

Arbeits(platz)bewertung, die systematische Beurteilung des Schwierigkeits- und Anforderungsgrades einer Tätigkeit, um Arbeitszeit, Lohn, Ruhepausen etc. festzulegen.

Job Hopping

Durch systematischen Stellenwechsel Karriere machen.

Job Instruction Training

Schulung in der Arbeitsunterweisung.

Job Management

In der Datenverarbeitung durch Systemprogramme gesteuerte Überwachung von freien Anlagenteilen, Auswahl von zu ladenden Programmen und das Laden und Starten der Programme.

Job Rating

→ Arbeitsbewertung

Job Rotation

Bezeichnung für ein System, Mitarbeiter für Führungsaufgaben zu schulen. Zu diesem Zweck durchlaufen sie jeweils für eine bestimmte Dauer mehrere Funktionen oder Stellen, um sich auf diese Weise Kenntnisse für ihre spätere Aufgabe anzueignen.
Siehe auch Management Development, Trainee.

Job Satisfaction

Arbeitszufriedenheit. Bezeichnung für Betriebsklima. Auch Employee Attitudes genannt.

Joint-Venture
Gemeinschaftsgründung

Hat ein Unternehmen eine besondere Technologie entwickelt, aber nicht die nötige Produktionserfahrung, so kann es mit einem anderen Unternehmen, das Erfahrungen auf dem Gebiete der Produktion hat, ein Gemeinschaftsunternehmen gründen. Im allgemeinen beteiligen sich beide Partner an der Firma mit je der Hälfte des Kapitals; der eine bringt die Produktionsstätte samt den Arbeitskräften ein, der andere das Umlaufvermögen und das Produktionsprogramm. Auf diese Weise haben namentlich US-amerikanischen Firmen in Europa, Asien und Lateinamerika Fuß gefaßt. Selbstverständlich ist die Idee nicht neu; man kann auch als Joint-Venture bezeichnen, daß die deutschen Unternehmen des Steinkohlenbergbaus gemeinsam ein Energieversorgungsunternehmen gegründet haben, oder daß mehrere Hersteller chemischer Grundstoffe ein weiterverarbeitendes Werk errichten.

Die betriebswirtschaftliche Problematik derartiger Joint-Ventures liegt darin, daß die Partner nicht nur kapitalmäßig dem neuen Unternehmen verbunden sind, sondern auch als Lieferanten, als Lizenzgeber, als Kunden u. dgl. Die Abgrenzung der Interessen ist selbstverständlich überschaubar, wo jeder Partner die gleiche Art von Beziehung hat, beispielsweise jeder die gleichen Rohstoffe zuliefert. Schwieriger wird es schon, wenn der eine das Personal stellt, der andere aber das Fachwissen einbringt. Denn hier ist die Bewertung in der Regel nicht durch Vergleichspreise am freien Markt zu ermitteln. Es gibt Lizenzverträge, die eine jährliche Zahlung von 6 % des Umsatzes vorsehen und andere, die nur 0,6 % beinhalten. In diesen Fällen kann es sein, daß der eine Partner seinen Nutzen nur aus der Dividende des Gemeinschaftsunternehmens zieht, der andere aber aus dem Lizenzvertrag, Know-How-Vertrag usw. Deshalb sind Joint-Ventures in den meisten Fällen nur Verlobungen, die wieder auseinandergehen. Am Ende übernimmt der eine Partner die Anteile ganz.
Joint-Ventures sind insbesondere in der Großindustrie üblich. Am meisten kommen sie vor in der chemischen Industrie.

Junior Management

Unterste Leitungsebene.
→ Hierarchie

K

Käufermarkt

→ Buyers' Market

Kalkulation

Bezeichnung für eine Leistungseinheitsrechnung, die der Preisermittlung für die Produkte (Leistung) eines Unternehmens dient. Generell unterscheidet man drei Arten der Kalkulation, nämlich:

1. Vorkalkulation
2. Plankalkulation oder Standardkalkulation
3. Nachkalkulation

Die Vorkalkulation dient der Ermittlung der zu erwartenden Stückkosten, um anhand dieser Stückkosten die möglichen → Deckungsbeiträge bei gegebenen Marktpreisen bzw. um einen zielgerechten Preis für neue Produkte zu errechnen. Als Ausgangsdaten werden den Vorausberechnungen häufig auch Schätzungen der einzusetzenden Stoffe, Arbeitsgänge und Losgrößen zugrunde gelegt. Diese Vorausberechnungen haben nur vorläufigen Charakter und werden überholt, sobald ausreichende Erfahrungen über den Normalverbrauch an Stoffen und Kosten vorliegen.
Schließlich dient die Vorkalkulation der Feststellung der ergebnismäßigen Auswirkungen von geplanten oder zu erwartenden Änderungen des Produktionsverfahrens und der Stoffpreise inklusive zugekaufter Halbfabrikate. Der Wert der Vorkalkulation ist damit auch vom Grad der Information über bestimmte Verhältnisse und Entwicklungen abhängig.
Kern des gesamten Kalkulationsverfahrens und der daran geknüpften Abrechnungen bildet die Plankalkulation bzw. die Standardkalkulation. Hier wird ein geplantes Mengengerüst mit geplanten Kosten bewertet, und zwar Normalverbrauch zu Normalkosten.
Die Nachkalkulation bezweckt die Feststellung der tatsächlichen Kosten eines Produktes nach Abschluß seines betrieblichen Durchlaufs. Die ermittelten Werte dienen dem Vergleich und Abweichungsnachweis der einzelnen Material- und Kostenpositionen zwischen der Vorgabe (Plan- bzw. Standardwerte) und dem Ist.
Die Nachkalkulation wird insbesondere bei der Auftragskalkulation angewendet. Sie ist gleichzeitig die Ist-Abrechnung der ausgeführten Aufträge.

Kaufkraft

Die Kaufkraft stellt die Fähigkeit der Bevölkerung eines bestimmten Gebietes oder der Angehörigen eines bestimmten Bevölkerungsteils dar, in einem Zeitraum eine bestimmte Geldmenge für den Kauf von Waren ausgeben zu können. Die Kaufkraft der Bevölkerung wird bestimmt durch die Höhe der Preise und die Höhe des Einkommens.
Aus dieser Definition lassen sich für die Kaufkraft zwei völlig verschiedene Tatbestände ableiten, und zwar abhängig davon, ob es sich um eine volkswirtschaftliche oder betriebswirtschaftliche Betrachtungsweise handelt.
Im volkswirtschaftlichen Bereich wird unter Kaufkraft der innere Wert einer Währung verstanden. Die Kaufkraft mißt hier Art und Menge der Güter, die innerhalb einer bestimmten Periode für die Währungseinheit erhältlich sind. Man spricht auch von Kaufkraftparitäten, wenn ein Vergleich von Währungen erfolgt. Die Er-

mittlung von Kaufkraftparitäten dient u. a dem Zweck, die volkswirtschaftliche Leistungsfähigkeit von internationalen Organisationen angehörenden Mitgliederländern festzustellen.
In der betriebswirtschaftlichen Betrachtung werden unter Kaufkraft die einem Wirtschaftssubjekt frei zur Verfügung stehenden Geldmittel verstanden. Die Ermittlung der Kaufkraft des Geldes erfolgt durch sogenannte Kaufkraftmessungen, beispielsweise mit Hilfe des „Warenkorbs", der die Ausgaben für die Lebenshaltung beinhaltet. Zum Ausdruck kommt die Kaufkraft durch den Preisindex (→ Indices) für die Lebenshaltung, der die Steigerung oder den Rückgang im Preisniveau gegenüber der Vorperiode und damit den Rückgang bzw. die Steigerung der Kaufkraft mißt.
Neben dem Preisindex wurden verschiedene Formeln und Methoden zur Errechnung von Kaufkraftkennziffern entwickelt, wie beispielsweise durch die Feststellung der getätigten Umsätze aufgrund des Umsatzsteueraufkommens oder durch die Erfassung von Lohnsteuer und Einkommensteuer. Sie alle lassen Rückschlüsse zu, die bei der Werbung, der Absatzplanung oder der Vertreterkontrolle von Nutzen sein können, wie sie sich auch zur Einteilung marktgerechter Verkaufsbezirke eignen.

Literatur:
Bundesministerium für Wirtschaft und Finanzen: Leistung in Zahlen 170, Berlin 1971
Danckwerts, R. F.: Regionale Kaufkraftkennziffern im Dienste der Absatzwirtschaft, in: Aktuelle Absatzwirtschaft, bearbeitet von W. A. K. Disch, Hamburg 1964

Kaufverhalten

Das Kaufverhalten stellt die Summe von Faktoren dar, die einen Käufer – sowohl den Konsumenten als auch den Einkäufer eines Unternehmens – zum Kauf eines bestimmten Produktes oder einer bestimmten Marke beeinflussen.

Zu diesen das Kaufverhalten beeinflussenden Faktoren gehören im wesentlichen die persönlichen Bedürfnisse einer Person, die auf diese Person einwirkende Beziehungskulisse, der Kaufentscheid, das Verwendungs- bzw. Gebrauchsverhalten dieser Person und das Ausmaß der durch den Kauf erzielten Befriedigung.
Die persönlichen Bedürfnisse können aus dem elementaren Bedürfnis nach Nahrung oder Sicherheit bestehen, wobei dieses Bedürfnis stark oder schwach ausgeprägt sein kann und bewußt oder auch nur unterbewußt von der Person wahrgenommen wird. Aus zeitlicher Sicht betrachtet, kann dieses Bedürfnis spontan auftreten oder durch äußere Einflüsse (z. B. Beziehungskulisse oder Werbung) hervorgerufen werden.
Die von der Beziehungskulisse einer Person ausgehende Beeinflussung ist immer dann ein besonders wirksamer Einflußfaktor, wenn das vorhandene Bedürfnis nicht unbedingt zwingend nach einer Befriedigung verlangt, wie es im Falle der Nahrungsaufnahme zutreffen kann. So wird dem Kauf eines Pkw ein längerer Zeitraum voranschreiten, in dem die kaufgeneigte Person die verschiedensten Informationen sammeln wird. Diese Informationen können der Werbung entstammen, auf Freunde und Bekannte zurückzuführen sein und/oder auf den akquisitorischen Bemühungen des Automobilhändlers beruhen. Das Bedürfnis wird erst dann eine Befriedigung erfahren, wenn aus der Sicht des Käufers der richtige Kaufzeitpunkt – möglicherweise auch Kaufort – erreicht ist.
Der Kaufentscheid stellt den Abschluß einer Informationssammlung und möglicherweise Rückversicherung seitens des Käufers dar. Die resultierende Entscheidung wird in der Regel ein Bündel von Subentscheidungen – für ein Produkt beispielsweise Qualitätsniveau, Marke, Stil, Quantität, Preis, Zahlungsbedingungen oder Händler – darstellen. Je mehr es einem Unternehmen gelingt, durch eine entsprechende Angebotsgestaltung die

Zahl der Subentscheidungen zu reduzieren, desto größer ist die Wahrscheinlichkeit, daß der Käufer auf dieses vielleicht problemlosere als vergleichbare andere Angebot eingeht. Das Verwendungs- und Gebrauchsverhalten gehört deshalb zum Kaufverhalten, weil es Rückschlüsse auf Produktionsverbesserungen zuläßt und möglicherweise auf notwendige Veränderungen am Marketingprogramm hinweist. Außerdem befindet sich jedes Produkt sowohl funktional als auch symbolisch in einem oder mehreren → Konsumtionssystemen, die wiederum für den Kaufentschluß des Käufers ausschlaggebend sein werden.
Schließlich ist die Intensität der Bedürfnisbefriedigung, die durch den Kauf erzielt wurde, Bestandteil des eigentlichen Kaufverhaltens, da die Intensität entweder die zuvor getroffene Entscheidung als richtig bestätigt oder dem Käufer zeigt, daß es Alternativen gab, die eine bessere Befriedigung ermöglicht hätten. Die Wahrnehmung der Intensität der Bedürfnisbefriedigung ist sowohl eine objektive als auch subjektive Größe. Diese Erscheinung erklärt somit auch das Bemühen vieler Unternehmen, durch entsprechende werbliche Maßnahmen dem Käufer das Gefühl zu verleihen, die bestmögliche Entscheidung getroffen zu haben. Damit wird eine der Voraussetzungen erfüllt, die zu einem Wiederholungskauf führen können.
Die Analyse des hier gekennzeichneten Kaufverhaltens wird mit Hilfe von Verhaltensmodellen angestrebt, um eine bessere Vorhersage der Käuferreaktionen auf die verschiedenen Marketing-Maßnahmen zu ermöglichen.
Siehe auch: Behavioral Models

Literatur:
Howard, Hohn A.: Organisationsstruktur und die ihr zugrunde liegende Theorie des Käuferverhaltens; in: Britt, Boyd jr.: Marketing-Management und Organisation, dtsch. Bearbeitung: P. Linnert

Kick Back

Bezeichnung für Schmiergeld.

Kinoeffekt

Reaktion eines Wettbewerbers auf eine Preisänderung eines anderen, und zwar in der Weise, daß der alte Abstand der Preise wieder hergestellt wird.
→ Preispolitik

Knapsack-Problem

Rucksackproblem
Optimierungsproblem, das sich mit Hilfe des → Entscheidungsbaumverfahrens lösen läßt. Ein Rucksack, (d. h. ein knappes Gut) soll mit nicht teilbaren Produkten von unterschiedlicher Größe und unterschiedlichem Nutzen optimal bestückt werden.

Know-How

Summe aller theoretischen Erkenntnisse und praktischen Erfahrungen eines Unternehmens, die nicht rechtlich geschützt werden können. Das Unternehmen kann dennoch das Know-How verkaufen und den Käufer beraten.

Kombinatorik

Teilgebiet der Statistik bzw. der Wahrscheinlichkeitsrechnung. Durch die Kombinatorik läßt sich die Anzahl möglicher Lösungen für ein Problem bestimmen.

I. PERMUTATION

Eine Anordnung von n verschiedenen Elementen in einer bestimmten Reihenfolge bezeichnet man als Permutation der n Elemente.

Beispiel: Die Permutation der drei Buchstaben a, b, c läßt sich folgendermaßen darstellen:

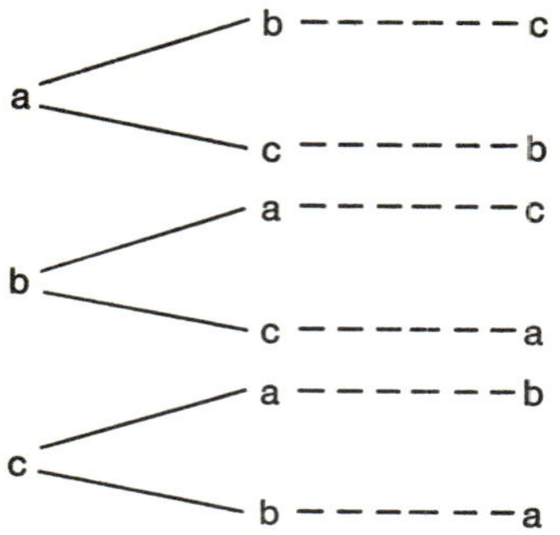

Eine entsprechende Abbildung für n Elemente zeigt, daß die Anzahl der Wege gleich dem Produkt aus n, n-1, n-2, bis 1 ist. Für dieses Produkt aus natürlichen Zahlen schreibt man n! (sprich „n Fakultät").

II. VARIATION

Die Zuordnungsmöglichkeiten von n Elementen einer Menge zu m Elementen einer anderen Menge, wobei $n \leq m$, bezeichnet man als Variation.

Beispiel: Eine Urne enthält m Kugeln verschiedener Farbe. n Kugeln werden entnommen und in der Reihenfolge ihrer Entnahme hingelegt.
Wie viele Möglichkeiten gibt es dafür?

Beim ersten Griff in die Urne stehen noch m Kugeln zur Auswahl, danach noch (m − 1), (m − 2) und beim n-ten Griff noch (m − n + 1).

Insgesamt gibt es $\frac{m!}{(m-n)!}$

Möglichkeiten, die Kugeln aufzureihen.

III. KOMBINATION IM ENGEREN SINN

Unter einer Kombination im engeren Sinn versteht man – wie bei der Variation – die Zuordnung von n Elementen einer Menge zu m Elementen einer anderen Menge, wobei wieder $n \leq m$. Hier kommt es nun zusätzlich darauf an, welchem der m Elemente ein n- Element zugeordnet ist. Die Zahl der Kombinationen im engeren Sinn ist geringer als die der Variationen. Sie wird durch n! Variationen, die die gleiche Kombination bilden, eingeschränkt.

Beispiel: Beim Zahlenlotto werden sechs aus 49 Zahlen gezogen – abgesehen von der Zusatzzahl. Die Anzahl der verschiedenen Möglichkeiten ist:

$$\binom{m}{n} \text{ oder } \frac{m!}{(m-n)!\;n!} = \binom{49}{6} = \frac{49 \,.\, 48 \,.\, 47 \,.\, 46 \,.\, 45 \,.\, 44}{1 \,.\, 2 \,.\, 3 \,.\, 4 \,.\, 5 \,.\, 6}$$

$= 13\,983\,816$ Möglichkeiten.

Kommunikation

Die Struktur und der Ablauf des Informationsumsatzes im Unternehmen werden mit dem Begriff Kommunikation erfaßt. Kommunikationsprobleme ergeben sich sowohl innerhalb der formalen Organisationsstruktur des Unternehmens als auch informal durch die Beziehungen der einzelnen betrieblichen Mitarbeiter untereinander.

Eine wirksame Kommunikation setzt voraus,

1. daß die Information so gestaltet ist, daß sie vom Empfänger verstanden werden kann und ausreicht, ihren Zweck zu erfüllen,
2. daß die Kommunikationskanäle so beschaffen sind, daß Informationen auch den gemeinten Empfänger erreichen, und zwar unverstümmelt; häufig wirken z. B. Instanzen als Informationsfilter,
3. daß der Empfänger die Information auch tatsächlich auf ihren gemeinten Zweck hin prüft und rückmeldet, inwieweit er die Information verstanden hat.

Bei der Gestaltung eines reibungslosen Kommunikationssystems ist darauf zu

achten, daß nicht nur der Informationsfluß von oben nach unten entsprechend der Organisationsstruktur und der Informationsfluß zwischen gleichgeordneten Stellen gewährleistet ist, sondern daß auch die Informationen von unten nach oben rasch und in ausreichender Menge weitergegeben werden. Zur Kommunikationstechnik gehören das Berichtswesen, Konferenztechnik, Verhandlungstaktik etc.
→ Information

Literatur:
Bormann, E. G.; Howell, W. S.; Nichols, R. G.; Shapiro, G. L.: Kommunikation in Unternehmen und Verwaltung, München 1971
Cherry, C.: Kommunikationsforschung — eine neue Wissenschaft, Hamburg 1963
Coenenberg, A. G.: Die Kommunikation in der Unternehmung, Wiesbaden

Kompetenz

In der Organisationslehre Bezeichnung für die einem Stelleninhaber (Abteilung) zugestandenen Befugnisse und Rechte, die er benötigt, um die ihm im Rahmen der Organisation übertragenen Aufgaben zu erfüllen. Der Grundsatz der Kongruenz von Aufgabe, Kompetenz und Verantwortung besagt, daß nur derjenige für die Erfüllung einer Aufgabe verantwortlich gemacht werden kann, der auch die notwendige Kompetenz übertragen bekommen hat. Die Kompetenzen können von verschiedener Art sein u. a.:

1. die Kompetenz, Entscheidungen zu treffen
2. die Kompetenz, anderen etwas anzuordnen
3. die Kompetenz, das Unternehmen gegenüber Dritten zu verpflichten
4. die Kompetenz, über Sachen und Werte zu verfügen
5. die Kompetenz, Informationen zu empfangen und weiterzugeben.

Der Umfang der Kompetenz ist auf die jeweilige Rangstufe in der Ordnung des Betriebes und vor allem im Hinblick auf die Aufgabe abzustimmen. Der Grundsatz der Ausschließlichkeit besagt, daß eine Kompetenz, die einer Stelle zugestanden wurde, keiner anderen Stelle mehr eingeräumt werden soll, um Kompetenzüberschneidungen zu vermeiden.
→ Autorität

Literatur:
Ulrich, H.: Betriebswirtschaftliche Organisationslehre

Konferenzen

Das Zusammentreffen von Personen verschiedenartigen Informationsstandes zum Zweck des Informationsaustausches sollte bewußt geregelt und gesteuert werden. Nur so ist es möglich, die nötigen Informationen zur sofortigen oder späteren Entscheidungsbildung in der richtigen Art und in richtigem Umfang an die richtige Stelle zu bringen.

Die Vorbereitung der Konferenz

Wichtigste Voraussetzung für einen effizienten Konferenzablauf ist das Festlegen des Konferenzzieles. Der Konferenzleiter muß für sich selbst formuliert und den Teilnehmern mitgeteilt haben, was auf der geplanten Konferenz erarbeitet werden soll. Dies geschieht durch eine den sachlichen Ablauf der Konferenz festlegende Tagesordnung, in der die einzelnen zu behandelnden Probleme aufgeführt werden und die die Konferenzteilnehmer in die Hand bekommen. Mit der Tagesordnung werden Zeitpunkt und Dauer der Konferenz und die Teilnehmer bestimmt. Die Tagesordnung sollte jedem Teilnehmer so rechtzeitig zugestellt werden, daß sich jeder intensiv vorbereiten kann und die nötigen Unterlagen während der Konferenz zur Hand hat. Zur Konferenzvorbereitung gehört auch die Gestaltung der äußeren Voraussetzungen. Die Sitzordnung sollte so sein, daß jeder Teilnehmer den Konferenzleiter und alle anderen Teilnehmer ohne Mühe sehen kann;

so müssen sich z. B. Teilnehmer, die bei U-förmiger Tischanordnung an den Innenseiten der Tische sitzen, umdrehen. Weiter muß dafür gesorgt sein, daß die Teilnehmer nicht durch Telefonanrufe usw. gestört werden und daß bei längerer Konferenzdauer Erfrischungen bereit gehalten werden.

Die Durchführung der Konferenz

Die detaillierte Tagesordnung bildet die Grundlage für eine straffe Konferenzleitung. Durch die ausgedehnte Erörterung von Nebenproblemen kann die Konferenz von ihrer Hauptaufgabe abgelenkt werden. Grundsätzlich sollte der Konferenzleiter dafür sorgen, daß jeder der Teilnehmer seine Argumentation vorbringen kann; häufig werden rhetorisch Schwächere durch Gesten, Blicke oder Zwischenrufe aus dem Konzept gebracht. Dies gilt insbesondere bei einer → Brainstorming-Konferenz, bei der möglichst viele Ideen zutage gefördert werden sollen. Sollen während der Konferenz Entscheidungen getroffen werden, so muß der Konferenzleiter dafür sorgen, daß die positiven und die negativen Argumente richtig gewichtet werden und vor allem, daß bloße Vermutungen von handfesten Tatsachen unterschieden werden; wenn jemand ein Argument vorbringt, sollte er es auch durch die mitgebrachten Unterlagen beweisen. Der Konferenzleiter sollte während der Argumentation eines Teilnehmers die Reaktionen der anderen Teilnehmer beobachten, um bei der Worterteilung die richtige Auswahl zu treffen. Entscheidend ist ein gutes Klima der Konferenz.

Abschluß der Konferenz

Der Konferenzleiter faßt das Ergebnis der Konferenz zusammen und bestimmt, wer das Protokoll zu schreiben hat. Die Benennung des Protokollführers schon zu Beginn der Konferenz kann diesen von seiner wichtigeren Aufgabe, nämlich der Argumentation, ablenken.

Literatur:
Clark, C. H.: Brainstorming, München 1970
Goossens, F.: Erfolgreiche Konferenzen und Verhandlungen, München 1969
Groß, G. F.: Chefentlastung, München 1971

Konkurrenzspiele

Ein Konkurrenzspiel ist eine Konkurrenzsituation mit folgenden Merkmalen:

1. Es gibt endlich viele Konkurrenten.
2. Jeder Konkurrent kennt endlich viele Verhaltensweisen.
3. Die Konkurrenten wählen aus den zur Verfügung stehenden Verhaltensweisen simultan eine Verhaltensweise aus, ohne dabei die Wahl der anderen Konkurrenten zu kennen.
4. Der Wert einer Spielpartie – wieviel muß ein Konkurrent an den oder die anderen auszahlen – hängt ab von der Anzahl von Verhaltensweisen, die die Konkurrenten auswählen.

Um unter den zur Verfügung stehenden Verhaltensweisen eine Wahl zu treffen, wenden die Konkurrenten eine Entscheidungsregel, → Strategie, an. Sinn der Konkurrenzspiele ist es, für jeden Konkurrenten eine optimale Strategie zu finden.
Methoden zur Lösung von Konkurrenzproblemen gehen auf J. von Neumanns → Spieltheorie zurück. Allerdings können nicht alle Konkurrenzsituationen in Wirtschaft, Politik oder im militärischen Bereich mit spieltheoretischen Ansätzen gelöst werden.

Konsumptionssystem

Bezeichnung für das dem eigentlichen Zweck eines Produktes übergeordnete Verbrauchs- oder Verwendungssystem, in das ein Produkt vom Abnehmer eingegliedert wird. So kauft beispielsweise die Hausfrau nicht nur Nudeln, um eine Suppe zu kochen, sondern um ein Mahl vorzubereiten. Für die Automobilfabrik ist nicht der Einbau einer Schaltung von Bedeutung, sondern die Konstruktion und Montage des gesamten Automobils.

Kontakter, Kontaktmann

→ Account Executive

Kontrolle

Die Managementfunktion „Kontrolle" ist die notwendige Ergänzung zur Funktion „Planung". Sie soll sicherstellen, daß das Geplante auch durchgeführt und erreicht wird. Kontrolle ist also ohne Planung und Zielsetzung nicht möglich; dementsprechend ist auch eine um so genauere Kontrolle möglich, je genauer die Planung und Zielsetzung ist. Die Kontrolle erstreckt sich auf Sachen und Personen, auf alle Ebenen und auf alle Bereiche des Unternehmens.

I. DAS WESEN DER KONTROLLE UND KONTROLLSTANDARDS

Kontrolle im Unternehmen kann als einfaches Feedback-System dargestellt werden:

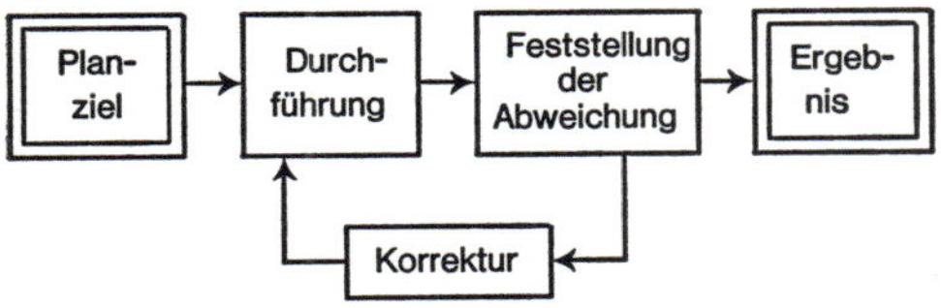

Darstellung 1: Feedback durch Kontrolle

Grundsätzlich besteht der Kontrollvorgang aus drei Elementen:

1. Das Aufstellen von Standards, anhand derer
2. die vorläufig erreichte Leistung gemessen werden kann und Abweichungen festgestellt werden können, die
3. auf Veranlassung der jeweiligen Managementebene korrigiert werden.

Ziel des Kontrollvorgangs ist es, das Ergebnis entsprechend der Planung zu gestalten.
Als Kontrollbasis können verschiedene Größen dienen, u. a.

1. Kostenstandards (z. B. Kostenartenkontrolle, Kostenstellenkontrolle, Kostenträgerkontrolle, Wirtschaftlichkeitskontrolle, Wertschöpfungskontrolle). Gezielte und intensive Kostenkontrollen sind Voraussetzung für die Schaffung eines Kostenbewußtseins bei den Mitarbeitern.
2. Ergebnis- oder Gewinnstandards. Sie korrespondieren mit den Kostenstandards. Durch sie können Mitarbeiter auf eines der Hauptziele des Unternehmens eingestellt werden.
3. Kapitalstandards wie Gesamtrentabilität, Rentabilität des Eigenkapitals, Rentabilität der Beteiligungen, return on investment, Betriebsrentabilität, Umsatzrentabilität etc.
4. Physische Standards. Dazu gehören z. B. in der Fertigungsüberwachung u. a. Ausbringungsgrad, Ausschußquoten, Materialeinsatz, Zeitgrade, Maschinennutzungsgrad, Kapazitätsausnutzung, Beschäftigungsgrad, Leistungsgrad.
5. Standards, die sich nicht quantifizieren und nur bedingt objektivieren lassen. Sie stehen in Zusammenhang mit der spezifisch menschlichen Leistung im Unternehmen. Wie ein Vorgesetzter seine Mitarbeiter führt und motiviert, wie er Verhandlungen führt, Konferenzen leitet, Reklamationen erledigt, wie Mitarbeiter miteinander auskommen, solche Probleme sollten von der Führungsspitze des Unternehmens kritisch auf die jeweilige spezielle Objektivierbarkeit überprüft werden. Ein Teil dieser Leistungen kann durch die Einrichtung von bestimmten Programmen (z. B. Programm zur Entwicklung neuer Produkte oder zur Verbesserung der

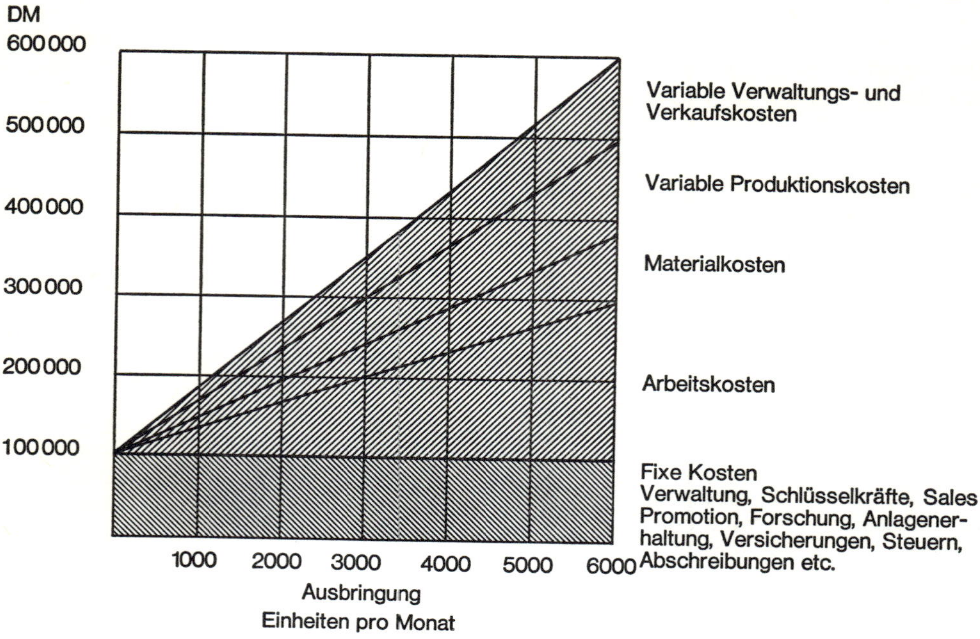

Darstellung 2: Variable Budgetierung

Werbung) kontrollierbar gemacht werden.

II. MITTEL ZUR KONTROLLE – KONTROLLTECHNIKEN

Eines der wichtigsten Kontrollmittel ist das → Budget, also die Formulierung der Pläne in quantitativen Größen wie Kosten, Gewinnen, Kapital, Umsatz, Produktion etc. Die Budgetierung hat den Vorteil der exakten Festlegung von Erwartungen und ermöglicht dementsprechend eine genaue Überprüfung des jeweiligen Erfolgsgrades.

Die Überbetonung der Budgetierung birgt auch Gefahren in sich; so etwa, wenn gewinnträchtige Initiativen durch zu große Reglementierung verhindert werden. Oder aber es werden, um die Forderungen des Budget zu erfüllen, Aktivitäten unternommen, die dem Unternehmen als Ganzem schaden. Zudem haben Budgetposten die Tendenz, unkritisch auf die nächste Periode übertragen zu werden, so daß einmal überhöhte Ansätze als Basis für die Steigerungen in der Zukunft dienen.

Die Schwierigkeiten, die sich aus der Inflexibilität von Budgets ergeben – sie sind häufig bereits zum Zeitpunkt ihrer Fertigstellung überholt –, können durch variable Budgets gemildert werden (Darstellung 2). Zu diesem Zweck müssen z. B. die Einzelkosten daraufhin untersucht werden, wie sie sich bei veränderter Ausbringung verhalten. Ein großer Teil der Kosten wird konstant bleiben. Es ist sehr genau zu prüfen, ob der zu erwartende Kontrollerfolg den Mehraufwand für die Budgetierung rechtfertigt.

Weitere Mittel zur Kontrolle sind die → Beak-even-Analyse und das → Management Audit oder Internal Audit. Erstere zur Erfassung der Gewinnsituation in den verschiedenen Bereichen, letzteres zur Überprüfung der gesamten Unternehmensführung.

Zur Kontrolle von Ergebnissen können auch statistische Unterlagen aus dem eigenen Unternehmen, von der Branche

oder gesamtwirtschaftliche Daten herangezogen werden (→ Statistik, → Prognose).
Neue Kontrollmöglichkeiten bietet die verbesserte Informationstechnologie, die durch die Einführung der elektronischen Datenverarbeitung ermöglicht wurde. In diesem Zusammenhang ist das → Direct Costing zu nennen, das dem Manager einen Einblick in die Gewinn- und Kostensituation nach dem Marginalprinzip möglich macht. Die Ausbildung von umfassenden → Informationssystemen hat noch keine für die Praxis befriedigenden Resultate erreicht. Insbesondere im Produktions- und Distributionsbereich wurden im Zusammenhang mit den quantitativen Techniken des Operations Research Logistik-Systeme entwickelt, um die Gesamtkosten zu optimieren, wobei bestimmte einschränkende Bedingungen zu berücksichtigen sind.
Kontrolltechniken zur Zeit- und Ablaufplanung sind die → Netzplantechniken wie CPM oder PERT.

III. KONTROLLPRINZIPIEN

Koontz/O'Donnell stellen zehn Prinzipien für eine wirkungsvolle Kontrolle auf:

1. Kontroll-Systeme sollten auf die jeweilige Tätigkeit abgestimmt sein. Nicht jede Kontrollmaßnahme eignet sich für jede Ebene des Managements, und nicht jede Kontrolltechnik eignet sich für jede Situation.
2. Kontroll-Systeme sollten Abweichungen von den geplanten Größen möglichst rasch bekannt machen, so daß insbesondere in dringenden Situationen rasch gehandelt werden kann.
3. Kontroll-Systeme sollten auf die Zukunft ausgerichtet sein, um potentiellen Schwierigkeiten von vornherein zu begegnen.
4. Kontroll-Systeme sollten die kritischen Punkte einer jeweiligen Situation aufzeigen, die besondere Aufmerksamkeit erfordern.
5. Kontroll-Systeme sollten objektiv sein. Objektivität ist eine ideale Grundlage für die Motivation von Mitarbeitern.
6. Kontroll-Systeme sollten flexibel sein und sich an veränderte Situationen anpassen.
7. Kontroll-Systeme sollten auf die jeweilige Organisationsstruktur des Unternehmens abgestimmt werden.
8. Kontroll-Systeme sollten wirtschaftlich durchgeführt werden.
9. Kontroll-Systeme sollten für die Betroffenen verständlich sein.
10. Kontroll-Systeme sollten nicht nur zeigen, daß etwas getan werden muß, sondern auch was getan werden muß.

Kontrollspanne

→ Span of Management

Konzernmatrix

→ Matrixorganisation

Kooperation

Zusammenarbeit zweier oder mehrerer rechtlich und wirtschaftlich selbständiger Unternehmen auf einem oder mehreren Teilgebieten, um bessere Ergebnisse vor allem bei der Stärkung der Rentabilität oder Erweiterung und Verdichtung des Vertriebes zu erzielen, die allein nicht zu erreichen wären. Kooperation wird sehr viel von mittleren und Kleinbetrieben praktiziert oder angestrebt, deren Kapital oder Personal zum selbständigen Handeln auf bestimmten Gebieten nicht ausreicht, oder für die sich die Anschaffung z. B. einer Großanlage nicht rentieren würde.
Kooperation findet in fast allen Bereichen des Unternehmens statt. Eingeschränkt ist sie durch die Kartellgesetz-

gebung, die eine Beschränkung des Wettbewerbs z. B. durch Preisabsprachen verbietet. Der Abschluß von Spezialisierungskartellen ist dagegen — wenn es sich um eine wirtschaftliche Notwendigkeit handelt — durchaus möglich.

I. ZIELE DER KOOPERATION

1. Kosteneinsparung in der Fertigung, bei der Produktgestaltung, im Materialwesen, im Vertrieb und bei den Dienstleistungen
2. Bessere Ausschöpfung des Marktpotentials durch Erweiterung und Verdichtung des Absatzmarktes
3. Bessere Ausnutzung der vorhandenen Arbeitskräfte und des vorhandenen Know How sowie Entlastung der Führungskräfte von Detailarbeiten.

Im einzelnen ist Kooperation auf folgenden Gebieten möglich:

Fertigung

1. Gemeinsame Benutzung bestimmter Produktionsaggregate
2. Gemeinsame Errichtung von Betrieben zur Herstellung von Vorerzeugnissen oder Zulieferteilen
3. Spezialisierung im Fertigungsprogramm
4. Normung und Typisierung
5. Aufteilung der Produktion von Einzelteilen auf verschiedene Unternehmen
6. Gemeinsame Errichtung von Energieerzeugungsanlagen

Materialwirtschaft

1. Gemeinsamer Einkauf von Rohstoffen, Halbfertigfabrikaten und Zulieferteilen
2. Gemeinsame Unterhaltung von Rohstofflagern
3. Information über Märkte und Einkaufsmöglichkeiten
4. Gemeinsame Erarbeitung technischer Standards und Einkaufsbedingungen für die Zulieferindustrie

Forschung und Entwicklung

1. Ständiger Erfahrungsaustausch auf allen technischen Gebieten
2. Vornahme größerer Forschungsvorhaben
3. Gemeinsame Entwicklung neuer Produkte
4. Gemeinsame Entwicklung von neuen Dessins
5. Gemeinsame Entwicklung neuer Produktionsverfahren
6. Gemeinsame Entwicklung neuer Methoden zur Einsparung von Material
7. Gemeinsame Entwicklung neuer Kontrollverfahren

Vertrieb

1. Gemeinsamer Aufbau einer Verkaufsorganisation
2. Gemeinsamer Aufbau einer Exportorganisation
3. Gemeinsamer Aufbau von Vertriebslägern
4. Gemeinsame Marktforschung
5. Gemeinsame Werbung
6. Gemeinsame Schulung des Verkaufspersonals

Rechnungswesen

1. Gemeinsamer Betrieb einer Datenverarbeitungsanlage
2. Gemeinsamer Betrieb anderer größerer Büromaschinen

Dienstleistungen

1. Gemeinsamer Reparaturbetrieb
2. Gemeinsame Kundenberatung
3. Gemeinsamer Fuhrpark
4. Gemeinsames Ersatzteillager

II. ORGANISATIONSFORMEN:

Bei der Kooperation gibt es eine Vielfalt von Organisationsformen:

1. Einfache Absprachen, die den wechselnden Bedürfnissen angepaßt wer-

den und bei denen sehr oft auch die Aufgabengebiete der einzelnen Kooperationspartner wechseln. Diese einfachen Absprachen sind vor allem dort üblich, wo es sich nur um wenige Partner handelt.

2. Langfristige Verträge, die Rechte und Pflichten mit möglichst vielen Einzelheiten festlegen. Diese Kooperationsform ist vor allem dort üblich, wo es eine Vielzahl von Kooperationspartnern gibt.

3. Errichtung selbständiger Gesellschaften, z. B. für den Vertrieb, den Einkauf, für Lagerhaltung und Dienstleistungen. Diese Firmen haben z. T. unabhängige Geschäftsführer, z. T. werden die Aufgaben des Geschäftsführer von Angestellten der Kooperationspartner wahrgenommen.

Bei der praktischen Ausführung der Kooperation hat es oft starke Reibungen gegeben, die vielfach auf falschen Vorstellungen über die Auswirkungen der Kooperation beruhten, z. T. waren Rechte und Pflichten der einzelnen Partner nicht richtig formuliert, z. T. war die notwendige Flexibilität durch zu starke vertragliche Bindungen verlorengegangen.
Hemmnisse für eine Kooperation sind vor allem die starken unterschiedlichen Interessen der einzelnen Partner sowie auch die unterschiedliche wirtschaftliche Stärke derselben. Vor allem spielen aber auch persönliche Fragen oft eine sehr große Rolle.
Die Kooperation hat Rückwirkungen auf die verschiedensten Gebiete des Unternehmens:

1. In der Fertigung wird meist die Produktionsbreite zurückgehen
2. Auf dem Absatzmarkt wird eine bessere Ausschöpfung der Märkte und eine intensivere Bearbeitung möglich sein.
3. Einige Betriebsfunktionen werden sich ändern. Einzelne Bereiche werden eingestellt, andere werden verstärkt arbeiten.
4. Das Personal wird vor neue Aufgaben gestellt, was auch Rückwirkungen auf den gesamten Personalbedarf haben kann.

Literatur:
Kooperation und Konzentration der Unternehmen im Wettbewerb, Berlin 1964
Rühle von Lilienstern, H.: Konkurrenzfähiger durch zwischenbetriebliche Kooperation, Stuttgart 1963
Schmölzer, H.: Möglichkeiten und Probleme der Gemeinschaftsarbeit von Klein- und Mittelbetrieben, Diss., Wien 1963

Korrelation

In der Statistik mathematischer Zusammenhang zwischen zwei oder mehreren statistischen Reihen. Eine Korrelation ist dann gegeben, wenn Veränderungen der einen Reihe den Veränderungen der anderen Reihe entsprechen. Korrelation bedeutet noch nicht funktionale Abhängigkeit. Auch die in der Marktforschung üblichen Kreuzauswertungen verschiedener Merkmale und Auskünfte der Befragungspersonen werden als Korrelation bezeichnet.
→ Statistik

Korrelationsanalyse

Untersuchung des Grades des Zusammenhangs zwischen zwei oder mehreren Variablen. Gemessen wird der Grad des Zusammenhangs durch den Korrelationskoeffizienten bzw. durch das Bestimmtheitsmaß. Vor der Korrelationsanalyse wird zumeist eine → Regressionsanalyse vorgenommen, mit deren Hilfe die Art des Zusammenhangs zwischen den Zufallsvariablen geklärt wird.

Korrelationskoeffizient

Je geringer die Streuung der beobachteten Wertepaare (x/y) um die Regressionsgerade ist, desto straffer ist der Zusammenhang zwischen den x- und den y-

Werten. Ein Maß für Stärke und Richtung des Zusammenhangs ist im Fall der linearen Regression der Bravais-Pearson'sche Korrelationskoeffizient r.

$$r = \frac{\Sigma (x_i - \bar{x})\ (y_i - \bar{y})}{\sqrt{\Sigma (x_i - \bar{x})^2\ (y_i - \bar{y})^2}} = \frac{\Sigma (x_i - \bar{x})\ (y_i - \bar{y})}{n \cdot \sigma_x \cdot \sigma_y}$$

r ist eine dimensionale Größe. Je nachdem, ob die Regressionsgerade eine positive oder negative Steigung aufweist, hat auch der Korrelationskoeffizient r ein positives oder negatives Vorzeichen. r schwankt zwischen −1 und +1. Werte von r nahe 0 besagen, daß fast keine Korrelation besteht, Werte von r nahe + oder −1 zeigen einen starken Zusammenhang.

Bestimmtheitsmaß

Dieses von Linder verwendete Maß wird nur selten gebraucht. Man erhält das Bestimmtheitsmaß durch Quadrieren des Korrelationskoeffizienten.

Literatur:
Lehrbücher der Statistik

Kosten

Unter Kosten versteht man den in Geld ausgedrückten Verbrauch von Gütern und Dienstleistungen zur Erstellung der Betriebsleistung (z. B. Rohstoffe, Arbeitsleistung) innerhalb einer Zeitperiode.

Ziel der Bewertung des Verbrauches ist es, einen Vergleich im Sinne des ökonomischen Prinzips zu ermöglichen. Dieser Vergleich setzt Rechenoperationen voraus, da Wirtschaftlichkeitsüberlegungen in Form reiner Mengenrechnungen in der Praxis auf erhebliche Schwierigkeiten stoßen, weil heterogene Güterarten miteinander verrechnet werden müssen. Arbeitsstunden, Maschinenstunden und Materialmengen lassen sich nicht addieren und in einer Summe der Zahl der erstellten Leistungseinheiten gegenüberstellen.

Um die rechnungstechnischen Schwierigkeiten im Rahmen der Befolgung des ökonomischen Prinzips zu überwinden, wird für die verschiedenen Arten von Einsatzfaktoren eine gemeinsame Größe gewählt. Diese Größe ist der Wert bzw. Preis. Erst wenn alle Faktoreinsatzmengen mit entsprechenden Werten bzw. Preisen multipliziert werden, lassen sie sich miteinander verrechnen. Darüber hinaus wird durch die Bewertung der Einsatzfaktoren durch die Eignung der Einsatzgüter zur Nutzenstiftung in die Rechnung einbezogen. Multipliziert man die Faktoreinsatzmengen mit ihren Preisen, so erhält man die jeweiligen Kosten.

Im Rechnungswesen werden als Kosten sämtliche betriebliche, leistungsbezogene, ordentliche und periodengerechte Aufwendungen bezeichnet.

Als betriebliche Aufwendungen bezeichnet man den Aufwand, der durch die Erstellung von Gütern und Diensten in Erfüllung des Betriebszwecks entsteht. So sind beispielsweise Aktienverluste, die aus spekulativen Zwecken entstanden sind, zwar ein Aufwand, der jedoch betriebsfremd ist, und daher keine Kosten darstellen kann.

Leistungsbezogene Aufwendungen sind solche, die zum Leistungsprozeß beitragen (u. a. auch Verwaltungskosten), die also der Produktion dienen.

Ordentliche Aufwendungen müssen von ordentlicher Natur sein, d. h. daß sie ebenfalls der Produktion dienen müssen. So ist eine Maschinenreparatur produktionsnotwendig, es ist eine leistungsbezogene Aufwendung und stellt somit Kosten dar, die normalerweise und regelmäßig im Betrieb anfallen.

Periodengerechte Aufwendungen sind Aufwendungen, die sich der jeweiligen Betrachtungsperiode eindeutig zurechnen lassen. Es handelt sich also um Kosten, die in der Betrachtungsperiode entstanden sind und sich dieser Periode zurechnen lassen. So wird beispielsweise die Großreparatur an einer Maschine kein periodengerechter Aufwand sein, wenn

diese Maschine mehrere Perioden im Betrieb war und somit der fällige Aufwand schon in früheren Perioden entstanden ist.
Sämtliche Aufwendungen – und damit Kosten –, die von betriebsfremder, nicht leistungsbezogener, außerordentlicher und periodenfremder Natur sind, müssen als neutraler Aufwand betrachtet werden.
Daneben gibt es auch kalkulatorische Kosten, das sind rechnerische Kosten, denen keine entsprechenden Ausgaben gegenüberstehen, die aber doch in die Kostenrechnung Eingang finden, damit diese mit der anderer Unternehmen vergleichbar wird bzw. bei der Kalkulation auch wirklich alle anfallenden Kosten erfaßt werden. Hierzu gehört insbesondere:

1. kalkulatorischer Unternehmerlohn, der dann in Rechnung kommt, wenn der Eigentümer eines Unternehmens dieses leitet, hierfür aber kein Gehalt bezieht.
2. Kalkulatorische Mieten oder Pachten sollen dann zur Anwendung kommen, wenn der Eigentümer seine Gebäude und Grundstücke dem Unternehmen zur Verfügung stellt, für die keine oder im Vergleich zu anderen Mieten eine zu niedrige oder zu hohe Miete bezahlt wird.
3. Kalkulatorische Zinsen werden auf das betriebsnotwendige Kapital angerechnet; sie kommen auch zur Anrechnung, wenn das Unternehmen nur mit Eigenkapital arbeitet oder wenn Kredite für nicht betriebsnotwendige Zwecke in Anspruch genommen sind.
4. Kalkulatorische Abschreibungen werden deswegen immer stärker in der Praxis in die Kostenrechnung einbezogen, weil die Abschreibungen vom Buchwert nicht mehr eine ausreichende Finanzierung der Ersatzbeschaffung ermöglichen. Sie finden vor allem aber auch dann Anwendung, wenn aus steuerlichen Gründen z. B. in Form von Sonderabschreibungen oder degressiver Abschreibungsmethoden mehr abgeschrieben wird, als dem tatsächlichen Wertverzehr entspricht.

Außerdem gibt es noch kalkulatorische Verrechnungspreise, z. B. wenn man Preisschwankungen aus der Kostenrechnung ausschließen will. Umstritten ist dagegen das kalkulatorische Unternehmungswagnis, das als Ausgleich dafür berechnet werden soll, daß der Unternehmer sein Kapital dem Risiko des freien Wettbewerbs aussetzt. Spezielle kalkulatorische Wagnisse wie Kreditausfall, Inanspruchnahme aus Bürgschaften sind dagegen in der Kostenrechnung auf jeden Fall zu berücksichtigen.
Des weiteren ist die zeitliche Differenz zwischen Aufwand und Ausgaben zu berücksichtigen. So ist zu unterscheiden zwischen Ausgaben, die früher als der Aufwand erfolgen. Beispielsweise werden Abschreibungen auf verschiedene Jahre verteilt, was eine Aufwandsverteilung auf verschiedene Perioden bedeutet. Demgegenüber steht ein Aufwand, dem noch keine Ausgabe zugrundeliegt. Das Standardbeispiel hierfür sind die Rückstellungen für Prozeßkosten, d. h. in diesem Fall für ein noch schwebendes Verfahren. Wird die Ausgabe später fällig und ist sie größer oder kleiner als erwartet, dann ist noch immer eine Korrektur zum nachträglichen Ertrag oder Aufwand hin möglich.
Eine Zusammenstellung der Kosten findet in der Kostenrechnung statt. Eingeteilt werden die Kosten hier nach Kostenarten, wobei übergeordnete Begriffe sind:

1. Materialkosten
2. Personalkosten (Löhne, Gehälter, Sozialkosten)
3. Kapitalkosten (Abschreibungen, Zinsen, Instandhaltungskosten)
4. Fertigungskosten (Energie, Hilfs- und Betriebsmittel, Pachten, Werkzeug)

5. Verwaltungskosten (Bürokosten, Post, Beratung)
6. Vertriebskosten (Provisionen, Frachten)
7. Steuern

Den Kosten stehen die Leistungen gegenüber, die ebenfalls alle betrieblich und auf die Abrechnungsperiode bezogen sein müssen. Leistungen sind dementsprechend betriebliche, leistungsbezogene, ordentliche, periodengerechte Erträge.
Siehe auch Deckungsbeitragsrechnung, Grenzplankostenrechnung, Kostenrechnung.

Literatur: siehe Kostenrechnung

Kostenanalyse

Bezeichnung für die Untersuchung von Kosteneinflußgrößen mit dem Ziel, die Mittel-Zweck-Relation zu verbessern.
Die Kostenanalyse dient nicht nur der Ermittlung der für negative Abweichungen verantwortlichen Faktoren, sondern sie ist auch auf die Ermittlung der Ursachen für positive Abweichungen gerichtet, um so in zukünftigen Planungsperioden eine bessere Verteilung (→ Allokationsmodelle) der zur Verfügung stehenden finanziellen Mittel zu ermöglichen.

Kostenarten

Bezeichnung für die nach dem Verursachungsprinzip geordneten Kostengruppen. So unterscheidet man beispielsweise zwischen Werkstoffkosten, Personalkosten, Sozialkosten, Energiekosten, Reparatur- und Instandhaltungskosten usw. Im Rahmen dieser Gruppierung lassen sich z. B. die Werkstoffkosten weiter in Einzel-, Material-, Hilfsstoff- oder Betriebsstoffkosten unterteilen. Die Gruppierung der Kosten nach dem Verursachungsprinzip dient der → Kostenstellenrechnung als Grundlage.

Kostenkontrolle

Kostenkontrolle ist ein wichtiges Mittel zur Kontrolle der Leistung und der Produktivität des Unternehmens. Sie erfolgt durch Beobachtung der Abweichung der anfallenden Kosten von den Sollkosten sowie auch durch Vergleich der anfallendend Kosten in einem bestimmten Zeitraum mit denen der Vorperiode. Die Kostenkontrolle erstreckt sich sowohl auf die Kostenarten als auch auf die Kostenstellenrechnung. Sie kann auch auf die Kostenträgerrechnung ausgedehnt werden.
Aufgabe der Kostenkontrolle ist, durch ständige Analyse der Abweichungen und Auseinandersetzung mit den auf die Kosten einwirkenden technischen und wirtschaftlichen Einflußgrößen die Veränderungen der Produktivität des Betriebes festzustellen, wodurch es möglich ist, entsprechende Gegenmaßnahmen rechtzeitig zu ergreifen.
Bei der Kostenartenkontrolle sind bei Materialkosten die Abweichungen im Verbrauch, im Preis und die Veränderungen der Ausschußquoten besonders zu beachten. Um Preisschwankungen auszuschließen, die wiederum aus der Einkaufsstatistik ermittelt werden können, wird bei der Kostenkontrolle oft mit Verrechnungspreisen gerechnet. Das gleiche gilt für die Energiekosten. Bei den Lohnkosten sind Abweichungen durch Erhöhung der Tariflöhne, Veränderung von Akkorden, höhere Akkordlöhne durch höhere Leistung, Veränderung der Arbeitszeit und Veränderung der Zahl der Lohnstunden besonders zu beachten.
Bei Einzelkosten des Vertriebes werden vor allem Vertreterprovision und Frachtkosten untersucht, ob hier z. B. der Einsatz von anderen Transportmitteln oder von Reisenden anstelle von Vertretern lohnt.
Während die Einzelkosten auch statistisch durch den Vergleich von

1. Mehrverbrauch von Rohstoffen, Hilfs- und Energiekosten

2. Zeitverbrauch nach Lohn- und Maschinenstunden

kontrolliert werden können, ist bei den Gemeinkosten auf jeden Fall die Aufstellung einer → Plankostenrechnung zu empfehlen. Die Ausdehnung auf die Kostenstellenrechnung ist nur möglich, wenn ein eingehender genauer Kostenstellenplan erstellt wurde und zusätzliche Aufzeichnungen durch Wiegen, Messen, Lohnzettel, Stechuhren etc. vorgenommen werden.
Im Zuge der Kostenkontrolle soll auch die Produktivität einzelner Bereiche ermittelt werden, so z. B.:

$$\text{Rohstoffproduktivität} \quad \frac{\text{Erzeugte Menge}}{\text{Rohstoffeinsatz}}$$

$$\text{Arbeitsproduktion} \quad \frac{\text{Erzeugte Menge}}{\text{Produkt. Lohnst.}}$$

$$\text{Maschinenproduktivität} \quad \frac{\text{Erzeugte Menge}}{\text{Maschinenstunden}}$$

Die Produktivitätsrechnung wird verfeinert bei der Rohstoffproduktivität z. B. durch Einbeziehung von Ausschuß und Anzahl der gefahrenen Schichten, bei der Arbeitsproduktivität durch Berechnung der Produktivität der einzelnen Arbeitsstufen, bei der Maschinenproduktivität durch den Auslastungsgrad der einzelnen Maschinen.
Die Produktivitätsrechnung wird dann mit den Ergebnissen der Vorperiode oder den Sollzahlen verglichen. Die Ergebnisse der Kostenkontrolle müssen allen Beteiligten mitgeteilt werden, wenn die Kostenkontrolle einen erzieherischen Zweck haben soll.
Siehe auch: Budgetierung, Kostenrechnung, Plankostenrechnung

Literatur:
Agthe, K.: Kostenplanung und Kostenrahmen im Inustriebetrieb, Baden-Baden 1961
Vellmann, K.: Kontrolle der einzelnen Kosten, in: Industrielle Produktion, Baden-Baden — Bad Homburg 1967
Zins, W.: Kostenplanung und Kostenkontrolle im Industriebetrieb, Wiesbaden 1959

Kostenplanung

Auch Plankostenrechnung. Bestandteil der Kostenkontrolle. Für die künftigen Planperioden wird der Vollkostenaufwand festgesetzt, wobei sowohl die Istkosten der vergangenen Periode herangezogen werden, als auch die zukünftige vorausschaubare Entwicklung, z. B. aufgrund von durchzuführenden Rationalisierungen, insbesondere Einsparungen von Zeit und Material, berücksichtigt wird. Zu einem späteren Zeitpunkt werden Ist- und Sollkosten miteinander verglichen, und zwar sowohl für die einzelnen Kostenarten, als auch für → Kostenstellen und für → Kostenträger. Die Abweichungen werden dann genau festgestellt und auf ihre Ursachen hin überprüft.
In den letzten Jahren ist die Kostenplanung immer stärker verfeinert worden. Sie erfolgt heute weitgehend im Rahmen der → Budgetierung.

Kostenpreis

Bezeichnung für die Ermittlung des Verkaufspreises auf Grundlage der Vollkostenrechnung. Sämtliche Kosten des Betriebes werden auf die hergestellten Produkte abgewälzt und danach ein entsprechend gewünschter Gewinnaufschlag hinzugerechnet.
→ Cost-Plus-Pricing

Kostenrechnung

Bezeichnung für die Erfassung, Verteilung und Zurechnung der bei der betrieblichen Leistungserstellung und -verwertung entstehenden Kosten.

I. ZIEL UND AUFGABE DER KOSTENRECHNUNG

Die Kostenrechnung ist ein Verfahren, das es ermöglichen soll, alle betrieblichen Vorgänge bei der Beschaffung, Produktion, Absatz, Finanzierung, zahlenmäßig, und zwar mengen- und wertmäßig, zu

erfassen und zu überwachen. Durch den Vergleich der Kosten mit der erstellten Leistung soll neben der Feststellung des Erfolges eine Kontrolle der Wirtschaftlichkeit des betrieblichen Leistungsprozesses ermöglicht und dadurch eine betriebliche Planungsgrundlage geschaffen werden.
Darüber hinaus soll die Kostenrechnung unter Zugrundelegung der ermittelten Selbstkosten der Kostenträger (Leistungen) eine Kalkulation des Angebotspreises bzw. die Feststellung der Preisuntergrenze ermöglichen.

II. ANFORDERUNGEN AN DIE KOSTENRECHNUNG

Folgende Anforderungen sind an die Kostenrechnung zu stellen:

1. Die Kostenrechnung muß genau sein, sie muß insbesondere die durch die Leistungen entstandenen Kosten in richtigen zeitlichen Abgrenzungen erfassen und entsprechend der Kostenbeanspruchung verteilen
2. Die Zahlen der Kostenrechnung müssen durch Kostenbelege nachgewiesen und mit Buchhaltung, Statistiken und Planung abgestimmt werden können
3. Die Kostenrechnung muß der Betriebsgröße, der Art des Betriebsablaufes und der Art der Leistungen angepaßt werden
4. Die Zahlen der Kostenrechnung sollten soweit wie möglich vergleichbar sein (für Zeit-, Verfahrens-, Soll-/Ist-Vergleiche und Betriebsvergleiche)
5. Die Kostenrechnung muß übersichtlich sein und ihre Ergebnisse rechtzeitig liefern können
6. Bei der Ausgestaltung der Kostenrechnung muß die Wirtschaftlichkeit der Rechnungsführung gewahrt bleiben.

III. GLIEDERUNG DER KOSTENRECHNUNG

Um die Wirtschaftlichkeit des betrieblichen Leistungsprozesses zu ermöglichen und um eine betriebliche Planungsgrundlage zu schaffen sowie die genannten Vergleiche zu ermöglichen, müssen die Kosten erfaßt und gegliedert werden nach

1. Kostenarten
2. Kostenstellen
3. Kostenträger

Kostenarten

Zweck der Kostenartenrechnung ist die Erfassung der nach Kostenarten differenzierten Gesamtkosten, und zwar unterteilt in

1. Gemeinkosten
2. Einzelkosten

Diese Erfassung beinhaltet die Ermittlung der Faktoreinsatzmenge, die Bewertung der Mengen und die Gliederung der Kosten nach Art der verbrauchten Mitteleinsätze.

Kostenstellenrechnung

Die Kostenstellenrechnung dient dem Zweck, die Gemeinkosten nach dem Verursachungsprinzip auf die betrieblichen Abteilungen (Kostenstellen) zu verrechnen, in denen sie entstanden sind. Der gegenseitige Leistungsaustausch der Abteilungen wird berücksichtigt. Anschließend werden aus den Kostenstellen Kalkulationssätze für die Verrechnung der Gemeinkosten auf die betrieblichen Leistungen gebildet.

Kostenträgerrechnung

Die Kostenträgerrechnung dient der Zurechnung der Kosten auf die Kostenträger. Sie dient der Ermittlung der Selbstkosten pro Einheit und ist im Sinne der Kostenträger-Stückrechnung die Kalkulation für die erstellte Leistung.
Die Kostenträgerrechnung wird benötigt für die laufende Kostenkontrolle, die Material-, Lohn- und Betriebsmittelabrechnung, die kurzfristige Betriebsergebnisrechnung oder kurzfristige Erfolgsrechnung.
Siehe auch Deckungsbeitragsrechnung, Direct Costing, Grenzplankostenrech-

nung, Kostenartenrechnung, Kostenkontrolle, Kostenstellenrechnung, Kostenträgerrechnung, Kosten.

Literatur:
Bobsin, R.: Handbuch der Kostenrechnung, München 1971
Bussmann, K. F.: Industrielles Rechnungswesen, Stuttgart 1963
Greifzu, J.: Das neuzeitliche Rechnungswesen, 11. Aufl., Hamburg 1965
Handwörterbuch des Rechnungswesens, Hrsg. Kosiol, E., Stuttgart 1970
Henzel, F.: Die Kostenrechnung, 4. Aufl., 1964
Käfer, K.: Standardkostenrechnung, 2. Aufl., Stuttgart 1964
Kosiol, E.: Kostenrechnung, Wiesbaden
Kürting, H.: Die Auswertung der Kostenrechnung, Berlin 1966
Schönfeld, H. M.: Grundlagen des Rechnungswesens, 2. Aufl., Stuttgart 1969

Kostenstelle

Eine Kostenstelle ist ein betrieblicher Teilbereich, der kostenrechnerisch selbständig abgerechnet wird. Die einzelnen Kostenstellen werden in der → Kostenstellenrechnung zusammengefaßt.

Kostenstellenrechnung

Die Kostenstellenrechnung hat die Aufgabe, die nach Kostenarten differenzierten Gemeinkosten nach dem Verursachungsprinzip auf die betrieblichen → Kostenstellen zu verteilen, und die innerbetriebliche Leistungsverrechnung beim Leistungsaustausch zwischen den einzelnen Kostenstellen, die kalkulatorisch erfaßt werden, durchzuführen. Des weiteren dient sie der Ermittlung von Kalkulationssätzen zur Weiterverrechnung der Gemeinkosten auf die betrieblichen Produkte (Kostenträger) nach dem Verursachungsprinzip und als Grundlage für die Kontrolle der Gemeinkosten im Hinblick auf ihre Wirtschaftlichkeit.

Kostenträgerrechnung

Die Kostenträgerrechnung dient der Ermittlung der Kosten eines einzelnen Produktes, einer Produktgruppe oder einer Dienstleistung. Gegenstand der Kostenträgerrechnung sind nicht nur die absatzfähigen, sondern auch die innerbetrieblichen Leistungen (z. B. selbst erstellte Anlagen und Werkzeuge, selbst erzeugte Energie, eigene Instandsetzungsarbeiten). Ihre sorgfältige Erfassung ist ein geeignetes Mittel genauer Kostenverrechnung und Überwachung.
Die Abgrenzung der Kostenträger sollte unter dem Aspekt der Kostenüberwachung erfolgen. Dabei wird immer dann eine weitgehende Gliederung der Kostenträger erforderlich, wenn eine ungleiche Beanspruchung einzelner Betriebsteile durch die Kostenträger oder die Bildung von Zwischenlagern vorliegt.
Die Kostenträgerrechnung muß, um ihren Zwecken gerecht zu werden, eine genügend weitgehende und einheitliche Gliederung nach → Kostenarten und Kostengruppen aufweisen. Voraussetzung dafür ist eine ausgebaute und vereinheitlichte Kostenarten- und → Kostenstellenrechnung.

Kreativität

Bezeichnung für die Fähigkeit der Menschen, schöpferisch, d. h. in der Wirtschaft vor allem produktiv zu denken und aus bereits gewonnenen Erfahrungen und Informationen neue Gestaltungen zu schaffen.
Im weiteren Sinne werden als kreativ alle diejenigen Personen bezeichnet, die durch eigene, neue Gedanken die Produktivität des Unternehmens steigern, insbesondere z. B. Ingenieure, Techniker oder auch Verkaufsleiter, Produktmanager etc. Im engeren Sinn werden hierzu die künstlerisch schöpferisch Tätigen in der Werbung bezeichnet, wie Texter, Grafiker, Fotografen etc.

Kundendienst

Kundendienst stellt den freiwilligen Dienst eines Herstellers oder Händlers für seinen Abnehmer vor, während und nach erfolgtem Kauf dar.

Kundendienstleistungen sind in der Regel keine vertraglich begründete Leistung, sondern treten in Zusammenhang mit dem Erwerb eines Gutes oder einer Dienstleistung auf.
Man vergleicht zwischen technischem und kaufmännischem Kundendienst. Unter technischem Kundendienst versteht man beispielsweise die Wartung oder Reparatur von Geräten und Anlagen, zum kaufmännischen Kundendienst gehören u. a. folgende Leistungen: Einkaufserleichterungen, Lagerhaltung für Zubehör, Beratungs- und Zustelldienste sowie Gefälligkeiten aller Art.
Sowohl der technische Kundendienst als auch der kaufmännische Kundendienst sind darauf ausgerichtet, die Anziehungskraft des Unternehmens (Hersteller und Handel) zu vergrößern und Dauerkunden für das Unternehmen zu gewinnen. Daneben dient der Kundendienst als Instrument, um werbliche und preisliche Maßnahmen der Konkurrenz kompensieren zu können.

Literatur:
Mellerowicz, K.: Unternehmenspolitik, Band II, Freiburg i. Br. 1963

Kybernetik

Kybernetik ist die Lehre von Kommunikation, Steuerung und Regelung in Organismen und Maschinen.

I. VERSCHIEDENE DEFINITIONEN

Bisher gibt es keine allgemein anerkannte Definition. Es werden daher die Definitionen einiger bekannter Kybernetiker herausgegriffen.
Norbert Wiener, der oft — nicht ganz richtig — als Erfinder der Kybernetik betrachtet wird, erklärte 1960 in Hannover: „Kybernetik ist die Wissenschaft von Kontrolle und Information, gleichgültig, ob es sich um lebende Wesen oder um Maschinen handelt."
Ross Ashby, englischer Neurologe und einer der bedeutendsten Schrittmacher der Kybernetik, nennt sie eine „allgemeine, formale Wissenschaft der Maschinen", wobei als Maschinen sämtliche Systeme gelten, die organisiert sind und über eigene Dynamik verfügen — also auch Menschen und Tiere.
Helmar Frank, Professor an der Pädagogischen Hochschule Berlin, kommt zu folgender Definition: „Kybernetik ist die Theorie der Funktionsmöglichkeiten informationeller Systeme unter Abstraktion von deren physikalischen, physiologischen oder psychologischen Besonderheiten, ferner die Konkretisierung dieser abstrakten Theorie auf vorgegebene physikalisch, physiologisch oder psychologisch zu kennzeichnende Systeme und schließlich die planmäßige Verwirklichung solcher Systeme zur Erfüllung vorgegebener Zwecke."
Karl Steinbuch, Professor an der Universität Karlsruhe, versucht den Begriff Kybernetik wie folgt zu erklären: „Unter Kybernetik wird einerseits eine Sammlung bestimmter Denkmodelle (der Regelung, der Nachrichtenübertragung und Nachrichtenverarbeitung) und andererseits deren Anwendung im technischen und außertechnischen Bereich verstanden."

II. ENTWICKLUNG

Einen eindeutigen „Entdecker" der Kybernetik gibt es nicht. Die Kybernetik wurde — bedingt durch die zunehmende Spezialisierung innerhalb der Wissenschaften — als „Brücke zwischen den Wissenschaften" entwickelt. Als Vorläufer auf dem Gebiet der Regelungstechnik gelten James Watt, der 1790 eines der ersten technischen Regelungssysteme, einen Fliehkraftregler, entwickelte, den er „governor" nannte (abgeleitet vom lateinischen „gubernator", das wieder vom Griechischen stammt, und Lotse und Steuermann zugleich bedeutet). Die Theorie zum → „Feed-back-Mechanismus" des Watt'schen Dampfmaschinenregulators lieferte im Jahre 1868 der englische

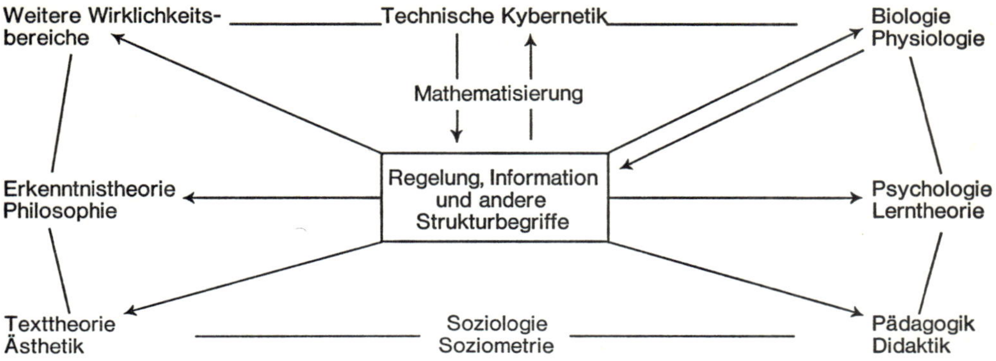

Darstellung 1: Schematische Darstellung des Begriffs Kybernetik als „Brücke zwischen den Wissenschaften" (entnommen: Felix von Cube: Was ist Kybernetik? Grundbegriffe, Methoden, Anwendungen, Bremen 1967, Seite 40)

Physiker Clerk Maxwell. W. B. Cannon prägte 1932 den Begriff der „Homöostase". Der deutsche Ingenieur Hermann Schmidt hielt im Jahr 1940 einen Vortrag mit dem Titel „Regelungstechnik – Die technische Aufgabe und ihre wirtschaftlichen, sozialpolitischen und kulturpolitischen Auswirkungen". Von entscheidender Bedeutung für die Kybernetik war die rapide Entwicklung der Nachrichtentechnik und im Gefolge davon die Entstehung der → Informationstheorie. Nicht minder bedeutungsvoll war die Entwicklung großer Rechenautomaten.

Ein Team amerikanischer Wissenschaftler, zu denen auch Norbert Wiener gehörte, zeigte in den vierziger Jahren auf, daß Regelungstheorie und Informationsübertragung in vielen Wissenschaften eine Rolle spielen. Mit dem Erscheinen von Wieners Buch „Cybernetics" im Jahre 1948 war die „Taufe" der neuen Wissenschaft vollzogen. Im gleichen Jahr veröffentlichte Claude Shannon eine mathematische Theorie der Information.

III. ANWENDUNGSGEBIETE

Die Kybernetik nutzt Erkenntnisse aus den verschiedensten Wissenschaften. Das kybernetische Begriffssystem und die Methodik der Kybernetik finden daher auch in den verschiedensten, sachgebietsmäßig auseinanderliegenden Wissenschaften Anwendung, wie in der Mathematik, der Technik, der Medizin, der Physiologie, der Biologie, der Philosophie, der Psychologie, der Nationalökonomie, der Soziologie, im Management, etc.

IV. GRUNDBEGRIFFE

Ein Kennzeichen der Kybernetik ist die Mathematisierung von Problemen, die bisher als mathematischen Methoden unzugänglich angesehen wurden. Ein weiteres Kennzeichen besteht in der Anwendung der Informationstheorie (auch Nachrichtentheorie genannt) und der Regelungstheorie.

Die Kybernetik untersucht das Verhalten von Systemen (Ross Ashby: Die Kybernetik fragt nicht „Was ist ein Ding?" sondern „Was tut ein Ding?"). Das, was als System angesehen wird, ist relativ (Autofahrer und Auto bilden ein System, Mensch und Auto allein sind aber auch Systeme). Systeme lassen sich nach den verschiedensten Gesichtspunkten klassifizieren. Während → Operations Research – grob ausgedrückt – die komplexen, probabilistischen Systeme betrachtet, befaßt sich die Kybernetik mit dynamischen, äußerst komplexen, probabilistischen Systemen.

Systeme	einfach	komplex	äußerst komplex
determiniert	Fenstergriff	digitaler Elektronenrechner	unbesetzt
	Billard	Planetensystem	
	Anordnung einer Maschinenhalle	Automation	
probabilistisch	Münzenwerfer	Lagerhaltung	Volkswirtschaft
	Quallenbewegung	bedingte Reflexe	Gehirn
	statistische Qualitätskontrolle	industrielle Rentabilität	Unternehmen

Systemklassifikation
(entnommen: Stafford Beer: Kybernetik und Management, Frankfurt 1963)

Ein System besteht aus Elementen, zwischen denen es logische Beziehungen – Relationen – gibt. Die Anzahl der Relationen und aller ähnlichen, damit vergleichbaren (isomorphen) Relationsgefüge bestimmt die Struktur eines Systems. Die Beziehungen zwischen den Elementen dienen der Übermittlung und dem Austausch von Informationen, also der Kommunikation. Der kybernetische Informationsbegriff ist ein reiner Strukturbegriff. Information bedeutet hier eine Folge von Signalen, die von einer Informationsquelle ausgehen. Die Signale werden aus einem Zeichenvorrat (z. B. Alphabet) nach einem bestimmten Code ausgewählt und von einem Sender über einen Kanal an einen Empfänger weitergegeben, wo sie dann verwertet werden.

Die Information ist ein Maß für die Ordnung in Systemen; ohne Information gäbe es keine Organisation. Dazu Norbert Wiener („The Human Use of Human Beings – Cybernetics and Society", New York 1954, S. 31): „Wie die → Entropie ein Maß für die Desorganisation ist, so erweist sich die durch eine Signalfolge übertragene Information als ein Maß für die Organisation."
In der kybernetischen Forschung kommt man – wie in allen exakten Wissenschaften – nur durch Modellbildung weiter. Mit Hilfe von Modellen werden Teilaspekte des Originals simuliert. Die Modelle werden zur Grundlage für die Entwicklung von Theorien, die dann hinterher wieder auf die Originale zutreffen. Bei den kybernetischen Modellen handelt es sich um nicht materielle, abstrakte, dynamische Modelle. Die Kybernetik ist bemüht, in einem Modell einander isomorphe Strukturen darzustellen und daraus abstrakte Schlußfolgerungen zu ziehen, die sich dann nicht speziell auf einen konkreten Gegenstand beziehen, sondern auf jeden beliebigen der gegebenen Art angewendet werden können.

Beispiel: Es wäre ja möglich, daß sich Ameisen im Ameisenhaufen ähnlich verhalten wie Menschen in Ballungszentren. Diese Modellbildung ist für Mikro- und Makroökonomie von erheblicher Bedeutung. Alternative wirtschaftliche Entscheidungen können am Modell durchgespielt und damit auf eine exakte wissenschaftliche Grundlage gestellt werden.

→ Black-box-Methode

Ein wichtiges Modell, dessen sich die Kybernetiker bedienen, ist die „black box" oder der „Schwarze Kasten". Die Methode ist durchaus nicht neu und in den verschiedenen Wissenschaften schon lange geläufig. Das Verdienst der Kybernetik liegt darin, daß sie die Methode ausgebaut und auf eine mathematische Grundlage gestellt hat.

Die „black box" kann man sich als Kasten vorstellen, aus dem an zwei Seiten Drähte herausragen. Über sein Inneres ist nichts bekannt. Die „black box" ist das Modell eines Systems, von dem man zunächst nur Eingangs- und Ausgangsgrößen kennt. Der Untersucher variiert zufällig oder systematisch den Input (z. B. Informationen), beobachtet und mißt den Output und stellt eine Tabelle der Ergebnisse auf. Die Input-Output-Relationen lassen sich dann durch eine mathematische Funktion beschreiben. Aus dem von außen beobachteten Verhalten lassen sich Hypothesen über die innere Struktur der „black box" aufstellen. Oft aber interessiert die innere Struktur überhaupt nicht, sondern nur das Zeitverhalten der „black box". Beispiel: Die Vertriebsabteilung eines Unternehmens erhält eine wichtige Information. Wie lange dauert es, bis sie darauf reagiert und entsprechende Maßnahmen ergriffen werden?

Ein Hauptanliegen der Kybernetik besteht darin, Regelungs- und Steuerungsvorgänge in Systemen zu untersuchen.

Durch die Regelung wird die Stabilität eines dynamischen Systems aufrechterhalten. Dies geschieht mit Hilfe eines Regelkreises, der ein geschlossenes Rückkoppelungssystem darstellt. Ein solches System bleibt gegen innere und äußere Einwirkungen relativ stabil, d. h. der Rückkoppelungsmechanismus kompensiert gewisse Störungen, so daß das aus dem Gleichgewicht gebrachte System wieder ins Gleichgewicht zurückkehrt. Mit anderen Worten: Das System steuert sich selbst.

Die Struktur dieses Regelkreises wird durch mathematische Gleichungen beschrieben.

Der Regelkreis besteht aus der Regelstrecke, dem zu regelnden Objekt und dem Regler. Der Regler hat die Aufgabe, eine bestimmte variable Größe, die Regelgröße, gegen Störungen gemäß einer vorgegebenen Funktion, der Führungsgröße, zu variieren. Die regulierenden Maßnahmen erfolgen über eine Stellgröße und werden vom Regler wieder kontrolliert.

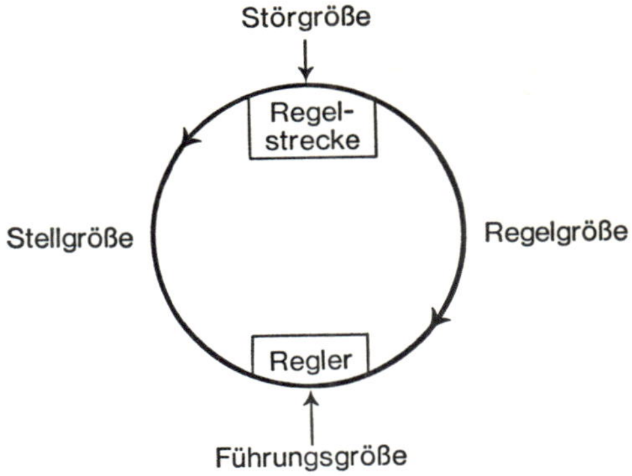

Schema eines Regelkreises

V. KYBERNETIK IM UNTERNEHMEN

Man kann sich nun ein Unternehmen als Regelkreis vorstellen, und zwar dergestalt, daß die Führungsgröße die Unternehmensleitung darstellt. Sie gibt ihre Vorstellungen an die Marketingabteilung (Sollwertgeber) weiter, die wiederum dem „Regler" Vertrieb Sollzahlen vorgibt. Die Vertriebsabteilung wirkt daraufhin auf die Verkaufsstellen ein und veranlaßt sie, Maßnahmen auf dem Absatzmarkt (Regelstrecke) zu ergreifen. Über die getätigten Verkäufe erhält dann die Buchhaltung Unterlagen. Diese Ist-Daten können nun mit den durch die Unternehmensleitung vorgegebenen Solldaten verglichen werden. Eine Abweichung der Ist- von den Soll-Daten wird an den Regler „Vertriebsabteilung" gemeldet, wo wieder entsprechend reagiert wird. Über- und unterschreitet der Ist-Wert eine bestimmte Schwelle, dann ist die Unternehmensleitung zu informieren, die dann ihrerseits i. S. eines Management by Exception erneut eine Entscheidung treffen muß.

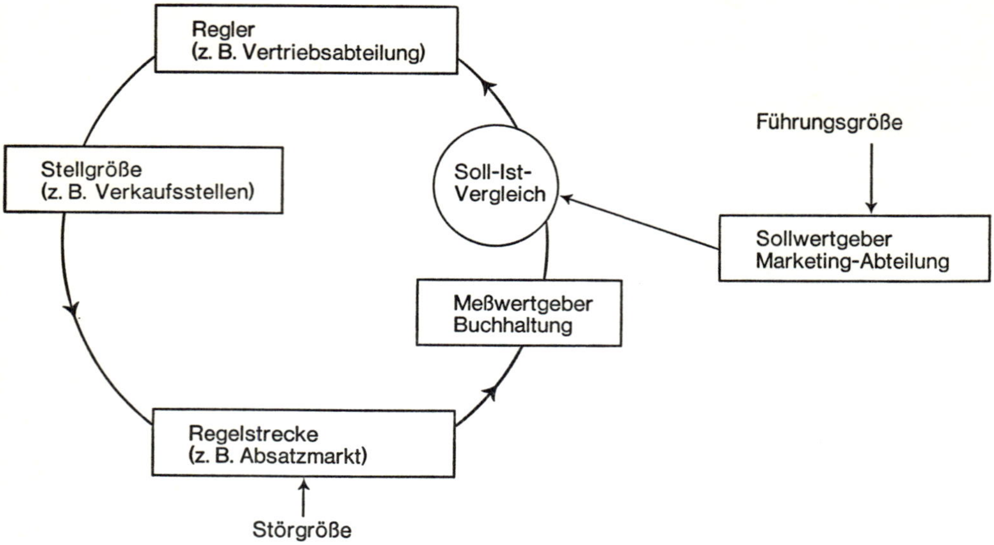

VI. KYBERNETISCHE MASCHINEN

Die Entwicklung kybernetischer Maschinen setzte bereits vor der Taufe der Kybernetik ein. Konrad Zuse, Charles Babbage und Howard Aiken gelten als die Pioniere auf dem Sektor Rechenautomaten. Die ersten programmgesteuerten Rechenmaschinen waren allerdings noch nicht vollelektronisch. → Elektronische Datenverarbeitung. Sie konnten auch noch nicht „lernen" und – wie z. B. die heutigen Optimierungsrechner – ihren eigenen Wirkungsgrad optimieren.

Kybernetische Maschinen sind solche, bei denen der Input, das die eingegebenen Informationen verarbeitende System, und der Output rückgekoppelt sind. Computer sind letztlich Nachbildungen des Idealmodells Mensch, allerdings mit dem Vorteil einer größeren Speicherkapazität und größerer Arbeitssicherheit. Während der Mensch in einer Sekunde etwa 20–30 Informationseinheiten bewußt aufzunehmen vermag, schafft der Computer rund 5000 Informationseinheiten. Der Computer unterscheidet sich in vielem nicht vom Menschen; er kann lernen; darüber, ob er denken kann und Intelligenz hat, streiten sich die Fachleute. Der Kybernetiker untersucht maschinelles und menschliches Verhalten und zieht vom einen Schlüsse auf das andere. Tatsächlich werden am Massachusetts Institute of Technology in den Computer bereits künstliche Menschen mit ihrem Alter, Beruf, Erziehung, Abneigungen und Vorlieben programmiert und mit neuen Erlebnissen konfrontiert, auf die die „künstlichen Menschen" nicht anders reagieren als die echten.

VII. AUSBLICK

Die Kybernetik hat bereits und wird in der Zukunft in noch stärkerem Maße Veränderungen auf allen Gebieten der Verwaltung bewirken. Lohn- und Gehaltsabrechnung, Buchhaltung, Fakturierung, Rentenzahlung etc. erfolgen in erheblichem Maße durch den Computer. Es besteht die Tendenz, derartige Routinevorgänge und -abläufe mehr und mehr durch den Computer durchführen zu lassen. Dadurch wird der Informationsfluß im Unternehmen beschleunigt. In Zukunft dürften Produktions- und Investitionsplanung nur noch mit Hilfe kybernetischer Verfahrensweisen durchgeführt werden.

In der UdSSR, den USA und England hat man bereits gute Erfahrungen mit der automatischen Belehrung gemacht. Es wird versucht, auf der Grundlage der Kybernetik eine allgemeine Theorie der Unternehmensorganisation zu entwickeln. Moderne Rechenautomaten sind – so großartige Dinge sie zu vollbringen vermögen – noch beschränkt im Hinblick auf das, was die Kybernetik erreichen will. Noch müssen sich mit der Vorbereitung der Daten und Programme Hunderte von Menschen beschäftigen. Ein Ziel der Kybernetiker ist es, Maschinen zu erstellen, die Dokumente lesen, deren Inhalt analysieren und verarbeiten können (z. B. Ablesen von Scheckformularen). Ein weiteres Ziel ist es, einem Computer Informationen in einer gesprochenen Sprache eingeben zu können. Die Ausgabe von Informationen in gesprochener Sprache ist bereits möglich. Zemanek sieht ein völlig neuartiges Zeitalter der Kybernetik in dem Augenblick anbrechen, in dem der Computer nicht mehr einseitiger Partner und reiner Befehlsempfänger ist, sondern als Gesprächspartner wirkt, der die Programme, die ihm der Benutzer eingibt, noch einmal zurückzeigen kann, so daß dieser Änderungen vornehmen kann, und der zum eingegebenen Programm verbessernde Vorschläge macht. Von diesem Zeitpunkt an ließen sich gemeinsam mit dem Computer Strukturen entwickeln. Und da, so meint Zemanek, könnte es Hoffnung geben, „daß mit dem Computer eine wirklich neue Periode der Menschheitsgeschichte beginnt".

Literatur:

Ackermann, K.: Gesamtwirtschaftliche Stabilität bei individueller Entscheidungsfreiheit. Ein kybernetisches Modell des Wirtschaftsprozesses, Quickborn 1967
Alsleben, K. (Hrsg.): Kybernetik und Organisation. Quickborn 1963
Ashby, W. R.: An Introduction to Cybernetics. London 1956
Beer, St.: Kybernetik und Management. Frankfurt/Main 1963
Begedorfer Protokolle: Kybernetic als soziale Tatsache. Anwendungsbereiche, Leistungsformen und Folgen für die industrielle Gesellschaft, Hamburg-Berlin 1963
Cherry, C.: Kybernetik. Arbeitsgemeinschaft für Forschung des Landes Nordrhein-Westfalen, Heft 38, Köln und Opladen 1954
Couffignal, L.: Kybernetische Grundbegriffe. Baden-Baden 1962
v. Cube, F.: Was ist Kybernetik? Grundbegriffe, Methoden, Anwendungen. Bremen 1967
Ducrocq, A.: Die Entdeckung der Kybernetik. Über Rechenanlagen, Regelungstechnik und Informationstheorie. Frankfurt/Main 1959
Flechtner, H. J.: Grundbegriffe der Kybernetik. Eine Einführung. 2. Aufl., Stuttgart 1967
Franz, H. (Hrsg.): Kybernetik – Brücke zwischen den Wissenschaften. Frankfurt/Main 1965
Haidekker, A.: Kybernetik – Fibel für Manager. München 1971
Klaus, G.: Wörterbuch der Kybernetik (Fischer Handbücher). Frankfurt/Main 1969
Kleidel, W. D.: Neuere Ergebnisse der Kybernetik. München 1963
Kroebel, W. (Hrsg.): Fortschritte der Kybernetik. Bericht über die Tagung Kiel 1965 der Deutschen Arbeitsgemeinschaft Kybernetik. München und Wien 1967
Lange, O.: Einführung in die ökonomische Kybernetik. Tübingen 1970
Ljapunow, A. A. (Hrsg.): Probleme der Kybernetik, 2 Bde. Berlin 1962 und 1963
Lohberg, R., Lutz, Th.: Kybernetik. Verständliche Einführung in eine moderne Wissenschaft (Heyne Sachbuch). München 1970
Mirow, H. M.: Kybernetik. Grundlage einer allgemeinen Theorie der Organisation. Wiesbaden 1969
Müller, A. (Hrsg.): Lexikon der Kybernetik. Quickborn 1964
Peschel, M.: Kybernetik und Automatisierung. 3., neuverfaßte Aufl., Braunschweig 1969
Poletagen, I. A.: Kybernetik. Kurze Einführung in eine neue Wissenschaft. Berlin 1964
Stachowiak, H.: Denken und Erkennen im kybernetischen Modell. Heidelberg, Berlin, Göttingen, Wien, New York 1965
Steinbuch, K.: Falsch programmiert. Über das Versagen unserer Gesellschaft in der Gegenwart und vor der Zukunft und was eigentlich geschehen müßte. 2. Aufl., Stuttgart 1968
Steinbuch, K.: Die informierte Gesellschaft. Stuttgart 1966
Steinbuch, K.: Automat und Mensch. 3. Aufl., Berlin – Heidelberg – New York 1965
Steinbuch, K.: Über Kybernetik; Keidel, W.-D.: Kybernetische Systeme des menschlichen Organismus. Köln und Opladen 1963
Teplow, L. P.: Grundriß der Kybernetik. Ein populärwissenschaftlicher Überblick. Berlin 1966
Wiener, N.: Kybernetik. Regelung und Nachrichtenübertragung im Lebewesen und in der Maschine. 2., rev. u. erg. Aufl. Düsseldorf 1963
Wiener, N.: Mensch und Menschmaschine. Kybernetik und Gesellschaft. Frankfurt/Main 1952
Wiener, N.: Kybernetik – Elektronik – Automation. In: Bd. 7, Epoche, Atom und Automation, Genf 1960
Zemanek, H.: Elementare Informationstheorie. München 1959

L

Laboratory Simulation

Ausdruck für → Planspiele

Labor Management Relations

→ Labor Relations

Labor Relations

Bezeichnung für Arbeitgeber-Arbeitnehmer-Verhältnis. Auch Labor Management Relations genannt.

Last-in-First-out (Lifo)

In Amerika zulässige Methode zur Bewertung des Vorratsvermögens.
Da angenommen wird, daß die zuletzt gekauften Waren zuerst verkauft oder verwendet werden, wird der Bilanzierung der erste Einstandspreis zugrunde gelegt. Auf diese Weise werden bei steigenden Preisen stille Reserven gebildet, da die Vorräte mit dem niedrigsten Einstandswert in der Bilanz erscheinen.
→ First-in-First-out (Fifo),
→ Highest-in-First-out (Hifo)

Leadership

In der amerikanischen Soziologie Bezeichnung für → Autorität in der kleinen Gruppe. Andere Bezeichnung: Headship.

Learning by Doing

Grundsatz der betrieblichen Weiterbildung, daß man am besten bei der Erfüllung der Arbeitsaufgaben lernt.
→ Management Development

Learning – Curve

Terminplanungsmethode.
Aufgrund von Erfahrungswerten werden voraussichtlich zu erwartende Zeit- und Kostenersparnisse geschätzt und als Kurve dargestellt. Vorwiegend für sich wiederholende Fertigungsabläufe geeignet.

Leased Company

In Amerika entstandene lose Form des Unternehmenszusammenschlusses (Pachtgesellschaft), heute selten gebräuchlich. Leased Companies kommen noch in Form von verpachteten Betriebsabteilungen vor, z. B. wird die Einkaufsabteilung eines Einzelhandelsgeschäftes an eine Großeinkaufsgesellschaft verpachtet, die den Einkauf für mehrere Geschäfte zugleich besorgt.

Leasing

Unter Leasing versteht man die mietweise Überlassung von Investitionsgütern durch Finanzierungsinstitute.
Das Geschäft besteht darin, daß der Lieferant z. B. einer Maschine das Anlagegut nicht dem Verwender verkauft, sondern einem Leasing-Institut, das es seinerseits an den Verwender vermietet. Die Initiative geht i. a. vom Verwender aus; er möchte aus bestimmten Gründen das Anlagegut nicht käuflich erwerben, sondern mieten. Der Lieferant möchte aber den Erwerbspreis sofort haben. Somit schaltet sich das Leasing-Institut zwischen die beiden Kontrahenten und übernimmt den finanziellen Teil der Transaktion.
Am gebräuchlichsten ist die sog. Finance-Lease (diese wird wiederum unterschie-

den in Equipment-Lease, d. i. die Vermietung beweglicher Investitionsgüter, und die Plant-Lease, d. i. die Verpachtung von Immobilien); ihre Dauer ist in der Regel kürzer als die betriebsgewöhnliche Nutzungszeit, weshalb sie sich vorzüglich eignet für neu herausgekommene Maschinen und sonstige Anlagen. Die Miete, die im allgemeinen monatlich zu entrichten ist, enthält Zins, Abschreibung, Gewerbekapital- und Vermögenssteuer sowie eine Bearbeitungsspanne und einen Gewinnanteil für den Leasing-Geber. Dem Leasing-Nehmer wird im allgemeinen nach Ablauf der Mietzeit das Recht eingeräumt, zu einem billigen Preis das gemietete Anlagegut zu kaufen. Je kürzer die Mietfrist, desto relativ höher die Miete. Denn das Risiko der Weiterverwendung liegt dann beim Leasing-Institut, das seinerseits ja auch das Risiko der Lagerhaltung und der Pflege und selbstverständlich auch der technischen Veralterung trägt. Deshalb ist z. B. der Mietsatz bei Baumaschinen, die man für eine bestimmte Auftragsdurchführung braucht, besonders hoch. Die Leasing-Institute argumentieren für sich, daß der Mietpreis deshalb nicht besonders hoch ist, weil sie ihr Kapital zinsgünstig beschaffen und oft auch einen Sonderrabatt, mindestens aber einen Skonto beim Lieferanten herausholen können. Für den Mieter spielen daneben noch eine Rolle, daß er nicht gezwungen ist, eigenes Geld für Investitionen einzusetzen, weiterhin, daß er durch die Miete in der Bilanz nicht erkennen läßt, wieviel Vermögen tatsächlich in seinem Betrieb arbeitet, und daß er drittens Liquidität und Sicherheit schont.

Bei der Plant-Lease treten im allgemeinen Versicherungsgesellschaften als Kapitalgeber auf. Leasing-Nehmer sind die Hauptverwaltungen der großen Industriekonzerne, Behörden, Handelshäuser u. dgl.; für fabrikliche Einzweckbauten dürfte vom Standpunkt des Leasing-Instituts selbst das Risiko der Verpachtung im allgemeinen zu hoch sein.

Die Operating-Lease ist im Gegensatz zur Finance-Lease ein Vertrag, der von beiden Seiten kurzfristig kündbar ist. Leasing ist in diesem Falle nicht Finanzierungssurrogat, sondern ein Mittel, um einen bestimmten Spitzenbedarf – z. B. bei den Verkehrsmitteln – zu überbrükken. Gelegentlich stellt der Leasing-Geber auch das erforderliche Bedienungspersonal.

Bei der Maintenance-Lease ist in dem Mietpreis auch die Wartung und Versicherung des Anlagegutes eingeschlossen; man kennt sie beim Kraftfahrzeug-Leasing.

Das Leasing-Geschäft im Konsumgüter-Sektor ist in der Bundesrepublik nicht ausgeprägt. Wir kennen es bei Tiefkühltruhen und bei anderen hochwertigen Haushaltsgeräten. In England sollen mehr als 80 % aller Fernsehempfänger durch Leasing-Institute finanziert sein. Die Miete wird teilweise nach festen Sätzen monatlich erhoben, teilweise durch den Einwurf von Münzen bei Gebrauch.

Zum Leasing im weiteren Sinn gehört die mietweise erfolgende Überlassung von Anlagegütern durch den Hersteller selbst. So vermieten die Hersteller von Großrechenanlagen ihre Computer an die Verwender; man kennt das System auch von der Vermietung von Fernsprechanlagen und bestimmten Schuhmaschinen. Hierbei handelt es sich i. a. um die Maintenance-Lease.

Das Geschäft durch Leasing-Institute hat in der Bundesrepublik erst Anfang der 60er Jahre begonnen. In einigen Fällen haben sich auch Kreditbanken in dieses Geschäft eingeschaltet, teilweise auch über eigens dafür gegründete Spezialfirmen.

Literatur:
Franken, W. G.: Leasing. Eine neue Form der Anlagenfinanzierung (Bibliographie), Hamburg 1966
Hagenmüller, K. F. (Hrsg.): Leasing-Handbuch, Entwicklung und Einsatzmöglichkeiten bei den Unternehmungen, Frankfurt a. M. 1965
Krasensky, H. (Hrsg.): Leasing, Beiträge über ein neues Verfahren der Investitionsfinanzierung, Wien 1964

Legal Reserves

Bilanzausdruck für gesetzliche Rücklagen.

Leistungslohn

Lohn, der aufgrund einer feststellbaren Leistung festgesetzt wird. Man unterscheidet dabei Akkord- und Prämienlohn.

I. AKKORDLOHN

Voraussetzung für einen Akkordlohn ist die Akkordfähigkeit, d. h.

1. die Arbeitsmethode muß festliegen;
2. das Leistungsergebnis muß weitgehend durch den Arbeiter beeinflußbar sein;
3. das Leistungsergebnis muß meßbar sein, ohne daß hierfür ein zu großer Aufwand notwendig wird.

Weitere Voraussetzung ist die Akkordreife, d. h. die Arbeit muß frei von Störungen verrichtet werden.

Bei den Akkorden unterscheidet man

1. Geldakkord, auch Stückakkord; hier wird der Lohn für eine mengenmäßig meßbare Leistung gewährt;
2. Zeitakkord, der für die Unterschreitung vorgegebener Zeiten gegeben wird. In den letzten Jahren hat der Zeitakkord sich gegenüber dem Stückakkord weitgehend durchgesetzt.

II. PRÄMIENLOHN

Prämienlohn wird vor allem dort gewährt, wo die Arbeit sich nicht einwandfrei messen läßt oder die Leistung des einzelnen nicht auf wirtschaftlich sinnvolle Weise zu ermitteln ist. Sie wird auch dort gewährt, wo Leistungen nicht nur für hohe Produktionszahlen, sondern auch z. B. für niedrigen Ausschuß, niedrigen Materialverbrauch oder planmäßige Terminerfüllung honoriert werden. Prämien werden auch dort bezahlt, wo die Arbeitsbedingungen nicht konstant sind.
Bemessungsgrundlage sind vor allem die verarbeitete Rohstoffmenge, Belegungszeit und Ausnutzungsgrad der Maschinen, Ausbeuteprozentsatz, Termineinhaltung, Materialeinsparung.
Bei den Prämien unterscheidet man wiederum zwischen linearen und progressiven Prämien.
Der Leistungslohn kann für den einzelnen entrichtet oder auch ganzen Gruppen gewährt werden. Mit dem Leistungslohn für den einzelnen wird man der Einzelleistung gerecht. Die Gruppenentlohnung hat dagegen den Vorteil, daß man hierbei mit weniger Aufsichtspersonal auskommt und Störungen des Betriebsablaufes vermieden werden, weil jeder Arbeiter daran interessiert ist, daß ohne Unterbrechung weitergearbeitet wird.
Siehe auch Analytische Arbeitsbewertung, System vorbestimmter Zeiten.

Literatur:
Böhrs, H.: Leistungslohn (Arbeitsleistung und Arbeitsentwicklung), Wiesbaden
Goosens, F.: Personalleiter-Handbuch, München 1970
Haase, G.: Leistung und Lohn, in: Industrielle Produktion, Baden-Baden – Bad Homburg 1967
Kampschulte, F.: Lohn- und Gehaltsfestlegung im außertariflichen Bereich, München 1971
Kolbinger, J.: Das betriebliche Personalwesen, Stuttgart 1961/62
Kosiol, E.: Leistungsgerechte Entlohnung, 2. Aufl., Wiesbaden

Leistungsmotivation

In der Psychologie Bezeichnung für das Bestreben des Menschen, in bestimmten Tätigkeitsbereichen Erfolge zu erringen oder Mißerfolge zu vermeiden (→ Motivation), wobei meistens ein individueller Gütemaßstab angewendet wird. Geprägt wird die Leistungmotivation durch pädagogische, soziale und kulturelle Einflüsse.
Im Bereich des Management sind die Zusammenhänge zwischen Führung und Leistungsmotivation von Bedeutung, da

die Anwendung bestimmter Führungsmittel sich positiv oder negativ auf das Leistungsverhalten auswirken kann. Häusler unterscheidet unter den leistungsfördernden Faktoren:

1. arbeits- und aufgabenbezogene Motivatoren, wozu das Wachstum an Aufgaben, das Sichtbarmachen der individuellen Leistung etc. gehört;
2. Motivatoren der Zusammenarbeit, wie Integration in der Gruppe, Gefühl der Zusammenarbeit etc.;
3. auf die Persönlichkeit bezogene Motivatoren, wie Selbständigkeit, Verantwortung, Selbstwertgefühl etc.

Leistungshemmend wirkt sich die Überorganisation aus. Nicht eindeutig bestimmbar in ihrer Wirkung sind die Führungsmittel Einkommenssteigerung, Aufstieg und Sicherheit; sie führen im kooperativ geführten Unternehmen zu Leistungssteigerung, können jedoch in streng hierarchisch strukturierten Unternehmen zu einem unproduktiv geschäftigen Verhalten führen.

Literatur:
Häusler, J.: Grundfragen der Betriebsführung. Eine Analyse der Führungsproblematik in Wissenschaft und Praxis, Wiesbaden 1966
Heckhausen, H.: Hoffnung und Furcht in der Leistungsmotivation, Meisenheim a. d. Glan 1963
Heckhausen, H.: Leistungsmotivation, in: Thomae, H., Handbuch der Psychologie, Göttingen 1965

Leitungsspanne

Kontrollspanne. Bezeichnung für die Zahl der Mitarbeiter, die eine Führungskraft direkt leiten und kontrollieren kann. Im anglo-amerikanischen Bereich Span of Control oder → Span of Management genannt.

Leser-Analyse (LA)

Analyse der Leserschaft von periodisch erscheinenden Publikationen nach quantitativen (Zahl, Altersgruppierung, Einkommensklassen, soziale Schichtung ect.) wie auch nach qualitativen (Motivation, Image) Gesichtspunkten, um den Inserenten genaue Unterlagen für eine möglichst optimale Streuung von Anzeigen zu geben.
→ Werbung

LESS

(Least Cost Estimating and Scheduling)
Von IBM entwickelte → Netzplantechnik. Schwerpunkt: Termin- und Kostenplanung.

Letter of Authority

Form der → Drawing Authorization. Bei Auslandsgeschäften ermächtigt der Importeur den Exporteur, sofort nach Verschiffung der Ware einen Wechsel auf ihn oder seine Bank zu ziehen und diesen Wechsel einer Bank zum Ankauf anzubieten. Der Exporteur kommt auf diese Weise rasch in den Besitz des Kaufbetrages.

Letter of Credit

Kreditbrief. Bezeichnung für eine Urkunde, durch die eine Bank eine andere, meistens ausländische Bank, anweist, einem Begünstigten einen bestimmten Geldbetrag auszuzahlen, z. B. → Travellerscheck

Letter of Indemnity

Bezeichnung für eine Urkunde über eine Entschädigungsgarantie. Vor allem gebräuchlich, wenn leicht verderbliche Waren rasch ausgeliefert werden sollen, obwohl die Papiere noch nicht vorliegen.

Letter of Intent

Die Bestätigung eines vorläufigen Auftrages, dessen endgültige Erteilung an bestimmte Bedingungen geknüpft ist.

Letter of Lien

Bei Auslandsgeschäften Bezeichnung für eine Urkunde, in der der Importeur der Bank, die das Geschäft finanziert, bescheinigt, daß ihr die Ware als Pfand übertragen wurde (Pfandschein).

Lettershop

Abteilung in einem Adressenverlag, der Adressen an Direktwerbung Treibende vermietet, vermittelt oder verkauft. Diese Abteilung führt das Herstellen, Falzen oder Kuvertieren von Werbebriefen, das Verpacken von Warenproben etc. durch.
→ Direct Mail, → Direct Marketing

Levelling

Ausdruck aus der → Netzplantechnik.
Belastungsausgleich, der durch zeitliche Verschiebung von Vorgängen einen Ausgleich des schwankenden Kapazitätsbedarfs herbeiführt.
Andere Bezeichnung → Smoothing

Level of Management

Bezeichnung für die Leitungsebene, die gleichgeordneten Instanzen in einem Unternehmen.
→ Hierarchie

Leverage-Effekt

Tendenz des Gewinns, sich disproportional zum Umsatz zu entwickeln.

Liabilities

Passivseite der anglo-amerikanischen Bilanz. Setzt sich zusammen aus den Positionen Longterm L., Current L. Reserves und Own-Capital (→ Share Holder Capital).

Licencing

Vermietung eines patent- oder urheberrechtlich geschützten Verfahrens.
Lizenzgeber und Lizenznehmer schließen einen Vertrag, der u. a. folgende Punkte enthält:

1. Art der Lizenzvergabe
   (Patent- oder Nachbau-Lizenz; Unterlagen, Zeichnungen, Modelle, die dem Lizenznehmer zur Verfügung gestellt werden; Recht zur Warenzeichenbenutzung des Lizenzgebers)
2. Geographische Begrenzung der Rechte des Lizenznehmers
3. Laufzeit des Vertrages
4. Entgelt (Einmalige Zahlung – lump sum; Stücklizenz – royalty)
5. Pflichten des Lizenzgebers (z. B. Weitergabe von Verbesserungen an den Lizenznehmer)

Der Lizenznehmer spart Forschungs- und Entwicklungskosten und deren Finanzierung, der Lizenzgeber hat zusätzliche Einnahmen. Lizenzen können als immaterielle Anlagewerte auf der Aktivseite der Bilanz verbucht werden. (Aktivierungsrecht, keine Aktivierungspflicht).

Lift-on-Lift-off

In der Schiffahrt im Container-Verkehr Bezeichnung für die Beladung und Entladung der Schiffe durch Kräne. Die Container werden senkrecht übereinander gestapelt. Lift-on-Lift-off-Schiffe werden hauptsächlich im Langstreckenverkehr eingesetzt, da der Ladevorgang zwar länger dauert als bei dem System des → Roll-on/Roll-off, die Schiffe aber in der Herstellung billiger sind.

Limit

Bezeichnung für eine Grenze, die nach Zeit, Raum, Menge oder Geschwindigkeit festgesetzt ist und nicht über- bzw. unterschritten werden darf.

1. In der Börse nach oben oder nach unten festgelegte Kurshöhe, bei welcher Aktien verkauft bzw. nicht verkauft werden sollen.
2. Im weiteren Sinne Bezeichnung für nach oben oder unten festgesetzte Preisgrenze, innerhalb derer ein Beauftragter Entscheidungsfreiheit hat, bei deren Überschreitung Rückfragen beim Vorgesetzten notwendig sind.

Limited (Ltd.)

Englische Firmenbezeichnung; entspricht etwa der deutschen Gesellschaft mit beschränkter Haftung (GmbH).

Lincoln Incentive Management Plan

Von dem amerikanischen Industriellen J. J. Lincoln (Lincoln Electric Company) 1934 eingeführter Anreiz- und Gewinnbeteiligungsplan, an dem alle Beschäftigten des Unternehmens mit Ausnahme des Chairman of the Board of Directors und des President teilnehmen. Dreimal im Jahr wird die Leistung jedes Beschäftigten durch den direkten Vorgesetzten anhand eines Formulars beurteilt. Bewertet werden: Ideen und Zusammenarbeit, Qualität der geleisteten Arbeit, Eigeninitiative und Kenntnisse, Zuverlässigkeit etc. Die Höhe des ausgezahlten Bonus richtet sich nach dem Grundverdienst, nach der Bewertungsziffer und nach der Höhe des zur Verfügung stehenden Gesamtbonus. Der erreichbare Bonus liegt zwischen 60 % und 150 % des Grundverdienstes, der dem üblichen Niveau des Arbeitsmarktes entspricht. Der Erfolg dieses Plans zeigt sich an der überdurchschnittlichen Produktivitätssteigerung des Unternehmens und an der unterdurchschnittlichen Fluktuationsrate.

Literatur:
Lincoln, J. F.: Lincoln's Incentive System, New York 1946

Lineare Optimierung

Andere Bezeichnung für → Lineares Programmieren.

Lineare Planungsrechnung

Andere Bezeichnung für → Lineares Programmieren.

Lineares Programmieren

Lineare Programmierung, lineare Optimierung, lineare Planungsrechnung, Linearplanung.
Das lineare Programmieren ist ein mathematisches Verfahren zur Bestimmung optimaler Verhaltensweisen von Wirtschaftssubjekten (Henn, Künzi).
Die lineare Programmierung ist die am weitesten entwickelte Methode des → Operations Research. Dies ist nicht zuletzt darauf zurückzuführen, daß sie sich auf die verschiedenartigsten Probleme anwenden läßt.
Die lineare Programmierung kann überall dort eingesetzt werden, wo sich das Problem als Modell darstellen läßt, das nur aus linearen Gleichungen bzw. Ungleichungen besteht.
Eine der Gleichungen ist die Zielfunktion, die anderen sind Nebenbedingungen, Restriktionen genannt. Das Ziel, also z. B. Gewinn, Kosten, soll optimiert werden.
Die Linearitätsannahme besagt, daß man davon ausgeht, daß die Kosten für die Produktion von zehn Einheiten zehnmal so hoch sind wie für eine Einheit.

I. METHODEN

Es gibt verschiedene Methoden der linearen Programmierung, von denen aber die von George B. Dantzig entwickelte Simplex-Methode die bei weitem gebräuchlichste Methode zur Lösung linearer Optimierungsprobleme darstellt.

Von den anderen Methoden erwähnenswert sind die revidierte Simplex-Methode, die ebenfalls von G. B. Dantzig und Mitarbeitern der RAND-Corporation herausgebracht wurde. Sie ist besonders zur Lösung größerer Probleme und für die Programmierung auf EDV-Anlagen geeignet.
Weiterhin genannt werden sollen die Duplex-Methode und die Triplex-Methode von R. Frisch, die Querschnittsmethode (cross section method) von J. J. Stone und die Gradientenmethode von Arrow und Wurwitz, die aber für praktische Zwecke kaum von Bedeutung sind.

II. GRAPHISCHE LÖSUNG

Enthält ein Problem nicht mehr als zwei Entscheidungsvariable, so läßt sich die Lösung graphisch finden.

Beispiel:

Ein Betrieb stellt zwei Produkte, A und B, her. Die Herstellung erfolgt in drei Abteilungen, 1, 2 und 3. Gesucht wird ein Produktionsprogramm, das optimal ist, d. h. bei dem der mengenmäßige Ausstoß so auf A und B verteilt ist, daß der Gesamtgewinn maximiert wird.
Für Produkt A kann der Betrieb einen Grenzerfolg von 10,– DM pro Stück, für Produkt B von 8,– DM pro Stück erwirtschaften.
Die Tageskapazitäten, die nicht überschritten werden können, sind pro Abteilung:
1 = 120 Maschinenstunden,
2 = 100 Maschinenstunden,
3 = 60 Maschinenstunden

Die Produkte beanspruchen die Abteilungen folgendermaßen:

Produkt A	Abteilung 1	6 Stunden
	Abteilung 2	8 Stunden
	Abteilung 3	6 Stunden
Produkt B	Abteilung 1	6 Stunden
	Abteilung 2	4 Stunden

Bezeichnet man mit a und b die Stückzahlen der Produkte A und B, so kann man folgende Gleichungen aufstellen:

Zielfunktionen: $G = 10\,a + 8\,b$

Restriktionen:
$$6a + 6b = 120$$
$$8a + 4b = 100$$
$$6a = 60$$

Diese Geraden kann man nur in einem Koordinatensystem darstellen (siehe Spalte 413 u. 414).

Die eingezeichneten Geraden stellen die Kapazitätslinien der 3 Abteilungen dar. In dem Fünfeck OABCD liegen alle – unter den genannten Voraussetzungen – möglichen Lösungen. In diesem Bereich liegen die Wertepaare (a/b), für die der Gewinn ein Maximum wird.
Aus der Darstellung ist zu sehen, daß der gleiche Gewinn mit verschiedenen Mengenkombinationen der Produkte A und B erreicht werden kann. Verschiebt man die Zielfunktion parallel, bis sie in Punkt D den äußersten Punkt der schraffierten Fläche erreicht, so stellt dies die optimale Lösung dar. Es ist aber für den Betrieb optimal, 10 Stück von Produkt A und 12 Stück von Produkt B pro Tag herzustellen.

III. SIMPLEX-METHODE

An einem Beispiel (nach Hofmann) soll die Simplex-Methode dargestellt werden. Simplexe bezeichnen in der Mathematik einfache Punktmengen. Gegeben sei ein Betrieb, in dem das Produkt A und das Produkt B hergestellt werden. Beide Produkte müssen die Fertigungsstellen I, II und III durchlaufen; dabei werden die einzelnen Fertigungsstellen von den Produkten verschieden belastet, nur in der Fertigungsstelle II wird für beide Produkte die gleiche Zeit benötigt. In der folgenden Tabelle sind der Zeitbedarf in Stunden je Stück der beiden Produkte und die Kapazitäten (höchstmögliche Zahl von Arbeitsstunden in der Periode) der Fertigungsstellen zusammengefaßt.

	Produkt A	Produkt B	Kapazität
Fertigungsstelle I	2	1	6 000 Std.
Fertigungsstelle II	2	2	8 000 Std.
Fertigungsstelle III	3	6	21 000 Std.

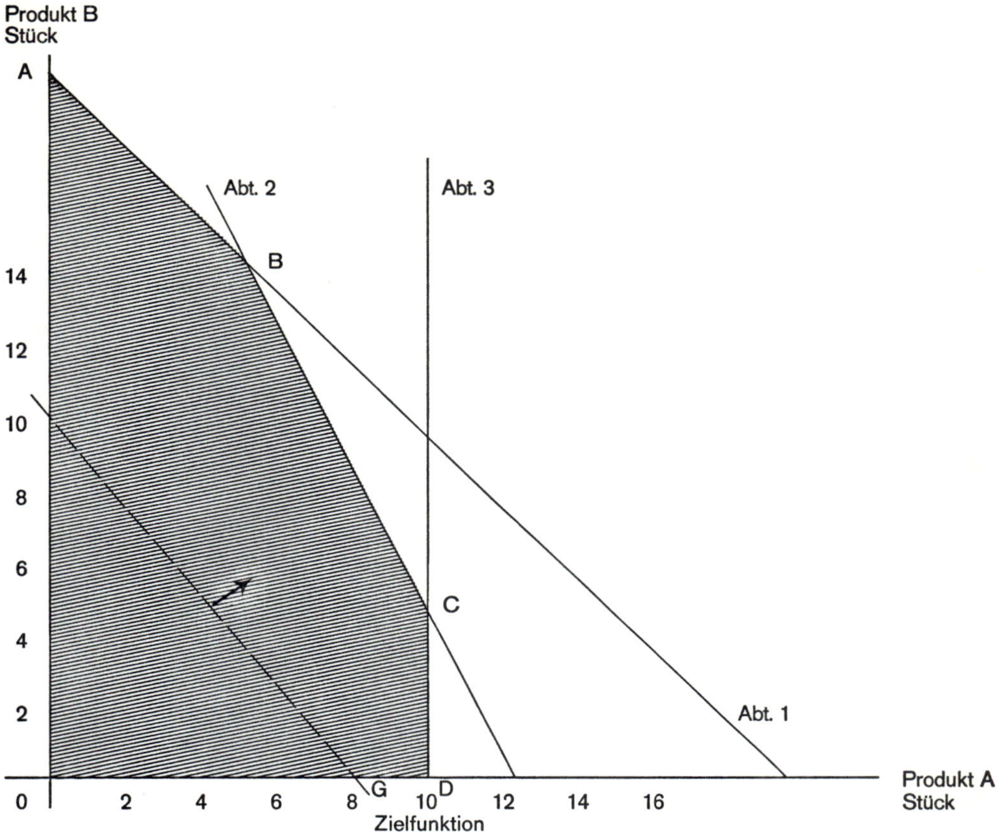

Graphische Lösung einer linearen Optimierungsaufgabe

Der erzielte Gewinn beträgt bei Produkt A 30,– DM, bei Produkt B 50,– DM. Wieviel Stück von den beiden Gütern muß der Betrieb erzeugen, um seinen Gewinn zu maximieren?

Das Problem läßt sich in mathematischer Form darstellen:

$$\begin{aligned} \text{I.}\ & 2x_1 + 1x_2 \leqq 6\,000 \\ \text{II.}\ & 2x_1 + 2x_2 \leqq 8\,000 \\ \text{III.}\ & 3x_1 + 6x_2 \leqq 21\,000 \end{aligned}$$

mit der Nichtnegativitätsbedingung:

$x_k \geqq 0$

die besagt, daß keine negativen Mengen produziert werden können.

Die Zielfunktion dieses Systems lautet:

$\eta = 30x_1 + 50x_2 = \text{Max.}$

Da das Rechnen mit Ungleichungen zu umständlich ist, werden sie durch Einführung von sogenannten Hilfs- oder Schlupfvariablen y_i zu Gleichungen umgeformt:

$$\begin{aligned} \text{I.}\ & 2x_1 + 1x_2 + y_1 = 6\,000 \\ \text{II.}\ & 2x_1 + 2x_2 + y_2 = 8\,000 \\ \text{III.}\ & 3x_1 + 6x_2 + y_3 = 21\,000 \end{aligned}$$

Da $y_i \geqq 0$, können die y_i wie Variable x_3, x_4, x_5 behandelt werden.

Die Gleichungen in Matrixform geschrieben

$$\begin{pmatrix} 2\,1\,1\,0\,0 \\ 2\,2\,0\,1\,0 \\ 3\,6\,0\,0\,1 \end{pmatrix} \quad \begin{pmatrix} 6\,000 \\ 8\,000 \\ 21\,000 \end{pmatrix}$$

Der Punkt des Maximums stellt immer einen Eckpunkt des zulässigen Lösungsbereichs dar. Die Simplex-Methode geht von einem Eckpunkt aus und tastet sich jeweils zu einem Eckpunkt weiter, in dem die Zielfunktion einen größeren Wert annimmt. Der Rechengang:

$$\begin{array}{cc}\begin{pmatrix} 2 & 1100 \\ 2 & 2010 \\ 3 & 6001 \end{pmatrix} & \begin{pmatrix} 6\,000 \\ 8\,000 \\ 21\,000 \end{pmatrix} \\ \hline -30 \quad -50\,000 & 0 \end{array}$$

$$-50 < -30 \Rightarrow k = 2$$

$$\frac{21\,000}{6} < \frac{8\,000}{2} \text{ und } \frac{21\,000}{6} < \frac{6\,000}{1} \Rightarrow i = 3$$

Man setzt das Simplexverfahren so lange fort, bis in der letzten Zeile keine negativen Zahlen mehr vorhanden sind; denn dann ist die Basis zum optimalen Eckpunkt gefunden, es stehen unter den Basisvektoren nur Nullen, und das maximale η läßt sich rechts unten ablesen.
Wendet man die zulässigen Zeilenoperationen an, so ergibt sich:

$$\begin{array}{cc}\begin{pmatrix} 1{,}5 & 0\,1\,0 & -\frac{1}{6} \\ 1 & 0\,0\,1 & -\frac{1}{3} \\ \frac{1}{2} & 1\,0\,0 & \frac{1}{6} \end{pmatrix} & \begin{pmatrix} 2\,500 \\ 1\,000 \\ 3\,500 \end{pmatrix} \\ \hline -5 \quad 0\,0\,0 \quad \frac{50}{6} & 175\,000 \end{array}$$

$k = 1, i = 2$ führt zu:

$$\begin{array}{cc}\begin{pmatrix} 0\,0\,1 & -1{,}5 & \frac{1}{3} \\ 1\,0\,0 & 1 & -\frac{1}{3} \\ 0\,1\,0 & -\frac{1}{2} & \frac{1}{3} \end{pmatrix} & \begin{pmatrix} 1\,000 \\ 1\,000 \\ 3\,000 \end{pmatrix} \\ \hline 0\,0\,0 \quad 5 \quad \frac{40}{6} & 180\,000 \end{array}$$

Gemäß der Zielfunktion
$\eta = 30\,x_1 + 50\,x_2 = \text{Max.}$
ergibt sich:

η max $= 180\,000$
$x_1 = 1\,000$
$x_2 = 3\,000$
$y_3 = 1\,000$ besagt, daß die III. Fertigungsstelle um 1 000 Stunden unterbeschäftigt ist.

Literatur:
Allen, R. G. D.: Mathematical Economics, London 1959
Beckmann, M. J.: Lineare Planungsrechnung, Ludwigshafen 1959
Dantzig, G. B.: Lineare Programmierung und Erweiterungen, Berlin, Heidelberg, New York 1966
Hofmann, W.: Lehrbuch der Mathematik für Volks- und Betriebswirte, Gütersloh 1972
Kemeny, Schleifer, Snell, Thompson: Mathematik für die Wirtschaftspraxis, Berlin 1966
Krelle, Künzi: Lineare Programmierung, Zürich 1959
Kromphardt, Henn, Förstner: Lineare Entscheidungsmodelle, Berlin, Göttingen, Heidelberg 1962
Sommer, F.: Einführung in die Mathematik für Studenten der Wirtschaftswissenscnaften, Berlin, Göttingen, Heidelberg 1966

Linearplanung

Andere Bezeichnung für → Lineares Programmieren.

Linear Reponsibility Charting

Lineares Verantwortungs-Diagramm.
Graphische Darstellung organisatorischer Zusammenhänge im Unternehmen. Dient als Ergänzung von Organisationsplänen, Arbeitsplatzbeschreibungen etc.
Das Diagramm zeigt die Aufgabenverteilung auf die einzelnen Mitarbeiter, ihre Funktionen mit Hilfe von zumeist acht Symbolen:

Arbeit ausgeführt
Allgemein verantwortlich
Direkt verantwortlich
Koordinierend verantwortlich
Mitbestimmend auf Spezialgebiet
Rücksprache verbindlich
Benachrichtigung verbindlich
Beratende Mitarbeit

Das Verfahren wird vorwiegend bei der Planung und Durchführung einmaliger organisatorischer Veränderungen eingesetzt.

Line-Balancing Theory

Methode zur Lösung von Wartezeitproblemen, die sich besonders mit der Verteilung einzelner Arbeitsgänge innerhalb einer Bedienungsaufgabe auf einzelne Bedienungstabellen befaßt.
→ Operations Research

Line Functions

Bezeichnung für die unmittelbaren Aufgaben einer Unternehmung wie Beschaffung, Produktion und Absatz. Auch Operating Functions genannt. Gegensatz: Staff Functions. → Aufgabe.

Line of Balance-Plan (LOB)

Terminplanungsmethode.

Liquidität

Hauptziel bei der → Finanzierung. Ein Unternehmen ist liquide, wenn es alle Zahlungsverpflichtungen jederzeit fristgerecht erfüllen kann.

Little-Technik

Auch: Operational Creativity und Gordon-Technik. Eine nach der Forschungsberatungs-Firma Arthur D. Little Inc., Cambridge, Mass., benannte Methode zur Ideenfindung. Die Little-Technik wurde von William J. J. Gordon erfunden.
In einer Diskussionsgruppe von vier bis neun Mitgliedern kennt nur der Diskussionsleiter das eigentliche Problem. Er führt die Mitglieder der Gruppe näher an das Problem heran, indem er immer mehr Informationen gibt. Es wird dadurch vermieden, daß sich die Diskussionsteilnehmer frühzeitig auf eine Lösung festlegen und diese dann verteidigen.
Die Sitzungen sollen unbedingt auf Tonband aufgenommen werden. Eine Sitzung dauert drei Stunden bis mehrere Tage. Drei Viertel der Zeit wird mit der Annäherung an das Problem verbracht, und nur ein Viertel zu seiner Lösung. Es werden große Anforderungen an die Kreativität der Diskussionsteilnehmer gestellt und vor allem an den Diskussionsleiter. Von ihm hängt der Erfolg einer Sitzung ab. Die Methode hat sich in den USA bereits bewährt.

Living Standard

In der Marktforschung Bezeichnung für den ideellen Lebensstandard, also die durch Herkunft und Werdegang geprägte Vorstellung des Verbrauchers über seine Bedürfnisse.
Gegensatz → Economic Status.

LOB

Abkürzung für → Line of Balance, eine Terminplanungsmethode.

Lobbyismus

Bezeichnung für die Tendenz bzw. den Versuch der Beeinflussung von Parlamentariern durch Vertreter von starken Interessengruppen.

Lobbyist

Bezeichnung für bezahlte oder unbezahlte Agenten außerparlamentarischer Interessengruppen, die versuchen, durch Druck auf den Parlamentarier Einfluß zu gewinnen oder vertrauliche Informationen zu erhalten. Als Lobbyisten im weiteren Sinn werden auch Vertreter der Industrie bei Behörden verstanden.

Lockout

Im Arbeitskampf Bezeichnung für die Aussperrung von Arbeitern durch den Arbeitgeber, meist im Anschluß an Streiks.

Logbuch

Das Logbuch kommt im Rahmen der elektronischen Datenverarbeitung bei Maschinen zum Einsatz, die nicht über eine menschen-unabhängige Protokolliereinrichtung verfügen. Das Logbuch soll alle Aufzeichnungen über die einzelnen vom Operator durchgeführten Handlungen sowie Störungen technischer oder programmtechnischer Art und deren Behebung festhalten.

Logger

In der Datenverarbeitung Bezeichnung für ein Gerät zum Erfassen und Verarbeiten von Meßwerten, auch Datenlogger genannt. Ein Logger kann mit einem Rechenwerk oder mit einem Kernspeicher ausgerüstet sein. Er dient zur Überwachung von Fertigungsprozessen oder Anlagen.

Longitudinal Redundancy Check Character (LRC)

In der Datenverarbeitung dient das LRC-Zeichen zur Vollständigkeitskontrolle. Beim Beschreiben eines Magnetbandes ergänzt es die Längsquersumme über jede Spur des Bandes auf eine gerade Zahl von Einsen.
→ Cyclic Redundancy Check Character

Long-term Liabilities

Ausdruck aus der Bilanz für langfristiges Fremdkapital.

Losgröße

Bezeichnung für diejenige Menge eines Produkts, die in einem zeitlichen Zusammenhang den Produktionsprozeß durchläuft.

Lower Management

Unterste Leitungsebene.
→ Hierarchie

Lower Supervision

Bezeichnung für die unterste der drei Management-Stufen. Auch → Junior Management genannt.
→ Hierarchie

Low Gearing

Herabsetzung des Fremdkapitalanteils; bei rückläufiger Konjunktur aus Sicherheitsgründen günstig.

Lumpsum

Bezeichnung für die Frachtkosten bei einem Chartervertrag für das ganze Schiff für eine oder mehrere Reisen.

M

Macro Assembly Languages

→ Programmiersprachen

Mail-Order Advertising

Werbung, bei der die Werbemittel nicht durch Anzeigen-, Plakat-, FFF-Werbung und Vertreter gestreut werden, und durch die Bestellungen per Post erreicht werden sollen.
→ Direct Advertising

Mail-Order Business

Bezeichnung für Versandgeschäft.

Mail-Order-Package

In der Direktwerbung zusammenfassende Bezeichnung für den Werbebrief, den Prospekt und die Bestellkarte; diese drei Teile sollen beim Empfänger der Werbung Interesse für das Produkt wecken und ihn dazu bewegen, daß er bestellt.

Maintenance Engineering

Hierunter versteht man alle Maßnahmen der Instandhaltung und Pflege der Anlagen, damit Sicherheit am Arbeitsplatz und reibungsloser Produktionsablauf gewährleistet sind. Mit hoher Anlagenintensität und stärkerem Übergang zur

Fließarbeit, bei der eine Störung im Arbeitsablauf einen immer höheren Ertragsausfall mit sich bringt, der schlimmstenfalls die Existenz des Unternehmens gefährden kann, wird in Amerika in immer stärkerem Umfang das Augenmerk auf Kontrolle, Wartung und Pflege der Anlagen gerichtet. Aus diesem Grund sind selbständige Instandhaltungsabteilungen gebildet worden, die von einem Instandhaltungsingenieur (Maintenance Engineer) geleitet und als Stabsabteilung der technischen Betriebsleitung direkt unterstellt sind. Aufgaben dieser Abteilung sind:

1. Ständige Kontrolle der Betriebsanlagen auf ihre Sicherheit
2. Laufende Pflege und Wartung der Anlagen
3. Reparaturplanung und -organisation
4. Beschaffung von Ersatzteilen
5. Einholen von Angeboten, Vergabe und Beaufsichtigung von Fremdreparaturen
6. Aufsicht und Leitung der eigenen Reparaturbetriebe
7. Aufstellung des → Investitionsbudgets

Literatur:
Bovaird, R. L.: Characteristics of Optimal Maintenance Policies, in: Management Science, New York 1961
Morrow, L.: Maintenance Engineering Handbook, New York 1960

Maintenance-Lease

Teilgebiet des → Leasing. Im Mietpreis sind Versicherung und Wartung des Anlagegutes einbegriffen.

Management

I. BEGRIFF

Der aus dem angelsächsischen Bereich übernommene Begriff Management bezeichnet generell die Organisation und Führung von Menschen und Mitteln, um bestimmte Ziele zu erreichen. Zentraler

Inhalt des Management ist die Vorbereitung, Organisation und Durchführung von Entscheidungen. Management ist also nicht grundsätzlich auf den betrieblichen Bereich beschränkt, in dem es mit Unternehmensführung (oder Führung) und der Gesamtheit ihrer Träger gleichgesetzt wird.
Während Management (wie auch Administrative Behavior und Leadership) Strukturmerkmale, Positionen und Machtbefugnisse umfaßt, hat der Begriff (Unternehmens-) Führung die dynamische Gestaltung des betrieblichen Geschehens zum Inhalt.
Im Rahmen der Organisation Unternehmung werden drei Stufen des Management unterschieden:

a) das untere Management (Lower Management oder Junior Management), gebildet aus Meistern, Partieführern und Vorarbeitern;
b) das mittlere Management (Middle Management), bestehend aus Abteilungs-, Betriebs- und Gruppenleitern;
c) das Spitzen- oder Topmanagement, das rechtlich gesehen die Geschäftsführungsbefugnisse hat und betrieblich gesehen die Ziele und die Politik der Unternehmung bestimmt.

Häufig wird Management auch synonym für Topmanagement gebraucht.

II. FUNKTIONEN

Ausgangspunkt betrieblicher Aktivität sind die Ziele des Unternehmens. Sie werden durch kurz-, mittel- und langfristige Planung als erste Funktion des Managements festgelegt. Um zu garantieren, daß die von der Unternehmensspitze festgelegten Ziele auch erreicht werden, ist eine Unternehmensordnung, die Organisation, notwendig. Einrichtung und Aufrechterhaltung einer funktionsfähigen Organisation als zweiter Funktion des Managements soll einen reibungslosen Ablauf der betrieblichen Vorgänge und die wirtschaftliche Erfüllung der Betriebsaufgaben gewährleisten. Die dritte Funktion des Managements ist die der Kontrolle. Sie stellt das Feedback – Element im System Unternehmung dar: durch Kontrolle wird signalisiert, wann Tätigkeiten beschleunigt, intensiviert oder auch verlangsamt werden müssen, welcher Fortschritt gemacht wird und wann Ziele neuen Gegebenheiten angepaßt werden müssen.
Zu diesen drei klassischen Funktionen, von denen auch die deutsche Theorie von der Unternehmensführung ausgeht, kommen noch die des → Staffing und des eigentlichen → Führens. Staffing, umständlich und nicht exakt mit „ein Unternehmen mit Personal versorgen" zu übersetzender Begriff aus dem Englischen umfaßt die personalen Aufgaben des Management: Bestimmung und Beschreibung der Aufgaben und Qualifikationen der betrieblichen Mitarbeiter, ihre Entlohnung sowie die Auswahl, die laufende Beurteilung und die berufliche Weiterbildung von Mitarbeitern. Die Ziele eines Unternehmens werden durch menschliche Aktivität erreicht, wofür das Management mit seiner Funktion des Führens die Verantwortung trägt. Führen heißt Menschen anleiten, motivieren, kontrollieren, sie mit Informationen zu versorgen und Informationen von ihnen zu bekommen.
Siehe auch: Führung, Kontrolle, Motivation, Organisation, Planung, Staffing.

Management Accounting

Aufzeichnen und Klassifizieren von Transaktionen und Handlungen mit zumindest teilweise finanziellem Charakter in Geldeinheiten und Deutung der Ergebnisse (Definition des Committee for Technology).
Das Management Accounting umfaßt Finanz- und Rechnungswesen, Budgetierung, Internal Control, Revision, Kostenrechnung, Berichtswesen und z. T. Datenverarbeitung.

Beim Management Accounting handelt es sich um ein alle Unternehmensfunktionen umfassendes Informationssystem, dessen Ziel die Gewinnmaximierung ist. Ein Funktionieren des Management Accounting ist nur dann gewährleistet, wenn Aufgaben, Verantwortungsbereiche und Entscheidungsbefugnisse eines jeden Managers klar abgegrenzt sind.
Accounting wird als Teil der Betriebswirtschaftslehre an Universitäten und Manager-Schulen der USA gelehrt.
→ Controller

Management According To Task

Führung entsprechend der Aufgabe. Dieser Leitsatz besagt, daß es nicht grundsätzlich falsche oder richtige Führungsstile gibt, sondern daß das Führungsverhalten sich der jeweiligen Aufgabe anzupassen habe.
→ Führung

Management alter Produkte

I. ZUR PROBLEMATIK „ALTER“ PRODUKTE

Unter Management alter Produkte werden alle mit der Verlängerung der Marktpräsenz oder der Herausnahme alter Produkte aus dem Marktgeschehen verbundenen Maßnahmen und die dazu erforderlichen vorbereitenden Tätigkeiten verstanden.
Die Einführung eines erfolgreichen Produktes stärkt das Prestige des Managements, weil hohe Umsatz- und Gewinnzuwächse damit verbunden sind. Die Entscheidung, ein Produkt aus dem Sortiment zu nehmen, wird hingegen negative Reaktionen unterschiedlicher Art und Intensität hervorrufen.
Der Wechsel von alten auf neue Produkte ist für viele Unternehmen ein lebensnotwendiger Prozeß. Wegen ihrer mangelnden Anziehungskraft sind diese Produkte dem Konkurrenzkampf oftmals nicht mehr gewachsen. Bedingt durch alte Produktionsanlagen werden zusätzlich relativ kostenintensive Produktions- und Arbeitsabläufe erforderlich, denen nur noch geringe oder keine Deckungsbeiträge gegenüberstehen. Auf diese Weise wird Kapital gebunden, das anderweitig effizienter und wirtschaftlicher eingesetzt werden könnte. Da allerdings die hier nur grob umrissene Problematik nur selten ohne Nachhilfe sichtbar wird, erfolgt die Überprüfung des Sortiments nach nicht mehr lebensfähigen Produkten häufig erst, nachdem vermeidbare Verluste aufgetreten sind.
Diese Verluste fordern die Einführung eines institutionalisierten Auswahlverfahrens, das die „schwachen“ Produkte kennzeichnet. Außerdem ist die eindeutige Abgrenzung der erforderlichen Kompetenzen notwendig, um die erforderlichen Maßnahmen problemlos einleiten und durchführen zu können, weil die „erfolgreiche“ Herausnahme eines Produktes aus dem Marktgeschehen die Zusammenarbeit mehrerer Abteilungen voraussetzt.

II. DIE AUSWAHL ZU ELIMINIERENDER PRODUKTE

Die Auswahl von möglicherweise zu eliminierenden Produkten beginnt mit der kritischen Überprüfung des Produkt-Mix. Diese Analyse muß nicht die Herausnahme eines Produktes aus dem Marktgeschehen zwingend erforderlich machen. Sie kann auch zu einer Produktveränderung oder zu einer Veränderung der Herstellungs- oder Absatzmethode führen.
Kriterien für die Auswahl schwacher Produkte sind der Absatztrend der Produkte unter Berücksichtigung der durchschnittlichen Lebenserwartung für diese Kategorie von Produkten, der Preistrend, wobei hier insbesondere kontinuierlich zunehmende Preiszugeständnisse das entscheidende Kriterium sein sollten, und der Gewinntrend oder Deckungsbeitrag.
Des weiteren ist zu überprüfen, ob wesentlich bessere Substitutionsprodukte

am Markt sind und ob die Produkte des eigenen Unternehmens die ihnen einmal zugedachten Funktionen noch mit der erforderlichen Effizienz wahrnehmen. Die endgültige Entscheidung, ob ein Produkt aus dem Markt herauszunehmen ist, muß vom Management getroffen werden. Grundsätzlich ist zu berücksichtigen, daß jedes Produkt „lebensfähig" ist. Es ist aber eine andere Frage, ob dieses Produkt für ein Unternehmen unter den gegebenen Bedingungen tragbar ist.

III. DIE ANALYSE „SCHWACHER" PRODUKTE

Ausgangspunkt der Analyse ist die grundsätzliche Gewinnsituation der einzelnen Produkte. Die Beurteilung der Gewinnsituation ist davon abhängig, ob sich ein Produkt in der Einführungs-, in der Wachstums- oder bereits in der Rückgangsphase befindet. Das nächste Kriterium ist der Gewinnbeitrag, den ein Produkt innerhalb eines Sortiments erbringt. Die Lösung dieses Problems ist bereits mit Schwierigkeiten verbunden, weil ein Großteil der besonders in Mehrproduktunternehmen entstehenden Kosten den Charakter von Fix- und Gemeinkosten haben und somit von allen Produkten getragen werden müssen. Ansatzpunkt zur Lösung dieses Problems könnte der Deckungsbeitrag der einzelnen Produkte sein. Produkte mit nur einem geringen Deckungsbeitrag sind neben den „Verlustbringern" in die Eliminierungsüberlegungen einzubeziehen, weil sie, wie anfangs bereits festgestellt, einen starken negativen Einfluß auf die Gewinnsituation ausüben können.

In diesem Zusammenhang muß aber berücksichtigt werden, daß durch die Aufgabe eines Produktes von den verbleibenden Deckungsbeiträgen ein höherer Fixkostenanteil gedeckt werden muß. Andererseits wird aber durch die Aufgabe eines Produktes ein Kapazitätsfreisetzungseffekt erzielt, durch den sehr wahrscheinlich eine verstärkte Produktion und ein intensiverer Absatz der übrigen Produkte möglich werden.

Schließlich ist zu berücksichtigen, daß das Gewinnziel des Unternehmens eine bestimmte Verzinsung des eingesetzten Kapitals beinhaltet. Im Vordergrund steht dabei nicht die Frage, wie hoch der Gewinnanteil der einzelnen Produkte ist, sondern allein der Gesamtgewinn. Trotzdem aber sollten für die einzelnen Produkte Gewinn- oder Deckungsbeitragsuntergrenzen geschaffen werden, nach deren Unterschreiten ein Produkt eliminiert wird. Dadurch wird verhindert, daß die Gesamtverzinsung des Kapitals trotz ertragsstarker Produkte durch schwache Produkte negativ beeinflußt wird. Anders ausgedrückt, die Verzinsung des eingesetzten Kapitals könnte wesentlich höher liegen, vorausgesetzt, die schwachen Produkte würden eliminiert.

Andererseits dürfen auch nicht die zwischen einzelnen Produkten innerhalb eines Sortiments bestehenden komplementären Beziehungen verkannt werden. Diese könnten bei Eliminierung eines Produktes die Gewinnsituation anderer Produkte negativ beeinflussen. Darüber hinaus ist zu analysieren, wie die bisher vom alten Produkt beanspruchten Produktionskapazitäten eingesetzt werden können. Unter Umständen muß das Produkt so lange im Unternehmen gehalten werden, bis andere Alternativen gefunden werden, um zumindest die Gemeinkosten zu decken, die durch die frühzeitige Aufgabe den restlichen Produkten belastet werden müßten.

Die Analyse schwacher Produkte muß auch die Überprüfung der Herstellkosten beinhalten. Eine rationellere Produktion kann unter Umständen die Gewinnsituation verbessern, wobei allerdings vor einer Verlagerung der Gemeinkosten gewarnt werden muß, weil diese Kosten nach wie vor im Unternehmen — nur an anderer Stelle — auftreten.

Daneben ist zu überprüfen, welche Marketing-Maßnahmen einem Produkt möglicherweise zu neuem Leben verhel-

fen. Werbe- und Verkaufsförderungsmaßnahmen, die Verbesserung der Service-Leistung oder Einsparungen bei der Auftragsabwicklung und der Belieferung der Abnehmer sind Gebiete, die Ansatzpunkte für eine Verbesserung der Lebensfähigkeit eines Produktes enthalten.
Auch die Preispolitik sollte auf Ansatzpunkte zur Verbesserung der Situation alter Produkte überprüft werden. Durch eine Preisreduzierung kann beispielsweise eine substantielle Nachfrage erreicht werden – insbesondere dann, wenn die Konkurrenz aufgrund des niedrigen Preises zur Aufgabe des gleichen Produktes gezwungen wird. Diese Nachfragezunahme kann wiederum zu einem Rückgang der durchschnittlichen Stückkosten führen und so die Preissenkung vielleicht mehr als nur kompensieren. Ein solches Manöver wird aber nur in den seltensten Fällen Erfolg haben.
Schließlich ist noch die Möglichkeit zu analysieren, in eine Verbundproduktion mit einem anderen Unternehmen zu treten. So wird beispielsweise Produkt X von dem Unternehmen A sowohl für sich als auch für den Konkurrenten B hergestellt. B wiederum stellt ein ähnliches Produkt für beide Unternehmen in eigener Regie her, was zu wirtschaftlicheren Produktionsläufen und damit höheren Deckungsbeiträgen führen kann.

IV. DIE VORGEHENSWEISE BEI ELIMINIERUNG EINES PRODUKTES

Wird die Entscheidung getroffen, ein Produkt zu eliminieren, so müssen die damit verbundenen Maßnahmen so reibungslos wie möglich erfolgen. Vor allem darf die Eliminierung das Verhältnis zu den betreffenden Abnehmern nicht negativ beeinflussen.
Grundsätzlich sollte mit der Herausnahme eines Produktes aus dem Marktgeschehen die Einführung eines neuen Produktes verbunden sein. Ein solches Vorgehen stellt sicher, daß sowohl frei werdende Arbeitskräfte und Produktionsanlagen als auch das freigesetzte Kapital wieder eingesetzt werden können. Auch sollten die betroffenen Abnehmer so rechtzeitig informiert werden, daß sie sich durch entsprechende Maßnahmen rechtzeitig auf die Eliminierung eines Produktes einstellen können. Allerdings darf die Information wiederum nicht so rechtzeitig erfolgen, daß sich die Abnehmer nach neuen Lieferanten umsehen, bevor der eigene Restlagerbestand abgesetzt ist. Weist eine Branche eine für sie typische Verkaufssaison auf, so sollte die Herausnahme des Produktes nach Möglichkeit zum Ende der Verkaufssaison erfolgen.
Handelt es sich bei dem zu eliminierenden Produkt um ein Gebrauchsgut, so hat das Unternehmen dafür zu sorgen, daß für den Zeitraum der zu erwartenden Lebensdauer der zuletzt verkauften Einheiten ein Ersatzteillager vorhanden ist. Eine Nichtbeachtung dieser Regel kann unter Umständen eine negative Reaktion bei den Abnehmern hervorrufen und den Absatz der übrigen Produkte beeinträchtigen. Die Aufrechterhaltung eines solchen Lagerbestandes verursacht Kosten – beispielsweise für die Pflege und Wartung – die als Bestandteil der Eliminierungskosten anzusehen sind. Daneben sollte ein kontinuierlicher Abbau der Rohstoff-, Zwischen- und Fertigproduktelager erfolgen, was mehr oder weniger eine Frage der Zeitplanung ist. Diese Maßnahme beginnt bei ständig abnehmenden Einkaufsvolumina, setzt sich bei kürzeren Produktionsläufen fort und endet mit nachlassenden Verkaufsaktivitäten.
Siehe auch „Neu-Produkt-Management“

Literatur:
Alexander, R. S.: Die Eliminierung „kranker“ Produkte, in: Britt, Boyd jr. (Hrsg.): Marketing-Management und Organisation, dtsch. Bearbeitung: P. Linnert, München 1971
Kotler, Ph.: Phasing Out Weak Products, in: Harvard Business Review, März–April 1965, S. 107 ff.
Stempel, R. und Haller, P.: „Alte“ Produkte: Techniken zur Verlängerung der Lebensdauer, in Marketing-Journal 3/176

Management Audit

Bezeichnung für ein Verfahren der systematischen Analyse und Bewertung der Management-Leistung. Zu diesem Zweck wird das Management eines Unternehmens etwa nach folgenden Kriterien beurteilt:

1. Die gesamtwirtschaftliche Funktion des Unternehmens: sie drückt sich aus in der öffentlichen Wertschätzung, also bei Kunden, Beschäftigten, Zulieferern, Geldgebern, bei der Presse etc.
2. Die Organisationsstruktur des Unternehmens, die eine rasche Entscheidungsbildung und -durchsetzung, Kontrolle und klare Abgrenzung der Verantwortlichkeiten und Vollmachten erlauben muß.
3. Das Wachstum des Unternehmens und seine Konsolidierung: wie hat sich das eingesetzte Kapital in der Vergangenheit verzinst, und ist das Unternehmen größer, stärker und gesünder geworden?
4. Wie wird das von den Eigentümern oder Aktionären eingesetzte Kapital verwendet: werden unnötige Risiken vermieden, werden konsolidierende Rücklagen gebildet, wird eine faire Dividende gezahlt, ist eine ausreichende Information gewährleistet?
5. Der Bereich Forschung und Entwicklung ist nicht nur für Großunternehmen lebenswichtig. Wie gut er ist und wie intensiv von ihm Gebrauch gemacht wird, fällt unter die Verantwortung des Managements: was kostet er und welche neuen Ideen, Informationen und Produkte hat er geliefert?
6. Wie ist die Kapitalstruktur, welches sind die Finanzierungsquellen, wie ist das Finanzwesen in den einzelnen Bereichen organisiert und kontrolliert?
7. Wie effizient wird das eigentliche Produkt des Unternehmens – Konsumgut, Investitionsgut oder Dienstleistung – hergestellt, und zwar von der Material- und von der Personalseite her gesehen?
8. Wie wirksam ist der gesamte Absatzbereich, die Fähigkeit des Unternehmens, verkaufen zu können?
9. Die wichtigste Kategorie im Management Audit ist die Bewertung der Führungskräfte, und zwar sowohl des Middle als auch des Top Managements: fachliches Können, Führungsstil, Fähigkeit zum Teamwork, Loyalität, Fleiß, Integrität sind einige Kriterien.

Literatur:

Martindell, J.: The Appraisal of Management, New York 1962

Management by Alternatives

Bezeichnung für ein Führungsprinzip, das vorsieht, bei der Entscheidungsfindung systematisch Alternativen zu suchen. Die Entscheidung wird dadurch gefällt, daß die in bezug auf die strategischen und faktischen Ziele des Unternehmens gewichteten Alternativlösungen miteinander verglichen werden.

Management by Communication and Participation

Auch participative Management genannt. Bezeichnung für den kooperativen Führungsstil, der die Anteilnahme aller Mitarbeiter am Entscheidungsprozeß im Unternehmen in den Mittelpunkt stellt. Voraussetzung dafür ist die regelmäßige Information der Mitarbeiter und eine bewußt intensiv gestaltete Kommunikation. Folge dieses Führungsstils ist eine Erhöhung der Bereitschaft zur Übernahme von Verantwortung, außerdem bietet er dem Mitarbeiter Gelegenheit, sich mit seiner Arbeitsaufgabe zu identifizieren.

Management by Control and Direction

Bezeichnung für den autoritären Führungsstil, der auf dem Prinzip gründet, nachgeordneten Stellen möglichst geringe Kompetenzen einzuräumen. Zur Sicherstellung des Arbeitsergebnisses werden von den vorgesetzten Instanzen genaue Arbeitsanweisungen gegeben und laufend intensive Kontrollen durchgeführt; beide Maßnahmen verhindern selbständiges Arbeiten der Mitarbeiter und führen dazu, daß dieser Führungsstil nur dann mit Erfolg praktiziert werden kann, wenn permanenter Druck, z. B. durch Androhung von Disziplinarmaßnahmen, ausgeübt wird.

Management by Decision Rules

Führungsprinzip, welches die Delegation von Aufgaben, Kompetenzen und Verantwortlichkeiten durch exakte Entscheidungsregeln ergänzt. Derartige Entscheidungsregeln geben eine quantitative Grenze an, deren Erreichen oder Überschreiten ein bestimmtes Handeln erfordert.

Management by Delegation

Die Delegation von Kompetenzen und Verantwortlichkeiten an nachgeordnete Instanzen setzt eine besondere Qualifikation der Mitarbeiter voraus (→ Delegation). Durch die daraus folgende Erweiterung der Arbeitsaufgabe und die dezentralisierte Organisation ist eine besondere Form der Kontrolle notwendig, die die Handlungsbereitschaft und Handlungsfähigkeit der nachgeordneten Instanzen nicht einschränkt. Häufig findet sich hier das Prinzip „dezentralisierte Führung". Durch Management by Delegation wird die Aufgabe samt zugehöriger Kompetenz und Verantwortung weitergegeben, nicht aber wie bei → Management by Objectives durch Zielvorgaben geführt.

Management by Exception

Bezeichnung für eine Methode der Unternehmensführung, die darauf beruht, die jeweilige Führungskraft von Aufgaben zu entlasten, die auch auf der nachgeordneten Ebene geleistet werden können. Der Vorgesetzte greift nur ein, wenn die Leistung nicht mit den gesteckten Zielen übereinstimmt, wenn außergewöhnliche (nicht programmierbare) Entscheidungen zu fällen sind, wenn neue Ziele gesetzt werden oder Innovationen eingeführt werden sollen.

Voraussetzung für die bewußte Einführung eines Management by Exception-System ist die Bereitschaft zur → Delegation und zur klaren Zielbildung (→ Management by Objectives) auf allen Leitungsebenen. Da das System dem Vorgesetzten Ausnahmesituationen signalisieren soll, muß die Kommunikation im Unternehmen wirksam gestaltet werden.

Die erste Phase bei der Einführung eines Management by Exception ist die Überprüfung und Neufestsetzung der Aufgabenkompetenzen und Verantwortlichkeiten der Mitarbeiter auf den einzelnen Leitungsebenen. Auf diese Weise wird grundsätzlich festgelegt, wieweit die Befugnisse eines Mitarbeiters gehen und wann er sich an seinen Vorgesetzten bei Entscheidungen zu wenden hat.

Nach der exakten Festlegung der Ziele für die einzelnen Mitarbeiter wird die Bandbreite bestimmt, um die die Ist-Ergebnisse von den Soll-Ergebnissen abweichen dürfen, ohne daß der Vorgesetzte verständigt werden muß. Im Falle von erheblichen Abweichungen ist auch noch festzulegen, welche Leitungsebene wann einzugreifen hat. Da nicht nur festgelegte Ziele in das System des Management by Exception aufgenommen werden, muß grundsätzlich auch feststehen, welche Daten, Relationen oder Trends dem Vorgesetzten mitgeteilt werden sollen, da sie Einfluß auf die zukünftigen Ergebnisse haben können.

Die Phase der Meldung und Reaktion auf Ausnahmesituationen setzt eine gut funktionierende Kommunikation voraus. Da die Abweichungen, die gemeldet werden müssen, meist rasche Entscheidungen von größerer Tragweite zur Folge haben, dürfen keine Verzögerungen auftreten; Ursachen und Wirkungen der Abweichungen oder sonstigen wichtigen Fakten sollten in Zusammenarbeit mit dem entsprechenden Mitarbeiter auf Ursache und Wirkung hin analysiert werden. Regelmäßige Kontrollen stellen die Wirksamkeit des Systems sicher.

Literatur:
Bittel, L. R.: Management by Exception, New York 1964

Management by Motivation

Führungsprinzip, das auf den Erkenntnissen der Motivationslehre aufbaut. Ziel des Management by Motivation ist, die Beweggründe menschlichen Arbeitens zu erkennen und die Arbeitsaufgabe so zu gestalten, daß sich der einzelne betriebliche Mitarbeiter mit den Zielen des Unternehmens identifiziert. Auf diese Weise kann eine hohe Arbeitsproduktivität bei gleichzeitiger Arbeitszufriedenheit erreicht werden, da das Erreichen der Ziele des Unternehmens für den einzelnen Mitarbeiter dazu dient, auch seine persönlichen Zielvorstellungen zu erfüllen.
→ Motivation

Management by Objectives (MBO)

Bezeichnung für eine Methode der Unternehmensführung. Durch Vorgabe von operationalen Zielen auf allen Stufen der Hierarchie und damit – im Gegensatz zur herkömmlichen Aufgabenorientierung – durch eine Zielorientierung sollen zugleich bessere Resultate erreicht, als auch eine objektive Grundlage für die Bewertung der Leistung von Mitarbeitern geschaffen werden.

I. DIE EINFÜHRUNG DES MBO-SYSTEMS

Voraussetzung für das Funktionieren des Systems ist die Initiative und das Einverständnis der jeweiligen obersten Führungsspitze (Vorstand, Bereichsleiter, Abteilungsleiter). Da die Ziele der einzelnen Instanzen sowohl von der Quantität als auch von der Qualität her mit der Politik des Unternehmens übereinstimmen müssen, sollten als zweite Voraussetzung den Spitzenmanagern die Ziele des Unternehmens als Ganzem vertraut gemacht werden.
Für die Festlegung der Ziele zu Beginn einer Periode auf jeder Stufe der Hierarchie schlägt Odiorne folgende vier Schritte vor:

1. Der jeweilige Vorgesetzte legt zunächst das Ziel oder die Ziele für den gesamten Bereich bzw. die Abteilung fest, und zwar hinsichtlich Rentabilität, Marktposition, Produktivität, Technologie, Personal, Betriebsklima u. a. m.
2. Der Organisationsplan des Unternehmens ist auf den neuesten Stand zu bringen, da nur so eine Übersicht der funktionalen Beziehung gewährleistet ist. Jeder leitende Manager ist für die Realisierung seiner eigenen Ziele und für die Ziele seiner Mitarbeiter, die ihm direkt unterstellt sind, verantwortlich. Die dann folgenden Instanzen erhalten ihre Ziele wiederum von ihren jeweiligen Vorgesetzten. Mit der Kontrolle des Organisationsplanes soll auch eine genaue Revision von Aufgaben, Kompetenzen und Verantwortung der einzelnen Mitarbeiter einhergehen. Außerdem sollten Arbeitsplanungen auf die einzelnen Untergebenen abgestimmt werden.
3. Für jeden einzelnen Mitarbeiter werden die Ziele gesondert festgelegt, und zwar jeweils nach vier Kategorien: Ziele aus Routineaufgaben, Ziele aus Problemlösungen, schöpferische Ziele, persönliche Ziele. Jeder Mit-

Darstellung I: Management by Objectives als Kreislaufschema

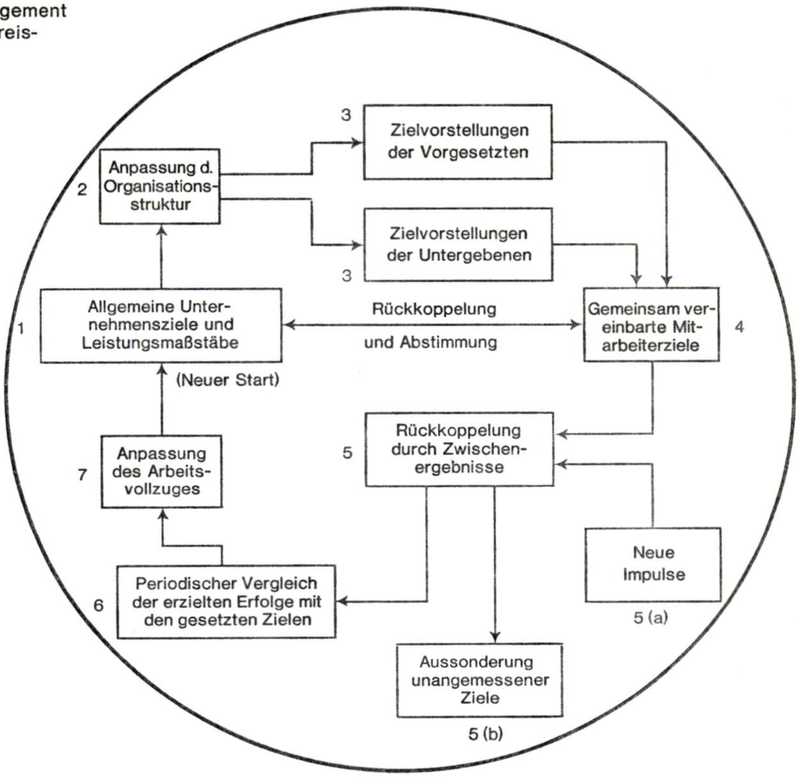

arbeiter macht eigene schriftliche Vorschläge, die in einer Besprechung mit dem Vorgesetzten bei der endgültigen Zielsetzung berücksichtigt werden.

4. Während der laufenden Periode sollte ständig kontrolliert werden, ob Kosten, Leistung und Einsatz der Mitarbeiter den Zielvorstellungen entsprechen. Werden Aufgaben verändert, müssen auch die Ziele verändert werden. In jedem Fall muß der Vorgesetzte seinen Mitarbeiter voll unterstützen; nur auf diese Weise können die gemeinsam festgelegten Ziele einen wirklichen Anreiz für die Mitarbeiter darstellen. Fehler sollten als Basis für zukünftige Erfolge angesehen werden.

Am Ende der Zielperiode berichtet jeder Mitarbeiter schriftlich, was er erreicht hat. In einer Besprechung werden die Abweichungen von den Zielvorstellungen analysiert, und zwar nach folgenden Gesichtspunkten: Was ist auf Fehler des Vorgesetzten, was auf Fehler des Mitarbeiters zurückzuführen, welche anderen Einflüsse haben auf die Resultate eingewirkt? Die Ergebnisse dieser Besprechung bilden die Basis der Zielplanung für die nächste Periode.
Die Darstellung I zeigt „Management by Objectives“ als Kreislaufschema.

II. DIE WIRKUNG DER ZIELBILDUNG

Da nicht nur Ziele aus Routineaufgaben zu erreichen sind, sondern kreative Ziele im Vordergrund stehen, ergibt sich aus dem System des Management by Objectives ein dynamischer Prozeß. Der Manager, der ausschließlich Routinearbeiten erledigt und keine schöpferische Leistung erbringt, wird bei der Leistungsbewertung schlecht abschneiden, was sich auf Gehalt, Beförderung etc. auswirkt. Odiorne: „Hochgesteckte Leistungsziele sind überall dort notwendig, wo Verantwortung verlangt wird und wo Verantwortung und Erfolg direkt und spürbar auf den Beitrag einwirken, den ein Mann für eine Unternehmung leisten kann." Aber auch Ziele aus Routineaufgaben werden möglichst präzise bestimmt und wenn möglich in Zahlenwerten ausgedrückt. Das Ziel, im nächsten halben Jahr eine Studie für die Einführung der elektronischen Datenverarbeitung auszuarbeiten, verpflichtet den Mitarbeiter, nicht nur aus Gründen der Gehaltssteigerung, sondern auch durch die klare Absprache bei der gemeinsamen Zielfestlegung.

Typische Fehler beim Zielbildungsprozeß: Zunächst einmal das Beharren auf vorgefaßten Meinungen; jeder Manager sollte selbstkritisch genug sein, z. B. Abschätzungen eben als solche zu erkennen und sie nicht als garantiert ansehen. Die Verwechslung von Ursache und Wirkung, das Außerachtlassen von Grundtatbeständen etc. sind ebenfalls Beispiele dafür, daß auch im wirtschaftlichen Bereich nicht immer exakt und rational gedacht wird. Für das MBO-System ist aber von Wichtigkeit, den Zielerfolg in einer gewissen Bandbreite zu erwarten und bei der Gestaltung der Bandbreiten Fingerspitzengefühl zu entwickeln.

III. DIE LEISTUNGSBEWERTUNG IM MBO-SYSTEM

Im Unternehmen wird der Manager ebenso wie nach seiner persönlichen Leistung auch nach der Leistung seiner Mitarbeiter beurteilt. Die Darstellung II zeigt die hierarchische Zielstruktur.

Dementsprechend wird jeder Manager auf die Erreichung der gesetzten Ziele seiner Untergebenen drängen. Maßstab für die Leistung kann jedoch nur etwas

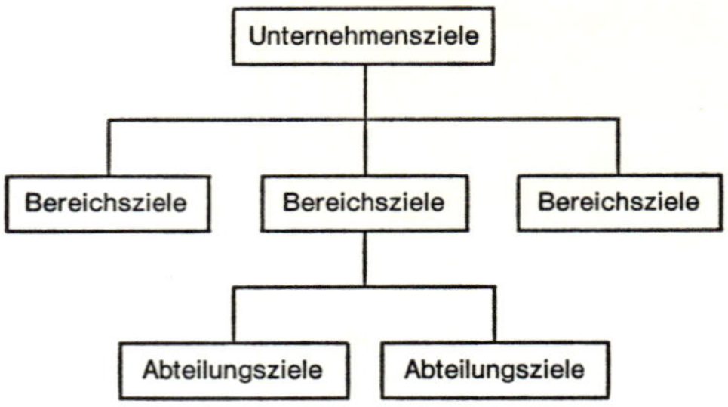

Darstellung II

sein, was auch im Verantwortungsbereich des betreffenden Mitarbeiters liegt. So sind für den Gewinn in der Regel nur wenige Mitarbeiter verantwortlich, da nur wenige Erlöse und Kosten direkt beeinflussen können; siehe jedoch → Profit Center als Ausnahme. Erlöse eignen sich als Maßgröße des Leistungsvollzugs insbesondere für den Marketing-Bereich, Kosten für den Produktionsbereich; jedoch lassen sich auch andere Bereiche nach diesen Kriterien bewerten, etwa Stabsabteilungen, die bestimmte Beratungs-, Kontroll- oder Dienstleistungen erbringen.

IV. DIE GRENZEN DES MBO-SYSTEMS

Odiorne faßt die Grenzen des MBO-Systems bei der Beurteilung von Mitarbeitern in folgenden vier Punkten zusammen:

1. Management by Objectives ist kein Instrument zur Beurteilung des Leistungsvermögens, da es lediglich auf die effektiven Leistungen am gegebenen Arbeitsplatz abzielt; die Leistungsfähigkeit muß also gesondert beurteilt werden.
2. Das System hat zur Voraussetzung, daß die von Vorgesetzten und Mitarbeitern erarbeiteten Leistungsstandards dem Gesamtunternehmen auch tatsächlich nützen.
3. Das System hat auch zur Voraussetzung, daß der Vorgesetzte seine Kompetenzgrenzen kennt und nicht den „lieben Gott" spielt.

4. Das angewandte MBO-System kompliziert ein Problem, das es eigentlich lösen sollte: Es erwartet Resultate, ohne zu sagen, wie sie erreicht werden können.

Literatur:
Odiorne, G. S.: Management by Objectives. Führung durch Vorgabe von Zielen, München 1967

Management by Results

Bezeichnung für die ergebnisorientierte Methode der Unternehmensführung. Bei dieser eng mit → Management by Objectives verwandten Methode werden alle Unternehmensbereiche angehalten, aufgrund sorgfältiger Ergebnisanalysen die Zielsetzung für die nächste Periode zu bestimmen. Vom Standpunkt des Gesamtunternehmens aus werden zunächst die Produkte des Unternehmens danach unterschieden, was für eine Rendite sie erreichen: Produkte, mit denen im Augenblick guter Gewinn gemacht wird, Produkte, die gute Zukunftsaussichten haben, Produkte, die es sich lohnt zu entwickeln, Spezialprodukte und schließlich unrentable Produkte. Auf der Kostenseite werden zunächst alle Kostenfaktoren ermittelt und die einzelnen Kostenarten in ihrem Verhältnis untereinander gewichtet. Ziel einer konzentrierten Produkt- und Kostenkontrolle ist die Ausrichtung des Unternehmens auf wirklich gewinnträchtige Bereiche.

Literatur:
Drucker, P. F.: Managing for Results, New York 1964
Scanlan, B. K.: Results Management in Action, Cambridge, Mass. 1967

Management by System

Bezeichnung für eine Management-Technik, die von der systematischen Ordnung und Üperprüfung der Verwaltungsarbeit ausgeht. Zu diesem Zweck werden die Verfahrensordnungen (Procedures), also die aufeinanderfolgenden Verwaltungstätigkeiten in Schemata systematisiert; es wird festgelegt, wer welche Aufgaben zu lösen hat, und deren Rangfolge und Terminierung. Weiterhin werden die Methoden zur Ausführung von Verwaltungstätigkeiten überprüft. Zweck des Management by System ist die Erhöhung der Leistungsfähigkeit der Verwaltung, Reduzierung der Verwaltungskosten, Verbesserung des Betriebsklimas.

Literatur:
Neuschel, R. F.: Management by System, New York 1960

Management Consulting Engineers

Amerikanische Bezeichnung für Unternehmensberater, die in der Association of Management Consulting Engineers zusammengeschlossen sind.
→ Consulting Engineers

Management Development

Bezeichnung für die systematische und planmäßige Förderung und Entwicklung der Führungskräfte im Unternehmen. Management Development ist nicht auf bestimmte Management-Ebenen beschränkt, sondern es erstreckt sich sowohl auf das Top Management wie auf die Gruppe der Vorarbeiter und Meister. Entsprechend der Vielfalt der Aufgaben des Management sind auch seine Arten und Methoden. Grundsätzlich lassen sich die innerbetriebliche und die außerbetriebliche Weiterbildung unterscheiden.

I. ON-THE-JOB TRAINING

Der Grundsatz, daß man am besten lernt, wenn man eine Aufgabe zu erfüllen hat („Learning by Doing"), liegt den innerbetrieblichen Trainings-Methoden zugrunde, die Wissen und Geschicklichkeit des zu Trainierenden (Trainee) bei der Erledigung der Arbeitsaufgabe vergrößern bzw. verbessern wollen. Dies setzt voraus

1. daß der Vorgesetzte pädagogisches Talent besitzt, eigenes Wissen und Können zu vermitteln (u. U. muß er für diese Aufgabe gesondert geschult werden) und
2. daß dem Vorgesetzten genügend Zeit bleibt, sich um jeden einzelnen seiner Untergebenen so zu kümmern, daß dieser auch wirklich geschult wird.

Eine weithin übliche Form der innerbetrieblichen Schulung stellt das Job Rotation dar: der Mitarbeiter durchläuft verschiedene Abteilungen, ehe er an seinen eigentlichen Arbeitsplatz kommt. In jeder Abteilung hat er eigenverantwortlich bestimmte Aufgaben zu erfüllen, deren Kenntnis ihm später das Entscheiden und Handeln erleichtert. Zudem lassen sich positive oder negative Eigenschaften, spezielle Begabungen etc. des Trainees rechtzeitig erkennen.

Wird ein bereits eingearbeiteter Mitarbeiter gemäß eines Job Rotation-Planes weitergebildet, so besteht die Gefahr, daß der gewohnte Geschäftsgang unterbrochen wird und die Untergebenen dieses Mannes aus Unsicherheit in ihrer Produktivität nachlassen. Auch können die Fehler, die dieser Mann in seiner jeweiligen neuen Stelle macht, kostspielig werden.

Andere Formen des On-the-Job Training sind regelmäßige Problemlösungs-Konferenzen oder Participative Management-Pläne wie der des → Multiple Management. Derartige Diskussionen und Gruppenentscheidungen bringen einen Überblick über Problemsituationen, zwingen zur Artikulation der eigenen Argumente und lehren das wichtige Organisieren und Durchführen von Konferenzen. Zur systematischen Schulung sind sie jedoch nicht geeignet, da zu viele Entscheidungen nur aus der Sicht eines engen Bereiches getroffen werden können und eine größere Gruppe auf die Probleme des einzelnen nicht eingehen kann.

II. Off-THE-JOB TRAINING

Die zweite Form der Weiterbildung von Führungskräften jeder Management-Ebene ist die in speziellen Kursen oder Seminaren mit speziellen Ausbildern, Dozenten oder Trainern; dies kann im eigenen Unternehmen geschehen mit angestellten oder von Fall zu Fall verpflichteten Seminarleitern oder auch in außerbetrieblichen Kursen von Institutionen, die sich auf das Management Development spezialisiert haben.

Der Lehrstoff der Kurse ist so vielfältig wie die Struktur eines Unternehmens: Führungstechnik, Unternehmensplanung, Organisation, Rechnungswesen, Marketing, EDV, Operations Research, Personalführung, REFA sind nur eine Auswahl an möglichen und angebotenen Themen. Die häufigste Lehrmethode dürfte die des Vortrags oder Referats mit anschließender Diskussion sein. Diese Methode hat den Vorteil der systematischen Ausbreitung des Lehrstoffs und in der Diskussion zu erläuternder Unklarheiten auf seiten der Seminarteilnehmer. Nachteilig ist die Passivität, der die Teilnehmer einen Großteil der Zeit unterworfen sind. Eine starke Beteiligung der Teilnehmer wird durch die sogenannte Fallmethode (Case Method) erreicht. Man unterscheidet hier drei Arten:

1. bei der Incident Method werden zu dem Fall, den die Teilnehmer zu lösen haben, nur wenige Informationen gegeben; Einzelheiten sind durch eigene Untersuchungen und Erfragungen zu beschaffen;
2. bei der Case-Study-Method erhalten die Teilnehmer alle nötigen Informationen über den zu lösenden Fall;
3. bei der Case-Problem-Method werden den Teilnehmern sowohl die benötigten Informationen als auch die Problemstellungen mitgeteilt.

Die Fallmethode wurde in der Harvard Business School entwickelt, um den Trainee für die Analyse komplexer

Probleme und das systematische Finden von Problemlösungen zu schulen. Einwände gegen diese Methode werden erhoben, da die Systematik des Lebens nicht gegeben ist und gut vorbereitete Fälle sehr teuer sind.
Die Fallmethode wurde weiterentwickelt zu den sogenannten Planspielen oder Management Games. Eine bestimmte wirtschaftliche Situation wird modellmäßig dargestellt. Die Teilnehmer am Planspiel werden in Gruppen aufgeteilt, die konkurrierende Unternehmen repräsentieren. Mit Hilfe von mathematischen Funktionen, manchmal auch mit einem entsprechend programmierten Elektronenrechner, haben die Teilnehmer Entscheidungen aus allen Bereichen des Unternehmens zu treffen, die dann je nach der Entscheidung der konkurrierenden Gruppe mehr oder weniger erfolgreich sind.
Den größten Vorteil von Planspielen bringt die Analyse und Lösung von komplexen Situationen, wobei der Zustand der Entscheidungsunsicherheit durch die Konkurrenzsituation realistisch simuliert ist. Auch das Feedback an Wissen durch die Ergebnisse und der Zeitfaktor, der in das Modell eingebaut ist, spielen eine große Rolle. Der größte Nachteil der Planspiele sind die hohen Kosten.
Während sich die bisher behandelten Methoden auf sachliche Problemlösungen beziehen, versucht das Psychotraining den Manager für die Probleme der zwischenmenschlichen Beziehungen zu schulen, also Menschenführung, Gesprächsführung, Verhandlung etc. Spezielle Mittel dieses Trainings sind Rollenspiele (z. B. Verkaufsverhandlung mit verteilten Rollen), → Gruppendynamik, → Sensitivity Training. Ob derartige Kurse oder Seminare erfolgreich verlaufen, hängt stark vom jeweiligen Leiter oder Dozenten ab, dessen Hauptproblem ist, von den Teilnehmern akzeptiert zu werden. Durch das Psychotraining kann das Gespür des Managers für die menschlichen Belange seiner Kollegen, Vorgesetzten und Untergebenen stark gefördert werden; im angelsächsischen Sprachraum bezeichnet man dieses Gespür als → „Social Sensitivity".

III. ANFORDERUNGEN AN DAS FORTBILDUNGSWESEN

Grundsätzlich soll die Weiterbildung zeigen, daß Probleme bestehen, die noch nicht ausreichend gelöst sind; sie soll Mittel, Wege und Verhaltensweisen aufzeigen, wie diese Probleme gelöst werden können, und sie soll Grundlagenkenntnisse vermitteln, die zu kreativer Lösung im Augenblick noch nicht erkennbarer Probleme der Zukunft verhelfen.
Zunächst einmal muß die Führungsspitze des Unternehmens von der Bedeutung des Management Development überzeugt sein, damit systematisch Pläne für die einzelnen Management-Ebenen entworfen werden können. Nach Möglichkeit sollte in derartigen Plänen bereits die Kontrolle über die Effizienz der durchgeführten Fortbildung berücksichtigt werden. Wichtig ist auch, daß die Mitarbeiter von der Nützlichkeit der Fortbildung überzeugt sind.
Bei der innerbetrieblichen Fortbildung läßt sich die Qualität der Ausbilder leichter überprüfen als bei der außerbetrieblichen Fortbildung. In diesem Fall sollte sorgfältig geprüft werden:

1. Qualifikation (Grundlagenwissen und Praxis) der jeweiligen Referenten oder Dozenten;
2. für welche Management-Ebene sind die anvisierten Kurse gedacht und wer besucht sie tatsächlich;
3. welches Wissen wird mit welchen Lehrmethoden und Hilfsmitteln vermittelt.

Literatur:
Engel, P. und W. Riedmann: Die neuen Managementtechniken in Fällen, München 1971
Pack, L.: Ausbildung und Weiterbildung von Führungskräften an amerikanischen und deutschen Universitäten, Wiesbaden
Schönfeld, H.-M.: Führungsbildung im Betrieb, Wiesbaden

Management Games

Englischer Ausdruck für → Planspiele

Management Guide

Schriftliche Zusammenfassung der Funktionen, Kompetenzen und Verantwortlichkeiten aller Abteilungsleiter in einem größeren Unternehmen. Auszug aus dem Management Guide der Standard Oil → Organisation.

Management-Informationssystem

In jedem Unternehmen bestehen unterschiedliche Informationsbedürfnisse und -prioritäten. Diese beruhen auf den speziellen Anforderungen, die die Produkte, die Branche, die Wettbewerbsverhältnisse an ein Unternehmen stellen, nicht zuletzt aber auch auf den Anforderungen seitens des Managements. Voraussetzung für die Gestaltung eines wirksamen Management-Informationssystems ist die Zusammenarbeit des Managements mit den System-Spezialisten. Darunter ist die gemeinsame Strukturierung von Problemen und die Entwicklung gemeinsamer Vorstellungen über den erforderlichen Informationsbedarf zu verstehen.
Eine derartige Problemlösung ist zeitaufwendig. Darüber hinaus ist die Entscheidungsgrundlage des Managements explizit darzustellen und muß als Ausgangsbasis der Systemgestaltung verwendet werden. Diese Entscheidungsgrundlage muß sowohl die Vorstellungen und Prioritäten des Managements als auch die Maßnahmen innerhalb des Systems enthalten. Das Management muß die Folgen alternativer Systemstrukturen nach Kriterien bewerten, die nur vom Management selber geliefert werden können. Eine zielgerechte Auswahl von Alternativen muß die Auswirkung auf die vorhandenen Strukturen berücksichtigen, was voraussetzt, daß der einzelne Manager mit den möglichen Folgen eines grundsätzlichen Systemgestaltungs-Konzeptes für die Unternehmensführung vertraut ist.

I. GRUNDLAGEN EINES MANAGEMENT-INFORMATIONSSYSTEMS

Die strukturellen Merkmale der zu entwickelnden Systeme unterscheiden sich ebenso wie die unterschiedlichen Informationsbedürfnisse der Manager, die differenzierten Probleme, mit denen sie konfrontiert werden, und wie ihre Einstellung zum komplexen Gebiet der Unternehmensführung ist. Dennoch lassen sich bestimmte gemeinsame Kriterien kennzeichnen.
Das erste Kriterium ist das Informationsalter, das sich auf den Zeitraum bezieht, der zwischen dem Eintritt eines Ereignisses und der Einbeziehung der durch das Ereignis erzeugten Daten in das System vergeht. Dieser Zeitabstand kann mehrere Wochen, wie es beispielsweise für gesamtwirtschaftliche Daten der Fall sein kann, aber auch wenige Stunden oder Minuten, wie beispielsweise bei einer automatischen Lagerbestandskontrolle, betragen.
Das zweite Kriterium ist die Information-Aggregation, worunter der Grad der Verdichtung zu verstehen ist, mit dem eine Information im System gespeichert wird. Speicher für die Lagerbestandskontrolle, bei der Informationen über einzelne Produkte nach Stückzahlen gesammelt werden, ist für eine relativ disaggregierte, weniger verdichtete Datenerfassung repräsentativ, während Informationen über Marktanteile für eine relativ aggregierte, verdichtete Speicherung repräsentativ sind.
Darstellung 1 verdeutlicht das Verhältnis zwischen den unterschiedlichen Aggregationsebenen und der zeitlichen Verzögerung, die vor Aufnahme zusammenhängender Daten in das System zu berücksichtigen sind. Als weiteres Kriterium ist

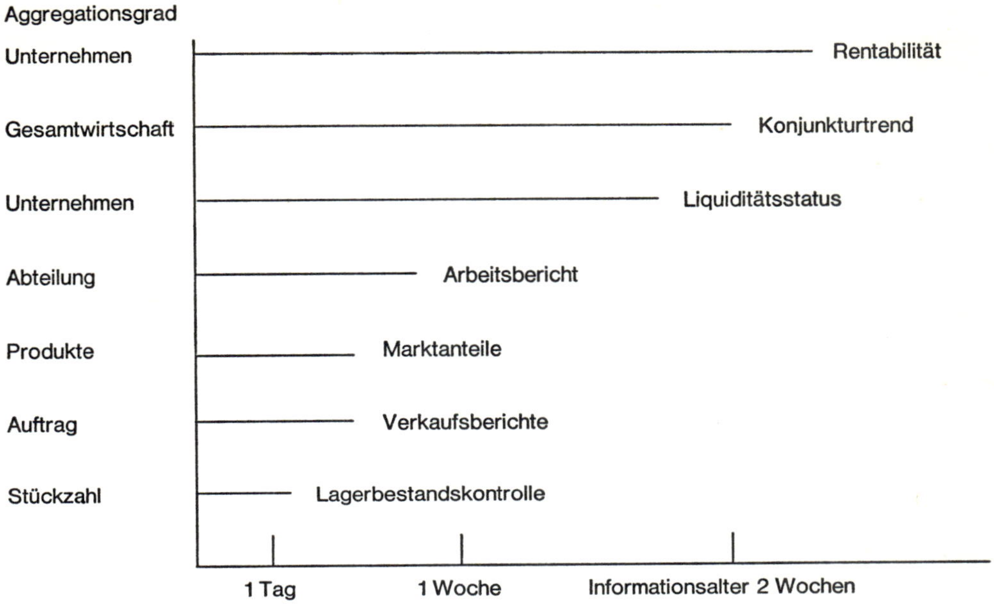

Darstellung 1: Aggregation und Alter der Information

die analytische Befähigung zu nennen, die sich auf den Entwicklungsgrad der Modelle oder des Strukturaufbaues bezieht, die bzw. der im System verwendet wird.
Ein Management-Informationssystem wird in der Regel auf einen Computer nicht verzichten können. Abbildung 2 verdeutlicht, daß auf der untersten Ebene der analytischen Befähigung beispielsweise bestimmte Berichte oder Kennzahlen produziert werden können. Auf dieser Ebene wird von dem Computer allein das Wiederauffinden und die Anzeige bestimmter Berichte und der darin enthaltenen Informationen gefordert. Auf der nächsthöheren analytischen Ebene erfolgt bereits die Sammlung von Zahlen, die einem oder mehreren Berichten entnommen werden, um z. B. Zwischensummen zu erarbeiten. Auf der dritten (analytischen) Ebene kann der Computer auf die Errechnung arithmetischer Durchschnittswerte oder Differenzwerte programmiert werden. Auf der vierten Ebene — der analytischen Befähigung — erfolgt bereits eine Segmentierung der Daten, die innerhalb bestimmter Klassifizierungsschemata ausgewertet und verarbeitet werden.
Auf der nächsten Ebene erfolgt bereits der Einsatz statistischer Analysen, um Extrapolationen aus Vergangenheitswerten, Varianzanalysen oder Trendberechnungen durchzuführen. Der in Darstellung 2 verwandte Begriff „Lernen" soll verdeutlichen, daß der Computer so programmiert wird, daß er Parameterwerte oder Strukturmodelle — basierend auf den im Laufe der Zeit aufgenommenen Daten — zu modifizieren in der Lage ist.
Mit der Durchführung von Simulationen ist die fortgeschrittenste Einsatzstufe des Computers erreicht. Die Simulation kommt zum Einsatz, wenn der Einfluß der unterschiedlichsten Inputs eines Entscheidungsmodells überprüft werden sollen. So gesehen wird durch die Simulation eine künstliche Umwelt explizit dargestellt. Die Simulation dupliziert

alle relevanten Aspekte, die durch das Informationssystem überwacht werden können und ermöglicht so die Formulierung relativ fundierter Annahmen. Die Inputs für das Informationssystem wirken sich dabei direkt auf die Prozeßvariable im Simulationsmodell aus.
Auf dieser Entwicklungsstufe des Systems erhält das Management die Möglichkeit, die Unternehmenspolitik und -strategie in einer simulierten Umwelt zu überprüfen, Alternativen auf Grundlage der so gewonnenen Outputs auszuwählen, die ausgewählte Unternehmenspolitik im Markt anzuwenden und gleichzeitig die Wirksamkeit der Plandurchführung mit Hilfe des Informations-Systems zu bewerten. Der Manager verwendet ein Simulationsmodell, um zu fragen: „Was geschieht, wenn .. ?“, während das Informationssystem verwendet wird, um den Ist-Zustand zu überwachen.
Der höchste Abstraktionsgrad des Informationssystems ist dann erreicht, wenn Aufgaben, die Entscheidungen erforderlich machen, auf den Computer delegiert werden. Je größer jedoch die Anforderungen des Managements an das Informationssystem sind, desto tiefer muß auch der analytische Entwicklungsgrad sein, der in der Systemstruktur verwirklicht wird.

II. KENNZEICHNUNG ERFOLGREICHER MANAGEMENT-SYSTEME

Anforderungen an den Computer

Wurde in den vorangegangenen Ausführungen angedeutet, welche Möglichkeiten mit dem richtigen Einsatz eines Computers bestehen, um zu einer effizienteren Unternehmensführung zu gelangen, so soll die folgende Aufstellung die Anforderungen kennzeichnen, die der Manager seinerseits an einen Computer stellen muß, um ein erfolgreiches Management-Informationssystem aufbauen zu können.

1. Klare und leichte Anwendung
   Der Manager muß die im Computer verwendete Logik verstehen und in der Lage sein, die Rechnungen bei Bedarf nachzuvollziehen.

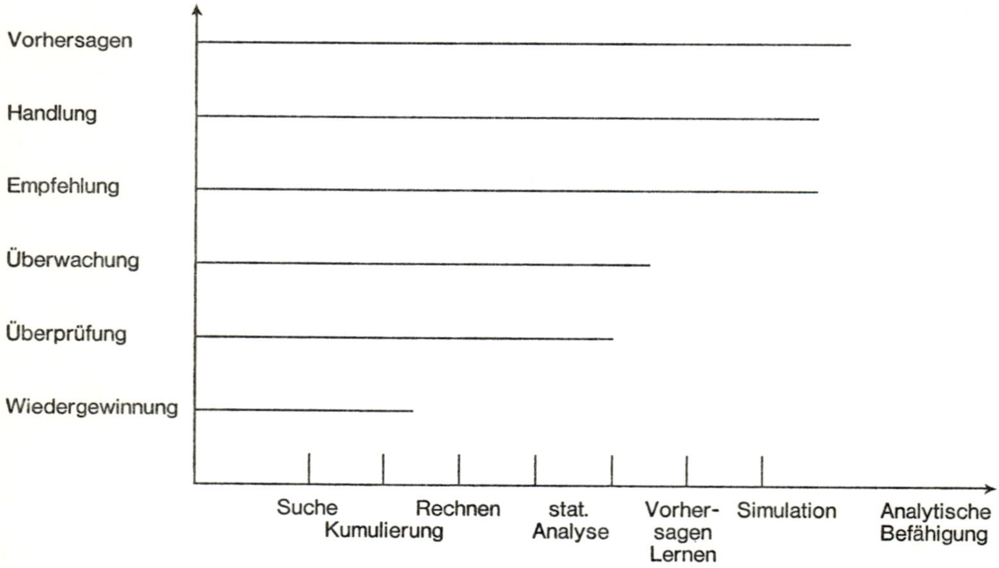

Darstellung 2: Leistungsfähigkeit des Computers

2. Geheimhaltung
Vertrauliche Daten und Analysen müssen geschützt werden. Insbesondere Daten wie beispielsweise die Gewinnplanung oder Fusionsanalysen eines Unternehmens sollten allein autorisiertem Personal vorbehalten bleiben.

3. Konversationsfähigkeit (Mensch-Maschine-Kommunikation)
Der Manager muß in der Lage sein, in seiner eigenen Sprache direkten Kontakt mit dem Computer aufzunehmen. Ein sehr umfassendes Programm muß zur Verfügung stehen, um dem Manager bei ausreichendem Schutz gegen Bedienungsfehler die Möglichkeit zu geben, aussagefähige Fragen stellen zu können.

4. Schnelle Reaktion
Die Antwort auf eine Frage erfordert oftmals Rückfragen. Der Manager muß in der Lage sein, in einen aussagefähigen Dialog mit dem Computersystem zu treten, um den kreativen Prozeß der Problemlösung zu ermöglichen.

5. Management-Kontrolle
Der Entscheidungsprozeß muß im Kontrollbereich des Managers verbleiben und nicht im Computer. Ein Manager sollte in der Lage sein, Prämissen und die eingesetzte Logik zu verändern oder umzugestalten, um den gewünschten Output genau spezifizieren zu können, ohne daß eine Umprogrammierung erforderlich wird.

6. Zugänglichkeit
Das System sollte vom Büro des einzelnen Managers oder von jedem anderen Punkt seines Operationsbereiches zugänglich sein, so daß Probleme auch beispielsweise in Konferenzpausen oder auf Geschäftsreisen in ausreichender Tiefe untersucht werden können.

7. Verfügbarkeit der Daten
Sowohl gegenwarts- als auch vergangenheitsbezogene Daten sowie Informationen über projizierte Maßnahmen müssen vom System bereitgestellt werden. Zur Analyse und Transformation dieser Daten sollten buchhalterische, finanzielle, statistische und mathematische Werkzeuge ständig einsatzbereit sein.

8. Flexibilität
Das System muß über eine Flexibilität verfügen, die die Untersuchung solcher Probleme ermöglicht, mit denen ein Manager konfrontiert wird. Das System sollte den meisten Führungsebenen und Führungsstäben zur Verfügung stehen, ohne daß eine Umprogrammierung erforderlich wird.

9. Wirtschaftlichkeit
Der Manager benötigt ein System, das die gewünschten Resultate sofort und zu vertretbaren Kosten produziert. Dem Manager stehen nicht mehrere Jahre zur Verfügung, um ein System zu entwickeln, dessen Funktionsweise ungewiß ist. Der Zeitfaktor sollte deshalb als Kostenbestandteil mit in die Wirtschaftlichkeitsüberlegungen einbezogen werden.

Aufbau erfolgreicher Systeme

Auch wenn die von erfolgreichen Systemen wahrzunehmenden Funktionen von der Zielsetzung und den Vorstellungen des jeweiligen Managements abhängig sind, lassen sich doch vier Kriterien kennzeichnen, die erfolgreichen Systemen gemeinsam sind:

1. Die Vorstellung des Managements über die Entscheidungsumwelt als Grundlage des Systems.

Soll ein System das Management mit aussagefähigen Informationen versorgen, so muß es dessen Prioritäten reflektieren und Informationen produzieren, die dem jeweiligen Entscheidungsablauf entsprechen. Die Erfüllung dieser Bedingung setzt eine selektive Informationsgewinnung voraus, die auf die Vermeidung einer Informationsflut abzielt. Des wei-

teren muß sich die Informationsgewinnung auf die Vorstellungen des Managements über die im Zusammenhang mit der Unternehmensführung zu überwachenden Geschehnisse — sowohl unternehmensintern und -extern als auch gesamtwirtschaftlich — beziehen.
Zur Erfüllung dieser Anforderung muß ein Informationssystem auf aussagefähigen Modellen basieren, die der vom Management definierten Umwelt entsprechen. Der Aufbau dieser Modelle setzt klare und qualitativ eindeutige Aussagen seitens des Managements voraus. Die in diesem Zusammenhang für die Entscheidung wichtigen Faktoren müssen definiert und in eine klare Computersprache umgesetzt werden.

2. Die Beherrschung der Struktur des Systems durch das Management

Das Management muß an der quantitativen Spezifizierung der Systemparameter beteiligt sein sowie die Anforderungen an die konzeptuelle Strukturierung des Systems verstehen und akzeptieren, und zwar in einer ausreichend aussagefähigen Sprache, um die erforderlichen Maßnahmen und die vom System zu verwendenden analytischen Verfahren definieren zu können. Erst wenn dieses Kommunikationsniveau erreicht ist, können die für die Systemgestaltung Verantwortlichen ein einsatzfähiges und praktikables System entwickeln.
In diesem Zusammenhange soll auch auf den oftmals geäußerten Einwand eingegangen werden, die Beteiligung des Managements in der hier geschilderten Weise sei zu sehr auf Einzelheiten bezogen. Bei diesen Einzelheiten handelt es sich aber um Kriterien, die den gesamten unternehmerischen Entscheidungsprozeß betreffen, so daß gerade deshalb die Teilnahme des Managements erforderlich und gerechtfertigt ist. Außerdem werden durch die Beteiligung des Managements die im Management bestehenden unterschiedlichen Vorstellungen über die Entscheidungsumwelt vereinheitlicht, da die eindeutige Feststellung der Modellstruktur die Gefahr beseitigt, mit gleichen Worten unterschiedliche Aussagen zu treffen.
Soll einerseits die sorgfältige und detaillierte Gestaltung des Informationssystems sicherstellen, daß die spezifischen Anforderungen der Benutzer berücksichtigt werden, so muß andererseits der Benutzer die Funktionen und Einsatzmöglichkeiten des Systems kennen. Es gibt kaum ein spezialisierteres und segmentierteres Gebiet als das der Management-Information, wie die zahlreichen Veröffentlichungen zeigen. Erfolgreiche Management-Informationssysteme lassen sich mit der Bearbeitung von Sonderaufträgen vergleichen, die mit besonderer Sorgfalt die Bedürfnisse und Präferenzen des Auftraggebers berücksichtigt.

3. Die Verwendung einer disaggregierten Datenbank

Das Herz eines jeden erfolgreichen Informationssystems ist eine disaggregierte Datenbank. In der Datenbank sind sämtliche Daten eines Unternehmens in einer Form gespeichert, die die Befriedigung aller relevanten Informationsbedürfnisse eines Unternehmens ermöglicht. Dabei wird der Großteil der Daten nur einmal gespeichert, und außerdem besteht ein selektiver Zugriff zu allen Daten und Datengruppen. Dateneingänge werden zusätzlich zu den bereits vorhandenen Daten gespeichert, so daß eine strukturelle Beeinflussung der Daten durch eine Verdichtung der vorhandenen Daten verhindert wird, die einen wesentlichen Teil der Informationswerte zerstören würde.
So enthält beispielsweise der Kundenspeicher den Namen, die Adresse und den finanziellen Status eines bestimmten Abnehmers. Jeder Geschäftsvorfall wird in chronologischer Reihenfolge im Speicher festgehalten, so daß jederzeit die Geschäftsvorfälle mit den einzelnen Abnehmern rückverfolgt werden können. In gleicher Weise sind die Informationen

über die einzelnen Produkte gespeichert, um detaillierte chronologische Verkaufsberichte und -analysen zu ermöglichen.
Die Bedeutung disaggregierter Speicher beruht teilweise auf dem evolutionären Prozeß, den ein erfolgreiches Informationssystem durchläuft. War ein Informationssystem ursprünglich für einen begrenzten Funktionsbereich bestimmt, so wird es mit der zunehmenden Erfahrung des Managements mit dem System auch auf andere Funktionsbereiche ausgedehnt. Wird deshalb die erste Speicherung nur auf einen begrenzten Funktionsbereich abgestellt, so werden spätere Modifikationen des Systems eine finanziell sehr aufwendige Speicherreorganisation erforderlich machen.
Ein disaggregierter Datenspeicher ermöglicht somit eine Systemevolution. Durch den jederzeit möglichen Zugriff zu detaillierten, chronologischen Daten ist das Management anhand von Vergangenheitswerten in der Lage, neue Konzepte und Ideen zu überprüfen. In der ersten Stufe des Systemaufbaus wird es kaum möglich sein, alle angestrebten Funktionen bereits vom System wahrnehmen zu lassen. Können durch aggregierte Datenspeicher sehr vielversprechende Systemverbesserungen verhindert werden, so liefert ein disaggregierter Datenspeicher die Flexibilität, die Voraussetzung für eine planvolle Systemevolution ist.

4. Die Möglichkeit der Systemerweiterung

Erfolgreiche Informationssysteme sind so strukturiert, daß sie jederzeit eine Erweiterung oder Veränderung gestatten, wobei der disaggregierte Datenspeicher das wesentliche Element der Systemflexibilität ist. Darüber hinaus muß die Struktur der Speicher eine Erweiterung zulassen. Eine variable, jederzeit eine Erweiterung ermöglichende Speicherstrukturierung stellt die Grundlage eines gut durchdachten Systems dar.
Die zunehmende Erfahrung des Managements mit den entscheidungsorientiert und ständig zugriffsbereit gespeicherten Daten wird eine Ausweitung des Systems auf die fortschrittlicheren analytischen Verfahren zur Folge haben. Die analytische Strukturierung des Systems darf diesem Fortschritt nicht entgegenstehen. Die Programme müssen so aufgebaut sein, daß sie die experimentelle Verwendung neuer Techniken wie auch die Einbeziehung zusätzlicher Anwendungsgebiete als ein Teil der Standard-System-Struktur jederzeit ermöglichen.

III. MÖGLICHKEITEN UND GRENZEN DER MANAGEMENT-INFORMATIONS-SYSTEME

Gegenwärtig gibt es viele Befürworter von Management-Informations-Systemen. Bisher sind aber nur sehr wenige Fälle bekannt, in denen das mit Hilfe eines Management-Informations-Systems angestrebte Ziel erreicht wurde. Die Antwort auf die Frage, wie gut ein solches System unter den verschiedensten Bedingungen und in den unterschiedlichen Branchen arbeitet, basiert auf noch zu geringen Erfahrungen, als daß sich eine eindeutige Aussage treffen ließe. Um den Einsatz von Management-Informations-Systemen hat sich ein gewisser Mythos aufgebaut, der über sogenannte Wunder berichtet, die Management-Informations-Systeme zu vollbringen in der Lage sein sollen. Möglichkeiten beinhalten aber auch Grenzen, und diese sind im allgemeinen dort zu suchen, wo sie auch für herkömmliche Informations-Systeme gelten. Einige der Möglichkeiten und Grenzen sollen im folgenden genannt werden:

1. Nicht jedes Unternehmen sollte ein EDV-orientiertes Management-Informations-System einführen. Obwohl solche Systeme viele Befürworter kennen, gibt es Unternehmen, die weder die Voraussetzungen noch die Anwendungsmöglichkeiten für die Outputs dieser Systeme besitzen. Für solche Unternehmen wäre der Aufwand für die Entwicklung dieses Systems eine echte Fehl-Investition.

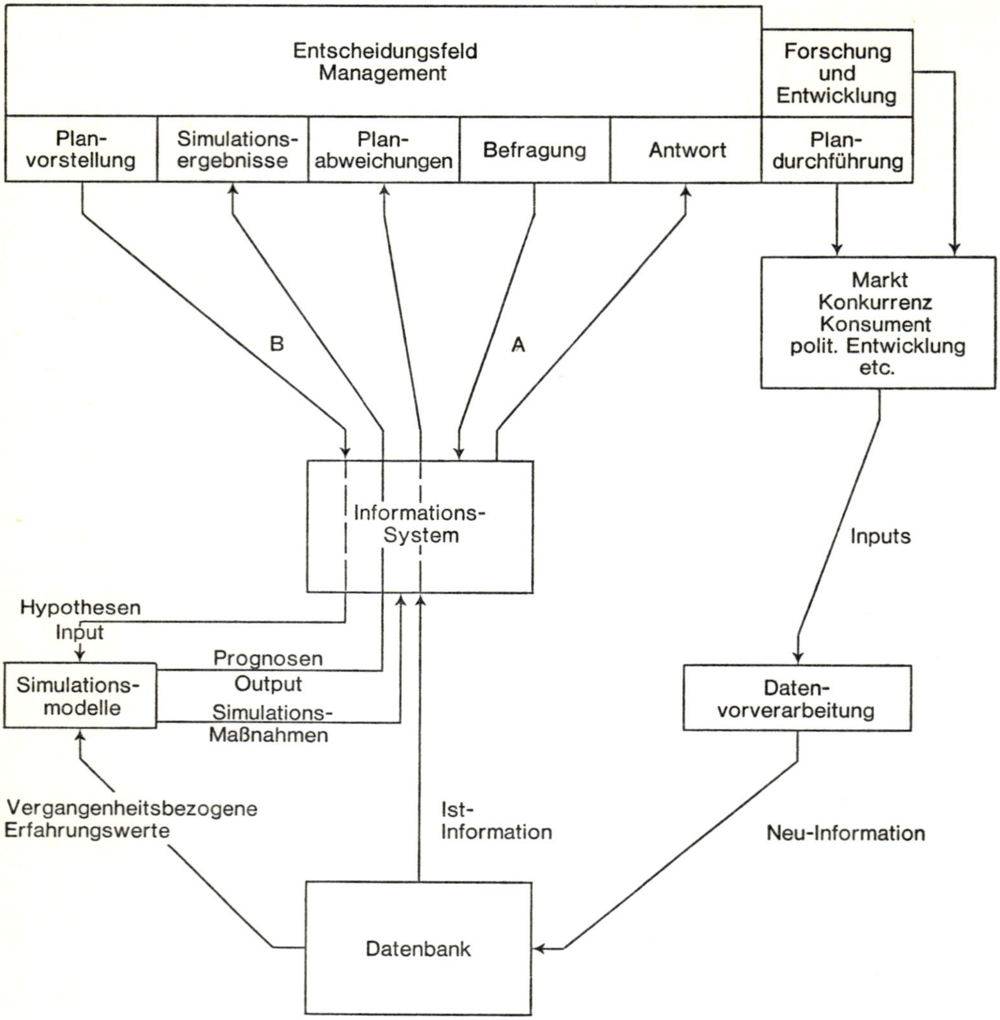

Darstellung 3: Lösungsansatz für ein Management-(Marketing-)Informations-System

2. Ein Management-Informations-System sollte nicht nur auf der EDV-Anlage basieren. Obwohl eine solche Anlage als das „Salz in der Suppe" betrachtet werden kann, gibt es immer noch weniger aufwendige, herkömmliche Verfahren, die sich gleichermaßen einsetzen lassen.

3. Insbesondere die sogenannten revolutionären Auswirkungen auf das

Unternehmen sollten bei Einführung eines Management-Informations-Systems beachtet werden. So ist es denkbar, daß ein Unternehmen nicht in der Lage ist, die sich ergebenden personellen Probleme zu lösen und den System-Output entscheidungsorientiert einzusetzen.

4. Das Management-Informations-System darf kein Substitut für die

Marktforschung „alter Art“ sein. Die eigentliche Marktforschung ist noch immer für die spezifischen Marketingprobleme und das Informationsbedürfnis der Unternehmensführung erforderlich, die vom System nicht erfaßt werden können. In der Regel handelt es sich hierbei um Nicht-Routine-Probleme und -Entscheidungen.

5. Oftmals werden die Ausdrucke aus der EDV-Anlage einfach deshalb voller Überzeugung akzeptiert, weil sie „so schön sauber“ und sehr umfangreich sind. Dies muß aber nicht unbedingt ein Qualitätsmerkmal sein. Die Outputs eines Systems können immer nur so gut sein wie die ihnen zugrunde liegenden Inputs.

6. Management-Informations-Systeme sind keine Neuheit. Auch in der Vergangenheit haben die Manager zuverlässige, umfangreiche und zeitgerechte Informationsquellen besessen. Management-Informations-Systeme geben darüber hinaus aber die Möglichkeit, das Informations-System weit umfangreicher aufzubauen, um mehr Informationen wirksam und schnell zu verarbeiten.

7. Ein Management-Informations-System wird nur selten alle Management-Ebenen gleichermaßen mit den benötigten Informationen versorgen, so daß der Nutzen des Systems für die einzelnen Führungsebenen des Unternehmens unterschiedlich groß ist. Das Top-Management wird beispielsweise Informationen benötigen, die strategische Entscheidungen ermöglichen. Das mittlere und untere Management benötigt dagegen andere Informationen. Das System muß deshalb so aufgebaut werden, daß es auch den Informationsbedürfnissen dieser Management-Ebenen gerecht wird.

8. Da EDV-Anlagen in der Regel große Kapazitäten aufweisen, besteht die

Gefahr, die Systemstruktur zu detailliert und weitschweifig zu gestalten, was wiederum die Entscheidungen des jeweiligen Managers negativ beeinflussen kann, weil die relevanten und brauchbaren Informationen in der Masse der überdimensionierten In- und Outputs untergehen. In einem gut gestalteten Management-Informations-System wird deshalb insbesondere Wert gelegt werden müssen auf eine gute Filtrierung, Verdichtung und Auswertung der Informationsmassen.

9. Ein Management-Informations-System kann in der Anfangsstufe nicht so aufgebaut werden, daß allen Informationswünschen sofort entsprochen wird. Im Gegenteil, das System muß Schritt für Schritt entwickelt und aufgebaut werden. Allerdings müssen vor der Systemgestaltung bereits sämtliche in Zukunft benötigten Informationen berücksichtigt werden – soweit sich dies überblicken läßt. Der für die Entwicklung benötigte Zeitraum kann unter Umständen fünf bis zehn Jahre betragen, bevor sämtliche Informationsbedürfnisse im Unternehmen in das System einbezogen werden können.

10. Es besteht die Gefahr, daß viele Manager nicht den Umfang und die Qualität der benötigten Informationen kennen – aber eine der Voraussetzungen für die Gestaltung eines guten Management-Informations-Systems ist die Abstimmung der Informationswünsche der einzelnen Manager. Darüber hinaus ist zu berücksichtigen, daß Manager mehr Informationen über jene Gebiete verlangen als sie benötigen, auf denen sie sich unsicher fühlen.

11. Es darf nicht unterstellt werden, daß die Manager in den einzelnen Bereichen wissen, wie sie die zusätzlichen Informationen verwenden sol-

len. Bereits während der Systemgestaltung müssen aus diesem Grunde die Manager auf die wirksame Anwendung der Informationsoutputs vorbereitet werden.

12. Schließlich sind viele Manager der Auffassung, daß sie die technische Arbeitsweise des Systems nicht unbedingt kennen müssen, so lange sich der Informations-Output situationsgerecht einsetzen läßt. Diese Einstellung ist nur bedingt gerechtfertigt, da sie die völlige Abhängigkeit der Manager von einem System bedeutet, das möglicherweise nicht die entscheidungsrelevanten und zielgerechten Informationen liefert. Andererseits muß der einzelne Manager nicht unbedingt ein Spezialist für die technischen Aspekte des Management-Informations-Systems sein. Es genügt, wenn die globale Arbeitsweise des Systems bekannt ist, so daß einerseits die Informations-Outputs bewertet und andererseits – falls erforderlich – Hinweise auf die Verbesserung des Gesamtsystems erfolgen können.

Management-Informations-Systeme stellen eine Investition des Unternehmens in die Zukunft dar. Jedes Unternehmen sollte aus diesem Grunde versuchen, ein seinen Anforderungen entsprechendes System zu entwickeln, und zwar unter Berücksichtigung der vorgenannten Möglichkeiten und Grenzen.

Literatur:

Allen, Brandt: Time sharing takes off. In: Harvard Business Review, März–April 1969
Amstutz, E.: The Marketing Executive and Management Information Systems. In: Haas, Raymond H. (Hrsg.); Science, Technology and Marketing, Chicago 1966
ders.: Computer Simulation of Competitive Market Responce, Cambridge 1967
Boulden, K. B., und Buffa, E. S.: Corporate models: on-line, real-time systems. In: Harvard Business Review, Juli–Aug. 1970
Boutell, W. S.: Computer-oriented Business Systems, Englewood Cliffs 1968
Diebold, J.: Bad decisions on computer use. In: Harvard Business Review, Jan.–Febr. 1969
Dworatscheck, S.: Einführung in die Datenverarbeitung, Berlin 1970
Elliot und Wasley: Business Information Processing Systems, Homewood 1968
Freed, R. M.: Get the computer system you want. In: Harvard Business Review, Nov.–Dez. 1969
Hofer, Ch. W.: Emerging EDP pattern. In: Harvard Business Review, März–April 1970
Jones, C. A.: At last: real computer power for decision makers. In: Harvard Business Review, Sept.–Oktober 1970
Lindemann, P.: Planung einer elektronischen Datenverarbeitungsorganisation. In: Handbuch der maschinellen Datenverarbeitung, Stuttgart 1964
Vieweg, R.: Datenverarbeitung und Management, Frankfurt 1968

Management-Lehre

I. BEGRIFF

Die wissenschaftliche Beschäftigung mit den Problemen der Unternehmensführung als selbständigem Aspekt der Wirtschaftstheorie nahm ihren Anfang in den USA. Bezeichnenderweise war es ein Praktiker, F. W. Taylor, der die erste umfassende Darstellung dieses Problemkreises gab; und vielleicht liegt es an der pragmatischen wissenschaftlichen Einstellung der Amerikaner, daß die Gedanken Taylors von der Wissenschaft aufgenommen und weiterentwickelt wurden.

Die deutsche Betriebswirtschaftslehre dagegen hat sich in Konkurrenz mit der Nationalökonomie mit dem Betrieb als Gegenstand wertfreier theoretisch-wissenschaftlicher Betrachtungen beschäftigt und war trotz der Bemühungen z. B. eines Schmalenbach weit davon entfernt, sich als Kunstlehre zu verstehen, die der Praxis bei der Lösung von Problemen an die Hand gehen konnte. So ist es auch nicht verwunderlich, daß die erste deutsche umfassende Darstellung der Unternehmensführung 1953 (Sandig: „Die Führung des Betriebes – Betriebswirtschaftspolitik“) erschien.

Anders die amerikanische Managementlehre, die immer in enger Verbindung mit der Praxis, insbesondere mit der Unternehmensberatung stand und steht, und deren Ergebnisse auch starken Einfluß auf die Arbeit in den Betrieben genommen haben. Diese Entwicklung hat allerdings auch zur Folge, daß die Ergebnisse der einzelnen Autoren häufig durch Studien in bestimmten Betrieben gewonnen wurden und nicht unbedingt verallgemeinert werden können; überdies sind die Ansätze und Methoden so vielfältig, daß sie schwer überblickbar und schwer einzuordnen sind.

II. SCIENTIFIC MANAGEMENT

Als der Vater der um die Jahrhundertwende entstandenen wissenschaftlichen Betriebsführung (scientific management) wird Frederick W. Taylor (1856–1915) bezeichnet, der Begriff selbst wurde 1910 von Louis D. Brandeis bei einem Ingenieurtreffen im Haus von H. L. Gantt geprägt. Mit Taylor begann die Entwicklung der Managementlehre als selbständiger Funktionslehre, abgetrennt von Bereichen wie Finanzen, Vertrieb, Produktion. Der Ingenieur Taylor hat die Probleme der Unternehmensführung aufgrund seiner praktischen Erfahrungen als einfacher Mechaniker, Meister und dann als Chefingenieur zunächst auf der Werkstattebene (shop level) analysiert: er untersuchte Werkzeuge, Geräte und Materialien, machte Zeit- und Bewegungsstudien mit seinen Arbeitern und zeigte den Zusammenhang zwischen Lohnhöhe und Produktivität auf. Aus diesen Arbeiten entstand das Scientific Management, die wissenschaftliche oder systematische Betriebsführung mit vier Grundprinzipien:

1. die Entwicklung einer Wissenschaft von der Unternehmensführung, welche die Methode des „Über-den-Daumen-Peilens" ersetzen sollte;
2. die systematische Auswahl und die fortschrittliche Unterweisung und Weiterbildung der Arbeiter;
3. die Anwendung wissenschaftlicher Methoden bei der Arbeitsgestaltung;
4. die kollegiale Zusammenarbeit zwischen Management und Arbeiter.

Ein gutes Management wird nach Taylor jedem im Betrieb Beschäftigten eine umfangreiche, aber klar abgegrenzte tägliche Aufgabe vorlegen, die Arbeitsbedingungen standardisieren und die Bezahlung nach der Leistung vornehmen. Neben Taylor sind noch drei weitere amerikanische Autoren zu nennen, die durch ihre Forschungen und Veröffentlichungen zur raschen internationalen Verbreitung der Gedanken des Scientific Management beigetragen haben; sie alle gehen in ihren Arbeiten von Shop Level aus.
Henry L. Gantt (1861–1919), eine Zeit lang Assistent von Taylor in der Midvale Steel Company, ist noch heute durch das von ihm entwickelte Prämienlohnsystem und durch die sogenannten Gantt-Charts (Leistungs-Kontrollschaubilder) bekannt. Gantt arbeitete folgende Aspekte für ein gutes Management heraus:

1. die Zielorientierung des Menschen;
2. die Verantwortung des Managements für das Training der Mitarbeiter zum Zweck der Produktivitätssteigerung;
3. die exakte Aufgabenstellung;
4. die Autorität und die Verantwortung des Managements für die Aufgabenstellung und die Überwachung der Ausführung;
5. die Planung und die Kontrolle mit geeigneten Methoden, wobei Tatsachen den Vorrang vor der Meinung des einzelnen haben sollen.

Harrington Emersons (1853–1931) Hauptbeitrag zum Scientific Management war das Konzept der „efficiency", der Wirksamkeit und Leistungsfähigkeit einer Produktionsgemeinschaft. Er stellte folgende Prinzipien für die zwischenmenschlichen und organisatorischen Beziehungen auf:

1. klar definierte Ideen und Vorstellungen vom Unternehmensvorhaben;

2. Common-sense – der gesunde Menschenverstand, der die Unterscheidung zwischen Bäumen und Wäldern ermöglicht, ohne die genaue Grenze zu bestimmen;
3. kompetente Beratung;
4. Disziplin;
5. zuverlässige und aktuelle Unterlagen für die Entscheidungsbildung;
6. Gerechtigkeit und Fairneß;
7. eine in die Einzelheiten gehende Planung im Hinblick auf das Unternehmensziel;
8. standardisierte Arbeitsmethoden, -zeiten, -bedingungen und -instruktionen;
9. Belohnung für die Erfüllung einer gestellten Aufgabe.

Frank B. Gilbreth (1883–1924) machte im Rahmen des Scientific Management Untersuchungen über Bewegungs- und Zeitstudien. Nach ihm sollte in einer Bewegungsstudie zunächst die Praxis der Arbeitsabläufe analysiert und festgehalten werden; daraus können dann die allgemeingültigen Regeln oder Gesetze abgeleitet werden, die, angewendet, die Praxis standardisieren und entweder den Ausstoß steigern oder die Zahl der benötigten Arbeitsstunden verringern sollen. Gilbreth entwickelte ein System, bei dem Arbeitsabläufe in kleinste Elemente zerlegt werden, die in Umkehrung seines Namens „Therbligs" genannt werden.

Die Vertreter des Scientific Management hatten nicht nur die Steigerung der betrieblichen Produktivität im Auge; Unternehmer und Arbeiter sollten die Wirkungsweise betrieblicher Produktion verstehen lernen und sich im gemeinsamen Bemühen um Leistungssteigerung als Partner begreifen. Diese Absicht erfüllte sich nicht in jedem Fall: die neuen Möglichkeiten, die das Scientific Management bot, nämlich bisher ungenutzte Leistungsreserven mobil zu machen, wurden häufig bis an die Grenze und nicht nur zum Nutzen der Arbeitnehmer ausgenützt. So kam es, daß „Taylorismus" zum Inbegriff der mechanistischen Steigerung menschlicher Leistungsfähigkeit ohne Rücksicht auf die physischen, psychischen und sozialen Folgen wurde. Trotzdem wurden die Gedanken des Scientific Management insbesondere in der Rationalisierungsbewegung weiterentwickelt und auch die bis dahin vernachlässigten Aspekte wurden für die Praxis untersucht. Hier hat es sich die Arbeitswissenschaft zur Aufgabe gemacht, menschliche, technische und organisatorische Faktoren des Produktionsprozesses optimal aufeinander abzustimmen.

Die rasche und intensive internationale Propagierung der Gedanken des Scientific Management und die Faszination, die von den erreichten Produktivitätssteigerungen ausging, hatten auch zur Folge, daß der europäische Beitrag zur Managementlehre nicht immer ausreichend beachtet wurde. So wurde das Hauptwerk des französischen Ingenieurs Henri Fayol (1841–1925) erst 1949 ins Englische übersetzt. Während Taylor und seine Zeitgenossen ihre Managementkonzepte von unten nach oben, also vom Werkstattniveau aus entwickelten, ging Fayol den umgekehrten Weg. Er war der erste, der die industrielle Unternehmung in sechs unabhängige Funktionen einteilte:

1. die technische;
2. die kaufmännische;
3. die finanzielle;
4. die Sicherung von Besitz und Personen;
5. Rechnungswesen;
6. die eigentliche Managementaktivität.

Die Managementaktivität hielt Fayol für die wichtigste, und er untersuchte ihre Bestandteile: Planen, Organisieren, Führen, Koordinieren und Kontrollieren. Die Essenz seiner geschlossenen Managementtheorie sind folgende Prinzipien für ein erfolgreiches Management: Speziali-

sierung, Autorität und Verantwortung, Disziplin, Einheit des Befehls und der Leitung (im Gegensatz zu Taylor, der im Funktionsmeistersystem einen Arbeiter bis zu acht Befehlsgebern unterstellte), die Unterordnung der Einzelinteressen unter das Gesamtinteresse, faire Entlohnung, Zentralisation, eine Stufenleiter der Autorität im Betriebsaufbau, Ordnung, Gerechtigkeit, Stabilität im Personalbestand, Initiative und Korpsgeist.
Die Konzepte von Taylor und Fayol bilden das Fundament, auf dem sich die Lehre von der Unternehmensführung in Europa entwickelt hat. In England erschien als erste Managementkonzeption 1924 die „Philosophy of Management" von Oliver Sheldon, der das Management als eine Funktion begriff, die der Durchführung der Unternehmenspolitik dient.
Nach der Zeit des „klassischen" Scientific Management von Taylor und Fayol wurde die Theorie der Unternehmensführung weiter ausgebaut und von verschiedenen Gesichtspunkten aus untersucht: vom psychologischen und soziologischen und vom Gesichtspunkt der verschiedenen Managementaktivitäten; weiterhin wurden quantitative Hilfsmittel in Management Science oder Operations Research entwickelt.

III. DIE EMPIRISCHE SCHULE

Zu ihr gehören Autoren wie E. Dale, E. P. Learned, C. R. Christensen, K. R. Andrews, W. D. Guth. Die empirische Schule untersucht die „großen Organisatoren" und deren Know-how und versucht daraus generelle Schlüsse zu ziehen; insofern ergeben sich bei ihr gewisse Ähnlichkeiten mit der von Fayol begründeten Prozeß-Schule.

IV. DIE HUMAN BEHAVIOR SCHULE

Der individual- und sozialpsychologische Ansatz bei der Untersuchung der Managementprobleme nahm seinen eigentlichen Anfang mit den berühmten Hawthorn-Experimenten, die E. Mayo und F. J. Roethlisberger 1927 bis 1932 durchführten. Durch diese Experimente bekam die Bewegung der Human Relations in Industry empirische Daten, die den Zusammenhang zwischen der Arbeitszufriedenheit und der Produktivität der Betriebsangehörigen aufzeigten. Die Vertreter der Human Relations in Industry wollten den Arbeiter nicht mehr ausschließlich als mechanistisch eingesetzten Produktionsfaktor ansehen, wie man es teilweise dem Scientific Management unterstellte. Sie bemühten sich, den Beschäftigten an den Entscheidungen, die ihn und seine Arbeit betrafen, teilnehmen zu lassen und ihn in den Betrieb zu integrieren. So hat die Human Relations Bewegung mit dazu beigetragen, daß das Konzept des → „Participative Management" in den Vereinigten Staaten Anklang gefunden hat. Dennoch konnte die Human Relations Bewegung bei der Umsetzung ihrer Gedanken in die Praxis bei weitem nicht die Produktivitätserfolge erzielen wie das Scientific Management.
Im Gegensatz zum →„Human Relations Approach" stellt der „Human Resources Approach" die Leistungsmotivation des Arbeiters und Angestellten in den Vordergrund, wobei davon ausgegangen wird, daß die geistige und körperliche Anstrengung ebenso natürlich sind wie Spiel oder Ruhe. Dies stellt den Ansatzpunkt dafür dar, daß der Mensch aus seinen eigenen Bedürfnissen heraus zur Leistung motiviert werden kann. D. McGregor hat diesen Ansatz zur Managementlehre → Theorie Y im Gegensatz zur → Theorie X, der herkömmlichen Managementtheorie, genannt. Neben McGregor sind noch M. Hair und R. Likert als Autoren des Human Resources Approach zu nennen.
Weiteres Material über die Schule des Human Behavior findet sich bei Argyris, Ch., W. G. Bennis, J. A. Litterer, L. Sayles, R. Tannenbaum, I. R. Weschler, E. Massarik.

V. DIE SOCIAL SYSTEM SCHULE

Sie begreift das Management als ein soziales System, also ein strukturiertes Zusammenleben einer Gruppe von Menschen mit einer Mindestordnung. Status und Rollenerwartungen bestimmen das Handeln, die Interaktionsweisen der Gruppe, und werden untersucht. Manche Autoren wie J. G. March und H. A. Simon begrenzen das System auf formale Organisationen, andere untersuchen jede Art von System menschlicher Beziehungen im Betrieb.

Als erster verwendete Chester I. Barnard soziologische Konzepte bei der Untersuchung von Managementproblemen. Für ihn war Management ein System menschlicher Kooperation, in dem Befehle oder Anweisungen dann anerkannt werden, wenn der einzelne sie erstens versteht, zweitens glaubt, daß sie mit dem Ziel der Organisation übereinstimmen, drittens glaubt, daß sie mit seinen persönlichen Interessen übereinstimmen und er sie viertens auch erfüllen kann. Autoren der Social System Schule sind u. a. E. W. Bakke, P. M. Blau, W. R. Scott, J. D. Thompson.

VI. DIE QUANTITATIVE SCHULE

Für sie werden fast synonym die Begriffe Management Science, Operations Research oder Unternehmensforschung verwendet. Die Anwendung mathematischer Methoden zur Lösung komplexer Aufgaben geschah zunächst im militärischen Bereich: das britische Militär und später auch das amerikanische setzten Operations Research-Gruppen ein, welche die verschiedenen Abwehr- und Angriffssysteme verbesserten. Nach dem Krieg übernahm in beiden Ländern auch die Industrie die mathematischen Techniken der Operations Research, um der Unternehmensführung exakte Grundlagen zur Verfügung zu stellen, auf die sie ihre Entscheidungen stützen konnte. Quantitative Managementuntersuchungen laufen — vereinfacht dargestellt — folgendermaßen ab: Zunächst wird das zu lösende Problem formuliert und dann wird ein mathematisches Modell konstruiert mit verschiedenen Variablen, von denen mindestens eine vom Unternehmen kontrolliert werden kann. Mit Hilfe dieses Modells wird eine Lösung mit verschiedenen mathematischen Techniken auf dem Wege der Optimierung gesucht: lineares und dynamisches Programmieren, Spieltheorie, Wahrscheinlichkeitstheorie, Stichprobentheorie, Warteschlangentheorie. Mit in die große quantitative Gruppe können die Kybernetik, die Informationstheorie, die Entscheidungstheorie und die Systemtheorie gerechnet werden. Die Zahl der Autoren ist groß, und an der wachsenden Anzahl der Veröffentlichungen ist das zunehmende Interesse an den quantitativen Techniken zu erkennen. Literatur ist unter dem jeweiligen Stichwort angegeben.

Die Entwicklung in Deutschland

In Deutschland hat sich eine eigene Managementtheorie nicht entwickelt, wie Junckerstorff feststellt. Die deutsche Betriebswirtschaftslehre betrachtet den Betrieb als den Ort, wo nach dem ökonomischen Prinzip Produktionsfaktoren kombiniert werden; dementsprechend herrschen Kosten- und Preistheorien, Bilanztheorien etc. vor. Ein Anfang in Richtung Managementlehre wurde allerdings 1953 mit dem Werk Sandigs „Die Führung des Betriebes — Betriebswirtschaftspolitik" gemacht, dessen zweite Auflage 1966 allein schon durch den neuen Titel „Betriebswirtschaftspolitik" sich von der praktischen Unternehmensführung wieder distanziert. Gutenberg lehnt eine wissenschaftliche Lehre von der Unternehmensführung ab. Allein Mellerowicz wollte mit seinem dreibändigen Werk „Unternehmenspolitik" dem Unternehmer ein Buch an die Hand geben, das ihm die Entscheidungsfindung erleichtern sollte. Während die Gesamtanalyse der Managementprozesse noch aussteht, wurden einzelne Funktionen des Managements in Einzeldarstellungen eingehend untersucht, z. B. Organisation, Führung und Leitung, Planung etc. Dabei gewinnen die quantitativen Techniken des Operations Research und der Entscheidungstheorie zunehmend an Bedeutung. Der Einfluß der Übersetzungen amerikanischer Managementliteratur bewirkt zusätzlich eine intensivere Beschäftigung mit Managementproblemen.

Siehe auch:

Arbeitswissenschaft, Entscheidungstheorie, Industriepsychologie, Industriesoziologie, Informationstheorie, Kybernetik, Operations Research, Statistik, Systemtheorie, Taylorismus.

Literatur

Argyris, Ch.: Integrating the Individual and the Organization. New York 1964
Bakke, E. W.: Bonds of Organization. New York 1950
Bennis, W. G.: Changing Organizations. New York 1966
Blau, P.; Scott, W. R.: Formal Organizations. San Francisco 1962
Brandeis, L. D.: Business – A Profession. Boston 1914
–: Scientific Management and Railroads. New York 1911
Dale, E.: The Great Organizers. New York 1960
Emerson, H.: The Twelve Principles of Efficiency. New York 1913
–: Effiency as a Basis for Operation and Wages. New York 1911
Fayol, H.: Administration industrielle et générale. Paris 1916 u. 1931
Gantt, H. L.: Organizing for Work. New York 1919
–: Industrial Leadership. New Haven 1916
–: Work, Wages and Profits. New York 1910
Gilbreth, F. B. und L. M.: Applied Motion Study. New York 1917
Gilbreth, F. B.: Primer of Scientific Management. New York 1912
–: Motion Study. New York 1911
–: Bricklaying System. New York 1909
–: Concrete System. New York 1908
Gutenberg, E.: Unternehmensführung: Organisation und Entscheidung. Wiesbaden 1962
Haire, M.: Organization Theory in Industrial Practice. New York 1962
Junckerstorff, K.: Internationaler Grundriß der wissenschaftlichen Unternehmensführung. Berlin 1964
Junckerstorff, K.; Gast, W. F.: Grundzüge des Managements. Wiesbaden 1960
Learned, E. P.; Christensen, C. R.; Andrews, K. R.; Guth, W. D.: Business Policy. Homewood, Ill. 1965
Likert, R.: New Patterns of Management. New York 1961
Litterer, J. A.: Organizations: Structure and Behavior. New York 1963
–: The Analysis of Organizations. New York 1965
Mayo, E.: The Human Problems of an Industrial Civilization. Boston, Mass. 1933 und 1946
Mellerowicz, K.: Unternehmenspolitik. Freiburg i. Br. 1963
Roethlisberger, F. J.; Dickson, W.: Management and the Worker. Cambridge, Mass. 1939 und 1956
Sandig, C.: Die Führung des Betriebes – Betriebswirtschaftspolitik. Stuttgart 1953; zweite Auflage 1966: Betriebswirtschaftspolitik
Sayles, L.: Managerial Behavior. New York 1964
Sheldon, O.: The Philosophy of Management. London 1923
Stöhr, R. W. (Hrsg.): Unternehmensführung auf neuen Wegen. Wiesbaden 1967
Tannenbaum, R.; Weschler, I. R.; Massarik, F.: Organization and Leadership: A Behavioral Science Approach. New York 1961
Taylor, F. W.: Was ist Scientific Management? in: Meister der Rationalisierung, Hrsg.: Pentzlin, K. Düsseldorf 1963
–: The Principles of Scientific Management. New York 1911
–: Shop Management. New York 1903
Thompson, J. D.: Organizations in Action. New York 1967

Management Philosophy

Bezeichnung für die Gesamtheit der Einstellungen der Personen, die das Management bilden, und für die Gesamtheit der für ein Unternehmen festgelegten Grundsätze, Regeln, Verfahrensweisen. Die Management Philosophy kann sich also mit Fragen beschäftigen, die außerhalb des eigentlichen Betriebszwecks liegen – dem Verhältnis Unternehmen–Umwelt, den gesellschaftspolitischen Aufgaben eines Unternehmens, seinen kulturpolitischen Aufgaben etc. – und mit Fragen, die sich auf den eigentlichen Betriebszweck beziehen, z. B Grundsätzen der Menschenführung, Organisationsgrundsätzen etc.

Management Science

Bezeichnung für die quantitativen Methoden in der Unternehmensführung. Andere Begriffe für Management Science: → Operations Research, Unternehmensforschung. Von Management Science zu unterscheiden ist das sog. → Scientific Management.

→ Management-Lehre

Management Services

Stabsabteilung in englischen Großunternehmen, die die Aufgabe hat, die Unternehmensleitung zu beraten im Hinblick auf Wirtschaftlichkeit und Produktivität des Unternehmens.
Die Aufgabenstellung entspricht der in US-Unternehmen üblichen Abteilung → Industrial Engineering.

Management-Techniken

Während die Funktionen des Management – Planung und Entscheidung, Organisation, Kontrolle, Führung, Staffing – Aussagen darüber machen, „was" zur Erfüllung des Unternehmenszweckes getan werden muß, geben die Management-Techniken Auskunft darüber, „wie" die einzelnen Funktionen am effizientesten realisiert werden.
Die einzelnen Techniken berühren meist nicht nur eine Funktion des Management, sondern mehrere; so ist etwa das → Management by Objectives sowohl ein Problem der Planung (Aufstellen von Zielen), als der Organisation (Delegation von Aufgaben, Verantwortung und Kompetenz), der Führung (Anleitung und Motivation der Mitarbeiter) und der Kontrolle (Soll-Ist-Vergleich). Ähnlich die Technik des → Management by Exception.
Organisationstechniken wie Divisionalisierung, Zentralisierung oder Dezentralisierung, Stäbe, Delegation (→ Organisation) sind eng mit den Problemen der → Führung verbunden und umgekehrt (→ Motivation, → Verhaltensgitter, → Führungsstile).
So eng wie Planung und Entscheidung sowie Kontrolle zusammenhängen, so auch die in Frage kommenden Management-Techniken: die quantitativen Methoden des → Operations Research, → Entscheidungsbaumverfahren, → Netzplantechnik, → Gap Projection, → Deckungsbeitragsrechnung. (Vergleiche auch die Stichwörter Management by ...).

Literatur:
Demmer, K. H.: Die neuen Management-Techniken, München 1968
Engel, P. und Riedmann, W.: Die neuen Management-Techniken in Fällen, München 1971

Management Tools

Bezeichnung für Instrumente zur Unternehmensführung

Management-Trust

Form des → Investment-Trust. Beim Management-Trust bleibt die Auswahl der Anlagewerte der Trust-Leitung überlassen, im Gegensatz dazu → Fixed Trust.
→ Investmentgesellschaften

Managerial Economics

Teilgebiet der → Business Administration, der amerikanischen Betriebswirtschaftslehre, das sich mit der Unternehmensführung befaßt.

Managerial Grid

Darstellungsmethode der verschiedenen Führungsstile im Unternehmen. Im Deutschen → Verhaltensgitter genannt.

Man-Machine-Simulation

Englischer Ausdruck für → Planspiele

Manpower

Bezeichnung für die menschliche Arbeitskraft als wirtschaftlichen Faktor.

Manufacturing Planning

Fertigungsplanung. Ihr Aufgabengebiet ist weiter gefaßt als das der deutschen → Arbeitsvorbereitung. Sie befaßt sich mit allen Fragen der Produktionsplanung nach Beendigung der Entwicklungsarbeiten. Zu ihrem Aufgabenbereich gehören folgende Teilaufgaben:

1. Material Analysis (Rohstoffeindeckungsplan)
2. Manufacturing Analysis (Arbeitsplanung)
3. Equipment Analysis (Maschinenbelegungsplan)
4. Design
5. Job Rating (Arbeitsbewertung)
6. Wage-Incentive Analysis (Lohnanalyse)
7. Inspection (Überwachung)
8. Quality Assurance Analysis (Qualitätskontrolle)
9. Manufacturing Review (Arbeitsbericht)
10. Planning Readjustment (Aufräumungsplan)
11. Final Manufacturing Estimates (Endgültige Produktionsplanung)

→ Industrial Engineering, Production Management

Literatur:
Manufacturing, Planning and Estimating Handbook, American Society of Tool und Manufacturing Engineers, New York 1963

Manufacturing Review

Arbeitsbericht. → Manufacturing Planning

MAPI

Eine nach dem US-amerikanischen Machinery and Allied Products Institute benannte Methode zur langfristigen Investitionspolitik, zur Aufstellung von Investitionsbudgets und zur Verbesserung der Wirtschaftlichkeitsrechnung.
Das von George Terborgh entwickelte MAPI-System baut auf einer bestimmten Organisation der Investitionsentscheidungen auf: eine Entscheidung über Großprodukte darf nie ohne Kenntnis aller vorhandenen Informationen getroffen werden. Die Unternehmensleitung gibt den unteren Instanzen „Leitbilder" oder „Normprojektionen" für die Zukunft vor, so daß auch die unteren Instanzen selbständig die Informationen über Investitionsvorschläge verarbeiten können. Die Zentren der Investitionsentscheidungen und der Ungewißheitsabsorption fallen durch diese Regelung auseinander, denn die Unternehmensleitung verzichtet im Einzelfall auf eine Kontrolle der Ungewißheiten. Die generelle Regelung besteht aus einer Formel – dem Kapitalverzehr für das erste Jahr – die die Erwartungen der Unternehmer über die zukünftige Entwicklung des Investitionsobjektes wiedergibt.
Terborgh entwickelte sogenannte MAPI-Diagramme, die einen bestimmten Fremdkapitalanteil, Zinssatz für das Fremdkapital, eine bestimmte durchschnittliche Eigenkapitalverzinsung und bestimmte Abschreibungsmethoden zugrunde legen und aus denen unter erheblicher Zeiteinsparung der Kapitalverzehr für das nächste Jahr für eine Investition zu berechnen ist.
Anwendungsbereich: Das MAPI-System kann zur Berechnung von Investitions-Vorhaben mit abnutzbaren und nicht abnutzbaren Anlagegegenständen herangezogen werden. Die MAPI-Formel gilt nur für abnutzbare Wirtschaftsgüter, denn es handelt sich dabei ja um eine Formel zur Bestimmung des Kapitalverzehrs im kommenden Jahr.
Das MAPI-System ist vorwiegend für Investitionsentscheidungen über kleinere Projekte geeignet.

Literatur:
Terborgh, G.: Leitfaden der betrieblichen Investitionspolitik, übersetzt und bearbeitet von Prof. Dr. Horst Albach, Wiesbaden 1962

Marginal Balance

Auch Marginal Income und Variable Gross Margin. Bezeichnung für einen Erlösüberschuß als Differenz zwischen den Erlösen und Grenzselbstkosten einer Periode.

Marginal Costing

Ausdruck für die → Grenzkostenrechnung.

Marginal Income

→ Marginal Balance

Marginal Revenue

Aus dem Amerikanischen stammende Bezeichnung für die Differenz zwischen Umsatz und variablen Kosten. Wenn aus dieser Spanne die fixen Kosten gedeckt sind, bleibt als Rest der Gewinn eines Unternehmens.

Markenartikel

Ein Markenartikel ist eine Ware, die folgende Merkmale aufweist:

1. Es muß sich um ein standardisierbares Erzeugnis für differenzierten Massenbedarf handeln.
2. Es muß durch Warenzeichen oder Ausstattung markiert sein.
3. Bei dem Verkauf des Erzeugnisses müssen sich die Hersteller bevorzugt der Methoden moderner Werbung bedienen. Die Werbung muß in erster Linie direkte Werbung sein.
4. Die Käufer müssen die Vorstellung gewonnen haben, daß die Marke für gleichbleibende Qualität bürgt (Verkehrsgeltung). Diese Aussage beinhaltet aber nicht einen Garantieanspruch auf eine bestimmte Qualität.

Nach dem Gesetz gegen Wettbewerbsbeschränkungen vom 27. 7. 57 (Kartellgesetz) ist für Markenwaren eine vertikale Preisbindung zulässig. Allerdings gibt es auch anerkannte Markenartikel, die von

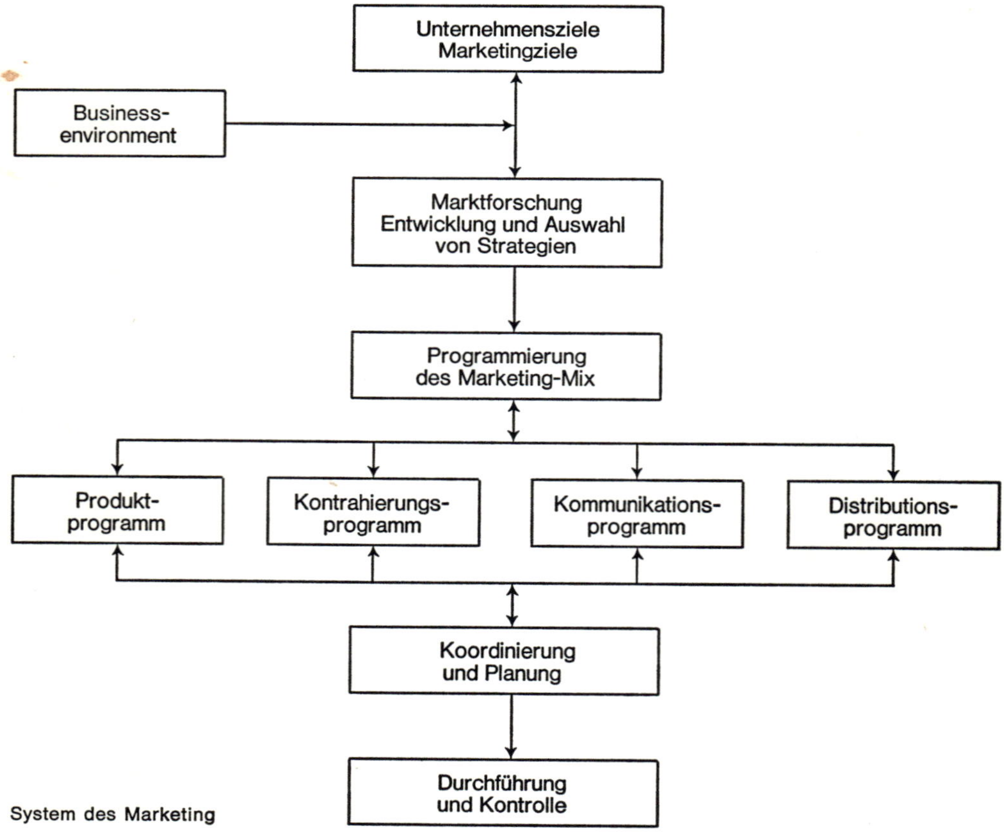

System des Marketing

den Herstellern ohne Preisbindung angeboten werden, so daß die Preisbindung der zweiten Hand nicht unbedingt notwendiger Bestandteil des Markenartikelbegriffs ist.

Literatur:
Gutenberg, E.: Grundlagen der Betriebswirtschaftslehre, Band II, Der Absatz, II. Auflage, Berlin 1968

Marketing

Bezeichnung für die Gesamtheit aller Maßnahmen, ein Unternehmen auf die Erfordernisse des Marktes auszurichten (Absatz, Beschaffung, Personal). Eine andere Definition: Führung des Unternehmens vom Markt her (Linnert). Im angloamerikanischen Sprachbereich schließt Marketing auch die gesamtwirtschaftliche Güterverteilung mit ein.
Die Darstellung (Spalte 479/480) zeigt in Anlehnung an Stern das System des Marketing in seinem Aufbau, in dessen Mittelpunkt das Marketing-Mix steht. Es setzt sich zusammen aus dem Produkt-Mix (der Gesamtheit der produktpolitischen Maßnahmen wie Produktentwicklung, Produktgestaltung), dem Kontrahierungs-Mix (Preis- und Konditionenpolitik), dem Kommunikations-Mix (Werbung, Verkaufsförderung, Public Relations, persönliches Verkaufen) und dem Distributionsprogramm (Vertriebspolitik).
Das Gesamtprogramm des Marketing-Mix wird gemäß den gewählten Marketing-Strategien (z. B. Diversifikation) gestaltet. Die Strategien wiederum sind das Ergebnis der Analyse von Markt, Konkurrenz, sonstigen wirtschaftlichen, sozialen, politischen und rechtlichen Gegebenheiten. Die Kriterien für die Auswahl und Bewertung von Strategien liefert die Gesamtzielsetzung und die Marketing-Zielsetzung des Unternehmens.
Weitere Elemente des Marketing sind die Koordinierung der einzelnen Programme des Marketing-Mix zum Marketing-Plan sowie die Durchführung des Planes und die Kontrolle.
Literatur: → Marketing Management.

Marketing Areas

Bezeichnung für Absatzgebiete, Verkaufsbezirke

Marketing Consultant

Freiberuflicher Berater für das Marketing.

Marketing Executive

Mitglied der Geschäftsleitung, zu dessen Aufgabenbereich das Marketing gehört.
→ Executive

Marketing-Instrumente

Bezeichnung für die im Rahmen des → Marketing-Mix zum Einsatz kommenden Instrumente. Im Konsumgüterbereich versteht man darunter

1. Produktpolitik
2. Preispolitik
3. Distributionspolitik
4. Werbung
5. Verkaufsförderung,

während im Investitionsgüterbereich die Werbung und Verkaufsförderung häufig unter dem Begriff Service zusammengefaßt werden.
Siehe auch: Marketing-Management, Absatzmanagement, Marketing-Mix.

Marketing, Integriertes

Integriertes Marketing ist gekennzeichnet durch die koordinierte Ausrichtung sämtlicher Unternehmensaktivitäten auf die Befriedigung der Abnehmerbedürfnisse bei gleichzeitiger Berücksichtigung der unternehmensindividuellen Gewinnzielsetzung.
Dieser Kennzeichnung liegt die Auffassung zugrunde, daß ein langfristig Erfolg

anstrebendes Unternehmen abteilungsbezogenes Handeln, das häufig zwar die optimale Leistung der Abteilung widerspiegelt, im Hinblick auf das Unternehmensziel aber zur Suboptimierung führen kann, zugunsten einer den Abnehmer in den Mittelpunkt der Überlegungen stellenden Handlungsweise aufgeben muß.
Integriertes Marketing bedeutet somit, daß die Bedürfnisbefriedigung der Abnehmer Ausgangspunkt aller Überlegungen ist, wie die folgende Darstellung verdeutlicht:

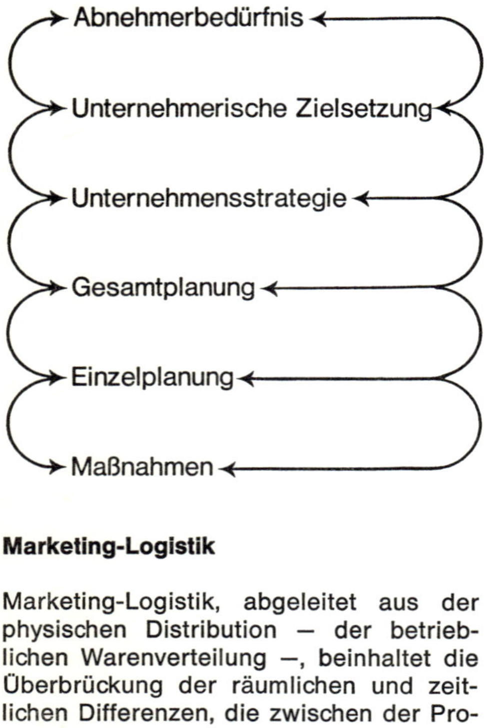

Marketing-Logistik

Marketing-Logistik, abgeleitet aus der physischen Distribution – der betrieblichen Warenverteilung –, beinhaltet die Überbrückung der räumlichen und zeitlichen Differenzen, die zwischen der Produktion und Konsumtion bestehen. Marketing-Logistik umfaßt vor allem solche Tätigkeiten, die auf die Verteilung der Produkte an die Konsumenten oder an die nächste Abnehmerstufe sowie auf die Sicherstellung der für einen zielgerechten und ungestörten Produktionsablauf benötigten Mittel ausgerichtet sind.
Das traditionelle Marketing-Mix als Instrumentarium der unternehmerischen Marketing-Politik stellt den Markt in den Mittelpunkt aller Überlegungen und versucht, alle Teilbereiche des Unternehmens auf die Bedürfnisse des Marktes abzustellen. Im Rahmen dieser Bestrebungen ist es Aufgabe der Marketing-Logistik, für einen rationalen Güterfluß durch das Unternehmen zu sorgen, um die Belieferung der Abnehmer materiell sicherzustellen. Aus dieser Zielsetzung läßt sich die Aufgabe der Marketing-Logistik ableiten:
dafür zu sorgen, daß die richtige Ware in der bedarfsgerechten Menge und gewünschten Qualität zum rechten Zeitpunkt am geeigneten Ort kostenoptimal zur Verfügung gestellt wird.
Der Bedarf, das Leistungsvermögen, die Zeit und die räumliche Distanz sind Daten, die aus der jeweiligen Marketing-Konzeption hervorgehen und für die Festlegung des Logistik-Konzeptes als Daten zu betrachten sind. Die Marketing-Logistik stellt nicht die Einzelbereiche, die von den Rohstoffen, Halbfertig- und Fertigprodukten auf ihrem Weg durch das Unternehmen berührt werden, in den Mittelpunkt aller Überlegungen, sondern die Koordination und Abstimmung dieser Bereiche.
Generell belasten die zwischen beispielsweise Standort, Lagergröße und Lagerhaltung sowie Fuhrpark bestehenden Interdependenzen die Distributionskosten sehr stark. Zwischen 15 und 30 % der Erlöse eines Unternehmens werden durch Kosten aufgezehrt, die im Rahmen der physischen Distribution entstehen. Durch die Reduzierung dieses Prozentsatzes kann mit Hilfe einer effizienten Abstimmung und Koordination der vorgenannten Bereiche ein zusätzlicher Gewinn erwirtschaftet werden.

I. UMFANG UND AKTIONSBEREICH DER MARKETING-LOGISTIK

Umfang der Marketing-Logistik

Die Überbrückung der räumlichen und zeitlichen Differenzen zwischen Produk-

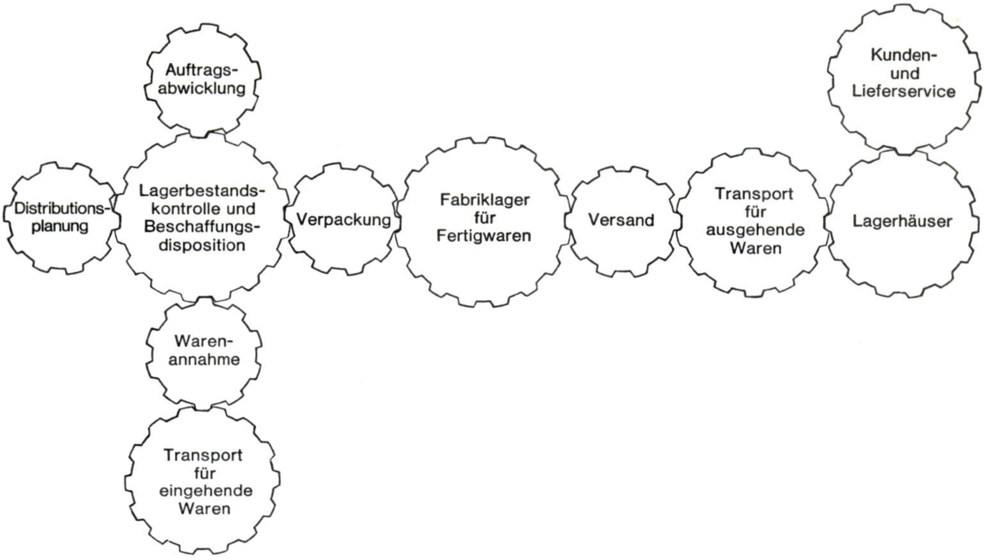

Darstellung 1

tion und Konsumtion als Aufgabe der Marketing-Logistik kann im vollen Umfang nur für neu aufzubauende Unternehmen gelten. Nur in einem solchen Fall ist noch die völlige Entscheidungsfreiheit gegeben, wie die räumlichen und zeitlichen Differenzen zwischen beispielsweise der Beschaffung des Rohmaterials und ihrer Verwendung im Produktionsprozeß überbrückt werden sollen. In einem Unternehmen, das bereits produziert, stehen die Abnehmer und die Absatzwege, über die die Abnehmer erreicht werden, fest, haben sich bestimmte Beschaffungs- und Produktionsmodalitäten eingespielt und bestehen Rohmaterial-, Fertigfabrikate- und Auslieferungsläger bzw. können als funktionsgerecht angesehen werden.

Diese Daten schränken die Entscheidungsfreiheit ein, wodurch dem Management kurzfristig die Möglichkeit genommen wird, Änderungen größeren Ausmaßes vorzunehmen. Es besteht allerdings die Möglichkeit, die Effizienz eines bestehenden Systems durch eine entsprechende Koordination der Einzelbereiche zu verbessern. Von dieser zweiten Möglichkeit soll im folgenden ausgegangen werden.

Aktionsbereich der Marketing-Logistik

Wendell Stuart entwickelte das in Darstellung 1 gezeigte System, das die Aktionsparameter der Marketing-Logistik verdeutlicht. Die Abbildung zeigt, daß der Aktionsbereich der Marketing-Logistik aus elf verschiedenen „Zahnrädern" besteht. Mittelpunkt des so gekennzeichneten Systems ist das Bestandsmanagement, das als Bindeglied zwischen dem Auftragseingang und der Produktion betrachtet werden kann. Wird durch den Auftragseingang der Warenvorrat verringert, so obliegt es dem Produktionsbereich, für die Aufrechterhaltung des Vorrats zu sorgen. Die Produktionstätigkeit und die damit zusammenhängenden Aktivitäten verlangen eine für die Produktion erforderliche Versorgung mit den entsprechenden Materialien. Die hergestellten Produkte machen ihrerseits eine sachgerechte Verpackung und Lagerung, einen sachgerechten Transport, möglicherweise eine weitere Lagerung im Auslieferungslager sowie eine effiziente Belieferung und einen mindestens dem Standard der Konkurrenz entsprechenden Kundendienst erforderlich.

Der sowohl aus der Abbildung als auch aus der verbalen Darstellung hervorgehende Zusammenhang läßt die zwischen den jeweiligen Bereichen bestehende zeitliche Abhängigkeit der einzelnen Aktivitäten erkennen. Trifft beispielsweise in einem Unternehmen der Auftrag eines Kunden ein, so wird der Lieferzeitpunkt mindestens von folgenden Faktoren abhängig sein:

1. Ob ein ausreichender Lagervorrat vorhanden ist.
2. Wenn nicht, wie lange es dauert, die entsprechende Qualität zu produzieren.
3. Wann der notwendige Versandraum zur Verfügung steht und
4. Wie lange der Transport dauert.

Diese Faktoren und die Effizienz des Kundendienstes sind die entscheidenden Determinanten, welche Einstellung ein Abnehmer gegenüber seinen Lieferanten einnehmen wird. Die entsprechende positive oder negative Einstellung wird ihrerseits wiederum für die Zahl der Aufträge ausschlaggebend sein, die ein Unternehmen von diesen Abnehmern erwarten kann.

II. ZIELSETZUNG DER MARKETING-LOGISTIK

Aus dem Aktionsbereich der Marketing-Logistik läßt sich die Güte des Lieferservice, den ein Unternehmen seinen Abnehmern zu bieten in der Lage ist, als Grundlage für die Zielsetzung ableiten. Die Güte des Lieferservice wird festgelegt durch den Zeitraum, der zwischen Auftragseingang und vollständiger Belieferung des betreffenden Auftraggebers vergeht und der Zuverlässigkeit, mit der das gewünschte Produkt zur rechten Zeit in der richtigen Beschaffenheit zum vereinbarten Preis über die richtigen Versandwege in der richtigen Verpackung eintrifft.

Dieser Definition lassen sich die verschiedensten Zielvorstellungen unterordnen. Im einzelnen sind folgende Ziele im Hinblick auf die Güte des Lieferservice denkbar:

1. Auslieferung aller Aufträge innerhalb eines festgelegten Zeitraumes.
2. Reduzierung von Lieferrückständen auf beispielsweise 5 % aller Auftragseingänge.
3. Belieferung der umsatzstärksten Abnehmer innerhalb beispielsweise von 5 Tagen nach Auftragseingang, der umsatzschwachen beispielsweise innerhalb von 16 Tagen.

Zur Ermittlung des jeweils optimalen Lieferservice kann das Management sich zunächst an der Konkurrenz orientieren, was aber insbesondere in oligopolistisch strukturierten Märkten leicht einen Kinoeffekt nach sich ziehen kann, d. h. alle Unternehmen verbessern bei höheren Kosten ihren Lieferservice, ohne daß sie ihre Position im Hinblick auf die Zahl der neugewonnenen Abnehmer verbessern konnten. Die zweite und weitaus bessere Methode ist die Orientierung an den Wünschen und Bedürfnissen der Abnehmer. Hierbei muß das Gesetz vom abnehmenden Grenznutzen berücksichtigt werden, d. h., daß die Güte des Lieferservice nur solange verbessert werden sollte, wie die durch die Verbesserung erzielten zusätzlichen Gewinne innerhalb einer Periode größer sind als die im gleichen Zeitraum zusätzlich aufgewandten Kosten.

Im Hinblick auf die Umstrukturierung der betrieblichen Warenverteilung ist darüber hinaus zu berücksichtigen, welche Auswirkungen diese auf die davon berührten Abnehmer haben wird. So kann „Umstrukturierung“ für einzelne Abnehmer unter Umständen auch eine Verschlechterung in der Güte des Lieferservice bedeuten. Deshalb ist zu prüfen,

welche Alternativen diesem Abnehmer zur Verfügung stehen, die gewünschten Produkte anderweitig zu erhalten oder herzustellen.
Die jeweilige Verbesserung der Güte des Lieferservice wird sich nicht unwesentlich auf die Kostenhöhe auswirken. Deshalb muß dafür Sorge getragen werden, daß durch ein spezielles Bewertungsverfahren das optimale Verhältnis zwischen Kosten und Lieferservice hergestellt wird. Dieses Verhältnis und damit das Ziel der Marketing-Logistik ist dann erreicht, wenn sich durch eine Reorganisation bei gleichzeitiger Beibehaltung der Güte des Lieferservice keine Kostensenkungen mehr erzielen lassen.

III. ALTERNATIVE VORGEHENSWEISE IM RAHMEN DER MARKETING-LOGISTIK

Zur Darstellung der alternativen Möglichkeiten, die ein Unternehmen im Rahmen der Marketing-Logistik besitzt, um zum optimalen Lieferservice zu gelangen, soll als Beispiel ein Unternehmen dienen, das über nur eine Produktionsstätte verfügt und in nur einem Absatzgebiet – Norddeutschland bis einschließlich Hannover – tätig ist. Das optimale Verhältnis zwischen Kosten und Lieferservice wurde in diesem Gebiet erreicht.
Dieses Unternehmen plant eine Absatzausdehnung auf das Rhein-Ruhr-Gebiet. Zur Realisierung dieser Expansion stehen folgende Strategien zur Auswahl:

1. Die direkte Belieferung der Abnehmer von der bisherigen Produktionsstätte.
2. Die Belieferung von Auslieferungslägern durch voll ausgelastete LKW-Transporte.
3. Die Versendung vorfabrizierter Teile an ein Montagewerk im Rhein-Ruhr-Gebiet.
4. Die Errichtung einer Produktionsstätte im Rhein-Ruhr-Gebiet.

Zur Beurteilung der Alternativstrategie „direkte Belieferung" sind die Faktoren Kosten und Lieferservice zu berücksichtigen. Grundsätzlich läßt sich feststellen, daß die direkte Belieferung lange Lieferzeiten nach sich ziehen und höhere Kosten verursachen wird, da nur sehr selten ein kostenoptimaler Transport aufgrund variierender Auftragsgrößen möglich sein wird. Andererseits hat aber auch eine Gegenüberstellung zu den anderen Strategien zu erfolgen. Hierbei sind beispielsweise die Kosten zu berücksichtigen, die in den Auslieferungslägern durch höhere Lagerbestände und Gemeinkosten verursacht werden. Die Entscheidung, ob die direkte Belieferung der Abnehmer von der bisherigen Produktionsstätte erfolgen sollte, wird grundsätzlich von Faktoren wie Eigenschaften der Produkte, erforderliche Transportgeschwindigkeit und -kosten, die Größe und/oder das Gewicht der einzelnen Aufträge sowie die Entfernung zu den Abnehmern abhängen.
Um die möglichen Strategien und die darin enthaltenen Interdependenzen zu kennzeichnen, soll im Rahmen der Analyse der direkten Belieferung ein Vergleich zwischen den Transportkosten und den durch Auslieferungslager verursachten Kosten erfolgen. In einem solchen Fall dürfen nicht nur die Transportkosten für eine Transportart den Kosten gegenübergestellt werden, die für ein Auslieferungslager entstehen, sondern es müssen die verschiedenen möglichen Transportarten analysiert werden. So wird – auch wenn es in der BRD nur in wenigen Fällen denkbar ist – bis zu einem bestimmten Gewicht und bei einer relativ hohen Preisforderung der Lufttransport in Frage kommen. Bei anderen Auftragsgrößen wäre der Versand durch die Bundesbahn oder durch LKW-Transport vorteilhafter. Diese Analyse ist so lange unvollständig, wie nicht auch die Transportzeit mit in die Überlegungen einbezogen wird. Je länger die Lieferverzögerung ist, als desto größer können die Kosten unterstellt werden, die durch verlorengegangene Auf-

träge entstehen. Daraus folgt, daß die langsameren Transportmöglichkeiten zwar geringere Transportkosten, dafür aber höhere Kosten durch verlorene oder weniger Aufträge verursachen können. Erst nach einer genauen Systemanalyse unter Berücksichtigung der hier genannten Faktoren läßt sich die optimale Lösung finden.
Wird die Möglichkeit „Belieferung von Auslieferungslager durch voll ausgelastete LKW-Transporte" analysiert, so ist der wesentliche Vorteil gegenüber der direkten Belieferung der Abnehmer darin zu suchen, daß eine möglicherweise kostenoptimale Auslastung des vorhandenen Frachtraumes erfolgt. Diese Analyse muß einerseits die Kosten für den Betrieb der Auslieferungslager und andererseits die Kostendifferenz berücksichtigen, die zwischen der direkten Belieferung der Abnehmer und der Belieferung über Auslieferungslager besteht. Nur wenn die durch direkte Belieferung entstehenden Kosten größer sind als jene, die durch den Betrieb eines Auslieferungslagers verursacht werden, ist die zweite Möglichkeit zu wählen. In diesem Zusammenhang sollte das Leasing von Lagerräumen nicht unerwähnt bleiben. Durch Leasing entstehen fast keine Fixkosten, d. h. die für das Leasing von Lagerräumen entstehenden Kosten werden sich proportional zur Lagermenge verhalten. Andererseits werden Auslieferungslager zwar Fixkosten verursachen, im Hinblick auf die variablen Kosten aber eine nur unterproportionale Auswirkung zeigen.
Erst wenn der in der folgenden Abbildung dargestellte Schnittpunkt überschritten wird, ist der Betrieb eines Auslieferungslagers vorteilhafter.
Die in der dritten Möglichkeit enthaltenen entscheidungsrelevanten Faktoren umfassen vor allem die gegenwärtigen und zukünftigen Kosten. Die wesentlichsten Kostensenkungen werden sich durch niedrigere Frachtraten erzielen lassen. Darüberhinaus wird durch die Tatsache,

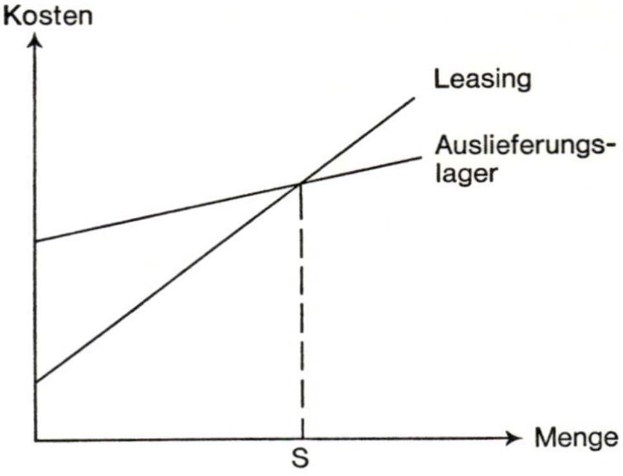

Darstellung 2

daß sich ein Montagewerk im Absatzgebiet befindet, möglicherweise eine höhere akquisitorische Wirkung bei den in diesem Absatzgebiet vorhandenen Abnehmern oder Wiederverkäufern erzielt. Andererseits müssen die höheren Kapitalkosten und die höheren Gemeinkosten berücksichtigt werden, die für den Betrieb eines Montagewerkes entstehen. Auch in diesem Zusammenhang gelten die im vorangegangenen Absatz zum Leasing getroffenen Aussagen analog.
Die Analyse dieser Möglichkeit wäre ohne eine Risikobetrachtung unvollständig. So wird sich ein Unternehmen durch den Aufbau und Betrieb eines Montagewerkes sehr stark spezialisieren und damit einen Teil seiner Flexibilität aufgeben. Diese Möglichkeit wird deshalb nur dann gewählt, wenn die Sicherheit des Markterfolges relativ groß ist.
Die Entscheidung für die vierte Möglichkeit – die Errichtung einer Produktionsstätte im Rhein-Ruhr-Gebiet – setzt voraus, daß ein Unternehmen mit den Marktgegebenheiten vollständig vertraut ist. Insbesondere Faktoren wie die Verfügbarkeit und die Kosten der Arbeitskräfte, die Möglichkeiten der Energieversorgung, Grundstücksbeschaffung, Transportmöglichkeiten und schließlich die rechtlichen Besonderheiten sind zu berücksichtigen.

Darüber hinaus sind die mit der Massenproduktion und der damit zusammenhängenden Kostenminimierung auftretenden Fragen zu beantworten. Innerhalb bestimmter Grenzen zieht eine intensivere Produktionstätigkeit Kostenreduzierungen nach sich, so daß auch die Errichtung einer Produktionsstätte im neuen Absatzgebiet eine genaue Absatz- und Kostenanalyse erforderlich macht, um diesen Vorteil möglicherweise wahrnehmen zu können. Im Rahmen dieser Kostenanalyse sind einmal die Einsparungen zu ermitteln, die durch kürzere Transportwege und damit einer schnelleren Belieferung der Abnehmer erzielt werden können. Dem sind die Kosten gegenüberzustellen, die durch die Errichtung einer Produktionsstätte in dem Absatzgebiet entstehen. Diese Kosten müssen sowohl den zusätzlichen Kapitalaufwand beinhalten, der für den Aufbau dieser Produktionsstätte im Vergleich zu einer möglichen Ausdehnung der Produktion in der bestehenden Produktionsstätte erforderlich ist, als auch jene Kosten, die dadurch entstehen, daß auf die Vorteile der größeren Serie durch die Aufteilung der Produktionstätigkeit verzichtet wird.

Stellt in diesem Unternehmen die größere Serie einen nur unwesentlichen Faktor dar, so könnten verschiedene Produktionsstätten in den einzelnen Regionalmärkten errichtet werden. In einem solchen Fall ergeben sich im Hinblick auf die Optimalitätskriterien zwei Probleme. Das kurzfristige Optimierungsproblem ist dahingehend zu überprüfen, ob die zwischen den einzelnen Produktionsstätten und Auslieferungslägern entstehenden Transportkosten minimiert sind. Das langfristige Optimierungsproblem verlangt die Lösung des Problems, durch die richtige Zahl und den richtigen Standort der vorhandenen Produktionsstätten die gesamten Distributionskosten zu minimieren. Eine alleinige Berücksichtigung der Kostenfaktoren würde aber nicht dem Gesichtspunkt der Flexibilität Rechnung tragen. Insbesondere wenn die Errichtung einer Produktionsstätte langfristige Investitionen erforderlich macht, müssen die damit verbundenen Vor- und Nachteile sorgfältig analysiert werden. Somit muß im Rahmen der Gestaltung des Logistik-Systems nicht nur das Postulat der Wirtschaftlichkeit, sondern auch die Forderung nach Flexibilität erfüllt werden — was höhere Kosten nach sich ziehen wird.

IV. BESTANDSMANAGEMENT IM RAHMEN DER MARKETING-LOGISTIK

In jedem Unternehmen dienen die verschiedensten Bestände vor, in und nach dem Fertigungsprozeß — als Puffer zwischen den einzelnen Stufen im Umwandlungsprozeß Geld — Ware — Geld — dazu, einen ungestörten Produktionsablauf und einen bestimmten Grad der Lieferbereitschaft aufrechtzuerhalten.

Das Bestandsmanagement ist im Logistik-System dasjenige Instrument, das bei richtiger Handhabung über eine verbesserte Güte im Lieferservice zusätzliche Nachfrage erzeugen kann. Im günstigsten Falle könnte der bestmögliche Lieferservice die sofortige Auftragsbearbeitung und den schnellstmöglichen Transport zum Auftraggeber beinhalten. Die Erfahrung hat gezeigt, daß die Auswahl eines Lieferanten oftmals wegen der schnellsten Auftragsbearbeitung erfolgt. Ein Abnehmer, der sich auf die ständige Lieferbereitschaft seiner Lieferanten verlassen kann, wird mit einem sehr niedrigen Lagerbestand und damit geringeren Kostenaufwand arbeiten können.

Unter wirtschaftlichen Aspekten ist es allerdings meistens wenig sinnvoll, einen Bestand aufrecht zu erhalten, der eine Lieferbereitschaft von 100 % sicherstellt. Eine hohe Lieferbereitschaft erfordert hohe Lagersicherheitsbestände, die wiederum eine hohe Kapitalbindung nach sich ziehen. Mit jedem Prozentpunkt, den sich ein Unternehmen der 100 %-Grenze nähert, wird sich der erforderliche Kapitaleinsatz überproportional erhöhen. Auch hier ist wiederum die Bestandsgröße zu suchen, bei der der zusätzliche Kostenaufwand dem dadurch erzielten zusätzlichen Deckungsbeitrag entspricht.

In vielen Unternehmen besteht eine zeitliche Diskrepanz zwischen Produktion und Verwendung der gefertigten Produkte, die durch die Lagervorräte ausgeglichen werden sollen. Hier sei nur das Beispiel eines Marmeladenherstellers erwähnt, der einmal im Jahr auf eine Ernte zurückgreifen kann, dessen Produktionsablauf und Vorratshaltung aber die Auftragsabwicklung über das gesamte Jahr sicherstellen muß. Ein anderes Unternehmen hingegen nimmt die Vorteile der Massenproduktion wahr, weil die dadurch erzielten Kostensenkungen größer sind als der durch einen höheren Lagervorrat an Fertigprodukten verursachte Aufwand.

Das Bestandsmanagement befaßt sich mit zwei grundsätzlichen Problemen:

1. Ermittlung des optimalen Bestellpunktes.
2. Ermittlung der optimalen Losgröße.

Zur Bestimmung des optimalen Bestellpunktes sind vor allem Faktoren wie Lieferzeit, Verbrauchsmenge und die Güte des Lieferservice zu berücksichtigen. Je kürzer die Lieferzeit, je höher die Verbrauchsmenge und je besser die Güte des Lieferservice ist, desto höher liegt auch der optimale Bestellpunkt.

Die optimale Losgröße ist gleichzeitig mitbestimmend für die Zahl der Bestellungen oder Aufträge innerhalb eines bestimmten Zeitraumes. Die Kosten einer Bestellung setzen sich aus den Auftragsbearbeitungskosten zusammen. Bei einem Produzenten sind in diesen Kosten – neben den auch beim Handel entstehenden Schreibkosten, Porto etc. – die Abrüst-, Stillstands- und Aufrüstkosten enthalten. Sind diese Kosten pro hergestelltem Produkt hoch, so lassen sie sich durch entsprechend lange Produktionsläufe reduzieren.

Neben den Auftragsbearbeitungskosten sind die Lagerhaltungskosten ein weiterer Bestimmungsfaktor für die optimale Losgröße. Lagerhaltungskosten setzen sich zusammen aus den

1. Lagerhaltungsgemeinkosten (Heizung, Licht, Kühlung etc.),
2. Kapitalbindungskosten,
3. Steuern und Versicherungen,
4. Abschreibung und Verlust (durch Verderb, Diebstahl etc.).

Die vorgenannten Kosten umfassen in einigen Fällen bis zu 25 % des Bestandswertes. Für ein Unternehmen, das zur Verbesserung der Güte seines Lieferservice den Lagerbestand um DM 100 000,– erhöht, bedeutet dieser Prozentsatz, daß die dadurch entstehenden Grenzkosten ca. DM 25 000,– betragen. In einem solchen Fall ist zu prüfen, ob der aus dieser Maßnahme resultierende zusätzliche Gewinn oder Deckungsbeitrag mindestens diesen Grenzkosten entspricht.

Die Bestimmung der vorgenannten Optima und deren Aufrechterhaltung wird ohne ein ausreichendes Kontroll- und Überwachungssystem nicht möglich sein. Andererseits ist nicht zu verkennen, daß die tägliche Überwachung von oftmals mehreren tausend Einzelprodukten oder Teilen aufgrund der damit verbundenen Kosten Kompromisse erforderlich macht. Mit den zunehmenden Einsatzmöglichkeiten der EDV im Unternehmen lassen sich die notwendigen Kompromisse erzielen und damit auch die Kosten reduzieren. Der Einsatz der EDV kann sogar dazu führen, daß nicht nur der Bestellzeitpunkt für das einzelne Produkt rechtzeitig ausgedruckt wird, sondern auch der Bedarf für die nächste Planungsperiode – beispielsweise ein Jahr – aufgrund der gewonnenen Erfahrungswerte ermittelt wird. Dadurch läßt sich die Bestandskontrolle bei gleichzeitiger Kostensenkung verbessern. Darüber hinaus läßt sich möglicherweise durch veränderte Bestellmengen eine Kostensenkung erzielen.

V. KOMMUNIKATION UND KONTROLLE ALS GRUNDLAGE EINES EFFIZIENTEN LOGISTIK-SYSTEMS

Ohne ein wirksames Kommunikations- und Kontrollsystem kann ein Logistik-System nicht arbeiten. Sie sind das lebenswichtige Element im Rahmen der Logistik-Aufgabe, das für den erfolgreichen und kostengünstigen Durchlauf der anfangs erwähnten Rohmaterialien und Produkte durch das Unternehmen verantwortlich ist. Das Kommunikationssystem ist für die Informationsgewinnung und die Erstellung von Berichten — sowohl auf der Beschaffungs- als auch auf der Absatzseite — verantwortlich. Es erfaßt die Bewegungen des Rohmaterials bzw. die für den Fertigungs- und Verarbeitungsprozeß benötigten Produkte, die Lagerbestände der Fertigprodukte und deren Versand, und es läßt schließlich erkennen, welche Lieferungen auf der Beschaffungseite zu erwarten bzw. welche auf der Absatzseite durchzuführen sind.

Diese Informationen benötigt wiederum das Kontrollsystem, um Korrekturmaßnahmen durchführen zu können. Diese Korrekturmaßnahmen können die Auftragserteilung, den Transport von Rohmaterial von einer Produktionsstätte zur anderen oder den Versand von fertigen Produkten an die Abnehmer beinhalten. Diese Informationen können aber auch die Produktionsläufe für das eine oder andere Produkt in Länge und Quantität wesentlich beeinflussen.

Die wirksame Kommunikation setzt die entsprechenden Informationskanäle voraus, um einen reibungslosen Fluß der Berichte und der daraus resultierenden Maßnahmen sicherzustellen. Der Einsatz einer EDV im Rahmen des Logistik-Systems bedeutet eine spezielle Ausrichtung der Möglichkeiten dieser Datenverarbeitungsanlage auf die Belange des Logistik-Systems. Erst wenn diese Ausrichtung vollständig gelungen ist, wird die angestrebte Zielsetzung — das optimale Verhältnis von Kosten zu Lieferservice — sichergestellt.

VI. DIE ORGANISATORISCHE EINORDNUNG DER LOGISTIK-AUFGABE ALS ANSATZPUNKT ZUR LÖSUNG DER KOORDINATIONS-PROBLEME

Kennzeichnung der Problematik

Mit der Erstellung eines Marketing-Konzeptes werden die Entscheidungsparameter für die Logistik erstellt. In der Marketing-Konzeption wird beispielsweise die Qualität des Produktes sowie die Verpackung festgelegt, die angestrebte Umsatzgröße definiert die Produktionsmenge, die die Logistik zu berücksichtigen hat, und außerdem läßt sich durch die Konditionenpolitik die Quantität abschätzen, die pro Sendung zum Versand kommen wird. Im Rahmen der Marketingkonzeption werden darüber hinaus die Abnehmergruppen und damit die möglichen Distributionskanäle definiert. Auf Grundlage dieser Vorgabedaten soll durch ein zielgerechtes Logistik-System die Zielsetzung zeitlich und materiell gesichert werden.

Die folgenden Beispiele sollen zeigen, vor welchen Problemen die Logistik bei der Lösung dieser Aufgabe steht:

Dem Vertriebsbereich unterstehen in der Regel Lagerräume und Auslieferungsläger mit dem dazugehörigen Warenbestand. Ziel des Vertriebs ist es, einen möglichst hohen Umsatz zu erreichen. Nach Ansicht der Vertriebsleitung ist es zur Aufrechterhaltung eines optimalen Lieferservice erforderlich, daß jedes Lager jeden Artikel in ausreichend großer Menge bevorratet. Der Produktionsbereich ist zur Minimierung der Produktionskosten bestrebt, für jeden einzelnen Artikel relativ lange Produktionsläufe durchzuführen. Der Beschaffungsbereich konzentriert sich auf den Einkauf relativ großer Mengen, um in den Genuß von Mengen- und Sonderrabatten zu gelangen, oder es wird grundsätzlich der „billigste" Anbieter gewählt, auch wenn dadurch eine pünktliche Lieferung nicht mehr gewährleistet ist.

In jedem der vorgestellten Beispiele wird im Prinzip richtig gehandelt, wenn von einer abteilungsbezogenen Gewinnmaximierung ausgegangen wird. Allerdings wird bei der hier angewandten Methodik das Ziel der Logistik nicht erreicht.

Eine Abstimmung und Koordinierung der Interessen bei der Präzisierung der Einzelziele wird erst dann erzielt und aufrecht erhalten, wenn die zwischen den abteilungsbezogenen Zielsetzungen bestehenden wesentlichen Gegensätze erkannt wurden, wenn eine sorgfältige Systemgestaltung erfolgt ist, ständig nach Verbesserungen gesucht und wenn schließlich für eine funktionsgerechte Organisation und Kommunikation sowohl innerhalb als auch zwischen den einzelnen Bereichen gesorgt wird. Diese Abstimmung und dieser Ausgleich werden aber nur erreicht, wenn einer Instanz im Unternehmen die organisatorische Verantwortung für die Logistik-Probleme übertragen wird. Daß es sich dabei im wesentlichen um eine Koordinationsaufgabe handelt, bedarf keiner näheren Erläuterung.

Der organisatorische Lösungsansatz

Das Koordinationsproblem läßt sich auf mehrere Arten lösen. Als organisatorischer Lösungsansatz soll die folgende Alternative dienen ohne auszuschließen, daß auch andere Lösungen in Frage kommen können.

Der erste Lösungsansatz basiert auf der Bildung eines Koordinationskomitees. Dieses Komitee setzt sich aus den für die verschiedenen Logistik-Aktivitäten verantwortlichen Managern zusammen. Diese Manager haben Richtlinien zu erarbeiten, die auf eine effiziente Arbeitsweise des Gesamtsystems abzielen. Darüber hinaus muß das Gesamtsystem, insbesondere aber der Lieferservice, durch dieses Komitee überprüft werden, damit die notwendig werdenden Änderungen nicht nur erkannt, sondern auch koordiniert durchgeführt werden.

Im zweiten Lösungsansatz wird die Verantwortung für das Logistik-System einer Instanz übertragen, die in die Organisation des Gesamtunternehmens eingegliedert ist. Diese Maßnahme erfolgt unter dem Gesichtspunkt, daß durch diese Eingliederung eine wirksame Koordination ermöglicht wird und Spezialisten für die Lösung der Logistik-Aufgaben herangebildet werden.

Wird die Verantwortung für die Marketing-Logistik einer Abteilung übertragen, so stellt sich die Frage, ob eine solche Abteilung getrennt von anderen Verantwortungsbereichen gebildet oder einem bestehenden Verantwortungsbereich untergeordnet werden sollte. So kann einerseits der Marketing- und Produktionsbereich der Logistik untergeordnet werden, wie andererseits die Logistikaufgabe in den Marketingbereich eingegliedert werden könnte. Für die endgültige Lösung sind neben anderen Faktoren vor allem die jeweilige Branche und die daraus resultierenden Anforderungen entscheidend. Im Konsumgüterbereich muß die Unternehmensführung vor allem marktorientiert sein, was fast immer einen hohen Lieferservice erfordert. Zwar soll auch hier die kostenoptimale Lösung gefunden werden, doch werden die Kosten in Relation zum Lieferservice höher liegen als im Investitionsgüterbereich. Aus diesem Grunde ist im Investitionsgüterbereich die Einordnung der Logistik-Aufgabe beispielsweise in den Verantwortungsbereich der Produktion denkbar. Die entscheidende Frage könnte sein: „Wie lassen sich X-Produkte am kostengünstigsten von Y nach Z transportieren?"

Die organisatorische Eingliederung sollte grundsätzlich von untergeordneter Bedeutung sein. Wesentlich ist die Erkenntnis des verantwortlichen Managements, daß bei nicht koordinierter Planung der betrieblichen Warenverteilung wesentliche Möglichkeiten zur Kostenreduzierung nicht wahrgenommen werden. Außerdem wird sich ein die Wettbewerbsposition des betreffenden Unternehmens verbessernder Lieferservice nicht realisieren lassen.

Literatur:
Heskett, I. und Glaskowsky jr.: Business Logistics. New York 1964
Lekashman, R. und Stolle, J. F.: Die Gesamtkostenmethode in der Distribution, in: Britt und Boyd jr. (Hrsg.) Marketing-Management und Organisation, deutsche Bearbeitung: P. Linnert. München 1971
Magee, Joh. F.: The Logistics of Distribution, in: Harvard Business Review, Vol. 33, Juli-Aug. 1960
Stewart, Wendell M.: „Physical Distribution: Key to Improved Volume and Profits“, Journal of Marketing, Jan. 1965

Marketing-Management

I. KENNZEICHNUNG UND AUFGABENBEREICH

Marketing-Management ist die Summe aller Maßnahmen, mit denen ein Unternehmen die zur Verfügung stehenden Mittel und die eigene Zielsetzung am zweckmäßigsten auf die am Markt vorhandenen Gewinnmöglichkeiten abzustimmen versucht.

Diese Abstimmung erfordert Entscheidungen. Entscheidungen treffen bedeutet wägen und wählen. Zu wählen ist zwischen dieser oder jener Maßnahme, zwischen einem Tun oder Unterlassen. Die Auswahl ist das Ergebnis des Wägens. Ihre Realisierungsphase beginnt mit der Entscheidung.

Für den Marketingbereich ist diese Aufgabe besonders schwierig zu lösen, weil dort — im Gegensatz zum Produktionsbereich oder Rechnungswesen — die in einem Problem enthaltenen Variablen vielfach nicht quantifizierbar sind. Das hat zur Folge, daß neben objektiv erfaßbaren auch subjektive Faktoren in die Entscheidungsfindung einfließen müssen. Entscheidungen ziehen Maßnahmen nach sich. Maßnahmen aus dem Marketingbereich beeinflussen nicht nur die Nachfrage nach den eigenen Produkten, sondern auch die Kostenstruktur. Marketing-Management beinhaltet somit auch die Abstimmung der Marketing-Planung mit der Planung der anderen Unternehmensbereiche.

Diese kurzen Hinweise verdeutlichen, daß Marketing-Entscheidungen im Zustand unvollständiger Information über Vorgänge getroffen werden müssen, die dynamischer, nicht linearer, stochastischer, wechselseitiger und grundsätzlich mehrschichtiger Natur sind.

Dieser zumindest hinsichtlich seiner Auswirkungen multifaktorielle Entscheidungsprozeß hat seit einigen Jahren wesentlich zu dem Versuch beigetragen, quantitative Lösungs- sowie Verhaltensmodelle mit den bereits vorhandenen Erkenntnissen zu integrieren, um die Tätigkeit der Marketing-Exekutive zu unterstützen und auf eine rationalere Grundlage zu stellen. Somit ist der schwierige Bereich des Marketing-Managements die Entscheidungsfindung. Deshalb sind die Konzepte und Modelle auf die wichtigsten Entscheidungstypen ausgerichtet, damit die Marketing-Exekutive wirksamer die Ziele und Mittel des eigenen Unternehmens auf die sich am Markt bietenden Gewinnmöglichkeiten abstimmen kann.

Andererseits kennt das Marketing-Management keine fertigen Rezepte im Sinne gebrauchsfertiger Verhaltensweisen für möglicherweise wiederkehrende Marketing-Probleme. Auch bei ähnlich gelagerten Problemen in den einzelnen Funktionsbereichen muß die Lösung sich stets an anders gelagerten unternehmensinternen oder -externen Voraussetzungen orientieren. Der zunächst gleiche Lösungsansatz bedarf zumindest einer unternehmens- bzw. marktindividuellen Dosierung.

Vom Denkansatz her kann eine Verbesserung der Entscheidungsfindung primär zunächst nur in einer Verbesserung der Analysetechniken gesucht werden. Erst wenn genauere Analysemöglichkeiten bestehen, können mit größerer Sicherheit gezieltere Maßnahmen gefunden werden.

Die Weiterentwicklung der Marketinganalyse, und damit die Verbesserung des Marketing-Managements ruht in erster Linie auf den Erkenntnissen der Wirtschaftswissenschaften, der Mathematik sowie der Verhaltensforschung bzw. Psychologie.
Letztere ist gleichsam als Schlüsseldisziplin für eine Weiterentwicklung der Marketing-Techniken – einschließlich des mehrdimensionalen Entscheidungsprozesses – anzusehen.
Die Wirtschaftswissenschaft liefert als Grundlage die Instrumente und Vorgehensweise zur Erzielung ertragsorientierter Resultate bei der Verwendung vorhandener Mittel. Die Verhaltenswissenschaften, im amerikanischen Sprachgebrauch „human behavior" genannt, sollen eine Interpretation des Verhaltens, und zwar sowohl der Konsumenten als auch Manager ermöglichen.
Marketing-Management besteht aus vier Grundfunktionen:

1. Analyse der Marktchancen
2. Schaffung der organisatorischen Voraussetzungen zur Durchführung von Marketing-Maßnahmen
3. Planung der Marketing-Maßnahmen
4. Kontrolle und Anpassung (feed-back)

II. DARSTELLUNG UND GRUNDFUNKTIONEN

Analyse der Marktchancen

Die Analyse der Marktchancen bezweckt die Auswahl und Durchführung derjenigen sich am Markt ergebenden Projekte, die im Hinblick auf die im Unternehmen vorhandenen Mittel und Fähigkeiten am erfolgversprechendsten erscheinen. → Marketing bedeutet mehr als das „Auf-den-Markt-Bringen" von Gütern, um diese zu verkaufen. Es bedeutet die Führung des Unternehmens vom Markt her. Führung erfordert Systematik. Nur durch systematisches Vorgehen ist eine Optimierung der eingangs gekennzeichneten vielfältigen und unterschiedlichen Variablen möglich, die letztlich den Unternehmenserfolg bestimmten. Aus dieser Argumentation heraus und als Erweiterung der obigen Definition läßt sich → Marketing kennzeichnen als:

> die Analyse, Organisation, Planung und Kontrolle der zur Verfügung stehenden und den Unternehmenserfolg beeinflussenden Mittel, Strategien und Maßnahmen, um die Bedürfnisse und Wünsche einer bestimmten Zielgruppe – bei gleichzeitiger Erreichung des unternehmerischen Gewinnzieles – zu befriedigen.

Die Analyse der Marktchancen umfaßt vier Bereiche:

a) Marktbeobachtung und -analyse
b) Aufteilung des Gesamtmarktes in Marktsegmente und deren Untersuchung
c) ständige Überwachung und Auswertung des Käuferverhaltens
d) Erfassung der entscheidungsrelevanten Faktoren und die Erstellung von Prognosen.

Marktanalyse und Marktbeobachtung

Unter Marktanalyse versteht man die zeitpunktbezogene Untersuchung eines Teil- oder Gesamtmarktes, wobei die Struktur des Marktes erforscht werden soll. Demgegenüber versteht man unter Marktbeobachtung die zeitablaufbezogene Erfassung des Marktes mit dem Ziel, die laufenden Veränderungen in den wichtigen Einflußfaktoren zu erkennen.
Ein Unternehmen, das sich erfolgreich an erkannte Marktchancen anzupassen beabsichtigt, muß die spezifischen Eigenheiten dieses Marktes und die ihn beeinflussenden Variablen kennen. Mit Hilfe

der Marktanalyse werden als erstes Marktvolumen, Altersstruktur und Einkommensverhältnisse ermittelt. Nach Kenntnis der Strukturdaten sind die verschiedenen konsumentenbezogenen Trends, wie beispielsweise Einkommensentwicklung, Bildungsniveau, zur Verfügung stehende Freizeit oder die Mobilitätsfreudigkeit der jeweiligen Zielgruppe, zu erfassen und hinsichtlich ihrer Auswirkungen auf das eigene Unternehmen zu interpretieren.
Für die Analyse der Marktchancen im Ausland können Bevölkerung, industrielle Struktur, Einkommensniveau und die unterschiedlichen kulturellen Bräuche als Grundlage dienen. Darüber hinaus müssen Auslandsmärkte, auch wenn sie auf besonders vielversprechende Möglichkeiten schließen lassen, im Hinblick auf die stabilen oder instabilen politischen und sozialen Verhältnisse umfassend analysiert und beurteilt werden.
Die Analyse der generellen Marktchancen setzt die Erfassung und Berücksichtigung grundsätzlicher Faktoren voraus. Dazu zählen beispielsweise die technologische Entwicklung oder Veränderungstendenzen in den Distributionskanälen und im sozialen Bereich.

Marktsegmentierung

Die Marktsegmentierung läßt sich grundsätzlich kennzeichnen als die Aufspaltung eines Marktes in mehrere Teilmärkte. Diese Aufspaltung kann beispielsweise nach dem unterschiedlichen Kauf- und Konsumverhalten oder dem Verwendungszweck erfolgen. In letzter Konsequenz bedeutet die Marktsegmentierung die Erfassung aller in Frage kommenden Segmente – man spricht in diesem Zusammenhang auch von Marktnischen –, um die sich bietenden unterschiedlichen Gewinnmöglichkeiten analysieren und möglicherweise wahrnehmen zu können.

Käuferverhalten

Überwachung und Auswertung

Die der Maßnahmendurchführung vorgelagerte Planung muß auch das Verhalten der Käufer und den Ablauf des Kaufvorganges berücksichtigen. Es erscheint wenig sinnvoll, das Verhalten – da es zum großen Teil auf Annahmen beruhen muß – zu simplifizieren, weil damit bereits die Weichen für eine falsche Richtung hinsichtlich der Marktbearbeitung gestellt werden können.
Die Folge einer solchen Vorgehensweise sind unzulängliche Ausschöpfung der Marktchancen oder das Nichterreichen des Gewinnziels.
Bei der Analyse des tatsächlichen Kaufvorganges ist davon auszugehen, daß beim Käufer zunächst ein Bedürfnis vorhanden sein muß, bevor er sich für ein bestimmtes Produkt interessiert und es möglicherweise kauft. Mit der Verwendung oder dem Gebrauch eines Produktes wird der Käufer bestimmte Ansichten und Einstellungen über bzw. zum Produkt entwickeln.
Der Kaufentscheid wird durch Faktoren wie Beeinflußungsmöglichkeiten, Käufertyp und Verwendungszweck bewirkt. So wird beispielsweise der Entscheidungsspielraum eines Einkäufers dadurch beeinflußt, daß nur ein bestimmtes Material in der Produktion einsetzbar ist. Im Management wird die Entscheidung getroffen, nur bestimmte Qualitätsstufen eines Materials zuzulassen, während der Einkäufer noch durch den Wunsch seines Vorgesetzten beeinflußt werden kann, den Auftrag bei einem ganz bestimmten Unternehmen zu placieren.
Die angeführten Faktoren können gleichermaßen für sowohl Konsumenten als auch Händler und Hersteller maßgebend sein. Wie diese den Kauf beeinflussenden Größen wirken und welche Bedeutung sie für ein Unternehmen haben können, ist eine Frage, deren Klärung noch nicht abgeschlossen ist. Theoretische Hilfsmittel zur Analyse des Kaufent-

scheides sind das von Marshall entwickelte ökonomische Modell, das Pavlov'sche Lernmodell, die psycho-analytischen Erkenntnisse von Freud, das sozial-psychologische Modell von Veblen und das von Hobbes entwickelte Modell der Organisationsfaktoren. Die einzelnen Modelle (→ Verhaltensmodelle) betrachten eine gefällte Kaufentscheidung aus jeweils anderer Sicht, d. h. mit unterschiedlicher Zielsetzung. Dennoch bilden diese Modelle und weiterführenden Forschungsergebnisse der Verhaltenswissenschaften die Grundlage für Vorhersagen über das Käuferverhalten.
→ Kaufverhalten

Datenauswertung und Prognosenerstellung

Die Datenauswertung läßt sich kennzeichnen als das Filtern der vorliegenden Informationen, um entscheidungsrelevante Fakten zu gewinnen, und die Analyse der so gewonnenen Fakten.
Die Prognoseerstellung stellt eine mit einer gewissen Eintrittswahrscheinlichkeit behaftete Vorhersage dar, die sich auf die zeitpunkt- als auch zeitraumbezogene Zukunft bezieht. Voraussetzung für die Prognoseerstellung ist neben der Erfahrung des Managements die Auswertung der am Markt erfaßten Daten.
Für die Analyse der Marktchancen sind quantitative Größen ebenso unabdingbar wie für die Planung der Marketing-Strategie und -Taktik sowie für die Kontrolle der Marketing-Leistung.
Durch eine Variation der Beobachtungszeiträume, der Absatzgebiete und der Produktspezifizierung ist die quantitative Erfassung der Nachfrage in einem bestimmten Markt möglich. Die Differenzierung der Nachfrage kann sich beispielsweise auf die Gesamtnachfrage, die Branchennachfrage und die Nachfrage nach den eigenen Produkten beziehen.
Die Auswertung der gewonnenen Informationen hat unter Berücksichtigung der Informationsquellen zu erfolgen, um die Zuverlässigkeit der Aussage und die Realitätsrepräsentanz hinreichend beurteilen und berücksichtigen zu können.
Jedes Unternehmen wird wahrscheinlich in der Lage sein, die Vorhersagegenauigkeit verbessern zu können. Das aber erfordert neben besseren Methoden meist höhere Ausgaben für die Informationsbeschaffung und den Auswertungsprozeß. Für das einzelne Unternehmen stellt sich somit die Frage, wieviel es für diese Informationsgewinnung und Informationsverwertung ausgeben soll. Erfahrungsgemäß dauert es sehr lange, ehe begriffen wird, daß Informationen immer den teuersten Bestandteil im unternehmerischen Entscheidungsprozeß darstellen. Das gilt sowohl für deren Erlangung als auch für die Konsequenzen, wenn die Entscheidungen auf falschen oder unzulänglichen Informationen basieren.
→ Prognose

III. DIE ORGANISATORISCHE VORBEREITUNG ZUR DURCHFÜHRUNG VON MARKETING-MASSNAHMEN

Unter organisatorischer Vorbereitung zur Durchführung der Marketing-Maßnahmen ist die → Organisation der durch ein Unternehmen kontrollierbaren Faktoren zu verstehen, um den nichtkontrollierbaren Faktoren des Marktes so effizient wie möglich begegnen zu können.

Die organisatorische Abstimmung der unternehmerischen Einsatzfaktoren auf die Zielsetzung

Die organisatorische Abstimmung der unternehmerischen Einsatzfaktoren auf die Zielsetzung befaßt sich grundsätzlich mit der Strukturierung der einzelnen Unternehmensbereiche in der Weise, daß aus organisatorischer Sicht die bestmögliche Mittel-Zweck-Relation realisiert wird. Insofern stellt die organisatorische Abstimmung die Konzipierung einer Ordnung dar.
Ein Unternehmen, das in einem durch ständige Veränderungen gekennzeichne-

ten Wettbewerb langfristig Erfolg erzielen will, benötigt als Rahmen für die Organisation und Planung eine Zielvorgabe. Ein Unternehmen wird im allgemeinen mehrere Ziele verfolgen. Daraus kann ein Zielkonflikt entstehen, weil die Verfolgung eines Zieles oftmals die Erreichung eines anderen ausschließt. Dieser Zielkonflikt zwingt die Unternehmensleitung zur Gewichtung der Ziele, d. h. zur Schaffung von Prioritäten. Durch diese Gewichtung entsteht ein Zielprofil bzw. ein Zielsystem.
Ziele werden nur dann erreicht, wenn sie realistisch gewählt und die eingesetzten Leistungskomponenten organisatorisch aufeinander abgestimmt worden sind. Diese organisatorische Abstimmung ist nur dann gewährleistet, wenn unter Berücksichtigung der menschlichen Unzulänglichkeiten den Prinzipien der Spezialisierung, Koordinierung und Delegation von Verantwortung hinreichend Rechnung getragen wird. Dieser Hinweis läßt erkennen, daß der Marketing-Bereich innerhalb der Gesamtorganisation einen äußerst konfliktoiden Teil darstellt.
Einerseits soll die Befriedigung der Nachfragewünsche in ihrem gesamten Umfange erfolgen, andererseits soll aber den Gesichtspunkten der Kostenminimierung – die von allen anderen Unternehmensbereichen angestrebt wird – Rechnung getragen werden. Organisatorische Probleme sind auch im Hinblick auf die interne Organisation des Marketing-Bereiches zu lösen. Die angestrebte organisatorische Lösung hat dabei jene Faktoren besonders zu gewichten, denen hinsichtlich der Erfolgsverursachung die größte Bedeutung beizumessen ist. In Abhängigkeit der Problemgewichtung ist eine organisatorische Ausrichtung nach funktionalen, produkt-, gebiets- und abnehmerbezogenen Faktoren denkbar, wobei in diesem Zusammenhang insbesondere auf das zunehmend an Bedeutung gewinnende → Produkt-Management hingewiesen sei.

Planung

Grundsätzlich läßt sich Planung als die gedankliche Vorbereitung von Entscheidungen definieren, wobei in dieser Definition die gedankliche Vorwegnahme des betrieblichen Geschehens enthalten ist, die als eine Voraussetzung für eine rationale Entscheidungsfindung gelten kann.
Im vorangegangenen Abschnitt wurde angedeutet, daß zur Wahrnehmung von Marktchancen die Festlegung von Zielen erforderlich ist und die organisatorische Ausrichtung des Unternehmens auf die Eigenart und Problematik des zu bearbeitenden Marktes erfolgen muß. Die Erfüllung dieser Anforderungen stellt die Ausgangsbasis für die Planung dar, unabhängig davon, ob das oberste Ziel unternehmerischen Wollens im Wachstum oder in der Sicherung des Fortbestandes gesehen wird. Mit zunehmendem Wettbewerbsdruck erlangt ein formales Planungsvorgehen insbesondere dann eine immer größere Bedeutung, wenn ein Unternehmen noch zusätzlich ständigen Marktveränderungen Rechnung tragen muß. Das im Rahmen des Marketing-Managements zu entwickelnde Marketing-Konzept – d. h. die von einem Unternehmen geplante Vorgehensweise am Markt, bei der der Abnehmer im Mittelpunkt aller Überlegungen steht – verlangt nach einer integrierten Marketing-Leistung, die auf eine bestimmte Abnehmergruppe ausgerichtet ist, um den geplanten Absatz und Gewinn zu erreichen. Die Planung stellt dasjenige Instrument dar, mit dessen Einsatz diese Vorgehensweise eines Unternehmens zum Ausdruck gebracht werden soll und die Integration der Einzelleistungen in die Gesamtleistung bewirkt wird.
Der Planungsprozeß läßt sich in sieben Phasen unterteilen:

1. Die Analyse der Lage des eigenen Unternehmens,
2. die Prognose der zukünftigen Entwicklung,

3. die Zielfestlegung,
4. die Wahl der geeignetsten Strategie,
5. die Ableitung der taktischen Einzelpläne,
6. die Kontrolle,
7. die Auswertung und Anpassung, die auch als feed-back bezeichnet wird.

In diesem Zusammenhang sei auf die zunehmende Bedeutung der → Netzplantechnik hingewiesen, die den Planungsprozeß übersichtlicher und rationeller gestaltet, Interdependenzen zwischen den einzelnen Maßnahmen aufzeigt, und damit der Marketingexekutive wirksame Überwachungs- und Kontrollmöglichkeiten bietet.

Entscheidungsfindung

Die Entscheidung ist das Ergebnis eines bewußten oder unbewußten Selektionsvorganges alternativer Maßnahmen, die dem Management zur Verfügung stehen → Entscheidungstechnik.
Jeder Manager muß täglich unzählige Entscheidungen treffen. Diese können sowohl wichtiger und einmaliger (z. B. Entwicklung eines neuen Produktes) als auch weniger wichtiger und routinemäßiger Art sein. Kennzeichnendes Merkmal unternehmerischer Entscheidungen ist das in ihnen enthaltene Risiko, das je nach Informationsstand und Datenkonstellation unterschiedlich zu gewichten ist.
Im Marketing-Bereich sind die zu treffenden Entscheidungen von besonderer Komplexität und in vielen Fällen für das Gesamtunternehmen von großer Tragweite. Dem Marketing-Bereich obliegt es, über die Schaffung und den Absatz marktgerechter Produkte das Gewinnziel zu erreichen. Das besondere Kennzeichen dieser Aufgabe ist, daß die dafür zur Verfügung stehenden Instrumente wechselseitige Beziehungen aufweisen. Durch ihren Einsatz lassen sich beispielsweise nicht-lineare Wirkungen, Schwelleneffekte, qualitative Auswirkungen auf das Unternehmen oder Auswirkungen auf andere zum Einsatz kommende Instrumente und die Konkurrenz feststellen, wenngleich eine Ursachenanalyse im Einzelfall nur schwer – wenn überhaupt – mit Aussagewert durchführbar ist.
Da insbesondere Marketing-Entscheidungen auf relativ unvollständigen Informationen basieren, hat eine um so genauere Problemdefinition und -analyse zu erfolgen. Von den verschiedenen Wissenschaften sind Einblicke in den eigentlichen Vorgang der Entscheidungsfindung verschafft worden. So wurde nicht nur aufgezeigt, wie die Entscheidungen dem Einfluß kultureller, organisatorischer und personeller Faktoren unterliegen, sondern auch Techniken entwickelt, wie sie rationeller getroffen werden könnten.
Wie bei der Planung, so bietet sich auch bei der Organisation der Entscheidungsfindung die Anwendung eines flexibel zu handhabenden Schemas an, um der individuellen Kreativität und den analytischen Fähigkeiten der einzelnen Manager den erforderlichen Spielraum zu belassen. Dieses Schema läßt sich in die sechs folgenden Phasen untergliedern, die den Entscheidungsprozeß darstellen:

1. Definition der Probleme, Festlegung von Zielen und das Erkennen von Beschränkungen
2. Kennzeichnung der alternativen Vorgehens- bzw. Lösungsmöglichkeiten
3. Kennzeichnung der wichtigsten Risikofaktoren
4. Datensammlung
5. Gewichtung der möglichen alternativen Resultate
6. Wahl der besten Alternative

Eine Möglichkeit, die Entscheidungsfindung zu rationalisieren, besteht in der Klassifizierung der vorliegenden Probleme. Hierbei könnten die delegierbaren bzw. programmierbaren Probleme erfaßt werden, von denen sich ein Manager entlasten kann, um sich auf die wesentlichen, nicht programmierbaren und delegierbaren Entscheidungen konzentrieren zu können.

→ *Marktforschung*

Die Marktforschung läßt sich kennzeichnen als eine mit Hilfe wissenschaftlich-systematischer Verfahren betriebene Untersuchung. Dabei läßt sich die Marktforschung trennen in die Teilbereiche Marktanalyse und Marktbeobachtung. Beide verhalten sich zueinander wie die Fotografie zum Film. Die zunehmende Bedeutung der Marktforschung für den Marketing-Bereich resultiert aus den Schwierigkeiten, die ständig zunehmende Komplexität der Märkte umfassend zu analysieren und zu beobachten. Diese Komplexität ist einer der ursächlichen Faktoren für das nur schwer zu lösende Problem, die finanziellen Mittel des Marketing-Bereiches zielgerecht einsetzen zu können.
Die Marktforschung in ihrer ganzen Tragweite beinhaltet eine systematische Problemdefinition, die Entwicklung von Entscheidungsmodellen, eine auf diese Modelle ausgerichtete Datensammlung und die Interpretation der aus dem Modell abgeleiteten Ergebnisse. Erst dadurch lassen sich die im Marketing-Bereich zu treffenden Entscheidungen als auch die Kontrolle der Marketing-Maßnahmen verbessern.
Eine zielgerechte Datensammlung beginnt mit der Definition des Marketing-Problems und der Kennzeichnung der darin enthaltenen variablen Größen. Die notwendige Datensammlung kann sowohl über Sekundärquellen als auch Primärquellen erfolgen. Zu letzterer zählen beispielsweise die Beobachtung, Experimente oder Marktbefragungen. Das Marketing-Management sollte um die Stärken und Schwächen dieser alternativen Erfassungsmethoden wissen und bei der Entscheidungsfindung berücksichtigen. Die endgültige Entscheidung basiert meist auf einer Kombination von Informationen und Erfahrungswerten des Managements sowie auf den Vorstellungen und Meinungen der Entscheidungsinstanzen über den Markt bzw. über das Käuferverhalten.

Marketing-Modelle

Ein Modell läßt sich kennzeichnen als ein Abbild der Wirklichkeit, in dem die Realität vereinfacht dargestellt wird und das komplexe Zusammenhänge übersichtlicher festhalten soll. Grundsätzlich ist zu unterscheiden zwischen einem Erklärungs- und Entscheidungsmodell, wobei beide Modelltypen im Rahmen des Marketing-Managements zum Einsatz kommen.
Während in der Vergangenheit die Datensammlung und die Interpretation der so gewonnenen Information wesentlichster Inhalt der Marktforschung waren, hat erst in der jüngeren Vergangenheit ein Trend zur Modellkonstruktion stattgefunden, der insbesondere im Zusammenhang mit der Lösung von Nicht-Routineproblemen zu beobachten ist. Diese Probleme erfordern nicht nur die Entscheidung der obersten Marketing-Management-Ebene, sondern haben außerdem immer komplexere und kompliziertere Formen angenommen. Die Aufgabe der Modellkonstruktion ist die Kennzeichnung der wesentlichsten Elemente und der Wechselbeziehungen, die in den zu lösenden Problemen enthalten sind. Modelle verdeutlichen das Problem, sie ermöglichen eine experimentelle Anwendung. Diese Anwendung kann zu neuen Erkenntnissen führen: Modelle entwickeln sich zunehmend zu einem Management-Werkzeug, das zukünftig noch realistischere und vor allen genauere Prognosen ermöglichen wird.
Im Marketing-Bereich sind mathematische Modelle beispielsweise mit Erfolg auf Allokationsprobleme (→ Allokationsmodelle), auf Konkurrenzsituationen und Warteschlangenprobleme angewandt worden. Jedoch sind nicht alle Probleme für eine mathematische Lösung geeignet.

Für derartige Probleme lassen sich aber Modelle entwickeln, die die Eigenheiten in der Terminologie dieser Probleme berücksichtigen und durch eine Simulation erschöpfend analysiert werden können.
Für diese Aufgaben stellt zur Überwindung der rechnerischen Hürden der Computer ein wertvolles Hilfsmittel dar. Besonders im Marketing-Bereich kann der problemgerechte Einsatz eines Computers das Management von einer Reihe von Aufgaben entlasten. Dazu zählen außer der Verkaufsabwicklung und dem Warenversand vor allem die Informationsverarbeitung und die Entscheidungsvorbereitung.

Kreativität

Kreativität läßt sich am besten durch eine Gegenüberstellung zur Produktivität kennzeichnen. Stellt die Produktivität die effiziente Anwendung vorhandener Lösungstechniken dar, so beinhaltet die Kreativität das Vorschlagen, die Entwicklung und die Durchführung neuer und besserer Lösungstechniken.
Im Rahmen der Marktforschung wurde herausgearbeitet, daß die endgültige Entscheidung auch auf der Erfahrung des Managements beruht. Nach vorstehender Definition würde eine solche Entscheidung letztlich nur dann einen Wettbewerbserfolg nach sich ziehen, wenn das Management die Erfahrungswerte produktiver als die Konkurrenz einsetzt. In der Realität wird der Wettbewerb aber im entscheidenden Maße durch Kreativität entschieden.
Aus diesem Grunde ist zu prüfen, welche Faktoren die Kreativität des Marketing-Managements für eine bessere Entscheidungsfindung erhöhen können. Es ist davon auszugehen, daß ein Unternehmen nur dann über ein ausgezeichnetes Marketing-Management verfügt, wenn dieses neue und gute Ideen (Lösungstechniken) für die einzelnen Bereiche des Marketing produzieren kann.
Generell arbeiten die meisten Menschen weit unterhalb ihres kreativen Potentials. Die Praxis zeigt auch, daß die Kreativität mit zunehmender Erfahrung immer mehr vernachlässigt wird und in den Hintergrund tritt, weil sie nicht mehr trainiert und aktiviert wird. Deshalb sind Methoden zu suchen, die auf eine Stimulation der Kreativität hinarbeiten. Brainstorming ist beispielsweise eine wirksame Möglichkeit, durch eine Gruppe von Personen eine Vielzahl von Ideen erarbeitet zu erhalten. Ein marketing-orientiertes Unternehmen, das bewußt kreativ sein will, muß die Kreativität stimulieren, die der Kreativität hinderlichen organisatorischen Einflüsse abschaffen und Mitarbeiter einstellen, die kreativ veranlagt sind.

IV. DIE PLANUNG DER MARKETING-MASSNAHMEN

Der Analyse der Gewinnmöglichkeiten und der Festlegung der anzustrebenden Ziele folgt die Erstellung von Marketing-Programmen, mit deren Hilfe die Ziele erreicht werden sollen.

Marketing-Programme

Ein Marketing-Programm stellt die Summe derjenigen Entscheidungen dar, die hinsichtlich der Höhe, der Verteilung und Kombination der für die Marktbearbeitung einzusetzenden Mittel getroffen werden müssen. In diesem Zusammenhang sind mehrere variable Größen zu berücksichtigen wie beispielsweise die möglichen Nachfrageveränderungen, der Einsatz der einzelnen Marketing-Instrumente — dem sogenannten Marketing-Mix —, die Marketing-Strategie, die Verteilung der finanziellen Mittel und die Marktreaktionen (Konkurrenz und Abnehmer).
Zur Bestimmung der optimalen Höhe, Verteilung und Kombination der vorgenannten Mittel stehen eine Anzahl von Methoden und Vorgehensweisen zur Verfügung. Allerdings hat auf diesem Gebiet die Theorie noch ein weites Feld vor sich, dessen Erschließung das Manage-

ment mit praktisch anwendbaren Methoden zur Entwicklung effizienter Marketing-Programme versorgen wird.

→ *Produktpolitik*

Produktpolitik läßt sich kennzeichnen als die Summe derjenigen Maßnahmen, die durch die Schaffung neuer Produkte, die Verbesserung am Markt eingeführter Produkte, die Herausnahme alter Produkte aus dem Marktgeschehen sowie eine attraktive Produkt- und Verpackungsgestaltung ihren, zur Realisierung der unternehmerischen Zielsetzung notwendigen Beitrag leisten sollen.
Die Grundlage eines jeden Marketing-Programmes bilden die Produkte eines Unternehmens. Die Auswahl eines Produktes oder einer bestimmten Produktgruppe wird ultimativ die Auswahl der Absatzkanäle, der Werbemedien und Werbebotschaft und die Auswahl anderer wesentlicher Bestandteile des jeweiligen Marketing-Programms beeinflussen. Die Produktpolitik beeinflußt aber nicht nur die restlichen Marketing-Instrumente, sondern stellt selber auch eine Variable dar, weil durch sie die Stellung des Unternehmens im Markt determiniert wird. So werden Entscheidungen über die Breite und Tiefe des Produktangebotes die Nachfrage beeinflussen. Die Nachfrage wird des weiteren durch Entscheidungen beeinflußt, die die Verbesserung, die Aufgabe alter und die Aufnahme neuer Produkte betreffen. Kein Unternehmen wird langfristig den angestrebten Gewinn, das notwendige Wachstum und die erforderliche Stabilität erreichen, ohne regelmäßig Korrekturen am eigenen Angebot vorzunehmen.
Eine rationale Entscheidungsfindung im Rahmen der Produktpolitik erfordert die genaue Kenntnis der Bedeutung eines Produktes und den Standort im Kreislauf, den ein Produkt durchläuft.
Des weiteren üben die Eigenschaften der Produkte einen gravierenden Einfluß auf die Produktpolitik und die zu wählende Marketing-Strategie aus, die sich aus der Klassifizierung der einzelnen „Güter" herleiten lassen: so ist beispielsweise zwischen Konsum- und Investitionsgütern, zwischen einem Impuls- und Convenience-Gut sowie einer Spezialität ebenso zu differenzieren wie zwischen einem Gebrauchs- und Verbrauchsgut sowie einer Dienstleistung. Die Gewinn-, Rentabilitäts- und Wachstumsziele eines Unternehmens werden ebenfalls die Produktpolitik und Marketing-Strategie beeinflussen. Die im Rahmen der Management-sciences entwickelten Techniken liefern ständig neue Möglichkeiten zur formalen Ermittlung des optimalen Produkt-Mix für ein gegebenes Ziel.

→ *Preispolitik*

Der Begriff Preispolitik umfaßt die Summe aller Maßnahmen, die durch Veränderung der Preisforderung eine Marktanpassung oder eine Marktbeeinflussung zu erreichen versucht. Hinter dieser abstrakten Begriffsbestimmung verbirgt sich eine Fülle von Möglichkeiten, die einerseits in der Preisdifferenzierung sowie andererseits in der Preis- und Konditionenpolitik liegt.
Die Tendenzen zu einer wachsenden Bedeutung des Qualitätswettbewerbs lassen die Zunahme von entscheidungsrelevanten Faktoren erkennen, die den Preis als ein immer weniger gewichtiges Element erscheinen lassen könnten. Der Preis hat aber nichts von seiner entscheidenden Bedeutung – vor allem für die Erreichung des Gewinnzieles – verloren. Immer noch ist der Preis einer der wichtigsten Entscheidungsfaktoren, insbesondere wenn es sich um gesondert gelagerte Marketingprobleme handelt.
Bei der Suche nach dem richtigen Preis kann das Marketing-Management auf die Preismodelle der wirtschaftswissenschaftlichen Theorien zurückgreifen. Diese Modelle verdeutlichen beispielsweise, wie ein Unternehmen kurzfristig den Gewinn maximieren kann, wenn informativ abgesicherte Nachfrage- und Kostenschät-

zungen vorliegen. Allerdings läßt die Theorie viele dynamische Schattierungen und Faktoren unberücksichtigt, die in der realen Situation der Preisfindung auftreten können, wie z. B. Zielsetzungen außerhalb des Gewinnes, mehrere Anbieter, wechselseitige Wirkungen der Marketing-Instrumente und Unsicherheiten, die mit den Nachfrage- und Kostenberechnungen verbunden sind.
In der Praxis kann sich ein Unternehmen mit seinem Preis an den Kosten und der bestehenden oder erkannten Nachfrage orientieren oder sich dem Diktat des Wettbewerbs beugen.
Bei der Vornahme einer Preisänderung müssen die Reaktionen sowohl der Konkurrenz als auch der Abnehmer berücksichtigt werden. Die mögliche Reaktion der Abnehmer läßt sich u. a. an der Preiselastizität ablesen, die zum Ausdruck bringt, wie sich die Nachfrage aufgrund einer Preisvariation verändern wird. Es gibt mehrere Möglichkeiten, die Preiselastizität zu ermitteln bzw. abzuschätzen, ohne die damit verbundene Problematik zu verkennen. Die Preiselastizität ist dasjenige Instrument eines Unternehmens, das die Folgen einer Preisänderung für das Gewinnziel verdeutlichen kann. Auch die Reaktionen der Konkurrenz sind bei einer beabsichtigten Preisänderung zu berücksichtigen. Die Richtung dieser Überlegungen wird sehr stark von der Marktstruktur und dem Ausmaß der Produkthomogenität beeinflußt. Die Reaktion der Konkurrenz kann entweder aus Maßnahmen bestehen, die bereits in einer langfristigen Strategie enthalten sind oder aber durch die jeweilige Situation neu bestimmt werden. Schließlich wird das den Preis verändernde Unternehmen auch die möglichen Reaktionen der Lieferanten, des Zwischenhandels und unter Umständen auch des Gesetzgebers berücksichtigen müssen.
Ein mit einer Preisänderung konfrontiertes Unternehmen muß versuchen, die Absicht der Konkurrenz zu erkennen und die Periode, in der diese Änderung wirksam bleibt, abschätzen können. Um auf derartige Maßnahmen seitens der Konkurrenz schnell reagieren zu können, müssen Alternativmaßnahmen für alternative Preisforderungen der Konkurrenz vorbereitet sein.
Die Preisfindung ist immer dann besonders komplexer Natur, wenn die verschiedenen Produkte eines Sortiments hinsichtlich ihrer Nachfrage und/oder Kosten wechselseitige Beziehungen aufweisen. In einem solchen Fall muß das Marketing-Management eine Preisstruktur entwickeln, die den Gewinn für das gesamte Sortiment maximiert. Andererseits ist nicht zu verkennen, daß die Preise oftmals aufgrund bestimmter Größen wie variable Kosten, Gesamtkosten oder anderer Faktoren festgelegt werden, um dann je nach Wirksamkeit und Lage am Absatzmarkt geändert zu werden.

Wahl der Absatzwege

Zu den komplexeren Entscheidungen im Rahmen des Marketing-Managements gehört die Auswahl des Absatzweges, den ein Unternehmen generell oder für einzelne Produkte einzuschlagen gedenkt. Fast immer wird ein Unternehmen eine Reihe alternativer Absatzmöglichkeiten zur Auswahl haben, um die potentiellen Abnehmer zu erreichen. Allerdings unterscheiden sich die einzelnen Absatzwege in vielfacher Hinsicht voneinander. Bietet der eine Absatzkanal die Möglichkeit, einen großen Kundenkreis anzusprechen, so kann der andere Absatzweg kostengünstiger sein, während ein dritter Absatzweg eine bessere Kontrolle der für den Absatz der Produkte notwendigen Maßnahmen ermöglicht.
Die Auswahl eines bestimmten Absatzweges stellt für ein Unternehmen eine langfristige Bindung an diesen Absatzweg dar, da zur Öffnung und Aufrechterhaltung eines bestimmten Absatzweges oftmals beträchtliche Mittel investiert

werden müssen. Darüber hinaus wird der ausgewählte Absatzweg direkt und nicht unwesentlich die übrigen Bereiche des Marketing-Programms und ihre Einsatzmöglichkeiten beeinflussen.
Ausgangspunkt für die Auswahl des Absatzweges ist die Kennzeichnung der Zielsetzung, die der jeweilige Absatzweg verfolgt. Danach erfolgt die Analyse der alternativen Absatzmöglichkeiten und die Abschätzung der zu erwartenden Gewinne. Im nächsten Schritt ist zu prüfen, inwieweit die besonderen Wünsche der Abnehmer, die besonderen Kennzeichen der Produkte, die Besonderheiten der zwischengeschalteten Stufen, der Einfluß des Wettbewerbs, die Instrumente des eigenen Unternehmens und alle sonstigen Umweltfaktoren die Zielsetzung des eigenen Unternehmens beeinflussen können. Die Vielzahl der Absatzmöglichkeiten ergibt sich aus den verschiedensten Formen des Zwischenhandels, seiner unterschiedlich intensiven Marktbearbeitung und den Absatzaufgaben, die den einzelnen Handelsstufen übertragen werden können. Jede Möglichkeit, den Markt zu erreichen, muß gekennzeichnet und nach Kriterien wie Wirtschaftlichkeit, Kontrollmöglichkeit und Anpassungsfähigkeit beurteilt werden.
Ist die Entscheidung für einen Absatzweg gefallen, so beginnt die eigentliche Management-Aufgabe. Es müssen die einzelnen Händler ausgewählt oder gesucht werden, die zur Zusammenarbeit mit dem eigenen Unternehmen bereit sind. Das Marketing-Management hat den Händlern die jeweils notwendigen Möglichkeiten und Anreize zu bieten, damit die vom Handel zu übernehmenden Aufgaben auch durchgeführt werden. Schließlich ist auch die Tätigkeit der Händler einer Kontrolle zu unterwerfen. Dazu hat eine periodische Bewertung der einzelnen Händler, ein Vergleich ihrer Umsatzzahlen gegenüber dem Vorjahr und gegenüber anderen Händlern im Absatzkanal sowie gegenüber bestimmten Sollvorgaben zu erfolgen.

Da die Märkte und die sie beeinflussenden Faktoren einem ständigen Wandel unterliegen, muß das Marketing-Management auf Änderungen in den Absatzkanälen ständig vorbereitet sein. So können sich neue Handelsformen entwickeln, andere an Bedeutung verlieren. Letztlich könnte durch die Veränderungen sogar eine vollständige Neustrukturierung der Absatzwege erforderlich werden. Aufgabe dieser Bemühungen muß ein auf die Möglichkeiten und Grenzen des Unternehmens abgestimmter Absatzweg sein, um das angestrebte Gewinnziel zu erreichen.

→ *Marketing-Logistik*

Marketing-Logistik — in seiner vollen Bedeutung für ein gewinnorientiertes Unternehmen — kann definiert werden als die Summe aller Maßnahmen, die erforderlich sind, um die Distanz zu überbrücken, die zwischen den Bedürfnissen der Konsumenten und dem in einem Unternehmen benötigten Rohmaterial besteht, um die zur Befriedigung dieser Wünsche erforderlichen Produkte herstellen zu können. Es bedarf keiner besonderen Begründung, daß zur Erfüllung dieser Aufgabe ein systematisches Vorgehen erforderlich ist.
In der Vergangenheit war es der Einsatz der Instrumente des Marketing-Mix, der die Nachfrage erhalten und steigern sollte. Die Probleme der physischen Distribution oder der Logistik wurden in diesem Zusammenhang nur als ein Hilfsinstrument und die ursächlichen Instrumente unterstützendes Instrument angesehen. Erst mit der bewußten Verfolgung des Marketinggedankens hat sich die Erkenntnis durchgesetzt, daß auch für die physische Verteilung der Produkte eines Unternehmens ein systematisches Management erforderlich ist.
Die Forderung nach einem systematischen Vorgehen läßt sich aus der Tatsache herleiten, daß alle in den Teilbereichen eines Unternehmens getroffenen Entscheidungen — sei es im Bereich Lagerhaltung, Transport oder auch Beschaf-

fung – sich einerseits auf die spezifischen Belange des einen Bereiches beziehen, andererseits aber die Kosten und Nachfrage erzeugenden Impulse der anderen Bereiche oftmals wesentlich mit beeinflussen. Trotz dieser Beeinflussung werden aber diese wechselseitigen Beziehungen nur selten in ihrer vollen Konsequenz berücksichtigt.
Es ist gleichermaßen Ziel und Aufgabe der Marketing-Logistik, diese Entscheidungen der Einzelbereiche innerhalb eines einheitlichen Gesamtsystems nicht nur zu koordinieren, sondern gleichzeitig der unternehmerischen Zielsetzung unterzuordnen. Darüber hinaus soll durch das einheitliche Management der physischen Distribution eine Minimierung der Kosten erfolgen – aber unter Berücksichtigung einer den Forderungen der Abnehmer entsprechenden Lieferbereitschaft.
Im Rahmen dieser Aufgabe stehen dem verantwortlichen Management eine Reihe von Entscheidungsalternativen zur Verfügung, wie beispielsweise die direkte Auslieferung an einen Abnehmer oder Auslieferung über Auslieferungslager. Im Rahmen der bestehenden Entscheidungsparameter ist die Aufgabe zu lösen, die Forderung nach einer ständigen, mindestens den branchenüblichen Gepflogenheiten entsprechenden Lieferbereitschaft mit der Notwendigkeit abzustimmen, die Kosten für den Durchlauf durch das und den Umwandlungsprozeß der Produkte im Unternehmen zu minimieren. Diese Aufgabe macht die Suche nach und die Anwendung von Methoden erforderlich, die eine genaue Auswertung der alternativen Entscheidungsgrundlagen ermöglichen.
Schließlich ist die Frage nach der organisatorischen Verantwortung für die Marketing-Logistik zu beantworten, insbesondere aber wie die verschiedenen Einzelentscheidungen zu koordinieren sind und wo die Weisungsbefugnisse in die bestehende Organisationsstruktur eingegliedert werden sollten.

→ *Werbung*
Werbung läßt sich kennzeichnen als die planmäßige Beeinflussung einer effektiven oder potentiellen Konsumentengruppe, die durch Kenntnisnahme einer Werbebotschaft zu einem bestimmten Verhalten angeregt werden soll.
Neben der Produkt-, Preis- und Distributionspolitik gehört die Werbung zu den wichtigen Marketing-Instrumenten eines Unternehmens, weil mit Hilfe der Werbung versucht werden soll, durch eine überzeugende Kommunikation Konsumenten für das eigene Produkt zu gewinnen.
Allerdings ist Werbung allein nicht mit den Kommunikationsstrategien eines Unternehmens identisch. Diese beinhalten neben der Werbung noch den Einsatz der Außendienstmitarbeiter, die Verkaufsförderung und die Öffentlichkeitsarbeit. Aus dieser Tatsache heraus sind bei dem Einsatz der Werbung diese Faktoren nicht nur zu berücksichtigen, sondern das Marketing-Management hat sie mitunter der Werbung vorzuziehen.
Der kreative Aspekt der Werbung wird in den meisten Fällen weniger vom Marketing-Management wahrgenommen, sondern wird dafür spezialisierten Agenturen oder den eigenen Werbefachleuten übertragen.
Aufgabe des Marketing-Managements ist die Festlegung des Werbebudgets, zumindest aber die Genehmigung des Gesamtbudgets. Die Höhe des Werbebudgets wird von Unternehmen zu Unternehmen nach unterschiedlichen Kriterien festgelegt. In dem einen Unternehmen werden sämtliche finanziellen Mittel, die im Rahmen der gegebenen Möglichkeiten erübrigt werden können, dem Werbebudget zugeführt, in einem anderen Unternehmen wird ein bestimmter Prozentsatz vom Vorjahresumsatz verwendet, ein drittes Unternehmen orientiert sich an den Werbeausgaben der Konkurrenz, während eine weitere Möglichkeit die Orientierung an den zu erreichenden Werbezielen ist.

Der Erfolg der in der Werbung eingesetzten finanziellen Mittel hängt vor allem von der Gestaltung einer überzeugenden Verkaufsidee und einer entsprechend wirksamen Präsentation ab. Außerdem sollte die Werbung in Abhängigkeit von der gewählten Distributionsart und der erlangten Distributionsdichte über jene Medien erfolgen, deren relativer Streuverlust am geringsten und deren Wirkung am höchsten ist. Zur Lösung dieses Problems stehen bereits teilweise mathematische Lösungsmodelle zur Verfügung.
Schließlich ist auch der zeitliche Einsatz der in der Werbung zu investierenden Mittel zu berücksichtigen. In diesem Zusammenhang stellen sowohl die saisonalen Schwankungen als auch Zeiträume wie Monate, Wochen und Tage die relevanten Entscheidungsparameter dar, wobei die mögliche Verzögerung in der Werbewirkung und die psychologischen Aspekte der Wiederholung der Werbung in die Überlegungen des Managements einzubeziehen sind.
Im Rahmen der Erfolgskontrolle hat eine Analyse der Auswirkungen der Werbung auf die Verkäufe der einzelnen Produkte zu erfolgen. Diese Analyse hat die einzelnen Phasen der Werbung, nämlich die Planungsphase, die eigentliche Werbephase und die „Nachwerbephase" zu berücksichtigen.

Außendienst-Management

Außendienst-Management läßt sich kennzeichnen als die Führung und der Einsatz der Verkaufsmitarbeiter eines Unternehmens im Sinne der unternehmerischen Gesamtzielsetzung.
Neben der Werbung stellt der Außendienst – als Bestandteil der Kommunikationsstrategie und der Distributionspolitik – einen weiteren wesentlichen Einflußfaktor für den Unternehmenserfolg dar. Fast jedes Unternehmen wird in der einen oder anderen Form über einen Außendienst verfügen. Seine Berücksichtigung im Rahmen des Marketing-Managements ist eine unabdingbare Voraussetzung, zumal dem Außendienst oftmals die den Verkaufserfolg entscheidend beeinflussende Realisierungsaufgabe zufällt. Die vom Außendienst wahrnehmbaren Aufgaben sind sehr vielgestaltig. Somit besteht für das Marketing-Management das Entscheidungsproblem, die vom Außendienst wahrzunehmenden Aufgaben festzulegen. Der so festgelegte Aufgabenbereich wird seinerseits die strategischen und taktischen Entscheidungen im Rahmen einer Marketing-Konzeption beeinflussen.
Die strategischen Überlegungen beinhalten die Entscheidung über den zahlenmäßigen Umfang und die Organisation des Außendienstes. Prinzipiell könnte die Zahl der Außendienstmitarbeiter so lange erhöht werden, bis die durch einen zusätzlichen Außendienstmitarbeiter verursachten Kosten größer sind als der Deckungsbeitrag, den die durch ihn produzierten Verkäufe erbringen. In der Praxis fällt die Entscheidung über den zahlenmäßigen Umfang des Außendienstes aufgrund von Schätzungen über die Leistung der Außendienstmitarbeiter in den einzelnen Verkaufsgebieten oder aufgrund der in den einzelnen Gebieten zu realisierenden Umsatzpotentiale. Entsprechend den unternehmensindividuellen Verhältnissen wird die Wirksamkeit eines Außendienstes einerseits von der Führung abhängig sein und andererseits davon, ob die Organisation dieses Außendienstes analog den spezifischen Problemen nach Absatzgebieten, nach Produkten oder nach Kundengruppen ausgerichtet ist.
Die Auswahl der Außendienstmitarbeiter sollte so weit wie möglich nach wissenschaftlichen Kriterien erfolgen, um die Einstellung nicht geeigneter Personen zu vermeiden. Auch die Schulungsprogramme, die sowohl quantitativ als auch qualitativ an Bedeutung zunehmen, erfordern eine immer sorgfältigere Planung.

Im Rahmen der Motivation stellt die Entlohnung des Außendienstes das wahrscheinlich größte Problem dar. Die Entlohnung wird immer dann die größte Wirkung auf den Verkaufserfolg haben, wenn ein sowohl dem Leistungsgedanken als auch dem Streben nach Sicherheit Rechnung tragendes Entlohnungssystem gefunden wurde. In bestimmten Zeitabständen muß die Leistung des einzelnen Außendienstmitarbeiters einer formalen Bewertung unterworfen werden, die weniger seiner Kritik, als vielmehr seiner positiven Unterstützung dienen soll, damit er seine Tätigkeit rationell und effektiv zu verrichten in der Lage sein wird.

V. MARKETING-KONTROLLE

Die Kontrolle wird grundsätzlich als Gegenprobe in dem Sinne zu betrachten sein, als ein ständiger Soll-Ist-Vergleich erforderlich ist, um die einmal ausgelösten Maßnahmen ständig überwachen und koordinieren zu können, damit das angestrebte Ziel erreicht wird.
Auch die besten Pläne können nicht mehr als zielgerecht bezeichnet werden, wenn sich die der Planung zugrunde liegenden Ausgangsdaten verändert haben. Deshalb ist die Führungsaufgabe des Marketing-Managements noch nicht mit der Entwicklung einer Planung abgeschlossen. Vorkehrungen müssen getroffen werden, damit die Erreichung der angestrebten Resultate überwacht und Korrekturen vorgenommen werden können, wenn diese erforderlich sind.
Kontrolle wird oftmals als etwas Selbstverständliches betrachtet, obwohl sie es nicht ist und nicht sein kann. Dazu folgendes Beispiel:
Ein Unternehmen versucht, bestimmte Ergebnisse zu erzielen. Diese Ergebnisse lassen sich der unternehmerischen Zielsetzung unterordnen. Die Ziele müssen innerhalb bestimmter Bandbreiten erreicht werden. Um das Ziel innerhalb der Bandbreiten zu erreichen, wird ein Unternehmen einen ständigen Soll-Ist-Vergleich durchführen, um daraus gegebenenfalls Anpassungsmaßnahmen ableiten zu können. Kontrolle läßt sich in Anlehnung an die obige Kennzeichnung als ein Vorgang kennzeichnen, mit dessen Hilfe versucht wird, die Ist-Leistung soweit wie möglich an das ursprünglich gesetzte Ziel heranzuführen.
Kontrolle sollte in diesem Zusammenhang eindeutig von der Analyse und Planung getrennt werden. Eine Analyse versucht zu ermitteln, welche Stellung ein Unternehmen am Markt einnimmt, warum es diese Position einnimmt und welche Möglichkeiten sich am Markt bieten. Die Analyse stellt damit gewissermaßen die Lagebeurteilung dar. Planung hingegen ist die Festlegung eines Zieles und der Mittel, um das Ziel zu erreichen.
Die Festlegung dieses Ziels und die Erstellung einer großen Anzahl von Einzelplänen gewährleistet allerdings noch nicht, daß die gewünschten Ergebnisse auch tatsächlich erzielt werden. Die auf die Pläne und Maßnahmen eines Unternehmens einwirkenden Faktoren lassen sich niemals mit absoluter Genauigkeit vorhersagen. Aus diesem Grund müssen die Analysen und die Planung von einem Instrumentarium unterstützt werden, das die unerwarteten Ereignisse entsprechend erfaßt und die notwendigen Korrekturmaßnahmen einleiten kann. Dieses Instrument wird durch die Kontrolle repräsentiert.
Im Marketing-Bereich besteht die Notwendigkeit der Kontrolle auf den verschiedensten Ebenen. Die oberste Ebene konstituiert das Marketing-Management, das seine Kontrollfunktion über das gesamte Marketing-System auszuüben hat. Den anderen Ebenen obliegen die Kontrollfunktionen, die der Leiter des Marketing-Bereiches gegenüber den anderen Marketing-Subsystemen, den verschiedenen Marketing-Programmen, den Mitarbeitern im Marketing-Bereich und gesondert durchzuführenden Projekten auszuüben hat.

Jedes Marketing-Kontrollsystem besteht aus den folgenden drei Elementen:

1. Die Festlegung der Ziele
2. Die Messung der tatsächlich erbrachten Leistung
3. Die Ergreifung von Korrekturmaßnahmen – falls erforderlich

Informationen sind der lebenswichtige Inhalt eines jeden Kontrollsystems. In diesem Zusammenhang ist zwischen den vom Markt in ein Unternehmen einfließenden Informationen und den unternehmensinternen Informationen zu unterscheiden. Ein gutes Informationssystem sollte das Marketing-Management mit Informationen versorgen, die entscheidungsrelevant, genau und ständig zugriffsbereit sind. Es sollte das Ziel eines jeden Marketing-Managements sein, ein Marketing-Informationssystem aufzubauen, das sowohl die Erfassung, Filterung, Verteilung als auch die Speicherung der Informationen wahrzunehmen in der Lage ist.

Umsatz- und Kostenanalyse im Marketing

Wird ein bestimmter Plan in Maßnahmen umgesetzt, so ist ein fortlaufender Informationsprozeß erforderlich, um die erzielte Leistung schnell und sicher bewerten zu können. Insbesondere ist zu prüfen, ob die im Plan enthaltenen Prämissen des Managements über die allgemeinwirtschaftliche Lage, über den Abnehmerkreis und über die Konkurrenz zutreffen, ob die Maßnahmen des Unternehmens die gewünschte Wirkung erzielen oder ob möglicherweise neue Faktoren auftreten, die eine Änderung der Marketing-Strategie erfordern.

Zur Beantwortung dieser auftretenden Fragen sind die in den Umsätzen und Kosten enthaltenen Marketing-Informationen zu analysieren. Werden die komprimierten Umsatz- und Kostenzahlen in die verschiedenen Kennzahlen umgesetzt, so können sie wertvolle Hinweise auf Stärken und Schwächen des eingesetzten Marketing-Programms geben. Darüber

hinaus lassen sich häufig durch zusätzliche Informationen die kausalen Ursachen herausfiltern, die für die Schwächen und Stärken als ursächlich anzusehen sind.

So lassen sich beispielsweise die Umsätze nach Abnehmern und Abnehmergruppen, nach Verkaufsbezirken, nach Produkten, Auftragsgrößen etc. aufschlüsseln. Bereits dadurch wird es dem Marketing-Management ermöglicht, die im Marketing-Programm enthaltenen Stärken und Schwächen zu erkennen und zu analysieren. Diese Kennzahlen, die durch die Verwendung von datenverarbeitenden Maschinen immer leichter und vor allem schneller zu ermitteln sind, müssen mit Hilfe zusätzlicher Information, wie beispielsweise Umsatzvorhaben oder die Umsatzergebnisse der Konkurrenz, sorgfältig interpretiert werden.

Das auf die Umsatzanalyse gelegte Schwergewicht läßt oftmals die Kosten als ein nur am Rande zu beachtender Faktor erscheinen. Eine solche Verhaltensweise stünde allerdings im Gegensatz zur essentiellen Interessenlage des Marketing-Managements. Grundsätzlich kann eine detaillierte Kostenkontrolle Informationen liefern, die Möglichkeiten aufzeigen, wie die beschränkten finanziellen Mittel Verwendungszwecken zugeführt werden können, die zur Forcierung der einzelnen Produkte beitragen. Informationen über die Kostenstruktur können schwache Produkte, Abnehmer oder Gebiete aufdecken und gleichzeitig die schnellere Ergreifung der notwendigen Korrekturmaßnahmen ermöglichen.

Des weiteren dienen genaue Kosteninformationen zur Festlegung der marktgerechten Preisforderung. Sind die tatsächlich durch ein Produkt verursachten Kosten niedriger, als sie vom Management ursprünglich kalkuliert wurden, so kann das Produkt einen zu hohen Preis aufweisen, was wiederum zu rückläufigen Verkäufen führen könnte.

Aus den vorgenannten Gründen sollte die Kostenanalyse gleichgewichtig neben der Umsatzanalyse erfolgen. Eine genaue Analyse ist immer dann sichergestellt, wenn die Frage beantwortet werden kann, wie sich die Kosten auf die einzelnen Marketing-Instrumente verteilen, weil dadurch erst die kostenverursachenden Faktoren analysiert werden können. Beispielsweise kann im Distributionssektor eine Kostenanalyse nach Abnehmergruppen, nach Produktgruppen oder Absatzgebieten erfolgen. Allerdings ist das in einer solchen Analyse enthaltene Abgrenzungsproblem zu berücksichtigen, was vor Ergreifung irgendwelcher Korrekturmaßnahmen die Einholung zusätzlicher Informationen erfordert.

Überprüfung der Marketing-Leistung

Da das Management für alle im Marketing-Bereich stattfindenden Tätigkeiten verantwortlich zeichnet, muß von ihm eine ständige Analyse, Planung und Kontrolle erwartet werden. Aber oftmals ist das Management so eng mit diesen Tätigkeiten verbunden, daß es die Notwendigkeit von Veränderungen nicht erkennt. Aus diesem Grunde sollte die Gesamtleistung des Marketing-Bereichs von einer unabhängigen Instanz überprüft werden. Diese Instanz hat festzustellen und zu überprüfen, was durchgeführt wurde, hat das Ergebnis zu bewerten und sollte Empfehlungen im Hinblick auf zukünftige Maßnahmen aussprechen. Grundsätzlich hat die Überprüfung der Marketing-Leistung eines Unternehmens die Überprüfung der Ziele, Programme, Durchführung und Organisation zu umfassen. Die prüfende Instanz hat festzustellen, ob die Ziele klar, genau und marktorientiert formuliert worden sind. Im Hinblick auf die Programme sind die Entscheidungen über das Ausmaß, die Verteilung und den integrativen Zusammenhang der durchgeführten Marketing-Maßnahmen zu bewerten. Die Überprüfung der Maßnahmen beinhaltet sowohl die Analyse der taktischen Entscheidung als auch der angewandten Erfahrungen, um die entscheidungsrelevanten Informationen schnell und sicher zu erhalten. Letztlich ist der organisatorische Rahmen für die erforderlichen Marketing-Maßnahmen und die Leistung des Personals zu überprüfen.

Diese Überprüfung der Marketing-Leistung kann vom einzelnen Unternehmen auf verschiedene Weise erfolgen. Der wichtigste Faktor in diesem Zusammenhang ist das Ziel der überprüfenden Instanz, ihre Vertrautheit mit der Situation des jeweiligen Unternehmens sowie die gesammelten Erfahrungen bei ähnlichen Projekten. Dem sind die Kosten der Überprüfung gegenüberzustellen als auch die Notwendigkeit, mit der ein Unternehmen die Bewertung seiner Marketing-Leistung benötigt. Wird eine Instanz mit der Überprüfung beauftragt – es kann sich hierbei auch um externe Stellen wie beispielsweise Berater handeln –, so ist der zeitliche Ablauf der Kontrolle genauestens festzulegen, damit die gewonnenen Informationen nicht veraltet sind, wenn sie Maßnahmen auslösen sollen. Jede Unternehmensführung muß Wert darauf legen, daß die Überprüfung der Marketing-Leistung eine Notwendigkeit und nicht eine Aktion ist, den einzelnen Kompetenzbereich und die entsprechende Leistung zu bewerten.

Literatur:
Drucker, P.: The Practice of Management. New York und Evanston 1960
Drucker, P. F.: Management-Impulse durch Marketing. Marketing – The Innovator, Düsseldorf–Wien 1967
Eldridge, C. E.: Marketing Management
Deutsche Bearbeitung von Hubert Strauf, Essen 1969
Fisk, G.: Marketing Systems. An Introductory Analysis, New York, Evanston, London, Tokio 1969
Hammel, W.: Das System des Marketing – dargestellt am Beispiel der Konsumgüterindustrie. Freiburg i. Br. 1963
Hammel, W.: Das System des Marketing – dargestellt am Beispiel der Konsumgüterindustrie, Berlin 1963
Hessenmüller, B. u. Schnaufer, E.: Absatzwirtschaft, Handbücher für Führungskräfte, Baden-Baden 1964
Jäggi, D. E.: Marketing heute, Bern 1969
Koch, W.: Grundlagen und Technik des Vertriebs, Berlin 1958

Kotler, Ph.: Marketing-Management. Englewood Cliffs 1967
Kotler, Ph.: Marketing Management: Analysis, Planning and Control, Englewood Cliffs 1967
Lazer, W.: Marketing Management, A Systems Perspective, New York etc. 1971
Leitherer, E.: Absatzlehre, Stuttgart 1969
Lettau, H.-G.: Geplante Verkaufserfolge, Düsseldorf 1969
Linnert, P.: Die neuen Techniken des Marketing, 3. Aufl. München 1971
Marketing- und Verkaufsleiter-Handbuch, München 1970
Meyer, C. W.: Grundsatzentscheidungen der Vertriebsführung, Berlin 1961
Nicosia, F. M.: Consumer Decision Processes, Englewood Cliffs 1966
Nieschlag, R.; Dichtl, E.; Hörschgen, H.: Einführung in die Lehre von der Absatzwirtschaft-Marketing, Berlin 1968, 1971[4]
Pümpin, C. B.: Langfristige Marketingplanung, Konzeption und Formalisierung, Schriftenreihe des Forschungsinstituts für Absatz und Handel an der Hochschule St. Gallen, Bern u. Stuttgart 1968
Phelps, D. M., u. Westing, H. J.: Marketing-Management, 3. Aufl., Homewood, Ill. 1968
Rasche, H. O.: Marketing — aber mit System, Heidelberg 1971
Schäfer, E.: Die Aufgabe der Absatzwirtschaft, Köln—Opladen 1950
Schnutenhaus, D. R.: Absatzpolitik und Unternehmensführung, Freiburg 1961
Schwartz, G.: Science in Marketing. New York usw. 1965
Seyffert, R.: Wirtschaftslehre des Handels, Köln—Opladen 1955
von Stackelberg, K.-G.: Marktstrategie ohne Geheimnisse, von der Planung absatzwirtschaftlicher Erfolge, Düsseldorf 1969
Stern, M. E.: Marketing Planung, Eine System-Analyse. Übersetzung u. Einleitung: Uherek, E. W. Berlin 1968
Tietz, B.: Grundlagen der Handelsforschung, Marketing-Theorie; Erster Band: Die Methoden, Rüschlikon/Zürich 1969
Weinhold-Stünzi, H.: Grundlagen wirtschaftlicher Absatzführung, Bern 1964

Marketing Manager

In einem Großbetrieb Leiter der Abteilung Marketing.

Marketing-Mix

Bezeichnung für Art und Intensität der von einem Unternehmen zu einem Zeitpunkt eingesetzten variablen Marketing-Instrumente.

Von Marketing-Mix spricht man immer dann, wenn die folgenden Bestandteile des Marketing-Instrumentariums konsumentenbezogen zum Einsatz kommen:

1. Marktforschung
2. Instrumente der Marktanpassung und Marktbeeinflussung
   - Produktionspolitik
   - Preispolitik
   - Distributionspolitik
   - Werbung
   - Verkaufsförderungspolitik
3. Marketing-Planung
   - Planerstellung
   - Plandurchführung (Marktbeeinflussung und Marktanpassung)
4. Marketingkontrolle.

Jedes dieser Bestandteile ist ein Oberbegriff für weitere einsatzentscheidende Komponenten. Die Ermittlung des optimalen Marketing-Mix wird dadurch zu einer nur schwer zu lösenden Aufgabe. Theoretisch ist das optimale Marketing-Mix dann eingesetzt, wenn durch die Veränderung einer der zum Einsatz gekommenen Variablen kein besseres Ergebnis im Sinne des Unternehmensziels möglich ist.

Literatur:
Borden, N. H.: Das Konzept des Marketing-Mix, in: Britt, Boyd jr. (Hrsg.) Marketing-Management und Organisation, dtsch. Bearbeitung: P. Linnert, München 1971
Linnert, P.: Die neuen Techniken des Marketing, 3. Auflage, München 1971

Marketing-Programm

Ein Marketing-Programm ist eine detaillierte Maßnahmenplanung. Das Marketing-Programm legt fest, wie die einem Unternehmen im Rahmen des Marketing-Mix zur Verfügung stehenden Mittel innerhalb einer bestimmten Periode eingesetzt werden sollen, um die angestrebten Ziele zu erreichen.
Ein Marketing-Programm weist mindestens vier charakterisierende Komponenten auf:

1. Die Höhe des angestrebten Leistungsniveaus
2. Die Art und Intensität der zum Einsatz kommenden Marketing-Instrumente (→ Marketing-Mix)
3. Die Aufteilung (→ Allokation) des unterschiedlichen Leistungsvermögens nach Produkten, Abnehmern und Gebieten.
4. Die Durchführung der geplanten Marketing-Maßnahmen innerhalb der Planungsperiode.

Da die einzelnen Komponenten Interdependenzen aufweisen, muß auch im Marketingbereich eine simultane Programmplanung erfolgen. Tritt eine Veränderung in einem oder mehreren der Komponenten auf, so sollte die gesamte Programmplanung geändert werden.
Perfekte Programme sind nur schwierig zu gestalten, da die Bezugsgrößen des Programms – Abnehmer, Konkurrenten, allgemeinwirtschaftliche Lage etc. – sich ständig verändern. In der Praxis wird zwar das bestmögliche Programm angestrebt, eine Umstellung des Programms jedoch nur bei substantiellen Veränderungen in den Planungsgrößen vorgenommen.

Marketing Research

Bezeichnung für eine Marktforschung, die sowohl die Nachfrage, die Konkurrenz als auch das eigene Marketing-Mix erfaßt. Als Abgrenzung zur herkömmlichen Bezeichnung → Marktforschung wird Marketing Research auch als Marketing-Forschung übersetzt.

Marketing Service Manager

Leitender Angestellter, zu dessen Aufgaben Public Relations und Werbung gehören, die Kontaktpflege mit der Presse, dem Hörfunk und Fernsehen, die Herausgabe von Pressemitteilungen, die Organisation von Pressekonferenzen, die Ausarbeitung, Überwachung und Herstellung von Werbeprospekten, Katalogen und Informationsmaterial, die Planung und der Entwurf von Anzeigen, Entwicklung und Konzeption des Aufbaues von Messeständen, die Zusammenarbeit mit Werbeagenturen.

Marketing-Strategie

Die Marketing-Strategie definiert die Entscheidungsparameter, an denen sich die Marketingplanung orientiert und in denen die Marketing-Instrumente zum Einsatz kommen.
Die Marketing-Strategie stellt die grundsätzliche langfristige Entscheidung über den Einsatz der vorhandenen Mittel dar, wobei die Planungstoleranz im Gegensatz zur Marketing-Planung relativ groß ist. Die Kennzeichnung des Unternehmensziels ist Voraussetzung für die Festlegung einer Marketing-Strategie. Determinanten für die Marketing-Strategien sind:

1. Die Strukturierung der Umweltfaktoren.
2. Die besonderen Merkmale der Komplexität der Reaktionen, der allgemeinwirtschaftlichen Umwelt.
3. Die Ziele der Marktpartner und Konkurrenten.

Marktanalyse

In der Marktforschung die Strukturermittlung der Marktfaktoren:

1. Nachfrage: Bedarfsstruktur (Verbrauchsgewohnheiten, Haushaltszahl, Einkommensverhältnisse etc.).
2. Angebot (Konkurrenz): Konkurrenzuntersuchung (qualitative und quantitative Angebotskraft).

Marktanteil

Wert- oder mengenmäßiger Anteil eines Unternehmens am Absatz auf einem bestimmten Markt. Die Ermittlung des Marktanteils kann folgenden Zwecken dienen:

1. Kennzeichnung der Stellung eines Unternehmens am Markt.
2. Bewertung der Unternehmensleistung im Vergleich zu anderen Unternehmen.
3. Festlegung von quantitativen Marktzielen.
4. Grundlage der Absatzprognose.

Der Marktanteil läßt sich relativ schwer feststellen. In der Regel verwendet man eine von zwei Methoden:

1. Vergleich der eigenen Umsätze mit denen der Branche
2. Erfassung der Käufe durch die Konsumentenmithilfe von Haushalts- → Panels.

Die erste Methode erfaßt die Verkäufe der Unternehmen an den Handel. Diese Methode kann zu verspäteten Maßnahmen seitens des Herstellers führen, wenn die Produkte beim Handel nicht abfließen. Die zweite Methode erfordert einen relativ hohen Aufwand, wenn verläßliche Informationen erfaßt werden sollen.
Schließlich ist zu berücksichtigen, daß der Marktanteil nicht nur der Beeinflussung durch die Aktivitäten des eigenen Unternehmens und denen der Konkurrenz unterliegt, sondern auch allgemeiner Wohlstand, Rezessionen, Preisänderungen innerhalb der Branche oder Veränderungen in der Auslandsnachfrage zu Veränderungen führen können.

Literatur:
Oxenfeldt, A. R.: How to use Market-share Measurements, in: Harvard Bussines Review 1959

Marktfaktoren

Bezeichnung für die das Marktgeschehen bestimmenden Einflußgrößen. Diese sind primär Angebot und Nachfrage; sekundär aber auch alle sonstigen angebot- und nachfragebeeinflussenden Größen: Bevölkerungsentwicklung, Kaufkraft, Konjunktur, Klima, Werbung etc.

Marktformen

→ Preispolitik.

Marktforscher

Berufsbezeichnung für die Tätigkeit in einem Unternehmen, mit Hilfe der Methoden der → Marktforschung Grunddaten für bestimmte Aktivitäten zu liefern, z. B. für die Investitions-, Absatz- und Werbepolitik. Im Werbebereich beschäftigt sich der Marktforscher insbesondere auch mit Meinungs-, Motiv-, Verbrauchs- und Werbeforschung.

Marktforschung

Marktforschung ist die Summe aller Maßnahmen, die die systematische Analyse und Beobachtung aller für die unternehmerische Entscheidung über den Verkauf der Produkte wesentlichen Kriterien auf dem Absatz-, Beschaffungs- und Kapitalmarkt beinhalten.
Die Marktforschung im so gekennzeichneten Sinne beinhaltet die Datensammlung und -analyse, die Problemanalyse, um den eigentlichen Kern eines Problems zu ermitteln, sowie die Konstruktion von Modellen, um ökonomisch sinnvolle Aussagen zu erzielen. Erst der Einsatz dieser Faktoren wird zu einer rationaleren und besseren Entscheidungsfindung und Kontrolle im Marketingbereich führen.

I. AUFGABENBEREICH

Der gezielte Einsatz der Marktforschung in dem oben gekennzeichneten Sinne ist in vielen Unternehmen oftmals nur ein Lippenbekenntnis: „Alles redet von der Marktforschung, praktiziert wird sie nur am Rande." In den USA, so zeigt eine Studie der American Marketing Association aus dem Jahre 1963, betreiben annähernd 50 % der Unternehmen eine formale Marktforschung. Über die Hälfte dieser Marktforschung betreibenden

Einsatzgebiete der Marktforschung bei 1660 Unternehmen

Einsatzgebiet	Anteil in %
1. Werbung	
Motivforschung	30
Copy-Forschung	37
Media-Forschung	47
Wirkungsanalysen von Anzeigen	48
andere Gebiete	12
2. Unternehmenspolitik und betriebswirtschaftliche Analysen	
Kurzfristige Prognosen (bis zu einem Jahr)	62
langfristige Prognosen (über ein Jahr)	59
Trendanalysen	58
Gewinn und/oder Wertanalysen	53
Standortanalysen	44
Diversifikationsanalysen	49
Beschaffungs- und Absatzanalysen	44
Untersuchung der Export- und internationalen Entwicklung	39
lineare Programmierung	35
Operations Research	29
Netzplanstudien	18
Personalstudien	32
andere Gebiete	7
3. Produkt	
Erfolgsaussichten neuer Produkte und deren Marktpotential	63
Analyse von Konkurrenzprodukten	65
Produktteste	57
Verpackungsgestaltung und deren physische Eigenschaften	45
andere Gebiete	7
4. Markt und Absatz	
Entwicklung des Marktpotentials	68
Analyse der Marktanteile	67
Bestimmung der Marktcharakteristika	67
Verkaufsanalysen	66
Festlegung von Verkaufskontingenten und Absatzgebieten	57
Analyse von Distributionskanälen und deren Kosten	52
Testmärkte, Testläden	37
Einsatz von Konsumentenpanel	27
Untersuchung und Analyse der Außendienstentlohnung	44
Analysen verkaufsfördernder Mittel wie Prämiengewährung, Koupons und Probekäufe	29
andere Gebiete	6

Quelle:
Dik Warren Twedt, ed., A Survey of Marketing Research: Organization, Functions, Budgets, Compensation (Chicago: American Marketing Association, 1963) Seite 41.

Unternehmen führte die formale Marktforschung erst innerhalb des dem Jahre 1963 voranlaufenden Jahrzehntes ein. Diese Studie macht deutlich, daß mit zunehmender Erfahrung mit diesem Führungsinstrument sich auch die Zahl der Einsatzgebiete der Marktforschung erhöht. Die folgende Aufstellung zeigt 34 verschiedene Einsatzgebiete der Marktforschung und den prozentualen Anteil der Unternehmen, die auf diesen Gebieten Marktforschung praktiziert haben.

Diese Aufstellung zeigt, daß in der Praxis das Schwergewicht der Marktforschung auf der Entwicklung des Marktpotentials, der Analyse der Marktanteile und der Bestimmung der Marktcharakteristika, auf Verkaufsanalysen, auf der Untersuchung der Erfolgsaussichten neuer Produkte und dem zu erwartenden Marktpotential, auf Studien über Konkurrenzprodukte sowie der kurz- und langfristigen Prognose liegt. Noch relativ selten kommt die Marktforschung im Rahmen der Werbung zum Einsatz. Auch das Gebiet des Operations Research ist aufgrund dieser Aufstellung noch sehr entwicklungsfähig. Diese Aufstellung läßt auch erkennen, daß sich die Aufgaben der Marktforschung generell auf drei Gebiete konzentrieren, nämlich auf die Sammlung und Analyse von Routineinformationen, die Analyse von Routineproblemen und schließlich die Analyse von Nicht-Routineproblemen.

Erfassung und Analyse von Routineinformationen

Im Rahmen der Erfassung und Analyse von Routineinformationen werden sämtliche für ein Unternehmen wichtigen und ständig zugriffsbereiten Daten erfaßt, um aufgrund der Marktentwicklungen die Effizienz der Marketingstrategie (→ Marketingstrategie) überprüfen und Korrekturmaßnahmen vornehmen zu können. Zu dieser Art der Informationssammlung gehört beispielsweise die Erfassung und Auswertung der wichtigsten Artikel aus Zeitungen und Zeitschriften, die Vorbereitung und Analyse von Statistiken zur Ermittlung der Marktanteile (→ Marktanteil), die Analyse der Umsatzerlöse des Unternehmens nach Gebieten, Produkten oder anderen Kriterien.

Analyse von Routineproblemen

Die Analyse von Routineproblemen beinhaltet z. B. die Entwicklung von Absatzprognosen, die Ermittlung des Absatzpotentials einzelner Marktsegmente (→ Marktsegmentierung) oder die Untersuchung des Images, das die Produkte bei den Abnehmern erzielen können. Die Erhebungstechniken für die Lösung dieser Probleme sind in der Regel bekannt, lassen sich fast immer einsetzen und werden nur selten eine Modifizierung erforderlich machen, um zur Lösung des vorliegenden Problems zu gelangen. Wichtigstes Kriterium bei der Analyse von Routineproblemen ist die wirtschaftliche Effizienz der Informationsbeschaffung. Diese wird grundsätzlich eine positive Korrelation zum Grad der praktizierten Systematik aufweisen.

Analyse von Nicht-Routineproblemen

Es handelt sich immer dann um Nicht-Routineprobleme, wenn in einem Unternehmen für ein auftretendes Problem keine Entscheidungs-Alternativen vorbereitet sind. Außerdem treten Nicht-Routineprobleme immer dann auf, wenn wesentliche Veränderungen an der bestehenden Marketing-Strategie vorgenommen werden. In diesem Zusammenhang kann der Marktforschungsabteilung beispielsweise die Aufgabe übertragen werden, das Ausmaß von Umsatz- oder Gewinnveränderungen zu analysieren, die sich aus einem Wechsel der Distributionskanäle, des Entlohnungssystems oder aus einer Preisänderung ergeben könnten. Bei derartig gelagerten Problemen ist ein großer Zeitaufwand für die Problemdefinition und die Suche der problemgerechten Lösungstechniken erforderlich. Darüber hinaus muß ein kontinuierlicher Informations- und Ideenaustausch zwischen Marketing-Management und Marktforschung sichergestellt sein, um eine zielgerechte Vorgehensweise auf dem Gebiet der Marktforschung zu gewährleisten.

II. MARKTFORSCHUNG UND MANAGEMENT

Die Ursachen für die relativ untergeordnete Rolle der Marktforschung liegen sowohl bei den Verantwortlichen für die Marktforschung als auch bei dem übergeordneten Management, das die Ergebnisse der Marktforschung als Entscheidungsgrundlage verwenden sollte. Oftmals wird die Marktforschung vom Management noch als nur reine Informationsbeschaffungsfunktion angesehen, im Rahmen derer Fragebögen erstellt, eine Stichprobengröße gewählt, Interviews durchgeführt und ein Abschlußbericht erstellt werden. Die so gewonnenen Ergebnisse sind aber häufig nicht verwendbar, weil das Management keine genaue Problemdefinition vorgegeben hat. Die so häufig nur bedingt verwendbaren Ergebnisse bestärken das Management in der Auffassung, daß die Marktforschung nur für einen begrenzten Aufgabenbereich einsetzbar ist. Aufgrund dieser Einstellung werden die Marktforschungsaufgaben weniger kompetenten Mitarbeitern übertragen, was zu noch weniger kompetenten Ergebnissen führen und die oben beschriebene Einstellung noch verstärken wird.

Ein weiterer Grund für die negative Einstellung des Managements sind die manchmal fehlerhaften Informationen oder falsch interpretierten Daten. Diese sind aber oftmals die Konsequenz eines zu niedrigen Budgets, so daß trotz komplexer Märkte nur begrenzte Erhebungen möglich waren. Schließlich ist auch zu berücksichtigen, daß durch die Marktforschung häufig nur komprimierte, zukunftsbezogene und abstrahierte, auf Prämissen beruhende Ergebnisse erstellt werden, während das Management einfache, sichere, sofortige und konkrete Informationen verlangt.

Die gekennzeichneten Probleme und die divergierenden Ansichten von Marktforschung und Management lassen eine bessere Koordination zwischen diesen Instanzen erforderlich erscheinen. Dadurch werden einerseits dem Management die Schwierigkeiten auf dem Gebiet der Marktforschung und die für einen Erfolg dieser Arbeit erforderlichen Voraussetzungen bewußt, während andererseits der Marktforschungsbereich die speziellen Informationsbedürfnisse und Entscheidungsgrundlagen der einzelnen Managementebenen besser berücksichtigen kann.

III. DER SYSTEMATISCHE ABLAUF DER MARKTFORSCHUNGSTÄTIGKEIT

Die Hauptaufgabe der Marktforschung ist die Unterstützung des Managements bei der Problemlösung und Entscheidungsfindung. Probleme und Entscheidungen basieren nur selten auf gleichen Ursachen. Trotzdem, oder gerade deshalb, ist für die Lösung dieser Probleme zumindest im Ansatz eine schematisierte Vorgehensweise erforderlich. Dieses Schema beinhaltet die Phasen der Problemdefinition, der Modellkonstruktion, der Datensammlung und der Dateninterpretation.

Die Vorgehensweise im Rahmen dieser Phasen soll am Beispiel eines bekannten Herstellers von elektrischen Haushaltsgeräten erfolgen, der die Entscheidung darüber treffen soll, ob er ein Angebot von Warenhäusern und Versandunternehmen zur Herstellung von Handelsmarken annehmen soll. Der Endverkaufspreis dieser unter einer Handelsmarke zu vertreibenden Geräte würde 20 % unter dem Preis der Herstellermarke liegen. Die Situation dieses Unternehmens ist dadurch gekennzeichnet, daß sich die Gewinnstruktur in den

letzten Jahren ständig verschlechtert hat, obwohl der Marktanteil (→ Marktanteil) gehalten werden konnte. Andererseits genießt das Unternehmen sowohl bei Händlern als auch Konsumenten einen guten Ruf, während der Produktionsbereich durch eine Unterlastung in den ersten acht Monaten des Jahres und durch eine Überlastung in den letzten vier Monaten gekennzeichnet ist.
Das Management steht vor einer Frage grundsätzlicher Bedeutung. Um eine Entscheidungsgrundlage zu erhalten, wird der Marktforschungsbereich beauftragt, eine Analyse des Marktes für elektrische Haushaltsgeräte durchzuführen. Insbesondere soll untersucht werden, welche Möglichkeiten für den Vertrieb von Handelsmarken bestehen.

Problemdefinition

Der erste Schritt einer systematisierten Entscheidungsfindung ist die Problemdefinition. Gleiches gilt für die Marktforschung. Die weitere Vorgehensweise kann erst dann wirksam und effizient geplant werden, wenn das Problem unmißverständlich definiert wird und Klarheit über den Verwendungszweck der zu ermittelnden Daten besteht. Das wiederum verlangt nach einer eindeutigen Zielvorgabe durch die Unternehmensführung.
Das oben genannte Beispiel weist die geforderte Zielvorgabe nicht auf. Die Problemstellung ist zu allgemein formuliert. Über Handelsmarken — auch auf dem Markt für elektrische Haushaltsgeräte — lassen sich die verschiedenartigsten Informationen gewinnen und daraus die unterschiedlichsten Aussagen ableiten. Eine mögliche Zielvorgabe könnte deshalb lauten: Ermittlung der Einstellung der Konsumenten zu Handelsmarken und Herstellermarken. Mit Hilfe der Zielvorgabe kann die Marktforschung z. B. die Marktentwicklung für Handels- und Herstellermarken für die nächsten drei Jahre ermitteln, um daraus Gewinn- und Umsatztrends abzuleiten.
Die so ermittelten Ergebnisse müssen aber nicht unbedingt entscheidungsorientiert sein. Wie beeinflußt beispielsweise ein Ergebnis, wie: 70 % der Konsumenten bevorzugen bei elektrischen Haushaltsgeräten Herstellermarken, die Entscheidung des Managements? Wie würde die Entscheidung bei einem Ergebnis von 60 % lauten? Diese Ergebnisse sind das Beispiel für „nackte" Informationen, die dem Management vorgelegt werden, ohne in ein Modell eingebettet zu sein.
Die so gekennzeichnete Marktforschungstätigkeit ist mehr informations- als entscheidungsorientiert und ein Beispiel dafür, wenn die Marktforschung im Entscheidungsprozeß eine nur untergeordnete Rolle spielt. Die Marktforschung hat nur die Aufgabe, möglicherweise wichtige Daten aufzudecken. Andererseits läßt sich bei genauer Problemdefinition und Zielvorgabe — einschließlich der möglichen Alternativen — die Effizienz der Marktforschungstätigkeit erhöhen, die sich durch die Relation von Kostenaufwand und Informationswert ausdrücken läßt. Die Leistung der Marktforschung läßt sich damit anhand der verwertbaren Informationen messen. Die Effizienz der Marktforschung ist dann optimal, wenn sämtliche gewonnenen Informationen verwertbar sind, d. h. das vorgegebene Problem berühren. Verwertbare Informationen sind dadurch gekennzeichnet, daß sie der Unternehmensführung eine bessere Bewertung der einzelnen Alternativen ermöglichen. Eine bessere Bewertung bedeutet wiederum eine bessere Entscheidung und langfristig betrachtet eine Verbesserung der Gewinnsituation:
Die Alternativen für die Herstellung von elektrischen Haushaltsgeräten lassen sich durch die folgenden Strategien kennzeichnen:

1. Fortsetzung der bisher praktizierten Unternehmenspolitik

2. Preissenkung, um die Differenz zu konkurrierenden Handelsmarken teilweise zu kompensieren.
3. Intensivierung der Werbung, um die Nachfrage nach Herstellermarken und insbesondere nach der eigenen Marke zu erhöhen
4. Produktion von Handelsmarken in der produktionsschwachen Zeit, um die Anlagen auszulasten
5. Vollständige Umstellung der Produktion auf Handelsmarken
6. Erweiterung der Kapazitäten, um sowohl Herstellermarken als auch Handelsmarken herstellen zu können.

Die endgültige Entscheidung des Managements wird eine dieser Alternativen darstellen. Die Aufgabe der Marktforschung besteht dabei in der zielgerichteten Informationsgewinnung, um die Möglichkeiten und Grenzen der einzelnen Alternativen aufzuzeigen.

Modellkonstruktion

Mit Hilfe der Modellkonstruktion sollen die sich am Markt aufgrund einer Entscheidung ergebenden Aktionen und Reaktionen a priori aufgezeigt und analysiert werden. Im Hinblick auf das gewählte Beispiel soll die zweite Alternative – die Vornahme einer Preissenkung, um die Differenz zu den Handelsmarken im Preis ausgleichen zu können – als Grundlage der Überlegungen dienen. Eine Preissenkung wird bei der Konkurrenz aller Wahrscheinlichkeit nach wiederum Gegenmaßnahmen auslösen. Ein Hilfsmittel, dieses Problem in seiner ganzen Tragweite darzustellen, ist der in Darstellung 1 dargestellte Entscheidungsbaum, anhand dessen zunächst die möglichen Reaktionen seitens der Konkurrenz und danach die der Konsumenten gezeigt werden.

Dieses sehr einfache Modell, das bereits die Reaktion der Konsumenten auf die ursprüngliche Preissenkung berücksichtigt, bringt aber nicht zum Ausdruck, wie stark die Reaktionen der Hersteller- und Handelsmarken produzierenden Konkurrenz sind, da monetäre Werte fehlen. So könnte beispielsweise die Herstellermarken herstellende Konkurrenz ebenfalls eine Preissenkung durchführen, die absolut betrachtet nicht so groß ist wie die Preissenkung des betrachteten Unternehmens. Darüber hinaus werden sich Schwierigkeiten bei der Interpretation der Daten ergeben, denn welche Schlußfolgerungen lassen sich beispielsweise aus einer 9-, 8-, 7- oder 6%igen Preissenkung der Konkurrenten ziehen, wenn die vorgenommene Preissenkung beispielsweise 9,5% beträgt.

Der dargestellte Entscheidungsbaum soll an dieser Stelle nur deutlich machen, wie sich die möglichen Folgen einer Entscheidungsalternative in ein Modell umsetzen lassen. Die Alternative, die Produktionskapazität zu erhöhen, wird beispielsweise eine völlig andere Strukturierung der Risikofaktoren ergeben als die hier dargestellte Preissenkungsmaßnahme.

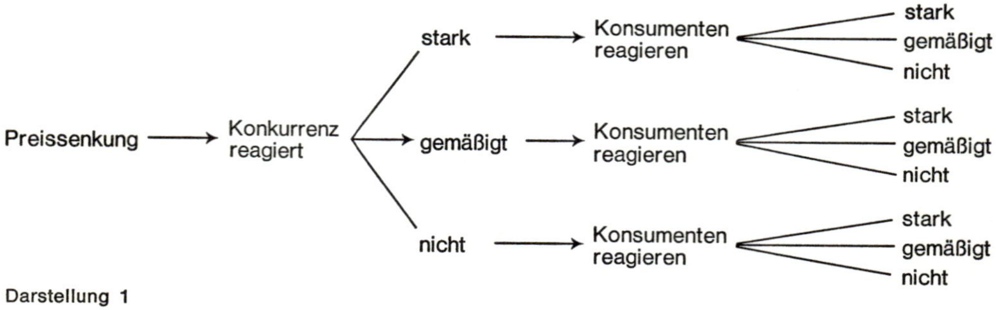

Darstellung 1

Datensammlung

Im nächsten Schritt erfolgt die Sammlung der für die Bewertung der Alternativen im Rahmen des Modells benötigten Daten. So kann das Modell beispielsweise für die zweite Alternative erkennen lassen, daß Informationen über die Verhaltensweise und Intensität des Verhaltens von sowohl Konkurrenten als auch Konsumenten auf eine 9,5 %ige, und damit substantielle Preissenkung benötigt werden.
Eines der schwierigsten Gebiete im Marketing ist die Vorhersage der Reaktionen von sowohl Konkurrenten als auch Konsumenten auf beabsichtigte Maßnahmen im allgemeinen und Preissenkungen im besonderen. Trotz der vorhandenen Schwierigkeiten, werden diese Informationen als Entscheidungsgrundlage benötigt, und es ist deshalb Aufgabe der Marktforschung, einen problemgerechten Plan für die Datensammlung zu entwickeln.
Siehe auch Informationsbeschaffung und Informationsauswertung.

Dateninterpretation

In der letzten Phase ist die Analyse der gesammelten Daten erforderlich, um eine Beurteilung der strategischen Vorgehensweise durch die Unternehmensführung zu ermöglichen. Für diese Beurteilung ist die Unternehmensführung auf eine genaue Rangfolge der in den einzelnen Strategien enthaltenen Risiken und Gewinnmöglichkeiten angewiesen. Darüber hinaus müssen der Unternehmensführung die den Gewinnerwartungen zugrunde liegenden und in die Berechnungen eingegangenen Prämissen bekannt sein und ihr muß außerdem gezeigt werden, durch welche Faktoren die einzelnen Alternativen beeinflußt werden können bzw. sich beeinflussen lassen, damit diese Kriterien in der Entscheidungsfindung berücksichtigt werden. Zur Beseitigung der weiter vorn angeschnittenen Problemkreise und zur Stärkung der Position der Marktforschung im eigenen Unternehmen sollte die für die Marktforschung verantwortliche Leitung im Hinblick auf die Dateninterpretation einen gesunden Mittelweg beschreiten. Eine zu allgemein gehaltene Berichterstattung über die gewonnenen Erkenntnisse, die allerdings aufgrund der zu allgemein gehaltenen Zielvorgabe nicht spezieller ausfallen konnte, wird die Meinung der Unternehmensführung bekräftigen, daß die Marktforschung trotz intensiven Zeit- und Finanzaufwandes nicht in der Lage ist, eine solide Entscheidungsgrundlage zu liefern.
Andererseits birgt eine zu genaue Berichterstattung die Gefahr in sich, daß die Unternehmensführung von einer Entscheidungsfunktion „enthoben" wird, während sich das Risiko der Marktforschung erhöht, bei Nichteintreten der zugrunde gelegten Prämissen auch den Rest seiner Anerkennung bei der Unternehmensführung zu verlieren.

Literatur:
Buzzel, Cox & Brown: Marketing Research and Information Systems, Text and Cases. New York usw. 1969
Disch, Wolfgang K. A., und Kapferer, Clodwig: Kooperative Marktforschung. Köln und Opladen 1965
Hüttner, M.: Grundzüge der Marktforschung. Wiesbaden 1969
Linnert, P.: Die neuen Techniken des Marketing, 3. Aufl. München 1971
Myers, James H.: The Management of Marketing Research. Scranton 1969
Schäfer, E.: Die Grundlagen der Marktforschung – Marktuntersuchung, Marktbeobachtung, 4. Auflage. Köln und Opladen 1966
Twedt, Dik Warren (Hrsg.): A Survey of Marketing Research: Organization, Functions, Budgets, Compensation. Chicago 1963

Markthomogenität

Bezeichnung für das Ausmaß der Übereinstimmung von Bedürfnissen, Präferenzen und Eigenschaften der Konsumenten innerhalb eines abgegrenzten Marktes.
Die Markthomogenität ist insbesondere ein Entscheidungsfaktor bei der → Marktsegmentierung. Je homogener ein Markt

ist, um so schwieriger ist eine Segmentierung, d. h. eine Aufspaltung des Marktes vorzunehmen. Sieht man von der Möglichkeit ab, durch intensive Werbemaßnahmen künstliche Segmente zu schaffen, so wird in der Regel auf homogenen Märkten nur eine undifferenzierte Marktbearbeitung möglich sein.

Marktkapazität

Bezeichnung für die Aufnahmefähigkeit des Marktes ohne Berücksichtigung der Kaufkraft. Die Marktkapazität ist größer als das → Marktpotential und als das → Marktvolumen.

Marktnische

Bezeichnung für einen Marktbereich, der vom bestehenden Angebot nicht oder nicht ausreichend erfaßt wird.

Marktpotential

Das Marktpotential – auch Absatzpotential, potentielle Nachfrage – kennzeichnet das maximale Niveau einer am Markt möglichen Nachfrage nach einem bestimmten Produkt oder einer bestimmten Dienstleistung.
Es ist zu unterscheiden zwischen expansivem und stagnierendem Marktpotential. Ein expandierendes Marktpotential ist häufig bei neuen Produkten oder in Wachstumsbranchen anzutreffen, wobei das Niveau des Potentials von der Einsatzintensität der → Marketing-Instrumente abhängt. Ein stagnierendes Marktpotential existiert in vielen Fällen in etablierten Branchen (Zigaretten, Kühlschränke). Hier kann die Einsatzintensität der Marketing-Instrumente meistens nur eine Veränderung des Marktanteils bewirken.
Ermitteln läßt sich das Marktpotential durch die Kennzeichnung der Zahl der Bedarfsträger für ein bestimmtes Produkt sowie anhand ihrer → Kaufkraft bzw. ihrem Verbrauch.

Das Marktpotential ist kleiner als die → Marktkapazität, aber größer als das → Marktvolumen.

Marktsegmentierung

Begriffliche Kennzeichnung für die Aufgliederung des Gesamtmarktes in abnehmer- und/oder gebietsbezogene Teilmärkte nach bestimmten Merkmalen.
Der Marktsegmentierung liegt die Überlegung zugrunde, daß jeder Mensch eine unterschiedliche Bedürfnisstruktur aufweist, die Summe seiner Lebensgewohnheiten und Einstellungen, seiner Umwelt, etc. ist. Die bestmögliche Marktbearbeitung würde in Kenntnis der einzelnen Bedürfnisstrukturen dann sichergestellt sein, wenn im Marketingprogramm jede einzelne Bedürfnisstruktur berücksichtigt würde. In einem solchen Fall wäre das optimale Ausmaß einer Marktsegmentierung erreicht. In der Praxis kann eine solche Marktbearbeitung für wenige Unternehmen im Investitionsgüterbereich zutreffen, für sämtliche anderen Unternehmen ist eine solche Marktbearbeitung nicht nur aus praktikablen, sondern auch aus Kostenüberlegungen heraus nicht durchführbar.
Deshalb haben die meisten Unternehmen nach Kriterien zu suchen, die einem mehr oder weniger großen Teil der potentiellen Abnehmer gemeinsam sind. Zu diesen Kriterien können z. B. zählen: Einkommen, Alter, Familiengröße, Geschlecht, Bildung, Beruf, sozialer Status, Verbrauchsgewohnheiten, etc.
Eine wirksame Segmentierung ist von der Erfüllung der folgenden Voraussetzungen abhängig:

1. Für die Segmentierung muß ausreichendes Basismaterial zur Verfügung stehen.
2. Der Erfolgsbeitrag des Marktsegmentes muß sich analysieren und kontrollieren lassen.

3. Die Marktsegmentierung muß zu einer ausreichend großen Zielgruppe führen, die sich durch spezielle Marketingprobleme auszeichnet, die gewichtig genug sind, um über eine entsprechende problemgerechte Bearbeitung bei dieser Zielgruppe Präferenzen zu erlangen.
4. Das Marktsegment muß von den Marketinginstrumenten erreichbar sein.

Eine wirksame Marktsegmentierung beinhaltet folgende Vorteile:

1. Ein Unternehmen, das eine Marktsegmentierung praktiziert, ist eher in der Lage, die sich am Markt bietenden Chancen wahrzunehmen, weil es mit der Problematik des Marktsegmentes vertraut ist und so entsprechend problemgerechte Lösungen anbieten kann.
2. Es ist mit der Reaktion auf die verschiedenen Marketinginstrumente relativ gut vertraut, so daß der Einsatz der einzelnen Instrumente und die Aufteilung des Marketing-Budgets gezielt erfolgen kann.
3. Die Qualität und Gestaltung des Produktes und die Ansprache der Abnehmer durch den Hersteller über das Marketing-Instrumentarium kann genauestens auf deren Bedürfnisse abgestellt werden.

Eine erfolgreiche Marktsegmentierung setzt ein systematisches Vorgehen voraus. Grundsätzlich lassen sich hierbei vier Schritte kennzeichnen:

1. Kennzeichnung des Gesamtmarktes für das Produkt. In diesem Zusammenhang ist zu prüfen, wer überhaupt als Käufer in Frage kommt, wer die Nichtkäufer darstellt, ob es sich beispielsweise um einen reinen Männer- oder Frauenmarkt handelt, etc.
2. Bildung von Marktsegmenten. Ausgehend vom Gesamtmarkt ist festzustellen, welche sinnvollen Kriterien – wie sie oben genannt wurden – für die Bildung von Segmenten gegeben sind. Eine Möglichkeit zur Durchführung der Segmentierung wäre beispielsweise die Gegenüberstellung des Inputs in Form von Marketingfaktoren mit dem zu erwartenden Output in Form von Gewinn- oder Rentabilitätsgrößen. Nach dem jeweiligen Verhältnis kann eine Rangfolge der Segmente gebildet werden, wobei eine relative Isolierung der einzelnen Segmente nach Möglichkeit gegeben sein sollte.
3. Die Analyse der Segmente. Die Marktsegmentierung ist mit der Bildung von Segmenten noch nicht abgeschlossen, sondern diese müssen analysiert werden. Folgende Fragen sind dabei zu beantworten:
   - Ist eine Mindestzahl von Abnehmern gegeben, die wirtschaftlich erreicht werden kann?
   - Ist ihre gezielte Ansprache durch Medien möglich?
   - Existiert speziell für dieses Segment ein Distributionsweg, damit es nicht zu Überschneidungen mit anderen Segmenten kommt?
   - Welche Stellung nimmt das Produkt in diesem Segment ein?
   - Welcher Aufwand ist erforderlich, um eine bestimmte Marktposition in diesem Segment zu verteidigen?
   - Schließt die Bearbeitung eines Segments die Bearbeitung eines anderen aus?
   - Mit welchen Erlösen ist bei unterschiedlich intensivem Einsatz der Marketinginstrumente in diesem Segment zu rechnen?

   Diese Analyse soll Antwort auf die Frage geben, wann der höchste Nutzeneffekt mit dem Einsatz des Marketing-Instrumentariums erzielt wird.
4. Die Allokationsentscheidung. Als letzter Schritt der Segmentierung ist die Entscheidung zu treffen, welche Mittel in welchen Segmenten mit welcher Intensität zum Einsatz kommen.

Literatur:
Brandt, St. C., Dissecting the Segmentation Syndrome, in: Journal of Marketing, Oktober 1966
Kotler, Ph.: Marketing-Management, Englewood Cliffs 1967
Harper W., Boyd jun. und Sidney J. Lewy, Neue Dimensionen in der Konsumentenanalyse in Britt, Boyd jr. (Hrsg.): Marketing-Management und Organisation, deutsche Bearbeitung: P. Linnert, München 1971
Yankelovich, D.: Neue Kriterien der Marktsegmentierung, in: Britt, Boyd jr. (Hrsg.) a. a. O.

Marktspaltung

Bezeichnung für die wirtschaftliche Tatsache, daß es für eine Ware mehrere Preise oder Märkte gibt. Dies kann durch Preisdifferenzierung (z. B. regional verschiedene Benzinpreise) oder durch staatliche Maßnahmen (z. B. gespaltener Goldpreis) geschehen.

Marktstruktur

Begriff für das Verhältnis wesentlicher, die wirtschaftliche Aktivität auf einem Markt nachhaltig beeinflussender Faktoren untereinander oder zu ihrer Gesamtheit. Zu diesen Faktoren zählen die Marktzutrittsmöglichkeiten, die Zahl der Anbieter, die Zahl der Nachfrager und der Grad der Produktdifferenzierung. Je nach Intensität und Ausprägung werden diese Faktoren für das unterschiedliche Wettbewerbsverhalten und Leistungsvermögen von Unternehmen auf den einzelnen Märkten und in einzelnen Branchen herangezogen.
Unter Zugrundelegung der die Marktstruktur kennzeichnenden Faktoren wurden die Marktformen gebildet, die als das eine Extrem die vollständige Konkurrenz und als anderes Extrem das reine Monopol beinhalten (→ Preispolitik).

Markttransparenz

Bezeichnung für den Grad von Markteinsicht und Marktübersicht, die der Verbraucher im Hinblick auf die angebotenen Güter hat. Mangelnde Markttransparenz erschwert den Vergleich mit dem Konkurrenzangebot.

Marktvolumen

Bezeichnung für die tatsächlich abgesetzte Menge von Waren auf einem bestimmten Markt. Das Marktvolumen ist kleiner als das → Marktpotential.

Mark-Up Pricing

Handelsspanne; Bezeichnung wird auch zur Kennzeichnung der Rohgewinnspanne verwendet.

Marshall'sches Modell

→ Behavioral Models

Massenmedien

Die der Massenkommunikation dienenden Medien (Werbeträger): Zeitungen, Zeitschriften, Film, Rundfunk und Fernsehen.

Master Clerical Data (MCD)

Standard-Zeitwertsystem für Büroarbeiten (Mahnverfahren)

Master Standard Data (MSD)

Standard-Zeitwertsystem für die Fertigung (Mahnverfahren)

Master Tape

Vom Hersteller einer Datenverarbeitungsanlage mitgeliefertes Magnetband, auf welchem das Betriebssystem für die Anlage gespeichert ist. Das Betriebssystem besteht aus mehreren aufeinander abgestimmten Programmen (Systemprogrammen): Sprachen mit Übersetzungsprogrammen (z. B. Assembler,

Cabol, Algol, Fortran, Compiler), Organisationsprogrammen (z. B. Input-Output-System), Dienstprogrammen (z. B. Verwaltungsprogrammen), Testhilfen.
Siehe auch: Elektronische Datenverarbeitung, Programmiersprachen.

Material Analysis

Die Material Analysis hat die Aufgabe, durch vergleichende analytische Untersuchung die Möglichkeiten kostengünstiger Beschaffung von Roh-, Hilfs- und Betriebsstoffen sowie Zulieferteilen zu erforschen. Sie ist Grundlage für die Fertigungsplanung (Manufacturing Planning oder Arbeitsvorbereitung), Kalkulation und Entscheidungswesen.
Siehe auch: Value Analysis, Manufacturing Planning.

Materials Handling Overhead

Ausdruck für Materialkosten.

Materialstandards

Festgelegte Richtwerte für Abmessungen, Qualität nach physikalischen und chemischen Eigenschaften der zu be- und verarbeitenden Materialien. Durch die Einhaltung dieser Richtwerte bei der Be- und Verarbeitung soll eine möglichst reibungslose Produktion und für das Endprodukt eine gleichbleibende Qualität gewährleistet werden.
Auswirkung von Standards außerhalb des Betriebes sind Normen und Typen.
Die Materialstandards erleichtern vor allem die Kalkulation, die Kostenkontrolle, die Inventur wie überhaupt das gesamte Rechnungswesen, die Lagerhaltung und Fertigungsvorbereitung. Nachteilig ist dagegen, daß u. U. nicht auf einzelne Kundenwünsche eingegangen werden kann.
Unterschieden wird in Materialartenstandards und Materialmengenstandards. Bei den ersteren handelt es sich um die Materialstandards im engeren Sinn, bei den letzteren um Standards für Mischrezepturen, z. B. in der chemischen Industrie, der Betonherstellung, der Papierherstellung etc. oder für Mengenzusammenstellungen in Form von Stücklisten, wenn das Produkt aus mehreren Einzelteilen besteht. Sie erleichtern auch den Einkauf, die Materialbeschaffung und die Kalkulation. Durch sie ist vor allem aber auch die Möglichkeit einer Kontrolle der Ausnutzung und des Mehrverbrauchs an Material (→ Mehrverbrauchsanalyse) möglich.

Literatur:
Grochla, E.: Materialwirtschaft, Wiesbaden 1958

Materialwirtschaft

I. BEGRIFF

Der Begriff der Materialwirtschaft hat sich im Sprachgebrauch der Industrieunternehmen immer stärker durchgesetzt. Er umfaßt heute alle die Funktionen, die einen Einfluß auf den Material- oder Stoffbereich eines Unternehmens ausüben.
Es gehört dazu nicht nur der Bereich des Lagers, sondern auch der gesamte Bereich der Materialplanung und des Materialeinkaufs.
Die Aufgaben der Materialwirtschaft setzen praktisch unmittelbar nach Entwicklung der einzelnen Produkte an. In Ausnahmefällen können sie sogar in den Bereich der Forschung und Entwicklung hineinreichen, wenn es zu verhindern gilt, daß durch diesen Bereich Material- oder Termindispositionen getroffen werden, die nicht mit dem sonstigen Rahmen der Einkaufspolitik übereinstimmen.
Die Materialwirtschaft zieht sich regelmäßig durch den ganzen Betrieb hindurch und endet praktisch erst beim Versand der Ware, wenn diese nicht zu einer Reklamation des Kunden führt.
Auf dem Wege des Materials in den Betrieb hinein durch die Fertigung und

über den Versand zum Kunden berührt das einzelne Produkt weitere wesentliche Hauptfunktionen des Betriebes: nämlich die Arbeitsvorbereitung, die Fertigung, die Fertigungskontrolle sowie das Rechnungswesen. Dementsprechend könnte man die Materialwirtschaft auch so abgrenzen, daß alle Funktionen, die sich nicht einer dieser eben angesprochenen vier Funktionen zuordnen lassen, in den Bereich der Materialwirtschaft fallen. In vielen Unternehmungen verursacht der Bereich der Materialwirtschaft mehr als die Hälfte der Gesamtkosten gemessen am Umsatz, womit dieser Bereich als Kostenfaktor von weitaus größerer Bedeutung ist als z. B. die Lohn- und Gehaltsaufwendungen.

II. HAUPTFUNKTIONEN DER MATERIALWIRTSCHAFT

Wenngleich eine einheitliche Festlegung der Funktionen der Materialwirtschaft in der Praxis bisher fehlt, lassen sich doch folgende Haupt- und Unterfunktionen für den Bereich der Materialwirtschaft zusammenfassen:

1. Hauptfunktion Materialplanung: hierzu gehören die langfristige Beschaffungsplanung, die Materialdisposition, sowie die Materialverwaltung
2. Hauptfunktion Einkauf: hierzu läßt sich die Einkaufsorganisation, die Einkaufsmarktforschung, das Einkaufs-Marketing, das Einkaufsverfahren, die Wertanalyse sowie das Berichtswesen rechnen. Bei Kleinbetrieben könnte in diesen Bereich auch die Rechnungsprüfung fallen.
3. Hauptfunktion Materialverteilung: hierzu gehören Wareneingang und Warenausgang, Lagerung der Ware, Transportwesen und Materialfluß.

III. ZIELE DER MATERIALWIRTSCHAFT

Ziel einer erfolgreichen Materialwirtschaft ist es, den Materialeinsatz und den Materialfluß in ein kostenoptimales Verhältnis zu bringen. Um dies zu erreichen, sind folgende Maßnahmen zu ergreifen:

1. Klare Abgrenzung des materialwirtschaftlichen Bereiches gegenüber anderen Funktionen im Betrieb.
2. Festlegung eindeutiger Entscheidungsbefugnisse, damit bei Fehlern eine klare Zuordnung bzw. Untersuchung über die Fehlerverursachung erfolgen kann.
3. Festlegung einer einheitlichen Einkaufspolitik bezüglich der Lieferantenauswahl, der Preispolitik, der Zahlungsmodalitäten, der Lieferfristen sowie der Qualitätskontrolle und Reklamationsbearbeitung.
4. Festlegung über die Entscheidung, wann Produkte durch Eigenfertigung oder Fremdbezug dem Betrieb zur Verfügung gestellt werden sollen.
5. Aufbau eines Wertanalyse-Teams.
6. Aufbau eines Kennzahlen-Systems, das über die Ergebnisse der Materialwirtschaft, insbesondere über Lagerbestand und Umschlagshäufigkeit permanent Auskunft gibt.

IV. ORGANISATORISCHE EINORDNUNG DER MATERIALWIRTSCHAFT

Die organisatorische Zuordnung der Materialwirtschaft wird in den einzelnen Unternehmen recht unterschiedlich gehandhabt. Entsprechend seiner Bedeutung ist die Materialwirtschaft in einer Reihe von Konzernbetrieben direkt der Geschäftsleitung unterstellt. In anderen wiederum ist die Materialwirtschaft dem Verwaltungs-, Vertriebs- oder dem Produktionsbereich zugeordnet. Eine Zuordnung zum Verwaltungsbereich erscheint ungeeignet, weil damit die natürliche Verbindung zum Leistungsprozeß organisatorisch unterbrochen wird.
Gefährlich ist auch die Zuordnung zum Vertriebsbereich, weil es sich in der Praxis herausgestellt hat, daß damit das Lager hinsichtlich seines Sortiments unnötig aufgefächert wird und damit die

Lagerhaltungskosten nicht mehr im entsprechenden Verhältnis zum Produkterfolg stehen.
Aus dieser Sicht scheint es sinnvoll und zweckmäßig, die Materialwirtschaft im Zweifel der Produktion unterzuordnen, zumal in diesem Falle auch der Leistungsprozeß auf natürliche Weise im Organisationsbild sich widerspiegelt.
Innerhalb der Materialwirtschaft empfiehlt es sich, nach den bereits vorne aufgezeigten Hauptfunktionen zu unterteilen, also nach Materialplanung, Einkauf und Materialverteilung.
Soweit es die Größe des Betriebes rechtfertigt, ist nichts dagegen einzuwenden, diese Hauptfunktionen zu Hauptabteilungen unter Leitung eines gemeinsamen Stelleninhabers Materialwirtschaft zu vereinen.

Literatur:
Harington, C. C.: Materials Handling Manual, New York 1962
Grochla, E.: Materialbeschaffung, Vorratshaltung und Kontrolle, in: Handbuch Industrielle Produktion, Baden-Baden, Bad Homburg 1967
Grochla, E.: Materialwirtschaft, Wiesbaden 1958
Immer, I. R.: Materials Handling, New York–London
Kosiol, E. und Mitarbeiter: Einkaufsplanung und Produktionsumfang. Erhebungen und Studien zur Einkaufspolitik industrieller Unternehmungen, Berlin 1956
Lahde, H.: Neues Handbuch der Lagerorganisation und Lagertechnik, 2. Auflage, München 1967

Matrix Management

In den USA Bezeichnung für die Mehrlinienbeziehungen im Top- und Middle-Management; eine Stelle ist mehreren Instanzen untergeordnet, jeweils für bestimmte Aufgaben.

Matrixorganisation

Da die Darstellung der Beziehungen zwischen Haupt- und Querschnittfunktionen in hierarchischen Liniensystemen nicht möglich ist, wählt man den sogenannten Matrixorganisationsplan. Durch die Anordnung der Hauptfunktionen in Spalten und der Querschnittsfunktionen in Zeilen lassen sich Notwendigkeiten der Zusammenarbeit von zwei Funktionsträgern deutlich machen.

I. Darstellung der Zusammenarbeit von Betriebsbereichen

In der Darstellung 1 sind in den Spalten die Hauptfunktionen des Unternehmens Absatz, Produktion, Beschaffung, Forschung und Entwicklung eingetragen, in den Zeilen die Querschnittfunktionen Finanzen, Personal, Organisation, Planung. Die sich ergebenden Felder $A_{I,1}$, $A_{II,2}$ etc. markieren die Aufgaben, die jeweils von zwei Bereichen gemeinsam

Hauptfunktionen / Querschnittfunktionen	Absatz	Produktion	Beschaffung	Forschung und Entwicklung
1. Finanzen	$A_{I,1}$	$A_{II,1}$	$A_{III,1}$	$A_{IV,1}$
2. Personal	$A_{I,2}$	$A_{II,2}$	$A_{III,2}$	$A_{IV,2}$
3. Organisation	$A_{I,3}$	$A_{II,3}$	$A_{III,3}$	$A_{IV,3}$
4. Planung	$A_{I,4}$	$A_{II,4}$	$A_{III,4}$	$A_{IV,4}$

Darstellung 1: Matrix-Organisationsplan

gelöst werden müssen. Der Organisationsplan schreibt also eine Zusammenarbeit zwingend vor. Nachteilig ist, daß jeweils nur Teams mit Mitgliedern aus zwei Bereichen dargestellt werden können. Einen erweiterten Ansatz für die Teamarbeit für die Lösung von ad hoc-Aufgaben bietet die → Organisationskybernetik.

II. DARSTELLUNG DER KONZERNORGANISATION

Sind zur Darstellung der Funktionen noch zusätzliche organisatorische Einheiten mit eigenen funktionalen Beziehungen darzustellen, so ist ebenfalls das Matrix-Konzept zu verwenden, da es den Führungsstil deutlich macht (vergleiche Darstellungen 2a und 2b).

Werden in den Spalten die zentralen oder Hauptfunktionen eingetragen und in den Zeilen die Querschnittsfunktion, dann ergeben sich Felder, die deutlich machen, daß an den zu treffenden Entscheidungen sowohl die Konzernspitze mit ihren Zentralabteilungen als auch die einzelnen Unternehmen oder Werke beteiligt sind.

Darstellung 1 zeigt die zentralistische Auffassung von der Organisation: Die Hauptfunktionen liegen bei den zentralen Abteilungen und dementsprechend die Verantwortungen. In Darstellung 2b haben die Zentralabteilungen nur mehr beratende, unterstützende und kontrollierende Funktion, die Hauptverantwortung liegt bei den einzelnen Unternehmen, Bereichen oder Werken.

III. DIE AUSSCHUSSMATRIX

Sind in einem Betrieb Aufgaben zu lösen, für die es keine speziellen Funktionsträger gibt, so müssen Teams, Ausschüsse, Kommissionen, Arbeitsgruppen

Vorstand	Funktion 1	Funktion 2	Funktion 3	Funktion 4
Unternehmen I	$A_{1, I}$	$A_{2, I}$	$A_{3, I}$	$A_{4, I}$
Unternehmen 2	$A_{1, II}$	$A_{2, II}$	$A_{3, II}$	$A_{4, II}$
Unternehmen 3	$A_{1, III}$	$A_{2, III}$	$A_{3, III}$	$A_{4, III}$

Darstellung 2a

Vorstand	Unternehmen I	Unternehmen II	Unternehmen III
Funktion 1	$A_{I, 1}$	$A_{II, 1}$	$A_{III, 1}$
Funktion II	$A_{I, 2}$	$A_{II, 2}$	$A_{III, 2}$
Funktion 3	$A_{I, 3}$	$A_{II, 3}$	$A_{III, 3}$

Darstellung 2b

Bereich / Ausschuß	I Absatz	II Produktion	III Beschaffung	IV Qualitätskontrolle	V Forschung und Entwicklung	VI Finanzen	VII Personal
1. Investitionsplanung	x	x				⊗	
2. Vorschlagswesen		x		x	x		⊗
3. Wertanalyse		x	⊗		x		
4. Mitarbeiterforderung							
5. Information	x	x				x	⊗

Darstellung 3

oder dergleichen gebildet werden. Darstellung 3 zeigt in den Zeilen die vorhandenen Ausschüsse, in den Spalten die einzelnen Bereiche des Betriebes.
Die angekreuzten Felder zeigen, welche Bereiche welchen Ausschüssen angehören, die umringten Kreuze zeigen, welcher Bereich in welchem Ausschuß den Vorsitz führt.

MCD

Master Clerical Data. Standard-Zeitwertsystem für Büroarbeiten (Makroverfahren)

Mediaanalyse

Quantitative und qualitative Untersuchung von Werbeträgern, die den Werbungtreibenden die gezielte Streuung von Werbemitteln ermöglichen soll. So wird z. B. der Inhalt, die Leserschaft (Zahl, Struktur), das Verbreitungsgebiet etc. erfaßt. Beispiel für eine Mediaanalyse ist die Leseranalyse (LA).

Media Director

Soviel wie Media Man, Chef der Streuplanung (Media-Planung) einer Werbeagentur.

Media Man

In der Werbeagentur Spezialist für Auswahl und Einsatz von Werbeträgern; der Media Man bestimmt, in welchen Zeitungen oder Zeitschriften und wann Anzeigen erscheinen, wo und wann Plakate angeklebt werden etc. Deutsche Bezeichnung: Streufachmann oder Streuplaner.

Media Research

Die Untersuchung von Zahl, Art und Verhalten der Leser, Hörer oder Zuschauer von Werbeträgern (Zeitungen, Zeitschriften, Rundfunk, Fernsehen etc.). Media Research soll Unterlagen bereitstellen, um Werbeappelle in Anzeigen, Werbespots, Plakaten etc. optimal unter die Zielgruppen zu streuen. Andere Bezeichnungen für Media Research: Mediaforschung, Werbeträgerforschung.

Media-Research-Fachmann

Beruf in der Wirtschaftswerbung. Der Media-Research-Fachmann betreibt Werbeträgerforschung, die eine optimale Streuung von Werbemitteln ermöglichen soll. Zu seinen Aufgabengebieten gehören u. a.: die Leser-, Hörer-, Zuschauerforschung, die statistische Aufbereitung und Analyse von daraus gewonnenen Daten.

Media-Selektionsmodell

Bezeichnung für ein Programmsystem, um mit Hilfe der elektronischen Datenverarbeitung Werbeträger optimal, d. h. zielgruppengerecht und möglichst rationell auszuwählen.

Media-Werbung

Werbung in den sogenannten Massenmedien, Zeitungen, Zeitschriften, Rundfunk und Fernsehen
→ Werbepolitik

Mehrverbrauchsanalyse

Verfahren in der Materialwirtschaft, um den Materialverbrauch zu kontrollieren. Zweckmäßigerweise werden vorher Materialmengenstandards (→ Materialstandards) festgelegt. Anhand von → Stücklisten, auf denen die Mengenstandards verzeichnet sind, und von dem tatsächlichen Verbrauch, der gemessen, gewogen oder gezählt werden muß, wird der Mehr- oder Minderverbrauch festgestellt. Schwankungen im Verbrauch werden dann auf die einzelnen Ursachen hin untersucht, wie z. B. Schwankungen innerhalb einzelner Chargen, unterschiedliche Qualität des eingesetzten Materials, Nachlässigkeit der Arbeitskräfte.

Merchandising

Merchandising wird durch viele, stark voneinander abweichende Kennzeichnungen erklärt. In der weiteren Fassung beinhaltet Merchandising die Entscheidung über Ort und Zeitpunkt des Verkaufs eines Produktes und bedeutet somit die Wahl der Absatzwege, die Verpackung des Produktes, seine Preisgestaltung und Verkaufsförderung, was auf eine Identität mit der Absatzpolitik hinausläuft.
Eine andere, engere Fassung versteht unter Merchandising die Absatzförderung am → point of sale und beinhaltet die Entwicklung und Gestaltung von Ladenverkaufshilfen und → Displays sowie deren optimalen Einsatz, die Anleitung des Außendienstes für die Placierungsarbeit im Laden, Aufbau von Warenstapeln etc. In dieser Definition ist Merchandising bereits in der Verkaufsförderung oder → Sales Promotion enthalten. In der Praxis tritt der Begriff Merchandising immer stärker zugunsten des Begriffs Verkaufsförderung in den Hintergrund.

Literatur:
Kotler, Ph.: Marketing Management, Englewood Cliffs 1957
Hammel, W.: Das System des Marketing, Freiburg i. Br. 1963

Merger

Verschmelzung. → Fusion

Methods-Time Measurement (MTM)

Methoden-Zeitmessung. Verfahren zur Zerlegung manueller Arbeitsgänge in ihre Grundbewegungen (Körper, Beine, Arme, Hände, Finger, Augen). Jeder Grundbewegung wird ein vorbestimmter Zeitwert zugeordnet. Die Zeitwerte werden in Time Measurement Units (TMU) gemessen und sind in der Normzeitwert-Karte erfaßt. Verteil- und Erholzeitenzuschläge sind in den Tabellenwerten nicht berücksichtigt. Sie werden gesondert ermittelt und zu den Grundzeiten hinzugerechnet.

Metra Potential-Methode (MPM)

Verfahren zur Planung und Überwachung von Projekten.
→ Netzplantechnik

Middle Management

Mittlere Leitungsebene
→ Hierarchie

Milestone-Methode

Terminplanungsmethode. Als Milestone (dtsch.: Meilenstein) wird ein zentrales Ereignis in einem Netzplan bezeichnet.
→ Netzplantechnik

Mill Manager

Werksleiter, Fabrikdirektor. Die Aufgaben liegen überwiegend im technischen Bereich; er ist insbesondere verantwortlich für die Überwachung der Fabrikation, z. T. auch für Einkauf und Versand.

Minority Interests

In Bilanzen Ausdruck für eine Wertberichtigung für die Anteile Außenstehender.

Mix

In der Datenverarbeitung Bezeichnung für eine repräsentative Mischung von Befehlen verschiedener Datenverarbeitungsanlagen. Ein Befehl ist die kleinste Funktionseinheit eines Programms mit einem Operationsteil, das die Art der auszuführenden Operation angibt, z. B. Addition. Da die Befehle hinsichtlich ihrer Operationszeiten nicht vergleichbar

sind, wurden für verschiedene Aufgaben Mix gebildet, z. B. für kommerzielle Aufgaben GAMM-Mix (GAMM = Gesellschaft für angewandte Mathematik und Mechanik).

MM

Abkürzung für → Multimomentverfahren. Statistisches Verfahren zur Untersuchung und Auswertung betrieblicher Fertigungsvorgänge.

MODI-Methode

Vereinfachtes Rechenverfahren der → linearen Programmierung zur Lösung von Transportproblemen.

Monte-Carlo-Methode

Der Begriff Monte-Carlo-Methode (auch Monte-Carlo-Technik) wurde von J. von Neumann geprägt. Ursprünglich bezeichnete er damit eine Technik zur experimentellen Lösung eines für die analytische Behandlung zu komplizierten, aber wohl formulierten Problems.
Heute wird der Begriff

a) synonym zum Begriff → Simulation gebraucht und
b) wird damit eine Methode bezeichnet mit Hilfe von Zufallszahlen (→ Statistik) Stichproben aus einer theoretischen Grundgesamtheit zu ziehen. Die theoretische Grundgesamtheit ersetzt die tatsächliche, wenn es aus bestimmten Gründen unmöglich ist, Stichproben aus der tatsächlichen Grundgesamtheit zu ziehen.

Mortgage Loans

Bezeichnung für Anleihen, Kredite, gesichert durch Hypotheken und Grundpfandrechte

Motion Study

Von dem Amerikaner F. B. Gilbreth (1868–1924) entwickelte Methode der Arbeitspsychologie. Aufgrund von kinematografischen Untersuchungen der menschlichen Gliedmaßen bei der Arbeitsausführung werden die Zusammenhänge von Schnelligkeit, Bewegungsform etc. aufgezeigt. Mit Hilfe von Motion Studies lassen sich optimale Bewegungsabläufe bestimmen.

Motivation, Motiv

In der Psychologie Bezeichnung für die antreibenden, richtunggebenden seelischen Beweggründe des Handelns. In dem Begriff sind Vorgänge oder Zustände wie Affekt, Antrieb, Bedürfnis, Drang, Gefühl, Interessen, Trieb enthalten.
Die Abgrenzung von Motiv und Motivation ist nicht einheitlich; meistens wird jedoch Motiv als Einheit des Geschehens oder Geschehensaspekts Motivation betrachtet. Der Begriff Motivation dient zur Verdeutlichung des Zusammenhängens und der Verbindungsweise seelischer Vorgänge.
In der Managementliteratur hat der Begriff Motivation daneben noch die Bedeutung „jemanden mit einem bestimmten Motiv zu versorgen".

I. BEGRIFF

Die Frage nach dem Warum menschlichen Verhaltens und Handelns ist für jeden, der Menschen führen muß, von Bedeutung. Die Auswahl und Anleitung von Mitarbeitern, das Einrichten von bestimmten Anreiz- und Aufstiegssystemen gehören zu den Aufgaben der betrieblichen Führung. Dazu ist es notwendig, Vorhersagen sowohl über das Verhalten anderer als auch über das eigene Verhalten machen zu können. Hier spielen die individuelle Erfahrung, das Fingerspitzengefühl, der Takt eine große und nicht ersetzbare Rolle; mit Hilfe psychologischer Erkenntnisse lassen sich diese Erfahrungen erweitern, absichern und systematisieren.
Was ist Motivation oder Motiv? Zunächst einmal stellen sie rein formal Oberbegriffe dar für psychische Erscheinungen wie Antrieb, Sucht, Drang, Wille, Affekt, Begehren, Trieb, Neigung, Interesse, Strebung, Wunsch, Hoffnung, Befürchtung, Ehrgeiz, Wahrheitsliebe, Hunger, Durst, Sexus – dieser Katalog ließe sich beliebig erweitern. Um die Erscheinungen, die mit Hilfe der Motivationslehre von der Psychologie erklärt werden sollen, in den Griff zu bekommen, faßt Heckhausen sie in fünf Gruppen zusammen:

1. Interindividuelle Unterschiedlichkeit und relative Situationsunabhängigkeit des Verhaltens; verschiedene Individuen verhalten sich in gleichen äußeren Situationen verschieden oder in verschiedenen Situationen gleich.
2. Starker und lang anhaltender Kräfteeinsatz, besonders, wenn sich Hindernisse in den Weg stellen.
3. Gerichteter und geordneter Phasenablauf der psychischen und motorischen Gesamttätigkeit, bis ein natürlicher Abschluß erreicht ist.
4. Auffällige Abweichung der psychischen Funktionsleistungen vom Vorgegebenen, Üblichen, Zweckmäßigen, besonders kraß in sogenannten Fehlleistungen.
5. Binnenerleben von emotionaler bzw. dranghafter Natur.

Viele von jenen bewußten und unbewußten psychischen Vorgängen, die für das menschliche Verhalten bestimmend sind, können sprachlich gar nicht festgehalten werden.

II. MOTIVATIONSKONZEPTE

Die Konzepte zur Motivationslehre in der Psychologie sind zahlreich. In diesem Rahmen sollen nur einige ihrer Grundgedanken besprochen werden, soweit sie zur Verdeutlichung der Motivationsvorgänge dienen.
Motivation wird einmal als Ursache oder Antrieb von Veränderungen angesehen; sie ermöglicht danach motorische, sensorische und assoziative Leistungen und beeinflußt sie qualitativ, womit sie zur Aus-

bildung der individuellen Persönlichkeitsstruktur beiträgt. Eine andere Gruppe von Autoren sieht die Motivation als Folge von Zustandsänderungen (Gefühlen) des Organismus an. So wird von amerikanischen Behavioristen der Trieb als ein Zustand, ein System von Geschehnissen angesehen, das mit anderen Geschehnissen zusammenhängt. Motivationsgeschehnisse sind demnach Mittel zur Herstellung bestimmter Zustände, die vorher schon einmal existiert haben.

Eine andere Motivationskonzeption nimmt an, daß der Mensch von Natur aus aktiv ist. Diese Aktivität braucht nicht erklärt zu werden, da der Mensch allein dadurch, daß er lebt, bis zu einem gewissen Grad aktiviert ist. Diese Aktivität ändert sich fortwährend in ihrem Grad. Die Motivationsforschung muß nun die Bedingungen untersuchen, die für die Veränderungen in der Intensität, Qualität und Richtung des tatsächlichen Verhaltens eines Menschen verantwortlich sind. Motivation wird hier als Aspekt der Aktivität oder des Aktivitätskontinuums begriffen.

Das Streben als auf mögliches Handeln gerichtetes Erleben im weitesten Sinn ist der Oberbegriff für die Konzeption, die Motivation als Richtungsdeterminante begreift. Dabei geht man von dem ins Auge fallenden Moment der Gerichtetheit von Motivationsvorgängen aus.

In den bisher besprochenen Motivkonzepten wird eine Kausalität angenommen: die Motivation ist danach die Ursache für ein bestimmtes Verhalten. Diese Kausalität wird von einer Gruppe von Autoren, die von Dilthey ausgeht, abgelehnt, weil nur der erlebte Strukturzusammenhang ein Bild von der Verbindung verschiedener psychologischer Vorgänge und der Vorgeschichte eines Verhaltens geben kann. Handlung und Motiv sind demnach ein Zusammenhang.

Eine letzte Gruppe von Autoren sieht die Motivation als bewußten Beweggrund bei Entscheidungssituationen an. In dieser Form hat die Suche nach Motiven für menschliches Handeln insbesondere in der Rechtsprechung Bedeutung gewonnen. Aus diesen Konzeptionen bietet Thomae als Synthese zwei Definitionen der Motivation an:

1. Motivationen stellen stets eine Abstraktion aus dem Aktivitätskontinuum des Organismus (der Persönlichkeit) dar und sind damit unmittelbar beobachtete oder erschlossene Ereignisse. Im Unterschied zu anderen Aspekten stellen Motivationen stets bestimmte Phasen des Aktivitätskontinuums dar, die unter dem Aspekt ihres Einflusses auf eine molare (größere Verhaltenseinheiten betreffende) oder molekulare (kleinste Verhaltenseinheiten betreffende) Veränderung der Intensität, Richtung und Form jener Aktivität gesehen würden. Unter anderen Aspekten könnten diese Phasen auch als Lernvorgänge, Wahrnehmungsvorgänge oder als System physiologischer Abläufe betrachtet werden.
2. Motive bzw. Motivationen sind Abstraktionen aus dem Sinnzusammenhang der menschlichen Aktivität, die in ihrem (sinnvollen) Zusammenhang mit Veränderungen jener Aktivität in bezug auf Richtung, Intensität und Form gesehen werden.

III. CHARAKTERISTIK DER MOTIVATION

Die Summe und Qualität der Motive jedes einzelnen Menschen bestimmen die Einordnung seiner Wert- und Zielvorstellungen, sie ordnen sein Wissen, seine Erfahrungen, Überzeugungen und Haltungen. Die Motivationslage ist auch verantwortlich für das Potential an vitalen und sozialen Reaktionsmustern, aufgrund derer an ihn herangetragene Aktivitäten beantwortet werden. Motive werden aber ihrerseits vom einzelnen Menschen auch gelernt: die gesellschaftlichen Normen und kulturellen Wertmaßstäbe werden ein Grund für sein spezifisches Verhalten.

Das Motivgeschehen im Menschen gibt einerseits die Energie und andererseits die Richtung für Verhaltensvorgänge: durch Zielorientierung, Mittelorientierung

und Normorientierung wird das Verhalten gesteuert, werden Informationen aufgenommen und bewertet.
Nach Haseloff sind die Zielfunktionen der Motivation:

1. Tendenz zur Erreichung von Optimalzuständen.
2. Erwartungsbestimmte Zielorientierung der Aktivität, die sich selektiv auf Objekte der Außenwelt richtet, die durch emotional auszeichnende Signale markiert und hervorgehoben sind.
3. Lustvolle Reproduktion spezifisch präformierter Aktionsabläufe.

IV. MOTIVARTEN

Es ist häufig versucht worden, die möglichen Motive des Menschen zu katalogisieren; man hat z. B. bis zu 6000 verschiedene Triebe des Menschen erfaßt. Zu einem befriedigenden Ergebnis wird ein derartiger Katalog jedoch nicht führen, da praktisch jeder Art von menschlichem Wollen und Handeln eine gesonderte Ursache beigeordnet werden kann. Trotzdem vermag eine derartige Aufstellung von Motiven die Struktur menschlichen Verhaltens sichtbar zu machen, und zwar dadurch, daß wichtige Motive zu Gruppen zusammengefaßt werden.
Allgemein lassen sich drei große Gruppen von Motiven feststellen: Primärbedürfnisse oder Triebe, Sekundärbedürfnisse oder Strebungen und Antriebe.
Zu den Trieben gehören Erscheinungen wie Hunger, Schlafbedürfnis, Durst, Bewegungsdrang. Triebe sind genetisch präformiert, also dem Menschen angeboren, stark physiologisch bedingt und praktisch unerlernt.
Sekundärbedürfnisse sind im Prozeß sozialen Lernens internalisiert, d. h. die Normen der den einzelnen umgebenden Gruppe werden als für die eigene Person gültig übernommen. Zu den Strebungen gehören Besitzstreben, Geltungsstreben, Leistungsmotivation, Selbstverwirklichungsstreben.
Die dritte Gruppe von Motiven, die Antriebe, sind weder genetisch noch physiologisch vorgeformt noch internalisiert. Erscheinungen wie Furcht, Aggression, Neugierde usw. sind zwar in ihrer allgemeinen Auslösbarkeit genetisch bedingt; aus welchen Anlässen und in welcher Form sie sich äußern, kommt auf die aktuellen Umstände an.

Im folgenden sollen zwei Aufstellungen von endothymen Erlebnissen bzw. Faktoren der Motivation wiedergegeben werden, die einen Grundriß menschlichen Wollens und Handelns darstellen können (zitiert nach Thomae). Nach Lersch sind das, was dem Menschen inhaltliche Fülle, Tiefe, Farbigkeit und Schwung seines Daseins verleiht, was die „Materie seines inneren Lebensgehaltes, die Basis seiner Fülle“ bildet, die endothymen Erlebnisse. Aus ihnen empfängt das seelische Leben seine schöpferische Dynamik und seine inhaltliche Thematik. In den Faktoren der Motivation nach Guilford ist versucht worden, das, was vielen motivationalen Variablen gemeinsam ist, zu isolieren (zitiert nach Graumann).

Tabelle 1 Ordnung der endothymen Erlebnisse

	Antriebserlebnis	Stationäre Gestimmtheiten	Gefühlsregungen
Sphäre des lebendigen Daseins	Tätigkeitsdrang Genußstreben Libido Erlebnisdrang	Leibliche Gefühle Stimmungen der Heiterkeit, Lustigkeit — Traurigkeit, Mißmut Erregungsformen des Lebensgefühls: Angst, Ekstase	Schmerz, Lust, Langeweile, Überdruß und Widerwille — Ekel und Abscheu — Vergnügen und Ärger — Freude und Trauer — Entzücken und Entsetzen

	Antriebs-erlebnisse	Stationäre Gestimmtheiten	Gefühlsregungen
Sphäre des individuellen Selbstseins	Selbsterhaltungs-trieb Egoismus Wille zur Macht Geltungsdrang Vergeltungsdrang	Eigenmachtgefühl	Gefühlsregungen der Selbsterhaltung: Erschrekken, Aufregung, Wut, Furcht, Vertrauen und Mißtrauen. des Egoismus, des Machtstrebens und Geltungsdranges: Zufriedenheit – Unzufriedenheit – Neid – Eifersucht – Triumph und Niederlage – sich geschmeichelt fühlen und sich verletzt fühlen. des Vergeltungsdranges: Genugtuung, Schadenfreude, Dankbarkeit.
	Eigenwertstreben	Selbstwertgefühle	des Eigenwertstrebens: Minderwertigkeitsgefühl, Scham, Selbstachtung, Selbstbetrachtung und Reue.
Sphäre des Übersich-hinausseins	Strebungen der mitmenschlichen Teilhabe: Gesellungsdrang Wohlwollen und Helfenwollen, Formen der mitmenschlichen Liebe, Arten der mitmenschlichen Gesinnung Das Streben der schaffenden Teilhabe: Schaffensdrang Strebungen der wissenden Teilhabe: Interesse Strebungen der liebenden Teilhabe: Liebe zu etwas	Das Weltgefühl: Ernst Optimismus und Pessimismus Das nihilistische Weltgefühl Das Weltgefühl des Humors	Mitmenschliche Gefühlsregungen des Miteinanderseins: Sympathie – Antipathie, Achtung und Verachtung, Verehrung und Spott des Füreinanderseins: Mitgefühl und Mitfreude, mitmenschliche Liebe, Erotische und humane Liebe – Haß Schaffensfreude noetische (bei der Analyse des Erkenntnisvorgangs entstehende) Gefühle: Staunen, Zweifel, Überzeugung Ergriffenheit der Liebe zu etwas

	Antriebserlebnisse	Gefühlsregungen
	Strebungen der verpflichtenden Teilhabe: normative Strebungen	Normative Gefühle: Pflichtgefühl, Gerechtigkeitsgefühl, Zorn, Entrüstung, Empörung
Sphäre des Übersich-hinausseins	Strebungen der enthebenden Teilhabe: künstlerischer Drang, metaphysisches Bedürfnis und religiöses Suchen	Künstlerische Ergriffenheit Ehrfurcht und Staunen religiöse Ergriffenheit

Tabelle 2 Faktoren der Motivation

(a) Bedürfnis-Dimensionen	
(Primitive) Bedürfnisse des Organismus	männlicher Geschlechtstrieb allgemeine körperliche Tatkraft Sinn für Kondition, Gesundheit
Bedürfnisse nach einem bestimmten Milieu	Bedürfnis nach komfortablem Milieu Bedürfnis nach Ordnung, Systematik und Sauberkeit Bedürfnis nach Beachtung
Leistungsbedürfnis	allgemeiner Ehrgeiz (Selbstbehauptung) beharrliche Bemühung (Persistenz) Ausdauer
Bedürfnis nach Selbstbestimmung	Freiheitsbedürfnis (Unabhängigkeit) Selbstvertrauen (gegenüber Abhängigkeit) (Verantwortlichkeit)

	Kultur-Konformität Ehrlichkeit
Soziales Bedürfnis	Herdentrieb Wohlwollen Bedürfnis nach Disziplin Aggressivität
(b) Dimensionen des außerberuflichen Interesses	
Allgemeine Interesse-Dimensionen	Abenteuerlichkeit (gegenüber Sicherheitsstreben) Vorliebe für Zerstreuungen
Interesse für Tätigkeiten mit bestimmten Besonderheiten	Vorliebe für Abwechslung Vorliebe für Präzisionsarbeit
Wertschätzung	Allgemein kulturelles Interesse Ästhetisches Interesse Verschiedene Humor-Dimensionen: a) spöttischer Humor

	b) unmoralischer Humor c) einsichtiger Humor d) witziger Humor e) gewagter Humor f) Humor über Ungereimtheiten
Interesse-Dimensionen im Denken	Nachdenklichkeit autistisches (Wunsch-)Denken strenges Denken Dichotomie-Denken (Denken in sich einander ausschließenden Gegensätzen)

(c) Dimensionen des Berufsinteresses

Interessen bei gehobenen Berufen	wissenschaftliches Interesse ästhetischer Ausdruck soziale Wohlfahrt
Kommerzielle Interessen	Geschäftsinteresse Interesse an Schreibarbeit
Interesse an körperlicher Arbeit	mechanisch-technisches Interesse Interesse an Arbeit im Freien Interesse am Flugsport

(d) Einstellungs-Faktoren

	Liberalismus (ggüb. Konservatismus) Religiosität humanitäre Einstellung Nationalismus Evolution (ggüb. Revolution)

V. MANAGEMENT UND MOTIVATION

Im Rahmen des Betriebes sind in bezug auf die Motivation der Mitarbeiter zwei Fragen wichtig: Welches sind die Gründe, die den Menschen veranlassen, sich für das Betriebsziel einzusetzen, und wie kann dieser Einsatz intensiviert werden, oder wie können Mitarbeiter überhaupt im Hinblick auf das Betriebsziel motiviert werden. In diesem Sinne hat der Führende die Aufgabe, andere Menschen mit Motiven zu versorgen, so daß möglichst produktiv gearbeitet wird.
Warum arbeiten Menschen? Das „Scientific Management" hat sich mit dieser Frage wenig beschäftigt. Es wurden die äußeren Bedingungen für die Produktivität verbessert und als Anreiz leistungsabhängige Lohnsysteme entworfen. Als Gegenbewegung dazu versuchte die „Human Relation-Schule" die Arbeitszufriedenheit zu verbessern in der Annahme, bessere Sozialleistungen, Arbeitsbedingungen etc. führen zu höherer Produktivität. Wenngleich auf diese Weise die Integration des einzelnen in das betriebliche Geschehen verbessert wurde, so konnte die Human-Relation-Bewegung doch nicht die Produktivitätserfolge aufweisen wie das Scientific Management.
Inzwischen hat sich die Szenerie gewandelt: auf der einen Seite zunehmende Größe der Unternehmenseinheiten und damit zunehmende Institutionalisierung der Organisationsformen; auf der anderen Seite die lauter werdende Forderung der Arbeitnehmer nach mehr Mitsprache und das Problem des Managements, den betrieblichen Mitarbeiter auch in der Organisation des Großbetriebs so zu motivieren, daß er sich mit seiner Aufgabe identifiziert.

In den USA durchgeführte Untersuchungen haben nun ergeben, daß eine hohe Leistungsmotivation aus der Verbesserung der Arbeitsaufgabe selbst, nicht der sie umgebenden Faktoren wie finanzielle oder soziale Vergünstigungen etc. resultieren. Dies stimmt mit dem Motivationsansatz überein, den Autoren wie McGregor, Likert, Haire entwickelt haben, dem „human resources approach" im Gegensatz zum „human relations approach".

Der „human resources approach" baut auf der Einteilung der menschlichen Bedürfnisse von A. H. Maslow auf. Er unterscheidet eine Hierarchie von fünf Grundbedürfnissen, den „basic needs"; ist ein Grundbedürfnis relativ befriedigt, wird das nächsthöhere wirksam:

1. Die physiologischen Bedürfnisse wie Hunger, Durst, Sexus (wobei die Wissenschaft nicht einig ist, ob der Sexus tatsächlich ein physiologisches Bedürfnis ist).
2. Die Sicherheitsbedürfnisse, die Angst vor Bedrohungen der Existenz.
3. Die Liebesbedürfnisse, von anderen Autoren auch soziale Bedürfnisse genannt: das Zugehörigkeitsgefühl zu anderen und der Platz in der Gruppe.
4. Die Wertschätzungsbedürfnisse: der Wunsch jedes einzelnen nach Selbstwertgefühl, nach Stärke, Selbstvertrauen, Prestige und Ansehen, Anerkennung etc. Hier liegt der gegenwärtige Ansatzpunkt für eine bessere Motivation der betrieblichen Mitarbeiter.
5. Das Bedürfnis nach Selbstverwirklichung, Selbsterfüllung: wenn die obengenannten Bedürfnisse erfüllt sind, kann der Mensch seine Kreativität voll entfalten, seine Persönlichkeit voll ausbilden und ausschöpfen. Maslow bringt als Beispiel den Maler, der malen „muß", den Dichter. der dichten „muß", den Musiker, der Musik machen „muß", um sich selbst zu verwirklichen.

Auf dieser Grundlage entwickelte Douglas McGregor sein neues Konzept der „Theory Y", die er der herkömmlichen „Theory X" gegenüberstellt:

1. Im Gegensatz zur bisherigen Meinung, daß der durchschnittliche Mensch eine Abneigung gegen die Arbeit hat und versucht, ihr auszuweichen (= Theorie X), hat McGregor herausgefunden, daß der Mensch ein natürliches Bedürfnis hat, sich geistig und körperlich anzustrengen, wie er auch nach Spiel oder Ruhe verlangt (= Theorie Y).
2. Der Mensch wird aus eigenem Antrieb und mit Selbstkontrolle die Ziele verfolgen, die ihm im Unternehmen gestellt werden. Das steht im Widerspruch zur Theorie X, die sagt, der Mensch müsse gezwungen, kontrolliert und mit Strafe bedroht werden, damit er eine bestimmte Leistung vollbringt.
3. Wie sehr sich der Mensch mit den Zielen eines Unternehmens identifiziert, hängt davon ab, womit er belohnt wird, wenn er die Ziele erreicht hat. Hierbei kann sich sowohl die Erfüllung der Ichbedürfnisse als auch die Erfüllung des Bedürfnisses nach Selbstverwirklichung direkt aus der Erfüllung der Arbeitsaufgabe ergeben.
4. In der Regel lernt der Mensch, Verantwortung nicht nur auf sich zu nehmen, sondern zu suchen. Die Theorie X dagegen behauptet, der Durchschnittsmensch möchte geführt werden, ist nicht besonders ehrgeizig, weicht der Verantwortung aus und wünscht sich vor allem Sicherheit.
5. Viele Menschen — mehr als angenommen wird — entwickeln relativ große Vorstellungskraft, Scharfsinn und Kreativität bei der Lösung betrieblicher Probleme.
6. In der gegenwärtigen Arbeitswelt wird nur ein Teil der intellektuellen Fähigkeiten des Durchschnittsmenschen genutzt.

Auch McGregor stellt eine Hierarchie der Bedürfnisse auf, die in der folgenden Figur dargestellt werden soll.

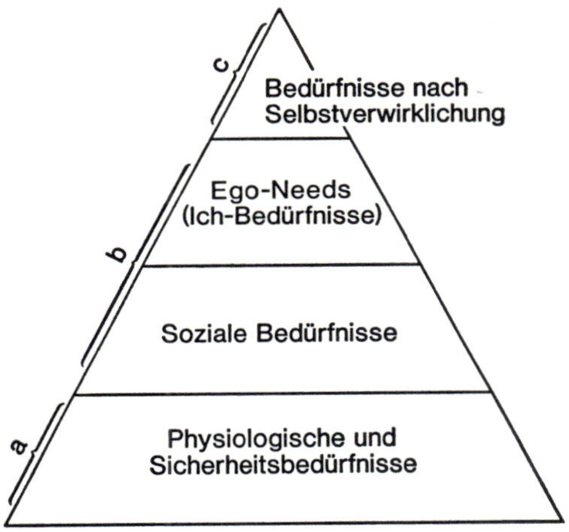

Bedürfnishierarchie nach McGregor

a) Diese Bedürfnisse nach Absicherung der Existenz sind zum Teil in der industriellen Arbeitswelt befriedigt.

b) Sowohl die sozialen Bedürfnisse (die zwischenmenschlichen Beziehungen) als auch die „ego needs" (die Bedürfnisse nach Status, Anerkennung, Selbstachtung, Selbstvertrauen) bilden gegenwärtig die Grundlage für praktische Motivationskonzepte.

c) Dem Bedürfnis nach voller Verwirklichung der eigenen Möglichkeiten wird in der industriellen Arbeitswelt noch kaum Rechnung getragen.

Unbefriedigte Bedürfnisse sind Motivationen zum Handeln. Ein befriedigtes Bedürfnis wird nicht mehr wahrgenommen und hört auf, motivierend zu wirken. Die in der Hierarchie höher stehenden Motive müssen daher die Rolle der Motivation übernehmen.
Siehe auch:
Führung, Leistungsmotivation

Literatur:
Argyris, C.: Personality and Organization, New York 1957
Gottschaldt, K.; Ph. Lersch; F. Sander; H. Thomae: Handbuch der Psychologie in 12 Bänden, Göttingen 1965
Haire, M.: Psychology in Management, New York 1956
Haseloff, O. W.: Motivation, in: Handwörterbuch der Organisation, hrsg. von E. Grochla, Stuttgart 1969
Herzberg, F.; F. Mausner; B. B. Snyderman: The Motivation to Work, New York 1959
Homans, G. C.: Social Behavior, New York 1961
Lewin, K.: Resolving Social Conflict, New York 1950
Likert, R.: New Patterns of Management, New York 1961
Maslow, A. H.: A Theory of Human Motivation, in: Psychological Review, 50, 1943
McClelland, D. C.: The Achieving Society, Princeton 1961, dt.: Die Leistungsgesellschaft, Stuttgart 1966
—: Achievement Motivation Can Be Developed, in: Harvard Business Review, vol. 43, no. 6, 1965
McGregor, D.: The Human Side of Enterprise, New York 1961, dt.: Der Mensch im Unternehmen, Düsseldorf 1970
Meyers, M. S.: Conditions for Manager Motivation, in: Harvard Business Review, vol. 44, no. 1, 1966
Sahm, A.: Motivation, in: Management Enzyklopädie, München 1971
Tannenbaum, R.; I. R. Weschler; F. Massarik: Leadership and Organisation, New York 1961
Whyte, W. F. (eds.): Money and Motivation, New York 1955

Motivation Research

In der Markt- und Meinungsforschung Bezeichnung für Motivforschung, die mit Hilfe von tiefenpsychologischen Explorationsverfahren (gezielte Befragungsgespräche), semantischer Motiverkundung (Reaktionen auf Zeichen und Symbole) und projektiven Verfahren (Reaktionen auf bildliche Darstellungen) die Motive des Marktverhaltens von Konsumenten untersucht. Die Motivforschung liefert Unterlagen für die Gestaltung von Produkten und die Werbung für sie. → Motivation

MPACS

(Management Planning and Control System). Von IBM entwickelte → Netzplantechnik. Besonders geeignet zur wöchentlichen Berichterstattung über Kosten und Arbeitsstunden.

MPM

Abkürzung für Metra-Potential-Methode, einer auf der → Graphentheorie basierenden Methode der → Netzplantechnik

MSD

Abkürzung für Master Standard Data. Standard-Zeitwertsystem für die Fertigung (Makroverfahren)

MTM Z

Standard-Zeitwertsystem für Fertigung und Büro. MTM Z wurde vom „Internationalen MTM Direktorat" entwickelt und ist das einzige, in der Welt allgemein offiziell und formell anerkannte Standard-Daten-System. Es hat die Vorteile, daß nur 10 Bewegungskombinationen mit nur 39 Zeitwerten enthalten sind, die durch Entscheidungsmodelle einfach ausgewählt werden können, und die Entscheidung auf feststellbaren und sichtbaren Kriterien der Arbeitsausführung beruht.

MTS

Abkürzung für Motion Times Standards; ein von der General Electric Company Ende der vierziger Jahre ausgearbeitetes System unbestimmter Bewegungszeiten.

Mulligan Clerical Data System

Standard-Zeitwertsystem für Büroarbeiten (Makroverfahren)

Multimomentverfahren

Bezeichnung für eine Methode zur Arbeitszeitermittlung, und zwar auch für Büroarbeiten. Grundlage dieser Methode ist die mathematische Stichenprobentheorie, mit deren Hilfe die Häufigkeit ermittelt wird, mit der bestimmte Vorgänge auftreten. Die Vorgehensweise läßt sich nach De Jong folgendermaßen kennzeichnen:

1. Der Beobachter legt zunächst das „Programm" seiner Häufigkeitsstudie fest – es wird festgelegt, welche Zeitarten unterschieden werden sollen und an welchen Arbeitsplätzen oder Betriebsmitteln (Beobachtungsstellen) die Häufigkeit des Vorkommens festgestellt werden soll.

2. Nach Festlegung des Beobachtungsprogrammes macht der Beobachter Rundgänge, die ihn an allen Beobachtungsstellen vorbeiführen. An jeder Beobachtungsstelle trägt er in das Schema bei der gerade – „momentan" – vorkommenden Zeitart mit einem senkrechten Strich (Vorkommensstrich) ein.

3. Nach einer ausreichenden Zahl von Rundgängen werden die Vorkommensstriche je Zeitart addiert und in Prozenten zur Gesamtzahl aller Striche sämtlicher Zeitarten ausgedrückt. Diese Prozentsätze des Vorkommens der einzelnen Zeitarten gelten zugleich auch als Prozent der Dauer der einzelnen Zeitarten.

Es werden also keine Zeiten direkt gemessen, sondern Vorgänge erfaßt. Aussagefähig ist diese Methode nur dann, wenn eine ausreichende Zahl von Rundgängen stattgefunden hat, wobei der gewünschte Genauigkeitsgrad mit Hilfe mathematischer Formeln erfaßt werden kann.
Anwendungsgebiete für das Multimomentverfahren sind beispielsweise der Produktionsbereich zur Ermittlung von Leerlauf- oder Rüstzeiten, Vorbereitungsarbeiten etc. oder der Verwaltungsbereich. Somit kann das Multimomentverfahren der Lösung technischer und verwaltungsmäßiger Rationalisierungsprobleme dienen.

Literatur:
de Jong: Multimomentaufnahmen, Sonderdruck aus dem Arbeitswissenschaftlichen Auslandsdienst des REFA-Instituts 1954

Multiple Choice Questions

Begriff aus der Markt- und Meinungsforschung, auch Auswahlfragen genannt. Moderne amerikanische Methode, der Versuchsperson über denselben Befragungsgegenstand mehrere Fragen mit verschiedenem Wortlaut vorzulegen. Durch die dadurch möglichen Alternativlösungen bei der Beantwortung soll eine Suggestivbeeinflussung ausgeschaltet werden.

Multiple Management

Ein in dem amerikanischen Unternehmen McCormick & Co. seit den dreißiger Jahren eingeführtes System des → Participative Management. Zunächst wurde ein sogenannter „Junior Board of Executives" gebildet, in dem jüngere Führungskräfte „aus der zweiten Reihe" zusammen ihre Probleme diskutierten und dem „Senior Board of Directors" Empfehlungen gaben. Da dieses Modell der Beteiligung jüngerer Mitarbeiter an den Entscheidungen des Unternehmens Erfolg zeigte, wurden zusätzlich noch ein „Factory Board of Executives» und ein „Sales Board" gebildet. Resultate dieses Systems sind: gutes Arbeitsklima, geringe Fluktuation bei den Mitarbeitern, Heranbildung von Führungsleuten aus den eigenen Reihen, wachsende Einkünfte auf seiten der Angestellten und gute Ertragslage des Unternehmens.

Literatur:
McCormick, C. P.: Multiple Management – A Plan for Human Relations in Industry, New York 1948

Multi-Processing

Multi-Processing stellt im Rahmen der → elektronischen Datenverarbeitung ein Verfahren dar, mit dessen Hilfe zwei oder mehrere Datenverarbeitungssysteme zu einem System zusammengeschaltet werden, um eine Parallelverarbeitung zu ermöglichen. Einer der im System vorhandenen Computer wird dabei zum Hauptrechner.
Mit Hilfe dieses Verfahrens können mehrere Prozessoren verschiedene Programme unabhängig voneinander ausführen. Da allerdings das Multi-Processing nur dann möglich ist, wenn mehrere Rechnerkerne in der Zentraleinheit vorhanden sind, kommt dieses Verfahren selten und nur bei sehr großen elektronischen Datenverarbeitungsanlagen zum Einsatz.

Multi-Programming

Multi-Programming kennzeichnet ein Verfahren im Bereich der elektronischen → Datenverarbeitung, das eine gleichzeitige Verarbeitung mehrerer unabhängiger Abläufe ermöglicht. So ist es im Rahmen des Multi-Programming möglich, die Ein- und Ausgabezeiten eines Programms mit den Rechenzeiten für ein anderes Programm zu überlappen.
Der Vorteil dieses Verfahrens ist die völlige Unabhängigkeit für den Beginn bzw. das Ende der einzelnen Arbeiten. Darüber hinaus wird der Lauf eines sich gerade in der Anlage befindlichen Programms nicht gestört, wenn unterschiedliche Arbeiten auf der gleichen Anlage durchgeführt werden. Der dafür notwendige große interne Schnellspeicher enthält alle Programme, die verarbeitet werden sollen.
Ziel des Multi-Programming ist es, Leerzeiten der Zentraleinheit, die durch zeitraubende Eingabe- und Ausgabevorgänge entstehen könnten, durch zusätzliche Füllprogramme zu nutzen.

N

Nachfaßwerbung

Bezeichnung für eine zweite Werbeaktion, die die Werbeappelle der ersten Aktion noch einmal in Erinnerung bringen soll.
Bei der Nachfaßwerbung können die Werbemittel neu gestaltet oder aber unverändert ein zweites Mal gestreut werden. Der zeitliche Abstand zwischen erster und zweiter Aktion darf nicht zu groß sein.

Nachfrageanalyse

Die Nachfrageanalyse dient der Ermittlung des Nachfragepotentials für eine bestimmte Planungsperiode. Sie kann sich auf ein bestimmtes Produkt und/ oder eine Produktkategorie, auf die möglichen Abnehmergruppen und die Intensität, mit der die Nachfrage dort zu erwarten sein wird, sowie die Verteilung der Nachfrage über die Planungsperiode beziehen.
Die Nachfrageanalyse dient der Produktions- und Marketing-Planung als Grundlage. So wird die Kenntnis der Nachfrageverteilung beispielsweise eine rechtzeitige Planung der Kapazitätsbelegung ermöglichen und Aussagen darüber, wann werbliche Maßnahmen besondere Erfolgschancen haben werden. Sind gleichzeitig die in Frage kommenden Abnehmer und die Intensität bekannt, mit der die Nachfrage (der Bedarf) auftreten kann, so wird dadurch eine zielgerechte Ausrichtung nicht nur der Werbung, sondern des gesamten Marketing-Instrumentariums ermöglicht. Als Maßnahmen wäre die Produktmodifizierung für einzelne Zielgruppen denkbar, die die Zielgruppe erreichenden Absatzwege auswählt und mit einem Preis versieht, der den Vorstellungen der jeweiligen Zielgruppe entspricht.
Zur Ermittlung der möglichen Nachfrage können sämtliche denkbaren Zielgruppen befragt, die Außendienstmitarbeiter zur Abgabe ihrer Vorstellungen veranlaßt oder die Meinung von Experten eingeholt werden. Diese Methoden sind der aussagebezogenen Kategorie zuzurechnen, während eine tätigkeitsbezogene Nachfrageanalyse in der Regel mit Hilfe eines Markttests durchgeführt wird, um das zukünftige Käuferverhalten zu ermitteln. Daneben kann eine vergangenheitsbezogene Tätigkeitsanalyse mit Hilfe der klassischen Zeitreihen-Analyse oder der statistischen Nachfrage-Analyse durchgeführt werden.

Literatur:
Linnert, P.: Die neuen Techniken des Marketing, 3. Auflage, München 1971

Nachfrage-Elastizität

(Preiselastizität der Nachfrage). Die Nachfrage-Elastizität ist das Maß für eine relative Absatzänderung als Auswirkung auf eine relative Preisänderung.
In der Literatur wird die Preiselastizität der Nachfrage üblicherweise durch die folgende Gleichung zum Ausdruck gebracht:

$$n = -\frac{dx}{x} : \frac{dp}{p} = -\frac{dx}{dp} \cdot \frac{p}{x}$$

wobei gilt: n = Elastizität, x = Absatzmenge, p = Preis, dx = Mengenänderung, dp = Preisänderung.
Die Einführung des Minuszeichens soll verhindern, daß n bei einer normalen Absatzfunktion negative Werte annimmt.

Beispiel:
Preisänderung von DM 12,– auf DM 11,–
Mengenänderung von 24 Einheiten auf 30 Einheiten

$$n = -\frac{6}{-1} \cdot \frac{12}{24} = 3$$

Preisänderung von DM 5,– auf DM 6,–,
Mengenänderung von 50 Einheiten auf 45 Einheiten

$$n = -\frac{-5}{1} \cdot \frac{5}{50} = 0{,}5$$

Man spricht von einer elastischen Nachfrage, wenn $n > 1$, von einer starren Nachfrage, wenn $n < 1$; bei $n = 1$ ist der Punkt erreicht, an dem ein Unternehmen den maximal möglichen Erlös erzielt.
In der Praxis ist die Preiselastizität der Nachfrage nur sehr schwer meßbar, da es sowohl definitorische als auch statistische Schwierigkeiten gibt. Darüber hinaus ist die Preiselastizität kein absolutes, sondern nur ein bedingtes Merkmal der Nachfrage, der sich ein Unternehmen gegenübersieht.
Generell hängt das Ausmaß der Nachfrageelastizität von der Größe der beabsichtigten Preisänderung ab. So kann die Elastizität bei kleinen Preisänderungen, die sich unterhalb der Reizschwelle befinden, vernachlässigt werden, während sie bei großen Preisveränderungen sehr wohl ins Gewicht fällt.
Daneben wird die Nachfrageelastizität in Abhängigkeit zur absoluten Preishöhe unterschiedliche Variationen aufweisen.
So kann eine 5 %ige Preiserhöhung wesentliche Unterschiede in der Preiselastizität aufweisen, wenn die Bezugsbasis beispielsweise DM 5,– oder DM 6,– beträgt. Schließlich ist die langfristige Preiselastizität der Nachfrage noch von der kurzfristigen Elastizität zu trennen, weil sich auch hier Unterschiede ergeben. So ist es denkbar, daß die Abnehmer eines bestimmten Produktes, für das der Preis erhöht wurde, hinsichtlich des Lieferanten über keine kurzfristige Wahlmöglichkeit verfügen, weil die Auswahl neuer Lieferanten einen gewissen Zeitraum in Anspruch nimmt. Langfristig betrachtet wird allerdings mit einer Tendenz zu anderen Lieferanten zu rechnen sein, so daß in diesem Fall die Nachfrage langfristig sehr viel elastischer ist als in der kurzfristigen Betrachtung. Andererseits wäre auch denkbar, daß die Abnehmer ihre Käufe bei einem Lieferanten, der die Preise für seine Produkte erhöht hat, stoppen, später jedoch zu diesem Lieferanten zurückkehren. Die Trennung in eine kurz- und eine langfristige Elastizität verdeutlicht, daß ein Unternehmen niemals mit absoluter Sicherheit voraussagen kann, welche Auswirkungen Preisänderungen haben werden.
Die Lösung dieses Problems ist innerhalb gewisser Bandbreiten für Unternehmen möglich, die Kraft Gesetzes über eine relativ gesicherte Monopolstellung verfügen, wie es beispielsweise für öffentliche Versorgungsbetriebe der Fall ist. Ein solches Unternehmen kann durch bewußte Preisveränderungen unterschiedlicher Größe die ungefähre Nachfrageelastizität ermitteln, der es sich gegenübersieht.
Ein dem Wettbewerb ausgesetztes Unternehmen hingegen wird nicht nur durch das Preisangebot der Konkurrenz daran gehindert, die genaue Nachfrageelastizität zu ermitteln, sondern auch Faktoren, wie Qualität der Produkte oder das Image eines Unternehmens wie auch technischer Fortschritt, erschweren die genaue Ermittlung der Preiselastizität der Nachfrage.

Literatur:
Gutenberg, E.: Grundlagen der Betriebswirtschaftslehre, 2. Band, Der Absatz, II. Auflage, Berlin 1968
Jacob, H.: Preispolitik, 2. Auflage, Wiesbaden 1971
Phelps, D. M. und Westing, J. H.: Marketing Management, Homewood, 1968

Nachholbedarf

Bezeichnung für latenten oder offenen Bedarf, den das Angebot bisher nicht befriedigen konnte. Kommt das Produkt auf den Markt, das den Bedarf deckt, so wird für kurze Zeit die Nachfrage das Angebot übersteigen und eine Tendenz zu steigenden Preisen entstehen.

Nachrabatt

Im Anzeigengeschäft Bezeichnung für einen rückwirkend zu zahlenden Nachlaß, wenn nach Ablauf eines Einschaltjahres der in Anspruch genommene Anzeigenraum größer war als vorgesehen.

Negotiationskredit

Form des Wechsel-Kredits im Außenhandel. Der Importeur läßt über seine Bank bei der Bank des Exporteurs ein Dokumenten- → Akkreditiv eröffnen, das die Exporteurbank ermächtigt, einen vom Exporteur auf den Importeur gezogenen Wechsel anzukaufen, und zwar bevor er vom Importeur oder dessen Bank akzeptiert ist.
Der Exporteur erhält so sofort sein Geld, haftet aber als Aussteller des Wechsels für dessen Einlösung.

Net Operating Income

Bezeichnung für Netto-Betriebserfolg.

Net Quick Ratio

Liquiditätskennzahl, bekannter unter der Bezeichnung → Acid Test.

Net Sales

Ausdruck für Nettoumsatz.

Net Work Analysis

Bezeichnung für Netzwerkanalyse.
→ Netzplantechnik.

Netzplantechnik (NPT)

Netzwerktechnik, Netzwerkanalyse
Alle Verfahren zur Beschreibung, Planung, Steuerung und Überwachung von Projektabläufen auf der Grundlage von Netzmodellen, wobei Zeit, Kosten, Betriebsmittel und weitere Einflußgrößen berücksichtigt werden können. (Definition nach AKOR, Arbeitsgruppe NPT im Arbeitskreis Operational Research)

I. ENTWICKLUNG

In den Jahren 1957 und 1958 wurden in den USA unabhängig voneinander zwei ähnliche Verfahren zur Planung und Überwachung von Projekten entwickelt. Die eine Methode, bekannt unter der Bezeichnung CPM (Critical Path Method) wurde im Auftrag der E. I. du Pont de Nemours & Company und der Sperry Rand Corporation von M. R. Walker und J. E. Kelley jr. ausgearbeitet.
In Zusammenarbeit von US Navy, der Lockheed Missile System Division und der Beratungsgesellschaft Booz, Allen & Hamilton entstand unter der Regie von W. Fazar, J. Roseboom, C. Clark und D. Malcolm die Methode PERT (Project Evaluation and Review Technique). Die Anwendung von PERT führte beim Polaris-Projekt zu einem Zeitgewinn von zwei Jahren. Dies veranlaßte die Regierung in den USA bei Staatsaufträgen im Wert von über einer Million Dollar die Anwendung von PERT zur Pflicht zu machen.
Im Jahre 1958 arbeitete B. Roy zusammen mit einer Beratergruppe (METRA) eine Darstellungsart aus, die noch stärker auf der Graphentheorie beruht und die MPM (Metra-Potential-Methode) benannt wurde.
Bei CPM, PERT und MPM handelte es sich zunächst um reine Terminplanungsverfahren. Alle drei Verfahren wurden weiterentwickelt, d. h. es wurden Kosten- und Kapazitätsüberlegungen in die Planung miteinbezogen. In der Praxis zeigt

es sich immer wieder, daß nicht nur die Termine, sondern auch die geschätzten Kosten erheblich überschritten werden. Die Planung des optimalen Einsatzes von Arbeitskräften und Maschinen erweist sich als ein komplexes Problem, mit dessen Lösung man bisher nicht sehr erfolgreich war.
Die Netzplantechnik ist sowohl manuell als auch maschinell anwendbar. Zur Berechnung umfangreicher Netzpläne empfiehlt sich der Einsatz von EDV-Anlagen.

II. ANWENDUNGSBEREICHE

Die ersten Anwendungsbereiche für die Netzplantechnik waren der Aufbau einer Fabrik, die Entwicklung eines Waffensystems, der Bau eines Atomkraftwerkes und die Durchführung von Wartungsarbeiten. Inzwischen hat sich gezeigt, daß die Netzplantechnik für umfangreiche Großprojekte ebenso geeignet ist wie für bescheidene kleinere Vorhaben. Einige Beispiele:

NPT in der Planung

Planung und Bau von Untergrundbahnen, Planung der Schiffsabfertigung in Seehäfen, Planung der Herstellung von elektrischen Relais

NPT in der Entwicklung

Entwicklung von Flugzeugen, Entwicklung und Konstruktion eines Nachrichtensystems, Entwicklung und Fertigungsvorbereitung von Serien- und Massenerzeugnissen

NPT in der Fertigung

Fertigung eines Elektronenrechners, Einzelfertigung einer großen Werkzeugmaschine, Bau von Kraftwerken, Schiffen, Fabriken, Autobahnen, einer Universität, größerer Gebäude, einer Pipeline

NPT im Bereich von Instandhaltung und Reparatur

Wartung von Flugzeugen, Wartungsarbeiten in Petroleumraffinerien

NPT in der Organisation

Einführung des Lochkartenverfahrens, Einführung der EDV, Einführung einer neuen Organisation, Fusion von Firmen.

III. VORTEILE DER NETZPLANTECHNIK

Der Mehraufwand, den die Anwendung der Netzplantechnik verursacht – nach einer Analyse von Anwendungsbeispielen in den USA 0,1–0,2 % der Projektgesamtkosten –, macht sich durch eine durchschnittliche Zeiteinsparung von 22 % und eine Verminderung der Ausführungskosten um 15 % bezahlt.
Die Netzplantechnik kann ohne langwierige Vorarbeiten und Umstellungen eingesetzt werden und ist – obwohl zu Operations Research gehörend – auch für den Nichtmathematiker einfach zu verstehen und praktikabel.
Die Anwendung der Netzplantechnik bringt unter anderem folgende Vorteile:

1. Sie zwingt alle am Projekt Beteiligten zu einem genauen Durchdenken und präzisen Planen auch im Hinblick auf eine Zusammenarbeit verschiedener Firmen.
2. Durch die graphische Darstellung erhält auch der nicht unmittelbar Beteiligte einen hervorragenden Überblick.
3. Engpässe werden sichtbar und es kann rechtzeitig Vorsorge getroffen werden.
4. Es ist eine permanente Kontrolle gegeben, die eine sofortige Planrevision im Ernstfall möglich macht.
5. Mit Hilfe des Netzplanes können der Kapitalbedarf und der Bedarf an Maschinen ermittelt werden.
6. Ein objektiver Vergleich verschiedener Planungsvarianten und des dazugehörigen Aufwandes wird ermöglicht. Auch größte Projekte können mittels

Netzplantechnik gesteuert werden, da die verschiedenen Berechnungen und Auswertungen maschinell durchgeführt werden können.

IV. GRUNDBEGRIFFE

Seit der Entwicklung der ersten Netzplantechniken ist etwas mehr als ein Jahrzehnt vergangen. Inzwischen gibt es über 50, größtenteils auf PERT und CPM basierende Techniken. Alle diese Methoden haben folgendes gemeinsam:
Man unterscheidet zwischen Planungsphase und Überwachungsphase. Die Planungsphase liegt vor dem Ablauf der Projektarbeiten und umfaßt Ablaufplanung, Zeitplanung und Terminplanung. Als Überwachungsphase bezeichnet man die Zeit vom Beginn bis zum Ende der Projektdurchführung, in der der Arbeitsfortschritt laufend verfolgt und die Planung – falls erforderlich – überarbeitet wird.

1. Planungsphase

Ablaufplanung

Während der Ablaufplanung wird das Projekt in Teilarbeiten zerlegt, die man Tätigkeiten oder Vorgänge (Activity, Job) nennt. Eine Tätigkeit ist definiert als ein „zeitverbrauchendes Geschehen mit definierbarem Anfang und Ende“ (AKOR), d. h. nicht nur manuelle und maschinelle Arbeiten, sondern auch Wartezeiten, Lieferfristen und Kontrollen sind Tätigkeiten.
Tätigkeiten beginnen und enden mit Ereignissen (Event). Ein Ereignis ist das „Eintreten eines definierbaren Zustandes im Ablauf eines Projektes“. Beispiel: Konstruktion abgeschlossen; Baugrube ausgehoben.
Die Reihenfolge, in der zwei oder mehr Tätigkeiten ausgeführt werden sollen, wird durch die Anordnungsbeziehung oder Abhängigkeit angeben. Man versteht darunter „die durch die Art des Projektes bedingte Beziehung zwischen Ereignissen und/oder Tätigkeiten.

Zeitplanung

Die Zeitplanung ist der zweite Schritt der Planungsphase. Die Tätigkeitsdauer wird geschätzt, die Zeitpunkte für die Ereignisse und/oder Tätigkeiten ermittelt, die Projektdauer festgestellt, die Puffer berechnet und der kritische Weg gekennzeichnet.
Tätigkeiten bzw. Vorgänge ohne Puffer, d. h. Tätigkeiten, die keinerlei zeitliche Verschiebung oder Ausdehnung dulden, sind kritische Tätigkeiten. Aus kritischen Tätigkeiten setzt sich der Weg längster Dauer durch das Netz – der kritische Weg – zusammen.

Terminplanung

Nachdem die Zeitplanung mit allen Beteiligten durchgesprochen ist, erhalten alle Teilarbeiten verbindliche Kalendertermine für Anfang und Ende der Tätigkeiten; denn die ausführenden Stellen wissen mit Zeitangaben, die auf den Zeitpunkt Null, den Projektbeginn bezogen sind, kaum etwas anzufangen.

2. Überwachungsphase

Die Überwachungsphase beginnt in dem Augenblick, in dem die Planungsarbeiten abgeschlossen sind und mit der Projektausführung begonnen wird.
Die Überwachung bzw. Kontrolle sollte eine Stelle durchführen, die nicht an der Ausführung beteiligt ist. In einem Betrieb kann man z. B. das Zeichnen, Rechnen und Kontrollieren der Projektdurchführung einer Stabsabteilung übertragen.
Die überwachende Stelle sollte sich in regelmäßigen Zeitabständen informieren und die Fortschritte im Netzplan eintragen. Weichen die tatsächlichen Termine von den im Netzplan vorgesehenen über den Rahmen der Puffer hinaus ab, so müssen erneut Terminberechnungen durchgeführt werden. Es zeigt sich dann, wie sich der kritische Weg geändert hat.

Zeichentechnik

Netzpläne sind tabellarisch, graphisch und theoretisch auch algebraisch darstellbar. Die graphische Darstellung hat den Vorteil der besseren Überschaubarkeit; außerdem beziehen sich die meisten Planungsregeln auf diese Form der Darstellung. Im graphischen Netzplan werden zwei Symbole verwandt: Pfeile und Kreise bzw. Rechtecke, die man Knoten nennt.

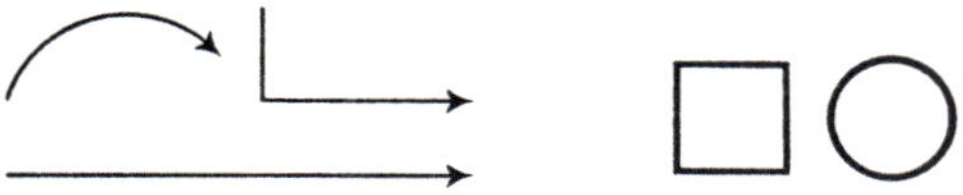

Pfeil Knoten

Die Knoten in Form eines Rechtecks wählt man vorwiegend dann, wenn ein beschreibender Text in den Knoten eingetragen werden soll. Die Länge des Pfeils läßt in keinem Fall auf die Dauer des Vorgangs schließen. Durch Verknüpfung von Pfeil und Knoten entsteht eine logische Aussage.

V. GRUNDLEGENDE NETZPLANTECHNIKEN

CMP – Critical Path Method

Der CPM-Netzplan ist tätigkeitsorientiert; man spricht auch von einem Tätigkeits-Pfeil-Netz. Die Tätigkeiten werden als Pfeile dargestellt und genau beschrieben, während die Ereignisse durch Knoten verkörpert werden, die durch Nummern gekennzeichnet sind.
Allgemein kann ein Vorgang so gezeichnet werden:

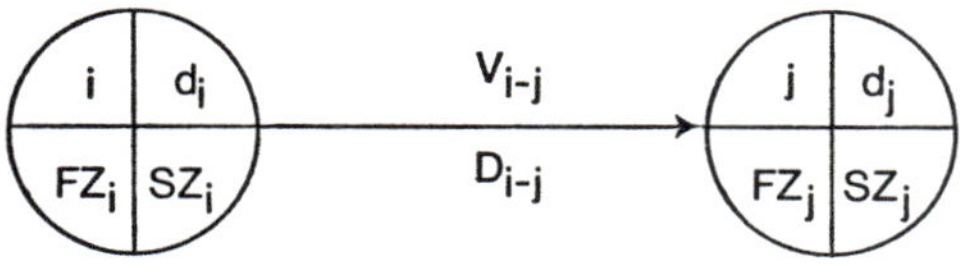

i Nummer des Anfangsereignisses von i–j
j Nummer des Endereignisses von i–j
d_i bzw. d_j Längster Zeitabstand des Ereignisses i bzw j vom Projektende
FZ_i bzw. FZ_j Frühestmöglicher Zeitpunkt für den Anfang V_{i-j}
SZ_i bzw. SZ_j Spätesterlaubter Zeitpunkt für das Ende von V_{i-j}
V_{i-j} Kennzeichnung des Vorgangs
D_{i-j} Dauer des Vorgangs i–j

Grundregeln beim CPM-Netzplan

– Jede Tätigkeit beginnt mit einem Ereignis und endet mit einem nachfolgenden Ereignis. (Graphisch: Pfeil zwischen zwei Knoten)

– Keine Tätigkeit kann angefangen werden, bevor das Vorereignis eingetreten ist. Muß eine Tätigkeit nur zum Teil ausgeführt sein, bevor eine andere begonnen werden kann – wenn sich also zwei Tätigkeiten überlappen – so teilt man die Tätigkeiten auf.

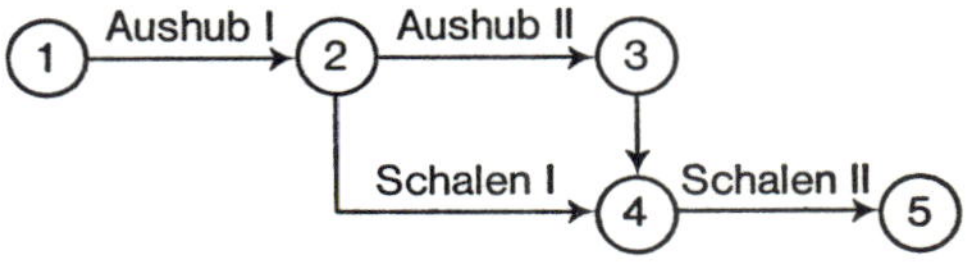

– Haben zwei Vorgänge denselben Anfangs- und denselben Endknoten, laufen sie also parallel, so muß man – um dies graphisch klar darstellen zu können – sogenannte Scheinaktivitäten (Scheinvorgänge, Blindaktivitäten, Dummy Activities) einführen. Scheinaktivitäten sind Vorgänge mit der Dauer Null, die graphisch als gestrichelte Linie dargestellt werden.

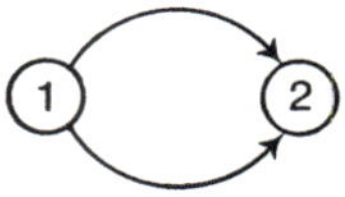

nicht so

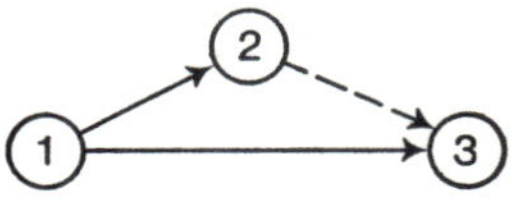

sondern so

– Schleifen dürfen in einem Netzplan nicht auftreten, das heißt, die Wege in Pfeilrichtung durch das Netz dürfen keine Kreise beschreiben.

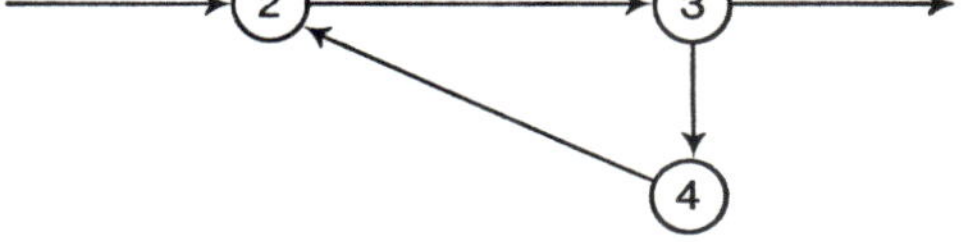

– Es gibt keine offenen Maschen im Netzplan, d. h. daß es außer dem ersten und dem letzten Ereignis kein weiteres Ereignis geben darf, in das nur ein Vorgang hinein- bzw. herausführt.

Berechnung eines CPM-Netzplanes

Beim CPM-Netzplan wird von den Technikern nur eine Zeitschätzung verlangt. Die Berechnung des Netzplanes – sie wird häufig mittels Datenverarbeitung vorgenommen – geht folgendermaßen vor sich: Zunächst werden in einer Liste sämtliche Tätigkeiten in ihrem logischen Ablauf festgehalten, danach wird der Netzplan gezeichnet und die Schätzwerte für die Dauer der Tätigkeiten eingetragen.

In einer Vorwärtsrechnung werden die frühestmöglichen, in einer Rückwärtsrechnung die spätest zulässigen Termine für das Eintreten der Ereignisse ermittelt. Daraus können die frühestmöglichen und die spätestzulässigen Anfangs- und Endzeitpunkte der Tätigkeiten bestimmt werden.

Ein Beispiel:

Das Startereignis am Projektanfang erhält FZ = 0. Von da aus geht man von Knoten zu Knoten in Richtung Projektende vor und versieht in logischer Folge jedes Ereignis mit einem Ereignis-Zeitpunkt.

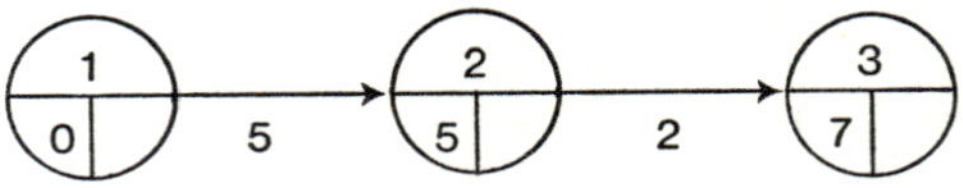

Bei der Rückwärtsrechnung subtrahiert man, ausgehend vom spätesten Zeitpunkt des Zielereignisses, die Tätigkeitsdauer von Ereignis zu Ereignis entgegen der Pfeilrichtung. Bei Ereignissen, von denen nur eine Tätigkeit ausgeht, ist der spätesterlaubte Zeitpunkt einfach zu ermitteln; hat ein Ereignis mehrere unmittelbar folgende Ereignisse, so ist sein spätest erlaubter Zeitpunkt das Minimum der Differenzen aus den Zeitpunkten der nachfolgenden Ereignisse und den entsprechenden Tätigkeitsdauern. Für die Praxis sind die Zeitreserven (Puffer) eines Vorgangs äußerst wichtig, denn sie zeigen an, um wieviel eine Tätigkeit verschoben werden kann, ohne den Projektendtermin zu gefährden. (Bei CPM wird die Pufferzeit nach ihrer Verfügbarkeit unterteilt, meist in freie und totale Pufferzeit.) Daher sind die Bestimmung des kritischen Weges und die Berechnung der Puffer eine der wichtigsten Aufgaben der Netzplantechnik. Im CPM-Netzplan ergibt sich der kritische Weg

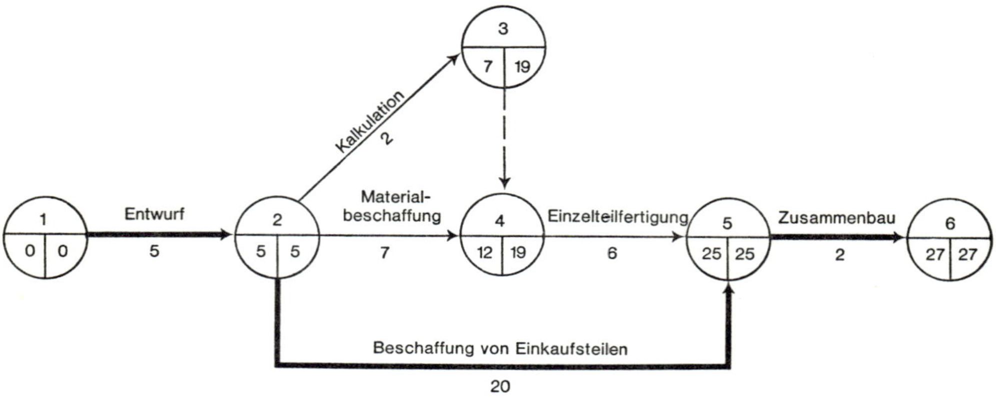

▬▬ Kritischer Weg

Beispiel (nach Waschek/Weckerle: Die Praxis der Netzplantechnik)

als Folge von Tätigkeiten mit dem Puffer Null.

Kostenplanung mit CPM

Nach einer ersten Durchrechnung des Projekts stellt sich oft heraus, daß das Projekt zeitlich verkürzt werden muß. Zeiteinsparung ist nur möglich, wenn die kritischen Tätigkeiten verkürzt werden. Dies allerdings bedingt zusätzliche Arbeitszeit und damit Kosten für Überstunden, Schichtarbeit, eventuell Auftragsvergabe nach außen etc. CPM bietet die Möglichkeit einer kostenoptimalen Verkürzung der Projektdauer. Dazu müssen für jede Tätigkeit vier Angaben gemacht werden:

1. Angaben über die normale Dauer des Projekts DN
2. Angaben über die bei dieser normalen Dauer zu erwartenden direkten Kosten $K_{dir, n}$
3. Angaben über die minimale Dauer D_{min}, die aus technischen und wirtschaftlichen Gründen nicht unterschritten werden kann.
4. Angaben über die bei dieser minimalen Dauer zu erwartenden direkten Kosten $K_{dir, min}$, die über den Kosten bei normaler Dauer liegen.
   Graphisch kann man dies so darstellen:

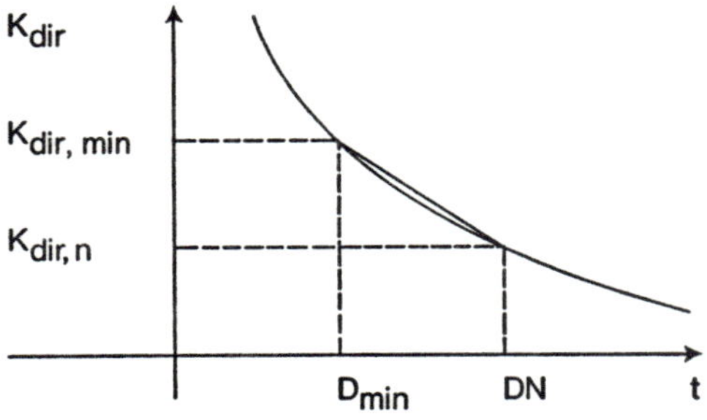

Nimmt man nun an, daß die direkten Kosten bei Zeiteinsparung linear zunehmen, so erhält man die direkten Mehrkosten pro Zeiteinheit nach folgender Formel:

$$\frac{\Delta K}{\Delta D} = \frac{K_{dir, min} - K_{dir, n}}{DN - D_{min}} \text{ in DM/Zeiteinheit}$$

Der Netzplan wird zunächst für Tätigkeiten normaler Dauer und die dazugehörigen direkten Kosten durchgerechnet. Danach nimmt man eine Beschleunigung der kritischen Tätigkeiten mit dem geringsten Kostenanstieg vor und rechnet den Netzplan erneut durch. Das Verfahren wird so lange wiederholt, bis bei allen Tätigkeiten irgendeines Weges die minimale Dauer erreicht ist.

PERT – Program Evaluation and Review Technique

Der PERT-Netzplan in seiner ursprünglichen Form ist im Gegensatz zum CPM-Netzplan ereignisorientiert. Man spricht auch von einem Ereignis-Knoten-Netz, d. h., daß die Ereignisse beschrieben und durch Knoten dargestellt und die Tätigkeiten durch Pfeile verkörpert werden.
Im PERT-Netzplan wird ein Vorgang allgemein so dargestellt:

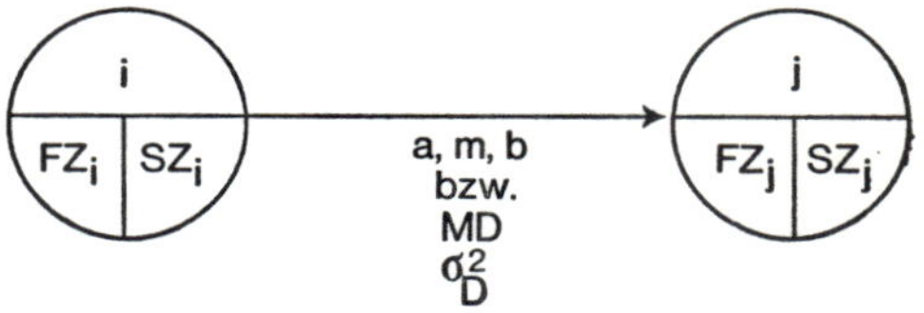

i bzw. j	Ereignisnummer (i = 0 Startereignis)
FZ_i bzw. FZ_j	Frühestmöglicher Zeitpunkt für das Ereignis i bzw. j
SZ_i bzw. SZ_j	Spätest erlaubter Zeitpunkt für das Ereignis i bzw. j
a, m, b,	drei Zeitschätzungen
MD	mittlere Dauer
σ^2_D	Varianz bzw. σ_D Standardabweichung, die nach der Formel $\sigma_D = \frac{b - a}{6}$ berechnet wird

Für den PERT-Netzplan gelten die gleichen Grundregeln wie für den CPM-Netzplan.

Berechnung eines PERT-Netzplanes

Bei PERT stellt der Pfeil den Zeitabstand zweier Ereignisse dar. Es wird nicht wie bei CPM mit einer Zeitangabe für die Dauer von einem Ereignis bis zum anderen gerechnet, sondern es werden drei Zeitschätzungen vorgegeben:

1. Optimistische Dauer DO. Das ist die Dauer eines Vorgangs, die unter besonders günstigen Umständen erreicht wird.
2. Wahrscheinlichste Dauer oder normale Dauer DN ist die Dauer eines Vorgangs, die unter normalen Umständen erreicht wird.
3. Pessimistische Dauer DP. Das ist die Dauer eines Vorgangs, die unter besonders ungünstigen Umständen erreicht wird; Fälle von höherer Gewalt sind auszuschließen.

Aus den drei Schätzwerten errechnet man unter Annahme einer Beta-Verteilung (→ Wahrscheinlichkeitsverteilung) eine mittlere Dauer, für deren Erreichen die Wahrscheinlichkeit 50 % beträgt. Über die Zweckmäßigkeit und die psychologische Richtigkeit der Drei-Zeiten-Schätzung wurde und wird noch immer heftig diskutiert.

Bei CPM ist der kritische Weg eine Folge von Tätigkeiten mit dem Puffer Null. Bei PERT werden die gesamten Ereignispuffer errechnet und daraus die Wahrscheinlichkeit, mit der bei jedem Ereignis eine Terminüberschreitung zu erwarten ist.

Der CPM-Netzplan von oben sieht ohne Zahlen in der PERT-Darstellung so aus:

Kostenplanung mit PERT – PERT/Cost

PERT/Cost ist eine Erweiterung der ursprünglichen PERT-Konzeption. Die verschiedenen EDV-Hersteller haben inzwischen eine Fülle verschiedener Rechenprogramme entwickelt, zu denen neben der Termin- und Kostenplanung auch noch ein ausgefeiltes Berichtswesen (Bericht über den Stand des Projekts, des Budgets, die Arbeitskräfteauslastung etc.) gehört.

Bindeglied zwischen dem Terminplan und dem Kostenplan ist der Arbeitsgliederungsplan (work break down structure). Das Projekt bzw. die Endleistung des Projekts (Produkt oder Dienstleistung) wird in Teilprodukte zerlegt, die Teilprodukte werden nochmals in Arbeitspakete (work packages) gegliedert. Ein Arbeitspaket besteht aus mehreren Tätigkeiten, und damit ist der Zusammenhang zum Terminplan wieder hergestellt.

Für jedes Arbeitspaket wird der Bedarf an Arbeitskräften geschätzt. Zusammen mit den Schätzgrößen für den bewerteten Materialbedarf und den sonstigen Aufwand ergeben sich die geschätzten Einzelkosten. Eine Schätzung der Gemeinkosten bereitet noch Schwierigkeiten.

Der Projektablauf muß in bezug auf Termine und Kosten überwacht werden. Für die abgeschlossenen Arbeitspakete wird ein Soll-Ist-Kostenvergleich durchgeführt.

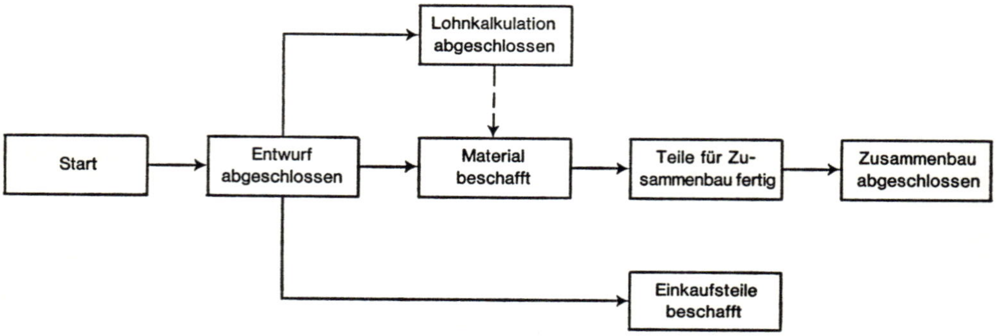

MPM – Metra Potential Methode

Der MPM-Netzplan ist ein tätigkeitsorientierter Netzplan, in dem die Tätigkeiten durch Knoten, die Abhängigkeiten durch Pfeile symbolisiert werden (sog. Tätigkeits-Knoten-Netz). Ereignisse werden nicht dargestellt.
Allgemein ist ein Netzplan nach MPM folgendermaßen aufgebaut:

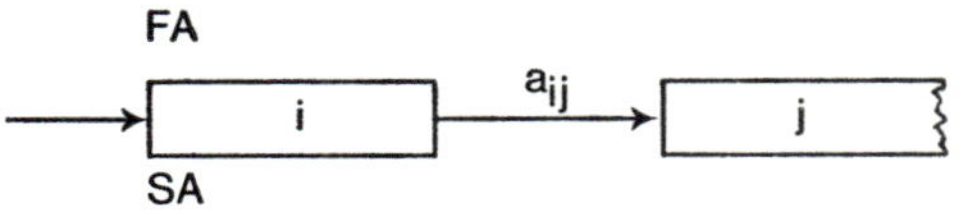

Die Bezeichnung der Tätigkeit steht im Knotenrechteck.

FA frühestmöglicher Anfangszeitpunkt
SA spätesterlaubter Anfangszeitpunkt
a_{ij} Minimaldauer vom Beginn des Vorgangs i bis zum Beginn des Vorgangs j

Die Tätigkeitsdauer wird zusätzlich zur Bezeichnung der Tätigkeit im Rechteck eingetragen.

Grundregeln beim MPM-Netzplan

Im MPM-Netzplan gibt es vier verschiedene Beziehungen zwischen den aufeinanderfolgenden Tätigkeiten:

1. i kann frühestens zu einem bestimmten Termin nach Beginn des Projektes beginnen.

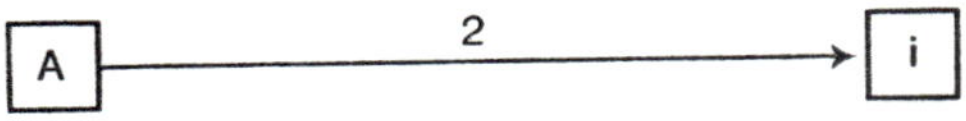

2. i muß spätestens vor einem festen Termin – bezogen auf den Projektbeginn – beendet sein.

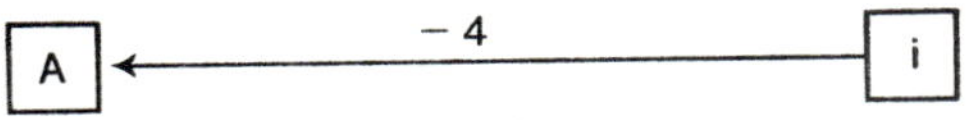

3. j kann erst beginnen, wenn eine bestimmte Zeit nach Beginn von i verstrichen ist.

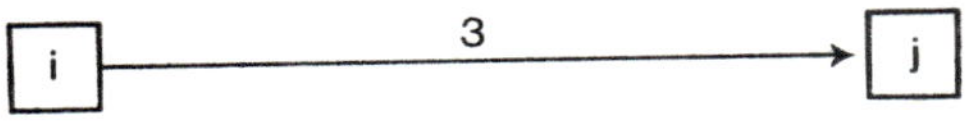

4. j muß begonnen haben, bevor eine bestimmte Zeit nach Beginn von i verstrichen ist.

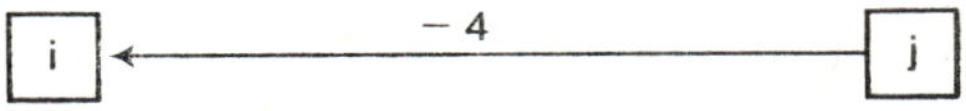

Aufgrund von 1. und 2. kann sich folgende Anordnungsbeziehung ergeben:

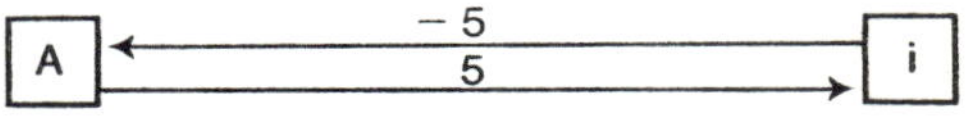

Dies bedeutet, daß eine Tätigkeit genau zum Zeitpunkt Fünf beginnen muß, also keinen Puffer enthält.
Im Gegensatz zu CPM und PERT gibt es bei der MPM-Darstellung keine Scheintätigkeiten; Überlappungen können ohne Unterteilung der Tätigkeiten dargestellt werden. Änderungen am Netzplan wie z. B. das Hinzufügen von Abhängigkeiten sind ohne weiteres möglich.

Berechnung eines MPM-Netzplanes

MPM liefert im wesentlichen die gleichen Ergebnisse wie CPM, nämlich frühestmögliche und spätestzulässige Anfangs- bzw. Abschlußtermine und den Spielraum der Tätigkeiten. Auch hier werden in einer Vorwärtsrechnung frühestmögliche Anfangs- und Abschlußzeitpunkte der Tätigkeiten ermittelt. Zunächst geht man von einem Netzplan ohne Anordnungsbeziehungen mit negativen Zeitwerten aus und ermittelt die frühestmöglichen Beginnzeitpunkte. Dann überprüft man, ob die Beginnzeitpunkte wegen der negativen Anordnungsbeziehungen geändert werden müssen. Danach errechnet man durch Addition die frühestmöglichen Abschlußzeitpunkte.
In der Rückrechnung werden auch hier die spätest zulässigen Anfangs- und Abschlußzeitpunkte ermittelt. Der Puffer der Tätigkeiten ergibt sich als Differenz von spätest zulässigen und frühestmöglichen Terminen.
Der kritische Weg ist die Folge aller kritischen Vorgänge, für die gilt: $FA_i = SA_i$.

Kapazitätsberücksichtigung bei der Netzplantechnik

Wie bereits erwähnt, versucht man neuerdings mit Hilfe der Netzplantechnik nicht nur Termine und Kosten optimal zu planen, sondern auch den Einsatz von Personal und Betriebsmitteln. Der optimale Einsatz von Produktionsfaktoren ist für Unternehmen, bei denen mehrere Projekte gleichzeitig in vorhandene Kapazitäten eingeplant werden sollen, besonders wichtig (Mehrprojektplanung). Man unterscheidet dabei folgende Probleme:

Manpower Smoothing. Das Ziel besteht darin, die vorhandenen Kapazitäten so auszulasten, daß keine Spitzenbelastungen mehr auftreten und eine gleichmäßige Beschäftigung erreicht wird.

Manpower Scheduling. Hierbei kommt es darauf an, den Produktionsfaktor Arbeit, d. h. das verfügbare Personal, so einzusetzen, daß die Kapazitätsgrenzen nicht überschritten werden.

Resource Scheduling. Während man bei Manpower Scheduling eine Flexibilität des Faktoreinsatzes annimmt, geht man hier davon aus, daß unveränderlich festliegt, welche Faktoren in welcher Menge für einen Vorgang benötigt werden. Sind die Produktionsfaktoren — es handelt sich hier um Maschinen und Anlagen — knapp, so müssen die Tätigkeiten, bei denen man auf diese Produktionsfaktoren angewiesen ist, in eine solche Reihenfolge gebracht werden, daß ein optimaler Zeitplan entsteht.

Bisher waren die Planer bei Kapazitätsproblemen auch bei Vorhandensein großer Rechenanlagen nicht in der Lage, optimale Lösungen zu bieten.

Programmvarianten

Umfangreiche Netzpläne werden heute mit Hilfe der Datenverarbeitung berechnet. Die Hersteller der Anlagen und Industrieunternehmen haben zahlreiche Programme mit unterschiedlichen Schwerpunkten entwickelt.

Literatur:

Allan, T., Breu, M.: Handbuch der Netzplantechnik (Sulzer). Winterthur 1965
Battersby, A.: Network Analysis for Planning and Scheduling. London 1964
Berge, C.: Théorie des graphes et ses applications. 2. Aufl., Paris 1963
Brandenberger, J. und Konrad, R.: Netzplantechnik. Eine Einführung, Bd. 1 d. Schriftenreihe d. Betriebswissenschaftlichen Instituts der ETH Zürich, 4., erweiterte Aufl., Zürich 1968
DOD and NASA Guide: PERT Cost — System Design. Department of Defense. Washington 1962
Federal Electric Corporation (Hrsg.): Programmierte Einführung in PERT. Program Evaluation and Review Technique. Eine Methode zur Planung und Überwachung von Projekten. München 1965
GE/CPM: Critical Path Method. General Electric Computer Departement. Phoenix 1962
An Introduction to the PERT/Cost System for Integrated Project Management. Department of the Navy. Washington 1961
Jacob, H. (Hrsg.): Schriften zur Unternehmensführung, Bd. 9: Anwendung der Netzplantechnik im Betrieb. Wiesbaden 1969
Krahwinkel, W., Wild, H. J.: IBM-Programme für Projektplanung und -überwachung mit Hilfe der Netzplantechnik (Verfahren des kritischen Weges). IBM-Fachbibliothek, Form 78095
Kelley, J. E., Walker, M. R.: Critical Path Planning and Scheduling, Proceedings of the Eastern Joint Computer Conference. Papers presenting the Joint IRE—AIEE—ACEM Computer Conference, Boston/Massachusetts, December 1—3, 1959. New York 1959
König, D.: Theorie der endlichen und unendlichen Graphen. Leipzig 1936, New York 1950
Levin, R., Kirkpatrick, Ch.: Planning and Control with PERT/CPM. New York — Toronto — London 1966
Lockyer, K. G.: An Introduction to Critical Path Analysis. London 1964
Martino, R. L.: Applied Operational Planning Project Management and Control, 2, New York 1964
Martino, R. L.: Finding the Critical Path Project Management and Control, Vol. 1. New York 1964
Martino, R. L.: Allocating and Scheduling resources Project Management and Control, Vol. 3, New York 1965
Die Metra-Potential-Methode — Eine theoretische Darstellung, hrsg. vom DIVO-Institut für Wirtschaftsforschung, Sozialforschung und angewandte Mathematik, Frankfurt/Main
Miller, R. W.: Schedule, Cost and Profit Control with PERT, New York 1963
Miller, R. W.: Zeit-Planung und Kostenkontrolle durch PERT. Hamburg 1965
Müller-Merbach, H.: Netzplantechnik. Berlin, Heidelberg, New York 1970

Müller-Merbach, H.: Optimale Reihenfolgen. Berlin, Heidelberg, New York 1969
NASA – PERT and Companion: Cost System – National Aeronautics and Space Administration. Washington 1962
Neubert, H.: Internal Control. Düsseldorf 1959, Inst. d. WiPrüf.
New Uses and Management: Implications of PERT – Booz – Allen Applied Research Inc. Chicago 1964
PERT COST DOD and NASA GUIDE: Systems Design U. S. Government Printing Office 1962
PERT – eine dynamische Methode zur Projektplanung und -überwachung, IBM-Form 71338, 1961
PERT: Supplement No. 1 to DOD and NASA GUIDE PERT COST, Output Reports. PERT Coordinating Group, Mord 1963, US Government Printing Office, Washington D. C. 20402
RAMPS – Resource Allocation and Multi-Project -Scheduling, Training Text, -C-E-I-R (V. K.) Ltd. Washington 1962
Rosenkranz, F.: Netzwerktechnik und wirtschaftliche Anwendung mit besonderer Berücksichtigung der Netzplantechnik.
Schriften zur wissenschaftlichen Forschung, Bd. 25. Meisenheim am Glan 1968
Roy, B.: Cheminement et connexité dans les graphes; applications aux problèmes d'ordonnancement. Thèse Paris 1961
Shaffer, L. R., Ritter, J. B., Meyen, W. L.: The Critical Path Method. New York – Toronto – London 1965
Thumb, N.: Grundlagen und Praxis der Netzplantechnik, 2. Aufl. München 1969
Wagner, G.: Die Anwendung der Netzplantechnik „CPM, PERT" in der Bauwirtschaft durch Unternehmer, Bauträger und Architekten. Wiesbaden, Berlin 1965
Waschek, G., Weckerle, E.: Die Praxis der Netzplantechnik. Baden-Baden und Bad Homburg vor der Höhe 1967
Wille, H., Gewald, K., Weber, H. D.: Netzplantechnik. Methoden zur Planung und Überwachung von Projekten, Bd. 1, Zeitplanung. München, Wien 1966

Netzwerkanalyse

Andere Bezeichnung für → Netzplantechnik.

Neu-Produkt-Management

Unter Neu-Produkt-Management werden sämtliche mit der Suche, Entwicklung und Einführung neuer Produkte am Markt zusammenhängende Maßnahmen und die Schaffung der erforderlichen Voraussetzungen verstanden.

I. Kennzeichnung der Entwicklungstendenzen

Neue Produkte stellen in der Regel ein relativ hohes Risiko dar. Darüber hinaus liegen zwar oftmals viele Ideen für neue Produkte vor, aber nur wenige dieser Ideen lassen sich realisieren. Das Beispiel in Darstellung 1 – eine Untersuchung in 51 Unternehmen – zeigt, daß 58 Ideen erforderlich waren, um ein marktreifes und gleichzeitig erfolgreiches Produkt am Markt einzuführen. Marktreife allein bedeutet nicht unbedingt Erfolg. Vergleichbare Zahlen zeigen, daß acht von zehn Produkten am Markt versagen, eines der verbleibenden zwei Produkte ist erfolgreich, während das zweite häufig die roten Zahlen tangiert. Außerdem wird die Lebensdauer neuer Produkte durch die Konkurrenzaktivitäten verkürzt. Produkte sind kürzer neu. Aus diesem Grunde müssen die Gewinne in der ersten Hälfte des Lebens eines Produktes erzielt werden. Bei einigen großen Unternehmen in oligopolistisch strukturierten Märkten ist bereits die Tendenz zu erkennen, daß ein neu eingeführtes Produkt aus dem Markt genommen wird, sobald mehr als zwei große Konkurrenten im Markt Fuß gefaßt haben.

Das Verhältnis von Erfolg zu Mißerfolg für ein neues Produkt ist somit 1:9. Dieses Verhältnis verschlechtert sich auf weit über 1:100, wenn in einem Unternehmen keine systematische Produktsuche durchgeführt wird – auch wenn die systematische Suche das Risiko nur bedingt beseitigt.

II. VORAUSSETZUNGEN FÜR EIN ERFOLGREICHES NEU-PRODUKT-MANAGEMENT

Erste Voraussetzung für eine erfolgreiche Produktsuche ist eine Organisationsstruktur, die die systematische Suche nach neuen Produkten ermöglicht und

fördert. Eine gesonderte, mit der Suche nach neuen Produkten beauftragte Abteilung wird meistens nur in großen Unternehmen anzutreffen sein. Kleinere Unternehmen können ein Komitee ins Leben rufen, das zu regelmäßigen Ideenkonferenzen zusammentritt. Dieses Komitee kann sich aus den Leitern der Bereiche Marketing, Finanzen, Produktion und Technik und unter Umständen auch des Entwicklungsstabes zusammensetzen.
Wird in einem Unternehmen eine gesonderte Abteilung „neue Produkte" eingerichtet, so läßt sich deren Aufgabenbereich folgendermaßen kennzeichnen:

1. Empfehlung neuer Produkte, Ziele und Programme
2. Planung der Ideenauswertung
3. Prüfung der Ideenvorschläge
4. Entwicklung konkreter Produktvorschläge
5. Empfehlung der Entwicklung neuer Produkte
6. Koordination des Produkttestes und Vorbereitung der Einführung am Markt
7. Koordination der verschiedenen abteilungsbezogenen Tätigkeiten in allen Entwicklungsphasen

Folgende Fähigkeiten sind von den Mitgliedern dieser Abteilung zu verlangen:

1. Generelle Einigung für das Neu-Produkt-Management
2. Technische Kenntnisse
3. Interesse an neuen wissenschaftlichen Entwicklungen
4. Forscherdrang
5. Kreatives Denkvermögen
6. Das Gespür für Marktentwicklungen
7. Führerqualitäten und
8. Risikobereitschaft.

Schließlich ist eine systematische Vorgehensweise erforderlich, die die Ideenfindung, die Auswahl brauchbar erscheinender Ideen, die Wirtschaftlichkeits- und Risikoanalyse, die Produktentwicklung, das Test-Marketing und die Einführung des Produktes am Markt beinhaltet.

III. IDEENFINDUNG

Es wurde bereits darauf hingewiesen, daß die Zahl der Ideen sehr groß, die Chancen, daß ein neues Produkt am Markt Erfolg haben wird, aber sehr gering sind. Aus diesem Grunde sollten in einem Unternehmen sämtliche für die Ideenfindung in Frage kommenden Quellen ermittelt werden, Anreize für von Mitarbeitern entwickelte und weitergeleitete Ideen geschaffen und die so gefundenen Ideen in andere Bereiche des Unternehmens weitergeleitet werden, damit sie verbessert und konkretisiert werden können.
Als mögliche Ideenquelle kommen die Abnehmer eines Unternehmens und die Verwender der Produkte in Frage. Es können aus Konsumenten bestehende Gruppen gebildet werden, um Vorschläge für neue oder verbesserte Produkte auszuarbeiten. Brainstorming-Sitzungen lassen sich arrangieren mit dem Ziel, auch zunächst als abwägig erscheinende Ideen als Produktvorschläge zu erarbeiten. Eine weitere wichtige Quelle für Produktideen sind Veröffentlichungen über neue Erkenntnisse der wissenschaftlichen Forschung, die möglicherweise zu revolutionären Veränderungen führen können. Als Beispiel dafür soll nur auf die Synthetikfaser hingewiesen werden, die substantielle Veränderungen hervorgerufen hat.
Ein weiterer Ansatzpunkt zur Gewinnung von Produktideen ist beispielsweise die Konkurrenz, die möglicherweise neue Produkte entwickelt, die rechtzeitig aufgespürt werden müssen, um zumindest wirksame Marketing-Gegenmaßnahmen vorzubereiten. Über ein ausgefeiltes Berichtswesen des Außendienstes könnten

Abbildung 1

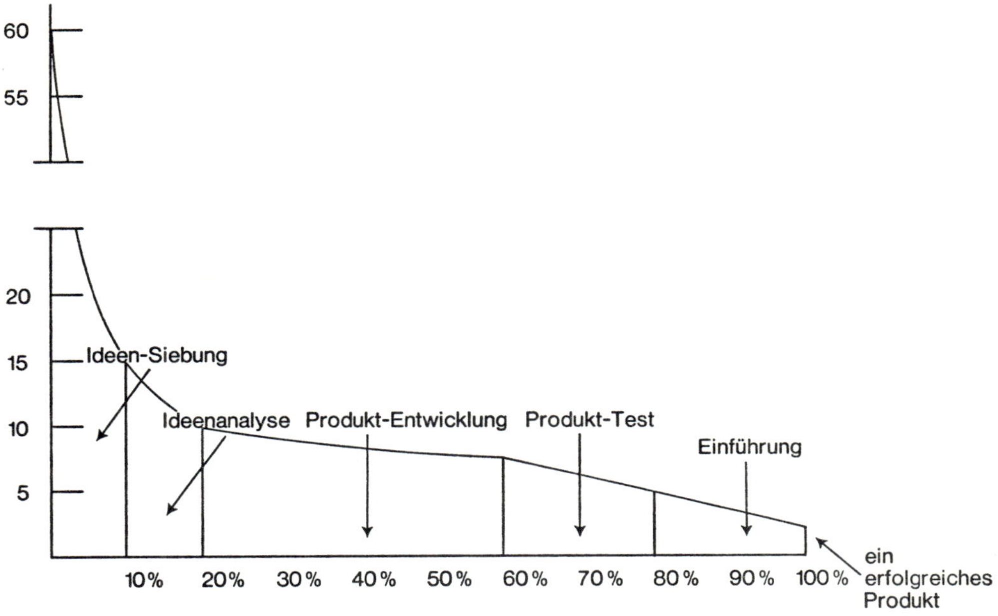

Darstellung 1

Ideen für neue Produkte aus den Beschwerden und Anregungen der Abnehmer gewonnen werden. Schließlich können durch das Management selbst Gebiete festgelegt werden, in denen sich die Ideensuche konzentrieren sollte; beispielsweise ob Komplementärprodukte hergestellt werden oder die Distributionskanäle mit anderen Produkten versorgt werden können, ob das Rohmaterial als Ausgangsbasis für neue Produkte dienen kann, die Fertigungsanlagen durch andere Produkte ausgelastet, Abfallprodukte erneut verarbeitet und saisonale Schwankungen ausgeglichen werden können oder ob die Unterlegenheit gegenüber Substitutionsprodukten überwunden werden kann.

IV. AUSWAHL VERWERTBARER PRODUKT-IDEEN

Die Auswahl verwertbarer Produkt-Ideen erfolgt zum Zwecke der Ausschaltung von Ideen, die mit Sicherheit aus genau zu definierenden Gründen für ein Unternehmen nicht in Frage kommen. Für diesen Auswahlprozeß kann auf mehrere Methoden zurückgegriffen werden, von denen keine absolut perfekt ist, weil in jedem Fall subjektive Größen die endgültige Entscheidung beeinflussen müssen. Darstellung 2 a zeigt eine mögliche Vorgehensweise, die aber keine quantitativen Aussagen zuläßt. In der folgenden Abbildung erfolgt zwar eine quantitative Bewertung der Ideen, aber auch diese ist abhängig von der subjektiven Bewertung, wie dem Beispiel zu entnehmen ist.
In Darstellung 2 b liegt die Grenze für die weitere Analyse einer Idee bei 0,7, wodurch der überwiegende Teil der bisher vorgetragenen Ideen eliminiert wird. Die verbleibenden Produktideen werden einer genaueren Analyse unterworfen. Allerdings darf die Handhabung dieses Instrumentariums nicht mechanisch erfolgen, da auch hier Risiken bestehen, insbesondere wenn das fragliche Produkt sowohl für das Unternehmen als auch im

Darstellung 2 a: Beispiele für die Auswahl verwertbarer Ideen

a) Qualitative Bewertung

	Bewertung				
	sehr gut	gut	befriedigend	schlecht	sehr schlecht
Absatzvolumen	×				
Art und Zahl der Konkurrenten	×				
Technische Möglichkeiten	×				
Patentschutz		×			
Rohmaterial		×			
Produktionsbelastung		×			
Korrelation zum Produkt-Mix				×	

Quelle:
Charles H. Cline, The Strategy of Product-Policy, Harvard Business Review, Juli-August 1955, S. 99

Darstellung 2 b: Quantitative Bewertung

Leistungsbereich	(A) Relativer Anteil	(B) Bewertung auf Eignung 0,0	0,1	0,2	0,3	0,4	0,5	0,6	0,7	0,8	0,9	1,0	Bewertung (A × B)
Unternehmens-Image	0,20							×					0,120
Marketing	0,20										×		0,180
Forschung und Entwicklung	0,20								×				0,140
Personal	0,15							×					0,090
Finanzen	0,10										×		0,090
Produktion	0,05									×			0,040
Standort und Anlagen	0,05				×								0,015
Beschaffung	0,05										×		0,045
Gesamt	1,00												0,720

Bewertungsskala:
0,00–0,40 schlecht; 0,41–0,75 befriedigend; 0,76–1,00 gut.
Untergrenze für weitere Analyse: 0,70

Quelle:
Barry M. Richmann, „A Rating Scale for Product Innovation, Business Horizons, Summer 1962, S. 37 ff.

Markt neu ist. Durch den Einfluß subjektiver Faktoren können diese Auswahlmethoden letztlich ein Hilfsmittel, nicht aber eine Lösung darstellen.

V. WIRTSCHAFTLICHKEITS- UND RISIKO-ANALYSE

Zweck der Wirtschaftlichkeits- und Risikoanalyse ist die Gegenüberstellung von Unternehmensziel und der vorhandenen materiellen und immateriellen Mittel mit den vorliegenden Ideen, um eine genaue Vorstellung über die potentionellen Risiken als auch die Gewinnaussichten zu erhalten. Als Grundlage dieser Analyse dienen die zu erwartenden Kosten und die Größe und Besonderheiten des Marktes. Nur so kann eine aussagefähige Wirkungsanalyse für unterschiedliche Produkteigenschaften und Einsatzintensitäten des Marketing-Mix erfolgen.
Eine aussagefähige Wirtschaftlichkeits- und Risikoanalyse kann auf einer Break-Even-Analyse basieren, wobei die einzelnen Instrumente des Marketing-Mix, die zum Einsatz kommen, jeweils unterschiedlich stark gewichtet werden. Voraussetzung einer solchen Analyse ist eine Nachfrageanalyse, die das jeweilige Absatzvolumen bei unterschiedlicher Einsatzintensität der Marketing-Instrumente erkennen läßt. Das Entscheidungskriterium für oder gegen die Aufnahme eines Produktes wäre in einem solchen Fall die Höhe des jeweiligen Deckungsbeitrages, der nach Überschreiten des Break-Even-Points erreichbar scheint. In diesem Zusammenhang ist aber auch zu berücksichtigen, daß ein hoher Deckungsbeitrag bei hohen Werbe- und Distributionsausgaben meistens auch ein höheres Risikomoment bedeutet.

VI. DIE TECHNISCHE ENTWICKLUNG EINES NEUEN PRODUKTES

Die vorangegangenen Schritte dienten mehr oder weniger der Konkretisierung der Produkt-Idee. Die endgültige Entscheidung für oder gegen ein Produkt läßt sich erst im Anschluß an die technische Entwicklung treffen. Diese zielt darauf ab, bei Gebrauchs- und Markteignung ein Produkt zu entwickeln, das den gestellten Anforderungen sowohl funktional und qualitativ als auch der Forderung nach Wirtschaftlichkeit entspricht. Bei Konsumgütern liegt der Schwerpunkt in der Entwicklung, bei der Analyse und Determinierung der jeweiligen Produkteigenschaften — inklusive der Verpackung —, die bei den Konsumenten den größten Anklang finden werden. Das Produkt sollte eine ganz bestimmte — im Rahmen der allgemeinen Produktpolitik bereits detailliert dargestellte und bei der Entwicklung neuer Produkte gleichermaßen Gültigkeit besitzende — Präferenzstruktur eines Marktsegments treffen.
Die technische Entwicklung des Produktes macht die Bedeutung der vorangegangenen detaillierten Suche nach neuen Produkten besonders deutlich. Läßt sich eine als aussichtsreich betrachtete Idee technisch nicht umsetzen, so waren alle bisherigen Investitionen umsonst. Erfahrung ist der einzige Gewinn, den das Management erzielen konnte.

VII. TEST-MARKETING

Hat das technisch entwickelte Produkt nach Meinung des Managements seine Marktreife erlangt, so stellt sich die Frage, ob ein Testmarkt vor der Einführung eingeschaltet werden soll. Zwar wurden während der Entwicklung bereits schon Produkttests durchgeführt, die sich aber mehr oder weniger auf die funktionalen Kriterien beschränkt haben. Reale Marketing-Tests unter Einsatz aller in Frage kommenden Marketing-Instrumente sollen zeigen, ob das Produkt am Markt ankommt. Der Testmarkt sollte auf jeden Fall durchgeführt werden, wenn die ermittelten Marktchancen eines Produktes mit großen Unsicherheitsfaktoren behaftet sind. Deshalb ist es das Ziel des Testmarktes, die Vorstel-

lungen über die potentiellen Absatzerwartungen zu verbessern, wobei die zuvor durchgeführte Break-Even-Analyse als Grundlage dienen kann. Darüber hinaus sollen die alternativen Einsatzintensitäten des Marketing-Instrumentariums überprüft werden, um die beste Kombination zwischen Produkt und restlichem Marketing-Instrumentarium ermitteln zu können.
Schließlich dient der Testmarkt auch der Feststellung von Mängeln am Produkt, neuer Funktionsmöglichkeiten oder distributiver Probleme und der Gewinnung besserer Erkenntnisse über die Strukturierung der einzelnen Marktsegmente.
Kriterien für den Aufbau eines Testmarktes sind zunächst einmal Größe und Struktur des Testgebietes. Das Testgebiet sollte in etwa den Gesamtmarkt widerspiegeln, da nur dann die gewonnenen Erkenntnisse für die Entscheidung des Managements hinsichtlich der endgültigen Markteinführung auf dem Gesamtmarkt Relevanz haben können. Neben Größe und Strukturierung ist auch noch der Zeitraum des Markttestes von Bedeutung, da Kriterien wie Wiederholungskäufe oder Vergleichskäufe berücksichtigt werden müssen. Andererseits kann der Testmarkt der Konkurrenz mitteilen, daß das betreffende Unternehmen eine Mobilisierung betreibt und daraus Konsequenzen ableiten. Die Konkurrenz könnte sogar versuchen, ein neues Produkt schneller auf den Markt zu bringen. Den Abschluß des Testmarktes bildet die Entscheidung, ob die endgültige Einführung des Produktes auf dem Gesamtmarkt stattfinden soll, ob zusätzliche Verbesserungen notwendig sind oder ob das Produkt fallengelassen werden sollte.

VIII. EINFÜHRUNG DES PRODUKTES

Mit der Entscheidung für die Einführung sind häufig nicht unbeträchtliche Investitionen in neue Produktionsanlagen und

Gebäude verbunden, um eine Massenproduktion zu ermöglichen. Des weiteren muß der Außendienst geschult werden, damit er mit den Besonderheiten und Möglichkeiten des neuen Produktes vertraut wird. Schließlich ist die Werbekampagne zur Einführung des Produktes rechtzeitig zu planen, um Reservierungen bei den als erforderlich angesehenen Werbeträgern zum gewünschten Zeitpunkt zu sichern.
Auch ist die Entscheidung zu treffen, ob das Projekt sofort im Gesamtmarkt oder nur schrittweise eingeführt werden soll. Die Entscheidung wird letztlich von den Gewinnaussichten und der möglichen Vorgehensweise der Konkurrenz abhängen. Bestehen hohe Gewinnmöglichkeiten, andererseits aber die Gefahr, daß das Produkt schnell kopiert wird, so sollte der Gesamtmarkt so schnell wie möglich ausgeschöpft werden. Dieser Vorgehensweise sind allerdings durch die dem betreffenden Unternehmen zur Verfügung stehenden Mittel Grenzen gesetzt, wozu beispielsweise der für die Öffnung von Distributionskanälen oder zur Schulung des Personals benötigte Zeitraum zählt.
Eine schrittweise Einführung wird sich dann anbieten, wenn weitere Verbesserungen am Produkt als wahrscheinlich anzunehmen sind, oder das Management noch nicht absolut vom Erfolg des Produktes überzeugt ist. Kurz, die schrittweise Einführung bezweckt, mögliche Verluste niedrig zu halten. Schließlich ist auch die Lebensdauer des neuen Produktes abzuschätzen und die Produkt-Strategie darauf auszurichten. Siehe auch „Das Management alter Produkte“.

Literatur:
Brankamp, K.: Planung und Entwicklung neuer Produkte, Berlin 1971
Freudmann, H.: Planung neuer Produkte, Stuttgart 1965
Management of New Products (Booz, Allen & Hamilton Inc.). New York 1965
Richmann, Barry M.: A Rating Scale for Product Innovation, Business Horizons, Sommer 1962

Scheuning, E. E.: Das Marketing neuer Produkte, Wiesbaden 1970
Scheuing, Eberhard, E.: Innovation: Die „Annahme" neuer Produkte, in: Marketing Journal 1/1971
The Strategy of Product Policy, in: Harward Business Review, Juli-Aug. 1955, S. 91 ff.
Watton, H. B.: New Product Planning, Englewood Cliffs 1969

Nielsen-Gebiete

Regionale Aufgliederung der Bundesrepublik Deutschland in folgende Räume:

I. Norddeutschland (Schleswig-Holstein, Hamburg, Bremen, Niedersachsen);
II. Nordrhein-Westfalen;
III a. Hessen/Rheinland-Pfalz/Saarland.
III b. Baden-Württemberg;
IV. Bayern;
V. West-Berlin.

Nielsen-Index

Von der A. C. Nielsen-Marktforschungsgesellschaft auf der Basis eines repräsentativ über das ganze Bundesgebiet verteilten Einzelhandels-Panels von Lebensmittelgeschäften (NLI) oder Fachgeschäften (Drogerien, Seifengeschäften, Apotheken, Friseurläden: NKI) regelmäßig wiederholte Absatzkontrolle auf der Handelsebene. Hierbei werden jeweils die Lagerbestände bestimmter Artikel und die Warenzugänge aufgenommen und danach die Warenausgänge an Endverbraucher mengen- und wertmäßig errechnet. Die Ergebnisse werden nach → Nielsen-Gebieten, Ortsgrößenklassen und Geschäftstypen getrennt ausgewiesen.

NMT

(Network Management Technique) → Netzplantechnik, für die ein Computer-Programm vorliegt.

Non-Disposable Capital

In der Bilanz Ausdruck für festes Eigenkapital, über das von der Hauptversammlung nicht frei verfügt werden kann. Es handelt sich hierbei um das Stammkapital, gesetzliche Rücklage (→ Legal Reserves)

Non-Foods

Bezeichnung für alle Waren des Einzelhandels, die nicht zu den Lebensmitteln gehören.

Non-Linear-Programming

Nicht-lineare Optimierung. Methode des → Operations Research.

Non-Operating Company

Nicht arbeitende Gesellschaft. Es handelt sich im allgemeinen um Firmenmäntel, Holding- und Verwaltungsgesellschaften. → Operating Company.

Non-Operating Subsidiary

Nicht arbeitende Tochtergesellschaft. Es kann sich hierbei um Zwischenholdings, Verwaltungsgesellschaften oder reine Firmenmäntel handeln. Sehr oft wird von der Muttergesellschaft (→ Parent Company) das aktive Geschäft einer erworbenen Tochtergesellschaft betrieben, wobei die arbeitende Tochtergesellschaft Eigentümerin der Werksanlagen sein kann, die sie an die Muttergesellschaft verpachtet hat, sie kann aber auch vollkommen vermögenslos sein.

Non Return to Zero (NRZ)

→ Cyclic Redundancy Check Character

Normalkosten- und Leistungsrechnung

Normalkosten- und Leistungsrechnung dient der Verrechnung von Kosten und Leistungsmengen eines Zeitabschnitts in der tatsächlich entstandenen Höhe. Zu ihrer Bewertung werden Normalsätze herangezogen, die als Durchschnitte früherer Zeitabschnitte ermittelt werden. Die Unterschiede zwischen Normal- und Istwerten werden dabei gesondert erfaßt, ausgewertet und im Betriebsergebnis berücksichtigt.

Normung

Vereinheitlichung von Maßen, Gewichten oder auch von qualitativen Merkmalen, um eine Verbesserung und Erleichterung in der Verarbeitung, der Beschaffung oder im Vertrieb zu erreichen. Eine Normung muß immer von einem größeren Kreis anerkannt werden. Dabei kann es sich sowohl um international anerkannte Normen handeln, es kann aber auch Normen für eine Anzahl von Betrieben oder auch innerhalb eines Betriebes geben. In der Bundesrepublik werden die Normen vom Deutschen Normenausschuß DNA erarbeitet, die er unter dem Verbandszeichen DIN veröffentlicht. Die Anerkennung internationaler Normen erfolgt durch die ISO (International Organisation for Standardization). Die Normen erstrecken sich nicht nur auf Abmessungen, Qualität, Klassifizierung, sondern auch auf das Gebiet der Dienstleistung, Verfahren und Lieferungen.
Man kennt folgende Arten von Normen:

1. Verständigungsnormen: Festlegung von Begriffen, Bezeichnungen, Symbolen, Maßsystemen, Formelzeichen
2. Klassifizierungsnormen: Festlegung von Größen, Qualitäten, Sorten, Gruppen, Klassen
3. Typennormen: Festlegung von Formen, Arten und anderen gemeinsamen Merkmalen
4. Stoffnormen: Festlegung physikalischer und chemischer Eigenschaften
5. Abmessungsnormen
6. Gütenormen: Festlegung von Qualitätsmaßstäben
7. Verfahrensnormen: Festlegung von Arbeitsverfahren, Meßverfahren, Prüfvorschriften
8. Planungsnormen: Festlegen von Grundlagen für Entwürfe und Berechnungen
9. Konstruktionsnormen: Festlegung von Grundlagen für konstruktive Gesichtspunkte
10. Liefernormen: Festlegung von Liefervereinbarungen
11. Dienstleistungsnormen: Festlegung von Grundlagen für Dienstleistungen
12. Sicherheitsnormen: Grundlagen für Sicherheitsvorschriften, um Leben, Gesundheit der Mitarbeiter und Sachwerte zu schützen.

Aufgabe des Deutschen Normenausschusses ist die Organisation und Steuerung der Normungsarbeiten. Dazu gehören:

1. Aufstellung und Bearbeitung von Grundnormen
2. Abgleich der Normen untereinander
3. Überprüfung aller Normen in der Normenprüfstelle
4. Herausgabe von Normblättern und Normentwürfen sowie des DIN-Normblatt-Verzeichnisses und der DIN-Mitteilungen
5. Einführung der Normen in die Praxis
6. Beratung der Firmen in Normungsfragen
7. Zusammenarbeit mit den ausländischen Normenausschüssen und der ISO.

Literatur:
Klein, M.: Einführung in die DIN-Normen, 5. Aufl., Stuttgart 1965

NPT

Abkürzung für → Netzplantechnik.

O

Objectives

Im Gegensatz zu → Goals Bezeichnung für die Globalziele eines Unternehmens.
→ Management by Objectives

Odd Lot

In den USA übliche Bezeichnung für eine Globalaktie (Kleinaktie) zu 50, 20 bzw. 10 Shares.
→ Finanzierung

Ökonometrie

Numerischer Teil der Wirtschaftstheorie. Die Ökonometrie versucht wirtschaftliche Zusammenhänge zu quantifizieren und basiert auf Wirtschaftstheorie, Mathematik und Statistik.
Während die Statistik das „Rohmaterial", nämlich die empirischen Beobachtungen liefert, versucht die Ökonometrie die dahinter stehenden Gesetzmäßigkeiten zu ergründen. Mit diesen Gesetzmäßigkeiten befaßt sich auch die Wirtschaftstheorie, allerdings in allgemeiner, schematischer Form ohne ein Einbeziehen der quantitativen Zusammenhänge, wie dies die Ökonometrie tut.

I. ENTWICKLUNG ÖKONOMETRISCHER METHODEN

Die Ökonometrie als eigenständige Disziplin entstand im Jahre 1930 mit der Gründung der ökonometrischen Gesellschaft. Den Namen erhielt sie von dem norwegischen Nationalökonomen und Statistiker Ragnar Frisch.
Die Ökonometrie befaßte sich zunächst mit → Prognosen, und zwar mit Hilfe der → Regressions- und → Korrelationsrechnung, einer auf der Methode der kleinsten Quadrate basierenden Technik.
In den vierziger Jahren versuchte man die auf komplizierten theoretischen Modellen aufbauende Keynessche Theorie empirisch zu verifizieren und stieß dabei auf das Problem der Aggregation. Außerdem erwies sich die Regressions- und Korrelationstechnik als ungeeignet zur Lösung komplizierterer ökonometrischer Probleme. Dies führte zu einer Verallgemeinerung der Maximum-Likelihood-Methode. Durch diese Methode können die Interdependenzen der Variablen innerhalb eines ökonomischen Systems berücksichtigt und damit gewisse Verzerrungen (biases) vermieden werden. Mathematische Wirtschaftsmodelle werden durch ein System simultaner Gleichungen dargestellt. Dies macht erhebliche Schwierigkeiten, weshalb die Maximum-Likelihood-Methode nur unter stark vereinfachenden Annahmen verwendbar ist.
Ein weiteres Problem, das die Ökonometrie gelöst hat, ist das Identifikationsproblem. Da sich empirisch statistische Beobachtungen nicht experimentell nachprüfen lassen, muß das Modell zumindest identifizierbar sein, d. h. seine Parameter müssen eindeutig aus den beobachteten Variablen geschätzt werden können.
Es gibt auch heute noch eine Reihe ungelöster Probleme.

II. AUFSTELLEN EINES ÖKONOMETRISCHEN MODELLS

Die Ökonometrie hat die Aufgabe, die von der Wirtschaftstheorie erarbeiteten und in mathematische Formeln gebrachten Zusammenhänge durch mathematisch-statistische Schätzmethoden zu verifizieren.

Jede ökonometrische Untersuchung beginnt daher mit der Aufstellung eines wirtschaftstheoretischen Modells, das den zu untersuchenden Wirtschaftsablauf möglichst einfach, eindeutig und vollständig beschreibt.
Das Modell muß dann überprüft werden, zunächst auf innere Widersprüche, dann auf die statistische Meßbarkeit der enthaltenen Variablen.
War das Modell zunächst nur verbal aufgestellt, muß es nun explizit in Gleichungen gefaßt werden. Die Ökonometrie bedient sich fast ausschließlich linearer Gleichungssysteme. Die Gleichungen enthalten endogene Variable, die durch das Modell eindeutig bestimmt werden, und exogene Variable – das sind die vorgegebenen Variablen, die oft nicht in den wirtschaftlichen Bereich fallen, wie z. B. technisches Know-How, Arbeitskräftepotential etc. Der Übergang vom rein ökonomischen Modell zum ökonometrischen wird durch Hinzufügen der latenten Variablen bewirkt. Die latenten Variablen sind die Zufallsglieder der Strukturgleichungen. Sie messen den Einfluß der vielen, nicht im Modell enthaltenen exogenen Variablen auf die endogenen Variablen. Von den latenten Variablen nimmt man an, daß sie normal verteilt sind. Nachdem das Gleichungssystem aufgestellt ist, muß eine gemeinsame Dichtefunktion der latenten Variablen (Multinormalverteilung) eingefügt werden. Danach wird das Modell auf Vollständigkeit und Identifizierbarkeit überprüft.
Die eigentliche ökonometrische Aufgabe kommt erst, nachdem das Modell aufgestellt ist. Sie besteht darin, das Modell den statistischen Beobachtungen gegenüberzustellen mit dem Ziel der Hypothesenprüfung, der Parameterschätzung oder der Prognose.
Zeigen sich bei diesen drei Aufgaben unbefriedigende Ergebnisse – Beispiel: Man erhält bei der Prognose für eine Variable einen Wert, dessen Größenordnung außerhalb des Bereiches alles bisher Beobachteten liegt –, dann muß das Modell neu aufgestellt werden.

III. ANWENDUNG

Die Ökonometrie hat viele Anwendungsmöglichkeiten in Mikro- und Makroökonomie.
Ein großes Anwendungsgebiet der Ökonometrie sind Nachfrageanalysen. Es wird der Zusammenhang zwischen der Nachfrage und ihren Einflußgrößen ermittelt, als da sind: Preis, Angebot, Preis der Konkurrenzprodukte, verfügbares Einkommen der nachfragenden Haushalte etc.
Das Ausgangsmaterial für diese Untersuchungen können Zeitreihen sein oder sog. Querschnittsdaten. Statt zeitlicher Schwankungen ökonomischer Größen betrachtet man mit Hilfe einer Stichprobe die Schwankungen, wie sie zu einem bestimmten Zeitpunkt bei verschiedenen räumlich getrennten Beobachtungseinheiten auftreten. Beispiel für eine solche, Querschnittsdaten liefernde Stichprobe sind die Haushaltsstichproben, die Daten über Zusammensetzung der Haushalte, Haushaltseinkommen, Ausgaben etc. liefern.
Ziel der Untersuchungen ist die Konstruktion von Nachfragefunktionen, aus denen sich Elastizitätskoeffizienten ablesen lassen. Die Schätzung von Nachfragefunktionen und Elastizitätskoeffizienten spielen in der Marktforschung, aber z. B. auch in der Wirtschaftspolitik eine Rolle (z. B. Export- und Import-Elastizitäten und ihr Einfluß auf die Zahlungsbilanz).
Produktionsanalysen sind ein weiteres Untersuchungsfeld der Ökonometrie. Die Produktionsfunktion stellt eine technische Beziehung zwischen Faktoreinsatz (input) und Produktionsausstoß (output) dar. Wie bei der Nachfragenanalyse werden zur Schätzung der Produktionsfunktion entweder Zeitreihen- oder Querschnittsdaten herangezogen.
Produktionsfunktionen lassen sich für

jede Aggregationsstufe schätzen. Für einzelne Unternehmen z. B. ist der Output direkt meßbar: Liter Saft, Tonnen Getreide etc. Bei Branchen legt man den Index der industriellen Produktion zugrunde. Für die gesamte Volkswirtschaft ist das Bruttosozialprodukt die Output-Variable. Input-Variable sind der Faktor Arbeit, z. B. Arbeitsstunden, der Kapitalbestand, der sich aus Anfangsbeständen und Nettoinvestitionen ergibt. C. W. Cobb und P. H. Douglas haben die Produktionsfunktion untersucht und damit eine der berühmtesten Studien der Ökonometrie geliefert.

Auch die von W. Leontief durchgeführte Analyse der interindustriellen Verflechtungen — → Input-Output-Analyse — befaßt sich mit Problemen der Produktions- und Kostenanalyse.

Mit Hilfe der linearen Programmierung werden ebenfalls Produktions- und Kostenanalysen durchgeführt, und zwar im Hinblick auf den optimalen Einsatz von Produktionsfaktoren.

Auch die Verteilung von Einkommen und Vermögen ist Gegenstand ökonometrischer Untersuchungen. Mit Hilfe der Technik der Verteilungsfunktionen lassen sich Schiefe und Grad der Ungleichheit der Einkommensverteilung bestimmen (Pareto-Kurve).

Probleme der Makroökonomik und der Aufstellung von Konjunktur- und Wachstumsmodellen und gesamtwirtschaftliche Prognosen werden ebenfalls mit ökonometrischen Verfahren gelöst. Auf diesen Gebieten hat man besonders in den USA und den Niederlanden Erfolge erzielt. Für die Bundesrepublik wurden in der jüngeren Zeit ebenfalls ökonometrische Modelle aufgestellt (G. Menges, H. Gulicher, H. König und V. Timmermann). Die Modelle sollen wirtschaftspolitische Entscheidungen erleichtern und zum Beispiel den Einfluß wachsender Staatsausgaben auf die Gesamtwirtschaft zeigen. Die Prognosefähigkeit solcher Modelle ist aber nicht nur für die staatliche Wirtschaftspolitik, sondern auch für Branchen und einzelne Unternehmen, also für mikroökonomische Entscheidungseinheiten von Interesse.

Das Aufstellen ökonometrischer Modelle ist zeitraubend und kostspielig.

Um das Modell einer Volkswirtschaft zu bauen, werden Daten gesammelt und bearbeitet. Es wird mit Modellansätzen experimentiert und das Modell an praktischen Problemen erprobt. Darüber vergehen Jahre, obwohl Datenverarbeitungsanlagen als Hilfsmittel eingesetzt werden. Nach zwei Jahren muß das Modell dann wieder überarbeitet werden, weil neue Probleme aufgetaucht sind. Der ökonometrische Ansatz muß flexibel gehalten werden. Dennoch sind ökonometrische Untersuchungen für Entscheidungen in der komplexen modernen Wirtschaft unentbehrlich.

Literatur:
Menges, G.: Ökonometrie, Wiesbaden 1961
Lange, O.: Einführung in die Ökonometrie, Tübingen 1968
Klein, L. R.:Einführung in die Ökonomerie, Düsseldorf 1969
Kuhn, H.: Die Struktur quantitativer Modelle, Tübingen 1968
Tinbergen, J.: Einführung in die Ökonometrie, Wien, Stuttgart 1952
Tintner, G.: Statistik und Ökonometrie. Statistische Vierteljahreshefte, Wien, Bd. 9 (1956), Heft 3/4

Officer

Leitender Angestellter, Direktor, in Deutschland etwa den Vorstandsmitgliedern vergleichbar. Officers können Mitglieder des → Board of Directors (Verwaltungsrat) sein, brauchen es aber nicht. Sie haben meist bestimmte Aufgabengebiete im Unternehmen wie z. B. die Leitung eines → Profit centers oder übergeordnete Aufgabengebiete wie z. B. → Marketing und → Financing. Zu ihnen gehören auch → Treasurer und → Secretary.

→ Chief Executive Officer, Executive Officer.

Off-Line-Verarbeitung

→ On-Line-Verarbeitung. Bei der On-Line, Off-Line-Verarbeitung handelt es sich um zwei Verfahren im Rahmen der elektronischen Datenverarbeitung. Sie kennzeichnen die Trennung der Arbeitsabläufe, die bei Synchronisationsschwierigkeiten, d. h. durch die Diskrepanz zwischen den Geschwindigkeiten im Inneren der elektronischen Datenverarbeitungsanlage und denen der peripheren Einheiten, entstehen können.
Treten Synchronisationsschwierigkeiten auf, so werden die umfangreichen Programme auf einer mit sehr großen inneren Verarbeitungsgeschwindigkeiten ausgestatteten Hauptanlage durchgeführt, während die Ein- und Ausgabearbeiten von kleineren Anlagen bewältigt werden, die nicht im Gesamtsystem enthalten und langsam und billiger sind. Bei dieser Bearbeitungsform handelt es sich im Gegensatz zur normalen On-Line-Verarbeitung, d. h. der Verarbeitung auf der Anlage, um die Off-Line-Verarbeitung.
Diese Off-Line-Verarbeitung wird in der Praxis häufig im Rahmen der Datenfernverarbeitung angetroffen. Der Benutzer des Datenverarbeitungssystems übermittelt die zu verarbeitenden Daten einem Off-Line-arbeitenden Empfangsgerät, wie z. B. Fernschreibgerät mit Lochstreifenstanzer oder Magnetbandaufzeichnungsgerät, und wartet dann ab, bis der am Empfangsort vorliegende Datenträger On-Line weiterverarbeitet wird. Die Übermittlung der Ergebnisse erfolgt in diesem Fall auf demselben Weg wie die Eingabe.

Off-the-Job Training

Bezeichnung für die Weiterbildung von betrieblichen Mitarbeitern in speziellen Seminaren oder Kursen entweder innerbetrieblich oder außerbetrieblich.
→ Management Development

OGP

Im Zusammenhang mit → Management by Objectives manchmal benutzte Abkürzung für Objectives-Goals-Plans (Globalziele-Teilziele-Pläne)
→ RIG

One-Stop-Shopping

Aus Amerika stammende Marketingidee, daß der Kunde zur Erledigung seiner Einkäufe nur einmal zu parken braucht. Dieser Gedanke liegt den Supermarkets und den Shopping Centers zugrunde.

On-Line-Verarbeitung

→ Off-Line-Verarbeitung

On-the-Job-Training

Bezeichnung für eine Methode systematischer Weiterbildung von Gruppenleitern, Meistern, Vorarbeitern und Instruktoren. Man unterscheidet drei Arten von On-the-Job-Training:

1. Job Instruction Training (Trainingsziel ist die Technik des Unterweisens);
2. Job Relations Training (Trainingsziel ist, durch richtige Behandlung der Mitarbeiter bessere Ergebnisse zu erzielen);
3. Job Methods Training (Trainingsziel ist die kritische Überprüfung der täglichen Arbeitsabläufe).

Das Charakteristische des On-the-Job-Trainings ist die Verwendung der täglichen Arbeitsvorgänge als Trainingsmittel. On-the-Job-Training wurde im Rahmen des Training Within Industry-Programs entwickelt.

Open-Display

Bezeichnung für eine Art der offenen Auslage, die dem Kunden das Prüfen der Ware ermöglicht.

Open End Transcription

Bezeichnung für ein Standardwerbeprogramm, das meist auf Band an Sender verkauft wird und so gestaltet ist, daß lokale Unternehmer und Firmen ihre Werbung einblenden können.

Opening Inventory

Ausdruck für Anfangs-, Eröffnungsinventur.

Open Loop

Bei der Prozeßsteuerung (z. B. von Fertigungsprozessen, bei Großanlagensteuerung etc.) durch Datenverarbeitungsanlagen (Prozeßrechner) Bezeichnung für offene Koppelung, d. h. die vom Prozeßrechner aufgrund der direkt aus dem Prozeß genommenen Daten ermittelten Ergebnisse werden nicht direkt wieder an den Prozeß zurückgegeben, sondern sie bilden in Form von Anzeigen oder Listen die Unterlagen für die weitere Steuerung des Prozesses durch Menschen. Gegensatz Closed Loop.

Open-Price-System

Bezeichnung für ein Preisinformationssystem, bei dem die Mitglieder eines Unternehmerverbandes regelmäßig von diesem Berichte, Statistiken und Informationen über Preise und Lieferungsbedingungen der übrigen Mitglieder bekommen. In der strengen Form des Open-Price-Systems verpflichten sich die Mitglieder des Verbandes, diesem Preise und Preisänderungen sowie Lieferbedingungen und ihre Änderungen zu melden.

Open Shop

1. In der Datenverarbeitung Bezeichnung für die Tatsache, daß dem Programmierer oder dem Auftraggeber die Datenverarbeitungsanlage selbst zugänglich ist. Gegensatz: Closed Shop.
2. Im Gegensatz zum Closed Shop Bezeichnung für eine offene Arbeitsstelle, für die kein Gewerkschaftszwang besteht.

OPEP

Optimale Projekt-Fortschritts-Planung → Netzplantechnik, für die ein Computer-Programm vorliegt.

Operating Budget

Bezeichnung für einen zur Ausführung beschlossenen Plan.

Operating Charts

Arbeitspläne. Graphische Darstellung der Arbeitsfolgen in einem Fertigungsbetrieb.

Operating Company

Tätige Gesellschaft im Gegensatz zur → Non-Operating Company (nicht arbeitende Gesellschaft).

Operating Functions

→ Line Functions

Operating-Lease

Teilgebiet des → Leasing

Operating Loss

Bezeichnung für Betriebsverlust

Operating Profit

Bezeichnung für den Betriebsgewinn

Operating Subsidiary

Arbeitende Tochtergesellschaft. Im Gegensatz zur → Non-Operating Subsidiary.

Operating Surplus

Bezeichnung für Betriebsgewinn. Nicht dazu gehören Erträge aus Zinsen und Beteiligungen, Anlageverkäufen, Vermietungen.

Operational Creativity

Diskussionsmethode zur Ideenfindung. → Little-Technik.

Operational Gaming

Englischer Ausdruck für → Planspiele

Operational Research

Andere Bezeichnung für → Operations Research

Operations Research

Anwendung mathematischer Methoden zur Vorbereitung optimaler Entscheidungen in Wirtschaft, Verwaltung und Militär (nach H. Müller-Merbach).

I. ENTWICKLUNG

Operations Research entstand Ende der dreißiger/Anfang der vierziger Jahre in England. Eine „Operational research"-Gruppe hatte die Aufgabe, den optimalen Einsatz der neu entwickelten Radargeräte zu prüfen. Nach 1945 fanden die Methoden auch Anwendung auf wirtschaftlichem und verwaltungstechnischem Gebiet. Der Begriff Operations Research wurde immer wieder neu definiert, aber letztlich gibt es keine allgemein anerkannte Begriffsbestimmung.
Als deutsche Übersetzungen für den Begriff Operations Research haben sich vor allem „Unternehmensforschung" und „Optimalplanung" durchgesetzt.

II. ZIEL VON OPERATIONS RESEARCH

Operations Research hat das Ziel, der Unternehmensleitung bei der Lösung von Problemen behilflich zu sein, und zwar dadurch, daß mit wissenschaftlichen Methoden nach einer für die gesamte Organisation optimalen Lösung gesucht wird. Gibt es für ein Problem keine optimale Lösung, weil ein Faktor nicht bewertet werden kann – Beispiel: Wie lange warten Kunden geduldig auf Bedienung? –, so liefert Operations Research zumindest für jeden Wert der Wartezeit eine optimale Lösung, z. B. bezüglich der Kosten einer Bedienungsstelle. Es ist dann Aufgabe der Unternehmensführung zu entscheiden, welche Wartezeit sie ihren Kunden zumutet.

III. PHASEN EINER OPERATIONS-RESEARCH-UNTERSUCHUNG

Soll in einem Unternehmen ein Problem durch Operations Research gelöst werden, so wird dabei zumeist folgendermaßen vorgegangen:

1. Das Problem wird formuliert. Die Unternehmensleitung definiert ihre Ziele. Das Problem des Operations-Research-Teams besteht nun darin, zu untersuchen, wie vorgegangen werden muß, um die Ziele zu erreichen.
2. Untersuchung der Zusammenhänge. Es muß festgestellt werden, welche Bereiche des Unternehmens von dem Problem betroffen werden, und es müssen alle für das Problem wesentlichen Zusammenhänge klar definiert werden.

3. Entwurf eines mathematischen Modells.
Das Problem wird mathematisch formuliert. Jedes Operations-Research-Modell hat folgende allgemeine Form:
$E = f(x_i, y_i)$
Dabei versteht man unter E die Gesamtwirksamkeit des Systems als eine Funktion von beeinflußbaren Veränderlichen (x_i) und nicht beeinflußbaren Veränderlichen (y_i).
4. Beschaffen der zahlenmäßigen Unterlagen aus dem Unternehmen.
Die Operations-Research-Gruppe muß sich aus den verschiedenen betroffenen Abteilungen im Unternehmen die für die Berechnungen benötigten Zahlenunterlagen besorgen. Das stößt häufig auf Schwierigkeiten, weil z. B. behauptet wird, es seien keine Unterlagen vorhanden.
5. Ableiten einer Optimal-Lösung aus dem Modell.
Es gibt zwei Methoden, eine Optimallösung bzw. eine angenäherte Optimallösung aus dem Modell abzuleiten.
   a) Die analytische Methode benutzt mathematische Ableitungen und als Hilfsmittel die Differential-, Integral- und Matrizenrechnung.
   b) Beim numerischen Verfahren werden verschiedene Werte der beeinflußbaren Variablen des Modells ausprobiert, die Ergebnisse verglichen und diejenigen Werte, die das beste Ergebnis liefern, als annähernde Optimallösung ausgewählt.

   Für die Berechnung der Optimallösung wird meist eine EDV-Anlage eingesetzt. Für die immer wiederkehrenden Probleme (z. B. Lagerverwaltungsprobleme, Ersatzprobleme etc.) gibt es Standardprogramme.
6. Prüfen der Ergebnisse.
Jedes Modell kann nur ein teilweises Abbild der Wirklichkeit sein. Deshalb muß die Optimallösung auf ihre Wirklichkeitstreue überprüft werden. Ein Modell erfüllt dann seinen Zweck, wenn sich mit seiner Hilfe vorher bestimmen läßt, wie sich Veränderungen im System auf dessen Gesamtleistung auswirken.
Sind die Ausgangsdaten z. T. grob geschätzt, dann empfiehlt sich eine sog. → Sensibilitätsanalyse der Optimallösung. Oft bringt eine geringe Korrektur der Daten (z. B. des geschätzten Absatzes) eine andere Optimallösung. In einem solchen Fall lohnt es sich, eine genauere Marktuntersuchung zu starten und danach ggf. Korrekturen am Modell vorzunehmen.
7. Überwachung der Ergebnisse.
Die aus dem Modell abgeleiteten Ergebnisse sind nur gültig, solange die im Modell erfaßten Variablen gleich bleiben und sich die Beziehungen der im Modell erfaßten Variablen nicht ändern. Treten wesentliche Veränderungen ein, so müssen in den Ergebnissen diese Veränderungen berücksichtigt werden.
8. Die Ergebnisse werden der Unternehmensführung vorgelegt.
Das Operations-Research-Team legt der Unternehmensführung die gefundene Optimallösung bzw. die Alternativen mit den notwendigen Erläuterungen vor. Danach ist es Aufgabe der Unternehmensleitung festzustellen, ob sie diese Ergebnisse als brauchbare Grundlage für ihre Entscheidungen ansieht. Wenn ja, müssen die Ergebnisse in Betriebsanweisungen umgewandelt werden.

IV. DIE HÄUFIGSTEN OPERATIONS-RESEARCH-PROBLEME

Bestimmte Probleme tauchen in Unternehmen der verschiedensten Industriezweige, in der Verwaltung und im militärischen Bereich auf ähnliche Art immer wieder auf. Dazu zählen:

1. Lagerhaltungsprobleme
   Das Problem besteht darin, die optimalen Losgrößen und Bestände unter Berücksichtigung von Lagerhaltungskosten, Fertigungs- und Liefergeschwindigkeit, Kapitalbindung etc. zu ermitteln.
   Lösungsmethoden: Differentialrechnung, lineares und dynamisches Programmieren.

2. Wartezeitprobleme (→ Warteschlangentheorie)
   Personen oder Güter müssen von einer oder mehreren Stellen bedient werden, wobei entweder die Bedienungsstellen arbeitslos sind oder aber die zu Bedienenden warten müssen. Beides verursacht Kosten. Das Problem liegt darin, die Summe beider Kosten zu minimieren.
   Mit Hilfe der Warteschlangentheorie kann z. B. das Problem der optimalen Anzahl von Bedienungsstellen gelöst werden. Die Ablaufplanung befaßt sich mit der optimalen Reihenfolge der Bedienung und die line-balancing-theory mit der Verteilung einzelner Arbeitsgänge innerhalb einer Bedienungsaufgabe auf einzelne Bedienungsstellen.
   Lösungsmethoden: Verfahren aus der Wahrscheinlichkeitstheorie und Simulationsmethoden.

3. Ersatzprobleme (→ Ersatztheorie)
   Maschinen und Anlagen verlieren im Laufe der Zeit an Wert:
   a) durch den Gebrauch,
   b) durch Veralten,
   oder sie fallen plötzlich aus.
   Das Problem besteht darin, den richtigen Zeitpunkt für den Ersatz zu finden.
   Lösungsmethoden: Wahrscheinlichkeitsrechnung.

4. Konkurrenzprobleme
   Eine Konkurrenzsituation ist dann gegeben, wenn mindestens zwei Konkurrenten mit gegensätzlichen Interessen Entscheidungen treffen und die Wirksamkeit einer Entscheidung von den Entscheidungen aller Beteiligten abhängt. Das Problem besteht darin, eine Strategie für das eigene Vorgehen zu entwickeln, das den größten Ertrag bringt.
   Lösungsmethode: → Spieltheorie und Theorie für die Behandlung von Angebotssituationen.

V. METHODEN DES OPERATIONS-RESEARCH

1. Lineare Programmierung (linear programming)
   Die lineare Programmierung ist das wichtigste Instrument des Operations Research, das auch für die Praxis große Bedeutung erlangt hat. Die Modelle des linear programming stellen Abhängigkeiten in Unternehmen durch lineare Gleichungen bzw. Ungleichungen dar (Zielfunktion und Restriktionen). Gesucht wird der optimale (minimale oder maximale) Wert der linearen Zielfunktion.

2. Nicht-lineare Optimierung (non-linear programming)
   Die nicht-lineare Optimierung wird recht selten angewandt. Einerseits reichen die Methoden der linearen Programmierung zumeist aus und andererseits gibt es für nicht-lineare Probleme keine einheitliche Lösung. Im Unterschied zur linearen Programmierung sind Zielfunktion und mindestens eine Nebenbedingung in ihren Variablen nicht linear.

3. Dynamische Optimierung (dynamic programming)
   Wie bei linearer und nicht linearer Programmierung werden die Abhängigkeiten im Unternehmen während mehrerer Planungsstufen durch Gleichungen und Ungleichungen dargestellt. Gesucht wird der optimale Wert einer Zielfunktion, welche die einzelnen Planungsperioden verbindet.

Es gibt verschiedene Methoden zur Lösung einer dynamischen Programmierungsaufgabe, das Verfahren nach Richard Bellman und das Enumerationsverfahren. Enumeration bedeutet Berechnung aller möglichen Lösungen und Auswahl der besten.

4. → Simulation
Es gibt in der Praxis Probleme, die sich durch die oben beschriebenen Methoden des Operational Research nicht lösen lassen. Man bedient sich dann der Simulation.

VI. ANWENDUNGEN VON OPERATIONS RESEARCH

Den Anwendungsmöglichkeiten von Operations Research sind keine Grenzen gesetzt. Man bedient sich ihrer Methoden und Verfahren in der Industrie als Hilfsmittel für die Unternehmensleitung, bei der wirtschaftlich-technischen Planung von Produkten, Anlagen und Betriebsorganisationen und auf dem Produktionssektor. Auch in Handel und Landwirtschaft hat Operations Research Eingang gefunden. Verkehrswesen, Nachrichtenwesen, öffentliche Verwaltung und das Militär sind weitere Anwendungsbereiche.

Es gibt in der Bundesrepublik zwei Vereinigungen, die AKOR-Gesellschaft für Operations Research in Wirtschaft und Verwaltung, Frankfurt/Main, und die DGU – Deutsche Gesellschaft für Unternehmensforschung –, Bonn, die sich mit der Anwendung von Operations Research und der wissenschaftlichen Arbeit auf diesem Gebiet beschäftigen. Von diesen Instituten werden jährlich Tagungen und Lehrgänge veranstaltet. Als selbständiges Organ des AKOR erscheint die Zeitschrift: Ablauf- und Planungsforschung, von der DGU wird die Zeitschrift Unternehmensforschung herausgegeben.

An den Hochschulen der BRD ist Operations Research als Pflicht- oder Wahlfach in die Lehrpläne der verschiedenen Fakultäten aufgenommen worden (Mathematik, Maschinenbau, Elektrotechnik, Verfahrenstechnik, Volks- und Betriebswirtschaft, Wirtschaftsingenieurwesen).

Literatur:
Ein umfassendes Literaturverzeichnis der bis zum Jahre 1964 erschienenen Bücher und Zeitschriftenartikel enthält das Buch von
Brusberg, H.: Der Entwicklungsstand der Unternehmensforschung mit besonderer Berücksichtigung der Bundesrepublik Deutschland, Wiesbaden 1965
Ackoff, R. L., Rivett, P.: Industrielle Unternehmensforschung. Ein Leitfaden für Führungskräfte, Wien, München 1966
Churchman, W. C., Ackoff, R. L., Arnoff, E. L.: Operations Research. Eine Einführung in die Unternehmensforschung, Wien, München 1961
Henn, R., Künzi, H. P.: Einführung in die Unternehmensforschung, I und II, Berlin, Heidelberg, New York 1968
Hillier, F. S., Liebermann, G. J.: Introduction to Operations Research, San Francisco 1967
Kern, Werner: Operations Research. Eine Einführung in die Optimierungsrechnung, 3. Aufl., Stuttgart 1969
Müller-Merbach, H.: Operations Research. Methoden und Modelle der Optimalplanung, Berlin, Frankfurt 1969
Sasieni, M., Yaspan, A., Friedman, L.: Methoden und Probleme der Unternehmensforschung – Operations Research, Würzburg 1962

Operative Employee

Bezeichnung für den Beschäftigten, der mit ausführenden Tätigkeiten befaßt ist. → Executive.

Operator

In der Datenverarbeitung Bezeichnung für denjenigen, der die Datenverarbeitungsanlage bedient, Programme ablaufen läßt und Programme testet (Operateur).

Opinion-Leader

Bezeichnung für eine Person, die durch ihre Stellung und ihren Einfluß entscheidend auf die Meinungsbildung breiter Schichten einwirkt.

Opinion-Leader sind für Werbung betreibende Unternehmen eine sehr we-

sentliche Determinante im Rahmen der zu verfolgenden Werbestrategie. Zunächst ist zu prüfen, ob ein Produkt von Opinion-Leaders gekauft wird, ob dieses Produkt „Opinion-Leader-abhängig" ist. Existieren Opinion-Leader, so wird häufig eine auf diesen Personenkreis zugeschnittene Werbebotschaft gestaltet, um ihn für das Produkt zu gewinnen. Danach wird sich die eigentliche Zielgruppe sehr viel leichter erschließen lassen. Allerdings wird letztlich die Intensität der Bindung von Opinion-Leader und Gruppe für die Notwendigkeit einer getrennten Ansprache ausschlaggebend sein.
Zu den Opinion-Leaders gehören auch führende Zeitungen und Zeitschriften, die durch Berichte und Kommentare zur Meinungsbildung beitragen.

Opinion Poll

Meinungsumfrage

Opportunity Costs

Auch Opportunitätskosten oder Alternativkosten genannt. Kostenbegriff: die Kosten für ein Gut richten sich nach der nächstgünstigen Verwendungsmöglichkeit, in der man das Gut hätte einsetzen können; auf den Gewinn oder Nutzen aus der nächstgünstigen Verwendung muß man aber verzichten, wenn man es in der Weise einsetzt, wie man es verwendet. Dieser Kostenbegriff wird z. B. bei der Verrechnung von kalkulatorischen Posten (Verrechnung oder Verwendung eigener Räume, eigenen Kapitals etc.) verwendet.

Optimalkosten

Bezeichnung für einen Kostenwert, der neben der Bestleistung der Kostenstelle auch die Bestausnutzung der betrieblichen Kapazität (z. B. der Anlagen) anzeigen soll. Die Optimalkosten dienen der Plankostenrechnung als Grundlage, um erkennen zu können, ob der Betrieb sich dem Optimum nähert oder von ihm abrückt.

Optimalplanung

Andere Bezeichnung für → Operations Research

Option

Optionsanleihe, die dem Obligationär ein Bezugsrecht auf Aktien zu einem bestimmten Kurs gewährt.

Order of Merit-Rating

Vergleichsindex eines Werbewirksamkeitstests. Bezeichnung für eine besondere Methode, mit Hilfe der Meinung von Laien und Fachleuten die mögliche Wirkung von Werbemitteln festzustellen.

Order to Negotiate

Anglo-amerikanische Sonderform des → Akkreditivs, dem → Commercial Letter of Credit ähnlich.
Der Exporteur zieht einen Wechsel auf den Importeur und legt ihn im Auftrag der Bank des Importeurs bei deren Korrespondenzbank an seinem Platze vor.

Organisation

Die Regelung und Verteilung von Aufgaben, Kompetenzen und Verantwortlichkeiten sowie von Sachmitteln zum Zweck der Erreichung einer oder mehrerer Ziele. Die Organisation kann formal gestaltet oder aber informal sein. Die Aufbauorganisation umfaßt die Gliederung der Betriebsaufgaben (Aufgabengliederung), die Gliederung des Unternehmens in Ab-

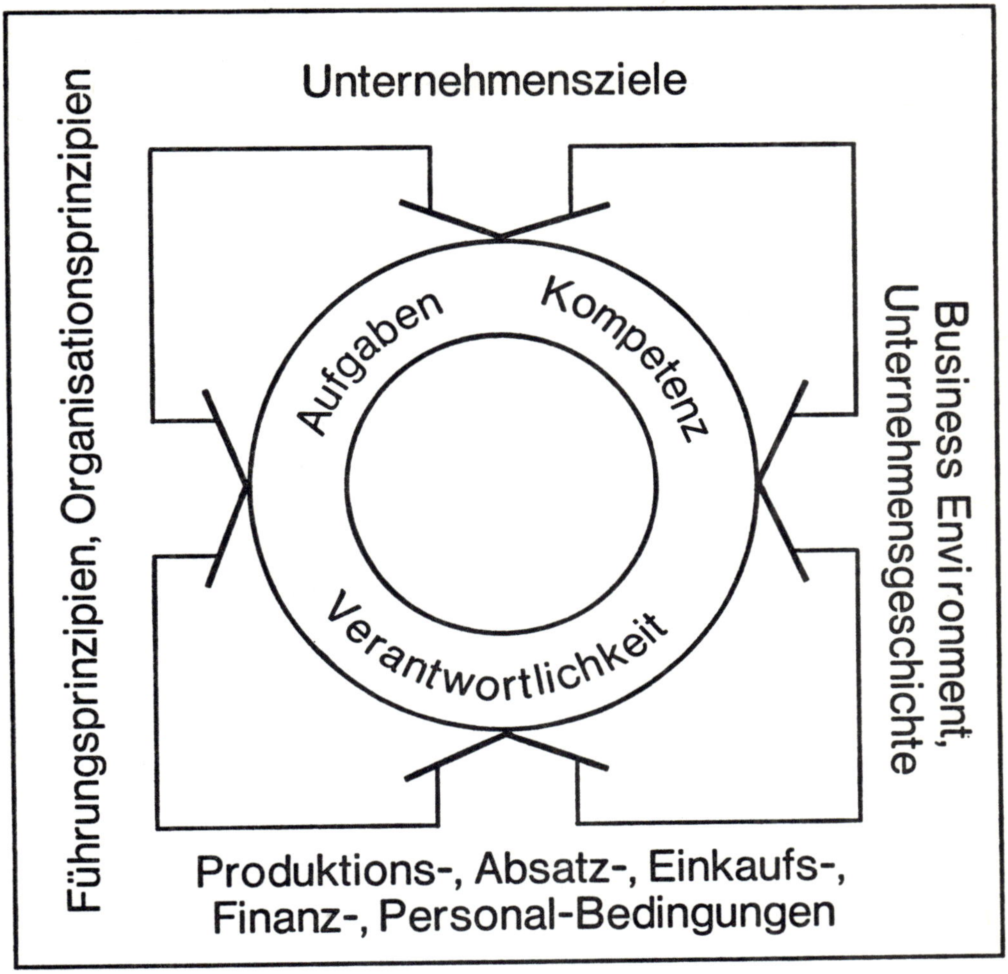

Darstellung 1: Einflußgrößen, von denen die Organisationsstruktur abhängt

teilungen, Funktionsträger, Dienststellen (Betriebsgliederung) und die Verteilung der Funktionen und ihre Beziehungen untereinander (Funktionenverteilung). Den Ablauf des betrieblichen Geschehens als zeitlichen Aspekt betrachtet die Ablauforganisation.

I. ELEMENTE DER ORGANISATION

Die Gestaltung der Arbeitstruktur eines Unternehmens ist eine Aufgabe des Managements, die in seine anderen Aufgaben hineinreicht: Entscheidung und Planung, Staffing und Kontrolle müssen organisiert sein. Je vielgestaltiger die Aufgaben eines Unternehmens werden, je höher also der Grad der Arbeitsteilung ist, desto komplexer wird die Organisationsstruktur des Unternehmens (→Aufgabe, → Abteilung).

Die tatsächliche Organisationsstruktur ist Ausdruck verschiedener Einflußgrößen, unter denen ein Unternehmen arbeitet (vergl. Darstellung 1): Die Philosophie, die das Management entwickelt, seine Führungsprinzipien, seine Organisationsprinzipien sind entscheidend dafür, wie unter den Produktions-, Absatz-, Einkaufs-, Finanz- und Personalbedingungen sowie unter Berücksichtigung der das Unternehmen umgebenden Umwelt und der Unternehmensgeschichte Aufgaben, Kompetenzen und Verantwortlichkeit auf Personen verteilt werden (→ Delegation, → Hierarchie, → Kompetenz). Arbeitsteilung erfordert Delegation, da die Leitungsspanne (→ Span of Management) einer Führungskraft begrenzt ist. Mit zunehmender Delegation zeigt sich auch ein Trend zur Dezentralisation, d. h. Entscheidungs-, Kontroll- und Informationskompetenzen werden zunehmend auf untere Ebenen des Managements verlagert. Der Grad der Dezentralisation hängt nach Dale davon ab

1. wie groß die Zahl der Entscheidungen ist, die notwendigerweise auf den unteren Ebenen des Managements getroffen werden
2. wie wichtig die Entscheidungen sind, die auf den unteren Managementebenen getroffen werden (wie groß ist die Summe, über die die jeweilige Stelle oder Management-Ebene entscheiden darf?)
3. wie viele Funktionen des Betriebes oder des Unternehmens jeweils von einer Entscheidung der unteren Managementebenen betroffen werden (darf z. B. ein Betrieb eines Unternehmens nicht nur produktionstechnische, sondern auch finanzielle Entscheidungen treffen?)
4. wie stark die Entscheidungen der unteren Ebenen kontrolliert werden müssen (je weniger Personen bei Entscheidungen konsultiert werden müssen und je tiefer diese Personen in der Hierarchie des Unternehmens stehen, desto größer ist der Grad der Dezentralisation).

Der Dezentralisation bei der Delegation von Kompetenz und Verantwortlichkeit kann eine zentralisierte Kontrolle gegenüberstehen. Im amerikanischen Unternehmen General Motors, in dem dieses Prinzip verwirklicht ist, nennt das Management folgende Ziele der Dezentralisation (nach Drucker):

1. Rasche und klare Entscheidungsbildung
2. Verhinderung von Konflikten zwischen dem Top Management und den Divisions
3. Fairneß im Umgang der verschiedenen Managementebenen untereinander: Anerkennung guter Leistungen und Verhinderung des „Taktierens".
4. Demokratischer und formloser Führungsstil
5. Vermeidung einer Lücke zwischen den wenigen Top Managern und den vielen Managern unterer Rangstufen
6. Schaffung eines Reservoirs förderungswürdigen Führungsnachwuchses
7. Rasches Erkennen von Schwachstellen im Management aufgrund von Ergebnissen halbunabhängiger und oft konkurrierender Divisions
8. Verhinderung eines „Erlaß-Managements" und durchgängige Informierung und Befragung der Mitarbeiter über die Entscheidungen des Top Managements.

Fisch spricht von einer größeren Neigung zur Zentralisation in der letzten Zeit; als Gründe dafür nennt er: die dringendere Notwendigkeit zur Kostensenkung und -kontrolle, die zentral billiger durchzuführende Unternehmenssteuerung durch Datenverarbeitungsanlagen, die Nichtbefolgung grundsätzlicher Richtlinien in dezentralisierten Unternehmen und den internationalen Wettbewerb, der auch eine internationale Einstellung des Unternehmens verlange und eine schärfere Kontrolle über ausländische Tochtergesellschaften und Zweigunternehmen.
Fisch stellt folgende 10 Leitsätze auf, anhand derer Zentralisierungs- (Z) oder

Dezentralisierungsüberlegungen (D) abzuwägen seien:

1. Z/D und die allgemeine Wettbewerbslage
2. Z/D und das Wesen des Konzerns
3. Z/D und das Anwachsen des Konzerns
4. Z/D und die Delegierung von Machtbefugnis
5. Z/D und Arbeitsplatzwechsel bei leitenden Angestellten und Aufsichtspersonal
6. Z/D und die charakteristischen Eigenschaften sowie die allgemeine Tüchtigkeit von Schlüsselpersonal in einer speziellen Organisationsstruktur
7. Z/D und die Gesamtkontrolle über alle Gebiete des Unternehmens
8. Z/D und die Gesamtleistungsfähigkeit und Rentabilität des Unternehmens
9. Z/D und die relative Wichtigkeit, die verschiedenen Schlüsselfunktionen beigemessen wird
10. Die Bewältigung von Veränderungen bei Zentralisierung und Dezentralisierung.

Von Wichtigkeit ist die Unterscheidung von formaler und informaler Organisation. Während die formale Organisation bewußt geplant und gestaltet ist, entsteht informale Organisation spontan durch Anlagen, Interessen und Verhalten von Mitgliedern einer Organisation. Es entwickelt sich ein Rollensystem, das z. B. Kompetenzen anderen Personen zubilligen kann, als es das formale System der Verteilung von Aufgaben und Kompetenzen vorsieht. Auch die Kommunikationsstrukturen in informalen Organisationen verlaufen anders, als es der formale Instanzenweg vorsieht. Die informale Organisation sucht ihre Mitglieder gegen Einflüsse von außen zu schützen und sie normiert die Verhaltensmuster ihrer Mitglieder. Wie sich informale Organisation im einzelnen ausprägt, hängt nicht nur von den Mitgliedern der Organisation selbst ab, sondern auch vom Führungsverhalten der vorgesetzten Instanzen, vom Entlohnungssystem und von den Arbeitsbedingungen. Für die Frage nach der Annäherung von formaler und informaler Organisation ist insbesondere das Ausmaß der Beteiligung von Mitgliedern der Organisation an für sie wichtigen Entscheidungen von Bedeutung.

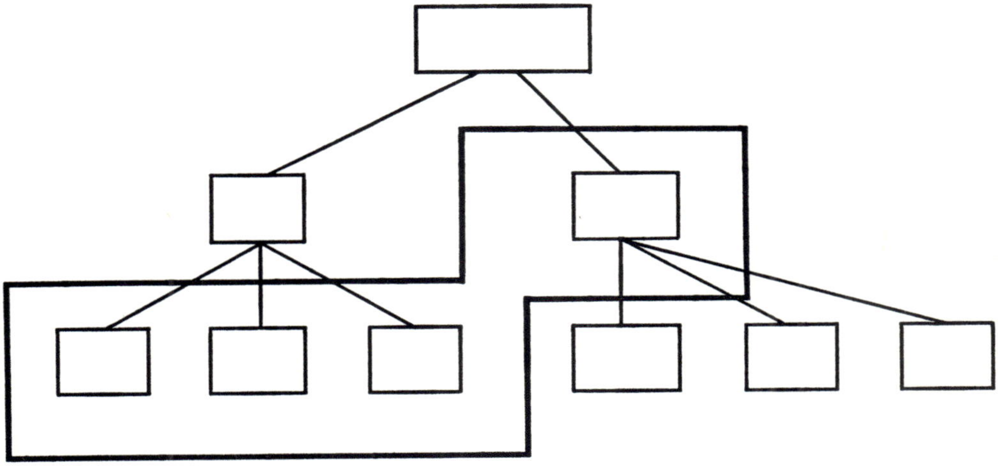

Darstellung 2: Beispiel für eine informale Gruppe, z. B. die Mitglieder einer Partei, eines Vereins etc.

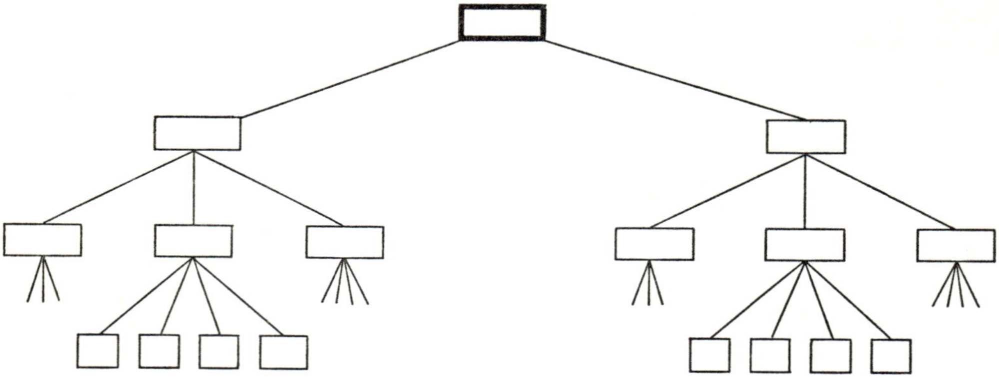

Darstellung 3: Einlinien-System

II. FORMEN DER ORGANISATION

Das Liniensystem

Die Darstellung 3 zeigt, daß die Abteilungen bei diesem System auf einer Linie (Einlinien-System) angeordnet sind, und zwar von der obersten Instanz der Unternehmensführung bis zur untersten Instanz, z. B. der Werkstattebene. Anordnungen gehen jeweils an die nachgeordnete Stelle, Berichte an übergeordnete Stellen in der Regel ebenfalls den Instanzenweg. Der Arbeitskreis Krähe führt bei dem Vorteil des straff gegliederten Aufbaues und der klaren Abgrenzung von Anordnungsrecht und Verantwortung folgende Nachteile des Liniensystems auf: Schwerfälligkeit und Anlässe zu Mißverständnissen bei strikter Einhaltung des Instanzenweges, Zeitverluste und unnötige Belastung der oberen Instanzen.

Eine besondere Form des Liniensystems ist das Mehrliniensystem oder Funktionsmeistersystem (Functional Management), das F. W. Taylor (→ Management-Lehre) entwickelte. Während beim Einlinien-System eine Stelle jeweils nur von einem Vorgesetzten eine Anordnung bekommen kann, sieht das Funktionsmeistersystem, das für die Werkstattebene gedacht war, vor, daß ein Arbeiter jeweils von mehreren Meistern, die jeweils für verschiedene Aufgaben zuständig sind, Anordnungen bekommen und kontrolliert werden kann (Darstellung 4). Das Functional Management hat vor allem auf dem nordamerikanischen Kontinent als System der „Functional Authority" Eingang gefunden. Darstellung 5 zeigt, daß insbesondere auf den oberen Ebenen der Hierarchie die Funktionen von vorgesetzten Instanzen mehrere Bereiche treffen können, ohne daß eine direkte Linienbeziehung besteht. In diesem Fall soll die Weisungs- und Kontrollbefugnis übergeordneter Stellen, die für bestimmte Funktionen zuständig sind, gewährleisten, daß die den Bereichen (Product A, Product B etc.) überlassene Teilkompetenz auf den Sektoren Vertrieb, Finanzierung, Konstruktion und Fertigung mit den Gesamtzielen des Unternehmens übereinstimmt. (Vergleiche

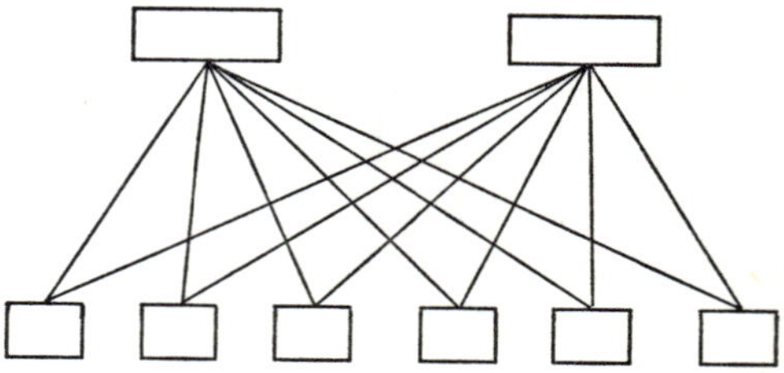

Darstellung 4: Mehrlinien-System

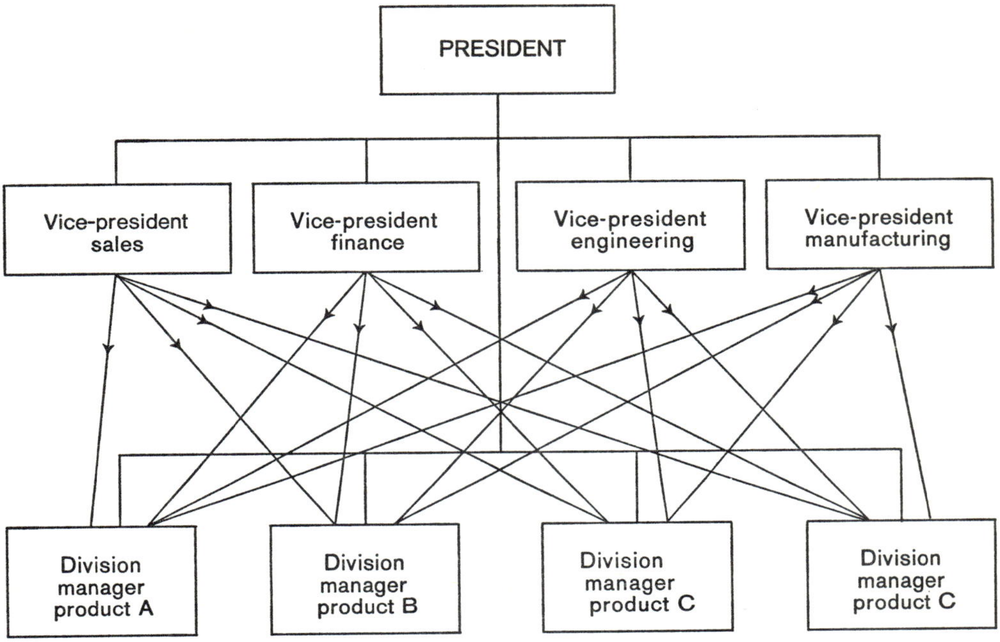

Darstellung 5: Functional Management

auch die Darstellung der Organisation der General Motors Corporation weiter unten.)

Das Stablinien-System

Die Unternehmensführung mit Stäben wurde aus dem militärischen Bereich übernommen. Typische Stabsstellen sind: das Rechnungswesen, Planungs-, Organisations-, Forschungs- und Entwicklungs-, Revisionsabteilungen, die Marktforschung, die Rechtsabteilung, die volkswirtschaftliche Abteilung, Public Relations etc.

Beim Stablinien-System wird die strenge Liniengliederung beibehalten; für beratende oder wissenschaftliche Aufgaben werden Stabsstellen geschaffen, die in der Regel keine Weisungsbefugnisse gegenüber Instanzen der Linie haben (Darstellung 6). Auf diese Weise ist die Unternehmensführung in der Lage, sich den Rat von Spezialisten bei der Entscheidungsbildung zunutze zu machen, Untersuchungs- und Planungsarbeit durchführen zu lassen, was aus dem Linienreservoir kaum möglich wäre. Schwierigkeiten ergeben sich durch die fehlende Weisungsbefugnis der Stäbe, die die Anwendung ihrer Ergebnisse in der Linie nicht durchsetzen können. Die Praxis zeigt jedoch eine gewisse Einflußnahme dadurch, daß von Stäben ausgesprochene und nicht beachtete Empfehlungen bei Mißerfolgen der Linie negativ angerechnet werden.

Höhn nennt folgende Qualifikationen, die Inhaber von Stabsstellen haben sollten: Neigung zur wissenschaftlichen Arbeit, fachliche Qualifikation und betriebliche Erfahrung, Bereitschaft zur Arbeit in der Anonymität, Zivilcourage, Kontaktfähigkeit, Beherrschung der Technik der Stabsarbeit.

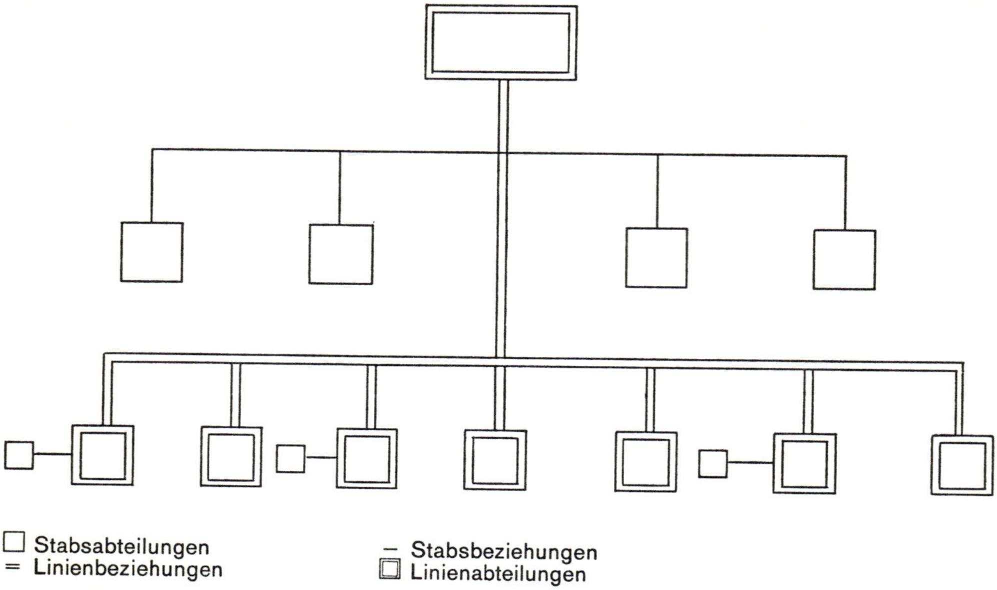

Darstellung 6: Stabliniensystem

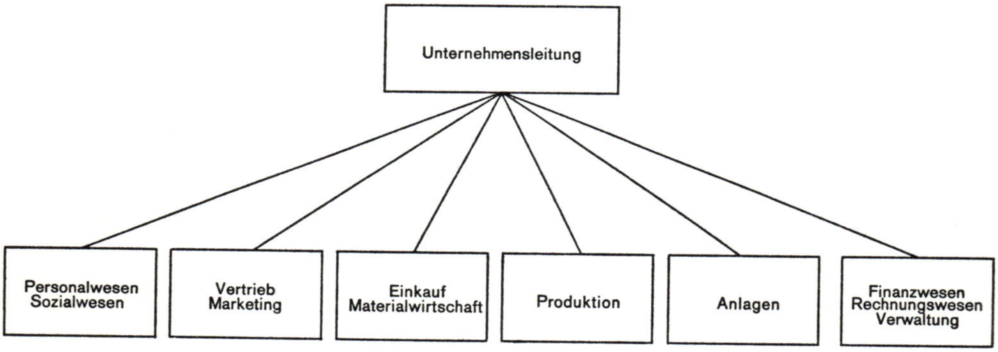

Darstellung 7: Aufgliederung nach Funktionen

Die Aufgliederung nach Funktionen

Das Unternehmen wird hier in Form einer Linienorganisation nach seinen Hauptaufgaben gegliedert (Darstellung 7); diese sind im allgemeinen: Beschaffung, Produktion und Absatz als unmittelbare Aufgaben. Die Aufgliederung nach Funktionen bringt eine straffe Organisation mit sich, bei der sich die Inhaber der Linienfunktionen stark spezialisieren und ihre Laufbahn gut überblicken können. Dementsprechend sind allerdings auch die Leiter der einzelnen Funktionsbereiche nicht in dem Maße mit den Belangen des Gesamtunternehmens befaßt, so daß es schwierig wird, aus ihren Reihen den Gesamtleiter zu rekrutieren, der als einziger die Möglichkeit hat, die einzelnen Bereiche zo koordinieren. Die Spezialisierung erschwert auch eine Zusammenarbeit

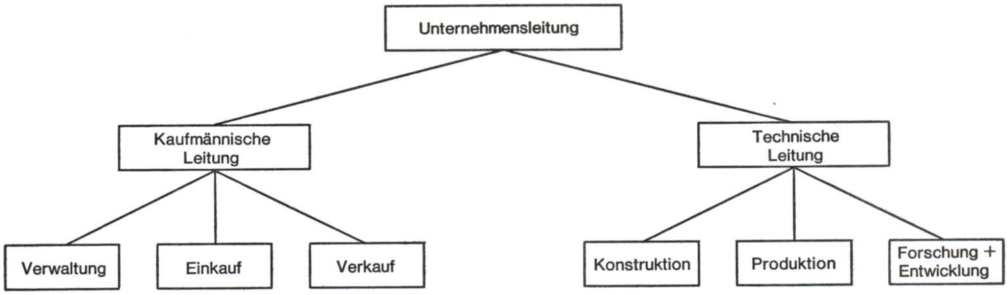

Darstellung 8: Zweigeteilte Funktionsgliederung

von nicht zueinander gehörenden Funktionalbereichen, was sich bei Anpassungsprozessen an veränderte Bedingungen nachteilig auswirken kann (z. B. die Umstellung der Fertigung bei veränderten Absatzbedingungen).
Eine besondere Form der funktionalen Gliederung ist die Aufteilung der verschiedenen Funktionen auf einen kaufmännischen Bereich und einen technischen Bereich; beide unterstehen je einer Instanz. Der Unternehmensleitung berichten also zwei Stellen (Darstellung 8). Diese Organisationsform kann zu störenden Rivalitäten zwischen dem kaufmännischen und technischen Bereich durch Polarisierung führen.

Die Aufgliederung nach Produkten (Produktgruppen, Sparten und Märkten)

Die Gliederung des Unternehmens nach Produkten oder Produktgruppen (Sparten, Divisions) setzt sich immer mehr durch. Voraussetzung ist eine gewisse Größenordnung des Unternehmens, die es erlaubt, möglichst viele Funktionen auf die einzelnen Produktbereiche zu verteilen. Die Leiter der Produktbereiche sind dann verantwortlich für den Gewinn ihres Bereiches (→ Profit Center). Der Vorteil dieser dezentralisierten Organisationsform liegt vor allem in der wirkungsvolleren Koordination der verschiedenen Funktionen wie Absatz, Produktion, Personal etc., die vor allem in Unternehmen mit verschiedenartigen Produkten oder in diversifizierten Unternehmen jeweils verschiedenen Bedingungen unterworfen sind; ausgegliedert werden aber häufig die Bereiche Finanzen und Public Relations. Da die Leiter der Produktbereiche genügend Erfahrung und Übersicht bei der Koordinierung der verschiedenen Funktionen ihrer Produktbereiche haben, sind sie eher dafür geeignet, das Top Management zu übernehmen. Nachteilig für das Unternehmen kann sich auswirken, daß die einzelnen Bereiche auf Kosten der anderen untereinander rivalisieren, insbesondere wenn sie voneinander abhängig sind. Außerdem hat jeder Bereich die Tendenz, sich zu verselbständigen.
Darstellung 9 zeigt den Organisationsplan eines nach Produkten (Holz, Pappe, Beton) gegliederten Unternehmens. Die Linienfunktionen sind auf sieben Instanzen verteilt: Vorstand, Geschäftsbereiche, Hauptabteilungen, Fertigungswerke, Abteilungen, Gruppen bzw. Fertigungsstellen. Stabsabteilungen gibt es auf zwei Ebenen: dem Vorstand steht ein Vorstandssekretariat, eine Planungs- und Organisationsstelle, das Finanz- und Rechnungswesen sowie das Personalwesen zur Seite. Auf der Ebene der Hauptabteilungen sind ebenfalls Stabsstellen bzw. Dienstleistungsabteilungen eingeordnet.
Die Aufgliederung des Unternehmens nach Märkten (Bezirken, Ländern, Regionen, Kundengruppen) entspricht einer stark marketing-orientierten Unternehmensführung. In multinationalen Unter-

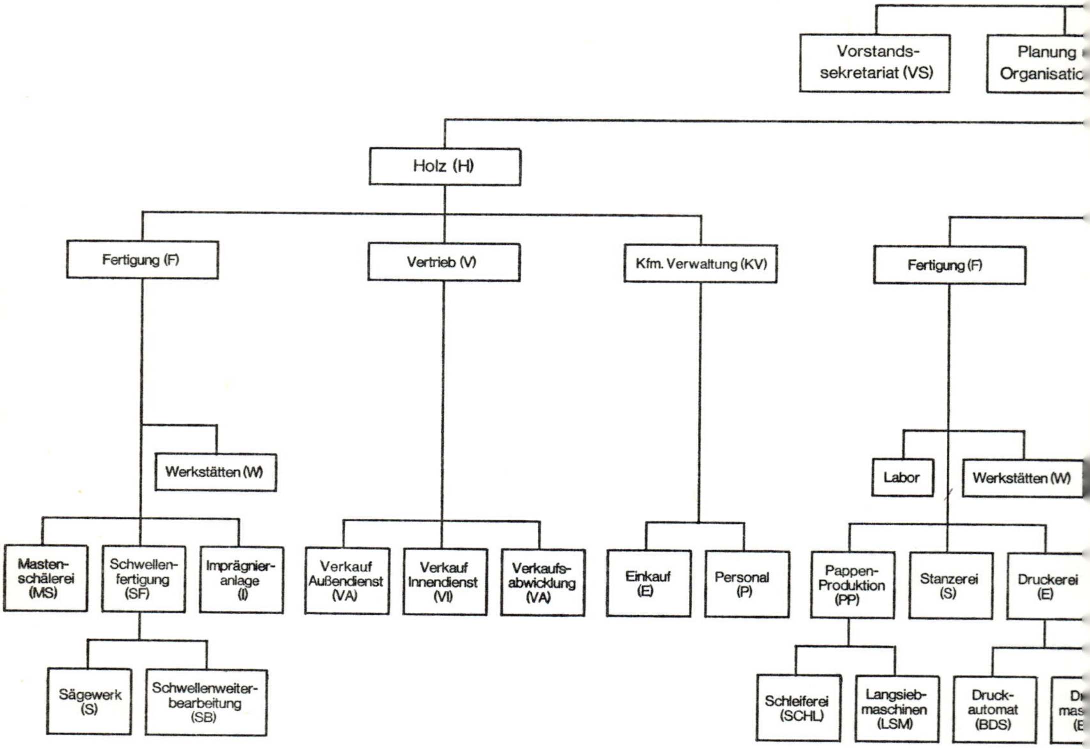

Darstellung 9: Organisationsplan eines nach Produkten gegliederten Unternehmens

nehmen gewährleistet sie eine rasche Anpassung an veränderte Finanz-, Produktions- oder Absatzbedingungen.

Die Functional Team-Organisation

Bei diesem Organisationstyp werden die betrieblichen Funktionen nach Prozeßfunktionen und Faktoren-Kontrollfunktionen aufgeteilt. Zu den Prozeßfunktionen gehören Entwicklung, Herstellung, Verkauf, Güterverteilung (alles primäre Prozeßfunktionen) und Einkauf, Rechnungswesen, Werbung als sekundäre Prozeßfunktionen. Zu den Faktoren-Kontrollfunktionen gehören Finanzen,

Personal-, Anlagen-, Material- und Patentbereich. Auf diese Weise sollen

1. die wichtigeren Funktionen die notwendige Kompetenz bekommen
2. die Funktionen logisch getrennt werden
3. nur Linienpositionen mit klaren Aufgaben, Kompetenzen und Verantwortlichkeiten geschaffen werden
4. tägliche Team-Arbeit gewährleistet werden und alle Tätigkeiten zwischen den Funktionen koordiniert und aufeinander abgestimmt werden.

→ Functional Team Work, Darstellung 2

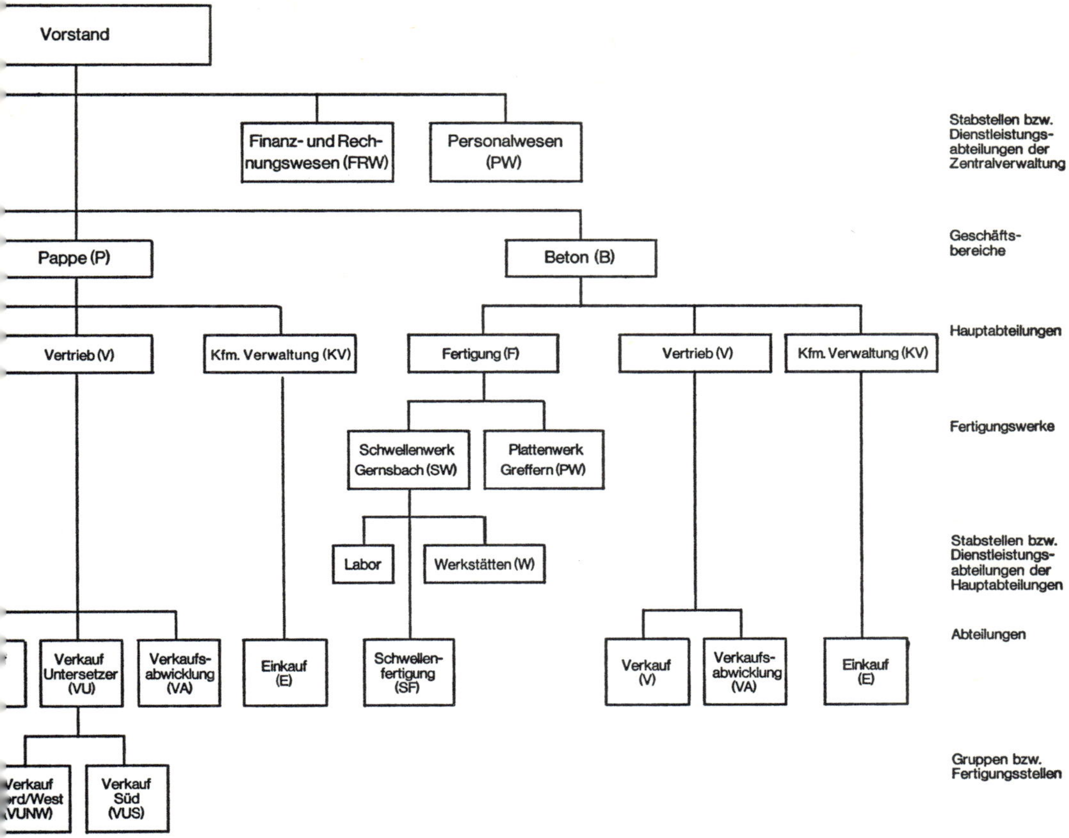

Die Matrixorganisation

Bei dieser Organisationsform wird zwischen Hauptfunktionen und Querschnittfunktionen unterschieden. Um das Zusammenwirken der verschiedenen Aufgabenträger zu kennzeichnen, werden die Querfunktionen in Zeilen, die Hauptfunktionen in Spalten angeordnet. Die sich ergebenden Schnittfelder geben an, welche Aufgaben Haupt- und Querschnittfunktionen gemeinsam zu bewältigen haben (Darstellung → Matrixorganisation)

665

Organisationskybernetik

Dieser Ansatz zur Organisation komplexer soziotechnischer Systeme baut auf dem kybernetischen Prinzip auf: der Theorie und der Technik des Nachrichtenumsatzes in oder zwischen Systemen, wobei Sollwerte gesetzt werden, auf die hin sich das System selbst regelt. Das Kernprinzip der Organisationskybernetik ist das der Teambildung für die Lösung komplexer Aufgaben (Darstellung → Organisationskybernetik).

666

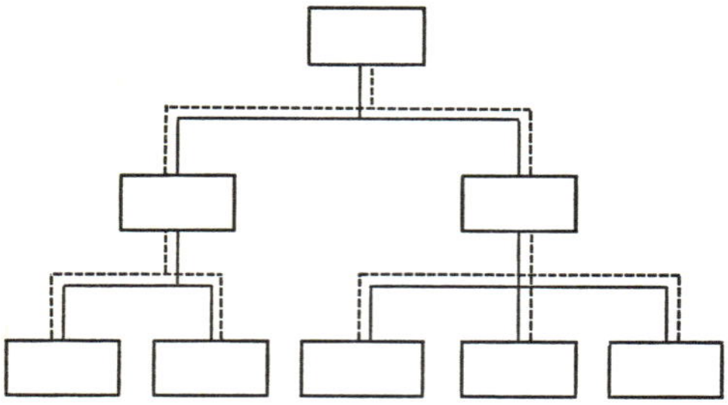

Darstellung 10: Formale Kommunikation und informale Kommunikation sind identisch

III. ORGANISATIONSSTRUKTUR UND KOMMUNIKATIONSSTRUKTUR

Die Kommunikation als Übertragung von Informationen ist ein Wesenselement der Organisation. In der formalen Organisation ist zugleich auch die formale Kommunikationsstruktur vorgegeben: Anweisungen, Anordnungen, Befehle, Anregungen, Ratschläge, Berichte verlaufen entlang der Instanzenwege (Darstellung 10). Neben dieser formalen Struktur entwickelt sich aber auch eine informale Kommunikationsstruktur, die nicht mehr mit der Kompetenzstruktur der formalen Organisation identisch ist (Darstellung 11). Informale Gruppen verständigen sich entsprechend ihrer eigenen Zielsetzung. Für die Führung eines Unternehmens ist deshalb die Kenntnis der Kommunikationsstruktur von Wichtigkeit. Zu diesem Zweck werden die Dauer der Zusammenarbeit zwischen zwei Abteilungen, der Besucherverkehr, die ausgetauschte Informationsmenge und die Wege ihrer Übertragung erfaßt und analysiert. Die Darstellung kann in Form einer dreieckigen Matrix erfolgen oder in Form einer Kommunikationsspinne. In der Dreiecksform (Darstellung 12) gibt die erste Zahl nach der Abteilung die Gesamtstunden der Kommunikation pro Zeitraum; verfolgt man die Zeilen im Winkel nach oben oder unten, ergeben sich die Zeiten, die die entsprechenden Abteilungen für den Informationsaustausch untereinander benötigen. Zum Beispiel: Die Unternehmensleitung hat von den 95 Gesamtstunden 35 mit der Verkaufsleitung, 35 mit der Produktionsleitung und 25 Stunden mit der Verwaltung zu tun. In Darstellung 13 zeigen die Verbindungslinien an, welche Abteilungen in Kommunikation miteinander stehen; die Stärke der Striche zeigt die Zahl der Stunden an.

IV. DER ORGANISATIONSPLAN DER GENERAL MOTORS CORPORATION

Die Organisation des größten Unternehmens der Welt ist dezentral aufgebaut. Die oberste Führung des Konzerns hat der → Board of Directors, der von den Aktionären (Stockholders) kontrolliert wird. Der Board wird jedes Jahr neu gewählt. Vorsitzender des Board ist der Chairman. Dem Chairman unterstehen direkt die Stabsbereiche Finanzen und Recht. Zur Bewältigung der Führungsaufgaben stehen dem Board vier Ausschüsse zur Seite:

1. der Geschäftsführungsausschuß (Executive Committee), der täglich zusammentritt und das exekutive Organ der Geschäftsführung darstellt; die ihm angeschlossenen Police Groups bestimmen die lang- und kurzfristige Unternehmenspolitik.

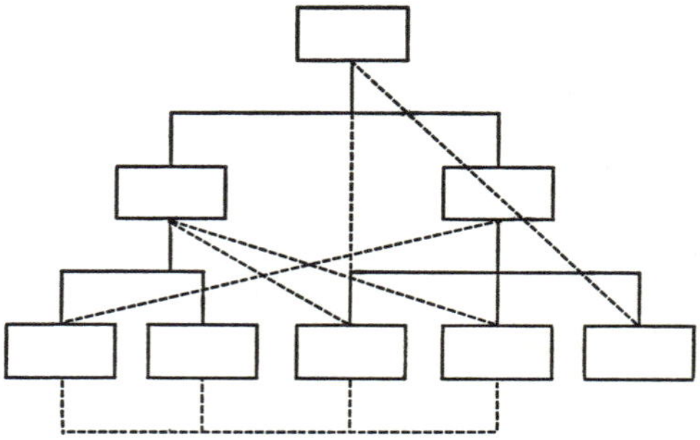

Darstellung 11: Formale Kompetenzstruktur und informale Kommunikationsstruktur sind nicht identisch

2. Der Finanzausschuß (Finance Committee); ihm gehören in der Regel nicht im Unternehmen Beschäftigte (Outside Directors) an
3. der Revisionsausschuß (Audit Committee); ihm gehören in der Regel ebenfalls Outside Directors und der → Controller an
4. Der Bonus- und Gehaltsausschuß (Bonus and Salary Committee)

Bei General Motors ist der President der oberste Direktor (Chief Executive Officer) und zugleich Vorsitzender des Board (Chairman of Board of Directors). Er führt die vom Board gefaßten Beschlüsse aus, wobei er auch die Beschlüsse der Ausschüsse berücksichtigen muß. Er leitet die Hauptversammlung und die Sitzungen des Board. Ein Verwaltungsausschuß (Administration Committee) steht ihm zur Seite.

Dem President berichtet die nächstfolgende Management-Ebene, die der Executive Vice Presidents. Zu ihnen gehören die drei Leiter der Betriebsabteilungen

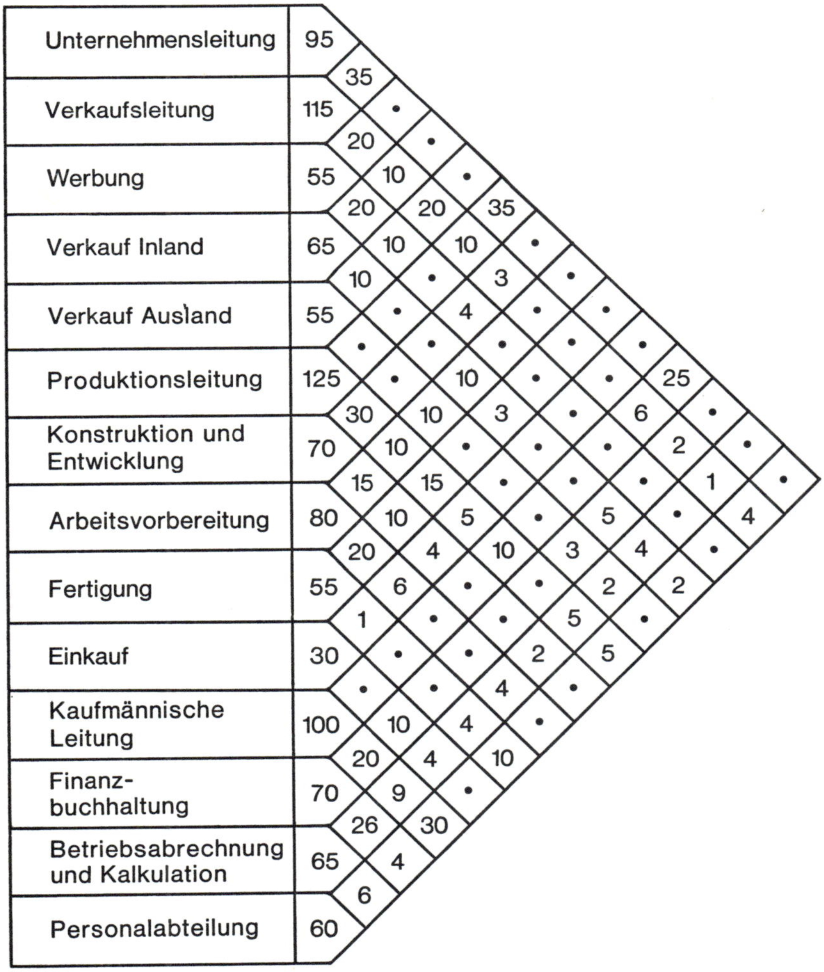

Darstellung 12: Kommunikationsstruktur, dargestellt in Dreiecksform

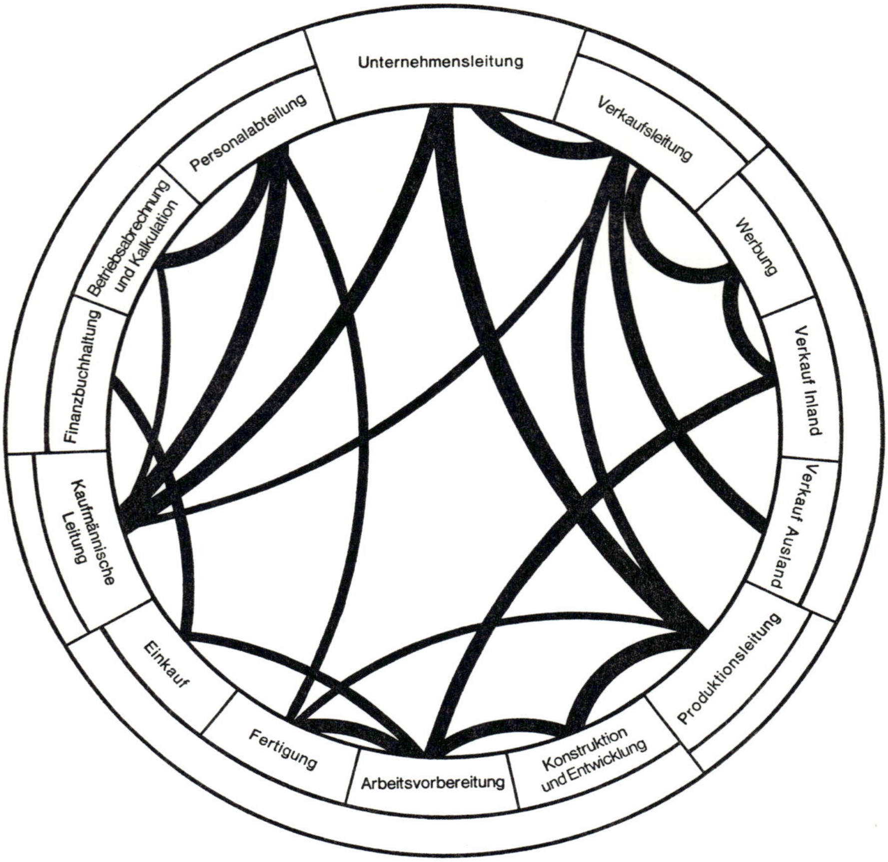

Darstellung 13: Kommunikationsspinne (nicht alleVerbindungslinien sind eingezeichnet)

(Operating Divisions) und die drei Leiter der Stabsabteilungen Betrieb (Operations Staff), Finanzen (Financial Staff) und Recht (Legal Staff). Nach dem funktionalen Prinzip (vergleiche Darstellung 7) haben die Stabsabteilungen für ihren Zuständigkeitsbereich zunächst beratende und koordinierende Aufgaben; sie formulieren insbesondere die Unternehmenspolitik, die ihren Sektor betrifft und tragen dies dem Geschäftsführungsausschuß und dem Finanzausschuß vor. Darüber hinaus werden den Stabsabteilungen z. B. bei Verträgen mit Gewerkschaften und Händlern funktionale Kontrollrechte eingeräumt. Im übrigen sind die Linieninstanzen des nach Sparten gegliederten Unternehmens nicht verpflichtet, Ratschläge der Stäbe anzunehmen; ein Fehlschlag, der durch diesen Rat hätte vermieden werden können, geht dann zu Lasten der Linieninstanz. Den Executive Vice-Presidents sind die Vice-Presidents untergeordnet, denen wiederum die General Managers berichten.

V. ORGANISATIONSPRINZIPIEN

Für die praktische Einrichtung einer Organisation sind in der betriebswirtschaftlichen Literatur Prinzipien aufgestellt worden, deren Anwendung das spätere Funktionieren der Organisation sichern soll. Einige dieser Zusammenstellungen seien im folgenden aufgeführt. Mellerowicz stellt einen Katalog von 16 Prinzipien auf:

1. Prinzip der Einfachheit, Klarheit und Übersichtlichkeit
2. Prinzip der genauen Einsicht in die Dinge und ihre Zusammenhänge (größte Sach- und Methodenkenntnis)
3. Prinzip der Voraussicht, Planung und Arbeitsvorbereitung
4. Prinzip der Spezialisierung und Arbeitsteilung
5. Prinzip der Arbeitsvereinigung und harmonischen Zusammenarbeit
6. Prinzip der Standardisierung (der Methoden, Mengen, Zeiten, Kosten und Produkte)
7. Prinzip der scharfen Abgrenzung der Tätigkeiten und Verantwortlichkeiten
8. Prinzip der Übertragung von Verantwortlichkeit und Autorität an untergeordnete Stellen
9. Prinzip der Fernhaltung der leitenden Arbeit von Details und Nebensächlichkeiten
10. Prinzip der rechnungsmäßigen Messung der Tätigkeiten und Leistungen
11. Prinzip des Anreizes zur Bestleistung durch Löhne und Prämien
12. Prinzip der Übereinstimmung von Tätigkeit und Eignung
13. Prinzip der Unterweisung und Information aller Beteiligten
14. Prinzip der Elastizität der Organisation, der Unabhängigkeit von der einzelnen Person und des selbsttätigen Ersatzes
15. Prinzip der selbsttätigen und außerbetrieblichen Kontrolle
16. Prinzip der Vermeidung von Überorganisation.

Blohm erfaßt sechs allgemeine Organisationsgrundsätze:

1. Die Organisation soll einfach, klar, übersichtlich, harmonisch im Zusammenwirken ihrer Teile und auf die gemeinsamen Ziele ausgerichtet sein.
2. Das Informationsbedürfnis eines jeden Mitgliedes der Organisation soll optimal befriedigt werden.
3. Verantwortung, Vollmachten, Aufgaben, Sachkenntnis und allgemeine Befähigung sollen bei jedem Aufgabenträger im Einklang stehen oder zwischen mehreren Aufgabenträgern organisatorisch zweckmäßig verbunden werden.
4. Schöpferische Grundsatzarbeit und leitende Arbeit einerseits und ausführende Arbeit andererseits sollen möglichst getrennt werden.
5. Der Planung und dem Vollzug muß die Kontrolle beigeordnet und die Revision nachgeordnet werden. Ausführung und Kontrolle bzw. Revision müssen klar getrennt werden.
6. Organisation und Organisieren sind dem Prinzip der Wirtschaftlichkeit zu unterwerfen.

Urwick entwickelte zehn Prinzipien:

1. Prinzip des Zieles: Jede Organisation und jeder Teil von ihr muß Ausdruck des Unternehmenszieles sein; man kann nicht im luftleeren Raum organisieren, sondern muß für etwas organisieren.
2. Prinzip der Spezialisierung: die Aufgaben für jedes Mitglied der Organisation sollten soweit wie möglich auf eine einzige Funktion beschränkt werden.
3. Prinzip der Koordination: Zweck des Organisierens an sich ist, die Koordination zu erleichtern.
4. Prinzip der Autorität: In jeder Organisation sollte die Autorität in einer klaren Linie von der obersten Führungsspitze bis zu jedem einzelnen Mitglied der Gruppe verteilt sein.

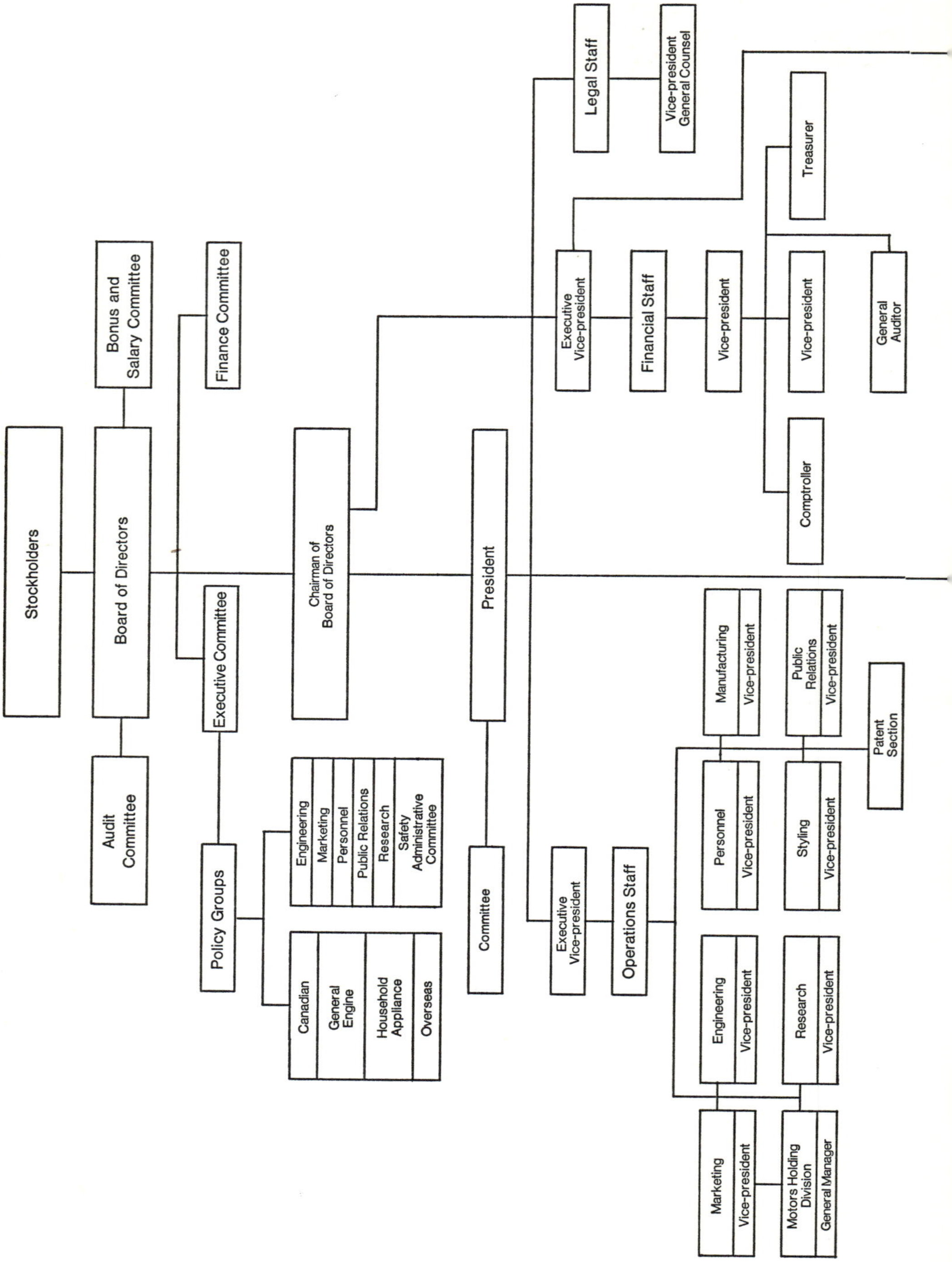
Stockholders
Board of Directors
Bonus and Salary Committee
Audit Committee
Finance Committee
Executive Committee
Policy Groups
Engineering
Marketing
Personnel
Public Relations
Research
Safety Administrative Committee
Canadian
General Engine
Household Appliance
Overseas
Chairman of Board of Directors
President
Committee
Legal Staff
Vice-president General Counsel
Executive Vice-president
Financial Staff
Vice-president
Vice-president
Treasurer
General Auditor
Comptroller
Executive Vice-president
Operations Staff
Manufacturing Vice-president
Public Relations Vice-president
Patent Section
Personnel Vice-president
Styling Vice-president
Engineering Vice-president
Research Vice-president
Marketing Vice-president
Motors Holding Division General Manager

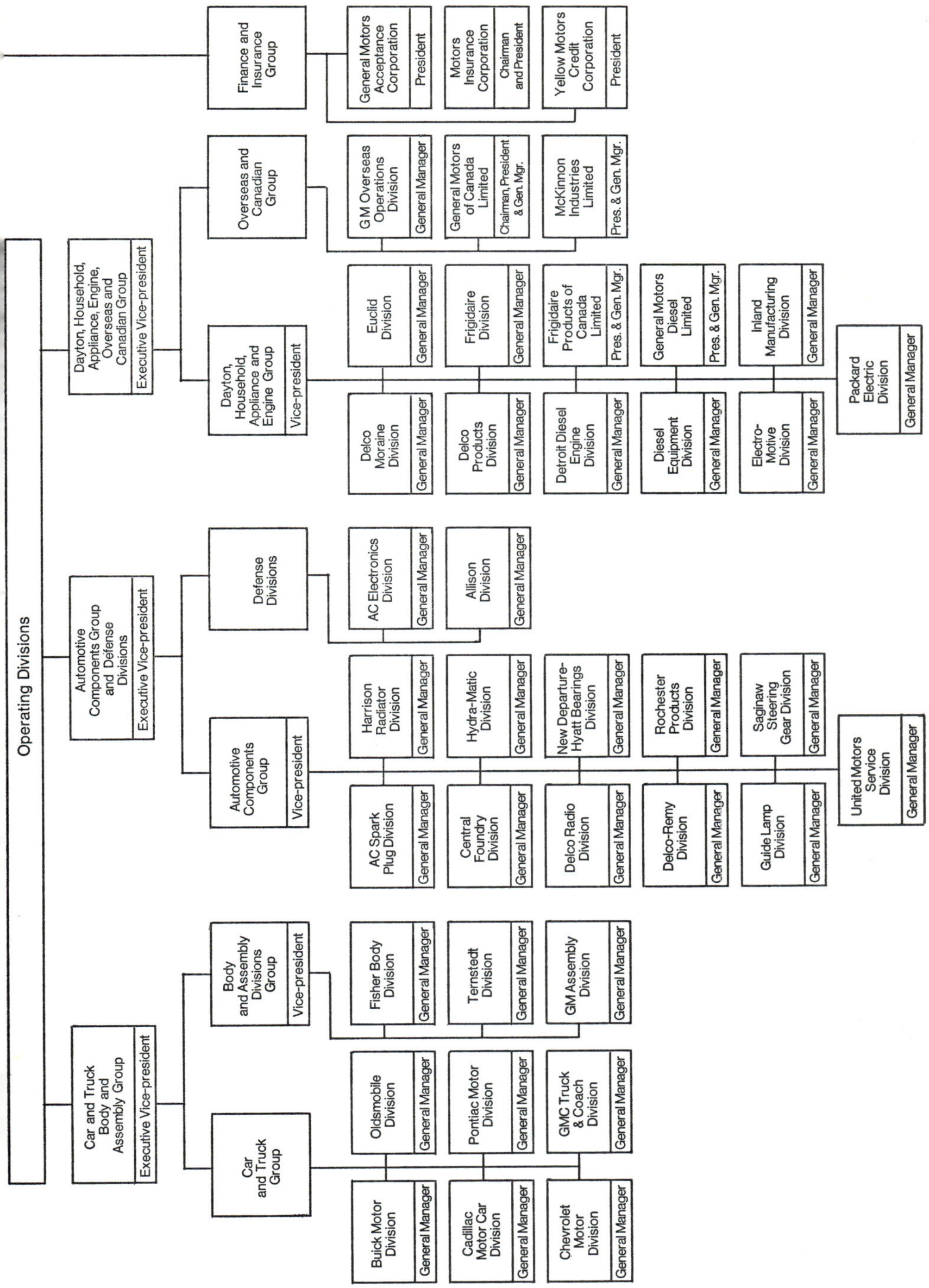

Darstellung 14: Organisationsplan der General Motors Corporation

5. Prinzip der Verantwortlichkeit: Der Vorgesetzte ist unbedingt verantwortlich für die Resultate seiner Untergebenen.

6. Prinzip der Definition: Der Inhalt jeder Stelle, ihre Kompetenzen, Aufgaben und Verantwortlichkeiten, müssen genau bestimmt sein und allen Personen, die es betrifft, zugänglich gemacht werden.

7. Prinzip der Entsprechung: Verantwortlichkeit und Kompetenz sollten sich für jede Stelle entsprechen.

8. Leitungsspanne: Niemand sollte mehr als fünf, höchstens sechs direkte Untergebene haben, deren Arbeit ineinandergreift. Ist dieses Ineinandergreifen nicht der Fall, z. B. auf der Werkstattebene, kann die Leitungsspanne auch größer sein.

9. Prinzip des Gleichgewichts: Die verschiedenen Einheiten der Organisation sollten im Gleichgewicht gehalten werden.

10. Prinzip der Kontinuität: Es sollte Vorsorge getroffen werden, daß die Organisation laufend den sich ändernden Bedingungen angepaßt werden kann.

Die sechs Grundprinzipien der General Motors Corporation sind:

1. Den rechten Mann an den rechten Platz
2. Jeder soll für seine Aufgabe geschult werden
3. Die Organisation soll zu einer koordinierten Gruppe werden
4. Jeder muß die richtigen Werkzeuge haben und unter den richtigen Bedingungen arbeiten
5. Sicherheit, Aufstiegsmöglichkeiten und Anerkennung müssen gewährleistet sein
6. Vorwärts sehen, vorwärts planen für mehr und bessere Dinge.

VI. STELLENBESCHREIBUNG FÜR DEN DIREKTOR EINER ORGANISATIONSABTEILUNG

Die Aufgaben eines Leiters der Organisationsabteilung sind in dem Management Guide der Standard Oil Company niedergelegt (zitiert nach Nordsieck):

Management-Führer

Direktor der Organisations-Abteilung

I. AUFGABENKONZEPT

Schafft Führungshilfsmittel für Leiter der organisatorischen Einheiten der Gesellschaft durch Beratung und Assistenz in der Entwicklung, Handhabung und Verbesserung von Plänen betreffend: Organisationsstrukturen nebst Ergänzungen; Funktionen, Verantwortung und Kompetenzen, und Eingliederung; Übersicht über Löhne, Gehälter, Betriebskosten und Arbeitseinsatz; ferner die Geschäftsgrundsätze zu diesen Angelegenheiten, und zwar für die Gesellschaft als Ganzes, für ihre Abteilungen und Unterabteilungen.

II. VERANTWORTUNG UND KOMPETENZEN

Nachstehend aufgeführte Verantwortung und Kompetenzen unterliegen den festgelegten Geschäftsgrundsätzen.

A. Eigene Aufgaben

1. Pläne entwickeln mit dem Ziel, daß jede organisatorische Einheit der Ge-

sellschaft ein logisches, abgegrenztes, integrierendes Glied der Gesellschaft bildet, welches angemessene Verantwortung, Kompetenzen und Rechenschaftslegung handhabt im Rahmen klar definierter Grenzen.

2. Definiert und klärt Funktion, Verantwortung und Kompetenz, auch die Eingliederung jeder neuen oder veränderten Führungsposition in Zusammenarbeit mit der Geschäftsleitung. Hält Organisations-Handbuch laufend, in welchem alle Führungspositionen beschrieben sind. Hält Organisations-Handbuch für alle davon Betroffenen verfügbar.

3. Betreibt die Zentralisation der Verwaltungskontrolle und die Dezentralisation der Verantwortung für das Detail nebst entsprechender Vollmacht; sorgt dafür, daß die Entscheidungen auf dem noch praktisch entscheidungsfähigen niedrigsten Führungsrang getroffen werden, wo sie noch vernünftig ausfallen.

4. Führt auf Anforderung oder eigenen Rat Untersuchungen durch zur Feststellung der Güte und Angemessenheit des Organisationsplans der Gesellschaft; formuliert oder empfängt oder empfiehlt Vorschläge zur Änderung dieses Planes.

5. Nimmt auf Anforderung oder eigenen Rat Einblick in die Geschäftsführung der organisatorischen Einheiten, um sicherzustellen, daß der Arbeitseinsatz mit den Anforderungen und Erfolgen übereinstimmt; initiiert und assistiert bei der Feststellung von Arbeits- und Verfahrensnormen, die als Maßstab bei der Kontrolle des Arbeitseinsatzes dienen.

6. Bereitet periodische Prüfungsunterlagen über die Aufgaben der Gesellschaft vor, um ihre Notwendigkeit und Angemessenheit im Lichte des Gesellschaftsziels festzustellen. Formuliert oder empfängt und empfiehlt Vorschläge für die Ausmerzung unwesentlicher oder unproduktiver Funktionen, Arbeitsverfahren und Arbeitsabläufe, ferner für die Einführung neuer, um zu sichern, daß der Arbeitseinsatz so wirtschaftlich wie möglich gehandhabt wird.

7. Prüft, erläßt und erprobt Stellenbeschreibungen, die von den Einheitsleitern vorbereitet sind; leitet die erforderlichen Stellenbewertungen, um Vorschläge auszuarbeiten für gerechte Gehalts- und Lohnmaßstäbe. Stellt auf und macht bekannt Gehalts- und Lohntabellen für die ganze Gesellschaft, ihre Abteilungen und Unterabteilungen, die auf den geltenden Organisations und Detailplänen beruhen; berät und assistiert Mitgliedern der Geschäftsführung bei der Handhabung des Gehalts- und Lohnwesens ihrer Abteilungen.

8. Formuliert oder erhält und legt vor Vorschläge für Geschäftsprinzipien, führt laufend ein Handbuch über alle förmlich eingeführten Geschäftsprinzipien; Überdrucke sämtlicher eingeführter Geschäftsprinzipien gibt er an den Chefsekretär (Secretary-Treasurer) zur Verteilung.

9. Formuliert oder erhält und legt vor Vorschläge für Änderungen im Organisations-Handbuch; hält auf dem laufenden alle festgestellten Änderungen zwecks Verteilung an die Benutzer.

10. Berät die Mitglieder der Geschäftsführung auf Wunsch bei der Vorbereitung des Jahresbudgets und außerordentlicher Kapitalbedürfnisse und Aufwendungen, indem er Empfehlungen zur Eignung der einzelnen Aufwendungen macht.

11. Formuliert oder erhält und legt vor Vorschläge für die Einführung oder Änderung von Ausgabenkontrollen.

B. Organisation der eigenen Abteilung

1. Empfiehlt Änderungen in der Grundstruktur nebst Beiblättern.
2. Empfiehlt die Eingruppierung für solche Posten, die nicht den allgemeinen Tarifen unterliegen.
3. Sorgt für die Ausarbeitung neuer und revidierter Organisations-Handbuchblätter und Stellenbeschreibungen.

C. Personalverwaltung der eigenen Abteilung

1. Stellt an oder ernennt Angestellte — mit Ausnahme von Führungskräften — im Rahmen des genehmigten Stellenplans, nachdem er sich versichert hat, daß geeignete Kräfte aus der Gesellschaft nicht verfügbar sind.
2. Genehmigt Gehaltsverbesserungen für Angestellte, die nicht dem allgemeinen Angestelltentarif unterliegen, soweit der Betrag $... nicht übersteigt; schlägt darüber hinausgehende Erhöhungen vor.
3. Genehmigt Lohnsteigerungen für Mitarbeiter, die unter den Tarif fallen.
4. Empfiehlt Beförderung, Herabstufung und Entlassung aller Angestellten, die nicht unter den Tarif fallen.
5. Dasselbe für solche, die unter den Tarif fallen.
6. Genehmigt Urlaub und kurzfristige Beurlaubungen, ausgenommen eigene.
7. Bereitet die nötigen Stellenbeschreibungen vor.

D. Finanzen seiner Abteilung

1. Jahresbudget vorbereiten.
2. Verwaltet die budgetmäßig verfügbaren Mittel und irgendwelche außerplanmäßig zugeteilten Mittel oder Zuwendungen.
3. Vollmacht zur Anweisung solcher Geldmittel in laufender Rechnung nicht über $..., die nicht durch Plan gedeckt sind.
4. Außerordentliche oder kapitale Ausgaben vorschlagen.
5. Haushaltsvorschriften handhaben.
6. Zeichnet gegen alle Verfügungen, die zwar andere Pläne betreffen, aber sein Fachgebiet berühren.

III. EINGLIEDERUNG, BEZIEHUNGEN

A. Präsident: Untersteht dem Präsidenten (Erster Direktor).

B. Andere Abteilungsdirektoren und Abt.-Generaldirektoren.

Berät und assistiert auf seinem Fachgebiet, koordiniert und kooperiert bei Angelegenheiten, die sich berühren.

C. Sonstiges.

Unterhält die zu seiner Aufgabe gehörigen Kontakte.

Literatur:
Arbeitskreis Dr. Krähe der Schmalenbach-Gesellschaft: Unternehmensorganisation. Aufgaben- und Abteilungsgliederung in der industriellen Unternehmung. Köln und Opladen 1963
Blohm, H.: Organisation. In: Betriebswirtschaftsakademie, A IV/2, Wiesbaden, o. J.
Dale, E.: Planning and Developing the Company Organzation Structure. Research Report No. 20. New York 1952
Degelmann, Alfred (Hrsg.): Organisationsleiter Handbuch. München 1968
Fayol, Henry: Allgemeine und industrielle Verwaltung. 1929
Fisch, Gerald G.: Gewinnbringende Organisation. München 1966
Gutenberg, Erich: Unternehmensführung, Organisation und Entscheidungen. Wiesbaden 1962
Höhn, R.: Führung mit Stäben in der Wirtschaft. Bad Harzburg 1961
Kosiol, Erich: Organisation der Unternehmung. Wiesbaden 1962
Mellerowicz, K.: Allgemeine Betriebswirtschaftslehre. Berlin 1958
Mooney, J. D.: The Principles of Organization. New York 1947
Nordsieck, Fritz: Betriebsorganisation. Betriebsaufbau und Betriebsablauf. Stuttgart 1961
Schramm, W.: Die betrieblichen Funktionen und ihre Organisation. Berlin 1936
Ulrich, H.: Betriebswirtschaftliche Organisationslehre. Bern 1959
Urwick, Lyndall: Grundlagen und Methoden der Unternehmensführung. Schriften der Gesellschaft zur Förderung des Unternehmensnachwuchses. Essen 1961.

Organisationskybernetik

Bezeichnung für eine Methode zur Organisation komplexer soziotechnischer Systeme (z. B. Unternehmen, Verwaltungen). Der Ansatz baut auf dem kybernetischen Prinzip auf: der Theorie und der Technik des Nachrichtenumsatzes in oder zwischen Systemen, wobei Sollwerte gesetzt werden, auf die hin sich das System selbst regelt.

Das Kernprinzip der Organisationskybernetik ist das der Teambildung. Für die Lösung komplexer Aufgaben werden von Fall zu Fall aus der bestehenden hierarchischen Organisationsform heraus Teams gebildet, deren Mitglieder verschiedenes Fachwissen haben. Ein Team sollte nicht mehr als sechs Personen umfassen. Arbeiten verschiedene Teams zusammen, so ist jeweils ein Mitglied zugleich in zwei verschiedenen Teams tätig, wobei höchstens die Hälfte aller Teammitglieder einem anderen Team angehören sollte. Auf etwa je fünf Teammitglieder kommt ein sogenannter Teamkybernetiker, ein Planungsfachmann, der Methoden zur rationalen Entscheidungsbildung entwickelt. Die Verbindung mit der hierarchischen Ordnung wird durch Informationsgruppen gehalten; die Arbeit der Teams ergänzen Planungsausschüsse und Entscheidungsgruppen.

Die Organisationskybernetik will durch die Teamarbeit im einzelnen erreichen:

1. Eine Leistungssteigerung durch Kooperation bei der Zielsetzung und bei der Durchsetzung der Ziele.
2. Befreiung der kreativen Mitglieder der Unternehmung von Disziplinar- und Kontrollfunktionen; die gewonnene Zeit kann für progressive Informationsverarbeitung (Zukunftsplanung) verwendet werden.
3. Beschleunigung des Informationsflusses in der Organisation, nicht zuletzt auch durch spezielle räumliche Anordnung.
4. Bessere und schnellere Ausnutzung der datenverarbeitenden Maschinen.
5. Durch Betrachtung der Organisation als einen Prozeß Erhöhung der organisatorischen Flexibilität.

Literatur:
Schnelle, E.: Entscheidung im Management, Quickborn 1966

Out-of-Pocket-Costs

Variable Kosten. Sie werden deshalb so bezeichnet, weil sie nur aufgrund getätigter Käufe oder in direktem Zusammenhang mit der Produktion anfallen.

Out-of-Pocket-Point

Auch Finanz-Break-Even-Punkt. Schnittpunkt der Erlösgeraden mit der Kostengeraden (ohne kalkulatorische Abschreibungen) im Break-Even-Diagramm. Der Out-of-pocket-point muß auf jeden Fall erreicht werden, da die Unternehmung sonst finanziell in Gefahr ist. Rechts vom Out-ouf-pocket-point liegen die Deckungsbeträge, die als → Cash Flow bezeichnet werden.

Output

Bezeichnung für Ausstoß, Ausbringung, insbesondere in Zusammenhang mit der → Input-Output-Analyse verwendet.
In der Datenverarbeitung das Ausgeben von Daten aus einer Datenverarbeitungsanlage entweder gedruckt, auf Lochkarten oder -streifen, oder auf einem Sichtgerät (→ Display).

Outside Director

Bezeichnung für ein Mitglied des → Board of Directors, das nicht Angestellter des Unternehmens ist.
→ Inside Director

Outsider

Außenseiter.

1. Nicht in der Gesellschaft integrierte Menschen
2. Nicht gewerkschaftlich organisierte Arbeitnehmer
3. Reeder, die nicht zu den Bedingungen der Konferenzfrachten fahren, sondern deren Frachtraten auf dem freien Markt ausgehandelt werden und meist unter den Konferenzraten liegen.
4. Nicht-Angehörige eines Kartells
5. Nicht-Angehörige einer bestimmten Branchen- oder Spartenorganisation
6. Personen, die keine Informationen aus dem Unternehmen selber beziehen, sondern diese sich von außen beschaffen müssen.

→ Insider

Overhead Costs

Mit einer Investition indirekt verbundene Betriebskosten, das heißt nicht erfaßbare, marginale Kosten anderer Betriebsbereiche. Als Gemeinkosten werden sie zunächst auf Kostenstellen verrechnet und erst über die Kalkulationssätze der Kostenstellen den Produkten indirekt zugerechnet.

Overhead Rate

Bezeichnung für den Gemeinkostenverrechnungs- oder Zuschlagssatz.

Over the Counter Market

Auch Unlisted Securities Market genannt.

1. In Amerika Börsenfachausdruck für den Wertpapierhandel in nicht zum offiziellen Handel zugelassenen Wertpapieren. Der Over the Counter Market, der umfangreicher ist als der offizielle Handel an der Börse, vollzieht sich auf dem Weg des Telefonverkehrs zwischen den Banken.
2. In England Bezeichnung für das Wertpapiergeschäft am Bankschalter (Tafelgeschäft).

Own Capital

Bezeichnung für Eigenkapital. → Stockholders' Equity

P

PAAC

Program Analysis Adaptable Control Technique. Von Honeywell entwickelte → Netzplantechnik. Anwendungsgebiet: Kontrolle.

Packaged Goods

Bezeichnung für abgepackte Waren, z. B. Seife, Lebensmittel etc.

Package Inserts

Bezeichnung für spezielle Werbedrucksachen zum Einlegen in Warenpackungen.

PACT

Project Analysis and Control Technique. → Netzplantechnik, für die ein Computer-Programm vorliegt.

Panel

Als Panel bezeichnet man einen durch → Random Sampling ausgewählten Personenkreis, der innerhalb gewisser Zeitabstände immer wieder zu bestimmten Problemen befragt wird. Die Panel-Methode hilft den Markt- und Meinungsforschern, eine Entwicklung zu verfolgen. Der entscheidende Nachteil eines Panel liegt darin, daß von Befragung zu Befragung Personen aus den verschiedensten Gründen (Tod, Umzug) ausfallen und im Widerspruch zum Prinzip des Verfahrens ersetzt werden müssen.

PAR

Project Audit Report. Von der Burroughs Corporation entwickelte → Netzplantechnik zur systematischen Dokumentation der Durchführungsschritte.

Parent Company

Bezeichnung für Muttergesellschaft, Obergesellschaft.

Parkinsons Gesetz

Im Jahr 1957 erschien ein Buch des englischen Soziologen C. Northcote Parkinson mit dem Titel „Parkinson's Law" (deutsch: Parkinsons Gesetz). Er befaßt sich darin auf geistvolle und humorige Weise mit der zunehmenden Bürokratisierung und stellt das folgende erste (Wachstums-)Gesetz auf:

> „Die Zahl der Beamten und Angestellten nimmt ständig zu und steht in keiner Beziehung zu der zu bewältigenden Arbeit. Jeder Beamte und Angestellte ist daran interessiert, die Zahl seiner Untergebenen zu erhöhen. Beamte und Angestellte sorgen einander gegenseitig für Arbeit."

In dem 1960 veröffentlichten Buch „The Law and the Profits" (deutsch: „Alles von unserem Geld") befaßt sich Parkinson mit den Steuern und stellt sein zweites Gesetz auf:

> „Die Ausgaben der öffentlichen Hand müssen ständig steigen, um mit den unbegrenzt scheinenden Einnahmen Schritt zu halten."

Parkinson beweist auch dieses merkwürdig klingende Gesetz auf launige Art und Weise.

Sein drittes und bisher letztes Gesetz:

„Expansion bedeutet Komplexität, und Komplexität bedeutet Verfall."

Sein drittes Gesetz ist in einem Buch über den Erfolg in Wirtschaft und Gesellschaft „In-Laws and Out-Laws" (deutsch: „Favoriten und Außenseiter") aus dem Jahre 1962 enthalten. Hintergründiger Witz gepaart mit der Erfahrung des Professors für Soziologie verhalf allen drei Büchern zum Welterfolg.

Literatur:
Parkinson, C. N.: Parkinsons Gesetz und andere Untersuchungen über die Verwaltung, rororo Band 6763
— ... alles von unserem Geld. Eine Studie über die Steuern, rororo Band 6729
— Favoriten und Außenseiter. Eine Studie über den Erfolg in Wirtschaft und Gesellschaft, rororo Band 968

Participative Management

Bezeichnung für die Beteiligung der betrieblichen Mitarbeiter an Entscheidungs- und Verantwortungsprozessen auf der Grundlage von → Delegation. Das Participative Management geht davon aus, daß sich Leistungsfähigkeit und Leistungsbereitschaft des einzelnen am besten entfalten, wenn er sich mit seiner Arbeitsaufgabe identifizieren kann. Participative Management setzt Dezentralisierung voraus; durch die Verbesserung der Informationstechnologie im Unternehmen und die damit verbundene zentrale Kontrolle könnte sich ein Trend zu erneuter Zentralisation ergeben.

Part-Period-Methode

Methode zur Berechnung optimaler Bedarfsmengen, die auf der Anwendung → heuristischer Verfahren beruht.

Party-Line-Technik

Sind mit einer zentral installierten Datenverarbeitungsanlage mehr als zwei geografisch getrennte sogenannte Datenendstationen über eine gemeinsame durchgehende Übertragungsleitung verbunden, so spricht man von Party-Line-Technik, Multipointverbindung oder Linearverkehr.

Patterns of Leadership

Bezeichnung für → Führungsstil

Pavlov'sches Lernmodell

→ Behavioral Models.

Pay-Back

Nach dem → Return on Investment ist die Pay-Back-Periode ein Kriterium der Investitionsrechnung. Sie gibt an, nach wieviel Monaten oder Jahren die für eine Investition getätigten Ausgaben durch den Einnahmenüberschuß nach Steuern gedeckt sind.

$$\text{Pay-Back} = \frac{\text{Investitionsausgabe}}{\text{Einnahmenüberschuß nach Steuern}}$$

Die Pay-Back-Rechnung gibt nur insofern eine Antwort auf die Frage der Rentabilität einer Investition, als sie zeigt, daß sich eine Investition dann nicht lohnt, wenn ihre Lebensdauer kürzer als die Rückzahlfrist ist.

Pay-Day

1. An der Londoner Börse Bezeichnung für den Erfüllungstag bei Termingeschäften.
2. Erfüllungstag, Zahltag.

Pay-Off

Kriterium für Investitionsrechnung. Gebräuchlicher Ausdruck: → Pay Back.

Pay-Out

Auch Pay-Back genannt. Bezeichnung für die Rückgewinnung investierten Kapitals. Das z. B. in eine Maschine investierte Kapital wird über verdiente Abschreibungen laufend zurückgewonnen, so daß das durchschnittlich investierte Kapital geringer ist als der gesamte Investitionsbetrag.

Pay-Out-Rechnung

Sie stellt die Zeit fest, innerhalb derer das ursprünglich eingesetzte Kapital aus dem Einnahmenüberschuß der Investition (Gewinn + Abschreibung) getilgt wird. Die Pay-Out-Periode gibt also den Zeitraum an, in dem das eingesetzte Kapital noch nicht aus verdienten Abschreibungen und Gewinnen zurückgewonnen und noch dem Risiko ausgesetzt ist.

Pay-Out-Time

Die Zeit, die notwendig ist, einen investierten Geldbetrag über verdiente Abschreibungen wieder zurückzugewinnen → Pay-Out.

1440 PCS

1440 Project Control System. Von IBM entwickelte → Netzplantechnik. Schwerpunkt: Termin- und Kostenplanung, Berichtssystem; besonders geeignet für Bauvorhaben und Organisationsprojekte.

PECOS

Project Evaluation and Cost Optimalisation System. → Netzplantechnik, für die ein Computer-Programm vorliegt.

Penetration

In der Werbeforschung Bezeichnung für das Ausmaß, in dem sich Produkteigenschaften, Markenbezeichnungen und Werbebotschaften im Bewußtsein der Umworbenen eingeprägt haben.

Performance

Bezeichnung für Leistung, Verhalten, Handlung, Erfüllung. Im Deutschen in der Psychologie gebräuchlich.

Permutation

Anordnung von verschiedenen Elementen in einer bestimmten Reihenfolge.
→ Kombinatorik

Personal Management

Bezeichnung für Personalführung, Personalleitung.

Personal-Marketing

Marktorientierte Personalpolitik eines Unternehmens. Ihre Aufgabe ist es, die Bedürfnisse des Unternehmens nach Mitarbeitern unter Berücksichtigung der Gesamtziele des Unternehmens zu befriedigen und dafür Sorge zu tragen, daß Mitarbeiter nicht nur gefunden und eingestellt, sondern auch gehalten werden. Da der Arbeitsmarkt auch den Regeln von Angebot und Nachfrage unterworfen ist, gelten diese Regeln auch für das Personal-Marketing. Im Zeichen einer Knappheit an qualifizierten Fach- und Führungskräften, bei der die Personalbeschaffung sehr teuer geworden ist, bei der viel für Schulung und Ausbildung von Mitarbeitern ausgegeben werden muß, ist in der Personalpolitik

viel mehr Sorgfalt und Vorausplanung als früher anzuwenden, zumal bei den hohen Anforderungen falsche Besetzungen unabsehbare Folgen für das Unternehmen haben können.
Eine der Hauptaufgaben des Personal-Marketing besteht darin, das Unternehmen erst einmal als Partner für die Bewerber interessant zu machen und das Image als Arbeitgeber aufzubauen. Dazu gehört die Schaffung eines angenehmen Arbeitsklimas, eine ordentliche Arbeitsplatzgestaltung, Sorge um Ausbildung und Aufstiegsmöglichkeiten und in kleineren Orten auch Mitgestaltung zur Erhöhung des Freizeitwertes.
Um das alles zu bewerkstelligen, sind entsprechende Strategien zu erarbeiten.
Zum Aufgabenbereich des Personal-Marketing gehören:

1. Personal-Analyse (Aufnahme des Ist-Bestandes an eigenem Personal und Qualifizierung nach Qualitätsgruppen, Aufstiegsmöglichkeiten)
2. Beobachtung der Marktlage auf dem Stellenmarkt
3. Langfristige Personalplanung aufgrund der Zielsetzung des Gesamtunternehmens
4. Kurzfristige Personalpläne (Arbeitsplatzbesetzung)
5. Erarbeitung von Richtlinien für die Gehalts- und Sozialpolitik
6. Erarbeitung von leistungsorientierten Prämiensystemen, insbesondere auch für Führungskräfte
7. Personalaufbau- und -beförderungspläne
8. Personalbeschaffung (Stellenausschreibung, Einstellung)
9. Personalbeurteilung
10. Mitwirkung bei der Arbeitsplatzgestaltung (in Zusammenarbeit mit den entsprechenden Betriebsabteilungen)
11. Maßnahmen für Personalschulung und Weiterbildung
12. Planung und Gestaltung von Sozialeinrichtungen (Werkswohnungen, Kindergärten, Kantinen)
13. Maßnahmen zur Aufbesserung des Freizeitwertes (Mitwirkung bei der Schaffung guter Verkehrsverbindungen zu Arbeitsbeginn und Arbeitsschluß, Schulbusse, Freizeitprogramm)
14. Pflege des Firmen-Image auch gegenüber den Mitarbeitern und zukünftigen Mitarbeitern durch PR-Arbeit
15. Erfolgskontrolle der durchgeführten Maßnahmen.

Personal-Selling

Direktverkauf, worunter sowohl die Direktansprache der Konsumenten als auch die Direktansprache der Abnehmer durch die Verkaufsorganisation eines Unternehmens zu verstehen ist.

Personnel Psychology

→ Industrial Psychology

PERT

Project Evaluation and Review Technique, eine Methode der → Netzplantechnik.

Peter Principle

Das Peter-Prinzip oder die Hierarchie der Unfähigen.
Unter dem Titel „The Peter Principle" erschien im Jahre 1969 das Buch der Amerikaner Laurence J. Peter und Raymond Hull. Ähnlich wie → Parkinson setzen sich der Pädagogik-Professor Peter und der Journalist und Fernsehautor Hull mit den Schwächen unserer Gesell-

schaft und deren Ursachen in satirischer Form auseinander. Überall stießen die Autoren auf das Phänomen der Unfähigkeit, und zwar auf allen Stufen der Hierarchie, gleich ob in der Industrie, der Verwaltung, der Politik. Sie beschäftigen sich daher mit der „Hierarchologie", der Lehre vom Aufbau und der Gesetzlichkeit sozialer und betrieblicher Hierarchien und entdeckten dabei ein neues Verteilungsgesetz der Beschäftigten auf die verschiedenen Positionen, das Peter-Prinzip:
„In einer Hierarchie neigt jeder Beschäftigte dazu, bis zu seiner Stufe der Unfähigkeit aufzusteigen."
Dieses Prinzip, als Schlüssel zum Verständnis aller hierarchischen Systeme und damit gleichzeitig zum Verständnis der gesamten Struktur unserer Zivilisation, wird auf 220 großartig geschriebenen Seiten in ironischer Form dargestellt.

Literatur:
Peter, Laurence J., Hull, Raymond: Das Peter-Prinzip oder Die Hierarchie der Unfähigen. Reinbek bei Hamburg, 1970. Amerikanische Originalausgabe: The Peter Principle, New York 1969

Phase-Encoding-(PE-)Schrift

In der Datenverarbeitung Bezeichnung für Zweiphasenschrift oder Richtungstaktschrift, Verfahren zur Aufzeichnung von Daten auf Magnetschichtspeichern; für binär L (→ Bit) tritt ein Magnetisierungswechsel in entgegengesetzter Richtung ein, für binär 0 tritt ein Magnetisierungswechsel auf den gleichen Punkt zu ein. Die Phase-Encoding-Schrift erlaubt höchste Schreibdichten.

Physical Distribution

Unter physical distribution ist im Sinne der betrieblichen Warenverteilung die Überbrückung der räumlichen und zeitlichen Differenzen zwischen der Produktion von Gütern und ihrer Konsumtion zu verstehen.
Physical distribution wird vor allem durch solche Tätigkeiten gekennzeichnet, die auch die Verteilung der Produkte an die Konsumenten oder an die nächste Abnehmerstufe beinhalten sowie auf die Sicherstellung der für einen zielgerechten und ungestörten Produktionsablauf benötigten Einsatzfaktoren ausgerichtet sind. In der deutschen Literatur wird physical distribution im Sinne der betrieblichen Warenverteilung immer mehr mit → Marketing-Logistik umschrieben.

PL 1

In der Datenverarbeitung Bezeichnung für eine → Programmiersprache, die sowohl für kommerzielle als auch für technisch-wissenschaftliche Probleme geeignet ist. Sie beinhaltet Elemente von Algol, Cobol und Fortran.
→ Elektronische Datenverarbeitung

Plankostenrechnung

In der Plankostenrechnung werden aufgrund von Berechnungen, Messungen und Beobachtungen unter Einschluß zukünftiger Erwartungen (wie Stückzahl, Beschäftigungsgrad, Rationalisierungserfolge, Plankurven etc.) der Kostenanfall vorausgeplant und die Kosten für die einzelnen Abteilungen (Kostenstellen) und Produkte/Dienstleistungen (Kostenträger) im Sinne einer Vorgabe (Budget) erstellt.
Die Plankostenrechnung ist zukunftsorientiert. Ihr Vorteil liegt darin, daß sie sich weitgehend von der Nachkalkulation löst. Mit Hilfe von Kostenricht- und -zielwerten gibt man der unteren und mittleren Führungsebene Informationen über die betriebliche Disposition und Steuerung. Die sich bei der Ausführung ergebenden Differenzen (Kostenveränderungen durch Preis- und Mengenab-

weichungen) zwischen Plankosten und Ist-Kosten werden gesondert erfaßt und stellen ein wesentliches Instrument der Kostenkontrolle dar.
Der laufende Soll-Ist-Vergleich ist das grundlegende Element der Plankostenrechnung. Er dient als Maßstab für die Leistungs- und Wirtschaftlichkeitsbeurteilung der Unternehmensbereiche. Außerdem liefert er aussagekräftige Informationen über Ansatzpunkte und Möglichkeiten zur Verbesserung (Kostensenkung, Rationalisierung etc.).
→ Budgetierung, Soll- und Ist-Kostenrechnung.

PLANNET

PLANning NETworks. Rein graphische Netzplan-Methode, die bei Pan American World Airways eingesetzt wird; der Projektablauf wird in Form eines Balkendiagramms mit Angabe der Abhängigkeiten dargestellt.
→ Netzplantechnik

Planning Readjustment

Planung der Aufräumung und Wiederherstellung der Anlage in ihren alten Zustand. Sie kann von Bedeutung sein z. B. in der Bauindustrie bei der Auflösung von Baustellen, aber auch in einem normalen Betriebsablauf kann sie mit erheblichem Aufwand verbunden sein, wenn z. B. bei bestimmten Fertigungen Spezialvorrichtungen gebraucht wurden, die abgebaut oder wenn größere Abfallmengen abgefahren werden müssen. Die Aufräumungskosten und -arbeiten sollten deswegen auch in der Fertigungsplanung und in der Kalkulation berücksichtigt werden.

Planspiele

Aktive Lehrmethode zur Aus- und Weiterbildung von Führungskräften. Planspiele stellen eine Synthese aus Experiment, Fallstudium, Rollenspiel und mathematischer Modellanalyse dar. Die Spieler agieren in einer simulierten Umwelt.

I. ENTWICKLUNG

Die ersten rein betriebswirtschaftlichen Planspiele wurden in den fünfziger Jahren in den USA entwickelt. Das Spiel von Andlinger und Green (1956) wurde wie ein Gesellschaftsspiel auf einem Brett gespielt, während das von der American Management Association (1956) herausgebrachte Planspiel schon für die Datenverarbeitungsanlage vorgesehen war. Die Planspielidee fand nicht nur in den USA rasche Verbreitung. Es wurden inzwischen unzählige neue Modelle entwickelt, die nicht nur der Ausbildung von Führungskräften dienen. Mit Planspielen werden auch Laborexperimente für die betriebswirtschaftliche Forschung durchgeführt.

II. ARTEN VON PLANSPIELEN

Man unterscheidet zwischen freien und starren Planspielen. Beim freien Planspiel werden die Entscheidungen der Spieler durch eine Gruppe von Schiedsrichtern beurteilt, die auch die Auswirkungen der Entscheidungen und die neue Entscheidungssituation festlegen.
Beim starren Planspiel wird das subjektive Urteil der Schiedsrichter durch ein mathematisches Modell mit genau formulierten Bewertungen für die Entscheidungen ersetzt. Der Nachteil dieses Modells besteht darin, daß die Spieler nur Entscheidungen über die im Modell vorgesehenen Entscheidungsvariablen treffen können. Weiterhin wird unterschieden zwischen alternistischen und stochastischen Planspielmodellen. Das stochastische Modell enthält Zufallselemente, wodurch die Ergebnisse nicht mehr eindeutig durch die Entscheidungen der Spieler bestimmt sind. Beim manuellen Spiel müssen die Ergebnisse auf her-

kömmliche Weise berechnet werden, während beim Computerspiel das Spielmodell als Programm formuliert wird und die Ergebnisse durch eine EDV-Anlage ermittelt werden.
Es gibt Planspiele, bei denen ein gesamtes Unternehmen als Modell formuliert ist. Sie werden als Unternehmungsspiel bezeichnet. Planspiele, die nur Teilbereiche des Unternehmens berücksichtigen, nennt man funktionale Planspiele. Es werden hier vorwiegend faktische Entscheidungen auf einer Ebene unterhalb der Unternehmensleitung verlangt.

III. ABLAUF EINES (STARREN) PLANSPIELS

Den Spielern wird eine Entscheidungssituation in Form eines mathematischen Modells vorgegeben. Das Modell enthält nicht beeinflußbare Umweltfaktoren und beeinflußbare Entscheidungsvariable. Die Aufgabe der Spieler besteht darin, durch ihre Aktionen ein bestimmtes Ziel zu erreichen bzw. ihm möglichst nahe zu kommen. Die Auswirkungen eines jeden Zuges werden berechnet und die Ergebnisse an die Spieler zurückgemeldet (Rückkopplung), die sich dann wieder auf die neue Entscheidungssituation einstellen können.
Das Spiel beginnt damit, daß die Spieler die Situation anhand der vorgegebenen Informationen analysieren und eine Hypothese über das Spielmodell, d. h. Zusammenhänge der Einflußfaktoren aufstellen. Die Zielfunktion ist entweder durch das Modell bestimmt oder sie wird von den Spielern selbst festgelegt. Die Hypothese über die Zusammenhänge zwischen den Einflußfaktoren bestimmt die Auswahl der (optimalen) Entscheidungsalternativen im Hinblick auf die Zielfunktion.
Das Planspiel ist für die Spieler ein Rollenspiel, bei dem sie sich erfahrungsgemäß mit den ihnen zugedachten Rollen identifizieren.
Über die Fallstudie geht das Planspiel insoweit hinaus, als alternative Lösungen nicht nur diskutiert, sondern auch durchgerechnet werden, die Ergebnisse an die Spieler zurückgemeldet werden und somit eine Kontrolle der Auswirkungen von Entscheidungen besteht. Während mit Fallstudien nur statische Entscheidungsprobleme gelöst werden können, lassen sich mit Planspielen auch die zeitlichen Interdependenzen der Einflußfaktoren berücksichtigen. Im Planspiel werden die Spieler gezwungen, ihre langfristigen, strategischen Entscheidungen und die taktischen aufeinander abzustimmen.
Durch die ständige Wiederholung von Entscheidungen in ähnlichen Situationen lernt der Spieler aus seinen Erfahrungen. Er wird zu systematischem Denken angeregt und dazu, sein erworbenes Wissen einzusetzen.
Aus diesen Gründen dürfte das Planspiel die beste Lehrmethode zur Aus- und Weiterbildung von Führungskräften sein. Die im Planspiel simulierte Situation kommt der tatsächlichen in der Praxis von Führungskräften sehr nah. Die Planspielmethode ist allerdings auch eine sehr teure Lehrmethode. Die Entwicklung ist auf diesem Gebiet sicherlich noch lange nicht abgeschlossen.
Andere Bezeichnungen für Planspiele: Gaming, Experimental Gaming, Business-Games, Operational Gaming, Man-Machine-Simulation, Laboratory Simulation, Human System Simulation, Unternehmungsspiele, Management Games.

Literatur:
Koller, H.: Simulation und Planspieltechnik. Berechnungsexperimente in der Betriebswirtschaft, Wiesbaden 1969
Kibbee, J. M., Craft, C. J., Nanus, B.: Management Games, New York 1961
Sieber, J. M.: Das Planspiel unternehmerischer Entscheidungen, in: Betriebsführung und Operations Research. Hrsg.: Angermann, A., Frankfurt/Main 1963
Conradi, H. (Hrsg.): Unternehmungsspiele — Planspiele. 4. Aufl., Frankfurt/Main 1964
Rohn, W. E.: Führungsentscheidungen im Unternehmensplanspiel, Essen 1964
Bleicher, K.: Entscheidungsprozesse an Unternehmungsspielen, Baden-Baden, Bad Homburg 1965

Plant-Lease

Verpachtung von Immobilien.
→ Leasing

Planung

Die systematische Entscheidung über das zukünftige Betriebsgeschehen. In der Planung werden die Unternehmensziele, die Unternehmenspolitik, Budgets, Programme, Strategien und Taktiken festgelegt, anhand derer der Erfolg des Unternehmens erreicht und kontrolliert werden kann.

I. ARTEN VON PLÄNEN

Der Planungszeitraum wird im allgemeinen mit kurz-, mittel- und langfristig angegeben, wobei keinem Zeitraum eine definitive Dauer zugeordnet ist. Im Vordergrund steht die kurzfristige Planung; längerfristige Pläne – die in der Regel einen Zeitraum von fünf Jahren abdecken, aber auch für 25 Jahre im voraus aufgestellt werden – sind fast ausschließlich Domäne der großen Unternehmen. Die Gesamtplanung des Unternehmens setzt sich aus den verschiedenen Teilplanungen zusammen, die sich wiederum auf die verschiedenen Ebenen des Unternehmensgeschehens beziehen, wobei grundsätzlich zwischen Programm- (Kosten- und Leistungsplanung) und Maßnahmenplanung unterschieden wird:

1. Die Bereiche des Unternehmens: Absatz, Produktion, Forschung und Entwicklung, Beschaffung. Innerhalb der Absatzplanung werden das Verkaufsprogramm (mit der Umsatz- und Absatzplanung) und die Marketingmaßnahmen (Produktpolitik, Preis- und Konditionenpolitik, Werbe-, Verkaufsförderungs- und PR-Politik und die eigentliche Distributionspolitik) geplant. Die Produktionsplanung gliedert sich in Produktionsprogrammplanung (mengenmäßige Produktionsplanung) und Produktionsvollzugsplanung (Bereitstellungsplanung und Arbeitsablaufplanung). Für den Bereich Forschung und Entwicklung werden ebenfalls Programme und Maßnahmen festgelegt. Auf der Basis der Absatz- und Produktionsplanung werden im Bereich Beschaffung das Programm (mit der mengen- und wertmäßigen Bedarfs- und der Vorratsplanung) und die Maßnahmen für die ins Auge gefaßte Planperiode erfaßt.

2. Durch die Organisations- und durch die Personalplanung werden alle Bereiche des Unternehmens erfaßt. Da Wachstum und Vergrößerung mit zu den häufigsten Unternehmenszielen gehören, sollte die gegenwärtige Organisation nicht als endgültig gegeben hingenommen werden, sondern entsprechend den neuen und veränderten Anforderungen an das Unternehmen rechtzeitig und laufend geplant werden. Die Organisationsstrukturplanung wird sich beim wachsenden Unternehmen von der funktional bezogenen Organisation (Gliederung des Gesamtunternehmens z. B. in Entwicklung, Beschaffung, Produktion, Absatz) zur objektbezogenen Organisation (→ Divisionalisierung z. B. nach Erzeugnisbereichen) hin orientieren. Die Organisationsablaufplanung (z. B. der Auftragsabwicklung) hängt eng mit der Organisationsstrukturplanung zusammen. Durch die Marktenge auf dem Arbeitsmarkt ist die Bedeutung sowohl der Personalbedarfsplanung als auch der Personalbeschaffungs- und -ausbildungsplanung erheblich gestiegen. Die Personalbedarfsplanung hat festzustellen, wieviele Arbeitskräfte in näherer und weiterer Zukunft vonnöten sind und was von ihnen verlangt wird. Zur Personalplanung gehört aber auch, daß die Resourcen für die Personalbeschaffung auch in Zukunft dem Unternehmen zugänglich sind: die inner- und außerbetriebliche Weiterbildung der eigenen Leute muß für die Zukunft geplant werden, und es muß Kontakt gehalten werden mit den Schulen, Fachhochschulen und Hochschulen.

3. Ebenfalls das gesamte Unternehmen erfassen die Kostenplanung (→ Plankostenrechnung), die Erfolgsplanung und die Finanz- und Investitionsplanung. Die Kostenplanung gibt die Plan- oder Budgetkosten vor, die je Kostenstelle oder Kostenträger entstehen. Die Erfolgsplanung umfaßt die Teile Umsatz- und Betriebsergebnisplanung (Kosten/Ertrag), Gesamtergebnisplanung (Aufwand/Ertrag) und die Bilanzplanung. Für die Erhaltung einer ausreichenden Liquidität ist eine Finanz- und Investitionsplanung notwendig. Die ordentliche Finanzplanung kann in folgender Form (siehe Hahn) geschehen:
Auf die Beschaffung langfristigen Kapitals ist die außerordentliche Finanzplanung ausgerichtet, die auch die Investitionsplanung mitumfaßt. Investitionsrechnungen werden im allgemeinen mit folgenden drei Methoden durchgeführt: a) Diskontierungsmethode, b) interne Zinsfußmethode, c) Annuitätenmethode. Sie beruhen auf dem Fundamentalprinzip (Schneider): eine geplante Investition ist bei einem gegebenen Kalkulationszinsfuß für einen Betrieb vorteilhaft, wenn ihr auf den Zeitpunkt unmittelbar vor der Investition bezogener Kapitalwert nicht negativ ist.

II. DER PLANRAHMEN

In der Anlehnung an den Gedanken des Kontenrahmens können die für die Gesamtplanung notwendigen Einzelpläne in Form eines Planrahmens systematisiert werden. Dabei ist es nützlich, die Zielsetzungen des Unternehmens mit aufzunehmen, da sie die Planung entscheidend beeinflussen. Jeder Planrahmen ist individuell auf die Erfordernisse des einzelnen Unternehmens abzustellen, da die einzelnen Teilplanungen jeweils unterschiedliche Bedeutung haben. Im folgenden ein Beispiel für einen Planrahmen (Hahn):

A. Ausgabe – Einnahmeplan (laufende Betriebstätigkeit)
   Einnahmen (Umsatzerlöse, neutrale Einnahmen)
./. Ausgaben (Materialbeschaffung, Fertigungsaufwand, neutraler Aufwand)

\+ Überdeckung
./. Unterdeckung

B. Kreditplan (finanzwirtschaftliche Zahlungsvorgänge)
   Anfangsbestand (kurz-, mittel- und langfristige Kredite)
\+ Einnahmen (Neuverschuldung)
./. Ausgaben (Tilgung)

Endbestand

C. Zahlungsmittelplan (Zahlungsmittelbestand)
   Anfangsbestand (Kasse, Bank, Postscheck)
± Über-/Unterdeckung laut Plan A
./. Kredittilgung
\+ Neuverschuldung

   Endbestand
\+ freie Kredite (Kreditrahmen ./. beanspruchte Kredite)

Disponierbare Zahlungsmittel

Planrahmen

Gruppe	0	Unternehmenspolitische Grundsätze und langfristige Ziele
Plan	010	Allgemeine unternehmenspolitische Grundsätze
Plan	020	Langfristige Ziele
Gruppe	1	Absatzplanung
Plan	110	Verkaufsprogramm
Plan	111	Haupterzeugnisse
Plan	112	Nebenerzeugnisse
Plan	120	Absatzpolitische Maßnahmen
Plan	121	Preispolitik
Plan	122	Werbung
Plan	123	Produkt- und Programmgestaltung
Plan	124	Absatzwege
Plan	130	Bestände an Fertigerzeugnissen
Plan	131	Haupterzeugnisse
Plan	132	Nebenerzeugnisse
Gruppe	2	Produktionsplanung
Plan	210	Produktionsprogramm
Plan	211	Haupterzeugnisse
Plan	212	Nebenerzeugnisse
Plan	220	Produktionsvollzugsplanung
Plan	221	Bereitstellungsplanung
Plan	222	Ablaufplanung
Plan	230	Bestände an Zwischenerzeugnissen
Gruppe	3	Forschungs- und Entwicklungsplanung
Plan	310	Forschungs- und Entwicklungsprogramm
Plan	311	Grundlagenforschung
Plan	312	Zweckforschung
Plan	313	Neu- und Weiterentwicklung
Plan	320	Forschungs- und entwicklungsfördernde Maßnahmen
Gruppe	4	Beschaffungsplanung
Plan	410	Beschaffungsprogramm
Plan	411	Rohstoffe
Plan	412	Hilfs- und Betriebsstoffe
Plan	420	Beschaffungspolitische Maßnahmen
Plan	430	Bestände an
Plan	431	Rohstoffen
Plan	432	Hilfs- und Betriebsstoffen
Gruppe	5	Organisationsplanung
Plan	510	Organisationsstruktur
Plan	520	Organisationsablauf
Gruppe	6	Personalplanung
Plan	610	Personalbedarf
Plan	620	Personalbeschaffung (-ausbildung)
Gruppe	7	Kostenplanung
Plan	710	Kostenstellen/-arten
Plan	720	Kostenträger
Gruppe	8	Erfolgsplanung
Plan	810	Umsatz- und Betriebsergebnis
Plan	820	Gesamtergebnis
Plan	830	Bilanz
Gruppe	9	Finanz- und Investitionsplanung
Plan	910	Ordentliche Finanzplanung
Plan	911	Ausgaben und Einnahmen
Plan	912	Kredite
Plan	913	Zahlungsmittel
Plan	920	Außerordentliche Finanzplanung
Plan	930	Investitionsplanung
Plan	931	Objektbereich (-gruppe) A
Plan	932	Objektbereich (-gruppe) B

III. PLANUNGSGRUNDSÄTZE

1. Die Planung im Unternehmen muß organisiert werden, d. h. es muß festgelegt werden, wer die Pläne aufstellt, in welchen und für welche Zeiträume sie aufzustellen sind, wer die Pläne autorisiert und koordiniert, wann die Pläne korrigiert werden und wann über Planabweichungen Bericht erstattet werden muß.
2. Die Information des Planers muß gewährleistet sein, und zwar sowohl im Hinblick auf die Ziele des Unternehmens als auch auf die für die Aufstellung des Plans notwendigen Daten.
3. Planung kostet Geld und Zeit. Um Überplanung zu vermeiden, sollte vorher genau abgewogen werden, welche Pläne unbedingt aufzustellen sind und wie dies am kostengünstigsten geschieht.
4. Planen heißt, zwischen Alternativen zu entscheiden. Die Alternative, die die effizienteste Erreichung der Unternehmensziele garantiert, ist auszuwählen. Voraussetzung dafür ist eine Bestimmung möglichst vieler Faktoren, die das Erreichen dieser Ziele hindern können.
5. Die Planung sollte flexibel sein, so daß die vorgegebenen Strategien, Programme und Verfahrensweisen auf unvorhergesehene Ereignisse hin geändert werden können, wobei auch hier wieder die zusätzlichen Kosten für eine höhere Flexibilität mit der zu erwartenden Effizienz abgewogen werden müssen.
6. Der Vorgabecharakter der Planung zeigt nur dann Wirkung, wenn die Pläne als Instrumentarium bei der Gestaltung des Betriebsgeschehens auch benützt werden. Die Analyse des Soll-Ist-Vergleichs muß gegebenenfalls auch eine Revision der geplanten Strategien, Programme und Verfahrensweisen nach sich ziehen.

Literatur:
Agthe, K. und Schnaufer, E. (Hrsg.): Unternehmensplanung, Teil I und Teil II, Baden-Baden 1963
Anthony, R. N.: Planning and Control Systems. A Framework for Analysis, Boston 1965
Division of Research, Harvard Business School
Beste, Th.: Produktionsplanung
Bleicher, K.: Die Organisation der Planung in industriellen Unternehmungen, Diss. Berlin 1955
Ellinger, Th.: Ablaufplanung. Grundfragen der Planung des zeitlichen Ablaufs der Fertigung im Rahmen der industriellen Produktionsplanung, Stuttgart 1959
Goetz, B. E.: Management Planning and Control, New York 1949
Hahn, D.: Planung. In: Stöhr, R. W. (Hrsg.): Unternehmensführung auf neuen Wegen, Wiesbaden 1967
Hill, W.: Unternehmensplanung, Stuttgart 2. Auflage 1971
Le Breton und Henning, D.: Planning Theory, Englewood Cliffs N. J. 1961
Staubach, W.: Absatzplanung. In: Dynamische Betriebsplanung, AGPLAN Schriftenreihe, Wiesbaden 1959
Tübergen, F.: Industrielles Management. Strategische Lenkung durch technisch-wirtschaftliche Unternehmensplanung, Stuttgart 1972
Weilenmann, P. und Nüssler, A.: Planungsrechnung in der Unternehmung, Stuttgart 1971

PMS

(Project Management System) Von IBM entwickelte → Netzplantechnik zur Termin-, Kosten- und Kapazitätsplanung; Berichtswesen.

Point of Purchase

→ Point of Sale

Point of Sale

Auch Point of Purchase genannt, ist die Bezeichnung für den Verkaufsplatz von Produkten, dessen Auswahl mit dem Ziel erfolgt, dadurch eine intensive Präsentation gegenüber den Konsumenten zu erreichen. Die Bestimmung des Point of Sale erfolgt in der Regel im Rahmen der → Verkaufsförderung, wozu insbesondere die Information und Beratung des Kunden gehört.

Poll

In der Markt- und Meinungsforschung durch den amerikanischen Publizisten und Meinungsforscher George Gallup (geb. 1901), der 1933 durch den sogenannten Gallup Poll die Wahl Präsident Roosevelts richtig vorhersagte, auch in Deutschland eingeführte Bezeichnung für Umfrage.
Man unterscheidet:

1. Opinion Poll (Meinungsbefragung);
2. Public Opinion Poll (Umfrage zur Feststellung der öffentlichen Meinung);
3. Social Issue Poll (Sozialumfrage).

Polling

In der Datenverarbeitung Bezeichnung für den Abrufbetrieb, wenn mehrere geografisch getrennte Datenendstationen untereinander und mit einer zentralen Datenverarbeitungsanlage über eine gemeinsame Leitung verbunden sind. Das Senden der abgerufenen Daten erfolgt automatisch.

Portfolio Management

Verwaltung von Wertpapieren durch Kapitalsammelstellen, Banken, Vermögensverwaltungsgesellschaften mit dem Ziel der Substanzerhaltung, des Wertzuwachses und einer Rendite.

Portfolio Manager

Im Bankwesen Bezeichnung für den Sachbearbeiter, der mit der Verwaltung der Wertpapiere (Portfolio) eines privaten Anlegers oder eines Finanzinstituts betraut ist.
Der Portfolio Manager erhält vertraglich fixierte, weitgehende Vollmachten und disponiert völlig selbständig. Er erhält keine Umsatzprovision, sondern eine am Gewinn bzw. Bestand orientierte Provision.

Postprocessor

Bezeichnung für ein Programm, mit welchem ein Steuerprogramm für eine Werkzeugmaschine auf ein bestimmtes Maschinenfabrikat ausgerichtet werden kann.

Posttest

Nachher-Prüfung. In der Markt- und Meinungsforschung Überprüfung des Erfolges eines Werbemittels (z. B. Anzeige) nach vollzogenem Einsatz.
Gegensatz: → Pretest.
→ Marktforschung

Power Rights

Wasserrechte. Rechte zur Ausnutzung der elektrischen Energie eines Flusses, Rechte zum Bezug elektrischer Energie aus einem gemeinsamen Kraftwerk.

Präferenztest

Präferenztests sollen die Verhaltensweisen von Nachfragen ermitteln, um ein den gleichen Grundnutzen stiftendes Produkt differenzieren zu können.
Präferenztests werden im Marketing-Bereich außerdem zur Ermittlung der nach Ansicht der Konsumenten attraktivsten Werbeaussagen oder Produktmerkmale durchgeführt, so beispielsweise zur Ermittlung des ansprechendsten Süßigkeitsgehalts in Marmelade oder der Reißfestigkeit von Papiertaschentüchern.
Der Test soll die Verteilung der einzelnen Merkmale bei der potentiellen Abnehmerschicht nach sachlichen, räumlichen, persönlichen und zeitlichen Fakto-

ren transparenter machen. Die Kenntnis dieser Merkmale und der Abnehmergruppen, die diese Merkmale aufweisen, dienen der Schaffung neuer Produkte, der Durchführung von Produktmodifikationen und der Verpackungsgestaltung als Grundlage und sind die Voraussetzung für eine wirksame → Marktsegmentierung.
→ Produktpolitik

Literatur:
Kuehn, A. und Day, R. L.: Strategy of Product Quality, in Harvard Business Review, Nov.–Dez. 1962

Präsentation

Auch Agentur-Präsentation genannt. Bezeichnung für eine ausführliche Ausarbeitung, mit der sich eine Werbeagentur um den Werbeetat eines Unternehmens oder einer Institution bewirbt. Grundlage der Präsentation ist eine Marktanalyse für das Produkt, das Unternehmen oder die Institution, für die geworben werden soll. Aus den Ergebnissen dieser Analyse wird eine detaillierte Werbekonzeption aufgebaut, und zwar die kreativen Elemente (z. B. Grundaussage, Werbemittel, Entwürfe, Texte) und die organisatorischen Elemente (z. B. Kostenplan, Media- und Streuplan).

Pragmatik

Begriff aus der Datenverarbeitung. Der Aussagegehalt einer Anordnung von Datensymbolen wird daran gemessen, ob er für die Erreichung eines Zieles (für das Unternehmungsziel) relevant ist.
→ Elektronische Datenverarbeitung

Precedence

Von International Computers entwickelte → Netzplantechnik zur Terminplanung.

Preispolitik

Die Preispolitik ist ein autonomes Instrument zur Marktgestaltung und -beeinflussung. Als Preis (Angebotspreis) für ein bestimmtes Gut sei dabei diejenige Geldmenge einer Währung verstanden, die für den Erwerb eines Gutes von einem Käufer aufzuwenden ist.

I. BEGRIFF UND ZIELE DER PREISPOLITIK

Preispolitik kann sich grundsätzlich dreier Instrumente bedienen, und zwar

1. des Preises
2. der Rabatte und
3. der Konditionen.

Diese Bezugsgrößen sollen so verändert werden, daß bestimmte vorgegebene Ziele bestmöglich erreicht werden: Mit Hilfe des Instrumentes „Preis" soll der Absatz eines Produktes oder einer Produktlinie – absatzmäßig (substitutiv oder komplementär) miteinander verflochtene Produkte – derart beeinflußt werden, daß ihm bzw. ihr zu einer angestrebten Marktgeltung verholfen wird. Dieses generelle Ziel läßt sich grundsätzlich auf zweierlei Weise erreichen:

1. entweder das Unternehmen betreibt eine Politik der (passiven) Marktanpassung
2. oder aber es entscheidet sich für eine Politik der (aktiven) Marktbeeinflussung. Letztere läßt sich mittels des Instrumentes „Preispolitik" in besonderer Weise akzentuieren.

Der ausgezeichnete Preis ist das unmittelbare Kriterium für die Entscheidung des Käufers, ein Gut zu kaufen. Da dieser in aller Regel eine Wahlmöglichkeit zwischen mehreren konkurrierenden Gütern derselben Bedarfsrichtung hat, ist zu unterstellen, daß der Käufer bei seinem Kaufakt von zumindest annähernd rationalen Überlegungen ausgeht. Diese Überlegungen werden jedoch von vielerlei Faktoren beeinflußt. Im

Bereich der Preispolitik sind diejenigen von besonderer Bedeutung, die auf indirekte Weise eine Modifikation des offiziell ausgewiesenen (Listen-)Preises und damit eine entsprechend gezielte Beeinflussung der Kaufentscheidung bedeuten. Dieses sind die eingeräumten Rabatte und sonstigen Lieferungs- oder Zahlungsbedingungen.
Ein Preis entsteht dann, wenn die in Frage kommenden Käufer den geforderten Preis akzeptieren. Unter Umständen bewirkt jedoch erst die zusätzliche Einräumung von Rabatten, daß sich ein Unternehmen bei den Käufern durchsetzt. Rabatte sind folglich Preisgestaltungsmaßnahmen, die Rabattpolitik eine spezielle Maßnahmengesamtheit zur Preisdurchsetzung. Ihre Aufgabe besteht darin, die Preishöhe (Bruttopreis) durch sofort oder später gewährte Nachlässe zu verändern, sofern bestimmte Kriterien gegeben sind. Als wichtigste Rabattarten kommen die folgenden in Frage, die in sich selbst wiederum in vielerlei Weise variiert werden können:

- Naturalrabatt
- Mengenrabatt
- Saisonrabatt
- Sonderrabatt (z. B. bei Ausverkauf bzw. Räumung)
- Jahresendbonus
- Vorausbonus
- Steigerungsbonus etc.

Zusätzlich zu den Rabatten kann ein Unternehmen durch Einräumung von besonderen Lieferungs- und Zahlungsbedingungen entsprechende Präferenzen bei den potentiellen Abnehmern schaffen.
So gehören Zielgeschäfte, frei-Haus-Lieferungen usw. ebenso in das Instrumentarium der Preispolitik wie die Variation, d. h. die Erhöhung oder Herabsetzung des Listenpreises selbst. Die Summe dieser Variationsmöglichkeiten dient dem Zweck, den Käufer vom Standpunkt des anbietenden Unternehmens zu einer bestimmten Kaufentscheidung zu veranlassen. Hinter dieser Absicht steht allgemein das Streben nach einer bestimmten, als realisierbar angesehenen Marktgeltung, die sich in verschiedenen Dimensionen ausdrücken läßt.

Preis- und konditionenpolitische Zielsetzungen

Im Rahmen der Preispolitik sind die jeweils „richtigen“ Preisforderungen festzulegen. Als Maßstab für die richtige Preisforderung kommen die anzustrebenden Ziele in Frage. Sie werden im Rahmen der übergeordneten Betriebs- oder Marketing-Politik festgelegt. Als übergeordnete Ziele gelten dabei die Erreichung einer bestimmten Marktprofilierung, grundsätzlich der Gewinn, ferner die Erhaltung und Sicherung des Fortbestandes der Unternehmung. Aus diesen als Globalziele zu bezeichnenden Sollgrößen müssen für die Preispolitik konkrete, meßbare Teilziele abgeleitet werden. Als operationale Teilziele kommen in Frage:

1. Streben nach einem angemessenen Gewinn bzw. Deckungsbeitrag in Form eines absoluten Betrages oder eines bestimmten Prozentsatzes vom Umsatz (Anspruchsniveau)
2. Erreichung oder Erhaltung eines bestimmten Umsatzes (Absatzes) bzw. Marktanteils
3. Erschwerung oder Verhinderung des Aufkommens neuer Konkurrenten
4. Erhaltung bestehender und Gewinnung neuer Abnehmer
5. Streben nach einer Mindestverzinsung (Rendite) auf das arbeitende Kapital

Von diesen Teilzielen haben die Ziele 1. bis 4. die unmittelbar größte praktische Bedeutung im Rahmen des taktischen Marketing. Bei ihnen handelt es sich um realistische, in der Tagespraxis des Verkaufs- bzw. → Produktmanagements der Unternehmen vorherrschende Zielsetzungen der Preispolitik.

Rabatt- und konditionenpolitische Ziele haben den Zweck, die Preispolitik im engeren Sinne zu stützen bzw. Zusatzeffekte zu erzielen, die über eine Variation allein des Preises nicht zu erzielen sind. Solche Ziele sind:

1. Beeinflussung von Absatzmenge, Auftragsgröße pro Kunde und Umsatz im Jahresverlauf
2. Beeinflussung der Zusammensetzung des Sortiments
3. Beeinflussung der → Liquidität (sowohl der eigenen als auch der der Abnehmer)
4. Beeinflussung des Leistungsumfanges der Absatzmittler
5. Beeinflussung des → Good-will und des eigenen Unternehmens-→Images.

II. BEDEUTUNG DER PREISPOLITIK ALS MARKETING-INSTRUMENT

Zusammenhang zwischen Preispolitik und Unternehmenserfolg

Das Preisargument spielt in der Diskussion um die Marktgerechtigkeit einer Ware oder Dienstleistung seit jeher eine entscheidende Rolle. Ein Produkt ohne Preis ist nicht denkbar, sieht man einmal von dem für erwerbswirtschaftliche Marktsysteme wenig realistischen Fall des Verschenkens von Gütern ab. Ein Produkt ohne besondere Werbung, ohne Verkaufsförderung, ja sogar ohne Distribution und Marktbearbeitung dagegen wäre vorstellbar. Jede Leistung aber verlangt ihren Preis, da dieser letztlich die Grundlage des Erwerbs und des Einkommens überhaupt ist.

In einem sich frei regulierenden Wirtschaftssystem läßt sich ein Produkt nur dann verkaufen, wenn es zu einem marktgerechten Preis angeboten wird. Als marktgerecht vom Standpunkt eines anbietenden Unternehmens kann der Preis dann angesehen werden, wenn die Käufer das Produkt nach Aufmachung, Qualität, Nutzen und Vergleich mit entsprechenden Wettbewerbsfabrikaten in einer Menge akzeptieren, die ein Ergebnis erwarten läßt, bei dem allgemein gilt:

$$\text{Erlös} - \text{Kosten} \geqslant 0$$

Sowohl die Wahl eines zu niedrigen als auch eines zu hohen Preises kann bewirken, daß ein negatives Ergebnis erreicht wird. Im ersten Fall kann trotz einer hohen Absatzmenge der Mindestdeckungsbeitrag in Höhe des Blocks der Gemeinkosten nicht erreicht werden, wenn die Differenz zwischen Preis pro Stück und eingesetzten Kosten pro Stück (Deckungsbeitrag) zu gering ist. Im zweiten Fall läßt sich infolge des angesichts der Marktverhältnisse zu hohen Preises u. U. nicht die erforderliche Absatzmenge realisieren, da nur ein relativ kleiner Käuferkreis bereit ist, das Produkt zu dem hohen Preis zu akzeptieren. Aus diesen Zusammenhängen ist die Frage nach der Bestimmung des „richtigen“ Preises nicht zu lösen. Die Preispolitik kann man daher als dasjenige Marketing-Instrument kennzeichnen, von dessen Handhabung nicht nur der Erfolg oder Mißerfolg eines Produktes am Markt, sondern langfristig die Erreichung der Unternehmensziele überhaupt abhängt.

Preisvariation — Wirkungen und Anlässe

In der Regel kann sich jedes Unternehmen innerhalb eines bestimmten Preisbereiches autonom bewegen. Die preispolitische Autonomiezone wird zum einen durch die Marktgegebenheiten und zum anderen durch die unternehmensinterne Produktions- und Kostensituation sowie — in Grenzfällen — durch die Finanzstärke bestimmt. Während die Kostenlage die Schwellen der Preisuntergrenzen unter Gewinnaspekten festlegt, determinieren die Wettbewerber und deren Verhalten sowie die Einstellungen und Möglichkeiten der Käufer die oberen Schwellenpunkte.

In der Realität anzutreffende Angebots-Nachfragekonstellationen beeinflussen die Preisentscheidung durch eine Vielzahl möglicher Marktsituationen. Aufgrund der in aller Regel gegebenen Marktabhängigkeiten, die innerhalb einer Branche in vielfältiger Weise vorliegen können, ist die Preisentscheidung insofern ein grundsätzlich mehrdimensionales Problem. Entsprechend schwierig ist folglich die Festlegung des „richtigen" Preises sowie dessen Variation im Rahmen der preispolitischen Gestaltungsmöglichkeiten.

Jede Änderung eines einmal eingependelten Preises bzw. Preisniveaus kann Reaktionen sowohl bei den Konkurrenten als auch bei den Nachfragern auslösen. Eine Aussage über die zu erwartende Stärke der Reaktionen ist jedoch in aller Regel mit Unsicherheit behaftet, so daß kein Unternehmen die Konsequenzen einer Preisentscheidung eindeutig vorherbestimmen kann. Eine Preissenkung z. B. wäre völlig unzweckmäßig, wenn die Wettbewerber unmittelbar mit einer entsprechenden Korrektur ihrer Preise folgen und damit der alte Abstand der Preise voneinander, nur auf einem entsprechend niedrigeren Niveau, wieder hergestellt würde (Gefahr des sog. „Kinoeffektes" vgl. Darst. 1). Aus diesen

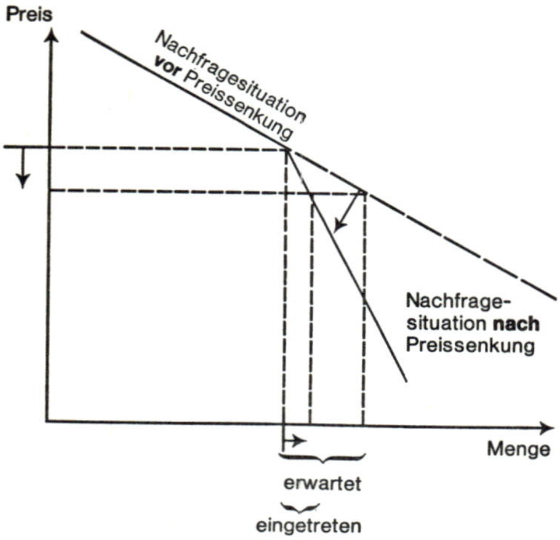

Darstellung 1: Wirkung einer Preissenkung bei Eintreten des sog. „Kinoeffektes"

Gründen wird die Preispolitik heute im allgemeinen mit besonderer Vorsicht gehandhabt, wobei unter besonderen Konstellationen sogar öffentliche und wirtschaftspolitische Interessen eine wichtige Rolle spielen.

Trotz dieser möglichen Wirkungszusammenhänge gibt es eine Reihe von Situationen und Anlässen, die eine Entscheidung im Preisbereich zwingend erforderlich machen, wie z. B.

1. die Einführung neuer oder neu ins Programm aufzunehmender Produkte
2. die Einführung bisheriger Produkte auf neuen Märkten oder in neuen Abnehmerbereichen (Handelsstufen)
3. die Herausforderung durch Wettbewerbsaktivitäten
4. die Gestaltung eines differenzierten Angebots, um Marktchancen wahrnehmen zu können
5. eine erzwungene Anpassung infolge Kostenerhöhungen in der Produktion, Personalbeschaffung usw.
6. eine veränderte Finanz- bzw. Liquiditätssituation
7. bei Strukturverlagerungen innerhalb einer gegebenen Produktlinie.

III. EINFLUSSFAKTOREN UND BESTIMMUNGSGRÖSSEN FÜR EINE MARKTGERECHTE GESTALTUNG DER PREIS- UND KONDITIONENPOLITIK

Für die Festlegung des Preises, der Rabatte und der Konditionen sind grundsätzlich zwei Arten von Daten – Gegebenheiten, die die Preisentscheidung beeinflussen, aber von dem sich in der Entscheidungssituation befindlichen Manager selbst kurzfristig nicht beeinflußt werden können – zu beachten:

1. die Daten des Marktes, wie:
   - Marktstruktur und Marktorganisation
   - Umfang und Art der Nachfrage
   - Preisempfindlichkeit bzw. Preisreagibilität bei Wettbewerbern, Abnehmern und Nachfragern

2. die Daten des Unternehmens selbst, wie:
   - Produktions- und Kostenlage
   - Kapazitätsgrenze
   - Finanzlage

Gegebenheiten des Marktes

Das Marktseitenverhältnis (Angebots-/Nachfragekonstellationen) wird durch die Anzahl und Größe der Teilnehmer auf beiden Marktseiten bestimmt. Je nachdem wie viele Marktteilnehmer sich jeweils gegenüberstehen, ist die Abhängigkeit der Anbieter voneinander bzw. der Anbieter von den Nachfragern und umgekehrt stark oder schwach.
Jedes Unternehmen wird bemüht sein, eine Marktpolitik zu entwickeln, die es erlaubt, möglichst unabhängig von Wettbewerbern und Nachfragern zu agieren. Von dem Erfolg dieser Politik im Rahmen der Gesamt-Maßnahmen hängt es ab, inwieweit die Preispolitik im echten Sinne autonom-aktiv betrieben werden kann.

Nachfrage / Angebot	einer	wenige	viele
einer	bilaterales Monopol	beschränktes Angebots-monopol	**Angebots-monopol**
wenige	beschränktes Nachfrage-monopol	bilaterales Oligopol	**Angebots-oligopol**
viele	Nachfrage-monopol	Nachfrage-oligopol	**poly-polistische Konkurrenz**

Darstellung 2: Marktformenschema

Vom Standpunkt des anbietenden Unternehmens unterscheidet man drei klassische Fälle der Marktformen:

1. monopolitische Angebotsstruktur
   d. h. ein Unternehmen beherrscht den Markt als einziger Anbieter; diese Marktposition kann auch durch Schrittmacherdienste im Rahmen der Produktpolitik vorübergehend (sog. temporäres Quasi-Monopol) bzw. aufgrund eines entsprechend hohen Marktanteils eines Anbieters annähernd erreicht werden (Teilmonopol, Marktführerschaft),
2. oligopolitische Angebotsstruktur
   d. h. nur wenige, etwa gleich große Unternehmen teilen sich den Markt. Die Wettbewerbsabhängigkeit ist demzufolge groß; Maßnahmen eines Anbieters lösen mehr oder weniger zwangsläufig Gegenmaßnahmen bei den übrigen aus (sog. Zirkular-Beziehungen der typischen Oligopol-Marktform),
3. polypolistische Angebotsstruktur auf unvollkommenem Markt
   d. h., daß Abhängigkeiten der Anbieter voneinander nur partiell und unterschiedlich stark auftreten; jedes Unternehmen besitzt einen mehr oder weniger weiten (engen) monopolistischen Preisspielraum aufgrund von vorhandenen und verschieden stark wirksam werdenden Präferenzen auf seiten der Abnehmer.

Je stärker das „akquisitorische Potential" ist, um so größer ist der Spielraum für eine unabhängige Preispolitik. Auf einem solchen Markt (wohl der realistischste für heutige Verhältnisse) werden keine sog. homogenen, sondern voneinander verschiedene, ungleichartige (heterogene) Güter angeboten. Heterogenität der Güter kann auf sehr verschiedene Weise erreicht werden; sie ist Ziel und Zweck der Qualitäts- und Präferenzpolitik im Rahmen der Nicht-Preismaßnahmen der Marketing-Politik eines Unternehmens. Dabei kann auch der Standort eine u. U. wichtige Rolle spielen.
Der Grad der Produktneuheit (→ Neu-Produkt-Management) und die Größe der Nachfrage bedingen sich i. d. R. gegenseitig. Ein neues Produkt kann nur dann Erfolg haben, wenn es zum richtigen Zeitpunkt auf entsprechend vorhandene und in Kaufakten wirksam werdende Nachfrage trifft. Unter diesen Voraussetzungen findet die Preispolitik die wohl günstigsten Voraussetzungen am Markt vor.

Produkt- und Preispolitik finden in diesem Zusammenhang, d. h. bei Beachtung der Konsumentenwünsche und dem Vorhandensein der notwendigen Kaufkraft zum geeigneten Zeitpunkt, die denkbar ideale Ergänzung. Entsprechend ungünstig gestaltet sich der preispolitische Spielraum im umgekehrten Fall, d. h., wenn ein älteres oder gängiges Produkt auf einen gesättigten oder zunehmend gesättigten Markt trifft.

Vorhandene → Kaufkraft ist eine zwingende Bedingung für den Absatz eines Produktes. Die Nachfrager müssen in der Lage sein, ein Gut zu bezahlen. Einkommensniveausteigerungen bedeuten allgemein steigende Kaufkraft; damit öffnen sich neue Bedürfnisse. Einkommensänderungen bestimmen somit den Absatz eines Produktes, wobei dieser proportional, überproportional oder unterproportional mit der effektiv wirksam werdenden Kaufkraftänderung korrelieren kann. In Phasen des steigenden Einkommensniveaus bieten sich demzufolge für sog. „Luxusgüter" günstige Absatz- und Gewinnchancen, während sich diese für Güter des sog. „Konventionsbedarfs" verringern. Die Stärke der Abhängigkeit des Absatzes eines Gutes von der Änderung des Einkommensniveaus bezeichnet man als Einkommenselastizität.

Die → Nachfrage-Elastizität stellt eine unmittelbare Beziehung zwischen dem Absatz eines Gutes und der Preisänderung her. Bei vorhandener hoher Nachfrage-Elastizität kann mit einer überproportional großen Ausweitung des eigenen Absatzvolumens im Fall einer Preissenkung gerechnet werden. Besonders günstige Voraussetzungen hierfür bestehen dann, wenn – bezogen auf ein bestimmtes Produkt – eine hohe Einkommens- auf eine hohe Nachfrage-Elastizität trifft.

Einfluß der Kostensituation auf die Preisgestaltung

Während die Bedingungen des Marktes die Preisforderung nach oben determinieren, zeigt die Kostenlage eines Unternehmens an, welcher Preis unter Gewinnaspekten auf keinen Fall unterschritten werden darf, um zumindest keine Verluste hinnehmen zu müssen.

Nach unten bestimmen also Preisgrenzen die Höhe der Preisforderung bzw. die Dehnungsgrenzen einer „Politik des Nachgebens", falls dies aus Wettbewerbsgründen unumgänglich sein sollte. Je nachdem, ob man eine langfristige oder eine kurzfristige Betrachtung anstellt, muß man unterscheiden zwischen

1. der langfristigen Preisuntergrenze (hier liegt der Vergleich des Marktpreises mit den totalen Stückkosten – gesamte Selbstkosten pro Stück – zugrunde), und
2. der kurzfristigen Preisuntergrenze, bei der der Marktpreis mit den variablen Stückkosten verglichen wird (lediglich die der Herstellung und dem Vertrieb direkt zurechenbaren Kosten werden als Entscheidungskriterium herangezogen, weil die → Fix- oder Gemeinkosten ohnehin anfallen, d. h. unabhängig davon, ob produziert wird oder nicht).

Preiskalkulationen auf der Basis von Vollkosten (→ Vollkostenrechnung) können zu schwerwiegenden preispolitischen Fehlentscheidungen führen. Die modernen Erkenntnisse der → Deckungsbeitragsrechnung liefern daher für die Preispolitik die zweifellos sichereren Grundlagen. Soweit bei dem einzelnen Kostenträger (→ Kostenträgerrechnung) nicht zurechenbare Fix- bzw. Gemeinkosten berücksichtigt werden müssen, werden diese als Soll- oder Mindestdeckungsbeiträge vorgegeben, die dann von allen Kostenträgern (Produkten) gemeinsam getragen werden. Als Kriterium für die grundsätzliche Tragbarkeit der Produkte im Sortiment des Unternehmens gilt daher: solange die Produkte außer den durch sie selbst verursachten direkten Kosten noch einen Beitrag zur Deckung der Gemeinkosten liefern, sind sie unter Gewinnaspekten grundsätzlich tragbar.

Insofern haben die Preisuntergrenzen für die Wettbewerbsfähigkeit eines Produktes und u. U. des gesamten Unternehmens eine erhebliche Bedeutung. Sollte eine Unternehmung jeweils gegebenen Marktpreisen gegenüberstehen, die sie selbst nicht oder praktisch nicht beeinflussen kann, so entscheidet im Grenzfall allein die Kosten- bzw. Finanzsituation darüber, ob bzw. wie lange sie zu dem herrschenden Preis anzubieten in der Lage ist.

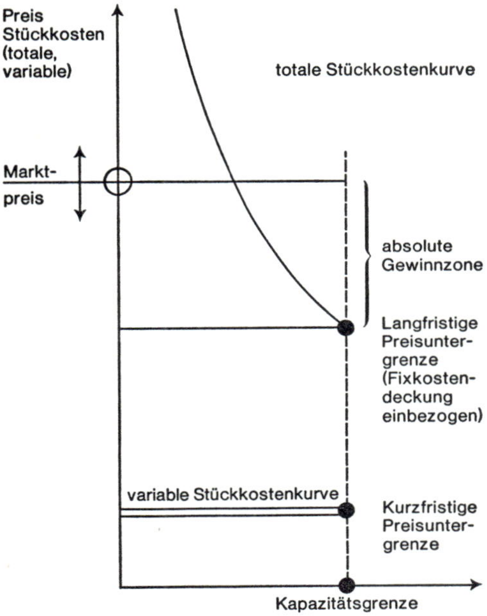

Darstellung 3: Der Einfluß eines sinkenden Marktpreises auf die Angebotsentscheidung bei geradlinigem Verlauf der Gesamtkostenkurve

IV. VORAUSSETZUNGEN UND GRUNDZÜGE DER PLANUNG DES PREISPOLITISCHEN KONZEPTES

Grundsätze erfolgreicher Preispolitik

Jedes Unternehmen wird für den Bereich seiner Preispolitik Grundsätze festlegen, die alle direkt oder indirekt an der Planung und Durchsetzung des preispolitischen Konzeptes beteiligten Organe zu befolgen haben. Dabei gilt es zu unterscheiden zwischen Aufgaben, die vom Standpunkt des Managements

1. nicht delegierbar sind und
2. solchen, die an andere Funktionsträger delegiert werden können.

Mit zunehmendem Grad der Dezentralisation von Verantwortung steigt das Erfordernis der Vorgabe klarer, eindeutiger Richtlinien für die Preispolitik. Sie stecken den Rahmen ab, innerhalb dessen sich z. B. das nachgelagerte Marketing-, das Produkt- sowie das Verkaufsmanagement preispolitisch frei bewegen können, d. h. ohne eine unmittelbare Abstimmung mit der Unternehmensleitung vornehmen zu müssen.
Voraussetzung dafür ist, daß das oberste Management die Bedeutung der Preispolitik für das eigene Unternehmen richtig gewichtet und entsprechend ihren Standort fixiert. Auf dieser Grundlage lassen sich sodann die konkreten preispolitischen Aufgaben und Kompetenzen für einzelne Elemente des Marketing-Systems festlegen. Unabhängig davon, wer letztlich mit der Aufgabe der Erstellung der Preiskonzeption betraut wird (in der heutigen Praxis wird dies häufig der Produkt-Manager im Rahmen seiner Marketing-Konzeption für die von ihm betreuten Produkte sein), das Unternehmens-Management wird sich in keinem Fall seiner Funktion als der letztverantwortlichen Kontrollinstanz für die Ausführung der preispolitischen Entscheidungen begeben können.
Die praktische Erstellung und Ausführung einer Preiskonzeption ist in der Regel jedoch nicht Sache des Management, sondern zumeist Sache des Produkt-Managers oder anderer, mit diesem kooperierenden oder ihm unterstellten Aufgabenträger im Marketing-Bereich. Zu den preiskonzeptionellen Aufgaben gehören im einzelnen:

1. Erarbeitung der produktbezogenen preispolitischen Zielvorgaben

2. Entwicklung der Preis-Konzeption
3. Begründung der preispolitischen Vorgehensweise am Markt (Preisstrategie)
4. Überprüfung der Preis-Konzeption auf mögliche Widersprüche im Zusammenhang mit der Gesamt-Konzeption
5. Umsetzen der Einzelentscheidungen in Marktaktionen, d. h. organisatorisch die Verfügung von Anweisungen zur Ausführung der getroffenen Entscheidungen
6. Festlegung des Vorgehens bei preispolitischen Ausnahmesituationen
7. Kontrolle der mit Einzelaufgaben beauftragten Personen.

Preisanalyse und -beobachtung

Genaue Kenntnis der Preissituation und -zusammenhänge am Markt sind die elementaren Voraussetzungen für eine rationale Preisentscheidung. Im Mittelpunkt der Preisanalyse und -beobachtung stehen die Objekte der Preispolitik (die konkurrierenden Waren oder Dienstleistungen), die Zielgruppen der Preisentscheidungen (die Abnehmer), die eingesetzten Instrumente der Preis- und Konditionenpolitik (der Preis selbst sowie die Rabatte und Konditionen) und schließlich sonstige interne und vor allem externe, vom Unternehmen selbst unmittelbar nicht beeinflußbare Faktoren, die ihrerseits jedoch die Preispolitik beeinflussen können (z. B. gesetzgeberische Entscheidungen, politische und wirtschaftspolitische Tatbestände etc.).
Für die Beschaffung diesbezüglicher Informationen steht die breite Palette des Instrumentariums der → Marktforschung zur Verfügung, insbesondere sekundärstatistisches Unterlagenmaterial (→ Sekundärerhebung), das im Einzelfall durch spezielle → Primärerhebungen zusätzlich abgesichert werden kann bzw. muß. Die laufende Preisbeobachtung wird in der Regel auf folgende Möglichkeiten zurückgreifen:

1. Auswertung von Preisunterlagen der Wettbewerber wie: Prospekte, Preislisten, Werbeaussagen etc.
2. Befragung von Händlern, Verbrauchern, Messebesuchern usw.
3. Auswertung von für andere Zwecke erstellten Marktforschungsunterlagen wie z. B. Nielsen- oder GfK-Berichte
4. Verfolgung von Pressemitteilungen sowie der Fachpresse bezüglich der Entwicklung von Preisindikatoren und langfristigen Preistrends der betreffenden Branche
5. Überprüfen und Verfolgen von Preismaßnahmen durch Auswertung der Außendienstberichte
6. Verfolgung von Unterlagen aus dem Rechnungswesen bezüglich der Herstell- und Vertriebskosten.

Konzeption der preispolitischen Vorgehensweise am Markt

Ausgehend von der Analyse der preispolitischen Entscheidungssituation erfolgt die Festlegung der Preiskonzeption, d. h. der preispolitischen Ziele sowie der Instrumente, die in Form einer Liste für Preise und Konditionen vorgelegt werden. Die Höhe des geplanten Preisniveaus für die eigenen Produkte wird unter begründeter Einschätzung der Wettbewerbs- und Nachfrageverhältnisse (einschließlich der Auswirkungen der zu treffenden Preisentscheidungen auf den verschiedenen Abnehmerstufen) fixiert.
Besondere Aufmerksamkeit wird dabei der Frage gewidmet, ob ein bewußt offensives oder passives Verhalten am Markt gewählt werden soll oder muß. Sofern nicht der Extremfall gegeben ist, daß das Unternehmen zu einem rein adaptiven Verhalten gezwungen ist, stellt die Entscheidung für die Wahl einer bestimmten Art der preisstrategischen Verhaltensweise am Markt das Zentralproblem innerhalb der Preiskonzeption dar. Diese Frage kann letztlich nicht

ohne gleichzeitige Berücksichtigung der übrigen Instrumente und Möglichkeiten im Rahmen des → Marketing-Mix (Berücksichtigung der zeitlich-horizontalen Interdependenzen) sowie unter Umständen auch der zeitlich-vertikalen Interdependenzen in längerfristiger Betrachtung der Marketing-Aktivitäten entschieden werden.

Die Möglichkeit einer offensiven Preisstrategie basiert zwingend auf dem Vorhandensein eigener Stärken, die insgesamt oder differenziert in einzelnen Marktsegmenten (→ Marktsegmentierung) genutzt werden können. Die Wahl einer passiven Preisstrategie muß nicht zwingend das Eingeständnis einer eigenen Schwächeposition bedeuten; es kann auch der bewußte Verzicht auf die Ausnutzung einer faktisch möglichen Offensivpolitik sein.

Das letztlich festgelegte Preissystem bildet die quantitative Grundlage für die Bemessung des Produkt- bzw. Unternehmenserfolges. Im einzelnen beinhaltet es die Festlegung der

1. Preishöhe (absolute Höhe eines Preises)
2. Preisstruktur (Verhältnis der Preise einer Produktlinie zueinander)
3. Preisart (System der Einflußnahme auf nachfolgende Handelsstufen, wozu auch die Frage der Preisbindung gehört)
4. Rabatte und Konditionen (s. o.)

V. URSACHEN FÜR PREISPOLITISCHES FEHLVERHALTEN IN DER PRAXIS

Die Preispolitik ist – wie eingangs dargestellt – dasjenige Instrument im Rahmen des Marketing-Mix, das den unmittelbarsten Bezug zum Unternehmenserfolg hat. Es ist ein besonders risikovolles, weil u. U. angesichts der Wettbewerbs- und Nachfrageverhältnisse tückisches Instrument. Infolgedessen ist es grundsätzlich mit besonderer Vorsicht zu handhaben. Nichtsdestoweniger muß ein Unternehmen sich preispolitisch entscheiden, oftmals im Zeichen der ausgesprochenen Zeitknappheit und regelmäßig im Zustand der unvollkommenen Information.

Als häufigste und wichtigste Ursachen für preispolitisches Fehlverhalten angesichts dieser Situation lassen sich anführen:

1. Verhaftetsein in traditionellen preispolitischen Denkmodellen, z. B. Preiskalkulation auf Vollkostenbasis
2. übertrieben vorsichtiges Verhalten
3. zu spontane, wechselhafte und improvisierte Preisentscheidungen bzw. Rabattzugeständnisse
4. unzureichende bzw. inkonsequente Anwendung des modernen Marketing-Instrumentariums
5. unzureichende Berücksichtigung zeitlich-horizontaler und/oder zeitlich-vertikaler Interdependenzen von Preisentscheidungen zu anderen Instrumenten des Marketing
6. preispolitische Alleingänge und Verfolgung von Abteilungsegoismen.

Angesichts dieser in der Praxis immer wieder anzutreffenden Tatbestände des preispolitischen Fehlverhaltens setzt die Verfolgung einer markt- und produktgerechten Preispolitik die Anwendung operationaler, auf die spezifischen Belange eines Unternehmens ausgerichteten Instrumente der Marketing-, insbesondere der Preispolitik voraus. Nur auf dieser Grundlage schließlich lassen sich auch so schwierige Probleme wie die der Preisdifferenzierung und der Fixierung des Preissystems für neue Produkte am Markt lösen.

Literatur:

Abbot, L.: Quality and Competition, New York 1955
Gutenberg, E.: Grundlagen der Betriebswirtschaftslehre, Band II, Der Absatz, 11. Auflage, Berlin–Heidelberg, New York, 1967

Harper, D. V.: Preise u. Preisbildung, in: Marketing-Management und Organisation, Hrsg. S. H. Britt/ H. W. Boyd jr., deutsche Bearbeitung P. Linnert, München 1971
Hill, W.: Marketing II, Bern 1971
Jacob, H.: Preispolitik, Wiesbaden 1968
Krelle, W.: Preistheorie, Tübingen–Zürich 1961
Linnert, P.: Die neuen Techniken des Marketing, 3. Auflage, München 1972
Triffin, R.: Monopolistic Competition and General Equilibrium Theory, Cambridge 1960
Tucher, S.: Pricing for Higher Profit, Criteria, Methods, Applications, New York 1966
Weiss, L. W.: Economics and American Industry, New York 1961

Prepaid

Kurzfristige Abgrenzungsposten, die in den amerikanischen Bilanzen gewöhnlich unter den current assets oder liabilities aufgeführt werden.

President

Bezeichnung für die oberste Position in der Unternehmenshierarchie. Der President ist ausschließlich dem → Board of Directors verantwortlich, dem er gleichzeitig angehört. Liegt die Hauptfunktion des Board of Directors in der Treuhänderschaft gegenüber den Aktionären, so hat der President überwiegend Exekutivaufgaben. Er ist also zugleich durch seinen Sitz im Board of Directors Aktionärsvertreter und als Verantwortlicher für das Personal dessen Interessenvertreter im Board of Directors. Der President vertritt das Unternehmen nach außen. Wie das Organisationsschema von General Motors (→ Organisation) zeigt, können bestimmte Bereiche des Unternehmens dem Board of Directors direkt unterstellt sein und dem President nur mittelbar; im Falle von General Motors sind es der Financial Staff und der Legal Staff. Auch die endgültige Entscheidung über die Auswahl der Führungskräfte kann zwischen dem Board of Directors und dem President geteilt werden.

Pressure Group

Interessengruppe, die auf irgendeinem beliebigen Gebiet versucht, ihr Interesse durchzusetzen, vor allem auch gegenüber Politikern und Parlamenten.

Prestige Bias

Bezeichnung für eine Fehlerquelle in der Meinungsforschung, wenn die Befragten aus Prestigegründen falsche Aussagen machen.

Pretest

Vorprüfung. In der Markt- und Meinungsforschung Überprüfung eines Fragebogens, eines Produkts oder eines Werbemittels (z. B. Anzeige) durch einen Probeeinsatz in kleinerem Rahmen vor dem eigentlichen Haupteinsatz. Gegensatz: → Posttest
→ Marktforschung

Pretiale Lenkung

Von Eugen Schmalenbach entwickelte und von dem Schuhfabrikanten Thomas Batà unabhängig davon praktizierte Form der Führung eines Unternehmens mit Hilfe von Lenkpreisen (pretium = Preis) oder Lenkzahlen und Lenkimpulsen.

Price-Earnings-Ratio

Kurs-Gewinn-Verhältnis. Ausgangspunkt ist der Jahresgewinn des Unternehmens einschließlich der gewinnabhängigen Steuern (Körperschaftssteuer einschließlich Ergänzungsabgabe, Gewerbeertragsteuer). Er wird in Beziehung gesetzt zum Aktienkurs bzw. zum geforderten Preis für ein ganzes Unternehmen. Bei der Aktienbewertung wird der Gewinn je Aktie ermittelt; man teilt ihn durch

den Börsenkurs und erhält dann die P/E-Ratio. Beträgt der Aktienkurs 50, der Gewinn 5, so liegt die P/E-Ratio bei (50:5) 10.
Bei der Unternehmensbewertung wird im allgemeinen als Gewinn der Betriebsgewinn zugrunde gelegt. Der Betriebsgewinn ergibt sich aus dem ausgewiesenen Geschäftsgewinn zuzüglich der außerordentlichen Aufwendungen und abzüglich der außerordentlichen Erträge. In den noch etwas feineren Berechnungen werden auch als gewinnerhöhend die Zuführungen zu den stillen Rücklagen berücksichtigt, als gewinnmindernd die Auflösung stiller Rücklagen, die Unterlassung von Forschung und Entwicklung, der Verzicht auf Werbung und Organisationsverbesserung u. dgl. m.
Die P/E-Ratio schwankt sowohl branchenmäßig als auch geografisch und auch im zeitlichen Ablauf. Im Grunde hängt sie davon ab, welchen Zukunftsgewinn man erwartet: Die großen Unterschiede in den veröffentlichten Statistiken beruhen großenteils darauf, daß neue Informationen an der Börse eine Gewinnänderung erwarten lassen. Selbstverständlich schlagen sich auch noch andere Momente im Börsenkurs nieder. So werden die „Blue Chips", also die Spitzenwerte der Börse mit einem breiten Markt, schon deswegen mit einer höheren P/E-Ratio bewertet, weil man selbst große Posten an diesen Aktien rasch mobilisieren kann; in der niedrigeren P/E-Ratio, beispielsweise der Freiverkehrswerte, kommt die Marktenge zum Ausdruck: Gibt man größere Verkaufsorders, so wird der aktuelle Kurs gedrückt. Auch sind bank-, steuer- und eigentumspolitische Momente in der P/E-Ratio enthalten. Die Veränderung des Landeszinsfußes macht sich ebenso bemerkbar wie die Veränderung der Gewinnbesteuerung; die Devisenzwangswirtschaft drückt sich durch eine Senkung der P/E-Ratio aus, da ja Ausländer nicht mehr einsteigen werden. Angekündigte Verstaatlichungsmaßnahmen haben in einigen Ländern die P/E-Ratio auf 1 bis 0,5 herabgedrückt. Highflyers, wie z. B. zeitweise IBM, hatten schon Ratios von 30 und mehr.

Price Leadership

Bezeichnung für eine Marktkonstellation, bei der auf dem Markt für ein bestimmtes Produkt einer Gruppe kleinerer Unternehmen ein großer Konkurrent gegenübersteht, nach dessen Preisgestaltung und absatzpolitischen Maßnahmen sich die anderen richten.

Primärerhebung

Direkte Erhebungsmethode in der Markt- und Meinungsforschung. Der englische Ausdruck dafür ist Field Research.
Die Primärerhebungen durch repräsentative (schriftliche, mündliche, telefonische) Umfragen, Beobachtungen und Experimente nehmen in der Meinungsforschung einen überragenden Platz ein, während in der Marktforschung das Sekundärmaterial von gleich großer Bedeutung ist.
→ Statistik

Primärmaterial

In der Marktforschung Bezeichnung für Informationen, die eigens für den Zweck gesammelt wurden, für den sie ausgewertet werden sollen, und die unmittelbar aus den Bereichen stammen, über die eine Aussage vorgenommen werden soll.

Primalwerte

→ Sensitivitäts-Analyse

PRISM

Program Reliability Information System for Management. Weiterentwicklung von PERT (→ Netzplantechnik). Methode, die sich vorwiegend mit der Betriebssicherheit von Projekten befaßt.

Privileg-Methode

→ Franchise Circulation

Probability Sample

Random-Stichprobe, Wahrscheinlichkeits-Stichprobe. In der Marktforschung eine nach den Grundsätzen der statistischen Zufallsauswahl festgelegte → Stichprobe, bei der die Wahrscheinlichkeit mathematisch bestimmbar ist, mit der jede Person der Gesamtmasse die Chance hat, in die Stichprobe aufgenommen zu werden.
→ Wahrscheinlichkeitsrechnung

Procedure Oriented Languages

Verfahrensorientierte → Programmiersprachen

Procedures

Im Unternehmen Bezeichnung für Verfahrensordnungen, nach welchen die Aufeinanderfolge von Verwaltungstätigkeiten, mit denen verschiedene Menschen in einer oder verschiedenen Abteilungen beschäftigt sind, ablaufen.

Process Chart

Ablaufplan. In der Norm 101 der US-Maschinenbauingenieure definiert als eine graphische Darstellung von Ereignissen und den dazugehörenden Informationen während einer Reihe von Arbeitsvorgängen (operations) bzw. einer Reihe von Handlungen (actions).

Production-Management

Unter Production-Management versteht man die Organisation und Führung des Fertigungsbereiches einer Unternehmung.

I. AUFGABEN

Die Aufgabe des Production-Management besteht darin, die Problematik und Besonderheit der ihm anvertrauten Erzeugnisse oder Erzeugnisgruppen in fertigungstechnischer Hinsicht zu erkennen und zu beurteilen, welche fertigungstechnische Organisationsform für diese die geeignete ist. Das Production-Management soll dafür sorgen, daß die Erzeugnisse bei einem optimalen Durchlauf der einzelnen Fertigungsstationen permanent nach Menge, Qualität, Preis und Lieferzeit marktgerecht fertiggestellt werden.

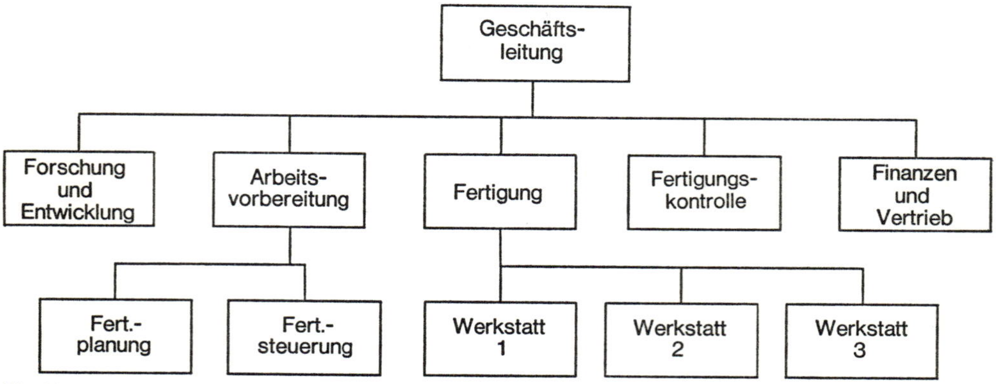

Alle Hauptabteilungen unterstehen direkt der Geschäftsleitung

Darstellung 1: Klein- und Mittelbetrieb

In welchem Umfang der Fertigungsbereich für organisatorische Regelungen geeignet ist, hängt im wesentlichen von der Häufigkeit des Auftretens bestimmter Prozesse, von der Regelhaftigkeit der Aufgabenlösung sowie von der Wirtschaftlichkeit ab. Daneben ist zu berücksichtigen, wieweit das Management trotz aller organisatorischen Regelungen einen ausreichenden Dispositionsspielraum bereithalten soll.

Die Hauptaufgabe der Fertigungsorganisation besteht darin, in die Aufgaben und Ablaufprozesse Übersicht und Ordnung zu bringen, damit Fehler schnell erkannt und Störungen kurzfristig beseitigt werden können.

Wie bei nahezu allen Organisationsformen ist auch im Bereich des Production-Management zwischen Aufbau und Ablauforganisation zu unterscheiden.

Die Aufbau- oder Strukturorganisation betrifft vor allen Dingen das Zusammenwirken der Abteilungen der technischen Betriebsführung untereinander und mit den Abteilungen der kaufmännischen Betriebsführung.

Dabei gehören zur technischen Betriebsführung

1. die Erzeugnisgestaltung mit den Unterabteilungen
   - Forschung
   - Entwicklung
   - Konstruktion
2. die Fertigungsorganisation mit den Unterabteilungen
   - Arbeitsvorbereitung
   - Fertigungsleitung
   - Qualitätskontrolle

Zur Ablauforganisation gehören alle prozeßbedingten Einzelschritte der Steuerung, Fertigung und Kontrolle der zu produzierenden Teile.

II. TYPISCHE FERTIGUNGSORGANISATION

Die typische Organisation und Führung des Fertigungsbereiches einer Unternehmung ist den nachfolgenden Schaubildern (Darstellung 1 und 2) zu entnehmen. Sie zeigen die Organisation eines Klein- und Mittelbetriebes, bei dem die einzelnen Funktionsbereiche einer Unternehmung direkt der Geschäftsleitung unterstehen, sowie das typische Beispiel für Großbetriebe, bei denen unterhalb der Geschäftsleitungs-(Vorstands-)Ebene eine zweite Management-Ebene einbezogen wurde, die für die technische bzw. für die kaufmännisch-administrative Führung der Unternehmung verantwortlich ist.

Bei Großbetrieben hat sich darüber hinaus eine weitere Dezentralisation der

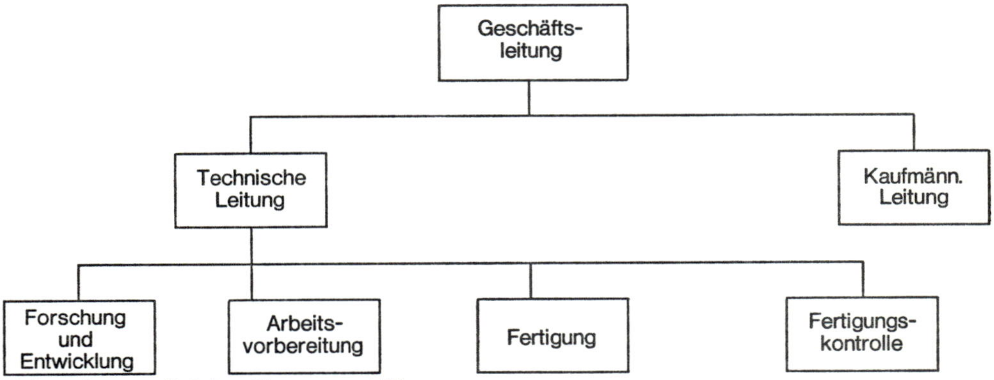

Einbau einer zusätzlichen Management-Ebene

Darstellung 2: Großbetrieb

Führungsverantwortung nach Erzeugnissen oder Erzeugnisgruppen bewährt. Man spricht in diesem Fall von → Divisionalisierung oder Datenorganisation.

In dieser Organisationsform wird die Führungsverantwortung innerhalb bestimmter Erzeugnisse oder Erzeugnisgruppen aufgeteilt, so daß jede Division oder Sparte für sich ein selbständiges Gebilde innerhalb der Gesamtunternehmung mit eigener Gewinnverantwortung bildet. Die Leiter solcher Divisionen oder Sparten können gleichermaßen ein Techniker oder ein Kaufmann oder auch Techniker und Kaufmann gemeinsam, wie in Darstellung 2 ersichtlich, sein. Die beschriebene Organisationsform findet sich vorzugsweise in der Konsumgüter-(Markenartikel-)Industrie, sie hat aber inzwischen auch schon in der Investitionsgüterindustrie Einzug gehalten.

Voraussetzung für diese Organisationsform ist in der Regel das gleichzeitige Vorliegen gewisser Absatzverwandtschaften und Fertigungsverwandtschaften zwischen den einzelnen Produkten oder Produktgruppen.

Darüber hinaus hängt die Bildung solcher Divisions oder Sparten aber auch von dem Geschäftsvolumen einzelner Unternehmensbereiche ab. Erfahrungsgemäß lohnt es sich, eine eigene Fertigungsstraße aufzubauen, wenn für die Produktgruppe oder für das Produkt ein Gesamtumsatz von ca. 15 Mio DM erzielt wird.

Die Bildung eigener Divisions hat sich bei einer Größenordnung von 35 Mio DM aufwärts als zweckmäßig und richtig erwiesen.

Das Ziel dieser Organisationsform besteht darin, einen schnellen Durchlauf der Produkte durch die einzelnen Fertigungsstationen sicherzustellen und die Führungskräfte auf ein produktbezogenes Handeln zu konzentrieren. Damit soll der Sparte die Beweglichkeit und Schlagkräftigkeit, die häufig den Markterfolg kleiner und mittlerer Unternehmen ausmachen, wiedergegeben werden. Außerdem hat diese Organisationsform gezeigt, daß der Innovationsprozeß bei der Neuentwicklung von Produkten in weit größerem Maße sicherzustellen ist als bei einer Organisationsform wie in Darstellung 2 ersichtlich.

Die Problematik produktgruppen-orientierter Divisions liegt in der Steuerung der Gesamtunternehmung, da diese produkt-orientierten Sparten nur Teile der Gesamtfunktion des Betriebes in sich

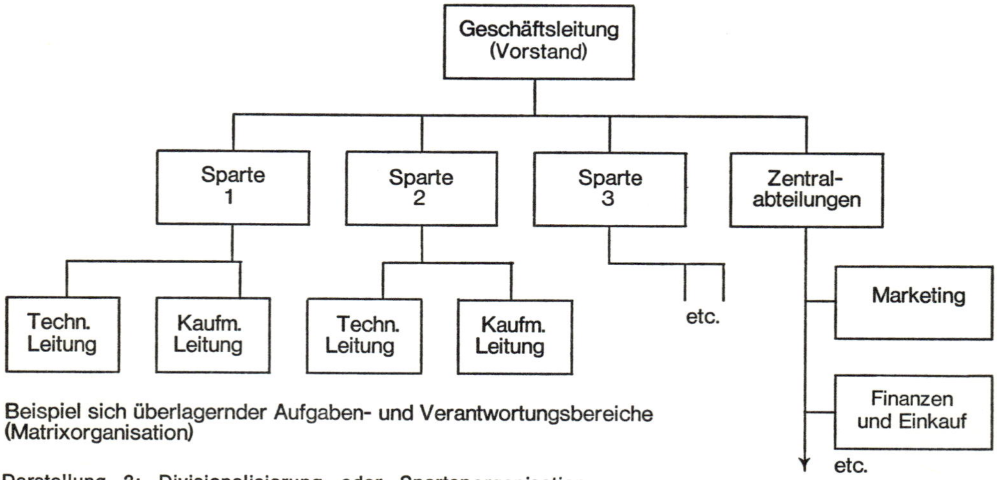

Darstellung 3: Divisionalisierung oder Spartenorganisation

aufnehmen und andere Funktionen (z. B. Finanzen, Einkauf, Personal) in Zentralabteilungen zusammengefaßt für alle Sparten wahrgenommen werden. Daraus ergibt sich die Problematik sich überlagernder Verantwortungsbereiche, und zwar horizontal (produkt-orientiert) bzw. vertikal (funktions-orientiert). Man hat bei dieser Organisationsform den typischen Fall einer Matrix-Organisation mit allen an anderer Stelle aufgezeigten Problemen. Die Funktionsfähigkeit dieser Organisation hängt ab von einer übergeordneten langfristigen strategischen Unternehmensplanung sowie von einem kooperativen Denk- und Führungsstil in der Gesamtunternehmung.

III. PROBLEME DER ORGANISATION DES FERTIGUNGSPROZESSES

Bei einer modernen fertigungswirtschaftlichen Betrachtung des Betriebes steht immer der gesamte Auftragsablauf im Vordergrund. So wichtig der einzelne Fertigungsvorgang auch immer sein mag – entscheidend ist die rationelle fließende Arbeitsfertigung durch alle Stationen hindurch.
Dabei ist erst durch das Prinzip der Arbeitsteilung die Möglichkeit gegeben worden, Fortschritte in der Prozeßsteuerung von Fertigungsvorgängen zu erreichen, weil solche Teilarbeiten schneller und besser durchgeführt werden konnten, ohne daß deshalb hervorragende Fachkräfte bei der Erledigung einzelner Aufgaben benötigt wurden.
Diesem Vorteil steht vor allen Dingen der Nachteil gegenüber, daß durch die Arbeitsteilung die Summe der Fördervorgänge sich erheblich erhöht hat und damit die Problematik eines rationellen Fertigungsablaufes in einer vernünftigen Gestaltung der Fördervorgänge liegt. Schwachstellen in einer Fertigungsorganisation sind häufig weniger im Bereich der einzelnen Arbeitsprozesse, sondern vielmehr im Bereich vernünftiger Transportgestaltung zu suchen. Erfahrungsgemäß sind die einzelnen Arbeitsprozesse

mit einem sehr scharf durchkalkulierten System der Zeitvorgabe untersucht und gestaltet worden, während solche Zeitvorgaben bei den Transportvorgängen in der Regel noch nicht anzutreffen sind, wenn der Transport nicht bereits automatisiert wurde.

IV. ORGANISATIONSTYPEN DER FERTIGUNG

Erfahrungsgemäß ist der Lebenszyklus von einzelnen Produkten kürzer, wenn sich die Unternehmung auf einem Käufermarkt befindet. Dementsprechend kann sich das Erzeugnisprogramm einer Unternehmung heute innerhalb sehr kurzer Zeit entscheidend umschichten.
Der entscheidende Einfluß aus dem Erzeugnisprogramm auf den Organisationstyp der Fertigung ist abhängig von dem Grad der Verwandtschaft in fertigungstechnischer Hinsicht zwischen den herzustellenden Erzeugnissen. Hierbei lassen sich sechs Grundtypen unterscheiden:

1. Fertigungsgleiche Erzeugnisse

Hierbei handelt es sich um Erzeugnisse, die trotz gewisser Unterschiede in Gestalt, Größe oder Zusammensetzung den gleichen Fertigungsprozeß durchlaufen. In der Praxis bedeutet dies für das Management, daß die Fertigungseinrichtungen sehr stark spezialisiert werden können. Beispiele hierfür finden sich insbesondere in der Uhrproduktion. Bei dieser Form der Fertigung spricht man auch von der Partiefertigung.
Sobald eine geringfügige Differenzierung nach Menge oder Qualität bei den einzelnen Erzeugnissen auftritt, hat man es mit einer Chargenfertigung zu tun (z. B. Pharmazie, Farben- und Lackfabriken).

2. Sortenfertigung

Der Fertigungsvorgang ist wie im vorigen Absatz beschrieben, jedoch müssen bei der Fertigung einzelner Sorten erhebliche Umrüstungen an den einzelnen Fertigungsstationen vorgenommen werden. Beispiele hierfür finden sich in der Textilindustrie, aber auch in der Markenartikelindustrie (andere Etikettierung oder Verpackung).

3. Kuppelerzeugnisse

Bei diesen Erzeugnissen besteht ein fertigungstechnischer Zusammenhang zwischen den verschiedenen Erzeugnissen (z. B. Raffinerie, Hochöfen). Häufig trennen sich die Wege der einzelnen Erzeugnisse nach Ablauf eines bestimmten Fertigungsprozesses.

4. Typenverwandte Erzeugnisse

Typenverwandte Erzeugnisse weisen in der Regel Gestaltähnlichkeit, aber Größenunterschiede auf. Bei der Fertigung ist es oft möglich, einen Teil der Baureihe durch einen gemeinsamen Produktionsprozeß zu verbinden. Dabei sind allerdings Umrüstungen notwendig, die umfangreicher als bei der oben beschriebenen Sortenfertigung sind. Beispiele für diese Erzeugnisart finden sich insbesondere im Maschinenbau.

5. Erzeugnisse mit gleichen Teilefamilien

Bei diesen Erzeugnissen können einzelne Produktionsprozesse zur Herstellung des Endproduktes gemeinsam für mehrere Produktgruppen vorgesehen werden. Im Idealfall kann dieses in einer Straßenfertigung geschehen, ohne daß am Anfang und Ende dieser Straße jeweils das Endprodukt hergestellt sein muß. Diese Form der Fertigung eignet sich besonders zur Herstellung vielfältiger Erzeugnisse in kleinen Serien (Beispiele hierfür finden sich z. B. beim Zählerbau).

6. Erzeugnisse ohne Fertigungsverwandtschaft

Bei solchen Produkten gibt es keine Ähnlichkeit in fertigungstechnischer Hinsicht. Sie eignen sich zweckmäßig für eine Fertigung in Werkstätten oder möglicherweise nach einem Fließprinzip, wenn die Stückzahlen ausreichend sind.

Literatur:
Agthe, K., Blohm, H. und Schnaufer, E.: Industrielle Produktion, Baden-Baden, Bad Homburg 1967
Broom, H. N.: Production Management, Homewood, Ill. 1967
Magee, J. F.: Production Planning and Inventory Control, New York, Toronto, London 1958
Magee, J. R. und Boodman, D. M.: Production Planning and Inventory Control, 2. Aufl., New York 1971
Mayer, R.: Production Management, 2. Aufl., New York 1971
Maynard, H. B.: Handbook of Modern Manufacturing Management, New York 1971
Moore, F. G. und Welti, O.: Produktionssteuerung und Produktionskontrolle, München 1967

Productivity Incentive System

Bezeichnung für Anreizsystem zur Produktivitätssteigerung. Siehe auch: Group, Scanlon Plan, Incentive System.

Product Marketing Engineer

Technisch ausgebildeter Angestellter, der vor allem für die Kundenberatung, Marktforschung und Marktbeobachtung technischer Produkte, Vorbereitung von Werbemaßnahmen technischer Produkte eingesetzt ist. Zum weiteren Aufgabenbereich gehört oft auch das Aufspüren von Möglichkeiten, den Markt durch neue Anwendungsgebiete zu erweitern.

Produktdifferenzierung

Bezeichnung für das Anbieten gleicher Grundprodukte mit Unterschieden im äußeren Stil der Aufmachung, der Ausstattung oder der Funktion.
Die Produktdifferenzierung erfolgt in der Regel in Zusammenhang mit der → Marktsegmentierung, d. h. ein Produkt wird im Hinblick auf die vorgenannten Eigenschaften auf die Bedürfnisse einer bestimmten Käufergruppe zugeschnitten. Ziel der Produktdifferenzierung ist die bessere Ansprache der einzelnen Kundengruppen und die bessere Ausschöp-

fung des Potentials in den einzelnen Marktsegmenten.
Die Praktizierung einer Produktdifferenzierung ist von der Berücksichtigung der folgenden Voraussetzungen abhängig:

1. Es muß eine ausreichend große Käufergruppe für die differenzierten Produkte vorhanden sein.
2. Die Bedürfnisse der Käufergruppen müssen eine Differenzierung ermöglichen.
3. Die Käufergruppe muß für die Werbung und distributionspolitische Maßnahmen wirksam erreichbar sein.

Die Produktdifferenzierung erfordert im Einzelfall die Kenntnis der → Marktstruktur und insbesondere die Kenntnis der einzelnen Käufergruppen. Es muß bekannt sein, wer das Produkt in der vorliegenden Form und Ausstattung kauft und in welchem Umfang, und schließlich bei welchen Konsumenten besondere Präferenzen für das Produkt bestehen. Des weiteren müssen die Differenzierungsmöglichkeiten bekannt sein, die das eigene Produkt am Markt profilieren können, welche Käufer das differenzierte Produkt anspricht, in welchem Umfange es geeignet erscheint, Präferenzen aufzubauen und wie groß diese Abnehmergruppe ist.
Das Ausmaß der Produktdifferenzierung wird häufig von der Unternehmensgröße bestimmt. Ein kleines Unternehmen wird aufgrund der beschränkten Produktionskapazitäten nur ein Teilsegment eines Marktes bearbeiten können, während ein großes Unternehmen aufgrund des Zwanges zur großen Serie nur selten versucht, Marktnischen auszuschöpfen.

Literatur:
Kline, Ch. H.: Strategy of Product-Policy, in: Harvard Bussiness Review, Juli, August 1955

Produktionsfaktoren

Güter und Leistungen, die für die Erstellung eines Produktes im weitesten Sinne notwendig sind. Im klassischen, volkswirtschaftlichen Sinn sind es Arbeit, Kapital und Boden (Natur), im betriebswirtschaftlichen Sinn Arbeit, Natur, Kapital und Geist oder auch Arbeit, Werkstoffe, Betriebsmittel, Antriebsmittel und Organisation.

Produktklassifizierung

Bezeichnung für die Einstufung der Produkte nach verwendungs-, gebrauchs- oder kauftypischen Merkmalen.
Die wichtigste Klassifizierung ist die Unterteilung in Konsumgüter und Investitionsgüter.
Konsumgüter sind Produkte, die vom ultimativen Abnehmer oder Haushalt gekauft werden und dergestalt sind, daß sie ohne weitere kommerzielle Verarbeitung verwendet bzw. gebraucht werden können. Man unterscheidet hier wiederum kurzfristige Konsumgüter (Nahrungsmittel, Textilien) und langfristige (z. B. Möbel, Automobile). Letztere sind bereits Investitionsgüter, wenn sie für Betriebe gebraucht werden.
Bei Investitionsgütern handelt es sich um Produkte, die dazu bestimmt sind, andere Güter zu produzieren oder Dienstleistungen bereitzustellen.
Unter Zugrundelegung von kauftypischen Merkmalen ist zu klassifizieren nach convenience goods, shopping goods und speciality goods. Convenience goods sind Produkte, die der Abnehmer in der Regel häufig, sofort und mit einem Minimum an Vergleichs- und Kaufaufwand kauft (Zigaretten, Seife, Zeitungen).
Bei shopping goods handelt es sich um Produkte, die der Konsument relativ selten und erst nach einem sorgfältigen Vergleich von Preis, Qualität, Eignung und Stil kauft. Beispiele dafür sind: Möbel, Gebrauchtwagen und Haushaltsgeräte.
Bei speciality goods handelt es sich um Produkte, die besondere Eigenschaften und/oder eine besondere Markenidentifikation aufweisen, die für eine bestimmte

Gruppe von Abnehmern so hervorstechend sind, daß sie besondere Kaufanstrengungen als lohnenswert erscheinen lassen. Als Beispiele sind hier zu nennen: Herrenanzüge, Fotoausrüstung oder bestimmte Sportgeräte.

Literatur:
Kotler, Ph.: Marketing-Management, Englewood Cliffs 1967

Produktmanagement

Der Produktmanager ist verantwortlich für die Planung und Koordinierung der Marketing-Aktivitäten und für die Erzielung eines langfristig optimalen Gewinns für die betreuten Produkte oder Produktgruppen; außerdem obliegt ihm die Produktfindung im betreuten Markt und in benachbarten Märkten.

I. DIE STELLUNG DES PRODUKTMANAGEMENTS IN DER ORGANISATION

Aus den Hauptaufgaben des Produktmanagers, nämlich Planung und Koordinierung, ergibt sich eine Zwitterstellung für das Produktmanagement in einer funktional organisierten Unternehmung: es hat einerseits Stabsfunktionen zu erfüllen wie z. B. die Entwicklung einer Marketing-Konzeption für ein Produkt oder eine Produktgruppe, andererseits kann es auch Linienfunktionen besitzen, z. B. die Verwaltung des Verkaufsförderungsbudgets. Die Aufgabe des Koordinierens liegt zwischen diesen beiden Funktionen; da der Produktmanager für die optimale Zusammenarbeit der einzelnen Betriebsbereiche bei der Erfüllung des Marketing-Plans für sein Produkt verantwortlich ist, muß er mit diesen Stellen zusammenarbeiten, ohne Weisungsbefugnisse zu haben. Eine Stellenbeschreibung für das Produktmanagement wird deshalb die Notwendigkeit der Zusammenarbeit mit folgenden Abteilungen im einzelnen aufführen:

- Verkaufsinnendienst
- Verkaufsaußendienst
- Fertigung
- Fertigwarenlager und Versand
- Werbe- und PR-Abteilung
- Marktforschungsabteilung
- Volkswirtschaftliche Abteilung
- Forschungs- und Entwicklungsabteilung
- Rechnungswesen
- Finanzabteilung
- Organisationsabteilung
- Rechtsabteilung
- Patentabteilung
- Einkauf.

Der Produktmanager muß der Motor sein für alle erforderlichen Aktivitäten bei der Entwicklung, Produktion und Vermarktung des von ihm betreuten Produkts. Der Vorteil des Produktmanager-Systems ist, daß Verantwortungszentren für einzelne Produkte oder Produktgruppen geschaffen werden; durch die Aktivitäten „quer“ zur funktionalen Organisationsstruktur können Produktschwächen rasch erkannt und starke Produkte entsprechend gefördert werden.
Die Stelle des Produktmanagers oder Senior-Produktmanagers ist entweder dem Marketingmanager oder einem Produktgruppenleiter unterstellt; überstellt ist er einem Junior-Produktmanager oder einem Assistenten.

II. ZIEL EINER STELLE IM PRODUKTMANAGEMENT

Wichtigstes Ziel ist das Erreichen eines langfristig optimalen Gewinns für die betreuten Produkte. Dabei muß der Stelleninhaber die finanziellen, technischen, organisatorischen und verkäuferischen Möglichkeiten sowie die Unternehmenspolitik in ihrer Gesamtheit berücksichtigen. Im einzelnen ergibt sich:

- Optimierung des Erlöses;
- Steigerung des Umsatzes durch Ausweitung des Verwenderkreises, durch Erhöhung der Verwendungsintensität und durch Ausdehnung des Verwendungszwecks;

- Halten oder Erhöhen des Marktanteils bzw. Ausweiten des Marktes:
- Anpassung von Produktqualität und Preis an die Verbraucher- bzw. Verwenderwünsche;
- Optimierung der Kosten für Produkt (Komposition, Verpackung, Herstellung), Distribution, Werbung und Marktforschung;
- Kurz- bzw. mittelfristige konzeptionelle Planung für alle Faktoren des → Marketing-Mix (Marktforschung, Produktpolitik, Preispolitik, Distributionspolitik, Werbepolitik, Verkaufsförderungspolitik, Verpackungspolitik) zur Sicherung der angestrebten Marktposition des Produkts.

Das zweite Hauptziel der Stelle eines Produktmanagers ist die Produktfindung, d. h. das Aufzeigen von Marktlücken oder Marktnischen, und zwar nicht nur im betreuten Markt, sondern auch in benachbarten Marktbereichen. Zu diesem Komplex gehört auch die Entwicklung von Marketing-Konzeptionen für bereits genehmigte Produktideen.

III. DIE AUFGABEN EINES PRODUKTMANAGERS

Die wichtigsten Aufgaben des Produktmanagers sind u. a.:

- das Durchsetzen der Marketing-Politik;
- die Erstellung des Marketing-Plans für bestimmte Produkte;
- die Erstellung des Produktbudgets;
- die Koordinierung aller Marketing-Aktivitäten für bestimmte Produkte;
- Unterstützung und Beratung der Verkaufsorganisation;
- Leitung des Marktforschungsprogramms.

Aus der unterschiedlichen Struktur können sich Verschiedenheiten bei den Aufgaben im Konsumgüter- und Investitionsgüterbereich ergeben. So haben Produktmanager im Konsumgüterbereich häufig folgende zusätzliche Aufgaben:

- sie sind verantwortlich für die Planung und Durchführung der Werbung;
- sie sind verantwortlich für die Entwicklung und Durchführung spezieller Verkaufsförderungsmaßnahmen;
- sie sind verantwortlich für die Entwicklung und Genehmigung von Verpackungs- und Designänderungen;
- sie sind verantwortlich für die Kontrolle und Anpassung der Bestände.

Im Gegensatz dazu hat der Produktmanager im Investitionsgüterbereich folgende zusätzliche Aufgaben:

- er leistet der Verkaufsorganisation technische Hilfe und Unterstützung;
- er analysiert die Kosten, die Schätzungen und Preisentscheidungen bei Wettbewerbsangeboten;
- er unterstützt die Verkaufsorganisation bei wichtigen Kundenbesuchen;
- er entwickelt Kontakte zum Handel.

Der Aufgabenkatalog eines Produktmanagers in der Konsumgüterindustrie wird – in Kurzfassung – folgendes enthalten:

1. Marktbeobachtung und Analyse. Untersucht werden die Verbraucher, die eigene Marke, die Wettbewerber und der Handel, wobei das Marktforschungsbudget geplant und abgestimmt werden muß und die Aufträge an die Marktforschungsabteilung gegeben werden.
2. Planung. Erstellt werden ein Produktresearch- und -entwicklungsprogramm und ein Verpackungsresearch- und -entwicklungsprogramm. Auftragsvergabe für Produkt-, Verpackungs-, Verpackungsdesign-, Versand- und Haltbarkeitstests. Erarbeitung der Promotionplanung. Auftragsvergabe mit Briefings (Grobplanung) an die Werbeagentur. Abnahme der von der Agentur entwickelten Copy Strategie, Werbekampagne und Mediaplanung. Abnahme der Produkte und Verpackungen. Aufträge an die Public Relations Abteilung zur Durch-

führung von PR-Aktivitäten für die betreuten Produkte. Um seine Planungsaufgaben erfüllen zu können, muß der Produktmanager sich ständig über die Fertigungskosten, Promotionskosten, die Durchführbarkeit von Marktforschungsvorhaben, über volkswirtschaftliches Grundlagenmaterial, rechtliche Fragen, über Herstell- und Verpackungskapazitäten und -termine, Lagerhaltung, über Möglichkeiten des Einsatzes verkäuferischer Aktivitäten sowie Konkurrenz- und Handelsbeobachtung informieren.

3. Durchführung. Auftrag an die Planungsabteilung zur Einplanung und rechtzeitigen Bereitstellung der Ware bei Promotions. Abzeichnen der von der Planungsstelle ermittelten Mengen von Verpackungsmaterial. Vorgabe des gewünschten Qualitätsstandards für Werbematerial. Abnahme von Reinzeichnungen. Verwaltung des Werbeetats. Andruckgenehmigung. Genehmigung von Vorschlägen der PR-Abteilung. Einholen von Gutachten hinsichtlich rechtlicher Fragen. Vorsitz bei internen Präsentationen seines Produkts.
4. Kontrolle. Anpassung der Marketingziele an die Änderungen der Marktsituation und des Marketing-Mix. Angemessenheit des Marketing-Mix. Sachliche und zeitliche Kontrolle der Einzelpläne. Erfolgskontrolle für durchgeführte Aktionen. Analyse von Planabweichungen bei Zielen, Maßnahmen und Terminen.

Produkt-Mix

Kennzeichnung für das Gesamtangebot eines Mehrprodukt- und Mehrsortiment-Unternehmens am Markt.
Das Produkt-Mix wird gekennzeichnet durch

1. seine Breite, die sich auf die Zahl der unterschiedlichen Sortimente eines Unternehmens bezieht,
2. seine Tiefe, die durch die innerhalb eines Sortiments angebotene Zahl von Artikeln gekennzeichnet wird und
3. seine Konsistenz, die die Gemeinsamkeiten der verschiedenen Sortimente im Hinblick auf ihre Verwendung oder Gebrauch, auf die Anforderungen an die produktionstechnischen Möglichkeiten und die Distributionskanäle und andere wesentliche Faktoren zum Ausdruck bringt.

Literatur:
Kotler, Ph.: Marketing-Management, Englewood Cliffs, 1967

Produkt-Politik

Die Produktpolitik ist die Konzipierung einer langfristigen Strategie, die mit den von einem Unternehmen hergestellten Produkten als zentralem Bestandteil versucht, den höchstmöglichen Gewinn zu erzielen. Darüber hinaus beinhaltet die Produktpolitik gleichzeitig die Summe derjenigen Maßnahmen, die darauf abzielen, die Produkte auf die ermittelten und gekennzeichneten Bedürfnisse und Wünsche der Abnehmer auszurichten. Zu diesen Maßnahmen zählen insbesondere die Schaffung neuer Produkte, die Modifizierung vorhandener Produkte, die Herausnahme alter Produkte aus dem Marktgeschehen sowie die Gestaltung der produkt- und marktgerechten Verpackung.

I. ZIELE UND AUFGABEN

Wesentlichste Determinanten für eine effiziente und wirksame Produktpolitik sind die unternehmerischen Zielsetzungen. Ihr Einfluß auf die Produktpolitik soll im folgenden an den Zielen Gewinn, Stabilität und Wachstum dargestellt werden.

Gewinnziel

Das von einem Unternehmen am Markt angebotene Produkt-Mix (sämtliche von einem Unternehmen angebotenen Produkte) ist ausschlaggebend für den maximal erreichbaren Umsatz und Gewinn – es stellt die Obergrenze dar. Die Erreichung dieser Obergrenze wiederum ist abhängig von der Güte und Intensität des eingesetzten Marketing-Instrumentariums.

An dieser Stelle muß eine scharfe Trennung zwischen Umsatz und Gewinn erfolgen. Gerade die umsatzstärksten Produkte erzielen oftmals nur sehr kleine Deckungsbeiträge, die hier als die Differenz zwischen den von einem Produkt erzielten Erlösen und den von dem betreffenden Produkt verursachten Kosten definiert werden. Diese Differenz ist der Beitrag eines Produktes zur Deckung der Fix- und Gemeinkosten und darüber hinaus zum Gewinn des jeweiligen Unternehmens.

Darstellung 1 zeigt das Deckungsbeitragsprofil für das Produkt-Mix eines Unternehmens. Daraus geht hervor, daß Produkt Nr. 1 einen Deckungsbeitrag von mehr als 30 % erzielt und der Deckungsbeitrag für die drei besten Produkte mehr als 70 % beträgt. Aus dieser Darstellung lassen sich zumindest zwei Folgerungen für die Produktpolitik ableiten:

1. Die größte Aufmerksamkeit muß den drei besten Produkten gelten. Gerät beispielsweise das beste Produkt in eine Krise, so sind 30 % der Deckungsbeiträge gefährdet, d. h. unter Umständen ein Drittel des Unternehmensgewinns.
2. Durch die Aufgabe schwacher Produkte läßt sich der Deckungsbeitrag möglicherweise drastisch erhöhen.
   In den USA konnte beispielsweise ein Unternehmen mit einem Umsatzvolumen von zuvor 40 Mio. US-Dollar durch die Eliminierung von sechzehn Produkten mit einem Umsatzvolumen von 3,3 Mio. Dollar das Umsatzvolumen um 50 % und den Unternehmensgewinn um – so unglaublich es auch klingen mag – das Zwanzigfache erhöhen.

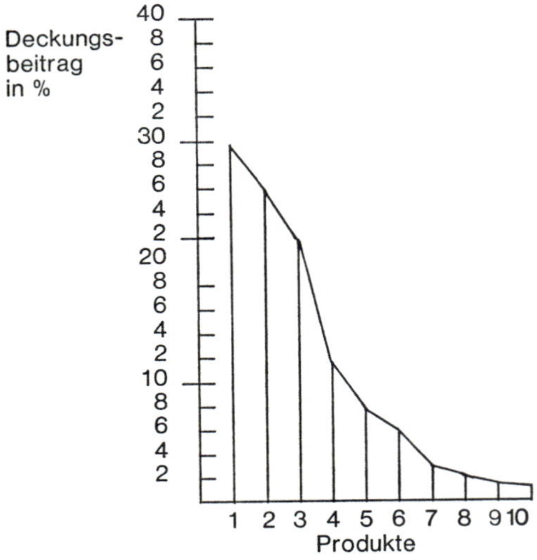

Darstellung 1: Deckungsbeitragsprofil

Stabilitätsziel

Das Kriterium der Stabilität bezieht sich im Rahmen der Produktpolitik auf die in den einzelnen Perioden zu erzielenden Umsätze. Schwankende Umsätze lassen sich sowohl auf saisonale, branchenbedingte Besonderheiten als auch auf konjunkturelle Einflüsse zurückführen. Solche Schwankungen könnten möglicherweise die Bereitstellung der Produktionskapazitäten auf die zu erwartenden Spitzenbelastungen bedeuten. Ein Teil dieser Produktionskapazitäten wird im Laufe des Jahres unausgelastet bleiben. Diese Situation wird durch Darstellung 2 verdeutlicht.

Die Entscheidung, ein neues Produkt oder ein neues Sortiment aufzunehmen, sollte

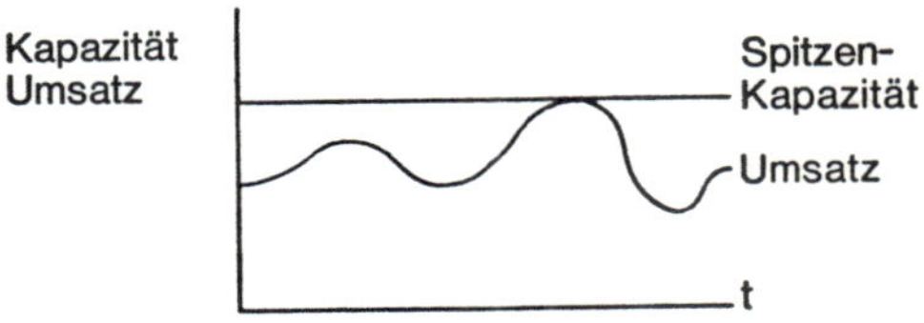

Darstellung 2: Auslastungsgrad der Produktionskapazitäten

in einem solchermaßen gelagerten Fall zu einem dem Absatz der vorhandenen Produkte nach Möglichkeit negativ korrelierten Produkt oder Sortiment führen. Die optimale Lösung wird in Darst. 3 gezeigt. Das neue Produkt oder Sortiment ist dem in Darstellung 2 gezeigten Produkt-Mix — im Hinblick auf den Umsatz — vollkommen negativ korreliert. Die Gesamtvariabilität des so erweiterten Produkt-Mix wird wesentlich verringert, d. h. ein annähernd gleichmäßiger Umsatz erzielt. Das Stabilitätsziel ist häufig die Ursache für die Beibehaltung von Produkten, die nur einen niedrigen Deckungsbeitrag aufweisen oder für die Neuaufnahme von Produkten, die einen nur relativ geringen Deckungsbeitrag erzielen.

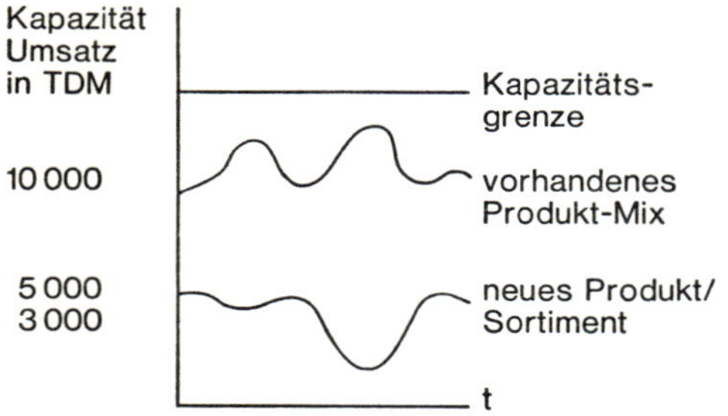

Darstellung 3: Neuaufnahme eines neuen Produktes

Wachstumsziel

Das Wachstumsziel ist gekennzeichnet durch das Streben nach höherem Umsatz und Gewinn. Das mögliche Wachstum hängt nicht unwesentlich von der Lebensphase, d. h. vom Alter, und von den Zuwachsraten der einzelnen Produkte in einem Unternehmen ab.

In seinem Aufsatz „Managing for Business Effectiveness" hat Peter F. Frucker eine Klassifizierung der Produkte vorgenommen und aufgezeigt, welche Produkte die Zielgröße Wachstum am wirksamsten beeinflussen können. Diese Klassifizierung sieht folgendermaßen aus:

1. „Tomorrow's breadwinners" — neue Produkte oder die verbesserten bzw. modifizierten „Today's breadwinners".
2. „Today's breadwinners" — die Innovationen von gestern.
3. Produkte, die einen Deckungsbeitrag erbringen könnten — falls drastische Maßnahmen unternommen werden, die die Position des Produktes verbessern helfen.
4. „Yesterday's breadwinners" — in der Regel Produkte mit einem hohen Umsatzvolumen, das sehr stark auf „Sonderwünsche", Kleinstaufträge und ähnliches verstreut ist.
5. Die „also runs" — in der Regel die großen Hoffnungen von gestern, die, obwohl sie nicht das gehalten haben, was sie versprachen, nicht zu absoluten Versagern wurden. Es sind in der Regel Produkte mit einem negativen Deckungsbeitrag und lassen sich auch durch drastische Maßnahmen nur in den seltensten Fällen in erfolgreiche Produkte umwandeln.
6. Die „Versager" — sie werden nur selten zu einem wirklichen Problem, da sie sich fast immer selbst zur Aufgabe anbieten.

Ein die Zielgröße Wachstum anstrebendes Unternehmen, dessen Produkte in die Kategorien „Yesterday's breadwinners" und „also runs" fallen, wird nur selten Erfolg haben. Die Erreichung des Wachstumszieles setzt das Vorhandensein bzw. die Schaffung neuer oder verbesserter Produkte voraus, die sich in die beiden erstgenannten Kategorien einordnen lassen.

Aufgaben der Produktpolitik

Die Aufgaben der Produktpolitik sind durch die Entscheidungen gekennzeichnet, die sich auf einzelne Artikel, auf einzelne Sortimente und das Produkt-Mix beziehen. Im Rahmen dieser Entscheidungen gilt es, einen Artikel entweder neu aufzunehmen, ihn aufzugeben oder zu verbessern, Sortimente zu straffen und zu vertiefen und das Produkt-Mix um weitere Sortimente zu erweitern oder um andere zu bereinigen.

Des weiteren muß die Produktpolitik einen ständigen Soll-Ist-Vergleich für die einzelnen Produkte ermöglichen. Dadurch lassen sich die Ursachen für das Versagen der als potentielle Gewinnbringer angesehenen Produkte ermitteln. Zwar kann die Ursache für das Versagen in der Produktpolitik selbst liegen, es kann aber auch durch eine schlechte Organisation, durch eine falsche Werbekampagne, eine nicht abnehmerorientierte Verpackungsgestaltung oder durch Fehler in der Produktion hervorgerufen werden.

II. DIE „LEBENSPHASEN" EINES PRODUKTES UND IHRE BEDEUTUNG FÜR DIE PRODUKTPOLITIK

Kennzeichnung der Lebensphasen

Der „Lebenslauf" eines Produktes wird generell durch vier Phasen gekennzeichnet. Sie sind die Einführungs-, Wachstums-, Reife- und Rückgangsphase. Oftmal wird die Reifephase noch zusätzlich unterteilt in die eigentliche Reifephase und die Sättigungsphase. Die einzelnen Phasen werden in Darstellung 4 dargestellt.

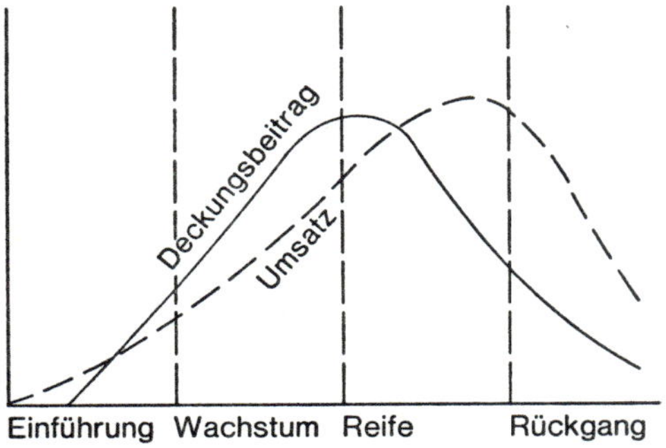

Darstellung 4: Produkt-Lebenslauf

Vor und in der Einführungsphase liegt der Schwerpunkt der produktpolitischen Bemühungen in den Bereichen Technik und Produktion, um durch eine den Vorstellungen der Abnehmer entsprechende Produktqualität und Gestaltung die Einführung des Produktes auf den Markt zu ermöglichen. Spätestens mit Beginn der Einführungsphase ist zu prüfen, ob ein Produkttest zur Verringerung des Marktrisikos erfolgen sollte, wobei mit zunehmender Länge des Testzeitraumes auch die Erkenntnis über die Möglichkeiten und Grenzen am Markt fundierter werden.

In der Wachstumsphase liegt der Schwerpunkt der produktpolitischen Bemühungen insbesondere auf dem Produktionssektor. In dieser Phase lassen sich große Gewinne erzielen, vorausgesetzt, das Angebot reicht aus, um die vorhandene Nachfrage decken zu können. In dieser Phase kommen die in der Einführungsphase eingeleiteten Werbe- und Distributionsmaßnahmen zur Wirkung und schaffen die ersten Ansatzpunkte für eine Stabilisierung am Markt.

Ein rückläufiger Gewinnzuwachs ist das Kennzeichen der Reifephase. Das Produkt befindet sich auf einem Markt, der im Hinblick auf die Anwendungs-/Verwendungsmöglichkeiten des Produktes gesättigt ist. Das Angebot von Konkurrenzprodukten führt zur Homogenisierung der angebotenen Produkte. Darüber hinaus wird ein Druck seitens des Zwischenhandels auf den Preis spürbar, letztlich auch deshalb, weil der Handel selber zu Nachlässen gezwungen wird, um das bisher erreichte Umsatzvolumen halten zu können. Ein Unternehmen hat in der gekennzeichneten Situation die Möglichkeit, durch die Suche neuer Märkte für das alte Produkt die Reifephase entsprechend zu verlängern. Als Beispiel sei hier die Zigarettenindustrie angeführt, die durch entsprechende Marketing-Maßnahmen einen Markt für weibliche Raucher geschaffen hat.

Die Rückgangsphase schließlich wird durch einen zunehmend stärker werdenden Preiswettbewerb und Kostendruck in den Distributionskanälen und im Produktionsbereich gekennzeichnet. Die Abnehmer kaufen das Produkt nach Preis und Qualität, da am Markt ein relativ homogenes Angebot vorhanden ist. Neue Produkte erscheinen am Markt, die allein schon aufgrund des sie umgebenden „Flair des Neuen" einen Teil der Nachfrage auf sich ziehen. In dieser Phase sind die Kosten zentraler Bestandteil der Produktpolitik, um die Verzinsung des eingesetzten Kapitals zu sichern. In dieser Phase wäre es falsch, durch substantiellen Forschungs- und Entwicklungseinsatz Produktmodifikationen anzustreben.

Die Bedeutung der Lebensphasen für die Produktpolitik

Unter Zugrundelegung der gewonnenen Erkenntnisse sollte deshalb im Rahmen der Produktpolitik versucht werden, die voraussichtliche Lebensdauer der jeweiligen Produkte zu analysieren bzw. festzulegen. Entsprechend der voraussichtlichen Lebensdauer der vorhandenen Produkte sollte die Entwicklung neuer Produkte erfolgen, mit dem Ziel, das Gewinnniveau eines Unternehmens zumindest beizubehalten.
Darüber hinaus sind die Faktoren zu analysieren, die für Veränderungen in den Lebensphasen verantwortlich zeichnen. So kann beispielsweise der Ablauf eines Patentes ein Produkt aus einer scheinbaren Wachstumsphase in die Rückgangsphase katapultieren, und so kann die Kenntnis, daß sich ein Produkt bereits in der Rückgangsphase befindet, verhindern, daß für dieses Produkt weiterhin intensiv geworben wird.
Es wurde herausgearbeitet, daß die Gewinne eines Unternehmens sehr wesentlich von dem jeweiligen Alter eines Produktes beeinflußt werden. Größere Risiken wird ein Unternehmen nur in der Wachstumsphase eingehen können, weil sich in dieser Phase falsche, kostenintensive Maßnahmen relativ leicht durch hohe Erlöse absorbieren lassen. Des weiteren läßt sich aus dem erarbeiteten Konzept ableiten, daß bei Rückgang der Gewinne – in der Reifephase – ein neues Produkt zur Einführung bereitstehen sollte, um die Stabilität des Unternehmens zu sichern.
Schließlich ist zu berücksichtigen, daß die richtigen Mitarbeiter in den richtigen Lebensphasen zum Einsatz kommen. Die Unternehmensführung gleicht hier dem Kapitän eines Schiffes, der in unbekannten Gewässern auf die jeweils richtigen Lotsen angewiesen ist. Gleichzeitig läßt das Konzept auch die Forderung nach einer ausgeglichenen Besetzung der Führungsposition erkennen, da sich nicht nur die einzelnen Phasen fast immer überlappen, sondern sich gleichzeitig auch die verschiedenen Produkte in unterschiedlichen Lebensphasen befinden, so daß jederzeit der richtige Fachmann sowohl für das einzelne Produkt als auch in der jeweiligen Phase im Unternehmen bereitstehen muß. Erst dadurch lassen sich die in den einzelnen Phasen auftretenden Probleme situations- und zielgerecht meistern. Die langfristig beste Lösung liegt in der Übertragung der vollen Gewinnverantwortung für ein Produkt auf einen Mitarbeiter, und zwar von der Entwicklung und Einführung eines Produktes bis zur Herausnahme aus dem Markt. Diese Lösung ließe sich beispielsweise durch das Produkt-Management erzielen.

III. DIE MODIFIZIERUNG EINGEFÜHRTER PRODUKTE

Kennzeichnung

Eine Produktmodifizierung stellt die bewußte Veränderung der physischen Eigenschaft eines Produktes oder seiner Verpackung dar. Eine solche Veränderung wird von einem marketing-orientierten Management immer dann durchgeführt, wenn die so geschaffenen Eigenschaften den Präferenzen einer wesentlich größeren Zahl von Abnehmern entsprechen und weil andererseits die Gefahr bestehen kann, daß die Konkurrenzprodukte besser auf die Abnehmerpräferenzen ausgerichtet sind.

Das Produkt als physisches Gebilde ist nur selten der den Kaufentschluß auslösende Faktor, denn in der Regel kauft der Konsument nicht das Produkt, sondern Bequemlichkeit, eine Verpackung, die gefällt, den Ruf des Herstellers oder den in der Werbung verwendeten Stil. Die letztgenannten Faktoren werden jedoch relativ wirkungslos bleiben, wenn sie nicht ständig auf ihre Wirkung am Markt untersucht und entsprechend verändert werden.

Vorgehensweise

Es ist eine schwierige Aufgabe, die Eigenschaften eines erfolgreichen Produktes herauszuarbeiten. Einerseits muß versucht werden, die Eigenschaften eines Produktes auf die Präferenzen der Konsumenten abzustellen, andererseits sind die richtigen Methoden zu entwickeln, um die Präferenzen, d. h. die besonderen Wünsche und Bedürfnisse der Konsumenten ermitteln zu können.

Die Beachtung dieser Voraussetzungen wird mit relativ großer Sicherheit konkrete Aussagen über die in den einzelnen Marktsegmenten einzusetzenden Produktqualitäten und -eigenschaften ermöglichen, ob ein von den wichtigsten Konkurrenten nicht bearbeitetes Marktsegment ausgeschöpft werden sollte und welche Art der Modifizierung für welche Produkte die größten Erfolgsaussichten besitzt.

Insbesondere im Konsumgüterbereich kann bezüglich der Präferenzstruktur der Konsumenten eine Normalverteilung unterstellt werden, so wie sie in Darstellung 5 gezeigt wird. Die unterschiedlichen Präferenzen – oder auch Merkmalsausprägungen – verteilen sich mehr oder weniger stark um den Mittelwert der Verteilung. Wird ein Produkt mit bestimmten Eigenschaften auf einem Markt geboten, so ist zu prüfen, ob das Produkt geändert werden soll, wenn mit den vorhandenen Produkteigenschaften der Mittelwert der Normalverteilung für ein bestimmtes Bündel von Präferenzen

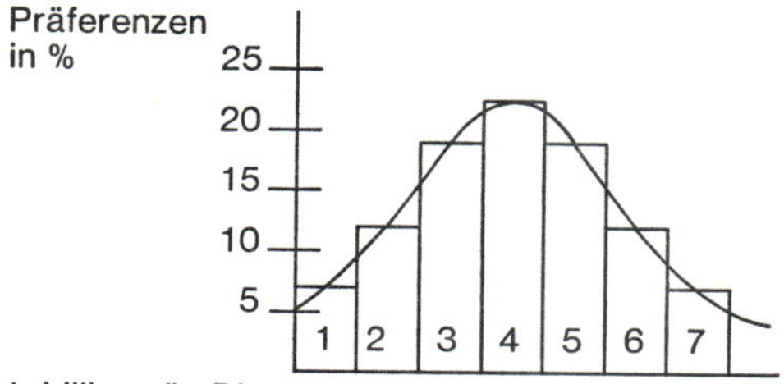

1 billig, grün, Discounter
4 rot, mittlerer Preis, stilistisch ausgeprägt, breit gestreute Werbung
5 leichte Handhabung
7 hervorragende Qualität, vielseitig anwendbar, Status, exklusive Distribution

Darstellung 5: Normalverteilung der Präferenzen der Konsumenten für die verschiedenen Eigenschaften eines Produktes

nicht getroffen wird. Dazu folgende Überlegungen:

Unter der Annahme, daß in einem bestimmten Markt für ein Haushaltsgerät sieben Präferenzsegmente differenzierbar sind, die sich u. a. in billig, leicht zu handhaben, Vielseitigkeit, Qualität und Form unterteilen lassen, soll mit Hilfe eines bestimmten Produktes versucht werden, das Marktsegment mit dem größten potentiellen Umsatzvolumen auszuschöpfen. Wird ferner unterstellt, daß die verschiedenen Hersteller dieses Produktes diese Entscheidung treffen, so wird sich bei beispielsweise acht Herstellern ein sehr starker Wettbewerb in diesem Segment entwickeln. Bei gleichen Maßnahmen und Voraussetzungen kann dieser Wettbewerb theoretisch zu einem Marktanteil von 5 % für jeden dieser Hersteller führen, wenn das Umsatzpotential in diesem Segment 40 % des gesamten Umsatzpotentials für dieses Produkt beträgt. Weist dagegen das Segment „leicht zu handhaben" für dieses Produkt ein potentielles Umsatzvolumen von 20 % gemessen am Gesamtmarkt auf und wird dieses Segment überhaupt noch nicht oder nur von einem Hersteller bearbeitet, so liegt der zu erreichende Marktanteil und damit möglicherweise auch der zu erreichende Gewinn relativ höher.

Darüber hinaus ist zu berücksichtigen, daß aufgrund des bisher in diesem Marktsegment fehlenden Angebots ein Teil des Abnehmerpotentials vom Segment „billig" oder „Vielseitigkeit" in das jetzt zu erschließende Segment wechseln wird. Schließlich ist auch zu prüfen, ob nicht durch die Beschränkung auf einen „Nebenmarkt" die akquisitorischen Maßnahmen einen weniger starken finanziellen Einsatz erforderlich machen.
Allerdings dürfen nicht die Schwierigkeiten außer acht gelassen werden, die bei der Festlegung der einzelnen Präferenzgruppen entstehen. Diese Schwierigkeiten lassen sich teilweise durch die Anwendung verschiedener Testmethoden und unter Zurhilfenahme statistischer Methoden überwinden. In einem Vergleichstest können beispielsweise potentielle Abnehmer mit zwei funktionsgleichen Produkten konfrontiert werden, die qualitative oder stilistische Unterschiede aufweisen. Wird in diesen Stichproben z. B. Produkt „A" Produkt „B" im Verhältnis von 7:3 vorgezogen, so ist mit an Sicherheit grenzender Wahrscheinlichkeit anzunehmen, daß Produkt „A" größere Präferenzen bei den potentiellen Abnehmern besitzt. Diese Aussage wird um so fundierter sein, je länger der gewählte Stichprobenumfang ist. Erst wenn die einzelnen Präferenzkategorien festliegen, läßt sich die weiter vorne erwähnte Untersuchung der Wettbewerbsintensität in den einzelnen Marktsegmenten durchführen.

Modifikationsmöglichkeiten

Produktmodifikationen können aus Veränderungen in Farbe, Größe, Material, funktionalen Eigenschaften, stiltechnischen Verbesserungen, herstellungstechnischen Verbesserungen oder aus einer Kombination dieser hier angeführten Faktoren bestehen.
Die qualitative Verbesserung eines Produktes setzt voraus, daß das betreffende Produkt aufgrund seiner Eigenschaften qualitative Variationen zuläßt. Darüber

hinaus muß die Zahl der in einem Marktsegment vorhandenen Abnehmer groß genug sein, um einen profitablen Absatz des veränderten Produktes zu ermöglichen. Die qualitative Modifikation eines Produktes kann durch die beabsichtigte Korrektur eines schlechten Qualitätsimage, die Aufrechterhaltung der Konkurrenzfähigkeit oder der Marktführerschaft auf dem bestimmten Qualitäts-Marktsegment verursacht werden. Als ein Beispiel für die Bemühungen um die Korrektur eines schlechten Qualitätsimage können die japanischen Hersteller von Elektronikgeräten und Zubehörteilen gelten, denen immer noch das bei Eroberung des deutschen Marktes geschaffene niedrige Qualitätsniveau anhängt, während die gleichen Hersteller dieses Problem in den USA nicht kennen — so jedenfalls ihre Aussage auf der Rundfunk- und Fernsehausstellung 1971.
Weitere Möglichkeiten der Produktmodifikation sind durch funktionale Verbesserungen gegeben. In der Regel ist damit eine Neugestaltung des Produktes verbunden, so daß es dem Abnehmer mehr Bequemlichkeit und Sicherheit bietet oder die zu erfüllenden Aufgaben besser durchführt. Schon 1959 hat John B. Stewart in seinem Aufsatz „Functional Features in Product Strategy" auf die folgenden fünf Vorteile hingewiesen, die mit einer funktionalen Verbesserung verbunden sind:

1. Die Entwicklung neuer funktionaler Eigenschaften ist eines der wirksamsten Mittel, um ein Fortschritt und Marktführung ausstrahlendes Unternehmensimage aufzubauen.
2. Funktionale Eigenschaften sind ein sehr flexibles Wettbewerbswerkzeug, weil sie sehr schnell angepaßt oder aufgegeben und oftmals als Option zu einem relativ niedrigen Preis angeboten werden können.
3. Funktionale Eigenschaften ermöglichen einem Unternehmen die intensive Aus-

schöpfung der selektierten Marktsegmente.

4. Funktionale Eigenschaften bringen dem einführenden Unternehmen oftmals freie Publizität.

5. Funktionale Eigenschaften können sowohl die Außendienstmannschaft als auch den Handel im Sinne des eigenen Unternehmens motivieren.

Der besondere Nachteil der funktionalen Verbesserungen ist die Leichtigkeit, mit der diese von der Konkurrenz übernommen werden können. Eine auf ständigen funktionalen Verbesserungen basierende Produktionsstrategie wird deshalb zu kontinuierlichen Innovationen zwingen.

Stilmodifizierungen weisen als wesentlichsten Vorteil eine indirekte Kennzeichnung der Produkte und die Abhebung eines Unternehmens von der Konkurrenz auf – insbesondere auf einem durch die Homogenität der angebotenen Produkte gekennzeichneten Markt. Andererseits ist es relativ schwierig, eine Präferenzskala für stilistische Merkmale aufzubauen, da sich ein Produkt entweder durch stilistische Merkmale abhebt oder nicht abhebt. Darüber hinaus darf nicht die Gefahr übersehen werden, daß durch Stiländerung ein Teil der bisherigen Abnehmer auf andere Produkte überwechseln wird, da der neue Stil möglicherweise nicht deren Geschmacksrichtung trifft.

Relativ selten wird eine reine Qualitäts- oder Funktionsverbesserung vorgenommen. Beispielsweise wird eine funktionale Veränderung auch eine stilistische und/oder qualitative Veränderung beinhalten. Um die Möglichkeit zu minimieren, Abnehmer zu verlieren, sollten Veränderungen, wenn nicht unbedingt über längere Zeiträume, so doch graduell durchgeführt, das alte Produkt für eine gewisse Zeit neben den modifizierten Produkten angeboten und schließlich eine Marktforschung in einem solchen Umfang betrieben werden, daß die Auswirkungen einer beabsichtigten Modifikation wenigstens annähernd genau ermittelt werden können.

Literatur:

Abromeit, G.: Produktgestaltung, in: Betriebswirtschaftslehre und Wirtschaftspraxis, Berlin 1961
Bartels, G.: Diversifizierung – Die gezielte Ausweitung des Leistungsprogramms der Unternehmung, Stuttgart 1966
Brankamp, K.: Planung und Entwicklung neuer Produkte, Berlin 1971
Disch, W. K. A.; Kapferer, C.: Absatzwirtschaftliche Produktpolitik, Köln und Opladen 1967
Drucker, Peter: Managing for Business Effectiveness, in: Harvard Business Review, 1963, S. 53 ff.
Freudemann, H.: Planung neuer Produkte, Stuttgart 1965
Gayer, E.: Marktgerechte Produktplanung und Produktentwicklung, Heidelberg 1968
Hansen, U. u. Leitherer, E.: Produktgestaltung, Stuttgart 1972
Hilton, P. u. von Ungern-Sternberg, A.: Einführung neuer Produkte; Leitfaden für die Einführung neuer Industrieerzeugnisse, Heidelberg 1969
Kuehn, Alfred A. und Day, Ralph L.: Strategy of Product Quality, in: Harvard Business Review, Nov.-Dez. 1962, S. 100 ff.
Linnert, Peter: Die neuen Techniken des Marketing, 3. Auflage, München 1971
Patton, Arch.: Der Produktkreislauf, in: Britt, Boyd jr. (Hrsg.): Marketing-Management und Organisation, dtsch. Bearbeitung P. Linnert, München 1971
Scheuing, E. E.: Das Marketing neuer Produkte, Wiesbaden 1970
Stewart, John B.: Functional Features in Product Strategy, in: Harvard Business Review, 1959, S. 65 ff.
v. Stritzky, Otto Oscar: Produktpolitik, München 1970
Troll, K.-H.: Produktentwicklung und ihre Organisation, Hamburg 1969
Watton, H. B.: New Product Planning, Englewood Cliffs 1969
Wyss, W.: Produktgestaltung: Eine Darstellung der Gestaltungsprobleme aus der Sicht des Unternehmers, Winterthur 1964
Westfall, Ralph und Boyd, Harper W.: Cases in Marketing Management, Homewood 1961

Produktstrategien

Eine Produktstrategie kennzeichnet einerseits die grundsätzliche Vorgehensweise eines Unternehmens am Markt mit Hilfe der vorhandenen Produkte und ist andererseits die Determinante für sämtliche mit der Schaffung neuer Produkte, der Modifikation vorhandener Produkte und der Herausnahme alter Produkte aus dem Marktgeschehen zusammenhängenden Maßnahmen.

I. KENNZEICHNUNG ALTERNATIVER PRODUKTSTRATEGIEN

Die folgende Abbildung zeigt die Strategien, die ein Unternehmen im Rahmen der Produktpolitik beschreiten kann.

Strategie	Produkt	Markt
Markt – Penetration (Durchdringung)	alt	alt
Markt – Erschließung	alt	neu
Produkt – Entwicklung	neu	alt
Diversifikation	neu	neu

Die Strategie der Marktpenetration zielt darauf ab, Umsatz und Gewinn zu erhöhen, ohne die bisherige Produkt- und Marktstrategie zu verändern. Die Bemühungen des jeweiligen Unternehmens sind darauf ausgerichtet, das vorhandene Abnehmerpotential stärker auszuschöpfen, was die Gewinnung neuer Abnehmer im gleichen Markt für ein Produkt oder Sortiment beinhaltet.
Mit Hilfe der Strategie der Markterschließung wird versucht, für ein Produkt oder Sortiment (in der Regel mit einigen Verbesserungen) neue Verwendungsmöglichkeiten zu finden. Als Beispiel kann die Bundesbahn dienen, die mit den Autoreisezügen dem Bedürfnis ihrer Kunden Rechnung trägt, am Zielort unabhängig und beweglich zu sein.
Die Strategie der Produktentwicklung zielt darauf ab, mit Hilfe neuer Produkte, die eine bessere und differenzierte Befriedigung der Bedürfnisse der alten Abnehmer ermöglichen, die Stellung des Unternehmens am Markt zu festigen und/oder zu verbessern.
Die Strategie der → Diversifikation ist dadurch gekennzeichnet, daß ein Unternehmen sowohl ein völlig neues Produkt oder Sortiment aufnimmt, als auch einen völlig neuen Markt bearbeitet.
Jede dieser vorgenannten Strategien kann im Hinblick auf das Gewinn-, Stabilitäts- oder Wachstumsziel erfolgen. In der wirtschaftlichen Realität werden meistens mehrere dieser Strategien gleichzeitig verfolgt. Ein progressiv und gut geführtes Unternehmen wird gleichzeitig eine Marktpenetration, Marktentwicklung und Produktentwicklung betreiben, um dadurch im Wettbewerb mit anderen Unternehmen besser bestehen zu können.
Die Strategie der Diversifikation unterscheidet sich sehr wesentlich von den restlichen Produktstrategien. Eine Strategie der Diversifikation bedeutet für ein Unternehmen meistens neue Fähigkeiten, neue Techniken und neue Produktionsanlagen. Darüber hinaus wird die Unternehmensstruktur oftmals durch die Diversifikation stark verändert. Die Entscheidung für eine Strategie der Diversifikation ist von einer Anzahl von Faktoren abhängig. Darunter fallen wirtschaftspolitische Entwicklungen, politische und internationale Entwicklungen, die Branchenentwicklung, die Wettbewerbsstärke des Unternehmens, die Verbesserungen, die ein Unternehmen durch eine Strategie der Marktpenetration, Marktentwicklung oder Produktentwicklung erreichen könnte, und schließlich auch die Kostenentwicklung.

II. DIE KONZIPIERUNG EINER PRODUKTSTRATEGIE

Die Darstellung der möglichen Produktstrategien hat gezeigt, daß es von der jeweiligen Unternehmenssitutation abhängig ist, welche Strategie langfristig verfolgt wird. Die Konzipierung der Produktstrategie hingegen wird sich auf die einem Unternehmen zur Verfügung stehenden Mittel beziehen.
Ausgangspunkt für die Erarbeitung einer Produktstrategie ist die finanzielle Stär-

ke eines Unternehmens. Jede Strategie erfordert Investitionen. Diese Investitionen beinhalten beispielsweise Grundstücke, Gebäude und die für die Produktion benötigten Anlagen. Daneben werden Investitionen in Rohmaterial, in Halbfertig- und Fertigprodukte erforderlich. Schließlich sind Verkäufe vorzufinanzieren, und ein gewisser Liquiditätsstatus muß erreicht und aufrechterhalten werden.

Die finanzielle Stärke eines Unternehmens beeinflußt wiederum die Umsatzhöhe der einzelnen Produkte. Ein hoher Umsatz macht in der Regel hohe Investitionen erforderlich. Aus diesem Grunde sind die Erfolgschancen großer Unternehmen bei umsatzstarken Produkten größer, während die Chance kleiner Unternehmen auf Marktsegmenten (→ Marktsegmentierung) — auch Marktnischen genannt — liegt. Inwieweit diese Aussage in vollem Ausmaße Gültigkeit besitzt, wird wiederum von der jeweiligen Branche abhängen.

Bestimmungsfaktoren für das Umsatzvolumen sind die Anwendungsmöglichkeiten eines Produktes, die Zahl der potentiellen Abnehmer und die Größe des Absatzgebietes. Diese Faktoren sind auch für das Ausmaß der Umsatzstabilität mitbestimmend. Ein Produkt mit nur einem Verwendungszweck und relativ wenigen Abnehmern ist relativ schneller veraltet oder starken Umsatzschwankungen unterworfen als im umgekehrten Fall. Aus diesem Grunde bevorzugen große Unternehmen Produkte, für die ein großer potentieller Markt existiert. Ein kleines Unternehmen hingegen kann aufgrund seiner größeren Flexibilität das Risiko eingehen, einen nur kleinen Markt zu bearbeiten, weil es sich sehr viel schneller an veränderte Verhältnisse anpassen kann.

Der Distributionskanal ist eine weitere Determinante der Produktpolitik. Häufig wird unterstellt, daß die vorhandene Außendienstmannschaft ohne weiteres ein neues Produkt „verkraften" kann, insbesondere wenn es sich um dasselbe Marktsegment handelt, das bearbeitet wird. Erfordert das neue Produkt allerdings den Verkauf in einem völlig neuen Markt an eine andere Abnehmerschicht, so muß gleichzeitig ein völlig neuer Distributionskanal aufgebaut werden. Es müssen neue Verkaufs- und Werbekonzepte erstellt werden, Außendienstmitarbeiter eingestellt und geschult und möglicherweise neue Händler gewonnen werden.

Als weiterer Faktor ist bei der Konzipierung der Produktstrategie die Konkurrenzsituation in der jeweiligen Branche zu berücksichtigen. Grundsätzlich sollte ein Unternehmen gegenüber dem vorhandenen Konkurrenten keine Nachteile aufweisen beziehungsweise diese schnell und problemlos beseitigen können.

Das Eindringen in einen Markt macht Investitionen erforderlich. Diese Investitionen sind um so höher, je geringer die Zahl der Konkurrenten ist und je stärker die Konkurrenten im Markt Fuß gefaßt haben. Die Investitionen werden um so kleiner sein, je größer die Zahl der Konkurrenten ist und je geringer deren Bindung an die Abnehmer ist. In einem solchen Fall wird aber oftmals bereits ein harter Preiswettbewerb vorherrschen, so daß sich der Eintritt in diese Branche nur selten lohnt.

Neben der Konkurrenzsituation ist das Ausmaß der durch die Produktstrategie zu erreichenden Stabilität von entscheidender Bedeutung. Es ist für ein Unternehmen von Vorteil, wenn es über sowohl ein stabiles Absatz- als auch Produktionsniveau verfügt. Investitionsgüter und bestimmte Gebrauchsgüter sind besonders anfällig gegenüber Konjunkturschwankungen. In einem solchen Fall könnte versucht werden, neue Produkte in das Programm aufzunehmen, die der Verbrauchsgüterkategorie angehören. Verbrauchsgüter müssen nicht unbedingt Konsumgüter im eigentlichen Sinne sein, sondern es kann sich auch um Investitionsgüter handeln, die zur

Herstellung von Konsumgütern benötigt werden.
Schließlich ist auch zu berücksichtigen, inwieweit ein Unternehmen durch ein eigenes Forschungsprogramm Produkte verbessern beziehungsweise einer Produktstrategie durch das entsprechende Forschungsprogramm zum Erfolg verhelfen kann, inwieweit das eigene Angebot durch Patente geschützt werden kann, um so eine starke Position im Markt zu erreichen, inwieweit die Abhängigkeit von Zulieferern im Hinblick auf Rohmaterial oder Halbfertigprodukten besteht und schließlich, welches Produktionsvolumen das Unternehmen zukünftig zu bewältigen haben wird. Im Hinblick auf das Produktionsvolumen gilt die weiter vorne getroffene Aussage, daß sich für große Unternehmen die Aufnahme neuer Produkte nur dann lohnen wird, wenn eine Massenproduktion abzusehen ist, während bei kleineren Unternehmen kurze Produktionsläufe und eine weitere Produktdifferenzierung von Vorteil sein kann.
Die optimale Produktstrategie ist immer dann erreicht, wenn weder durch die Aufnahme eines neuen Produktes noch durch die Aufgabe eines alten Produktes der Gewinn, die Stabilität oder die Wachstumsrate eines Unternehmens verbessert werden kann. Diese optimale Strategie kann allerdings nur als ein statisches Optimum betrachtet werden, d. h. es berücksichtigt nicht die im Zeitablauf auftretenden Veränderungen. Um die Optimalität der Strategie langfristig aufrecht zu erhalten, muß eine kontinuierliche Analyse des gesamten Angebots erfolgen, um möglicherweise durch eine Verbesserung, durch eine Aufgabe oder Neuaufnahme von Produkten die jeweils optimale Vorgehensweise am Markt zu gewährleisten.

Literatur:
Ansoff, I. H.: Management Strategie, München 1966
Ansoff, I. H.: Strategies for Diversifikation, in: Harvard Business Review 1957
Allison, H.: Die Marketingstrategie, in: Marketing-Management und Organisation, dtsch. Bearbeitung P. Linnert, München 1971
Bursk und Chapman: Modern Marketing Strategy, Britt, Boyd jr. (Hrsg.), Cambridge 1964
Kline, Ch. H.: The Strategy of Product Policy, in: Harvard Business Review 1959
Linnert, P.: Die neuen Techniken des Marketing, 3. Auflage, München 1971

Professional

Bezeichnung für den Teil der Mitglieder des → Board of Directors, der zu den obersten Ebenen der Hierarchie des Unternehmens gehört. Ein Professional kann ein → Executive Officer oder der → Chief Executive sein.

Profit

Bezeichnung für Gewinn, Ertrag

Profit and Loss Account

Gewinn- und Verlustrechnung

Profit before Taxes

Bezeichnung für den Gewinn vor Steuern

Profit Center

Ausdruck für Erfolgsbereich in einem Unternehmen. Ein solcher Bereich umfaßt Einkauf, Lager, Fertigung und Verkauf und läßt eine gesonderte Ermittlung des Periodenerfolges zu.
Eine echte Profit Center-Organisation kann nur in größeren Unternehmen eingeführt werden. Sie soll dazu führen, daß die Bereichsleiter gewinnbewußt und gewinnverantwortlich werden und der Unternehmensleitung gleichzeitig eine verbesserte Kontrolle der einzelnen Bereiche ermöglicht wird.
→ Divisionalisierung

Profit Contribution

→ Contribution Margin

Profit Minded

Bezeichnung für gewinnbewußt

Profit Responsibility

Bezeichnung für Gewinnverantwortlichkeit

Prognose

Versuch, bei ungewissen und veränderlichen Erscheinungen gewisse regelmäßige Zusammenhänge aufzudecken und daraus für die Zukunft gewisse Ereignisse vorherzusagen.
Prognosen sollen bei der Planung helfen, das Risiko vermindern und Entscheidungen erleichtern.
Prognosen werden nach verschiedenen Gesichtspunkten eingeteilt, so z. B. nach dem Gegenstand, nach der Fristigkeit, nach den angewandten Prognoseverfahren.

I. GEGENSTAND DER PROGNOSE

Zunächst können einmal Wirtschaftsprognosen (z. B. Entwicklung der Löhne und Gehälter, Preisentwicklung) und Sozialprognosen (z. B. Bevölkerungsentwicklung, Altersaufbau) gegenübergestellt werden – wobei jede längerfristige Wirtschaftsprognose die Daten aus der Sozialprognose berücksichtigt.
Wirtschaftsprognosen für eine gesamte Volkswirtschaft oder einen Wirtschaftsraum werden als makroökonomische Prognosen, Globalprojektionen oder Totalprognosen bezeichnet. Diesen stehen die Partialprognosen, Branchen- oder

Sektorenprojektionen und die mikroökonomischen Prognosen, also Vorhersagen für einen Ausschnitt aus der Gesamtwirtschaft wie z. B. für einzelne Betriebe gegenüber.
Weiterhin wird unterschieden zwischen Angebots- und Nachfrageprognosen. Oft werden nur Angebotsprognosen erstellt, da man von der Annahme ausgeht, daß sich die Nachfrage von selbst einstelle. Angebotsprognosen sind häufig mit Wachstumsprognosen gleichzusetzen, da beide die Menge der Angebotsfaktoren projizieren, während Nachfrageprognosen häufig Trendprojektionen darstellen.
Durch die zunehmende Versorgung der Wirtschaft mit dauerhaften Gütern werden Ersatzprognosen immer wichtiger. Ist ein bestimmter Sättigungsgrad erreicht, so spielt die Nachfrage nach dauerhaften Gütern als Erstausstattung kaum mehr eine Rolle. Dafür steigt die Nachfrage aus Gründen der Ersatzbeschaffung (Echoprinzip).

II. PROGNOSEZEITRAUM

Prognosen werden häufig als kurz-, mittel- oder langfristig bezeichnet. Dies ist deswegen nicht besonders glücklich, weil die Meinungen über das, was als kurz-, mittel- oder langfristig anzusehen ist, in der Literatur sehr stark differieren (kurzfristig: unter einem Monat bis zu 2 Jahren; mittelfristig: 3 Monate bis zu 20 Jahren; langfristig: 2 Jahre bis 20 Jahre). Einig ist man sich offensichtlich nur darüber, daß Prognosen über einen Zeitraum von mehr als 20 Jahren hinaus mehr Unsicherheitsfaktoren enthalten. Andererseits kommt längerfristigen Prognosen eine steigende Bedeutung zu.

III. PROGNOSEVERFAHREN

Eine grobe Unterscheidung der Prognoseverfahren ist die zwischen qualitativen Verfahren und quantitativen Verfahren (häufig auch als exakte bzw. mathematische Verfahren bezeichnet).

Qualitative Verfahren

Sieht man von der Prophezeihung als unwissenschaftlichem Prognoseverfahren ab, dürfte eines der einfachsten Verfahren das → Delphi-Verfahren sein. Ein → Panel von Experten wird durch Fragebogen zu einem Problem interviewt. Ein Koordinator sorgt dafür, daß alle Experten dieselben Informationen haben. Er stellt aus den eingehenden Antworten einen neuen Fragebogen für die Prognose zusammen. Durch die schriftliche Befragung wird eine Beeinflussung der Meinung der Minderheit in Richtung auf die herrschende Meinung vermieden.

Als Anwendungsgebiete für dieses Verfahren sind vorwiegend Vorhersagen auf dem Absatzsektor, über künftige technische Fortschritte und von Gewinnspannen zu nennen. Das Delphi-Verfahren gilt für Vorausschätzungen zwischen unter einem Monat bis über 2 Jahren hinsichtlich Genauigkeit als „sehr gut" bis „befriedigend".

Die Methode des Delphi-Verfahrens gehört in den Bereich der Meinungsforschung. Eine verwandte Methode wird vom Münchner IFO-Institut seit 1949 als Konjunkturdiagnose und -prognose angewandt: Der sog. Konjunkturtest.

Unternehmen unterschiedlicher Größenordnung und verschiedener Branchen werden monatliche Tendenzfragen zu ihrer eigenen wirtschaftlichen Lage (z. B. war der Umsatz im Vergleich zum Vormonat größer, etwa gleich oder kleiner) und zu ihren Plänen (z. B. hinsichtlich Investitionen) und zu ihren Erwartungen über vom Unternehmen nicht zu beeinflussende Daten vorgelegt. Die Antworten werden nach der Bedeutung der Betriebe gewichtet.

Aus ex post- und ex ante-Daten wird dann die Prognose erstellt. Der Konjunkturtest hat den großen Vorteil, daß wichtige Daten schnell und in großem Umfang für die kurzfristige Konjunkturprognose zur Verfügung stehen. Mit Hilfe des Konjunkturtests ist ein Tendenzumschwung, also eine kurzfristige Konjunkturänderung, nur schwer zu erkennen, da sich die Erwartungen der Unternehmer häufig als Projektionen der unmittelbaren Vergangenheit in die Zukunft erweisen.

Ein weiteres („primitives") Prognoseverfahren ist die historische Analogie. Hier werden Prognosen aufgrund eines Vergleichs mit ähnlichen, früheren Abläufen gegeben.

Quantitative Verfahren

Als quantitative Verfahren bezeichnet man die statistischen Verfahren und die analytischen Verfahren.

Statistische Verfahren

Die Erfahrung zeigt, daß sich Veränderungen zumeist nicht sprunghaft, sondern allmählich vollziehen. Es ist also möglich, aus in der Vergangenheit beobachteten Regelmäßigkeiten auf ebensolche in der Zukunft zu schließen. Dabei muß allerdings beachtet werden, daß die Prognose aufgrund von Zeitreihen an Genauigkeit verliert, je mehr sie sich von den Ausgangsdaten in die Zukunft entfernt.

Zur Analyse von Zeitreihen zerlegt man sie in vier Komponenten:

Trend,
Konjunktur,
Saison- und
Zufallsschwankungen.

Bei kurz- und mittelfristigen Vorausschätzungen ist es wichtig, Saison- und Zufallsschwankungen auszuschließen.

Das einfachste Verfahren dazu ist das Verfahren der gleitenden Durchschnitte. Häufig wird ein gleitender 12-Monats-Durchschnitt gebildet, und zwar, weil man von der Überlegung ausgeht, daß innerhalb dieses Zeitraumes positive und negative Abweichungen einander ausgleichen. Bildet man für eine Reihe von Jahren diese gleitenden Durchschnitte, so kann man den Trend erkennen und in die Zukunft projizieren. Wichtig ist nur,

den Rhythmus der Schwankungen zu erkennen.
Ein ähnliches, aber komplizierteres Verfahren ist das Verfahren der exponentiellen Glättung (exponential smoothing). Bei der Trendberechnung durch das Verfahren der gleitenden Durchschnitte wird allen Werten der Vergangenheit das gleiche Gewicht zugeteilt. Hier wird ein gewichtetes arithmetisches Mittel gebildet, und zwar so, daß die jüngsten Zahlen ein stärkeres Gewicht erhalten als die weiter zurückliegenden. Es gibt viele Varianten der exponentiellen Glättung, für die der Rechenaufwand von gering bis erheblich reicht.
Auch mit diesem Verfahren lassen sich Trendwendepunkte nur schlecht prognostizieren. Dennoch hat es in der Praxis eine weite Verbreitung gefunden, da es einfach zu handhaben ist. Ein in den USA entwickeltes, kompliziertes Verfahren der exponentiellen Glättung, die Box-Jenkins-Methode, die besonders für kurzfristige Prognosen geeignet ist, gilt als die augenblicklich genaueste, allerdings auch teuerste statistische Routinemethode. Sie wird speziell für Prognosen des Barbestandes und des Cashflows eingesetzt.
Eine weitere einfache Art der Trendberechnung ist die Methode der kleinsten Quadrate. Man macht auf Grund der vorliegenden Vergangenheitswerte eine Annahme über den Kurvenverlauf; wählt man z. B. eine Gerade $Y = a + bx$ (Y = Trendwert, x = Jahr), so müssen die Konstanten a und b so gewählt werden, daß die Summe der quadrierten Differenzen zwischen den beobachteten y- und den berechneten Y-Werten ein Minimum wird. Der so berechnete Trend wird dann über den Prognosezeitraum extrapoliert.
Die Methode hat den Nachteil, daß der Kurventyp relativ willkürlich gewählt wird und es häufig auch nach intensiver Prüfung der Ursprungsdaten nicht einfach ist, zu entscheiden, ob eine lineare, eine exponentielle oder eine logistische Kurve sich den Werten am besten anpaßt. Dennoch hat sich auch dieses Verfahren in der Praxis bewährt.
Mit allen bisher genannten Verfahren ist eine Vorhersage von Trendwendepunkten kaum oder nur schlecht möglich. Man suchte daher nach Zeitreihen-Indikatoren, die der allgemeinen wirtschaftlichen Entwicklung vorauseilen. Eine solche Leitindikatormethode (bereits nach dem 1. Weltkrieg entwickelt) wurde unter der Bezeichnung Harvard-Barometer bekannt. Man hatte durch eine Analyse von Daten aus den Jahren 1903–1914 drei typische, zeitlich verschobene Zyklen festgestellt: eine Konjunktur-

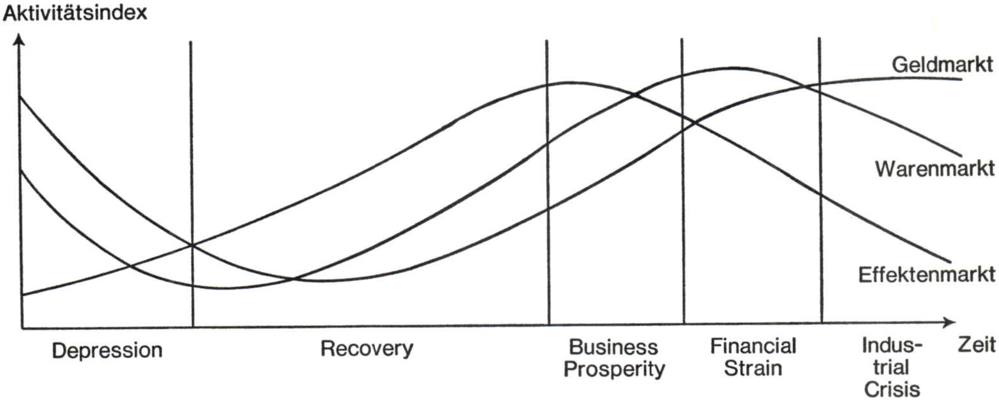

Harvard-Barometer

wende zeigte sich zunächst auf dem Effektenmarkt, dann auf dem Warenmarkt und später auf dem Geldmarkt.

Das Barometer sollte eine Aussage über die Konjunkturphasen zulassen: Depression, Recovery, Business Prosperity, Financial Strain, Industrial Crisis.

Nach anfänglichen Erfolgen, die dazu führten, daß das Barometerverfahren auch von Konjunkturforschungsinstituten in Europa übernommen wurde, versagte die Methode in der Weltwirtschaftskrise absolut.

Inzwischen bedient man sich, vor allem in den USA, wieder der Indikatormethode. Die Verfahren sind allerdings sehr viel differenzierter geworden. Die vom National Bureau of Economic Research verwendeten 26 Konjunkturindikatoren werden in drei Gruppen eingeteilt, in 12 führende, 9 gleichzeitige und 5 nachhinkende Indikatoren (leading, coinciding und lagging indicators) im Verhältnis zum Gesamtzyklus. Die Methode läßt Wendepunkte einige Monate zuvor relativ gut erkennen, wenn die Zeitreihen schnell zur Verfügung stehen.

Ein in den USA sehr verbreitetes Indikatorverfahren ist der Diffusionsindex. Er wird dort verwendet, wo sich eine Zeitreihe aus vielen verschiedenen Elementen zusammensetzt (z. B. der Index des Verbrauchs von Gütern und Dienstleistungen, der aus den Verbrauchsangaben für viele hundert Waren besteht).

Es wird beobachtet, in welcher Richtung sich die Teilindices bewegen. Der Diffusionsindex gibt z. B. jeden Monat die Prozentzahl der steigenden Teilindices im Verhältnis zur Gesamtzahl aller Teilindices an. Der Wert des Index bewegt sich zwischen 0 und 100, wobei 0 bedeutet, daß alle Teilindices fallen, 100, daß alle steigen.

Ein Verfahren mit dem gleichen Ziel wie die Indikatormethode, nämlich Wendepunkte frühzeitig anzuzeigen, ist das Zuwachsratenverfahren. Man geht dabei von der Überlegung aus, daß eine Konjunkturabschwächung sich zunächst nur auf einige Teilbereiche erstreckt und somit zu einer Verringerung der globalen Wachstumsraten führt.

Der Wert der Indikator- und Zuwachsratenmethoden als brauchbare Prognoseverfahren ist äußerst umstritten. Einig ist man sich darin, daß diese Methoden im Zusammenhang mit anderen Prognoseverfahren, und wenn man die Daten tatsächlich nur als „Indikatoren“ ansieht, durchaus nützlich sind. Ein Prognoseverfahren, das häufig dann eingesetzt wird, wenn die zu prognostizierenden Größen mit anderen, übergeordneten wirtschaftlichen Größen in Zusammenhang stehen, ist die → Regressionsanalyse bzw. die → Korrelationsrechnung. Nachdem die unabhängige Variable festgelegt ist, wird mit Hilfe der Methode der kleinsten Quadrate die Art des Zusammenhangs zwischen den Variablen – Regression – und die Stärke des Zusammenhangs – Korrelation – berechnet. Für die übergeordnete Größe wird unabhängig eine Prognose erstellt und der gefundene Wert in die Regressionsgleichung eingereiht, wodurch man einen prognostischen Wert für die abhängige Variable erhält.

Die Regressionsanalyse ist eine für kurz- bis mittelfristige Vorhersagen brauchbare Prognosenmethode, durch die sich auch Trendwendepunkte prognostizieren lassen.

Nachteile dieser Methode sind, daß Korrelationen festgestellt werden können, ohne daß ein tatsächlicher Zusammenhang zwischen den Größen besteht (Schein- bzw. Nonsense-Korrelation).

Analytische Verfahren

Während mit den bisher genannten Verfahren Prognosen für eine oder mehrere Größen erstellt wurden, arbeiten die analytischen Verfahren mit Modellen, die den Ablauf ganzer Wirtschaftsprozesse in zukünftigen Perioden untersuchen und vorhersagen wollen.

Die Modelle werden nach verschiedenen Gesichtspunkten unterschieden, z. B. nach ihrem Zweck in Verlaufsmodelle, Wachstumsmodelle, Entscheidungsmodelle, Konjunkturmodelle.
Eine andere Art der Unterscheidung ist die in ökonometrische Modelle (Tinbergen-Modelle) und Input-Output-Modelle (Leontief-Modelle).

Ökonometrische Modelle

Ökonometrische Modelle bestehen aus einem System von Gleichungen (Verhaltensgleichungen [soziologische und psychologische], technischen und strukturellen Zusammenhängen, institutionellen Beziehungen, Kreislaufgleichungen), in denen der Versuch gemacht wird, die Erkenntnisse aus Wirtschaftstheorie und Wirtschaftsstatistik zu vereinen. Die Parameter der Gleichungen werden aus Zeitreihen und anderen empirischen Untersuchungen gewonnen. Man unterscheidet endogene (systeminterne) und exogene Variable. Die exogenen Variablen werden nicht durch das Gleichungssystem berechnet, sondern als von außen gegeben zur Berechnung der endogenen Variablen eingesetzt.
Ökonometrische Modelle sind in ihrer Entwicklung sehr aufwendig. Sie sind hervorragend geeignet für Vorhersagen von Absatz und Umsatz ganzer Produktklassen. Trendwendepunkte lassen sich gut prognostizieren.
Ein ökonometrisches Modell für die Gesamtwirtschaft wurde erstmals 1937 von J. Tinbergen veröffentlicht.
Die Modelle sind äußerst kompliziert. Sie werden heute als gesicherte Grundlage für wirtschaftliche und wirtschaftspolitische Entscheidungen angesehen.

Input-Output-Modelle

Diese zuerst von W. Leontief entwickelten Modelle sollten ursprünglich die intersektorale Verflechtung einer Volkswirtschaft aufzeigen. Sie eignen sich aber auch zur Darstellung der Interdependenz der Sektoren eines multinationalen Wirtschaftsgebietes, wie z. B. der EWG oder aber auch eines Teiles einer Volkswirtschaft.
Das Leontief-Modell beruht auf den Erkenntnissen der Kreislauftheorie, daß Käufe eines Wirtschaftssubjektes Verkäufe eines anderen sein müssen. Die Beziehungen werden in einer Matrix dargestellt. In der Kopfzeile stehen die Bezieher von Lieferungen und Leistungen, in der Vorspalte die Lieferanten. Die Zeilen enthalten die Output-Ströme, die Spalten die Input-Ströme. Je geringer der Aggregationsgrad des Modells ist, desto aufschlußreicher ist es; allerdings nehmen damit auch Rechenaufwand, Zeit und Kosten der Untersuchung und Fehlermöglichkeiten erheblich zu.
Da Input-Output-Modelle ex post-Modelle sind, ist ihr Wert für Prognosen umstritten. Die Anhänger der Methode behaupten, daß die einmal festgestellte Produktionsstruktur sich durch den technischen Fortschritt nur langsam ändere und daher eine Projektion möglich sei.
Mit der Input-Output-Analyse werden heute Beschäftigungs-, Lohn- und Gehalts-, Nachfrage- und Investitionsprognosen erstellt. Sie spielt eine Rolle bei wirtschaftspolitischen Entscheidungen, da sich mit ihrer Hilfe z. B. die Auswirkungen von Steuererhöhungen auf die Wirtschaft vorausberechnen lassen.

Kurz- und langfristige Wirtschaftsplanung

Ein Nationalbudget ist ein ökonometrisches Modell, in das die wirtschaftspolitischen Ziele und Möglichkeiten für ein Jahr eingearbeitet werden. Es handelt sich letztlich um eine volkswirtschaftliche Gesamtrechnung ex ante, die Daten über das künftige Volkseinkommen, Löhne und Gehälter, Konsum und Investitionen, aufgeteilt auf die einzelnen Wirtschaftssektoren enthält. Nationalbudgets wurden meist in den USA und Großbritannien, nach dem 2. Weltkrieg auch in anderen europäischen Staaten aufgestellt.

Während das Nationalbudget die kurzfristige Wirtschaftsplanung zum Ziel hat, macht man mit der Planification in Frankreich den Versuch einer langfristigen Wirtschaftsplanung außerhalb einer Planwirtschaft, d. h. die freie Entscheidung des Einzelnen wird mit einer Planung der Daten der Gesamtwirtschaft verbunden.

IV. DER EINFLUSS VON PROGNOSEN AUF DIE WIRTSCHAFT

Es gibt zwei extreme Reaktionen auf die Veröffentlichung von Prognosen.

Beispiel 1:
Der Sprecher einer Großbank gibt bekannt, daß man ein Steigen der Aktienkurse erwarte. Diese Mitteilung veranlaßt viele Anleger zum Kauf von Aktien, was ein Steigen der Kurse bewirkt. Die Prognose hat sich schon durch ihre Veröffentlichung erfüllt (self fulfilling prophecy).

Beispiel 2:
Ein Konjunkturforschungsinstitut kündigt für das laufende Jahr eine Preissteigerung von rund 4 % an. Die Veröffentlichung bewirkt, daß Käufe, die erst für später geplant waren, bereits jetzt getätigt werden und damit die angekündigte Preissteigerung um 1,5 % übertroffen wird. Hätte das Institut von vornherein eine Preissteigerung von rund 5,5 % prognostiziert, so wären die spekulativen Käufe wahrscheinlich noch höher ausgefallen. Man nennt diese Tendenz Rückkopplungs-Effekt (feedback effect). Er führt zu einer Selbstaufhebung der Prognose (self defeating prophecy).

Beispiel 3:
Die Vorhersage einer zunehmenden Arbeitslosigkeit veranlaßt die Regierung zu kompensierenden wirtschaftspolitischen Maßnahmen, z. B. zu verstärkter Vergabe von Staatsaufträgen. Die Prognose hat sich – durch den Counter-Feedback-Effekt – nicht erfüllt.

Der Prognostiker will nicht unter allen Umständen „Recht haben", sondern dem Unternehmer, dem Wirtschaftler bei der Wirtschaftsplanung behilflich sein. Es ist nicht Aufgabe der Prognose vorherzusagen, was Unternehmer oder Regierungen tun werden, sondern was sie tun können (G. Bombach).

Literatur:
Diagnose und Prognose als wirtschaftswissenschaftliche Methodenprobleme. Verhandlungen auf der Arbeitstagung des Vereins für Socialpolitik in Garmisch-Partenkirchen, Hrsg.: Giersch, H., und K. Borchardt, Schriften des Kreises für Sozialpolitik, Bd. 25, Berlin 1962
Evans: Macro-economic activity: Theory, forecasting and control, New York 1969
Gerfin, H.: Langfristige Wirtschaftsprognosen, Tübingen, Zürich 1964
Leontief, W.: Input-Output-Economics, New York 1966
Marquardt, W., Strigel, W.: Der Konjunkturtest, Berlin/München 1959
Moore, G. H.: Business cycle indicators, Princeton 1961
Rothschild, K. W.: Wirtschaftsprognose – Methoden und Probleme, Berlin/Heidelberg/New York 1969
Schöpf, A.: Das Prognoseproblem in der Nationalökonomie – Versuch einer Gesamtbetrachtung, Berlin 1966
Theil, H.: Applied economic forecasting, Chicago 1966

Program Analyzer

Um die Wirksamkeit von Werbefilmen, Rundfunk- und Fernsehwerbesendungen zu prüfen, wurde in Amerika eine technische Apparatur entwickelt. Die in einem Studio versammelten Versuchsteilnehmer erhalten je einen Apparat mit einem roten und einem grünen Schaltknopf. Wird ihnen die Sendung vorgespielt, müssen sie nach dem Grad ihrer Zustimmung oder Ablehnung einen grünen beziehungsweisen roten Knopf verschieden stark drücken.

Program Centers

In einem stark systemorientierten Unternehmen sich aus → Profit Centers entwickelnde Bereiche, die durch die zentral geplanten und entschiedenen Programme nur mehr für deren Durchführung und nicht für programmierte Entscheidungen verantwortlich sind.

Program Description

Beschreibung eines Programms im Rahmen der elektronischen Datenverarbeitung. Der analoge deutsche Ausdruck lautet → Programmdokumentation.

Program Flow

Programmablaufplan
siehe auch: Flow Chart, Ablaufplanung, Datenflußpläne

Programm

Ein Programm ist eine bestimmte Reihenfolge logischer Einzelschritte zur Durchführung einer Aufgabe.
→ Elektronische Datenverarbeitung

Programmablaufplan

Ein Programmablaufplan beschreibt in der elektronischen Datenverarbeitung jeden Programmschritt und macht dessen Querverbindungen zu anderen Zweigen eines Programms sichtbar.
Vor Festlegung eines Programmablaufplanes sollten folgende Voraussetzungen erfüllt sein:

1. Einrichtung einer Zentralstelle, die einen einheitlichen Programmnamen und die zu verwendenden Schlüssel vorgibt.
2. Festlegung der benötigten und zu verwendenden Formulare.
3. Festlegung von Vereinbarungen über die Anwendung von Entscheidungstabellen und die Kennzeichnung der einzelnen Speicherinhalte, Speicherblöcke und -gesetze.
4. Erarbeitung einer Check-Liste für programmierte Kontrollen.

Nach Erfüllung dieser Voraussetzungen läßt sich ein Programmablaufplan mit Hilfe von Sinnbildern darstellen. Diese Sinnbilder sollen Operationen, Ein- und Ausgabevorgänge und Ablauffolgen verdeutlichen. Zu den wichtigsten Symbolen zählen:

1. Sinnbilder für Operationen:
2. Sinnbilder für Eingabe- und Ausgabeoperationen
3. Sinnbild für Programmablauf

Kennzeichnung für Operationen jeder Art.
Es wird mit erläuterndem Text für manuelle und maschinelle Bearbeitung verwendet

Kennzeichnung für ein Unterprogramm – ein vorgefertigter Programmteil, der als Ganzes in das Hauptprogramm eingefügt wird.

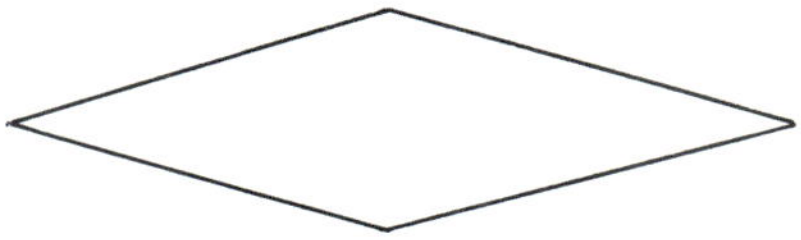

Kennzeichnung für eine Verzweigung im Programmablauf. Die Frage, zu der die Entscheidung gefällt werden soll, muß eingetragen bzw. vermerkt sein. Dieses Sinnbild hat jeweils einen JA- und einen NEIN-Ausgang.

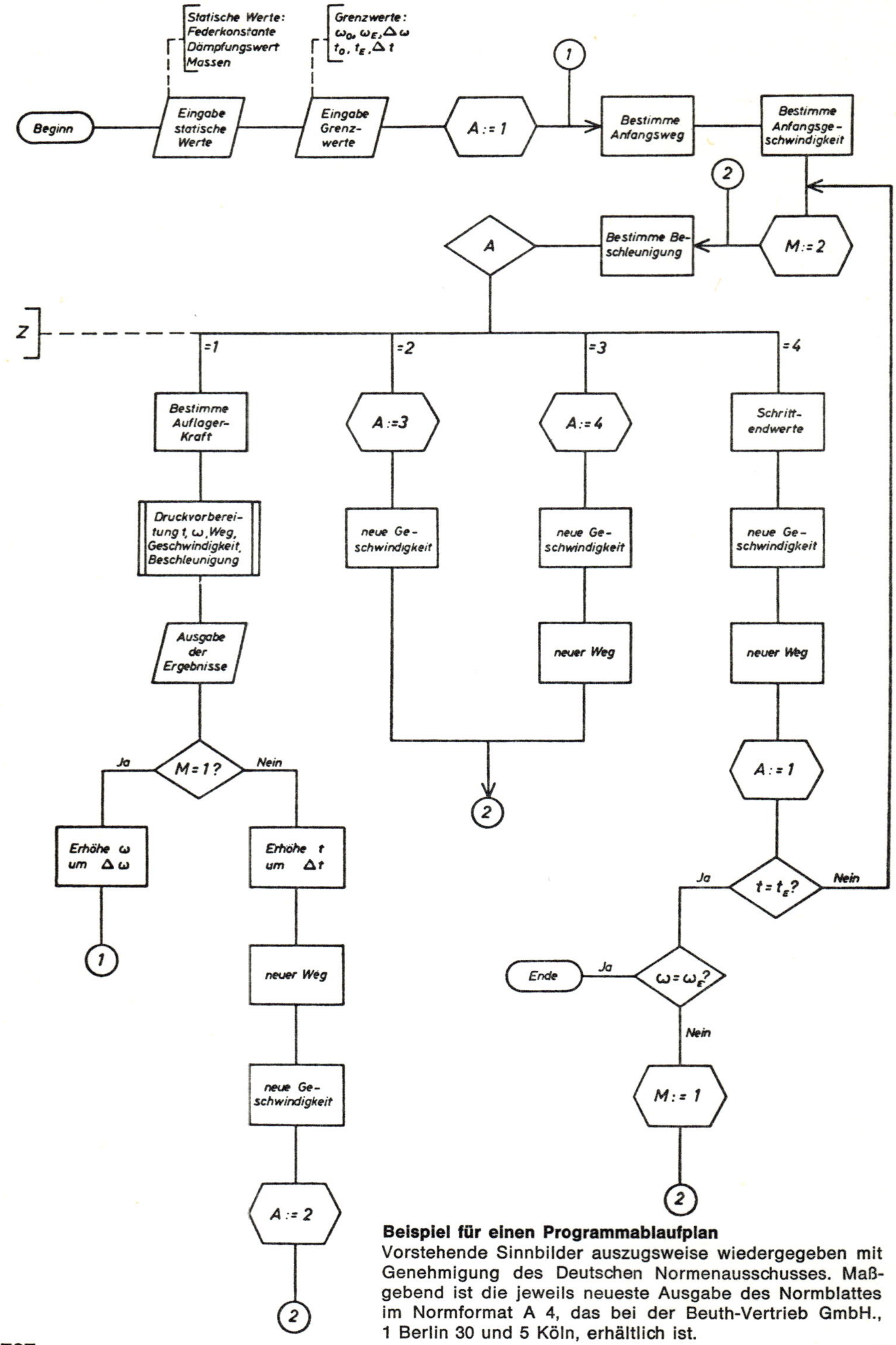

Beispiel für einen Programmablaufplan
Vorstehende Sinnbilder auszugsweise wiedergegeben mit Genehmigung des Deutschen Normenausschusses. Maßgebend ist die jeweils neueste Ausgabe des Normblattes im Normformat A 4, das bei der Beuth-Vertrieb GmbH., 1 Berlin 30 und 5 Köln, erhältlich ist.

Eingabe-Ausgabevorgang

Gerichtete Ablauflinie, kennzeichnet die Ablaufrichtung des Programms

Ein Beispiel für einen Programmablaufplan ist auf den Spalten 787 und 788 dargestellt. Er zeigt die Durchführung einer Schwingungsberechnung.
Es wird der Programmablaufplan für eine Schwingungsuntersuchung von Kraftfahrzeugen beim Überfahren von Hindernissen dargestellt. Dabei handelt es sich um ein Zweimassensystem mit Federn und Dämpfungselementen, die nichtlineare Charakteristiken besitzen. Diese Aufgabe führt auf eine Differentialgleichung 2. Ordnung, die nicht mehr geschlossen lösbar ist. Der Grundgedanke des aufgezeichneten Lösungsverfahrens ist das mehrmalige Vortasten vom jeweiligen Schrittanfang, und zwar zweimal bis zur Schrittmitte und ein letztes Mal bis zum Schrittende mit anschließender Berechnung des Näherungswertes für den Gesamtschritt.

Der Programmablaufplan zeigt, wie nach der Eingabe der statischen Werte und der Grenzwerte für dieses Beispiel die einzelnen Werte des Weges, der Geschwindigkeit und der Beschleunigung errechnet werden. Das Programm gestattet, zu einer vorgegebenen Reihe von Frequenzen das Schwingungsverhalten in Abhängigkeit von der Zeit bei beliebigen Schrittweiten zu untersuchen.

Literatur:

Chapin, N.: Einführung in die elektronische Datenverarbeitung, München 1967

Programmdokumentation

Die Programmdokumentation ist eine Unterlage, die die Aufgaben, den Zweck, die Struktur, die Einzelheiten und die operationalen Anforderungen eines Programms enthält und die dem Verwender leicht zugänglich sein sollte. Zweck der Programmdokumentation ist der personenunabhängige Einsatz eines Programms.
Eine Programmdokumentation sollte bestehen aus:

1. Einer Anweisung für den Verwender, die enthält:
   - Name des Programms
   - Kurzbeschreibung des Programmzwecks
   - Instruktionen für den Einsatz, Ablauf, Anwendung des Programms inklusive Datenvorbereitung
   - Besonders zu beachtende wichtige Punkte des Programms
   - Operationale Voraussetzungen für den Einsatz des Programms (z. B. YXZ/ 726 mit 64 KB und multiprogramming-monitor)
2. Eine präzise kommentierte und sich ständig auf dem neuesten Stand befindliche Darstellung der Programmsprache.

Die Dokumentation für Mehr-Programm-Systeme muß sehr viel genauer als die für Einzelprogramme erfolgen. Die Dokumentation ist die Voraussetzung für einen reibungslosen Datenverarbeitungsablauf und muß vollständig sein, bevor auch nur eine einzige Programminstruktion schriftlich niedergelegt wird. Da der einzelne Programmierer die Logik des geplanten Programms während der Konstruktion laufend ändert, müssen die mit dem Programm in Berührung kommenden Mitarbeiter von der Veränderung verständigt werden, wenn das System erfolgreich arbeiten soll. Die Dokumentation sollte deshalb auch eine reibungslose Kommunikation zwischen den einzelnen Programmierern sicherstellen. Eine solche Dokumentation sollte enthalten:

1. Funktionsbeschreibung des Gesamtsystems
2. Spezifizierung der verwandten Daten, und zwar im Hinblick auf:
   - Anforderungen an die Speicher für die verschiedensten Datenbestände
   - Anforderungen an die Organisation der Datenbestände
   - Spezifikationen für den logischen Aufbau der Speicher
   - Spezifikation für die Anordnung der Speicher
   - Spezifikation für die Anordnung der Programme
3. Programm, Programmroutinen und die Kontrollspezifikationen
4. Programmdokumentation

Programmierer

Ein Programmierer ist eine die Programmierung durchführende Person. Von einem Programmierer wird verlangt, daß er die meisten maschinen-orientierten und die seinen unmittelbaren Arbeitsbereich berührenden problem- und maschinen-orientierten Sprachen beherrscht. → Elektronische Datenverarbeitung, → Programmiersprachen.

Programmiersprachen

Eine Sprache ist die Zusammensetzung von Wörtern und Regeln, die für die zwischenmenschliche Kommunikation zum Zwecke der Verständigung geeignet sind.
Der Einsatz von elektronischen Datenverarbeitungsanlagen hat die Schaffung künstlicher Sprachen erforderlich gemacht, um eine Mensch-Maschine-Kommunikation zu ermöglichen. Das Resultat ist die Konstruktion von Programmiersprachen. Programmiersprachen verfügen im Vergleich zur menschlichen Sprache über ein nur beschränktes Vokabular und über ihren Aufbau schematisierende Regeln. Trotz dieser Beschränkungen sind Vokabular und Regeln eindeutig. Die finalen und absoluten Definitionen der Programmsprache befinden sich in der elektronischen Datenverarbeitungsanlage im → Compiler oder → Assembler, die die Sprache akzeptieren und der Maschine interpretieren. Das interpretierende Programmsystem – auch als Generatorprogramm bezeichnet – erzeugt entweder aus den Inputs einen eindeutigen und definitiven Output oder lehnt den Input bereits ab, da dieser für den Computer keine Bedeutung hat, diesem nicht eindeutig bekannt ist. Im Gegensatz zum Menschen, der auch bei einem sinnlosen Input nach logischen Gesichtspunkten handelt, wird der Computer keinen Output und somit keine Handlung erzeugen.
Die Programmiersprachen lassen sich im wesentlichen in vier Gruppen unterteilen:

1. Problemorientierte Sprachen
   Sie beschreiben ein zu lösendes Problem und lassen sich mit der speziellen Fachterminologie bestimmter Berufssparten vergleichen. Die Anwender bzw. Nutznießer dieser Sprache müssen zwar nicht mit der elektronischen Datenverarbeitungsanlage vertraut sein, wohl aber die Möglichkeit kennen, wie die Problemlösung anzustreben ist. Problemorientierte Sprachen sind nicht geeignet, die Lösungsmethoden zu beschreiben. Die Lösungsmethode muß bereits im Programm eingearbeitet sein.

2. Verfahrensorientierte Sprachen (procedure oriented languages).
   Sie werden eingesetzt, um den Input, den Output und die logische Funktion eines Programms zu beschreiben. Das zu lösende Problem muß sowohl implizit als auch explizit durch den

Daten-Input dem interpretierenden Programm beschrieben werden, während die Problemlösungsmöglichkeiten dem Programm im vorhinein bekannt sein müssen. FORTRAN ist ein Beispiel für eine verfahrensorientierte Sprache.

3. Maschinenorientierte Sprachen (Assembly languages). Maschinenorientierte Sprachen sind eine mechanische Hilfe, um einen symbolischen Befehl in eine Maschineninstruktion umzuwandeln. Im Gegensatz zu den vorgenannten komplexeren Sprachen sind die maschinenorientierten Sprachen sehr stark Computer-abhängig. Ein Beispiel ist EASYCODER für die Honneywell-1200.

4. Macro assembly-Sprachen sind außerordentlich sophistizierte Symbolsprachen, bei denen der Programmierer zwar noch immer die vollständige Kontrolle über den jeweiligen Input besitzt, bei denen aber die schwierigen Teile des Programms vom Computer ausgeführt werden können. Ein Beispiel wäre BAL (Basic-Assembly-Language) für das System 360.

Allen Sprachen ist gemeinsam, daß das Programm vom Programmierer in eine sogenannte → Source Language (ein vom Menschen lesbares Programm) geschrieben wird. Ein interpretierendes Programmsystem (Compiler oder Assembler) wandelt das Programm in eine Objektsprache um, die gewissermaßen die Verschlüsselung des Computers darstellt und auf die das vom Menschen erstellte Programm abgestellt sein muß.

Literatur:
Chorafas, D.: Programmiersysteme für elektronische Rechenanlagen, München 1967
Dworatscheck, S.: Einführung in die Datenverarbeitung, Berlin 1970
Vieweg, R.: Lochkartentechnik und Datenverarbeitung, 2. Auflage, Frankfurt 1968
Wehrig, H.: Wie arbeiten Datenverarbeitungsanlagen? München 1970

Programmierung

Die Programmierung stellt die Umwandlung von Schriftzeichen in eine Maschinensprache dar.

Project Engineer

Verantwortlicher Techniker, der für die Durchführung bestimmter Projekte, wie z. B. den Bau oder die Erstellung von Großanlagen verantwortlich ist.

Project Evaluation and Review Technique (PERT)

Verfahren zur Planung und Überwachung von Projekten.
→ Netzplantechnik

Project Management

Bezeichnung für die Planung, Organisation, Durchführung und Kontrolle einer größeren Aufgabe innerhalb einer Organisation, z. B. die Entwicklung einer technischen Anlage bis zur Produktion eines Unternehmens. Der Project Manager ist verantwortlich für die Erledigung der einzelnen angeführten Aufgaben im Hinblick auf die Einhaltung von Qualitätsstandards sowie des Budget- und Zeitlimits.
Die Zusammensetzung einer Project-Gruppe ist unterschiedlich: Wissenschaftler, Ingenieure, Techniker, Arbeiter; je nachdem, welche Gruppe überwiegt, ergeben sich bestimmte Probleme für den Project-Manager, z. B. die zeitliche Begrenzung von Forschungsaufgaben.
Da der Project-Manager größtenteils mit Spezialisten zusammenarbeitet, wird er die Rahmenplanung für das Project liefern, die Detailplanung jedoch seinen Mitarbeitern überlassen müssen. Voraussetzung dafür ist die genaue Beschreibung des Projects in seinem zeitlichen

Ablauf und mit den zu erwartenden Engpässen. Die Kontrolle des Untergebenen wird dem Project Manager Schwierigkeiten bereiten, da bei technisch-wissenschaftlichen Projects häufig erst nach vorliegenden Testergebnissen der Fortschritt der Arbeit bewertet werden kann. Aus diesem Grund ist ein kooperativer Führungsstil von Vorteil. Weitere Schwierigkeiten für den Fortgang des Projects wird die fortlaufende Anpassung an den aktuellen Stand des technischen Wissens mit sich bringen, da u. U. die bestehende Planung total neu konzipiert werden muß. Sind nicht alle Mitarbeiter aus der Linienorganisation freigestellt, so ergeben sich Konfliktsituationen, deren Bereinigung hohe Anforderungen an das Geschick des Project Managers stellen. Projectplanungsmethoden sind die → Netzplantechniken.

Literatur:

Gaddis, P. O.: The Project Manager, in: Harvard Business Review. Mai—Juni 1959

Projektion

Vorhersage, wie die → Prognose. In einem großen Teil der Literatur wird unter Projektion die längerfristige, quantitative Vorhersage verstanden, für die die Extrapolation die vorwiegend angewandte Vorhersagetechnik ist.

PROMIS

(Projekt Management Information System). Von Philips Electrologica entwickelte → Netzplantechnik. Schwerpunkt: Termin-, Kosten- und Kapazitätsplanung; Berichtswesen.

Proposed Distribution of Profit

Gewinnverteilungsvorschlag des → Board of Directors an die Aktionäre.

Publicity

Öffentlichkeitsarbeit. → Public Relations. Publicity zielt darauf ab, das Ansehen eines Unternehmens in der Öffentlichkeit zu festigen bzw. zu steigern. Dieses Ansehen läßt sich durch die Unterrichtung der Öffentlichkeit über die Vorgänge im Unternehmen oder in seinem Marktbereich steigern, die den Informierten aufgrund ihrer Sachlichkeit interessieren könnten.

Es kann sich hierbei um eine Unterrichtung über demnächst zu realisierende Pläne eines Unternehmens, über die gegenwärtige oder zu erwartende Geschäftsentwicklung oder über leitende Persönlichkeiten und deren Aufgabe und schließlich um die Unterrichtung über innerbetriebliche Vorgänge technischer Art handeln. Der Begriff Öffentlichkeit ist im Rahmen der Publicity dahingehend zu interpretieren, daß unter ihm nicht nur die speziell an einem Unternehmen interessierten Personen, z. B. Kunden und Lieferanten, sondern auch jene Personen und Institutionen verstanden werden, bei denen erreicht werden soll, daß sich bei ihnen mit dem Namen des Öffentlichkeitsarbeit betreibenden Unternehmens Vorstellungen wie technischer Fortschritt, Zuverlässigkeit und hohes Qualitätsniveau verbinden.

Public Relations (PR)

Bezeichnung für die Pflege und Förderung der Beziehungen eines Unternehmens zur Öffentlichkeit. → Publicity

1. Innerbetriebliche PR-Maßnahmen: Mitarbeiterschulung, Werkszeitschriften, Einstellungsbroschüren, Beratungsausschüsse etc.

2. Außerbetriebliche PR-Maßnahmen: Hauszeitschriften und -mitteilungen, Kundenzeitschriften, Geschäftsberichte, Pressekonferenzen, Betriebsbesichtigungen, PR-Anzeigen etc.

Pull-Strategie

Bezeichnung für eine Vorgehensweise, um ein neues Produkt im Handel und auf dem Markt einzuführen.
Im Rahmen der Pull-Strategie sollen mit Hilfe einer massiven Konsumentenwerbung die Konsumenten dahingehend beeinflußt werden, daß sie das neue Produkt oder die neue Marke beim Handel nachfragen, um so den Handel von den Erfolgsaussichten des Produktes zu überzeugen und ihn zur Aufnahme des Produktes in sein Sortiment zu bewegen.
→ Push-Strategie

Purchase Order

Bezeichnung für Kundenauftrag.

Purchase Pattern

Bezeichnung für Käuferverhalten.

Purchase Power

Bezeichnung für Kaufkraft. → Marketing Management

Purchase Proposition

Bezeichnung für Verkaufsargumentation.

Push-Button-Prinzip

Prinzip bei der Gestaltung von Produkten, die Arbeit sparen und eine unkomplizierte (narrensichere) Handhabung von Geräten und Maschinen ermöglichen.

Push-Strategie

Bezeichnung für eine Vorgehensweise, um ein neues Produkt im Handel und auf dem Markt einzuführen.
Im Rahmen der Push-Strategie soll ein neues Produkt oder eine neue Marke mit Hilfe außergewöhnlich hoher Spannen oder anderer Anreize – beispielsweise in Form von Naturalrabatten – in den Handel eingeführt werden. Diese Strategie kommt immer dann zum Einsatz, wenn bei den Konsumenten noch keine Präferenzen für das Produkt eines Unternehmens bestehen.
→ Pull-Strategie
In der Praxis werden die Push- und Pull-Strategien fast immer gleichzeitig zum Einsatz kommen, was nicht ausschließt, daß von Fall zu Fall eine der Strategien besonders stark gewichtet zum Einsatz kommt.

Q

Qualitätskontrolle

Maßnahmen eines Unternehmens zur Erhaltung oder Verbesserung seiner Produkte, und zwar auf allen Entwicklungs- und Fertigungsstufen und nach vorher festgelegten Richtlinien.

I. WESEN DER QUALITÄT

Die Qualität eines Produktes wird bestimmt durch die Güte des Entwurfs — Entwurfsqualität —, die den Unterschied im Gebrauchswert der Produkte ausmacht und durch den Grad der Übereinstimmung mit dem Entwurf — Fertigungsqualität —. Den Käufer eines Produkts interessiert in diesem Zusammenhang auch der Preis des Produktes, der

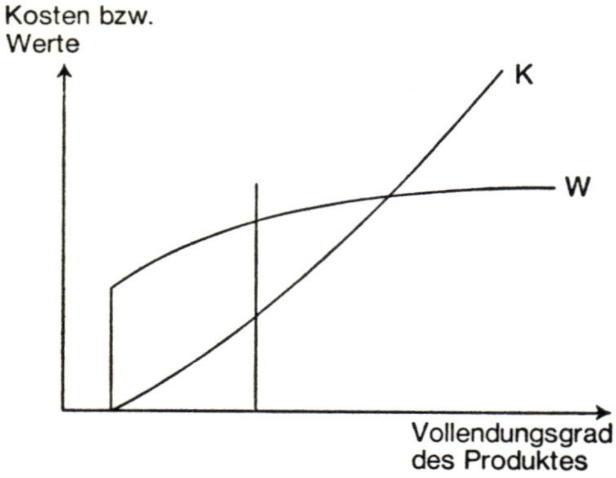

Kosten und Wert eines Produktes als Funktion des Vollendungsgrades (Darstellung nach J. M. Juran). (W = Wert des Vollendungsgrades, K = Kosten für das Erreichen des Vollendungsgrades.)

sich mit seinen Vorstellungen über den Wert des Produktes in etwa decken muß.
J. M. Juran machte die Feststellung, daß der Käufer über einen bestimmten Punkt hinaus keinen Wert mehr auf ein noch vollendeteres Produkt legt.
Das Unternehmen muß also bestrebt sein, ein technisch vollendetes, qualitativ hochwertiges Produkt zu liefern, gleichzeitig aber darauf achten, daß dessen Preis nicht zu hoch liegt, also die Kosten möglichst niedrig halten.

II. FAKTOREN, DIE DIE QUALITÄT BESTIMMEN

Qualitätsfestlegung

In dieser ersten Phase wird bestimmt, wie das Produkt aussehen soll, seine Verwendungsmöglichkeiten, sein Preis etc. — mit anderen Worten das Qualitätsniveau wird festgelegt. Um dieses einmal festgelegte Qualitätsniveau zu erreichen, müssen eine Reihe von Vorschriften hinsichtlich Fertigung (z. B. zu verwendende Werkzeuge, Maschinendrehzahl), Kontrolle (z. B. Prüfverfahren), Lieferung (z. B. Transport, Verpackung) und Vorschriften allgemeiner Natur (z. B. Anlage der Zeichnungen, Normen) erlassen werden.
Die Festlegung der Qualität ist eine wirtschaftliche Entscheidung und eng mit organisatorischen Problemen verbunden. Qualitativ hochwertige Erzeugnisse können nur von geschulten Arbeitskräften an erstklassigen Maschinen und Meßgeräten produziert werden, außerdem ist eine scharfe Qualitätskontrolle erforderlich.

Qualitätsbeherrschung

Ziel dieser 2. Phase ist es, das im Entwurf genau beschriebene Produkt möglichst entwurfsgetreu und mit möglichst niedrigen Kosten zu fertigen. Dazu gehört, daß Entwurfs- und Fertigungsabteilung eng zusammenarbeiten, die Arbeitskräfte entsprechende Instruktionen erhalten, Maschinen, Werkzeuge und Meßgeräte gewartet und instandgehalten werden.

Qualitätsbeurteilung

Das festgelegte Qualitätsniveau wird bei der Herstellung des Produktes aus zwei Gründen nie erreicht:

1. Der Grad der Vollendung des Entwurfs im Hinblick auf das festgelegte Qualitätsniveau erreicht nie 100 %.
2. Der Grad der Vollendung des Produktes im Hinblick auf den Entwurf erreicht ebensowenig 100 %.

Das heißt, daß diese beiden Punkte stets überprüft werden müssen.

III. ARTEN DER QUALITÄTSKONTROLLE

Die Qualitätskontrolle umfaßt die beiden letzten Funktionen, nämlich Qualitätsbeherrschung und Qualitätsbeurteilung auf der Grundlage des festgelegten Qualitätsniveaus.
Ziel der Qualitätskontrolle ist eine Erfüllung der Qualitätsvorschriften und damit die Verminderung von Ausschuß und Nacharbeit und damit wiederum eine Steigerung der Arbeitsproduktivität und eine Senkung der Kosten.

Qualitätskontrolle ist möglich als

– Hundert-Prozent-Kontrolle,
– statistische Qualitätskontrolle.

Eine Hundert-Prozent-Kontrolle ist bei Einzel- und Kleinstserienfertigung und dort angebracht, wo es um lebenswichtige Teile geht (z. B. Bremsen von Kraftfahrzeugen).
Eine Hundert-Prozent-Kontrolle kommt aus folgenden Gründen bei der industriellen Massenfertigung nicht in Frage:

1. Die totale Kontrolle bietet keine Gewähr für fehlerfreie Produkte, da der ständig sich wiederholende Prüfvorgang zu Übermüdung und nachlassender Aufmerksamkeit führt.
2. Die Kontrolle ist zeitraubend und teuer.
3. Die Kontrolle ist häufig nur durch die Zerstörung der Produkte möglich (z. B. Überprüfung der Lebensdauer von Glühlampen, Explosionsprüfungen von Munition).

Bei der Massen- und Serienfertigung bedient man sich der statistischen Qualitätskontrolle, d. h. man macht einfache oder geschichtete Zufalls- → Stichproben. Eine Stichprobe zur Kontrolle der Qualität besteht aus einer bestimmten Anzahl von Produkten, die zur laufenden Kontrolle der Fertigung und/oder zur Eingangs- und Endkontrolle aus der Gesamtproduktion gezogen werden. Durch die laufende Fertigungskontrolle soll erreicht werden, daß die Produkte möglichst einheitlich sind, daß also rechtzeitig fehlerhafte Maschineneinstellungen oder Mängel an den Rohstoffen bemerkt und beseitigt werden.
Eine Möglichkeit, die unvermeidlichen (inneren) Schwankungen (Maschinen arbeiten nicht gleichmäßig, physiologische Leistungskurve des Personals usw.) von den vermeidbaren (äußeren) Schwankungen, deren Beseitigung keine technischen und wirtschaftlichen Schwierigkeiten bereitet, zu trennen, ist die statistische Kontrollkarte. In die Kontrollkarte werden die Ergebnisse der Stichproben in ihrer zeitlichen Reihenfolge eingetragen. Vorher wurden bereits die Niveaulinie (Sollwert), die obere und die untere Warngrenze (zumeist $\mu \pm$ 1,960 – 95 % aller Stichprobenmittelwerte liegen im Bereich der beiden Warngrenzen) und die obere und untere Kontrollgrenze (zumeist $\mu \pm 2{,}580$; 99 % Sicherheitswahrscheinlichkeit) eingetragen. Solange sich die Stichprobenwerte innerhalb der Warngrenzen bewegen, besteht kein Anlaß, in den Produktionsprozeß einzugreifen. Es werden also während der laufenden Kontrolle Signifikanztests durchgeführt. Die Nullhypothese lautet: Der Prozeß ist unter Kon-

trolle. Erst wenn mehrere Stichprobenwerte hintereinander die Warngrenzen in gleicher Richtung überschreiten, droht der Prozeß durch diesen „Trend" außer Kontrolle zu geraten.
Mit Theorie und Technik der statistischen Kontrollkarten hat man sich in den letzten Jahrzehnten stark beschäftigt. Es wurden Kontrollkarten für meßbare Qualitätsmerkmale auf der Basis Einzelwerte, Mittelwert, Median, Extremwerte, Spannweite u. a. entwickelt. Man hat auch die organisatorischen und psychologischen Auswirkungen der Kontrollkarten untersucht.
Eingangs- und Endkontrolle, auch Abnahmeprüfung genannt, spielt dann eine Rolle, wenn eine Fertigungspartie verkauft oder innerhalb des Unternehmens an eine andere Abteilung geliefert wird. Es gilt dem Abnehmer zu beweisen, daß die Partie bestimmten Gütebedingungen genügt. Kunde und Lieferant vereinbaren Annahmebestimmungen, bei deren Nichterfüllung die Partie zurückgeht. Dazu benutzt man einen Prüfplan. Darin sind der Umfang der Stichprobe und in Abhängigkeit von der Größe der Partie N die Anzahl c (Annahmekennzahl) der in n enthaltenen schlechten Stücke festgelegt, bei der noch eine Annahme der Partie erfolgt. Bezeichnet man mit A den tatsächlichen Ausschußanteil in der gesamten Partie N, so kann man für jedes A die Annahmewahrscheinlichkeit P_a nach dem durch n und c eindeutig festgelegten Prüfplan berechnen.
Trägt man in einem Koordinatensystem auf der Abszisse die A-Werte, auf der Ordinate die P_a-Werte ein, so erhält man die Prüfplankurve oder Operations-Charakteristik (OC-Kurve), auch Annahme-Kennlinie oder Arbeits-Charakteristik genannt.

Abnehmer und Lieferant können der Prüfplanlinie bei vorgegebenem n und c folgendes entnehmen:

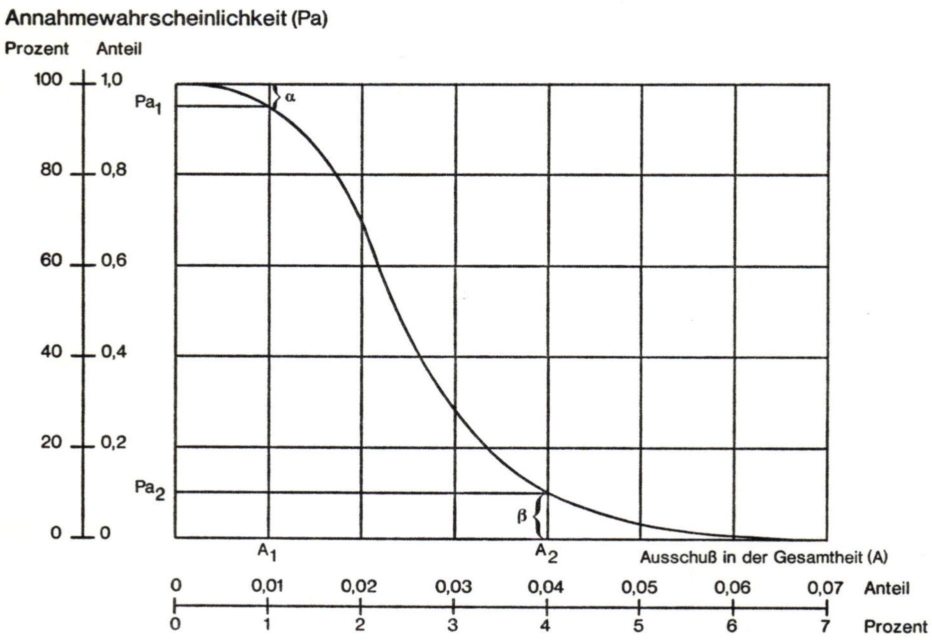

Prüfplankurve (N = 10 000; n = 200; c = 4)

1. α ist das Ablehnungsrisiko für den Lieferanten (Produzentenrisiko), nämlich das Risiko dafür, daß die Stichprobe mehr als c Ausschußstücke enthält.
2. β ist das Annahmerisiko des Abnehmers (Konsumentenrisiko), nämlich das Risiko dafür, daß der wahre Ausschuß größer ist, als infolge des zufällig guten Stichprobenergebnisses angenommen wird.
3. In A_0 sind Annahme- und Ablehnungswahrscheinlichkeit gleich groß, nämlich 50 %.

Lieferant und Abnehmer sind gut beraten, wenn sie sich statt auf einen Ausschußprozentsatz in der gesamten Partie auf ein bestimmtes Prüfverfahren einigen.
Für die Auswahl eines Prüfplans sind die Kosten der Prüfung und die möglichen Kosten bei falschen Entscheidungen maßgebend.

Literatur:
Enrick, N. L.: Qualitätskontrolle im Industriebetrieb – Methoden und Anwendungen, München 1961
Juran, J. M.: Quality Control Handbook, New York 1951
Schaafsma, A. H., Willemze, F. G.: Moderne Qualitätskontrolle – Statistische und organisatorische Grundlagen der Qualitätsgestaltung. Philips Technische Bibliothek, 4. Aufl., Eindhoven 1964
Schindowski, E., Schürz, O.: Statistische Qualitätskontrolle – Kontrollkarten, Berlin 1959
Uhlmann, W.: Statistische Qualitätskontrolle – Eine Einführung, Stuttgart 1966

Quality Assurance Analysis

→ Manufacturing Planning

R

Rack-Jobber

Vertriebssystem; der Rack-Jobber ist eine Herstellerfirma oder ein Großhändler, der beim Einzelhändler einen Teil der Verkaufs- oder Ausstellungsfläche mietet, um dort seine Produkte auszustellen. Der Sinn des Rack-Jobber-Systems liegt darin, dem Einzelhändler das Risiko bei der Einführung von neuen Produkten abzunehmen.

RAMPS

(Resource Allocation and Multiproject Scheduling). Von Du Pont de Nemours und CEIR, Inc., entwickelte → Netzplantechnik. Schwerpunkt: Kapazitätsplanung (Arbeiter, Maschinen, Material, Raum) bei Nebeneinanderlaufen mehrerer Projekte.

Random-Access-Verfahren

Das Random-Access-Verfahren — ein Begriff der elektronischen Datenverarbeitung — ist dadurch gekennzeichnet, daß die Daten im ständigen wahlfreien Zugriff zur Verfügung stehen. Dieses Verfahren schafft die Voraussetzungen, daß die gespeicherten Daten ohne Rücksicht auf die Reihenfolge der physischen Aufzeichnung auf den Datenträgern beliebig abgerufen werden können.

Random-Buchführung

Buchführung mit Hilfe einer elektronischen Datenverarbeitungsanlage, wobei die Daten auf Random-Access-Speichern gespeichert sind.

Random Sample

Bezeichnung für eine nicht bewußt, sondern zufällig entnommene und untersuchte Teilmenge.

Random Sampling

Zufallsauswahl. Auswahlverfahren bei statistischer Teilerhebung. → Stichproben

Randomtafel

Tabellenwerk mit zufällig ausgewählten Ziffern für die Durchführung von Zufallstichproben. Mit Hilfe einer Randomtafel lassen sich die Elemente einer zu untersuchenden Gesamtheit, die in die Stichprobe kommen sollen, nach dem Zufallsprinzip bestimmen.

Rate of Return

Auch Rate on Investment genannt. In der Betriebswirtschaftslehre Bezeichnung für interner Ertragssatz. Er gibt Auskunft darüber, zu welchem Zinssatz sich die Investitionen in einem Unternehmen rentieren.

Rate on Investment

Interne Zinsfußmethode, die wieder eine → Cash-Flow-Methode darstellt.

Ratio

In der Betriebswirtschaft Bezeichnung für eine Kennziffer, in der ein bestimmtes Verhältnis zweier Größen zueinander zum Ausdruck kommt. Z. B. wird bei der → Price-Earnings-Ratio der Börsenkurs einer Aktie in Beziehung zum Gewinn je Aktie gesetzt.

Ratio Delay Studies

Auch Multimomentverfahren genanntes Verfahren der Arbeitswissenschaft zur Ermittlung der Arbeitszeit auf Stichprobenbasis. Ohne direkte Zeitmessung werden durch unregelmäßige Beobachtungen bestimmte Zeitarten erfaßt und die relative Häufigkeit ihres Auftretens ermittelt. Es wird dann auf die Gesamtdauer dieser Zeiten geschlossen.

Rationalisierung

Durchführung von Maßnahmen zur Verbesserung der bestehenden Zustände durch Einsparen von Material oder Zeit, was sich vor allem durch bessere Zeitplanung, Arbeitsgestaltung, stärkere Arbeitsteilung, Mechanisierung, Automatisierung, → Normung und Typisierung, Verwendung anderer neuer Rohstoffe (→ Wertanalyse) oder bessere Erzeugnisgestaltung erreichen läßt.
Rationalisierung erstreckt sich sowohl auf den Einkauf als auch auf die Materialwirtschaft, Fertigung, Verwaltung und den Vertrieb. Die Möglichkeiten, die die Rationalisierung für die Wirtschaft bieten, wurden in den USA vor allem von Taylor, Gilbreth, Bedaux, Fayol und Henry Ford schon zu Beginn des Jahrhunderts erkannt.
Beim Vorgehen der Rationalisierung unterscheidet man im allgemeinen folgende Phasen:

1. Analyse des Ist-Zustandes durch Analyse der Kosten, des Zeitaufwandes, der Kapazitätsausnutzung, des Arbeitsablaufes und des Materialverbrauchs;
2. Festlegung der Rationalisierungsziele;
3. Entwicklung von Verbesserungsvorschlägen, wobei mehrere Alternativvorschläge verarbeitet werden müssen;
4. Durchführung der als optimal erkannten Lösung;
5. Kontrolle der Wirksamkeit der Rationalisierungsmaßnahmen.

Die Durchführung von Rationalisierungen in den Betrieben liegt vor allem bei den Stabsabteilungen für Planung, Entwicklung und Organisation. An ihr sollen sich aber auch alle anderen Bereiche des Unternehmens beteiligen. Oft werden Rationalisierungsaufgaben auch nach außen, an Unternehmensberatungs- oder Ingenieurbüros vergeben.
Auf überbetrieblicher Ebene befassen sich mit der Rationalisierung das Rationalisierungskuratorium der Deutschen Wirtschaft (→ RKW), der Ausschuß für Wirtschaftliche Fertigung (AWF), der Verein Deutscher Ingenieure (VDI), der Verband für Arbeitsstudien (→ REFA).

Real-Time-Processing

Echtzeitverarbeitung. Mit Hilfe der Real-Time-(Echtzeit)-Verarbeitung wird es möglich, eine Vielzahl externer Stellen fast gleichzeitig an einer großen zentralen elektronischen Datenverarbeitungsanlage anzuschließen.
Im Gegensatz zum Stapelverfahren werden beim Real-Time-Verfahren Bearbeitungsfälle sofort verarbeitet und nicht erst gesammelt und dann nach einem bestimmten Terminplan abgewickelt. Diese Form der Verarbeitung hat große Verbreitung in sogenannten Teilhabersystemen gefunden, in denen alle Anwender ein gemeinsames Programm ver-

wenden, da jeder von ihnen dieselben Programmfunktionen benötigt, wie es z. B. bei der Platzreservierung für Eisenbahn und Luftfahrt oder bei Buchungen eines gesamten Banknetzes der Fall ist. Diese scheinbar gleichzeitige Benutzung eines zentralen Datenverarbeitungssystems wird auch als → Time-Sharing bezeichnet.
An die Zuverlässigkeit der im Real-Time-Verfahren arbeitenden Anlagen werden erhöhte Anforderungen gestellt, da sie dauernd betriebsbereit sein müssen.

Literatur:
Graef, M., Greiller, R. und Hecht, G.: Datenverarbeitung im Real-Zeitbetrieb, München 1970

Recall Test

In Amerika entwickelte Methode der Werbemittelforschung zur Ermittlung der Aufmerksamkeitswirkung z. B. einer Anzeige. Beim Unaided Recall Test werden die Auskunftspersonen gefragt, welche Werbeappelle sie noch im Gedächtnis haben und wie sehr sie sich an Teile davon (Markenname, Farbe, Firmenzeichen) erinnern; dabei wird ihnen keine Gedächtnishilfe geboten. Beim Aided Recall Test zeigt man dagegen der Auskunftsperson Teile des Werbemittels, während wichtige Bestandteile (z. B. Markenname) verdeckt bleiben (Identifikations- oder Maskentest). Als Gedächtnishilfe kann auch eine Liste mit Markennamen dienen.

Recognition Test

Um die Wirkung bereits gestreuter Werbemittel (z. B. Anzeigen) zu prüfen, werden Versuchspersonen die ausgestreuten Werbemittel im Original oder als verkleinerte Reproduktion vorgelegt. Die Versuchspersonen müssen dann sagen, ob ihnen die vorgelegten Werbemittel bekannt sind.

Redundanz

Weitschweifigkeit, Wiederholung, Zeitverschwendung, Überfluß. Verhältnis zwischen der Anzahl der verwendeten und der Anzahl der erforderlichen Binärsymbole. Der Begriff der Redundanz entstammt der Informationstheorie.

Grundbegriffe

Die Redundanz ist ein Maß zum Vergleich endlicher Schemata mit verschiedener Elementenzahl hinsichtlich ihres Ordnungsgrades. Beispiel: Ein Zeichen kommt in verschiedenen Sprachen mit bestimmter, unterschiedlicher Häufigkeit vor. So ist z. B. das „e" in der deutschen Sprache ein häufig vorkommendes Zeichen. Die Informationsdichte wäre am größten, wenn sämtliche Informationselemente gleich häufig verwendet würden. Da dies nicht geschieht, ist die Sprache redundant. Die deutsche Sprache hat eine Redundanz von 16 % hinsichtlich der Buchstaben, die englische von mehr als 40 %. Die Redundanz der Wörter in der deutschen Sprache liegt zwischen 30 und 40 %. Sie erklärt sich durch statistische und grammatische Gesetzmäßigkeiten. Je mehr Gesetzmäßigkeiten eine Sprache enthält, desto redundanter ist sie.

Anwendung

Die Redundanz spielt beim Erstellen von Codes, aber auch beim Lehren und Lernen eine große Rolle. Nachrichten kommen oft verstümmelt oder falsch beim Empfänger an. Daß der Inhalt einer verstümmelten Nachricht dennoch verstanden wird, liegt an der Redundanz. Informationsreiche Unterhaltungen am Telefon z. B. sind „störungsanfälliger" als andere. Es ist also wichtig, daß Nachrichten ein ihrem Inhalt gemäßes Maß an Redundanz enthalten. Zuviel Redundanz bedeutet Langeweile beim Empfänger, zuwenig bedeutet, daß die Nachricht nicht oder falsch verstanden wird.

REFA

Abkürzung für Reichsausschuß für Arbeitszeitermittlung, seit 1936 Reichsausschuß für Arbeitsstudien, seit 1948 Verband für Arbeitsstudien REFA e. V., Darmstadt, mit zahlreichen Regional- und Ortsverbänden. Der Verband wird sowohl von Arbeitgeber- wie auch von Arbeitnehmerseite durch Mitarbeit unterstützt.
Der REFA wurde gegründet, um die Erfahrung der Arbeitswissenschaft in den USA auch in Deutschland einzuführen. Er befaßt sich mit der Erforschung von Grundlagen und Erarbeitung sowie Verbreitung von Richtlinien und Verfahren für Arbeitsstudien. Mit der Ausbildung von Arbeitsstudien-Fachleuten, der Veröffentlichung von Fachliteratur und Fachzeitschriften sowie der Abhaltung von fachwissenschaftlichen Tagungen zu den Problemen Arbeitswissenschaft, Industrial Engineering. Von den REFA-Fachleuten werden in den Betrieben Zeitstudien mit der Stoppuhr als Grundlage für die Akkordfestsetzung gemacht. Dabei werden Rüstzeiten und notwendige Pausen berücksichtigt. Bei Bestimmung der vorgegebenen Zeiten wird der sogenannte Leistungsgrad festgelegt, der sich danach richtet, ob der Arbeiter bei den Zeitaufnahmen entweder sich zu sehr verausgabt hat und das Tempo nicht durchhalten kann, oder ob er zu langsam gearbeitet hat. Die REFA-Akkorde werden für Zeitunterschreitungen vorgegebener Arbeitszeiten gegeben. Heute finden auch modernere Methoden Anwendung.
Siehe auch: Arbeitsgestaltung, Arbeitswissenschaft, Industrial Engineering, Leistungslöhne, System vorbestimmter Zeiten.

Literatur:
REFA-Schriftenreihe, das REFA-Buch, 5 Bd. 1951 ff.
Handbuch des Industrial Engineering, 8 Teile, 1959 ff.
Arbeitswissenschaft und Praxis, 1956 ff.
Neues REFA-Buch, 3 Teile, 1971 ff.
Zeitschriften: REFA-Nachrichten 1948 ff.

Arbeitswissenschaftlicher Außendienst 1952–1958
Fortschrittliche Betriebsführung, 1959 ff.
Industrial Engineering, 1971 ff.

Regional Sales Manager

Verkaufsleiter, der für einen größeren regionalen Bezirk zuständig ist und dem mehrere Salesmen (Verkäufer) unterstellt sind. Er ist auch verantwortlich für die Beziehung zum Großhandel und u. U. auch für die Ausbildung und das Verkaufstraining der ihm unterstehenden Verkäufer, für die Leitung von Service-Stationen, Ersatzteillagern etc.

Regressionsanalyse

Methode der kleinsten Quadrate. Durch die Regressionsanalyse wird die Art des Zusammenhangs zwischen zwei Variablen geprüft, von denen eine unabhängig, die andere abhängig ist. Die Regressionsanalyse wird häufig durch die → Korrelationsanalyse ergänzt.
Zunächst muß die unabhängige Variable festgelegt werden. Sie wird mit x bezeichnet, die abhängige Variable als y. Für jeden x-Wert gibt es (je nach Umfang der Untersuchung) mehrere y-Werte, von denen angenommen wird, daß sie normal verteilt sind.
Beispiel: Unabhängige Variable: Körpergröße, abhängige Variable: Körpergewicht.

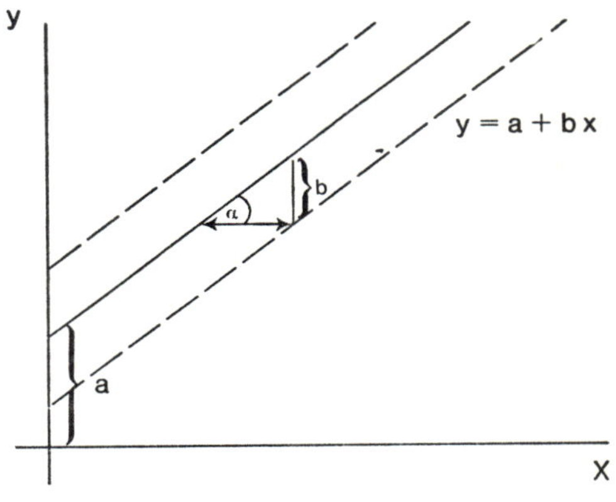

Um eine algebraische Beziehung (linearer oder nicht linearer Art) zu ermitteln, zeichnet man in ein Koordinatenkreuz die x-Werte und die Mittelwerte aus den y-Werten. Lassen sich die Punkte annähernd durch eine Gerade verbinden, so spricht man von linearer Regression.
Der Regressionskoeffizient b gibt an, um wieviel y im Mittel zunimmt, wenn x um eine Einheit wächst.
Die Regressionsgerade wird nach der Methode der kleinsten Quadrate berechnet; die Konstanten a und b sind so zu wählen, daß die Summe der quadrierten Differenzen zwischen beobachtetem y- und berechnetem Y-Wert ein Minimum wird.

$$y - \overline{y} = \frac{\Sigma (x_i - \bar{x}) (y_i - \overline{y})}{\Sigma (x_i - \bar{x})^2} \cdot (x - \bar{x})$$

Werden die Werte der abhängigen Variablen durch mehr als eine Größe beeinflußt, dann handelt es sich nicht mehr um eine einfache, sondern um eine mehrfache Regression.
Es gibt immer zwei Regressionsgeraden, da die Abhängigkeit immer wechselseitig ist. Praktisch ist aber meist nur eine Regression sinnvoll. Die Regression ist nur für einen bestimmten Bereich aussagefähig.

Literatur:
Lehrbücher der Statistik

Release

Bezeichnung für die Erklärung einer Person, aufgrund derer eine Agentur oder ein Unternehmen deren mündliche und schriftliche Äußerungen ohne weitere Rückfragen zu Werbezwecken verwenden dürfen.

Reliability

Bezeichnung für die Verläßlichkeit insbesondere des Testinstruments (z. B. Objektivität der Fragen), das immer gleich messen sollte.

Rembourskredit

Eine inländische Bank gibt ihr Akzept an einen ausländischen Lieferanten eines inländischen Kunden.
Formen des Rembourskredit sind u. a. das → Akkreditiv, der Wechselrembours, der → Commercial Letter of Credit.

Remote Job Entry

In der Datenverarbeitung Bezeichnung für das Laden und Starten einer Programmkarte (Job) von einer Datenendstation aus, also von dem von der Datenverarbeitungsanlage geografisch getrennten Dateneingabegerät aus.

Rentabilität

Das Verhältnis von Gewinn plus Fremdkapitalzinsen zu Gesamtkapital nennt man Unternehmensrentabilität. Das Verhältnis von Gewinn abzüglich Fremdkapitalzinsen zu Eigenkapital ergibt die Eigenkapitalrentabilität. Die Rentabilität des Eigenkapitals läßt sich durch den Einsatz von Fremdmitteln erhöhen, solange die Rentabilität des Gesamtkapitals über dem Zinssatz für Fremdkapital liegt.
Die Erhaltung von Rentabilität und Liquidität sind die wichtigsten finanzpolitischen Grundsätze eines Unternehmens.

Renting

Anderer Ausdruck für → Operating-Lease
Vermietung von Anlagegütern, in erster Linie Standardgütern, die mehrere Male vermietet werden können und für die kündbare Mietverträge abgeschlossen werden können. Beispiel: Baubaracken.
→ Leasing

Replacement Theory

Sie beschäftigt sich im Rahmen von → Operations Research mit dem Ersatz von Maschinen und Anlagen. → Erneuerungstheorie

Repräsentativerhebung

→ Stichprobe (Teilerhebung), bei der jedes Element der Grundgesamtheit die gleiche Chance hat, ausgewählt zu werden. Für Untersuchungen über die Bevölkerung der BRD reicht gewöhnlich eine Stichprobe von 2000 Personen aus.

Repudiation

In den zwanziger Jahren geprägter Ausdruck für die Annahmeverweigerung von schlechtem Geld.

Researcher

Bezeichnung für den Markt- und Meinungsforscher. Er ist mit der Planung, Durchführung und Auswertung von Repräsentativerhebungen über Verbraucherverhalten etc. beschäftigt.

Reserves Contingencies

Ausdruck in der Bilanz für Rückstellungen für unvorhergesehene Risiken.

Reserves for Depreciations

Bilanzausdruck für Rückstellungen für Abschreibungen (Wertberichtigung).

Reserves for Doubtful Accounts

Bilanzausdruck für Rückstellungen für zweifelhafte Forderungen.

Reserves for Insurance

Bilanzausdruck für Rückstellungen für Versicherung.

Resources Allocation

Ausdruck für Kapazitätsbedarfsermittlung.

Responsibility Accounting

U. a. eine Aufgabe des → Management Accounting. Es muß ermittelt werden, in welcher Höhe die einzelnen Teilbereiche des Unternehmens zum Gesamtgewinn beitragen.

Responsibility Reporting

Berichtsystem, das eine zeitgerechte Überwachung der in der Planung vorgegebenen Soll-Daten mit den Ist-Daten aus dem Rechnungswesen und damit ein schnelles Reagieren auf Abweichungen ermöglicht. Teil des → Management Accounting.
→ Controller

Restraints

Einschränkungen oder Bedingungen → Netzplantechnik

Restricted Commercial Letter of Credit

Anglo-amerikanische Sonderform des → Akkreditivs. Eine vom Importeur oder seiner Hausbank beauftragte Bank ermächtigt den Exporteur, einen Wechsel auf sie zu ziehen und einer bestimmten Bank zur Einziehung vorzulegen.

Retail-Middleman

Bezeichnung für Einzelhändler.

Retained Earnings

Bilanzausdruck für einbehaltene, nicht ausgeschüttete Gewinne. → Statement of Earned Surplus.

Re-Test

Bezeichnung für die Prüfung von gebrauchten Magnetbändern auf Fehler (→ Drop In, → Drop Out) und die Wiederaufbereitung der Bänder.

Return on Capital Employed

Verzinsung des eingesetzten Kapitals. → Return on Investment.

Return on Investment (ROI)

Auch Return on Capital Employed. Kapitalertrag, Rückfluß des investierten Kapitals durch Erträge.

$$\text{RoI} = \underbrace{\frac{\text{Gewinn}}{\text{Umsatz}}}_{\text{Umsatz-rendite}} \times \underbrace{\frac{\text{Umsatz}}{\text{investiertes Kapital}}}_{\text{Kapitalumschlags-häufigkeit}} \times 100$$

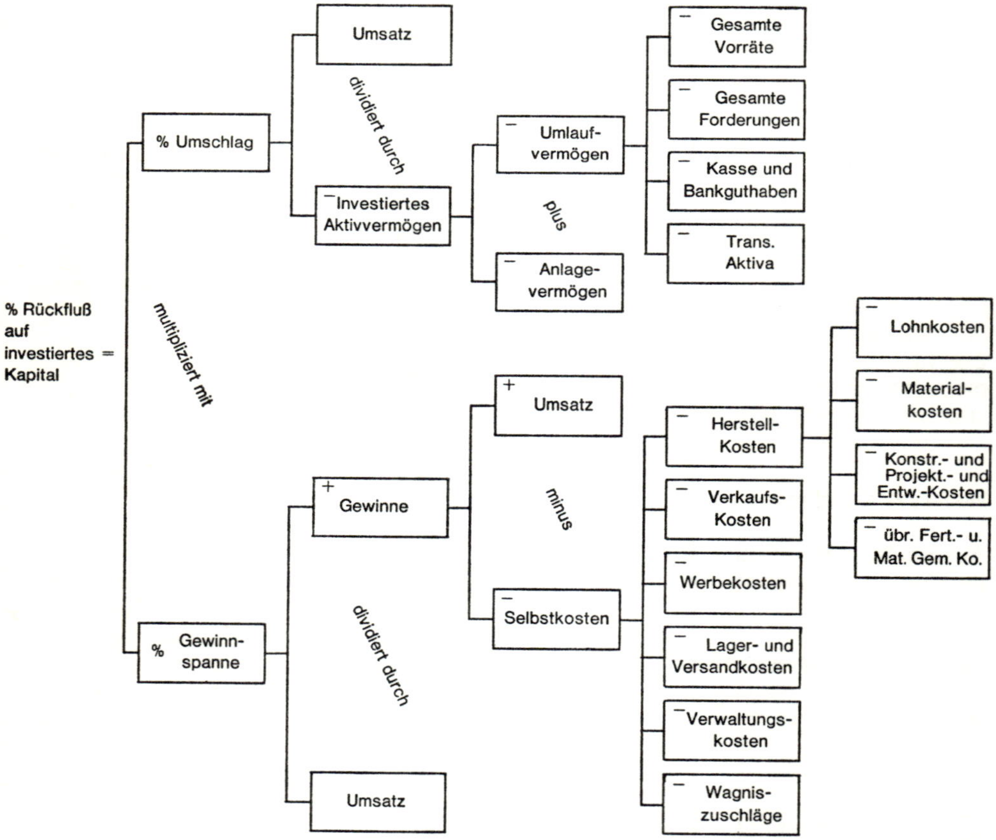

Beziehungen zwischen den Faktoren, die den Rückfluß des Kapitals beeinflussen.
Entnommen: Wheaton, R. G.: „Ertrag aus investiertem Kapital als betriebspolitisches Lenkungsmittel", in: Zeitschrift für Betriebswirtschaft, 30. Jahrgang, März 1960

Der RoI steigt, wenn der Gewinn steigt, das investierte Kapital bei gleichem Gewinn und gleichem Umsatz vermindert wird und wenn der Umsatz bei gleichbleibender Gewinnspanne wächst.
Der RoI ist eine Kennzahl der Investitionsrechnung und die wichtigste Zielkennzahl der Unternehmensführung. Aus dem RoI, der sich zunächst in die beiden Teilkennzahlen Umsatzrendite und Kapitalumschlag zerlegen läßt, kann ein ganzes Kennzahlensystem abgeleitet werden. Dieses Kennzahlensystem hat für das Unternehmen Steuerfunktion und Kontrollfunktion. Die verschiedenen Instanzen erhalten Zielvorgaben, deren Einhaltung durch die Unternehmensführung kontrolliert werden kann.
Der Wert des RoI hängt von den Größen Umsatz, Gewinn und investiertem Kapital ab. Der Umsatz kann als Brutto- oder Nettoumsatz herangezogen werden. Einen wesentlichen Einfluß auf den RoI haben die Umsätze zwischen Teilbereichen eines Unternehmens, die zu innerbetrieblichen (eventuell zu hohen oder zu niedrigen) Verrechnungspreisen erfolgen. Als Gewinn sollte der Bilanzgewinn vor Steuerabzug zugrunde gelegt werden.
Das investierte Kapital ist aus der Aktiv- und der Passivseite der Bilanz ersichtlich. Manche Fachleute berechnen den RoI auf der Grundlage des Eigenkapitals. Da sich aber die Zielsetzung des Kapitalertrags auf die Aktivseite der Bilanz bezieht, sollte zur Berechnung des RoI das investierte Kapital als Gesamtkapital (Aktivseite der Bilanz) zugrunde gelegt werden. Allerdings ist meist eine Korrektur der in der Bilanz angegebenen Werte von Anlage- und Umlaufvermögen erforderlich (stille Reserven, Sonderabschreibungen).
Neben dem RoI als Zielvorgabe sollten andere Ziele nicht monetärer Art nicht vernachlässigt werden. Der RoI eignet sich hervorragend für den innerbetrieblichen Vergleich, wenn das Unternehmen nach dem → Profit-Center-Prinzip organisiert ist, birgt aber auch hier allerhand Gefahren in sich.
Der RoI dient u. a. den Banken als Kreditunterlage.

Literatur:
Wheaton, R. G.: Ertrag aus investiertem Kapital als betriebspolitisches Lenkungsmittel, in: Zeitschrift für Betriebswirtschaft, 30. Jg., 1960

Revision

Rückschauende Überprüfung und Überwachung von Tätigkeiten. Die Revision kann regelmäßig (nach einem bestimmten Rhythmus) oder unregelmäßig (gelegentlich oder bei besonderen Anlässen) erfolgen. Sie kann durch Mitglieder des eigenen Unternehmens oder von betriebsfremden Prüfern vorgenommen werden. Im ersten Fall spricht man von der Innen-, im zweiten Fall von der Außenrevision.

I. INNENREVISION

Die Innenrevision, auch interne Revision, stellt eine unabhängige Untersuchungstätigkeit im Auftrage der Unternehmensführung zur Prüfung der Buchführung, des Finanzwesens und anderer Arbeitsgebiete innerhalb eines Unternehmens dar. Die Innenrevision ist eine Überwachung und Beurteilung der Wirksamkeit anderer Kontrollen.
Die Innenrevision ist Teil des internen Kontrollsystems eines Unternehmens. Trotzdem ist sie nicht, wie andere Arten interner Kontrolle, in den unternehmerischen Arbeitsablauf eingeschaltet, sondern überprüft die betriebliche Tätigkeit des Unternehmens.

Arten der Innenrevision

Die Innenrevision läßt sich unterteilen in

- Unternehmens- und Konzernrevision
- kaufmännische und technische Revision sowie

– periodische und gelegentliche Revision.

Die Unternehmensrevision unterscheidet sich von der Konzernrevision durch folgende Kriterien:

1. Die Unternehmensrevision erfolgt durch betriebseigene, die Konzernrevision durch konzernabhängige Revisoren.

2. Der Unternehmensrevisor überprüft nur die Vorgänge innerhalb des Unternehmens. Er vergleicht zwischen verschiedenen Abteilungen desselben Betriebes und zwischen früheren und gegenwärtigen Feststellungen.

3. Der Konzernrevisor hat darüber hinaus die Möglichkeit, Vergleiche zwischen verschiedene Betriebe desselben Konzerns anzustellen.

Aufgabenbereich

Der Aufgabenbereich der Innenrevision umfaßt sowohl den kaufmännischen als auch den technischen Bereich. Die Revision des kaufmännischen Bereichs umfaßt die Prüfung und Überwachung der Betriebsorganisation und des Betriebsablaufes in den kaufmännischen Abteilungen, während die Revision des technischen Bereichs die Organisation und den Arbeitsablauf im technischen Sektor umfaßt.
Die kaufmännische Revision umfaßt hauptsächlich folgende Objekte:
Organisation, Rechnungswesen, Registratur, Ein- und Verkauf, Lagerhaltung, Kassenführung, Einsatz und Erfolg der Eigenverantwortlichkeit.
Die technische Revision befaßt sich im wesentlichen mit der Prüfung der Fertigung und Entwicklung.
In Einzelfällen kann es zweckmäßig sein, die Zweiteilung in kaufmännische und technische Revision durch eine Dreiteilung zu ersetzen, wobei dem dritten Teil dann die kaufmännisch-technischen Grenzgebiete zugehören würden, zu denen beispielsweise der Vertrieb oder die Entwicklung zählen könnten.
In der Praxis erscheint es nicht empfehlenswert, getrennte Revisionsabteilungen zu bilden, da auch die einheitliche Revisionsabteilung nicht die notwendige Spezialisierung der einzelnen Prüfer auf den kaufmännischen oder technischen Bereich ausschließt. Eine einheitliche Revisionsabteilung besitzt den Vorteil, daß ausnahmesweise auftretende technische Fragen innerhalb des kaufmännischen Bereichs durch technisch geschulte Revisoren gelöst werden können, ohne daß zwei verschiedene Abteilungen in Tätigkeit treten müssen.

Revisionszeiträume

Die Innenrevision erfolgt sowohl als periodische Überwachung als auch gelegentliche Prüfung der Betriebsvorgänge. Die Überprüfung einzelner Teile des Rechnungswesens ist insbesondere der periodischen Revision zuzurechnen, während gelegentliche Revisionen meist aus bestimmten Anlässen stattfinden. Dazu zählt beispielsweise die Untersuchung der Wirtschaftlichkeit von Fertigungsverfahren, des Kundenabrechnungssystems usw.
Wesentlich für die Effektivität der Innenrevision ist die Ergänzung von periodischer und gelegentlicher Revision. Gebiete, die periodisch überprüft werden, müssen von Fall zu Fall auch durch gelegentliche Revision überwacht werden und umgekehrt.

II. AUSSENREVISION

Die Außenrevision beschränkt sich auf die durch einen Prüfungsauftrag festgelegten Gebiete. Grundlage der Außenrevision sind:

1. Gesetzliche Vorschriften oder Ermächtigungen (Prüfung des Abschlusses

von Aktiengesellschaften; Prüfung durch das Finanzamt; durch Aufsichtsbehörden).

2. Satzungsmäßige oder vertragliche Vereinbarungen (Pflichtprüfung des Abschlusses gemäß Satzung; Verbandsvereinbarungen über gegenseitige Prüfungen).
3. Besondere einmalige Revisionsbedürfnisse (Organisationsprüfung; Prüfung von Fertigungsverfahren usw.).
4. Das Fehlen eigener Revisionsabteilungen, insbesondere bei kleinen Unternehmen oder Niederlassungen.

Die Außenrevision ist in der Regel eine periodische Prüfung, die über einen begrenzten Zeitraum stattfindet, was nicht ausschließt, daß es sich hierbei auch um eine Sonderprüfung handeln kann. Geprüft werden häufig bestimmte Unternehmensbereiche, bei vorwiegend rechtlicher Beurteilung meist nur das Rechnungswesen. Bei der Außenrevision handelt es sich um angekündigte oder Routineprüfungen, deren organisatorische Auswirkungen begrenzt sind.

Grundsätzlich wird die Außenrevision unter anderen Gesichtspunkten und Zielsetzungen durchgeführt als die Innenrevision. Diese Aussage gilt insbesondere im Hinblick auf gesetzliche Vorschriften. Andererseits sollten sich jedoch beide Revisionsarten ergänzen und unterstützen, um Doppelarbeit zu vermeiden.

So sollte die Innenrevision die Außenrevision vorbereiten, insbesondere durch die zweckmäßige Aufbereitung der Revisionsunterlagen. Eine solche Vorbereitung führt bei der Pflichtprüfung durch den Wirtschaftsprüfer zu einer beträchtlichen Abkürzung der Prüfungsdauer. Bei schlechter Organisation des Rechnungswesens dauert die Pflichtprüfung relativ lang, was wegen hoher Prüfungsgebühren sehr kostspielig ist und zusätzlich in den betroffenen Abteilungen zu Unruhe und zur Störung des Betriebsablaufes führen kann.

III. AUFGABEN UND ZIELE DER REVISION

Die zunehmende Komplexität der Unternehmensführung hat der Stellung und den Aufgaben der Revision größere Bedeutung zukommen lassen. Für die Unternehmensführung ist es erforderlich, daß sie soweit wie möglich von der betrieblichen Überwachungspflicht im Hinblick auf die tägliche Arbeit entlastet wird. Andererseits ist es erforderlich, daß die Unternehmensführung komprimierte, unparteiische Informationen über betriebliche Teilbereiche und über betriebliche Vorgänge erhält. Diese Informationen sollen als zukunftsorientierte Entscheidungsgrundlagen dienen. Damit sind die Aufgaben und Ziele der Revision nicht nur in der formellen Prüfung zu sehen, sondern außerdem hat eine stärkere Hinwendung zu materiellen Prüfungen zu erfolgen. Zu diesen Prüfungen zählen insbesondere:

1. Überprüfung von Plandaten, von Planmethoden und Teilplänen, die der Gesamtplanung als Grundlage dienen können. Je mehr ein Unternehmen aufgrund technischen Fortschritts, Marktveränderungen und anderer Faktoren zur laufenden Plananpassung gezwungen wird, um so mehr gewinnt diese Art von Prüfung an Bedeutung.
2. Analyse und kritische Stellungnahme zur Organisation (Struktur und Ablauf), und zwar im Hinblick darauf, ob sie in ihrem jeweiligen Stadium noch der Unternehmenszielsetzung gerecht wird.
3. Mitwirkung bei der Gestaltung und Überwachung des innerbetrieblichen Kontrollsystems.
4. Wie in der Vergangenheit die stichprobenweise Überprüfung von einzelnen Geschäftsvorfällen, Prüfung von Jahresabschlüssen und sonstige Ordnungsprüfungen.

Soll das Informationsbedürfnis des Managements mit Hilfe der Revisionsberichte befriedigt werden, so ist das nur in Abstimmung mit dem Management, das in zunehmendem Maße Kurzinformationen bevorzugt, zu verwirklichen. Trotz der angestrebten Kürze muß jeder Revisionsbericht der Anforderung der Vollständigkeit genügen. Diese Anforderung macht deshalb eine Kurzdarstellung der zu beurteilenden Tatbestände erforderlich. Tatbestände, die bekannt sind oder als bekannt vorausgesetzt werden können, müssen nicht unbedingt in den Berichten der Revision enthalten sein.

Damit wird deutlich, daß die Revision der Information und Unterstützung der Unternehmensleitung aufgrund der vorhandenen Spezialkenntnisse dient. Diese Spezialkenntnisse ergeben sich einerseits aus der unmittelbaren Unterstellung der Revision als Stabstelle unter die Unternehmensführung und aus der direkten Verbindung zu den Betriebsstellen durch die Revisionsarbeit. Damit besteht einmal ein unmittelbarer Kontakt zur Unternehmensführung und zu den einzelnen Abteilungen. Die Revision wird somit zum Berater dieser Abteilungen, ohne daß es zu Kompetenzstreitigkeiten mit den Linieninstanzen kommen müßte, da der einzelne Revisor ohne Anordnungsbefugnis ist.

Eine weitere Aufgabe der Innenrevision stellt die Nachwuchsschulung dar. Durch ihre Übersicht über das Unternehmen kann die Revision feststellen, wo und worin die Ausbildung ergänzungs- und erweiterungsbedürftig ist und welcher Personenkreis für die Ausbildung in Frage kommt. In diesem Zusammenhang ist die Revision auch in der Lage, Beurteilungen über die Leistungsfähigkeit, Zuverlässigkeit und Eignung einzelner Personen abzugeben, was für die Unternehmensführung im Hinblick auf Beförderungsmaßnahmen von Bedeutung sein könnte.

Schließlich könnte die Revisionsabteilung selber als Nachwuchsquelle für die Unternehmensführung dienen. Durch seine Tätigkeit erhält der Revisor einen Gesamtüberblick über das Unternehmen, über die Grundsätze, Methoden und Probleme. Er kennt aufgrund fachlicher und persönlicher Verbindungen die verschiedenen Abteilungen des Unternehmens und seiner Außenstellen und kann so für Führungsposten prädestiniert sein.

V. DIE EINORDNUNG DER REVISION IN DAS UNTERNEHMEN

Eine sinnvolle Revision setzt die Unabhängigkeit der Revisionsabteilung und seiner Mitarbeiter voraus. Diese Unabhängigkeit gilt sowohl für die Prüfungstätigkeit als auch für die Berichterstattung. Aufgrund der Schwierigkeit ihrer Aufgabe sollte die Revision der obersten Unternehmensleitung unterstellt und von ihr gestützt werden. Ihre natürliche Stellung könnte die einer Stabstelle sein. Daraus ergeben sich die folgenden Vorteile:

1. Die Revision hat gegenüber den einzelnen Abteilungen keine Anordnungsbefugnis.
2. Die Revisionsberichte gehen direkt an die Unternehmensleitung.
3. Die Tätigkeit der Revision erstreckt sich auf alle Abteilungen.
4. Die Revisionsarbeit wird im allgemeinen zentral von einer Abteilung durchgeführt.

Die weiter oben gekennzeichneten Aufgaben der Revision lassen erkennen, daß an die Person des Revisors hohe Anforderungen zu stellen sind. Eine Spezialisierung der Revisoren ist bis zu einer gewissen Grenze erforderlich, andererseits muß aber der Revisor einen größeren Bereich überblicken können als beispielsweise ein Abteilungsleiter. So setzt die kaufmännische Revision eine breite betriebswirtschaftliche Ausbildung voraus. Diese Ausbildung muß nicht unbedingt eine akademische Vorbildung sein. Grundsätzliche Voraussetzung sollte jedoch eine kaufmännische Lehre

und die Praxis auf mehreren Sachgebieten sein. Unentbehrlich ist eine praktische Erfahrung auf verschiedenen Gebieten des Rechnungswesens, weil Kenntnisse in der Buchführung, Betriebsabrechnung, Kalkulation usw. vom Revisor verlangt werden müssen.
Neben Kenntnissen in der Revisionstechnik sind auch die menschlichen Anforderungen, die an den Revisor gestellt werden, sehr groß. Dazu zählen auch die Charaktereigenschaften des Revisors, der den richtigen Mittelweg zwischen notwendigem Selbstbewußtsein und Überheblichkeit finden muß.
Schließlich sollte darauf hingewiesen werden, daß eine Trennung zwischen Revision und Organisation zu erfolgen hat, da der Revisor bestehende Mängel aufzudecken, der Organisator Mängel zu beseitigen hat. Die Tätigkeit des Revisors setzt vor allem analytische Fähigkeiten voraus, da er in der Lage sein muß, einen gegebenen Zustand kritisch zu untersuchen. Organisatorische Aufgaben hingegen verlangen synthetische Fähigkeiten, da ein gegebener Zustand verbessert werden muß. Diese Aussage beinhaltet nicht, daß der Revisor nur über eine rein negative Einstellung verfügt, eine rein kritische Arbeit verrichtet, sondern er muß auch die Ansätze zur Abhilfe der Mängel kennen.

Literatur:

Adler, H., Düring, W., Schmaltz, K.: Rechnungslegung und Prüfung der Aktiengesellschaft, 4. Aufl., Bd. 1: Rechnungslegung, Stuttgart 1968; Bd. 2: Prüfung, Feststellung, Rechtsbehelfe, Stuttgart 1971
Bork, K.: Profit Controllership, Wiesbaden
Bussmann, K. F.: Prüfung der Unternehmung, Wiesbaden
Heigl/Uecker: Die aktienrechtliche Prüfung, Stuttgart 1970
Kotthaus, H.: Die Innenrevision im Industriebetrieb, Wiesbaden
Loitlsberger, E.: Treuhand- und Revisionswesen, 2. Aufl., Stuttgart 1966
Mellerowicz, K., Bankmann, J. (Hrsg.): Wirtschaft und Wirtschaftsprüfung, Stuttgart 1966
Proksch, O.: Die Praxis der Innenrevision, Wiesbaden
Saage, G.: Die Prüfung der Geschäftsführung, Stuttgart 1965
Handwörterbuch der Organisation, Hrsg. E. Grochla, Stuttgart 1969
Handbuch Organisation, Berlin – Baden-Baden 1961
Tannenbaum, A. S.: Control in Organization, New York 1968

Revolving-System

Finanzierungssystem. Dabei unterscheidet man:

1. Kredit, der vom Unternehmen nach der vereinbarten Frist zurückgezahlt werden muß und gleich wieder beantragt werden kann; z. B. Diskontkredite: eingelöste Wechsel werden durch neueingereichte Wechsel abgelöst.

2. Bezeichnung für ein Finanzmaklergeschäft, bei dem der Makler oder eine Bank kurzfristige Gelder, die zum Bodensatz von Kapitalsammelstellen (z. B. Versicherungen) gehören, hauptsächlich in Form von kurzfristigen Schuldscheindarlehen weiterverleiht. Durch ständige Prolongation (Verlängerung) des Darlehens wird der kurzfristige Kredit in einen langfristigen verwandelt, wobei an die Stelle der vom Kreditgeber zurückgerufenen Kredite neue, „revolvierende" treten. Man unterscheidet: a) direktes Revolving-System (der Makler vermittelt direkt zwischen Geldgeber und Geldnehmer); b) indirektes Revolving-System (es wird eine Bank zwischengeschaltet); c) 7-M-System (von dem deutschen Makler Münemann getätigtes Revolving-Geschäft, bei dem die Schuldscheinkredite eine Laufzeit bis zu 35 Jahren haben, der Zinssatz konstant bleibt und der Kredit nur bei Bedarf abgerufen und verzinst werden muß). Bei ausreichender Liquidität der Wirtschaft birgt dieses System, langfristige Kredite mit kurzfristigen Krediten zu finanzieren, keine Gefahren.

RIG

Im Zusammenhang mit → Management by Objectives manchmal benutzte Abkürzung für Responsibilities-Indicators-Goals (Verantwortlichkeiten-Maßstäbe-Teilziele)
→ OGP

Risiko-Analyse

Eine Methode im Rahmen von → Operations Research (entwickelt von David B. Hertz) zur Entscheidungsvorbereitung bei unsicheren Erwartungen. Die Risiko-Analyse wird dort angewandt, wo quantitativ formulierbare Entscheidungsprobleme vorliegen, bei denen ein Teil der Einflußgrößen nicht exakt bekannt, sondern nur schätzbar ist.
Anwendungsgebiete: Vorwiegend Gewinnplanung, Investitionsentscheidung.

Eine Risiko-Analyse hat folgenden Ablauf:

- Aufstellen des Modells;
- Beschaffen der Daten und ihrer Wahrscheinlichkeiten;
- Berechnung der Ergebnisse, zumeist durch Simulation;
- Graphische Darstellung der Ergebnisse.

Als Risiko-Analyse wird außerdem die Durchleuchtung eines Unternehmens im Hinblick auf Anlagendeckung, Liquidität und Kapitalbindung bezeichnet.

RKW

Abkürzung für Rationalisierungs-Kuratorium der Deutschen Wirtschaft e. V., Sitz Frankfurt/Main, mit zahlreichen Landesgruppen in den Bundesländern.
1921 als Reichskuratorium für Wirtschaftlichkeit mit Unterstützung der Reichsregierung von Verbänden der Wirtschaft gegründet, neu gegründet 1947 als Rationalisierungs-Ausschuß der Deutschen Wirtschaft (RAW), seit 1950 unter der jetzigen Bezeichnung.
Das RKW zählt rund 9500 Mitglieder, zu denen zahlreiche Spitzenorganisationen der Wirtschaft, Gewerkschaften, Wissenschaft und Technik sowie Bundesbehörden, Unternehmen und Einzelpersönlichkeiten gehören.
Das RKW fördert die Rationalisierung durch Veranstalten von Seminaren und Vortragsreihen, Veröffentlichungen von Schriften über Rationalisierungsfragen (auch über Spezialfragen wie z. B. das Verpackungsgebiet) etc., durch Förderung der Kooperation, Betriebsbesichtigungen sowie Durchführung und Vermittlung von Beratungen.

Road Blocker

Phrasen und Pseudoargumente, die gegen Neuerungen auf allen Gebieten gebraucht werden und häufig auf einer grundsätzlich negativen Einstellung gegen Neuerungen beruhen.

ROI

Abkürzung für → Return on Investment. Kapitalertrag.

Rolling Budget

Überlappende Planung.
Beispiel: Damit der Jahresfinanzplan eines Unternehmens zu jedem Zeitpunkt des Jahres einen Zeitraum von 12 Monaten umfaßt, wird dann, wenn der erste Monat des geplanten Wirtschaftsjahres abgelaufen ist, der 1. Monat des nächsten Wirtschaftsjahres in das Budget aufgenommen.

Roll-on/Roll-off

Moderne Transporteinrichtung zur Verschiffung von Eisenbahnwaggons, Lastwagen, Trailer mit Fährschiffen. Das Roll-on/roll-off-System ermöglicht schnellen Transport, ohne daß die Ware umgeladen werden muß.

Round Lot

In den USA gebräuchlichste Form der Globalaktie zu 100 Shares. (→ Finanzierung).

Royalties

Bezeichnung für Einnahmen, Lizenzen, Tantiemen aus urheberrechtlichen Ansprüchen oder Nutzungsgebühr.

RPG

Report Program Generator. In der Datenverarbeitung Bezeichnung für ein Programm in einer einfachen Programmiersprache zur Erstellung von individuellen Durckprogrammen (für Listen, Ergebnisse, Zusammenstellungen etc.)

S

Salary Progression

Gehaltsentwicklung. Aufstellung über die Entwicklung des Gehalts, die ein Bewerber zusätzlich zu seinem Lebenslauf bei der Bewerbung vorlegen muß. Hieraus ist die Entwicklung des Bewerbers oft besser zu erkennen als aus dem Lebenslauf, bei dem die Angaben der einzelnen angenommenen Positionen oft durch Fantasiebezeichnungen unklar sind oder auch die Stellung, die der Bewerber in früheren Betrieben innehatte, nicht ganz klar ersichtlich ist.

Sale and Lease Back

In den USA verbreitetes → Leasing-Verfahren, bei dem der Unternehmer aus seinem Betriebs- oder Privatvermögen Mobilien oder Immobilien an das Leasinginstitut verkauft, dadurch liquide Mittel erhält und die verkauften Objekte als Mieter weiter nutzt.

Sales-force

Bezeichnung für den gesamten Verkaufsaußendienst eines Unternehmens.
Siehe auch: Außendienst in → Marketing-Management

Sales Forecast

Absatzprognose, die das erwartete Absatzvolumen eines Unternehmens zum Ausdruck bringt. Die Erstellung der Absatzprognose ist von der Erfüllung zweier notwendiger Voraussetzungen abhängig:

1. Die Festlegung einer → Marketing-Strategie
2. Die Bildung von Prämissen über die zukünftige Entwicklung der entscheidungsrelevanten Faktoren.

Somit ist die Absatzprognose das Ergebnis einer Analyse der dem Unternehmen zur Verfügung stehenden Mittel einerseits und einer Markt- und Absatzanalyse andererseits. In diesem Sinne muß die Absatzprognose als eine abhängige Variable betrachtet werden, die neben anderen Faktoren insbesondere von den geplanten Marketingaktivitäten des Unternehmens beeinflußt wird.
Die Absatzprognose ihrerseits ist Voraussetzung für die Planung der anderen Unternehmensbereiche. Im Marketingbereich ist zwar bereits die strategische Vorgehensweise am Markt festgelegt worden – deren Ausfluß die Absatzprognose ist –, andererseits muß aber im Rahmen der taktischen Planung, der kurzfristigen Planung, für die Realisierung der Absatzprognose – für die Umsetzung der Soll-Daten in Ist-Werte – gesorgt werden.
→ Prognose

Literatur:
Gutenberg, E.: Grundlagen der Betriebswirtschaftslehre, 2. Band, Der Absatz, 11. Auflage, Berlin 1968
Linnert, P.: Die neuen Techniken des Marketing, 3. Auflage, München 1971
Schnutenhaus, O.: Absatzpolitik und Unternehmensführung, Freiburg i. Br. 1961

Salesman

Verkäufer, Handelsreisender. Im weiteren Sinn auch ein Mann, der seine Waren oder Dienstleistungen gut verkaufen kann.

Sales-Management

Bezeichnung für die Verkaufsleitung eines Unternehmens.

Sales-Manager

Bezeichnung für Verkaufsleiter.

Sales Mix

Bezeichnung für die Verteilung der einzelnen Verkaufsmaßnahmen (z. B. Vertretereinsatz, Direct Mail, Sales Promotion etc.) auf die gesamten Verkaufsanstrengungen eines Unternehmens.

Salespeople

Verkaufspersonal

Sales Promoter

Verkaufsförderer
→ Sales Promotion

Sales Promotion

Bezeichnung für Verkaufsförderung.
Unter Sales Promotion werden speziell die Bemühungen eines Unternehmens verstanden, die die übliche Distributionspolitik und die Werbung unterstützen und dazu beitragen sollen, beide in ihrem Wirkungsgrad zu erhöhen. Im Prinzip handelt es sich bei der Verkaufsförderung eher um eine erweiterte Werbepolitik als um verkaufsorganisatorische Maßnahmen.
Im weiteren Sinne ist der Ausdruck Verkaufsförderung ein Sammelbegriff, hinter dem sich Absatzaktivitäten verbergen, die geeignet erscheinen, Vertriebskanäle zu öffnen bzw. offenzuhalten. Eine derart breite Begriffsfassung erlaubt es, unter Verkaufsförderung alles zu fassen, was außerhalb der Werbepolitik und den übrigen Marketing-Instrumenten unternommen wird, um den Verkauf der eigenen Erzeugnisse beim Wiederverkäufer effektvoller und schneller zu gestalten.
Verkaufsförderungsmaßnahmen werden vor allem dann ergriffen, wenn kurzfristige Verkaufsziele möglichst schnell realisiert werden sollen oder eine sofortige Anpassung an Konkurrenzaktivitäten notwendig erscheint.
Ansatzpunkte für Verkaufsförderungsmaßnahmen sind in der personellen und organisatorischen Unterstützung der Wiederverkäufer zu sehen. Die Schulung des Verkaufspersonals, Hilfestellung bei der Gestaltung der Schaufenster oder der Ausstellungsräume und die Beratung bei der Sortimentspolitik des Handels einerseits und gemeinsame Durchführung von Werbe- oder Sonderverkäufen am → Point of Purchase andererseits sowie die Betreuung der Kunden, der Händler, was im allgemeinen auf eine technische Beratung oder eine laufende Information über technische Neuentwicklung hinauslaufen wird, sind Beispiele für mögliche Maßnahmen.
Die Bedeutung verkaufsfördernder Maßnahmen hat wegen grundlegender Änderungen der Einkaufsgewohnheiten und der Umstrukturierungstendenzen im Handel in den letzten Jahren stark zugenommen. Immer anspruchsvoller und differenzierter werden die Einkaufswünsche des Konsumenten, der heute kaum noch wie einstmals mit dem Einkaufszettel den Laden betritt, sondern sich vom dargebotenen Sortiment bei der Auswahl seiner Bedürfnisbefriedigungsmittel weitestgehend beeinflussen läßt. Dieser Entwicklung wird von einer immer größer werdenden Zahl von Unternehmen der Produktions- und Handelsstufen Rechnung getragen, die die verkaufsfördernden Maßnahmen als festen Bestandteil in ihr Marketingrepertoire aufgenommen haben.

Literatur:
Linnert, P.: Die neuen Techniken des Marketing, 3. Auflage, München 1971

Sales Quotas

Bezeichnung für Absatzquoten. Sie lassen sich kennzeichnen als ein Absatzziel für ein Sortiment, einen Unternehmensbereich oder einen Außendienstmitarbeiter. Sie sind ein Führungswerkzeug, um die Verkaufsleistung zu definieren und zu stimulieren.
Absatzquoten sind das Ergebnis der Absatzprognose einerseits und der mit der Errichtung dieser Quoten verbundenen psychologischen Probleme andererseits. Dieser psychologische Aspekt führt in der Regel zu Absatzquoten, die insgesamt gesehen oberhalb der in der Absatzprognose ermittelten Zahlen liegen. Dadurch soll bezweckt werden, daß der Verkaufsaußendienst sich besonders um die Erreichung dieser Ziele bemüht. Andererseits muß berücksichtigt werden, daß bei zu hohen Zielen diese unrealistisch erscheinen und so möglicherweise eine genau entgegengesetzte Wirkung erzielt wird.
Absatzquoten werden in der Regel durch ein leistungsbezogenes Entlohnungssystem ergänzt, um so den Anreiz für die Zielerreichung zu erhöhen.
Absatzquoten können sowohl in Umsatz- als auch in Stückzahlen ausgedrückt werden. Stückzahlen kommen insbesondere immer dann zur Anwendung, wenn ein Leistungsvergleich über mehrere Jahre hindurch erfolgt. Dadurch lassen sich Auswirkungen aufgrund von Preisänderungen ausschließen.

Literatur:
Phelps, D. M. und Westing, J. H.: Marketing-Management, Homewood 1968

Sales Reports

Ausdruck für Verkaufsberichte. Sie dienen sowohl der Überprüfung der Verkaufsleistung des Außendienstes als auch der Informationensammlung im Absatzgebiet.

Es gibt die verschiedensten Formen der Verkaufsberichte, um die Aktivitäten und die Leistung des Außendienstes zu erfassen und zu überprüfen. Im Besuchsbericht trägt der Außendienstmitarbeiter die wichtigsten Aspekte seiner Tätigkeit ein, wozu das Verkaufsgespräch mit dem Abnehmer gehört, die Konkurrenzmarken, die er dort angetroffen hat, die günstigste Besuchszeit, Intensität und Art des angetroffenen Widerstandes sowie die Zukunftsaussichten bei einzelnen Abnehmern.
Aus den Verkaufsberichten sollen auch Art und Umfang der Tätigkeit des Außendienstes hervorgehen, um sicherzustellen, daß das Management jederzeit Maßnahmen zur Steuerung des Außendienstes ergreifen kann.
Aufgrund der vielfältigen Möglichkeiten, Verkaufsberichte als Informationsquellen und als Entscheidungsgrundlagen einzusetzen, ist eine sinnvolle Gestaltung der Verkaufsberichte erforderlich, um einerseits den Arbeitseinsatz des Außendienstes dadurch nicht zu beeinträchtigen, und um andererseits eine zielgerechte Aussagefähigkeit sicherzustellen. Darüber hinaus muß für eine sofortige Auswertung der Berichte gesorgt werden, weil erst so ein ständiger Soll-Ist-Vergleich im Hinblick auf die Einzelleistung als auch auf das Gesamtergebnis des Unternehmens gewährleistet wird.

Literatur:
Linnert, P.: Die neuen Techniken des Marketing, 3. Auflage, München 1971
Phelps, D. M. und Westing, J. H.: Marketing-Management, Homewood 1968

Sales-Territory

Bezeichnung für Verkaufsbezirk.
Kriterien für die Bildung von Verkaufsbezirken sind einerseits das Absatzpotential der einzelnen Gebiete und andererseits der für die Bearbeitung dieser Gebiete erforderliche Arbeitsaufwand. Unter Berücksichtigung dieser beiden

genannten Kriterien wird versucht, gleichgewichtige Verkaufsbezirke zu schaffen. Dadurch wird im Rahmen der gegebenen Möglichkeiten sichergestellt, daß alle Mitarbeiter des Verkaufs-Außendienstes die gleichen Ausgangschancen – insbesondere im Zusammenhang mit variablen Entlohnungsbestandteilen – bei der Bearbeitung der einzelnen Verkaufsgebiete besitzen. Die Größe des Verkaufsbezirkes richtet sich nach der Zahl der vorhandenen und noch zu gewinnenden Kunden, der Zahl der notwendigen Kundenbesuche in einer bestimmten Zeit und nach den bestehenden Verkehrsverhältnissen.

Literatur:
Katz, C.: Verkaufsbezirke richtig einteilen, München, 1968

Sample

In der Statistik, Markt- und Meinungsforschung Bezeichnung für

1. eine Stichprobe, bei welcher der Schluß von der Teilmenge auf die Gesamtheit zwar wahrscheinlichkeitstheoretisch nicht sicher ist, aber dennoch für zulässig gehalten wird.
2. eine repräsentativ ausgewählte Gruppe von Personen.

In der Werbung Bezeichnung für Warenprobe, Muster.

Scanlon Plan

Von dem Amerikaner J. N. Scanlon (Massachusetts Institute of Technology) entwickelter Gruppenanreizplan, der die Produktivität anhand der Kennziffer Lohnkosten: Wert der Produktion gemessen in Verkaufspreisen ermittelt. Beispiel: Ein Unternehmen, das pro Monat 1 Million Mark Umsatz macht und in der jüngsten Vergangenheit im Schnitt 300 000 Mark Lohnkosten zu zahlen hatte, wird nach Installierung des Scanlon Plans und einer Produktionssteigerung um 150 000 Mark dieses Geld nach Abzug der Nicht-Lohnkosten teilweise den Arbeitnehmern nach einem bestimmten Schlüssel auszahlen.

Literatur:
Lesieur, F. (Hrsg.): The Scanlon Plan, New York 1958

Scientific Management

Bezeichnung für das von F. W. Taylor zu Beginn dieses Jahrhunderts entwickelte Konzept der systematischen Betriebsführung mit den Schwerpunkten:

1. Entwicklung eines wissenschaftlich theoretischen Ansatzes der Unternehmensführung
2. Systematik bei der Auswahl und Weiterbildung der Arbeiter
3. Wissenschaftliche Methoden bei der Arbeitsgestaltung.

Scientific Management wird häufig mit Management Science, der Bezeichnung für die quantitativen Methoden der Unternehmensführung verwechselt.
→ Management-Lehre, Management Science

Scratch-Pad Memory

In der Datenverarbeitung Bezeichnung für einen schnellen Speicher mit geringer Kapazität, auch Schnellspeicher oder Notizblockspeicher genannt.

Scrip

1. In England und Amerika Bezeichnung für Zwischenschein, der bei der Gründung neuer Aktiengesellschaften vor der Ausstellung der Aktien ausgegeben wird.
2. Bezeichnung für eine Bescheinigung über nicht gezahlte Zinsen von Schuldverschreibungen, die den Zinsanspruch vorläufig aufheben.

Secondary Credit

Auch Back-to-Back-Credit oder Countervailing Credit genannt. Bezeichnung für ein Gegenakkreditiv, das ausgestellt wird, wenn die Übertragbarkeit des Akkreditivs nicht ausdrücklich zugelassen ist, der Begünstigte aber das Akkreditiv an seinen Lieferanten weitergeben muß. Ein Akkreditiv ist die Anweisung eines Kunden an eine Bank, sich selbst oder einem Dritten einen bestimmten Betrag zur Verfügung zu stellen.

Secretary

Leitender Angestellter amerikanischer und englischer Aktiengesellschaften, vergleichbar einem Vorstandsmitglied in deutschen Aktiengesellschaften, zu dessen Aufgabengebieten vor allem die Koordination sowie vielfach auch juristische Fragen gehören.

Securities

Ausdruck in der Bilanz für Wertpapiere, Effekten.

Sekundärerhebung

Indirekte Erhebungsmethode in der Markt- und Meinungsforschung. Der englische Ausdruck dafür ist → Desk Research. Das Sekundärmaterial, wie die amtliche Statistik, Verbandsstatistiken, Betriebsstatistiken, Wirtschaftspresse und Fachzeitschriften sind vor allem für die Marktforschung von erheblicher Bedeutung.
→ Statistik

Sekundärmaterial

Im Bereich der Marktforschung Bezeichnung für die Sammlung, Aufbereitung und Analyse von Material, das nicht für den Zweck der Untersuchung erstellt wurde.
→ Information

Self-Fulfilling Prophecy

In den Sozialwissenschaften Bezeichnung für eine Prognose über Ereignisse, die durch menschliches Handeln bedingt sind. Die Prognose selbst kann die Individuen dazu veranlassen, entweder im Sinne der Prognose (Self-Fulfilling-Prophecy) oder im entgegengesetzten Sinne (Self-Defeating Prophecy) zu handeln.

Sellers' Market

Bezeichnung für Verkäufermarkt, d. h. die Nachfrage nach Gütern überwiegt das Angebot, so daß der Verkäufer eine bessere Marktposition hat und Preise, Qualität etc. bestimmen kann.
→ Buyers' Market

Semantik

Bezeichnung für die Lehre von den Bedeutungen der Zeichen; Teilgebiet der Semiotik
→ Information

Semiotik

Bezeichnung für die Lehre von den Zeichen; in der Sprachenanalyse die Lehre von den sprachlichen Zeichen. Ihre Beziehungen untereinander werden von der Syntaktik, die zum bezeichneten Gegenstand von der Sigmatik, die zum Zeichenverwender von der Pragmatik behandelt. Semantik als weiteres Teilgebiet der Semiotik ist die Lehre von den Bedeutungen der Zeichen.
→ Information

Senior Executives

Bezeichnung für leitende Angestellte. → Top Management

Sensibilitätsanalyse

Untersuchung der Stabilität bzw. Sensibilität von Optimallösungen im Rahmen von → Operations Research im Hinblick auf Änderungen der Ausgangsdaten.
Gefragt wird, wie stark sich die einzelnen Ausgangsdaten ändern dürfen, bis eine Optimallösung nicht mehr als solche angesehen werden kann.
→ Sensitivitäts-Analyse

Sensitivitäts-Analyse

Bezeichnung für ein Verfahren aus dem Bereich des → Operations-Research, das sich mit der Bestimmung der Sensitivität bzw. Stabilität von Optimallösungen bei Änderungen der Ausgangsdaten befaßt. Meistens werden nur Änderungen der Zielfunktions-Koeffizienten (Dualwerte) und der Elemente der „Rechten Seite" (Primalwerte) analysiert.
Als Beispiel für die Anwendung der Sensitivitätsanalyse kann die → Losgröße dienen. Mit Hilfe der Sensitivitäts-Analyse wird der Einfluß auf die Kosten überprüft, wenn sich das Unternehmen mit der Losgröße vom Kostenoptimum fortbewegt. In der Regel werden bestimmte Parameter vorgegeben, innerhalb derer sich die Losgröße um das Optimum bewegen darf. Es ist Aufgabe der Sensitivitäts-Analyse, die prozentuale Abweichung vom Kostenoptimum zu ermitteln, ohne einen der vorgegebenen Parameter zu verletzen.

Literatur:
Müller-Mehrbach, H.: Operations Research, 2. Aufl., München 1971

Sensitivity Analysis

Anglo-amerikanische Bezeichnung für → Sensibilitätsanalyse und Sensitivitäts-Analyse.

Sensitivity Training

Bezeichnung für eine Trainingsmethode zur Verbesserung der interpersonalen Beziehungen zwischen Gruppenmitgliedern. Ziele des Sensitivity Trainings sind im einzelnen:

1. Verbesserung des Gespürs für emotionale Reaktionen bei sich selbst und bei anderen;
2. besseres Verständnis für die Wirkung des eigenen Handelns, in dem man die eigenen Gefühle und die anderer beobachtet;
3. Entwicklung von Wert und Zielvorstellungen, die auf den systematischen Erfahrungen im Umgang mit anderen aufbauen.
4. Entwicklung von Konzepten auf der Grundlage des Verständnisses, andere Menschen anzuleiten und zu führen, insbesondere um
5. eine bessere Integration von Absichten und tatsächlichem Handeln zu erreichen;
6. Verbesserung der Selbstbeobachtung, um fortlaufend das eigene Verhalten analysieren und kontrollieren zu können.

Das Sensitivity Training baut auf den psychologischen Grundlagen der sogenannten „training laboratory" und der „training group" (häufig auch als T-Group bezeichnet) auf. Die Mitglieder einer unstrukturierten Gruppe sollen sozusagen unter „Laborbedingungen", also ohne äußere Einflüsse gemeinsame Aufgaben lösen. Die fehlende Gruppenstruktur – es gibt keine Vorgesetzten, keine Leiter, keine Verhaltens- und keine Leistungsnormen – veranlaßt die Teilnehmer zu bestimmter Verhaltensweise: Führungsverhalten, kooperatives Verhalten, unterordnendes Verhalten. Die Gruppenmitglieder legen ihre Empfindungen dar und diskutieren darüber; so können sie sich bewußt werden, wie sie auf andere wirken und sie können ihr Geschick bei der Förderung anderer Personen verbessern. Auf diese Weise wird aus der ursprünglich unstrukturierten Gruppe eine strukturierte, deren Mitglieder den Lernstoff aus ihrem eigenen Verhalten und dem ihrer Partner entnehmen. Dieses Wissen ist zudem aus einer Erfahrung hervorgegangen und dementsprechend intensiver wirksam. Verwendete Trainingstechniken sind u. a.: Rollenspiele, Problemanalysen, Fallstudien. Das Sensitivity Training beruht auf den gruppendynamischen Untersuchungen Kurt Lewins.

Literatur:
Bradford, C. P., Gibb, J. R. und Benne, K. D. (Hrsg.): The T-Group, New York 1963

Service-Fee-System

Auch Amerikanisches System. Abrechnungsweise der Werbeagentur mit ihren Klienten. Der Grundsatz des Service-Fee-Systems ist, dem Kunden die Agenturleistungen zu Selbstkosten in Rechnungen zu stellen und darauf einen Agenturvergütungssatz aufzuschlagen.

Shareholders' Equity

Bilanzausdruck für Eigenkapital, bestehend aus → Common Stocks (Stammaktien), → Preferred Stocks (Vorzugsaktien), → Capital Surplus (Kapital-Überschuß, Rücklage) und → Retained Earnings (einbehaltener Gewinn).

Shares Authorized

In der anglo-amerikanischen Aktiengesellschaft Nominalkapital, unabhängig wieviel Aktien ausgegeben oder nicht ausgegeben sind.

Shares Issued

Bezeichnung für ausgegebene Aktien.

Shop Audit

Bezeichnung für die Bestandsüberprüfung im Einzelhandel, um dadurch den Umsatz konkurrierender Marken zu ermitteln.

Shop Level

Bezeichnung für die Werkstattebene.

Shopping Goods

→ Produktklassifizierung

Short-time Liabilities

Ausdruck in der Bilanz für kurzfristiges Fremdkapital

Showmanship

Bezeichnung für die Fähigkeit, sich selbst ins beste Licht zu rücken.

Sicherheitsingenieur

Angestellter, der für die Sicherheit am Arbeitsplatz zuständig ist. Er sorgt für die Einhaltung der Unfallverhütungsvorschriften, kontrolliert die neuen und alten Anlagen auf mögliche Unfallgefährdung und schult das Personal in Fragen der Unfallverhütung. In großen Betrieben gibt es als Stabsstelle eine eigene Sicherheitsabteilung, vor allem in chemischen Betrieben, Hüttenwerken, großen Maschinenfabriken etc. Ihr untersteht auch das Rettungswesen und die Betriebsfeuerwehr.

Simplex-Methode

Gebräuchlichste Methode zur Lösung linearer Optimierungsprobleme.
→ Lineares Programmieren

Simulation

Methode im Rahmen von → Operations Research, mit Hilfe von Modellen einen Vorgang oder ein System der Realität nachzubilden.
Die ersten Veröffentlichungen über Simulation als Teil von Operations Research erschienen im Jahre 1954, aber erst nach 1962 finden Simulationsmethoden verbreitete Anwendung.
Die Simulation wird überall dort eingesetzt, wo die Arbeit in der Wirklichkeit zu gefährlich, zu unwirtschaftlich, zu zeitraubend, zu hinderlich für die Umgebung oder überhaupt nicht durchführbar ist. Insbesondere komplizierte Lagerhaltungsprobleme, Warteschlangenprobleme, Probleme der → Spieltheorie und der → Risiko-Analyse lassen sich durch Simulationen lösen.
Bei Operations-Research-Verfahren geht man so vor, daß man zunächst die Aufgabenstellung – zumeist in militärischen oder wirtschaftlichen Bereichen – genau formuliert, dann das Problem analysiert und die Situation in einem mathematischen Modell formuliert. Mit der Lösung der mathematischen Aufgabe ist dann auch die Lösung für die wirtschaftliche Fragestellung gefunden.
Die Situationen der Praxis erweisen sich vielfach als derart kompliziert und vielgestaltig, daß analytische Lösungsmethoden nicht zur Verfügung stehen. In solchen Fällen wird der wirtschaftliche Vorgang im Experiment simuliert. Die Lösung ist dann zwar mathematisch nicht exakt, aber dennoch meist zufriedenstellend.
Bei Simulationen im Rahmen von Operations Research werden nicht wie in Physik und Technik körperliche Modelle erstellt, sondern es werden die wirtschaftlichen Systeme als abstrakte Modelle in Form mathematischer Gleichungen erfaßt. Die Simulation der Vorgänge innerhalb eines Systems besteht darin, daß viele Rechenoperationen durchgeführt werden, für deren schnelle und sichere Lösung elektronische Datenverarbeitungsanlagen erforderlich sind.
Für die Durchführung von Simulationen wurden spezielle Simulationsprogrammier- und -steuerungssysteme entwickelt.

Literatur:
Die Literatur über Operations Research und Simulation ist sehr zahlreich. Im folgenden werden einige einführende Bücher genannt:

Crawford, J. R.: Simulation Methods and Model Design, Santa Monica 1963
Hammersley, J. M. und Haridscomb, D. C.: Monte Carlo Methods, London, New York 1964
Koxholt, R.: Die Simulation – ein Hilfsmittel der Unternehmensforschung, München, Wien 1962
Naylor, T. H., Balintfy, J. L., Burdick, D. S. und Chu, K.: Computer Simulation Techniques, New York, London, Sydney 1966

SINETIK

Siemens Netzplantechnik. Von Siemens entwickelte → Netzplantechnik, für die ein Computer-Programm vorliegt.
Schwerpunkt: Termin-, Kosten-, Kapazitäts- und Finanzplanung.

Slave

Bezeichnung für eine Datenverarbeitungsanlage, die in einem System von zwei oder mehreren zusammengeschlossenen Anlagen (→ Multiprocessing) von einer anderen Anlage gesteuert wird.

Slow-Go-Verhaltensweise

Ausdruck für Bummelstreik

Small Business

Aus dem Amerikanischen stammende Bezeichnung für den gewerblichen Mittelstand, der kleinere Betriebe aus dem Produktionssektor (bis etwa 100 Beschäftigte) und dem Dienstleistungs- und Handelssektor (je nach Umsatz) umfaßt. Gegensatz: → Big Business.

Smoothing

Bezeichnung für Belastungsausgleich (→ Netzplantechnik). Durch eine zeitliche Verschiebung von Vorgängen wird ein Ausgleich des schwankenden Kapazitätsbedarfes erreicht. Anderer Ausdruck: → Levelling

Social-Emotional Leadership

In der amerikanischen Soziologie Bezeichnung für eine besondere Form der Klein-Gruppen-Autorität. Der Social-Emotional-Leader repräsentiert die Wertschätzung gefühlsmäßiger Denk- und Verhaltensweisen und kümmert sich um den Zusammenhalt der Gruppe.
→ Task Leadership

Social Engineer

Verantwortlicher Techniker für soziale Einrichtungen in einem Betrieb.

Social Sensitivity

Neben der → Action Flexibility eine vom modernen Manager hauptsächlich geforderte Eigenschaft; nämlich ein Gespür für den Mitarbeiter, seine → Motivation, seine Leistungsfähigkeit, seine Einsatzbereitschaft.

Sociology of Work

Bezeichnung für → Industriesoziologie neben Industrial Sociology

Software

Unter Software werden alle nicht-maschinellen Zubehörteile der elektronischen Datenverarbeitungsanlage verstanden, zu denen in der Regel die vom Hersteller der Hardware angebotenen Programme des Betriebssystems zählen. Als Software können auch alle Programme bezeichnet werden, die ein elektronisches Datenverarbeitungssystem befähigen, bestimmte Aufgaben wahrzunehmen.
→ Hardware

Literatur:
Flores, J.: Software-Technik, Stuttgart 1969

Soll- und Istkostenrechnung

Verfahren zur Kostenkontrolle durch Vergleich von vorgegebenen Sollkosten mit angefallenen Istkosten.
→ Kostenkontrolle, → Plankostenrechnung

Sortimentsbreite

Bezeichnung für die Zahl der Produkte, die ein Unternehmen in unterschiedlicher Ausstattung und Ausführung anbietet.
Die Sortimentsbreite bezieht sich auf die verschiedenen Produktarten, während die Sortimentstiefe sich auf die verschiedenen Sorten und Artikel einer Produktart bezieht.

Sortimentstiefe

→ Sortimentsbreite

Source Language

Vom Menschen lesbares Programm
→ Programmiersprachen

Source of Funds

Quelle des Kapitals. Herkunft der Einkünfte nach verschiedenen Quellen, z. B. Betriebsgewinn, außerordentliche Einkünfte, Zinsen, Dividenden etc.

Span of Control

→ Span of Management

Span of Management

Auch Span of Control genannt. Kontrollspanne. Bezeichnung für das Problem, wieviele Personen einem Vorgesetzten direkt berichten sollen. Eine Untersuchung in den USA hat ergeben, daß die Zahl der Untergebenen, die der Präsident direkt zu führen hatte, zwischen einem und 24 schwankte. Die durchschnittliche Anzahl lag bei 9 beziehungsweise 8 in kleineren Unternehmen. Es wurden jedoch auch andere Beobachtungen gemacht, z. B. daß die Zahl der Untergebenen je Führungskraft in Großunternehmen bei 12 liegt und die Tendenz besteht, daß diese Zahl mit abnehmender Betriebsgröße ebenfalls abnimmt.
Die Ziele ausreichender Information zur Führung und Kontrolle einerseits und die Schätzung der Zeit der Inanspruchnahme durch die Kommunikation andererseits liegen in Konflikt miteinander. Eine generelle Lösung des Problems wird nicht möglich sein, da der Kontakt des Leitenden mit seinen Untergebenen je nach der Situation intensiver und häufiger stattfinden muß. Wie intensiv und wie häufig ein Untergebener seinen Vorgesetzten in Anspruch nehmen muß, hängt aber grundsätzlich davon ab,

1. wie stark die Entscheidungsbefugnis delegiert wurde,
2. wie groß der Planungsgrad im Unternehmen ist,
3. wie stark sich die wirtschaftliche und außerwirtschaftliche Umgebung des Unternehmens ändert,
4. wie gut die Mitarbeiter mit den Unternehmenszielen vertraut sind,
5. wie gut die innerbetriebliche Weiterbildung ist,
6. wie intensiv die Kommunikationstechniken (Informationssysteme, Konferenzen etc.) genutzt sind,
7. wie intensiv der persönliche Kontakt im Unternehmen gepflegt wird.

Durch die Verbesserung dieser Faktoren lassen sich die Kosten, die durch disziplinarische Aufgaben von Vorgesetzten entstehen, senken.

Literatur:
Koontz, H. und O'Donnell, C.: Principles of Management. An Analysis of Managerial Functions, New York 1968

SPAR

(Scheduling Program for Allocation Resources). Von J. D. Wiest entwickelte → Netzplantechnik zur Kapazitätsplanung. Anwendungsgebiet: Bauwirtschaft

Spartenorganisation

→ Divisionalisierung

Specialist

An der amerikanischen Börse Bezeichnung für den Makler, der die limitierten Kauf- oder Verkaufsaufträge der Broker entgegennimmt und gegeneinander ausgleicht. Da der Specialist verpflichtet ist, einen geordneten und aktiven Markt in den ihm zugeteilten Werten aufrecht zu erhalten, muß er selbst eintreten, d. h. selbst Aktien kaufen, wenn kein anderer kaufen will und selbst verkaufen, wenn kein anderer verkaufen will. Der deutsche Makler darf dies nicht. Der amerikanische Specialist entspricht etwa dem englischen Jobber oder Dealer.

Spieltheorie

Theorie der strategischen Spiele, Game Theory. Teilgebiet von → Operations Research. Das Ziel der Spieltheorie ist

es, den Spielern eine optimale → Strategie zu liefern, d. h. einen Plan, nach dem der Spieler seine Entscheidungen trifft.
Die grundlegenden Arbeiten wurden von J. von Neumann und O. Morgenstern verfaßt und im Jahre 1944 in dem Buch „Theory of Games and Economic Behaviour" veröffentlicht.
Ein Spiel i. S. der Spieltheorie unterliegt bestimmten Regeln, nach denen die am Spiel Beteiligten – Spieler genannt – handeln dürfen. Die Regeln geben auch an, wann ein Spiel als beendet zu betrachten ist.
Der Zweck des Spieles ist es, möglichst erfolgreich ein Ziel zu erreichen, und zwar je nach Spiel z. B. mit möglichst geringer Punktezahl, möglichst wenigen Zügen etc.
Die bekannteste und einfachste Theorie der Spiele ist die Theorie der Zwei-Personen-Nullsummen-Spiele. Am Spiel sind zwei Personen beteiligt, der Gewinn des einen ist der Verlust des anderen, so daß die Summe aller Gewinne und Verluste immer Null ist. Jeder Spieler kann nur seine eigene Strategie bestimmen, ohne vorher die Entscheidung des anderen Spielers zu kennen. Da jeder Spieler einen möglichst hohen Gewinn machen will, sucht jeder nach seiner optimalen Strategie. Das Problem läßt sich mit Hilfe einer „Gewinnmatrix" (Pay-off Matrix) lösen, die für einen der Spieler seine Gewinne für jede Kombination der Strategien mit der seines Gegners angibt.
Die Spieltheorie als solche wird in der betrieblichen Praxis in konkreten Entscheidungssituationen kaum angewendet. Die wirtschaftlichen Entscheidungsprozesse sind zumeist so kompliziert, daß sich dafür keine spieltheoretischen Modelle aufstellen lassen. Die Erkenntnisse der Spieltheorie haben aber zu einer neuen Denkweise über Entscheidungen in Konkurrenzsituationen geführt.

Literatur:
Neumann, J. v. und Morgenstern, O.: Spieltheorie und wirtschaftliches Verhalten, Würzburg 1961
Vajda, S.: Einführung in die Linearplanung und die Theorie der Spiele, 2. Aufl., Wien 1966
Vorobjoff, N. N.: Grundlagen der Spieltheorie und ihre praktische Bedeutung, Würzburg, Wien 1967

Spin Off

Abstoßen von Geschäftszweigen oder Ausgliederung von Produktionsprogrammen.

Splitting

1. Form der Haushaltsbesteuerung. Die Einkommen beider Ehegatten werden zusammengezählt, halbiert und jeder Partner muß eine Hälfte versteuern. Durch dieses System wird bei ungleichem Einkommen der Partner die Steuerprogression ermäßigt.
2. Im Wertpapierwesen Bezeichnung für die Teilung des Nennwertes einer Aktie, eines Investmentanteils etc., wenn der Kurswert sehr stark gestiegen ist.
3. In der Werbung Bezeichnung für die vertikale oder geografische Teilung der Auflage einer Zeitung oder Zeitschrift bei der Belegung dieser Publikation mit verschiedenen Anzeigen des gleichen Auftraggebers.

Splitt-off-Point

Bei der Kuppelproduktion der Punkt, an dem die zwangsläufig anfallenden Produkte entstehen; z. B. fallen bei der Gasherstellung Koks und Teer an. Bis zum Splitt-off-Point spricht man von verbundener Produktion.

Sponsor

1. Bezeichnung für ein Unternehmen oder eine Person, die eine Rundfunk- oder Fernsehsendung, einen Film

oder ein Theaterstück finanziell fördert oder ermöglicht, damit für sie Reklame gemacht wird.

2. Bezeichnung für den Auftraggeber einer Werbesendung in Rundfunk und Fernsehen.
3. Bezeichnung für den Auftrag- oder Geldgeber für eine demoskopische Untersuchung.

Spot

Bezeichnung für eine kurze Werbesendung in Rundfunk oder Fernsehen.

Spread Sheet

Umsatzdarstellung in Matrix- oder Schachbrettform
→ Articulation Statement

(s,S)-System

Bestellsystem für die Organisation der Bestandskontrolle und der Nachbestellung in der Lagerhaltung, das auf → Operations Research basiert.
In regelmäßigen Zeitabständen wird der Lagerbestand mit einer Marke s (Bestellpunkt) verglichen und bei Unterschreitung so viel bestellt, daß das Lager auf die Menge S aufgefüllt wird.

Stab-Linien-System

→ Organisation

Staff Functions

Bezeichnung für die mittelbaren Aufgaben einer Unternehmung wie Anlagen-, Personal-, Finanz-, Materialverwaltung. Gegensatz → Line Functions.
→ Aufgabe

Staffing

Bezeichnung für den Teil der Personalpolitik, der sich mit der Auswahl (Selection), der laufenden Bewertung (Appraisal) und Weiterbildung (Development, Training) des eigentlichen Managements befaßt.

Staff Officer

Leitender Angestellter eines Unternehmens, der mit Stabsaufgaben, wie Personal-, Finanzwesen, Materialeinkauf, Organisation etc. betraut ist. Zu den Staff Officers gehören auch der → Treasurer, → Secretary of the Board, → Controller. Sie sind sehr oft Executive Officers oder Vice Presidents.

Standardkosten- und Leistungsrechnung

Methode der Kostenrechnung, bei der Mengen je Leistungseinheit (Standardmengen) festgelegt und mittels Verrechnungspreisen oder Verrechnungssätzen Standardwerte je Leistungseinheit (Standardsätze) gebildet werden, mit denen die tatsächlichen Kosten und Leistungsmengen zur Ermittlung im Verhältnis gleicher Kosten- und Leistungswerte bewertet werden. Mengen- und wertmäßige Abweichungen gegenüber Ist-Mengen und -Werten werden gesondert erfaßt, ausgewertet und im Betriebsergebnis berücksichtigt.
Zur Standard-Kosten- und Leistungsrechnung zählt auch die → Plankosten-Rechnung, bei der die Abweichungen getrennt nach Verbrauchs- und Beschäftigungsabweichungen erfaßt und ausgewiesen werden.

Standards of Performance

Leistungskennzahlen.
In einem fixen Kosten-Budget werden für eine Funktion und ihre einzelnen

Maßnahmen Standards of performance aufgestellt; es handelt sich dabei um Leistungskennzahlen einzelner Mitarbeiter. Beispiel: Standards of performance für einen Verkäufer: Umsatz pro Tag, Besuche pro Tag, neu gewonnene Kunden.

Standing

In der Bank- und Börsensprache Bezeichnung für die finanzielle Situation von Kreditinstituten.

Standortfaktoren

Faktoren, die die Auswahl des Standortes bei Errichtung eines Industrie- oder Handelsbetriebes bestimmen. Bis unmittelbar vor dem Krieg galt die Regel, daß bei der Wahl von Standorten vor allem die Transportkosten ausschlaggebend seien und dementsprechend grundsätzlich zwei Hauptkriterien zu unterscheiden wären:

1. Rohstofforientierte Standorte für die Verarbeitung von Massengütern
2. Absatzorientierte Standorte für Fertigwaren.

Diese Kriterien gelten immer noch in Ländern mit stark unterschiedlicher Besiedlungsdichte, in denen weite, menschenleere Wald- und Agrarzonen Ballungsgebieten mit Millionenbevölkerung gegenüberstehen, so z. B. in den USA, Kanada, Australien, aber auch in Skandinavien und den meisten tropischen Entwicklungsländern. In dem dichtbesiedelten rohstoffarmen Mitteleuropa sind dagegen eine ganze Reihe anderer Faktoren, wie Arbeitskräftepotential, Umweltschutz, steuerliche Erleichterungen, staatliche Förderung etc. ausschlaggebend. Rohstofforientierte Standorte spielen jedoch auch hier noch eine große Rolle, wenn es sich um die Verarbeitung von Massengütern, die aus Übersee importiert werden, handelt, wie z. B. Erz, Erdöl, Getreide, bei denen ein Standort an Häfen, schiffbaren Flüssen oder Kanälen günstig ist.
Über die Standortfaktoren gibt folgende Tabelle Aufschluß:

Primärfaktoren	Sekundärfaktoren
A. Rohstoffbezugsmöglichkeiten	
1. Größe der Rohstoffvorkommen	Wie lange reichen die Rohstoffvorkommen noch aus?
2. Abbau- oder Ernterechte	Für welche Zeit sind die Rechte gegeben? Können Einschränkungen erfolgen?
3. Erweiterungsmöglichkeiten der Rohstoffbezüge	
4. Rohstoffpreise	Möglichkeiten der Änderung der Rohstoffpreise
5. Änderung der Bezugsmöglichkeiten durch Eingriff Dritter	Abbauverbot durch Naturschutzbehörden, Ausfuhrverbot der Herkunftsländer
B. Transportwege der Rohstoffe	
1. Seehäfen	Tiefgang, Umschlageinrichtung, Tarife
2. Fluß- und Kanalhäfen	Tiefgang, zugelassene Größe, Schleusengebühren
3. Eisenbahnanschluß	Tarife, Ausbaufähigkeit
4. Straßen	Breite, Wintersicherheit, zugelassene Belastbarkeit, Ausbaufähigkeit

Primärfaktoren	Sekundärfaktoren
5. Pipelines	Direktanschluß, Querschnitt, kann Stichleitung gebaut werden?
6. Umschlageinrichtung	Kräne, Container-Einrichtungen, Gebühren
C. Energieversorgung	
1. Versorgung mit Primärenergie	Wasserkraft, Ausbaufähigkeit der Wasserkraft, Bezugsmöglichkeit von Kohlen, Erdgas, Kosten
2. Sekundärenergie	Anschlußmöglichkeit für Strom, Tarif, Nachttarif, Sondertarif
3. Versorgung mit Gas und Wasser	Wasservorkommen, Menge, Qualität, Erdgas, Stadtgas
D. Arbeitskräfte	
1. Arbeitskräftepotential	Arbeitsuchende, abwerbbare Arbeitskräfte, ansiedelbare Arbeitskräfte
2. Lohnniveau	Tariflöhne, Ortsklasse, übertarifliche Bezahlung
3. Gesetzliche Sozialleistungen	Arbeitgeberanteil für Krankenkasse, Arbeitslosen-, Invaliden-, Unfallversicherung, gesetzliche Feiertage, gesetzlicher Urlaub
4. Freiwillige Soziallasten	Übliche Weihnachtsgelder, Urlaubsgeldzuschlag, Fahrtkostenerstattung, Kantinenzuschuß, freiwillige Altersversorgung
5. Qualität der Arbeitskräfte	Ausbildung, Industrieerfahrung, körperlicher Zustand, Alter
6. Arbeitsfrieden	Gewerkschaftliche Organisation, Streikanfälligkeit, wilde Streiks, Arbeitsmoral
7. Freizeitwert für Arbeitskräfte	Klima, Landschaft, störungsfreie Umwelt, Einkaufsmöglichkeiten, Bildungsmöglichkeiten, Unterhaltungs- und Sportmöglichkeiten, Schulen, Entfernung zur nächsten Großstadt, Entfernung zum nächsten Erholungsgebiet
E. Absatzorientierte Faktoren	
1. Vorhandener Kundenstamm	Übernehmbarer Kundenstamm, Zahlungsmoral der Kunden, Kundenwünsche
2. Erweiterungsmöglichkeiten des Kundenstamms	Kaufkraft, Bevölkerungsstruktur nach Alter, Konkurrenzsituation, Marktlücken
3. Vorhandener Vertreterstamm	
4. Erweiterungsmöglichkeiten des Vertreterstamms	Verdienstmöglichkeiten, Vertreterdichte
5. Vorhandene Service-Einrichtungen	Reparaturwerkstätten, Ersatzteillager
6. Erweiterungsmöglichkeiten für Service-Stationen	
7. Transporteinrichtungen	Straßen-, Eisenbahn-, Flughafen-Anschluß, Eisenbahn-, Post-, Lastwagen-, Luftfrachttarif

Standortfaktoren

Primärfaktoren	Sekundärfaktoren
8. Kommunikationsmittel	Telefonanschlußmöglichkeit, Telexanschlußmöglichkeit, Störanfälligkeit von Telefonanschlüssen, Straßen, Straßenverkehr, Flughäfen, D-Zug-Station
9. Attraktivität für Kunden	Landschaftliche Vorzüge, Hotels, Parkplätze, Einrichtung von Büro- und Konferenzräumen
F. Grundstücke	
1. Lage	Zentrale, periphere Lage
2. Größe	
3. Form	Rechteckig, langgestreckt, hügelig, Hanglage
4. Preis	Grunderwerbsteuer, Notariatskosten, Maklergebühren
5. Erweiterungsmöglichkeit	
6. Behördliche Auflagen	Bebauungsvorschriften
7. Bodenbeschaffenheit	Baugrund, Grundwasser
8. Bebaubarkeit	
9. Belastung	Hypotheken
10. Dienstbarkeiten	Wegerecht, Nutzungsrecht, Vorkaufsrecht
11. Steuerliche Belastung	Einheitswert, Grundsteuer
12. Beschaffenheit vorhandener Gebäude	Alter, Bauweise, Umbaumöglichkeit, Unterhaltungskosten
13. Möglichkeiten für Neubauten	Baugrund, Bebauungsvorschriften, Einsprüche von Nachbarn
G. Umweltschutz	
1. Abwasserfragen	Auflagen für mechanische Kläranlagen und biologische Kläranlagen
2. Auflagen gegen Geruchsbelästigung	
3. Auflagen gegen Lärmbelästigung	
4. Auflagen gegen Staubemission	
H. Steuern, Abgaben, Versicherungen	
1. Staatliche Ertragssteuern	Einkommen-, Körperschaftsteuer
2. Staatliche Vermögensteuer	
3. Kommunale Steuern	Gewerbesteuer, kommunale Ertragssteuern, kommunale Vermögensteuer
4. Umsatzsteuer	
5. Zölle und Abgaben	
6. Abgaben an Verbände, Gebietskörperschaften	
7. Versicherungen	
J. Kapitalversorgung	
1. Kreditmöglichkeiten durch Banken	
2. Kreditmöglichkeiten durch öffentliche Hand	
3. Inanspruchnahme von Lieferantenkrediten	

Primärfaktoren	Sekundärfaktoren
K. Besondere staatliche oder kommunale Vergünstigungen	
1. Steuerbefreiung	
2. Steuerstundung	
3. Sonderabschreibungen	auf Anlagen, auf Vorräte
4. Zinszuschüsse	
5. Verbilligte Kredite	
6. Zollerleichterungen	
7. Staatliche Abnahmegarantien	Abnahmegarantien

Literatur:
Behrens, K. Ch.: Standort der Betriebe, Bd. 1 Allgemeine Standortbestimmungslehre, Köln — Opladen 1961
Rüschenpöhler, H.: Der Standort industrieller Unternehmungen als betriebswirtschaftliches Problem, Diss., Berlin 1958

Start-Stop-Betrieb

In der Datenverarbeitung Bezeichnung für den Vorgang, daß bei der Dateneingabe aus Lochstreifen jedes Zeichen für sich vom Programm abgerufen wird. Das Programm bestimmt bei dieser Betriebsweise je nach den Verarbeitungserfordernissen selbst die Zahl der von den Lochkarten aus in die Datenverarbeitungsanlage eingegebenen Zeichen. Gegensatz ist der Zügig-Betrieb, bei dem der Lochstreifenabtaster die Zeilen ununterbrochen in Höchstgeschwindigkeit in die Datenverarbeitungsanlage eingibt.

Statement of Earned Surplus

Auch Statement of Retained Earnings genannt. In der amerikanischen Gewinn- und Verlustrechnung Bezeichnung für den Teil, in dem die Veränderung des Gewinnvortrags aufgeführt wird: Gewinnvortrag des letzten Jahres + Reingewinn der Berichtspreiode — Dividende = Gewinn- oder Verlustvortrag der Berichtsperiode.

Statement of Income

In der amerikanischen Gewinn- und Verlustrechnung Bezeichnung für den Teil, der der Ermittlung des Periodengewinns dient. Er enthält: Umsatz ./. Einstandswert oder Herstellkosten der verkauften Waren ./. Verwaltungs- und Betriebsaufwand + neutrale Erträge ./. neutrale Aufwände ./. Rückstellungen für Körperschaftsteuer = Reingewinn.

Statement of Profit and Loss

Bezeichnung für die amerikanische Gewinn- und Verlustrechnung. Sie besteht aus: → Statement of Income (Ermittlung des Periodengewinns) und → Statement of Earned Surplus (Darstellung der Veränderung des Gewinnvortrags). Die Frage, in welchen Teil die periodenfremden und außerordentlichen Aufwendungen aufgenommen werden sollen, wird in den zwei Auffassungen vertreten: → Current Operating Concept of Net Income und → Clean Surplus Theory.

Statistik

Zusammenfassung wissenschaftlicher Methoden, die es durch quantitative Beschreibung komplexer Sachverhalte und ihre operative Behandlung ermöglichen, im Falle von Ungewißheit Entscheidungen zahlenmäßig zu untermauern und sie dadurch sicherer zu machen.

I. GESCHICHTE

Statistik im Sinne von Erhebungen gab es schon im Altertum. Die erste bekannte Ermittlung wurde 3050 vor Chr. in Ägypten durchgeführt. Aus der Bibel sind die Volkszählungen unter König David und Kaiser Augustus bekannt. Den Begriff „Statistik" führte G. Achenwall 1748 ein, und zwar als Titel einer Vorlesung. Er bezeichnete damit eine Staatskunde. Statistik als methodische Hilfswissenschaft gibt es seit dem 19. Jahrhundert. R. A. Fisher, F. Galton und K. Pearson erdachten neue Untersuchungsmethoden zur Untersuchung biologischer Massenerscheinungen und begründeten damit die moderne Statistik.

II. ANWENDUNGSGEBIETE

Seit dem Altertum sammeln Staaten Daten über Gebiet und Bevölkerung. Heute gibt es Statistiken über Löhne und Gehälter, Steuern, Sozialprodukt, Außenhandel, Beschäftigung, Berufsaufbau, Erziehung, Verkehr, Wahlen etc. Ein Teil der amtlichen Statistiken wird für die BRD im Statistischen Jahrbuch zusammengefaßt. Die Wirtschaft bedient sich in wachsendem Maße statistischer Methoden. So z. B. auf den Gebieten → Markt- und Meinungsforschung, Produktforschung, → Qualitätskontrolle, bei der → Planung, der Konjunkturforschung, beim Treffen unternehmerischer Entscheidungen. Die Entwicklung der modernen Statistik und der Biologie, insbesondere der Genetik, sind eng miteinander verbunden. Statistische Methoden werden in der Medizin, der Physik, Chemie, Geologie, Meteorologie, Astronomie und selbst in den Geisteswissenschaften eingesetzt.

III. STUFEN STATISTISCHER ARBEIT

Jede statistische Untersuchung erfolgt in Stufen:

1. Vorbereitung und Planung
2. Gewinnung des Ausgangsmaterials
3. Aufbereitung
4. Analyse

1. Vorbereitung und Planung

Zu Beginn jeder Untersuchung muß deren Ziel exakt festgelegt werden. Technische und organisatorische Durchführbarkeit müssen geprüft und die voraussichtlichen Kosten abgeschätzt werden. Zunächst werden Grundgesamtheit und Untersuchungsmerkmale festgelegt. Die Grundgesamtheit muß zeitlich, regional und sachlich möglichst genau abgegrenzt werden.

2. Gewinnung des Ausgangsmaterials

Wird das Ausgangsmaterial eigens für einen statistischen Zweck erhoben, so spricht man von Primärstatistik. Bedient man sich bereits vorhandener Statistiken (z. B. der amtlichen Statistik, Verbandsstatistik, Wirtschaftspresse), so handelt es sich um Sekundärstatistik.

Primärstatistische Erhebungen können auf verschiedene Art durchgeführt werden, nämlich als schriftliche oder mündliche Befragung, als Beobachtung und als Experiment.

Erhebungen können grundsätzlich als Voll- oder Teilerhebungen durchgeführt werden. Vollerhebungen sind oft zu teuer, und die Masse des Erhebungsmaterials ist oft in der Auswertung und Analyse nur schwer zu bewältigen. Bei schung, → Qualitätskontrolle, bei der → Planung, der Konjunkturforschung, beim Treffen unternehmerischer Entschei-Teilerhebungen oder Stichproben muß die Auswahl so getroffen werden, daß jedes Element der Untersuchungsgesamtheit, auf die sich die Stichprobe beziehen soll, die gleiche oder eine berechenbare Chance hat, ausgewählt zu werden.

Zur Bildung repräsentativer Stichproben lassen sich prinzipiell 2 Auswahlverfahren unterscheiden:

Random-Verfahren (Zufallsauswahl) und bewußte Auswahl (gezielte Auswahl) → Stichproben.

3. Aufbereitung statistischer Zahlen

Um Aussagen über die Grundgesamtheit machen zu können, muß das gewonnene Material aufbereitet werden, d. h. es

wird gestrafft und in Tabellen wiedergegeben. Nach einer Prüfung des Urmaterials erfolgt die Aufbereitung, und zwar bei kleineren Erhebungen manuell mit Hilfe des Strichelverfahrens oder maschinell (→ Elektronische Datenverarbeitung). Für die maschinelle Aufnahme müssen qualitative Merkmale (z. B. Beruf, Warengruppen) nach einem bestimmten Schlüssel in Ziffern umgesetzt werden. Diese Signierarbeit wird zumeist noch von Hand vorgenommen.
Umfang und Art der aufzustellenden Tabellen wurden bereits vor der statistischen Erhebung geplant und können dann ggf. – je nach Ergebnis der Erhebung – erweitert oder verkürzt werden. Zur Veranschaulichung können die in den Tabellen enthaltenen Daten noch graphisch dargestellt werden.

4. Analyse

Grundlage für die Analyse sind die bei der Aufbereitung gewonnenen Tabellen. Auf Grund der Tabellen werden nun Mittelwerte, Streuungsmaße, Indexzahlen (→ Indices) etc. berechnet und interpretiert. Zur richtigen Interpretation bedarf es in hohem Maße einschlägiger Sachkenntnis, da sonst selbst einwandfreies Zahlenmaterial zu Fehlschlüssen führen kann.

IV. DARSTELLUNG VON ZAHLENMATERIAL

1. Tabellen

Der Arbeitsausschuß Statistik im Deutschen Normenausschuß schlägt folgende Gestaltung statistischer Tabellen vor:

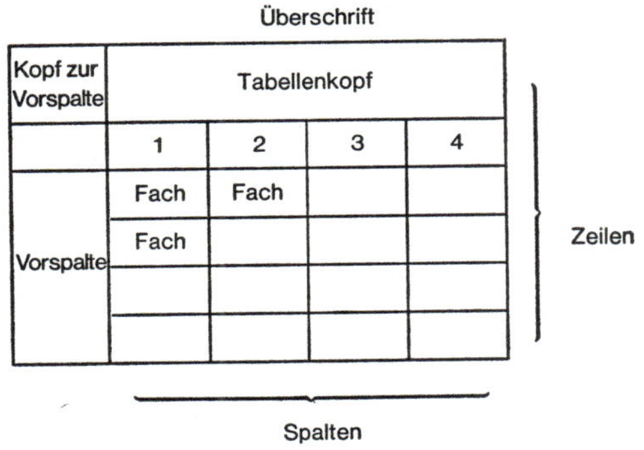

Die Überschrift sollte kurz und prägnant sein und den Tabelleninhalt charakterisieren. Tabellenkopf und Kopf zur Vorspalte müssen übersichtlich gestaltet sein. Auf eine genaue Benennung des Zahlenmaterials muß geachtet werden. Bei Tabellen größeren Umfangs sollten Zeilen und Spalten numeriert werden. Damit werden bei Rechenoperationen mit dem Zahlenmaterial der Tabelle Verweise erleichtert. Können aus bestimmten Gründen Fächer der Tabelle nicht mit Zahlen gefüllt werden, so bedient man sich folgender Zeichen:

– = Nichts vorhanden, Zahlenwert Null
O = Zahlenwert größer als Null, aber geringer als die Hälfte der kleinsten in der Tabelle aufgeführten Einheit
· = Kein Nachweis vorhanden
··· = Angaben erst später erhältlich

2. Graphische Darstellungen

Tabellenwerte können zur besseren Veranschaulichung der charakteristischen Merkmale als Diagramme oder Schaubilder zeichnerisch wiedergegeben werden. Diagramme und Schaubilder sollten nur von Fachleuten entworfen werden, da sie sonst häufig zu Verzerrungen des Sachverhaltes führen.
Wichtig ist, daß Diagramme und Schaubilder klar und übersichtlich sind.

Diagramme

Durch Striche, Säulen, Kreise oder Flächen werden Mengen oder quantitative Merkmale symbolisiert.
Die einfachste graphische Darstellung ist die Darstellung von Zeitreihen. Zeitreihen stellen eine veränderliche Größe dar, die zu aufeinanderfolgenden Zeitpunkten oder zu aufeinanderfolgenden Zeiträumen gegeben ist.
Zur Darstellung einer Zeitreihe zeichnet man ein Koordinatenkreuz und trägt – zumeist auf der Abszisse – die Zeit ein, auf der Ordinate die Variable. Die ein-

zige Schwierigkeit besteht in der Wahl geeigneter Maßstäbe für Zeit und Variable.
Beim graphischen Vergleich zweier oder mehrerer Zeitreihen ist darauf zu achten, daß die Maßeinheiten der Variablen der Reihen dieselben sind. Nur dann kann man auf irgendwelche Beziehungen zwischen den Variablen schließen.

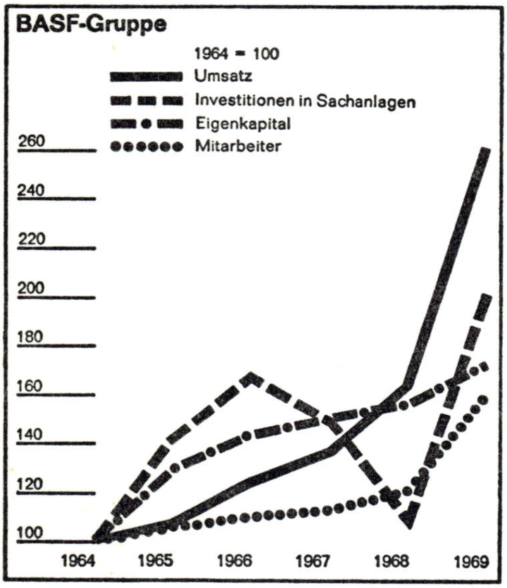

(Entnommen Konzerngeschäftsbericht und Geschäftsbericht der BASF AG 1969)

Wenn die darzustellenden Reihen Bestandteile einer Gesamtheit sind und sich zu einer Gesamtheit summieren lassen, können sie kumulativ übereinander gezeichnet werden.
Zur Darstellung von Häufigkeitsverteilungen, bei denen die Elemente in Größenklassen von gleicher Breite eines variablen Merkmals eingeteilt sind, trägt man auf der Abszisse die Klassenmitten (in gleichen Abständen) ab. In diesen Punkten errichtet man die Lote, deren Längen den Klassenhäufigkeiten proportional sind. Verbindet man die Endpunk-

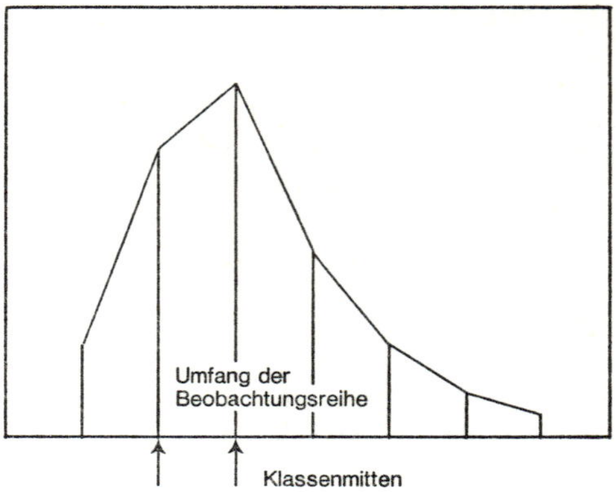

(Entnommen Süddeutsche Zeitung)

te der Lote miteinander, so entsteht ein Häufigkeitspolygon.
Häufigkeitsverteilungen lassen sich auch als Flächendiagramme (Säulendiagramm, Kreisdiagramm, Profildiagramm) darstellen. Beim Säulendiagramm wird wieder die Abszisse gemäß der gegebenen Klassenbreite unterteilt. Über jedem Achsenabschnitt wird dann ein Rechteck errichtet, dessen Fläche der Klassenhäufigkeit proportional ist. Ein solches Säulendiagramm wird auch als Block- oder Stufenschaubild bzw. Histogramm bezeichnet.

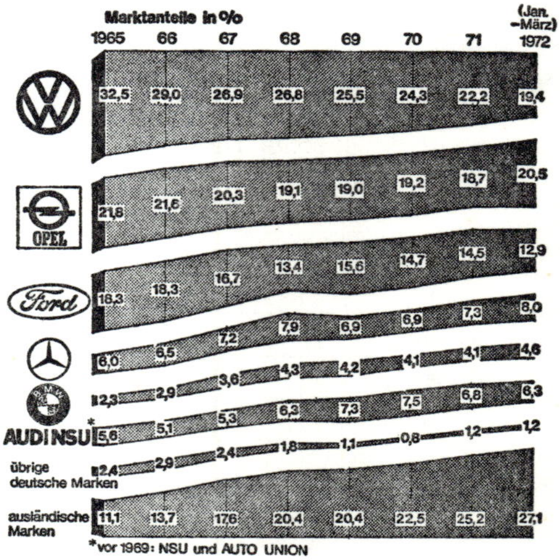

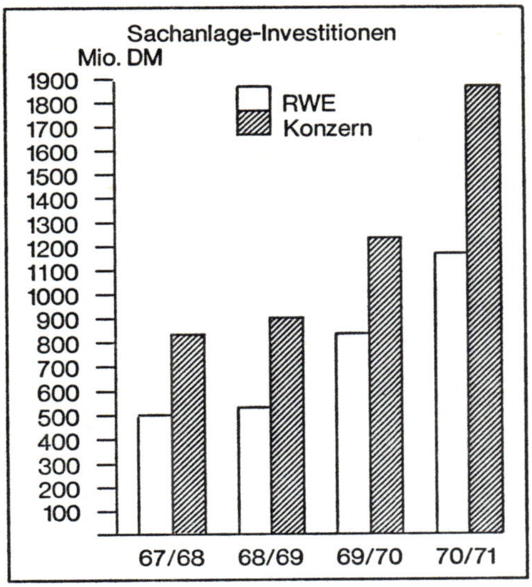

Säulendiagramm

Im Kreisdiagramm stellt ein Kreissektor eine Merkmalsgröße bzw. eine Anzahl dar. Das Kreisdiagramm ist besonders zur Darstellung von Prozentzahlen geeignet.

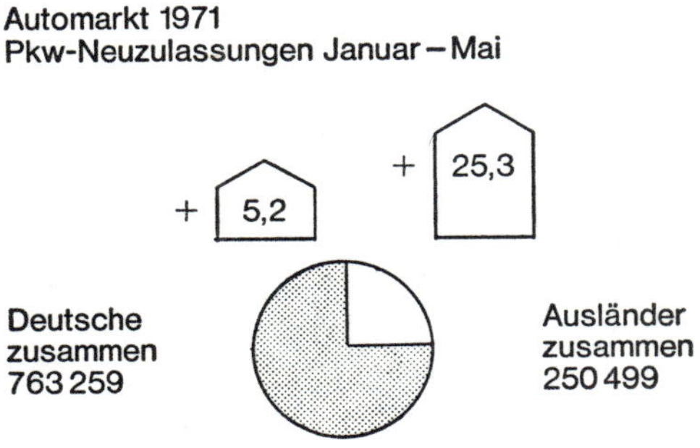

Kreisdiagramm

Um die geographische Verteilung statistischer Daten zu veranschaulichen, trägt man diese als Punkte oder Säulen in die Karte des betreffenden Gebietes ein. So entsteht eine statistische Karte oder ein Kartogramm.

Kartogramm

Halblogarithmischer und logarithmischer Maßstab

Hat in einer Häufigkeitsverteilung eine der beiden Variablen eine große Schwankungsbreite, so ist eine solche Verteilung im arithmetischen Maßstab graphisch nicht darzustellen. Es wird daher ein semi-logarithmischer Maßstab gewählt, d. h., eine Achse (zumeist die Ordinate) erhält eine logarithmische Skaleneinteilung. (Halblogarithmisch und logarithmisch eingeteiltes Papier ist im Handel erhältlich.)

Gleiche prozentuale Veränderungen werden in einem logarithmischen Maßstab als gleiche Abstände wiedergegeben.

Des doppelt logarithmischen Maßstabes bedient man sich in der Wirtschaftsstatistik nur selten. Ein bekanntes Beispiel ist die Pareto-Kurve der Einkommensverteilung.

Schaubilder

Schaubilder sollen mehr dem Laien als dem Fachmann durch anschauliche Symbole den Tabelleninhalt wiedergeben. Schaubilder oder Bilddiagramme erwecken mehr Aufmerksamkeit als Tabellen und einfache Graphiken.

V. VERTEILUNGEN

Häufigkeitsverteilung (→ Wahrscheinlichkeitstheorie)
Eine Häufigkeitsverteilung entsteht, wenn Merkmale der Untersuchungsgesamtheit nach einem Prinzip geordnet werden und dann ausgezählt wird, wie häufig jeder der beobachteten Ausprägungen auftritt (Kellerer).
Häufigkeitsverteilungen lassen sich für quantitative und qualitative, diskrete und stetige Merkmalswerte aufstellen. Bei größerer Anzahl von Merkmalsmöglichkeiten wird eine Zusammenfassung zu Klassen vorgenommen. Die Breite des Klassenintervalls hängt von der Untersuchungsgesamtheit ab. Manchmal ist es zweckmäßig, unterschiedliche Klassenbreiten innerhalb einer Aufgliederung zu wählen.

Klasse Nr.		Anzahl	v. H.
1	unter 100	2	1
2	100 bis unter 200	40	20
3	200 bis unter 300		
4	.		
5	.		
.	.		
.	.		
.	.		

Beispiel für ein Schaubild:

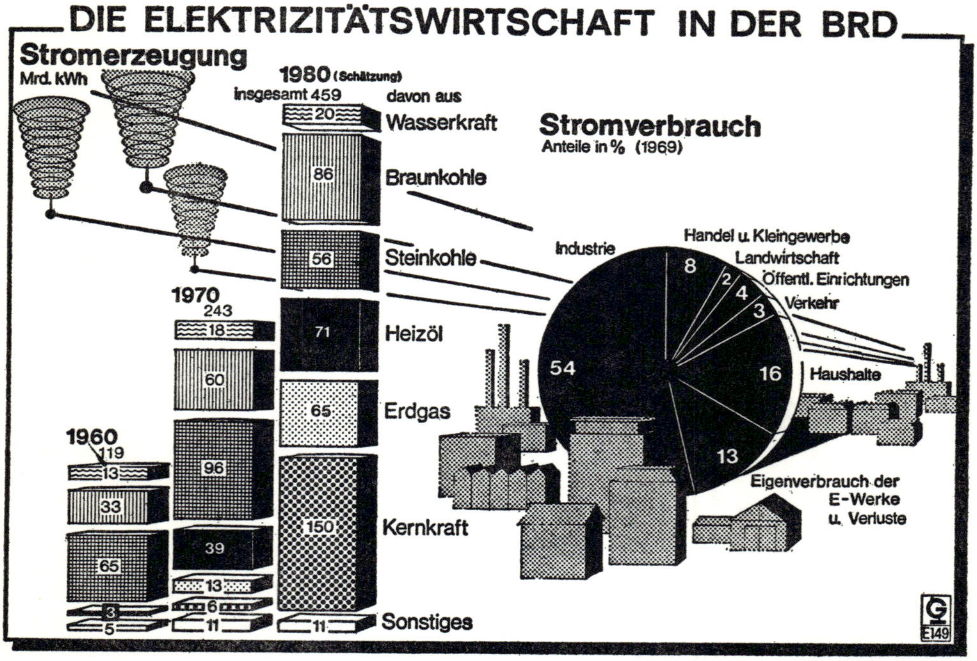

Fast genau alle zehn Jahre verdoppelt sich in hochentwickelten Industrieländern der Stromverbrauch. Diese Faustregel dürfte auch in Zukunft Geltung besitzen. Was die Zusammensetzung der Energieträger anbelangt, die am Ende dieses Jahrzehnts zur Stromerzeugung dienen, so fällt vor allem das rasche Vordringen der Kernenergie auf. Schon 1980, so nimmt man in Kreisen der Elektrizitätswirtschaft an, wird ein Drittel des Stroms aus dieser Quelle stammen.

Graphische Darstellung einer Häufigkeitsverteilung mit ungleichen Intervallen:

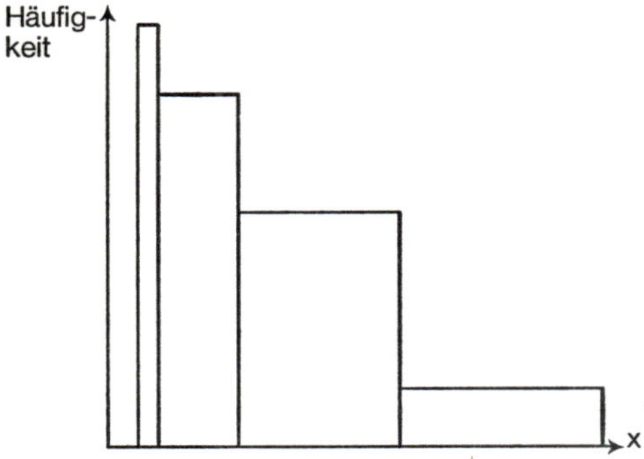

Eine Häufigkeitskurve entsteht dann, wenn die Zahl der Klassenintervalle – zumindest gedanklich – stark erhöht wird, so daß viele schmale Säulen entstehen, durch deren obere Begrenzungen sich eine Kurve approximieren läßt.

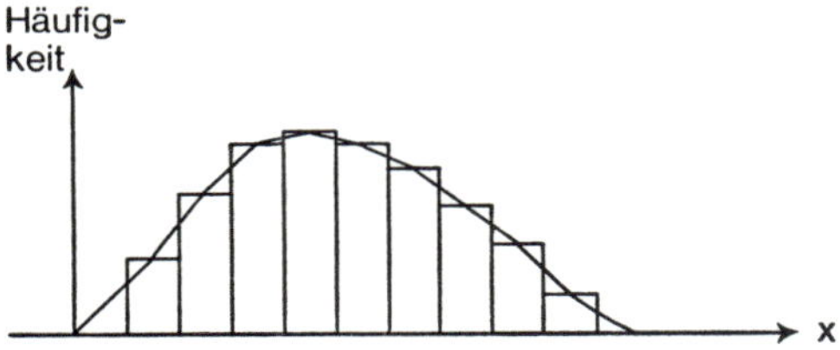

Stetige Häufigkeitsverteilung

Summenhäufigkeitskurve

Werden die Häufigkeiten in einer Häufigkeitsverteilung fortlaufend kumuliert, so entsteht eine Summenhäufigkeitstabelle bzw. -kurve.

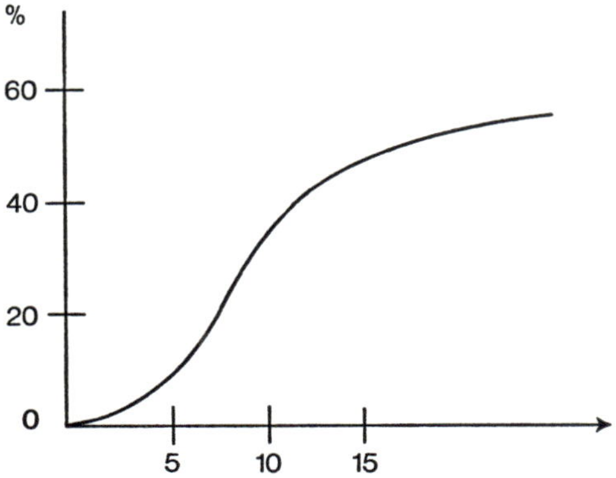

Summenprozentkurve

VI. MASSZAHLEN

Mit Häufigkeitsverteilungen ist bereits leichter zu arbeiten, als mit den Ausgangszahlen. Um das Ausgangsmaterial besser zu durchdringen, ist eine weitere Konzentration nötig. Dies erfolgt damit, daß einige charakteristische, die Verteilung beschreibende Zahlen herausgegriffen werden. Die wichtigsten sollen hier besprochen werden.

Mittelwerte

Mittelwerte beschreiben eine statistische Masse, durch eine mittlere charakteristische Größe. Sie geben die „zentrale Tendenz der Häufigkeitsverteilung" wieder. Die Mittelwerte kann man nach Mittelwerten der Lage (z. B. Modus, Median) und berechneten Mittelwerten (z. .B geometrisches und arithmetrisches Mittel) unterscheiden.

Modus

Der Modus, auch als häufigster oder dichtester Wert bezeichnet, ist der Merkmalswert, der in der Gesamtheit am häufigsten vorkommt. Sind die Merkmale in Klassen zusammengefaßt, so läßt sich der häufigste Wert nicht mehr eindeutig bestimmen. Die Frage nach der gängigsten Preislage in einem Handelsbetrieb ist z. B. eine Frage nach dem Modus.

Median

Um den Median oder Zentralwert ermitteln zu können, müssen die Elemente nach der Merkmalsgröße geordnet werden. Der Zentralwert ist dann der Wert, der in der Mitte der Reihe liegt (bei ungerader Anzahl der Reihenglieder), bzw. zwischen den beiden mittleren Reihenwerten als deren Durchschnitt. Der Zentralwert ist nur abhängig von der Zahl der Beobachtungen und wird von Extremwerten nicht beeinflußt.

Arithmetisches Mittel

Glieder einer Reihe, dividiert durch die Anzahl der Fälle. Ist eine Häufigkeitsverteilung gegeben, so wird jeder Merkmalswert mit der zugehörigen Merkmalshäufigkeit multipliziert, und die Summe der Produkte durch die Summe der Häufigkeiten dividiert. Werden die Merkmale mit x_i, die dazugehörigen Häufigkeiten mit f_i bezeichnet, gilt:

$$\mu = \frac{\sum_{i=1}^{n} x_i \cdot f_i}{\sum_{i=1}^{n} f_i}$$ (gewogenes arithmetisches Mittel)

Sind die Merkmalswerte in Größenklassen zusammengefaßt, so wird mit Hilfe von Klassenmitteln und den dazugehörigen Häufigkeiten ein „Präsumptivwert" für das arithmetische Mittel errechnet.

Geometrisches Mittel

Das geometrische Mittel ist die n-te Wurzel aus dem Produkt der Merkmalswerte einer Reihe.

$$G = \sqrt[n]{x_1 \cdot x_2 \cdot \ldots x_n}$$

Dieses Mittel wird in der Praxis wegen seiner Unanschaulichkeit nicht sehr häufig angewandt. Es ist für die Bestimmung des Mittelwertes aus Reihen von Verhältniszahlen besonders geeignet. Das geometrische Mittel ist stets kleiner als das arithmetische.

Streuungsmaße

Auch Streuungsmaße charakterisieren eine Verteilung. Sie zeigen an, ob die Merkmalswerte einer Variablen verdichtet um den Durchschnittswert einer Variablen liegen oder weit gestreut sind. Die gebräuchlichsten Streuungsmaße sind Spannweite, mittlerer Quartilsabstand, mittlere Abweichung und Standardabweichung.

Spannweite

Die Spannweite ist die Differenz zwischen dem größten und dem kleinsten Merkmalswert. Sie sagt nichts über die Verteilung der Merkmalswerte zwischen den Extremen aus. Eine praktische Bedeutung hat dieses Maß nur, wenn lediglich die Grenzen einer Merkmalsverteilung aufgezeigt werden sollen, z. B. bei Höchst- und Niedrigstkursen. Auch in der statistischen Qualitätskontrolle spielt die Spannweite eine Rolle.

Mittlerer Quartilsabstand

Um den mittleren Quartilsabstand zu berechnen, wird die Reihe der nach ihrer Größe geordneten Merkmalswerte in 4 Quartile geteilt. Das 2. Quartil ist mit dem Zentralwert identisch. Der mittlere Quartilsabstand ist dann die halbe Differenz zwischen dem 3. und dem 1. Quartil.

$$Q_M = \frac{Q_3 - Q_1}{2}$$

Der Aussagewert des mittleren Quartilsabstandes entspricht dem des Medians.

Mittlere Abweichung

Die mittlere Abweichung ist das arithmetische Mittel aus den absoluten Differenzen jedes Merkmalswertes vom Zentralwert einer Reihe.

ungewogen

$$d = \frac{\Sigma \,|x_i - z|}{n}$$

gewogen

$$d = \frac{\Sigma \,|x_i - z| \cdot f_i}{\Sigma f_i}$$

Standardabweichung, Varianz

Die Varianz ist das Streuungsmaß, dessen Verteilung die kleinste Streuung aufweist und das beste Maß zur Schätzung der Streuung in der Grundgesamtheit. Die Varianz einer Häufigkeitsverteilung wird definiert durch (wobei N die Grundgesamtheit darstellt):

$$\sigma^2 = \frac{\sum_{i=1}^{M} (x_i - \mu)^2 \cdot f_i}{N}$$

Korrespondierend zum arithmetischen Mittel erhält man als Wurzel aus der Varianz die mittlere quadratische Abweichung oder Standardabweichung:

$$\sigma = \sqrt{\frac{\sum\limits_{i=1}^{M} (x_i - \mu)^2 \cdot f_i}{N}}$$

σ ist eine der wichtigsten Größen in der modernen Statistik.

Variationskoeffizient

Interessiert nicht nur das absolute Maß der Streuung, sondern die Relation Streuungsmaß bezogen auf den Mittelwert, so ist der Variationskoeffizient die gesuchte Größe.

$$V = \frac{\sigma}{\mu} \cdot 100$$

VII. VERHÄLTNISZAHLEN

Verhältniszahlen entstehen dadurch, daß zwei absolute Zahlen zueinander in Beziehung gesetzt werden. Die Zahlen gewinnen durch den Vergleich an Aussagekraft. Es werden drei Arten von Verhältniszahlen unterschieden: Gliederungszahlen, Meßzahlen und Beziehungszahlen.

Gliederungszahlen

Gliederungszahlen sind Anteilswerte, d. h., die Größe in dem Zähler des Quotienten ist ein Bruchteil der Größe im Nenner. Der Bruch wird mit 100 multipliziert, so daß eine Prozentzahl entsteht. Unterläßt man die Multiplikation mit 100, so handelt es sich um eine relative Häufigkeit.

Beispiele:

$$\frac{\text{Anzahl der Mädchengeburten}}{\text{Gesamtzahl der Geburten}} \cdot 100$$

$$\frac{\text{Auslandsumsatz der chem. Industrie der BRD}}{\text{Gesamtumsatz der chemischen Industrie der BRD}}$$

Meßzahlen:

Hier wird der Umfang bzw. der Merkmalsbetrag zweier gleichartiger statistischer Massen zueinander in Beziehung gesetzt.

Beispiel:

$$\frac{\text{Anzahl der Knabengeburten}}{\text{Anzahl der Mädchengeburten}} \cdot 100$$

$$\frac{\text{Anzahl der Angestellten}}{\text{Anzahl der Arbeiter}} \cdot 100$$

Meßzahlen erhält man auch dann, wenn man sämtliche Elemente einer Reihe zu einem bestimmten Element der Reihe oder ihrem Durchschnitt in Beziehung setzt.

Beispiel:

Umsatzentwicklung eines Unternehmens bezogen auf ein Basisjahr.

Beziehungszahlen

Sie entstehen dadurch, daß die Zahl der Elemente oder die Merkmalsbeträge zweier wesensverschiedener statistischer Massen zueinander in Beziehung gesetzt werden.

Beispiele:

$$\text{Rentabilität} = \frac{\text{Gewinn einer Periode}}{\text{eingesetztes Kapital}}$$

$$\text{Produktivität} = \frac{\text{Produktionsausstoß}}{\text{Arbeiterstunde}}$$

Literatur:
Alten, R. G. D.: Statistik für Volkswirte. Tübingen 1957
Kellerer, H.: Statistik im modernen Wirtschafts- und Sozialleben. Hamburg 1960
Kreyszig, E.: Statistische Methoden und ihre Anwendung, 3. Auflage. Göttingen 1967
Maroney, M. J.: Facts from Figures. 3. Aufl., London, Beccles 1962
Menges, G.: Grundiß der Statistik, Teil 1: Theorie. Köln, Opladen 1968

Stepping-Stone-Methode

Vereinfachte Rechenmethode der → linearen Programmierung zur Lösung von Transportproblemen.

Stichproben

Werden in eine statistische Erhebung nicht alle, sondern nur ein Teil aller Elemente einer Grundgesamtheit einbezogen, so bezeichnet man diese Teilerhebung als Stichprobe.

I. ANWENDUNGSBEREICHE

Stichproben werden überall dort eingesetzt, wo eine Vollerhebung aus theoretischen, praktischen oder wirtschaftlichen Gründen nicht möglich ist. Es ist das Ziel der Stichproben, möglichst brauchbare Aussagen über die zugehörige Grundgesamtheit zu machen.

II. VORTEILE

Mit Hilfe von Stichproben ist es möglich, sich innerhalb kurzer Zeit (Zeitersparnis) und mit geringeren Mitteln (Kostenersparnis) umfassendere Informationen zu verschaffen als durch Totalerhebungen. Hinzu kommt, daß Stichproben oft genauer sind als Totalerhebungen, da die Masse des Erhebungsmateriales in der Auswertung und Analyse häufig nur schwer zu bewältigen ist.
Stichprobe und Grundgesamtheit sind fundamentale Begriffe der Statistik. Grundgesamtheiten sind endlich (z.B. Bevölkerung der BRD) oder unendlich (ein Würfel z. B. kann beliebig oft ausgespielt werden).
Die Stichprobentheorie setzt voraus, daß die Grundgesamtheit exakt definiert und räumlich und zeitlich abgegrenzt ist. Die Stichprobe muß so entnommen werden, daß aus den bekannten Stichprobenwerten auf die unbekannten Parameter der Grundgesamtheit geschlossen werden kann (indirekter Schluß). Dazu gibt es eine Reihe von Auswahlverfahren.

III. ZUFALLSGESTEUERTE STICHPROBENVERFAHREN

(Random Sampling)
Besitzt jedes Element der Grundgesamtheit N eine berechenbare Wahrscheinlichkeit, in die Stichprobe zu kommen, so handelt es sich bei der repräsentativen Auswahl um eine Zufallsstichprobe. In der Stichprobentheorie bedient man sich häufig eines Grundmodells: Ziehen aus einer Urne.

Einfaches Stichprobenverfahren

Das zugehörige Modell besteht aus einer Urne, die N gleiche Kugeln enthält, die gut gemischt werden. Es wird nun eine Stichprobe von n Kugeln gezogen. Jede Kugel hat die gleiche Chance, in die Auswahl zu kommen. Dieses einfache Verfahren funktioniert bei Karteikarten schon nicht mehr, da diese gewöhnlich in eine bestimmte Ordnung gebracht werden und sich auch nicht beliebig durchmischen lassen ohne Beschädigung. Hier schafft eine Durchnumerierung der Kartei Abhilfe. An Hand von Zufallszahlentafeln, die mehrere Tausend rein zufällig aufeinanderfolgender Ziffern enthält („Urne auf Vorrat"), können dann die Karteikarten mit der jeweiligen Nummer gezogen werden.
Eine andere Möglichkeit, aus einer Kartei zufällig eine Stichprobe zu entnehmen, stellt die systematische Auswahl dar. Eine Startnummer wird blind gegriffen, und danach z. B. jede 50. Karte entnommen. Diese Methode muß allerdings auf mögliche Fehler vorher geprüft werden.
Eine weitere Methode ist das Schlußziffernverfahren. Die Grundgesamtheit wird von 1—N durchnumeriert und jeweils nur solche Elemente gezogen, deren Nummern eine bestimmte Schlußziffer aufweisen. Es können auch — je nach Auswahlsatz — mehrere oder mehrziffrige Schlußnummern gewählt werden.
Die Buchstabenauswahl ist dann geeignet, wenn Personen, Gegenstände oder Vorgänge verbal registriert sind und wenn sicher ist, daß bestimmte Anfangsbuchstaben nicht örtlich oder zeitlich besonders häufig auftreten oder mit den Untersuchungsmerkmalen korrelieren.

Eine ähnliche Methode ist das Geburtstagsverfahren. Es wird für Bevölkerungsschichten z. B. so angewandt, daß alle Personen in die Stichprobe gelangen, die an einem bestimmten Kalendertag geboren sind.

Geschichtetes Stichprobenverfahren

Dieses Verfahren wird dann angewandt, wenn die interessierenden Merkmalswerte der Elemente der Grundgesamtheit in einem sehr großen Bereich schwanken. Man geht dabei so vor, daß man die Grundgesamtheit in eine Reihe von Teilgesamtheiten so aufteilt, daß die Streuung der Elemente innerhalb einer Teilgesamtheit relativ klein ist.
Das Urnenmodell besteht aus N Urnen, von denen jede in sich homogener ist als die eine Urne, die entstehen würde, wenn man alle Kugeln in eine einzige Urne gäbe. Aus jeder Urne wird eine Stichprobe gezogen, wobei das Problem darin besteht, die Gesamtstichprobe vom Umfang n so auf die einzelnen Urnen zu verteilen, daß sich für den Mittelwert der Gesamtstichprobe ein möglichst kleiner Vertrauensbereich ergibt.
Bei dieser Art der Stichprobe hat nicht mehr jedes Element die gleiche Chance, sondern eine berechenbare und von Null verschiedene Chance, in die Stichprobe zu kommen.

Klumpen- und Flächenstichprobenverfahren

Beim Klumpenstichprobenverfahren wird die Grundgesamtheit in n „Klumpen" von Erhebungseinheiten unterteilt und eine bestimmte Anzahl von Klumpen mit allen dazu gehörigen Elementen in die Erhebung einbezogen. Das Verfahren setzt voraus, daß jedes Element der Grundgesamtheit eindeutig zu einem Klumpen gehört. Haushalte können z. B. als ein Klumpen angesehen werden.
Die Flächenstichprobe ist ein Spezialfall der Klumpenauswahl, bei dem die Auswahleinheiten geographisch abgegrenzt sind. Also z. B. Teilflächen eines Stadtplanes. Das Verfahren hat wegen seiner räumlichen Konzentration den Vorteil der Wegekostenersparnis und damit des geringeren Zeitaufwandes.

Mehrstufiges Auswahlverfahren

Bei mehrstufigen Auswahlverfahren besteht das Urnenmodell aus N Urnen, von denen n zufällig ausgewählt werden. Aus jeder der n Urnen werden wieder Zufallsstichproben gezogen etc.
Dieses Auswahlverfahren wird in der betrieblichen Praxis besonders häufig angewandt. Beispiel: Ein Großhändler kauft waggonweise Äpfel. Um die garantierte Qualität zu prüfen, werden zunächst Waggons zufällig ausgewählt, aus diesen wieder Kisten und daraus schließlich wieder rein zufällig einzelne Äpfel.
Um mehrstufige Stichproben richtig durchzuführen, bedarf es einiger Erfahrung. Sie haben den Vorteil, rationell und kostengünstig zu sein.

IV. BEWUSSTE AUSWAHL

Die bewußte oder gezielte Auswahl erfolgt auf Grund einer allgemeinen Kenntnis der Grundgesamtheit. Sie wird so vorgenommen, daß sie hinsichtlich der Untersuchungsmerkmale möglichst repräsentativ für die Grundgesamtheit ist.
Ein Verfahren der bewußten Auswahl, dessen man sich besonders in der Markt- und Meinungsforschung bedient, ist das Quotenauswahlverfahren. Als Quote bezeichnet man einen Personenkreis, der durch eine Reihe von Merkmalen definiert ist (z. B. Geschlecht, Alter, soziale Schicht). Das Quotenverfahren ist weniger zeitraubend und kostspielig als das Randomverfahren, hat allerdings den Nachteil, daß eine statistische Fehlerspanne nicht errechenbar ist (obwohl auch dies in der Praxis getan wird), da es auf keinem wahrscheinlichkeitstheoretischen Modell beruht.
Ein weiteres bewußtes Auswahlverfahren, das dann angewendet wird, wenn das Untersuchungsmerkmal quantitativer

Natur ist, ist das Verfahren nach dem Konzentrationsprinzip. Um die Industriebetriebe einer Stadt zu untersuchen, bezieht man nach diesem Verfahren z. B. nur die Betriebe mit mehr als 10 Beschäftigten ein und erfaßt damit vielleicht zwar nur 50 % aller Betriebe, aber 90 % des Gesamtumsatzes aller Betriebe.

Literatur:
Lehrbücher der Statistik
und
Kellerer, H.: Theorie und Technik des Stichprobenverfahrens. 2. Aufl., München 1953

Stockholder

Bezeichnung für Aktionär.

Stockholder Relations

Bezeichnung für die Beziehungen eines Unternehmens zu seinen Aktionären als Teilgebiet der → Public Relations.

Stock Option Plans

Autorisierte, aber noch nicht ausgegebene Aktien (genehmigtes Kapital).

Strategien

Begriff aus der → Spieltheorie. Eine Strategie ist ein von vornherein festgelegter Spielplan, nach dem der Spieler seine Verhaltensweisen auswählt. Eine Strategie besteht demnach aus einer Anzahl von Entscheidungen.
Man unterscheidet zwischen vollständigen und unvollständigen Strategien:

1. Vollständige Strategien (nicht revidierbare Strategien) liegen dann vor, wenn die Funktion alle dem Spieler im Augenblick der Entscheidung zur Verfügung stehenden Daten enthält.
2. Unvollständige Strategien sind dadurch gekennzeichnet, daß ihre Funktion eine oder mehrere für die Entscheidung relevanten Daten nicht enthält.

Weiterhin wird unterschieden zwischen reinen und gemischten Strategien:

1. Eine reine Strategie ist eine Entscheidung, die vor einer Partie getroffen wird und mit der eine spezielle Verhaltensweise gewählt wird.
2. Eine gemischte Strategie ist eine Entscheidung, die vor allen Zügen getroffen wird. Sie besteht darin, daß für jeden Zug eine Verhaltensweise festgelegt wird gemäß einer speziellen Wahrscheinlichkeitsverteilung.

Stress

Von dem Mediziner Selye geprägter Begriff für die stereotype Reaktionsweise des menschlichen Körpers auf „Stressoren» wie nervöse Erregungen, Infektionen, Vergiftungen, körperliche Anstrengungen etc. Die Entwicklung des Widerstandes gegen derartige Einwirkungen geht nach Selye in folgenden drei Phasen vor sich:

1. Phase: die Alarmreaktion, ein Schock, der sich u. a. in Blutdrucksenkung, Hämokonzentration (Bluteindickung), Abnahme des Körpergewichts äußert. Der Körper reagiert darauf mit der Mobilisierung von Abwehrkräften.
2. Phase: das Stadium des Widerstandes, das durch einen Rückgang der Symptome der Alarmrekation und anhaltende Aktivierung der Nebennierenrinde, die Hormone ausscheidet und damit der Steigerung der Abwehrkräfte dient. In der Folge können Fieber, Blutzuckeranstieg etc. auftreten.
3. Phase: das Stadium der Erschöpfung. Wirkt der Stress zu lang oder zu stark, entstehen sogenannte Anpas-

sungskrankheiten wie Magengeschwüre, rheumatische Erkrankungen an den Gelenken, der Wirbelsäule und der Muskulatur, hoher Blutdruck, Verdauungs- und Stoffwechselkrankheiten, Allergien.

Da kaum eine Situation im menschlichen Leben ohne Stress abläuft – Freude und Furcht, körperliche Bewegung und geistige Anspannung –, lassen sich positive und negative Stresswirkungen unterscheiden. Negativ ist insbesondere die nervliche Überbelastung zu bewerten, die durch ausreichende Erholung (mindestens drei Wochen Urlaub hintereinander) auszugleichen ist.

Literatur:
Selye, H.: Stress beherrscht unser Leben, Düsseldorf 1957

Streuverluste

Die Streuung soll einen Kontakt des potentiellen Kunden mit dem Werbemittel ermöglichen. Streuverluste können deshalb auftreten durch:

1. Nicht-Erreichung des potentiellen Kunden (Verluste auf dem Streuweg, falsche Auswahl der Zielgruppe);
2. unbeabsichtigte Mehrfach-Ansprache der potentiellen Kunden (Überschneidungen in der Leserschaft oder in den verschiedenen Gruppen von Adressen).

Streuverluste stellen Kosten dar und sollten deshalb so klein wie möglich gehalten werden.

Streuwertanalyse

In der Werbeplanung die qualitative Untersuchung von Streumitteln und Streuwegen. Die Streuwertanalyse wird auf der Basis der Ergebnisse aus der quantitativen Streuanalyse durchgeführt. Die Streuanalyse soll diejenigen Werbeträger ermitteln, die mit den geringsten Kosten den größtmöglichen Erfolg versprechen. Sie bedient sich des Tausenderpreises, Tausend-Leser-Preises, Tausend-Kontakte-Preises, des absoluten Preisfaktors.

Stückkostenrechnung

In der Stückkostenrechnung werden die Einheitskosten von Einzelleistungen mit Hilfe von Stellenkosten und einer Leistungsstatistik errechnet. Eine Beschränkung auf die Verrechnung der Betriebskosten ist nicht notwendig, aber üblich, da die Wertkosten im allgemeinen auf andere Weise berücksichtigt werden. Die Stückleistungsrechnung kann auf die Wirtschaftlichkeitskontrolle und auf die Selbstkostenermittlung abzielen.
Die Ermittlung der Stückkosten erfolgt entweder durch einfache Division der auf einer Kostenstelle innerhalb eines bestimmten Zeitraumes angefallenen Betriebskosten mit der Stückzahl der während dieses Zeitraumes erstellten Leistungen. Ist diese reine Form der Divisionskalkulation nicht anwendbar, weil die auf einer Stelle erzeugten Leistungen nicht gleichartig sind, so wird das unterschiedliche Gewicht der einzelnen Stückleistungsarten in der Äquivalenzziffernrechnung berücksichtigt. Als Grundlage zur Berechnung der Äquivalenzziffern werden gewöhnlich die für die jeweiligen Stückleistungen aufgewandten bzw. notwendigen Arbeitszeiten benutzt.

Stücklisten

Systematische Darstellung der Teile eines Produktes in tabellarischer Form. Verwendet wird sie vor allem in der Materialwirtschaft, der Materialbeschaffung, Lagerdisposition sowie für die Arbeitsvorbereitung. Für die Aufstellung der Stücklisten ist meist die Arbeitsvorbereitung zuständig. Ausgestellt werden

Originalstücklisten mit mehreren Kopien, wobei diese weitgehend im Umdruckverfahren erstellt werden. Von den Originallisten gibt es dann Speziallisten wie:

1. Einkaufstücklisten als Grundlage für die Bestellung der fehlenden Mengen
2. Lagerstücklisten für die Bereitstellung von Teilen für die Fertigung
3. Fertigungsstücklisten für die einzelnen Meister zu deren Unterrichtung
4. Terminstücklisten für die Terminplanung und Terminkontrolle.

Styling

1. Im Kraftfahrzeugbau Bezeichnung für die stilistische Karosseriegestaltung
2. Industrielle Formgebung.

→ Industrial Design.

Subsidiary

Bezeichnung für Tochtergesellschaft

Sundry Expenditure

Ausdruck aus der Gewinn- und Verlustrechnung für außerordentlichen Aufwand.

Sundry Revenue

Ausdruck aus der Gewinn- und Verlustrechnung für außerordentlichen Ertrag.

Supermarket

Supermarkt

1. Warenhausform, die in den 30er Jahren in Amerika entwickelt wurde. Supermarkets sind große Selbstbedienungsläden, häufig außerhalb der City, deren Sortiment zu rund 90 Prozent aus Lebensmitteln besteht. Sie kalkulieren mit knappen Handelsspannen und geben deshalb keinen Rabatt.
2. Allgemeine Bezeichnung für großes Einzelhandelsgeschäft, z. B. Autosupermarkt.

Supervisor

Bezeichnung für eine Person, die eine andere Person oder eine Gruppe von Personen beaufsichtigt. Der Supervisor hat die Berechtigung, anzustellen, zu entlassen, zu versetzen, zu befördern etc.

Supplier Debts

Bezeichnung für Lieferantenschulden, Kreditoren → Accounts Payable

Survey

In der Markt- und Meinungsforschung Sammelbezeichnung für die Erhebung, Aufbereitung und Analyse von Daten. Man unterscheidet:

1. Factual Survey (Ermittlung und Untersuchung von Tatsachen);
2. Opinion Survey oder Poll (Ermittlung und Untersuchung von Meinungen);
3. Interpretative Survey (Untersuchung der Motive und Ursachen für Meinungen und Tatsachen).

Research wird in ähnlichem Sinne gebraucht.

Surveyor

Bezeichnung für eine Person oder eine Firma, die im Auftrag des Staates oder im privaten Auftrag Qualitäts- oder Beschaffenheitsgutachten von Waren vornimmt und das Be- und Entladen überwacht.

Swapgeschäft

Bezeichnung für Devisenaustauschgeschäft: Der Eigentümer von Devisen, der diese augenblicklich nicht braucht, gibt sie einem Hereinnehmer, der Bedarf daran hat, in Kost. Der Nehmer ist bestrebt, die Devisen weiter auszuleihen, um dadurch Zinsgewinne zu erzielen. Wurde ein Zinsgewinn gemacht, so hat der Hereingeber der Devisen Anspruch auf eine Vergütung, bei Zinsverlust muß er selbst eine Vergütung zahlen. Die im Swapgeschäft entstehenden Kosten sind Swapkosten.

Sweepstake

Lotterie, die kostenlos zu Werbezwecken von Unternehmen durchgeführt wird und bei der die Losnummern vor ihrer Verteilung gezogen werden.

Swing

Bezeichnung für die höchste Kreditgrenze im Außenhandel, die zwei Länder einander gegenseitig nach einem vertraglichen Abkommen einräumen. Wenn der Swing von einem Land überschritten wird, so muß das Schuldnerland den Ausgleich entweder in Devisen bezahlen oder den Import aus dem Partnerland verringern. Die Swinggrenze kann, je nach Außenhandelsvolumen, veränderlich sein.

Switch-Geschäft

Im Außenhandel Bezeichnung für ein Geschäft, das nicht direkt mit dem Empfangsland abgeschlossen wird, sondern bei dem zwecks Ausnutzung devisenrechtlicher Bestimmungen ein drittes Land dazwischengeschaltet wird.

Synektik

Synektik (Synectics) ist eine von dem Amerikaner William J. J. Gordon erfundene Diskussionsmethode, um neue Ideen zur Lösung von Problemen zu finden.
Die Diskussionsteams bestehen aus 5 bis 7 Personen verschiedenster Ausbildung, die speziell für diese Diskussionen geschult wurden. Zunächst wird das Problem dargelegt und erörtert, bis alle Mitglieder des Teams verstanden haben, worum es geht. Danach wird das Problem verfremdet, indem nach Analogien – vorwiegend aus der Biologie – gesucht wird. Durch diese Abstraktion vom eigentlichen Problem läßt sich die Lösung finden. Die Lösung, die zunächst oft nur eine phantastische Idee ist, muß in einer weiteren Arbeitsphase praktikabel gemacht werden.
Eine Synektik-Sitzung zieht sich oft über Wochen hin. In der amerikanischen Industrie sind mit Synektik als Methode zur Entwicklung neuer Lösungen bisher gute Erfahrungen gemacht worden. Allerdings handelt es sich um eine kostspielige Methode.

Literatur:
Gordon, W. J. J.: Synectics, New York 1961

Syntax

Begriff aus der Datenverarbeitung. Als Syntax werden die Regeln und Gesetzmäßigkeiten für die Konstruktion von Symbolfolgen bezeichnet. Die Verschlüsselungsvorschriften der Kode werden durch das Alphabet und die Syntax definiert. Die Kode-Wörter (Symbolfolgen) ermöglichen eine Zusammenfassung zu Wortfolgen (Sätzen). In diesem Sinn läßt sich die Syntax einer Sprache als die Vorschrift zur Bildung von Symbol- und Wortfolgen, in der Datenverarbeitung zur Ordnung der einzelnen Datenelemente bezeichnen.
→ Elektronische Datenverarbeitung

Systemanalyse

→ Systemtheorie

Systeme vorbestimmter Zeiten

Begriff aus der Arbeitswissenschaft, bei der durch eine spezifische Methodik, aufgebaut auf mathematisch-wissenschaftlicher Basis, die Bewegungs- und Zeitstudien ermittelt werden, um Vorgabezeiten für die Verrichtung bestimmter Arbeiten zu gewinnen. Sie soll vor allem die Mängel des alten herkömmlichen Stoppuhrenverfahrens ausschalten. Voraussetzung für die Anwendung Systeme vorbestimmter Zeiten sind

1. Bewegungsanalysen, in denen der Bewegungsablauf in die einzelnen Bewegungselemente zerlegt ist.
2. Zeitanalysen, bei denen untersucht wird, welche Größen die einzelnen Bewegungselemente zeitlich beeinflussen.
3. Festlegung der Bewegungselemente und der dazu gehörenden Einflußgrößen auf Tabellen.
4. Addition der Elementarzeiten zu der gesamten Bewegungszeit.

Vorteile gegenüber dem herkömmlichen Stoppuhrverfahren sind

1. Den Vorgabezeiten liegen stets die gleichen Zeitnormen zugrunde. Betriebliche und regionale Bewertungsunterschiede entfallen, so daß Vergleichsmaßstäbe gegeben sind. Das Schätzen des Leistungsgrades mit seinen Fehlerquellen entfällt.
2. Arbeitszeit und Arbeitsmethode werden vor Aufnahme der Produktion bestimmt. Die Arbeitsmethode läßt sich gut beschreiben und wiederholen.
3. Der Zwang zum analytischen Denken und einer systematischen Untersuchung der Arbeitsmethode ist auch von Vorteil für die Arbeitsgestaltung.

Vorläufer der Systeme vorbestimmter Zeiten waren das Scientific Management von Taylor, bei dem erstmals die Arbeitsteilung im Betrieb in eindeutig klassifizierbare Elementarbewegungen eingeteilt wurde, sowie die Zeitstudien von Gilbreth, der die körperliche Tätigkeit in 17 Grundbewegungen, sogenannte Therbligs, eingeteilt hat.
Die bekanntesten Systeme vorbestimmter Zeiten sind

1. Motion Time Analysis (MTA), entwickelt von Segur: Man geht bei der Feststellung von Zeitwerten von der Reaktionszeit der Nervenstränge aus. Erarbeitet wurden Tabellenzeiten für wiederholbare Vorgänge und Muskelreaktionsbewegungen.
2. Work-Factor (WF)-System: Der Arbeitsablauf wird nach verschiedenen Bewegungen von Finger, Hand, Bein, Rumpf etc. in Stammelemente zerlegt. Ermittlung durch Filmaufnahmen, phono-elektrisch und mit Hilfe der Stoppuhr.
3. → Method Time Measurement (MTM), entwickelt von Maynard, Schwab und Stegemerten. Zerlegung der Handarbeit in Grundbewegungen. Für jede Grundbewegung gibt es vorbestimmte Zeitwerte.
4. → Basic Motion Time Study, entwickelt von Presgrave bei der Firma Woods Gordon. Ähnlich wie bei MTM Zerlegung der Grundbewegung der Hand in nur drei Arbeitsgänge, nämlich Hinlangen, Transportieren und Drehen, wobei als zusätzlicher Faktor Genauigkeit und Kraftanwendung berücksichtigt werden.
5. Dimensional Motion Times System (DMT), entwickelt von Geppinger bei Standard Electric Lorenz. Messung des Arbeitsverhaltens mit vorbestimmten Zeitwerten, die von der Entfernung und anderen größenmäßig erfaßbaren Faktoren abhängig sind, z. B. die Dimension der am Arbeitsablauf beteiligten Gegenstände.

6. Engström System: Vorwiegend für Montagevorgänge entwickelt, stützt sich auf Filmaufnahmen.

Aufgabe der Systeme vorbestimmter Zeiten ist in erster Linie, die Grundlage für eine gerechte Entlohnung, insbesondere für die Festsetzung von Akkordlöhnen, zu schaffen. Hierbei hatten die Gewerkschaften ursprünglich diesen Systemen ziemlichen Widerstand entgegengesetzt, weil man die Richtigkeit der erarbeiteten Tabellen anzweifelte. Das ganze Verfahren hat dann keinen Zweck, wenn aus tarifpolitischen Gründen die ermittelten Werte der Tabelle verändert werden sollen.
Weitere Aufgaben sind die Schaffung von Grundlagen für die rationelle Arbeitsplatzgestaltung unter Berücksichtigung der Erhaltung der Gesundheit der Mitarbeiter, bei der Fertigungsplanung Sorge zu tragen für die rationelle Gestaltung des Arbeitsablaufes, die Entwicklung und Verbesserung neuer Arbeitsmethoden, die Entwicklung und Konstruktion von besseren Werkzeugen und Betriebsmitteln, die Schaffung von Vergleichsmöglichkeiten bei der Anwendung verschiedener Arbeitsmethoden.
Ob die Einführung eines der Systeme vorbestimmter Zeiten in einem Betrieb möglich ist, oder ob es besser ist, nach dem alten REFA-Stoppuhrenverfahren zu arbeiten, hängt im wesentlichen von der Wirtschaftlichkeit ab. Die Häufigkeit der Wiederholung eines Arbeitsvorganges bestimmt im wesentlichen Art und Umfang der Untersuchungsmethode. Der beträchtliche Mehraufwand der Grundverfahren vorbestimmter Zeiten gegenüber der REFA-Methode lohnt sich erst bei einer bestimmten Stückzahl.
Siehe auch: Arbeitsgestaltung, Arbeitswissenschaft, REFA.

Literatur:

Fornallaz, P. F.: Arbeitsgestaltung vorbestimmter Zeiten, in: REFA-Nachrichten, 1956/1
Frank, H., Willenbacher, K.: Das Work-Factor-Schnellverfahren, in: Erfolge mit Work-Factor. Fortschrittliche Betriebsführung, Bd. 14
Geppinger, H. C.: Dimensionsgerechte Bewegungszeiten – DMT (Dimensional Motion Times), Darmstadt 1958
Kaminsky, G., Schmidke, H.: Arbeitsablauf- und Bewegungsstudien, München 1960
Karger, D. W.: Work-Measurement Application and MTM, in MTM Journal, Nov./Dez. 1964
Maynard, H. B., Schwab, J. L., Stegemerten, G. J.: Methods-Time-Measurements, New York 1948
Pentzlin, K.: Meister der Rationalisierung, Düsseldorf 1963
Pilz, H. E.: Die Einführung des Work-Factor-Systems in Deutschland, in: Erfolge mit Work-Factor. Fortschrittliche Betriebsführung, Bd. 14
Pilz, H. E.: Bessere Arbeitsgestaltung durch vorbestimmte Zeiten, in: REFA-Nachrichten 1959/3
Segur, A. B.: Motion Time Analysis, in: Handbuch des Industrial Engineering, Hrsg. H. B. Maynard, Teil IV, Berlin 1956
Wallner, J.: Das MTM-System als Rationalisierungs- und Kalkulationsgrundlage, in: Technische Rundschau, 1962/55
Zimmer, H. R.: Einführung in MTM-Standard-Zeitwerte (MTM-GPD). MTM-Informationen, Sonderdruck aus Zeitschrift für wirtschaftliche Fertigung, Freiburg 1963

Systemsoftware

In der Datenverarbeitung Bezeichnung für Programme, die zum Betriebssystem einer Datenverarbeitungsanlage gehören, die also den Einsatz der Anlage erst ermöglichen. → Software

Systemtheorie

Eine von Bertalanffy ausgehende Konzeption, durch die Betrachtung von Phänomenen als System eine Methode zu entwickeln, aufgrund derer die verschiedenen Wissenschaften zusammenarbeiten können; z. B. im Bereich der Unternehmensführung Betriebswirte, Volkswirte, Soziologen, Psychologen etc. Im angloamerikanischen Sprachraum spricht man von der General Systems Theory. Es bestehen Zusammenhänge mit dem kybernetischen und dem Modelldenken.
Unter einem System wird eine begrenzte und geordnete Menge von Elementen verstanden, zwischen denen bestimmte Beziehungen bestehen. Man unterscheidet

zunächst zwischen offenen und geschlossenen Systemen und nach dem Grad ihrer Komplexität. Die Unternehmung wird als offenes, zielorientiertes, produktives, soziales System (Ulrich) verstanden. Die das Unternehmen umgebende Umwelt kann als Super- oder Umsystem verstanden werden, während das System Unternehmung selbst wieder aus Subsystemen besteht. So läßt sich das Zielsystem, das System sachlicher Hilfsmittel, das Personalsystem etc. unterscheiden. Aufgrund von Systemanalysen lassen sich Schwachstellen und Verbesserungsmöglichkeiten im gesamtbetrieblichen Zusammenhang aufzeigen.

Literatur:

Bertalanffy, L. v.: General Systems Theory, in: General Systems, Vol. I. 1956
Bleicher, K.: Perspektiven für Organisation und Führung von Unternehmungen, Baden-Baden 1971
Boulding, K. E.: General Systems Theory – The Skeleton of Science, in: Management Science, Vol. 2, 1955/56 No. 3
Eckman, D. P. (Hrsg.): Systems: Research and Design, New York – London 1961
Hall, A. D.: A Methodology for Systems Engineering, Princeton, N. J. 1962
Hare, Van Court jr.: Systems Analysis: A Diagnostic Approach, New York 1967
Haseloff, O. W.: Systemdenken, Modellbildung und Führungsstile im modernen Management, in: Kommunikation, Vol. IV 1968, Heft 1
Heinen, E.: Das Zielsystem der Unternehmung – Grundlagen betriebswirtschaftlicher Entscheidungen, Wiesbaden 1966
Luhmann, N.: Zweckbegriff und Systemrationalität, Tübingen 1968
McMillan, C.; Gonzales, R. F.: Systems Analysis, a Computer Approach to Decision Models, Homewood, Ill. 1968
Mesarović, M. D. (Hrsg.): Views on General Systems Theory. Proceedings of The Second Systems Symposium at Case Institute of Technology, New York – London – Sydney 1964
Optner, St. L.: Systems Analysis for Business Management, Englewood Cliffs 1960
Seiler, J. A.: Systems Analysis in Organizational Behavior. With Signal Contributions by the Following Members of the Harvard Business School Faculty: Douglas R. Bunker, Ralph M. Hower, Jay W. Lorsch, Paul R. Lawrence, Homewood, Ill. 1967
Steinbuch, K.: Systemanalyse – Versuch einer Abgrenzung, Methoden und Beispiele, in: IBM-Nachrichten, April 1967, Heft 182, 17. Jahrg.
Ulrich, H.: Die Unternehmung als produktives soziales System, Bern – Stuttgart 1968

T

Tallyman

Aufseher, Kontrolleur, der beim Be- und Entladen von Schiffen die Stückzahlen der Güter nachprüft. (Eigentlich jemand, der nach dem Kerbholz rechnet.)

Target-Pricing

Bezeichnung für eine Kalkulationsmethode, um einen Preis zu ermitteln, der die Erreichung eines bestimmten Gewinn- oder Rentabilitätsziels – bei Aufrechterhaltung eines Standard-Produktionsvolumens – ermöglicht.
Vorgehensweise:

1. Ermittlung der Kosten bei unterschiedlichen Produktionsvolumina
2. Ermittlung des Kapazitätsauslastungsgrades für die Planungsperiode
3. Festlegung des Gewinns oder Rentabilitätsziels.

Der Nachteil dieser Methode besteht darin, daß ein bestimmtes Absatzvolumen ermittelt wird, um den Preis unter Berücksichtigung des Gewinn- oder Rentabilitätsziels festzulegen. In der wirtschaftlichen Realität wird jedoch die Nachfrage und damit das Absatzvolumen sehr wesentlich durch den Preis mitbestimmt. Deshalb ist diese Form der Preisermittlung fast immer nur in Unternehmen anzutreffen, die für öffentlich rechtliche Auftraggeber arbeiten oder selber öffentliche Versorgungsbetriebe sind, die aufgrund ihrer Monopolstellung staatlicher Kontrolle unterliegen.

Literatur:
Kaplan, Dirlam und Lanzilotti: Pricing in Big Business, Washington, D. C. 1958

Task

1. In der Datenverarbeitung Bezeichnung für die Teile eines Programms, die entweder nacheinander (sequentiell) oder parallel (Multitasking) ablaufen.
2. Bezeichnung für eine aus mehreren Programmen bestehende Programmkette, die für eine Aufgabe aufgestellt wird.

Task Force

Aus der Militärsprache übernommener Begriff für eine Gruppe von Personen mit verschiedenem Fachwissen, die beauftragt ist, ein spezielles Problem zu untersuchen und Lösungsvorschläge zu erarbeiten. Task Forces arbeiten häufig im Rahmen einer größeren Gruppe (z. B. Kommission) und sind dann mit einem Teilproblem dieser Gruppe beschäftigt.

Task Leadership

In der amerikanischen Soziologie Bezeichnung für eine besondere Form der Klein-Gruppen-Autorität. Der Task Leader hat die Aufgabe, durch Disziplinierung und Ideen die Gruppe zur Erfüllung der Ziele anzuleiten.
→ Social-Emotional Leadership

Task Management

Bezeichnung für das Verfahren und die Zuteilungskriterien bei der parallelen Verarbeitung von Teilprogrammen.

Team

Bezeichnung für eine Gruppe von Spezialisten, die planmäßig koordiniert zusammenarbeiten, wobei jeder gleichberechtigt ist. Man unterscheidet

1. homogene Teams (Spezialisten mit gleicher Vorbildung),
2. heterogene Teams (Spezialisten mit verschiedenartiger Vorbildung).

→ Teamwork

Team Leader

Leiter einer Gruppe selbständig arbeitender Organisatoren, Angestellter von Beratungs- oder Wirtschaftsprüfungsgesellschaften.

Teamtheorie

Bezeichnung für eine mathematische Theorie der Entscheidungsbildung von mehreren Personen; sie wurde von dem Amerikaner J. Marschak begründet. Ein Team besteht aus Mitgliedern gleicher Interessen (im Gegensatz zu Organisationstheorie, die unterschiedliche Interessen der Mitarbeiter annimmt), aber unterschiedlicher Informationen. Die Informationsstruktur ist die Informationsgewinnung der Teammitglieder. Durch Kommunikation tauschen die Mitglieder Informationen aus. Ziel des Teams ist das Treffen einer optimalen Entscheidung aufgrund der Informationsstruktur und aufgrund der Einzelentscheidungen der Teammitglieder, die jeweils anhand einer Entscheidungsfunktion getroffen wurden. Die Teamtheorie hat das Ziel, die Informationsstruktur und die Entscheidungsfunktionen des Einzelnen im Hinblick auf die Teampräferenzfunktion zu optimieren.

Literatur:
Marschak, J. und Radner, R.: The Economic Theory of Teams, New Haven 1971

Teamwork

Arbeitsmethode, bei der eine Gruppe von Spezialisten an einer gemeinsamen Aufgabe arbeitet. Bei einem homogenen Team (Spezialisten mit gleichartiger Vorbildung) wird durch die Arbeitsteilung die Produktivität gesteigert. Ein heterogenes Team (Spezialisten mit verschiedenartiger Vorbildung) löst Aufgaben, die aus verschiedenartigen Teilaufgaben bestehen, z. B. gibt es Teams aus Psychologen, Mathematikern und Volkswirtschaftlern, die in der Markt- und Meinungsforschung tätig sind. Teamwork ist die für das amerikanische Wirtschaftsleben typische Form der Zusammenarbeit.

Technical Sales Engineer

Verkäufer von Investitionsgütern mit technischer Ausbildung.

Telepert

Telefunken PERT. Von AEG-Telefunken entwickelte → Netzplantechnik zur Termin-, Kosten-, Kapazitäts- und Finanzplanung.

Tender-Technik

Auch Tendering genannte, in England und Amerika gebräuchliche Form der Placierung von Wertpapieren. Der Kurs von neuaufgelegten Papieren ist nach oben beweglich, nach unten limitiert. Zugeteilt wird in der Reihenfolge der höchsten Gebote, wobei zum niedrigsten Gebot abgerechnet wird. Bei der Unterbringung von Schatzwechseln (Treasury-Bills) bekommen diejenigen, die den niedrigsten Diskont bieten, die Stücke.

Terminal

1. Bei der Datenübertragung und Datenfernverarbeitung Bezeichnung für die von der zentral installierten Datenverarbeitungsanlage geographisch getrennten Datenendstationen. Terminals haben die Aufgabe, zur Verarbeitung bestimmte Daten an die zentrale Anlage weiterzuleiten und von der zentralen Anlage verarbeitete und gesendete Daten in gedruckte Darstellung zu übersetzen, auf Lochkarten oder Lochstreifen zu lochen oder auf einem Display-Gerät sichtbar zu machen.

2. Einrichtung zum Umschlag und Versand und Empfang von Gütern, insbesondere für Umschlag von Containern von Bahn oder LKW auf das Schiff oder umgekehrt. In einigen Versand-Terminals werden auch Sortierungen der Ware vorgenommen.

Terminal Job

Bezeichnung für die Endstellung, die höchste für eine Person erreichbare Stellung, in der es keine Aufstiegsmöglichkeiten mehr gibt. Auch Dead-End Job genannt.

Terminplanung

Aufgabe der Terminplanung ist es, die Steuerung der Auftragsabwicklung zu koordinieren und einen störungsfreien Verlauf der Arbeitsverrichtungen unter Berücksichtigung der verfügbaren Kapazitäten und deren optimaler Auslastung zu erreichen, wobei für eine gewisse Flexibilität zu sorgen ist, die Rücksicht auf den Markt und seine Erfordernisse nimmt.
Die Terminplanung erfolgt in enger Zusammenarbeit zwischen dem Vertriebs- und dem Fertigungsleiter. Bei der Fertigung ist für die Terminplanung meist die → Arbeitsvorbereitung verantwortlich.

Voraussetzungen für die Terminplanung:

1. Genaue Bestimmung der Kapazitätsgrößen einzelner Maschinen, Fertigungsstraßen und Abteilungen durch Messen, Berechnen und Schätzen aufgrund von Ergebnissen früherer Arbeiten, wobei entsprechende Zeiten für Einrichtung, Pflege und Reparaturen zu berücksichtigen sind.
2. Ermittlung der Durchlaufzeiten der einzelnen Produkte durch Messen sowie kontinuierliche Stichprobenberechnung.
3. Festlegung der Arbeitszeiten in einer Planperiode unter Berücksichtigung von Feiertagen und Ferien.
4. Genaue Aufstellung der Aufträge nach Fristen, wobei entweder nach einzelnen Wochen oder nach Tagen differenziert werden soll.

Bei der Durchführung der Terminplanung kennt man folgende Phasen:

1. Terminvorplanung. Sie umfaßt eine Ermittlung der Liefertermine aufgrund der gegebenen Zusagen, eine Grobplanung der Auftragsbearbeitung und einen Grobbelegungsplan für die Kapazität.
2. Terminfeinplanung. Sie verfeinert die Grobplanung. Es wird die besondere Reihenfolge der Maschinenbelegung, Teilpläne für einzelne Fertigungsteile sowie Sonderpläne erarbeitet.
3. Bereitstellung: Hierzu gehört die termingerechte Bereitstellung von Roh- und Betriebsstoffen, rechtzeitige Bestellung von Sonderwerkzeugen oder Spezialisten.
4. Arbeitsvorbereitung. Einteilen der Arbeiten mit Zeitvorgaben.
5. Terminüberwachung. Sie hat dafür zu sorgen, daß die zugesagten Termine

auch eingehalten und Störungen rechtzeitig bekannt gemacht werden, um entsprechende Korrekturen bei den weiteren Terminplänen vorzunehmen oder auch den Kunden von der Verzögerung zu unterrichten.

Bei den Terminplänen muß oberster Grundsatz sein, daß die zugesagten Zeiten für den Kunden auch eingehalten werden, denn nur dadurch kann ein Kundenstamm erhalten werden. Es kann aber die verschiedensten Gründe geben, die eine Umstellung der Terminpläne erforderlich machen. Dabei sind von vornherein bestimmte Prioritätslisten aufzustellen.

Es gibt folgende Prioritätsmerkmale, die für die Aufstellung des Terminplanes von Ausschlag sein können:

1. Sicherung der Dauerbeschäftigung: Großen Kunden mit Dauerbezügen wird der Vorzug gegeben.
2. Technische Notwendigkeiten, z. B. bei der Bewältigung von Ernten, Räumung von Lägern, Eintreffen von großen zu verarbeitenden Rohstoffmengen, z. B. mit Schiffen.
3. Auftragsmangel: Zusätzliche Aufträge, die schneller durchgezogen werden, ermöglichen eine bessere Auslastung.
4. Erhaltung eines Kundenstammes: Alte Kunden werden bevorzugt beliefert.
5. Spitzenausgleich: Durch zusätzliche Belegung können einige Aggregate besser beschäftigt werden.
6. Erreichung größerer Losgrößen: Die einzelnen Chargen, die gefahren werden, werden dadurch rentabler.
7. Gewinnung neuer Kunden und Märkte durch Gewährung günstiger Lieferzeiten.
8. Unterstützung der Verkaufsbemühungen des Vertriebs.
9. Zahlungsmoral der Kunden: Geliefert wird nur, wenn alte Rechnungen beglichen werden.

Hilfsmittel der Terminplanung sind Tabellen, Dispositionstafeln, Balkendiagramme, Netzplantechnik und die Elektronische Datenverarbeitung. Für Werke mit problemvollem Arbeitsablauf, wie z. B. Maschinenfabriken mit Einzelfertigung, liegt die Leitung der Terminüberwachung weitgehend in der Hand von Fertigungsingenieuren mit Spezialkenntnissen.

Literatur:
Justen, B.: Terminwesen und Auslastungssteuerung, in: Industrielle Produktion, Baden-Baden — Bad Homburg 1967

Terms of Payment

Ausdruck für die zeitlichen Zahlungsgewohnheiten im Außenhandel. Eine Veränderung der terms of payment bedeutet einen Wechsel der Kreditbeziehungen im internationalen Handel. Er ist vor allem dann zu beobachten, wenn Wechselkursänderungen erwartet werden.
Beispiel: Ausländische Importeure zahlen den inländischen Exporteuren die Ware schneller, inländische Importeure zahlen langsamer als bisher: dies bedeutet einen Devisenzufluß ins Inland und eine Verbesserung der terms of payment. Eine Verschlechterung der terms of payment und ein daraus resultierender Rückgang der Währungsreserven liegt dann vor, wenn die inländischen Importeure schneller, die ausländischen Importeure langsamer als sonst zahlen.

Terms of Trade

Anglo-amerikanischer Ausdruck für das in einer Währungseinheit ausgedrückte Preisverhältnis zwischen Exporten und Importen eines Landes,

$$\left(\frac{P_{ex}\,DM}{P_{im}\,DM}\right)$$

also das reale Austauschverhältnis im Außenhandel, das zeigt, welche Importgütermengen ein Land mit Hilfe einer Einheit eines Exportgutes kaufen kann.
Für die Berechnung der terms of trade benötigt man den Preis-Index (→ Indices) für die importierten Güter und den für die exportierten Güter. Der Preis-Index für die Importgüter soll das durchschnittliche Preisniveau dieser Güter in der Berichtszeit (z. B. 1971) in Prozenten des durchschnittlichen Preisniveaus in der Basiszeit (z. B. 1965) zeigen. Für Berichts- und Basiszeit muß natürlich die gleiche Einfuhrstruktur – zumeist die der Berichtszeit – zugrunde gelegt werden.
Ebenso wird der Preis-Index für die Exportgüter berechnet.
Eine Verbesserung der terms of trade liegt dann vor, wenn die Exportpreise stärker steigen bzw. weniger fallen als die Importpreise, da dann mit dem Ausfuhrerlös eine größere Menge an Importgütern bezogen werden kann als zuvor.
Eine Verbesserung bzw. Verschlechterung der terms of trade eines Landes bedeutet unter Umständen eine Zu- bzw. Abnahme des Wohlfahrtsgrades dieser Volkswirtschaft.
Auf- und Abwertungen beeinflussen die terms of trade, und zwar in der Weise, daß sich die terms of trade bei einer Abwertung verbessern, wenn das Produkt aus den Elastizitäten der Inlandsnachfrage nach Importgütern und der Auslandsnachfrage nach inländischen Exportgütern größer ist als das Produkt aus den Elastizitäten des Export- und Importangebotes. Eine Verschlechterung der terms of trade tritt bei einer Abwertung dann ein, wenn die Auslandspreise der Importgüter weniger fallen als die Auslandspreise der Exportgüter. Diese Wirkung tritt zumeist dann ein, wenn die Importe warenmäßig und regional stark differenziert sind und der Export weitgehend spezialisiert ist, was bedeutet, daß das Angebot des abwertenden Landes auf den ausländischen Märkten von größerer Bedeutung ist als seine Nachfrage.

Test Shop

1. Bezeichnung für vom Hersteller systematisch ausgewählte Einzelhandelsgeschäfte, in denen neue Produkte versuchsweise angeboten werden; die Reaktionen der Kunden werden erfaßt und ausgewertet.
2. Repräsentativ ausgewählte Einzelhandelsgeschäfte, deren Absatz, Lagerhaltung etc. systematisch und laufend untersucht werden, um Aufschlüsse über bestimmte Marktvorgänge zu bekommen (→Panel).
3. Versuchsweise eröffnetes Einzelhandelsgeschäft; die systematische Beobachtung dieses Geschäfts soll Aufschlüsse darüber liefern, ob es sich lohnt, weitere derartige Geschäft zu eröffnen.

T-Group

→ Sensitivity Training

Theorie der strategischen Spiele

Andere Bezeichnung für → Spieltheorie

Theorie X – Theorie Y

Von dem amerikanischen Betriebspsychologen D. McGregor gewählte Bezeichnung für die herkömmliche Auffassung vom Leistungsverhalten des Menschen im Betrieb (Theorie X) im Gegensatz zur modernen, die persönlichkeitsbezogenen Motivationen stärker berücksichtigende Auffassung (Theorie Y).
→ Motivation

Literatur:
McGregor, D.: The Human Side of Enterprise, New York 1960

Therblig

Von dem amerikanischen Unternehmensberater Gilbreth (Therblig = Umkehrung des Namens Gilbreth) entwickeltes System vorbestimmter Zeiten. Die Bewegung des Menschen wird in 17 Grundbewegungen (Therbligs) unterteilt, aus denen sich jede manuelle Tätigkeit zusammensetzt.

Time Lag

1. In der dynamischen Wirtschaftstheorie Bezeichnung für die zeitliche Verzögerung zwischen dem Eintreten eines wirtschaftlichen Ereignisses und den sich daraus ergebenden wirtschaftlichen Folgen, z. B. beim → Earnings Lag die Verzögerung zwischen der Entstehung und der Auszahlung der Einkommen.
2. In der empirischen Konjunkturforschung Bezeichnung für die Phasenverschiebung zweier Zeitreihen mit gleicher Verlaufsform.

Time-Sharing

Mit time-sharing wird ein Verfahren im Rahmen der elektronischen Datenverarbeitung bezeichnet, das die scheinbar gleichzeitige Benutzung eines zentralen Datenverarbeitungssystems ermöglicht. Im Rahmen des time-sharing soll das Ziel erreicht werden, die quantitative und qualitative Leistung eines Groß-Computers gleichzeitig mehreren Anwendern so anzubieten, daß jeder von ihnen den Eindruck hat, allein und uneingeschränkt über eine Großanlage verfügen zu können.
Diese Verarbeitung wird dadurch erreicht, daß die zur Verfügung stehende Leistung in kleine Zeitanteile aufgeteilt wird, die den einzelnen Benutzern jeweils in einem vorgegebenen Rhythmus zugeteilt werden. Dieser Rhythmus ist so gewählt, daß nach Möglichkeit Warte- und Reaktionszeiten durch die Engpaßkapazitäten einer Datenverarbeitungsanlage, insbesondere in der Zentraleinheit, vermieden werden. Beträgt beispielsweise der Zeitanteil für einen Benutzer des Systems 1/50 Sekunde, so wird nach jeder 1/50 Sekunde das Programm gewechselt. Diese Anordnung ermöglicht ein ständiges Wechselspiel zwischen den Programmen der einzelnen Benutzer auf den externen Speichern und der Zentraleinheit.

Literatur:
Graef, M., Greiller, R. und Hecht, G.: Datenverarbeitung in Real-Zeitbetrieb, München 1970

Timing

1. Koordinierung verschiedener Umstände und Vorgänge, um den optimalen Zeitpunkt für den Beginn einer Handlung bzw. eines Vorgangs feststellen zu können.
2. Regulierung der Geschwindigkeit, mit der ein Vorgang vor sich geht.

Top Management

Oberste Leitungsebene
→ Hierarchie

Total Assets

Ausdruck aus der Bilanz für Gesamtvermögen, Aktivseite der Bilanz, bestehend aus → Current Assets (Umlaufvermögen), → Capital Assets (Anlagevermögen), Other Assets und → Deferred Charges.

Trace

Task Reporting and Current Evaluation. → Netzplantechnik, für die ein Computer-Programm vorliegt.

Trademark

1. Bezeichnung für das gesetzlich geschützte Warenzeichen (Name, Buchstabe, Symbol etc.), welches der Hersteller oder der Händler zur unterscheidenden Kennzeichnung seiner Waren benutzt.
2. Im weiteren Sinne für die allgemeine Bezeichnung des Herkunftslandes einer Ware, z. B. Made in Germany.

Trade Terms

Nicht zu verwechseln mit den Terms of Trade. Die Trade Terms sind eine Zusammenstellung der für den nationalen Geltungsbereich international gebräuchlichen Lieferungs- und Zahlungsbedingungen. Sie wurden 1953 von der Internationalen Handelskammer Paris neu festgelegt. Sie gelten als Rechtsgrundlage, wenn nichts anderes (z. B. International Commercial Terms, Incoterms) vereinbart ist.

Traffic-Manager

→ Accelerator

Trainee

Bezeichnung für jemanden, der innerhalb eines Unternehmens für eine bestimmte Aufgabe vorbereitet wird. Trainees sind häufig auch Hochschulabsolventen.

Training Group

→ Sensitivity Training

Training Laboratory

→ Sensitivity Training

Training with Industry (TWI)

Auch Konferenzmethode genannte Form der Weiterbildung betrieblicher Führungskräfte, die auf der Auswertung wissenschaftlicher Erkenntnisse von Betriebspsychologie und Betriebspädagogik beruht.

Train the Trainers

Allgemeine Bezeichnung für Ausbildungsprogramme, mit denen Ausbildungsleitern, Verkaufstrainern etc. die Technik des Lehrens vermittelt werden soll.

Transfer

Bezeichnung für die Wertübertragung zwischen zwei Ländern aus der Währung des einen Landes in die des anderen Landes. Dies geschieht über den Devisenhandel und über die Versendung von Gold.

Transferred to Investment Fund

Ausdruck aus der Bilanz für Rückstellung für Investitionen.

Transferred to Pension Fund

Ausdruck aus der Bilanz: Rückstellung für Pension.

Transportproblem

→ Operations Research Problem, das sich in der Praxis häufig stellt. Es geht um eine räumliche Verteilung von Gütern, die an verschiedenen Orten i in den Mengen a_i vorhanden sind, an den Orten j in den Mengen b_j benötigt werden. Gesamtbedarf und Gesamtangebot sind

gleich hoch. Die Transportkosten pro Mengeneinheit zwischen den Orten i und j betragen c_{ij}. Zu berechnen sind die Transportmengen zwischen den Orten i und j unter der Bedingung minimaler Gesamtkosten.
Das Transportproblem läßt sich mit Hilfe heuristischer Verfahren optimal lösen, aber auch mit Verfahren der linearen Planungsrechnung. Die Simplex-Methode kann ebenfalls angewandt werden.

Traveling Salesman Problem

Rundreiseproblem
Optimierungsproblem, das mit Hilfe von → Operations Research bzw. einem vorgeschalteten → Heuristischen Verfahren gelöst werden kann. Es handelt sich darum, eine Rundreise von einem bestimmten Ort aus durch bestimmte andere Orte zum Ausgangspunkt zurück so festzulegen, daß die Route die kürzestmögliche ist oder die Kosten der Rundreise möglichst niedrig sind oder die Reisezeit die kürzeste ist.

Travellerscheck

Auch in der englischen Schreibung Traveller's Cheque oder der amerikanischen Schreibung Traveler's Check gebräuchlich. Bezeichnung für scheckähnliche Urkunden, die auf bestimmte Summen lauten und im internationalen Reiseverkehr wegen ihrer Sicherheit als Zahlungsmittel verwendet werden.

Treasurer

Finanzdirektor. Der Treasurer verwaltet die Geld- und Kapitalmittel des Unternehmens, pflegt den Verkehr mit Banken und Finanzbehörden und ist im allgemeinen auch für Steuerfragen zuständig. Ihm gleichgeordnet, in den kleineren Unternehmen auch untergeordnet, ist der → Controller. Ihm obliegt das gesamte Rechnungswesen einschließlich Unternehmungsplanung sowie die statistische Information von Vorstand und Aufsichtsrat. Die Rechtsangelegenheiten werden in den amerikanischen Unternehmen nicht vom Treasurer wahrgenommen. Recht, Finanzen, Rechnungswesen, unter Umständen auch Personal, gehören zu einem gemeinsamen Vorstandsbereich. Sie werden in den USA kontrolliert von einem Ausschuß aus Aufsichtsrats- und Vorstandsmitgliedern, dem Finance Committee. In seltenen Fällen hat der Treasurer direkte Vorstandsaufgaben.
In der Bundesrepublik haben wir eine andere Organisationsform. In den kleineren Gesellschaften untersteht der Finanzprokurist dem kaufmännischen Vorstandsmitglied. In der Regel gibt es keinen Controller; das gesamte Rechnungswesen einschließlich EDV wird von dem Finanzprokuristen mitverwaltet. Der kaufmännische Vorstand hat außerdem noch als gleichgeordnete Bereiche den Verkauf, die Verwaltung samt Personal- und Rechtsangelegenheiten und in einigen Fällen auch den Einkauf unter sich. In größeren Vorständen, und zwar namentlich da, wo Finanzierungsangelegenheiten eine größere Rolle spielen (z. B. im Anlagengeschäft), ist der Finanzchef gleichzeitig Vorstandsmitglied. Das gilt für alle großen Konzerne; in etlichen Fällen ist der Finanzchef sogar Sprecher des Vorstandes.
Der Finanzierungsbereich umfaßt die Geld- und Kreditdisposition, die Verwaltung des Reservevermögens (z. B. Anlage von Wertpapieren), des Sozialvermögens (Belegschaftswohnungen) und der Beteiligungen; er enthält ferner die Investitionsplanung, soweit Finanzierungsprobleme damit verbunden sind. Meist werden auch die Steuer- und Versicherungsfragen abgehandelt. Unternehmenspolitisch sind die Ausschüttung von

Dividenden, die Erhöhung des Kapitals, teilweise auch die Beziehungspflege zur Wirtschaftspresse bereichsmäßig in der Finanzabteilung konzentriert.

Treasury Stocks

Aktien der Gesellschaft im eigenen Besitz.

Trend

Bezeichnung für die Entwicklungsrichtung einer über einen bestimmten Zeitraum beobachteten Zeitreihe als dynamischer Mittelwert der Grundtendenz einer Entwicklung. Beim Trend sind rhythmische Schwankungen (Saison- und Konjunkturschwankungen) ausgeschaltet. Man unterscheidet: Zunahme, Abnahme, Gleichmäßigkeit, Beschleunigung oder Verzögerung des Trends.
Der Trend von Zeitreihen läßt sich mit Hilfe mathematischer Verfahren berechnen. Ein Verfahren ist die Methode der kleinsten Quadrate, die den Nachteil hat, daß sie eine Annahme über den zu wählenden Kurventyp (z. B. Gerade) voraussetzt. Ein weiteres Verfahren zur Trendbestimmung ist die Methode der gleitenden Durchschnitte. Hier besteht die Schwierigkeit darin, zu entscheiden, wie viele Jahre zu einem gleitenden Durchschnitt zusammengefaßt werden; die Trendlinie wird um so glatter, je mehr Jahre man nimmt.
→ Prognose.

Trend Setter

Bezeichnung für Schrittmacher

Trial und Error

Begriff der Managerschulung: Den besten Weg zur Lösung eines Problems finden, indem man systematisch eine oder mehrere Möglichkeiten ausprobiert und auf diese Weise die Fehler und Fehlerquellen findet und beseitigt.

Troubleshooter

Bezeichnung für einen Experten, dessen Aufgabe das Auffinden und Beseitigen von Fehlern an Maschinen und technischen Einrichtungen ist; Entstörer.

Trucksystem

Bezeichnung für ein System, in dem der Arbeitnehmer anstelle von Barentlohnung mit Waren (des eigenen Unternehmens), Lebens- oder Genußmitteln entlohnt wird. Nach § 115 der Gewerbeordnung vom 26. 7. 1900 besteht in Deutschland Truckverbot für gewerbliche Arbeitnehmer, Bergarbeiter und in der Heimarbeit Tätige. Für gewisse Fälle bestehen Ausnahmen.

Trust

Bezeichnung für einen wirtschaftlichen Zusammenschluß, bei dem die einzelnen Unternehmen meist ihre wirtschaftliche und rechtliche Selbständigkeit verlieren. Das Gesamtunternehmen untersteht der gemeinsamen Führung einer Dach- oder Kontrollgesellschaft (z. B. einer Holding). Zweck eines Trusts ist die monopolistische Beherrschung des Markts.

Trusteeship

→ Board of Directors.

Turnover

Bezeichnung für Umsatz. → Net sales.

Two-Bin-System

Bestellsystem für die Organisation der Bestandskontrolle und der Nachbestellung in der Lagerhaltung, das auf → Operations Research basiert. Bei jeder Entnahme vom Lager wird der Restbestand mit einer Marke (Bestellpunkt) verglichen und bei Unterschreitung derselben die errechnete Optimalmenge bestellt. Die Marke entspricht dem Verbrauch und Sicherheitsbestand während der Lieferfrist. Hohe Verwaltungskosten; kleine Sicherheitsbestände.

Two-to-One-Rule

Finanzierungsgrundsatz, den US-Banken bei der Kreditwürdigkeitsprüfung anwenden.
Es wird ein Verhältnis von Umlaufvermögen zu kurzfristigen Verbindlichkeiten von mindestens 2:1 gefordert.

Typisierung

Mittel zur Rationalisierung von Fertigung und Vertrieb. Durch Typisierung wird die Produktion technischer Erzeugnisse auf wenige Typen beschränkt. Typen sind technische Erzeugnisse, die nach Art, Form und Leistung festgelegt sind. Die Beschränkung ermöglicht

1. in der Massenproduktion ohne Störung durch Umstellungszeiten in hohen Chargen zu produzieren;
2. Einsparung im Einkauf, in der Lagerhaltung und damit auch in der Finanzierung der Betriebsmittel;
3. Erleichterung der Organisation des Vertriebsapparates, da das Angebot für den Kunden überschaubar ist;
4. die Fertigung im Baukastenprinzip, durch die Einzelteile für mehrere Typen zusammen gefertigt werden können.

Nachteile der Typisierung sind, daß nicht alle Kundenwünsche erfüllt werden können.

Literatur:
Castan, E.: Typologie der Betriebe, Stuttgart 1963

U

UMS

Abkürzung für Universal Maintenance Standard. Standard-Zeitwertverfahren (Makroverfahren) für die Instandhaltung.

Unappropriated Profit

Ausdruck für nicht ausgeschütteten Gewinn. → Retained earnings.

Underwriting Group

Bei Wertpapieremissionen Bezeichnung für das Bankenkonsortium, dessen Mitglieder sich verpflichten, gemeinschaftlich die Emission (Auflegung und Übernahme) der Wertpapiere zu übernehmen. Eine zusätzliche Gruppe (Selling Group) übernimmt die Placierung (den Verkauf). In der Bundesrepublik liegen in der Regel alle Geschäfte einer Emission in der Hand eines Bankenkonsortiums; die in den angelsächsischen Ländern übliche Trennung in Underwriting Groups und Selling Groups wird seit einiger Zeit auch von deutschen Banken bei der Emission von Auslandsanleihen angewendet.
In der Versicherungswirtschaft sind die Underwriter die Versicherer.

Union Relations

1. Bezeichnung für die Beziehungen eines Unternehmens zu den Gewerkschaften, die ihre Mitarbeiter vertreten.
2. Beziehungen der Gewerkschaften zur Öffentlichkeit. Teilgebiet der → Public Relations.

Universal Maintenance Standard (UMS)

Standard-Zeitwertverfahren für die Instandhaltung.

Universal Standard Data (USD)

Standard-Zeitwertsystem für die Fertigung (Makroverfahren).

Untaxed Reserves

Ausdruck aus der Bilanz für steuerfreie Rückstellungen.

Unternehmensberatung

In den Vereinigten Staaten auch Business Consultants oder Management Consulting Engineers genannt, ist die Unternehmensberatung eine freiberuflich ausgeübte Tätigkeit, die zum Bereich des Dienstleistungssektors gehört. Sie unterscheidet sich dabei von anderen beratenden Tätigkeiten wie z. B. der Steuerberatung, der technischen Beratung, der Werbeberatung oder auch der Personalberatung dadurch, daß die Einzelprobleme grundsätzlich im wirtschaftlichen Zusammenhang eines Unternehmens gesehen werden. Die Tätigkeit muß unter Berücksichtigung aller für die Problemlösung relevanter Einflußfaktoren und ihrer speziellen Lösungsmöglichkeiten ausgeübt werden.
Der Beruf des Unternehmensberaters wird sowohl von Einzelpersonen, die allein oder mit angestellten Hilfskräften arbeiten, als auch von Unternehmensberatungsgesellschaften, die in den USA

oft mehrere hundert Mitarbeiter haben und auch Niederlassungen in verschiedenen Großstädten innerhalb und außerhalb der USA unterhalten, ausgeübt.
Die Berufsbezeichnung ist nicht gesetzlich geschützt, weswegen es auch möglich war, daß in den Anfängen der Unternehmensberatung zahlreiche nicht qualifizierte Personen sich auf diesem Gebiet betätigten. Die Auswüchse sind aber im Laufe der Zeit verschwunden. Die Tätigkeit des Unternehmensberaters setzt heute ein vollakademisches Studium der Wirtschafts- oder der Ingenieurwissenschaften voraus. Im letzteren Fall müssen aber auch gründliche wirtschaftswissenschaftliche Kenntnisse vorhanden sein. Daneben ist eine mehrjährige Praxis sowohl in der Wirtschaft als innerhalb der beratenden Berufe Voraussetzung, da die Tätigkeit vielfältige Berufserfahrung verlangt. Außerdem sollte es sich um gereiftere Persönlichkeiten handeln, deren Ratschläge von den Beratenen auch angenommen werden.
Größere Beratungsgesellschaften beschäftigen für einzelne Probleme Spezialisten auf den verschiedensten Gebieten. Andere Unternehmensberater bedienen sich bei der Lösung von Spezialaufgaben der Mithilfe von Kollegen, die über Spezialkenntnisse oder auch spezielle Branchenerfahrung verfügen. Aber auch für diese Spezialisten ist es wichtig, daß sie das Gesamtbild des beratenen Unternehmens im Auge haben.

I. AUFGABEN DER UNTERNEHMENSBERATUNG

Die Aufgaben des Unternehmensberaters liegen vor allem auf den Gebieten der Planung, der Organisation, der Kontrolle und der Steuerung. Die Aufgabe besteht vorrangig darin, wirtschaftlich fundierte und abgesicherte Problemlösungen zu spezifischen Fragestellungen zu finden, auf deren Grundlage das beratene Unternehmen in die Lage versetzt werden soll bzw. wird, erkannte oder vermutete Engpässe zu überwinden, damit eine dauerhafte Struktur zum Vorteil der gesunden Unternehmensentwicklung gefunden wird. Der Unternehmensberater dient damit als Problemlöser allein dem Interesse seines Klienten. Es entspricht daher einer ethischen Verpflichtung gegenüber seinem Berufsbild und Berufsstand, daß er bei seinen Aktivitäten kein wirtschaftliches Eigeninteresse verfolgt. In diesem Sinn läßt sich der Unternehmensberater durchaus mit dem Bild eines Arztes vergleichen.
Das Aufgabengebiet, in dem die Unternehmensberater im einzelnen tätig sind, ist außerordentlich vielseitig. Der Bund Deutscher Unternehmensberater (BDU) unterscheidet hierbei folgende Schwerpunkte:

1. Unternehmensführung
   - Unternehmenspolitik
   - Unternehmensplanung
   - Unternehmensorganisation
   - Führungsseminare

2. Personal- und Sozialwesen
   - Personalsuche, -auswahl, -auswertung
   - Personalplanung, -organisation
   - Stellenbeschreibung, -auswertung, -analyse
   - Personalführung und -schulung
   - Lohn- und Gehaltspolitik
   - Organisation von Personalabteilungen
   - Sozialwesen

3. Markt und Absatz
   - Marktforschung
   - Marketingkonzeption und -organisation
   - Absatzplanung und -vorbereitung
   - Vertriebsorganisation
   - Organisation und Entlohnung des Außendienstes
   - Absatzanalyse, -budget, -kontrolle
   - Verkaufsförderung, Werbung, PR-Arbeit

4. Technik
   - Beschaffungswesen
   - Planung, Steuerung, Kontrolle der Produktion und Produktionsverfahren (Fertigung, Techniken)
   - Materialwirtschaft, Rationalisierung von Betriebsmitteln
   - Lager, Verpackung, Transport
   - Arbeitszeitstudien, Arbeitsvorbereitung
   - Produktqualitätskontrolle
5. Anlagenplanung
   - Standortanalysen
   - Produktionsstätten, Gebäude- und Lagerplanung
   - Investititions- und Wirtschaftlichkeitsberechnungen
   - Vorbereitung und Organisation der technischen Produktionsmittel
   - Generalplanung
6. Rechnungswesen
   - Betriebsbuchhaltung
   - Finanzbuchhaltung
   - Kosten- und Erfolgsrechnung (Planung, Analyse, Kontrolle)
   - Betriebsabrechnung
   - Finanzanalysen
   - Zahlungsverkehr
7. Verwaltung
   - Innerbetriebliche Ablaufplanung (Netzplantechnik)
   - Belegfunktion, Formularwesen
   - Planung der Betriebsräume und Arbeitsplätze
   - Einsatz von Betriebsmitteln und Büromaschinen
   - Innerbetriebliches Informationswesen
   - Dokumentation, Druck, Vervielfältigung
   - Organisation des Schreibdienstes
8. Datenverarbeitung (DV)
   - Untersuchung über Voraussetzungen für den Einsatz der DV
   - DV-Einsatzplanung
   - Vorbereitung und Umstellung auf DV
   - Systemanalyse, Auswertungsmethoden
   - Aufbau von Datenbanken
   - Überprüfung von DV-Organisationen und -Anlagen
   - Schulung DV-Personal
   - Programmierung
   - Software-Entwicklung
9. Gruppenwirtschaft
   - Gruppenwirtschaftliche Untersuchungen (Strukturen, Wachstum, Konzentration)
   - Branchenentwicklung, -vergleiche
   - Betriebsvergleiche
10. Außenwirtschaft
    - Internationale Marktstudien
    - Außenhandelsberatung
    - Beratung von Niederlassungen im Ausland
    - Internationaler Währungs- und Finanzmarkt
    - Untersuchungen zur Infrastruktur von Entwicklungsländern

In den letzten Jahren hat sich das Schwergewicht der Beratung in der Bundesrepublik immer stärker auf das Gebiet Marketing (Vertriebsberatung), Beratung bei der Einrichtung von Datenverarbeitungsanlagen und der Personalberatung konzentriert, in den Vereinigten Staaten erstreckt sich die Beratung dagegen auf viel mehr Bereiche, vor allem auch stärker auf den Produktionsbereich.

II. ENTWICKLUNG DER UNTERNEHMENSBERATUNG

Die Unternehmensberatung hat ihren Ursprung in den USA, wo sie zu Beginn der zwanziger Jahre aufkam und wo sie sich vor allem um die Durchsetzung wissenschaftlicher Betriebsführung (Taylor, → Taylorismus), neuer analytischer Arbeitsbewertungsmethoden (Bedaux, Gilbreth), in der Ausarbeitung neuer Lohnsysteme sowie auf dem Gebiet der Rationalisierung verdient machte. Einen allgemeinen Durchbruch gab es nach dem Zweiten Weltkrieg, vor allem auch mit der Einführung der Datenverarbeitung. In der Bundesrepublik haben sich die

Unternehmensberater Ende der fünfziger, Anfang der sechziger Jahre als Berufsstand durchgesetzt.
Schrittmacherdienste hat hier vor allem auch der BDU geleistet, zu dessen Aufgabe insbesondere die Herausarbeitung berufsethischer Grundsätze für das Verhalten und die Tätigkeit der Unternehmensberater gehört. Dies war notwendig, um der in den Anfangsjahren aufgekommenen Scharlatanerie zu begegnen. Das bedeutet selbstverständlich nicht, daß etwa nur die dem Berufsverband angeschlossenen Unternehmensberater seriös sind, denn es gibt eine ganze Anzahl ausgesprochen erfolgreicher und seriöser Berater, die dem Verband nicht angeschlossen sind.
Auf dem Beratungsgebiet tätig gewesen ist in der Bundesrepublik vor allem auch das Rationalisierungs-Kuratorium der Deutschen Wirtschaft RKW, das ursprünglich einen sogenannten Betriebsbegehungsdienst einrichtete, bei dem durch meist selbständige Unternehmensberater, die durch das RKW ausgesucht und vermittelt wurden, die Betriebe einer Analyse auf ihre Schwachstellen hin unterzogen wurden. Weiter wurde durch das RKW vor allem die Beratung von Klein- und Mittelbetrieben organisiert, um die Rationalisierung auch in diesen Betrieben voranzutreiben, wobei die beratenen Firmen die Beratungskosten zum Teil durch den Staat ersetzt bekamen.
Weiter auf dem Gebiet der Beratung sind auch die einzelnen Fachverbände der Branchen tätig, wobei es sich sowohl um zwischenbetriebliche Vergleiche als auch um Organisationsberatungen handelt. Die Beratungskosten durch Angestellte der Branchenorganisationen liegen oft erheblich unter dem, was freie Unternehmensberater verlangen, nachteilig kann jedoch der engere Horizont der Berater sein. Außerdem besteht hier vielfach die Angst der Beratenen, daß der Berater seine Kenntnisse den Konkurrenten offenbaren könnte.

Das Berufsethos eines Unternehmensberaters wird vor allem von drei Grundsätzen getragen:

1. Das Tätigwerden des Unternehmensberaters wird allein aus dem Interesse des Klienten heraus motiviert und nicht etwa aus dem wirtschaftlichen Eigennutzen des Beraters.
2. Alle Informationen und Zusammenhänge, die dem Berater zugehen bzw. bekannt werden, unterliegen in ihrer Behandlung der absoluten Vertraulichkeit.
3. Ein Unternehmensberater betreibt keine Eigenwerbung für seine Dienste.

Der BDU formuliert seine Berufsgrundsätze wie folgt:

- Wir nehmen nur Aufträge an, für deren Bearbeitung wir die erforderlichen Fähigkeiten, Erfahrungen und Mitarbeiter haben.
- Wir dienen unseren Auftraggebern durch Beratung, die ausschließlich auf das Interesse des Unternehmens ausgerichtet ist.
- Wir beraten objektiv und unvoreingenommen und sprechen auch Unangenehmes offen aus.
- Wir sind uns bewußt, daß wir bei unserer Arbeit die menschlichen Beziehungen in den Mittelpunkt stellen müssen.
- Wir verpflichten uns zur Diskretion über alle internen Informationen, die uns durch unsere Arbeit bekannt werden.
- Wir berechnen unsere Honorare gewissenhaft und vereinbaren diese vorher mit dem Auftraggeber. Erfolgsbeteiligungen werden abgelehnt.
- Wir verpflichten uns zu seriösem Verhalten in Werbung und Akquisition und geben Referenzen nur im Einvernehmen mit dem benannten Auftraggeber.

Die Kodifizierung ethischer Grundsätze und Normen für den Berufszweig der Unternehmensberatungen stützt sich wesentlich auf amerikanische Ursprünge. In den USA werden Unternehmensberater in den meisten Firmen (Schätzungen belaufen sich auf 70–80 % aller großen Unternehmungen), seit vielen Jahrzehnten mehr oder weniger regelmäßig in Anspruch genommen. Es liegt daher nahe, daß sich auch der Berufsstand der Unternehmensberater dort infolgedessen sehr viel früher konsolidiert und verankert hat, als etwa in Deutschland.

Die bedeutendste amerikanische Berufsvereinigung ist die Association of Management Consulting Engineers (ACME), die mit dem sogenannten „Code of Ethics" wichtige Schrittmacherdienste für die Durchsetzung des Berufszweiges der Unternehmensberater auch in anderen Ländern geleistet hat. Es kann davon ausgegangen werden, daß sich der Trend nach einer weiteren Konsolidierung des Beraterberufes verstärken wird und insbesondere nachweislichere Qualitätsnormen die Grundvoraussetzungen zur Ausûbung dieses Berufsbildes werden als es heute der Fall ist.

III. MODELLFORMEN DER BERATUNG

Beratung ist immer Vertrauenssache. Der Erfolg der Zusammenarbeit zwischen Klient und Berater kann von vielen Faktoren beeinflußt werden. Neben sachlichen bzw. fachlichen Einflußgrößen spielen vor allem psychologische Faktoren eine oft entscheidende Rolle. Um die Beratung nicht in einer – oft beide Seiten frustrierenden – Enttäuschung enden zu lassen, muß der Weg bzw. die Methode der Zusammenarbeit sorgfältig überlegt und vorher festgelegt werden. In einer grundsätzlichen Abgrenzung der möglichen Formen einer Zusammenarbeit bzw. Beratung sind insbesondere drei Fälle zu unterscheiden:

1. Das klassische Arzt-Patient-Modell
2. Das heute übliche kooperative Modell
3. Das zukünftige Katalysator-Modell

1. Beim Arzt-Patient-Modell handelt es sich um die traditionelle Form der Zusammenarbeit zwischen Berater und Klient. Der Klient spielt in diesem Modell eine mehr oder weniger passive Rolle, d. h. er stellt sich der Diagnose und läßt sich eine vom Berater als geeignet erscheinende Therapie verabreichen, ohne sich selbst mit seinen Problemen beschäftigt bzw. identifiziert zu haben. In der Praxis bedeutet dies, daß der Klient eine rezeptartige Lösung schriftlich vorgelegt bekommt und nun sehen muß, wie er die Vorschläge realisiert. Die entscheidende Gefahr liegt hier darin, daß die Vorschläge nicht „verdaut" werden, von ihnen keine Aktivitäten ausgehen und letztlich in die Schublade wandern.

2. Beim Kooperations-Modell geht die Initiative von Anfang an vom Klienten aus, der mit einer konkreten Problemstellung an den Berater herantritt und in alle Phasen der Problemlösung aktiv eingeschaltet bleibt. Der Kommunikationsgrad zwischen Berater und Klient ist also in jeder Phase außerordentlich hoch. Der Vorteil besteht darin, daß mit der prozessualen Problemidentifikation des Beratenen die Wahrscheinlichkeit für eine spätere Durchsetzung der Problemlösung im Unternehmen sehr hoch wird.

3. Beim Katalysator-Modell übernimmt der Berater nur noch die Rolle der nachträglichen Koordination der Ergebnisse und Steuerung der Aktivitäten durch Anleitung des Beratenen. Alle anderen Funktionen der Problemdefinition bis zur Entwicklung von Lösungsvorschlägen und der Durchsetzung der geeignetsten Alternative übernimmt eine Gruppe von Führungskräften des Klientenunternehmens selbst. Dieses Modell stellt sowohl an den Berater als auch an den Beratenen außerordentlich hohe Anforderungen, insbesondere auch unter verhaltenswirtschaftlichen Gesichtspunkten. Ob sich dieses Modell in der Zukunft durchsetzt, wird die Erfahrung lehren müssen.

IV. DURCHFÜHRUNG

Die betriebswirtschaftliche Absicherung bedingt, daß jede Beratung in eine unternehmensbezogene Entscheidungssituation mündet, deren Elemente

- die Ziele oder Sollvorstellungen
- die alternativen Mittel zur Realisierung der Sollvorstellung und
- die Daten bilden, die die Entscheidung über den Mitteleinsatz zwar beeinflussen, die jedoch vom Entscheidungsträger selbst unmittelbar nicht beeinflußt werden können.

Jede Entscheidungssituation setzt das Vorhandensein einer Problemstellung voraus, d. h. es kommt darauf an, daß eine solche subjektiv erkannt worden ist. Von hier nimmt eine Beratung durch eine externe Institution in der Regel ihren Anfang. Das bedeutet, daß das Erkennen von Problemen eine wesentliche Aufgabe des verantwortlichen Managements in den Unternehmungen ist, da überhaupt erst dann Schritte zur Problemlösung eingeleitet werden können. Eine der Möglichkeiten ist hierbei die Hinzuziehung eines externen Unternehmensberaters, und es stellt sich daher die Frage, wie dieser zweckmäßigerweise und in der Regel der Fälle vorgeht. Es lassen sich generell folgende Grundschritte unterscheiden:

1. Beschreibung des Problems und Problemdefinition
2. Analyse der Problemursachen
3. Formulierung eines Sollzustandes
4. Entwicklung alternativer Lösungsvorschläge
5. Entscheidung über die optimale Alternative im Hinblick auf ihren Beitrag zur Problemlösung
6. Durchführung der entschiedenen therapeutischen Lösung.

1. Die Beschreibung des Problems ist eine wesentliche Voraussetzung für eine fruchtbare und erfolgreiche Arbeit des Beraters bzw. des Beraterteams. Es erfolgt hier die Einordnung des Problems in den betrieblichen Zusammenhang, eine Abgrenzung hinsichtlich der Art des Problems und schließlich eine organisatorische Regelung für die Arbeit des Beraters, insbesondere bezüglich der Personen, mit denen er Kontakt halten wird und die ihm die für seine Arbeit wichtigen Unterlagen und Informationen liefern sollen. Dieser Abschnitt der Arbeiten endet mit einer exakten Definition des vorgefundenen Problems, aus der sich der weitere Ablauf der Arbeiten des Beraters ergibt.

2. Nachdem ein Problem erkannt und beschrieben worden ist, wird der Berater zunächst eine detaillierte Analyse des kritischen Problembereiches vornehmen, indem den Ursachen systematisch nachgegangen wird. In der Regel wird hierzu die Unterstützung mehrerer Mitarbeiter bzw. der Geschäftsleitung des betreffenden Unternehmens erforderlich sein, d. h., daß auf der Grundlage von Untersuchungsleitfäden, Fragebögen und Interviews der informatorische Boden für eine zuverlässige Beurteilung der Problemzusammenhänge aufbereitet wird.
Je genauer und umfassender die Informationen für den Berater sind, um so rascher und aussagefähiger wird das Analyseergebnis erarbeitet werden können.

Die diagnostischen Arbeiten des Beraters enden mit der Vorlage eines Analyseberichts, der im wesentlichen folgende Ausführungen beinhaltet:

- die Aufgabenstellung
- den eingeschlagenen Weg des Analysevorganges
- die informatorischen, technischen und sonstigen Unterstützungen (die Analysegrundlagen)
- Beschreibung und Ausführung der vorgefundenen Schwachstellen
- Zusammenfassung der Hauptsachen in Form einer Liste.

Der Vorlage des Analyseberichtes folgt in den meisten Fällen eine Erörterung der vorgefundenen Ergebnisse zwischen Geschäftsleitung und dem Beraterteam. Zunächst ist es wesentlich, das persönliche Urteil der Geschäftsleitung zu den vorgefundenen Schwachstellen zu erfahren, insbesondere auch unter dem Gesichtspunkt der realistischen Wiedergabe und Einordnung der Untersuchung in die betrieblichen Zusammenhänge. Der Analysebericht wird damit gleichzeitig die Grundlage für das weitere Vorgehen der Berater, die nach gemeinsamer Verabschiedung mit den Verantwortlichen des beratenen Unternehmens die Gewähr haben, alle wesentlichen formellen, informellen und sachlichen Gegebenheiten richtig erkannt zu haben und damit die Plattform geschaffen zu haben, um das behandelte Problem nunmehr schrittweise zu lösen.

3. Eine systematisch durchgeführte Analyse liefert in ihrem Kern die Ansatzpunkte für einen als erstrebenswert angesehenen Sollzustand. Einen solchen zu definieren, ist daher eine Aufgabe, die sich unmittelbar an die analytischen Vorarbeiten anschließen muß. Die Formulierung des Sollzustandes bedeutet dabei nicht, daß es sich um einen theoretischen Idealzustand handeln soll; vielmehr geht es darum, den angesichts der betrieblichen Gegebenheiten und der Umweltsituation zweckmäßigsten Sollzustand zu finden. Pragmatismus und Praktikabilität in bezug auf die spezielle Unternehmenssituation sind daher bei der Sollformulierung als oberste Prinzipien zu beachten.
Die Sollformulierung selbst kann in Form quantitativer und/oder qualitativer Zielvorstellungen erfolgen. Entscheidend dabei ist, daß es sich um Größen handelt, die später einer Kontrolle, d. h. also einer Soll-Ist-Abweichungs-Analyse unterworfen werden können. In diesem Punkt auch liegt die entscheidende Voraussetzung dafür, den Berater in die volle Verantwortung für seine Aktivitäten einzubeziehen. Die Entscheidung über die Verabschiedung der Zielvorstellungen wird und sollte jedoch wiederum gemeinsam durch die Geschäftsleitung und Beratung erfolgen.

4. Der vorgegebene Soll-Zustand ist die Grundlage für die Auswahl geeigneter Mittel und Maßnahmen, um die gesteckten Ziele zu realisieren. Es ist nicht zwingend, daß auch dieser Teil der Arbeit von der Unternehmensberatung selbst durchgeführt wird. Je nach Umfang des Beratungsauftrages kann der Einsatz mit dem Analysebericht beendet sein, so daß es dann Sache der jeweiligen Unternehmung wäre, das analysierte Problem durch eigene Kraft zu lösen. In den meisten Fällen jedoch übernimmt die Beratung auch die Konzeption mit Programmen zur Durchsetzung des Sollzustandes, sei es, daß den Unternehmungen selbst das dazu erforderliche Personal fehlt, sei es, daß wegen der innerbetrieblichen Zusammenhänge zwischen Abteilungen und Mitarbeitern die Neutralität eines außenstehenden Beraters eine große Gewähr für eine sach- und problemgerechte Lösung bietet.
Da es für jedes Problem grundsätzlich mehrere Wege einer befriedigenden Lösung gibt, ist es wichtig, zunächst möglichst alle Alternativen zu erarbeiten, die geeignet erscheinen, den Soll-Zustand zu realisieren. Aufgrund der Sach- und Fachkenntnisse der Berater und ihrer Erfahrungen in ähnlichen Fällen wird ein Alternativprogramm erarbeitet und im Hinblick auf die jeweiligen Beiträge zur Problemlösung bewertet. Jede Empfehlung, die als Ergebnis dieser Arbeiten schließlich vorgelegt wird, sollte dabei mit einer knappen Begründung versehen werden, um der Geschäftsleitung als Entscheidungshilfe dienen zu können.

5. Die Entscheidung über eine der in die engere Wahl einbezogenen Alternativen erfolgt grundsätzlich unter Berücksichtigung mehrerer Gesichtspunkte:

- Wahrscheinlicher Wert der Alternative im Hinblick auf eine möglichst risikolose Durchsetzung des Sollzustandes;
- die mit der Realisierung der Alternative verbundenen Kosten bzw. Investitionen;
- Beitrag für und Auswirkung auf die mittel- bis längerfristige Unternehmensentwicklung (zeitlich-vertikale Interdependenzen);
- organisatorische Durchsetzbarkeit im Unternehmen
  a) sachlich
  b) personell
- Kontrollierbarkeit der therapeutischen Maßnahmen im Hinblick auf ihren Beitrag zur Realisation des Sollzustandes.

Jene Alternative, die bei möglichst geringen Kosten und investitionsmäßigem Aufwand den angestrebten Erfolg mit der größtmöglichen Wahrscheinlichkeit erwarten läßt, wird dann als die optimale ausgewählt und zur endgültigen Entscheidung vorgelegt.

6. In dieser Phase erfolgt schließlich die Übertragung der bislang erarbeiteten Forderungen in Aktivitäten. Check-Listen, Arbeitshilfen, Anweisungen, Verantwortlichkeiten und Terminplanungen bzw. deren Einhaltung bilden wesentliche Inhalte der Durchsetzungsaktivitäten.

Auch hier sind – wie bereits oben erwähnt – verschiedene Vorgehensweisen denkbar: Die Ausführung und Durchsetzung des Geplanten kann sowohl durch die Beratungsfirma selbst als auch durch das beratene Unternehmen allein oder aber durch beide gemeinsam erfolgen. Sollte die Unternehmung die Durchsetzung des Soll-Zustandes in Eigenregie vornehmen wollen, so gibt die Beratungsfirma ihr hierzu in der Regel Arbeitshilfen in Form von Check-Listen und Ablaufschemata an die Hand, um einen rationellen Fortgang der Arbeiten zum angestrebten Erfolg sicherzustellen. Alle Tätigkeiten werden im weiteren Verlauf dann einer regelmäßigen, in bestimmten Zeitabständen folgenden Kontrolle unterzogen. Die Beratung gilt als abgeschlossen, sobald das Ziel in zumindest befriedigendem Ausmaße erreicht worden ist.

In einer Abschlußbesprechung sollte hierüber gemeinsam Bilanz gezogen werden.

Literatur:

Ziele und Berufsgrundsätze des Bundes Deutscher Unternehmensberater BDU e.V., Essen.

Unternehmensforschung

Andere Bezeichnung für → Operations Research.

Unternehmensplanspiel

→ Planspiele

Unternehmungsspiele

Anderer, häufig gebrauchter Ausdruck für → Planspiele.

Upper-Bounding-Technique

Rechenregeln für die Behandlung von Obergrenzen einzelner Variablen als spezielle Restriktionen in Optimierungsproblemen.

→ Operations Research

USD

Abkürzung für Universal Standard Data. Standard-Zeitwertsystem für die Fertigung (Makroverfahren).

V

Valuation Items

Bilanzausdruck für Wertberichtigung, z. B. für Forderungen oder für Garantien.

Value Added

Bezeichnung für die Wertschöpfung eines Unternehmens, d. h. die Werterhöhung, die ein Produkt durch die Be- oder Verarbeitung von Rohmaterial oder Halbfabrikaten erfährt. Man spricht von Value Added by Manufacture bei der industriellen Wertschöpfung und von Value Added by Distribution bei der Wertschöpfung von Handels- oder Dienstleistungsbetrieben. Der Begriff Value Added dient der amtlichen Statistik zur Messung der Produktivität von Unternehmen.

Value Analysis

Wertanalyse. Die Society of American Value Engineers definiert den Begriff der Wertanalyse wie folgt:
„Wertanaylse ist die systematische Anwendung bewährter Techniken zur Ermittlung der Funktionen eines Erzeugnisses oder einer Arbeit, zur Bewertung der Funktionen und zum Auffinden von Wegen, um die notwendigen Funktionen mit den geringsten Gesamtkosten verläßlich zu erfüllen."

Wertanalyse setzt also ein neues Denken im Zusammenhang mit der Vermarktung von Produkten voraus: es sollen in dem Produkt nur solche Werte Eingang finden, die auch vom Markt verlangt und honoriert werden. Oder mit anderen Worten: alle Teile eines Produktes, die zwar das Produkt besser, schöner oder qualitativ hochwertiger machen, die aber vom Markt nicht honoriert werden, sollen keinen Eingang in das Produkt finden.
Diese Geisteshaltung läßt sich auch so formulieren: das Produkt soll so gut sein wie nötig, aber so kostengünstig wie möglich.

Ziel der Wertanalysetätigkeit

Die Methodik der Wertanalyse will einen Beitrag leisten zur Unternehmenszielsetzung der Gewinnmaximierung, indem sie hilft, z. B.:

- die Produktivität zu steigern,
- die Produktionskosten zu senken bzw. nicht notwendige Kosten zu verhindern,
- den Nutzen für Erzeuger und Abnehmer zu vergrößern,
- die Qualität zu verbessern,
- die Durchlaufzeiten durch alle betrieblichen Funktionen zu verringern,
- Preiserhöhungen durch Wertsteigerungen des Produktes im Markt durchzusetzen.

Aus der Aufgabenstellung der Wertanalyse lassen sich drei Unterbegriffe herauskristallisieren, die im Amerikanischen Verwendung finden und von dem deutschen Sammelbegriff Wertanalyse nicht exakt wiedergegeben werden:

1. Die Produkt-Wertanalyse (value analysis)

Sie wird bei Produkten der laufenden Fertigung angewendet und hat das Ziel, die Herstellungskosten zu senken.
Die Produkt-Wertanalyse ist am häufigsten verbreitet, und zwar wird sie immer dann eingeschaltet, wenn der Wettbewerb auf dem Markt für ein angebotenes

Erzeugnis einen niedrigeren Preis diktiert, der nur noch durch eine Reduzierung der Selbstkosten aufgefangen werden kann.
Bei der Produkt-Wertanalyse wird man unter anderem fragen, ob z. B.

- die aufgewendeten Kosten vom Markt honoriert werden;
- alle im Produkt vorhandenen Eigenschaften vom Käufer verlangt werden;
- es etwas Besseres zur Erfüllung des beabsichtigten Zweckes gibt;
- ein brauchbares Standardprodukt an die Stelle des alten Produktes treten kann;
- die Selbstkosten in einem angemessenen Verhältnis zum Gewinn stehen;
- das Teil oder Erzeugnis von einem Fremdlieferanten günstiger bezogen werden kann und ähnliches.

Ziel der Produkt-Wertanalyse wäre demnach, die Wertvorstellungen von Produzent und Käufer weitgehend anzunähern und ein Auseinanderklaffen auf ein Minimum zu beschränken.

2. Die Konzept-Wertanalyse (value engineering)

Die Konzept-Wertanalyse bedeutet die Wertanalyse über ein völlig neues vertrieblich-technisches Objekt, über seine Wertgestaltung oder seine Wertentwicklung nach Vorstellungen des Marktes und des Vertriebes einerseits sowie der Forschung und Entwicklung unter Mitwirkung von Beschaffung und Betrieb andererseits.
Unter Betrachtung des Lebenszyklus' eines Produktes setzt damit die Konzept-Wertanalyse bereits im Entwicklungsstadium eines Produktes mit ihren Untersuchungen an, während im Gegensatz dazu die Produkt-Wertanalyse sich ausschließlich auf das bereits im Fertigungsprozeß befindliche Produkt bezieht.
Dabei versucht die Konzept-Wertanalyse bereits im Stadium der Planung und Entwicklung die kostengünstigste Lösung zu erarbeiten, um später unnötige Kosten bei der Herstellung bzw. beim Vertrieb des Produktes zu vermeiden und auf die Wünsche des potentiellen Käufers abzustellen.
Durch die Konzept-Wertanalyse sollen bereits solche Kosten abgefangen werden, die erfahrungsgemäß bei Umstellung einer laufenden Fertigung in erheblich größerem Maße anfallen.

3. Arbeitsablauf-Wertanalyse (value administration oder value control)

Neben der Wertanalyse der Produktentwicklung und des Fertigungsprozesses einschließlich der Materialseite entstehen bei der Vermarktung von Produkten weitere Kosten, die durch wertanalytische Untersuchungen verringert oder vermieden werden können.
Hierzu gehören z. B.

- die Kosten der Büro- und Verwaltungsorganisation,
- die Kosten des innerbetrieblichen Transport- und Lagerwesens,
- die Kosten der Bestandsüberwachung,
- die Kosten aufgrund von innerbetrieblichen Reibungsverlusten,
- die Kosten falsch eingesetzter externer Transportmittel und -wege u. ä.

Die Arbeitsablauf-Wertanalyse wendet sich insbesondere diesem Problemkreis zu und versucht in ähnlicher Weise wie bei der Konzept-Wertanalyse bzw. bei der Produkt-Wertanalyse Schwachstellen und Fehlerquellen aufzuspüren, die zu einer Verminderung des Kosteneinsatzes führen, ohne daß davon der Marktpreis bzw. die Wertvorstellung des Kunden über ein Produkt betroffen wird.

Literatur:
Demmer, K. H.: Aufgaben und Praxis der Wertanalyse, München 1969
Gage, W. L.: Value Analysis, New York 1971
Jones, R. E.: Wertanalyse. Der neue Weg zur Kostensenkung im Einkauf. AMA Schriftenreihe Bd. 10, dt. Übersetzung Düsseldorf—Wien 1963
Kipper, G.: Wertanalyse — ein Weg zur Kostensenkung, Berlin—Bielefeld—München 1963

Lüder, K.: Wertanalyse. Handbuch Industrielle Produktion. Baden-Baden–Bad Homburg 1967
Miles, L. D.: Techniques of Value Analysis and Engineering, 2. Aufl., New York 1971
Trautmann, W. P.: Die Wertanalyse im Einkauf, Berlin–Baden-Baden 1960

Value Control

Begriff aus der Wertanalyse (→ Value Analysis). Es wird darunter ein ständiger Wertvergleich zwischen den eigenen Produkten und denen der Konkurrenz verstanden. Damit werden Stärken und Schwächen der Konkurrenzprodukte im Auge behalten und eventuell notwendige Veränderungen am eigenen Produkt (z. B. hinsichtlich Technik oder Kosten) rechtzeitig erkannt.

Value Engineering

Bezeichnung für die im Rahmen der Wertanalyse (→ Value Analysis) durchgeführten Untersuchungen im Planungs- und Vorproduktzeitraum.

Valuta-Dumping

Der Wechselkurs einer Währung steigt schneller als die Binnenpreise und -kosten.
Valuta-Dumping kommt einer Unterbewertung einer Währung gleich.

Variable Costs

Ausdruck für variable, veränderliche, proportionale leistungsabhängige Kosten oder Leistungskosten.
→ Variable Kosten.

Variable Gross Margin

Auch Marginal Balance und Marginal Income. Bezeichnung für einen Erlösüberschuß als Differenz zwischen den Erlösen und Grenzselbstkosten einer Periode.

Variable Kosten

Bezeichnung für Kosten, deren Höhe sich in Abhängigkeit von Beschäftigungsschwankungen verändert. Bei linearen Gesamtkostenverläufen verhalten sich die variablen Kosten proportional zur Beschäftigung, so daß man sie auch als proportionale Kosten bezeichnet.
In der Praxis sind meistens die Voraussetzungen linearer Gesamtkostenverläufe erfüllt. Allerdings führen in Betrieben, in denen sogenannte intensitätsmäßige Anpassungsprozesse durchgeführt werden, Beschäftigungsschwankungen zu nicht linearen Kostenverläufen. In einem solchen Fall lassen sich die variablen Kosten in degressive und progressive Kosten unterteilen.

Variation

Zuordnungsmöglichkeit von n Elementen einer Menge zu m Elementen einer anderen Menge.
→ Kombinatorik

Veblen'sches Modell

→ Behavioral Models

Verbrauchsforschung

Methodische Untersuchung von Bedarf und Bedarfsdeckung der Konsumenten. Dazu gehören: Analyse der Bedürfnisstruktur und Bedürfnisbefriedigung, Motivforschung, Analyse von Kauf- und Verbrauchsgewohnheiten, Marktanalyse, Werbemittelforschung, Produktanalyse. Die Ergebnisse der Verbrauchsforschung sind eine Grundlage für werbliche Entscheidungen. Siehe auch: Absatzanalyse, Marktforschung.

Verbrauchsgewohnheiten

In der Marktanalyse Bezeichnung für das Verhalten des Verbrauchers im

Hinblick auf die konsumierten Güter. Verbrauchsgewohnheiten sind: Art und Weise der Handhabung, Häufigkeit und Zeit des Verbrauchs, Geschmackspräferenzen etc.

Verbundwerbung

Bezeichnung für gemeinsame Werbemaßnahmen von Herstellern sich ergänzender oder unterschiedlicher Produkte, z. B. Auto und Autoradio, Kaffee und Kondenzmilch.

Verfahren vorbestimmter Zeiten (VVZ)

Entwickelt von Frederick W. Taylor und Frank B. Gilbreth. Jeder Arbeitsgang wird in seine Grundbewegungen zerlegt, danach werden die entsprechenden Zeiten zugeordnet (zumeist ohne Zuschläge für Verweil- und Erholzeiten). Da sich die Beobachtungen auf die Arbeitsmethode konzentrieren, können die Arbeitsgänge unabhängig von der Ausführung, also vom Fertigungsablauf, hinsichtlich Methode und Zeit festgesetzt werden. VVZ wird angewandt zur Methodenverbesserung, bei der Vorgabezeitfestlegung und Planung.

Verhaltensgitter

Von den amerikanischen Psychologen Blake und Mouton entwickelte Darstellung der verschiedenen Führungsstile im Unternehmen; im Amerikanischen Managerial Grid genannt. Bei der Gestaltung des zweidimensionalen Verhaltensgitters gehen die Autoren von zwei Grundaspekten des Führungsverhaltens von Vorgesetzten aus: der Betonung der Produktion und der Betonung des Menschen. Der Führungsstil im Unternehmen richtet sich nun danach, welcher der beiden Aspekte im Vordergrund steht.

Wie die Darstellung des Verhaltensgitters zeigt, wird in der Senkrechten in einer neunfachen Abstufung die Betonung des Menschen bei der Durchführung der Führungsaufgaben abgetragen und auf der Waagerechten die Betonung der Produktion ebenfalls in einer neunfachen Abstufung. Auf diese Weise ergeben sich 81 verschiedene Kombinationen der beiden Verhaltensweisen, wobei berücksichtigt werden muß, daß die Übergänge fließend sind. Besonders charakteristisch sind die Führungsstile, die sich in den Ecken des Gitters ergeben und in seiner Mitte. Untersucht wird nun das sich jeweils ergebende Verhalten in konkreten Situationen: Anweisungen und Kontrolle, Zielvorstellungen, das Verhältnis zwischen Vorgesetzten und Untergebenen, der Einfluß auf schöpferische Kräfte, die Bindung an die Aufgabe, Führungskonflikte, die Auswahl und Bewertung von Personal, persönliches Verhalten, die Organisationsmethode.

1. Das sogenannte 9.1-Führungsverhalten. Dieser Führungsstil ist gekennzeichnet durch eine hohe Betonung der Produktion und durch eine ganz geringe Betonung des Menschen; demnach findet sich dieser Stil in der rechten unteren Ecke des Gitters. Autorität auf der Seite der Führenden, und zwar Autorität aufgrund der Rangordnung, der Hierarchie, und Gehorsam auf der Seite der Geführten. Die Produktionsbedingungen sind der Maßstab für das Verhalten des Menschen, der Mensch hat sich der Produktion anzupassen. Konflikte, die zwischen rangverschiedenen Personen auftauchen, werden unterdrückt, solche zwischen ranggleichen Personen werden mit dem Ziel, zu gewinnen, ausgetragen. Der 9.1-Führungsstil ist typisch für eine Wirtschaft, die unter hartem Wettbewerbsdruck steht; er ist auch ein Grund für die Entwicklung der Gegenmachtposition der Gewerkschaften.

2. Das sogenannte 1.9-Führungsverhalten, das durch ein hohes Interesse am Menschen und einem sehr geringen Interesse an der Produktion gekennzeichnet ist. Im Gitter findet sich dieser Führungsstil links oben. In einem derartig geführten Betrieb herrscht eine rundum freundliche, nette Atmosphäre; Arbeitsbedingungen, Arbeitstempo sind der Atmosphäre angepaßt, ebenso die Kommunikationsweisen. Konflikte werden geglättet oder ihnen aus dem Weg gegangen. Da die Produktion vernachlässigt wird, notwendige Innovationen, da sie mit Umstellungen und Schwierigkeiten verbunden sind, nicht durchgeführt werden, wird das Unternehmen Gefahr laufen, von Wettbewerbern verdrängt zu werden.
3. Das sogenannte 1.1-Führungsverhalten. Es ist gekennzeichnet durch ein gleichmäßig geringes Interesse sowohl für den Menschen als auch für die Produktion; dementsprechend ist es im Verhaltensgitter in der linken unteren Ecke angesiedelt. Dieser Führungsstil ist weniger der eines ganzen Unternehmens als der von Einzelpersonen, insbesondere für solche, die unter bürokratischen Verhältnissen arbeiten. Der Vorgesetzte nach 1.1 übt wenig Einfluß aus; er gibt lediglich Führungsanweisungen weiter und versucht, möglichst wenig Verantwortung zu tragen.
4. Das sogenannte 5.5-Führungsverhalten. Dieser Führungsstil in der Mitte des Gitters hat sich in der Tradition herausgebildet. Er betont Mensch und Produktion gleichermaßen gemäßigt und setzt auf einen Kompromiß: es ist das Prinzip von Zuckerbrot und

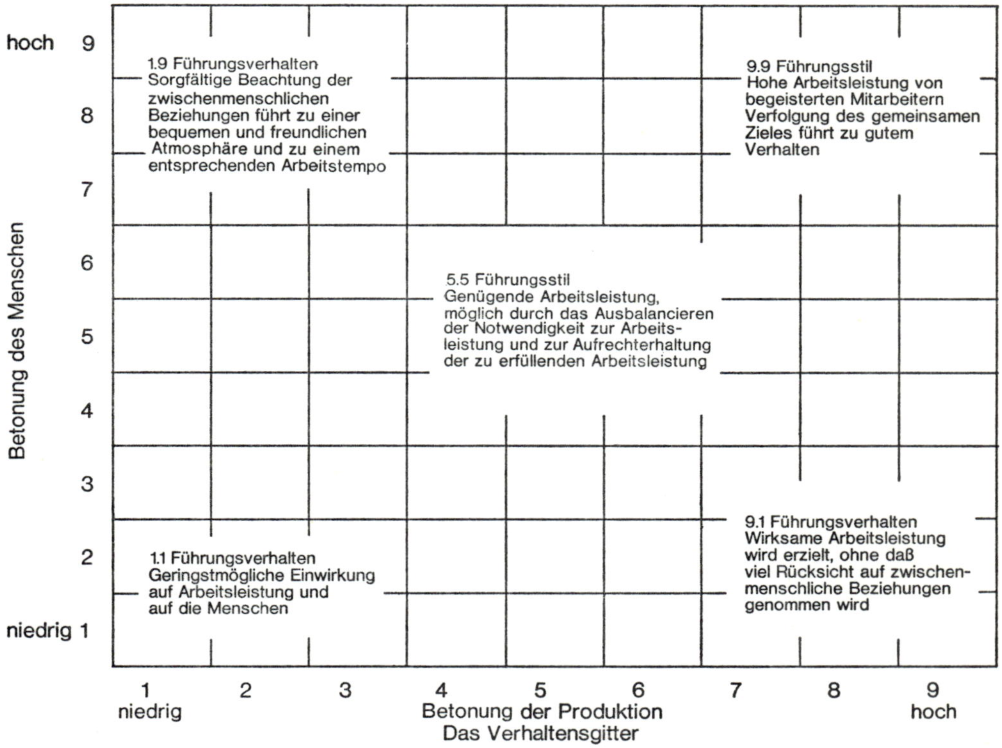

Das Verhaltensgitter

Peitsche. Man informiert die Belegschaft insoweit, daß sie die Grundtendenzen der Produktion erkennt, aber nicht so detailliert, daß intensiverer Einspruch zu erwarten ist. Führungsanweisungen werden begründet; es wird die Autorität der Stelle nur indirekt gezeigt und nur bedingter Gehorsam verlangt. Die Zielsetzung von 5.5 lautet: „In erster Linie gibt es einen Organisationszweck, nämlich: Gewinne zu machen; aber es gibt auch den Zweck, den Menschen Zufriedenheit und Sicherheit zu geben. Das Engagement des 5.5-Managers will gerade so aktiv sein, daß das reibungslose Funktionieren der Organisation gesichert ist; dabei wird dem informalen System große Beachtung geschenkt. Der 5.5-Führungsstil versucht nicht, Produktionsziel und Ziele der Menschenbehandlung zu integrieren.

5. Das sogenannte 9.9-Führungsverhalten geht von einer anderen Voraussetzung aus als die bisher beschriebenen: Die Annahme ist, daß eine hohe Betonung der Produktion im Interesse einer hohen Betonung des Menschen liegt und umgekehrt; der Mensch hat eine natürliche Motivation zur Leistung, zur Kreativität, und die Aufgabe der Führung ist es, die Produktionsbedingungen so zu gestalten, daß diese Bedürfnisse und Fähigkeiten zum Tragen kommen können. Der Führende wird versuchen, Ziel- und Aufgabenstellung so durchsichtig zu machen, daß die Mitarbeiter die auftretenden Probleme verstehen und eine Teilnahme an der Problemlösung entsteht. Anweisung und Kontrolle gründen sich auf dem Prinzip: „Verständnis und Übereinstimmung der Untergebenen mit dem Organisationszweck." Organisationsziel und Ziele des einzelnen müssen sich gegenseitig ergänzen und unterstützen. Konflikte werden durch direkte Gegenüberstellung gelöst. Der 9.9-Führungsstil wird die Rentabilität der Organisation erhöhen, Gruppenbeziehungen verbessern und Reibungen vermindern. Die Anwendung dieses Stils bedeutet eine Verbesserung der Managementleistung.

Eine Untersuchung von Blake/Mouton hat ergeben, daß berufliche Leistung und Führungsstil eng zusammenhängen: je größer die berufliche Leistung ist, desto eher ist ein 9.9 oder 9.1-Führungsverhalten zu erwarten.

Literatur:
Blake, R. R. und Mouton, J. S.: Verhaltenspsychologie im Betrieb. Das Verhaltensgitter, eine Methode zur optimalen Führung in Wirtschaft und Verwaltung, Düsseldorf, Wien 1968

Verhaltenswissenschaften

→ Behavioral Sciences

Verkäufermarkt

→ Sellers' Market

Verkaufsberichte

→ Sales Reports

Verkaufsförderung

Der Ausdruck Verkaufsförderung ist ein Sammelbegriff, hinter dem sich Absatzaktivitäten verbergen, die geeignet erscheinen, Vertriebskanäle zu öffnen bzw. offenzuhalten.

Eine derart weite Begriffsfassung erlaubt es, hierunter alles zu fassen, was außerhalb der Werbepolitik und den Instrumenten der Marketing-Politik unternommen wird, um den Verkauf der eigenen Erzeugnisse beim Wiederverkäufer effektvoller und schneller zu gestalten. Verkaufsförderung im engeren Sinne ist identisch mit dem angelsächsischen Ausdruck → sales promotion, worunter speziell die Bemühungen verstanden werden, die die übliche Distributionspolitik und die Werbung unterstützen und dazu beitragen sollen, beide in ihrem Wirkungsgrad zu erhöhen. Im Prinzip handelt es sich bei der Verkaufsförderung eher um eine erweiterte Werbepolitik als um verkaufsorganisatorische Maßnahmen. In diesem Sinne interpretiert, könnte unter dem Begriff Verkaufsförderung auch das Leasing-Verfahren subsumiert werden, da es dem Käufer das Kaufen leichter macht und den Verkäufer bei seinen Verkaufsbemühungen unterstützt.

Verkaufsförderungsmaßnahmen werden vor allem dann ergriffen, wenn kurzfristige Verkaufsziele möglichst schnell realisiert werden sollen oder eine sofortige Anpassung an Konkurrenzaktivitäten notwendig erscheint.

Ansatzpunkte einer Verkaufsförderungspolitik sind in der personellen und organisatorischen Unterstützung der Wiederverkäufer zu sehen. Im einzelnen kann es sich dabei um die Schulung des Verkaufspersonals, um Hilfestellung bei der Gestaltung der Schaufenster oder der Ausstellungsräume und um Beratung bei der Sortimentspolitik handeln. Denkbar ist ferner die gemeinsame Durchführung von Werbe- oder Sonderverkäufen am Point of Purchase, d. h. direkt beim Händler, sowie die Betreuung von dessen Kunden, was im allgemeinen auf eine technische Beratung oder eine laufende Information über technische Neuentwicklungen hinauslaufen wird.

Die Bedeutung verkaufsfördernder Maßnahmen hat wegen grundlegender Änderungen der Einkaufsgewohnheiten und der Umstrukturierungstendenzen im Handel in den letzten Jahren stark zugenommen. Immer anspruchsvoller und differenzierter werden die Einkaufswünsche des Konsumenten, der heute kaum noch wie einstmals mit dem Einkaufszettel den Laden betritt, sondern sich vom dargebotenen Sortiment bei der Auswahl seiner Bedürfnisbefriedigungsmittel weitestgehend beeinflussen läßt. Dieser Entwicklung wird von einer immer größer werdenden Zahl von Unternehmungen der Produktions- und Handelsstufe Rechnung getragen, die die verkaufsfördernden Maßnahmen als festen Bestandteil in ihr Marketing-Repertoire aufgenommen haben.

Zu den Zielen der Verkaufsförderungspolitik zählen insbesondere die Stärkung der Position des eigenen Unternehmens beim Handel, die Gewinnung weiterer Wiederverkäufer, die Erweiterung der Anzahl führender Geschäfte im Handel, die Erweiterung der Zahl potenter Handelsgruppen als Wiederverkäufer, die Ausweitung des eigenen Sortiments beim Handel, eine verstärkte Beeinflussung und verbesserte Information des Handels, die intensivere Beeinflussung der Konsumenten am Point of Purchase sowie die Verbesserung der Display-Positionen.

Literatur:
Linnert, P.: Die neuen Techniken des Marketing, 3. Aufl., München 1971
Birkigt, K.: Verkaufsförderung, 2. Auflage, Hamburg 1971

Verkaufsgespräch

Das Gespräch eines Verkäufers (Vertreter, Reisender, Einzelhandelsverkäufer), das den Kunden zum Kauf der angebotenen Ware oder Dienstleistung bewegen, seine Bedarfslage feststellen und den Käufer zum Stammkunden machen soll. Das Verkaufsgespräch als Kernpunkt des Verkaufs ist Gegenstand einer systematischen Verkäuferausbildung. Wichtige Probleme des Verkaufsgespräches sind u. a.: Kontaktaufnahme, Widerlegung von Einwänden, Überwindung von Preiswiderständen, Fragetechnik, Abschlußsicherheit.

→ Absatz-Management

Verkaufshilfen

Werbemittel, die der Verkaufsförderung dienen. Sie werden entweder vom Händler selbst beschafft oder ihm vom Hersteller zur Verfügung gestellt. Verkaufshilfen sind u. a.: Aufsteller, Dekorationshilfen, stumme Verkäufer, Verkäuferschulung.

Verkaufspackung

Bezeichnung für unter werblichen Gesichtspunkten vorverpackte Ware. Die Packung trägt Wort- und/oder Bildmarke, Qualitätshinweise und die gesetzlich vorgeschriebenen Angaben über den Inhalt.

Vice-President

In anglo-amerikanischen Aktiengesellschaften Stellvertreter des → President. In Deutschland ist seine Stellung mit der eines Vorstandsmitgliedes vergleichbar. Große Gesellschaften haben oft mehrere – bis zu 20 – Vice-Presidents; sie können Mitglied des → Board of Directors sein, brauchen es aber nicht. Meist sind Vice-Presidents → Officers, d. h. leitende Angestellte, die für einen bestimmten Geschäftsbereich die Verantwortung tragen oder mit bestimmten übergeordneten Stabsaufgaben wie z. B. → Manufacturing, → Marketing, → Financing etc., → Secretary, → Controller, → Treasurer betraut sind.

Vollkostenrechnung

Im Rahmen der → Kostenträgerrechnung wird die Gesamtheit aller Kosten, die in einem Betrieb für eine bestimmte betriebliche Leistung entsteht, den Kostenträgern zugerechnet. Bei der Preiskalkulation werden sämtliche Kosten – auch die → fixen Kosten gedeckt. Wenn aber der Beschäftigungsgrad bzw. die Ausbringungsmenge sinken, wird die Belastung der einzelnen Kostenträger durch die fixen Kosten steigen, was wiederum steigende Preise zur Folge hat. Es ist fraglich, ob eine solche Preisstellung am Markt akzeptiert wird. In einem solchen Fall kann bei sinkendem Absatz und sinkendem Beschäftigungsgrad nur ein Teil der fixen Kosten in den Preis eingerechnet werden (Teilkostenrechnung).
Auch die Handhabung der Vollkostenrechnung selber ist nicht unproblematisch. So wird die Deckung der gesamten Vollkosten nur dann erreicht, wenn der einzelnen Erzeugniseinheit nach dem Kalkulationsschema die vollen Kosten zugerechnet werden können, was viele Annahmen voraussetzt. So sind beispielsweise Annahmen über das zukünftige Produktionsprogramm, die Auftragszusammensetzung, die Kapazität und den Beschäftigungsgrad direkt oder indirekt zu treffen. Nur wenn die Realität die Annahmen bestätigt, erreicht die Vollkostenrechnung ihr höchstes Maß an Zuverlässigkeit.
In der Praxis geht man immer stärker dazu über, mit Direktkosten, d. h. mit Deckungsbeiträgen zu arbeiten, insbesondere im Hinblick auf die Preiskalkulation. In der → Deckungsbeitragsrechnung sollen aber nicht nur die Bruttogewinne über die Grenzkosten der einzelnen Leistungen ermittelt, sondern durch einen stufenweisen Aufbau auch eine größere Transparenz im Hinblick auf den Erfolgsbeitrag der Produkte sichergestellt werden.

Volume Variance

Ausdruck für Beschäftigungsabweichungen, d. h. für Schwankungen im Hinblick auf die Kapazitätsnutzung von Maschinen, Anlagen etc.

VVZ

→ Verfahren vorbestimmter Zeiten

W

Wage-Incentive Analysis

Lohnanalyse. Sie wird für die Kalkulation und Fertigungsplanung benötigt. Siehe auch Manufacturing Planning und Arbeitsbewertung, analytische.

Wahrscheinlichkeitstheorie

Die Wahrscheinlichkeit a priori oder mathematische Wahrscheinlichkeit nach Bernoulli und Laplace ist definiert als Quotient aus der Anzahl der günstigen Fälle und der Anzahl der möglichen Fälle.
Der umfassendere Begriff ist der der statistischen Wahrscheinlichkeit oder der A-posteriori-Wahrscheinlichkeit. Von Mises definiert die Wahrscheinlichkeit als Grenzwert der relativen Häufigkeit. Die Wahrscheinlichkeit wird meist mit P (Probability) bezeichnet.

I. BEGRIFFE AUS DER WAHRSCHEINLICHKEITSTHEORIE

Als Experiment oder Zufallsexperiment bezeichnet man beispielsweise das Werfen mit einer Münze oder das Würfeln, also wiederholbare Vorgänge, deren Ergebnisse vom Zufall abhängen.

Ereignis: Ein Ereignis ist das Ergebnis eines Experiments. Ereignisse können wieder aus mehreren Elementarereignissen bestehen. Elementarereignisse sind z. B. das Auftreten von 1, 2, 3 beim Würfeln. Ein zusammengesetztes Ereignis liegt vor, wenn z. B. das Auftreten von Quadratzahlen (beim Würfel 1 und 4) untersucht wird.
Zwei Ereignisse sind stochastisch unabhängig, wenn die Wahrscheinlichkeit für das Eintreten des einen Ereignisses unabhängig davon ist, ob das andere Ereignis eintritt oder nicht.

II. RECHENREGELN

Additionssatz: Die Wahrscheinlichkeit, daß eines von zwei oder mehreren sich gegenseitig ausschließenden Ereignissen eintritt, ist gleich der Summe der Einzelwahrscheinlichkeiten für die betreffenden Ereignisse.

$$P(A + B) = P(A) + P(B)$$

Multiplikationssatz: Die Wahrscheinlichkeit für das Zusammentreffen zweier oder mehrerer voneinander unabhängiger Ereignisse ist gleich dem Produkt der Einzelwahrscheinlichkeiten:

$$P(A \cdot B) = P(A \mid B) \cdot P(B) = P(B \mid A) \cdot P(A)$$

III. ANWENDUNG DER WAHRSCHEINLICHKEITSTHEORIE

In allen Unternehmensbereichen bedient man sich heute der Wahrscheinlichkeitsrechnung, so z. B. in der Materialwirtschaft, wo mit wahrscheinlichkeitstheoretischen Modellen gearbeitet wird, bei der Planung, im Bereich Organisation, bei der Standortwahl, der Maschinenaufstellung, in der Arbeitsvorbereitung, der Qualitätskontrolle, bei der Investitionsplanung und -entscheidung und der Preispolitik.
Eine große Rolle in der Wahrscheinlichkeitstheorie spielen die

IV. WAHRSCHEINLICHKEITSVERTEILUNGEN

Sie geben an, wie sich die Wahrscheinlichkeiten auf die möglichen Ereignisse eines Experiments verteilen.

Zu den wichtigsten theoretischen Verteilungen zählen die binomische Verteilung, die hypergeometrische Verteilung, die Poisson-Verteilung und die Normalverteilung.
Zunächst ist zu unterscheiden zwischen diskreten und stetigen Verteilungen. Kann eine Zufallsvariable X nur endlich viele Werte annehmen, so heißt sie diskret.

Beispiel: Ein Würfel kann nur die Werte $x_i = 1, 2, 3, 4, 5, 6$ annehmen.
Die Wahrscheinlichkeit für das Werfen einer bestimmten Augenzahl ist bei einem einwandfreien Würfel für jede Augenzahl die gleiche, nämlich:

$$P(X = x_i) = \frac{1}{6}$$

Um nun die Wahrscheinlichkeiten der Werte einer Zufallsvariablen wiedergeben zu können, bedient man sich der sog. Verteilungsfunktion. Die Verteilungsfunktion für eine diskrete Zufallsvariable ist folgendermaßen definiert:

$$F(x) = \sum_{x_i \leq x} P(X = x_i) = \sum_{x_i \leq x} f(x_i)$$

$f(x_i)$ ist die Wahrscheinlichkeit, mit der die Zufallsvariable X den Wert x_i annimmt.
Beispiel: Verteilungsfunktion für einen Würfel:

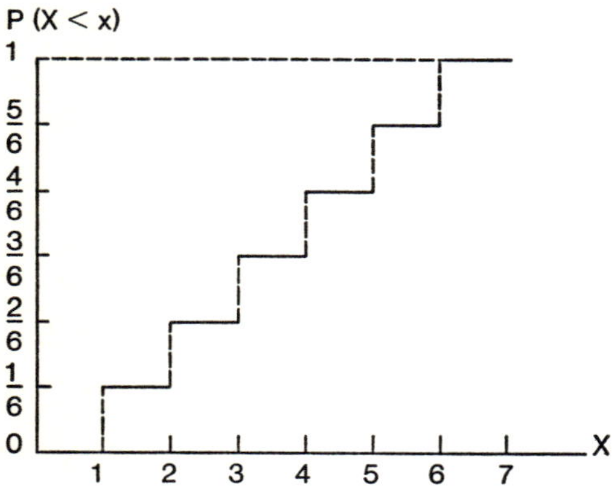

Kann eine Zufallsvariable X jeden beliebigen Wert in einem Intervall annehmen, so heißt sie stetig. Die Verteilungsfunktion einer stetigen Zufallsvariablen wird durch eine S-förmige Kurve dargestellt

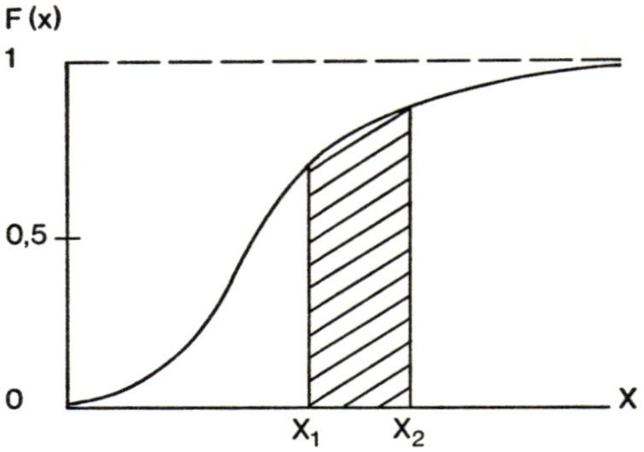

und ist folgendermaßen definiert:

$$F(x) = \int_{-\infty}^{x} f(u)\, du$$

Bei stetigen Verteilungen steht an Stelle des Summenzeichens das Integral. f(u) ist die Wahrscheinlichkeitsdichte der Verteilung.

1. Binomialverteilung

Sie wird durch folgendes Urnenmodell verständlich:
Eine Urne enthält schwarze und weiße Kugeln, die absolut gleich sind. Die Kugeln werden gemischt, eine Kugel gezogen, die Farbe notiert und die Kugel wieder in die Urne zurückgelegt. Dadurch wird der Inhalt der Urne unerschöpflich und die Stichprobe entspricht einer Zufallsstichprobe aus einer unendlich großen Grundgesamtheit. Die Wahrscheinlichkeit, eine schwarze Kugel zu ziehen, sei p, die für eine weiße $q = 1 - p$. Gefragt wird nun nach der Wahrscheinlichkeit, bei n Zügen x weiße Kugeln zu ziehen. Die Antwort lautet:

$$P(n \cdot x) = \binom{n}{x} p^{n-x} q^{x}$$

Die Binomialverteilung ist eine diskrete Häufigkeitsverteilung mit den Parametern n und p. Für $x < 0$ und $x > n$ ist $p_{n \cdot x} = 0$. Die binomische Verteilung ist symmetrisch für $p = q = 1/2$. Sie wird um so asymmetrischer, je weiter p von $1/2$ entfernt ist. Bei großem n verschwindet die Asymmetrie wieder. Die binomische Verteilung hat den Mittelwert

$$\mu = \sum_{x=0}^{n} x \binom{n}{x} p^x q^{n-x}$$

und die Streuung

$$\sigma^2 = n \cdot p \cdot q$$

2. Hypergeometrische Verteilung

Das Urnenmodell für diese Verteilung sieht so aus: Eine Urne enthält N Kugeln, von denen M schwarz und N – M weiß sind. Es werden wiederholt Stichproben mit dem Umfang n gezogen, die Kugeln jedoch nicht wieder in die Urne zurückgelegt. Gefragt ist nach der Wahrscheinlichkeit, daß sich unter n gezogenen Kugeln m schwarze befinden. Die gesuchte Wahrscheinlichkeit erhält man nach den Regeln der Kombinatorik als

$$\varphi(m) = \frac{\binom{n}{m}\binom{N-n}{M-m}}{\binom{N}{n}}$$

Die hypergeometrische Verteilung konvergiert für sehr große N gegen die Binomialverteilung. Sie ist eine Verallgemeinerung der Binomialverteilung. Hypergeometrische und entsprechende binomische Verteilung haben das gleiche arithmetische Mittel, die Varianz ist bei der hypergeometrischen Verteilung kleiner.

3. Poisson-Verteilung

Die Poisson-Verteilung entsteht durch Grenzübergang aus der Binomialverteilung, nämlich dann, wenn $p \to 0$ strebt, das Ereignis also nur selten eintritt und $n \to \infty$ strebt. Wie die Binomialverteilung ist die Poisson-Verteilung eine diskrete Verteilung. Sie hat einen Parameter $\lambda = n \cdot p$, der immer positiv und der Mittelwert der Verteilung ist. Die Verteilungsfunktion der Poisson-Verteilung ist

$$F(x) = P(X \leq x) = \sum_{x_i \leq x} \frac{\lambda^{x_i} e^{-\lambda}}{x!}$$

Die Streuung der Poisson-Verteilung ist

$$\sigma^2 = \lambda$$

Die Poisson-Verteilung ist umfassend tabelliert, so daß die Ausrechnung keine Schwierigkeiten macht.

4. Normalverteilung

Die Normalverteilung ist eine stetige Verteilung. Sie wurde gleichzeitig von Gauss, de Moivre und Laplace beschrieben. Bei dieser Verteilung gibt es keine Wahrscheinlichkeit für einen Einzelpunkt – er hat die Wahrscheinlichkeit 0 –, sondern eine Wahrscheinlichkeitsdichte, d. h. es wird die Wahrscheinlichkeit angegeben, mit der die Variable X irgendeinen Wert in dem Intervall $a \leq X \leq b$ annimmt. Die Normalverteilung hat die bekannte Glockenform. Sie hat die Dichtefunktion

$$f(x) = \frac{1}{\sigma\sqrt{2\pi}} \cdot e^{-\frac{1}{2}\left(\frac{x-\mu}{\sigma}\right)^2}$$

μ ist der Mittelwert, σ die Standardabweichung.

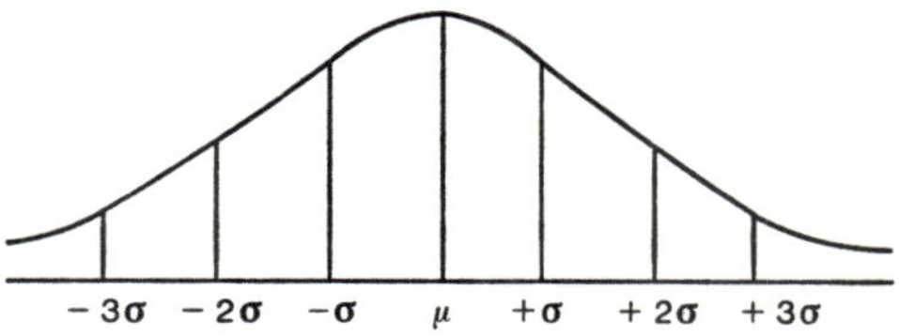

Je kleiner σ ist, desto schmaler und höher ist die Dichtekurve. Die Fläche unter der Kurve hat immer den gleichen Wert. Die Verteilungsfunktion der Normalverteilung ist sehr kompliziert. Es gibt aber umfassende Tabellen.

In der Praxis ist es für die statistische Beurteilung von Stichprobenergebnissen besonders wichtig zu wissen, wie groß die Wahrscheinlichkeit ist, daß x nicht weiter als die Standardabweichung vom Mittelwert der Verteilung abweicht. Dabei werden zumeist folgende Bereiche betrachtet:

$\mu \pm 1\,\sigma$	68,27 % der Gesamtfläche,
$\mu \pm 2\,\sigma$	95,45 % der Gesamtfläche,
$\mu \pm 2{,}57\,\sigma$	99,00 % der Gesamtfläche,
$\mu \pm 3\,\sigma$	99,73 % der Gesamtfläche,
$\mu \pm 3{,}29\,\sigma$	99,99 % der Gesamtfläche.

Literatur:
Fast in allen Lehrbüchern der Statistik wird die Wahrscheinlichkeitstheorie behandelt.
Fisz, M.: Probability Theory and Mathematical Statistics, New York 1963
Gnedenko, B. W.: Lehrbuch der Wahrscheinlichkeitsrechnung, Berlin 1962
Loève, M.: Probability Theory, Princeton 1960
Rényi, A.: Wahrscheinlichkeitsrechnung, Berlin 1962
Weinberg, Franz: Grundlagen der Wahrscheinlichkeitsrechnung und Statistik sowie Anwendungen im Operations Research, Berlin, Heidelberg, New York 1968

Warehousing

Bezeichnung für Lagerhaltung und die Lagerung von Erzeugnissen eines Unternehmens.

Warentest

Vergleichende Untersuchung gleichartiger Waren und Dienstleistungen im Hinblick auf Gebrauchswert, Qualität und Preis. Veröffentlichung der Ergebnisse durch öffentliche oder private Einrichtungen zur Verbesserung der Marktübersicht für die breite Öffentlichkeit.

Warrant

Optionsanleihe, die dem Obligationär ein Bezugsrecht auf Aktien zu einem bestimmten Kurs gewährt.

Warteschlangentheorie:

Teilgebiet der → Wahrscheinlichkeitstheorie innerhalb des → Operations Research. Warteschlangen entstehen überall dort, wo an Schaltern oder Durchgangsstellen – Kanäle genannt – Stauungen entstehen, weil Kunden in unregelmäßigen zeitlichen Abständen ankommen und auf ihre Abfertigung warten. Die Warteschlangen können aus Menschen bestehen, die z. B. auf ihre Abfertigung vor einem Bankschalter warten oder beim Friseur auf Bedienung. Sie können aber auch bei industriellen Prozessen auftreten, wie z. B. bei der Löschung von Schiffen im Hafen.

In der Terminologie der Warteschlangentheorie heißt der Ort, an dem bestimmte Tätigkeiten ausgeführt werden – also z. B. das Löschen von Schiffen – Bedienungsstelle. Die ankommenden Menschen oder Aufgaben nennt man Kunden. Die wartenden Kunden bilden eine Warteschlange. Die Warteschlangendisziplin besteht darin, daß der Kunde, der zuerst ankommt, auch zuerst bedient wird, und zwar in dem Augenblick, in dem eine Bedienungsstelle frei wird. Das Problem, das mit Hilfe der Warteschlangentheorie optimal gelöst werden soll, besteht darin, daß die Bedienungsstellen so besetzt werden, daß die Kunden eine zumutbare Wartezeit haben. Die Bedienungsstellen sollen aber auch möglichst wenig stillstehen, da ja auch das unbeschäftigte Personal bzw. Einrichtungen Kosten verursachen, die möglichst gering gehalten werden sollen.
Die mathematische Theorie der Warteschlange ist hoch entwickelt, aber kein Feld für mathematische Neulinge.
Die Literatur über Warteschlangenprobleme ist Legion. Da die Eigenschaften einer Schlange sehr unterschiedlich sein können, sind viele Spezialformeln entwickelt worden. Für komplizierte Warteschlangen sind diese Formeln allerdings auch nicht geeignet. In diesen Fällen

bedient man sich der → Simulationsmethode.
Die Bedeutung der Warteschlangentheorie für wirtschaftliche Entscheidungen ist auf betriebliche Einzelbereiche beschränkt.

Werbeabteilung

In einem Herstellungs- oder Handelsbetrieb diejenige Abteilung, die für die Planung, Durchführung und Kontrolle von Werbemaßnahmen verantwortlich ist.

Werbeagentur

Unternehmen, das nach treuhänderischen Grundsätzen die Planung, Durchführung und Kontrolle sowie die Vermittlung von Werbemaßnahmen für andere Unternehmen übernimmt. Nach den Qualifikationsbestimmungen der Gesellschaft Werbeagenturen (GWA) umfaßt das Aufgabengebiet einer Werbeagentur: die marken- und werbetechnische Planung aller Maßnahmen, die der Förderung des Umsatzes ihrer Mandanten dienen; die Gestaltung der aus dieser Planung resultierenden werblichen Einsatzmittel; die Steuerung und Kontrolle, deren Durchführung; die Verwaltung der zu diesen Zwecken bereitgestellten Geldmittel. Im einzelnen umfassen diese Gebiete:

1. Beratende und gestaltende Mitarbeit bei allen Fragen der Markenpolitik. Überprüfung und gegebenenfalls Neuausrichtung der Produktion nach markentechnischen Gesichtspunkten. Beratung bei der Entwicklung neuer Produkte und bei deren Zurichtung auf ihren prospektiven Markt sowie entsprechende Überprüfung bereits im Betrieb befindlicher Produkte.
2. Untersuchung des Marktes hinsichtlich Aufnahmefähigkeit, Verbraucherschichtung, Tendenzen, Preisgestaltung, Wettbewerb und Vertriebsmöglichkeiten.
3. Planung und Gestaltung der Optik des jeweils betreuten Produktes unter besonderer Berücksichtigung dessen verbrauchspsychologischer Aspekte. Beratung bei den hiermit in Zusammenhang stehenden Aufgaben der technischen Entwicklung.
4. Beratung bei allen Fragen der markentechnischen Taktik. Aufstellung des zur Erreichung des gesteckten Zieles erforderlichen Etats. Beratung in Fragen des nationalen, regionalen bzw. lokalen Einsatzes, der Schwerpunktbildung, der Stoßrichtung sowie der anzusteuernden Verbraucherschicht, ebenso bei Fragen des Vertriebs und der Konditionen.
5. Planung und Gestaltung sämtlicher auf dem Gebiet der Verbraucher- und Händlerwerbung liegenden Aufgaben, und zwar im weitesten Sinne des Wortes. Analyse der Verkaufspunkte des betreuten Produktes und ihre Übersetzung in die entsprechende werbemäßige Optik.
6. Entwicklung des die Werbung tragenden Motivs und dessen Stilgebung, Planung und Koordinierung der einzelnen Werbeeinsätze im Rahmen des Etats. Planung und Gestaltung der einzelnen Aktionen (textliche und grafische Gestaltung bei Druckerzeugnissen, wie Anzeigen, Affichen, Prospekte, Schaufenstermaterial etc. sowie Manuskript und Regie bei Film- und Funkwerbung). Planung der Streuung und Steuerung der einzelnen Einsätze. Auswahl der zu benützenden Werbeträger. Auftragserteilung, Durchführungs- und Erfolgskontrolle.
7. Steuerung und Kontrolle aller dem Werbeeinsatz dienenden technischen Mittel und Vorgänge, wie Druck, Reproduktion, Klischee, Foto, Dia, Plastik und Tonband.

8. Alle der Agentur in ihrer Eigenschaft als Werbungsmittler zufallenden Aufgaben, wie Aufstellung von Kostenvoranschlägen und Datenschemen, Auftragserteilung, Dispositionen, Kontrolle und Verrechnung.
9. Aufstellung und verantwortliche Überwachung der Fahrpläne der einzelnen Einsätze.
10. Planung, Zielsetzung und Regie aller gegebenenfalls einzusetzenden psychotechnischen und demoskopischen Tests.
11. Regie aller unter dem Begriff „Public Relations“ zusammenzufassenden Funktionen.

Im Interesse des Auftraggebers sollte es das Ziel einer Agentur sein, nach Möglichkeit alle oben umschriebenen Leistungen in dessen Dienst zu stellen. Es muß jedoch naturgemäß dem Kunden überlassen bleiben, ob er einen solchen vollständigen Service in Anspruch nehmen oder sich der Möglichkeit, die ihm die Werbeagenturen bieten, nur in beschränktem Umfange bedienen will.
Für ihre Leistungen erhält die Werbeagentur einmal die Vergütung von den Auftraggebern direkt, zum anderen die Vermittlerprovision von Werbeträgern (z. B. Zeitungs- und Zeitschriftenverlage). Man unterscheidet dementsprechend vier Abrechnungssysteme:

1. Das amerikanische oder Service-Fee-System;
2. Pauschalhonorar;
3. Kombination aus Pauschalhonorierung und Service-Fee-System;
4. Honorierung der Einzelleistungen.

Werbeassistent

Beruf in der Werbewirtschaft. Der Werbeassistent ist je nach Größe und Organisation der Werbeabteilung oder des Unternehmens Sachbearbeiter eines oder mehrerer Gebiete und Vertreter des Werbeleiters. Die Sachgebiete sind u. a.: Werbemittelherstellung, Werbemittelstreuung (Anzeigen-FFF-Streuung, Streuung in der Außenwerbung etc.), Betreuung eines Produkts oder einer Produktgruppe etc. Wer in der BDW-Berufsrolle eingetragen ist, darf sich „Werbeassistent (BDW)“ nennen. Voraussetzung dafür ist eine möglichst abgeschlossene Ausbildung in einem Grundberuf (z. B. Kaufmann) oder abgeschlossenes einschlägiges Studium (z. B. Betriebswirtschaftslehre), Abschluß einer Werbefachschule, wenigstens drei Jahre praktische Ausbildung und Tätigkeit in Werbeabteilungen oder Werbeunternehmen; mindestens zwei dieser Voraussetzungen müssen erfüllt sein.

Werbebriefe

Hauptwerbemittel der Direktwerbung. Der Werbebrief soll den Angesprochenen veranlassen, Informationsmaterial (Prospekte, Katalog, Warenproben) anzufordern oder aber eine Bestellung der angebotenen Waren aufzugeben. Der Text muß genau auf die Bedürfnisse, Wünsche und sonstigen Eigenarten der Zielgruppe abgestellt sein. In der äußeren Gestaltung soll der Werbebrief möglichst einem Original ähneln. Der Hauptvorteil des Werbebriefes ist die Möglichkeit der gezielten Streuung; es lassen sich genau die Adressen derjenigen ermitteln, die als potentielle Käufer des angebotenen Produkts in Frage kommen.

Werbeerfolgskontrolle

Die Prüfung der Wirkung von Werbemaßnahmen erstreckt sich auf den außerökonomischen und den ökonomischen Werbeerfolg. Um einen Vergleich zu ermöglichen, sollte vor der Durchführung von Werbemaßnahmen eine Analyse der Markenbekanntheit, der Marktdurchsetzung, der Verbraucherstruktur u. a. durchgeführt werden.

Werbeetat

Werbe-Budget. Bezeichnung für die finanziellen Mittel, die in der Geschäftsperiode für Werbemaßnahmen zur Verfügung stehen. Der gesamte Werbeetat kann einer Agentur zur Verwaltung und Erfüllung übergeben werden. Eine Übersicht über den Werbeetat weist die vorgesehenen Kosten für die einzelnen Werbemittel und die sonstigen Kostenträger im Werbebereich für das Geschäftsjahr und für die einzelnen Monate aus.

Werbefachmann

Sammelbezeichnung für die verschiedensten Berufe in der Werbewirtschaft. Persönliche Voraussetzungen: Initiative, gewandtes Auftreten, Gewandtheit in Rede und Schrift, rasche Auffassungsgabe und Anpassungsfähigkeit. Ausbildung: möglichst mittlere Reife oder Abitur, abgeschlossene Lehre als Kaufmann, Verlagskaufmann, Drucker, Setzer, Hersteller etc., Hochschulstudium, Studium an einer Werkkunstschule, Kunsthochschule, Werbefachschule, Höheren Wirtschaftsfachschule, Fernstudium.

Werbekostenarten

1. Personalkosten,
2. Betriebsmittelkosten (Büroausstattung, Arbeitsmittel für Grafiker, Druckereimaschinen, eigene Werbeträger etc.),
3. Interne Werbematerialkosten (Ladenschilder, Neonröhren etc.),
4. Steuern, die für den Bereich Werbung anfallen,
5. Zinsen für Fremdkapital im Werbebereich,
6. allgemeine Kosten (z. B. Kantinenzuschuß, Spesen),
7. Kosten für Dienstleistungen Dritter (Werbeagenturen, Werbeberater, Marktforschungsaufträge),
8. Externe Herstellung von Werbemitteln,
9. Kosten für Fremdstreuung (Anzeigen, Anschlagwerbung, FFF-Werbung),
10. Abschreibungskosten (auf Werbemittel, auf Anlagen der Werbeabteilung),
11. Kalkulatorische Kosten (Zinsen).

Werbeleiter

Leitender Angestellter, der die Werbeabteilung eines Industrie-, Handels- oder Dienstleistungsbetriebes führt. Je nach Organisationsform des Unternehmens und der Bedeutung der Werbung im Unternehmen sind seine Kompetenzen mehr oder weniger umfangreich. Zu seinen Aufgaben gehören u. a.: Konzeption und Koordinierung der Werbemaßnahmen, Werbeplanung, Budgetplanung und -kontrolle, Betreuung des Außendienststabes, Personalführung und -ausbildung, etc. Wer in die Berufsrolle des Bundes Deutscher Werbeberater und Werbeleiter eV. eingetragen ist, darf sich „Werbeleiter BDW“ nennen. Voraussetzung dafür ist ein Mindestalter von 25 Jahren, eine abgeschlossene Ausbildung, ein Grundberuf oder abgeschlossenes einschlägiges Studium und ergänzende Ausbildung im Werbeberuf und schließlich nach der Ausbildung mindestens drei Jahre Berufspraxis in Werbeabteilungen oder Werbeunternehmen; mindestens zwei dieser Voraussetzungen müssen erfüllt sein.

Werbemittel

Alle innerhalb der Absatzwerbung eingesetzten Instrumente, die in ihrer Gesamtwirkung primär dazu bestimmt sind, die Umsatzsituation der Unternehmung zu beeinflussen (Behrens). Aufstellung der gebräuchlichsten Werbemittel (nach Gutenberg):

1. Werbeanschläge (Werbeplakate): Bogenanschläge (angebracht an Plakatsäulen, Plakatwänden u. a.). Daueranschläge (in Form von Beschriftungen an Hauswänden, Giebeln, Brückenbogen, Fuhrwerken u. a.; Schilder der verschiedensten Art, z. B. Blech-, Glas-, Emailleschilder u. a.), Sonderanschläge (z. B. in Form von Plakaten und Fesselballons, Flugzeugen; Sandwichmänner u. a.).
2. Werbeanzeigen: (Einzelanzeigen, Serienanzeigen in Zeitungen, Zeitschriften und sonstigen Publikationsorganen).
3. Werbedrucke: (Handzettel, Flugblätter, Empfehlungsschreiben, Gütezeugnisse, Geschäftsberichte, Hauszeitschriften, Preislisten, Broschüren, Prospekte, Kataloge).
4. Werbebriefe: (Einzelwerbebriefe, vervielfältigte Werbebriefe).
5. Leuchtwerbemittel: (in Schaufenstern und Verkaufsräumen, in Läden, an Häuserfronten, Giebeln u. a.; in Bahnhofs- und Wartehallen, bei Werbeveranstaltungen u. a.).
6. Projektionswerbemittel: (Diapositive, Werbefilme, Himmelsschreiber).
7. Werbefunksendungen: (einschließlich Fernsehsendungen).
8. Werbeveranstaltungen: (Werbevorträge, Werbevorführungen, Modeschauen, Presseempfänge, Betriebsbesichtigungen, Veranstaltungen auf Messen und Ausstellungen; Ausstellungswagen, Lautsprecherwagen u. a.).
9. Ausstattung der Geschäfts- insbesondere der Verkaufsräume, sofern bei ihrer Ausgestaltung Werbegesichtspunkten Rechnung getragen wird. (Mobiliar, Schaukästen, Vitrinen, Innenbeleuchtung, Schaufenster).
10. Firmenvordrucke, sofern nach Werbegesichtspunkten gestaltet: (auf Briefbögen, Umschlägen, Rechnungsformularen, Versandanzeigen, Kassenzetteln, Quittungen u. a.).
11. Werbeverkaufshilfen: (Warenproben, Kostproben, Modelle, Attrappen, Werbegeschenke, Verpackungsmittel z. B. Schachteln, Beutel, Körbe, Cellophanhüllen, bedrucktes Pack- bzw. Einschlagpapier, Tragegriffe, Schnüre, Anhänger, Siegel, Etiketten, Ankleber u. a.).
12. Kundendienst: (Zustellung und Abholung von Waren, Installierung und Wartung von maschinellen Aggregaten, Unterhaltung von Reparaturwerkstätten und Ersatzteillagern, Abschleppdienste u. a.).
13. Sonstige Werbemittel: (Lehrmittel, Preisausschreiben, Freiexemplare u. a.).

Siehe auch: Werbeetat, Werbepolitik, Werbeplan.

Literatur:
Behrens, K. Chr.: Handbuch der Werbung, Wiesbaden 1969

Werbeplan

In eine übersichtliche Form gebrachtes Ergebnis aller Untersuchungen und Überlegungen der Werbevorbereitungsphase (→ Werbeplanung). Laut Wilhelm Lorenz zählt der Werbeplan „die zukünftigen Werbemaßnahmen auf, er gliedert den zeitlichen Ablauf, er nennt die personellen und materiellen Erfordernisse, die sich schließlich in der Summenformel niederschlagen".
Rudolf Seyffert unterscheidet in seiner „Werbelehre" drei Arten von Plänen für die Werbung:

1. den Generalwerbeplan, der die Aufgabe hat, „in großen Zügen den gewünschten Ablauf der gesamten Werbekampagne darzustellen";
2. den Periodenplan, den „für eine Werbeperiode aufgestellten Vorschlag" – identisch mit dem bekannteren Begriff des → Werbeetats –, „in dem die einzusetzenden Werbemittel, der Zeitpunkt ihres Einsatzes und die dadurch entstehenden Kosten enthalten sind";
3. den Werbestreuplan, den am weitesten ins Detail gehenden Dokumenten der Werbeplanung, die den genauen zeitlichen Einsatz der einzelnen Werbemittel und ihre Aufteilung auf die verschiedenen Medien festlegen.

Daraus folgt, daß man nicht vom Werbeplan schlechthin sprechen kann, sondern eher von einer ganzen Palette von Plänen, für die die Werbepraktiker u. a. folgende Bezeichnungen kennen: Etatplan – Gestaltungsplan – Terminplan – Streuplan – Motivplan – Ablaufplan – Einsatzplan – Kostenplan. → Werbepolitik.

Werbeplanung

Vorbereitungsphase jeglicher Werbung, zu der im einzelnen folgende Teilphasen und -elemente gehören:

1. Die Marktanalyse als informative Basis der Werbeplanung;
2. die Werbekonzeption, in der – aufbauend auf der umfassenderen Marketing-Konzeption und -planung – die Werbeziele und die anzusprechende Zielgruppe festgelegt und die Formulierung des werblichen Angebotes (zentrale Werbebotschaft und Anspracherichtung) vorgenommen werden;
3. die Festlegung des Werbeetats (Werbe-Budgets);
4. die Aufteilung des Werbeetats auf einzelne Werbemittel, Werbeträger und zeitliche Perioden;
5. die Nutzung von Ergebnissen der Mediaforschung für eine rationelle Streuplanung.

→ Werbepolitik

Werbepolitik

I. KENNZEICHNUNG DER WERBUNG

Die Werbung – als ein Instrument des Marketing-Managements – läßt sich kennzeichnen als eine planmäßige Beeinflussung der effektiven oder positiven Abnehmergruppen eines Unternehmens, die durch Kenntnisnahme einer Werbebotschaft zu einem bestimmten Verhalten angeregt werden sollen.
Die Werbung ist nur eines der Instrumente, über die ein Unternehmen im Rahmen seiner gesamten Kommunikationspolitik verfügen kann. Die anderen Instrumente sind:

1. die direkte Ansprache durch Verkäufer,
2. die Verkaufsförderung und
3. die Öffentlichkeitsarbeit.

Die zwischen den einzelnen Instrumenten der Kommunikationspolitik bestehenden Interdependenzen sollen am Beispiel der Werbung und der Direktansprache durch Verkäufer verdeutlicht werden. Im Hinblick auf die Kosten lassen sich beispielsweise die folgenden Wechselbeziehungen kennzeichnen:
Eine Anzeige soll einem Unternehmen 0,05 DM pro potentiellen Leser bzw. Käufer in einem Absatzgebiet kosten, während ein Kundenbesuch durch einen Vertreter DM 18,– kostet. Dieser Vergleich zeigt, daß ein Kundenbesuch 360mal teurer als die Anzeige ist.
Auch ergeben sich Unterschiede in der Wirkung der Anzeige und der Direktansprache durch Verkäufer. Für diese Unterschiede lassen sich folgende Beispiele nennen:

- Eine Anzeige wird übersehen, ein Verkäufer nicht.
- Eine Anzeige kann sich dem einzelnen Käufer nicht anpassen, wohl aber der Verkäufer.
- Eine Anzeige kann auf Einzelheiten nicht eingehen, wohl aber der Verkäufer.
- Eine Anzeige kann einen Kauf nicht zum Abschluß bringen, wohl aber der Verkäufer.
- Eine Anzeige kann einem Unternehmen nur sehr selten „feedback"-Impulse übermitteln, wohl aber der Verkäufer bei richtiger Führung.

Dieser Vergleich ist kein Argument für die exklusive Verwendung der einen oder anderen Kommunikationsform. Der optimale Einsatz der Kommunikationsinstrumente hängt von den besonderen Merkmalen des Produktes, seinem Alter, den besonderen Kennzeichen des Kaufvorganges, der Absatzstrategie, der Konkurrenz und einer Anzahl anderer Faktoren ab.
Aussagen wie: Werbung ist besonders beim Verkauf von Konsumgütern wichtig, während die Direktansprache durch Verkäufer beim Verkauf von Investitionsgütern von besonderer Bedeutung ist, und: Werbung ist wichtiger für neue Produkte, während die Direktansprache durch Verkäufer eine größere Bedeutung für reife Produkte besitzt, bedürfen einer Interpretation, bevor sie Allgemeingültigkeit erlangen könnten.

II. DIE WIRKUNGSWEISE DER KOMMUNIKATION

Bevor Werbeziele festgelegt werden können, muß bei allen daran beteiligten Mitarbeitern zunächst einmal Klarheit über die generelle Wirkungsweise der Kommunikationsinstrumente bestehen. Das folgende vereinfachte Kommunikationsmodell soll den Informationsfluß und seine Determinanten verdeutlichen:

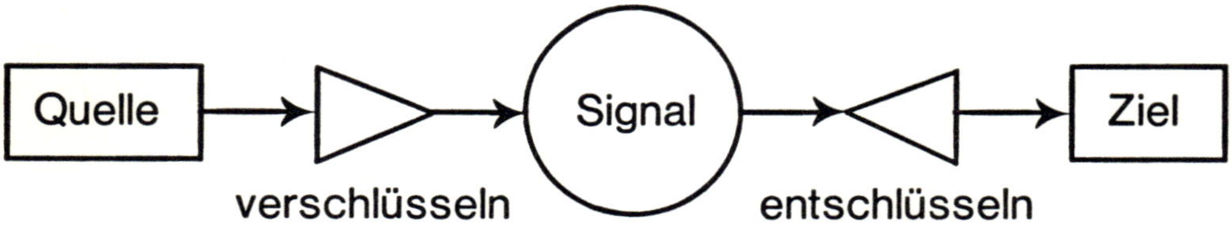

Quelle, Verschlüsselung: Unternehmen. Signal: Werbebotschaft. Entschlüsselung, Ziel: Abnehmer, Zielgruppe

Dieses Modell läßt folgende Aussagen zu:

1. Die Kommunikationskette, die zwischen einem Unternehmen und einer Zielgruppe besteht, kann nur so stark sein, wie ihr schwächstes Glied ist, das heißt an jeder Stelle in diesem System besteht die Gefahr, daß die ausgesandte Nachricht ausgefiltert oder verzerrt wird.

2. Die ausgesandte Nachricht wird nur dann ihr Ziel bzw. ihre Empfänger erreichen, wenn:
   - der Informationsinhalt ausreichend und eindeutig ist,
   - die Information vollständig, genau und in sendbare Zeichen verschlüsselt wird,
   - die Zeichen schnell und ausreichend genau übermittelt werden, das heißt trotz Störung durch die Konkurrenz,
   - die Nachricht entsprechend der Verschlüsselung entschlüsselt wird,
   - das Ziel auf die entschlüsselten Nachrichten in der gewünschten Weise reagieren kann.

Unter Einbeziehung der eingangs genannten Kommunikationsinstrumente läßt sich für den Marketingkommunikationsprozeß folgendes Modell entwickeln:

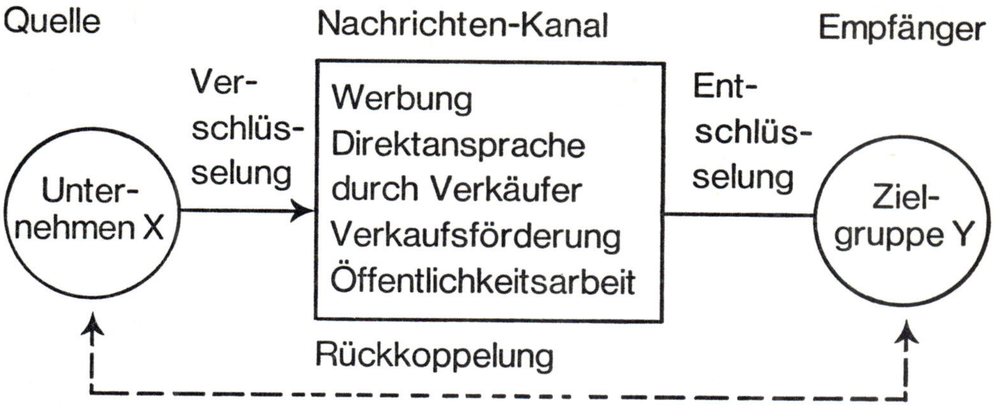

Quelle: Philip Kotler, Marketing-Management, analysis, planning and control, Englewood Cliffs, New Jersey, 1967

Ein Unternehmen, das eine beim Abnehmer wirksam werdende Kommunikationspolitik betreiben will, muß zwei Bedingungen erfüllen:

1. Es muß die bestmögliche Nachricht gestalten.
2. Es muß sicherstellen, daß die Nachricht in der gewünschten Weise von der angestrebten Zielgruppe empfangen wird.

Um diese Bedingungen zu erfüllen, müssen dem Unternehmen sowohl die Zielgruppe und ihre Bedürfnisse als auch die kritischen Punkte im Kommunikationsprozeß (Verschlüsselung, Nachrichtenkanal und Entschlüsselung) bekannt sein. Grundsätzlich wird die Beachtung der folgenden Anforderungen der Kommunikationspolitik zum Erfolg verhelfen:

1. Die Gestaltung und Übermittlung der Nachrichten hat so zu erfolgen, daß bei der Zielgruppe die gewünschte Aufmerksamkeit erzielt wird.
2. Die Nachricht muß aus Zeichen bestehen, die auf einer für Ziel und Quelle gemeinsamen Erfahrungsbasis beruhen, weil nur dann eine unversehrte Nachrichtenübermittlung sichergestellt wird.
3. Die Nachricht muß in der Zielperson persönliche Bedürfnisse wecken und auf Möglichkeiten hinweisen, diese Bedürfnisse zu befriedigen.
4. Die Nachricht muß auf Möglichkeiten hinweisen, dieses Bedürfnis in einer der Situation entsprechenden Weise zu befriedigen, in der sich die Zielperson befindet, wenn sie angesprochen wird.

III. ZIELE UND AUFGABEN DER WERBEPOLITIK IM RAHMEN DES MARKETING-MANAGEMENTS

Ziel der Werbung ist es, potentielle Abnehmer dazu zu bringen, auf das Angebot eines Unternehmens positiv zu reagieren. Diese Zielsetzung bedeutet gleichzeitig, daß mit Hilfe der Werbung die Umsätze und Gewinne eines Unternehmens auf ein Niveau gebracht bzw. auf einem solchen gehalten werden sollen, das ohne Werbung nicht zu erreichen bzw. zu halten wäre. Allerdings darf die Werbung niemals als das allein den eigentlichen Verkauf bewirkende Instrument betrachtet werden. Die Werbung soll das Verlangen in einem potentiellen Käufer nach einem Produkt erzeugen, ob aber der Käufer den entscheidenden

Schritt unternimmt und das Produkt kauft, hängt außerdem sehr wesentlich von der Qualität und dem allgemeinen Erscheinungsbild des Produktes, des Preises und der Verpackung, vom Verkäufer, dem Kundendienst, der Finanzierung und anderen Aspekten des Verkaufsvorganges ab.
Damit potentielle Abnehmer positiv auf das Angebot eines Unternehmens reagieren, hat die Werbung mehrere Aufgaben zu erfüllen. Im einzelnen zählen dazu:

1. Die Werbung muß den Abnehmern Informationen über das Produkt übermitteln.
2. Sie muß versuchen, die Wünsche der Abnehmer zu modifizieren.
3. Sie muß in der werblichen Aussage Argumente verwenden, die bei den Abnehmern Präferenzen für die eigenen Produkte aufzubauen in der Lage sind.

In diesem Zusammenhang stellt sich sogleich die Frage nach der Messung der Werbewirksamkeit. Es ist ein bisher noch nicht gelöstes Problem, die Wirkung der Werbung exakt zu messen, mit Ausnahme vielleicht der Versandhauskataloge — obwohl auch hier heute schon das Bild durch begleitende Werbung und durch das Stationärgeschäft verzerrt wird. Generell läßt sich feststellen, daß die Wirkung der Werbung immer dann groß sein wird, wenn

1. der Bekanntheitsgrad der Produkte noch gering ist,
2. der Branchengesamtumsatz eine steigende Tendenz aufweist,
3. das Produkt Eigenschaften aufweist, die den Abnehmern normalerweise verschlossen bleiben würden,
4. die Möglichkeit der Produktdifferenzierung gegeben ist,
5. auf primäre anstatt auf sekundäre Motive zurückgegriffen werden kann.

Einschränkend muß darauf hingewiesen werden, daß es sich bei diesen Wirkungsfaktoren mehr um generelle Orientierungshilfen und weniger um eine spezielle Methode handelt, den Beitrag der Werbung am Erfolg der gesamten Marketing-Konzeption feststellen zu können.

IV. DIE FESTLEGUNG VON WERBEZIELEN

Die Werbung ist in der Lage, relativ viele Funktionen wahrzunehmen. Aus diesem Grunde muß im Management eine klare Vorstellung über die Ziele bestehen, die mit Hilfe der Werbung erreichbar erscheinen. Diese Forderung gilt nicht nur für die generelle Zielsetzung der Werbung, sondern auch für die einzelnen Werbekampagnen, weil die Ziele sowohl der Werbeplanung als auch der Messung der Werbewirksamkeit als Grundlage dienen.
Russel H. Colley hat im Rahmen einer Studie über die Festlegung von Werbezielen die unterschiedlichen Vorstellungen gekennzeichnet, die in einem Unternehmen über das Ziel der Werbung bestehen. So setzt sich der Vorstand eines Unternehmens den Aufbau und die Erhaltung des Firmenimage zum Ziel, die Verkaufsleitung sieht in der Werbung ein Mittel, das Auftragsvolumen beim Einzelhandel zu erhöhen, die Leitung der Finanzbuchhaltung betrachtet die Werbung als einen Aufwand, der der laufenden Rechnungsperiode belastet werden muß, während schließlich die Werbeleitung oder die Werbeagentur in der Werbung eine Investition sieht, die beispielsweise auf den Aufbau eines bestimmten langfristigen Markenimage und die Vergrößerung des Marktanteils abzielen kann. Diese unterschiedlichen Zielvorstellungen verdeutlichen, daß der Erfolg der Werbung — auch wenn es sich nur um eine relativ kleine Anzeigenkampagne handelt — letztlich von einer gemeinsamen Zielvorstellung abhängen wird, die außerdem genauestens definiert werden sollte. Je genauer das festgelegte Ziel ist, desto besser wird die Grundlage sein, auf die das verantwortliche Werbeteam eine wirksame Werbenachricht und

eine wirksame Story aufbauen und nach der sie die richtigen Werbeträger auswählen sowie eine genauere Erfolgskontrolle vornehmen kann.
Grundsätzlich lassen sich die folgenden Werbeziele unterscheiden:

1. Einführungswerbung,
2. Durchsetzungswerbung,
3. Festigungswerbung.

Neben diesen generellen Werbezielen sind folgende Einzelziele denkbar:

1. Bekanntgabe von Sonderaktionen;
2. Aufbau einer Marktpräferenz z. B. im Hinblick auf eine bestimmte Verpackung;
3. Die Zielgruppe soll zum Besuch einer Ausstellung oder zur Teilnahme einer akquisitorischen Veranstaltung veranlaßt werden;
4. Unterstützung und Verbesserung der Verkaufsmoral des Außendienstes;
5. Die Öffnung bestimmter, bisher verschlossener Distributionskanäle;
6. Korrektur falscher Eindrücke, Informationen oder anderer, den Verkauf negativ beeinflussender Hindernisse;
7. Übermittlung von Informationen über Zusatznutzen oder besondere Qualitätseigenschaften.

V. DIE ERSTELLUNG DES WERBEPLANES

Die Planung der Werbung stellt die gedankliche Vorwegnahme und systematische Ordnung bestimmter Maßnahmen dar mit dem Ziel, den gewünschten Erfolg zu erreichen. Diese Kennzeichnung der Werbeplanung beinhaltet die Festlegung des Werbeetats, die Gestaltung und

Auswahl der Werbeträger, den zeitlichen Ablauf der Werbung sowie die Werbeerfolgskontrolle.

Festlegung des Werbebudgets

Würden die Methoden untersucht, nach denen Unternehmen die Höhe ihres Werbebudgets festlegen, so stieße man auf die unterschiedlichsten Vorgehensweisen. Auch diese Divergenzen sind auf die Problematik in der Ermittlung des Werbeerfolges zurückzuführen. So erfolgt die Festlegung des Werbebudgets danach, welche finanziellen Mittel für die einzelnen Produkte in der nächsten Planungsperiode zur Verfügung stehen, oder es wird ein bestimmter Prozentsatz vom Umsatz zur Bestimmung der Höhe des Werbebudgets gewählt.
In der erstgenannten Vorgehensweise ist kein Raum für nicht vorhersehbare Möglichkeiten, die unter Umständen durch einen höheren Werbeaufwand wahrgenommen werden könnten. Außerdem erfolgt die Verteilung des Gesamtbudgets auf die einzelnen Produkte mehr oder weniger willkürlich.
Die zweite Budgetierungsmethode orientiert sich allein am Umsatz-Kosten-Verhältnis. Zwar ermöglicht diese Methode eine annähernd genaue Ermittlung des Verhältnisses von Werbekosten, Preis und Gewinn pro verkaufter Mengeneinheit. Andererseits läßt diese Methode weder eine langfristige Werbeinvestition zu, noch werden antizyklische Werbemaßnahmen ermöglicht. Weitaus negativer ist die Tatsache zu beurteilen, daß sich diese Methode an der Vergangenheit orientiert, so daß positiven Marktentwicklungen und außerordentlichen, durch erhöhten Werbeeinsatz wahrnehmbaren Gewinnchancen wiederum nicht Rechnung getragen wird.
Auch der Methode, den eigenen Werbeaufwand an das Werbebudget der Konkurrenz anzupassen, fehlt jede logische Grundlage. Zwar lassen sich dadurch meistens die sogenannten Werbekriege

vermeiden, andererseits wird aber nicht berücksichtigt, daß neben der Werbung auch der Ruf des eigenen Unternehmens, die vorhandenen Mittel als auch die Ziele und Möglichkeiten Unterschiede aufweisen, die ein von der Konkurrenz differenziertes Werbebudget notwendig machen.

Die vorgenannten Verfahren weisen ihre spezifischen Vor- und Nachteile auf. Damit stellt sich die Frage nach der richtigen Methode zur Bestimmung des Werbebudgets. In den USA hat sich in einigen Unternehmen in den letzten Jahren die Auffassung durchgesetzt, als Orientierungshilfe den Gewinn zu wählen. Man spricht in diesem Zusammenhang vom sogenannten „advertising to sales principle".

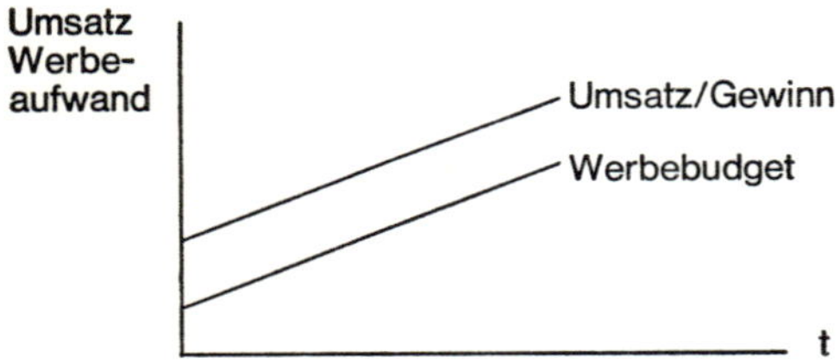

Produkte, die einen hohen Gewinn oder Gewinnzuwachs aufweisen oder versprechen, erhalten den größten Anteil am Gesamtbudget zugeteilt. Weist ein Produkt nach Festlegung des Budgets außergewöhnliche Zuwachsraten auf, so sollte eine Erhöhung des Etats beispielsweise bis zu 50 % jederzeit möglich sein, während im umgekehrten Fall eine Etatkürzung erfolgt. Dadurch werden bei möglicherweise auftretenden Verlusten oder Umsatzrückgängen diese zumindest durch Kosteneinsparungen teilweise kompensiert bzw. ein wenn auch nur kleiner Gewinn durch Kosteneinsparungen erzielt. Diese Aussage sollte allerdings nicht absolut betrachtet werden, sondern nur das Prinzip verdeutlichen. Letztlich wird es auf das einzelne Produkt, sein Lebensalter, die Konkurrenzsituation und damit auf seine Möglichkeiten und Grenzen ankommen, bevor über eine Kürzung oder Erhöhung des Etats entschieden werden kann.

Unabhängig von der gewählten Methode empfiehlt sich für die Festlegung der Höhe des Werbebudgets die folgende Vorgehensweise:

1. Festlegung des Werbeziels – beispielsweise die Vergrößerung des Marktanteils von 20 auf 24 %.
2. Berücksichtigung des Wirtschaftlichkeitsprinzips – der durch die Werbung zu erzielende Ertrag muß größer sein als der notwendige Werbeaufwand.
3. Verknüpfung der Zielvorgabe mit dem Budget – es ist zu prüfen, welcher Aufwand notwendig ist, um das Werbeziel zu erreichen. Dadurch läßt sich verhindern, daß eine oftmals zu beobachtende Verteilung auf die einzelnen Produkte nach dem „Gießkannen-Prinzip" vorgenommen wird.
4. Festlegung des Werbeetats für einzelne Produkte oder Produktgruppen.
5. Ermittlung der für einzelne Produkte in Frage kommenden Medien.
6. Prüfung, wo durch Einsatz bestimmter Werbeträger für mehrere Produkte Rabatte zu erzielen sind.
7. Erneute Überprüfung und Festlegung des Gesamtetats – Summe der Einzeletats abzüglich der Einsparungen.
8. Verwendung der Einsparungen als Reserve für unvorhergesehene Maßnahmen – sind solche Einsparungen nicht vorhanden, so sind Reserven einzuplanen.
9. Abgrenzung der Budget-Planung nach lang-, mittel- und kurzfristigen Gesichtspunkten – um eine wirksame Werbestrategie zu ermöglichen.

Die Aufstellung eines Werbeetats nach lang-, mittel- und kurzfristigen Gesichtspunkten hat folgende Vorteile:

1. Zwischen Werbeaufwand und geplantem Umsatz sowie voraussichtlichem Gewinn wird ein vertretbares Verhältnis geschaffen.

2. Es erfolgt gleichzeitig eine kritische Analyse der Werbevollzugsplanung, so daß auf diese Weise die Zahl der Fehldispositionen verringert wird.
3. Die frühzeitige Bestimmung des Werbeetats ermöglicht günstige Abschlüsse mit den Werbeträgern und zahlreiche Vergünstigungen, zu denen beispielsweise die Belegung von Vorzugsplätzen oder die Einräumung günstiger Sendezeiten zählt.
4. Eine zu schnelle oder voreilige Reaktion auf Werbemaßnahmen seitens der Konkurrenz wird durch die Einbettung geplanter Werbemaßnahmen in den Rahmen eines Werbeetats verhindert, so daß die verantwortlichen Mitarbeiter ständig zu einer Besinnung auf das zu erreichende Ziel gezwungen werden.

Gestaltung der Werbung und Auswahl der Werbeträger

Gestaltung der Werbung

Die Höhe des Werbeetats ist nicht der allein erfolgverursachende Faktor in der Werbestrategie. Entscheidend ist die Art, wie die für die Werbung zur Verfügung stehenden Mittel verwendet werden oder, genauer ausgedrückt: was in der Werbung ausgesagt wird und wie diese Aussage wo wie oft gemacht wird. Als Beispiel können die annähernd gleichen Werbebudgets von Unternehmen einer Branche dienen. Diese Werbebudgets erzielen eine sich in unterschiedlichen Umsätzen und Marktanteilen ausdrückende Wirkung, weil in dem einen Unternehmen das „Wie“ der Werbung, das heißt Gestaltung, Streuung und Mediawahl sowie die Werbefrequenz im Vordergrund steht, während in einem anderen Unternehmen nur die absolute Höhe des Werbebudgets von Bedeutung ist.

Zentraler Bestandteil der Werbegestaltung sind das für ein Produkt zu erzielende Image und die durch die Werbung zu übermittelnde Nachricht. Für jedes Produkt bieten sich auf diesem Gebiet vielerlei Möglichkeiten an, was insbesondere von der jeweiligen Funktionspalette eines Produktes und seiner entsprechenden Zielgruppe abhängt. Ausgangspunkt der Werbegestaltung ist die Zielgruppe, die das Produkt kaufen soll. Da eine Zielgruppe unterschiedliche Bedürfnisse und Verhaltensstrukturen aufweist, sollte zunächst geprüft werden, wie die Abnehmergruppe erreicht werden kann. Dazu ist zunächst die Analyse der sich auf die Funktionsmöglichkeiten des Produktes beziehenden grundsätzlichen Bedürfnisse und Wünsche der Zielgruppe erforderlich. Erst danach läßt sich die Werbeaussage für das Produkt festlegen, die auf eine Stimulierung des vom werbenden Unternehmen beabsichtigten Verhaltens abzielt.

Eine solche Analyse erfordert den Einsatz der → Marktforschung, um den Kaufprozeß, die Kaufmotive, das → Kaufverhalten und die Kaufeinstellung so produkt-spezifisch wie irgend möglich zu erfassen. Das Ziel dieser Analyse ist die Determinierung derjenigen Motive und Einstellungen, die bei der Zielgruppe am ausgeprägtesten sind, um die in der Werbung einzusetzenden Themen so wirksam wie nur möglich darauf abstimmen zu können.

Trotz der vielen Möglichkeiten, die ein Unternehmen besitzt, um Produkte werblich herauszustellen, kommen bei gleicher Branchenzugehörigkeit in etwa die gleichen Themenkreise zum Einsatz. In der Automobilindustrie sind beispielsweise die Sportlichkeit, Zuverlässigkeit und teilweise auch schon die Sicherheit zentraler Bestandteil der Werbeaussage. Die relativ gleichartigen Werbeaussagen sind Ausdruck der Bestrebungen dieser Unternehmen, soweit wie möglich an dem größten Marktsegment (→ Marktsegmentierung) zu partizipieren. In einer solchen Situation verlagert sich der Schwerpunkt des erfolgverursachenden Faktors von der Werbeaussage zur Präsentation, das heißt, daß Unternehmen, die die Werbeaussage am besten übermitteln, wahr-

scheinlich auch den größten Werbeerfolg erzielen werden.
Ansatzpunkte für eine wirksame Präsentation können die speziellen Eigenschaften der Produkte, unternehmensindividuelle Symbole oder eine bestimmte populäre Modeerscheinung sein. In der Werbung ist es somit die wichtigste Aufgabe, eine stimulierende Präsentationsgrundlage für das fragliche Produkt zu finden. Neben der Präsentationsgrundlage besitzen beispielsweise auch noch die Wahl der richtigen Schlagzeile, die künstlerische Gestaltung und das Copy eine große Bedeutung. Diese Faktoren sind sämtlich auf den Erfahrungshorizont der Zielgruppe auszurichten, um die richtige Interpretation der gewählten Werbeaussage zu gewährleisten. Diese Forderung ist insbesondere bei der Erschließung von Auslandsmärkten von Bedeutung. So wird beispielsweise die Verwendung von Sex-Symbolen in der Werbung in Asien eher einen großen Mißerfolg als Erfolg hervorrufen, während in anderen Ländern und Kontinenten ein bestimmtes Maß an Rationalität in der Werbung Voraussetzung für den Werbeerfolg ist. Allerdings konnte bislang noch kein Beweis erbracht werden, daß absolute Wahrheit — ein vielgenanntes Werbekriterium — größere Erfolge zu erzielen in der Lage ist als z. B. der Hinweis auf die vielen „Weißmacher" in einem bestimmten Vollwaschmittel, das der Hausfrau — subjektiv gesehen — noch weißere Wäsche bescheren soll.

Auswahl der Werbeträger

Ein weiterer zentraler Bestandteil der Werbepolitik ist die Auswahl der Werbeträger, das heißt die Entscheidung darüber, auf welchem Wege die Werbenachricht zur Zielgruppe gelangen sollte. In diesem Zusammenhang ist folgende Vorgehensweise zu wählen:

1. Auswahl derjenigen Werbeträger, die von der Zielgruppe am wirksamsten wahrgenommen werden.
2. Einordnung der Werbeträger unter Berücksichtigung ihrer Wirkung auf die Zielgruppe.
3. Überprüfung der für die einzelnen Werbeträger entstehenden Kosten.

Die Berücksichtigung dieser Kriterien wird oftmals zu Zielkonflikten führen. Einerseits soll die Auswahl der Werbeträger nach dem Kriterium der Wirksamkeit erfolgen, während andererseits Kostenüberlegungen im Vordergrund stehen. Es kann aber sowohl falsch sein, nur die Werbeträger mit der größten Wirkung auszuwählen, als auch nur nach Kostengesichtspunkten vorzugehen.
Steht ein Unternehmen beispielsweise vor der Frage, wie es 40 % seines Werbebudgets am wirksamsten auf Zeitschriften verteilen sollte, so bieten sich die Leseranalysen als Entscheidungsgrundlage an, die angeben, wieviel Kosten pro 1000 Leser bei der Werbung in einer bestimmten Zeitschrift entstehen und von welchem Leserkreis (nach Alter, Geschlecht, Beruf, Einkommen etc.) eine Zeitschrift gelesen wird.
Bei Verwendung der Leseranalyse als Entscheidungsgrundlage für die Aufteilung der finanziellen Mittel ist zu berücksichtigen, daß zwar die Gesamtzahl der angesprochenen Leser, nicht aber der Bruchteil der anzusprechenden Zielgruppe bekannt ist. Eine Zeitschrift ist für ein Unternehmen nur interessant, wenn die besonderen Merkmale der jeweiligen Lesergruppe den für die Zielgruppe herausgearbeiteten Kennzeichen entsprechen. So wird die Werbung für ein Gartengerät in einer Zeitschrift mit 200 000 Lesern, die sämtlich Freizeitgärtner sind, einen Wirkungsgrad von annähernd 100 % erzielen. Ist jedoch keiner oder nur ein Bruchteil der Leser ein Gartenfreund, so ist der Wirkungsgrad gleich Null. Bei vielen großen Zeitschriften war in der jüngeren Vergangenheit ein großer Rückgang im Anzeigenauftragsvolumen zu beobachten, weil viele Unternehmen erkannt haben, daß

bei zu großer Heterogenität im Leserkreis der Wirkungsgrad einer Anzeige trotz hoher Leserzahl relativ klein bleibt.
Des weiteren wird bei der Leseranalyse nicht die Intensität berücksichtigt, mit der eine Anzeige aufgenommen wird. Das Kriterium „Kosten pro 1000 Leser" unterstellt, daß sämtliche Leser einer bestimmten Zeitschrift die Anzeige bewußt wahrnehmen. Selbst wenn in der Realität diese Unterstellung zutreffen sollte, so wird nur ein wesentlich geringerer Teil der Leser die in der Anzeige enthaltene Nachricht auch aufnehmen. Von diesen Lesern wird wiederum ein noch kleinerer Teil von einer solchen Nachricht positiv beeinflußt. Wünschenswert wäre deshalb die Kenntnis der Zahl von Lesern, die sowohl eine bestimmte Anzeige lesen als auch von dieser Anzeige zum Kauf motiviert werden — was mit dem vorhandenen Instrumentarium gegenwärtig so gut wie unmöglich zu erreichen ist.
Darüber hinaus ist zu berücksichtigen, daß der Wahrheitsgehalt oder andere Aussagen einer Anzeige auch vom Niveau der jeweiligen Zeitschrift beeinflußt werden. Schließlich läßt das Kriterium „Kosten pro 1000 Leser" auch das Gesetz vom abnehmenden Grenznutzen außer acht, das heißt mit jeder neuen Anzeige, die in einer bestimmten Zeitschrift erscheint, nimmt der durch die Anzeige erzielte Nutzen ab, weil immer wieder die gleichen Personen die Anzeige lesen, so daß ihr Interesse abnimmt.
Zwar lassen sich mit der Methode „Kosten pro 1000 Leser" die Kosten der Werbeträger innerhalb einer bestimmten Mediagruppe vergleichen, ein Inter-Media-Vergleich — beispielsweise zwischen Zeitschriften und Fernsehen — ist mit dieser Methode kaum durchführbar. Die zur Erreichung der Zielgruppe erforderlichen Kosten lassen sich aufgrund der unterschiedlichen Werbewirkung kaum zueinander in Beziehung setzen. So wird sich eine Schwarz-Weiß-Anzeige in einer Zeitschrift kaum mit einem Werbespot im Fernsehen von 30 Sekunden Dauer oder eine farbige Anzeige mit einem Werbespot von 50 Sekunden vergleichen lassen. Zwar sind schon Versuche unternommen worden, mit Hilfe der linearen Programmierung und von Simulationsmodellen die optimale Aufteilung eines Werbebudgets zu erreichen. Eine absolut sichere Methode wurde jedoch nicht gefunden. Immer noch müssen zu viele Faktoren als konstant oder als gegeben unterstellt werden, die sich in der wirtschaftlichen Realität aber nicht nur der Beeinflussung, sondern größtenteils auch der objektiven Beurteilung entziehen.

Der zeitliche Ablauf der Werbung

Steht ein Unternehmen vor der Frage, wie es die für die Werbung zur Verfügung stehenden Mittel im Hinblick auf die zeitliche Verteilung einzusetzen hat, so sollten grundsätzlich zwei Probleme gelöst werden:

1. Die Aufteilung des Budgets über die gesamte Abrechnungsperiode — in der Regel ein Jahr.
2. Die Aufteilung der Teilbudgets über eine noch kurzfristigere Periode — beispielsweise über einen Monat.

Bei der Aufteilung des Werbebudgets über eine Abrechnungsperiode ist grundsätzlich zwischen einer saisonabhängigen und -unabhängigen Werbung zu unterscheiden. Insbesondere ist zu prüfen, ob die sich durch Branchenusancen ergebenden Werbezyklen tatsächlich gerechtfertigt sind. Das Beispiel eines amerikanischen Uhrenherstellers hat gezeigt, daß eine ganzjährige kontinuierliche Werbung zur Erschließung vollkommen neuer Märkte und zu einer Neustrukturierung des bestehenden Marktes führen kann. Allerdings war die Werbung nicht das einzige Instrument — wenn auch eines der entscheidendsten —, das zu diesen Veränderungen geführt hat — die Preis-, Pro-

dukt- und Distributionspolitik spielten eine ebenso große Rolle.
Neben dem saisonalen Gesichtspunkt hat die Prüfung der Wirkungsverzögerung (Wann erfolgt der Kauf, wenn heute geworben wird?) der Werbung zu erfolgen, damit eine Werbekampagne entsprechend rechtzeitig eingeleitet werden kann. Schließlich sind auch die Werbegewohnheiten der Konkurrenz mit in die Überlegungen einzubeziehen, um einen möglichen Vorsprung der Konkurrenz zu kompensieren oder ihr zuvorzukommen.

Zur Frage der Aufteilung des Budgets über einen laufenden Monat stellt sich das Problem der zeitlichen Streuung, das heißt, ob beispielsweise ein langer Fernsehspot oder mehrere kurze gewählt werden sollen, ob 20 Einblendungen im Rundfunk an einem Tag oder eine Einblendung an 20 Tagen, ob zwei ganzseitige Anzeigen am Monatsanfang und zur Monatsmitte oder 8 viertelseitige Anzeigen im Abstand von drei bis vier Tagen ausgestrahlt bzw. belegt werden sollten.

Die Frage nach dem zeitlichen Ablauf der Werbung kann nur im Zusammenhang mit dem Ziel der Werbung beantwortet werden, und zwar unter Berücksichtigung der besonderen Kennzeichen des Produktes, der Zielgruppe, der Distributionskanäle und anderer Marketing-Faktoren. In diesem Zusammenhang ist auch das Problem der Zahl der Wiederholungen in der Werbung zu lösen. So wird bei Einführung eines Produktes ein einzelner Werbespot oder eine einzelne Anzeige kaum eine nennenswerte Wirkung erzielen, weil die potentiellen Käufer die Werbenachricht optisch zwar wahrnehmen, sie aber nicht aufnehmen und verarbeiten. Im Gegensatz dazu wird eine zu häufige Wiederholung nicht nur einen überflüssigen finanziellen Aufwand bedeuten, sondern möglicherweise bei den Abnehmern Langeweile hervorrufen oder sogar Widerstand aufbauen. Grundsätzlich sollten zur Lösung dieses Problemkreises vier Grundsätze berücksichtigt werden:

1. Generell nimmt mit der Zahl der Wiederholungen der Bekanntheitsgrad zu.
2. Ein bestimmter Informationsrest wird langfristig immer vorhanden sein, aber der Faktor „vergessen" ist besonders in dem Zeitraum unmittelbar nach der Informationsaufnahme sehr groß.
3. Eine Information, die auf einem sehr schnellen Lernprozeß beruht, festigt sich besser als eine langsam erlernte Information.
4. Eine Wiederholung, die über das Ausmaß hinausgeht, um den beabsichtigten Bekanntheitsgrad aufzubauen, ermöglicht eine längerfristige bewußte Informationsspeicherung.

VI. MÖGLICHKEITEN UND GRENZEN DER WERBEERFOLGSKONTROLLE

Werbung erfolgt mit dem Ziel, aus potentiellen Käufern effektive zu machen. Um dieses Ziel zu erreichen und eine wirksame Aufteilung der oftmals beträchtlichen finanziellen Mittel sicherzustellen, hat eine entsprechende Untersuchung der möglichen Werbewirkung zu erfolgen.
Bisher konnten keine einsatzfähigen Methoden entwickelt werden, um eine aussagefähige Wirkungsanalyse der Werbung zu ermöglichen. Beobachtungen der Käufer und Gedächtnis- oder Wiedererkennungstests sind Methoden, die sich mehr auf die Messung der Kommunikationswirkung einer Werbung beziehen als auf ihre Verkaufswirkung. Um absolut sichere Aussagen zu erhalten, müßten sämtliche Marketing-Variablen mit Ausnahme der Werbung relativ konstant gehalten werden, wenn die Werbewirkung an den zusätzlich erzielten Umsätzen oder Gewinnen gemessen werden soll. Da neben den Eigenschaften der eigenen

Produkte, dem Image des eigenen Unternehmens oder dem Preisniveau des eigenen Sortiments beispielsweise auch das Verhalten der Konkurrenz und der allgemeine konjunkturelle Verlauf Einfluß ausüben, wird eine absolute Aussage über Erfolg oder Mißerfolg der Werbung nur in Randbereichen möglich sein.

Eine solche Analyse würde außerdem nur eine ex post-Betrachtung darstellen, das heißt ein Unternehmen hätte finanzielle Mittel bereits vor Überprüfung der Wiedergewinnungsmöglichkeit investiert. Dieses im engeren Sinne irrationale ökonomische Verhalten ist aber in der Wirtschaftspraxis fast immer anzutreffen und kaum zu umgehen. Darüber hinaus erstreckt sich die in wenigen Fällen durchgeführte Werbeerfolgskontrolle auf eine ex ante-Untersuchung, die sich fast immer nur auf eine Überprüfung der Kommunikations-, aber nicht Werbewirksamkeit bezieht. Damit sind die gewonnenen Erkenntnisse einerseits zu spezifisch auf den besonderen Fall bezogen, als daß sie sich generalisieren ließen, und andererseits unterbleibt die ex post-Analyse, da sämtliche verfügbaren Mittel bereits in die Werbekampagne eingeflossen sind. Mit dieser Unterlassung werden die in der ex ante-Analyse gewonnenen Erkenntnisse weder bestätigt noch widerlegt. Man handelt also nach dem Motto: Bei Erfolg wurden die Untersuchungen bestätigt, bei Mißerfolg lohnt sich keine weitere Analyse – man hat so oder so „verloren". Allerdings sind Bemühungen sowohl in der Wirtschaftspraxis als auch in den verschiedenen wissenschaftlichen Fakultäten wie Psychologie, Soziologie und Ökonomie um fundamentale Erkenntnisse zu beobachten, um dieses noch relativ unerschlossene Gebiet der Werbung transparenter zu gestalten.

Literatur:
Barton, R.: Media in Advertising, New York usw. 1964
Seyffert Rudolf: Allgemeine Werbelehre, Stuttgart 1966
Behrens, K. Chr.: Absatzwerbung, Wiesbaden 1963

Britt, Boyd jr. (Hrsg.): Marketing-Management und Organisation, dtsch. Bearbeitung P. Linnert, München 1971
Colley, Russel H., Die Festlegung von Werbezielen, in: Britt, Boyd jr. (Hrsg.): Marketing-Management und Organisation, dtsch. Bearbeitung P. Linnert, München 1971
Dean, Joel: Gehören die Werbekosten in den Finanzplan, in: Britt, Boyd jr. (Hrsg.): Marketing-Management und Organisation, dtsch. Bearbeitung P. Linnert, München 1971
Edler, Folkhard: Werbetheorie und Werbeentscheidung, Wiesbaden 1966
Lucas, D. B., und Britt, St. H.: Die Messung der Werbewirkung, in: Britt, Boyd jr. (Hrsg.): Marketing-Management und Organisation, dtsch. Bearbeitung P. Linnert, München 1971
Linnert, Peter: Die neuen Techniken des Marketing, 3. Auflage, München 1971
Schramm, Wilbur: Wie die Kommunikation arbeitet, in: Britt, Boyd jr. (Hrsg.): Marketing-Management und Organisation, dtsch. Bearbeitung P. Linnert, München 1971

Werbepsychologe

Berufsbezeichnung für die Tätigkeit, die psychologischen Grundlagen der Aufnahme und Verarbeitung von Werbemitteln beim Umworbenen zu erforschen. Voraussetzung ist das Studium der Psychologie an einer Hochschule.

Werbepsychologie

Teilgebiet der angewandten Psychologie, das die Untersuchung der Wirksamkeit von Werbemaßnahmen zur Aufgabe hat. Objekte der Werbepsychologie sind einmal das Produkt (Produktaufmachung, Formenimage etc.) und zum anderen die Umworbenen. Grundlage werbepsychologischer Aussagen sind individual- und sozialpsychologische Erkenntnisse, wobei sowohl bewußte Vorgänge als auch unbewußte (Motivforschung) mit einbezogen werden. In der Psychologie der Werbemittel steht die Auffassung einer stufenweisen Wirkung der Werbemittel (Gestaltung) der ganzheitlichen Auffassung gegenüber (Ganzheitspsychologie, Gestaltpsychologie). Untersuchungsmethoden der Werbepsychologie sind:

1. Apparative Verfahren (z. B. Tachistoskop),
2. Explorative Verfahren,
3. Projektive Verfahren.

Werbesoziologie

Sie beschäftigt sich mit den Inhalten (Informationen) der Erhebung, der Vermittlung dieser Inhalte (Werbeträgeranalyse) und der Wirkung von Werbung auf den Kaufentscheid und das Kaufverhalten von Verbrauchergruppen (Werbewirkungsforschung). Der Werbesoziologie geht es dabei weniger um die Analyse von individuellen Verbraucherreaktionen, sondern um gruppenspezifische Veränderungen des Verbraucherverhaltens aufgrund verschiedener Einstellungen, z. B. die Reaktionen der verschiedenen Einkommensschichten auf Werbung. → Werbepolitik.

Werbespot

Werbekurzfilm (ca. 9—14 m) im Fernsehen.

Werbetext

Grundlegendes Gestaltungsmittel in der Werbung neben dem Bild. Durch ihn wird die Werbebotschaft dem Umworbenen nahegebracht. Wichtigstes Kriterium für die Güte eines Werbetextes ist der Erfolg. Erfolgversprechend sind originelle Texte, die in Stil und Aussage genau auf die Zielgruppe ausgerichtet sind. Im allgemeinen treffen die Regeln für guten Stil auch auf den Werbetext zu: Tätigkeitswörter sind besser als Hauptwörter, die Aktivform ist besser als die Passivform, deutsche Wörter sind besser als Fremdwörter, glatte Sätze sind besser als Schachtelsätze. Jede dieser Regeln kann im Einzelfall genau umgekehrt gelten, wenn der Texter sicheres Stilgefühl und Einfühlungsvermögen besitzt. → Werbetexter.

Werbetexter

Spezialberuf in der Werbewirtschaft. Seine Aufgabe ist es, wirkungsvolle Texte für Anzeigen, Plakate, Prospekte zu schreiben. Er arbeitet entweder freiberuflich oder fest angestellt. Neben der vollständigen Beherrschung aller sprachlichen Mittel ist auch eine genaue Kenntnis des Werbefachs für diesen Beruf notwendig. → Werbetext.

Werbeträger

Werbeträger ermöglichen den Kontakt des Umworbenen mit dem Werbemittel, z. B. Zeitungen, Zeitschriften, Funk, Film, Fernsehen, Anschlagflächen, Litfaßsäulen, Schaufenster, Verkehrsmittel u. a. Die Auswahl der Werbeträger ist ein Problem der Streuung. → Werbepolitik.

Werbeträgerforschung

oder Mediaforschung. Die Untersuchung von Zahl, Art und Verhalten der Leser, Hörer oder Zuschauer von Werbeträgern. Die Werbeträgerforschung soll Unterlagen bereitstellen, um Werbeappelle optimal unter die Zielgruppen streuen zu können. Zur Werbeträgerforschung gehören Leseranalysen, Hörer- und Zuschauerforschung etc.

Werbeverwaltung

Unternehmen, welches Auftragshereinnahme und Auftragsabwicklung für andere Unternehmen übernimmt, zum Beispiel für Zeitschriften oder Adressbuchverlage die Anzeigen oder für Filmtheater Werbedias. In der Bundesrepublik laufen sämtliche Einschaltaufträge für Filme und Dias über Werbeverwaltungen.

Wertanalyse

→ Value Analysis

WF

Abkürzung für → Work Factor

White Collar Worker

Bezeichnung für jemanden, der bei der Arbeit nicht schmutzig wird, Angestellter, im Gegensatz zum Arbeiter.

Wholesale-Middleman

Bezeichnung für einen Engros-Zwischenhändler oder Spekulativ-Großhändler. Generell wird Wholesale-Middleman als Großhändler übersetzt.

Wholesaler

Bezeichnung für Großhändler

Windfall Gains

In der Wirtschaftstheorie Bezeichnung für dynamische Unternehmergewinne, die z. B. bei einem Steigen der volkswirtschaftlichen Gesamtnachfrage (z. B. durch zusä.zliche öffentliche Investitionen) so lange entstehen, bis die Produktion der gestiegenen Nachfrage entspricht.

Window Dressing

Um ihr Bilanzbild zum Jahresultimo möglichst günstig zu gestalten, sind die Banken gegen Ende des Jahres bestrebt, sich liquide zu halten. Die Neigung, größere Kredite zu vergeben oder bestehende Kreditlinien zu erhöhen, ist zumeist gering.

Wirtschaftlichkeitskontrolle

Unter Wirtschaftlichkeitskontrolle wird das In-Beziehung-Setzen von Betriebskosten und innerbetrieblichen Leistungen bzw. Teilleistungen und der Vergleich der Ergebnisse von einzelnen Perioden nach zwischenbetrieblichen Gesichtspunkten bzw. auf dem Wege der Soll-Ist-Gegenüberstellung verstanden. Solange es sich um untergeordnete, massenweise anfallende, vorwiegend objektbezogene Arbeitseinrichtungen des technisch organisatorischen Leistungsprozesses handelt, ist eine Wirtschaftlichkeitskontrolle ohne größere Schwierigkeiten durchzuführen. Tätigkeiten, die nicht ausnahmslos dem Massenverkehr zugerechnet werden können (wie beispielsweise die Arbeitsleistungen einer Entwicklungsabteilung), sind dagegen einer Wirtschaftlichkeitskontrolle weit schwerer zugänglich.
Ziel der Wirtschaftlichkeitskontrolle ist die Ermittlung und Analyse sowohl positiver als auch negativer Abweichungen vom Planergebnis, um einerseits Ansätze zur Verbesserung der Ist-Werte im Hinblick auf die Soll-Daten zu erreichen und um andererseits die positiven Abweichungen als Grundlage für die Erstellung zukünftiger Plangrößen zu verwenden.

Work-Factor-System

Bezeichnung für ein System vorbestimmter Zeiten (für körperliche und geistige Arbeit) zur Arbeitszeitermittlung und Arbeitsgestaltung.
Die Systeme vorbestimmter Bewegungszeiten gehen auf Taylor und Gilbreth zurück. Es handelt sich dabei um die Analyse der Grundbewegungen bei der Ausführung eines manuellen Arbeitsvorgangs. Jeder Bewegung wird ein festgelegter Zeitwert zugewiesen und die Zeiten für die einzelnen Bewegungen zu der Gesamtzeit für einen Arbeitsvorgang addiert.

Die Anfänge gehen auf das Jahr 1934 zurück. Work Factor wurde entwickelt, um 1. das menschliche Urteil bei der Entwicklung von Vorgabezeiten weitgehend auszuschalten und 2. um Uneinheitlichkeiten der Vorgabezeiten auszugleichen.
Die Zusammenstellung der Zeitwerte nennt man Bewegungszeit-Tabelle bzw. Zeittabelle für geistige Vorgänge. Arbeitsbewegungen und geistige Vorgänge werden im Work-Factor-System unterteilt in die Standard-Elemente:

1. bewegen,
2. greifen,
3. verrichten,
4. fügen,
5. ausführen,
6. demontieren,
7. loslassen,
8. geistige Vorgänge.

Man unterscheidet je nach der Anforderung an die Genauigkeit vier Work-Factor-Systeme: das Schnellverfahren, das Kurzverfahren, das vereinfachte Verfahren und das Grundverfahren. Das Grundverfahren z. B. wird vorwiegend angewandt:

1. zur Ermittlung von Vorgabezeiten für einzelne Arbeitsvorgänge, wenn die Taktzeit unter 0,15 Minuten liegt, mehr als 10 000 Stück zu fertigen sind oder die Durchlaufzeit für die Serie eine Arbeitswoche überschreitet;
2. zur Aufstellung von Richtwerten;
3. zur Verbesserung der Konstruktion von Erzeugnissen;
4. zur Aufstellung von Kostenvoranschlägen, wenn die Taktzeiten unter 0,15 Minuten liegen;
5. zur Auswahl von Ausrüstungen und Einrichtungen;
6. zur Verbesserung von Arbeitsmethoden;

7. zur Leistungsabstimmung am Fließband bei einer Taktzeit von weniger als 2 Minuten pro Arbeitsplatz und mehr als 5 Arbeitern pro Band;
8. zur vollständigen Beschreibung einer Arbeitsmethode;
9. zu Kostenvergleichen der eigenen Erzeugnisse mit denen anderer Unternehmen für Verkauf und Werbung.

Das Work-Factor-System kann in fast allen Bereichen des → Industrial Engineering und in der Verwaltung eingesetzt werden. Es ist das heute am weitesten verbreitete und anerkannte System.

Literatur:
Quiek, J. H., Duncan, J. H., Malcolm jr. und James, A.: Das Work-Factor-Buch. Work-Factor — ein System vorbestimmter Zeiten zur Arbeitszeitermittlung und Arbeitsgestaltung, München 1965

Working Capital

Bilanzausdruck für arbeitendes Kapital; es besteht aus Umlaufvermögen, flüssigen Mitteln, Warenvorräten und Forderungen, abzüglich kurzfristiger Schulden.

Work Simplification Program

Während des 2. Weltkrieges in den USA entwickeltes Programm zur Arbeitsvereinfachung. Das Prinzip des Programms besteht darin, es jedem Mitarbeiter zu ermöglichen, seine eigene Arbeit selbst zu rationalisieren, ohne daß ein Organisator hinzugezogen wird.

WSPACS

Abkürzung für Weapon Systems Programming and Control System. Von der US-Air Force und der Industrie entwickelte → Netzplantechnik. Es handelt sich dabei um ein flexibles Planungsverfahren, das Änderungen im Programmablauf besonders berücksichtigt.

Z

Zeigarnik-Effekt

In der Psychologie Bezeichnung für die Erscheinung, daß in einem Menschen, der ein bestimmtes Ziel zu erreichen versucht, Spannungen entstehen. Aufgrund dieser Spannungen wird er in die Lage versetzt, Hindernisse und Schwierigkeiten, die sich bei der Bewältigung der Aufgabe ergeben, zu überwinden. Die mobilisierten Gegenkräfte verhindern eine Resignation. Der Zeigarnik-Effekt zeigt seine Wirksamkeit z. B. bei der Einrichtung von → Profit Centers: die Zielvorgabe und die laufende Kontrolle ermöglichen jedem Mitglied des Profit Centers den Überblick; damit ist auch eine enge Bindung des einzelnen an die Organisation gegeben.

Literatur:
Blake, R. R., und Mouton, J. S.: Verhaltenspsychologie im Betrieb, Düsseldorf, Wien 1968
Zeigarnik, B.: Über das Behalten von erledigten und unerledigten Handlungen. In: Psychologische Forschung, 9, 1927

Zentraleinheit

→ Elektronische Datenverarbeitung

Zero Defects

Anfang der sechziger Jahre in der US-Rüstungs- und Raumfahrtindustrie entwickeltes Programm zur Qualitätssteigerung.

F. Halpin, der Erfinder des Programms, ging davon aus, daß immer und überall Fehler gemacht werden. Die Fehlerursachen liegen einmal in den Menschen, wie mangelnde Konzentration und Aufmerksamkeit, unzureichende Kenntnisse und Fertigkeiten, oder die Fehler sind an den betrieblichen Einrichtungen zu suchen.
Ziel von Zero-Defects-Programmen ist es, die Fehler rechtzeitig zu erkennen und zu vermeiden.
Ähnliche Ziele haben bereits andere verwandte Programme, nämlich die statistische → Qualitätskontrolle und das → betriebliche Vorschlagswesen.

Neu an Zero Defects ist die Motivation der Mitarbeiter. Der Mitarbeiter wird zum Mitdenken animiert, es wird an sein Verantwortungsgefühl für seine Arbeit appelliert; der Mitarbeiter soll es als Ehre empfinden, an einem solchen Programm teilnehmen zu dürfen.
Das Management muß mit gutem Beispiel vorangehen und zeigen, daß es sich ebenso für das Programm einsetzt, wie es von den Mitarbeitern erwartet wird.
Für die Durchführung des Programms ist es wichtig, daß die richtigen Bewertungsmaßstäbe gesetzt werden. Ein Zero-Defects-Ausschuß, dem Mitarbeiter aus den verschiedenen hierarchischen Ebenen und mit verschiedener Ausbildung angehören, überwacht die Durchführung. Jeder Mitarbeiter erhält z. B. eine Arbeitskarte, in die seine Fehlerzahl eingetragen wird. Nach einem bestimmten Zeitraum werden dann diejenigen Mitarbeiter, die das Traumziel „Null Fehler" erreicht haben, in einer Feier z. B. durch Anstecknadeln, Plaketten und Ehrenurkunden gefeiert.
Das Programm hat viele Anhänger in der amerikanischen Industrie und wird auch in einigen Unternehmen der BRD erfolgreich eingesetzt.

Literatur:
Andreas, D.: Zero Defects — Die Grundzüge des neuen Null-Fehler-Programms, München 1968

Zielgruppe

Bezeichnung für eine Gruppe von Personen, die durch die Werbung angesprochen werden soll. Die Zielgruppe muß Merkmale besitzen, die sie als Käufer oder Verwender des Produkts, für das geworben wird, geeignet machen, z. B. ein bestimmtes Einkommen haben, Hausbesitzer oder Autobesitzer sein bzw. psychologische Eigenschaften und Einstellungen haben.

Zügig-Betrieb

→ Start-Stop-Betrieb

Zuordnungsproblem

Problem der paarweisen Zuordnung von Elementen zweier verschiedener Mengen. Es ist mit dem → Transportproblem verwandt und läßt sich mit den gleichen Verfahren des → Operations Research lösen.